大方

sight

大秦帝國

THE QIN EMPIRE

2019年全新修订版

铁血文明

孙皓晖 SUN HAO HUI 著

中信出版集团 | 北京

图书在版编目（CIP）数据

大秦帝国．铁血文明 / 孙皓晖著．-- 北京：中信出版社，2019.5（2024.3 重印）
ISBN 978-7-5086-9896-0

Ⅰ．①大… Ⅱ．①孙… Ⅲ．①长篇历史小说－中国－当代 Ⅳ．① I247.5

中国版本图书馆 CIP 数据核字（2019）第 002866 号

大秦帝国 · 铁血文明
著者：　孙皓晖
出版发行：中信出版集团股份有限公司
（北京市朝阳区东三环北路 27 号嘉铭中心　邮编　100020）
承印者：　河北鹏润印刷有限公司

开本：880mm × 1230mm　1/32　　印张：36.5　　字数：1094 千字
版次：2019 年 5 月第 1 版　　印次：2024 年 3 月第 4 次印刷
书号：ISBN 978–7–5086–9896–0
定价：138.00 元

服务热线：400–600–8099
投稿邮箱：author@citicpub.com

献给中国原生文明的光荣与梦想

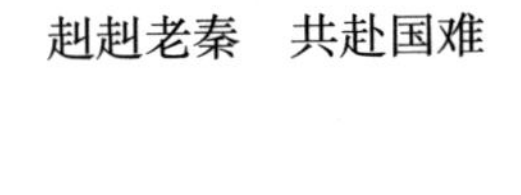
赳赳老秦　共赴国难

中国文明正源的强势生存

——序长篇历史小说《大秦帝国》

一

大秦帝国是中国文明的正源。

大秦帝国所处的时代是中国五千年文明史中最重要的一个时代。

不幸的是，作为统一帝国的短促与后来以儒家观念为核心的官方意识形态的刻意贬损，秦帝国在“暴虐苛政”的恶名下几乎湮没在历史的沉沉烟雾之中。有限史料所显示的错讹断裂且不必论，明清小说《东周列国志》《二十四史演义》等通俗史话作品，对秦帝国的描述更是鲁莽灭裂，放肆亵渎，将这段历史涂抹得狰狞可怖面目全非。这种荒诞的史观，非但是官方正统意识形态的形象化，而且流布民间，形成了中国民众源远流长的“暴秦”口碑。事实上，对于酷爱说古道今的中国老百姓而言，话本小说、评书戏剧、民间传说等对民众意识所起到的浸润奠基作用，远远大于晦涩难懂的史书。两千年来，在对秦帝国的描绘评判中，旧的正统意识形态与旧的民间艺术异曲同工，或刻意贬损，或肆意涂抹，悠悠岁月中众口铄金，中国文明正源的万丈光焰竟然离奇地变形了。

这是中国历史的悲剧，也是中国文明的悲剧——一个富有正义感与历史感的民族，竟将奠定自己文明根基的伟大帝国硬生生划入异类而生猛挞伐！

悲剧的深远阴影正在随着历史的进步而渐渐淡化，儒家式的恶毒咒骂也已经大体终止了。但是，国人乃至世界对秦帝国的了解，依然朦胧混沌。尽管万里长城、兵马俑、郡县制、度量衡以至我们每日使用的方块字（请注意，人们叫它“汉字”），都实实在在地矗立在那里，人们观念的分裂却依旧如斯。

秦为何物？老百姓还是不甚了了。即或在知识阶层，能够大体说叨秦帝国来龙去脉与基本功绩的，也是凤毛麟角。

于是，就有了将秦帝国说叨清楚的冲动。

在漫长艰苦的写作中，这种冲动已经慢慢淡了下来，化成一个简单的愿望——将事实展现出来，让人们自己去判断。

虽然如此，还是想将研究与写作过程中形成的一些基本思想大体说说，给读者与研究家们提供些许谈资，以做深究品评。

二

通常意义上，“帝国”是一个历史概念。它一般包含三个基本特征：其一，统一辽阔的国土（小国家没有帝国）；其二，专制统治或高度集权（民主制没有帝国）；其三，强大的军事扩张（无扩张不成帝国）。秦在这三个方面都表现得极为鲜明，可算是典型的古典帝国，而不是一个普通的王朝。

所以，这部描述秦兴亡生灭过程的长篇历史小说，就叫了《大秦帝国》。

秦之作为大帝国，略早于西方的罗马帝国，但大体上是同时代的。在古朴粗犷的铁器农耕时代，大秦帝国与西方罗马帝国一起，成为高悬于人类历史天空的两颗太阳，同时成为东西方文明的正源。但是，大秦帝国与罗马帝国的历史命运却是截然不同的。这里有两个基本方面特别值得注意：其一，秦帝国统一大政权存在的时间极短，只有十五年；而罗马帝国却有数百年大政权的历史。其二，秦帝国创造的一整套统一国家体制与文明体系，奠定了中国文明的根基，而且绵延不断地流传了下来；具有数百年历史的罗马帝国，却在历史更替中变成了无数破碎的裂片，始终未能建立一脉相承的统一文明。

一个是滔滔大河千古不废。一个是源与流断裂，莽莽大河化成了淙淙小溪。

历史命运的不同，隐寓着两种文明方式内在的巨大差异。详细比较研究这种差异，不是文学作品的任务。《大秦帝国》所展现的，只是这个东方大帝国的生灭兴亡史的形象故事。与罗马帝国的比较只是说明，秦帝国是一个具有世界意义的东方帝国，是创造了一整套不朽文明体系的大帝国。在整个人类文明史中，这样的大帝国是独一无二的。

这是我创作《大秦帝国》的信念根基。

我对大秦帝国有着一种神圣的崇拜。

三

先得说说那个伟大的时代与伟大的时代精神。

秦帝国兴亡沉浮的五百多年（从秦立诸侯国到帝国二世灭亡），是中国历史上最为自由奔放、充满活力的大黄金时代。用那个时候的话说，那是一个“礼崩乐坏，瓦釜雷鸣，高岸为谷，深谷为陵”的剧烈变化时代。用历史主义的话说，那是一个大毁灭、大创造、大沉沦、大兴亡，从而在总体上大转型的时代。青铜文明向铁器文明的转型，隶农贵族经济向自由农地主经济的转型，联邦制政体向中央统治政体的转型，使中华民族在那个时代达到了农业文明的极致状态。

这个辉煌转型的历史过程，就是秦帝国生灭兴亡的历史过程。

春秋战国孕育出的时代精神是全面竞争，强势生存。用当时的话说，就是“凡有血气，皆有争心”的“大争之世”。所谓大争，就是争得全面，争得彻底，争得漫长，争得残酷无情。春秋三百年左右的纷争组合，就像春水化开了河冰，打碎了古典联邦王国时代的窒息封闭，铁器出现、商业活跃、井田制动摇、天子权威削弱、新兴地主与士人阶层涌现，整个社会的生命状态大大活跃起来。于是，旧制度崩溃了，旧文化破坏了，像瓦罐一样卑贱的平民奴隶雷鸣般躁动起来，高高的山陵塌陷了，深深的峡谷竟然崛起为巍巍大山！进入战国，这种纷争终于演变为大争，开始了强势生存的彻底竞争。弱小就要灭亡，落后就要挨打，成为几乎没有任何缓冲的铁血现实。彻底地变法，彻底地刷新自己，成为每个邦国迫在眉睫的生存之道。由此引发的人才竞争赤裸裸白热化。无能的庸才被抛弃，昏聩的国君被杀戮，名士英才成为天下争夺的瑰宝，明君英主成为最受拥戴的英雄。名将辈出，大才如云，英主迭起。中华民族的所有文明支系都被卷进了这场全面彻底的大竞争之中！经济、政治、军事、文化、民俗，乃至生活方式，举凡社会生活的所有领域，都在这种大争之中碰撞出最灿烂的辉煌。战争规模最大，经济改革最彻底，权力争夺最残酷，政治生活最阳光，文化争鸣最激烈，民众命运与国家命运的联系最紧密，创造的各种奇迹最多，涌现的伟人最多……所有这些，都是后来的时代无法与之比肩的，甚至是无法想象的。

在这样的历史土壤中成长的秦帝国，是那个伟大时代强力锻铸的结晶。

秦帝国崛起于铁血竞争的群雄列强之林，包容裹挟了那个时代的刚健质朴、创新求实精神。她崇尚法制，彻底变革，努力建设，统一国家，统一文明，历一百六十余年六代领袖坚定不移地努力追求，才完成了一场最伟大的帝国革命，建立起一个强大统一的帝国，开创了一个全新的铁器文明时代，使中国农耕文明完成了伟大的历史转型。

作为时代精神汇集的大秦帝国，最集中地体现了那个时代中华民族的强势生存精神。中华民族的整个文明体系之所以能够绵延相续如大河奔涌，秦帝国时代开创奠定的强势生存传统起了决定性的作用。

这种强势生存精神，可以概括为六个基本方面：其一，彻底的不断的变法革命，以激发民众最旺盛的活力与国家最强大的实力为生存之本。"求变图存"，此之谓也。其二，对外部野蛮民族与愚昧文明的冲击，实行"强力反弹，有限扩张"的战略。其三，整合统一，霸气巍巍。其四，统一架构文明载体，使不同习俗的民族分支在同一文明载体下凝聚起来。其五，兼容并蓄，消解融会外部流入的不同文明。其六，崇尚法制，实行英才治国。

这种强势生存的基本精神，已经在中国文明的历史发展中一以贯之地表现了出来。否则，我们这个幅员辽阔人口众多的国度，根本不可能在统一文明中顽强地生存数千年而成为世界唯一。

大秦帝国又是中国历史上的一个黑洞，一个巨大的兴亡之谜。她只有十五年生命，像流星一闪，轰鸣而逝。

这巨大的历史落差与戏剧性的帝国命运中，隐藏了难以计数的神奇故事以及伟人名士的悲欢离合。他们以或纤细，或壮美，或正气，或邪恶，或英雄，或平庸的个人命运奏成了这部历史交响乐。帝国所编织的统一文明框架及其所凝聚的文化传统，今天仍然规范着我们的生活，构成了中华民族的巨大精神支柱。

这些，就是《大秦帝国》要用故事去表现的最基本内涵。

四

虽然我们没有忘记秦帝国，但却也淡漠了那个时代的勇气与创造力。

在这种民族精神衰退面前，欧洲人的复兴之路是我们的镜子。

当欧洲社会将要被中世纪的死海窒息时，欧洲人发动了文艺复兴，力图从古希腊与罗马帝国勃勃生气的文明中召回强大的生命力。历史没有辜负欧洲民族。正是古希腊与罗马帝国原生文明的光焰，摧毁了中世纪宗教领主文明的藩篱，引发了波澜壮阔的启蒙运动。一个新兴的资本阶级破土而出，开辟了人类历史的新纪元。

被尘封的历史竟然有如此巨大的力量?

原生文明是一个民族的根基。一个国家、一个民族，在她由涓涓溪流汇成澎湃江河的历史中，必然有一段沉淀、凝聚、升华、成熟的枢纽期。这个时代所形成的文化文明，如同一个人的生命基因，将永远以各种各样的方式影响或决定一个人的生命轨迹。这便是原生文明。各个民族对其原生文明的深刻反思，从来都是各个民族在各个时代发挥创造力的精神资源宝库。

当许多人在西方文明面前底气不足时，当我们的民族文明被各种因素稀释搅和得乱七八糟时，我们淡忘了大秦帝国，淡忘了那个伟大的时代，淡忘了向伟大的原生文明寻求“凤凰涅槃”的再生动力。

与西方原生文明相比，以秦帝国为最高峰的中国原生文明更加灿烂，更加伟大。

与中国春秋时代大体同步的古希腊文明，温和脆弱娇嫩。虽然开放得多姿多彩，却缺乏一种强悍的张力与坚韧的抵抗力。所以，在罗马军团的剑盾方阵面前倏忽崩溃灭亡。这是一个文胜于质的民族的必然悲剧。幅员辽阔的罗马帝国，则是铁马剑盾铸成的刚性社会。他没有汲取希腊文明融会改造自身，本民族又缺乏丰厚渊深的原生文明。所以，他在岁月侵蚀中无声无息地解体了。这是一个质胜于文的民族的必然悲剧。

大秦帝国则不然。她既创造了博大精深的统一文明体系，又具有强悍的生命张力与极其坚韧的抵抗力。自然条件的严酷、内部整合的激烈、野蛮部族的蚕食、强大外敌的入侵、意识形态的较量、各种文化的渗入，都远远未能撼动她的根基。秦帝国兴亡沉浮的五百多年中，华夏文明历经千锤百炼而炉火纯青，具有无可匹敌的独立性与稳定性。秦帝国时代创造的统一文明，使中国人在此后两千多年中历经坎坷曲折而没有亡国灭种。

我们可以骄傲地说，在这个地球上，只有中国人创造的原生文明在自己的国土上绵延不断地生存发展到今天！

这绝不是“地大物博，人口众多”所能解释的。

罗马帝国不大么？奥斯曼帝国不大么？拜占庭帝国不大么？一个一个，灰飞烟灭，俱成过眼烟云，这些帝国所赖以存在的民族群也都淹没消散到各个人类族群中去了……唯有中华民族，一个黄皮肤、黑头发、写方块字、讲单音节的族类，所建立的国家始终是以其原生文明为共同根基的国家。

还得感谢大秦帝国，我们那伟大的原生文明的最高峰时代。

还得感谢这种原生文明所蕴涵的奋争精神与生命张力。

这是在写作《大秦帝国》中经常涌动的骄傲与激情。

否则，我是无法坚持这么多年的。

五

从文学艺术的角度说，大秦帝国无疑是一个世界性题材。

这不仅仅在于秦帝国对中国统一文明的奠基作用。从文学艺术的角度讲，更重要的在于这个时代本身的故事性。中国原生文明的春秋战国时代是中国人心中的圣土。政治的、经济的、军事的、科学技术的、文学艺术的、法学的、哲学的、神秘文化的……举凡基本领域，那个时代都创造了我们民族在自然经济时代的最高经典，并当之无愧地进入了人类文化的最高殿堂。仅以战争规模论，秦赵长平大战，双方参战兵力总数超过一百万，秦歼灭赵主力大军五十余万（坑杀二十万）！如此战争规模，即或在当代也仍然放射着炫目的光彩而难以逾越。而创造这些奇迹的各种人物以及这些事件的曲折艰难，都构成了作家无法凭空想象的戏剧性故事。展现这些人物，展现这些故事，展现那些令人感慨唏嘘的历史血肉，是文学艺术的骄傲，是文学艺术的使命。

在中国元代以前，中国是世界文明中心，西方世界是当时的“周边文明”。秦帝国及其之后的一千余年，中国的强盛衰落总是居于世界的中心潮流，无不对世界其他文明发生着深远的冲击与影响。中国文明具有悠长内力的根源，在于秦帝国，而不是别的任何时代。从这一点说，帝国时代创造统一文明的过程与史诗般的兴亡幻灭，是当今世界具有最大开采价值的文化矿床。文学艺术对这段历史的开发，更具有特殊的意义和特殊的价值。因为只有文学艺术，才能形象地告诉人们，那个时代人的生命状态是何等饱满、何等昂扬、何等自信、何等具有进取精神！

六

遗憾的是，正面表现秦帝国时代的文学艺术作品始终没有问世。

虽然学力浅薄笔力不济，还是勉力上阵了。

时常觉得，不做完这件事情，我的灵魂将永远不得安宁。1993 年冬天进入案头工作以来，其中的艰难周折无须细说。完成一个大工程，种种艰难几乎都是必然会发生的，也只有硬着头皮不去理它了。

作为作者，我想告诉读者的一点，仍然是有关作品的一点儿体会。《大秦帝国》最艰难的是剪裁，也就是理出一个故事框架来。帝国时代是一个气象万千而又云遮雾罩的时代。浩瀚而又芜杂的典籍资料，无数令人不能割舍而又无所适从的故事与结局，常常使人产生遍地珍宝而又无可判断的茫然与眩晕。鲁迅先生曾感慨系之，说三国宜于做小说，而春秋战国不宜于做小说。其实质困难也许正在这里。以秦帝国为轴心主体，以帝国兴亡为主线（古话叫“国运”吧），以人物命运与事件冲突为经纬，虽然是能想到的一条较好路子，但依然不能包容伟大帝国时代的全部冲突，甚至不得不割舍许多重要素材（譬如诸子伟人的许多故事）。这种遗憾可能将是永远难以弥补的。为了使读者更为深入地透视帝国命运，我欲另将早秦部族的故事专门写成一部《马背诸侯》，完成后另行出版，以完整展现那个曾为中华民族文明做出伟大贡献的古老部族的历史命运。

孙皓晖
修订于海南·积微坊
2012 年春

目录

第六章 乱政亡赵

第七章 迂政亡燕

第十三章　铁血板荡

第十四章　大帝流火

创建中国统一文明的历史乐章

——《大秦帝国·铁血文明》序

秦帝国统一中国文明，是人类文明史上最伟大的古典革命。

公元前700年—公元前200年，是世界文明发展的轴心时期。所谓轴心时期，是说在这500余年的时间里，世界各个民族群所创建的国家都进入了原生文明的成熟期；世界主要宗教，各大民族群之思维方式及价值观体系，都完成了基本的架构；为后来各地域文明的发展，及弥散后的再生，创造了坚实的基础。这一时代的后100年，世界仅存不足20个国家，都是奴隶制社会，且大战连绵，都在一力争夺广袤的无主土地与非常稀少的人口资源。

公元前200年上下，欧洲的大局势是：古希腊城邦联盟已经灭亡。马其顿帝国在亚历山大大帝东征之后，此时也已经接近灭亡。正在兴起的罗马尚是城邦国家，正处于前期奴隶制社会的发展阶段，尚未成为统一欧洲（未统一欧洲文明）的西方大帝国，距离后来的凯撒大帝时期尚远。

此时，亚洲大局势的基本面是：西亚的古苏美尔、古巴比伦、古赫梯、古波斯帝国等几个早期奴隶制国家都已经灭亡，仅存叙利亚等几个奴隶制小国。西亚地区距离后来的新波斯帝国与阿拉伯帝国，尚有很远的时间。南亚的奴隶制与原始部族制并存的古印度国，在亚历山大东征受到重创之后，进入了艰难散漫的恢复时期。东亚地区，除了中国这一存在，尚未有其余国家建立。

非洲只有古埃及一个奴隶制国家。美洲则距离国家出现还很遥远。总体上说，世界文明史轴心时期的后100年里，世界正是大小国家的板荡战乱时期，奴隶制的时间还很漫长；世界绝大部分地区，还处于原始社会后期的部落氏族政权时期。

只有这一时期的中国，是一个超前发展的文明大创造时期。

公元前700年上下到公元前200年上下的500余年，正是中国的春秋战国秦帝国时期，正是中国民族多元思想大爆炸时期，正是中国统一文明的酝酿、发展与创建时期，正是中国古典文明的大黄金时代。自然，也是中国文明的轴心时代。

总体上看，整个这500余年的大变革，分为三个大的历史时期。开首的春秋时期，是王权衰落、新兴地主阶层形成、私田普遍化、士人阶层崛起、早期变法引领潮流的温和变革时期。中间的战国时期，则是私学大兴、思想争鸣、士人阶层引领变法潮流、七大战国争相变法，进而大争天下的深彻变革时期。后期的大秦帝国时期，则是整合天下，统一中国，并创建中国统一文明的巅峰时期。

当时的中国统一文明，比整个世界高出了一个社会形态。

全套《大秦帝国》，正是全景式呈现这个时代的作品。

《大秦帝国·铁血文明》，则是全景呈现秦国开创中国统一文明而成为大秦帝国的伟大历史进程的一部作品。这一伟大的历史进程，可以分作四个历史阶段。第一时期，是以秦王嬴政为轴心的秦国，整合庙堂架构及整肃内政、富国强兵的故事。第二时期，是秦国东出扫灭六国、盘整岭南、反击匈奴八大战役，并最终一鼓作气统一天下的故事。其中，以灭赵大战、灭楚大战、反击匈奴为三个高潮。第三时期，是创建中国统一文明的故事。其中，以政治文明所包含的四个基本方面（统一文明、法治社会、中央集权、郡县制）的形成过程为中心内容；以统一文字的繁难曲折为文化统一的灵魂故事。第四时期，是秦帝国反复辟风暴的历史进程。这里，以诸侯分封制与统一郡县制的政治文明大冲突为历史基础，以社会文化与意识形态领域的禁书、焚书为引线，以镇压复古儒家与六国贵族复辟势力之结合为中心故事，直到秦始皇帝踏上第七次大巡狩之路，突然病死沙丘宫而结束。

站在世界文明发展的高端视野，我们会蓦然发现——秦帝国所创建的统一文明，是一个多么超前、多么具有现代意义的社会形态。美籍日裔学者福山说：秦始皇帝建立的政治体制，是一个现代国家。

从基本方面说，福山的这一论断至少包含了部分的历史真理。

我们只要看看，在秦帝国创建的社会形态里，政治文明的高度发展是毋庸赘言的。其一，权力架构有完善的监督与制约体系，皇权受到多方限制，皇族是不能凭借血统高位入政的。其二，法律体系是完善的，国家信誉是坚实的，国民的奉法精神是自觉的，法治社会是成熟的。其三，天下国民身份平等，举国人口皆为同等“黔首”，无分战胜国之民与灭国遗民之身份差别；更没有足以成为阶级或阶层的奴隶人口，比世界其余国家走出奴隶制，早了 1000 多年。

更为令人惊叹的是，在一个多民族的又是长期实行诸侯制的东方广袤地区，秦帝国创建了具有坚实文明根基的大一统国家，创建了以郡县制为基础的中央集权制。这在当时的任何国家与地区，都是大大超前的，都是无法望其项背的。现代社会的欧洲，梦寐以求的统一酝酿了多少年，至今连最重要的英国都难以融合进来，可知一个大地域的国家群的统一是何等艰难。由此可知，2000 余年前的中国统一文明的创建，是多么的伟大。

虽然，我们今天落后了。

但是，我们对那个时代的评估，绝不意味着虚妄与虚荣。

因为，那是一个带给我们无尽反思的时代。

正确评估那个时代，是我们迈出的坚实的文明重建脚步。

秦帝国统一中国文明的历史乐章，蕴藏了太多太多的国家兴亡沉浮的经验教训，给我们留下了无尽的文明遗产。在如此这般的历史浪潮中，无数的英雄名士、贩夫走卒、贵族平民、帝王将相、才子佳人，或自觉投身历史大潮，或无意被卷入历史大潮，他们奔放自由地挥洒着热血与生命，慷慨赴死，殉难国家，悲欢离合，可歌可泣。他们的个人命运，即或在 2000 年之后，依然放射着夺人心魄的灿烂光焰。

这些先贤伟人，因融入时代大潮而使生命大放光华。

那个时代，又因了丛林般的英雄名士而巍巍然成为巅峰。

辉煌的时代虽然远去，但他们留给我们的统一文明框架，与以大争之心为根基的激励民族奋起的良性价值观体系，却成为历史的永恒。值此秦统一中国文明 2240 周年之际，我们应该向那个时代致以最崇高的敬意，在我们的心田永远铭刻一座巍巍丰碑。

孙皓晖

海南·积微坊

2019 年春

楔子

秦王政十年深秋时节，红霾笼罩秦川经月不散。

太阳堪堪爬上东方远山，瘦硬的秋风荡起了轻尘，渭水两岸橘红的土雾弥天而起，苍苍茫茫笼罩了山水城池田畴林木行人车马。大咸阳的四门箭楼巍巍拔起，拱卫着中央王城的殿宇楼阁，在红光紫雾中直是天上街市。连绵屋脊上高耸的龟麟雀蛇神兽仙禽，高高俯望着碌碌尘寰，在漫天飘浮的红尘中若隐若现。河山红颜，天地眩晕，怪异得教人心跳。然则，无论上天如何作色，曙光一显，大咸阳还是立即苏醒了过来。最后一阵鸡鸣尚未消散，城内大道已是车马辚辚市人匆匆。官吏们乘车走马，匆匆赶赴官署。日出而作的农夫百工们荷工出户，奔向了作坊，奔向了市中，奔向了城外郊野的农田。长街两侧的官署会社作坊商铺酒肆民宅，也业已早早打开了大门，各色人等无分主仆，都在洒扫庭除奔走铺排，操持着种种活计，开始了新的一日。

长阳街的晨市开张了。

这是咸阳南门内的一条长街。北口与王城隔着一片胡杨林遥遥相望，南北长约三里余，东西宽约十多丈，两厢店铺作坊相连，是秦国本邦商贾最为集中的大市。长阳街东面，隔着一片鳞次栉比的官邸坊区，便是天下闻名的尚商坊大市。两市毗邻，国府关市署将长阳街定名为国市，将山东商贾聚集的尚商坊定名为外市。咸阳老秦人却从来不如此叫，只依着自家喜好，径自将长阳街呼为勤市，将尚商坊呼为懒市。个中缘由，却也是市井庶人的感同身受。若比货物，尚商坊外市百物俱备，长阳街国市则只能经营秦国法令允许的民生货物。诸如兵器盐铁珠宝丹砂座车战马等等，长阳街决然没有。若比店堂气魄，长阳街多为三五开间的小店铺面，纵有几家大店，也不过八九开间，至多两层木楼一片庭院而已。尚商坊则不然，六国大商社无不飞檐高挑楼阁重叠庭院数进，家家都比秦国大臣的官邸豪阔。便是尚商坊的散卖店铺，也动辄十数开间，铜门铜柜精石铺地，其华贵豪阔，其大店做派，都与长阳街不可同日而语。

老秦人还是喜爱长阳街。

质朴的秦市，有独到的可人处。勤奋敬业，方便国人，白日从不停业，入夜则一直等到净街方关门歇息。若没有战事，大咸阳不在午夜净街，长阳街总有店铺通宵达旦地挑着风灯，等候着不期而至的漂泊孤客。每每是五更鸡鸣，曙色未起，尚商坊还是一片沉寂，六国商贾们还在梦乡，长阳街的晨市早已经是红红火火了。早起的老秦人趁着朦胧天光紧步上市，或交易几件物事，或猛咥一顿鲜香之极的锅盔羊肉，完事之后立即去忙自己的生计。即或官府吏员游学士子，也多相约在长阳街晨市说事，吃喝间铺排好当日要务，便匆匆离市去应卯任事。日久成习，长阳街晨市不期然成了大咸阳一道诱人的黎明风物。

清晨相遇，市人的第一个话题大多是天气。

连日红霾，人们原本已经没有了惊诧，相逢摇头一叹，甚话不说便各自忙碌去了。今日不同，谁见了谁都要停下来嘀咕几句，说的也几乎都是同一则传闻：齐国有个占候家进了咸阳，占秦国红霾曰："霾之为气，雨土霏微，天地血色，上下乖戾也。"不管生人熟人，相互嘀咕得几句，便争相诉说起一连串已经多日不说似乎已经遗忘了的惊诧疑问。有人忙着解说，甚叫霾，天象家阴阳家叫做"雨土"，老秦人说法是天上下土。有人便问，天上下土也得有个来由，秦川青山绿水温润多雨，何方来得如此漫天红尘整日作雨飘洒？有人便惊诧，老哥哥也，莫非秦国当真又要出事了？不管谁说谁问，话题都是一色的霾事。

"快去看了！南门悬赏！一字千金——！"

市人相聚私语之时，突然一个童仆从街中飞奔而过，清亮急促的稚嫩喊声一路洒落。无论是店中市人还是当街洒扫的仆役，一时纷纷惊讶。一老者高声急问："甚甚甚，一字千金？说明白也！"有人遂高声大笑："碎崽子没睡醒，你老伯也做梦么？一字千金，我等立马丢了扫把，读书认字去！"街中店中，顿时一片哄然大笑。

"南门悬赏！一字千金！快去看了——！"童仆依旧边跑边喊。

随着稚嫩急促的喊声一路飞溅，市人渐渐把持不定了。先是几个好事者拔腿奔南门而去，接着店堂食客们丢下碗筷去了，接着，洒扫庭除者也拖着扫把抱着铜盆抹布纷纷向南门去了。不消片刻，连正在赶赴官署的吏员与游学士子们，也纷纷回车跟着去了。

南门东侧的车马场，大大地热闹起来了。

城墙下立起了一道两丈余高的木板墙，从城门延伸到车马场以东，足足两箭之地。木板墙上悬挂着一幅幅白布，从两丈多高的大板顶端直至离地三尺处，匹练垂空，壮观之至。最东边第一幅白布上，钉着四个斗大的铜字——吕氏春秋。铜字下立着一方本色大木板，板上红字大书：吕氏春秋求天下斧正，改一字者赏千金！一幅幅大白布向西顺次排开，上面写满了工整清晰的拳头大字。茫茫白墙下，每隔三丈余摆有一张特大书案，案上整齐排列着大砚、大笔、大羊皮纸。每张大案前站定两名衣饰华贵的士子，不断高声宣示着："我等乃文信侯门客，专一督察正误之功！大著求错，如商君徙木立信。无论何人，但能改得一字，立赏千金！"

如此旷世奇观，潮水般聚拢的人群亢奋了。

不消半个时辰，南门东城墙下人如山海。护城河两岸的大树上，挂满了顽皮的少年。车马场停留的车马，被纷纭人众全部挤了出去。识字的士子们纷纷站上了石礅，站上了土丘，高声念诵着白布墙上的文章。人群中时不时一片哄然惊叹，一片哗然议论，直比秦国当年的露天大市还热闹了许多。大字不识一个的农夫工匠，此时则分外地轻松舒畅，遇见寻常难谋一面的老熟人，哈哈大笑着一嗓子撂过去："老哥哥能事！快去改，一个字够你走遍天下！"对面老熟人也笑呵呵一句撂过来："该你老兄弟改！一个字，够你老鳏夫娶一百个老妻！"呼喝连连，阵阵哄然大笑不断隆隆荡开在漫无边际的人海。那些读过书识得字者，则无论学问高低根基深浅，都被邻里熟人撺掇得心下忐忑，各个红着脸盯着白布黑字的大墙，费力地端详着揣摩着，希图弄出一个两个自家解得清楚的字，好来几句说头。老秦人事功，你做甚得像甚，平日读书被人敬作士子，交关处却给不上劲，就像整日练武却从不打仗一样会被人看扁看矮的；改得改不得，不必当真，但有个说头，至少在人前不枉了布衣士子的名头。

突然，一个布衣整洁的识字者跳上了一个石礅，人海顿时肃静了。

"诸位，在下念它几篇，改它一字，平分赏金如何？"

"彩——！"人群哄然喝了一声。

布衣士子一回身，指点着白墙大布锐声念了起来："这是《贵公篇》，云：昔先圣王之治天下也，必先公，公则天下平矣！……天下非一人之天下也，天下之天下也。阴阳之和，不长一类。甘露时雨，不私一物。万民之主，不阿一人。"

"高论！好！"人群中一片掌声喊声。

"改得改不得？"

"改不得——！"万众一吼，震天动地。

布衣士子无可奈何地做一个鬼脸，又指点着大墙："再听！这是《顺民篇》，云：先王先顺民心，故功名成。夫以德得民心，以立大功名者，上世多有之矣！失民心而立功名者，未曾有之也。得民心，必有道。万乘之国，百户之邑，民无有不悦。取民之所悦，而民取矣！民之所悦，岂非终哉！此取民之要也。"

"万岁！"

"改得改不得？"

"一字不改——！"万众吼声热辣辣再度爆发。

布衣士子摇摇头，又回身指点："再听，这是《荡兵篇》，云：古圣王有义兵，而无有偃兵。兵之所自来者久矣，与始有民俱。凡兵也者，威也。威也者，力也。民之有威力，性也。性者所受于天也，非人之所能为也，武者不能革，工者不能移。……天下争斗，自来者久矣！不可禁，不可止，故圣王有义兵，而无有偃兵矣！……义兵之为天下良药也，亦大矣！兵诚义，以诛暴君而振苦民，民悦之也。”

“义兵万岁！”

“改得改不得？”

“改不得——！”

“不要赏金么？”

“不要——！”山呼海啸般的声浪淹没了整个大咸阳。

布衣士子跳下石礅，回身对着白布大墙肃然一躬，高诵一句：“大哉！文信侯得天下之心也！”一脸钦敬又神采飞扬地淹没到人群中去了，似乎比当真领了赏金还来得舒坦。

熙熙攘攘之际，一队人马护卫着一辆华贵的轺车驶到了。

轺车马队堪堪停在车马场边，已经下马的几个锦绣人物从车上抬下了一口红绫缠绕的大铜箱。其余锦绣人物，簇拥着一个散发无冠的白发老者来到了大白墙下。

书案旁门客一声长喝：“群众[1]让道，纲成君到——”

人群哗地闪开了。大红锦衣须发雪白的蔡泽，大步摇到了一方大石前，推开前来扶持的门客，一步登上石礅。人群情知有事，渐渐平息下来。蔡泽的公鸭嗓呷呷回荡起来：“诸位，老夫业已辞官，将行未行之际，受文信侯之托，前来督察征询一字师。《吕氏春秋》者，文信侯为天下所立治国纲纪也。今日公诸于咸阳市门，为的是广告天下，万民斟酌！天下学问士子，但有目光如炬者尽可正误。正得一字，立赏千金，并尊一字师！老夫已非官身，决以公心评判。来人，摆开赏金！”话音落点，两名锦绣人物解开了红绫，打开了箱盖，码排整齐的一层金饼灿灿生光，赫然呈现在了人们眼前。

万千人众骤然安静了。

百余年来，商君的徙木立信已经成为老秦人津津乐道的久远传奇。老秦人但说秦国故事，徙木立信便是最为激动人心的篇章。无论说者听

[1] 群众，战国话语，出《吕氏春秋·不二》：“听群众之议治国，国危无日矣！”

者，末了总有一句感喟："移一木而赏百金，商君风采不复见矣！"不想，今日这文信侯一字千金，手笔显然是大多了。然则，商君作为是立信于民，这文信侯如此举动，所为何来？一部书交万民斟酌，自古几曾有过？那诸子百家法墨道儒，皇皇典籍如满天群星，谁个教老百姓斟酌过？再说，老百姓有几个识得字，能斟酌个甚，只怕能听明白的都没几个。要老百姓说好，除非你在书里替老百姓说话，否则谁说你好？噢，方才那个布衣士子念了几篇，都是替老百姓说话的。怪道交万民斟酌，图个甚来？还不是图个民心，图个公议。可是，赫赫文信侯权倾朝野，希图这庶民公议又是为甚？老秦人原本木讷厚重，商鞅变法之后的秦人，对法令官府的笃信更是实实在在；凡事只要涉及官府，涉及国事，秦人素来都分外持重，没有山东六国民众那般议论风生勃勃火热。荀子入秦，感慨多多，其中两句评判最是扎实："民有古风，官有公心。"要使民众听从一书之说而怀疑官府，老秦人自要先皱起眉头揣摩一番了。今日这一字千金，不像徙木立信那般简单，小心为妙。世间事也是奇特，若蔡泽不说，老秦人还图个热闹看个稀奇，尽情地呼喝议论；蔡泽气昂昂一宣宗旨，万千人海一时倒有了忐忑之心。

"天下文章岂能无改？在下来也！"

陡然一声破众，人海一阵骚动叫好，哗然闪开了一条夹道。

一个红衣士子手持一口长剑，从人海夹道赳赳大步到了大墙之下。蔡泽走下石礅，遥遥一拱手道："敢问足下，来自何国？高名上姓？"红衣士子一拱手，昂然答道："鲁国士子淳于越，孟子门下是也！"蔡泽不禁失笑道："鲁国已灭，足下宁为逸民乎？子当楚人或齐人才是。"红衣士子断然摇手："世纵无鲁，民心有鲁！纲成君何笑之有？"蔡泽摇摇头不屑与之争辩地笑了笑，虚手一请道："此非论战之所，足下既有正误之志，请做一字师。"

"校勘学问，儒家当仁不让。"淳于越冷冷一笑，一步跨上石礅，剑指白布大墙，"诸位且看，此乃《仲秋纪》之《论威篇》，其首句云：'义也者，万事之纪也，君臣上下亲疏之所由起也，治乱安危过胜之所在也。'可是如此写法？"

“正是！”周边士子同声回应。

“在下要改这个‘义’字！”淳于越的剑鞘不断击打着白布大墙，“义字，应改为礼字！万事之纪，唯礼可当。孔夫子云：悠悠万事，唯此为大，克己复礼也。礼为纲纪，不可变更。以义代礼，天下大道安在！”

人群出奇的冷漠，没有拍掌，没有叫好，红蒙蒙混沌天空一般。淳于越一时惊愕，颇有些无所措手足。突然，一个白发老者高声问：“敢问鲁国先生，你说的那个礼，可是孔夫子不教我等庶民知道的那个礼？那句话，如何说来着？”

“礼不下庶人！”有人高声一应。

“对对对，礼不下庶人！”老人突然红了脸，苍老的声音颤抖着，“万千庶人不能礼，只一撮世族贵胄能礼，也做得万事之本？啊！”

“说得好！老伯万岁——”

众人一片哄笑叫好，粗人索性骂将起来：“我当小子能拉出个金屎，却是个臭狐子屁话！”“直娘贼！礼是甚？权贵大棒槌！”“孔老夫子好阴毒，就欺负老百姓！”“还孟子门下，还鲁国，光腚一个，丑！不睬！”“鸟！还来改书，回去改改自家那根物事去！”

一片哄哄然嬉笑怒骂，淳于越羞愧难当，黑着脸拔脚去了。

“好！民心即天心，评判得当！”

蔡泽分外得意，长笑一阵，高呼一声：“《吕氏春秋》人皆可改，山东士子犹可改！”又吩咐下去，教门客们站上石礅，齐声高呼：“《吕氏春秋》人皆可改！山东士子犹可改！”蔡泽本意，是明知山东士子多有才俊，只有山东士子们服了，《吕氏春秋》才能真正站稳根基，所以出此号召之辞。但是，这句话此时在万千老秦人听来，却认定这是对六国士子叫阵，不由分说便跟着吼了起来，一时声浪连天，要将大咸阳城掀翻一般。如此直到过午，直到暮色，也没有一个士子来做一字师。

将灯之时，一个锦衣门客匆匆来到南门，挤到了蔡泽身边。

门客几句低语后，蔡泽大为惊愕，立即登上轺车淹没到红光紫雾中去了。

第一章 初政飓风

一　歧路在前　本志各断

月黑风高，一只乌篷快船离开咸阳逆流西上。

李斯接到吕不韦的快马密书，立即对郑国交代了几件河渠急务，从泾水工地兼程赶回咸阳。暮色时分正到北门，李斯却被城门吏以“照身有疑，尚须核查”为由，带进了城门署公事问话。李斯一时又气又笑，又无从分辩。照身制是商鞅变法首创，一经在秦国实施，立时对查奸捕盗大见成效，山东六国纷纷仿效。百年下来，人凭照身通行已成了天下通制。所谓照身，是刻画人头、姓名并烙有官府印记的一方手掌大的实心竹板。本人若是官吏，照身还有各式特殊烙印，标明国别以及官爵高低。秦法有定：庶民照身无分国别，只要清晰可辨，一律如常放行；官身之人，除了邦交使节，则一定要是本国照身。李斯从楚国入秦，先是做吕不韦门客，并非官身，一时不需要另办秦国照身；后来匆忙做了河渠丞，立即走马到任忙碌正事心无旁骛，忘记了及时办理秦国新照身。加之李斯与郑国终日在山塬密林间踏勘奔波，腰间皮袋中的老照身被挤划摩擦得沟痕多多，实在是不太明晰了。照身不清而无法辨认，原本不能通行，李斯又是秦国官服楚国照身，分明违法，又该如何分辩。说自己是秦国河渠丞，忙于大事而疏忽了照身么？官吏不办照身，本身便是过失，任何分辩都是越抹越黑。李斯对秦法极是熟悉，对秦吏执法之严更是多有体味，心知有过失之时绝不能狡口抗辩，否则，被罚十日城旦[1]，岂不大大误事？

“如何处置，但凭吩咐。”

在山岳般的城墙根的城门署石窟里，李斯淡淡说得一句，甘愿认罚。不想，城门吏压根没公事问话，只将李斯撂在幽暗的石窟角落，拿着他的照身便不见了踪迹。李斯驰骋一日疲惫已极，未曾挺得片刻，已靠着冰冷的石墙鼾声大起了。不知几多辰光，李斯被人摇醒，睁眼一看，煌煌风灯之下竟是蒙恬那张生动快意的脸庞。

“李斯大哥，今夜兄弟借你。走！”

一句话说罢，尚在愣怔之中的李斯被蒙恬背了起来，大步走出石窟，钻进了道边一辆篷布分外严实的辎车飞驰而去。一路辚辚车声，李斯已经完全清醒，却只做睡意蒙眬一言不发。已经是咸阳令兼领咸阳将军的蒙恬，以如此奇特的方式借自己，实在是蹊跷之极。蒙恬不说，李斯自然也不会问。可是，究竟所为何来？李斯却不得不尽力揣摩。大约小半个时辰，辎车徐徐停稳，李斯依然蒙眬混沌的模样，听任蒙恬背了下车。

“李斯大哥，醒醒。”

“阿嚏！”李斯先一个喷嚏，又伸腰打了个长长的哈欠，再揉了一阵眼睛，这才操着北楚口音惊讶地摇头大笑，“呀！月黑风高，阴霾呛鼻，如此天气能吃酒么？”

“这是西门坞，吃甚酒，上船再说。”

“终究咸阳令厉害，吃酒也大有周折。”

蒙恬又气又笑，压低了声音：“谁与你周折，上船你自知道！”

“不说缘由，拉人上船，劫道么？”

“非常之时，非常之法，大哥见谅。”

“好好好，终究三月师弟，劫不劫都是你了。”

淡淡一笑，李斯跟着蒙恬向船坞西边走去。连日红霾，寻常船只都

---

[1] 城旦，先秦至汉代通用刑罚之一。刑名取“旦（清晨）起行治城”之意，即自备衣食，清晨起来修筑城墙或服工程苦役。被罚者一般是修葺本地城池，为轻度违法之刑。

停止了夜航，每档泊位都密匝匝停满了舟船，点点风灯摇曳，偌大船坞扑朔迷离。走得片刻，便见船坞最西头的一档泊位孤零零停泊着一只黑篷快船，李斯心头蓦然一亮。这只船风灯不大，帆桅不高，老远看去，最是寻常不过的一只商旅快船而已，如何能在泊位如此紧缺之时独占一档？在权贵层叠大商云集律法又极其严明的大咸阳，蒙恬一个咸阳令有如此神通？

“李斯大哥，请。”

方到船桥，蒙恬恭敬地侧身虚手，将李斯让在了前面。

正在此时，船舱皮帘掀起，一个身着黑色斗篷挺拔伟岸的身躯迎面大步走来，到得船头站定，肃然一躬道：“嬴政恭候先生多时了。”李斯一时愣怔又立即恍然，也是深深一躬：“在下李斯，不敢当秦王大礼。”嬴政又侧身船头，恭敬地保持着躬身大礼道：“船桥狭窄，不便相扶，先生稳步。”对面李斯心头大热，当即深深一躬，方才大步上了船桥。一脚刚上船头，嬴政便双手扶住了李斯：“时势跌宕，埋没先生，嬴政多有愧疚。”

“！”李斯喉头猛然哽咽了。

“先生请入舱说话。”嬴政恭敬地扶着拘谨的李斯进了船舱。

“撤去船桥，起航西上。”蒙恬一步上船，低声发令。

快船荡开，迅速消失在沉沉夜雾之中。船周六盏风灯映出粼粼波光，船上情形一目了然。船舱宽敞，厚毡铺地，三张大案不分尊卑席次按品字形摆开。嬴政一直将李斯扶入临窗大案坐定，这才在侧案前入座。一名年轻清秀的内侍捧来了茶盅布好，又斟就热气蒸腾清香扑鼻的酽茶，一躬身轻步去了。嬴政指着年轻内侍的背影笑道：“这是自小跟从我的一个内侍，小高子。再没外人。”

李斯不再拘谨，一拱手道：“斯忝为上宾，愿闻王教。”

嬴政笑着一摆手，示意李斯不要多礼，这才轻轻叩着面前一摞竹简道：“先生既是荀子高足，又为文信侯总纂《吕氏春秋》。嬴政学浅，今日相请，一则想听听先生对《吕氏春秋》如何阐发，二则想听听先生对师门学问如何评判。仓促间不知何以得见，故而使蒙恬出此下策。不周之处，尚请先生见谅。”

“礼随心诚。秦王无须介怀。”

“先生通达，嬴政欣慰之至矣！”

简洁利落却又厚实得体的几句开场白，李斯已经掂量出，这个传闻纷纭的年轻秦王绝非等闲才具。所发两问，看似闲适论学，实则意蕴重重，直指实际要害。你李斯既是荀子学生，如何为别家学派做总纂？是你李斯抛弃了师门之学另拜吕门，还是学无定见只要借权贵之力出人头地？《吕氏春秋》公然悬赏求错，轰动朝野，你李斯身为总纂，如何评判此书？此等问题虽意蕴深锐，然回旋余地却是极大。大礼相请，虚怀就教，说明此时尚寄厚望于你。若你李斯果然首鼠两端，如此一个秦王岂能不察？更有难以揣摩者，秦王并未申明自己的评判，而只是要听听你李斯的评判，既给你一种选择，也给你一种冒险。也就是说，秦王目下要你评判学问，实际便是要你选择自己的为政立足点，若这个立足点与秦王之立足点重合，自然可能大展抱负，而如果与秦王内心之立足点背离，自然便是命蹇时乖。更实在地说，选择对了，未必壮志得遂；选择错了，却定然是一败涂地。然则，你若想将王者之心揣摩实在而后再定说辞，却是谈何容易！秦王可能有定见，也可能当真没有定见而真想先听听有识之士如何说法。秦王初政，尚无一事表现出为政之道的大趋向，你又如何揣摩？少许沉吟之际，李斯心下不禁一叹，莫怪师弟韩非写下《说难》，说君果然难矣！尽管一时感慨良多，然李斯更明白一点：在此等明锐的王者面前虚言周旋，等于宣告自己永远完结。无论如何，只能凭自己的真实见解说话，至于结局，只能是天意了。

思忖一定，李斯搁下茶盅坦然道：“李斯入秦，得文信侯知遇之恩，故而不计学道轩轾，为文信侯代劳总纂事务。此乃李斯报答之心也，非关学派抉择。若就《吕氏春秋》本身而言，李斯以为：其书备采六百余年为政之成败得失，以王道统合诸家治国学说，以义兵、宽政为两大轴心，其宗旨在于缓和自商君以来之峻急秦法，使国法平和，民众富庶。以治学论之，《吕氏春秋》无疑皇皇一家。以治国论之，对秦国有益无害。”

“先生所谓皇皇一家，当是何家？”

“非法，非墨，非儒，非道。亦法，亦墨，亦儒，亦道。或可称杂家。”

“杂家？先生论定？文信侯自命？”

“杂家之名，似有不敬，自非文信侯说法。”

“先生可知，文信侯如何论定自家学派？”

“纲成君曾有一言：《吕氏春秋》，王道之学也。”

“文信侯自己，如何认定？”

“文信侯尝言：《吕氏春秋》便是《吕氏春秋》，无门无派。”

“自成一家。可是此意？”

“言外之意，李斯向不揣摩。”

“本门师学，先生如何评判？”嬴政立即转了话题。

“李斯为文信侯效力，非弃我师之学也。”李斯先一句话申明了学派立场，而后侃侃直下，“我师荀子之学，表儒而里法，既尊仁政，又崇法制。就治国而言，与老派法家有别，无疑属于当世新法家。与《吕氏春秋》相比，荀学之中法治尚为主干，为本体。《吕氏春秋》则以王道为主干，为本体，法治只是王道治器之一而已。此，两者之分水岭也。”

“荀学中法治‘尚’为本体，何意？”

“据实而论，荀学法治之说，仍渗有三分王道，一分儒政，仍有以王道仁政御法之意味。李悝、商君等老派正统法家，则唯法是从，法制至上。两相比较，李斯对我师荀学之评判，便是‘法治尚为本体’。当与不当，一家之言也。”李斯谦逊地笑笑，适时打住了。

“何谓一家之言？有人贬斥荀学？”嬴政捕捉很细，饶有兴致。

“他家评判，无可厚非。”李斯从容道，“斯所谓一家之言，针对荀派之内争也。李斯有师弟韩非，非但以为荀学不是真法家，连李悝、商君也不是真法家，唯有韩非之学说，才是千古以来真正法家。是故，李斯之评判，荀派中一家之言也。”

“噢——？这个韩非，倒是气壮山河。”

“秦王若有兴致，韩非成书之日，李斯可足本呈上。”

"好！看看这个千古真法家如何个真法？"嬴政拍案大笑一阵，又回到了本题，"先生一番拆解，已然剖析分明。然嬴政终有不解：仲父已将《吕氏春秋》足本送我，如何又以非常之法公诸于天下？"

李斯一时默然，唯有舱外风声流水声清晰可闻。嬴政也不说话，只在幽幽微光中专注地盯着李斯。沉吟片刻，李斯断然开口："文信侯此举之意，在于以《吕氏春秋》诱导民心。民心同，则王顾忌，必行宽政于民，亦可稳固秦法。如此而已，岂有他哉！"

"秦法不得民心？"

又是片刻默然，李斯又断然开口："秦法固得民心。然则，庶民对秦法，敬而畏之。对宽政缓刑，则亲而和之。此乃实情，孰能不见？敬畏与亲和，孰选孰弃？王自当断。"

"敢问先生，据何而断？"

"据秦王之志而断，据治国之图而断。"

"先生教我。"嬴政霍然起身，肃然一躬。

李斯粗重地喘息了一声，也起身一拱手，正色道："秦王之志，若在强兵息争，一统天下，则商君法制胜于《吕氏春秋》。秦王之志，若在做诸侯盟主，与六国共处天下，则《吕氏春秋》胜于商君法制。此为两图，李斯无从评判高下。"

"先生一言，扫我阴霾也！"骤然之间，嬴政哈哈大笑快意之极，转身高声吩咐，"小高子，掌灯上酒！蒙恬进来，我等与先生浮一大白！"

河风萧萧，长桨摇摇，六盏风灯在漫天雾霾中直如萤火。这萤火悠悠然逆流西上，漫无目标地从丰京谷漂进漂出，又一路漂向秦川西部。直到两岸鸡鸣狗吠曙色蒙蒙，萤火快船才顺流直下回到了咸阳。

灯明火暖的厅堂，吕不韦听完了蔡泽叙说，沉吟不语了。

蔡泽已经有了酒意，一头白发满面红光地呷呷笑着："文信侯怪亦哉！书不成你忧之，书成亦忧之，莫非要做忧天杞人不成？老夫明告，今日咸阳南门那轰轰然殷切民心，是人便得灼化！《吕氏春秋》一鸣惊天下，壮哉壮哉！"吕不韦却没有半点儿激昂亢奋，只把着酒爵盯着蔡泽，一阵端详，良久淡淡一笑：“老哥哥,《吕氏春秋》当真有开元功效？”“然也！”蔡泽以爵击案，呷呷激昂，“民心即天心。得民拥戴，夫复何求矣！”吕不韦微微摇头轻轻一叹：“纲成君呵纲成君，书生气也。”蔡泽蓦然瞪圆了一双老眼：“文信侯此言何意？莫非王城有甚动静？有人非议《吕氏春秋》！”“没有。”吕不韦摇摇头，“然则，恰恰是这动静全无，我直觉不是吉兆。”

“岂有此理！”

“老哥哥少安毋躁。”吕不韦笑得一句，说了一番前后原委。

还在蔡泽一力辞官又奔走辞行之际，吕不韦依照法度，将《吕氏春秋》全部誊刻足本交谒者传车[1]，以大臣上书正式呈送秦王书房。吕不韦之所以没有亲自呈送——那样无疑可直达秦王案头，并使秦王不得不有某种形式的回复——意图在于不使秦王将《吕氏春秋》看做一己私举，而看做一件重大国事。谒者当日回复说：秦王不在王城书房，全部二十六卷上书已交长史王绾签印妥收。三日后，吕不韦奉召入王城议事，年轻的秦王指着旁案高高如山的卷宗，顺带说了一句，文信侯大书已经上案，容我拜读而后论了。后来直至议事完毕，秦王再也没有提及此事。月余过去，年轻的秦王依然没有任何说法。后来，吕不韦在王城之内的丞相专署不意遇见长史王绾，这位昔日的丞相府属官默然相对，最后略显难堪地说了一句，秦王每夜都在读书，只不知是不是《吕氏春秋》？说罢便抱着几卷公文匆匆去了。直到三日之前,《吕氏春秋》一入王城泥牛入海。

“于是，你决意公开这部大书？”

“时也，势也。”吕不韦喟然一叹，“依秦王之奋发与才具，决然不是没读此书。沉沉搁置，分明大有蹊跷。反复思忖，吕不韦晚年唯此一事，此事则唯此一途，若是不为，老夫留国何用？倒不如重回商旅。”

“文信侯，不觉疑心过甚么？”

“老夫一生阳谋，何疑之有？此乃时势直觉也，老哥哥当真不明？”

[1]　谒者，秦官，职司公文传递。传车，有谒者署特殊旗帜与标记的公文传送车辆。

吕不韦啪啪拍着大案站了起来，在厚厚的地毡上转悠着感慨着，“倏忽半年，朝局已是今非昔比矣！今日王城，竟能对你我这等高爵重臣封锁了声气，要你不知道，你便不知道。仅此一节，目下之秦王便得刮目相看。说到头，谁也驾驭不了他。你，我，《吕氏春秋》，都不行。唯有借助民心之力，或可一试。”“既然如此，老夫更是不明！”蔡泽呷呷嚷着也站了起来，“你老兄弟看得如此透彻，何须摆这迷魂阵也？又是著书立说，又是公然悬赏，惊天动地，希图个甚来！若无这般折腾，以文信侯之功高盖世，分明是相权在握高枕无忧。要借民心，多行宽政便是。一部书，能有几何之力？书既公行，民心又起，你却还是忧心忡忡，怪亦哉！老夫如何看不明白？”

“非老哥哥不明也，是老哥哥忘了化秦初衷也。”吕不韦突然笑了，几分凄然几分慨然，“若欲高枕无忧，吕不韦何须抛弃万千家财？今日剖说时势，非吕不韦初衷有变也，有备而为也。将《吕氏春秋》公诸天下，先化民心，借民心之力再聚君臣之心，而后将宽政义兵之学化入秦法，使秦法刚柔相济，真正无敌于天下……说到底，此乃一步险棋，不得已而为之也。”

“明知不可而为之！”蔡泽摇着头嚷了一句。

“不争也罢。”吕不韦淡淡一笑突然低声道，“今日老哥哥已打过了开场，《吕氏春秋》从此与你无涉。不韦将老哥哥请回，只有一事：立即打点，尽速离开咸阳。”

“哎——！却是为何？”蔡泽顿时黑了脸。

“纲成君！”吕不韦第一次对蔡泽肃容正色，“你也是老于政事了，非得吕不韦说破危局么？三个月来，被太后嫪毐罢黜的大臣纷纷起用。山雨欲来，一场风暴便在眼前。秦国已经成了山东士子的泥沼，走得越早越好。你走，王绾走，王翦走，李斯走，郑国也走。凡是与吕不韦有涉者，都走！实不相瞒，陈渲、莫胡、西门老爹与一班门客干员，半个月前已经离开了咸阳。纲成君，明白了？”

“嘿嘿，我等都走，独留你一人成大义之名？”

“糊涂！”吕不韦又气又笑，“你我换位，我拔脚便走。换不得位，纠缠个甚？我在咸阳斡旋善后，你等在洛阳筹划立足。两脚走路，防患未然。”

“啊——”蔡泽恍然点头一笑，“两脚走路，好！老夫明晨便走。”

“不。今夜便走。”

蔡泽愣然片刻又突然呷呷一笑：“也好，今夜。告辞。”

望着蔡泽大步摇出庭院，吕不韦长吁一声软倒在坐榻之上。

次日清晨醒来，沐浴更衣后进得厅堂，吕不韦没了往日食欲，只喝得一盅清淡碧绿的藿菜羹，不由自主地走进了书房。这座里外两进六开间的书房，实际上是他这个领政丞相的公务之地，被吏员们呼为大书房。真正的书房，只不过是寝室庭院的一间大屋罢了。多少年来，清晨卯时前后的丞相府都是最忙碌的。各署属官要在此时送来今日最要紧的公文，人来人往如穿梭；长史将所有公文分类理好，再一案一案地抬入这间大书房，以使他落座便能立即开始批阅公文部署政务。曾几何时，清晨的大书房不知不觉的安静了，里外六只燎炉的木炭火依然通红透亮，几个书吏依然在整理公文，除了书吏衣襟的窸窣之声，木炭燎炉时不时的爆花声，整个大厅幽静得空谷一般。从专供自己一人出入的石门甬道进入书房，一直信步走到前厅，吕不韦第一次觉得，朝夕相处的大书房竟是这般深邃空阔。晨风掀动厅门布帘，他情不自禁地哆嗦了一下。徜徉片刻，吕不韦还是坐到了宽大的书案前。事少了也好，他正要清醒冷静地重新咀嚼一遍《吕氏春秋》，再重读被秦人奉为圭臬的《商君书》。终有一日，有人要拿这两部书比较。直觉警示他，这一日近在眼前。

“文信侯，王城密件！”一个亲信书吏匆匆走了进来。

吕不韦接过书吏从铜管中抽出的一卷羊皮纸，王绾的工整小篆扑入眼中：

门人王绾顿首：得尊侯离秦密书，绾心感之至。然，绾蒙尊侯举荐事王，业已十年，入国既深，又蒙知遇，今身在中枢，何能骤然撒手而去？绾不瞒尊侯，自追随秦王以来，亲见王奋发惕厉，识人敬士，勤政谋国，其德其才无不令绾折服备至。绾敬尊侯，亦敬秦王，不期卒临抉择，绾心不胜唏嘘矣！然，绾回思竟夜，终以为贵公去私为士之节操根基。绾事秦王为公，绾事尊侯为私。贵公去私，《吕氏春秋》之大义也，绾若舍公而就私，何以面对尊侯之大书？绾有私言，愿尊侯纳之：国事幽幽，朝野汹汹，尊侯若能收回《吕氏春秋》而专领国政，诚补天之功也！

“怪亦哉！”羊皮纸拍在案头，吕不韦长叹了一声。

王绾错了么？没错。自己错了么？也没错。这心结却在何处？依着吕不韦谋划，公示大书若不能奏效，诸士离咸阳便是第二步。吕不韦很清楚，王绾、王翦、李斯、蒙恬、郑国，还有丞相府一班能事干员，都是目下秦国的少壮栋梁。王绾已经职掌长史枢要，王翦、蒙恬已经是领军大将都城大员，李斯、郑国则正在为秦国筹划一件惊世工程。此中要害在于，除了蒙恬，这几个少壮栋梁都是吕不韦门下亲信。王绾是吕不韦属下年轻的老吏，王翦是吕不韦一力举荐的上将军备选人，更是奉了吕不韦秘密兵符入雍勤王才有了大功。李斯更是吕不韦最器重的门客，郑国是吕不韦一已决断任命的总水工，两人都是泾水工程的实际操持者。如此等等，吕不韦看得清楚，相信秦王政也看得清楚。若《吕氏春秋》不能被当做治秦长策，届时这几个少壮栋梁一齐离开秦国，便将对秦王造成最直接最强大的压力，若秦王政要请回这些栋梁人物，必然得承认《吕氏春秋》的治国纲要地位。

从谋事成败说，这一步棋甚至比民心更为重要。

民心不能不顾，然也不能全顾。盖民心者，有势无力也，众望难一也。推行田制之类的实际法度要倚赖民心，然推行文明大义之类的长策伟略，民心便无处着力了。唯其如此，公示《吕氏春秋》而争民心之势，虚兵也。少壮栋梁去职离秦，实兵真章也。然则，令吕不韦预料不到的是，最牢靠的王绾第一个拒绝离秦，而理由竟是《吕氏春秋》倡导的贵公去私！更为蹊跷者，王绾最后还有“私言”，要他收回《吕氏春秋》而专一领国。第一眼看见这行字，吕不韦心头便是一跳。王绾虽忠秦王之事，然在治学上却历来推崇吕不韦的义兵宽政之说，断无此劝之理；

出此言者，得秦王授意无疑。果真如此，便是说，年轻的秦王政向自己发出了一个明确消息：收回《吕氏春秋》，文信侯依然是文信侯，丞相依然是丞相。虽然没说否则如何，可那需要说么？这个消息传递的方式，教吕不韦老大不舒坦。年轻的秦王政与吕不韦素来亲和，往昔艰难之时，老少君臣也没少过歧见，甚或多有难堪争辩。然无论如何，那时候的嬴政从来都是直言相向，吕不韦不找他去“教诲”，他也会来登门“求教”。即或是最艰危的时刻，嬴政对吕不韦也是决然坦言的，哪怕是冷冰冰大有愤然之色。曾几何时，如此重大的想法，嬴政却不愿直面明言了，因由何在？

蓦然之间，吕不韦心头一沉。

自嫪毐之乱平息，嬴政突兀患病，卧榻月余。吕不韦与秦王政的会晤，已经少得不能再少了，大体一个月一次，每次都是议完国事便散，再也没有了任何叙谈争辩夤夜聚酒之类的君臣相得。吕不韦反复思忖，除了自己与嫪毐太后的种种牵连被人举发，不会有别的任何大事足以使秦王政如此冷漠地疏离自己，而自己只能默默承受。然则，果真如此，这个杀伐决断强毅凌厉的年轻秦王如何又能忍了？半年无事，吕不韦终于认定：秦王政确实是忍下了这件事，然也确实与自己割断了曾经有过的“父子”之情，只将自己做丞相文信侯对待了。如果说，别的事尚不能清晰看出秦王的这种心态，目下这件事却是再清楚不过——年轻的秦王再也不想见自己，再也不愿对自己这个三安秦国的老功臣直面说话了。

虽无酒意唏嘘，心头却酸楚朦胧。

吕不韦素来矜持洁身，不愿在书房失态，扶着座案摇晃着站了起来。走到了廊下，迎着清冷的秋风一个激灵，吕不韦精神顿时一振。转悠到那片红叶遍地枝干狰狞的胡杨林下，吕不韦已经完全清醒了。平心而论，吕不韦对嬴政是欣赏备至的。立太子，督新君，定朝局，辅国家，吕不韦处处呵护嬴政，事事督导嬴政，从来没有任何顾忌，该当是无愧于天地良知的。嬴政不是寻常少年，对他这个仲父也是极为敬重的。每每是太后赵姬无可奈何的事，只要吕不韦出面，嬴政从来没有违拗过。若非嫪毐之事给自己烙下了永远不能洗刷的耻辱，吕不韦相信，秦王政与自已会成为情同父子的真正的君臣忘年交，即或治国主张有歧见，也都会坦坦荡荡争辩到底，最终也完全可能是相互吸收协力应事。此前二十余年，一直是吕不韦领政，显然的一个事实是：宽政缓刑在秦国已经开了先例，而且不是一次，足证吕不韦之治国主张绝非全然不能在秦国推行。年轻的秦王亲政以来，也从来没有公然否定过宽政缓刑。然则，自嫪毐叛乱案勘审完毕，老少君臣便莫名其妙地疏离了僵持了……

“禀报文信侯：李斯从泾水回来，没有来府，上了王船。”

“李斯？上王船了？”

吕不韦愣怔良久，径自向霜雾笼罩的林木深处去了。

暮色时分，李斯匆匆来到了丞相府。

暖厅相见，吕不韦一句未问，李斯便坦然地简约叙说了不意被请上王船的经过。末了，李斯略带歉意地直言相劝，要吕不韦审时度势，与秦王同心协力共成大业。吕不韦笑问，何谓同心协力？李斯说得简洁，万事归法，是谓同心协力。吕不韦又是一笑，足下之意，老夫法外行事？李斯答得明白，《吕氏春秋》关涉国是大计，不经朝会参酌而公然张挂悬赏一字师，委实不合秦国法度；宽政缓刑之说，亦不合秦法治国之理；文信侯领政秦国，该当恪守秦法，专领国事。吕不韦不禁一阵大笑：“足下前拥后倒，无愧于审时度势也！”李斯神色坦然道：“当日操持《吕氏春秋》，报答之心也；今日劝公收回《吕氏春秋》，事理之心也；弃一己私恩，务邦国大道，时势之需也，李斯不以为非。”

“李斯呵，言尽于此矣！”吕不韦疲惫地摇了摇手。

一番折辩，李斯只字未提吕不韦密书，吕不韦只字未问李斯的去向谋划。两人都心知肚明，门客与东公的路子已经到了尽头。吕不韦一说言尽于此，李斯便知趣地打住了。毕竟，面前这位已显颓势的老人曾经是李斯非常崇敬的天下良相，如果不是昨夜之事，自己很可能便追随这个老人走下去了。

“李斯呵，老夫最后一言，此后不复见矣！”

“愿闻文信侯教诲。”

默然良久，吕不韦叹息了一声：“足下，理事大才也。认定事理，审时度势而追随秦王，无可非议。然则，老夫与足下，两路人也，不可同日而语矣！既尚事功，更尚义理，事从义出，义理领事，老夫处世之根基也。老夫少为商旅，壮入仕途，悠悠六十余年，此处世根基未尝一刻敢忘也！宽政缓刑，千秋为政之道也。《吕氏春秋》，万世治国义理也。一而二,二而一。要老夫弃万世千秋之理而从一时之事，违背义理而徒具衣冠，无异死我之心也，老夫忍能为哉！”

“文信侯……”李斯欲言又止，终于起身默默去了。

踽踽回到寝室，吕不韦浑身酸软内心空荡荡无可着落，生平第一次倒头和衣而卧，直到次日午后才醒转过来。寝室女仆唏嘘涕泪说，大人昨夜发热，她夜半请来府中老医，一剂汤药一轮针灸，大人都没醒转，吓死人也；夫人不在，莫胡家老也不在，大人若有差池，小女可是百身莫赎。吕不韦笑了，莫哭莫哭，你侍寝报医有功，如何还能胡乱怪罪，生死只在天命，老夫已经没事了。说罢霍然起身，惊得女仆连呼不可不可。吕不韦却呵呵笑着走进了浴房，女仆顾不得去喊府医，连忙也跟了进去。半个时辰的热汤沐浴，吕不韦自觉轻松清爽了许多。府医赶来切脉，说尚需再服两三剂汤药方可退热。吕不韦笑着摇摇手，喝了一鼎浓浓的西域苜蓿羊骨汤，出得一身大汗，又到书房去了。

“禀报丞相：咸阳都尉[1]请见。”

“咸阳都尉？没看错？”

“在下识得此人，是咸阳都尉。”书吏说得明白无误。

“唤他进来。”吕不韦心头一动，脸色沉了下来。

片刻之间，厅外脚步腾腾砸响，一名顶盔贯甲胡须连鬓的将军赳赳进来，一拱手昂昂然高声道：“末将咸阳都尉嬴腾，见过丞相。”

“何事呵？”

“末将职司咸阳治安，特来禀明丞相：南门外人车连日堵塞，山东不法流民趁机行窃达六十余起，车马拥挤，人车争道，踩踏伤人百余起。

[1] 都尉，秦国郡县设置的兵政武官，职掌征兵治安事，亦分别简称郡尉、县尉，隶属郡县官署。都城设官等同于郡，故有咸阳都尉。军中亦有都尉，为中级将领。

为安定国人生计，末将请丞相出令，罢去南门外东城墙《吕氏春秋》悬赏之事。”

“岂有此理！”吕不韦顿时生出一股无名怒火。依着法度惯例，一个都尉见丞相府的属署主官都是越级。咸阳治安纵然有事，也当咸阳令亲自前来会商请命，一个小小都尉登堂入室对他这个开府丞相行使“职司”，岂非咄咄怪事？明知此事背后牵涉甚多理当审慎，吕不韦终究还是被公然蔑视他这个三朝重臣的方式激怒了，冷冷一笑拍案而起，“南门之事，学宫所为。学宫，国命所立。都尉尽可去见学宫令，休在老夫面前聒噪。”

“如此，末将告辞。”都尉也不折辩，一拱手赳赳去了。

吕不韦脸色铁青，大步出门登车去了学宫。在天斟堂召来几位门客舍人，吕不韦简约说了咸阳都尉事，并明白做了部署：无论生出何种事端，南门悬赏都不撤除，除非秦王下书强行。舍人们个个愤然慨然，立即聚集门客赶赴南门外守书去了。

二 大道不两立 国法不二出

奇异的事情接二连三，吕不韦实在惊讶莫名。

在他做出部署两日之后的午后时分，主事悬赏的门客舍人匆匆来报，咸阳令蒙恬在张挂大书的城墙下车马场竖立了一座商君石像。吕不韦大奇，商君石像如何能矗到车马场去？门客舍人愤愤然比划着，说了一番经过。将及正午时分，正是东城墙下人山人海之际，箭楼大钟轰鸣三响，一大队骑士甲士从长阳街直开出南门，护着一辆四头牛拉的大平板车，轰隆隆进了车马场。牛车上矗立着一座红绫覆盖的庞然大物，牛车后一辆青铜轺车，车盖下是高冠带剑的咸阳令蒙恬。甲士并未喝道，人群已乱纷纷哗然闪开。马队牛车来到车马场中央，蒙恬跳下轺车，看也不看两边的护书门客，一步跨上专为改书士子设置的大石礅，高声宣示起来：“国人士子们，我乃咸阳令蒙恬，今日宣示咸阳署官文：应国人所请，官府特在咸阳南门竖法圣商君之石刻大像，以昭变法万世之功！”蒙恬话音落点，城头大钟轰鸣六响，甲士们喊着号子将牛车上红绫覆盖的庞然大物抬下，安置在车马场中央一座六尺多高的硕大石台上，稳稳当当堪堪合适，分明是事先预备好的物事。庞然大物立好，大钟又起轰鸣。蒙恬亲自将红绫掀开，一尊几乎与城墙比肩的巍峨石像赫然矗立，直如天神，威仪气度分明是老秦人再熟不过的商君。人海一阵惊愕端详，终于涌起了商君万岁秦法万岁的连天声浪。守护《吕氏春秋》的门客们一时懵然，不知如何应对，舍人便急忙回来禀报。

“死人压活人，理他何来？”吕不韦冷冷一笑。

于是，舍人又匆匆赶回了南门。一番部署，门客们扎起帐篷轮流当值，依旧前后奔波着，照应围观人众读书改书，鼓呼一字师领取赏金，将庞大石像与守护甲士视若无物。如此过得三五日，门客舍人又赶回丞相府禀报：车马场被咸阳都尉划做了法圣苑，圈起了三尺石墙，一个百人甲士队守护在围墙之外，只许国人与游学士子在苑外观瞻，不许进入石墙之内。如此一来，民众士子被远远挡在了“法圣苑”之外，根本不可能到城墙下读书改书。

吕不韦又气又笑：“教他圈！除非用强，《吕氏春秋》不撤！”

出人意料的是，都尉率领的甲士根本没有理睬聚集在法圣苑围墙内的学宫门客，也没有强令撤除白帛大书，更没有驱赶守书门客。两边井水不犯河水，各司其职地板着脸僵持着。门客舍人不耐，与都尉论理，说城墙乃官地，立商君像未尝不可，然圈墙阻挡国人行止，便是害民生计。都尉却高声大气说，官地用场由官府定，知道么？圣贤都有宗祠，堂堂法圣苑，不该有道墙么？本都尉不问你等堵塞车马滋扰行人，你等还来说事，岂有此理！如此僵持了三五日，守法成习的国人士子们渐渐没有了围观兴趣，南门外人群便渐渐零落了。门客们冷清清守着白花花一片的《吕氏春秋》，尴尬之极，长吁短叹无可奈何。

“若再僵持，教人失笑。”门客舍人气馁了。

“小子，也是一策。”

终于，吕不韦吩咐撤回了大书。

秋分这日，吕不韦奉书进了王城，参加例行的秋藏朝会。

秋藏者，秋收之后清点汇总大小府库之赋税收入也。丞相领政，自然不能缺席。吕不韦清晨进入王城，下得辎车，见大臣们驻足车马场外的大池边，时而仰头打量时而纷纭低语。有意无意一抬头，吕不韦看见大池中的铜铸指南车上的高大铜人遥指南天，手中托着一束青铜制作的简书。怪亦哉！这是黄帝么？再搭凉棚仔细打量，却见粗长的青铜简书赫然闪光，简面三个大红字隐隐可见——商君书！

吕不韦一时愕然。这殿前大池的石山上矗立的指南车，原本是一辆人人皆知的黄帝指南车，车上铜人自然是大战蚩尤剑指南天的黄帝。这指南车，是秦惠王第一次与六国合纵联军决战前特意铸造安放的，当年还行了隆重的典礼。秦以耕战立国，尊奉黄帝战阵指南车，以示不亡歧路决战决胜之壮心，自然再正常不过。百余年下来，黄帝指南车也成了秦王宫前特有的壮丽景观。陡然之间，黄帝变成了商鞅，青铜长剑变成了竹简《商君书》，如何不令人错愕？

“小子，又是一策。”吕不韦淡淡一笑，径自进了大殿。

秋藏朝会伊始，嬴政先向大臣们知会相关事项道：“诸位，得十三位老臣上书，请改黄帝指南车为商君指南车，以昭商君法制为治秦指南之大义。本王思之再三，商君之法经百余年考验，乃成强国富民之经典，须臾不可偏离。是以，准在王城改铸黄帝指南车为商君指南车，并特准咸阳南门立商君石刻，筑法圣苑。两事之意，无非昭明天下：商君法制，乃大秦国万世不易之治国大道。诸位若有他意，尽可论争磋商。”

殿中一时默然，大臣们的目光不期然一齐聚向了吕不韦。

秦王的申明说辞，令吕不韦大出所料。依常情忖度，年轻的秦王与他年轻的谋士们目下只能与他暗中斗法，而不会将此事公然申明于国。理由只有一个：假若年轻的秦王果真维护商君法治，公然论战于秦王不利。亘古至今，大国一旦确立了行之有效的治国理念，便绝不会轻易挑起治国主张之争端，以免歧义多生人心混乱。目下情势，《吕氏春秋》尽管已经引起朝野瞩目天下轰动，但距被秦国接受为治国经典，尚有很远距离。唯其如此，吕不韦一门期望公开，期望论战，以收说服朝野之功效。而年轻秦王的护法派，则必然要遏制《吕氏春秋》流播，遏制公开论战。否则，咸阳令蒙恬为何要逼迫吕不韦撤除《吕氏春秋》？今日，年轻的秦王公然将此事申明于朝会，并许“尽可论争磋商”，却是何意？尚无定见么？不对！方才秦王说辞显然是一力护法。是护法派没想明白此举对自己不利？也不对！纵然秦王想不到，李斯、蒙恬、王绾这几个才智之士都想不到么？吕不韦一时揣摩不透其中奥秘，但却明白目下局势：此刻自己若不说话，非但失去了大好时机，反而意味着承认《吕氏春秋》与秦国格格不入，而轰动天下的张挂悬赏便成了居心叵测的阴谋。

当此之时，无论如何都得先昌明主张。

“老臣有言。”吕不韦从首座站起，一拱手肃然开口，“秦王护法，无可非议。然孝公商君治秦，其根本之点在于应时变法，而不在固守成法。老臣以为，商君治国之论可一言以蔽之：求变图存。说到底，应时而变，图存之大道也。若视商君之法为不可变，岂非以商君之法攻商君之道，自相矛盾乎？唯其求变图存，老臣作《吕氏春秋》也。老臣本意，正在补秦法之不足，纠秦法之缺失，使秦国法统成万世垂范。据实而论：百余年来，商君法制之缺失日渐显露，其根本弊端在刑治峻刻，不容德政。当此之时，若能缓刑、宽政、多行义兵，则秦国大幸也！”

“文信侯差矣！秦法失德么？”老廷尉昂昂顶来一句。

吕不韦从容道：“法不容德，法之过也。德不兼法，德之失也。德法并举，宽政缓刑，是为治国至道也。法之德何在？在亲民，在护民。今秦法事功至上，究罪太严。民有小过，动辄黥面劓鼻，赭衣苦役，严酷之余尤见羞辱。譬如，‘弃灰于道者，黥’，便是有失法德。老臣以为，庶民纵然弃灰，罚城旦三日足矣，为何定然要烙印毁面！山东六国尝云：秦人不觉无鼻之丑。老夫闻之，慨然伤怀。诸位闻之，宁不动容乎！《易》云：坤厚载物。目下之秦法失之过严，可成一时之功，不能成万世之厚。唯修宽法，唯立王道法治，方可成大秦久远伟业。”

“文信侯大谬也！”老廷尉又昂昂顶上，“秦法虽严，然却不失大德。首要之点，王侯与庶民同法，国无法外之法。唯上下一体同法，所以根本没有厚民、薄民、不亲民之实。假若秦法独残庶民，自然失德。惜乎不是！便说肉刑，秦人劓鼻黥面者，恰恰是王公贵胄居多，而庶民极少。是故，百姓虽有无鼻之人，却是人无怨尤而敬畏律法。再说弃灰于道者黥，自此法颁行以来，果真因弃灰而受黥刑者，万中无一！文信侯请查廷尉府案卷，秦法行之百年，劓鼻黥面者统共一千三百零三人，因弃灰而黥面者不过三十六人。果然以文信侯之论，改为城旦三日，安知秦国之官道长街不会污秽飞扬？"

"老臣附议廷尉之说！"国正监霍然站起，"文信侯所言之王道宽法，山东六国倒是在在施行。然则结局如何？贿赂公行，执法徇情，贵胄逃法，王侯私刑，民不敢入公堂诉讼，官不敢进侯门行法。如此王道宽法，只能使贵胄独拥法外特权，民众饱受律法盘剥。唯其如此，今日之山东六国，民众汹汹，上下如同水火。如此王道宽法，敢问法德何在？反观秦法，重刑而一体同法，举国肃然，民众拥戴，宁非法治之大德！"

"两公之论，言不及义也。"吕不韦淡淡一笑，"老夫来自山东，岂不知山东法治实情？老夫所言王道法治，唯对秦国法治而言，非对山东六国法治而言。秦法整肃严明，惟有重刑缺失，若以王道厚德统合，方能大见长远功效。若是以山东六国之法为圭臬，老夫何须在此饶舌矣！"

"即便对秦，也是不通！"老廷尉又昂昂顶上，"商君变法，本是反数千年王道而行之，自成治国范式。若以王道统合秦法，侵蚀秦法根基，必将使秦法渐渐消于无形。"

"除了秦法，对于秦国更有不通者！"最年轻的大臣出列了。咸阳令蒙恬厚亮的嗓音回荡起来，"在下兼领咸阳将军，便说兵事。《吕氏春秋》主张大兴义兵，以义兵为天下良药，以诛暴君、振苦民为用兵宗旨。这等义兵之说，所指究竟是甚？几千年都没人说得清楚。惩罚暴政而不灭其国，是义兵，譬如齐桓公。吊民伐罪而灭其国，也是义兵，譬如商汤周武。而《吕氏春秋》究竟要说甚？不明白！果真依义兵之说，大秦用兵归宿究竟何在？是如齐桓公一般只做天下诸侯霸主，听任王道乱法残虐山东庶民？还是听任天下分裂依旧，终归不灭一国？若是大秦兴兵一统华夏，莫非不是义兵了？！"

"对！小子一口吞到屎尖子上也！"

老将军桓龁粗俗响亮而又竭力拖出一声文雅尾音的高声赞叹，使大臣们忍俊不禁，又不得不死劲憋住笑意，个个满脸通红，喀喀喀一片咳嗽喷嚏之声。

吕不韦正襟危坐，丝毫没有笑意，待殿中安静，才缓慢沉稳道："义兵之说，兵之大道也，与兴兵图谋原是两事。大如汤武革命，义兵也。小如老夫灭周化周，义兵也。故义兵之说，无涉用兵图谋之大小，唯涉用兵之宗旨也。目下之秦国，论富论强，皆不足以侈谈统一华夏。少将军高远之论，老夫以为不着边际，亦不足与之认真计较。若得老成谋国，唯以王道法治行之于秦，使秦大富大强，而后万事可论。否则，皇皇之志，赳赳之言，徒然庄周梦蝶矣！"

殿中肃然无声，急促的喘息声清晰可闻。吕不韦话语虽缓，然却饱含着谁都听得出来的讥刺与训诫。这讥讽，这训诫，明对蒙恬，实则是对着年轻的秦王说话——稚嫩初政便高言阔论统一华夏，实在是荒唐大梦。秦王年轻刚烈且雄心勃勃，若是不能承受，岂非一场暴风雨便在眼前？大臣们一时如芒刺在背，举殿一片惶惶不安。

"本王以为，丞相没有说错。"

听得高高王座上一句平稳扎实的话语，殿中大臣们方才长长地松了一口气。

一王族老臣突然冷笑："文信侯之心，莫非要取商君而代之？"

"此诛心之论也！"吕不韦霍然离开首相座案，走到中央甬道，直面发难老臣，一种莫名的沉重与悲哀渗透在沙哑的声音之中，"老夫以为：无人图谋取代商君，更无人图谋废除商君之法。吕不韦所主张者，唯使大秦治道更合民心，更利长远大计。如此而已，岂有他哉！"吕不韦说罢，踽踽独立而不入座，钉在王阶下一般，大殿气氛顿时一片肃杀。眼看一班王族老臣还要气昂昂争辩，王座上的嬴政淡淡一挥手："文信侯之心，诸位老臣之意，业已各个陈明。其余未尽处，容当后议。目下之要，议事为上。"

于是，搁置论争，开始议事。

吕不韦又是没有想到，几个经济大臣没有做例行的府库归总。也就是说，秋藏决算根本就没有涉及。而朝会所议之事，也没有一件丞相不能独自决断的大事。片刻思忖，吕不韦再度恍然，秦王政的这次朝会其实只有一个目标——要他在朝堂公然申明《吕氏春秋》所隐含的实际政略，再度探察他究竟有无“同心”余地。是啊，王绾一说，李斯二说，咸阳都尉三说，蒙恬四做，今日第五次，是最后一次么？

“小子好顽韧，又是一策也。”

至此，吕不韦完全明白：嬴政已经决意秉持商君法制，决意舍弃《吕氏春秋》，同时却仍在勉力争取他这个曾经是仲父的丞相同心理政。然则，自今日朝会始，一切都将成为往昔。双方都探知了对方根基所在，同心已经不能，事情也就要见真章了。吕不韦有了一种隐隐预感，这“真章”不会远，很快就要来临了。

九月中，秦王特急王书颁行：立冬时节，行大朝会。

大朝会者，每年一次或两次之君臣大会也。战国时期大战连绵，各国大朝会很少，国事决策大都由以国君、丞相、上将军三驾马车组成的核心会商决断，至多再加几位在朝重臣。战国后期，山东六国对秦国威胁大大减小，只要秦国不主动用兵，山东六国根本无力攻秦。也就是说，这时候的秦国，是唯一能从容举行大朝会的国家。举凡大朝会，郡守县令边军大将等，须得一体还国与会。这次大朝，是年轻的秦王亲政以来第一次以秦王大印颁行王书，没有了以往太后、仲父、假父的三大印，自然是意味深远。各郡守县令与边军大将无不分外敬事，接书之日，安置好诸般政事军事，纷纷兼程赶赴咸阳。期限前三五日，远臣边将业已陆续抵达咸阳，三座国宾驿馆眼看着一天天热闹起来。新朝初会，官员们之所以先期三五日抵达，一则是敬事王命，再则也有事先探访上司从而明白朝局奥妙之意。

秦国法度森严，朝臣素无私相结交之风，贵胄大臣也没有大举收纳门客的传统。然则，自吕不韦领政几二十年，诸般涉及“琐细行止”的律条，都因不太认真追究而大大淡化。秦国朝臣官吏间也渐渐生出了敬上互拜、礼数斡旋的风习，虽远不如山东六国那般殷殷成例，却也是官场不再忌讳的相互酬酢了。尤其在吕不韦大建学宫大举接纳门客之后，秦国朝野的整肃气象，渐渐淡化为一种蔚为大观的松动开阔风习。此次新王大朝非比寻常，远臣边将们都带来了“些许敬意”，纷纷拜访上司大员，再邀上司大员一同拜访文信侯吕不韦，自然而然地便成了风靡咸阳的官场通则。

吕不韦秉性通达，素有山东名士贵胄之风，从来将官员交往视做与国事无涉的私行，收纳门客也没有任何忌讳。在吕不韦看来，礼仪结交风习原本是文华盛事，秦国官场的森森然敬业之气，有损于奔放风华，在文明大道上低了山东六国一筹。唯其如此，吕不韦大设学宫，广纳门客，默许官员私相交往，确实是渐渐破了秦国官场人人自律戒慎戒惧的传统风习。吕氏商社原本豪阔巨商，娴熟于斡旋应酬，府中家老仆役对宾客迎送得当。吕不韦本人更是酬酢豪爽，决事体恤，官场烦难之事往往在酒宴快意之时一言以决之。如此长期浸染，官员们森严自律渐渐松动，结交之意渐渐蓬勃，对文信侯更是分外生出了亲和之心，人人以在文信侯府邸饮宴决事为无上荣耀。

此次新王大朝，关涉朝局更新，远臣边将来到咸阳，自然更以拜访文信侯为第一要务。嫪毐之乱后，远臣边将们风闻文信侯受人厚诬，秦川又出了红霾经月不息的怪异天象，心下更是分外急切地要探察虚实。人各疑窦一大堆，而又绝不相信年轻的秦王会将赫赫巍巍的文信侯立马抛开，更要在文信侯艰难之时深表抚慰与拥戴。在国的大臣们虽觉察出吕不韦当国之局可能有变，然经下属远臣的诸般慷慨论说，又觉不无道理，便也纷纷备下“些许敬意”，怀着谨慎的试探，陪伴着下属远臣们络绎不绝地拜访文信侯来了。如此短短三五日，吕不韦府邸前车马交错，门庭若市，冠带如云，庭院林下池边厅堂，处处大开饮宴，各式宴席昼夜川流不息，成了大咸阳前所未有的一道官场风景。

依然是一团春风，依然是豪爽酬酢。满头霜雪的吕不韦分外矍铄健旺，臧否人物，指点国事，谈学论政，答疑解惑，似乎更增了几分豁达与深厚。一时间人人释怀，万千疑云在快乐的饮宴中烟消云散了。

“辅秦三朝，老夫足矣！”吕不韦的慨然大笑处处回荡着。

拜访者们无不异口同声：“安定秦国，舍文信侯其谁也！”

谁也没有料到，三日后的大朝，竟是一场震惊朝野的风暴。

立冬那日，朝会一开，长史王绾便宣示了朝会三题：其一，廷尉六署归总禀报嫪毐谋逆罪结案情形；其二，议决国正监请整肃吏治之上书；其三，议决秦国要塞大将换防事。如此三事，事事皆大，如何文信侯饮宴中丝毫未见消息？远臣边将们一阵疑惑，纷纷不经意地看了看首相大座正襟危坐的文信侯。见吕不韦一脸微笑气度如常，远臣边将们油然生出了敬佩之心——事以密成，文信侯处高而守密，公心也！

进入议程，白发黑面的老廷尉第一个出座，走到专供通报重大事宜的王座阶下的中央书案前，看也不看面前展开的一大卷竹简，字字掷地。备细禀报了嫪毐罪案的处置经过、依据律条并诸般刑罚人数。大朝会法度：主管大员禀报完毕，朝臣们若无异议，须得明白说一声臣无异议，而后国君拍案首肯，此一议题便告了结。嫪毐乱秦人神共愤，谁能异议？老廷尉的“本案禀报完毕”话音一落点，殿中哄然一声：“臣无异议！”

秦王政目光巡睃一周，啪地一拍王案，便要说话。

“臣有异议！”一人突然挺身而起。

“何人异议？”长史王绾依例发问。

“咸阳令兼领咸阳将军，蒙恬。”年轻大臣自报一句官职姓名。

“当殿申明。”王绾又是依例一句。

蒙恬见录写史官已经点头，示意已经将自己姓名录好，向王座一拱手高声开说：“臣曾参与平乱，亲手查获嫪毐在雍城密室之若干罪行凭据。查获之时，臣曾预审嫪毐心腹同党数十人，得供词百余篇。乱事平息，臣已将凭据与供词悉数交廷尉府依法勘定。今日大朝，此案归总了结，臣所查获诸多凭据之所涉罪人，却只字未提。蒙恬敢问老廷尉：秦国可有法外律条？”

“国法不二出。”老廷尉冷冰冰一句。

“既无法外之法，为何回避涉案人犯？”

“此事关涉重大，执法六署议决：另案呈秦王亲决。”

“六署已呈秦王？”

“尚未呈报。”

“如此，臣请准秦王。”蒙恬分外激昂，转身对着王案肃然一躬，“昭襄王护法刻石有定：法不阿贵，王不枉法。臣请大朝公议涉案未究人犯！”

老廷尉肃然一躬：“既有异议，唯王决之。”

嬴政冷冷一笑：“嫪毐罪案涉及太后，本王尚不敢徇私。今日国中，宁有贵逾太后者？既有此等事，准咸阳令蒙恬所请：老廷尉公示案情凭据。”

“老臣遵命。”老廷尉磨刀石般的沙沙声在殿中回荡起来，“平乱查获之书信物证等，共三百六十三件，预审证词三十一卷。全部证据证词，足以证明：文信侯吕不韦涉嫪毐罪案甚深。老臣将执法六署勘定之证据与事实一一禀报，但凭大朝议决。”

举殿惊愕之中，磨刀石般的粗粝声音在大殿中持续弥漫，一件件说起了案件缘由。从吕不韦邯郸始遇寡妇清，到嫪毐投奔吕不韦为门客，再到吕不韦派女家老莫胡秘密实施嫪毐假阉，再到秘密送入梁山。全过程除了未具体涉及吕不韦与太后私情，因而使吕不韦制作假阉之举显得突兀外，件件有据，整整说了一个时辰有余。

举殿大臣如梦魇一般死寂，远臣边将们尤其心惊肉跳。如此等等令人不齿的行径，竟是文信侯所为？果真如此，匪夷所思！在秦国，在天下，嫪毐早已经是臭名昭著了。可谁能想到，弄出这个惊世乌龟者，竟然是辅佐三代秦王的旷世良相？随着老廷尉的沙沙磨刀石声，大臣们都死死盯住了皇皇首相座上的吕不韦，也盯住了高高王座上的秦王政。

“敢问文信侯，老廷尉所列可是事实？”蒙恬高声追问。

面色苍白的吕不韦，艰难地站了起来，对着秦王政深深一躬，又对着殿中大臣们深深一躬，一句话没有说，径自出殿去了。直到那踽踽身影出了深深的殿堂，大臣们还是梦魇一般寂然无声。

初冬时节，纷扰终见真章。

秦王颁行朝野的王书只有短短几句：“查文信侯开府丞相吕不韦，涉嫪毐罪案，既违国法，又背臣德，终使秦国蒙羞致乱。业经大朝公议，罢黜吕不韦丞相职，得留文信侯爵，迁洛阳封地以为晚居。书发之后，许吕不韦居咸阳旬日，一俟善后事毕，着即离国。”王书根本没有提及《吕氏春秋》，更没有提及那次关涉治国之道的朝堂论争。

到丞相府下书的，是年轻的长史王绾。宣读完王书，看着倏忽之间形同枯槁的吕不韦，默然良久，王绾低声道：“文信侯若想来春离国，王绾或可一试，请秦王允准。”吕不韦摇摇头淡淡一笑：“不须关照。三日之内，老夫离开咸阳。”王绾又低声道：“李斯回泾水去了。郑国要来咸阳探访文信侯，被在下挡了。”吕不韦目光一闪，轻声喘息道：“请长史转郑国一言：专一富秦，毋生他念，罪亦可功。”王绾有些困惑：“此话，何意？”吕不韦道：“你只原话带去。言尽于此，老夫去矣！”说罢一点竹杖，吕不韦摇进了那片红叶萧疏的胡杨林，一直没有回头。王绾对着吕不韦背影深深一躬，匆匆登车去了。

暮色之时，吕不韦开始了简单的善后。

之所以简单，是因为一切都已经做了事先绸缪。吕不韦要亲自操持的，只有最要紧的一宗善后事宜——得体地送别剩余门客。自蒙恬在南门竖立商君石刻，门客们便开始陆续离开文信学宫。月余之间，三千门客已经走得庭院寥落了。战国之世开养士之风，门客盈缩便成了东公的时运表征。往往是风雨未到，门客便开始悄然离去，待到夺冠去职之日，门客院早已经是空空荡荡了。若是东公再次高冠复位，门客们又会候鸟般纷纷飞回，坦然自若，毫不以为羞愧。养士最多且待客最为豪侠的齐国孟尝君，曾为门客盈缩大为动怒，声言对去而复至者“必唾其面而大辱之！”赵国名将廉颇，对门客去而复至更是悲伤长叹，连呼：“客退矣！不复养士！”

此中道理，被两位天下罕见的门客说得鞭辟入里。

一个是始终追随孟尝君的侠士门客冯驩，一个是老廉颇的一位无名老门客。冯驩开导孟尝君，先问一句：“夫物有必至，事有固然，君知之乎？”孟尝君看着空荡荡冷清清的庭院，气不打一处来，黑着脸回了一句：“我愚人也，不知所云！”冯驩坦然地说：“富贵多士，贫贱寡友，事之固然也。譬如市人，朝争门而暮自去，非好朝而恶暮，在暮市无物无利也。今君失位，宾客皆去，不足以怨士也。”孟尝君这才平静下来，接纳了归去来兮的门客们。

廉颇的那个无名老门客，却是几分揶揄几分感喟，其说辞之妙，千古之下尤令人拍案叫绝。在老廉颇气得脸色铁青大喘气的时候，老门客拍案长声：“吁！君何见之晚也？夫天下以市道交，君有势，我则从君，君无势，我则自去。此固其理也，有何怨乎！”用今日话语翻译过来，更见生动：啊呀，你才认识到啊！当今天下是商品社会，你有势，我便追随你，你失势，我便离开你。这是明明白白的道理，你何必怨天尤人！赤裸裸说个通透，老廉颇没了脾气。

吕不韦出身商旅，久为权贵，对战国之士的“市道交”却有着截然不同于孟尝君与廉颇的评判，对门客盈缩去而复至，也没有那般怨怼感喟。吕不韦始终以为：义为百事之本，大义所至，金石为开。当年的百人马队，为了他与子楚安然脱赵，全部毁容战死，致使以养士骄人的平原君至为惊叹。仅此一事，谁能说士子门客都是“市道交”的市井之徒？门客既多，必然鱼龙混杂，以势盈缩原本不足为奇，若以芸芸平庸者的势利之举一言骂倒天下布衣士子，人间何来风尘英雄？然则，尽管吕不韦看得开，若数千门客走得只剩一两个，那定然也是东公待士之道有差，抑或德政不足服人。从内心深处说，吕不韦将战国四大公子的养士之道比做秦法——势强则大盈，但有艰危困顿，则难以撑持。其间根本，在于战国四大公子与寻常权臣是以势（力）交士，而不是以德交士，此于秦法何其相似乃尔！吕不韦不然，生平交往的各色士子不计其数，而终其一生，鲜有疏离反目者。

吕不韦坚信，即或自己被问罪罢黜，门客也决然不会寥寥无几。

公示《吕氏春秋》的同时，吕不韦已开始了最后的筹划，秘密地为可能由他亲自送别的门客们准备了大礼。每礼三物：一箱足本精刻的《吕氏春秋》，一只百金皮袋，一匹阴山胡马。反复思忖，吕不韦将这三物大礼只准备了一百份。他相信，至少会有一百个门客留下来。主事的女家老莫胡说，三十份足够了，哪里会有一百人留下？西门老总事则说，最多五六十份，再多白费心了。吕不韦坚持说一百份，还加了一句硬邦邦的话，世间若皆市道交，宁无人心天道乎！那日，离开举发他罪行的大朝会，心如秋霜的吕不韦没有回府，拖着疲惫的身躯去了文信学宫，又去了聚贤馆。时当晚汤将开，他要亲自品咂一番，看看这最是“以市道交”的门客世事能给他何等重重一击？

“晚汤开得几案？”吕不韦稳住自己，淡淡一笑。

“几案？已经三百案了，还有人没回来哩！”

总炊执事亢奋的话语未曾落点，吕不韦已经软倒在了案边。片时，吕不韦在总炊执事的忙乱施救中醒来，一脸舒展的笑意。老执事不胜唏嘘，竟不知如何应对了。当晚，吕不韦一直守候在聚贤馆，亲自陪着陆续回来的门客们晚汤，直到最后一个人归来吃饭。沉沉丑时，吕不韦方回到丞相府。虽然已经是三更之后，吕不韦还是立即吩咐总执事：再另备两百六十份三物之礼，一马、百金、一匹蜀锦。吩咐一罢，呵呵笑着蒙头大睡去了。

“天人之道，大矣！”三日之后醒来，吕不韦慨然一叹。

今夜善后，吕不韦是坦然的，也是平静的。

他亲自会见了最后的三百六十三名门客，亲自将不同的三礼交到了每个人手上，末了笑叹一声：“诸位襄助老夫成就《吕氏春秋》，无以言谢也！老夫所愧者，未能将《吕氏春秋》躬行践履。今日，诚托诸位流布天下，为后世立言，吕不韦死则瞑目矣！”门客们感慨欷歔不能自已，参与《吕氏春秋》主纂的三十多个门客更是大放悲声。将及五更，每个门客都对吕不韦肃然一躬辞行，举步回头间都是昂昂一句：“吕公若有不测，我闻讯必至！”

次日暮色降临之时，一行车马辚辚出了丞相府。

三日之后，吕不韦抵达洛阳。意料不到的是，蔡泽带着大群宾客迎到了三十里之外。宾客中既有六国使臣，也有昔日结识的山东商贾，更有慕名而来的游学士子，簇拥着吕不韦声势浩荡地进了洛阳王城的封地府邸。陈渲、莫胡、西门老总事等不胜欣喜，早已经预备好了六百余案的盛大宴席。吕不韦无由推托，只好勉力应酬。

席间，山东六国使臣纷纷邀吕不韦到本国就任丞相。趁着酒意，各色宾客们纷纷嘲笑秦国，说老秦原本蛮戎，今日却做假圣人，竟将一件风流妙曼之事坐了文信侯罪名，当真斯文扫地也！六国特使们一时兴起，争相叙说本国权臣与王后曾经有过的妙事乐事，你说他补，纷纷举证，争执得面红耳赤不亦乐乎。吕不韦大觉不是滋味，起身朗声答道："敢请列位特使转禀贵国君上：吕不韦事秦二十余年，对秦执一不二。今日解职而回，亦当为秦国继续筹划，决然无意赴他国任相。老夫此心，上天可鉴。"

吕不韦言之凿凿，山东使臣们大显难堪，一时没了话说。虽则如此，在蔡泽与一班名士的鼎力斡旋下，大宴还是堂皇风光地持续了整整三日。宾客流水般进出，名目不清的贺礼堆得小山也似，乐得老蔡泽连呼快哉快哉。

倏忽冬去春来，三月启耕之时，秦王王书又到洛阳。

特使蒙武将王书念得结结巴巴："秦王书曰：文信侯吕不韦以罢相之身，与六国使臣法外交接，诚损大秦国望也。君何功于秦，封地河南十万户尚不隐身？君何亲于秦，号称仲父而不思国望？着文信侯及其眷属族人，立即徙居巴蜀，不得延误。秦王政十一年春。"

"届时矣！"吕不韦轻轻叹息了一声。

"文信侯，何，何日成行？"蒙武艰难地吭哧着。

"国尉稍待一时。"吕不韦淡淡一笑，进了书房。

良久悄无声息，整个大厅内外如空谷幽幽。突闻一声轻微异响，蒙武心头突兀大动，一个箭步推门而入，里间景象教他木桩般地愣怔了——书案前，肃然端坐着一身大红吉服的吕不韦，白发黑冠威严华贵，嘴角渗出一丝鲜红的汁液，脸上却是那永远的一团春风……

蒙武深深三躬，飞马便回了咸阳。

三 人性之恶 必待师法而后正

嬴政没有料到，吕不韦之死激起了轩然大波。

三川郡守紧急密报：文信侯突兀饮鸩而死，散去门客纷纷赶赴洛阳，早年与吕氏商社过从甚密的大商巨贾也闻讯奔丧，不便公然出面的六国君主与权臣则派出各式名目的密使私使前来吊唁；那个奄奄一息的卫国最是不可思议，竟派出了首席大臣宗卿[1]为特使，率濮阳吏员百余人身着麻衣丧服，打着“祖国迎葬文信侯”的大幡旗进入洛阳，公然叫嚷卫国要将吕不韦尸身迎回濮阳安葬！旬日之间，吕不韦的洛阳封地已经云集了数千人之众。

原来，秦王特使赴洛阳之事，三川郡守一无所知。本打算在宣书后再拜会郡守的特使蒙武，又星夜回了咸阳。三川郡守对吕不韦之死大觉意外，得到消息立即亲赴文信侯府邸查勘虚实。一见吕不韦尸身，郡守深为惊愕，当即派定郡都尉与郡御史[2]率两百步卒甲士，昼夜守护文信侯府邸与尸身所在的书房，同时飞报咸阳定夺。这是秦国法度：大臣猝死，须待廷尉府勘验尸身确定死因，再经秦王书定葬礼规格，方可下葬；高爵君侯死于封地，地方官须守护其府邸与尸身，并立即报咸阳如上决事。

郡守依法处置之际，情势却发生了意外的突变。

依照久远成俗的丧葬礼仪，无论死者葬礼规格将如何确定，死后都有必须立即进行的第一套程式。这套程式谓之“预礼”，主要是四件事：正尸、招魂、置尸、奠帷。四件事之后，死者家族才能正式向各方报丧，而后再继续进行确定了规格的丧葬礼仪。正尸，是立即将死者尸身抬回府邸的正房寝室，谓之寿终正寝死得其所。移尸正寝之后，立即请来大巫师依照程式招魂。大巫师捧着死者衣冠，从东边屋檐翘起的地方登上府邸最高屋脊，对着北方连呼三遍：“噢嗬——某某归来也！”而后将死者衣冠从屋前抛下，家人用特备木箱接住，再入室覆盖在死者身上，魂灵方算回归死者之身。招魂之后的置尸，是对死者尸身做最初处置，为正式入殓预为准备。一宗是楔齿：为了防止尸体僵硬时突然紧闭其口，一旦确认人死，立即用角质匙楔入死者牙齿之间，留出缝隙，以便按照正式确定的葬礼规格入殓时在死者口中放置珠玉；再一宗是缀足：将死

[1] 宗卿，卫国执政大臣，权力同他国丞相。
[2] 郡御史，秦国郡署官吏，职掌一郡监察。

者双足并拢扶正，用死者生前用过的燕几（矮几）压住双足并以麻线绳捆缚固定，拘束双足使之正直，以便正式入殓时能端端正正穿好皮靴。置尸就绪，家人立即设干肉、肉酱、醴酒做简朴初祭，并用帷幕将死者尚未正式入殓的尸身围隔起来，帷幕之外先行设置供最先奔丧者们哭祭的灵室（尸身正式入殓棺椁之后，始设与葬礼规格相应的大灵堂），此为奠帷。如此这般第一套程式完成之后，家主方正式向各方报丧，渐次进入正式的丧葬程式。

然则，奔丧者们看到的，却是对死者的大不敬。

山东各方人士赶赴洛阳，原本只是为奔丧而来。也就是说，只是要参加由秦国操持的葬礼，对吕不韦做最后的送行。奔丧者们一腔伤痛一路唏嘘地赶到洛阳，非但没有大型丧事对于宾客下榻、服丧、祭奠、守灵等诸般事宜的有序安置，且连预设的灵室也没有一个，淤积压抑的哀伤竟没了喷涌的去处。络绎纷纭聚来的奔丧者们，在文信侯府邸内外相互探听，方知吕不韦死在了书房，夫人陈渲与老总事西门也绝望饮鸩，先后死在了吕不韦尸身之旁，此时连尸身还冷冰冰原样搁置原地，预礼四事竟一事未行！对此，秦国郡守的文告宣示的理由只有一个：护持尸身，依法勘验，一应葬礼事宜报王待决。

“如此秦法，禽兽行也！”奔丧者们愤怒了。

自远古以来，葬礼从来都是礼仪之首，最忌擅改程式，最忌省俭节丧。古谚云，死者为尊。又云，俭婚不俭葬。说的便是这种已经化为久远习俗的葬礼之道。到了战国，丧葬程式虽已大为简化，然其基本环节并没有触动，人们对葬礼的尊崇也几乎没有丝毫改变。时当战国中晚期的大师荀子有言：“礼者，谨于治生死者也。生，人之始也。死，人之终也。终始俱善，人道毕矣！故，君子敬始而慎终。事生不忠厚，不敬文（程式礼仪），谓之野。送死不忠厚，不敬文，谓之瘠（刻薄）。送葬者不哀不敬，近于禽兽矣！丧礼者，以生者饰死者也，大象其生以送其死也。故，如死如生，如亡如存，终始一也！[1]”荀子亦法亦儒，理论之正

[1]　见《荀子·礼论》。

为当世主流所公认，其葬礼之说无疑是一种基于习俗礼仪的公论——葬礼的基本程式是必须虔诚遵守的，是不能轻慢亵渎的。

奔丧者们愤慨哀痛之心大起，一时群情汹汹，全然不顾三川郡守的禁令，径自在文信侯府邸外的长街搭起了一座座芦席大棚，聚相哭祭，愤愤声讨，号啕哭骂之声几乎淹没了整个洛阳。六国各色密使推波助澜，卫国迎葬使团奔走呼号，大洛阳顿时一片乱象。纷乱之际，与吕不韦渊源甚深的齐国田氏商社挺身而出，秘密聚集奔丧者们商议对策。奔丧各方众口一词：秦王嬴政诛杀假父、扑杀两弟、囚居生母、逼杀仲父，其薄情残苛亘古罕见，若得候书处置，文信侯必是死而受辱不得善终。一夜聚议，多方折冲，卫国使团放弃了迎葬主张，赞同了奔丧者们的义愤决断：同心合力，窃葬文信侯！

窃葬者，不经国府发丧而对官身死者径自下葬也。一旦窃葬，意味着死者及其家族从此将永远失去国家认可的尊荣。寻常时日，寻常人等，但有三分奈何，也不愿出此下策。然则，吕不韦终生无子，夫人陈渲与西门老总事又先后在吕不韦尸身旁饮鸩同去。吕府一片萧瑟悲凉，只留下一个女总管莫胡与一班仆役执事痛不欲生地勉力支撑，对秦王恨得无以复加，谁信得秦王嬴政能厚葬吕不韦？自然对众客密议一拍即合。于是，阖府上下与奔丧各方通力同心，竟在尸身停留到第六日的子夜之时，用迷药迷醉了郡都尉、郡御史及两百甲士，连夜将吕不韦尸身运出了洛阳。及至三川郡守觉察追来，吕不韦已经被下葬了。虑及掘墓必将引起众怒公愤而招致事端，郡守只得快马飞书禀报咸阳。

吕不韦的墓地，是奔丧者们一致赞同的大吉之地。

仓促窃葬，奔丧者们无法依据公侯葬礼所要求的程式选择墓地，而吕不韦这样的人物，又绝不能埋葬在被阴阳家堪舆家有所挑剔的地方。就在一切议定、唯独在墓地这个最实在的事项上众口纷纭莫衷一是的时候，鲁国名士淳于越高喊了一声："北邙！"众人闻声恍然，顿时一口声赞同，立即通过了公议：在洛阳北邙山立即开掘建造墓地。

北邙者，北邙山也。之所以人人赞同，根由在这北邙大大的有讲究。

洛阳，是西周灭商后由周公主持营建起来的东部重镇，西周时叫做洛邑。洛邑在当时的使命，主要是统御镇抚东部由殷商旧部族演变成的新诸侯。正是基于如此重大的使命，洛邑修建得器局很大，城方七百二十丈，几乎与西周在关中的都城镐京不相上下。论地利，洛邑南依洛水，北靠巍巍青山，是天下公认的祥瑞大吉之地。这道巍巍青山，当时叫做郏山，东周时随着洛邑更名为洛阳[1]，郏山也更名，叫做了邙山。这道邙山，东西走向，西起大河三门（峡），东至洛阳之北，莽莽数百里一道绿色屏障。邙山虽长，其文华风采却集中在东部洛阳一段。洛阳这段邙山，时人呼为“北邙”。从东周都城迁入洛阳开始，历代周王及公侯大臣以及外封的王族诸侯，死后几乎都葬在了北邙。周人最重葬礼，选定的安葬地肯定是天下堪舆家尊奉的上吉之地了。于是，春秋战国时期许多匆忙死去而来不及仔细堪舆墓地的中原诸侯，纷纷葬在了北邙山。风习浸染，流传后世，“北邙”已经成了墓葬之地的代称。

唯其如此，北邙山得享赫赫大名，安葬吕不韦自然是毫无争议。

一番秘密操持，数千宾客在洛阳北邙山隆重安葬了吕不韦夫妇主仆，一座大冢起得巍巍然山陵一般。为迷惑秦国，主葬的田氏商社与卫国使团宣称：大墓只葬了吕不韦夫人陈渲一人，文信侯已经被迎回卫国安葬了。消息传开，洛阳民众便将这座大墓呼为“吕母冢”，以致传之后世，吕不韦陵墓仍然被叫做吕母冢。

“山东士商可恨！六国诸侯可恶！”

嬴政接报震怒不已。以法度论，纵然自裁，吕不韦也还是秦国有封地的侯爵重臣。山东士子商贾竟与列国合谋，公然在秦国郡县以非法伎俩窃葬秦国大臣，岂非公然给秦国抹黑，置他这个秦王于耻辱境地？盛怒之下，嬴政飞车东来，路过蓝田大营，亲点了六千铁骑连夜赶赴洛阳，决意依法查究窃葬事件，洗刷秦国耻辱，以正天下视听。

---

[1]　洛阳更名，几经反复，从头为：西周“洛邑”，东周至战国、秦为“洛阳”，西汉改名“雒阳”（东汉同），曹魏再改回“洛阳”。据《水经注》引《魏略》，更名原因在五行国运之说，其云：“汉火行忌水，故去其‘氵’而加‘隹’；魏为土德，土水之牡也，水得土而流，土得水而柔，除‘隹’加‘氵’。”

“我王留步——”

将出函谷关之时，蒙武、王绾飞马赶来了。

身为特使，亲见吕不韦惨烈死去的蒙武说得很是痛心：“君上初政，此举有失鲁莽。文信侯人望甚重，不期而死，老臣亦戚戚不胜悲切，况乎吕氏旧人？门客故人愤激生疑，以致窃葬，情可鉴也。人去则了矣！我王亲政已无障碍，若执意查究违法窃葬之罪，诚愈抹愈黑，王当三思也。”

年轻的王绾更是坦然相向：“臣原为文信侯属吏，本不当就此事建言，然谋国为大，臣不得不言：目下秦国朝局半瘫，吏治未整，百事待举，徒然纠缠文信侯丧葬之事，分明因小失大，臣以为不妥。”说罢垂手而立，一副听候处置的模样。

嬴政脸色铁青，终于一挥手回车了。

毕竟，就本心而论，嬴政没有赐死吕不韦之意，更无威逼吕不韦自裁之心。只是在得到山东名士贵胄流水般赶赴洛阳，策动吕不韦移国就相的密报时，嬴政有了一种直觉，必须对这个曾经的仲父有所警示，也必须使吕不韦离开中原是非之地；否则，他仍然可能对秦国新政生出无端骚扰，甚至酿出后患亦未可知。基于此等思虑，嬴政才派出了与吕不韦世交笃厚的蒙武，下了那道有失厚道的王书。有意刻薄，也是嬴政从少年时便认定这个仲父阔达厚实，很少能被人刺痛说动，不重重刺上几句，只怕他听罢也是淡淡一笑浑不上心。及至蒙武星夜赶回禀报，业已悔之晚矣！嬴政这才觉得，自己显然低估了吕不韦在嫪毐事变中遭受的深深顿挫，更没有想到，这个曾经的仲父会将自己的几句刻薄言辞看得如此之重。

就实而论，以吕不韦的巨大声望，纵然迁徙到巴蜀之地，完全可能依旧是宾客盈门。吕不韦若坚执无休止地传播《吕氏春秋》，嬴政纵然不能容忍，又能奈何？以战国之风，这几乎是必然可能发生的未来情势。一个力图完全按照自己的意志推行新政的国王，岂能没有顾忌之心？若得全然没有顾忌，除非这个享有巨大声望以致嬴政不能像处死嫪毐那样轻易问他死罪的曾经的仲父死了。然则，吕不韦心胸豁达，体魄厚实，岂能说死便死？吕不韦若是活得与曾祖父昭襄王一般年岁，嬴政的隐忧极可能还要再持续二十余年。恰恰此时，吕不韦却自己去了，使嬴政的未来隐忧以及有可能面对的最大麻烦顿时烟消云散，可谓想也不敢想的最好结局。

这，是天意么？

乍接吕不韦死讯，嬴政可谓百味俱生。如释重负，歉疚自责，空荡荡若有所失，沉甸甸忧思泛起，痛悔之心，追念之情，乱纷纷纠葛心头无以排解。吕不韦以死让道，使他能够大刀阔斧地亲政领国么？果真此心，因由何在？恍惚之间，嬴政心头电光石火般闪过一个从来没有过的念头——莫非流言是实，吕不韦当真是我生父？不！不可能！果真如此，母亲岂能那般匪夷所思地痛恨吕不韦，将狂悖的嫪毐抬出来使吕不韦永远蒙羞？但无论如何，对他这个秦王而言，吕不韦之死，这件事本身都是难以估价的"义举"。身为秦王，唯有厚葬吕不韦，方可心下稍安。若是没有山东奔丧者们的窃葬事件，在法度处置之后，嬴政原本是要为曾经的仲父举行最隆重的葬礼的。

然则，窃葬之报犹重重一锤，嬴政顿时清醒了过来。

事关国家，唯法决之。这是嬴政在近十年的"虚王"之期锤炼出的信念，更是在与《吕氏春秋》周旋中选择的治国大道。吕不韦既然长期执掌秦国大政，吕不韦便不是吕不韦个人，而是关联天下的秦国权力名号，是秦国无法抹去的一段极为重要的历史；对吕不韦丧葬的处置，也不是对寻常大臣的个人功过与葬礼规格的认定，而是关联秦国未来大局的国事政事。若非如此，山东奔丧者们岂能如此上心？

百年以来，秦国大臣贵胄客死山东者不可胜数。秦国每次都是依照法度处置，何以山东人士没有过任何异议？嬴政很熟悉国史，清楚地记得：当年秦昭王立的第一个太子，也就是嬴政的祖父孝文王嬴柱的哥哥出使魏国，吐血客死于大梁，随行副使不敢对尸身做任何处置，立即飞报咸阳。那时候，山东六国朝野非但没有咒骂秦国，反倒是一口声的赞颂："秦国之法，明死因，消隐患，防冤杀，开葬礼之先河，当为天下仿效矣！"这次，吕不韦尸身搁置得几日，如何突然便成了不能容忍的罪孽？山东士商与六国官府是针对葬礼还是秦国？若是旁个大臣客死洛阳而依法处置，山东诸侯会有如此大动静么？其中奥秘不言自明，是可忍，孰不可忍！听任山东奔丧者们窃葬，秦国何以立足天下？

尽管思绪愤激，连夜东出，嬴政终究还是忍下了这口气。

面对蒙武与王绾的拦路强谏，多年磨炼出的冷静秉性，使嬴政心头立即闪出了第一个念头：两位都是敦诚大臣，不妨想想再说。回到函谷关幕府，蒙武王绾又是各自陈说备细，嬴政终于从愤激中真正摆脱出来。君臣三人计议了整整一宿，决意大度地处置震动天下的窃葬事件。处置方略是：第一步，秦王对朝野颁行紧急王书，以“文信侯猝死，实出本王意外，亦致各方多生错解，情可鉴也”为根基说辞，承认对吕不韦的窃葬，申明对预谋各方不予追究；第二步，蒙武再度为秦王特使，赶赴洛阳北邙山，以公侯大礼隆重祭奠吕不韦，并以秦国王室名义，为被草草窃葬的吕不韦修建壮阔的文信侯陵园。

“此事如此告结，我心亦安矣！”嬴政长吁了一声。

“王有大度，宣泄人心，事端自平。”蒙武宽慰地笑了。

“余波一平，整肃国政便可着手。”王绾也是精神大振。

次日，君臣三人赶回咸阳，立即分头行事。三日之后，秦王王书颁行秦国各郡县，并同时知会山东六国；特使蒙武则率领着隆重的国葬仪仗车马，辚辚出了大咸阳奔赴洛阳。诸事妥当，嬴政立即召来王翦、蒙恬、王绾三位新朝干员，开始商议如何着手整肃吏治理清国政的大计。然则，谁也没有想到的是，这次小朝会尚未结束，大咸阳便乱了。

窃葬余波不仅没有完结，反而弥漫为举国乱象。

特急王书颁行之后，朝野议论不但没有体察秦王，反倒是传闻纷纷流言丛生。一说秦王“着意赐死”文信侯，一说秦王“威逼”文信侯自裁。与此等流言相连，秦王嬴政的种种“劣迹暴行”也在巷间乡野流传开来。最为神秘惊人的传闻是：太后原本是文信侯钟爱的歌伎，嫁给庄襄王嬴异人时已有身孕，目下秦王原本是文信侯亲子，子逼父死，天理不容！流言纷纭之时，咸阳尚商坊的六国商旅与游学名士同声相应，搭起了一座高大肃穆的灵棚，昼夜祭奠文信侯。老秦人感念吕不韦宽政缓刑，流水般麻衣哭临，在灵前虔诚匍匐。一时间祭吕之风大起，咸阳城麻衣塞道，哭声日夜不断，比国丧有过之而无不及。

正在小朝会之时，奉命大祭并督造吕不韦陵园的蒙武从洛阳赶回，忧心忡忡地禀报了洛阳事态。山东六国及一班诸侯，非但不体察秦国处置举措，反倒处处借机滋事。在蒙武以王使之身代秦王祭奠吕不韦时，山东人士也大举赶来公祭，还要与蒙武争夺主祭。不仅如此，山东人士又散布种种恶毒流言蛊惑洛阳民众，以致三川郡人心浮动，已经有民众开始悄悄逃往三晋。更有甚者，洛阳老王城的周室遗族与魏韩两国通谋，声言三晋乃周室宗亲诸侯，三川郡该当“回归”三晋！目下，三川郡守业已对各方谋划探察清楚，深感洛阳有脱秦之危，大为不安，特意敦请蒙武速回咸阳，禀报秦王定夺。

蒙武心绪沮丧之至，说到末了，一声沉重地叹息：“老臣原主从宽处置，然则，树欲静而风不止。老臣惭愧，无话可说矣！”当初同样主张大度安抚，以尽早使国事进入正轨的长史王绾，在旁边也是面色通红，一时默然无对。

“两位将军以为如何？”嬴政没有发作，反倒笑了。

王翦眉头锁成了一团：“国人心乱，六国觊觎。此等局面，螳螂捕蝉黄雀在后，万不可造次处置。我等宜待大局清楚，再定处置之策。”

“等不起！”蒙恬一拍案站了起来，“此等乱象得寸进尺，岂能容忍？说到底，全然是吕氏门客与在秦山东士商内外勾连，再加六国多方策应所致！我若静观等待，分明是示弱，后果难以预料。”

“足下之见，该当如何？”老成厚重的王翦认真追了一句。

“我……尚未想好。”年轻的蒙恬一时语塞。

蒙武瞪了儿子一眼，一拱手道：“老臣赞同王翦之见。”

“长史以为该当如何？”嬴政轻轻叩着书案。

王绾沉吟着：“两说各有其理，臣一时无断。”

“也好。本王断之。”嬴政拍案而起，“事有此变，天赐良机。国府善意在先，却得恶意回报。本王无愧于庶民，无愧于天下。善举不能了，自有法治了。荀子曾说：人性之恶，必待师法而后正。斯言大哉！”喟然一叹，嬴政些许缓和，“等是不能等。与此等卑劣猥琐之事做旷日持久纠缠，何事可为？须得当下便断。”

“王有良策？”蒙武有些惊愕了。

“长史书令。”嬴政双目炯炯精神分外振作，对王绾一挥手，清晰口授，“其一，王翦将军率三万铁骑，兼程进入三川郡，驻扎洛阳通往三晋之要道，杜绝山东诸侯进出洛阳，着力护持三川郡守依法查究叛秦罪犯，限期一月，务必结案；其二，咸阳令官署将国中祭吕始末、往祭之人以及诸般流言，旬日内备细查实，禀报廷尉府；其三，行人署于旬日之内，将在秦山东士商之诸般谋划、举措及参与之人，一一查勘确凿，禀报廷尉府；其四，廷尉府会同执法六署，依据各方查勘报来的事实凭据，依法议处。”略一喘息，嬴政轻轻问了一句，“如此四条，诸位可有异议？”

“合乎法度，臣无异议！”王翦蒙恬王绾异口同声。

“老国尉以为不妥？”

“老秦人往祭吕不韦，也要查究治罪？”蒙武皱起了眉头。

“国法不二出。老秦人违法，不当治罪？”

“老臣尝闻：法不治众。老秦人受山东士商蛊惑，往祭文信侯并传播流言，固然违法。然人数过千过万，且大多是茫然追随，若尽皆治罪，伤国人之心太甚也。老臣以为，此等无心违法之众，宣示训诫可也，不宜生硬论法。”

嬴政略一沉吟，淡淡笑道：“诸位谁可背得《商君书》？”

“法家典籍，臣等不如君上精熟。”多才好学的蒙恬先应了一句。

“也好，我给老国尉念几句。”嬴政一摆手，大步转悠着铿锵吟诵起来，“知者而后能知之，不可以为法，民不尽知。贤者而后能知之，不可以为法，民不尽贤。故圣人行法，必使之明白易知。”略一停顿，嬴政解说道，“商君是说，国府立法行法，须得教庶民百姓听得懂，看得明。今日秦国有法在先，人人明白，若国府放纵违法言行，罚外不罚里，罚重不罚轻，百姓岂不糊涂？天下岂不糊涂？”说罢，嬴政又铿锵念诵起来，“法枉治乱。任善言多，言多国弱。任力言息，言息国强。政做民之所恶，民则守法。政做民之所乐，民则乱法。任民之所善，奸宄必多。仁者能仁于人，而不能使人仁。义者能爱于人，而不能使人爱。是以，仁义不足治天下也！故，杀人不为暴，宽刑不为仁。”秦人特有的平直口音，将每个字咬得又重又响，一如钉锤在殿堂敲打。末了，嬴政一声粗重的叹息，“商君之道，说到底，大仁不仁。”

“我王崇尚商君，恪守秦法，老臣原本无可非议。”

蒙武沉吟踌躇一句，终是鼓勇开口：“老臣只是觉得，老秦人往祭文信侯，细行也，民心也。当年，国人大举私祭武安君白起。昭襄王非但不责，反倒允准官民同祭。今日譬如当年，老臣唯愿我王念及民心，莫将国人往祭与山东士商同等论罪。老臣前议有差，本不当再言。然事关国家安危，老臣不敢不言。”

“辩驳国事，自当言无不尽，我等君臣谁也无须顾忌。”

年轻的秦王笑了笑，又沉下了脸色：“老国尉前议，无差。长史前议，同样无差。若无国尉长史赶赴函谷关劝阻，本王之举，必然有失激切褊狭。事态有如此一个反复，不是甚坏事。它使我等体味了商君对人心人性之洞察，也说明，只有法治才是治国至道。”嬴政喘息一声放缓了语调，又倏忽凝重端严起来，“然则，老国尉以文信侯比武安君，却是差矣！武安君白起有功无罪，遭先祖昭襄王无由冤杀，其情可悯。国人虽是私祭，却是秉承大义之举。文信侯不然，伪做阉宦，密进嫪毐，致生国乱，使大秦蒙受立国五百余年前所未有之国耻，其罪昭然！况其业经执法六署勘审论罪，而后依法罢黜，既无错罚，更无冤杀，何能与武安君白起相提并论？秦法有定：有功于前，不为损刑；有善于前，不为亏法。文信侯纵然有功于秦，又何能抵消此等大罪？至于念及民心，枉法姑息，正是文信侯宽法缓刑之流风，本王若亦步亦趋，吕规我随，必将国无宁日，一事无成。老国尉呵，治国便是治众，法若避众，何以为法也！”

默然良久，蒙武深深一躬：“老臣谨受教。”

半月之后，老廷尉领衔的联具上书呈进了东偏殿。

清晨时分，嬴政进了书房，依着习惯，先站在小山一般的文案前，仔细打量了迭次显露在层层卷宗外的白字黑布带，一眼瞥见廷尉卷，只一注目，悄无声息地跟在身后的赵高立即将廷尉卷抽出来，摊开在了旁边书案。待嬴政在宽大的书案前落座，那支大笔已经润好了朱砂架在了笔山，一盅弥漫着独特香气的煮茶也妥帖地摆在了左手咫尺处。一切都是细致周到的，目力可及处却没有一个人影。

“长史可在？”嬴政头也不抬地叩了叩书案。

“臣在。”

外厅应得一声，王绾踩着厚厚的地毡快步无声地走了进来，依着嬴政的手势捧起了王案上的文卷。虽是掌管国君事务的长史，对于大臣上书，王绾的权力却只是两头：前头接收呈送——督导属吏日每将上书分类登录，夹入布标摆置整齐，以三十卷为一案送王室书房；后头录书督行——国君阅批之后，立即由两名书吏将批文另行抄出两份，一份送各相关官署实施，一份做副本随时备查，带批文的上书做正本存入典籍库。也就是说，在国君批示之前，他这个长史是无权先行开启卷宗的。这卷廷尉上书昨夜子时收到，王绾以例归入今日文卷呈送，也料到了必是秦王今日批阅的第一要件，自然早早守候在了东偏殿外厅等待录书分送。如今见秦王未做批示召唤自己，心下一怔，料定是这个铁面老廷尉又“斟酌”出了令秦王犯难的题目。然捧卷浏览，王绾却颇觉意外。

老廷尉将窃葬之后的事件定为“外干秦政，私祭乱法，流言惑国”三罪，分为五种情形论定处罚：其一，在秦山东客商与吕氏门下的山东门客、舍人[1]，无论发动、参与私祭或传播流言，皆以“外干秦政”论罪，一律逐出秦国；其二，秦国六百石（禄米）以上官员哭临者，以“私祭乱法”论罪，夺爵位，举族迁房陵[2]；其三，秦国六百石以下官员哭临私祭者，同前罪，削爵两级，举家迁房陵；其四，凡吕氏门客中的秦国吏员士子，只散布流言而未哭临六国客商所设之灵棚者，以“流言惑国”论罪，保留爵位，举家迁房陵；其五，举凡秦国庶民，哭临私祭并传播

---

[1]　舍人，古代官名，始见《周礼・地官》，职掌各种具体事务。春秋战国，舍人为大臣府吏之通称，多为亲信门客担任，寻常称门客舍人。唐宋之后，舍人成为贵公子的别称，不再是实职官吏。

[2]　房陵，今湖北房县地带，当时为秦国之险山恶水地区。

流言者，两罪并处，罚十金，并为城旦、鬼薪[1]一旬。

“并无不妥。臣以为可也。”王绾明朗回话。

“可在何处？”

“刑罚适当：官吏重罚，庶民轻治。”

“只要依法，轻重无须论之。”

“君上以为不可？”

“不，大可也！”嬴政大笑拍案，“照此批下，一字不改。”摇了摇手，又轻松地长吁了一声，“我是说，老廷尉行法之精妙，不仅在轻重适当，那是法吏当有之能罢了。难在既全大局，又护法制，治众而不伤众，堪称安国之断也。只可惜也，铁面老廷尉年近七旬，秦国后继行法，大匠安在哉！”

“君上远忧，臣深以为是。”王绾一点头，稍许沉吟又道，“臣还得说，此次受罚者涉及官民众多，实乃立国以来前所未有，似当颁行一道特书，对国人申明缘由并晓以利害。否则，太得突兀，国人终有疑窦。”

“好谋划。”嬴政欣然拍案，“这次不劳长史，我试草一书。”

“王之文采必独具气韵，臣拭目以待。”

“只怕长史失望也。”嬴政哈哈大笑一阵，又淡淡道，“嬴政不善行文，有一说与长史参酌：王书论政，重质不重文。质者，底蕴事理之厚薄也。文者，章法说辞之华彩也。遍观天下典籍，文采斐然而滔滔雄辩者，非孟子莫属。然我读《孟子》，总觉通篇大而无当，人欲行其道，却无可着力。本色无文，商君为甚。《商君书》文句粗简，且时有断裂晦涩，然却如开山利器，刀劈斧剁般料理开纷繁荆棘，生生开辟出一条脚下大路。人奔其道，举步可行，一无彷徨。长史说，效商君乎？效孟子乎？”

默然良久，王绾深深一躬：“臣为文职，谨受教。”

次日黎明，王绾匆匆赶到了王城东偏殿。当值的赵高说，秦王刚刚入睡，叮嘱将拟就的王书交长史校订，如无异议，立即交刻颁发。王绾

[1] 鬼薪，秦国刑罚，自带衣食为王室太庙打柴。

捧起摊在案头的长卷浏览一遍，心头竟凛然掠过一股肃杀之风——

告国人书

秦王政特书：自文信侯罢相自裁，天下纷扰，朝野不宁。秦立国五百余年，一罪臣之死而致朝野汹汹不法者，未尝闻也！文信侯吕不韦自于先王结识，入秦二十余年，有定国之功，有乱国之罪。唯其功大，始拜相领国，封侯封地，破秦国虚封之法而实拥洛阳十万户，权力富贵过于诸侯，而终能为朝野认定者，何也？其功莫大焉！秦之封赏，何负功臣？然则，文信侯未以领国之权不世之封精诚谋国，反假做阉宦，私进宫闱，致太后陷身，大奸乱政。其时也，朝野动荡，丑秽迭生，秦国蒙羞于天下，诚为我秦人五百余年之大耻辱也！究其本源，文信侯吕不韦始作俑矣！秦法有定：有功于前，不为损刑，有善于前，不为亏法。吕不韦事，业经廷尉府并执法六署查勘论罪，依法罢黜者，何也？其罪莫大焉！纵如此，秦未夺文信侯爵位，未削文信侯封地，秦王何负功臣？其时也，文信侯不思深居简出闭门思过，反迎聚六国宾客于洛阳，流播私书，惑我民心，使六国弹冠相庆，徒生觊觎大秦之图谋。为安朝野力行新政，秦王下书谴责，迁文信侯于巴蜀之地，何错之有也？今有秦国臣民之昏昏者，唯念吕不韦之功，不见吕不韦之罪，置大秦律法于不顾，信山东流言于一时，呼应六国阴谋，私祭罢黜罪臣，乱我咸阳，乱我国法，何其大谬也！若不依法惩戒，秦法尊严何存？秦国安定何在？唯其如此，秦王正告臣民：自今以后，操国事不道如嫪毐吕不韦者，籍其门[1]，其后世子孙永不得在秦国任宦。秦王亦正告山东六国并一班诸侯：但有再行滋扰秦国政事者，决与其不共戴天，勿谓言之不预也！秦王政十二年春

王绾一句话没说，将竹简装入卷箱，匆匆到刻简坊去了。

---

[1] 籍其门，秦国刑罚，谓将罪人财产登记没收，家人罚为苦役奴隶。

当日午后，秦王的《告国人书》与廷尉府的处罚文告，同时张挂到了咸阳四门。谒者署的传车快马也连连飞出咸阳，将处罚文告与王书送往各郡县，送往山东六国。随着文书飞驰，咸阳沉寂了，关中沉寂了，秦国各郡县沉寂了，山东六国也沉寂了。秦王将道理说得如此透彻痛切，杀伐决断又是如此严厉果决，激扬纷纭的公议一时萧疏，无话可说了。

客居咸阳的山东士商们始则惊愕，继而木然，连聚议对策的心思都没有了，只各人默默打点，预备离开秦国。若在山东六国，如此汹汹民意，任何一国都不敢轻易处置。唯一的良策，只能是恢复死者尊荣，以安抚民心公议。磋商跌宕，各方周旋，没有一年半载，此等几类民变的风潮决然不能平息。洛阳窃葬吕不韦，压迫秦国服软默认，恰好印证了秦国与六国在处置汹汹民意上一般无二。唯其如此判断，才有了山东客商士子们发动的公祭风潮。六国士商们预料：祭吕风潮一起，秦国至少得允许吕氏门客在秦公开传播《吕氏春秋》；若风潮延续不息，吕不韦之冤得以昭雪亦未可知；若山东六国借机施压得当，逼秦国订立休战盟约，也不是没有可能。如此这般种种谋划，虽不是人人都明白自觉，但六国密使与通联主事的几家大商巨贾，自是胸有成算的。

然则，谁也没有料到，秦国反应竟是如此迅雷不及掩耳，公祭风潮发端未及一月，便断然出手。事前没有任何征兆，更没有六国士商们熟悉不过的反复折冲多方斡旋，全然迎头棒喝，将涉祭者全数赶出秦国。如此严密，如此快捷，令习惯于朝事预泄的六国士商们如遇鬼魅，不禁毛骨悚然！但是，真正令山东士商们无言以对处，却在于：秦国依法处置，本国官吏庶民都概莫能外，违背秦法的外邦客商士子能叫喊自己冤枉么？再说，秦国已经对山东六国发出了狠声，再行滋扰不共戴天，哪国还敢出头亢声？作为商旅游士后盾的邦国尚且猥琐，一群商人士子又能如何？更有一层，商旅入秦，原本宗旨只是占据大市以生财聚财，鼓荡议论乃至涉足秦国朝局，一则是本国密使纵容，二则是山东士商风习使然，实非商旅本心所愿。及至鼓荡未成而遭驱赶，商旅们才蓦然明白，自己将失去天下最具活力的最大商市，岂非舍本逐末大大的得不偿失？发端主事的巨商大贾还则罢了，左右在其他国家还有商社根基。一班随波逐流卷入风潮的中小商人们，则是切肤之痛了：一店在秦，离开咸阳没了生意，回到故国重新开张，却是谈何容易，单是向官府市吏行贿的金钱便承受不起，哪有在秦国经商这般省心？

种种痛悔之下，谁还有心再去聚会商议鼓捣秦国？

一时寒凉萧瑟，偌大尚商坊死沉沉没了声息。

老秦人则是另一番景象。王书文告流传开来，庶民们始则默然，继而纷纭，思前想后，邻里们相互一番说叨，竟纷纷生出了悔恨之意。平心而论，吕不韦宽政缓刑固然好，可也并没有带来多少实在好处，老百姓还不照样得靠耕耘靠打仗立身？反倒是吕不韦宽刑的年月里，乡里又渐渐滋生出了不务耕稼专说是非的“疲民”，什伍连坐制也渐渐松懈了，豪强大户也开始收容逃刑者做黑户隶农了。长此以往，必得回到商君变法之前的老路上去，对寻常庶民有甚好处？商君之法虽然严厉，却是赏罚分明贵贱同法，对贵胄比对老百姓处罚更严，百余年下来，老秦人已经整肃成习，极少有人触犯法度了。只说监狱，当今六国哪国没有十数八座大狱？而偌大秦国，却只有一座云阳国狱，你能说秦法不好么？哭临灵棚，祭奠吕不韦，究竟为个甚来？还不是受人惑乱，心无定见，希图争回个宽政缓刑？仔细想去，果真宽政缓刑，大多也只能宽了贵胄，缓了王公，能宽缓几个老百姓？《吕氏春秋》要行王道，王道是甚？是刑不上大夫，是礼不下庶人，对我等百姓有何好处？秦王要行商君之法，贵胄大族们不高兴，是因为他们非但没了封地，还要与民同法。百姓庶民有得无失，何乐而不为，起哄个甚！当真起哄，几是不识相了。

议论滋生流传，老秦人板结的心田发酵了，蓬松了。

倏忽便是四月，田野一片金黄，眼看大忙在即。咸阳老秦人不待官府张挂处罚名册，便纷纷自带饭食、被褥、铁锹，络绎到了官署，自报曾经哭临私祭，非但立交罚金，还要自请官府派定城池，立服城旦鬼薪苦役。咸阳令蒙恬大感意外，立即飞车进入王城禀报，请秦王定夺：民既悔悟，能否宽缓到忙后再行处罚？

“法教正，人心正。”默然良久，年轻的秦王突然冒出一句话来。随即，嬴政断然拍案，“民既守正，国府不能再开疲民侥幸之心。如期如数处罚。精壮减少，农事大忙，举国官署全力督夏，本王巡查关中。”

蒙恬一句话没说，转身赳赳出了王城。

在诸多精壮离家，奔了苦役之地的时候，秦王亲政后的第一个夏忙到了。

关中原野一派前所未有的气象。男女老幼尽皆下田，官署吏员悉数入村，官府车辆被全部征发，咣当轰隆地驶往亭、里[1]。田间大道上，装载得小山一般晃悠的运麦牛车连绵不断。金黄的麦田，在酷暑之下的无垠原野上一片片消失，比往年夏忙刈麦还热闹快捷了许多。每日清晨，秦王嬴政必出咸阳，乘着一辆轻便轺车，带着一支轻骑马队，沿着渭水北岸的大道一路东驰，正午抵达函谷关；在关城下歇息打尖半个时辰，立即回车，再沿着渭水南岸的田间车道一路巡视回来，准定在暮色时分回到咸阳原野。不入城池，不下田塍，年轻的秦王只在秦川原野的大道小路上反复地穿梭着，察看着。说也奇了，每每是那支百人马队拥着那辆青铜轺车驶过眼前，田间烈日下的百姓官吏们，便不约而同地停下手中活计驻足凝望，眼见年轻的秦王挥汗如雨，却始终神色从容地挺立在六尺伞盖之下，不禁遍野肃然。没有希图热闹的万岁呐喊，没有感恩戴德的沿途跪拜，热气蒸腾的原野凝固了一般。

五月末，纳粮的队队牛车络绎上道，紧绷绷的夏抢终于告结了。

秦国朝野堪堪喘息得一阵，不想却是连月大旱，田间掘坑三尺不见湿土，夏种根本无从着手。关中仅有的两条老渠，只能浇灌得西部几个县而已，如何解得这前所未有的大旱？紧邻河湖的农人们，昼夜担挑车拉一窝窝浇水抢种，分明杯水车薪，只能眼看着出土绿苗奄奄死去，直是欲哭无泪。秦王嬴政紧急下书，郡县官吏一体督水督种，抢开毛渠引水，依然是无济于事。

直到七月，秦国腹地滴雨皆无，山东六国也开始了连月大旱。

炎阳流火，三晋饥民潮水般涌入了秦国。一则令人心惊胆战的占星预言，随着饥民潮弥漫开来：今年彗星，春见西方，夏见北方，从斗以

---

[1] 亭、里，秦时乡村行政单元，县辖亭，亭辖里。里为村的行政称谓，有时比自然村大。

南八十日，主秦王倒行逆施，招致上天惩罚，带累天下大旱。

占星家预言：秦有大饥，死人无算，国将乱亡！

四　旷古大旱　老话题突然重现

水，第一次成了秦国朝野焦灼议论的共同话题。

旱，第一次使风调雨顺的关中成了秦国的软肋。

曾几何时，水患尚是华夏部族的最大威胁。“洪水滔天，浩浩怀山襄陵”的恐怖传说，还长久地留在人们的记忆里。直到战国之世，华夏大地的气候山水格局，仍然是湿热多雨河流纵横水量丰沛林木葱茏。其时，洪水之害远远大于缺水之灾。唯其如此，天下有了“益水”之说。益水者，可用之水也。盖大川巨泽浩洋不息，水患频仍，耕耘渔猎者常有灭顶之灾。是故，大水周边人烟稀少，遂成蛮荒山林。显然，在人口稀少的农耕时代，水太多是没有益处的。譬如楚国，大泽连天江川纵横，仅仅一个云梦泽，便相当于中原几十个诸侯国。吞并吴越两国之后，楚国广袤及于岭南，国土之大几乎与整个北中国相差无几。然则，楚国虽大，富庶根基之地却只在江淮之间，国力反倒不如中原大国。究其因由，高山层叠阻隔水道，江河湖泊聚相碰撞，以致水患多发，人力远不足以克之，水乡泽国遂多成荒僻渔猎之地，能够稳定聚集财富的农耕沃土倒是很少很少。反之，当时的大河流域却已经是益水之地了。自大禹治水疏河入海，大河水系相对平稳下来。百川归河，河入大海，没有出路的横冲直撞的盲流大水不复见矣。由此水患大减，航道开启，沃野可耕之地大增。于是，大河流域才有了井田铺排，城池多建，村畴连绵，成了华夏文明的生发凝聚之地。

但是，尽管大河流域已成益水之地，水患依然多发，各国想得最多的仍然是“防川”。天下水家水工，终生揣摩效力者，依旧是如何消除水患。所谓治水，依旧是以消弭河流泛滥为第一要务，灌溉与开通航运尚在其次。截至战国中期，无论是楚国的汉水过郢，还是魏国的引漳入邺、引河通淮（鸿沟），或是秦国的蜀中都江堰，其起始宗旨无一不是防备江河泛滥。

也就是说，对缺水灾难的防备，尚远远没有引起天下关注。

抗御干旱，还远远没有成为战国之世的水利大题目。

其时也，秦人最是笃信“益水”之说。举凡老秦人，都念得几句《易》辞：“天以一生水，故气微于北方，而为物之先也。”战国之世，盛行金木水火土的五行国运说。秦人自命水德水运，色尚黑。其间，固然有阴阳家的推演论证，但究其根本，无疑是老秦人的益水崇拜所生发。就天下水势而言，秦国之益水丰盛冠绝一时，实在是得利大焉。战国中期，秦国领土已有五个方千里[1]，大体是当时整个华夏的四五分之一。以地理形势论，这五个方千里大体由六大块构成：关中平原、陇西山地、河西高原、巴蜀两郡、汉水南郡、河东河内。蜀地都江堰建成之后，这六大区域都是土地肥沃水流合用林木茂密草原肥美之地，可耕可采，可渔可猎，没有一地水患频仍民不聊生。

秦国腹地的关中平原，更是得天独厚的益水区域。老秦人谚云：“九水十八池，东西八百里。”说的便是关中益水之丰饶，山川之形胜。所谓九水：渭水、泾水、沣水、洛水、灞水、浐水、滈水、潏水、涝水。这九水，都是带有支流的滔滔大水，若是连同支流分流在内，秦川的大小河流无论如何在五七十条之多。秦国划县，素有“县各有山有水”之说，可见秦川河流湖泊之均衡丰盛。所谓十八池，是分布在八百里秦川的十八片大小湖泊，由西而东数去：牛首池、西陂池、鹤池、盘池、冰池、滈池、兰池、初池、糜池、蒯池、郎池、积草池、当路池、洪陂池、东陂池、苇埔、美陂、樵获池。唯其河流如织湖泊点点，秦川自古便有“陆海”之名。直到西汉，尚有名士司马相如作《子虚赋》云：“荡荡乎八川分流，相背异态，东西南北，池窈往来，出乎椒丘之阙，行乎州淤之浦。”活画出河流湖泊在关中村野城池间交织出的一幅山水长卷，况乎秦时？

---

[1]　方千里，先秦计算国土之单位。以现代方式换算，一个方千里为二十五万平方公里，五个方千里便是一百二十五万平方公里。

益水丰厚，沃野可耕，被山带河，兵戈难侵。这便是秦川。

唯其得天独厚，故自三皇五帝以来，关中便是天下公认的形胜之地。这里悠悠然滋生了以深厚耕稼传统为根基的创造礼制文明的周人，也轰轰然成长了半农半牧最终以农战法制文明震慑天下的秦人。在中国文明的前三千年历史上，一地接连滋生出中华两大主流文明，实在是绝无仅有，天地异数。拜天地厚赐，秦川本该早成为天下一等一的大富之区。然则，及至战国后期的秦王嬴政即位，秦川还远远不是天下首富之地。东，不及齐国临淄的滨海地区；南，不及楚国的淮水两岸；中，不及魏国的大梁平原。若非秦国多有战胜，从山东六国源源不断地夺取财富人口，仅靠自身产出，实不足以称雄称富于天下。

其间因由，在于秦川还有两害：白毛碱滩，近水旱田。

河流交错，池陂浸渍，秦川的低洼积水地带往往生成一片片奇特的盐碱地。终年渍水，久湿成卤，地皮浸出白生生碱花，夏秋一片汪洋，冬春白尘蔽日，种五谷不出一苗，野草蓬蒿芦苇却生得莽莽连天。此等五谷不生的白毛地，老秦人呼为“盐碱滩”。盐碱滩，有害田之能，毗邻良田但有排水不畅，三五年便被吞噬，转眼便成了见风起白雾的荒莽碱滩。良田一旦变白，农夫们纵然费尽心力，修得毛渠排水，十数八年也休想改得回来。老秦人自来有农谚云：“水盐花碱，有滩无田，白土杀谷，千丈狼烟。”说得正是这年年有增无减吞噬良田的害人碱滩。秦川西部地势稍高，排水便利，此等碱滩很少生出。然一进入逐渐开阔的秦川中部，从大咸阳开始直到东部洛水入渭之地，此等白毛碱滩正频频生出，小则百亩千亩，大则十数二十里，绿野之中片片秃斑，丑陋得令人憎恶，荒芜得令人痛惜。

平原不平，山塬起伏，秦川又有了无数的塬坡地带。渭水南岸，平原远接南山，其间多有如蓝田塬一般的高地，有南山生发的若干小河流北来关中，水势流畅，尚可利用。况且，其时渭南之地多石山密林，可垦耕地相对狭小，故长期被秦国作为王室苑囿，多有宫室台阁与驻军营地，农耕渔猎人口相对稀少。一言以蔽之，关中渭南（渭水之南）纵然有旱，对秦国也不会构成多大威胁。

关中之旱，要害在于人口聚集的渭北地带。

渭水北岸的平原，向北伸展百余里后迭次增高，直达河西高原，形成了广袤的土山塬坡地带。此等塬坡，说高不高，说低不低，土峁交错，沟壑纵横，濒临河池。农人望水而居，说起来可垦可耕，却偏偏是临水而旱，瘠薄难收。即便正常年景，塬坡地也不足平原良田的三四成收成。若遇少雨之年，则可能是平原良田之一成，甚或颗粒无收。老秦人谚云：“勤耕无收，望水成旱，有雨果腹，无雨熬煎。”说的便是这塬坡地人家的苦楚艰辛。盖平地临水，一村一里尚可合力开出几条毛渠，于少雨之时引水灌田，至少可保正常年成。塬坡地不然，眼看三五里之内有河流池陂，也只能望水兴叹。要将河流池陂之水引上塬坡，却是谈何容易！不说一村数村，便是合一县数县之民力，也未必能在三五年内成渠用水。更有一样，其时战事多发，精壮男子多入军旅，留耕男女则随时可能被征发为辎重民伕。郡县官署得应对战事征发，根本不可能筹划水利，即便有筹划，也挤不出集中民力修渠引水的大段时日。

有此两害，当时的关中只能是完全靠天吃饭。

秦强六世，蹉跎跌宕，两害如斯。

从秦孝公商鞅变法开始，秦国的历任丞相都曾殚精竭虑，力图解决秦国腹地两大害，终因种种突发事变而连番搁浅。商鞅方立谋划，遇孝公英年猝死，自己也在朝局突变中惨遭车裂，大兴水利遂成泡影。秦惠王张仪一代，迭遇六国遏制秦国崛起而屡屡合纵攻秦，大战连绵内外吃紧，关中水利无暇以顾。秦昭王前中期，秦国与山东合纵及赵国生死大决，几乎是举国为兵，完全无暇他顾。秦昭王后期，计然家蔡泽为丞相，对关中渭北地带做了翔实踏勘，上书提出应对之策：“渭北临水旱田计四万余顷，白毛碱滩两万余顷。该当引泾出山，居高临下南灌关中，解旱情，排盐碱，良田大增，则秦川之富无可限量也！”正在蔡泽一力筹划的关中水利将要上马之际，却逢秦国低谷，内外交困，秦昭王不得不奉行“守成固国”方略，小心翼翼地处置王储大事，治水又不得不束之高阁。孝文王庄襄王两代四年余，吕不韦领国，欲展经济之长以大富秦国，又连逢交接危机，稳定朝局成为第一要务，始终不能全力解决关中经济之病根。之后，秦王政年少，太后掣肘，嫪毐乱国，内外政事法度大乱。吕不韦艰难斡旋捉襟见肘，虽一力使泾水工程艰难上马，无法大举民力，只能是有一搭没一搭地吊着，八九年中时动时停时断时续，始终不见功效。

猝遇亘古大旱，秦国第一次惶惶然了。

秦人心里第一次没底了。自诩天下形胜膏腴的秦川，原来这般不经折腾，一场大旱未了，立见萧疏饥荒。如此看去，秦国根基也实在太脆弱了。说到底，再是风调雨顺之地，老天也难免有打盹儿时刻，雨水但有不济，立马便成年馑，庶民谈何殷实？此等大旱不说三五年来一次，十年数十年来一次，秦国也是经受不起，遑论富强于天下？

朝野惶惶，关中的水情水事，以及长期搁置而不死不活的河渠谋划，都在一夜之间突然泛起。经济大臣们火急火燎，各署聚议，纷纷上书，请立即大开关中水利。此时，吕不韦已经罢黜，没有了开府丞相全盘筹划，一应上书都潮水般涌到了王城。月余之间，长史署的文卷房满当当堆了二十六案。有封地的王族老贵胄与功勋大臣们更是忙乱，既要抚慰风尘仆仆赶来告急的封地亭长里正族长等，还要敦促封地所在县设法赶修毛渠引水，还要奔波朝议呼吁统筹水利。

官署忙作一团，村野庶民更是火急。眼看赤日炎炎禾苗枯焦，农耕大族纷纷邀集本亭农人到县城官署请命，要官府准许各里自行开修毛渠。县令不敢擅自答复，只有飞报咸阳，庶民们便汹汹然拥挤在官署死等，没有回话硬是不走。更有新入关中的山东移民村落，对秦国法制尚无刻骨铭心的体察，依着山东六国天灾自救的老传统，索性不报官府，便在就近湖泊开渠引水。邻近老秦人聚居的村落，自然不满其抢占水源，纷纷自发聚众阻挠，多年绝迹的庶民私斗，眼看便要在流火七月纷纷攘攘地死灰复燃了。

关中因旱生乱，年轻的秦王政最是着急。

还在五月末旱情初发之时，嬴政紧急召来大田令（掌农事）、太仓令（掌粮仓）、大内令（掌府库物资）、少内令（掌钱财）、邦司空（掌工程）、俑官（掌徭役）、关市（掌市易商税）等经济七署会商，最后议决三策：其一，大田令主事，领邦司空与俑官三署吏员全数赶赴关中各县，筹划紧急开挖临水毛渠灌田抢种，并着力督导大小渠道分水用水，但有抢水械斗事复发，可当即会同县令迅即处置。其二，大内令少内令两署，全力筹划车水、开渠所需紧急物资，征发咸阳官车运往各县，不得耽误任何一处毛渠开挖。其三，太仓令会同关市署，对大咸阳及关中各县的粮市紧急管辖，限定每日粮价及交易量；山东粮商许进不许出，严禁将秦国大市的粮谷运出函谷关。

“诸位，可有遗漏处？”时已三更，嬴政依然目光炯炯。

大田令振作精神一拱手道：“老臣以为，引泾工程蹉跎数年，徒聚民力二十余万之众，致使渭北二十余县无力抢修毛渠缓解旱情。老臣敢请我王紧急下书：立即停止引泾工程，遣民回乡，各克其旱。”

“臣等附议。”经济大臣们异口同声。

“臣有异议。”旁案书录的长史王绾突然搁笔抬头，“引泾工程上马多年，虽未见功效，然兹事体大，臣以为不当遣散。”

“长史之言，不谙经济之道也。”大田令冷冷一笑，分明对这个列席经济朝会的年轻大臣不以为然，“经邦之策如烹小鲜，好大喜功，必致国难。引泾出山，秦国六世未竟，因由何在？工程太大，秦国无法承受。唯其太大，须得长远缓图。目下大旱逼人，饥馑将起，聚集民力紧急开挖毛渠克旱，方为第一急务。徒然贪大，长聚十万余民力于山野，口粮一旦告急，必生饥民之乱，其时天灾人祸内外交困，秦国何安矣！”

“大田令言之有理。”经济大臣们又是异口同声。

见王绾还欲辩驳，嬴政摇了摇手：“此事莫要再争，稍后两日再定。诸位大臣先行回署，立即依方才议决行事。”待大臣们匆匆去了，嬴政一气饮下赵高捧来的一大碗凉茶，这才静下心来向整理案头文卷的长史招招手，“王绾呵，你方才究竟想说甚？如何个兹事体大？小高子，再拿凉茶来。”王绾本来想将吕不韦对引泾工程的总谋划以及最后带给郑国的口信禀报秦王，片刻思忖间却改变了主意，只说得一句：“臣以为，此事关乎秦国长远大计，当召回河渠丞李斯商议。”

“也是，该召李斯。”一句说罢，嬴政已经精神抖擞地起身，“你拟书派使，召李斯回咸阳等候。再立即派员知会国尉蒙武、咸阳令蒙恬，连夜赶赴蓝田大营。小高子，备车。”厅外廊下一声应诺，一身单层皮甲手提马鞭的赵高大步进来，说六马快车已经备好。嬴政斗篷上身，从剑架取下随身长剑，一挥手出了东偏殿。

“君上……”

眼见嬴政快步匆匆消失在沉沉夜幕，王绾本想劝阻，一开口却不禁心头发酸热泪盈眶，终于没有再说。只有他这个近王长史与中车内侍赵高知道，年轻的秦王太敬事了，太没有节制了。自旱情生出夏种无着，年轻的秦王犹如一架不知疲倦的水车，昼夜都在哗啦啦急转。紧急视察关中缺水各县，县县紧急议事，当下立决；回到咸阳，不是召大臣议事便是大臣紧急求见；深夜稍安，又钉在书房埋头批阅文书发布书令，案头文书不完，年轻的秦王绝不会抬头；寻常该当有的进餐、沐浴、卧榻，都如同饮茶闲步投壶游猎饮酒一般，统统被当做琐碎细务或嬉闹玩物，生生被抛在了一边。

这次回到咸阳王城，年轻的秦王已经是整整三夜没有上榻，四个白日仅仅进了五餐。王绾文吏出身，又在吕不韦的丞相府做过迎送邦交使节的行人署主官，那是最没有昼夜区分的一个职事，人人皆知他最长于熬夜，陪着秦王昼夜当值该当无事。事实不然，他非但在昼夜连轴转中几次迷糊得撞了书案，便是那个猴精的夜猫子赵高，有一次也横在书房外厅的地毡上打起了呼噜。只有年轻的秦王，铁打一般愈见精神，召见大臣，批阅公文，口授王书，一个犯迷糊式的磕绊都没有打过。王绾曾经有过一闪念，秦王虚位九年，强毅秉性少年意气，蓄之既久，其发必速，一朝亲政，燃得几把烈火也就过劲了。谁想大大不然，平息嫪毐之乱，再经吕不韦事变，至今已是两年有余，年轻的秦王依然犹如一支浸透了猛火油的巨大火把，时日愈长，愈见烈火熊熊。如此王者，已经远远超出了宵衣旰食的勤政楷模，你能说他是一时心性？是长期虚位之后的发泄而已？不，决然不是。除了用“天赋异禀”这四个字，王绾实在想不出更为满意的理由来解释。精灵般的赵高曾悄悄对王绾说过，秦王得有个人管管，能否设法弄得太后脱罪，也好教他过过人的日子？王绾又气又笑又感慨，偏你小子神道，太后管得住秦王，能到今日？你小子能事，上心照拂秦王起居，便是对国一功，其余说甚都是白搭。赵高连连点头，从此再也没有这种叨叨了。然则，王绾却上心了。身为长史，原本是最贴近君王的中枢大臣，年轻的秦王无节制疯转，理当谏言劝阻，可危局在前，他能做如此谏言么？说了管用么？可听任秦王如此空乏其身，后果岂非更为可怕？

心念每每及此，王绾心头都是怦怦大跳。

五更将尽，六马王车和着一天曙色飞进了蓝田大营。

晨操长号尚在悠扬飘荡，中军幕府的司马们尚在忙碌进出，统军老将桓龁尚未坐帐，嬴政已经大步进了幕府。中军司马连忙过来参见，君上稍待，假上将军正在冷水浇身，末将即刻禀报。嬴政摇摇手笑道，莫催老将军，王翦将军何在？中军回答，王翦将军司晨操，卯时即来应帐。嬴政吩咐一句，立即召王翦将军来幕府议事。

中军司马刚刚出得幕府，隔墙后帐一声响亮的咳嗽，老桓龁悠然进了大帐。嬴政不禁瞪大了眼睛——面前老人一头湿漉漉的雪白长发散披肩头，一身宽大的粗织麻布短衣，脚下一双蓝田玉拖板履，活生生山野隐士一般。

“老将军，好闲适也。”嬴政不无揶揄地笑了。

“君上？！”

骤然看见秦王在帐，老桓龁满面通红大是尴尬，草草一躬连忙转身进了后帐，玉板履在青砖地面打出一连串清脆的当当声。片刻出来，老桓龁已经是一身棕皮夏甲，一领绣金黑丝斗篷，头上九寸矛头帅盔，脚下长腰铜钉战靴，矍铄健旺与方才判若两人。

老桓龁大步过来一个带甲军礼，红着脸道：“君上恕罪：老臣近年怪疾，甲胄上身便浑身瘙痒，如甲虱遍体游走，非得冷水热水轮番泼浇三五遍，再着粗布短衫方才舒坦些许。近日无战，老臣多有放纵，惭愧之至。”

“想起来也。”嬴政恍然一笑走下了将案，殷殷看着窘迫的老将军，“曾听父王说过，老将军昔年在南郡之战中伏击楚军，久卧湿热山林，战后全身红斑厚如半两铁钱，经年不褪，逢热必发……说起来，原是嬴政疏忽了。”转身便对帐口赵高吩咐，“小高子替我记住：回到咸阳立即知会太医令，赶制灭虱止痒药，送来蓝田大营分发将士，老将军这里要常备。”又回身挥手一笑，“自今日始，许老将军散发布衣坐帐。”

“君上……”老桓龁不禁一声哽咽。

正在此时，大汗淋漓的王翦匆匆到来，未曾落座，又闻战马连番嘶鸣，蒙武蒙恬父子接踵赶到。中军司马已经得赵高知会，吩咐军吏整治来四案晨操军食：每案一大块红亮的酱牛肉、三大块半尺厚的硬面锅盔、一盘青葱小蒜、一大碗稀溜溜热乎乎的藿菜疙瘩酸辣汤。嬴政食欲大振：“来，咥罢再说！”四人即刻就案上手，撕开大块牛肉塞进皮焦黄而内松软的厚锅盔，大口张开咬下，再抓起一把葱段蒜瓣丢入口中，一阵呱嗒咯吱大嚼狼吞虎咽，再呼噜噜喝下绿菜羹，喷喷香辣之气顿时弥漫幕府。未及一刻收案，除了年长的蒙武一案稍有剩余，嬴政蒙恬赵高三案盘干碗净不留分毫，人人额头涔涔渗汗。桓龁王翦及帐中一班司马，看得心头酸热，一时满帐肃然无声。

“目下事急，天灾大作，人祸未必不生。”大将们一落座，嬴政开门见山，“本王今日前来，要与诸位议出妥善之策：如何防止六国兵祸危及关中？”

国尉蒙武第一个开口：“老臣以为，秦国腹地与中原三晋一齐大旱，实在罕见。当此之时，荒年大饥馑必将蔓延开来。目下第一要务，立即改变秦国传统国策，不能再奖励流民入秦。要关闭所有进入秦国的关隘、渡口及山林密道，不使中原饥民流入关中争食。否则，关中庶民存粮有限，又没有可采山林度荒，老秦人极可能生出意外乱象。”国尉辖制关隘要塞，盘查流入流出人口是其天然的连带职责。显然，蒙武提出此策，既是职司所在，又是大局之虑。大将们纷纷附议。只嬴政若有所思，良久没有拍案。

“敢问君上何虑？”蒙武有些惶惑。

“国尉所言，不无道理。”嬴政轻轻叩着那张硕大的将案，沉重缓慢地说，“然则，当世人口稀缺，吸纳流民入秦，毕竟大秦百年国策。骤然卡死，天下民心作何想法？”沉吟犹豫之相，大臣将军们在这位年轻的秦王身上还从来没有见过。

“君上所虑，末将以为大是。”前将军王翦一拱手，“大旱之年不许流民入秦，或可保关中秦人度灾自救。然则，丰年招募流民，灾年拒绝流民，秦国便将失去对天下庶民的感召力，似非大道之谋。”

“国人不保，大道安在！”老蒙武生气了，啪啪拍着木案，“将军只说，关中人口三百余万，若许流民入秦，仅韩魏两国，半年之内可能涌入关中数十万饥民！若赵国饥民再从河东平阳流入，北楚流民再从崤山武关流入，难保不过百万！秦国法度，素来不开仓赈灾，只对流民划田定居分发农具耕畜，激发其自救。其时，秦国纵然有田可分，然大旱不能耕耘下种，饥民又无粮果腹，必得进入山林采摘野菜野果。到头来，只怕是剥光了关中树皮，也无法使三五百万人口度荒！若再加上新老人口相互仇视，私斗重起，更是大乱不可收拾。将军既谋大道，便当谋划出个既能安秦、又能不失天下人心的大道出来！”

“在下只是隐忧，一时实无对策。”王翦宽厚歉疚地笑了笑。

蒙武一通火暴指斥，毫无遮掩地挑明了秦国允许流民继续入境的危局，实在是无可反驳的事实。偌大幕府一时肃然默然，都没了话说。良久，一直思忖沉默的嬴政拍案道：“老国尉与王翦将军所言，各有其理。流民之事，关涉甚多，当与关中水利河渠事一体决之。目下，先定大军行止，不能使六国抢占先机。”

“鸟！这才吞到点子上！”老桓齮精神大振。

“老将军胸有成算？”嬴政不禁一笑。

“嘿嘿，也是王翦与老夫共谋。”老桓齮笑得一句霍然起身，吩咐中军司马从军令室抬来一张立板中原地势图，长剑“嗒”地打上立板，“我等谋划：大军秘密出河东，一举攻克平阳，恢复河东郡并震慑三晋。秦国纵然大灾，六国也休想猖狂！”

“选定平阳[1]，理由何在？”嬴政也到了立板前。

[1]　平阳，黄河以东汾水流域要塞，战国秦置县，在今山西临汾市西南。

老桓龁大手一挥："要掰开揉碎，老夫口拙，王翦来说。"

王翦一拱手，过来指点着立板大图道："禀报君上，选定平阳作战，依据有三：其一，大势所需。长平大战后秦军三败，撤出河东河内，河东郡复为赵国所夺，河内郡则被魏国夺回。后又逢蒙骜上将军遭逢六国合纵伏击，东进功败垂成。若非文信侯灭周而夺得洛阳，设置三川郡，秦军在大河南北将一无根基。而洛阳孤立河外平原，易攻难守，实非遏制山东之形胜要地。形胜要地者，依旧是河东，是上党。今上党、河东皆在赵国，直接压制我函谷关守军，又时时威胁洛阳三川郡。若非赵国疲软，只怕大战早生。唯其如此，我军急需重新夺回河东，为函谷关立起一道屏障，在山东重建进军根基。其二，时机已到。目下，三晋与我同遭大旱，民有菜色，军无战心，举国惶惶忙于度荒。此时一举出关东，定可收事半功倍之效。其三，军情有利。平阳乃河东咽喉要塞，赵国驻守十五万步骑大军，可谓重兵。然统兵大将却用非其人，是曾经做过秦国人质的春平君。此君封地不在平阳，既无民治根基，更没打过大仗，能驻守河东要地，纯粹是赵王任用亲信。我若兴兵，当有七八成胜算。"

"赵国大将军，可是名将李牧？"嬴政目光一闪。

"君上无须多虑。"王翦自信地一笑，"李牧为天下良将，然始终与赵王亲信不和，故长期驻守云中雁门，而不能坐镇邯郸以大将军权力统辖举国大军。邯郸将军扈辄，还有这河东春平君，各拥重兵十余万，李牧从来都无法统一号令。再说，纵然李牧南下救援，其边军骑兵兼程南下，进入平阳也在两旬之后；其时，我军以逸待劳，河谷山地又有利于我重甲步兵，赵军绝非对手。"

"好！能想到这一层，此战打得。"嬴政很是兴奋。

老桓龁慨然一步跨前："君上，此战许老臣亲自统兵！"

"大热流火，老将军一身斑疹如何受得？"

"不碍事！老夫不打仗浑身痒痒，一打仗鸟事没有！"

幕府中哄然一片笑声。片刻平息，王翦道："此战预谋方略为：两翼隔断援军，中央放手开打。王陵老将军率步军三万出武关，隔断楚国北上兵道；末将率三万铁骑出洛阳，隔断齐国救援兵道。此为两翼。老将军率主力大军二十万猛攻平阳，力克河东赵军。”

“老国尉以为如何？”

“周密稳妥。老臣以为可行。”蒙武欣然点头。

老桓龁嘿嘿笑了：“蒙恬，你小子吭哧个鸟，有话便说！”

“仲大父，又粗话骂人。”

因了老蒙骜在世时与桓龁交谊甚深，情同兄弟，蒙恬便成了老桓龁的义孙，呼桓龁为仲大父。老秦民谚，爷爷孙子老弟兄。爷孙间最是没有礼数顾忌，老桓龁粗话成习，蒙恬纵然文雅也是无奈，每每只有红着脸瞪起眼嘟哝一句，说到正事更是毫不谦让。此刻，蒙恬见桓龁逼问，倏然起身指点着大板图道：“蒙恬唯有一议：目下楚韩两国不足为虑，能援赵军者，唯有魏齐两国。王翦将军所部卡在洛阳，虽能照应两路，终究吃力。王陵老将军所部，似应改出野王，隔断魏军更为妥当。”

“如何？”王翦对老桓龁一笑。

桓龁大手一挥：“鸟事！这原本也是王翦主张。偏王陵老兄弟犟牛，说楚国必防。君上，这小子既与王翦共识，老夫教王陵老兄弟北上野王！”

“艰危之时，战则必胜。此战有失，雪上加霜。”一直凝神思忖的嬴政抬头，“既是一场大仗，宁可缜密再缜密，确保胜算。依目下之势，除了燕国遥远，中间隔着赵国，可以不防外，其余四国援军都得防。我意：王陵断楚军，王翦断齐韩，再出一军断魏。”

“君上明断！”桓龁蒙武当即赞同。

“君上所虑极是，然目下却有难处。”分明已经在事先想透全局的王翦沉稳道，“天下遭逢大旱，各国饥民汹汹流动，秦国关隘守军不宜调出作战。此战兵力，仅以蓝田大营二十八万大军做战场筹划，只留两万军马驻守根基督运辎重。若要另出一军断魏，须得另行调遣。在下不知何军可动？”

“再调不出三五万人马？”嬴政一时茫然。

“三五万，还真难。”老蒙武也一时沉吟。

“君上，”蒙恬赳赳请命，“臣请率咸阳守军断魏！”

“小子扯淡！”老桓龁黑了脸，“关中最当紧，咸阳守军岂能离开！”

“冒险过甚，下策。”蒙武也绷着脸摇头。

“我看可行。”嬴政一笑，“咸阳四万守军，留五千足矣！关中纵然吃紧，也是流民之事而已。只要老秦人不作乱，何虑之有？”

“只是，谁做咸阳大将？”桓龁显出少见的犹豫。

“本王有人，老将军只管全力开战。”嬴政分外果断。

大计妥当，蒙武蒙恬父子留在了蓝田大营续商战事细节。嬴政没有停留，六马王车在午后时分飞出了蓝田大营。一车飞驰，黄尘蔽日。大旱之下，从来都是凉爽洁净的林荫大道，此时黄尘埋轮绿树成土，燥热的原野脏污不堪。到得咸阳王城车马场，靠枕酣睡的嬴政骤然醒来，一脸一身泥汗，一领金丝黑斗篷黄土唰唰落下，车厢内尘土竟然埋住了双脚，一个哈欠未曾打出，竟呛得一阵猛烈咳嗽。倏忽车门拉开，一具泥人土俑矗在面前，一张口一嘴森森白牙，恍然出土怪物一般。小高子？嬴政看得一激灵，分明想笑，喉头一哽又是咳嗽连连，泪水汗水一齐涌出，一张土脸顿时泥路纵横，抬头之间，赵高哇的一声哭了。

“禀报君上……”疾步冲出殿廊的王绾愣怔了。

“看甚！旱泥土人也稀奇？说事。”

“君上……元老们齐聚大殿，已经等候整整一日了。”

“再有急事，也待我冲洗了泥土再说。”嬴政淡淡一笑。

王绾摇摇头：“此事急切，王须先知……”

“端直说！”嬴政突然烦躁了。

“廷尉府查获：水工郑国是韩国间人，为疲秦，而入秦……”

“岂有此理！”

骤然，嬴政脸色铁青地吼叫一声，带鞘长剑猛然砸向殿廊石兽，火星飞溅，剑鞘脱格飞出，轰隆打在泥土包裹的青铜王车上，惊得六匹泥马一阵嘶鸣骚动。赵高连忙喝住骏马捡起剑鞘，跑了过来哭兮兮喊道：“长史！君上没吃没睡一身泥，甚事不能缓啊！”

“哭个鸟！滚开！”

嬴政勃然大怒，一脚踹得赵高骨碌碌滚下石阶，提着长剑大步匆匆冲向正殿。

五　韩国疲秦计引发出惊雷闪电

旬日之间，李斯直觉一场噩梦。

原本人声鼎沸的三十里峡谷，沉寂荒凉得教人心跳。李斯背着一个青布包袱，立马于东岸山头，一腔酸楚泪眼朦胧。行将打通的泾水瓠口变成了一道死谷，谷中巨石雪白焦黑参差嵯峨地矗满峡谷，奇形怪状直如鬼魅狰狞。两岸山林的干黄树梢上，处处可见随风飘曳的破旧帐篷与褴褛衣衫。一处处拔营之后的空地累累狼藉，犹如茂密山林的片片秃斑，触目可见胡乱丢弃的各式残破农具与臭烘烘的马粪牛屎。天空盘旋着寻觅腐肉的鹰鹫，山谷飘荡着酸腥浓烈的热风。未经战事，三十里莽莽峡谷却活似仓皇退兵的大战场。

极目四望，李斯怅然一叹："亘古荒谬，莫如秦王也！"

半月之前，李斯接到长史王绾的快马密书，召他急回咸阳。王绾叮嘱，经济七署一口声主张泾水工程下马，秦王要他陈说泾水工程之利害而做最后定夺，望他上心准备，不能大意。李斯立刻掂量了其中分量，知道此行很可能决定着这个天下最大水利工程的命运，一定要与郑国妥善谋划周密准备。不意，密书到达之日，正逢开凿瓠口的紧要之时。郑国连日奔波中暑，昏迷不能下榻。李斯昼夜督导施工，须臾不能离开。五日之后，郑国勉力下榻照应工地，李斯才一骑快马直奔咸阳。万万想不到的是，他尚未下得泾塬官道，正有大队甲士迎面开来，尘土飞扬中，旗面一个"腾"字清晰可见。战国传统，王族将军的旗帜书名不书姓。一个"腾"字，来将显然是他所熟悉的咸阳都尉嬴腾。李斯立马道边遥遥拱手，正要询问军兵来意，不防迎面一马冲来，一将高声断喝，两名甲士飞步过来将他扯下马押到了将旗之下。

"我是河渠丞李斯！腾都尉无理！"

"拿的便是你这河渠丞！押赴瓠口，一体宣书！"

不由分说，李斯被塞进了一辆牛拉囚车。刹那之间，李斯看见还有一辆囚车空着，心下不禁一沉，摇晃着囚笼猛然高喊：“河渠事大，不能拘押郑国，我要面见秦王！”嬴腾勃然大怒，啪的一马鞭抽打在李斯抓着囚笼的两只手上，咬牙切齿骂道：“六国没得个好货色！尽害老秦！再喊，老夫活剐了你！”那一刻，嬴腾扭曲变形的狰狞面孔牢牢钉在了李斯心头。李斯百思不得其解，平素厚重敬士的嬴腾，如何骤然之间变成了一头怒火中烧不可理喻的野兽，竟然卷起山东六国一齐恶狠狠咒骂？

到了泾水瓠口，牛角号一阵呜呜回荡，大峡谷数万民伕聚拢到了河渠署幕府所在的东塬。李斯清楚地记得，郑国是被四个青壮民伕用军榻抬回来的。刚到幕府前的那一小块平地，郑国便跳下杆榻，挥舞着探水铁杖大喊起来：“瓠口正在当紧，何事要急召工役？李斯你给老夫说个明白！”正在嚷嚷之间，郑国猛然看见了幕府前的囚车，也看见了囚车中的李斯，顿时愣怔得张着口说不出话来。嬴腾大步过来冷冷一笑：“嘿嘿，你这个韩国老奸，装蒜倒是真！”李斯同样记得清楚，这句话如冬雷击顶，囚车中的他一个激灵，浑身顿时冷冰冰僵硬。郑国特异，虽面色灰白，却毫不慌乱，不待甲士过来，点着铁杖走到了那辆空囚车前，正要自家钻进去，又大步过来，对着旁边囚车中的李斯深深一躬：“河渠丞，阴差阳错，老夫带累你也。”说罢淡淡一笑，气昂昂钻进了囚车。

嬴腾恶狠狠瞪了一眼：“老奸休得做戏，刑场万刀剐你！”转身提着马鞭大步登上幕府前的夯土令台，对着整面山坡黑压压的人群高声大喊，“老秦人听真了！国府查实：水工郑国，是韩国间人，得吕不韦庇护，行疲秦奸计，要以浩大工程拖垮秦国！秦王下书，尽逐六国之客出秦，停止劳民工程！引泾河渠立即散工，工役民伕各回乡里赶修毛渠，克旱度荒！”

山坡上层层叠叠的人群毫无声息，既没有怒骂间人的吼声，也没有秦王万岁的欢呼，整个峡谷山塬沉寂得死水一般。此时，嬴腾又挥着马鞭高喊起来：“本都尉坐镇瓠口，全部人等三日内必须散尽！各县立即拔营，逾期滞留，依法论罪！”

李斯记得很清楚，直至人山人海在赤红的暮色中散尽，三十里瓠口峡谷都没有声息。人群流过幕府，万千老秦人都是直瞪瞪地瞅着囚车，没有一声唾骂，没有任何一种老秦人惯有的激烈表示，只有一脸茫然，只有时不时随着山风飘来的一片粗重叹息。在人流散尽峡谷空空的那一刻，死死扒着囚车僵直愣怔的郑国突然号啕大哭，连呼上天不止。李斯心头大热，不禁也是泪眼朦胧。

次日过午，两辆囚车吃着漫天黄尘到了咸阳。

一进北门，郑国的囚车单独走了。李斯的囚车，却单独进了廷尉府。又是意料不到，没有任何勘问，仅仅是廷尉府丞出来知会李斯：秦王颁了逐客令，李斯乃楚国士子，当在被逐之列；念多年河渠辛劳，国府赐一马十金，限两日内离秦。

李斯说："我有公务未了，要面见秦王。"府丞冷冷一笑："秦国公务，不劳外邦人士，足下莫作非分之想。"李斯无奈，又问一句："离秦之前，可否向友人辞行？"府丞摇头皱眉说："本府便是许你，足下宁忍牵累无辜？"李斯长叹一声，不再做任何辩驳，在廷尉府领了马匹路金，径自回到了自己府邸。

小小三进庭院，此刻一片萧疏冷落。李斯原本是无爵试用官员，府邸只有三名官府分派的仆役，此刻早已走了。只有一个咸阳令官署的小吏守在府中，说是要依法清点官宅，待李斯处置完自己的私财，他便要清户封门。看着空荡荡一片冷清的庭院，李斯不禁庆幸自己的妻室家人尚未入秦，否则岂非大大难堪？进得书房，收拾好几卷要紧书简背在身上，李斯出来对小吏淡淡笑道："在下身无长物，些许私物没一样打紧货色，足下任意处置便了。"举步要走之间，小吏却低低说了声且慢，顺手塞过来一方折叠得手掌般大小的羊皮纸。李斯就着风灯打开，羊皮纸上一行小字："斯兄但去，容我相机行事。"李斯心头一热，说声告辞，径自出门去了。

为免撞见熟识者两相难堪，饥肠辘辘的李斯没有在长阳街的老秦夜市吃饭，专拣灯火稀疏的小巷赶到了尚商坊。尚商坊，是名动天下的咸阳六国大市，李斯却从来没有光顾过，只听说这里夜市比昼市更热闹，又寻思着在这里撞不见秦国熟识官吏，便赶来要一醉方休，泄泄郁闷之气。不想转出两道街巷，到了尚商坊，眼前却是灯火零落，宽阔的长街冷清清黄尘飞扬，牛马粪尿遍地横流，脏污腥臭得无法下脚。仅有几家店铺亮着风灯，门前还是牛马混杂，人影纷乱进出，几如逃战景象。要在别国城池，李斯自然不以为意，可这是连弃灰于道都要施以刑罚的秦国，如此脏污混乱，岂能不令人震惊？

凝望片刻，李斯蓦然醒悟。显然，这逐客令也包括了驱逐六国商贾。否则，支撑秦国商市百年的富丽豪阔的尚商坊，何以能在一夜之间狼狈若此？一声长叹，李斯顿时没有了饮酒吃饭的心思，只想尽快离开秦国。牵马进市，再穿过尚商坊，李斯便能直出咸阳东门奔函谷关去了。

“客官歇店么？”一个脆亮的声音陡然飘来。

李斯抬头一看，一个红衣童仆笑盈盈矗在面前，与街中情形万分地不和谐，不禁噗地一笑：“你小子会做生意？也不怕小命丢在这里？”红衣童仆乐呵呵笑道：“我东家是齐国田氏商社。主东说了，走主不走仆，人走店不歇，逐客令挨不得几日。这不，才派小子几个守店。先生要是赏光，小子不收分文，还保先生酒足饭饱睡凉快，小子只图个守业有客，领一份赏金。”当唧唧一串说来，流畅悦耳，分明一个精明厚道的少年人物。

李斯家境贫寒，少时曾经在楚国上蔡县的官库做过仓工，后来又做了官库小吏，深知少年生计的辛苦处。听少年一说，不禁喟然一叹：“难为你小子有胆色也！我便住得一夜。”红衣童仆高兴得双脚一跳，接过了李斯手中马缰，说声客官跟我来，一溜碎步进了前方四盏风灯的大铜门。李斯跟着走进，只见大店中空荡荡黑沉沉一片，借着朦胧月光与只有回廊拐弯处才有的一盏风灯，隐约可见一座座小庭院与几排大屋都封了门上了锁，幽静萧疏得山谷一般。少年指点说：“那一座座小庭院，都是齐国商社的上乘客寓，平日要不预先约定，有钱也没有地方。那一排排大屋，是过往商旅与游学士子最喜欢的，平日天天客满。最后那一片高大房屋，是仓储库房，所有搬不走或能搬走而得不偿失的物事，都封在了库房。守店期间，能待客的寓所，只留了一坊。”

“保本看店，留下的定是最差的一坊。”李斯突然有些厌烦。

“不。最好一坊！”少年好像受了侮辱，满脸涨红。

“好好好，看看再说。”李斯不屑争辩。

少年再不说话，领着李斯穿过一片胡杨林，到了一片大水池边。池边有四座小庭院沿湖排开，每座庭院门前都是两盏斗大的风灯与一个肃立的老仆，与沿途黑沉沉空荡荡的沉闷与萧疏，全然另一番天地。少年笑吟吟指点说：“客官，这是商社的贵客坊。平日里，只有齐国的使节大臣入秦才能住的。这里距离庖厨、马棚、车场，都最近最方便，是以才留做守店客寓。”

“逆境有常心，难得。”

“先生不说我店势利，小可高兴。”

“小哥，方才得罪，见谅。”

少年咯咯一笑：“哪里话来，先生是逐客令后的第一个客人，小可高兴都来不及呢。走！先生住最好的院子。”说罢，少年领着李斯走到了第二座庭院门前。这座庭院与相邻三座不同，门口矗立着一座茅亭，池边泊着一只精巧的小船，显然是最尊贵的寓所了。门口老仆见客人近前，过来深深一躬，接过了少年手中的马缰去了。少年领着李斯进院，转悠介绍一番，将李斯领进了正房大厅。大厅西面套间立即飘出一名轻纱侍女，又是迎客又是煮茶，厅中顿时温馨起来。李斯没有丝毫消遣心情，对少年道：“大店待客名堂多，你小哥给我都免了。我只要一案酒饭，一醉方休。”少年说声晓得了，站起身轻步出厅去了。

片刻之间，少年领着两个侍女进来，利落地摆置好了食案，一案大菜一坛赵酒，四只大鼎热气蒸腾香气弥漫，分明样样精华。生计之心李斯素来精细，一打量皱起眉头道：“你小子别过头，我只有十金，还得一路开销。”少年咯咯一笑：“先生说笑了，原本说好不收分文的，先生只管吃喝舒适便是。”李斯恍然一笑：“既然如此，一起痛饮。”少年连忙摇手：“小可陪先生说话可以，吃喝不敢奉陪，商社规矩。”李斯不再说话，立即开吃，吧嗒呼噜咀嚼声大作，只消片刻，四只大鼎的鱼羊鸡鹿与一盘白面饼一扫而光。

“先生真猛士！好食量。”少年看得目瞪口呆。

“你当半年河渠工，一样。”李斯一笑。

“河渠工？啊，先生是河渠吏！”

李斯连连摇头，一边擦拭额头汗水，一边开始大饮赵酒。少年不再问话，只一爵一爵地给李斯斟酒。连饮九大爵，李斯黝黑干瘦的脸膛一片通红。少年笑说：“先生不能多饮了。”李斯拍案：“你个小子晓得甚，饭后酒，不怕！”少年笑说：“只怕先生明日晕路，不好走。”李斯哈哈一笑：“不走了！你小哥不要钱，我何不多住他几日？”少年咯咯直笑：“先生若是不走，不说不收钱，我商社倒贴你钱！每日一金如何？”李斯大奇：“这是为何？”少年又笑：“我东主说了，秦国逐客，其实是逐贤逐钱，蠢之又蠢！被逐之客，凡来齐国商社者，一律奉为上宾！”

少年一言，李斯心头不禁一震。良久默然，李斯问店中可有秦国《逐客令》？少年连说有有有，转身出去拿来一张羊皮纸，先生请看，这是咸阳令官署发下的，尚商坊每家一份。李斯接过摊在案头，《逐客令》只有短短不到两百字：

逐客令

秦人兴国，唯秦人之力也。六国之客，窃秦而肥山东，坏秦而利六国。若嫪毐、蔡泽、吕不韦者，食秦之禄，乱秦之政，使秦蒙羞，诚可恶也！更有水工郑国，行韩国疲秦奸计，入秦与吕不韦合流，大兴浩浩河渠工程，耗秦民力，使秦疲弱，无力进兵，无力克旱，以致天怒人怨酿成大灾。是可忍，孰不可忍！唯六国之客心有不轨，行做间人，国法难容。是故，秦国决意驱逐山东之客。自逐客令发之日，外邦士商并在秦任官之山东人士，限旬日内离开秦国。否则，一律以间人论罪。

“睡觉！”李斯突然烦躁，甩开羊皮纸躺倒在了地毡上。

少年笑了：“客官大哥，闷酒闷睡准伤身。教小可说，不如趁着月色在池中漂荡一时半时，回来再睡，管保你明日上路精神。”

“小子有理。”李斯翻身坐起，“走！”

少年咯咯笑着，扶着摇摇晃晃的李斯出门。门口肃立的老仆一见客人出来，立即大步走到池边吩咐：“轻舟预备，客官酒意游池。”但闻池中一声答应，船头两盏风灯当即亮起。老仆回身，少年扶着李斯已经到了岸边。李斯虽有酒意，借着月光却是看得清楚，这池堤用石条砌成，一道三尺宽的石梯直通水面，恰恰接住小船船头，比寻常的船桥方便多了。李斯心下感叹，若不是可恶的逐客令，齐国商社还真是个古风犹存值得常来玩味的好地方。李斯要推开少年独自下梯上船。少年一笑：“酒人不经高低，客官只跟我走。”说话间，少年架着胳膊托住腰身，将李斯稳稳扶到了船头。两人堪堪站定，小船悠悠荡开，平稳得教人没有丝毫觉察。

李斯随着少年手势在船头坐定，蒙眬醉眼打量，只见这小船船头分外宽敞，几乎占了一半船身，船板明光锃亮，中间铺一方厚毡摆三张大案，三面围起一尺多高的板墙，分明一间舒适不过的露天小宴间，比秦王那乌篷快船还妙曼了几分。正在打量，一个侍女已经捧来了一只红木桶与三只大陶碗。李斯大笑一阵：“小哥好主意，老酒对明月，度咸阳最后一夜！”少年笑得可人：“只要客官大哥哥高兴，咸阳夜夜如此。”说话间，侍女已经将三只陶碗斟满。李斯再不说话，举起一碗汩汩大饮，一连串三碗下肚，直觉甘美沁凉清爽无比，仿佛一股秋风吹拂在五脏六腑之间，全身里外每个毛孔都舒坦得通透。

“好！这是甚酒？”

“这不是酒，是酒妹。”少年吃吃笑了。

“酒妹不是酒？甚话！”

“哎呀客官，酒妹是醒酒之酒。”

李斯大笑：“好啊！你小子怕老哥哥掉到水里淹死，只赶紧教我醒来是么？”

笑着笑着，李斯没了心劲声气，盯着粼粼水面一声长吁。此时小船正到湖心，夜半凉风掠过，在这连续赤日炎炎的闷热夜晚爽得人浑身一抖。李斯再也没有了酒意，船头临风伫立，一腔郁闷又在心头燃烧起来。连日事变迭生，莫名其妙被夺职驱逐，自己却始终没有机会看到那个《逐客令》。方才一看《逐客令》，发端虽是郑国，却上连嫪毐吕不韦，下涉所有山东人士，连蔡泽这个已经辞官归隐者都牵连了进来；举凡外邦人士，《逐客令》一体斥为奸佞，举凡六国之客，《逐客令》一体看做间人；更为荒诞者，凡在秦国做官的外邦人士，竟全部成了“食秦之禄，乱秦之政”！如此算去，被驱逐的外邦人士少说也有十几万。秦国疯了么？秦王疯了么？想起被“劫上”渭水快船的那一夜畅谈，李斯无论如何不能相信，英气勃发的年轻秦王会做出如此荒诞的决断。然则，白纸黑字书令凿凿，这场风暴已经刮了起来，还能作何解释，只能看做天意了。

远看此事，李斯至少有一个最直接的评判——《逐客令》一发，秦国人才必然凋零，秦国强盛势头必然衰减，年轻秦王的远大抱负则必然化为泡影。仅仅如此，还则罢了，毕竟是老秦人自家毁自家，你能奈何？最令李斯揪心的是，这个荒诞得无以复加的《逐客令》，将彻底铲除他刚刚生出的功业根苗，彻底埋葬他辉煌的梦想。放眼天下，当今能成大业者唯有秦国，任何一个名士，只有将自己的命运与秦国融为一体，才会有自己的璀璨，否则，只能是茫茫天宇飘泊无定的一颗流星。倏忽二三十年过去，自己的一生也就完结了。即便秦国再出一个英明君主，天下再出一个强大战国，自己也无可挽回地在灰蒙蒙的生涯中倒下了。人生苦短，上天给你的机遇只有这一次，绝不会有第二次……这一次，真的完结了？

李斯一个激灵，猛然转过身来。

“小哥，船上有无笔墨？”

“有！还有上好的羊皮纸。”

“好！摆案。”

“先生大哥，船头有风无灯，要写字得进船舱。”

“那得看谁写。我写！月光尽够！”

“哎！我去拿。”

片刻之间，少年将一应文案家什摆置停当，对着底舱一声吩咐：“桨手听令：先生写字，湖心抛锚，稳定船身！”李斯连连摇手：“这点儿颠簸算甚？船照行不误，有风更好，走！”少年大是惊讶：“先生大哥，这般晃悠着，你能写字？”看着少年的眼神，李斯哈哈大笑：“老哥哥别无所能，只这写字难不倒我。马上都能写！船上算甚？尽管快船凉风！”少年哎地答应一声，立即兴奋地喊起来：“先生号令，快船凉风！起——”

话音落点，便闻桨声整齐开划，小船箭一般飞了出去。湖风扑面，白浪触手，分外的凉爽舒适。李斯肃然长跪案前，提起大笔略一思忖，笔锋便沉了下去。风摇摇，水滔滔，浪花时不时飞溅扑面。少年一手扶着船帮，一手压着羊皮纸边角，嘴里叨叨不断：“我说大哥，这船晃水溅的，没个人能写字，我看还是回书房，要不靠岸在茅亭下写也行……”李斯一声断喝：“给我闭嘴！只看着换纸！”少年惊讶噤声，连连点头。

李斯石雕一般岿然跪坐船头，任风鼓浪花扑面，一管大笔如铁犁插进泥土，结结实实行走着，黑枣般的大字一个个一行行撒落，不消片刻，一张两尺见方的羊皮纸眼看便要铺满。此时一片浪花哗地掠过船头，惊讶入神的少年恍然大悟，连忙站起就要换纸，不意脚下一个踉跄，恰恰跌在了李斯右胳膊上。少年大惊，跪地哭声连连叩头，脸色白得连话也说不出来。李斯回头不耐地呵斥一声：“我都没事，你哭兮兮个甚！快换纸！”少年长身凑过来一看，羊皮纸上的字迹果然个个清晰，竟没有一个墨疙瘩，不禁高兴得跳起来脆声喝了一彩，利落地换好一张羊皮纸，跪在李斯身旁殷殷打量，直如侍奉守候着一尊天神。

月亮挂在了西边树梢，快船堪堪绕湖一周，李斯终于搁笔。

“先生大哥，你不是人，你是神！”少年扑到李斯面前咚咚叩头。

李斯没了笑声，喟然一叹，一手扶住少年：“小兄弟，先拿信管泥封来。”

少年忙不迭答应一声，在船舱拿来一支铜管一匣封泥。李斯将几张羊皮纸卷好，装进铜管，又做了泥封，这才郑重其事地问少年：“小哥，能否帮我送出这件物事？在下毕生不忘小哥大德。”少年惶恐得红着脸一个响叩：“先生大哥只说，送到哪里？小可万死不辞！”李斯一字一顿：“送到咸阳令官署，亲交蒙恬将军，敢么？”少年顿时顽皮地一笑：“咸阳送信，小可的本事不比先生大哥写字差，怕甚！大哥只等着，日内我给你拿到回字！”

“只送出就好，不要回字。”

“不要回字？”

“收者回了字也没用。这，只是一桩心事罢了。”

“先生大哥，你要走么？”

“对。天亮便走。”

“好！我立即送信。”

“四更天能送信？不急不急，我走了你送不迟。”

“先生大哥放心！我在咸阳熟得透透，你等我回来再走。”

小船正到岸边，少年飞身纵跃上岸，倏忽不见了身影。

六　振聋发聩的《谏逐客书》

嬴政昏昏病卧，直觉堕入云雾一般。

那一日，从蓝田大营飞车归来，一身泥土心绪焦躁，嬴政本想一番沐浴之后平心静气地会见等候他的李斯，商议泾水河渠究竟是继续还是停工的事。嬴政确信，干练而有全局气度的李斯，会给他一个恰如其分的依据。想不到的是，王绾的消息，尤其是“间人疲秦”四个字，如同一支火把突然扔进了四处流淌猛火油的心田，他莫名其妙地突然爆发了。郑国是间人疲秦，对山东六国了如指掌的吕不韦不知道？肯定知道！明知郑国是间人，还要委以河渠重任，吕不韦意欲何为！正是这电光石火的思绪联结，使他突然觉得吕不韦一党的势力仍然牢牢盘踞在秦国，仍然是压在他头上的一座大山；他们，在他的脚下已经事先挖好了深深的陷阱，只等他盲人瞎马地落入陷阱，这座大山再轰然压下，将他与秦国彻底埋葬！这个“他们”不是别人，正是吕不韦及其身边的山东人士！殿廊到殿堂，也就是百步之余而已。短短的一箭之地，嬴政几乎是一阵飓风般刮进去的。当他一脸一身泥土汗污，手提长剑呼呼大喘着冲到王座前时，所有的元老大臣都惊得站了起来，目瞪口呆地看着他，没有一个人说话。

“郑国间人，吕不韦可知？”

嬴政记得，他脱口冲出的第一句话是对着老廷尉去的。

老廷尉似乎有些犹豫，打量着泥猴般的嬴政说：“此事重大，望王清醒之时再行会商。”嬴政勃然大怒，一连声吼叫着：“廷尉据实禀报！否则以误国罪论处！”老廷尉一拱手说：“郑国间人之说，是一个秦国商人义报。此商人从韩王近臣口中探听得来，还没有得到直接凭据证实。然则，大体可信可靠。至于吕不韦是否知情，尚未勘问各方，不能判定。”嬴政正在急怒攻心之时，对老廷尉事事不确定大是恼火，当时一声大喝：“吕案已经查清，如何能叫无法判定！”

“老臣有证据，吕不韦确实知道此事！”一位王族元老挺身而出。

嬴政嘶声下令禀报。元老说，年前勘吕时，他辅助国正监查抄吕不韦府邸与文信学宫，曾亲自查到吕不韦五年前得到的秦使密报，密报明确禀报说：韩国实施疲秦奸计，已经派水工郑国入秦，吕不韦不可能不看密报，当然也不可能不知道此事。嬴政大怒，问当年这个秘密使节是谁？元老说已经查清，是吕不韦的一个赵国门客，后来跟着吕不韦回了洛阳，也跟着吕不韦自杀了。嬴政又问，当年议定泾水河渠上马，都有何人参与？元老回报说，没有一个秦人参与，全是吕不韦与在秦做官的外邦人士商定，骨干是燕国的纲成君蔡泽与楚国的门客舍人李斯；为了隐瞒郑国间人底细，吕不韦才擢升那个门客李斯做了河渠丞。另一个元老立即慷慨激昂地补报：他有个族侄做河渠吏，曾对他说过，李斯与郑国情谊笃厚，经常在一起彻夜密议，分明有不可告人之密。其余元老大臣也纷纷开口，诉说各自当初觉察到的诸多疑点。被元老们怀疑之人，无一不是六国人士。当时，除了老廷尉与王绾没说话，大臣元老们人人愤激，一口声怒骂山东人士。

一番纷嚷越扯越深，嬴政不耐地喝问一句：“你等聚在这里议论一日，究竟甚个主张，明说！”元老们异口同声：“驱逐山东之客，还我清明秦政！”嬴政心头突然一亮，对也！秦国多年纷纭纠葛，根子都在六国人士，不将这些人尽行驱逐，秦国永无宁日！嬴政也还记得，当时一绺泥汗正弥漫到眼角，猛然一揉，双目生疼钻心……

“王绾！下逐客令！”嬴政一声怒喝，重重跌倒在了王案前的石阶上。

……

三日后醒来，嬴政已经浑身酥软得不能动弹了。

太医说，这是急火攻心又虚脱过甚，若不能静心养息数日，完全可能引发虚痨大病。嬴政原本不是平庸之人，此时更是清醒，自然掂得孰轻孰重，对老太医只点了点头，第一次开始了不见大臣不理国事的卧榻日子。旬日之中，只有一个赵高与一个老太医进出。偌大寝室，清净得连嬴政自己都觉得怪异起来。这日吃过中饭，嬴政自觉神清气爽，对老太医笑道：“药可服，再卧榻不行了。”老太医皱着眉头轻声说：“依着医理，王体至少得休养一月，否则还有后患。”嬴政脸色顿时一沉：“你说，后患是甚？”老太医吭哧得满脸通红，只是说不出来。嬴政又气又笑：“无非折我十年寿数，怕个鸟！小高子，教王绾整好文卷等候，我即刻便进书房。”说罢端起大碗，将满满一碗黑红黏稠的药汁咕咚咚喝下，又利落地沐浴更衣，不消片刻，嬴政精神抖擞地出了寝宫。

时当入秋，日光分外明亮，树林中蝉鸣阵阵，天气闷热得有些异乎寻常。嬴政一出回廊突然止步愣怔，不对，甚味儿？林下湿气？对！没错！嬴政蓦然回身，盯住了身后举着伞盖的小侍女问：“下过雨么？”侍女被嬴政的眼神吓得张口结舌，只胡乱点头，一时说不出话来。嬴政高兴得嗷了一声，一阵狂风般卷进了书房。

“王绾！几时下的雨？”

“昨夜三更。半锄雨。”

“还下不下？”

“天象台已经报来，月内有透雨。”

“天也！”嬴政眼前金星乱舞，烂泥一般倒在了地上。

片刻醒来，王绾赵高老太医三人都围在身边忧心忡忡。嬴政忍不住笑意，一挺身站起，乐呵呵一挥手：“老太医去了，没事没事，高兴而已。”老太医想说什么，终究吭哧着走了。嬴政精神大振，立即吩咐赵高抬来文卷大案，王绾依照着日期顺序，逐一禀报积压下来的紧急事务。说话间，赵高抱来了一摞竹简摆在案头，惶恐地低着头不说话。嬴政眉头一皱，赵高吓得扑地跪倒："君上，没有了，这几日没有文卷。"嬴政很是诧异，目光凌厉地盯住了王绾。王绾面无表情地一拱手："臣启我王，目下最要紧的公务只有一件：补齐官吏空缺，尽快使各官署恢复运转。"

"岂有此理！秦国官署瘫痪了？"嬴政骤然蒙了。

王绾有些木然地禀报着：秦国官员，三四成是山东人士；秦国吏员，七八成是山东人士；逐客令下，山东人士全部被驱逐出秦国，咸阳各官署都成了瘸子瞎子，公务大多瘫痪，许多事乱得连个头绪都没处打问了；连日以来，在朝大臣们要办事，只有聚集在吕不韦的废丞相府，翻腾与各自相关的昔日公文，谁都无法阻挡，丞相府的典籍库已经被翻腾得一团乱象了；要不是昨夜一场大雨，旱情稍稍缓解，大臣们只怕又要没头苍蝇般乱飞乱扑了。

"六国官吏，有那么多？"嬴政惊讶得难以置信。

王绾说，要不是逐客令，他也不知道山东士子究竟占了秦国官吏多大分量？这次逐客，才真正体察到了山东六国人士与秦国融会得有多深。百年以来，秦国从来都是设法吸引山东人士入秦。举凡山东六国的士农工商官，只要入秦，定居也好，客居也好，一律当做上宾对待。除了商旅，进入秦国的士农工官，绝大部分都成了定居秦国各地的新秦人。除了农夫，入秦的山东人士大都是能事能文，他们大多来自已经灭亡了的昔日的文明风华之邦，譬如鲁国、宋国、卫国、越国、吴国、薛国、唐国、陈国等。这些人进入秦国，大才名士虽少，能事干员却极多，他们奋发事功，不入军旅便入仕途，多年来大多已经成为秦国官署的主事大吏。老秦人耕战为本，不是农夫工匠，便是军旅士卒，识文断字而能成为精干吏员者很少，而新秦人正好填补了这个空白。

这便是山东人士成为秦国官府主力军的缘由。

王绾还说，这几日他大体统计了一番，结果吓了一大跳。百年以来，入秦的山东人士已经超过两百三十多万，几乎占秦国人口的四分之一；如蒙恬家族已经居秦三代以上者，有一万余户；秦国官署的全部官吏，共有一万六千余人，若再算上军中头目，大体是两万三五千人，其中山东人士占了一大半，仅仅是李斯这般当世入秦者，至少也在五七千人……

“不说了！”嬴政突然烦躁。

王绾顿时默然。本来，他也没想对大病初愈的年轻秦王翻腾这些压在心头的大石。可秦王一问，他却忍不住，口子一开，自己连自己也管不住了。王绾知道年轻秦王的秉性，一旦烦躁起来便到了发作的边缘，而一旦发作，则每每是霹雳怒火不计后果。这时候，最好的应对便是沉默，教这个年轻的王者自己平息自己。

嬴政铁青着脸一句话不说，只在书房大厅来回转悠，第一次生出了一种抓不着头绪的茫然。逐客令引出如此严重的后果，这是他无论如何没有预料到的。元老们群情愤激，自己盛怒攻心，跳跃在眼前的六国人士只有嫪毐吕不韦郑国一班奸佞，哪里想到还有如此盘根错节的层层纠缠？昏昏卧榻数日，一朝醒来，逐客令的事几乎都要忘了，今日乍听王绾一番禀报诉说，嬴政实实在在地蒙了。

一个水工，一个间人，引发出朝局骤然瘫痪，这如何收拾？

突然，嬴政口干舌燥，一伸手，却没有那随时都会递来的凉茶热茶温茶。蓦然回头，嬴政一眼瞥见了大屏后垂手低头的赵高的衣角，心下不禁一动：“小高子，你蔫耷耷藏在背后做甚！病了？”赵高小心翼翼走出来，一抬头的刹那之间，嬴政恰恰捕捉到了这个少年内侍惊恐闪烁的目光，心头猛然掠过一道阴影，脸色倏忽一沉：“小高子，你有甚事？说！”赵高突然跪倒在地，哇的一声哭了：“君上，小高子想说，不敢说啊！”嬴政一股怒火骤然蹿起，大步过去一脚踹得赵高一个翻滚，呲呲喘息冷笑着：“你小子也有奸心了？说！不说将你心挖出来看！”赵高翻滚过去，又立即翻滚过来，趴在地上大哭：“君上！不要赶小高子走啊！小高子跟你十三年，小高子不走啊！”嬴政不禁又气又笑：“你小子疯了！谁个赶你走？你想走放你便是，咧咧咧哭个鸟！”赵高依旧呜呜地大哭着：“君上！王城正在清人逐客，说小高子是赵人！三日前，中车令便要小高子离开，小高子赖着没走啊！”

“！”嬴政的心猛然一沉。

一个“赵”字，冰冷结实地砸上嬴政的心田。

赵高是赵人，太后赵姬呢，他这个“赵政”呢？在赵国做过人质的父王呢？秦国不是要连根烂么？猛然，当年立太子的旧事电光石火般掠过嬴政心头。那时候，秦国元老们骂他是甚？是赵国孽种！甚至说他“虎口，日角，大目，隆鼻，身长八尺六寸，没有一样像秦人，活生生一个胡种！”如今，被逐客令激活的元老们连跟随自己十三年的身边小内侍都想到了，安知没有重新琢磨他这个亲政不到两年的新王？倏忽之间，一团乌云漫过心头，嬴政直觉自己放出了一头吞噬整个秦国的怪物；而这个怪物，自己已经无法控制了，它正在轰隆隆翻滚着怪叫着，向自己的头顶笼罩过来……嬴政通身冰凉，默默扶起了赵高，用自己的汗巾为小赵高拭去了脸颊泪水，一句话也没有说出来。

突然，急骤的马蹄声在东偏殿外响起。

王绾霍然起身，尚未走出书房大厅，便惊讶地站住了。

一个手提马鞭风尘仆仆的大将冲进殿来，脸色阴沉得可怕。

“蒙恬？”嬴政心头又是一紧。

“君上，臣从河东兼程赶回，有件大事禀报。”

“快说！小高子，凉茶！”

赵高一抹泪水，嗨的一声飞步去了。

蒙恬没有了惯常的明朗诙谐，默默地从披风下的皮袋中摸出了一支黄澄澄的泥封铜管，又默默地递了过来。嬴政对蒙恬的反常有些不悦，沉声问了一句：“这是甚？”蒙恬说：“这是李斯紧急送到我府的密件，说明要我亲交秦王；当时我不在咸阳，我弟蒙毅连夜送到河东军营；我没有打开，兼程赶回咸阳，做一回信使而已。”嬴政板着脸说：“既然送给你的，为何不打开？”蒙恬粗重地叹息了一声说：“若是往常，臣自要打开，可目下不能。”“为甚来？”嬴政仿佛盯着一个从来不认识的陌生人，脸色分外阴沉。蒙恬也冷冰冰地说：“我没有想到秦国也有这一日，人人自危，举国猜疑，因由竟然只有一个，蒙氏来自齐国！”

嬴政眼前猛然一黑，踉跄一步站稳，有人疑你蒙恬？疑蒙氏？

蒙恬再不说话，只捧着那支铜管，木然地站着。

嬴政默默接过铜管，猛然打上王案，当的一声，泥封啪啦震开，连铜帽也震飞了。嬴政拉出一卷羊皮纸展开，打眼一瞄，神情骤然一变，未曾看得一页便高声一喊："小高子！"嗨的一声，精灵似的赵高已矗到了眼前。嬴政转身急促吩咐："快！驷马王车赶赴函谷关，截住李斯！给我请回！追到天边，也要给我追回来！"

一声脆亮应答，赵高不见了人影。

"蒙恬，你，你看……"嬴政软软地倒在了王案旁。

"长史！快来看！"蒙恬捡起两张飘落在地的羊皮纸，眼前猛然一亮。

"好字！"王绾快步走来一打量，先高声赞叹了一句。

"我，还没看完，念。"靠着案头的嬴政粗重地喘息着。

见蒙恬仍在神不守舍，王绾答应一声，捧起羊皮纸高声念诵起来：

谏逐客书

臣李斯上书：尝闻人议逐客，王下逐客令，此举治国之大过矣！秦之富强，实由用才而兴。穆公称霸而统西戎，在用由余、百里奚、蹇叔、丕豹、公孙支五人。孝公强秦，在用商鞅。惠王拔三川并巴蜀破合纵，在用张仪、司马错。昭王强公室杜私门大战六国，在先用穰侯，再用范雎。孝文、庄襄两王，安度危机稳定大局，使秦国于守势之时不衰颓，在于任用吕不韦蔡泽也。秦自孝公以来，历经六世蒸蒸日上，何也？用客之功也。山东之才源源入秦，食秦之禄，忠秦之事，建秦之功，客何负于秦？而秦竟逐出国门哉！向使六世秦君却客而不纳，疏士而不用，秦国岂有变法之功，强大之实也！

依臣入秦所见，秦国取财纳宝不问敌我，昆山之玉、随和之宝、太阿之剑、纤离之马，秦不生一物而秦取之者，何也？物为所用也。秦国之乐，击瓮、叩缶、弹筝、搏髀长歌呜呼而已，而今秦官弃粗朴之乐而就山东雅乐者，何也？快意当前，雅乐适观而已矣！财货如此，声乐如此，何秦国取人则不然，不问可否，不论曲直，非秦者去之，为客者逐之，岂非所重者财货，所轻者人民也！果然如此，非跨海内、制诸侯之气象也。

臣尝闻：地广者粟多，国大者才众。是以泰山不让抔土，故能成其大。河海不择细流，故能就其深。王者不却众庶，故能明其德。今逐客弃才以资敌国，驱商退宾以富山东，使天下之士退而不敢西向，裹足不敢入秦，何异于借兵于寇，资粮于敌也。夫物不产于秦，可宝者多。士不产于秦，而愿忠者众。秦今逐客以资敌国，内空虚而外积怨，损民而益仇，求国无危，不可得也！秦王慎之思之，莫为人言所惑也。

偌大厅堂，良久沉寂着。

"完了？"嬴政终于问了两个字。

"完了。"王绾也只答了两个字。

靠着案头的嬴政站了起来，在厚厚的地毡上悄无声息地来回走着。

方才，因逐客令引发的官署瘫痪，以及有可能再度生出无限牵连的各种迹象，使嬴政直觉到了这头怪物的阴森可怖。目下，李斯的《谏逐客书》，却使他明明白白地看到了逐客令的荒诞与可笑，也第一次觉察到了自己的偏执，甚至狭小。一想到这个字眼，嬴政脸上不期然一阵发烧。从少年发蒙起，嬴政便严酷地锤炼着自己的才能见识与心志，他是自信的，也是桀骜不驯的。八岁归秦，十二岁立太子，十三岁即位秦王，可谓步步艰难而又坦途荡荡。只有他自己最清楚，不论有多大的天意运气，如果没有自己的才能见识与强韧心志，一切都是白说。如果不是自己自幼刻苦读书习武，母亲会带他归秦么？如果归秦之后的他不再勤苦锤炼，而只满足做个平庸王子，他一个来自秦国世仇之地的"赵国孽种"能被立为太子么？做了太子的他，如果不是离开王城惕厉奋发，能在继位并不过分看重嫡庶的秦国继承王位么？不能，肯定不能。之后的九年虚位，吕不韦、嫪毐、太后，犹如三座大山，压着他挤着他，他只能在强大而又混乱的权力夹缝里，顽强地寻觅出路。虽然说，这九年给了他从容旁观国政，也从容锤炼才能的岁月，使他没有过早卷入权力旋涡而过早夭折。然则，更要紧的是，九年“四驾马车”的惊涛骇浪的锤炼，无疑使他迅速地成熟了。否则，加冠亲政后对吕不韦的第一仗，不会胜得那般利落。可是，这第一场大胜之后，自己竟突然栽了重重一跤，弄出了个亘古未闻的逐客令来，说怪诞也好，说可笑也好，都迟了。

要紧的是，因由何在……

“这李斯，好尖刻也！”看看沉重的嬴政，王绾突然一句指斥。

“也是。”回过神来的蒙恬淡淡一笑，“李斯竟说老秦人没有歌乐，只会敲着大瓮瓦罐，弹着破筝，拍着大腿，大呼小叫。这教那般元老们知道，还不生吃了他？”王绾也点头呼应着说：“还说秦国没有人才，没有财货，甚都是从山东六国学来的。老秦人知道了，还不得气个半死！”蒙恬目光瞄着依旧转悠的年轻秦王，揶揄地笑了：“李斯素来持重慎言，这次也是兔子咬人，给逼急了。”王绾立即跟上：“他急甚来？拿了郑国问罪，放了他这个河渠丞，够宽宥他了。”蒙恬摇摇头淡淡一笑：“李斯不是平庸人物，只怕是将他与郑国同样下狱，反比放了他好受些。”王绾惊讶道：“怪哉！会有这等人？”蒙恬肃然道：“一个人弃国弃家，好容易选定了一个值得自己献身效命的国家，到头来，却被这个国家当做狗一般一脚踢出，譬如你我，心下何堪？”

“聒噪！长史，还有没有人上书谏逐客？”嬴政突然站定了脚步。

“没有。”

“军中将士如何？”嬴政转身问蒙恬。

“正在打仗，军营还没来得及颁发逐客令。”

“好！”嬴政长吁一声，“两位说，李斯能回来么？”

“难。李斯走到哪国，都是可用之才。”王绾摇着头。

“不。只要赵高追得上，李斯一定回来。”蒙恬一脸忧郁却不失自信。

嬴政黑着脸：“好！我三人在此等候，李斯不回不散！”

王绾不禁愣怔：“君上，急事多了，干等么？”

“等！”嬴政坐了下来，敲打着王案，“已经是烂摊子了，头疼医头脚疼医脚能行？得想清楚，如何一揽子整治。你先将各官署全部卷宗搬来，将缺额官员数额归总列出。我等三人先大体商议个法子，李斯回来一并说。来人，茶。慢慢说。”

蒙恬目光一闪：“君上，要废除逐客令？”

“你说呢？”嬴政忽然不高兴了。

蒙恬很明白，年轻的秦王从来都将自己看做同心知己，自己也从来都是直话直说实话实说。可这次，自己却一直没有公然申明对逐客令的可否之见。秦王何其聪明，心里一定很清楚自己的想法，也一定很不高兴自己的吭哧游移。然则，蒙恬还是不敢贸然。这件事干系太重大了，重大到关乎蒙氏整个部族三代人能否在秦国坚实立足。事实是，已经有嬴氏元老在聚议举发蒙氏了，最大的罪行，是已经过世的大父蒙骜与吕不韦私交笃厚，相互庇护又共同实施宽政缓刑，大坏秦国法制；延伸出的罪行，是父亲蒙武力主厚葬吕不韦，多用六国人士为军吏，泄露了秦国机密；最后的清算，必然要落到自己头上，罪名是蛊惑秦王，依据只有一句可怕的老说辞：非我族类，其心必异！当此情势，他如何敢贸然直言？假如秦王不是清醒地果决地废除逐客令，他的任何直言，都可能成为日后“其心必异”的罪证。更何况，他目下想说的是一桩更为重大的事件，他不得不审慎再审慎。

“臣有一事，须待秦王明断而后报，尚望君上见谅。”

“待我何断？”嬴政沉着脸。

“秦王，是否决意废除逐客令？”

嬴政嘴角猛然一抽搐，内心一股无名火蹿起，几乎便要指着蒙恬鼻子怒骂一通。倏忽之间，嬴政还是硬生生忍住了。蒙恬不是平庸之士，更不是没有担待见风使舵的懦夫，今日这般反常，必定有其难言之隐。在李斯的《谏逐客书》之前，不说蒙恬，便是自己也被这股邪风吹得心头阴森森的，又如何能责怪祖籍齐国的蒙恬？

“咸阳将军，本王明告。”嬴政第一次对这个少年挚友郑重其事地说话，“逐客令必要废除！卿若疑我，尽可不说。卿若不疑，直话直说！”

“君上……”蒙恬突然扑拜在地，“秦国吏员，尚未大流失！”

“噢！”嬴政霍然起身扶住了蒙恬，“快说，究竟甚事？”

“君上，”蒙恬起身一拱手，“逐客令下，军中大将多有疑虑，深恐动摇军心。桓龁老将军、王翦将军与我一起密商，做了两个秘密部署：一、以大战期间不宜多事为名，暂且封冻逐客令；二、由臣带领一千飞骑，驰骋巡视出秦的三条主路，专一拦阻离秦的官吏士子。目下在函谷关、武关、河西少梁三处，已经拦下了两千余人……”

“好好好！”不待蒙恬说完，嬴政连连拍案叫好。

“君上，”蒙恬又道，“我等原本商定，以军粮养士，以军吏之身护士，一月之后若不见逐客令废除，扮做军吏的六国士子们便得秘密放行。今日，君上既然决意废除逐客令，臣请兼程赶回河东，一定军心，二定士心！”

“蒙恬……”嬴政猛然拉住了蒙恬的手。

“君上，告辞！”蒙恬一拱手赳赳出厅，与来时颓势天壤之别。

七　欲一中国者　海纳为本

晚霞似火，沉沉暮霭中的函谷关吹起了悠扬的晚号。

垛口士兵的喝城声长长回荡在两山之间：“落日关城喽，行人车马最后进出——”随着晚号声喝城声，络绎不绝的车马行人满载满驮，犹如一道色彩斑斓的游牧部族迁徙的大河，匆匆流出高大的石条门洞，丝毫没有断流的迹象。进入函谷关的车马人流，却是零零碎碎断断续续，还都是清一色的黑衣老秦人。这些老秦人黑着脸站在道边，茫然地看着山东商旅们汹涌出关，没有一个人说话，也没有一个人试图抢道进关。即使暮色降临，老秦人们还是愣怔怔地打量着这不可思议的逃秦风景。

正在此时，城头喝声又起：“关门将落！未出城者留宿，鸡鸣开城！”呼喝之间，悬吊的铁门开始轧轧落下。正在此时，一个骑在高头大马上的红衣商人高声嚷了起来：“秦国好没道理！又逐客又关城，还不许人走夜路了！我等不想住店，只要出关！”随着红衣商人的喊声，人流纷纷呼喊只要出关，悬在半空的大铁门竟无法切断这汹涌呼喝的车马人流。城头一位带剑都尉连连挥手，高声大喊："秦法严明！闭关有时！城下人流若不断开，守军得执法论罪！"

"秦法严明么？老早的事了！"

"今日秦法嘛，也就那样！"

随着城下人流的呼喝嘲笑，都尉发怒了，一挥手，城头凄厉的牛角号短促三响，立即便闻关外号声遥相呼应。谁都知道，秦军马队就要开来了。正在此时，一辆四马轺车激荡着尘烟从关内如飞而来，残阳下可见轺车金光闪耀，分明不是寻常官车。随着烟尘激荡，遥遥传来一声尖亮的长呼："王车出关，且莫关城——！"城头都尉一挥手连声断喝："城门吊起！行人闪开！王车放行！"

片刻之间，四马轺车冲到城下，驭手控缰缓车仰头高声："河渠丞李斯可曾出关？"

城头都尉一拱手："查验照身，李斯片时前出关。"

驭手一抖马缰，四马轺车从人流甬道中隆隆驶出关门。

一出关门，驭手尖亮的嗓音在车马人流中荡开："河渠丞李斯，先生何在？"刚刚喊得两三声，道边一个商人在车上遥遥挥手："方才一个黑袍子上了山，马在这里。"驭手驱车过去一看，一匹红马正拴在道边大树下，马鞍上搭着一个青布包袱。驭手跳下车，跑过来抓过包袱端详，才翻弄得两下，看见一个包袱角绣着"河渠署"三个黑字。驭手高兴得一跺脚："赵高没白跑！"再不问人喊话，拔腿便往山上追去。

赵高正在十八九岁，非但年轻力壮，更有两样过人技能：一是驾车驯马，二是轻身奔跑。知道赵高的几个少年内侍都说，赵高是驾车比造父，腿脚过孟乌。造父是周穆王的王车驭手，驯马驾车术震古烁今；孟乌则是秦武王的两个步战大力士，一个叫孟贲，一个叫乌获，两人从不骑马，每上战场只一左一右在秦武王的驷马战车旁奔跑如飞，绝不会落下半步。若非如此两能，年轻的秦王如何能派赵高驾着驷马王车追赶李斯？此刻赵高提气发力，避开迂回山道，只从荆棘丛生的陡坡直冲山顶。片刻之间，赵高登顶，峰头犹见落日，却没有一个人影。赵高喘息了几声，可力气一声尖亮的呼喊："李斯先生，可在山上——"

“山顶，何人呼我？”山腰隐隐飘来喘吁吁的喊声。

“万岁！”赵高一声欢呼，飞步冲下山来。

山腰一个小峰头上，李斯正在凝望暮霭沉沉的大河平原。他要在这空旷冷清的高山上好好想想，究竟是回楚国还是去魏国齐国？《谏逐客书》送出去了，李斯胸中的愤激之情也过劲了。从咸阳一路东来，亲眼见到山东商旅流水般离开秦国，李斯觉得怪诞极了，心绪也沮丧极了。若不是走走看看，还在函谷关内一家秦人老店吃了一顿蒸饼，与打尖的商人们打问了一些想早早知道的事，他早已经走远了。

“先生！赵高拜见！”

李斯蓦然回头，见一个黝黑健壮的年轻人一躬到底尖嗓赳赳，这才相信方才的声音不是幻觉。李斯猛然想起，秦王的近身内侍叫做赵高，心下不禁突然一跳，镇静心神一拱手高声问：“在下正是李斯，敢问足下何事相寻？”

“赵高奉秦王之命，急召先生还国！”

“可有王书？”

“事体紧急，山下王车可证。”

“可是那辆青铜车盖的四马王车？”

“正是！”

“秦王看了李斯上书？”

“在下离开时，秦王只看了一半。秦王说，追到天边，也要追回先生！”

“不说了。”李斯突然一挥手，“走！下山。”

赵高一拱手：“先生脚力太差，我背先生下山！”

李斯还没顾得说话，赵高已经一蹲身将他背起，稳稳地飞步下山。因了背着李斯，赵高从早已被行人踩踏成形的山道奔下。山道虽迂回得远些，却比荆棘丛莽的山坡好走得多，对于赵高几是如履平地，尽管背着一个人也是轻盈快捷，不消顿饭辰光便到了山脚下。

“先生，这是王车！”赵高擦拭着额头汗珠。

李斯下地，大为赞叹：“足下真猛士也，秦王得人哉！”

赵高谦恭一笑："秦王得先生，才是得人！"

李斯没有想到，一个被士子们看做粗鄙低下的年轻内侍，应答却是这般得体，正要褒奖几句，赵高已经大步过去，牵来了李斯红马。赵高将马鞍上的青布包袱解下，放进王车车厢，又将红马拴在了车后，对着李斯利落一躬："先生，请登车。"

李斯心头一热，便要跨步上车。

正在此际，一个红衣商人突然冲过来，拉住李斯高声嚷嚷："先生分明山东人士，且说说这成何体统！王车能日落出城，我等为何不行？都说秦法严明，举国一法，这是一法么？分明两法！欺侮山东人士不是！既然已经多开了半个时辰，为何不能教我等出城完了再关城！"随着红衣商人高声大嚷，城外商人们也都纷纷聚拢过来，嚷嚷起来，非要教李斯给个评判不可。李斯已经听得明白：函谷关城门都尉为了等候王车入城，没有关城，商旅人流多出关了许多；如今城门都尉见王车准备进关，重新喝城，要真正闭关；许多商旅家族一半在关内，一半在关外，自然急得嚷嚷了起来；而此前赶来执法的秦军铁骑也是严阵以待，只待王车进城，便要拘拿这些敢于蔑视秦法的奸人。

嚷嚷之间，赵高已经急得火烧火燎，低声骂一句鸟事，扬鞭便要驱车。

"兄弟且慢。"李斯对赵高一拱手，"大事。稍等片刻。"

此时天色已经暮黑，商旅们已经点起了火把，汹汹之势分明是不惜与秦军铁骑对峙了。李斯已经斟酌清楚，转身对着人群挥了挥手，高声道："在下李斯，原是秦国河渠丞，楚国人士，与诸位一样，也在被逐之列！诸位见容，听我说几句公道话。"

"对！我等就是讨个公道，不怕死！"红衣商人大喊了一声。

"死在函谷关也不怕！先生说！"商旅们跟着呼喝。

李斯一圈拱手，高声道："诸位久居秦国经商，该当知道秦法之严。函谷关守军，只是执法行令，无权夜间开关城门。百年以来，都是如此，当年连孟尝君都被挡在关外野营，我等有甚不解？诸位愤愤者，逐客令也！然则，诸位须知，怪诞之事，必不长久。在下明言，我李斯正是上书非议逐客令的。秦王看了我的《谏逐客书》，下令王车紧急前来接我回秦！在下今日只说一句：旬日之内，秦国必然废除逐客令！诸位若信得李斯，还想在秦国经商，便在函谷关内外，住店等候几日，不要走！咸阳，还是山东商旅的第一大市！”

“先生，此话当真？”火把人群一片嚷嚷。

“王车在此，当然当真！”赵高尖着嗓子喊了一声。

红衣商人大喊：“先生说得在理！我等住下来如何？”

“好！住下来！等！”

“不走了！没出关才好！”

红衣商人对李斯一拱手：“在下田横，多谢先生指点！”

李斯也是一拱手：“齐国田氏，在下佩服，告辞！”

赵高一圈马缰，驷马王车从火把海洋中辚辚进关。关城铁门隆隆落下，关内外却没有了愤怒吼喝之声，倒是一片轻松笑声在身后弥漫开来。一出函谷关内城，赵高说声先生坐稳了，四条马缰一抖，王车哗啷啷飞上了官道，疾风般卷向西来。五更鸡鸣时分，王车堪堪抵达咸阳王城。

启明星在天边闪烁，王城中一片漆黑，只有东偏殿的秦王书房闪烁着灯光。青铜轺车刚刚驶入车马场停稳，便见一个高大的身影快步走了过来，遥遥一声急促问话：“小高子，接到先生没有？”赵高兴奋得喊了声：“接到了！”车上李斯早已经看见了嬴政身影，飞身下车，一阵快步迎了过来。

“先生！”

“君上……”

嬴政深深一躬：“若无先生上书，嬴政已成千古笑柄也！”

李斯也是深深一躬：“渭水泛舟夜谈，臣未尝一刻敢忘。臣若不知我王之志，何敢鼓勇上书？臣坚信，逐客令与我王大志不合，必是受人所惑。”

“先生此心，为何不在上书中写明？”

“大法，未必上书。”

“先生教我。”

“欲一中国者，海纳为本。”李斯一字一顿。

“得遇先生，方知天地之广阔，治道之博大也！”默然良久，嬴政长吁了一声。

“原是秦王明断。”

“走！为先生接风洗尘。”

嬴政拉起李斯，大步走进了书房。

第二章 大决泾水

一 治旱大举 纲在河渠

八月末，一场半锄雨刚过，泾东渭北大大地热闹了起来。

关中各县的民众络绎不绝地开进了泾水瓠口，开进了泾水河谷，开进了渭北的高坡旱塬。从关中西部的泾水上游山地，直到东部洛水入渭的河口，东西绵延五百余里，到处都是黑压压的帐篷，到处都是牛车人马流动，到处都是弥漫的炊烟与飘舞的旗帜，活生生亘古未见的连绵军营大战场。老秦人都说，纵是当年的长平大战百万军民出河东，也没有今日这铺排阵势，新秦王当真厉害！新秦人则说，还是人家李斯的上书厉害，若是照行逐客令，连官署都空了，还能有这海的人手？老秦人说，秦王不废除逐客令，他李斯还不是干瞪眼？新秦人说，李斯干瞪眼是干瞪眼，可秦王更是干瞪眼！不新不老的秦人们则说，窝里斗吵吵甚，李斯说得好，秦王断得好，离开一个都不成！他不说他不听，他说了他不听，还不都是狼虎两伤！于是众人齐声叫好喝彩，高呼一声万岁，各个操起铁锹钻锤，又闹嚷嚷地忙活起来。

这片辽阔战场的总部，设在泾水的咽喉地带——瓠口。

瓠口幕府的两个主事没变，一个郑国，一个李斯。所不同者，两人的职掌有了变化。原先以河渠丞职务抓总的李斯仍然是河渠丞，没变位列郑国之后，只管征发民力调集粮草修葺工具协理后勤等一应民政。原先只是总水工只管诸般工程事务的郑国，变成了河渠令兼领总水工，掌印出令，归总决断一切有关河渠的事务。

这个重大的人事变化，李斯原本也没有想到。

那一夜，李斯从函谷关被赵高接回，秦王嬴政在东偏殿为李斯举行了隆重的接风小宴，除了长史王绾，没有一个大臣在座。李斯没有想到的是，一爵干过，秦王便吩咐王绾录写王书，当场郑重宣布：立即废除逐客令，所有被逐官吏恢复原职，农工商各归所居，因逐客令迁徙引发的财货房产折损，一律由王城府库折价赔偿；此后，官府凡有卑视六国移民，轻慢入秦之客者，国法论罪！李斯原本已经想好了一篇再度说服秦王的说辞，毕竟，要将一件已经发出并付诸实施的王令废除，是非常非常困难的，更不说这道逐客令有着那般深厚的“民意”支撑，年轻的秦王该需要多大的勇气？如今秦王如此果决利落，诏书处置又是如此干净彻底，李斯一时心潮涌动，又生出了另外一种担心——电闪雷鸣，会不会使元老大臣们骤然转不过弯来而生发新对抗，引起秦国动荡？嬴政见李斯沉吟，便问有何不妥？李斯吭哧吭哧一说，嬴政释然一笑：“如此荒诞国策，举国无人指斥，若再有人一意对抗，老秦人宁不知羞乎！”李斯感奋备至，呼哧喘息着没了话说。更令李斯想不到的是，王书录写完毕，年轻的秦王又召来了太史令。须发雪白的老太史一落座，嬴政站了起来：“老太史记事：秦王政十年秋，大索咸阳，逐六国之客，是为国耻，恒以为戒。”

“君上！丢城失地，方为国耻也！”老太史令昂昂亢声。

嬴政额头渗着亮晶晶汗珠：“驱士逐才，大失人心，更是国耻之尤。写！”

那一刻，东偏殿安静得了无声息。王绾愣怔了，李斯愣怔了，连须发颤抖的老太史令都愣怔得忘记了下笔。在秦国五百多年的历史上，有过无数次的乱政误国屈辱沉浮，只有秦孝公立过一次国耻刻石，可那是秦国丢失了整个河西高原与关中东部、六国卑秦不屑与之会盟的生死关头。如今的秦国，土地已达五个方千里，人口逾千万之众，已经成为天下遥遥领先的超强大国，仅仅一道错误法令，便能说是国耻么？然则仔细想来，秦王又没错。秦强之根基，在于真诚招揽能才而引出彻底变法，逐客令一反争贤聚众之道而自毁根基，何尝不是国耻？“驱士逐才，大失人心，更是国耻之尤”，秦王说得不对么？对极了！然则无论如何，大臣们对年轻的秦王如此自责，还是心有不忍的。毕竟，一个奋发有为的初政新君，将自己仅有的一次重大错失明确记入青史，又明明白白定为“国耻”，这，即或是三皇五帝的圣贤君道，也是难以做到的。可是，天下人会如此想么？后世会如此想么？天下反秦者大有人在，秦国反新君者大有人在，安知此举不会被别有用心者作为中伤之辞？不会使后世对秦国对秦王生出误解与诟病？可是，这种种闪念，与秦王嬴政的知耻而后勇的作为相比，又显得渺小苍白，以至于当场无法启齿。

大厅一阵默然。嬴政似乎完全明白三位大臣的心思，撇开王书国史不说，先自轻松转开话题，一边殷殷招呼李斯饮酒吃喝，一边叩着书案：“先生已经回来，万幸也！还得烦劳先生说说，如何收拾这个被嬴政踢踏得没了头绪的烂摊子？”年轻秦王的诙谐，使王绾李斯也轻松了起来。李斯大饮一爵，一拱手侃侃开说：“秦王明断。目下秦国，确实头绪繁多：河东有大战，关内有大旱，官署不整顺，民心不安稳，新人未大起，元老不给劲。总起来说，确是一个‘乱’字。理乱之要，在于根本。目下秦国之根本，在于‘水旱’二字。水旱不解，国无宁日，水旱但解，万事可为！”

“先生是说，先上泾水河渠？”王绾一皱眉头。

“生民万物，命在水旱。治旱大举，纲在河渠。”

嬴政当即决断：“好！先决天时，再说人事。”

“重上泾水河渠，臣请起用郑国。”李斯立即切入了正题。

嬴政恍然拍案：“呀！郑国还在云阳国狱……长史，下书放人！”

王绾一拱手：“是。臣即刻拟书。”

“不用了。”嬴政已经霍然起身，“先生可愿同赴云阳？”

李斯欣然离座：“王有此心，臣求之不得！”

君臣两人车马兼程，赶到云阳国狱，天色已经暮黑了。

嬴政一见老狱令，开口便问郑国如何？老狱令禀报说，郑国不吃不喝只等死，撑不了三五日了。李斯连忙问，人还清醒么？能说话么？老狱令说，秦法有定，未决罪犯不能自裁，狱卒给他强灌过几次汤水饭，人还是清醒的。嬴政二话不说，一挥手下令带路。老狱令立即吩咐两名狱吏打起火把，领道来到一间最角落的石窟。

冰冷的石板地上铺着一张破烂的草席，一个须发灰白的枯瘦老人面墙蜷卧着，没有丝毫声息。要不是身边那支黝黑的探水铁尺，李斯当真不敢断定这是郑国。见秦王目光询问，李斯凑近，低声说了四个字，一夜白发！李斯记得很清楚，年轻的秦王猛然打了个寒颤。

“老哥哥，李斯看你来了，醒醒！”

“李斯？你也入狱了？”郑国终于咝咝喘息着开口了。

“老哥哥，来，坐起来说话。”李斯小心翼翼地扶起了郑国。

“李斯入狱，秦国完了，完了！”郑国连连摇头长叹。

“哪里话？老哥哥看，秦王来了！”

郑国木然抬头：“你是，新秦王？”

年轻的秦王深深一躬：“嬴政错令，先生受苦了。”

郑国端详一眼又摇头一叹：“可惜人物也。”

“嬴政有失，先生教我。”

“秦王没错。老夫确是韩国间人。”郑国冷冰冰点着铁尺，“可老夫依然要说，你这个嬴政的襟怀，比那个吕不韦差之远矣！当年，老夫见秦国无法聚集民力，疲秦之计无处着力，几次要离开秦国，都是吕不韦软硬兼施，死死留住了老夫。直到罢相离秦，吕不韦还给老夫带来一句话：好自为之，罪亦可功。哼！老夫早已看穿，给秦国效力者，没人善终。吕不韦不是第一个，老夫也不是第二个。说！要老夫如何个死法？”

李斯见郑国全然一副将死口吻，将吕不韦与年轻的秦王一锅煮，心知秦王必然难堪，诸多关节又一时无法说得清楚，便对秦王一拱手：“君上，我来说。”一撩长袍坐到草席上，“老哥哥，李斯知道，泾水河渠犹如磁铁，已经吸住了你心。你开始为疲秦而来，一上河渠早忘了疲秦，只剩下一个天下第一水工的良知，引水解旱而救民！老哥哥当年说过，引泾河渠是天下第一大工程，比开凿鸿沟难，比李冰的都江堰难，只要你亲自完成，死不足惜！老兄弟今日只问你一句话：秦王复你原职，请你再上泾水河渠，老哥哥做不做？”

“然则，逐客令？”

“业已废除！”

“老夫间人罪名？”

“据实不论！”

“你李斯说话算数？”

李斯骤然卡住，有秦王在，他不想回答这一问。

“先生听嬴政一言。”年轻的秦王索性坐到了破烂的草席上，挺身肃然长跪[1]，“先生坦诚，嬴政亦无虚言。所谓间人之事，廷尉府已经查明：先生入秦十年，自上泾水河渠，与韩国密探、斥候、商社、使节从无往来信报，只醉心于河渠工地。就事实说，先生已经没有了间人之行。若先生果真有间行，嬴政也不敢枉法。唯先生赤心敬事，坦诚磊落，嬴政敬重先生。先生若能不计嬴政荒疏褊狭，重上泾水，则秦国幸甚，嬴政幸甚！”

郑国痴愣愣打量着年轻的秦王，良久默然。

李斯一拱手道：“君上，臣请将郑国接回咸阳再议。”

嬴政霍然起身：“正是如此，先生养息好再说。来人，抬起先生。”

郑国被连夜接回了咸阳，在太医院专属的驿馆诊治养息了半个月，身体精神好转了许多。其间李斯来探视过几次，郑国始终都没有说话。两旬之日，秦王亲自将郑国接出了驿馆，送到了亲自选定的一座六进府邸，殷殷叮嘱郑国说，先生只安心养息，甚时健旺了想回韩国，秦国大礼相送，愿留秦国治水，秦国决然不负先生。说完这番话，郑国依旧默然，秦王也走了。李斯记得清楚，那日夜半，郑国府邸的一个仆人请了他去。郑国见了李斯，当头便是一句：“老兄弟，明日上泾水！”李斯惊讶未及说话，郑国又补了一句，“老夫只给你做副手，别人做河渠令不

[1] 长跪，古人尊敬对方的一种坐姿：双膝着地，臀部提起，身形挺直（正常坐姿为臀部压在脚后跟）。此种长跪，多见《战国策》《史记》等史料中，后世多有人将长跪误解为扑地叩头的跪拜。

行，老夫不做窝囊水工。”

李斯高兴非常，但对郑国的只给他做副手的话却不好应答。在秦国用人，可没有山东六国那般私相意气用事的。再说治水又不是统兵打仗，不若上将军有不受君命之权。这是经济实务，水工能挑选主管长官？但不管如何想法，李斯也不能当面扫兴。于是李斯连夜进宫，禀报了秦王。依李斯判断，秦王必定是毫不犹豫一句话：“郑国如此说，便是如此！”毕竟，李斯原本便是河渠丞，秦王不需要任何斡旋即可定夺。

不想，秦王却良久思忖着不说话。

李斯大感困惑，一时忐忑起来，秦王若是再度反悔，秦国可就当真要麻烦了。谁知年轻的秦王却突然问了一句：“若是郑国做河渠令，先生可愿副之？”李斯完全没有想到秦王会有如此想法，毕竟，河渠丞是他的第一个正式官职，晋升河渠令水到渠成。此一改变，李斯一时还回不过神来。李斯正在愣怔，不想年轻的秦王又平静地冒出一句：“庙堂格局要重来，先生暂且先将这件大事做完如何？”李斯何等机敏，顿时恍然自责：“臣有计较之心，惭愧！”秦王哈哈大笑道：“功业之心，何愧之有！只要赤心谋国，该要官便要，怕甚！”说得李斯也呵呵笑了，一脸尴尬顿时烟消云散。

那夜四更，年轻的秦王与李斯立即赶到了郑国府邸，君臣三人直说到清晨卯时，方才将几件大事定了下来。第一件，明确两人职司的改变。郑国起先不赞同，秦王李斯好一番折辩，才使郑国点了头。第二件，确定泾水河渠重开，需要多少民力？郑国说，民力不是定数，需要多少，得看秦国所图。若要十年完工，可依旧如文信侯之法，不疾不徐量力而行，三五万民力足矣；若要尽快竣工，便得全程同时开工，至少得五六十万民力。如何抉择，只在秦王定夺。李斯深知河渠情形，自然完全赞同郑国之说。但李斯不同于郑国之处，在于李斯更明白秦国朝野情势。要数十万民力大上河渠，那可不是秦王一句话所能定夺的，得各方周旋而后决断。所以，李斯只点头，想先听听秦王的难处在哪里，而后再相机谋划对策。

不料，年轻的嬴政大手一挥，非常果决地说：“关中大旱，已成秦国最大祸患，泾水河渠不能拖！若有民力上百万，一年能否完工放水？”李斯尚在惊愕，郑国已点着探水铁尺霍然起身：“引泾之难，只在瓠口开峡。老夫十年摸索，已经胸有成算。秦王果能征发百万民力，至多两年，老夫便给秦国一条四百里长渠！”秦王回头看着李斯：“征发民力，河渠署可有难处？”李斯稍一思忖，奋然拱手答：“倾关中民力，征发百万尚可。”郑国却是连连摇头叹息：“只怕难也！自大禹治水，几千年老规矩，都是河渠引水庶民自带口粮。目下正是大旱之后，民众饥肠辘辘，哪里还有余粮出工？没有粮食，有人等于没人。民人饿着肚子上渠，上了也白搭，弄不好还要出乱子。”

郑国几句话，症结骤然明确：泾水河渠能否大上，要害在于粮食。

嬴政目光一闪：“秦国官仓，几多存粮？”

李斯皱着眉头：“六大仓皆满。可，秦法不济贫，官粮济工不合法。”

嬴政一阵焦灼地转悠思忖，突然又问：“长平大战之时，昭襄王大起关中河内百余万民力赴上党助战，如何解决口粮？”李斯说：“那是打仗，民力一律编做军制，吃的是军粮。”嬴政意味深长地一笑：“水旱两急，谁说治水不是打仗？”李斯心头一动，恍然拍掌：“君上是说，以军制治水，以官仓出粮？”嬴政目光大亮：“对！只要揣摩个办法出来，小朝会议决，教那些迂阔元老没话说便是。”愁眉深锁的郑国顿时活泛起来，君臣三人交互补充，天亮时终于敲定了大计。

此时，废除逐客令的特急王书已经飞到了秦国所有郡县，也通过长驻咸阳的六国使节飞到了山东各国。老秦人仇视山东人士的风浪开始回落，移居秦国的新秦人，也不再惶惶谋划离秦了。被河东秦军秘密拦截下来的被逐官吏，也全部回到了原先官署，各个官署都开始重新运转起来。朝野欣然，一时呼为“复政”。山东商旅与游学士子，也陆续开始回车。尚商坊又开市了，学馆酒肆又渐渐活过来了。只有嬴秦部族的一班元老旧臣还是满腔愤激，天天守在王城汹汹请命，要秦王“维护成法，力行逐客令”！呼应者寥寥，嬴政也一时没工夫周旋，这些老臣子们便日日聚在东偏殿外的柳林中，兀自嚷嚷请命不休。虽则如此，大局终是稳定了下来。

八月中，咸阳王城举行了复政之后的第一次小朝会。

参与朝会者，除了任何朝会都不能缺席的廷尉府、国正监、长史，全是清一色的经济大臣：大田令、太仓令、大内令、少内令、邦司空；还有次一级的经济大吏：俑官、关市、工师、工室丞、工大人。除了经济十署，新增郑国、李斯两名河渠官员。

清晨卯时，小朝会准时开始。嬴政一拍案，开宗明义说："诸位，今日朝会，只决一事：如何重上泾水河渠，根治关中大旱威胁？各署有话但说，务必议出切实可行之策。否则，秦国危矣！"殿中一时肃然，面面相觑无人说话。过得片刻，首席经济大臣大田令吭哧开口："老臣，原本主张河渠下马，民力回乡抢挖毛渠。几月大旱，老臣自觉毛渠无力抗旱，似，似乎还得上马泾水河渠。只是，兹事体大，民人饥馑，老臣尚无对策。"大田令一说完，殿中哄嗡一片议论开来。与会者都是经济官吏，谁都被这场持续大旱搞得狼狈不堪，已经深知其中利害，只碍着原先主张河渠下马，一时不知道如何改口，故而难以启齿。如今大田令率先改弦更张，经济官员们心结打开，顿时活泛起来。没说两个回合，原先主张放弃泾水工程的老臣人人欣然改口，一口声拥戴重新上马泾水河渠。

李斯见情势已到火候，便以河渠事务主管的身份，陈述了重上河渠工程的缓急两种选择。没说一轮，经济臣僚们又是异口同声赞同"全力以赴，两年完工"的急工方略。于是，要害关节迅速突出：粮食来路何在？

一说粮食，举殿默然，看着老廷尉的黝黑铁面，谁也不敢碰这个硬钉子。

年轻的秦王慨然拍案，一口气毫无遮掩地说出了民工军制、官仓出粮的应对之策，并特意申明，这是效法成例，并非坏秦法制。秦王说罢，举殿目光一齐聚向老廷尉——这个只认律法不认人的老铁面要是依法反对官仓出粮，只怕秦王也要退避三舍。嬴政却谁也不看，一拍案点名，要老廷尉第一个说话。不想，老廷尉似乎已经成算在胸，站起身一拱手铿锵作答："秦法根本，重农重战。农事资战，战事护农，农战本是一体。关中治水灭旱，民力以军制出工河渠，一则为农，二则为战，资以军粮，不同于寻常开仓济贫，臣以为符合秦法精要，可行也！”群臣尚在惊讶，国正监已经跟着起身，慨然附议：“聚国家之力，开仓治水灭旱，正是秦法之大德所在！老臣以为可行！”经济大臣们见执法大臣、监察大臣这两个执法门神如此说法，不待秦王询问，便是同声一应：“臣等赞同，军粮治水！”嬴政没有任何多余话语，欣然点头拍案，大计于是底定。各署振奋，当殿立即核定民力数额，议决开仓次序、车辆调集、各色工匠数目、工具修葺等诸般事项。

时到正午，一切已经就绪。

次日，秦王王书飞抵渭北各县，整个关中立即沸腾起来。

开官仓治水，这步棋正中要害。其时正在大旱饥馑之后，庶民存粮十室九空。开官仓治水，无疑给了老百姓一条最好的出路。最要紧的一条，这次的民力征发，破例地无分男女老幼。如此，庶民可举家齐上工地，放开肚皮吃饭，岂非大大好事？其次，河渠出工又算作了每年必须应征的徭役期限。而历来的老规矩是：民众得益的治水工程，从来不算在官定徭役之列。其三，这次河渠工程正在秋冬两季，大体上不误农时，民众心里也没有牵挂。更有一层，秦国历来将农事之功与战功等同，庶民劳作出色者还能争得个农爵，何乐而不为！如此等等，民力大上河渠，简直好处多多。这还只是未来不受河渠益处的“义工县”的民众想法，若说受益县的民众，更是感奋有加，不知该如何对官府感恩戴德了。

唯其如此，秦国腹地的河渠潮骤然爆发。连职司征发民力的李斯也没有想到，原本谋划的主要征发区，只在泾水河渠受益的渭北各县，对关中其余各县只是斟酌征发义工，能来多少算多少。不想王书一发，整个秦川欢声雷动，县县争相大送民工，一营一营不亦乐乎。旬日之间，渭北塬坡便密匝匝扎下了一千多个营盘，一营一千人，整整一百多万！如此犹未断流，东西两端十几个县的民工，还在潮水般涌来。不到一个月，整整一千六百多座民工营盘黑压压摆开，东西四百多里、南北横宽几十里的渭北塬坡，整个变成了汪洋人海。

面对汹汹人流，李斯原本要裁汰老弱，只留下精壮劳力。可郑国一句话，使他心里老大不是滋味，不得不作罢。郑国板着黑脸说：“饥馑年景，你教那些老弱妇幼回去吃甚？年轻精壮都走了，老弱妇幼进山采猎走不动，还不得活活饿死？老夫看，只要河渠不出事，多几个妇幼老弱吃饭，睁一眼闭一眼也就是了。”依着李斯对秦法的熟悉，深知郑国这种怜悯之心是不允许的，既违“大仁不仁”之精义，又偏离秦法事功之宗旨，自己只要提出反对，秦王一定是会支持自己的。可是，郑国说出的，却是一个谁也无法回避的严峻事实：如果因此而引起民众骚乱，岂非一切都是白说？反复思忖，李斯只有苦笑着点头了。如此一来，老百姓便看做了“泾水工地啥人都要，来者不拒”，对官府感激得涕泪唏嘘，处处一片震天动地的万岁之声。

也是秦国百年积累雄厚，仅仅是关中六座大仓打开，各色粮食便有百万斛之多。无疑，如此巨额支撑河渠工程绰绰有余。向河渠运送“军粮”的大任，秦王交给了老国尉蒙武。蒙武调集了留守蓝田大营的三万步军，组成了专门的辎重营，征发关中各县牛车马车六万余辆，昼夜川流不息地向渭北输送粮草。

至此，泾水瓠口骤然成了天下瞩目之地。

李斯与郑国，也骤然感到了无可名状的强大压力。

李斯的压力，在于对全局处境的洞察。秦国腹地的全部民力压上泾水，意味着秦国没有了任何回旋余地，只许成不许败。河渠不成，则举国瘫痪。当此之时，山东六国一旦联兵攻秦，秦国连辎重民力都难以支应。这是最大的危险。为了防止这个最大的危险，年轻的秦王已经兼程赶赴河东大军，与一班大将们商议去了。第二个危险，是工地本身。目下民心固然可贵，然则，如此庞大的人力紧密聚集在连绵工地，任何事端都有可能被无端放大。县域偏见、部族偏见、家族偏见、里亭村落偏见以及各种仇恨恩怨，难免不借机生发。但有骚乱械斗或意外事件，纵然可依严明的秦法妥善处置，可只要延误了河渠工期，便是任谁也无法承担的罪责。郑国虽是河渠令，可秦王显然将掌控全局的重担压在了李斯肩上。事实上，要郑国处置这些与军政相关的全局事项，实在也非其所长，只能自己加倍小心了。好在李斯极富理事之能，看准了此等局面只有防患于未然，便带着一个精干的吏员班子日日巡视民工营地，事无大小一律当下解决，绝不累积火星。如此几个月下来，李斯成了一个黝黑精瘦的人干。

郑国的压力，在于河渠工程本身。

作为天下著名水工，郑国面临两大难题：第一是如何铺排庞大劳力，使引水瓠口与四百多里干渠同时完工。第二，是如何最快攻克瓠口这个瓶颈峡谷。就实说，年轻秦王亘古未闻的决断，确实激励了郑国，万千秦人对治水治旱的热切，也深深震撼了郑国。治水一生，郑国从来没有梦想过有朝一日能率领一百六十余万之众叱咤天下治水风云。亘古以来，除了大禹治水，哪一代哪一国能有如此之大的气魄？只有秦国！只有这个秦王嬴政！面对如此国家如此君王，郑国实实在在地觉得，不做出治水史上的壮举，自己这个老水工便要无地自容了。

还在民力开始征发的时候，郑国便生出了一个大胆的谋划：若能在今年秋冬与来年春夏开通泾水河渠，赶在明年种麦之前放水解旱，方无愧于秦国，无愧于秦王。要得如此，便得将全部工程的全部难点事先理清，事先做好施工图，否则，几百名领工的大工师便无处着手。可是，四百多里大渠，有一百六十三座斗门、三十处渡槽、四十一段沙土渠道，要全部预先成图，却是谈何容易！然则，这还仅仅是伏案劳作之难。毕竟，十年反复踏勘，郑国对全部河渠的难点是心中有数的。

真正的难点，是引出泾水的三十里瓠口。这道瓠口，实际上是穿过一座青山的一道大峡谷。这座青山叫做中山，中山背后（西麓）是泾水，打通中山将泾水引出，再穿过这道峡谷，泾水便进入了干渠。当初，郑国在泾水踏勘三年，才选定了中山地段这个最近最难而又最理想的引水口，并给这道引水峡谷取了个极其象形的名字——瓠口。中山不高不险，却是北方难觅的岩石山体，一旦凿开成渠，坚固挺立不怕激流冲刷，渠首又容易控制水量，堪称最佳引水口。十年之间，中山引水龙口已经凿通，只有过水峡谷还没有完全打通。这道峡谷，原有一条山溪流过，林木丛生，无数高大岩石巍巍巨象般矗立于峡谷正中，最是阻碍水流。而今要尽快开通峡谷，难点在一一凿碎这些巨大的“石象”。若没有一个碎石良策，只凭石匠们一锤一凿地打，那可真是遥遥无期了。

李斯忙，郑国忙，偌大一座幕府，整日只有几个司马坐镇。

“老哥哥，事体如何？”深夜回营，李斯总要凑过来问一句。

“只要你老兄弟不出事，错不了。”

“瓠口几时能打通？”

“十月开打……”郑国只要靠榻，准定呼噜一声睡了过去。

烛光之下，李斯惊讶地发现，郑国的满头白发没有了，不，是白发渐渐又变黑了！虽说黝黑枯瘦一脸风尘，可分明结实了年轻了许多。李斯感喟一阵，本想沐浴更衣之后再看看郑国赶制出来的羊皮施工图，可刚刚走到后帐入口，便一步软倒在地呼噜了过去。

二　雪原大险　瓠口奇观

启耕大典之后，年轻的秦王决意到泾水河渠亲自看看。

自泾水河渠重新上马，秋冬两季，嬴政的王车一直昼夜不息地飞转着。嬴政的行动人马异常精干：一个王绾，一个赵高，一支包括了三十名各署大吏、二十名飞骑信使的百人马队。王绾与他同乘驷马王车，其余人一律轻装快马，哪里有事到哪里，立即决事立下王书，之后风一般卷去。嬴政的想法与李斯不谋而合，泾水河渠一日不完工，便不能教一个火星在秦国燃烧起来。

嬴政的第一步，是化解山东六国的攻秦图谋。逐客令之前，君臣们原本已经在蓝田大营谋划好了进兵方略。那时候的目标，是预防六国借大旱饥馑趁乱攻秦。可大军刚刚开出函谷关，却突然生出了谁也无法预料的逐客令事件。逐客令一出，形势立变。原本已经悄无声息的山东六国顿时鼓噪起来，特使穿梭般往来密谋，要趁机重新发动六国合纵，其中主力便是实力最强的赵国与魏国。而此时的秦军，则由于后方官署瘫痪，整个粮草辎重的输送时断时续不顺畅，驻扎在函谷关外不动了。如今逐客令已经废除，却又出现了泾水河渠大上马的新局面，粮草输送依然不畅。当此之时，大军究竟应该如何震慑山东，军中大将们一时举棋不定了。

年轻的秦王来到关外大营，与桓龁、王翦、蒙恬一班大将连续商讨一昼夜，终于定出了对付山东六国的方略：两路进兵，猛攻赵魏，使山东六国联兵攻秦的密谋胎死腹中。最后，嬴政给了大将们一个最大的惊喜：三月之内，本王亲自督导粮草！事实是，仅仅九、十两个月，年轻的秦王便将大军所需的半年粮草，全部运到了河东战地。秦王的办法是，从民力富裕的泾水河渠紧急调来二十万民力，同样的以军粮拨付民工口粮，车拉担挑昼夜运粮，硬是挤出了一个月时间。

军粮妥当，嬴政立即马不停蹄地巡视关中各县。此时关中民力全部压上泾水，县城村落之中，除了病人与实在不能走动的老弱，真正是十室九空。当此之时，嬴政所要督察的只有两件大事：第一件，各县留守官吏是否及时足量地给留居老弱病人分发了河渠粮，各县有无饿死人的恶政发生？第二件，留守县尉是否谨慎巡查，有没有流民盗寇趁机掳掠虚空村落的恶例？巡查之间，年轻的秦王接连得到河东战报：王翦将兵猛攻魏国北部，连下邺[1]地九城！桓龁、蒙恬将兵突袭赵国平阳[2]，一举斩首赵军十万，击杀大将扈辄！两战大捷，中原震撼，楚燕齐三国的援兵中途退回，韩国惶恐万状地收缩兵力，六国联兵攻秦之谋业已烟消云散。嬴政接报，立即下书将蒙恬调回镇守咸阳，自己则带着马队直奔了北方的九原。

冰天雪地之时巡视北部边境，王绾是极力反对的。

王绾的理由只有一个："此时要害在关中，北边无事，轻车简从驰驱千里，其间危险实在难料。"可年轻的秦王却说："河渠已经三月无事，足见李斯统众有方。目下急务，恰恰是上郡九原。北边不安，秦国何安？嬴政也是骑士，危险个甚来！"王绾大是不安，途中派出信使急告蒙恬，请蒙恬火速前来，务必劝阻秦王放弃北上。蒙恬接信，立即带领一个百人飞骑马队昼夜兼程一路赶到北地郡，才追上了秦王马队。蒙恬只有一句话："坚请秦王回咸阳镇国，臣代秦王北上九原！"年轻的秦王一笑：

[1] 邺，战国魏地，西门豹曾为邺城令治水，今河南省安阳境内。

[2] 平阳，汾水西岸之赵国要塞，也是黄河东岸（河东）重镇，今山西省临汾市境内。

“蒙恬，你只说，九原该不该去？匈奴的春季大掠该不该事先布防？”蒙恬断然点头：“该！臣熟知匈奴，老单于若探知关中忙于水利不能分身，完全有可能野心大发，若再与诸胡联手，来春南下，便是大险。”嬴政听罢，断然一挥手：“好！那你便回去。对匈奴，我比你更熟！”说罢一跺脚，赵高驾驭的驷马王车已哗啷啷飞了出去。蒙恬王绾，谁都知道这个年轻秦王的强毅果决，事已至此，甚话都不能说了。蒙恬只有连夜再赶回去，王绾只有全副身心应对北巡了。

这一去，事情倒是顺利。秦王将所有涉边地方官全部召到九原郡，当场议定了粮草接应之法，下令北地郡：必须在开春之前，输送一万斛军粮进入九原；又特许边军仿效赵国李牧之法，与胡人相互通商，自筹燕麦马匹牛羊充做军用。在一排大燎炉烤得热烘烘的幕府大厅，嬴政拍案申明宗旨：“诸位，总归一句话：边军粮草不济，本王罪责！边军来春抗不住匈奴南下，边军罪责！何事不能决，当场说话！”大将们自然也知道秦国腹地吃紧，满厅一声昂昂老誓：“赳赳老秦，共赴国难！”五万秦军铁骑，得知秦王亲自主持九原朝会解决粮草辎重，又得知关中大上河渠，父老家人吃喝不愁，不禁大是振奋，因腹地大旱对军心生出的种种滋扰，立即烟消云散。

等到年轻的秦王离开九原南下时，秦军将士已经是嗷嗷叫人人求战了。

可是，回来的路上，却出事了。

跟随嬴政的马队，无论是五十名铁鹰骑士，还是五十名大吏信使，一律是每人两匹马轮换。饶是如此，还是每每跟不上那辆飓风一般的驷马王车。每到一处驿站，总有几名骑士留下脚力不济的疲马，重新换上生力马。可拉那辆王车的四匹马，却是千锤百炼相互配合得天衣无缝的雄骏名马，换无可换，只有天天奔驰。虽然赵高是极其罕见的驾车驯马良工，也不得不分外上心，一有空隙便小心翼翼地侍奉这四匹良马，比谁都歇息得少。从九原回来的时候，少年英发的赵高已经干瘦黝黑得成了铁杆猴子。嬴政也知道王车驷马无可替代，回程时吩咐下来：每日只行三百里，其余时间一律宿营养马。战国长途行军的常态是：步骑混编的大军，日行八十里到一百里；单一骑兵，日行二百里到三百里。对于嬴政这支精悍得只有一百零三人的王车马队而言，只要不是地形异常，日行七八百里当是常态，如今日行三百里，实在是很轻松的了。

如此三五日，南下到关中北部的甘泉，一场鹅毛大雪纷纷扬扬飘了下来。

冬旱逢大雪，整个车马队高兴得手舞足蹈，连喊秦王万岁丰年万岁。可是，大雪茫茫天地混沌，山间道路一抹平，没有了一个坑坑洼洼，行军便大大为难了。赵高吓得不敢上路，力主雪停了再走。年轻的秦王哈哈大笑："走！至多掉到雪窝子，怕甚？"王绾心知不能说服秦王，亲自带了十个精干骑士在前边探路，用干枯的树枝插出两边标志，树枝中间算是车道。如此行得一日，倒也平安无事。第二日上路，如法炮制。可谁也没想到，正午时分，正在安然行进的青铜王车猛然一颠，车马轰然下陷，正在呼噜鼾睡的秦王猛然被颠出车外，重重摔在了大雪覆盖的岩石上。赵高尖声大叫，拢住受惊蹿跳嘶鸣不已的四匹名马，一摊尿水已经流到了脚下。王绾闻声飞扑过去，正要扶起秦王，一身鲜血的嬴政已经踉跄着自己站了起来。

"看甚？没事！收拾车马。"嬴政笑着一挥手。

万分惊愕的骑士们，这才清醒过来，除了给秦王处置伤口的随行太医，全部下马奔过来抢救王车名马。及至将积雪清开，所有骑士都倒吸了一口凉气！原来，这是一段被山水冲垮的山道，两边堪堪过人，中间却是一个深不见底的森森大洞。要不是这辆王车特别长大，车身又是青铜整体铸造，车辕车尾车轴恰恰卡住了大洞四边，整个王车无疑已经被地洞吞没了。

赵高瞄得一眼，一句话没说便软倒了。

"天佑秦王！"

"秦王万岁！"

马队骑士们热泪纵横地呼喊着，齐刷刷跪在了嬴政面前。

年轻的秦王走过来，打量着风雪呼啸翻飞的路洞，揶揄地笑了："上天也是，不想教嬴政死，吓人做甚？将我的小高子连尿都吓出来了，真是！”

“君上！”瑟瑟颤抖的赵高，终于一声哭喊了出来。

“又不怨你，哭甚！起来上路。”

“君上，不能走！”

“小高子！怕死？”

“马惊歇三日。再走，小高子背君上！”

“你这小子，谁说坐车了？”

“君上有伤，不坐车不能走啊！”

嬴政脸色顿时一沉：“老秦人谁不打仗谁不负伤，我有伤便不能走路？”

王绾过来低声劝阻：“君上，北巡已经完毕，没有急事，还是谨慎为是。”

嬴政沉着脸：“谁说没有急事？”

赵高知道不能改变秦王，挺身站起大步过来，一弓腰要背嬴政上身。嬴政勃然变色，一把推开赵高，马鞭一挥断然下令：“全都牵马步行，日行八十里。走！”王绾赵高还在愣怔，嬴政已经拽起一根插在雪地中的枯枝，探着雪地径自大步去了。

正月末，秦王马队穿过一个又一个冷清清没有了社火的村庄，艰难地进入了关中。蒙恬得报迎来的那个晚上，嬴政终于病倒了。回到咸阳，太医令带着三名老太医，给嬴政做了仔细诊治，断定外伤无事，因剧烈碰撞而淤积体内的淤血，却需要缓慢舒散。老太医说，要不是厚雪裹着山石，肋骨没有损伤，这一撞便是大险了。如此一来，整整一个月，嬴政日日都被太医盯着服药，虽说也没误每日处置公文，却不能四处走动，烦躁郁闷得见了老太医与药盅便是脸色阴沉。此刻，嬴政最大的心事是泾水河渠的进境，虽然明知李斯不报便是顺利，始终是忧心忡忡，轻松不起来。毕竟，他从来没有上过泾水，这道被郑国李斯以及所有经济大臣看做秦国富裕根基的河渠，究竟有多大铺排？修成后能有多大效益？他始终没有一个眼见的底子，不亲自踏勘，总觉心下不实。按照李斯原先的谋划，秦王要务是稳定大局，至于河渠，只要在行水大典时驾临便行了，其余时日无须巡视。嬴政知道，李斯之所以不要他巡视河渠，也是一片苦心。一则是李斯体察他太忙，不想使他忧心河渠；二则是他要去巡视，便会有诸多额外的铺排滋扰，反倒对工期不利。

可是，反复思忖，嬴政还是下了决断：行水大典之前，一定要去泾水。

三月初的启耕大典一过，嬴政立即秘密下令：轻车简从，直奔泾水河渠。王绾操持行程，要派出快马信使知会李斯。嬴政却说，不用惊动任何人，碰上碰不上听其自然，要紧的是自家看。王绾一思忖，此行在秦国腹地，各方容易照应，也不再坚持。调集好经常跟随巡视的原班人马，王绾将行期定在了三月初九北上。临行之时，嬴政还是嫌人马太多太招摇，下令只要王绾赵高并五名铁鹰骑士跟随，不乘王车，全部骑马。王绾心下忐忑，却不能执拗，只好叮嘱一名留下的骑士飞报咸阳令蒙恬相机接应，这才匆忙上马去追秦王一行。

清晨，八骑小马队出了咸阳北门。一上北阪，放马飞驰大约半个多时辰，便看见了清亮澄澈的滔滔泾水。顺着泾水河道向西北上游走马前行，一个多时辰后，泾水的塬坡河段便告完结，进入了苍苍莽莽的山林上游。王绾指点说，泾水东岸矗立的那一道青山便是中山，中山东麓是瓠口工地。山林河谷崎岖难行，嬴政吩咐留下马匹由一名骑士照看，其余六人跟他徒步上山。

嬴政此来早有准备，一身骑士软甲，一口精铁长剑，一根特制马鞭，没有穿招人耳目又容易牵绊脚步的斗篷，几乎与同行骑士没有显然区别。一路上山，长剑拨打荆棘灌木寻路，马鞭时而甩上树干借借力，不用赵高搭手，走得轻捷利落。片刻上到半山，林木中现出一大片帐篷营地，飘着几面黑乎乎脏兮兮的旗帜，空荡荡难觅人影。穿营走得一段，才见五七个老人在几座土灶前忙碌造饭，林中弥漫出阵阵烟雾，有一股呛人的奇特味道。王绾过去向一个老人询问。老人说，这里是瓠口山背后，上到山顶便能下到瓠口峡谷；营地是陈仓县的一个千人营，活计是留守照应早已经打通的引水口；烟雾么？你上去一看自然知道，当下说不清。老人呵呵笑得一阵，自顾忙碌去了。

“怪！酸兮兮烟沉沉，酿酒么！”赵高嚷嚷着。

“走！上去看。”嬴政大步上山。

到得山顶，眼前顿时另一番景象。左手一片被乱石圈起的山林，里面显然是已经打开而暂时处于封闭状态的引水口；东面峡谷热气腾腾白烟阵阵，间或还有冲天大火翻腾跳跃在烟气之中，扑鼻的酸灰味比方才在半山浓烈了许多。烟雾弥漫的峡谷中，响彻着叮当锤凿与连绵激昂的号子，一时根本无法猜测这道峡谷里究竟发生着何等事情？王绾打量着生疏的山地说：“要清楚瓠口工地，找个河渠吏领道最好。君上稍待，我去找人，不告知李斯便是。”嬴政一摆手：“不要。又不是三山五岳，还能迷路不成？往下走走，自家看最好。”

突然，山腰飞出一阵高亢的山歌，穿云破雾缭绕峡谷：

泾水长，泾水清　我有泾水出陇东
益水空流千百年　茫茫盐碱白毛风
大哉秦王一声令　郑国开渠瓠口成
灌我良田满我仓　富民富国万世名

“好歌！”王绾不禁一声赞叹。

嬴政目光大亮，没有说话，径自匆匆下山。走得大约一箭之地，便见半山一棵烟雾缭绕的大树，树下站着一个须发雪白的老人，一个黝黑秀美的村姑，老少两人正指点着峡谷高声笑谈，快活得世外仙人一般。嬴政大步走过去，一拱手问：“方才可是这位小姐姐唱歌？”村姑回身一阵咯咯笑声：“对呀，唱得不好么？”嬴政说：“好！是小姐编的歌么？”村姑又是咯咯笑声：“我管唱。编词爷爷管。”须发雪白的老人呵呵一笑：“将军，老夫也不是乱编，是工地老哥哥们一堆儿凑的。实在说，都是老百姓心里话。”嬴政连连点头：“那是了，否则他们能教你唱？”老人欣然点头：“将军明白人也！”嬴政笑问：“唱歌也算出工么？”老人感慨地说：“将军不知，我爷孙原是石工。唱歌，只是歇工时希图个热闹。偏偏凑巧，李斯大人天天巡视工地，有一回听见了我孙女唱歌，大是夸奖，硬是将我爷孙从工营里掰了出来，专门编歌唱歌，说是教大家听个兴头，长个精神！”嬴政大笑：“好！李斯有办法，老人家小姐姐都有功劳。”

老人突然一指峡谷：“将军快看，要破最后三柱石了！”

村姑一拉嬴政：“将军过来，这里看得最清。爷爷，自个小心。”

“好！我也见识一番。”嬴政大步跟着村姑，走到了崖畔大树下。

老人感喟地一笑：“将军眼福也！若不是今日来，只怕你今辈子也看不上这等奇观。”

嬴政与村姑站脚处，正是大树下一块悬空伸出的鹰嘴石。嬴政粗粗估摸，距谷底大约两箭之地。虽有阵阵烟雾缭绕，鸟瞰峡谷也还算清楚。从高处看去，一条宽阔的沟道已在峡谷中开出，雪白雪白，恍如烟雾青山中一道雪谷。沟道中段，却矗立着灰秃秃三座巨石，如三头青灰大象巍巍然蹲踞。此时，一群赤膊壮汉正不断地向巨石四周搬运着粗大的树干与粗大的劈柴。不消片刻，赤膊壮汉们已经围着巨石垒成了三座高大的柴山。柴山堆成，便有三队壮汉各提大肚陶罐穿梭上前，向柴山泼出一罐罐黑亮黑亮的汁液。嬴政知道，这一定是秦国上郡特有的猛火油[1]，但却不明白，浇上猛火油如何能碎了这巨大的“石象”？

“举火——”沟道边高台上一声长喝。

随着喝令声，高台下一阵战鼓声大起，一队赤膊壮汉各举粗大的猛火油火把包围了柴山。再一阵鼓声，赤膊壮汉们的猛火油火把整齐三分：一片抛上柴山顶，一片塞入柴山底，一片插进柴山腹，快捷利落得与战阵军士一般无二。突然之间，大火轰然而起，红光烟雾直冲山腰。山嘴岩石上，嬴政与小村姑都是一阵猛烈咳嗽。峡谷中烈火熊熊浓烟滚滚，大火整整燃烧了半个时辰。及至大火熄灭，厚厚的柴灰滑落，沟道中的三座青色巨石倏忽变成了三座通红透亮的火山，壮观绚烂得教人惊叹。

“激醋——”沟道高台上，一声沙哑吼喝响彻峡谷。

“最后通关，河渠令亲自号令！”村姑高兴得叫了起来。

嬴政凝神看去，只见沟道中急速推出了十几架云车，分别包围了三

---

[1]　猛火油，先秦石油称谓。战国时，秦国上郡高奴（今延安地区）出产天然石油，天下仅见。

座火山；每架云车迅速爬上了一队赤膊壮汉，在车梯各层站定；与此同时，车下早已排好了十几队赤膊壮汉，一只只陶桶陶罐飞一般从壮汉们手中掠过，流水般递上云车；云车顶端的几名壮汉吼喝声声，将送来的陶罐高高举起，连绵不断的金黄醋流凌空泼上赤红透亮的火山；骤然之间，浓浓白烟直冲高天，白烟中一阵霹雳炸响，直是惊雷阵阵；霹雳炸响一起，云车上下的壮汉们立即整齐一律地举起一道盾牌，抵挡着不断迸出的片片火石，队伍却是丝毫不乱；渐渐地白烟散去，红亮的巨石竟变成了雪白的山丘！

“大木碎石——”

随着高台上一声喝令，几十支壮汉大队轰隆隆拥来，各抬一根粗大的渗水湿木，齐声喊着震天的号子，步兵冲城一般扑向沟道中心，一齐猛烈撞击雪白的山丘。不消十几撞，雪白的山头轰然坍塌，一片白尘烟雾顷刻弥漫了整个河谷。随着白雾腾起的，是峡谷中震耳欲聋的欢呼声浪。山腰的小村姑高兴得大呼小叫手舞足蹈，只在嬴政身上连连捶打。嬴政不断挨着小村姑的拳头，脸上笑得不亦乐乎。

“清理河道——”

随着沟道红旗摆动，喝令声又起。峡谷中的赤膊壮汉们全部撤出，沟道中却拥来大片黑压压人群，个个一身湿淋淋滴水的皮衣皮裤，一队队走向坍塌的白山。峡谷中处处响彻着工头们的呼喊：“搬石装车！小心烫伤！”

山腰的嬴政兴奋不已，索性坐在树下与老人攀谈起来。

老人说，秦王眼毒，看准了郑国这个神工！要不，泾水河渠三大难，任谁也没办法。嬴政问，甚叫三大难？老人说，当年李冰修都江堰，从秦国腹地选调了一大批工匠，其中便有老夫。老夫略懂治水，今日也高兴，便给将军摆摆这引泾三难。老人说，第一难在选准引水口。千里泾水在关中的流程，统共也就四百多里，在中山东面便并入了渭水。寻常水工选引水口，一定选那易于开凿的土塬地段，一图个水量大，二图个容易施工；可是果真那样办，修成了也是三五年渠口便坏，实在是一条废渠。李冰是天下大水工，都江堰第一好，选地选得好。郑国选这引泾水口，比李冰选都江堰还难，整整踏勘了三年，才选定了这座天造地设的中山！中山是石山，激流再冲刷也不会垮塌走形，一道三尺厚的铁板在龙口一卡，想要多大水便是多大水；更有一样好处，又隐秘又坚固，但有一营士兵守护，谁想坏了龙口，只怕连地方都找不到，纵然找到了地方，也很难摸上来，你说神不神？神！第二难，打通瓠口。将军也看了瓠口开石，这火烧、醋激、木撞的三连环之法，当真比公输般还神乎其技！更有一绝，由此得来大量的白石灰，还是亘古未闻的上好泥料，加进麻丝细沙砌起砖石，结实得泡在水里都不怕！你说神不神？神！第三难，便是那四百多里干渠了。开渠不难，难在过沙地、筑斗门、架渡槽、防渗漏、灌盐碱这五大关口。此中诀窍多多，老夫也絮叨不来了，有朝一日，将军自己请教河渠令便了。

一番叙说，嬴政听得感喟不已。

直到逐客令废除，决意重上泾水河渠之时，嬴政内心都一直认定：泾水工程之所以十年无功，除了民力不足，一定是与吕不韦及郑国之间的种种纠葛有关。听老人说了这些难处，嬴政才蓦然悟到，这十年之期，原本便是该当的酝酿摸索之期，若没有这十年预备，他纵然能派出一百多万民力，只怕泾水河渠也未必能如此快速地变成天下佳水。

“老人家，你说这大渠几时能完工啊？”嬴政高兴得呵呵直笑。

“指定九月之前！”老人一拍胸脯，自信的神色仿佛自己便是河渠令。

“老人家，这泾水河渠，叫个甚名字好啊？”

“不用想，郑国渠！老百姓早这样叫了。”

嬴政大笑：“好好好！大功勒名，郑国渠！”

说话之间，暮色降临。王绾过来低声说，最好在河渠令幕府歇息一夜，明日再走。嬴政站起来一甩马鞭，不用，立即出山。转身又吩咐赵高，将随行所带的牛肉锅盔，全部给老人与小姐姐留下。老人与小村姑刚要推辞，赵高已经麻利地将两个大皮囊搁在了老人面前，说声老人家不客气，便一溜快步地追赶嬴政去了。老人村姑感慨唏嘘不已，一直追到山头，殷殷看着嬴政一行的背影消逝在茫茫山林。

三　法不可弃　民不可伤

嬴政一行出得中山背后的民工营地，正遇兼程赶来的蒙恬马队。嬴政没有多说，一挥手吩咐出山，连夜回到了咸阳。一进书房回廊，嬴政撂下马鞭一阵快捷利落地吩咐："长史立即召大田令太仓令前来议事。蒙恬不用走，留下参酌。小高子快马赶赴泾水河渠，讨李斯一句回话：今夏赋税，该当如何处置？我去冷水冲洗一下，片刻来书房。蒙恬等我。"

一连串说完，嬴政的身影已经拐过了通向浴房的长廊。

蒙恬独坐书房，看着侍女煮茶，心头总是一动一动地跳。

在秦国朝野的目光中，王翦、蒙恬、王绾、李斯是年轻秦王的四根支柱，其中尤以蒙恬被朝野视为秦王腹心。王翦是显然的上将军人选，被秦王尊以师礼，是新朝骨干无疑。可王翦秉性厚重，又有三分恬淡，加以常在军营，所以很少与闻某些特异的机密大事。朝野看去，王翦便多了几分外臣意味。王绾执掌王室事务，是国君政务行止的直接操持者，自然也是最多与闻机密的枢要大臣。可是，王绾长于理事，见识谋略稍逊一筹，对秦王的实际影响力不大。更有一样，王绾执掌过于近王，有些特异的大事反倒不便出面，其斡旋伸展之力，自然要差得些许。李斯出类拔萃，可新入秦国不久，又兼曾经是吕不韦门客舍人，正在奋力任事的淘洗之中，堪托重任而决断长策，一时却不太适宜与闻机密。只有蒙恬，论根基论才学论见识论胆魄论文武兼备，样样出色。甚至论功劳，目下的蒙恬也是以"急国难，息内乱"为朝野瞩目。而这两样，恰恰都是邦国危难的特异时刻的特异大事，事事密谋，处处历险，必得堪托生死者方得共事。譬如消解吕不韦权力这样的特异大事，谁都不好对吕不韦公然发难，只有蒙恬可担此重任。更有一处别人无法比拟，蒙恬是秦王嬴政的少年挚友，两小无猜，互相欣赏互相激励，说是心贴心也不为过。年轻的秦王见事极快，决事做事雷厉风行，自然便有着才士不可避免的暴躁激烈。可是，秦王从来不屈士，对才学见识之士的尊崇朝野有目共睹。只有对蒙恬，秦王可以不高兴便有脸色，时不时还骂两句粗话。当然，蒙恬也不会因为年轻秦王的脸色好坏而改变自己的见解，该争者蒙恬照争，该说者蒙恬照说。因由只有一个，自从蒙恬在大父蒙骜的病榻前自承“决意与他相始终”的那一日起，蒙恬的命运，甚至整个蒙氏家族的命运，便与嬴政的命运永远地不可分割地连在了一起。但遇大事，蒙恬不能违心，不能误事。

今日，蒙恬却犯难了。

赋税之事，是邦国第一要务。秦王方从泾水归来，一身风尘便提起此事，分明是秦王对今岁赋税刻刻在心。秦王在泾水不见李斯，回来后却立即派赵高飞马讨李斯主意，除了不想干扰正在紧急关头的李斯，分明是秦王对今岁的赋税如何处置，心下尚没有定见。那么，蒙恬有定见么？也没有。蒙恬只明白一点，今岁赋税处置不当，秦国很可能发生真正的动荡，泾水河渠工程中途瓦解也未可知。

今岁赋税之特异，在于三处。

一则，荒年无收，秦国腹地庶民事实上无法完赋完税。二则，秦法不救灾，自然也不会在灾年免除赋税；以往些小零碎天灾，庶民以赋（工役）顶税，法令也是许可的；然则，今次天下跨年大旱，整个秦川与河西高原的北地、上郡几十个县都是几乎颗粒无收，庶民百余万已经大上泾水河渠，赋役顶税也在事实上成为不可能；也就是说，秦国法令所允许的消解荒年赋税的办法，已经没有了，除非再破秦法。三则，中原魏赵韩也是大旱跨年，三国早早都在去冬已经下令免除了今岁赋税，之后都汹汹然看着秦国；而秦国，在开春之后还没有关于今岁赋税的王令，对国人，对天下，分明都颇显难堪。

三难归一，轴心在秦法与实情大势的冲突。也就是说，要免除赋税，得再破秦法；不免除赋税，又违背民情大势；而这两者，又恰恰都是不能违背的要害所在。更有一层，年轻的秦王嬴政与一班新锐干员，其立足之政略根基，正是坚持秦法而否定吕不韦的宽刑缓政。要免除赋税，岂不恰恰证明了《吕氏春秋》作为秦国政略长策的合理性？岂不恰恰证明了吕不韦宽政缓刑的必要性？假如秦王嬴政与一班新锐干员自己证明了这一点，先前问罪吕不韦的种种雄辩之辞，岂非荒诞之极？用老秦人的结实话说，自己扇自己耳巴子！可是，不这样做而执意坚守秦法，庶民汹汹，天下汹汹，秦王新政岂不是流于泡影？六国若借秦人怨声载道而打起吊民伐罪的旗号，重新合纵攻秦，秦国岂不大险？纵然老秦人宽厚守法，不怨不乱，可秦王嬴政与一班新锐未出函谷关便狠狠跌得一跤，刚刚立起的威望瞬息一落千丈，秦王新政举步维艰，秦国再度大出岂不是天下笑柄？

……

“蒙恬，想甚入神？”嬴政裹着大袍散着湿漉漉的长发走进书房。

“难！天下事，无出此难也！”蒙恬喟然一叹。

“天下事易，我等何用？”嬴政端起大碗温茶一口气咕咚咚饮下，大袖一抹嘴笑了。

“君上，你有对策了？”

“目下没有，总归会有。”

“等于没说。”蒙恬嘟哝一句。

一阵急促的脚步声从外廊传来，嬴政一挥手：“坐了，先听听两老令说法。”

两人堪堪就座，王绾与大田令太仓令三人已经走进。两大臣见礼入座，王绾随即在专门录写君臣议事的固定大案前就座，嬴政叩着书案说了一句：“赋税之事，两老令思忖得如何？”两位老臣脸憋得通红，几乎是同时叹息一声，却都是一脸欲言又止的神色。嬴政目光炯炯，脸上却微微一笑：“左右为难，死局，是么？”大田令是经济大臣之首，不说话不可能，在太仓令之后说话便显然地有失担待，片刻喘息，终于一拱手道：“老臣启禀君上，今岁赋税实在难以定策。就实而论，上年连旱夏秋冬，担水车水抢种之粟、稷、黍、菽，出苗不到一尺，十有八九旱死。池陂老渠边的农田稼禾，虽撑到了秋收，也干瘪可怜得紧。从高说，有十几个县年景差强两成，其余远水各县，年景全无。若说赋税，显然无由征收。老臣思虑再三，唯一之法是免赋免税……赋税定策，原本老臣与太仓令职责所在，本该早有对策。然则，此间牵涉国法，老臣等虽也曾反复商讨，终未形成共识，亦不敢报王。犹疑蹉跎至今，老臣惭愧也！”嬴政笑了：“谋事敬事，何愧之有？”随即目光转向太仓令。太仓令素来木讷，言语简约，此时更显滞涩，一拱手一字一字地说："赋税该免，又不能免。难。秦国仓廪，原本殷实。泾水河渠开工，关中大仓源源输粮，库存业已大减，撑持一年，尚可。明年若不大熟，军粮官粮，皆难。"

"老太仓是说，秦国所有存粮只够一年？"蒙恬追了一句。

"民工一百六十余万大吃仓储，自古未尝闻也！"

"明年若不丰收，仓储可保几多军粮？"蒙恬又追了一句。

"至多供得十万人马。"太仓令脸色又黑又红。

"郡县仓储如何，边军粮草能否保障？"

"秦国储粮，八成关中。关中空仓，郡仓县仓都是杯水车薪。"

蒙恬一时默然，显然，太仓令所说的仓储情势他没有料到。果然明年军粮告急，那秦国可真是陷进泥潭的战车了。要不要立即将此事知会桓龁王翦，以期未雨绸缪，蒙恬一时拿捏不准。此时，嬴政拍案开口："先不说军粮官粮，大田令只说，明年果真还是荒旱之年，王室禁苑连同秦川全部山林，能否保得关中秦人采摘狩猎度过荒年？"大田令道："去岁大旱，关中秦人全力抗旱抢种，入冬又大上河渠，秦国民众没有进山讨食，只有山东流民入秦进山，关中山林倒是没有多大折损，野菜野果还算丰茂。然则，秦法不救灾，灾年历来不开王室禁苑……"嬴政似乎有些不耐，插话打断："老令只说，若是开放禁苑，可否保关中度荒？"大田令思忖道："若是开放王室禁苑，大体可度荒年。"嬴政一拍案："这就是说，老天纵然再旱一年，老秦人也不至于死绝！"

偌大书房，一时肃然。

寡言木讷的太仓令破例开口："老臣以为，目下秦国之财力物力存粮，尚有周旋余地。所以左右为难者，法令相左之故也。老臣斗胆，敢请秦王召廷尉、国正监等执法六署会议，于法令斟酌权变之策。法令但顺，经济各署救灾救荒，方能放开手脚。"

大田令立即跟上："老臣附议！"

蒙恬正在担心秦王发作，不想嬴政却叩着书案一笑："也好，长史知会老廷尉，教他会同执法六署先行斟酌，但有方略，立即会议。"王绾答应一声，立即快步走了出去。两位老令见长史离座秦王无话，知道会议已罢，一拱手告辞去了。

蒙恬立即走到秦王案前，低声道："君上明知老廷尉等反对更法，何出此令？"

嬴政淡淡一笑："秦国万一绝路，安民大于奉法。"

"君上是说，秦法无助于国家灾难？"蒙恬大为惊讶。

见蒙恬惊讶的神色，嬴政不禁哈哈大笑："不是我说，是更法者说也！"

"那，君上信么？"

"你个蒙恬，嬴政是信邪之辈？"年轻的秦王脸色很不好看。

"君上方才说，万一绝路，安民大于奉法。"蒙恬只看着灯说话。

嬴政不耐地一摆手："长策未出，不能先做万一之想么？"

"纵然万一，也不能往更法路子上走。"

嬴政默然片刻，一声喘息，终于冷静地点点头："蒙恬，提醒得好。"

蒙恬转过身来："会议已罢，只待决断，只怕没有更好谋划了。"

"不！一定会有。"

"君上是说，李斯？"

"对！李斯说法未到，便不能说没有更好谋划。"

"君上确信，李斯会有解难长策？"

"蒙恬，你疑李斯经纬之才？"

蒙恬默然，硬生生吞进了一句跳到口边的话，以蒙恬之才而束手无策，王何坚信李斯？当然，蒙恬还有一句话，以秦王决事之快捷尚且犹疑不能拍案，李斯不可能提出恰当谋划。然则，王者毕竟是最后决断，有成算暂且压下也未可知，此话终究不能说。嬴政见蒙恬神色有些古怪，不禁揶揄地一笑："蒙恬啊，人各有能，李斯长策伟略之才，我等还得服气也。"一句话说得蒙恬呵呵笑了："服服服，我只是把不准说说而已。"秦王一阵笑声："好好好，估摸赵高天亮也就回来了，你回去歇息片刻，卯时再来。"

蒙恬不再说话，一拱手走了。

老内侍正好将食车推进书房旁厅。嬴政匆匆吃了一只羊腿两张锅盔，喝了一盆胡地苜蓿汤，又进了书房正厅。暮色降临，铜灯掌起，嬴政精神抖擞地坐在了堆满文卷的书案前，提起蒙恬为他特制的狼毫大笔，展开一卷卷竹简批点起来。嬴政早早给王绾立下了法度：每日公文分两次抬进书房——白日午时一次，夜间子时末刻一次；无计多少，当日公文当日清，当夜一定全部批阅完毕；天亮时分，长史王绾一踏进书房，便可依照批示立即运转国事。

去岁大旱以来，几乎每件公文都是紧急事体。嬴政又变为随时批阅，几乎没有片刻积压，即或短期出巡，在王车上也照样批阅文书。开春之后的公文，则大多涉及泾水河渠，不是各方重大消息，便是请示定夺的紧急事务。为求快捷，王绾将属下专司传送文书的谒者署紧急扩展，除了将十余辆谒者传车增加到三十辆，又专设了一支飞骑信使马队，凡紧急事务的公文，几乎是从来不隔日隔夜便送达各方，没有一件耽搁。而快速运转的源头，便在嬴政的这张硕大书案。批示不出来，国事节奏想快也是白搭。年轻的秦王亲政两年余，这种快捷利落之风迅速激荡了秦国朝野，即便是最为遥远的巴蜀两郡，文书往返也绝不过月。关中内史署直辖的二十多个县，更是文书早发晚回。秦国官员人人惕厉敬事，不敢丝毫懈怠。

咸阳箭楼四更刁斗打起，嬴政还没有离开书房。王绾知道，不是文书没批完，是赵高还没有回来。依着日常法度，王绾在王书房掌灯半个时辰后便可回府歇息，其余具体事务，由轮流当班的属吏们处置。两年多来，虽然王绾从来没有按时出过王城，可也极少守到过四更之后。今日事情特异，王绾预料秦王定然要等李斯回话，随后必然有紧急事务，所以王绾也守在外厅，一边梳理文卷一边留意书房内外动静。

五更时分，夜色更见茫茫漆黑，料峭春风呼啸着掠过王城峡谷，弥漫出一股显然的尘土气息。书房正厅隐隐传来嬴政的一阵咳嗽声，王绾不禁便是一声叹息。山清水秀的秦川，被大旱与河渠折腾得烟尘漫天，也实在是旷古第一遭了。王绾轻轻咳嗽了几声，正要进书房劝说秦王歇息，便闻王城大道一阵马蹄声急雨般敲打逼近，连忙快步走出回廊，遥遥急问一声："可是赵高？"

"长史是我！赵高！"马蹄裹着嘶哑的声音，从林荫大道迎面扑来。

王绾大步下阶："马给我，你先去书房，君上正等着。"

赵高撂下马缰，飞步直奔王书房。

王绾吩咐一个当班属吏将马交给中车署，自己也匆匆进了书房。

"李斯上书。"嬴政对王绾轻声一句，目光没有离开那张羊皮纸。

赵高浑身泥土大汗淋漓，兀自挺身直立目光炯炯一副随时待命模样。王绾看得心下一热，过来低声一句："赵高，先去歇息用饭，这里有我。"赵高浑然无觉，只直挺挺石雕一般矗着，连一脸汗水也不擦一擦。片刻，嬴政抬头："小高子，没你事了，歇息去。"赵高武士般嗨的一声，大步赳赳出厅，步态身姿没有丝毫疲惫之像。

"干练如赵高者，难得也！"王绾不禁一声赞叹。

"这是李斯之见，你看看如何？"嬴政将大羊皮纸一抖，递了过来。

王绾飞快浏览，心下不禁猛然一震。李斯的上书显然是急就章，羊皮纸上淤积一层擦也擦不掉的泥色汗水，字迹却是一如既往的工稳苍健，全篇只有短短几行："法不可弃，民不可伤。臣之谋划：荒年赋税不免不减，然则可缓；赋税依数后移，郡县记入民户，许丰年补齐；日后操持之法，只在十六字：一歉二补，一荒三补，平年如常，丰年补税。"

门外脚步急促，蒙恬匆匆走进："君上，李斯回书如何？"

"自己看。"正在转悠的嬴政淡淡一句。

"咸阳令如此快捷？"王绾有些惊讶，立即递过那张大羊皮纸。

"我派卫士钉在宫门，赵高回来便立即报我。"蒙恬一边说话，一边飞快浏览。

"李斯谋划如何？"嬴政转悠过来。

"妙！绝！"蒙恬啪啪两掌拍得山响。

"我等只在免、减两字打转，如何想不到个缓字？"王绾也笑了。

"是也！如此简单，只要往前跨得一步……服！"蒙恬哈哈大笑。

嬴政没有笑，拿过黑乎乎脏兮兮的羊皮纸，手指捋着纸角喟然一叹：

“风尘荒野，长策立就，李斯之才，天赋经纬也！”见蒙恬王绾只是点头，嬴政一笑，“天机一语道破，原本简单。可便是这简单一步，难倒多少英雄豪杰？不说了，来，先说说如何下这道王书？”三人围着嬴政的大案就座，王绾先道：“李斯已经明白确定法程，若君上没有异议，王书好拟。”嬴政微微摇头：“不。这道王书非同寻常，不能只宣示个赋税办法。蒙恬，你先说说。”蒙恬盯着摊在青铜大案中央的那张黑乎乎脏兮兮的羊皮纸，一拱手肃然正色道：“以臣之见，这道王书当分三步：一、论治道，轴心是李斯的八个字，法不可弃，民不可伤，昭示秦法护民之大义，使朝野些许臣民的更法之心平息，使山东六国攻讦秦国法治的流言不攻自破！二、今岁赋税的缓处之法；三、日后年景的赋税处置之法，分歉年、平年、丰年三种情形，确定缓赋补齐之法。”王绾立即点头：“若能如此，则这道王书可补秦法救灾不周严之失，堪为长期法令。”嬴政点头拍案：“好！王绾按此草书，午时会商，若无不当，立即颁行。”

“君上歇息，我留下与长史参酌。”

“不用。有你这个大才士矗在边上，我反倒不自在。”王绾笑了。

嬴政站起一挥手：“咸阳事多，蒙恬赶紧回去，午时赶来便是。”

王绾也跟着站起：“君上也赶时歇息片刻，我到自己书房去。”

嬴政原本是要守在书房等王绾草书，可王绾却不等他说话便大步匆匆去了。情知长史疼惜自己没日没夜，嬴政只有摇摇头，硬生生憋住了唤回王绾的话语，跟着蒙恬的身影出了书房，向寝宫庭院大步赶去。

天色蒙蒙欲亮，浩浩春风又鼓荡着黄尘弥漫了咸阳。

嬴政狠狠地对天吐了一口：“天！你能憋得再早三年，嬴政服你！”

四　天夺民生　宁不与上天一争乎

二月中到三月初，是秦国启耕大典的时日。

启耕大典，是一年开首的最重大典礼。定在哪一日，得由当年的气候情形而定。但无论司天星官将启耕大典选在哪一日，往年正月一过，事实上整个关中便苏醒了。杨柳新枝堪堪抽出，河冰堪堪化开，渭水两岸的茫茫草滩堪堪泛绿，人们便纷纷出门，趁着启耕大典前的旬日空闲踏青游春。也许，恰恰是战国之世的连绵大战，使老秦人更为珍惜一生难得的几个好春，反倒是将世事看开了。总归是但逢春绿，国人必得纵情出游，无论士农工商，无论贫富贵贱，都要在青山绿水间徜徉几日。若恰逢暖春，原野冰开雪消，灞水两岸的大片柳林吐出飞雪般飘飘柳絮，渭水两岸的茫茫滩头草长莺飞，踏青游春更成为秦川的一道时令形胜。水畔池畔山谷平川，但有一片青绿，必有几顶白帐，炊烟袅袅，歌声互答，活生生一片生命的欢乐。一群群的老秦人遥遥相望，顶着蓝天白云，踩着茸茸草地，敲打着瓦片陶罐木棒，弹拨着粗朴宏大的秦筝，可劲拍打着大腿，吼唱着随时喷涌的大白话词儿，激越苍凉淋漓尽致。间有风流名士踏青，辞色歌声俱各醉人，便会风一般流传乡野宫廷，迅速成为无数人传唱的《秦风》。俄而暮色降临，片片帐篷化为点点篝火，热辣辣的情歌四野飘荡，少男少女以及那些一见倾心的对对相知，三三两两地追逐着嬉闹着，消失在一片片树林草地之中。篝火旁的老人们依旧会吼着唱着，为着意野合的少男少女们祝福，为亘古不能消磨的人伦情欲血脉传承祝福。岁月悠悠，粗朴少文的老秦人，竟在最为挑剔的孔夫子笔端留下了十首传之青史的《秦风》，留下了最为美丽动人的情歌，留下了最为激荡人心的战歌，也留下了最为悲怆伤怀的挽歌。仅以数量说，已经与当时天下最号风流奔放的“桑间濮上”的《卫风》十首比肩了。不能不说，这是战国文明的奇迹之一。

然而，今岁春日这一切，都被漫天黄尘吞噬了。

老秦人没有了踏青的兴致，人人都锁起了眉头嘟嘟囔囔骂骂咧咧。去岁干种下去的小麦大麦，疏疏落落地出了些青苗，而今非但没有返青之象，反倒是一天天蔫蔫枯黄。曾经有过的两三场雨，也是浅尝辄止，每次都没下过一锄墒。须根三五尺的麦苗，在深旱的土地上无可奈何，只能不死不活地吊搭着。要不是年关时节的一场不大不小的雪，捂活了些许奄奄一息的麦苗，今岁麦收肯定是白地一片了。人说雪兆丰年，人说秦国水德，可启耕大典之后，偏偏又是春旱。绵绵春雨没有降临，年年春末夏初几乎必然要来的十数八日的老霖雨也没有盼来。天上日日亮蓝，地上日日灰黄。昔年春日青绿醉人的婀娜杨柳，变得蔫耷耷枯黄一片。天下旅人叹为观止的灞柳风雪，也被漫天黄尘搅成了呛人的土雾。秦川东西八百里，除了一片蓝天干净得招人咒骂，连四季常青的松柏林都灰蒙蒙地失了本色。老秦人谚云：人是旱虫生，喜干不喜雨。可如今，谁也不说人是旱虫了，都恨不得老天一阵阵霹雳大雨浇得三日不停，哪怕人畜在水里扑腾，也强过这入骨三分的万物大渴。眼看着三月四月将至，老秦人心下惶惶得厉害了。上茬这茬，两料不收，下茬要再旱，泾水河渠秋种要再不能放水，秦国真的要遭大劫了。

人心惶惶之际，秦王两道王书飞驰郡县大张朝野。

老秦人又咬紧了牙关："直娘贼！跟老天撑住死磕，谁怕谁！"

这两道王书，非但大出秦人意料，更是大出山东六国意料，不能不使人刮目相看。第一道王书依法缓赋，许民在日后三个丰年内补齐赋税，且明定日后赋税法度：小歉平年补，大歉丰年补；开宗明义一句话："法不可弃，民不可伤。"老秦人听得分外感奋。这道王书抵达泾水河渠时，郑国高兴得一蹿老高，连连呼喝快马分送各营立即宣读。瓠口工地的万余民力密匝匝铺满峡谷，郑国硬是要亲自宣读王书。当郑国念诵完毕，嘶哑颤抖的声音尚在山谷回荡之际，深深峡谷与两面山坡死死沉寂着。郑国清楚地看见，他面前的一大片工匠都哭了。郑国还没来得及抹去老泪，震天动地的吼声骤然爆发了："秦王万岁！官府万岁！赳赳老秦，共赴国难！"郑国老泪纵横，连连对天长呼："上天啊上天！如此秦王，如此秦人，宁不睁眼乎！"没过片时，不知道哪里的消息，整个一千多座营盘都风传开来：缓赋对策，李斯所出！其时，李斯刚刚带着一班精干吏员飞马赶回，要与郑国紧急商议应对第二道王书。不想刚刚进入谷口幕府，李斯马队便被万千民人工匠包围，黑压压人群抹着泪水狂喊李斯万岁，硬是将李斯连人带马抬了整整十里山道。及至郑国见到李斯，黝黑干瘦的李斯已经大汗淋漓地软瘫了。郑国从马上抱下李斯，李斯泪眼蒙眬地砸出一句话："秦人不负你我，你我何负秦人！"便昏了过去。

入夜李斯醒来，第一句话便是："秦王要亲上河渠，老令以为如何？"

这便是秦王嬴政的第二道王书：本王欲亲上河渠，举国大战泾水。

郑国这次没有犹豫，探水铁尺一点："秦王善激发，河渠或能如期而成！"

李斯忽地翻身坐起："秦王正等你我决断，回书！"

两人一凑，一封上书片刻拟就，幕府快马信使立即星夜飞驰咸阳。

清晨，嬴政一进书房便看到了摆在案头的郑国李斯上书，浏览一罢，立即召来蒙恬与王绾共商。嬴政第二道王书的本意，是安定民心之后亲自上河渠督战，举国大决泾水河渠。王书宣示了秦王"或可亲临，大决水旱"的意愿，却没有明确肯定是否真正亲临，当然，更没有宣示具体行止。在朝野看来，这是秦王激励民心的方略之一。毕竟，国家中枢在国都，国君显示大决水旱的亲战壮志是必要的，但果真亲临一条河渠督工，从古到今没有过，目下秦国处处吃紧，更是不可能的。因此，事实上无论是朝野臣民还是河渠工地，谁都没有真正地认为秦王会亲临河渠。但是，真正的原因却不是这般寻常推理，而是嬴政的方略权衡。

那日，会商王绾草拟的王书之后，嬴政便提出了亲统河渠的想法。王绾明确反对，理由只有一个："秦国里外吃紧，必须秦王坐镇咸阳，总揽全局。河渠固然要紧，李斯郑国足当大任！"蒙恬没有明确反对，提出的理由却很实在："君上几次欲图巡视河渠，李斯郑国每每劝阻。因由只有一个：秦王亲临，必得铺排巡视，民众也希图争睹秦王风采，无论本意如何，都得影响施工。方今水旱情势加剧，秦王亲临似无不可。然则，若能事先征得李斯郑国之见，再做最后决断，则最好。"嬴政思忖片刻，立即拍案："缓赋王书之后，立即加一道秦王特书，申明本王决意与国人同上泾水之心志。征询郑国李斯之书，快马立即发出。究竟如何上渠，而后再做决断。"如是，才有了那两道令国人感奋的王书。

今日上书打开，一张羊皮纸只有短短三五行："臣郑国李斯奏对：秦国旱情跨年，已成大险之象，秋种若无雨无水，则秦国不安矣！当此之时，解旱为大。秦王长决事，善激发，若能亲统泾水，河渠民众之士气必能陡长。唯其如此，臣等建言，秦王若务实亲临，则事半功倍矣！"传看罢羊皮纸上书，王绾只一句话："郑国李斯如此说，臣亦赞同。"蒙恬却皱着眉头摇着羊皮纸："这'务实亲临'四个字，颇有含糊，却是何意？"嬴政不禁哈哈大笑："我说你个蒙恬也！人家李斯还给我留个面子，你装甚糊涂？非得我当场明言，不铺排不作势！你才称心？"蒙恬王绾一齐大笑："君上明断明断，服气！"

"服气甚？今岁河渠不放水，嬴政纵然神仙，也只是个淡鸟！"嬴政笑骂一声，离座站起一挥手，"李斯郑国想甚，我明白。蒙恬，留镇咸阳，会同老廷尉暂领政事。王绾，立即遴选行营人马，务求精干。三日之后，进驻泾水瓠口。"

"嗨！"王绾将军领命般答应一声，匆匆去了。

"蒙恬，愣怔甚来？"

"君上……蒙恬领政，不，不太妥当……"

"你说谁妥当？将王翦搬回来？"

"那，也不妥……臣请与李斯换位，李斯才堪大任！"

嬴政突然沉下脸来："蒙恬，你想害李斯么？"见蒙恬惊愕神色，嬴政一口气侃侃直下，显然早已思虑成熟，"镇国领政，从来就不仅仅是才力之事。要根基，要人望，要文武兼备！李斯是楚人入秦，在秦国朝野眼中还没淘洗干净，骤然留国领政，还不把人活活烤死！再说，留国领政，也就是稳住局面不出乱子，你蒙恬应付不来？换了李斯，大大屈才！河渠虽小，聚集民力一百余万，日每千头万绪，突发事件防不胜防。此等民治应变之才，不说你蒙恬，连我也一样，还当真不如李斯！换位换位，你换了试试？"

"好好好，不换了！"

"担着？"

蒙恬猛然挺身拱手："赳赳老秦，共赴国难！"

"蒙恬！好兄弟！"嬴政大张双臂，突然抱住了蒙恬。

蒙恬又突兀一句："君上，蒙恬误事，提头来见！"

嬴政哈哈大笑："那可不行！嬴政不能没有蒙恬。"

次日，紧急朝会在咸阳宫东偏殿举行。

嬴政就座，开宗明义："今日只议一事。大旱业已两年，秦国民生陷入绝境。本王决意亲统河渠，决战泾水，咸阳国事如何安置？都说话。”大臣们大觉突兀，殿中一时默然。终于，大田令鼓勇开口：“老臣以为，日前王书出秦王督渠之说，原是激励朝野克旱之心，不可做实。谚云：国不可一日无君。秦国多逢大战，孝公之后，历代秦王尚无一人离国亲征。今秦国无战无危，秦王为一河渠离国亲统，似有过甚，望王三思。”话音落点，大臣们纷纷附议，尤其是经济十署，几乎异口同声地不赞同秦王亲统河渠。

嬴政有些烦躁。他先行宣明决断，便是不想就自己要不要亲上河渠再争，只想将蒙恬坐镇摄政之事定下来，朝会便算结束。谁知一上来便绕在了这个根本上，还是没有回避得开。嬴政沉着脸正要说话，老廷尉开了口：“诸位议论，老夫以为没有触及根本。根本者何？秦国灾情旱情也。秦王是否亲统河渠，决于秦国灾害深浅。今诸位不触灾情，一说国君不离都城之传统，二说怕六国耻笑，三说无战无危，言不及义也，不足为断也。”老廷尉话音落点，大臣们哄嗡开来，眼见便要对着老廷尉发难了。论战一开，定然又是难分难解。嬴政断然拍案，话锋直向一班经济大臣：“大田令，你等执掌经济民生，至今仍然以为国家危难只在外患么？”殿中骤然安静，大田令心有不甘地拱手一答：“启禀秦王，当然还有内忧。”嬴政冷冷一笑：“内忧何指？”大田令一时愣怔：“启禀君上，这，这内忧可有诸多方面，一句两句，老臣无从说起。”嬴政拍案而起：“国家之忧患，根本在民生。千年万年，无得例外。民生之忧患，根本在水旱。千年万年，无得例外。大旱之前，不解忧国之本，情有可原。大旱两年，诸位仍不识忧患之根本，以己之昏昏，焉能使人之昭昭！”

“天害人，不下雨，自古无对。”大田令忧心忡忡地嘟哝了一句。

“天害人，人等死？！”嬴政勃然变色。

经济大臣们正附和着大田令摇头叹息，被骤然怒喝震得一个激灵。

嬴政直挺挺矗在案前，铁青着脸大手一挥：“本王如下决断，不再朝议，立即施行：其一，本王行营立即驻跸泾水工地，大决水旱，务必在夏种之前成渠放水；其二，咸阳令蒙恬会同老廷尉，留镇咸阳，暂领政事；其三，经济十署之大臣，留咸阳官署周旋郡县春耕夏忙，经济十署之掌事大吏，随本王行营开赴泾水。”嬴政说完，凌厉的目光扫过大殿，虽说不再朝议，可还是显然在目光询问：谁有异议？

“赳赳老秦，共赴国难！”举殿齐声一吼。

见秦王振作决意，原先异议的大臣们人人羞愧尴尬。毕竟，无论大臣们如何以传统路子设定秦王，对于如此一个不避危难而勇于决战的国王，大臣们还是抱有深深敬意的。当秦王真正地拍案决断之后，所有的犹豫所有的纷扰反而都烟消云散了。大臣们肃然站起，齐齐一声老誓，便铁定地表明了追随秦王的心志。王绾知道，秦王此刻尚未真正烦躁，连忙过来一拱手道：“君上且去早膳，臣等立即会商行营上渠事宜。”蒙恬与老廷尉也双双过来：“臣等立即与各署会商，安定咸阳与其余郡县。”王绾眼神一示意，大屏旁侍立的赵高立即过来，低声敦请秦王早膳。嬴政没有说话，沉着脸大步匆匆去了。蒙恬老廷尉一班人，挪到咸阳令官署会商去了。王绾与一班年轻的经济大吏们，则留在了东偏殿会商。堪堪午时，一切筹划就绪。大吏们匆匆散去，咸阳各官署立即全数轰隆隆动了起来。

次日清晨，秦王一道王书飞往关中各县与泾水工地，简短得如同军令：

> 秦王政特书：连岁大旱，天夺民生，秦人图存，宁不与上天一争乎！今本王行营将驻跸泾水，决意与万千庶民勠力同心，苦战鏖兵，务必使泾水在秋种之时灌我田土。举凡秦国官民，当以大决国命之心，与上天一争生路。河渠如战，功同军功晋爵，懈怠者以逃战罪论处。秦国存亡，在此水旱一战！

王书发下，举国为之大振。非但关中各县的剩余民力纷纷赶赴泾水，连陇西、北地、巴蜀、三川等郡也纷纷请命，要输送民力粮草援助秦川治水。嬴政将此类上书一律交由蒙恬与老廷尉处置，定下的回复方略只是十二个字：各郡自安自治，关中民力足够。咸阳政事一交，嬴政全副身心地扎到泾水工地去了。

三月中，秦王行营大举驻跸泾水瓠口。

黄尘飞扬得遮天蔽日的泾水工地，骤然间成了秦国朝野的圣地。行营扎定的当夜，嬴政没见任何官员大吏，派出王绾去河渠幕府与李斯郑国会商明日事宜，便提着一口长剑，带着赵高，登上了瓠口东岸的山顶。此地正当中山最高峰，举目望去，峡谷山原灯火连绵，向南向东连天铺去，风涛营涛混成春夜潮声弥漫开来，恍如隆隆战鼓激荡人心。若不是呼啸弥漫的尘雾将这一切都变成了无边无际的朦胧苍茫，这远远大过任何军营的连天灯海，直是亘古未有的壮阔夜景。

嬴政伫立山冈，静静凝望，几乎半个时辰没有任何声息。

“君上？”赵高远远地轻轻一声。

“小高子，眼前这阵势，一夜能用多少灯油火把？”嬴政的声音很平静。

赵高暗自长吁一声走到秦王侧后：“君上，这小高子说不清楚。”

“咸阳书房的大铜人灯，一夜用几多油？”

“这小高子知道。大灯一斤上下，小灯三五两上下，风灯一个时辰二 三两。”

“王城一夜，用灯油多少？”

“小高子听给事中说过，王城一夜，耗油两千斤上下。”

“连绵千余座营盘，顶得几个王城？”

“这，这，大约总顶得十数八个了。”赵高额头汗水涔涔渗出。

“估摸算算，河渠一夜，耗油多少？”

“君上，小高子笨算，大体，两三万斤上下。”

“一月多少？”

“君上，百万斤上下。”

“一年多少？”

“君上，一千五六百万斤上下。不对，过冬还要加。该是，两千万斤上下。”

“这些油从何处来，知道么？”

“君上，除了牛油羊油猪油树脂油，秦国还有高奴猛火油，不怕。”

嬴政再也没有说话。赵高轻声地喘息着，远远地直挺挺站着，当然绝不会饶舌多嘴。如此石雕般伫立，直到硕大的启明星悄悄隐没，嬴政还是石雕般伫立着。

“君上，黎明风疾……”

“回行营。”嬴政突然转身，大步匆匆地下了山。

一进行营，赵高立即到庖厨唤来晨膳。嬴政呼噜噜喝下一鼎太医特配的羊骨草药汤，又咥下两张厚锅盔，脸色顿时红润冒汗，冰冷僵直的四肢也温热起来，站起正要出帐，王绾轻步走了进来。

“君上，一夜不眠，三日难补……”王绾打量着秦王。

“我又不是泥捏的，没事。说，都行动没有？”

“君上，各方人马已经到齐，只地方改在了幕府。”

“噢？”

“行营辕门太小，幕府有半露天大帐。”

“好。走。”嬴政挥手举步，已经将王绾撂在了身后三五步外。

五 碧蓝的湖畔 抢工决水的烈焰轰然激发

首次泾水行营大会，嬴政要明确议定竣工放水期限。

依照初议，李斯郑国力争的期限是秋种成渠放水，距今大体还有五个月上下。果能如期完成，已经是令天下震惊了。可是，自从北地巡视归来，眼见春旱又生，嬴政无论如何按捺不住那份焦虑。反复思忖，他立即从泾水幕府调来了全部河渠文卷的副本，埋首书房孜孜揣摩。旬日之后，一个新的想法不期然生出——泾水工期，有望抢前！这个紧上加紧的想法，源于嬴政揣摩泾水文卷所得出的一个独有判断：泾水河渠之技术难点，已经全部攻克，郑国与工师们画出的全部施工图精细入微，任谁也没有担心的理由；泾水河渠剩余之难点，在施工，在依照这些成型工图实地做工。也就是说，最难而又无法以约期限定的踏勘、材料、技术谋划等等难题，已经被郑国与一班工师在十年跌宕中全部消磨攻克了；如今泾水河渠的进展，全部取决于民力施工的快慢。果真如此，依着老秦人的苦战死战秉性，这工期，就不是没有提前的可能。可是，嬴政有了如此评判，没有透露给任何人。毕竟，李斯郑国都是罕见大才，原定工期已经够紧，更何况是否还有其他未知难点一时也不能确证，自己未曾亲临踏勘，便不能做最后判定；在举国关注水旱的紧要关头，王者贸然一言施压催逼进度，是足以毁人毁事的。嬴政很清楚，若不实地决事，纯粹以老秦人秉性为依据改变工期，在李斯郑国看来定然是一时意气，往下反而不好说了。嬴政反复揣摩思忖，最后仍然确认自己的评判大体不差，这才有了“亲统河渠，大决泾水，为秦人抢一料收成”的暗自谋划。这则谋划的实施方略是由微而著，逐步彰显：先发王书，再沟通会商，再亲上河渠；只有到了河渠工地，嬴政才能走出最后一步棋，最终议决泾水工期。

嬴政直觉地认定，夏种前成渠，有可能。

然则究竟如何，还得看今日的行营大会。

因为事关重大，嬴政昨日进入泾水的第一件事，便是派王绾与李斯郑国会商今日行营大会如何开。嬴政只有一个要求：各县、亭、乡统领民工的“工将军”全部与会。王绾知道，秦王不召见李斯郑国而叫自己出面会商，为的是教李斯郑国没有顾忌，以常心对此事。唯其如此，王绾一进幕府就实话实说，将秦王对与会者的要求一说，便没话了。王绾很清楚，有国王驾临的朝会如何程式，完全不需要会商，要会商的实际只有这一件事。果然，郑国李斯谁也没说议事程式，便不约而同地皱起了眉头。郑国是惊讶：“河渠决事，历来不涉民力。民力头领两百余人，闹哄哄能议事？只怕不中。”李斯片刻思忖，却舒展起来，对郑国一拱手道：“老令哥哥，此事中不中我看两说。秦王既想教工将军与会，必有所图。左右对工期有利，无须忧虑。”郑国连连摇头：“有所图？甚图？秋种放水，工期已经紧巴紧。治水不是打仗，不能大呼隆，得有章法。老夫看，不中！”李斯呵呵一笑：“老令哥哥，你也曾说，秦王善激发。忘了？只要没人动你施工图，一切照你谋划来，快不比慢好？怕他何来？”王绾连忙补上：“对对对！秦王就是想听听看看，施工法程决不会触动。”郑国黑着脸转了两圈，嘟哝了一句：“善激发也不能大呼隆，添乱。”便不再执拗。李斯对王绾一点头："好了好了，其余事我来处置。行营事多，长史回去便了。"王绾一走，李斯立即派出连串快马传令。赶天亮，散布在东西四百余里营盘的民工头目们，已经全部风尘仆仆地聚集到了泾水幕府。

嬴政第一次来泾水幕府，方进谷口，惊讶地站住了脚步。

天方麻麻亮。幕府所在的山凹一片幽暗，游走甲士的火把星星点点。幕府前的黄土大场已经洒过了水，却仍然弥漫着蒙蒙尘雾。场中张着一大片半露天的牛皮帐篷，帐下火把环绕，中间黑压压伫立着一排排与会工将军。早春的料峭晨风啪啪吹打着他们沾满泥土的褴褛衣衫，却没有一个人些微晃动，远远看去，恍如一排排流民乞丐化成的土俑。

年轻的秦王心头猛然一热，站在帐外深深一躬。

"秦王驾到——"王绾连忙破例，王未达帐口便长长一呼。

帐下土俑们呼啦转头，秦王万岁的呼喊骤然爆发，小小山凹几乎被掀翻了。

一般干瘦黝黑的郑国李斯匆匆迎出："臣郑国（李斯）参见秦王！"

嬴政只一点头，一句话没说大步赳赳进帐。

年轻的秦王堪堪在小小土台站定，帐中便呼喊着参拜起来。匆忙聚集，李斯没有来得及统一教习礼仪，这阵参见乱纷纷各显本色。除了前排县令颇为整齐，那些由亭长乡长里长兼任的工将军与纯粹是精壮农夫的工将军，纷纷依着自家认为该当的称谓吼喝一声，或躬身或拱手，有的还扑在地上不断叩头，带着哭声喊着拜见秦王。一阵乱象，看得郑国直摇头，低声对旁边李斯嘟哝一句："这能议事？大呼隆。"李斯也低声一句："怪我也，忘记了教习礼仪。"年轻的秦王嬴政却是分外激动，站在土台上拱着手殷殷环视大帐一周，嘶哑着高声一句："父老兄弟们劳苦功高！都请入座。"

嬴政一句话落点，帐下又是一阵纷纭混乱。

李斯原以为此等大会不可能太长，于是设定：与会工将军以县为方队站立，队首是县令，既容易区分又便于行动；除了秦王与郑国王绾三张座案，举帐没有设座，所有与会者都站着说话。之所以如此，一则河渠幕府没有那么多座案，二则农夫工将军们也不大习惯像朝臣一般说话间起坐自如，有座案反倒多了一层绊磕。所以，地上连草席也没有。可秦王大礼相敬，呼工将军们为父老兄弟且激赏一句劳苦功高，又请入座，慷慨恭敬使人感奋不已。商鞅变法以来，秦人最是看重国家给予的荣誉。秦王一礼，工将军们顿时大感荣耀，人人只觉自己受到了秦王对待议事大臣一般的隆遇，安能不恭敬从命？想都不想，满帐一阵感谢秦王的种种呼喊，人人一脸肃然，呼啦啦坐了下去，地上纵然插着刀子也顾不得了。春旱又风，地上洒水早已干去，两百余人一齐坐地，立即黄土飞扬尘雾弥漫。可是，令人惊讶的是，整个大帐连同秦王在内，人人神色肃然，没有一个人在尘雾飞散中生出一声咳嗽。连寻常总是咳嗽气喘的郑国，也庄重地伫立着，连些许气喘也没有了。

“上茶！”李斯略一思忖，向帐外司马一挥手。

这是李斯的精到处。土工又逢旱，人时时念叨的都是水。昨夜快马一出，李斯派定幕府工役的活计便只有两桩：一拨搭建半露天帐篷，一拨用粗茶梗大煮凉茶，将帐外八口大瓮全部注满。以李斯原本想法，凉茶主要用在会前会后两头。如今满帐灰尘激荡，几乎无法张口说话，李斯心思一动，便命立即上茶。及至大陶碗流水般摆好，工役们提着陶罐利落斟茶，工将军们人人咕咚咚牛饮一阵，帐中尘土已经渐渐消散了。

嬴政始终站在土台王案前，没有入座，也没有说话，扫视着一片衣衫脏污褴褛的工将军们，牙关咬得铁紧。年轻的秦王很清楚，依目下秦人的日子，不是穿不起整齐衣服，而是再好的衣服在日夜不休的土活中也会脏污不堪。虽然如此，嬴政还是不敢想象，所有的工将军们会是如此丝絮褴褛泥土脏污。他至少知道，这些人都是吏身，在山东六国都是庄园成片车马华贵衣饰锦绣的乡间豪士，这些人能滚打成这般模样，寻常民工之劳苦可想而知。果真如此，工期还能不能再抢，该不该再抢？

终于，帐中尘雾消散。

郑国还是咳嗽了一声才开口：“诸位，秦王亲临泾水，今日首次大会。老夫身为河渠令，原该司礼会议。然老夫不善此道，唯恐丢三落四，今日请河渠丞代老夫司礼会议。”短短几句话说完，郑国已经是满脸涨红额头出汗了。

嬴政一摆手："老令坐着听便是，事有不妥，随时说话。"

郑国谢过秦王，又对李斯一拱手，便坐到了自己案前。

李斯跨前一步高声道："行营大会第一事，自西向东，各县禀报工地进境。"

郑国嘶哑地插了一句："诸位务必据实说话，秋种之前完工，究竟有无成算？"

前排一个石礅子般的汉子挺身站起："云阳县令禀报：瓠口工地定提前完工！"

王绾插进一句："光县令说不行，各县工将军须得明白说话。"

云阳县令一转身未及开口，十几个汉子刷地站起："瓠口工地，两月完工！"

又一粗壮汉子站起："甘泉县与云阳县共战瓠口，两月完工！"

县令身后十几个汉子站起齐声一喊："甘泉县两月完工！"

郑国摇摇手："瓠口开工早，不说。要紧是干渠。"

话方落点，其余县令们纷纷高声："瓠口两个月能完工，我县再赶紧一些，两个月也该当完工！"立即有人跟上道："要能抢得夏种！脱几层皮也值！"工将军们立即一片呼喝，话语多有不同，其意完全一样：跟上瓠口，加紧抢工，两个月可能完工！一片昂昂议论，连禀报各县施工情形也忘记了。郑国完全没有料到，本来是会议究竟能否确保秋种完工，如何竟突然扯到夏种完工？这是治水么，儿戏！便在郑国呼哧呼哧大喘着就要站起来发作时，李斯过来低声一句："老令哥哥莫急，我来说。"

不等郑国点头，李斯转身一拱手高声道："诸位县令，诸位工将军，秦国以军制治水，幕府便是军帐，军前无戏言。诸位昂昂生发，声称要赶上瓠口工期，抢在夏种完工，心中究竟有几多实底？目下瓠口虽然打通，可四百多里干渠才刚刚开始。河渠令与我谋划的预定期限：瓠口扫尾之同时，九个月开通干渠，三个月开通支渠毛渠，总共一年完工。如此之期，已经是兼程匆匆，史无前例。去岁深秋重上河渠，今岁深秋完工，恰恰一年。若要抢得夏种，在两个多月内成渠放水，旷古奇闻！四百多里干渠、三十多条支渠、几百条毛渠，且不说斗门、渡槽、沙土渠还要精工细作，便是渠道粗粗成型，也是比秦赵长城还要大的土方量。两个多月，不吃不喝不睡，只怕也难！治水之要，首在精细施工。诸位，还是慎言为上。”

县令工将军们素来敬重李斯，大帐之下顿时没了声息。

李斯职任河渠丞，尚只是大吏之身，寻常但有郑国在场，从不就工程总体说话。今日李斯一反常态，又是一脸肃杀，王绾便觉得有些蹊跷。再看秦王，平静地站着，平静地看着，丝毫没有说话的意思。

“老臣有话说。”郑国黑着脸站了起来。

无论李斯如何眼神示意，郑国只作浑然不见。

秦王慨然点头：“老令有话，但说无妨。”

郑国对秦王一拱手，转身面对黑压压一片下属，习惯性地抓起了那支探水铁尺，走近那幅永远立在幕府将台上的泾水河渠大板图，嘶哑的声音昂昂回荡：“李丞替老夫做黑脸，老夫心下不安。话还得老夫自己说，真正不赞同急就工的，是老夫，不是李丞。诸位且看，老夫来算个粗账。”郑国的探水铁尺啪地打上板图，“引水口与出水瓠口，要善后成型，工程不大，却全是细活。全段三十六里，至少需要两万人力。四百六十三里干渠，加三十六条支渠，再加三百多条毛渠，谁算过多长？整整三千七百余里！目下能上渠之精壮劳力，以一百万整数算，每一里河渠均平多少人？两百多人而已！筑渠不是挖壁垒，开一条壕沟了事，渠身渠底都要做工，便是铁人昼夜不歇，两个多月都难！”探水铁尺重重一敲，郑国粗重地喘息了一声，“河渠是泥土活，更是精细活。老夫还没说那些斗门、渡槽与沟沟坎坎的工匠活。这些活路，处处急不得。风风火火一轰隆上，能修出个好渠来？不中！渠成之日，四处渗漏，八方决口，究竟是为民还是害民？老夫言尽于此，诸位各自思量。”

满帐人众你看我我看你，一时尴尬，谁也没了话说。

亭乡里的工将军们显然有所不服，可面对他们极为敬重的河渠令，也说不出自己心下不服的话来，只有涨红着脸呼哧呼哧大喘气。县署人员们则是难堪憋闷，个个黑着脸皱眉不语。

事实上，这些统率民力上渠的县署大员，大多是县令、县长，至少也是县丞。秦法有定：万户以上的大县，主官称县令；万户以下的小县，主官称县长；县令年俸六百石，县长年俸五百石。六百石，历来是战国秦汉之世的一个大臣界标，六百石以上为大臣，六百石以下为常官。县令爵同六百石大臣，只有战国、秦帝国以及西汉初期如是。后世以降，县令地位一代一代日见衰落。就秦国而言，秦统一之前县的地位极其重要。秦孝公商鞅变法时，秦国全部四十一县，只有一个松散的戎狄部族聚居的陇西称作郡，事实上也不是辖县郡。后来收复河西，秦国又有了北地郡、九原郡，郡辖县的郡县制才形成定制。但郡守的爵位，与县令是一般高下。随着秦国疆域的不断扩张，郡渐渐增多，郡辖县的法度彻底确立，郡守爵位才渐渐高于县令爵位。但是，县令县长依然被朝野视作直接治民的关键大臣。秦昭王之世，关中设内史郡，统辖关中二十余县，郡守多由王族大臣担任，县令却是清一色的能臣干员，且历来由秦王直接任命。猝遇旷古大旱，县令县长们亲率本县民力大上河渠。嬴政虑及县令县长地位赫赫，为了李斯郑国方便管辖，以“军制治水”为由，将县令县长们一律改作了“县工将军”。虽然如此，县令县长们事实上依然是大臣，哪一个都比李斯郑国的爵位高。当此之时，李斯郑国两桶冷水当头浇来，实在教这些已经被秦王王书激发起来的县令县长们难堪憋闷，想反驳又无处着力，只有黑着脸直愣愣坐着。

“老令啊，个个都是泥土人，能否找个地方见见水？”嬴政笑了。

郑国还没回过神，李斯已经一拱手接话：“瓠口试水佳地，最是提神！”

“对对对，那里好水。”郑国一遇自己转不过弯，便只跟着李斯呼应。

嬴政一挥手：“好！老令说哪里便哪里。走！先洗泥再说话。”

一言落点，嬴政已经大步出帐。李斯对郑国一个眼神，郑国立即跟着王绾出帐领道。李斯对满帐工将军一拱手：“秦王着意为诸位洗尘，有说话时候，走！”帐中顿时一片恍然笑声，呼啦啦跟着李斯出了大帐。

瓠口佳地，是一片清澈见底的湖泊。

这是中山引水口修成后试放泾水，在瓠口峡谷中积成的一片大水。因为是试水，引水口尚需不断调整大小，峡谷两岸与沟底也需多方勘验，更兼下游干渠尚未修成，这片大水便被一千军士严密把守着两端山口。否则，整日黑水汗流的民工们川流不息地涌来洗衣净身，水量渗漏便无法测算。唯其不能涉足，河渠上下人等便呼这片大水为“老令禁池”。不说秦王嬴政与咸阳大臣，便是鏖战河渠的一班县令工将军们也没有来过。

一过幕府山头，蓝天下一片碧波荡漾，松涛阵阵，谷风习习，与山外漫天黄尘全然两个天地。工将军们不禁连声喊好。秦王却看着郑国一拱手：“老令据实说话，下水会否搅扰渗漏勘验？”郑国一拱手：“不会。军士看守，那是怕口子一开万千人众拥来，踩踏得甚也看不得了。这点子人，没事。”嬴政哈哈大笑，向工将军们一挥手：“诸位都听见了，老令发话没事！都下水，去了一身臭汗再说！”

“秦王万岁！”

县令工将军们一片雀跃欢呼，却没有一个人下水。

嬴政一挥手：“不会游水无妨，边上洗洗也好！”

李斯过来低声道：“君上，秦人敬水，再说还有君上在场……”

嬴政恍然，不待李斯说完便开始脱衣，斗篷丢开甲胄解去高冠撤下，三两下便显出贴身紧衣。王绾赵高见状，情知不能阻拦，连忙也开始解带脱衣。此时嬴政已经大步走向岸边，挥手高声喊着：“水为我用！用水敬水！都下！”几句喊完，一纵身钻进了水里，碧蓝的水面便漂起了一片白衣。赵高身手灵动，几乎同时脱光衣服，一个猛子便扎到了嬴政身旁，还在水边的王绾这才喘了一口气。岸边的县令工将军们一边高声喝彩欢呼万岁，一边纷纷脱衣二话不说光身子噗嗵嗵入水。蓝幽幽的峡谷湖泊中浪花翻飞，顿时热闹起来，岸上便有一阵牛角号悠扬响起。

岸边李斯有些着急，走过来对郑国低声道：“老令，我去安置些会水军士，以防万一。”郑国摇摇手：“不用。方才号声已经安置妥当。守水一千军士都会水，池中还有巡查水情的二十多只小船。不会有事。”李斯大是惊讶：“一片废水，老哥哥竟派二十多只船巡查？”郑国苦笑着摇头："这片池陂可不是废水，是勘验瓠口峡谷有无渗水暗洞的必须用水。若有一个暗洞，泾水再多也是枉然。放水积水以来，老夫一日三次来这里探水，你说为甚？"李斯更是惊讶："开凿峡谷之时，我等会同工师备细踏勘过三遍，不是没有发现暗洞么？"郑国喟然一叹："这便是治水之难也！眼见不能信，踏勘也须得证实，只能试水知成败。再高明的水工，无法预知九地之下也！"李斯一阵默然，又一声感叹："老哥哥如此扎实，李斯服膺！"郑国低声道："给你老兄弟说，那李冰建造都江堰，开凿分水峡谷时，放活水看旋涡，动辄便亲自下水踏勘。后来自己游不动了，便教二郎亲自下水。为甚来？还不是怕万一误事？都江堰修成，李冰已是多病缠身了……治水治水，水工操的那份心，世人难知也！"李斯一阵唏嘘，突然低声问："老令哥哥，你说秦王中止会商，有甚想头？"郑国似有无奈地笑了笑："不管如何想法说法，只要秦王神志清明，便能说理。"

李斯摇摇头想说话，最终还是默然了。

约莫半个时辰，年轻的秦王上岸了，县令工将军们也陆陆续续地呼喝着爬了上来，人人精神抖擞，纷纷叫嚷泡饿了。李斯大步迎过来一拱手："臣请君上先更衣，再用饭。"嬴政水淋淋地大手一挥："好！诸位先换干爽衣服，再咥饭，再说话。"极少见到秦王的亭长乡长里长工将军们分外痛快，入水出水，不管秦王说甚都是一声万岁喊起。目下又是一声万岁，呼啦啦散开换衣，欢畅得直跳脚。

李斯方才已经安排妥当，派幕府器械司马带一队兵卒从工地仓库搬来了两百多件衬甲大布衫，一片摆开；再派军务司马置办饭食，也搬来岸边。君臣吏员们原本个个一身汗臭，湖中洗得清爽，脱下的衣甲再上身，定然是黏嗒嗒极是不适。虽然如此，毕竟泥土滚惯了，这些官吏们也没指望换干爽衣服。如今一见有粗布大衫，人人不亦乐乎，二话不说便人各一件裹住了身子，三三两两凑着圈子高声呼喝谈笑。堪堪此时，军务司马带着一队军士运来了军食老三吃：厚锅盔、酱牛肉、藿菜羹。岸边一声秦王万岁，顿时呼噜吸溜声大起，风卷残云般消灭了三五车锅盔一两车牛肉两三车藿菜羹。

吃喝完毕，李斯过来一拱手："启禀君上，臣请继续会商工期。"

"好。"年轻的秦王只一个字。

郑国也是一拱手："臣等已经直言，敢请秦王示下。"

"好。我便说说。"嬴政显得分外随和。

李斯一声高呼："诸位聚拢，各找坐地，听王训示！"

夕阳将落，秦国最重要的一次治水朝会，在参差的山石间开始了。

年轻的秦王与所有臣工一样，一头湿漉漉的散发，一件宽大干爽的粗布大袍，坐在一方光滑的巨型鹅卵石上，竭力轻松地开始说："清晨会商，县令工将军们虽未禀报完毕，情形大体明白，秋种完工都有成算。河渠令丞也已据实陈明工地境况，以为不当抢工，最大担忧，是急工毛糙，反受其害。本王教诸位换个地方说话，便是想诸位松下心，多些权衡，再来重新会商，当能更为清醒。"几句开场白说完，场中已经一片肃然。年轻秦王举重若轻的从容气度，实在使所有臣工折服。不说别的，单是这行营大会僵局时的独特折冲，你便不得不服。事实上，目下以如此奇特的大布裹身方式坐在旷野乱石上会商大事，所有人都有了一种心心相向的慷慨，恍然又回到老秦人游牧西部草原时的简朴实在，浑身热血都在可着劲奔涌。

"虽则如此，本王还是要说一句：河渠虽难，工期还是有望抢前！"

嬴政激昂一句又突然停顿，炯炯目光扫过场中，裹着大布袍已经站了起来："不是嬴政好大喜功，要执意改变河渠令丞原定工期。所以如此，大势使然，河渠实情使然。先说河渠实情。郑老令与李丞之言，自然有理。然其担忧却只有一个：怕毛糙赶工，毁了河渠！也就是说，只要能精准地依照老令法度图样施工，快不是不许，而是好事！河渠令、河渠丞，嬴政说得可对？"

郑国李斯慨然拱手："秦王明断！"

"再说大势。"嬴政脸色一沉，"去岁夏秋冬三季大旱，任谁也没想到今年开春还会大旱。开春既旱，今岁夏田定然无收。一年有半，三料无收，关中庶民已经是十室九空。老天之事，料不定。天象家也说，三月之内无人雨。靠天，夏种已经无望。果真三料不收，两年四料不收，秦国腹地何等景象，诸位可想而知。更有一则，本王派三川郡守翔实踏勘，回报情势是：关外魏赵韩三国及楚国淮北之旱情，已见缓解，夏收至少可得六七成；夏种若再顺当，山东六国便会度过饥荒，恢复国力。也就是说，秦国若今岁夏种无望，便会面临极大危局。其时关中大饥，庶民难保不外逃。加之国仓屯粮已经被治水消耗大半，秦国仓储已经难以维持一两场大战。届时山东六国合纵攻秦，十之八九，秦国将面临数百年最大的亡国危局……嬴政不通治水，然对军国大势还算明白。诸位但说，此其时也，秦国何以处之？”

夕阳衔山春风料峭，布衣散发的臣工们却一身燥热，汗水涔涔而下。

虽然嬴政刻意说得淡缓，全然没有寻常的凌厉语势，但谁都听得出，这是年轻秦王濒临绝境时的真正心声。无论是经济十署的大吏，还是县令县长县丞与工将军，谁都知道秦王说的是实匝匝真话，没有半点矫饰，没有丝毫夸大。“此其时也，秦国何以处之？”正是这淡然一问，工将军们如坐针毡，郑国李斯与县令县长们则如芒刺在背。假如说，此前与会者还都是就河渠说河渠，此刻却是真正地理会到秦王以天下大势说河渠，以邦国存亡说河渠，其焦虑与苦心绝不仅仅是一条泾水河渠了。

“臣启我王。”下邽[1]县令毕元倏地站了起来，一拱手声如洪钟，“天要秦人死，秦人偏不死！水旱夺路之战，臣代受益二十三县请命：我等各县精壮民力，愿结成决水轻兵，死战干渠！若工程毛糙不合老令法度，甘愿以死谢罪！”

下邽是秦川东部大县，受盐碱地危害最烈，对泾水河渠的期盼也最切，与泾阳、云阳、栎阳、高陵、骊邑、郑县等历来被视为“急水二十三”，拼劲最足。在整个四百多里泾水工地，二十三县营盘最是声威显赫。下邽县令一起身，所有县令县长都瞪大了眼。

“轻兵[2]决水！死战干渠！”二十三县令齐刷刷起身，一声吼。

“轻兵决水！死战干渠！”二十三县工将军们一齐站起，一声吼。

---

[1] 下邽，战国秦县，今陕西渭南市地带。

[2] 轻兵，秦军敢死之师。其起源演变见《大秦帝国 · 阳谋春秋》。

“赳赳老秦，共赴国难！”所有县令与工将军们刷地起立，秦人老誓震荡河谷。

年轻的秦王站了起来，对着县令工将军们深深一躬：“国人死战之心，嬴政心感之至。然则，治水毕竟不是打仗，我等须得议个法程出来，才能说得死战。”

“秦王明断！”众人一声吼。

嬴政走到郑国李斯面前，又是深深一躬。李斯欲待要扶，见郑国木桩一般矗着没动，也只好难堪地受了秦王一拜。年轻的秦王浑然无觉，挺直身板看住了郑国：“河渠令乃天下闻名水工，嬴政今日只有一句话：我虽急切，却也不能要一条废渠。河渠令尽管说工程难处，老秦人若不能克难克险，便是天意亡秦，夫复何言！”

“治水无虚言。目下最难，大匠乏人。要害工段无大匠，容易出事。”

嬴政一挥手：“长史，禀报预备诸事。”

王绾大步过来，一拱手高声道：“禀报河渠令、河渠丞：日前，巴郡丞李涣从蜀郡还都述职，秦王特意征询李涣治水诸事，又令经济十署会商并通令相关各方，为泾水河渠署预为谋划了三件事：其一，当年参与都江堰工程的老工匠，无论人在巴蜀还是关中，一律召上泾水河渠统归河渠署调遣；其二，咸阳营造工匠无分官营民营，一律赴河渠署听候调遣；其三，蓝田大营之各色工匠急赴泾水瓠口，悉数归河渠署调遣。前述三方技能工匠，皆可依图施工，粗计一千三百余人。旬日之内，工匠可陆续到齐。”

“好！”县令工将军们齐声吼了一句。

“老令，够不够？”嬴政低声问了一句。

“君上，”郑国粗重喘息着，“李三郎还都了？”

“对。我向他借粮，他问我要钱。”

“李三郎能否不走？”

“河渠令何意？”

“呀！秦王当真不知么？”郑国有些着急，“李冰这个三公子，工技之能比那个二郎还强，只是水中本事不如二郎，若有李三郎帮衬老夫，大料工程无差！”

“好！只要前辈张口，我对李涣说。”

“天也！王怕老夫容不得三郎？”

“水家多规矩，我得小心也。”年轻的秦王笑了。

李斯一步过来：“君上，郑老令最是服膺李冰父子了。”

“好！天意也。”嬴政双手猛然一拍，“李涣何在？”

“臣在！”白花花人群中，一个粗布短衫的黝黑汉子大步走了过来。

“你是，三郎……”郑国愣怔地端详着。

“郑伯不识我，我却见过郑伯。”黝黑汉子对着郑国深深一躬。

“噢？你见过老夫？”

“三郎五岁那年，郑伯入蜀，在岷江岸边挥着探水铁尺与家父嚷嚷。”

“啊！想起来也！小子果然少年才俊，好记性！”

“郑伯，家父弥留之际还在念叨你。他说，身后水家胜我者，唯郑国也。”

“李冰老哥哥，郑国惭愧也！”骤然之间，郑国两行老泪夺眶而出，“目下秦王也在，这话能说了。当年老夫入蜀，本来是助你老父修造都江堰去的。不期韩王派密使急急追到老夫，指斥老夫不救韩国反助秦国，是叛邦灭族之罪。也是老夫对秦韩内情浑然不知，只知报国为大，便有意与你父争执分水走向，以‘工见不同，无以合力’为由头，回了韩国。而今想来，一场噩梦也……”

“老令无须自责。”嬴政高声道，“我看诸子百家，水农医三家最具天下胸襟。李冰、郑国、许行、扁鹊，哪一个不是追着灾害走列国，何方有难居何方！与公等如此胸襟相比，嬴政的逐客令才是笑柄！秦国朝野，永为鉴戒。”

“秦王，言重也！”郑国悚然动容了。

“老伯，”黝黑精瘦的李涣连忙变回了话题，“秦王要我一起来看看泾水河渠，我便跟了来。晚辈已经看过了中山引水口与三十里瓠口，其选址之妙，施工之精，教人至为感叹。三郎恭贺郑伯成不世之功，泾水河渠，天下第一渠也！”

“泾水河渠规制小，不如都江堰。”郑国连连摇头。

“不！都江堰治涝，泾水河渠治旱，功效不同，不能比大小。”

“好！不说了。”郑国转身一拱手，“君上，有三郎襄助，或可与上天一争。”

“老令万岁！”满场一声高呼，精神陡然振作。

嬴政对着郑国深深一躬：“老令一言，政没齿不忘。”转身对臣工人群一挥手，“大决泾水，夏种成渠，可有异议？”

“没有——！”所有人都可着牛劲吼出一声。

“好！河渠抢工，要在统筹。本王决意重新整纳河渠人事，以利号令统一。”

“臣等无异议！”

“长史宣书。”

王绾踏上一方大石，展开一卷竹简高声念诵：“秦王特书：河渠事急，重新整纳职事如左：其一，擢升河渠丞李斯为客卿，总揽军民各方，统筹决战泾水；其二，郑国仍领河渠令官署，总掌泾水河渠施工；其三，擢升李涣为中大夫兼领河渠丞，襄助河渠署一应事务；其四，擢升下邽县令毕元为内史郡郡守，统领关中民力决战四百里干渠！本王行营驻跸瓠口，决意与秦国臣民勠力同心，大决泾水！此书。大秦王嬴政十二年春。”

片刻寂静，峡谷中突然腾起一阵秦王万岁的震天呐喊。

李斯郑国等人的领书谢恩之声，完全被呼啸的声浪淹没了。

这些吏员工将军最是粗朴厚重不尚空谈，平日远离国府王城，许多人甚至连秦王都没见过。今日泾水瓠口的治水朝会，教他们实实在在地亲自感知了这位年轻秦王的风采。秦王说理之透彻，决事之明锐，勇气之超常，胸襟之开阔，对臣下之亲和，无一不使这些实务吏员与亭长乡长里长们感慨万端。然则，更要紧的还是，这些实务吏员们看到了秦王决战泾水的胆魄，看到了秦王不拘一格大胆简拔能事干员的魄力。有李斯、郑国、李涣、下邽县令这些毫无贵胄靠山而只有一身本事的干员重用在前，便会有我等事功之臣的出路在后！多难兴邦，危局建功，这是所有能事之士的人生之路。既入仕途，谁不渴望凭着功劳步步晋升？然则，能者有志，还得看君王国府是否清明，是否真正地论才任事论功晋升，君王国府昏聩乱政，能事布衣纵有千般才能万般功劳，也是白说，甚或适得其反。这些实务吏员们，十有八九都是山东六国士子，当初过江之鲫一般来到秦国，图的便是伸展抱负寻觅出路。多年勤奋，他们终于在秦国站稳了根基，进入了最能展现实际才干的实务官署。可就在此时，有了那个突兀怪诞的逐客令，他们竟被莫名其妙地一杆子打出了秦国。那时候，这些实务吏员们真是绝望了，要不是蒙恬王翦一班大将，将他们拦阻屯扎在桃林高地的秘密峡谷，又不断传送变化消息，不知有多少人当时便要自裁了。唯其如此，实务吏员们对这个年轻的秦王是疑惑的，捉摸不定的，甚至在内心是不相信的。然则，今日亲见诸般事体，亲耳听到了秦王对逐客令的斥责，谁能不怦然心动，谁能不意气勃发？

年轻的秦王向李斯肃然一躬："秦国上下，悉听客卿调遣。"

"君上……"

李斯喉头一哽，慨然拱手，转身大步跨上一方大石，盈眶泪水已经化成灼热的火焰："诸位同僚，秦王以举国重任相托我等，孰能不效命报国！秦人与天争路，泾水河渠大战，自今夜伊始！本卿第一道号令：目下臣工三分，经济十署一方，合议河渠外围事务；全部县令工将军一方，合议民力重新部署；河渠署一方，合议诸般施工难点与工匠配置。本官先行交接河渠署事务，一个时辰后三方合一，重新决断大局部署。天亮之前，全部赶回营盘。明日正午，河渠全线开战！"

"赳赳老秦，共赴国难！"一声秦誓震荡峡谷。

六　松林苍苍　老秦人的血手染红了一座座刻石

春尾夏头的四月，烘烘阳光明亮得刺人眼目。

一天碧蓝之下，整个秦川在鼓荡的黄尘中亢奋起来。一队队牛车连绵不断地从四面八方赶向渭北，一队队挑担扛货的人流连绵不断地从关中西部南部赶向泾水塬坡，粮食草料砖头石头木材草席牛肉锅盔，用的吃的应有尽有。咸阳城外的条条官道，终日黄尘飞扬。咸阳尚商坊的山东商旅们，终于被惊动了。几家老辣的大商社一聚首，立即判定这是一次极大的财运。二话不说，山东商旅们的队队牛车出了咸阳城，纷纷开到渭北山坡下的民工营地，搭起帐篷摆开货物，挂起一幅宽大的白布写下八个大字——天下水旱山东义商，做起了秦国民众的河渠生意。随着山东商人陆续开出咸阳，各种农具家什油盐酱醋麻丝麻绳布衣草鞋皮张汗巾陶壶陶碗陶罐铁锅，以至菜根茶梗等一应农家粗货，在一座座营盘外堆得小山也似。可山东商旅们没有想到，连绵营盘座座皆空，连寻常留营的老工匠女炊兵也踪影不见，即便是各县的幕府大帐，也只能见到忙得汗流浃背的一两个守营司马。山东商旅们转悠守候几昼夜，座座营盘依然人影寥寥，生意硬是不能开张。后有心思灵动者突然明白，各处一声大喊："不用揣摩，人在渠上！走！"山东商旅们恍然大悟人人点头，立即赶起一队队牛车，纷纷将商铺又搬上河渠工地。

一上河渠，山东商旅们惊愕得一句话也说不出来了。

逶迤伸展的塬坡黑旗连绵战鼓如雷，人喊马嘶号子声声，铺开了一片亘古绝今的河渠大战场。触目可及，处处一片亮晃晃黑黝黝的光膀子，处处一片铁耒翻飞呼喝不断。无边无际的人海，沿着一道三丈多宽的渠口铺向东方山塬。担着土包飞跑的赤膊汉子，直似秦军呼啸的箭镞密匝匝交织在漫山遍野。五六丈深的渠身渠底，一拨拨光膀子壮汉舞动锹耒，一锹锹泥土像满天纸鹞飞上沟岸，沟底呼呼的喘息如同地底一道硕大无比的鼓风炉。渠边仅有的空地上，塞满了女人孩童老人。女人和面烙饼，老人挑水烧水，孩童穿梭在人群中送水送饭。人人衣衫褴褛，个个黑水汗流，却没有一个人有一声呻吟一声叹息……

"秦人疯了！秦国疯了！"

这里正是泾水干渠，正是受益二十三县的轻兵决战之地。

那日，客卿李斯接手决战泾水，连夜谋划，拿出了"大决十分兵"的方略：其一，四百多里干渠是泾水河渠的轴心硬仗，全数交给受益二十三县分兵包揽；其二，三十多条支渠与过水（干渠引入小河流的地段），分别由关中西部与陇西、北地的义工县包揽；其三，进地毛渠三百余条，由受益县留守县吏统筹留村老弱妇幼就近抢修；其四，咸阳国人编成义工营，专一驰援无力完成进地毛渠的村庄；其五，瓠口峡谷的收尾工程，由郑国大弟子率三千民力包揽；其六，郑国率十名大工师坐镇河渠署幕府，专一应对各种急难关节；其七，李涣率二十名水工师，人各配备快马三匹，专一飞骑巡视，就地决难；其八，各方聚来的工匠技师，交李涣分派各县营地，均平每百人一个工匠，专一测平测直，并随时解决各种土工疑难；其九，李斯自己亲率十名工务司马，昼夜巡视，统筹进度，掌控全局；其十，秦王带王绾，每日率百骑护卫东西巡视，兼行执法：但有特异功勋，立地授爵褒扬，但有种种犯罪，立地依法处置。

部署完毕，李斯说了最后一句话："立即裁汰老弱，三日后一体开战！"

晨曦初上时分，阵阵骤雨般的马蹄声飞出了瓠口。

三日之后的清晨，随着瓠口幕府的长号呜呜吹动，泾水大决全线开战。

部署得当，上下同心，秦国关中民力百余万奋力抢工，秩序井然丝毫不乱。经过裁汰，病弱者一律发给河渠粮返乡，加入各县抢修进地毛渠的轻活行列。留在干渠者，纵然是烧火起炊的妇幼老人，也全都是平日里硬杠杠的角色。李斯在三昼夜间飞马查遍二十三县营盘，家家都是一口声："但有一个软蛋，甘当军法！"及至大决开始，旬日之内，不说犯罪，连一个怠工者也没有。秦王嬴政的巡视马队日日飞过山塬，黑压压的光膀子们连看也不看了，常常是秦王马队整肃穿过一县十余里工地，连一声万岁呼喊也不会起来。眼看万千国人死活拼命，王绾与骑士们唏嘘不止，遇见县营大旗每每不忍心查问违法怠工情形，对县令与工将军们多方抚慰，只恨不得亲自光膀子下渠挖土。每遇此际，嬴政便勒马一旁黑着脸不说话。旬日过去，嬴政终于不耐，将王绾与全部随行吏员骑士召到了行营。

"诸位且说，吏法精要何在？"嬴政冷冰冰一句。

"各司其职，敬事奉公。"帐下整齐一声。

“河渠大决，秦王行营职司何在？”

“执法赏功，查核奸宄！”

“长史自问，旬日之间，可曾行使职责？”嬴政这次直接对了王绾。

“臣知罪。”王绾一躬，没做任何辩驳。

嬴政拍案站起：“商君秦法，大仁不仁！身为执法，热衷推恩施惠，大行妇人之仁，安有秦国法治？今日本王明告诸位：做事可错可误，不可疏忽职守。否则，泾水执法，从行营大吏开始！”

行营大帐肃然无声。嬴政大袖一拂，径自去了。

次日巡视，秦王马队迥异往日。但遇县营大旗，马队勒定，王绾便与两名执法大吏飞身下马，一吏询问一吏记录，最后王绾核定再报秦王，座座营盘一丝不苟。开始几个县令不以为然，如同往日一样擦拭着满头汗水只说：“没事没事！都死命做活，哪里来的疲民也！”可王绾丝毫不为所动，硬邦邦一句便迎了上去：“如何没事？说个清白。误工？怠工？违法？一宗宗说。”县令一看阵势气色，立时省悟，一宗宗认真禀报再也不敢怠慢了。如此一月，到了最最要紧的决战当口，整个四百多里干渠依旧是无一人违法，无一人怠工。

这一日司马快报：“下邽轻兵劳作过猛，再不消火，定然死人！”

李斯犯难了。虽说是轻兵大决，他也清楚秦人的轻兵便是敢死之士的死战冲锋。可是在李斯内心看来，这只是全力以赴抖擞精神免除懒惰怠工的激励之法。赶修河渠毕竟不是打仗，还能当真将人活活累死？再说，秦军轻兵也极少使用，只在真正的生死存亡关头才有敢死轻兵出现；而且，自秦孝公之后，秦国奖励耕战新军练成，轻兵营作为成建制的传统死士营已经在事实上消失了，此后秦人但说轻兵决战，也往往是一种慷慨求战的勇迈之心；孝公之后百余年大战多多，除了吕不韦当政时年轻的王翦为了抢出落入峡谷重围的王龁所部而临场鼓勇起一支轻兵冲杀之外，连最惨烈的长平大战也没有使用过轻兵。如今是抢水决旱，情势固然紧，可要出现挣死人的事情，李斯还从来没有认真想过。反复思忖，李斯以为不能太过，立马飞奔下邽营盘，黑着脸下令：“下邽轻兵当劳作有度，以不死人为底界！”回到幕府，李斯又下令十名司马组成专门的巡视马队，每日只飞驰工地，四处高呼："轻兵节制劳作，各县量力而行！"

饶是如此，进入第二个月刚刚一旬，各县决水轻兵已经活活累死一百余人。

李斯浑身绷得铁紧，飞赴秦王行营禀报。

秦王沉着脸一句话："轻兵轻兵，不死人叫轻兵？秦人军誓，不是戏言。"

李斯一声哽咽，不知道该如何应对了。

"走！下邽。"秦王大手一挥，二话不说出了行营。

与东南华山遥遥相对的北洛水入渭处，是下邽、频阳两县的决战地。

下邽、频阳两县，都是秦川东部的大县，其土地正在泾水干渠末端地带。泾水干渠从这两县的塬坡地带穿过，再东去数十里汇入北洛水再进入渭水，便走完了全程。下邽、频阳两县的三十多里干渠，难点在经过频阳境内的频山南麓的一段山石渠道。两县多塬坡旱地，平川又多盐碱滩，对泾水河渠的"上灌下排，旱碱俱解"尤其寄予厚望，民众决战之心也尤为激切。已经是内史郡守的原下邽县令毕元，亲自坐镇两县工地，亲自督战这段山石渠道，日日鏖战，已经进入了第四十三天。

两县轻兵，全数是十八岁至四十岁的身强力壮的男子。这些精壮以"亭"为队，亭长便是队长。每亭打出一面绣有"决死轻兵"四个斗大白字的黑色战旗，昼夜凿石死战，号子声此起彼伏浪浪催涌，看得山东商旅们心惊肉跳。李斯天天飞马一趟赶来巡视，见两县山石渠道确实艰难，连烧水治炊送饭的老人女人少年都累得瘫倒在地了，于是破例与国尉署管辖的蓝田大营紧急磋商，由蓝田大营的炊兵营每日向频山工地运送锅盔牛肉等熟军食，确保这段最艰难的干渠鏖兵奋战。如此一来万众欢腾，两县轻兵不再起炊，饿了吃，吃了拼，拼不动了睡，睡醒来再拼。队队人人陀螺般疯转，完全没有了批次轮换之说。谁醒来谁拼，昼夜都是叮叮当当的锤凿声，时时都是撬开大石的号子声。

"懒汉疲民绝迹，虽三皇五帝不能，秦人奇也！"

令山东商旅们浩叹者，不仅如此。下邽县渭北亭的轻兵营有一百零六名憨猛后生，开渠利落快速，一直领先全线干渠，是整个泾水河渠大名赫赫的“轻兵渭北营”。自从遭遇山石渠道，渭北营精壮不善开石，连续五六日进展不过丈。渭北营上下大急，亭队长连夜进入频山，搜罗来六名老石工，无分昼夜，只教老石工坐在渠畔呼喝指点，全部轻兵死死苦战。如此旬日，一套凿石诀窍悉数学会，进境又突兀超前，几乎与挖土渠段的进展堪堪持平。郑国开始不信随营工匠的消息禀报，连番亲自查勘，见所开渠道平直光洁无一处暗洞疏漏，愣怔间不禁大是惊叹：“老夫治水一生，如此绝世渠工，未尝闻也！”

秦王嬴政的马队风驰电掣般赶到时，正是晨曦初上的时分。

渭北轻兵营的二十六名后生率先醒来，猛咥一顿牛肉锅盔，立即开始奋力挖山。堪堪半个时辰，轻兵营精壮陆续醒来，又全部呼喝上阵。渠畔幕府，嬴政李斯正向已经是内史郡守的老县令毕元询问轻兵情形，遥遥听得一阵震天动地的号子声，一阵如滚木礌石下山的隆隆雷声，一片欢呼声刚刚响起又戛然而止，随即整个工地骤然沉寂。

“出事了？”李斯脸色倏忽一沉。

营司马跌跌撞撞扑进幕府：“郡守！渭北轻兵营……”

“好好说话！”毕元一声大喝。

营司马哭嚎着喘息着瘫倒在地，喉头哽咽泪流满面，一句话也说不出来。

“上渠！”嬴政一挥手大步出了幕府。

河渠景象，令人欲哭无泪。成千上万的光膀子都聚拢了过来，黑压压站在渠岸，静得如同深山幽谷。当君臣三人穿过人众甬道，下到渠底，目光扫过，嬴政三人不禁齐齐一个激灵！石茬参差的渠身渠底，茫茫青灰色中一汪汪血泊，一具具尸身光着膀子大开肚腹，一副副血乎乎的肠子肚子搭在腰身，一双双牛眼圆睁死死盯着渠口……

“娃们等着！生死一搭！”矗在渠心的光膀子壮汉嘶吼一声猛撞向青森森石茬。

“亭长！”李斯一个箭步过去，死死抱住了这个轻兵队长。

匆忙赶来的新下邽县令断断续续地禀报说，渭北轻兵营刚刚凿开最坚硬的五丈岩，撬开了山石干渠最艰难的青石嘴段，厚厚的石板刚刚吊上渠岸，最先赶活的二十六名精壮便纷纷倒地，个个都是肚腹开花。

“君上，后生们挣断了肠子，当场疼死……”毕元已经泣不成声。

嬴政身子猛然一抖，手中马鞭啪嗒掉在地上。赵高机警灵敏，早已经寸步不离地跟在秦王侧后，几乎便在马鞭落地的同时立即捡起了马鞭，又轻轻伸手扶在了秦王腰际。便在这刹那之间，嬴政稳住了心神，走到渠心，对着茫茫青灰中一片血泊深深三躬。

渠岸万千人众恍如风过松林，一齐肃然三躬。

“父老兄弟们！决水轻兵还要不要！”嬴政突然一声大吼。

“要——！”茫茫松林山摇地动。

“老秦人怕死么！”

“不怕——！”万众齐吼山鸣谷应。

“大决泾水，与天争路！”嬴政一声嘶吼。

“赳赳老秦！共赴国难！”漫山遍野都呼喊起来。

李斯第一次喊哑了声音。那天夜里，嬴政在下邽幕府请教李斯如何褒奖渭北轻兵时，李斯只能比划着写字了。回到瓠口行营，嬴政召李斯、王绾、郑国、李涣一夜商议，次日便有《轻兵法度》颁行河渠：各县轻兵，每昼夜至少需歇息两个时辰，饭后一律歇息半个时辰开工，否则以违法论处！紧接着，又有一道秦王特书颁下：举凡轻兵死难河渠，各县得核准姓名禀报秦王行营，国府以斩首战功记名赐爵，许其家人十年得免赋税；并勒石以念，立于频山松林塬渭北轻兵死难地，以为永志！

旬日之后，第一座巍巍刻石在频山南麓松林坡矗立起来。丈六石身镌刻着由李斯书写的一行雪白大字——渭北亭二十六锐士决水石，石后镌刻着二十六锐士的姓名与秦王亲赐的爵位。消息传开，举国感念，一首秦风歌谣便在三百里河渠传唱开来：

我有锐士 决水夭亡
舍生河渠 断我肝肠
勒石泾水 魂魄泱泱

上也上也　大秦国殇

五月将末，鼓荡关中的漫天黄尘终于平息了。

工程全部勘验完毕的那一日，李斯郑国李涣三人来到行营，不期蒙恬与老廷尉也来了。两方意愿一致，都是敦促秦王早日移驾还都，处置两个多月积压的诸多急务，放水大典宁可专程再来。嬴政却说："秦国万事，急不过解旱。不眼见成渠放水，我这个秦王脸红。再说，我还要到频山松林塬去，要走了，看看那些烈士。"听着精瘦黝黑的年轻秦王的沉重话语，几个大臣没有了任何异议，人人都点头了。

次日清晨，秦王嬴政率行营及瓠口幕府的臣工出了瓠口，沿着宽阔的渠岸辚辚走马奔赴频阳。君臣们谁也没有料到，一出瓠口，便见茫茫干渠上黑压压人群成群结队络绎不绝地匆匆赶赴东边，如同开春赶大集一般。李斯勒马一打问，才知道这是即将拔营归乡的民众依着秦人古老的丧葬习俗，要赶往频山松林塬，向长眠在那里的轻兵锐士做最后的招魂礼。

"这，这是谁约定的？"郑国大为惊讶。

"人群相杂，不约而同。"

"怪也！一个巫师就行了，还人人都去？"郑国不解地嘟哝了一句。

嬴政凝望着满渠岸的黑压压人群，略一思忖道："下马，步行频阳。"赵高立即哭声喊了出来："君上，大热天几百里路，不能走啊！"嬴政突然大怒，扬手狠狠一马鞭，抽得赵高陀螺般转着圈子扑在地上。不等赵高爬起，嬴政已经沉着脸大步走了。一班臣工人人感奋纷纷下马，撩开大步便融进了黑压压无边无际的光膀子人群。

是老秦人都知道，秦人自古便有烈士招魂礼：士兵战死沙场，尸身不能归乡，大军撤离之日无论战况多么危急，都要面对战场遥遥高呼："兄弟！跟我归乡——"若是战胜后的战场，则要就地安葬好战死者尸身，尽可能地立起一座刻石、木牌甚至枯木树桩，绕着坟茔呼唤几遍，再在石上结结实实地摁下自己的血手印，而后才挥泪班师。老秦人原本是游战游牧游农兼而有之的古老族群，居无定所，死无定葬，便将这抚慰死者告慰遗属的招魂礼看得分外上心。历经春秋战国，秦人渐渐成为有国有土的大国族群，然则这古老的招魂风习却没有丝毫改变。后来秦国变法，移风易俗，有新入秦国的变法士子建言要革除此等陋习。商鞅却批下个断语："生者激哀，磨砺后来，慷慨赴死，闻战则喜，固秦人哉！何陋之有？"于是，秦人安魂礼依然如初地延续了下来。嬴政少年在赵，早早便从"赵秦"（早期流入赵国的秦人）部族的习俗中知道了招魂礼对老秦人的要紧，自然不同于来自楚国韩国的李斯郑国，他立即明白了河渠民众其所以不约而同地匆匆赶赴频阳的缘由。

兼程行走，昼夜不停，第三日清晨，嬴政君臣终于到了频山。

茫茫松林塬，二十三座大石依着各县在干渠的决战次序东西排开。石林之后，是六百六十三座轻兵死士的新土坟茔。各县民众各自聚集在本县轻兵死士的刻石前，绕着圈子捶胸踏步，三步一呼："兄弟！跟我归乡了——"呼唤完毕，各自散开，各寻一方粗糙石头，瘦骨嶙峋的大手压上粗石猛搓，直至手掌渗出血珠；而后大步走到刻石前，在石上结结实实一摁，一个血手印摁在了石身或石背；罢了肃然一躬，便赳赳去了。

嬴政君臣一行风尘仆仆赶到，松林塬万千人众大出意外，各自伫立在墓石坟茔前凝望着秦王不知所措了。年轻的秦王也不说话，对着一齐朝他凝视的茫茫人众深深一躬，大步走到一柱显然是有心者特意立起的粗糙巨石前，大手猛然搓下，顿时血流如注。

万千黑压压光膀子的秦人悚然动容，寂静得只听见一片喘息。

嬴政举着血掌，大步走过刻石，一石一掌，结结实实地摁在碑身大字上。未过三五石，光膀子人群感奋不已，争相到粗石柱下搓出血手，呼喝着唏嘘着纷纷跟了上来，完成与兄弟烈士同心挽手的最终心愿。及至嬴政走到最后一座大石前，摁罢最后一个血手印，回头看去，一片二十三座大石，座座鲜血流淌，一片血红的刻石在夏日的阳光下惊心动魄。

嬴政绕着下邽刻石踏步一圈，突然昂首向天，一声长呼。

"泾水锐士，频山为神！守我河渠，富我大秦！"

万千人众唏嘘慷慨，跟着秦王阵阵长呼，整个频山都在烈日下颤抖起来。

七　泾水入田　郑国渠震动天下

堪堪夏种，泾川瓠口举行了隆重的成渠放水大典。

两岸青山，一条白石大沟从峡谷穿过。东西山塬挤满了成千上万的男女老幼，旌旗招展鼓乐喧天。瓠口幕府前的云车将台下，嬴政君臣们人人都在可着嗓子说话，尽管谁也听不见谁，依旧是乐呵呵地高声诉说着。将近午时，水司马来报：瓠口之外的所有斗门、渡槽、跌水、过水、干渠、支渠、毛渠的交接口再次查勘完毕，无一差错；干渠两岸的迎水民众井然有序，只待放水。嬴政得报，向李斯挥手高喊了一句。李斯立即会意，转身利落地走上将台，一劈令旗，将台前云车上的大纛旗左右三摆，漫山遍野的鼓乐喧哗便渐渐平息。

秦王嬴政率领着全体大臣，整齐地在将台后站成了一个方阵。

“吉时已到，秦王击鼓告天！”李斯洪亮嘶哑的声音回荡开来。

年轻的秦王走上将台，走到鼓架前，接过幕府司马递过的一双长长鼓槌，拱手向天，奋然高声道：“秦王嬴政祷告上天：引泾入洛，开渠灌田，秦国庶民生计之根本。天公旱秦，逼我秦人与天争路，以血肉之躯奋力死战，方引得泾水东下。秦人不负上天，上天宁负秦国乎！愿上苍护佑秦国，保我泾水滔滔，长流不断，关中沃野，岁岁丰年！今泾水渠成，依国人心愿，依天下通例，泾水河渠定名——郑国渠！”

嬴政的鼓槌用力打上牛皮大鼓，隆隆之声震荡峡谷。

“秦王定名，引泾河渠为郑国渠——！”李斯正式宣呼了河渠名号。

“郑国万岁！郑国渠万岁！”呐喊声浪顿时淹没了峡谷山塬。

一时平息，李斯声音复起：“河渠令开渠放水——！”

宣呼落点，四名军士抬着一张军榻出了幕府，山塬人众立即肃静下来。

三日之前，全部渠道验收完毕，回程未及到秦王行营交令，郑国便昏倒在了瓠口峡谷的山道上。待嬴政领着太医赶来，郑国已经被先到一步的李斯与吏员们抬进了河渠署幕府。太医一把脉，说这是目下官吏人人都有的“泾水病”，一色的操劳奔波过甚以致脱力昏迷，河渠令病症之不同，在于诸般操劳引发了风湿老寒腿，悉心静养百日后可保无事。嬴政当即吩咐，老太医从秦王行营搬进河渠署幕府，专门守着郑国诊治。嬴政还重重撂下一句话：“有难处随时报我，便是要龙胆凤肝，也给你摘来！没了郑国，本王要你人头！”

郑国卧榻，放水大典便缺了一个最当紧的人物。虽说不关实务，却有说不出的缺憾。李斯反复思忖，主张秦王亲自号令放水，只要激励人心完满大典，似可不必因一人而耽延放水日期。年轻的秦王断然摇头：“主持成渠放水，是水工最大尊荣，纵是本王也不宜取代。走，与郑国去说。”来到幕府，刚刚服下一大碗汤药的郑国，疲惫得连笑一下的力气都没有了，苍白的嘴唇动了动，幽幽目光闪烁着一丝难得的光焰。年轻的秦王站在榻前，眼中已是一眶泪水。郑国只愣怔怔看着秦王，嘴角抽搐着说不出话来。嬴政高声说：“老令啊，没有你，没有泾水河渠！放水大典，谁也不能取代你！到时抬你出去，老令只须摇摇号令，行么？”李斯看得很清楚，那一刻，郑国沟壑纵横的黝黑脸膛骤然间老泪纵横，喉头咕的一声昏了过去。也就是在那一刻，李斯深深感悟了年轻秦王“赏功不欺心”的罕见品性，一时也是止不住地热泪盈眶。自后三日，眼看大典在即，李斯每日都要去探视几趟郑国，可每次都见郑国在昏昏大睡。今日，郑国行么？

万千人众的灼热目光之下，神奇的事情发生了。

郑国从军榻上坐了起来，站了起来，撑持着那支探水铁尺，缓慢地沉重地一步一步地向将台走来。司礼的李斯惊愕得不知所措，疾步迎来想扶郑国，又觉不妥，便亦步亦趋地跟着郑国走上将台，竟是先自一头大汗淋漓。

此时，中山峰顶的大旗遥遥三摆，表示引水口已经一切就绪。只见伫立在将台上的郑国像一段黝黑的枯树，凝目远望峰顶龙口，缓缓举起了细长的探水铁尺，猛然奋力张臂，砸向了牛皮大鼓。鼓声一响，李斯立即飞步过去，张开两臂揽住了摇摇欲倒的郑国。

“水！过山了……”郑国黝黑的脸猛然抽搐了。

“老令醒来！水头来了！”李斯摇着郑国，说不清是哭是笑。

此际遥闻中山峰顶一阵号角一阵轰鸣，隆隆沉雷从天而降，瓠口峡谷激荡起漫天的白雾黄尘，一股浓烈而又清新的土腥水汽立时扑进了每个人的鼻中。两岸万千人众的忘情呐喊伴着龙口喷激飞溅的巨大雪浪，轰轰隆隆地跌入了瓠口，冲向了峡谷。

郑国猛然醒转，忽地起身一吼："水雷如常！泾水渠成——！"

一句未了，郑国又摇摇欲倒。李斯堪堪扶住，赵高已经飞步抢来，双手一抄要托起郑国去行营救治。郑国却倏地睁眼："不！老夫还要走水查渠！"一句话没说完，人已经直挺挺从赵高臂弯挣脱出来。此时嬴政大步赶来，听李斯一说立即高声下令："小高子，驷马王车！"说罢一蹲身背起郑国大步便走。

九尺伞盖的青铜驷马王车辚辚驶来堪堪停住，嬴政恰恰大步赶到，不由分说将郑国扶上了宽大的车厢。车中少年内侍扶住郑国坐靠妥帖，嬴政高声一句："老令，你坐在车上听水。但有纰漏，只敲伞盖铜柱！"郑国满脸通红连连摇手："秦王秦王，大大不妥，老臣能走……"嬴政哈哈大笑："妥妥妥！老令纵然能走，今日也得坐车！"

说话间李斯赶到，嬴政匆忙一挥手："我去赶水头，客卿后边查渠。"

李斯还没来得及答话，年轻的秦王已经风一般去了。

李斯笑着摇摇头，对王车上的郑国一拱手高声道："老令哥哥，秦王赶水头去了，你也先走，我带大工们后边查渠。"郑国黑红脸上汪着涔涔汗水，探水铁尺当当敲打着车厢："好！老夫先走，赶不上水头也赶个喜庆！"一言落点，驷马王车哗啷启动，山坡赶水人众立即闪开了一条大道。及至王绾带一班青壮吏员疾步赶来，秦王已经没了人影。

王绾顿时大急，二话不说飞步追赶下去。

赶水头，是敬水老秦人的又一古老风习。盖秦人老祖皋陶伯益部族，是与大禹并肩治水的远古英雄族群，自来对"水头"有着久远的仰慕情结。那时候，秦人部族经年累月在三山五岳间疏导天下乱水。但有新的水道开辟，汪洋大水激荡着流入水道，水头昂首飞扑倒卷巨浪激起尘雾溅起雪白浪花，一条巨龙飞腾呼啸在峡谷水道。两岸秦人欢呼着追逐水头，直是治水者的最大盛典。这种久远的记忆，化成了无数传说掌故，流传在所有的秦人部族中。即或后来游牧躬耕于陇西草原群山，偶尔开得些许短渠，渠成放水之日，老秦人也一定是倾巢而出追逐着水头欢腾不断。立国关中数百年，秦人开渠寥寥无几，数得上的大渠，只有秦穆公时百里奚在关中西部开出的那条百里渠，赶水头的盛大庆典便也渐渐淡出了老秦人的风习。纵然如此，那条百里渠每年春季放水，还是有黑压压人群在渠岸追逐着水头欢呼，不吃不喝一直追到尽头。

如今，这条铺满秦人鲜血的四百多里的泾水大渠，已经巍巍然成为真正的天下第一渠。一朝放水，岂能不唤起老秦人久远的记忆与风习？除了不得不提前回乡照应渠水入田的一家之长，几乎家家都有人留下赶水头。老秦人期盼着昂昂龙头的飞腾之象，能随着赶水头的家人带来光耀的岁月。大典前一日，所有民工都清理了营盘，打好了包袱，收拾得紧趁利落，预备好今日追赶着水头回乡。

当中山峰顶巨大的龙口开启，清澈的泾水翻卷着巨浪扑入瓠口峡谷，漫漫人群便开始了由渠首渐次发动的欢呼奔跑，不疾不徐，一浪一浪地伸展到山外，伸展到茫茫干渠。水头一入干渠，赶水头人群便有了种种乐事，欢笑喧嚷声连绵不断。郑国渠是漫漫四百多里的长渠，赶水头事实上便成为一种脚力竞技。虽说因不断分水于一些主要支渠，干渠水头的流速并不是太急。然则，终究也得人紧步追随才能追得上。干渠两岸的大多人，都是赶水头赶到自己家乡田园的地界，便回归乡里赶渠水入田的喜庆去了。只有非受益区的义工县的精壮，与家在渠水下游的精壮，才是专心一志的长途赶水者。战国之世人人知兵，都说这是兼程行军，一边追逐着水头欢呼，一边嚷嚷评点着不断变换的领跑者。即或是那些体力不济者，呼呼大喘着坐在新土渠岸上吃喝歇息一番，也看着纷纭流过的人群，拍着大腿可着嗓子嚷嚷得不亦乐乎。

水头赶到云阳地界，渠岸突然一阵欢呼："秦王赶水头！万岁！"

赶水头又遇君王，吉庆再吉庆，老秦人顿时兴奋了。

全程亲自赶水头，这是嬴政在会商放水大典时执意坚持的一件事。

秦王的说法是，亲自赶水头，眼见四百多里干渠不渗不漏，心下才算踏实。对于秦王这个主张，李斯是反对的，大臣们也是反对的。在李斯与大臣们看来，这件事多多少少有几分秦王的少年心性，有几分赶热闹意味。当然，最要紧的理由是堂堂正正的：旬日之前，秦王赶赴频山为轻兵烈士招魂，已经步行了两百多里；这次再一昼夜步行四百多里，事实上是最大强度的兼程行军，若有意外，秦国何安？再说，决战泾水两个多月，这个年轻的秦王眼看着瘦成了人干，所有寻常合身的袍服都变成了包着“竹竿”晃荡的水桶，谁不心痛有加？虽然，几乎人人都变成了人干，但谁都明白，这个杀伐决断凌厉无匹的年轻秦王真要出了事，目下的秦国便注定要乱得不可收拾了。唯其如此，谁能赞成秦王一路疾步四百多里？于是上下一口声，都说秦王这次大可不必，要查渠也得乘坐王车，高处看水才清楚。可嬴政说得斩钉截铁：“连续兼程三五日，是秦军老规矩，老秦精壮谁都撑得住，不用商议！客卿只管部署沿渠事务，我只带十名铁鹰剑士、十名年轻工匠赶水头，老臣一个不要跟。”

李斯眼见无法说动秦王，便在夜里单独来到行营。李斯先与王绾说了一阵，而后两人一起来到了秦王的寝室书房。李斯王绾反复陈说了理由，年轻的秦王却好长一阵没有说话。便在两人以为秦王已经默认而预备告辞时，年轻的秦王拍案开口：“人要有气！国要有气！长平大战之后，昭襄王收敛固本，之后两代秦王无所作为，秦人之精气神业已低落数十年。我上泾水，原本便不仅仅是抢渠抢水，更是要鼓荡秦人雄风！只要秦人长精神，嬴政纵然两腿跑断，也值！”

那一夜，李斯彻夜未眠。

次日，总揽河渠的李斯与王绾一番谋划，立即分头部署：先私下说服所有大臣，将秦王赶水纳入大典程式；再从王城禁军中遴选出十多名善奔走的锐士，由王绾带领，专司联络接应；又特意找到形影不离秦王左右的赵高，叮嘱了诸多应急援助之法。可无论如何周密谋划，李斯王绾也没有想到秦王亲自将郑国背上王车这一桩。赵高一离开秦王，李斯王绾心下便不踏实。两人都曾多次见识赵高的过人艺能，几乎是本能地相信，只要这个赵高在秦王身边，秦王便不会发生意外。今日赵高驾车，李斯查渠，追赶秦王的王绾便分外焦灼。

闻得前方阵阵欢呼，王绾立即吩咐善走锐士飞奔急追。正在此时，却听身后一阵秋风过林般的沙沙声。王绾转头之间，一道黑影正从身边掠过，同时飞来一句尖亮的话音："长史莫急，小高子追君上去了！"

"赵高！王车谁驾？"王绾急忙一喊，毕竟，郑国也不能出事。

"王车驭手有三人，长史放心！"黑影没有了，尖亮的声音飘荡在耳边。

长吁一声，王绾呼哧呼哧刚刚放缓了脚步，却被身边一群一群欢呼奔跑的光膀子裹进了茫茫人流。原来，两边渠岸的老秦人一听秦王赶水头，精神陡然大振，后行弱者们纷纷一片呼啸呐喊："丢膊了！豁出去！赶秦王老龙头了！"呐喊之间，人们纷纷脱下专门为大典穿上的簇新长袍顺手一丢，撩开光膀子狂喊着潮水般追了上来。王绾也是老秦人，自然知道老秦人这声"丢膊了豁出去"意味着何等情形。丢膊者，光膀子猛干也。豁出去，拼命也。无论是做工赶活还是战场厮杀，秦人但喊一声丢膊了豁出去，立时便是拼命死战之心。今日不是战场，老秦人要丢膊了豁出去，心里话显然一句："秦王做龙头，老秦人死也要紧紧追随！"身处狂热人流狂热呐喊，王绾心头大热一身汗水，只觉特意预备的轻便官服也变得累赘。兴起之下，王绾也大喊一声："丢膊了！豁出去！"扯掉官服撂在路边，大步飞奔起来。

日落时分，嬴政堪堪赶着水头到达高陵县地界，正好是郑国渠一半水程。

嬴政虽然没有光膀子，却也早早丢了斗篷冠服，一身紧趁利落的短衣汗湿得水中捞出来一般。铁鹰剑士与精壮吏员二十人，原本在两边护持着秦王。可在王绾一班人赶上后，嬴政硬是下令，只许剑士吏员跟在后边，不许遮挡两厢人众。

如此一来，渠岸顿成奇观。无边无际的黝黑闪亮的光膀子人群没有了呐喊，只咬着牙关看着秦王看着水头，刷刷刷大步撩开赶路。及至水程过半，赶水头人群已经渐渐形成了默契规矩：但有后来者赶上，秦王两侧的人群便自行让道退开；前方但有等水头的老人妇幼群，秦王两侧的光膀子人群便整齐一致地落到秦王身后紧紧跟随，好教父老们一睹秦王风采。

眼看暮色降临，渠岸有了万千火把，浩浩荡荡在几百里高坡山塬展开，恍如一道红光巨龙在天边蜿蜒翻飞。此等壮观奇景，深深震撼了平川夜间灌田的农人与查水的官吏，遥遥呐喊呼应，连绵起伏不断。有脱得开身的精壮农夫，纷纷举着火把呐喊着向北塬赶来。一片片火把弥漫了无数的田间小道，一阵阵呐喊此起彼伏，整个秦川都被搅翻了。

曙光再现时，被赶水者一口声呼为“秦王老龙头”的水头，哗啦啦抵达频山。经过那片依然闪烁着血红光芒的刻石松林时，嬴政向着北岸遥遥一声长呼：“兄弟！赶水归乡了——”一声未罢，无边无际的光膀子人群立时一阵阵山呼海啸：“兄弟！跟紧秦王，赶水归乡！”夏日清晨的阳光映照着石林松林的血光，映照着万千老秦人的泪光，吼喝着呼啸着，一路奔向遥遥在望的洛水入口。

将及正午，赶水头的茫茫人群终于定在了北洛水的山塬河谷。

嬴政站住脚步，只说了一句话：“赶水人众，俱赐战饭……”

赶水头虽是风习，却没有定规。诸如关中西部的百里渠短途赶水，不吃不喝者多。四百多里赶水头，不吃不喝不可能。一过云阳，王绾已经吩咐吏员军士沿途不断呼喊：“长路赶水，吃喝自便！”饶是如此，许多人还是死死盯着秦王，秦王不吃不喝，我也不吃不喝！王绾一路看得清楚，年轻的秦王一昼夜又一半日，只在脚步匆匆中喝了十三次水，吃了两张干肉夹锅盔。如此也就是说，大多赶水者在四百多里兼程疾走中只吃了两饭，此刻人人都是饥肠辘辘。王绾已经软得不能挪步了，只看着赵高摇了摇令旗。赵高二话没说，过来接了令旗，飞步张罗去了。

大约小半个时辰，赶水头人众陆续抵达，一辆辆牛车拉着锅盔干肉也络绎不绝地赶到了渠水洛水交汇地。山塬水口，两边渠岸，到处都涌动着黝黑闪亮的光膀子，人人亢奋个个激昂，大笑大叫不绝于耳。一句最上口的话处处山响着：“秦王咥实活！攒劲！”人群处处喧哗，对开在龙尾之地专门等着这一日大市的山东商旅的帐篷商铺，竟没有一个人光顾。

山东商社的执事们纷纷出门，站在饭铺酒铺货栈前惊讶莫名，一口声惊呼："怪也！四百里赶水没一个人趴下！没一个人买饭买酒！老秦人铁打的不成！"

正在一片热汗腾腾裹着喧哗笑语的时刻，年轻的秦王过来了。嬴政一身汗淋淋短身布衣，提着一条宽大的白布汗巾，大步赳赳地走上了山坡一方大石。不知谁喊了一声秦王来了，万千光膀子们立即军旅甲士一般肃然噤声昂首挺胸，活生生一片森森然黝黑闪亮的森林。

"父老兄弟们！四百里赶水，没一个趴下！好！"秦王当头喊了一句。

"秦王万岁！"黝黑闪亮的胳膊刷地一齐举起，吼声隆隆震荡天际。

"郑国渠成，泾水入田。秦人好日子已在眼前！父老兄弟们，咥饱喝足再归乡。回到乡里整治农田，抢灌夏种，使秦人粮仓早早堆满！人无神气，一事无成！国无神气，一事无成！秦国该强大！秦国该富庶！秦人，更该有精神！"

"万岁！秦人精神！"弥天吼声夹着轰隆隆水声，淹没了洛水山塬。

片刻之间，万千光膀子老秦人人人变成了浸透猛火油的火把，火焰呼呼直蹿。绷着脸大步赳赳到牛车前领一份锅盔干肉，蹲在地上狼吞虎咽猛咥干净，大腿一拍："走！"立即三五成群地风风火火离开洛水口。不消片时，满山遍野黝黑闪亮的光膀子便消失在无边无尽的田野里。

"疯子秦王！疯子秦人！"

守着始终没有一个秦人光顾的商铺，山东商旅们又一次惊愕了。

晚霞满天的时分，李斯郑国带着一班水工吏员终于赶到了洛水口。

秦王扶着赵高的肩膀站在洛水岸边，迎头先问了一句："客卿老令，后水如何？"李斯郑国双双一拱手："全线坚固顺畅，支渠毛渠全部进水！"嬴政听罢没有来得及说话，一头碰在赵高身上软了过去。李斯一转身断然下令："行营中止政事，全部人马歇息彻夜！"

当夜，行营大帐的灯火早早熄灭，整个营地一片雷鸣般鼾声。

直到次日将近正午，夏日的太阳已经火辣辣挂在当头，行营的聚将号才呜呜地吹动起来。人喊马嘶中，一顿结结实实的锅盔夹干肉战饭下肚，大臣吏员们踏着号声赶赴行营大帐了。对于秦国官吏，多少昼夜不睡少睡不吃不喝少吃少喝都是家常便饭，而能一夜无事地从天黑酣睡到次日正午，实在是绝无仅有的奢侈了。有如此一夜酣睡，臣工吏员们聚到行营大帐时个个精神抖擞，许多人说不上名目的怪病也都神奇地烟消云散了。

李斯进帐，一见清新矍铄的郑国，揉着眼睛直呼："奇也奇也！"郑国一阵哈哈大笑："佳水灌枯木而已，客卿何奇之有也！"寻常间永远皱着眉头的郑国一笑，一班臣工不禁人人大乐，一时满帐笑声。

午时末刻，查水查渠之各方汇聚渠情水情，结果是：全线无断无裂无渗无漏，所有支渠毛渠都顺利进水，无一县报来故障。郑国归总，点着探水铁尺硬邦邦撂下一句话："泾水河渠四百六十三里，全线坚实通畅，入田顺当，泾水渠成！"郑国说完，连同嬴政在内，所有人都不约而同地长长松了一口气。李涣与几个经年奔波的老水工啧啧感叹不已，连说这郑国渠快得匪夷所思，好得匪夷所思，教人如在梦里一般。

嬴政叩着书案："李涣，你报个大账，郑国渠究竟灌田几多？"

李涣掰着指头高声道："郑国渠，直接受益者二十三县，间接受益者全部秦川；关中缺水旱地四百六十余万亩，可成旱涝保收之沃野良田！另有两百余万亩盐碱滩，三五年之后，也大体可变良田！若以盐碱滩地接纳山东移民，可容五六万户之多！如此，秦国腹地可增加人口五十余万。寻常年景之下，每亩产粮一钟，每年国库至少可积粟三十万斛。五六年后，关中之富，甲于天下！"

"老令，果真如此么？"

"这是老臣最低谋算。"

"旱涝保收，根基何在？"

"君上，"郑国一拱手，"关中从此旱涝保收，根基在于：泾水河渠不仅仅是一条干渠，而是三千多条支渠毛渠织成的水网。水网之力，在于将关中平川之大多数池陂河流连接沟通，旱天水源丰厚，渠不断水，涝天排水畅通，水无滞留。此所谓旱灌涝排之渠网也！秦法严整，若能再立得一套管水用水之法度，秦川无疑天府之国！"

"还有上灌下排。"李斯插了一句。

“那是独对盐碱滩地之法，得另修排水沟。”李涣答了一句。

“好！”嬴政当即拍案，“河渠管用法度，由老令草拟。”

“嗨！”郑国第一次学着老秦人的模样挺身应命，引得满帐一片笑声。

嬴政一拍大腿起身：“好！从塬下回咸阳，一路再看看盐碱滩。”

王绾一拱手：“河渠已成，君上回咸阳要紧，盐碱滩事各县自有切实禀报。”

“不。”嬴政摇摇手，“左右顺路，一次揣摩清楚，不能光听禀报。”

“秦王明断！”举帐不约而同地喊了一句。

片刻之后，行营拔帐南下，一行车马辚辚下了洛水山塬。西行四十余里，进入下邽县地界，便见一条条支渠毛渠伸入到白茫茫盐碱滩，清清之水汩汩浇灌着一片片白森森的盐碱花。盐碱滩中散布着一群群农人，显然在紧急开挖通向南边渭水的排水毛渠。嬴政二话不说下了马，大步走进了道边一片盐碱滩。

一条毛渠刚刚挖成，渠底已经渗出清亮亮的水流。一个赤膊壮汉满头大汗跳进渠中，笑着喊着：“都说盐碱滩水咸，我偏不信清亮亮的水老天能撒盐？尝尝！”俯身捧起渠底清水一口大喝，刚刚入口又噗地一口吐出，龇牙咧嘴地笑着叫着：“呀！咸！咸死人也！”渠边赤膊挥汗的农夫们一片大笑。一个白发老人道：“这渠不是那渠，那渠是泾水，这渠是盐碱汤。上冲下排，几年后这盐碱地就变肥田了，那时才有甜水喝，懂么？瓜（傻）娃子！”赤膊壮汉一边点头一边爬上渠来，紧跑几步伏身泾水毛渠中一阵牛饮，又跳起来大喊：“好甜水！不信赶紧喝！”众人一阵嚷嚷：“谁不信了，只你个瓜子不信！”于是一片大笑。

“老伯，”嬴政走过来一拱手，“你说这盐碱滩果然能变成良田？”

“能！”白发老人的铁耒噗地插进泥土，“盐碱滩又不是天生的，长年积水排不走，地不病才怪！泾水最清，天生治地良药。上边灌药，下边排脓，两三年准保好地，不好才怪！”

“那老伯说，这地官分，有人要么？”

“不要才怪！老夫想要三百亩，官府给么？”

“若是给山东移民，村人愿意么？”

一个光膀子后生凑近老人低声说了一句什么，老人顿时瞪大了老眼：“你，你是秦王？”嬴政呵呵一笑：“秦王也是秦人，一样说话。”老人猛然扑地拜倒，两手抓着湿乎乎的泥土又哭又笑：“天！赶水头老朽没赶上，在这见到秦王了！天啊天，老朽命大也！”嬴政连忙扶起老人，四野人众已经纷纷赶来，秦王万岁的呐喊又弥漫了茫茫盐碱滩。老人站起来摇摇手，身边人众便静了下来。老人对嬴政一拱手，转身对着四面人众高声道：“秦王问我，若是将这盐碱滩分给山东移民，我等老秦人是否愿意？都说，愿意不愿意？”

“愿意——”四野黑黝黝光膀子们一片奋力呐喊。

“为甚愿意？”老人一吼。

“种地靠人！打仗靠人！人多势大！”

老人慨然拱手：“老朽乃东白氏族长，老秦人决不欺负山东新人！”

“对！老秦新秦都是秦！”四野一片奋然呼喝。

连同嬴政在内，所有后边赶来的臣工吏员们的眼睛都湿润了。尤其是李斯郑国以及那些近年入秦的山东士子们更是感奋有加，几乎是不约而同地大喊了一声：“秦国万岁！”一时之间，秦国万岁秦王万岁秦人万岁的呼喊声此起彼伏，夕阳下的原野又燃烧起来。

嬴政对着光膀子农夫们深深一躬，一句话没说上马去了。大臣吏员们也是深深一躬，纷纷摇着手出了盐碱滩。行营人马在道边聚齐，嬴政凝望着田野中久久不散的黑黝黝人群，猛然回身一句：“换驷马王车，星夜赶回咸阳！”

在秦王万岁的呼喊中，马队王车辚辚启动，风驰电掣般向西而去。

行至栎阳城外官道，恰遇蒙恬飞马赶来。在宽大的王车中，蒙恬禀报了一则紧急消息：郑国渠成放水，山东六国倍感震撼，纷纷派出特使谴责韩国将如此赫赫水工派进秦国，无异蓄意资秦；韩国君臣倍感压力，已经拘押了郑国全族人口，声称郑国若不回韩谢罪，立即将郑氏全族处斩！蒙恬担心韩国已经派出刺客，怕郑国有失，是以连夜东来禀报。

“狗彘不食！”嬴政狠狠骂了一句。

第三章

乾坤合同

一　功臣不能全身　嬴政何颜立于天下

蓦然醒来，郑国眼前的一切都变了。

宽大敞亮的青铜榻，宁静凉爽的厅堂。铺榻竹席编织得异常精致，贴身处却挨着一层细软惬意的本色麻布，老寒腿躺卧其上既不觉冰凉又不致出汗。不远处，一面蓝田玉砌成的石墙孤立厅中，恍若一道大屏，渗着细密光亮的水珠。显然，这是墙腹垒满了大冰砖的冰墙。榻边白纱帷帐轻柔地舒卷，穿堂微风恍若山林间的习习谷风，夹着一种淡淡的水草气息，虽不若瓠口峡谷的水汽醇厚，也一片清新自然。如此考究的厅堂寝室，令他这个经年奔波高山大川过惯了粗粝生活的老水工很有些不适。一抬眼，阳光隔着重重门户纱帐明亮得刺人眼目。

“有人么？”郑国猛然坐起，一打晃立即扶住了凉丝丝的铜柱。

“大人醒来了？”纱帐打起，面前一张明媚的女子笑脸。

“你！是何人？”

“小女是官仆，奉命侍奉大人。”

“这是何地？”

“这是大人府邸。”侍女过来搀扶郑国。

“岂有此理，老夫何来府邸？”郑国推开侍女，黑着脸下地嘟哝了一句。

“大人初醒不宜轻动，小女去唤太医。”

“不用。谁是此地管事，带老夫去见。”

“大人稍待，小女即刻唤家老前来。”侍女风快地去了。

“这是人住的地方么？不中不中。”郑国烦躁地嘟哝着转悠着。

正当此际，一个中年男子大步进门，迎面深深一躬：“禀报大人，在下奉大内署之命暂领府务。一俟大人觅得得力家老，在下便原路回去。”郑国正要说话，一个须发雪白的老者背着药箱进了厅堂，身后正跟着那个明媚的侍女。郑国顿时烦躁：“老夫没病，谁也不用管！这里有没有车马？老夫要见李斯，不行就见秦王！”家老一拱手道：“李斯大人原本叮嘱好的，大人醒来立即报他。在下这便去请李斯大人。”话一落点人已大步出门。郑国看惯了秦人风风火火，知道不会误事，也不去管了。

侍女轻步过来，低声道：“大人，这是长史署派下的住府太医。大人病情，住府太医要对太医署每日禀报。查脉换方，不费事也。”郑国无奈，只好皱着眉头坐在案前，听任老太医诊脉。认真地望闻问切一番，老太医开好一张药方，又正色叮嘱道：“大人卧榻多日，老寒腿未见发作，足证大人根基尚算硬朗。只是大人触水日久，风湿甚重，日后家居宜干宜燥宜暖爽，避水尤为当紧，切切上心为是。”郑国苦笑着点点头：“好好好，老夫知道。”离座起身便去了。

郑国已经习惯了秦国吏员仆役的规程：但遇法度明定的职责，纵然上司或主人指责，也得依照法度做事。譬如郑国病情，老太医叮嘱不到，日后一旦出事，太医署便得依法追溯。如此，老太医岂能不认真敬事？可在郑国听来，这番叮嘱荒唐得令人啼笑皆非。叫一个老水工不去触水，还要长年干燥爽暖，简直就是教一只老虎不要吃肉而去吃草！想归想，涉及法度，老太医尽职尽责，你说甚都是白说，只有点头了事。

午后时分，李斯匆匆来了。

“你个老兄弟！塞我这甚地方？老夫活受罪！”郑国当头直戳戳一句。

“哎呀老哥哥！你可是国宝也，谁敢教你受罪！坐下坐下，听我说。”

李斯一番叙说，郑国听得良久默然。

原来，一出频阳盐碱滩，郑国就发起了热病。行营马队只有秦王一辆王车，郑国与大臣们一样乘马，昏沉沉几次要从马上倒栽下来。李斯总揽河渠，照应郑国与一班水工大吏是其职司所在，自然分外上心。一见郑国状况不对，李斯觉得郑国不能再在马上颠簸，欲报秦王，可王绾说秦王正在车中与蒙恬密谈。李斯稍一思忖，给王绾说了一声，立即带一班吏员护持着郑国下了官道。进入栎阳，调来一辆四面垂帘的篷车教郑国乘坐，又请来一个老医士随车看护，这才上道疾行赶上了大队。将到咸阳，前队驷马王车突然停住，秦王带着蒙恬匆匆下车，找到李斯低声吩咐了一番这才离去。依照秦王叮嘱，李斯将郑国乘坐的篷车交给了蒙恬。蒙恬也不对李斯多说，立即带着自己的马队护送着郑国车辆离开行营大队，飞上了向南的官道。当时，李斯也是一肚子疑惑，不明就里。

回到咸阳，李斯因尚无正式官邸，原居所又没有仆役照应，骤然回去难以安卧，被长史署安置在了咸阳驿馆的最好庭院。李斯沐浴夜饭方罢，正要上榻歇息，蒙恬大步匆匆来了。蒙恬对李斯说了韩国问罪郑国的消息，并说斥候已经探查到韩国刺客进入秦国的蛛丝马迹，他奉秦王之命，已经将郑国送到一个该当万无一失的地方去了，教李斯不要担心。李斯一时惊愕默然，这才明白了秦王中途停车，教他将郑国交给蒙恬的原因。李斯也有些后怕，假若在自己护持郑国出入栎阳时陡遇韩国刺客，后果岂非难料？

次日小朝会，秦王的第一道王书，是擢升郑国为大田令，爵位少上造，府邸由长史署妥为遴选，务求护卫周全。王书颁布之后，秦王沉着脸说了一句话："郑国是大秦国宝，是富民功臣。韩国敢加郑氏部族毛发之害，教他百倍偿还！"朝会之后，蒙恬陪同李斯去了那个"该当万无一失"的地方。一过渭水进入南山官道，一进茫茫树林中护卫森严的山林城堡，李斯立即明白，也不禁大为惊讶。李斯无论如何想不到，秦王能教郑国住在章台行宫治病。而护卫郑国者，竟然是蒙恬的胞弟——少年将军蒙毅。

旬日之后，郑国高热已退。老太医说章台过于荫凉，不宜寒湿症者久居。秦王这才亲自下令，将郑国移回咸阳官邸。李斯说，目下这座大田令官邸，地处王城之外的重臣坊区，蒙毅又专门做了极为细致的护卫部署，完全不用担心。末了，李斯兴奋地说，回到咸阳将近一月，夏田抢种已经完结，诸般国事也已摆置顺当；秦王早已经说好，大田令何时痊愈，何时便行重臣朝会，铺排日后大政方略。

“这个秦王……难矣哉！”良久默然，郑国一声长叹。

“老哥哥，这是何意？”李斯有些意外。

“你我都是山东客，老夫可否直话直说？”

“当然！”李斯心下猛然一跳。

“老兄弟有所不知也。”郑国很平静，也很麻木，盯着窗外明亮的阳光眯缝着一双老眼，灰白的眉毛不断地耸动着，“当年韩王派老夫入秦，曾与老夫约法三章：疲秦不成渠，死封侯，活逃秦。老夫答应了。那时，山东六国不治水，六国又有盟约，严禁水工入秦。老夫对天下水势了若指掌，知道只有秦国不受山东六国牵制，可自主治水。入秦治水，大有可为，是当时天下水家子弟的共识。然则，老夫若不答应韩王约法三章，便要老死韩国，终生不能为天下治水……”

“老哥哥且慢，”李斯一摇手，“先说说这韩王约法。疲秦，是使命？”

“对。使秦民力伤残于河渠，疲惫不能东出，是谓疲秦策。”

“那，不成渠，是不能使秦国真正成渠？”

“对。只能是坏渠，渗漏崩塌，淹没农田，使渠成害。”

“死封侯？”

“假若秦国识破，老夫被杀，韩国封我侯爵，食三万户。”

“活逃秦？”

“若老夫完成使命而侥幸未死，当逃离秦国，到他国避祸。”

“到他国？为何不能回韩国？”

“韩国弱小，不能抵挡秦国问罪。老夫不在韩，韩国便能斡旋开脱。”

“这便是说，只有老哥哥死，韩国才认你是韩人，是功臣？”

“大体如此。”

“厚颜！无耻！”素有节制的李斯勃然变色。

郑国长长一叹："老夫毕竟韩人，既负韩国，又累举族，何颜在秦苟活也！"

"老哥哥！你要离开秦国？"李斯霍然站起。

"老夫回韩领死，才能开脱族人。"郑国认真点头。

"不能！那是白白送死！"

"死则死矣，何惧之有？郑国渠成，老夫死而无憾！"

"老哥哥……"

生平第一次，李斯的热泪涌出了眼眶，扑簌簌落满衣襟。

在与郑国一起栉风沐雨摸爬滚打的几年里，李斯只觉郑国是一个认死理的倔强老水工。郑国的所有长处与所有短处，都可以归结到这一点去体察。工程但有瑕疵，郑国可以几天几夜不吃不喝地守在当场，见谁都不理睬，只围着病症工段无休止地转悠。但有粮草短缺民力冲突，李斯找郑国商议，郑国便黑着脸一声吼："你是总揽！问我何来？"吼罢一声扭头便走，且过后从来没有丝毫歉意。前期，李斯以河渠丞之身总领事务，没有河渠令，郑国说他是总揽而不愿共决或不屑共决，李斯也无话可说。可后来郑国做了河渠令，李斯仍是河渠丞，郑国还是如此吼叫，李斯心下便时时有些不耐。然则，李斯终究是李斯，一切不堪忍受的，李斯都忍受了。李斯有自己的抱负，以名士当有的襟怀容纳了这个老水工颇有几分迂腐的顽韧怪诞秉性，诚心诚意地襄助郑国，毅然承揽了郑国所厌烦的所有繁剧事务。李斯没有指望郑国对自己抱有感恩之心，更没有指望这样一个秉性怪诞的实工派水家大师与自己结交为友人。李斯只有一个心思，泾水河渠是自己的第一道功业门槛，必须成功，不能失败，为此必须忍耐，包括对郑国这样的怪诞秉性的忍耐。

郑国寡言。除了不得不说，且还得是郑国愿意说的河渠事务，两人共宿一座幕府，竟从来没有议论过天下大势与任何一国的国事。偶有夜半更深辗转难眠，听着郑国寝室雷鸣般的鼾声，李斯便想起在苍山学馆与韩非共居一室的情形。韩非比郑国更怪诞，可李斯韩非却从来都是有话便说，指点天下评判列国，那份意气风发，任你走到哪里想起来都时时激荡着心扉。两相比较，李斯心下更是认定，郑国只是个水工，绝不是公输般那种心怀天下的名士大工。然则郑国也怪，不管如何对李斯吼喝，也不管如何对李斯经常甩脸子，但说人事，便死死咬定一句："泾水河渠，老夫只给李斯做副手！"纵然在秦王面前，郑国也一样说得明明白白。李斯记得清楚，秦王王书命定郑国做河渠令的那天夜里，郑国风尘仆仆从工地赶回，只黑着脸说了一句话："不管他给老夫甚个名头，老夫只认你李斯是泾水总揽，老夫只是副手！"李斯摇着头还没说话，郑国已经大步进了自己寝室……

今日郑国和盘托出如此惊人的秘密，李斯才电光石火般突然明白，郑国既往的一切怪诞秉性与不合常理的烦躁，都源于这个生死攸关的命运秘密。一个心怀天下水势，毕生以治水为第一生命的水家大师，既想报国又无以报国，既想治水又无从治水，既想疲秦又不忍疲秦，不疲秦则背叛邦国，疲秦则背叛良知，如此日日忧愤，该当忍受何等剧烈之煎熬？在秦国治水，郑国最终选择了水家应有的良知，宁愿背负叛国恶名；面对邦国问罪，族人命悬一线，郑国又平静地选择了回国领死，生生抛弃了一个他历经艰难深深融入其中的生机勃勃的新国家，生生抛弃了他刚刚在这方土地上建立的丰功伟业……

如此际遇，人何以堪？如此情怀，夫复何言？

"秦王驾到——"庭院中传来长长一呼。

"老哥哥……"李斯有些茫然了。

"老夫之事，与你老兄弟无涉。"郑国平静地站了起来。

年轻的秦王大步匆匆地进来，郑国李斯一拱手还没说话，秦王便焦急问道："老令自感如何？甘泉宫干爽，我看最好老令搬到甘泉去住一夏。"郑国喟然一叹，深深一躬："秦王待人至厚，老夫来生必有报答……"嬴政骤然愣怔，一时口吃起来："老老老令，这是是是何意？"李斯见秦王急得变了脸色，连忙一拱手道："禀报君上，郑国要离秦回韩，以死谢罪，解脱族人。"嬴政恍然点头，呵呵一笑道："此事已经部署妥当，王翦已派出军使抵达新郑，我料韩王不致加害老令一族。"李斯正要说话，嬴政已经皱起了眉头："不对！老令纵然离秦回韩，谈何以死谢罪？老令何负韩国？"郑国摇头一叹："泾水渠成，老夫将功抵罪，该是自由之身矣！余事不涉秦国，秦王何须问也。”嬴政的炯炯目光扫视着郑国，断然地摇摇头：“老令差矣！果真老令无事，无论回归故国还是周游天下，嬴政纵然不舍，也当大礼相送，使老令后顾无忧。今老令分明有事，嬴政岂能装聋作哑？”李斯深知这个秦王见事极快，想瞒也瞒不住，更没必要瞒，一拱手道：“臣启君上，郑国方才对臣说过：当年老令入秦，韩王与老令约法三章，老令自感违约韩王，是有以死谢罪之说。”嬴政一点头：“老令，可有此事？”郑国长叹一声点头：“老夫惭愧也！”嬴政又倏地转过目光：“客卿，敢问何谓约法三章？”李斯便将方才的经过说了一遍。

“鼠辈！禽兽！”嬴政黑着脸恶狠狠骂了两句。

“秦王，容老夫一言。”

“老令但说。”

郑国平静淡然地开口：“老夫一水工而已，以间人之身行疲秦之策，负秦自不必说。韩王约法三章，老夫终反其道而行之，负韩亦是事实。族人无辜，因我成罪，老夫更负族人。负异国，负我国，负族人，老夫何颜立于天下？若秦王为老夫斡旋，再使秦韩两国兵戎相见，老夫岂非罪上加罪？老夫一生痴迷治水，入秦之前，毕生未能亲领民力完成一宗治水大业。幸得秦王胸襟似海，容得老夫以间人之身亲统河渠，并亲自冠名郑国渠，使老夫渠成而业竟，老夫终生无憾矣！老夫离秦回韩，领死谢罪以救族人，心安之至，无怨无悔，唯乞秦王允准，老夫永志不忘！”

“老令……”嬴政的眼眶溢满了泪水。

李斯心下猛然一跳——秦王要放郑国走？！

嬴政长吁一声：“老令初醒，体子虚弱，且先静养几日可否？”

“秦王，老夫行将就木，不求静养，唯求尽速回韩。”

“好！旬日为期，嬴政亲送老令回韩！”

“老夫……谢过秦王。”眼见李斯目光示意，郑国终于没有再说。

嬴政大步赳赳地走了。李斯郑国送到廊下，亲眼看见嬴政在门厅唤过少年将军蒙毅叮嘱了一阵，王车才辚辚出了官邸。郑国皱着眉头，埋怨李斯不该说出约法三章事。李斯说，你老哥哥当真糊涂也，韩国如此没有担待，韩王又如此歹毒，李斯不说还算人么？郑国苦笑摇头，再不说话了。李斯一时把不准秦王决断，觉得如此送郑国回韩，分明害了郑国害了郑氏一族。心下老大过意不去，李斯便没有急着离开。李斯知道郑国不善打理，二话不说开始铺排：先唤来侍女，吩咐庖厨治膳，不要夏日生冷，只要热腾腾的秦地炖肥羊与兰陵老酒；再吩咐住府老太医的小徒煎药，到时刻送来，他亲自敦促郑国服药；而后又亲自将冰墙与寝室诸般物事检视一遍，该撤则撤该换则换，直到合乎李斯所熟悉的郑国喜好为止。李斯按捺着重重心事，一直留在这座大田令官邸陪着郑国吃饭、服药、说话，直到暮色降临，郑国老眼矇眬地被侍女扶上卧榻。

此时，少年将军蒙毅快步走来，说秦王急召李斯议事。

李斯赶到王城书房，蒙恬、王绾与一个厚重威猛的将军已经在座了。李斯向厚重威猛的将军看了一眼，不期正与将军向他瞄来的炯炯目光相遇，心下一动正要说话，秦王恍然拍案起身笑道："对也！两大员还没见过。来，认认，这位客卿李斯，这位前将军王翦。"李斯庄重谦恭地拱手作礼："久闻将军大名，今日得见，幸何如之！"王翦赳赳拱手："先生总揽河渠，富国富民，富我频阳。王翦景仰先生，后当就教！"

君臣各自就座。嬴政笑意倏忽消失，叩着书案道："近日原当谋划长远大计，不期郑国之事意外横出，是以急召四位会商。前将军先说，韩国情形如何？"

"臣启君上，韩王可恨！"

王翦愤愤然一句，皱着眉头禀报了出使新郑的经过。

原来，嬴政从泾水河渠回到咸阳，深感郑国之事牵涉甚多，不能小视，立即派快马特使给关东大营的桓龁发出了一件密书：迅速派一军使赶赴新郑，向韩王申明秦国意愿——韩国向秦国派出间人疲秦，罪秦在先；韩王若能开赦郑国族人，并许郑氏族人入秦，秦国可不计韩国疲秦之恶行，否则，秦韩交恶，后果难料。桓龁接到密书，连夜与王翦商议。王翦一番思忖，觉得军中大将、司马适合做这个使节者一时难选，决意亲自出使新郑。桓龁原本也为使节人选犯愁，王翦自请，自然大是赞同。

毕竟，关东一时无战，王翦又是文武兼备声望甚高的大将，王翦做军使，也能给韩王些许颜面，有利于此事顺当解决。

然则，谁也没有料到，王翦对韩国君臣竟是无处着力。王翦车马进入新郑，先是硬生生在驿馆被冷落三日，非但无法见到韩王，连领政丞相韩熙也是闭门谢客。直到第四日午后，韩王才召见了在王城外焦灼守候的王翦。及至王翦将秦国意愿明白说完，年轻的韩王却阴阴笑着一直不说话。王翦按捺住怒气正色询问："韩王究竟意欲如何，莫非有意使秦韩交恶？"韩王呵呵一笑："秦为大国，韩为小邦，本王安敢玩火？"王翦冷冰冰一句："既然如此，韩王是允诺秦国了？"韩王又阴柔一笑："将军当知，韩国不若秦国，老世族根基深厚，本王即便允诺也是不中。果真要郑国一族离韩入秦，本王亦当与老世族商议一番，而后方能定夺。"王翦问："韩国定夺，须要几多时日？"韩王皱着眉头一脸苦笑："王室折冲老世族，至少也得三个月了。"王翦不禁厉声正色："韩国若要三月之期，得先教本将军面见郑氏一族，并得留下一支秦军甲士看护郑氏族人，否则不能成约！"韩王只哭丧着脸："拘押郑氏族人，乃老世族所为也。本王尚且不知郑氏族人拘押在谁家封地，如何教将军去见？"王翦眼见韩王成心推诿搪塞，本欲以大军压境胁迫韩王，又虑及因一人用兵而影响秦国对山东之整体方略，便重重撂下一句话："果真秦韩交恶，韩国咎由自取！"愤然出了王城。此后王翦留新郑旬日，韩国君臣硬是多方回避，任谁也不见王翦。直至离开新郑，王翦只有一个收获：探察得郑氏一族拘押在上大夫段延的段氏封地。

"欺人太甚！岂有此理！"年轻秦王一拳砸在青铜大案上。

"这个韩王，可是刚刚即位两年多的韩安？"李斯问了一句。

"正是。"王翦黑着脸一点头。

"韩安阴柔狡黠，做太子时便有术学名士之号。"王绾补充一句。

"小巫见大巫。"蒙恬冷笑，"韩安不学韩非之法，唯学韩非之术。"

"若非投鼠忌器，对韩国岂能无法！"王翦显然隐忍着一腔怒气。

李斯一拱手："将军是说，目下整体方略未就，不宜对韩国用兵？"

"正是。先生好见识。"王翦显然很佩服李斯的敏锐洞察。

“这是实情。”王绾的语气很平稳，“大旱方过，朝野稍安。当此之时，秦国内政尚未盘整，外事方略尚未有全盘谋划，骤然因一人动兵，牵一发而动全身，只怕对大局有碍。”

“然则，果真一筹莫展，也是对秦国不利。”蒙恬显然不甘心。

“郑国倒是丝毫不怨秦国，将回韩看做当为便为之行。”李斯叹息了一声。

“郑国是郑国！秦国是秦国！”年轻的秦王突然爆发，一拳砸案霍然站起，大步走动着脸色铁青着，一连串怒吼震得大厅嗡嗡作响，“郑国固然无怨，秦国大义何存！郑国是谁？是秦国富民功臣！是韩国卑鄙伎俩牺牲品！是舍国舍家心怀天下的大水工！是宁可自己作牺牲上祭坛，也不愿修一条害民坏渠的志士义士！韩国卑劣，郑国大义！韩国渺小，郑国至大！郑国不是韩国一国之郑国，是天下之郑国！更是秦国之郑国！郑国为秦国富庶强大，而使族人受累，秦国岂能装聋作哑？功臣不能全身，秦国何颜立于天下！嬴政何颜立于天下！秦国果真大国大邦领袖天下，便从护持功臣开始！安不得一个功臣，秦国岂能安天下！”

偌大厅堂，寂静得深山幽谷一般。

四位大员个个能才，可在年轻秦王这一连串没有对象的怒吼中都不禁有些惭愧了，一则为之震撼，二则为之感奋。一个国王能如此看待功臣，能如此掂量国家大局与保全功臣之间的利害关联，天下仅见矣！与如此国王共生共事，生无后顾之忧矣！

“臣等听凭王命决断！”四人不约而同，拱手一声。

年轻的秦王喘息了一声平静下来：“此事交李斯王翦，要旬日见效。”一句话说完，嬴政大踏步转身走了。蒙恬不禁呵呵一笑：“乱麻乱麻，快刀一斩，服！”王绾也红着脸一笑：“大局大局，究竟甚是大局，服！”李斯却对王翦一拱手：“此事看来只有从‘兵’字入手，将军以为如何？”王翦站起大手一挥：“有秦王如此根基，办法多得很，先生只跟我走！”一句话说完，两人已经联袂出了大厅。蒙恬对王绾一笑，都是一堆事，各忙各也。蒙恬也起身走了。只王绾坐在案前愣怔良久，仿佛钉在案前一般。

李斯王翦出了王城上马，立即兼程赶赴函谷关外的秦军大营。

天色堪堪大亮，两骑飞进关外幕府。王翦将秦王一番话对主将桓龁一说，白发苍苍的老桓龁拍着大腿一嗓子：“鸟！好！韩安这小子，是得给他个厉害！你两个说办法，老夫只摇令旗便是！”一路之上，王翦与李斯断断续续已经谋好了对策。然王翦素来厚重宽和，更兼推崇李斯才具，此刻一力要李斯对桓龁说出谋划对策，好教桓龁明白，是李斯奉秦王之命在主持目下这场对韩斡旋。短暂相处，李斯对王翦的秉性已经大有好感，不再说奉王命介入之类的官话，一拱手便道：“李斯不通兵事，只一个根基：目下秦国对山东之整体方略未定，此次只对韩国，不涉他国。王翦将军与在下共谋，对策有二：其一，对其余五国明发国书，戳穿并痛斥韩国之猥琐，申明秦国护持功臣之大义，使列国无由合纵干涉；其二，三五日内猛攻韩国南阳诸城，但能攻下三五城，大事底定！”

老桓龁立即拍案：“好主意！李斯主文，王翦坐帐，老夫攻南阳！”王翦连忙一拱手：“上将军不可不可！此事是先生与末将之事，末将如何能坐在幕府？”老桓龁哈哈大笑：“老夫不打仗，浑身痒痒！不知道么？两年大旱没动兵，老夫只差没痒死人！幕府老夫不稀罕，不教老夫打仗，老夫便不摇令旗！你两个奈何老夫？”李斯与秦军大将从未有过来往，一见这威名赫赫的白发上将军如同少年心性一般，心下顿时没底，不知如何应对了。再看王翦，却是不慌不忙道：“老将军要抢我功劳，末将让给老将军便是。”老桓龁顿时红脸：“攻得三五城，算个鸟功劳！老夫是浑身痒痒。你小子！非得老夫脱光给你看么？老夫打仗，功劳记你，赖账是老鳖！”王翦依旧不慌不忙：“自秦王去岁下令特制草药入军，老将军一日一洗，甲痒病业已大有好转。末将看，老将军还是要夺末将功劳。”老桓龁无可奈何地挥挥手：“好好好，你小子小气！要挣功劳给你！那，老夫照应粮草总归可也。”王翦还是不慌不忙：“也不行。秦王不久将要巡视大军，大营军务堆积如山，上将军岂能做辎重营将军？”老桓龁脸色一阵红一阵白，终究又是无可奈何地呵呵一笑：“你小子老夫克星也！好好好，老夫离得远远便是。”

入夜，李斯草拟好国书，正好王翦进帐来商定两方如何文武协同。

李斯多少有些担心老桓龁掣肘，又不好明说，只好沉吟着一句：“此事宜速决，全在文武步伐协同，上将军果真发令不畅……”王翦不禁哈哈大笑：“先生多虑也！秦人闻战则喜，个个如此。全军呼应配合，只怕老将军比你我还要上心。”李斯自然知道，持重的王翦决然不会在邦国大事上嬉闹，一时心下大是宽慰。

次日，李斯在幕府军吏中选好五名干员，五道国书立即飞往赵魏燕齐楚。之后，李斯自带几名得力干员，秘密出使韩国，一则与王翦双管齐下，二则要察看韩国虚实，三则还想会见韩非劝其入秦。

王翦亲率五万步骑精锐，同时猛扑南阳。旬日方过，李斯与五路特使尚未回程，王翦一旅已经连下南阳五城，将南阳最大的宛（县）城已经铁桶般围定。多年来，韩国非但对秦屡屡败绩，便是在山东六国的争战中也是多有战败屡屡割地，腹地已经支离破碎互不连接，几成一张千疮百孔的破网。南阳之地，是韩国最后风华尚存的富庶地带，一旦失守，韩国便只有新郑孤城一片了。秦军一攻南阳，韩国立即派出飞车特使向五国求援。奈何秦国国书在先，五国顿时气短，觉得韩国在郑国之事上太过龌龊。普天之下，哪有个不许本国间人逃回本国的黑心约法？再说，秦军关外大营距南阳近在咫尺，五国纵然有心合纵发兵，至少也得一月半月会商，纵然不会商立即发兵，至少也得旬日之后赶到，韩国一片南阳之地撑得了十天半月么？大势如此，五国只有摇头叹息了。求救无望，韩王安立即慌了手脚，当即派出特使请求秦军休战。可王翦根本不理睬，只挥动大军包围宛城，声称韩国若不送郑氏族人入秦，秦军立即灭韩！

李斯回程之日，韩国丞相韩熙已经亲自将郑氏族人数百口送到了秦军幕府。

万般感慨之下，李斯立即知会王翦退兵。

秦王接到快报，下书内史郡郡守毕元：在郑国渠受益县内，任郑氏族长选地定居，一应新居安置所需全部由国府承担。李斯将一应事务处置完毕，遂星夜赶回咸阳，尚未晋见秦王，先赶到了大田令府邸。李斯将诸般经过尚未说完，郑国已经是老泪纵横了。当夜，李斯还是没有回驿馆，陪着郑国整整说叨了一夜。郑国反复念叨着一句话：“老夫治水一生，阅人多矣！如秦王秦国这般看重功臣者，千古之下不复见矣！”次日清晨，李斯要陪郑国到下邽县抚慰族人，郑国断然摇头：“不！老夫立即到官署任事，立即草拟水法。既为秦国大田令，老夫岂能尸位素餐！”

正在此时，家老匆匆进来禀报：中车府轺车在车马场等候，专门来接李斯。中车府是专司王室车马的内侍官署，派车接送官员自然是奉秦王之命。李斯当即向郑国告辞，疾步出府，在车马场上了高高伞盖的青铜轺车辚辚而去。

轺车出了官邸坊区，没上王城大道，绕过王城直向北门驶去。李斯不便公然询问，心下却不禁溢出些许郁闷。轺车向北，不是去北阪，必是去太庙。便是说，此行未必定然是秦王召见，纵然是秦王召见，也多半不是大事正事。毕竟，秦王只要在咸阳，议政从来都是在王城书房的。李斯目下最上心者，是自己这个客卿之身究竟落到哪个实在官职上？河渠事完，后续事务已经移交相关官署，李斯这个客卿便虚了起来。回咸阳两月有余，上下忙得风风火火，除了擢升并安置郑国，朝会始终没有涉及人事。虽然李斯明白，郑国已经做了大田令，秦王绝不会闲置自己于客卿虚职，然真章未见，心便始终悬着。

“客卿，敢请下车。”

驾车内侍轻轻一声，李斯蓦然回过神来。

二　嬴政第一次面对从来没有想过的大事

太庙松柏森森，幽静凉爽，嬴政的烦躁心绪终于平复下来。

夜来一场透雨，丝毫没有消解流火七月的热浪。太阳一出，地气蒸腾，反倒平添了三分湿热，王城殿堂书房处处挥汗如雨，直是层层叠叠的蒸笼。按照法度，每逢酷暑与夏日葬礼，王城冰窖都要给咸阳城所有官署分赐冰块以镇暑，如同冬日分赐木炭一般。分冰多少冰砖大小，以爵位官职之高低为主要依据，同时参照实际需求。譬如昼夜当值的城防、关市等官署，职爵低也分得多；经常不当值的驷车庶长官署，职爵虽高，也分冰很少。国君驻地的王城殿堂、书房、寝宫，自然是处处都有且不限数量。唯其如此，王城历来不惧酷暑，任你烈日高照，王城殿堂却处处都是凉丝丝的。可自从嬴政亲政，咸阳王城便与天地共凉热，再也没有了那种酷暑之中的清凉气息。因由只有一个：冰块镇暑要门窗紧闭，否则纵是冰山在前也无济于事，而嬴政最不能忍受者，恰恰是门窗紧闭的憋闷。寻常时日，嬴政无论在书房还是在寝宫，历来都是门窗大开，至少也是两对面的窗户大开，时时有穿堂清风拂面，心下才觉得安宁。每逢夏日，嬴政宁可吹着热风，也不愿关闭门窗教那凉丝丝的冷气毫无动静地贴上身来。事情不大，可历来的规矩法度却是因此而大乱。第一桩，嬴政昼夜多在书房伏案，无论赵高叮嘱侍女们如何轮流小心打扇送风，酷暑时节都是汗流终日，终致嬴政一身红斑痱子。打扇过度，又容易热伤风，实在难煞！第二桩，所有的内侍侍女与流水般进出王城的官吏，都热得气喘如牛，大臣议事人人一条大汗巾，不消片刻满厅汗臭弥漫，人人都得皱着眉头说话。执掌王城起居事务的给事中多次建言，请秦王效法昭襄王，夏季搬到章台避暑理政。可嬴政每次都黑着脸断然拒绝，理由只有一个：章台太远，议事太慢。

赵高精明过人，将这种无法对人言说的尴尬悄悄说给了蒙恬，请蒙恬设法劝秦王搬到章台去。蒙恬原本没上心，只看做赵高唠叨而已。直到一日进入王城书房，眼见年轻的秦王热得光膀子伏案浑身赤红，痱子红斑半两钱一般薄厚，悚然动容之下，蒙恬留心了。也是蒙恬天赋过人，对器物机巧有着特异的感知之能，在王城着意转悠了几次，便给秦王上了一道特异文书——请于王城修筑冰火墙以抗寒暑。嬴政对此等细务历来不上心，呵呵笑着将蒙恬上书撂给了赵高：“小高子，蒙恬改制了秦筝，改制了毛笔，又要在王城做甚个墙。你去给他说，想做甚做甚，只不要聒噪我。”赵高一看蒙恬上书与附图，高兴得一跳三尺高，忙不迭一溜烟去了。旬日之后，嬴政走进书房，只觉凉风徐徐分外舒畅，看看窗外烈日，不禁连声惊诧。旁边赵高窃窃一笑：“君上，不觉书房多了一件物事？”嬴政仔细打量，才蓦然发现眼前丈余处立起了一道高高的蓝田玉石屏，石屏面渗着一层细小晶亮的水珠，使原本并不显如何夺目的蓝田玉洁白温润苍翠欲滴，竟是分外的可人。

“蒙恬的冰火墙？”嬴政心头猛然一亮。

“是！整玉镂空，夏日藏冰，冬日藏火，是谓冰火墙。”

“门窗都可开？”

“门不能开，只可开窗。”

“能开窗便好，比铜箱置冰强出许多。”嬴政不禁赞叹一句。

“君上，冰火墙一丈高，顶得好几个铜箱藏冰！”

“那，寻常官署没法用？”

“咸阳令说了，石墙大小随意做，寻常官署都能用！”

“费工么？”

“石料比铜料省钱多了，还留冷留热，比铜箱实受。”

“好好好！蒙恬大功一件，王城官署，都立冰火墙！”

“嗨！”赵高一个蹦跳，不见了人影。

此后一个多月，嬴政身上的红斑渐渐消褪，王城的殿堂书房也渐渐恢复了井然有序宁静忙碌的气象。然则，无论冰火墙多么惬意，只要一烦躁，嬴政立时觉得只能开窗的书房闷热难耐，痱子老根也立时瘙痒，恨不得撕扯开衣冠将浑身挖得流血。今日便是如此。清晨刚进书房，嬴政没有想到久病卧榻的老驷车庶长却在书房等候。老庶长言语简约，一拱手便说：“太后专书，请见秦王，说有大事申明。”嬴政惊讶莫名，接过老庶长递来的一卷竹简，看过便沉默了。

驷车庶长，是专掌王族事务的大臣，历来不问军国常事，除非王族内乱之类的大事，寻常在王城几乎看不到这个老人的身影。今日，他竟捧着太后的“专书”来了，当真不可思议。更令人不解的是，太后自从被嬴政重新迎回咸阳宫，恢复了母子名分，便一直不问国事。当然，这也是嬴政的期望，是恢复太后名分时的事先约法。如今的太后，能有何等大事？更有奇者，太后纵然曾经有失，毕竟还是恢复了名分的太后，果真有事，直接到王城见他这个秦王也是无可非议，如何要专书请见，而且还要经过执掌王族事务的驷车庶长传递？经过这个关口，分明意味着大大贬低了太后的至尊名分。灵慧的母亲，岂能不明白此中道理？一番思忖，嬴政觉得很不是滋味。

终于，嬴政对老庶长迸出一句话：“明日，本王亲到太后宫。”

驷车庶长一走，嬴政烦躁起来。一想到不知母亲又将生出何种事端，心口憋闷得直喘大气。这个母亲最教嬴政头疼，冷不丁生出个事来便是天翻地覆。寻常人家还则罢了，母亲偏偏是一国太后，他嬴政偏偏是一国国王，一旦出事，必惹得天下纷纭列国窃笑。每念及此，嬴政便愤怒不能自已。当初母亲若堂堂正正下嫁了吕不韦，以嬴政之特异秉性还当真不会计较。不合母亲自贱，与那个活牲畜嫪毐滚到了一起，将好端端秦国搅成了一摊烂泥，令王族深觉耻辱，令秦人深为蒙羞。更教嬴政血气翻涌的是，母亲竟然与那个活牲畜生下两个私生子，还公然宣称要去秦王而代之！那时候，他已经立定主意，只要平息嫪毐之乱，立即永远地囚禁这个母亲，教她再也不能横生事端。嬴政深切明白，纵然他不囚禁母亲，王族法度也要处置母亲。嬴氏王族可以容忍君臣私通，但决然不能容忍王族太后与乱臣贼子生出非婚孽子而大乱血统，更不能容忍取嬴氏而代之的野心图谋。

后来，嬴政派赵高率改装甲士趁乱进入雍城，秘密扑杀两个孽子，又断然囚禁母亲于萯阳宫，整个嬴氏王族都是没有一个人异议的。这便是历经危难磨炼的嬴氏王族——只要没有异议，便是承认国君做得对；一旦异议，则意味着王族要启动自己的法则。可偏有一班从赵燕入秦的臣子士子愤愤然，说秦王已经扑杀两子，再囚禁太后实在有违人伦。如此议论之下，这些慷慨之士们纷纷来谏，请求秦王开赦太后以复天道人伦。嬴政怒火中烧，连杀劝谏者二十七人，并下令不许任何人收尸，以告诫后来者不要再效法送死。

那一刻，整个王族与秦国臣民，没有一个人指责嬴政违背秦法杀人过甚。

嬴政明白，这是老秦人蒙羞过甚，对这个太后已经深恶痛绝了。

在殿阶尸身横陈的时候，那个茅焦来了。

茅焦是齐国一个老士子，半游学半经商住在咸阳。听得王城杀人盈阶，赵燕士子一体噤声，茅焦二话不说，赳赳大步地奔往王城。路人相问，茅焦只一句话：“老夫要教秦王明白，天下言路不是斧钺刀锯所能了断也！”其时，嬴政正在东偏殿与老廷尉议事，宫门将军进来一禀报，嬴政冷冷回道：“问他，可是为太后事而来？”宫门将军疾步出去倏忽即回，报说正是。嬴政脸色铁青地拍案：“教他先看看阶下死人！”宫门将军出而复回，禀报说茅焦看过尸身，只说了一句话：“天有二十八宿，茅焦此来，欲满其数也！”嬴政又气又笑，声色俱厉地喝令左右：“此人敢犯我禁，架起大镬煮了他！”镬是无脚大鼎，与后世大铁锅相类。甲士们一声呼喝，在王殿外架好了铁镬，片刻间烈火熊熊鼎沸蒸腾。老廷尉不闻不问恍若不见，起身一拱手也不说话告辞去了。嬴政情知老廷尉身为执法大臣，不能眼看此等非刑之事起在眼前，有意回避而已，也不去理睬。

老廷尉一出殿口，嬴政一声大喝：“茅焦上阶！”

殿口一声长呼，一个须发灰白布衣大袖的老士上了东偏殿殿阶，小心翼翼步态畏缩，还时不时东张西望地打量一眼。嬴政觉得此人实在滑稽，不禁大笑：“如此气象，竟来满二十八宿之数，当真气壮如牛也！”茅焦闻言，站定在大镬丈余之外，一拱手道：“老朽靠前一步，离死便近得一步，秦王固狠，宁不肯老朽多活须臾乎？”说话间老泪纵横唏嘘哽咽，看得将军甲士们一片默然，一时竟没了原先的杀气声威。嬴政实在忍俊不禁，又气又笑地一挥手道：“好好好，有话说，说罢快走！”不想茅焦陡然振作，一拱手清清楚楚道：“老夫尝闻人言：有生者不讳死，有国者不讳亡；讳死者不可得生，讳亡者不可存国。此中道理，秦王明白否？”嬴政天赋过人，目光一闪摇摇头：“足下何意？”茅焦平静地说：“秦王有狂悖之行，岂能不自知也？”嬴政冷冷一笑：“何谓狂悖？愿闻足下高见。”茅焦正色肃然道：“君王狂悖者，不计邦国声望利害，徒逞一己之恩仇也。秦国堪堪以天下为事，而秦王却有囚母毁孝之恶名，诸侯闻之，只恐人人远秦国而惧之。天下亲秦之心一旦瓦解，秦纵甲兵强盛，奈何人心矣！”

嬴政二话没说，起身大步下座，恭敬地扶起了茅焦。

旬日之后，嬴政经过驷车庶长与王族元老斡旋，终于恢复了母亲的太后名分，将母亲迎回了咸阳王城。母亲万般感慨，设宴答谢茅焦。席间，母亲屡屡称赞茅焦是“抗枉令直，使败更成，安秦社稷”的大功臣。那日嬴政也在场，对母亲的热切絮叨只是听，一句话也不应。后来，母亲趁着些许酒意，拉着嬴政的手感慨唏嘘：“茅焦大贤也！堪为我儿仲父，襄助我儿成就大业……”母亲还没说完，嬴政霍然起身，对侍女冷冰冰一挥手：“太后酒醉，该醒了说话，扶太后上榻。”说完，铁青着脸色径自去了。老茅焦尴尬得满面通红，连忙也站起来跟着秦王去了。

在嬴政看来，母亲在大政国事上糊涂得无以言说。但反复思忖，还是找来国正监排了排官吏空缺，下书任命茅焦做了太子右傅。茅焦入府之日，嬴政特意召见，郑重叮嘱：“先生学问儒家居多，今日为太子左傅教习王族子弟，只可做读书识字师，不得教授儒家误人之经典。日后但有太子，其教习归太子左傅，先生不必涉足。”嬴政心下想得明白：茅焦因谏说秦王“不孝”而彰显，给茅焦大名高位，是向天下昭示秦国奉孝敬贤，以使天下亲秦；然茅焦这般儒家士子，不可使其将秦国的王族学馆当做宣扬儒家人治之道的壁垒，更不能使他做未来太子的真正老师，只能限定其教习王族子弟读书识字；茅焦若是不认同，嬴政便要依原先谋划好的退路，改任茅焦做一个治学说话都没人管的客卿博士，任他去折腾。

然则，茅焦没有异议，而且很是欣然。

茅焦只说了一句话：“儒家虽好，不合时势。秦行法治，老夫岂能不明！”

也就是从茅焦事开始，母亲再也没有说过有关国事有关王室的一句话。

既然如此，母亲这次郑重其事地上书请见，究竟何事？

……

“客卿李斯，见过秦王。”

“呵，先生到了，好！进去说话。”

进了太庙跨院的国君别居，嬴政立即吩咐侍女上茶。松柏森森罩住了庭院，门窗大开穿堂风习习掠过，李斯顿时觉得清爽了许多，不禁一句赞叹：“先祖福荫，佑我后人哉！”嬴政大觉亲切，慨然笑道：“先生喜欢便好！日后三伏酷暑，先生可随时到此消夏。”李斯连忙一拱手：“君上笑谈，社稷之地，臣下焉敢轻入？”嬴政一笑：“只要为国操劳，社稷也是人居，怕甚来？小高子，立即到太庙署给先生办一道令牌，随时进出此地。”赵高嗨的一声，便不见了人影。李斯心下感动，不禁肃然一躬：“君上如此待臣，臣虽死何当报之！”嬴政哈哈大笑：“先生国家栋梁，便是秦国也有先生一份，进出社稷，何足道哉！”骤然之间，李斯心下怦怦大跳，一句话也说不出来了。

君臣坐定，嬴政看着李斯喝下一盅凉茶，这才叩着书案道：“今日独邀先生到此，本欲商定一件大事。可不知为甚，我今日心绪烦躁得紧，先生见谅。”李斯微微一笑：“大事须得心静，改日何妨。烦躁因何而起，君上可否见告？”嬴政道：“太后召我，说有大事，不知何事？”李斯沉吟少许一点头：“太后不问国事，必是君上之事。”嬴政不禁惊讶：“我？我有何事？”李斯平静地一笑：“是大事，又不是国事，便当是君上之终身大事。”嬴政恍然拍案：“先生是说，太后要问我大婚之事？”李斯点头：“男大当婚，女大当嫁，该当如此。”嬴政长吁一声紧皱眉头，一阵默然，突兀开口：“果真此事，先生有何见教？”惶急之相，全然没了决断国事的镇静从容。李斯不禁喟然一叹：“臣痴长几岁，已有家室多年，可谓过来人矣！婚姻家室之事，臣能告君上者，唯有一言也。”

“先生但说。”嬴政分外认真。

“君王大婚，不若庶民，家国一体，难解难分。”

“此话无差，只不管用也。”

“唯其家国难分，君王大婚，决于王者之志。”

“噢？说也。”

“君上禀赋过人，臣言尽于此。”

李斯终究忍住了自己，不敢正视年轻的秦王那一双有些凄然迷离的细长的秦眼。嬴政凝望着窗外碧蓝的天空，一动不动地仿佛钉在了案前。良久默然，嬴政突兀拍案：“小高子备车，南宫！”

冬去春来，太后赵姬已经熟悉了这座清幽的庭院。

咸阳南宫，是整个咸阳王城最偏僻的一处园林庭院。这片园林坐落在王城东南角，有一座山头，有一片大水，有摇曳的柳林，有恰到好处的亭台水榭，可就是没有几个人走动。在车马穿梭处处紧张繁忙的王城，这里实在冷清得教人难以置信。赵姬入住南宫后，一个跟随她二十多年的老侍女，一脸忧戚而又颇显神秘地说给她一个传闻：阴阳家说，咸阳南宫上应太岁星位，是太岁[1]土；当年商鞅建咸阳太匆忙，未曾仔细堪舆便修了这座南宫；南宫修成后，第一个住进来的是惠文后，之后是悼武王后、唐太后，个个没得好结局；从此，不说太后王后，连夫人嫔妃们都没有一个愿意来这里了。老侍女最后一句话是："南宫凶地，不能住。太后是当今秦王嫡亲生母，该换个地方也！"赵姬却淡淡一笑："换何地？"老侍女说："甘泉宫最好，比当年的梁山夏宫还好哩！"赵姬却是脸色一沉："日后休得再提梁山夏宫，这里最好。"说罢拂袖去了。老侍女惊愕得半天说不出话来。

梁山夏宫，是赵姬永远的噩梦。

没有梁山夏宫，便没有吕不韦的一次次"探访会政"，更不会有吕不韦欲图退身而推来的那个嫪毐。没有嫪毐，如何能有自己沉溺肉欲不能自拔而引起的秦国大乱？狂悖已经过去，当她从深深上瘾以致成为荒诞肉欲癖好者的深渊里苦苦挣扎出来的时候，秦国已经发生了翻天覆地的变化。儿子长大了，儿子亲政了，短短两三年之中，秦国又恢复了勃勃生机。回首嬴柱、嬴异人父子两代死气沉沉奄奄守成的三年，不能不说，自己这个儿子实在是一个非凡的君王。不管他被多少人指责咒骂，也不管他曾经有过荒诞的逐客令，甚或还有年轻焦躁的秉性，他都是整个秦国为之骄傲的一个君王。赵姬不懂治国，儿子的出类拔萃，她是从宫廷逐鹿的胜负结局中真切感受到的。假如说，嫪毐这个只知道粗鄙肉欲的蠢物原本不是儿子的对手，那么吕不韦便完全是另一回事了。无论是才能、阅历、智慧、学问、意志力，吕不韦都是天下公认的第一流人物，且不说还有二十多年执政所积成的深厚根基。当年，谁要是用嬴政

---

[1]　太岁，古代星名，亦称岁星，即当代天文学中的木星。先秦堪舆家认为：在与太岁对应的土地上（俗称太岁土）建房，不吉。

去比吕不韦，一定是会被人笑骂为失心疯的。当年的赵姬，能答应将自己与嫪毐生的儿子立为秦王，看似荒诞肉欲之下的昏乱举动，其深层原因，却实在基于赵姬对儿子嬴政的评判。赵姬认定，儿子嬴政永远都不能摆脱仲父吕不韦的掌心，只要吕不韦在世，嬴政永远都只能听任摆布；以吕不韦的深沉远谋，秦国的未来必定是吕不韦的天下。假如吕不韦还是那个深爱着自己的吕不韦，赵姬自然会万分欣然地乐于接受这个归宿，甚或主动促成吕不韦谋国心愿亦未可知。吕不韦本来就应该是她的，既然最终还是她的，那么自己的儿子也就是他的儿子，谁为王谁为臣还不都是一样？

可是，那时的吕不韦已经不是她的吕不韦了。

吕不韦对她的情意，已经被权力过滤得只剩下暧昧的体谅与堂而皇之的君臣回避了。既然如此，她与吕不韦还有何值得留恋？事后回想起来，赵姬依然清楚地记得，开始她对吕不韦并没有报复之心，只一种自怜自恋的发泄。后来，牲畜般的嫪毐催生了她不能自已的肉欲，也催生了昏乱肉欲中萌生的报复欲望——你吕不韦不是醉心权力么，赵姬偏偏打碎你的梦想！你要借着我儿子的名分永远掌控秦国么？万万不能！所以，嫪毐才有了长信侯爵位，秦国才有了“仲父”之外的“假父”，嫪毐才有了当国大权，终于，嫪毐也有了以私生儿子取代秦王的野心……然则，赵姬没有想到，在秦国乱局中不是她和嫪毐打碎了吕不韦的梦想，而是吕不韦打碎了她与嫪毐的梦想。当她以戴罪之身被囚禁冷宫时，她又一次在内心认定，吕不韦是不可战胜的权力奇人。那时，沉溺于肉欲之中的她根本没有想到，毁灭嫪毐与自己野心梦想的，恰恰是儿子嬴政！那时，对国家政事素来迟钝的她，只看到了结局——儿子并没有亲政，吕不韦依旧是仲父丞相文信侯，既然如此，秦国必然属于吕不韦。

那时候，她真正地伤心绝望了，为平生一无所得身心空空。

那时候，赵姬想到过死。

然则没过一年，秦国就发生了难以置信的突变。

儿子嬴政亲政！吕不韦被贬黜！接着吕不韦自裁！

任何一桩，在赵姬看来都是不可思议的，也绝不是儿子的才具所能达到的。她宁肯相信，这是吕不韦在毁灭了赵姬之后良心发现而念及旧情，在她的儿子加冠之后主动归隐，又将权力交还给了她的儿子。赵姬依然清楚地记得，那个想法一闪现，她枯涩干涸的心田竟骤然重新泛起了一片湿润！可是，没过半年，吕不韦死了，自裁了！消息传来，赵姬的惊愕困惑是无法言状的。她不能相信，强毅深厚如吕不韦者，何等人物何等事情，能教他一退再退，直至自己结束自己的生命？也就是从那个时候起，赵姬才开始认真起来，不断召来老内侍老侍女，不断询问当年的种种事体。

渐渐地，赵姬终于明白过来。赵姬知道，人们口中的秦王故事不是编造得来的，只有真实的才具，真实的业绩，才能被老秦人如此传颂。儿子嬴政的种种作为与惊人才具，使她心头剧烈地战栗着。第一次，她在内心对自己的儿子刮目相看了。第一次，她为自己对儿子的漠视失教深深地痛悔了。恰在此时，吕不韦私葬事件又牵连出了天下风波，秦国大有重新动乱之势。依着秉性，赵姬从来不关心此等国事风云。可这次，冷宫之中的她，莫名其妙地心动了，每日都要那个忠实的老侍女向她备细诉说外间消息。她也第一次比照着一个秉政太后的权力，思忖着假若自己当国，此等事该当如何处置？令她沮丧的是，每次得到消息，自己看去都是无法处置的大险危局，根本无法扭转。可是，没过几多时日，一场场即将酿成惊天风雨的乱局，在秦国都干净利落地结束了。那时候，她的惊讶，她的困惑，她的兴奋，简直无以言传。那一夜，在空旷寂寥的咸阳南宫，赵姬整整转悠到了天亮。之后又是天下跨年大旱，秦国该乱没乱，还趁机大上泾水河渠，一举将关中变成了水旱保收的天府之国。逐客令虽然荒诞，可没到一个月便收了回去，终究没误大事。

至此，赵姬终于相信，儿子决然是个不世出的天纵大才。

赵姬心头常常闪出一丝疑问，儿子的祖父孝文王嬴柱窝囊自保一生，儿子的父亲庄襄王嬴异人心志残缺才具平庸，如何自己能生出如此一个杀伐决断凌厉无匹的儿子来？与儿子相比，自己的“太后摄政”简直粗浅得如同儿戏。也许因了自己是个女人，也许因了自幼生在大商之家，聪明的赵姬见多了爷爷父亲处置商社事务的洒脱快意，从来以为权力就是掌权者的号令心志，只要大权在手，想用谁用谁，想如何摆弄国家便如何摆弄，甚主张甚学说，一律都没用，只能是谁权大听谁的。在赵姬看来，这是任何人都无法改变的世事。所以，她敢用人所不齿的畜生嫪毐，敢应允教全然没有被王族法度所承认的“乱性孽子”做秦王。直至其势汹汹的嫪毐被连窝端掉，自己还不知所以然。想起来，自以为美貌聪慧，其实一个十足的肉女人，实足的蠢物。

赵姬想得很多。自己的愚蠢，不能仅仅归结为自己是个女人。儿子的能事，也不能仅仅归结为他是个男人。宣太后是女人，为何将秦国治理得虎虎生气？嬴柱、嬴异人是男人，为何秦国两代一团乱麻？说到底，赵姬终归不是公器人物，以情决事，甚至以欲决事，是她的本色心性，根本不是执掌公器者的决事之道。公器有大道，不循大道而玩弄公器，到头来丢丑的只是自己。

两三年清心寡欲，赵姬渐渐平静了。

毕竟，她还不到知天命之年，还有很多年要活。对于一个太后，她自然不能有吃有穿有安乐了事，总得有所事事。否则，她会很快地衰老，甚至很快地死去。对于曾经沧海的她，死倒不怕，怕的是走向坟墓的这段岁月空荡荡无可着落。自然，赵姬不能再干预国事，也不想再以自己的糊涂平庸搅闹儿子。赵姬已经想得清楚，自己所能做的，只能是在暮年之期帮儿子做几件自己能做该做的事，以尽从来没有尽过的母职。可是，虽然是母亲，自己与儿子是生疏得如同路人，想见儿子一面，竟连个由头都找不出来，更不说将自己的想法与儿子娓娓诉说了。

生嬴政的时候，赵姬还不到二十岁。那时候，她正在日夜满怀激情地期盼着新夫君嬴异人，期盼着吕不韦大哥早早接她回到秦国，对儿子的抚养根本没有放在心上。也是卓氏豪门巨商，大父卓原闲居在家，便亲自督导着乳母侍女照料外重孙，从来没有叫赵姬操过心。赵姬记得清楚，嬴政五岁的那一年秋天，爷爷对她很认真地说起儿子的事。爷爷说，昭儿，你这个儿子绝非寻常孩童，很难管教，你要早早着手多下工夫，等他长大了再过问，只怕你连做娘的头绪都找不着了。那时，漫漫的等待已经在她的心田淤积起深深的幽怨，无处发泄的少妇骚动更令她寝食难安。爷爷的话虽然认真，她却根本没上心。直到儿子八岁那年母子回秦，赵姬对儿子，始终都是朦胧一片。儿子吃甚穿甚，她不知道。儿子的少年游戏是甚，她不知道。儿子的喜好秉性，她也不知道。赵姬只知道儿子一件事，读书练剑，从不歇手。那还是因为，她能见到儿子的那些时日里，儿子十有八九都在读书练剑。

回到咸阳，嬴政成了嫡系王子。尽管儿子与她一起住在王后宫，却是一个有着乳母侍女仆人卫士的单独庭院。母子两人，依然是疏离如昔。赵姬也曾经想亲近儿子，督导儿子，教他做个为父王争光的好王子。可是，她每次去看儿子，都发现儿子比自己想象的还要刻苦奋发，便再没了话说。关心衣食吧，乳母侍女显然比自己更熟悉儿子，料理得妥帖之极，她想挑个毛病都没有，也还是无话可说。后来，亲眼目睹了儿子在争立太子中令人震惊的禀赋，赵姬才真切地觉得，儿子长大了，长得自己已经不认识了。后来，儿子做了太子，搬进了太子府，赵姬认真地开始了对儿子的关照。可是，已经迟了。儿子我行我素，经常不住王城，却在渭水之南的山谷给自己买下了一座猎户庄院，改成了专心修习的日常住所。赵姬想关照，还是无从着手。及至嬴异人病体每况愈下，赵姬才真正生出了一丝疏离儿子的恐慌。将吕不韦定为儿子的仲父，实际上是她对将死的秦王夫君提出的主张。赵姬当时想得明白，她这个母亲对儿子已经没有了任何影响力，要约束儿子，成全儿子，必须给儿子一个真正强大的保护者。这个人，自然非吕不韦莫属。

可是，最终，吕不韦对儿子还是没有影响力。

漫漫岁月侵蚀，连番事件迭起，母子亲情已经被搜刮得荡然无存了。

春秋战国之世，固然是礼崩乐坏人性奔放，可那些根本的人伦规矩与王族法度以及国家尊严，依然还是坚实的，不能侵犯的。身为公器框架中的任何一个男人女人，可以超越公器框架的法度制约，依着人性的驱使去寻找自由快乐的男欢女爱。公器权力可以对你在人伦节操的评判上保持沉默，也可以对你的男女肉欲不以律法治罪。也就是说，作为个人行为，春秋战国之世完全容纳了这种情欲的奔放，从来不以此等奔放为节操污点。那时候，无论是民间还是宫廷，男欢女爱踏青野合夫妇再婚婚外私情几乎比比皆是，以致弥漫为诸如“桑间濮上”般的自由交合习俗。对这种风习，尽管也有种种斥责之说，但却从来没有被公器权力认定为必治之罪。然则，春秋战国之世也是无情的，残酷的。当一个人不顾忌公器框架的基本尺度而放纵情欲，并以情欲之乱破坏公器与轴心礼法，从而带来邦国动乱时，公器法度便会无情地剥去你所拥有的权力地位与尊严，将你还原为一个赤裸裸的人而予以追究。

曾经是王后，曾经是太后，赵姬自然是邦国公器中极其要害的轴心之一。

是儿子嬴政，将嫪毐案情公诸天下，撕下了母亲作为一国太后的尊严。

是儿子嬴政，将母亲还原成了一个有着强烈情欲的淫乱女人。

可是，赵姬也很清楚，儿子还是给她保留了最后一丝尊严。

廷尉府始终没有公示她与吕不韦的私通情事。虽然，吕不韦罪行被公布朝野，其中最重罪行是“私进嫪毐，假行阉宦”的乱国罪。然则，无论是廷尉府的定刑文告，还是秦王王书，都回避了吕不韦这番作为的根基因由。也就是说，赵姬与吕不韦的情事，始终没有被公然捅破。不管儿子如何对待自己，在此一点上，赵姬还是感激儿子的。在赵姬内心深处，不管秦国朝野如何将自己看做一个淫乱太后，可赵姬始终认定，她与吕不韦的情意不是奸情。因为，终其一生，她只深爱一个人。这个人，便是吕不韦。如果吕不韦更有担当一些，她宁肯太后不做，也会跟吕不韦成婚。如果秦国将她与吕不韦的情意，也看做私通奸情而公诸天下，她是永远不会认可的。最有可能的是，她也会同吕不韦一样，自己结束自己，随他的灵魂一起飘逝。

儿子默认了她心底最深处的那片净土，她的灵魂有了最后一片落叶的依托。

没有亲情的母子是尴尬的，如果儿子果真答应见她，她该如何启齿呢？

……

“太后太后。”忠实的老侍女气喘吁吁跑了过来。

“甚事，不能稳当些个？”赵姬有些生气。

“太后太后，秦王来了！”老侍女惊讶万状地压低着嗓子。

“！”

“太后！快来人，太后……”

就在老侍女手忙脚乱，想喊太医又想起南宫没有太医只有自己掐着太后人中施救时，身后一阵脚步声，一个年轻的内侍风一般过来推开了老侍女，平端着太后飞到了茅亭下的石案上。及至将太后放平，一名老太医也跟了上来，几枚细亮的银针利落地插进了太后的几处大穴。惊愕的老侍女木然了，看着身披黑丝斗篷的伟岸身影疾步匆匆地走进茅亭，既忘了参拜，也忘了禀报，只呆呆地大喘着粗气说不出话来。

“你是，是，秦，王？”赵姬睁开雾蒙蒙的双眼，梦魇般地嘟哝着。

“娘……我是嬴政。”

“你？叫我娘……”一句话没说完，赵姬又昏了过去。

嬴政清楚地看见，母亲的眼睛涌出了两行细亮的泪水。

心头猛然一酸，嬴政二话不说俯身抱起母亲，大步进了寝室庭院。及至老侍女匆匆赶来，给母亲喂下一盅汤药，母亲睁开眼怔怔地看着自己，嬴政还是久久没有说话。对望着母亲的眼神，嬴政的心怦怦大跳。在他的少年记忆里，母亲曾经是那样的美丽，母亲的眼睛是澄澈碧蓝的春水，写满了坦然，充溢着满足，荡漾着明澈。可是，目下的母亲已经老了，鬓发已经斑白，鱼尾纹在两颊延伸，迷蒙的眼神婴儿般无助，分明积淀着一种深深的哀怨，一种大海中看见了一叶孤舟而对生命生出的渴望，一种对些微的体察同情的珍重，一种对人伦亲情的最后乞求……

“娘老矣！”嬴政内心一阵惊悚，一阵战栗。

多少年了，嬴政没有想过这个母亲。在他的心灵里，母亲早早已经不属于他了。在他的孩童时期，母亲属于独处，属于烦躁，属于没有尽头的孤独郁闷。在他的少年时期，母亲属于王城宫廷，属于父亲，属于快乐的梁山夏宫。当他在王位上渐渐长大，母亲属于仲父吕不韦，属于那个他万般不齿的粗鄙畜生。在嬴政的记忆里，母亲从来没有属于过自己。母亲对他没有过严厉的管教，没有过寻常的溺爱，没有过衣食照料，没有过亲情厮守，疏疏淡淡若有若无，几乎没有在他的心田留下任何痕迹。他已经习惯了遗忘母亲，已经从心底里抹去了母亲的身影。甚至，连“母亲”这两个字，在他的眼中都有了一种不明不白的别扭与生疏。嬴政曾经以为，活着的母亲只是一个太后名号而已，身为儿子的他，永远都不会与母亲的心重叠交汇在一起了。然则，今日一见母亲，一见那已经被细密的鱼尾纹勒得枯竭的眼睛，嬴政才蓦然体察，自己也渴望着母亲，渴望着那牢牢写在自己少年记忆里的母亲。

“娘！我，看你来了。”终于，嬴政清楚地说出了第一句话。

赵姬一声哽咽，猛然死死咬住了被角。

“娘要憋闷，打我！”嬴政硬邦邦冒出一句连自己也惊讶的话来。

“政儿……”赵姬猛然扑住儿子，放声大哭。

嬴政就势坐在榻边紧紧抱住母亲，轻轻捶打着母亲的肩背，低声在母亲耳边亲切地哄弄着：“娘，不哭不哭，过去的业已过去，甚也不想了，娘还是娘，儿子还是儿子。”赵姬生平第一次听儿子如此亲切地说话，如此以一个成熟男人的胸襟体谅着使他蒙受深重屈辱的母亲，那浑厚柔和的声音，那高大伟岸的身躯，那结实硬朗的臂膊，无一不使她百感交集。一想到这便是自己的亲生儿子，赵姬更是悲从中来，哭得一发不可收拾。

旁边老侍女看得惊愕又伤痛，一时全然忘记了操持，也跟着哭得呜呜哇哇山响。赵高眼珠子瞪得溜圆，过来在老侍女耳边低声两句，老侍女这才猛然醒悟，抹着眼泪鼻涕匆匆去了。片刻间，老侍女捧来铜盆面巾，膝行榻前，低声劝太后止哀净面。嬴政又亲自从铜盆中绞出一方热腾腾的面巾，捧到了母亲面前。赵姬这才渐渐止住了哭声，接过面巾拭去泪水，怔怔地看着生疏的儿子。

“政儿，这，这不是梦……”赵姬双眼朦胧，一时又要哭了。

“不是梦。”嬴政站了起来，“娘，过去者已经过去，别老搁心头。”

“娘没出息也。”赵姬听出儿子已经有些不耐，叹息了一声。

“娘，”嬴政皱起了眉头，“我没有多余的时光。”

“知道。”赵姬离榻起身，抓过了一支竹杖，“跟我来，娘只一件事。”

看着母亲抓起的竹杖，嬴政心头顿时一沉。

母亲老了。青绿的竹杖带着已经显出迟滞的步态，以及方才那朦胧的眼神与眼角细密的鱼尾纹，一时都骤然涌到嬴政眼前，母亲分明老矣！刹那之间，嬴政对自己方才的急躁有些失悔，可要他再坐下来与娘磨叨好说，又实在没有工夫。不容多想，嬴政扶着母亲出了寝宫，来到了池畔茅亭下。毕竟，是娘要上书见他。嬴政最关心的，还是娘要对他说的大事。嬴政来时已经想好，只要娘说的大事不关涉朝局国政，他一定满足娘的任何请求。他已经想到，娘从来没有喜欢过咸阳王城，或者是要换个居处安度晚年。若是寻常时日的寻常太后，这种事根本不需要秦王定夺，太后自己想住哪里便哪里，只须对王城相关官署知会一声便了。可母亲不是寻常太后，她的所有乱行都是身居外宫所引发的。为了杜绝此等事体再度复发，处置嫪毐罪案的同时，嬴政便给王城大内署下了一道王书：日后，连同太后在内的宫中嫔妃夫人，除非随王同出，不得独自居住外宫！这次，母亲着意通过驷车庶长府上书请见，嬴政对自己的那道严厉王书第一次生出了些许愧疚。来探视母亲之前，他已经下书大内署：派工整修甘泉宫，迎候太后迁入。嬴政想给郁闷的母亲一个惊喜。嬴政相信，母亲一定会喜出望外。至于李斯说的大婚之事，嬴政思忖良久，反倒觉得根本不可能。理由只有一个：母亲从来没有管过他的事，立太子，立秦王，以及必须由父母亲自主持的成人加冠大礼，母亲都从来没有过问过；而今母亲失魂落魄满腔郁闷，能来管自己的婚事？不可能！

“政儿，你已经加冠三年了。”

“娘，你还记得？没错。”嬴政多少有些惊讶，母亲竟然没有说自己事。

“政儿，既往，娘对你荒疏太多。”母亲叹息一声，轻轻一点竹杖，“然则，娘没有忘记你的任何一个关节。你，正月正日正时出生，八岁归秦，十二岁立太子，十三岁继任秦王，二十一岁加冠亲政……二十多年，娘给你的，太少太少也！”

“娘……娘没有忘记儿子，儿知足。”

“政儿不恨娘，娘足矣！”

“我，恨过娘。然，终究不恨。”

“你我母子纵有恩怨，就此泯去，好么？”

“娘说的是，纵有恩怨，就此泯去！”

“好！”母亲的竹杖在青石板上清脆一点，“娘要见你，只有一事。”

“娘但说便是。”嬴政一大步跨前，肃然站在了母亲面前。

“娘，要给你操持大婚。”母亲一字一顿。

“！”嬴政大感意外，一时惊愕得说不出话来。

“你且说，国家社稷，最根本大事何在？”

“传，传承有人。”嬴政喘息一声，很有些别扭。

“然则，你可曾想过此事？”

“……”

“驷车庶长府，可曾动议过？”

“……”

“你那些年轻栋梁，可曾建言过？”

“……”

“政儿，你这是灯下黑。”

赵姬看着木然的儿子，点着竹杖站了起来，“娘不懂治国大道，可娘知道一件事：邦国安稳，根在后继。你且想去，孝公唯后继有人，纵然杀了商鞅，秦国还是一路强盛。武王临死无子，秦国便大乱了一阵子。昭王临终，连续安顿了你大父你父亲两代君王，为甚来？还不是怕你爷爷不牢靠，以备随时有人继任？你说，若非你父亲病危之时决然立你为太子，秦国今日如何？你加冠亲政，昼夜忙于国事，好！谁也不能指责你。至于娘，更没有资格说你了。毕竟，是娘给你揽下了个烂摊子……可是，娘还是要说，你疏忽了根本。古往今来，几曾有一个国王，二十四五岁尚未大婚？当年的孝公，在二十岁之前便有了一个儿子，就是后来的惠文王嬴驷。政儿，娘在衣食、学业、才具上，确实知你甚少。可是，娘知道你的天性。娘敢说，你虽然已经二十四岁，可你连女人究竟是甚滋味，都不知道……”

“娘！”嬴政面色涨红，猛然吼叫一声。

看着平素威严肃杀的儿子局促得大孩童一般，母亲第一次慈和地笑了。

赵姬重新坐下，拉着儿子胳膊说：“你给我坐过来。”嬴政坐到母亲身边，仍然不知道该说什么。母亲说的这件事，实在太出意料，可是听罢母亲一席话，嬴政却不得不承认母亲说得对。只有母亲，只有亲娘，才能这样去说儿子，这样去看儿子。谁说母亲从来不知道自己，今日母亲一席话，哪件事看得不准？历数五六代秦王，子嗣之事件件无差。自己从来不知道女人的滋味，母亲照样没说错。这样的话谁能说？只有母亲。生平第一次，嬴政从心头泛起了一种甜丝丝的感觉，母亲是亲娘，亲娘总是好。可是，这些话嬴政无法出口。二十多年的自律，他已经无法轻柔亲和地倾诉了。嬴政能做到的，只有红着脸听娘絮叨，时不时又觉得烦躁不堪。

“政儿，你说，想要个何等样的女子？”娘低声笑着，有些神秘。

“娘！没想过。不知道。”

“好，你小子厉害。”母亲点了点儿子的额头。

“娘，说话便是了。”嬴政拨开了赵姬的手。

“好，娘说。”赵姬还真怕儿子不耐一走了之，多日心思岂非白费，清清神道，“娘已经帮你想了，三个路数，你来选定：其一，与山东六国王族联姻。其二，与秦国贵胄联姻。其三，选才貌俱佳的平民女子，不拘一格，唯看才情姿容。无论你选哪路，娘都会给你物色个有情有意的绝世佳人。你只说，要甚等女子？”

嬴政默然良久，方才的难堪窘迫已经渐渐没有了。母亲一番话，嬴政顿时清醒了自己大婚的路数。蓦然想到李斯之言，也明白了自己这个秦王的婚姻绝非寻常士子那般简单。

“娘，若是你选，哪路中意？”嬴政突兀一句。

“娘只一句。”赵姬认真地看住了儿子。

“娘说便是。”

“男女交合，唯情唯爱。”

“无情无爱，男女如何？”

“人言，男欢女爱。若无情意，徒有肉欲，徒生子孙。”

嬴政愣怔了，木然坐亭凝望落日，连娘在身边也忘记了。

“娘，容我想想。”将及暮色，嬴政终于站了起来：

“政儿，娘说得不对么？”赵姬小心翼翼。

“娘，容我再想想。”

赵姬长长一声叹息：“政儿，无论如何，你都该大婚了。”

“娘，我知道。我走了。”嬴政习惯地一拱手，转身大步去了。没走几步，嬴政又突然回身，“娘，你不喜欢咸阳王城，我已经派人整修甘泉宫，入秋前你便可搬过去住。”

赵姬惊讶地睁大了眼睛，蓦然一眶泪水又淡淡一笑：“噢，你小子以为，娘要说的大事是搬家？不，娘没那心劲了。娘要对你说，娘哪里也不去。”

“娘！这是为甚？”这次，嬴政惊讶了。

赵姬点着竹杖：“甚也不为，只为守着我的秦王，我的儿子。行么？”

嬴政对着母亲深深一躬，没有说一句话。

“为君者身不由己。你事多，忙去。”

“娘，我会常来南宫的。”

“来不来不打紧，只要你年内大婚。”

“娘，我得走了。”

看着母亲强忍的满眼泪光，嬴政咬着牙关大步出了南宫。

三 王不立后 铁碑约法

三更时分，蒙恬被童仆唤醒，说王车已经在庭院等候，秦王紧急召见。

轺车刚刚驶进车马场堪堪缓速，蒙恬已经跳下车，疾步走向正殿后的树林。蒙恬很明白，这个年轻秦王每夜都坚持批完当日公文，熬到三更之后很是平常，但却很少在夜间召见臣下议事。用秦王自己的话说："一君作息可乱，国之作息不可乱。天地时序，失常则败。"今夜秦王三更末刻召见，不用想，一定是紧急事体。

"王翦将军到了么？"蒙恬首先想到的是山东兵祸。

"没有。"紧步赶来的赵高轻声一句，"只有君上。"

夜半独召我，国中有变？倏忽一闪念，蒙恬已经出了柳林到了池畔，依稀看到了那片熟悉的灯火熟悉的殿堂。刚刚走过大池白石桥，水中突兀啪啪啪三掌。蒙恬疾步匆匆浑没在意。身后赵高却已经飞步抢前："将军随我来。"离开书房路径沿着池畔回廊向东走去。片刻之间，到了回廊向水的一个出口，赵高虚手一请低声道："将军下阶上船。"蒙恬这才恍然，秦王正在池中小舟之上，二话不说踩着板桥上了小舟。身后赵高堪堪跳上，小舟已经无声地划了出去。"将军请。"赵高一拱手，恭敬地拉开了舱门。船舱没有掌灯，只有一片明朗的月色洒入小小船舱。蒙恬三两步绕过迎面的木板影壁，便见那个熟悉的伟岸身影一动不动地伫立在船边，凝望着碧蓝的夜空。

"臣，咸阳令蒙恬，见过君上。"

"天上明月，何其圆也！"年轻伟岸的身影兀自一声慨然叹息。

"君上……"蒙恬觉察到一丝异样的气息。

"来，坐下说话。"秦王转身一步跨进船舱，"小高子，只管在池心漂。"

赵高答应一声，轻悄悄到船头去了。蒙恬坐在案前，先捧起案上摆好的大碗凉茶咕咚咚一气饮下，搁下碗拿起案上汗巾，一边擦拭着额头汗水嘴角茶水，一边默默看着秦王。年轻的秦王目不转睛地瞅着蒙恬，好大一阵不说话。蒙恬明慧过人，又捧起了一碗凉茶。

"蒙恬，你可尝过女人滋味？"秦王突兀一句。

"君上……"蒙恬大窘，脸色立时通红，"这，这也是邦国大事？"

"谁说邦国大事了？今夜，只说女人。"

"甚甚甚？几（只）说，女，女人？！"蒙恬惊讶得又口吃又咬舌。

若是平日，蒙恬这番神态，嬴政定然是开怀大笑还要揶揄嘲笑一通。

今日不一样，不管蒙恬如何惊讶如何滑稽，嬴政都是目不转睛地看着蒙恬，认真又迷蒙。素来明朗的蒙恬，竟被这眼神看得沉甸甸笑不出声来了。

“说也，究竟尝没尝过女人滋味？”嬴政又认真追了一句。

“君上……甚，甚叫尝过女人滋味？”蒙恬额头汗水涔涔渗出。

“我若知道，用得着问你？”嬴政黑着脸。

“那，以臣忖度，所谓尝，当是与女子交合，君上以为然否？”

“国事应对，没劲道！今夜，不要君君臣臣。”

“明白！”蒙恬心头一阵热流。

“蒙恬，给你说，太后要我大婚。”嬴政长吁一声，“太后说的一番大婚之理，倒是看准了根本。可太后问我，想要何等女子？我便没了想头。太后说，我还不知道女人滋味。这没错！你说，不知道女人滋味，如何能说出自己想要的女子何等样式？你说难不难，这事不找你说，找谁说？”

“原来如此，蒙恬惭愧也！”

“干你腿事，惭愧个鸟！”嬴政笑骂一句。

“蒙恬与君上相知最深，竟没有想到社稷传承大事，能不惭愧？”

“淡话！大事都忙不完，谁去想那鸟事！”嬴政连连拍案，“要说惭愧，嬴政第一个！李斯王翦王绾，谁的家室情形子孙几多，我都不知道。连你蒙恬是否还光秃秃矗着，我都不清楚！身为国君，嬴政不该惭愧么？”

“君上律己甚严，蒙恬无话可说。”

“蒙恬啊，太后之言提醒我：夫妻乃人伦之首也，子孙乃传承根基也。”

“正是！这宗大事，不能轻慢疏忽。”

“那你说……”

“实在话，我只与一个喜好秦筝的女乐工有过几回，没觉出甚滋味。”

“噢！”嬴政目光大亮，“那，你想娶她么？”

“没，没想过。”

“每次完事，过后想不想？”

“这，只觉得，一阵不见，心下一动一动，痒痒的，只想去抓一把。”

嬴政红着脸笑了：“痒痒得想抓，岂不是滋味？”

“这若是女人滋味，那君上倒真该多尝尝。”

“鸟！”嬴政笑骂拍案，“不尝！整日痒痒还做事么？”

“那倒未必，好女子也能长人精神！”

“你得说个尺度，甚叫好女子？”

蒙恬稍许沉吟，一拱手正色道：“此等事蒙恬无以建言，当召李斯。”

“李斯有过一句话，可着落不到实处。”

“对！想起了。”蒙恬一拍案，“那年在苍山学馆，冬日休学，与李斯韩非聚酒，各自多有感喟。韩非说李斯家室已成，又得两子，可谓人生大就，不若他还是历经沧海一瓢未饮。李斯大大不以为然，结结实实几句话，至今还砸在我心头——大丈夫唯患功业不就，何患家室不成子孙不立！以成婚成家立子孙为人生大就者，终归田舍翁也！韩非素来不服李斯，只那一次，韩非没了话说。”

嬴政平静地一笑：“此话没错。李斯上次所说，君王婚姻在王者之志，也是此等意涵。然则，无论你多大志向，一旦大婚有女，总得常常面对。且不说王城之内，不是内侍便是女人，想回避也不可能。没个法度，此等滋扰定然是无时不在。”

“也就是说，君上要对将有的所有妻妾嫔妃立个法度？”

“蒙恬，殷鉴不远，在夏后之世也！”嬴政喟然一叹。

蒙恬良久默然。年轻的秦王这一声感叹，分明是说，他再也不想看到女人乱国的事件了。而在秦国，女人乱国者唯有太后赵姬。秦王能如此冷静明澈地看待自己的生身母亲，虽复亲情而有防患于未然之心，自古君王能有几人？可循着这个思路想去，牵涉的方面又实在太多。毕竟，国王的婚姻，国王的女人，历来都是朝政格局的一部分，虽三皇五帝不能例外。秦王要以法度限制王室女子介入国事，可是三千多年第一遭，一时还当真不知从何说起。然则，无论如何，年轻秦王的深谋远虑都是该支持的。

“君上未雨绸缪，蒙恬决然拥戴！”蒙恬终于开口。

“好！你找李斯王翦议议，越快越好。”

“君上，王后遴选可以先秘密开始。此事耗费时日，当先走为上。”

“不！法度不立，大婚不行。从选女开始，便要法度。”

“蒙恬明白！”

一声嘹亮的雄鸡长鸣掠进王城，天边明月已经融进了茫茫云海，一片池水在曙色即将来临的夜空下恍如明亮的铜镜。小舟划向岸边。嬴政蒙恬两人站在船头，谁也没有再说话。小舟靠岸，蒙恬一拱手下船，大步赳赳去了。

蒙恬已经想定路数。李斯目下还是客卿虚职，正好一力谋划这件大事。王翦、王绾与自己都有繁忙实务，只须襄助李斯则可。路数想定，立即做起。一出王城，蒙恬直奔城南驿馆。李斯刚刚离榻梳洗完毕，提着一口长剑预备到林下池畔舞弄一番，被匆匆进门的蒙恬堵个正着。蒙恬一边说话，一边大吞大嚼着李斯唤来的早膳。吃完说完，李斯已经完全明白了来龙去脉，一拱手道：“便以足下谋划，只要聚议一次，其余事体我来。”说罢立即更衣，提着马鞭随蒙恬匆匆出了驿馆。

暮色时分，两骑快马已经赶到了函谷关外的秦军大营。

吃罢战饭大睡一觉，直到王翦处置完当日军务，三人才在初更时分聚到了谷口一处溪畔凉爽之地，坐在光滑的巨石上说叨起来。王翦听完两人叙说，宽厚地嘿嘿一笑：“君上也是，婚嫁娶妻也要立个法程？我看，找个好女人比甚法程都管用。”李斯问：“将军只说，何等女人算好女人？”王翦挥着大手：“那用说，像我那老妻便是好女人。能吃，能做，榻上耐折腾，还能一个一个生，最好的女人！”蒙恬红着脸笑道：“老哥哥，甚叫榻上耐折腾？”王翦哈哈一笑：“你这兄弟，都加冠了还是个嫩芽！榻上事，能说得清么？”蒙恬道：“有李斯大哥，如何说不清？”王翦道：“那先生说，好女人管用，还是法度管用？”李斯沉吟着道：“若说寻常家室，自然好女人管用。譬如我那老妻，也与将军老妻一个模样，操持家事生儿育女样样不差，还不扰男人正事。然则，若是君王家室，便很难说好女人管用还是法度管用。我看，大约两者都不能偏废。”蒙恬点头道：“对也！老哥哥说，太后算不算好女人？”王翦脸色一沉：“你小子！太后是你我背后说得的么？”蒙恬正色道：“今日奉命议君上之婚约法度，自然说得。殷鉴不远，在夏后之世。这可是秦王说的。”王翦默然片刻，长吁一声：“是也！原本多好的一个女子，硬是被太后这个名位给毁了。要如此看去，比照太后诸般作为对秦国为害之烈，还当真该有个法度。”李斯点头道：“正是。君王妻妾常居枢纽要地，不想与闻机密都难。若无法度明定限制，宫闱乱政未必不在秦国重生。太后催婚之时，秦王能如此沉静远谋，李斯服膺也！”王翦慨然道：“那是！老夫当年做千夫长与少年秦王较武，便已经服了。说便说！只要当真做，一群女人还能管她不住！”

三人一片笑声，侃侃议论开去，直到山头曙色出现。

入秋时节，传车给驷车庶长署送来一道特异的王书。

王书铜匣上有两个朱砂大字——拟议。这等王书大臣们称为“书朝”，也叫做“待商书”。按照法度，这种“拟议”的程式是：长史署将国君对某件事的意图与初步决断以文书形式发下，规格等同国君王书；接到“拟议”的官署，须得在限定日期内将可否之见上书王城；国君集各方见解，而后决断是否以正式王书颁行朝野。因为来往以简帛文书进行，而实际等同于小朝会议事，故称书朝。因为是未定公文，规格又等同于王书，故称待商书。

“甚事烧老夫这冷灶来了。”老驷车庶长点着竹杖嘟哝了一句。

“尚未开启，在下不好揣测。”主书吏员高声回答。

“几日期限？”

“两日。”

“小子，老夫又不能歇凉了。”老驷车庶长一点杖，“念。”

主书吏员开启铜匣，拿出竹简，一字一句地高声念诵起来。老驷车庶长年高重听，偏偏喜好听人念着公文，自己倚在坐榻上眯缝着老眼打盹。常常是吏员声震屋宇，老驷车庶长却耸动着雪白的长眉鼾声大起，猛然醒来，便吩咐再念再念。无论是多么要紧的公文，都要反复念诵折腾不知几多遍，老驷车才能说出个子丑寅卯来。如此迟暮之年的大臣，在秦国原本早该退隐了。可偏偏这是职掌王族事务的驷车庶长署，要的便是年高望重的王族老臣。此等人物既要战功资望，又要公正节操，还要明锐有断，否则很难使人人通天的王族成员服膺。唯其如此，驷车庶长很难遴选。就实而论，驷车庶长与其说是国君遴选的大臣，毋宁说是王族公推出来的衡平公器。老嬴贲曾经是秦军威名赫赫的猛将，又粗通文墨，公正坚刚，历经昭襄王晚期与孝文王、庄襄王两世及吕不韦摄政期，牵涉王族的事件多多，件件都处置得举国无可非议，已成了不可替代的支柱。好在这驷车庶长署平日无事，老嬴贲一大半时日都是清闲，不在林下转悠，便在卧榻养息，也撑持着走过来了。

"不念了。"老嬴贲霍然坐起。

"这，才念一遍……"主书捧着竹简，惊讶得不知所措。

"老夫听清了。"老嬴贲一挥手，"一个时辰后你来草书！"

"两日期限，大人不斟酌一番？"

"斟酌也得看甚事！"老嬴贲又一挥手，"林下。"

一个侍女轻步过来，将老嬴贲扶上那辆特制座车，推着出了厅堂，进了池畔柳林。暑期午后的柳林，蝉声阵阵连绵不断，寻常人最不耐此等毫无起伏的聒噪。老嬴贲不然，只感清风凉爽，不闻刺耳蝉鸣，只觉这幽静的柳林是消暑最惬意的地方，每有大事，必来柳林转悠而后断。秦王这次的拟议书，实在使他这个嬴族老辈大出所料，听得两句他便精神一振，小子有心！及至听完，老嬴贲已经坐不住了。秦王要给国君婚姻立法，非但是秦国头一遭，也是天下头一遭，若是当真如此做了，究竟会是何等一个局面，老嬴贲得好好想想。尽管是君臣，秦王嬴政毕竟是后生晚辈，其大婚又牵涉王族声望尊严，也必然波及诸多王族子孙对婚姻的选择标杆，必然会波及后世子孙，决然不是秦王一个人的婚事那般简单。

暮色时分，老嬴贲回到书房，主书已经在书案前就座了。

"写。"老嬴贲竹杖点地，"邦国大义，安定社稷为本，老臣无异议！"

“大人，已经写完。”主书见主官没有后话，抬头高声提醒了一句。

“完了。立即上书。”一句话说罢，厅堂鼾声大起。

主书再不说话，立即誊抄刻简，赶在初更之前将上书送进王城。

当晚，李斯奉命匆匆进宫。秦王指着案上一卷摊开的竹简道：“老驷车至公大明，赞同大婚法度。先生以为，这件事该如何做开？”李斯道：“臣尚不明白，此次法度只对君上，还是纳入秦法一体约束后世秦王？”嬴政一笑：“只对嬴政一人，谈何大婚安国法度？”李斯有些犹疑：“若做秦法，便当公诸朝野。秦国不必说，只恐山东六国无事生非。”嬴政惊讶皱眉：“岂有此理！本王大婚，与六国何干？”李斯道：“春秋战国以来，天下诸侯相互通婚者不知几多。秦国王后多出山东，几乎是各国都有，而以楚赵两国最盛。以君上大婚法度，从此不娶天下王公之女，山东诸侯岂能不惶惶然议论蜂起？”嬴政恍然大笑：“先生是说，山东六国争不到我这个女婿，便要骂娘？”李斯也忍不住笑了：“一个通婚，一个人质，原本是合纵连横之最高信物。秦国突兀取缔通婚，山东六国还当真发虚也。”嬴政轻蔑一笑：“国家兴亡寄于此等伎俩，好出息也，不睬他。”李斯略一思忖道：“臣还有一虑，君上大婚人选，究竟如何着手？毕竟，此事不宜再拖。”嬴政恍然一笑：“先生不说，我倒忘记也。太子左傅茅焦前日见我，举荐一个齐国女子，说得如何如何好。先生可否代我相相？”李斯愕然，一脸涨红道：“臣岂敢代君上相妻？”见李斯窘迫，嬴政不禁哈哈大笑一阵，突然压低了声音道：“先生也，那茅焦说，这个女子入秦三年，目下住在咸阳。先生只探探虚实，我是怕茅焦与太后通气骗我，塞我一个甚公主！”李斯第一次见这个年轻的秦王显出颇为顽皮的少年心性，心下大感亲切，立即慨然拱手：“君上毋忧，臣定然查实禀报！”

白露时节，一道特异王书随着谒者署的传车快马，颁行秦国郡县。

咸阳南门也张挂起廷尉府文告，国人纷纭围观奔走相告，一时成为奇观。

国人惊叹议论之时，分布在秦国各地的嬴氏支脉都接到了驷车庶长署的紧急文书，所有支脉首领都星夜兼程赶赴咸阳。半月之后，嬴氏王族的掌事阶层全部聚齐，驷车庶长老嬴贲又下号令：沐浴斋戒三日，立冬之日拜祭太庙。自秦孝公之后，秦国崛起东出，战事连绵不断，王族支脉的首领从来没有同时聚集咸阳的先例。目下王族支脉首领齐聚，拜祭太庙便自当然的第一大礼。

这日清晨，白发苍苍的老嬴贲坐着特制座车到了太庙，率众祭拜先祖完毕，便命王族首领们在正殿庭院列队。首领们来到庭院，有祭过太庙的首领立即注意到了正殿前廊的新物事。这太庙正殿之前廊不是寻常府邸的前廊，入深两丈，横阔等同大殿，十二根大柱巍然矗立，实际上是祭拜之时的聚散预备场所。宏阔的前廊，原本只有两座与洛阳九鼎之一的雍州鼎一般伟岸的大铜鼎。昭襄王晚年立护法铁碑，大鼎东侧多了一道与鼎同高的大铁碑。今日，大鼎西侧又有一宗物事被红锦苫盖，形制与东侧铁碑相类。首领们立即纷纷以眼神相询，此次赶赴咸阳，事由是否便要落脚到这宗物事上？

“驷车庶长宣示族令——”

司礼官一声宣呼，老嬴贲的座车堪堪推到两鼎之间。

“诸位族领，此次汇聚咸阳，实事只有一桩。”军旅一生的老嬴贲，素来说话简约实在，点着竹杖开门见山，“秦王将行大婚，鉴于曾经乱象，立铁碑以定秦王大婚法度。至于如何约法，诸位一看便知。开碑。”

“开碑——”

两位最老资格的族领揭开了西侧物事上苫盖的红锦，一座铁碑赫然显现眼前——碑身六尺，碑座三尺，恰与秦昭襄王立下的护法铁碑遥相对应。

“宣示碑文——”

随着主书大吏的念诵，族领们的目光专注地移过碑身的灰白刻字——

秦王大婚约法

国君大婚，事涉大政。为安邦国，为定社稷，自秦王政起，后世秦王之大婚，须依法度而成。其一，秦王妻女，非天下民女不娶。

其二，秦王不立后，举凡王女，皆为王妻。其三，王女不得涉国事，家人族人不得为官。其四，举凡王女，所生子女无嫡庶之分，皆为王子公主，贤能者得继公器。凡此四法，历代秦王凛遵。不遵约法，不得为王。欲废此法者，王族共讨之，国人共讨之！

主书大吏念完，太庙庭院一片沉寂，族领们一时蒙了。

这座铁碑，这道王法，太离奇了，离奇得教人难以置信！就实说，这道大婚法度只关秦王，对其余王族子孙没有约束力，族领们并没有利害冲突之盘算，该当一口声赞同拥戴。然则，嬴氏族领们还是不敢轻易开口。作为秦国王族，嬴氏部族经历的兴亡沉浮坎坷曲折太多了。嬴氏部族能走到今日，其根基所在便是举族一心，极少内讧，真正的同气连枝人人以部族邦国兴亡为己任。目下这个年轻的秦王如此苛刻自己，连王后正妻都不立，这正常么？夫妻为人伦之首。依当世礼法，王不立后便意味着秦王没有正妻，而没有正妻，无论妾妇多少，在世人看都是无妻，没有大婚。秦国之王无妻，岂非惹得天下耻笑？更有一层，不立王后，没有正妻，子女便无法区分嫡庶。小处说，王位继承必然麻烦多多。大处说，族脉分支也会越来越不清楚。嬴氏王族后人没了嫡系，又都是嫡系，其余旁支又该如何梳理？不说千秋万代，只过十代八代，便会乱得连族系也理不清了。用阴阳家的话说，这是乾坤失序，是天下大忌。凡此等等，秦王与驷车庶长府没想过么？

“诸位有异议？”老嬴贲黑着脸可劲一点竹杖。

“老庶长，这第四法若行，有失族序。”陇西老族领终于开口。

“对对对，要紧是第四法。”族领们纷纷呼应。

“诸位是说，其余三法不打紧，只第四法有疑？”

“老庶长明断！”族领们一齐拱手。

“第四法不好！族系失序，非同小可！”陇西老族领奋然高声。

“失序个鸟！”老嬴贲粗口先骂一句，嘭嘭点着竹杖，“王室嬴族历来独成一系，与其余旁支不相扰。这第四法只是说，谁做秦王，谁的子女便没有嫡庶之分！所指只怕堵塞了庶子贤才的进路！其余非秦王之家族，自然有嫡庶。任何一代，只关秦王一人之子女，族系乱个甚？再说，驷车庶长府是白吃饭？怕个鸟！”

“啊！也是也是！”族领们纷纷恍然。

“我等无异议！”终于，族领们异口同声地喊了一句。

“好！此事撂过手。”老嬴贲奋力一拄竹杖站了起来，“眼看将要入冬，关中族领各归各地，陇西、北地等远地族领可留在咸阳窝冬，开春后再回去。散！”

“老庶长，我有一请！”雍城族领高声一句。

“说。”

“秦王大婚在即，王族当大庆大贺，我等当在秦王大婚之后离国！”

“对也！好主意！秦王大婚酒能不喝么？”族领们恍然大悟一片呼喝。

老嬴贲雪白的长眉猛然一扬：“也好！老夫立即呈报秦王，诸位听候消息。”

族领们各回在国府邸，立即忙碌起来。最要紧的事只有一件，立即拟就秦王大婚喜报，预备次日派出快马飞回族地，知会秦王即将大婚之消息，着族人预备秦王大婚贺礼，并请族中元老尽速赶赴咸阳参加庆典。谁料，各路信使还没有飞出咸阳，当夜三更，驷车庶长府的传车便将一道秦王特急王书分送到各座嬴族府邸。王书只寥寥数行，语气冰冷强硬：“我邦我族，大业在前，不容些许荒疏。政娶一女，人伦寻常，无须劳国劳民。我族乃国之脊梁，更当惕厉奋发，安得为一王之婚而举族大动？秦国大旱方过，万民尚在恢复，嬴氏宁不与国人共艰危乎！”

一道王书，所有族领都没了话说。

年轻秦王的凛凛正气，使这些身经百战的族领们脸红了。举族大庆秦王婚典，原是从古至今再正常不过的习俗，放在山东六国，只怕你不想庆贺君王还要问罪下来。可这个年轻的秦王断然拒绝，理由又是任谁也无法辩驳，尤其最后一句：“秦国大旱方过，万民尚在恢复，嬴氏宁不与国人共艰危乎！”谁能不感到惭愧？不以王者之喜滋扰邦国，不以王者之婚紊乱庙堂，宁可牺牲人伦常情而不肯扰国扰民，如此旷世不遇之君王，除了为他心痛，谁还有拒绝奉命的心思？

当夜五更之前，咸阳嬴族府邸座座皆空。

嬴氏支脉的族人们全部离开了咸阳，只留下了作为王族印记的永远的咸阳府邸。驷车庶长老嬴贲来了，坐在宽大的两轮坐榻上，被两名仆人推到了咸阳西门。面对一队队络绎不绝的车马人流火把长龙，老嬴贲时不时挥动着那支竹杖，可劲一嗓子大喊："好后生！嬴氏打天下！不做窝里罩！"老嬴贲这一喊，立时鼓起阵阵声浪。"嬴氏打天下！不做窝里罩！"的吼声几乎淹没了半个咸阳。倏忽晨市方起，万千国人赶来，聚集西门内外肃然两列，为嬴氏出咸阳壮行，直到红日升起霜雾消散，咸阳国人才渐渐散开。酒肆饭铺坊间巷闾，询问事由，聚相议论，老秦人无不感慨万端。一时间，"秦人打天下，不做窝里罩"广为流传，竟变成了与"赳赳老秦，共赴国难"同样荡人心魄的秦人口誓。

四　架构庙堂　先谋栋梁

大雪纷飞，一辆垂帘辎车辚辚出了幽静的驿馆。

从帘栊缝隙看着入冬第一场大雪，李斯莫名其妙地有些惆怅。泾水河渠完结已经半年，他还是虚任客卿，虽说没有一件国事不曾与闻，毕竟没有实际职事，总是没处着落。别的不消说，单是一座像样的官邸没有，只能住在驿馆。说起来都不是大事，李斯也相信秦王绝不会始终让他虚职。然则，李斯与别人不同，妻小家室远在楚国上蔡，离家多年无力照拂，家园已经是破败不堪，两个儿子已近十岁却连蒙馆也不能进入，因由是交不起先生必须收的那几条干肉。凡此等等尴尬，说来似乎都不是大事，但对于庶民日月，却是实实在在的生计，一事磕绊，便处处为难。这一切的改变，都等着李斯在秦国站稳根基。依着秦王对郑国的安置，李斯也明白，只要他说出实情，秦王对他的家室安置定然比他想得还要好。可是，李斯不能说。理由无他，只为走一条真正的如同商鞅那般的名士之路——功业之前，一切坎坷不论！李斯相信，只要进入秦国庙堂，他一定能趟出一条宽阔无比的功业之路，其时生计何愁。然则，这一步何时才能迈出，李斯目下似乎看不清了……

“先生，秦王在书房。”

李斯恍然回身，对恭敬的驭手点头一笑，出车向王城书房而来。

硕大的雪花盘旋飞扬，王城的殿阁楼宇园林池陂陷入一片茫茫白纱，天地之间平添了三分清新。将过石桥，李斯张开两臂昂首向天，一个长长的吐纳，冰凉的雪花连绵贴上脸颊，猛然一个喷嚏，李斯顿时精神抖擞，大步过了刚刚开始积雪的小石桥。

“先生入座。”嬴政一指身旁座案，“燎炉火小，不用宽衣。”

“君上终是硬朗，偌大书房仅一只燎炉。”李斯入座，油然感喟。

“冷醒人，热昏人。”嬴政一笑，“小高子，给先生新煮酽茶。”

不知哪个位置答应了一声，总归是嬴政话音落点，赵高已经到了案前，对着李斯恭敬轻柔地一笑：“堪堪煮好先生便到，又烫又酽先生暖和暖和。”面前大茶盅热气腾起，李斯未及说一声好，赵高身影已经没了。

“先生还记得太庙聚谈么？”嬴政叩着面前一卷竹简。

“臣启君上，太庙有聚无谈。”李斯淡淡一笑。

“先生好记性。”嬴政大笑，“今日依然你我，续谈。”

“但凭君上。”

“小高子，知会王绾，今日任谁不见。”

待赵高答应一声走出，嬴政回头目光炯炯地看住了李斯：“今日与先生独会，欲计较一桩大事，嬴政务求先生口无虚言，据实说话。”

“臣有虚心，向无虚言。”李斯慨然一句。

“好！先生以为，秦国目下头绪，何事为先？”

“头绪虽繁，以架构庙堂为先。”

“愿闻先生谋划。”

“秦国庙堂之要，首在丞相、上将军、廷尉、长史四柱之选。”

“四柱之说，先生发端，因由何在？”嬴政很感新鲜，不禁兴致勃勃。

“丞相总揽政务，上将军总领大军，廷尉总司执法，长史执掌中枢，此谓庙堂四柱。四柱定，庙堂安。四柱非人，庙堂晦冥。”

“四柱之选，先生可否逐一到人？”

“君上……遴选四柱，臣下向不置喙！”李斯大为惊愕。

“参酌谋划，有何不可？”嬴政淡淡一笑。

“如此，臣斗胆一言：丞相，王绾可也；上将军，王翦可也；廷尉须知法之臣，一时难选，可由国府与郡县法官中简拔，或由国正监改任；长史，唯蒙恬与君上默契相得，可堪大任。”李斯字斟句酌说完，额头已经是细汗涔涔了。

一阵默然，嬴政喟然一叹：“先生之言，岂无虚哉！”

“君上，臣，何有虚言？”李斯擦拭着额头汗水，几乎要口吃起来。

嬴政面无喜怒平静如水：“先生如此摆布，将自己安在何处？”

“臣，岂，岂敢为自己谋，谋官，谋，谋职？”李斯第一次结巴了。

“但以公心谋国，先生不当自外于庙堂。”年轻的秦王有些不悦。

“臣……臣惭愧也！”突然，李斯挺身长跪，面红过耳。

“嬴政鲁莽，先生何出此言？快请入座。”秦王连忙扶住了李斯。

“君上，臣虽未自荐，然绝无自外庙堂之心！”李斯兀自满脸涨红。

“先生步步如履薄冰，他日安得披荆斩棘？”嬴政深浅莫测地一笑。

“臣……”李斯陡然觉察，任何话语都是多余了。

“先生只说，目下秦国，先生摆在何处最是妥当？”

“以臣自料，”李斯突然神色晴朗，“臣可任廷尉，可任长史。”

“好！”嬴政拍案大笑，“先生实言，终归感人也！”倏忽敛去笑容，嬴政离案站起，不胜感慨地转悠着，“先生不世大才也！若非目下朝局多有微妙，先生本该为开府丞相总领国政。果真如此，国事有先生担纲，嬴政便可放开手脚盘整内外大局。奈何庙堂元老层层，先生又尚在淘洗之中，骤然总领国政，实则害了先生也。嬴政唯恐先生不解我心，又恐低职使先生自觉委屈，是以方才逼先生自料自举，先求先生之真心也。先生毕竟明锐过人，自举之职恰当之极。然则，嬴政还要再问一句：廷尉与长史，目下何职更宜先生？”

“长史！”李斯没有任何犹豫。

“为何？”

“长史身居中枢而爵位不显，既利谋国，又利立身淘洗。”

“廷尉何以不宜？”

“廷尉位高爵显，执掌却过于专一，宜大政之时，不宜板荡之期。”

“不谋而合！好！”嬴政拍掌大笑。

眼看暮色降临，窗外大雪茫茫弥天，君臣两人浑然忘我，一路直说到初更方才用饭。饭罢又谈，直至五更鸡鸣，李斯才出了王城。回到驿馆，李斯又疲惫又轻松，想睡不能安卧，想动又浑身酸软，眼睁睁看着窗外飞雪化成一片日光这才大起鼾声，开眼之时，庭院一片雪后晚霞分外绚烂。李斯猛然坐起，打了个长长的哈欠，正欲起身沐浴，忽闻庭院车声辚辚，随即一声长呼：“客卿李斯接王书——”

李斯尚在愣怔，特使已经大步进入正厅。

“三日之后，正殿朝会，客卿李斯列席。”

“臣，李斯奉命！”

大寒朝会，天下罕见。

时令对人世活动之节制，春秋之世依然如故。这种节制的最鲜明处，便是天下所形成的春秋出而冬夏眠的活动法则。“春秋”之所以得名，正在于记录春秋两季发生的大事，实际便是记录了历史。原因在于，冬窝藏，夏避暑，两季皆为息事之时，向无大事发生，邦国大政亦然。古人之简约洒脱，与自然融为一体，由此可见。时至战国，多事之时，大争之世，一切陈规陋习尽皆崩溃，时令节制也日渐淡化。最实在的变化是，冬夏两季不再是心照不宣共同遵守的天下休战期，反倒成了兵家竭力借用的“天时”。由是，天下破除时令限制，渐渐开始了冬夏之期的运转。及至战国末期，冬夏大举已司空见惯，当为则为遂成为新的天下风习。虽则如此，邦国冬日朝会，依然是少见的。根本原因，还是在时令限制。朝会须外臣聚国，冰天雪地酷暑炎炎，外臣迢迢赶路毕竟多有艰难。是以，勤政之国，至多春秋两朝，便成为不约而同的天下通例。当此之时，年轻的秦王要举行冬日朝会，朝野自然分外瞩目。

这是一次极为特殊的小朝会。

所谓特殊，是与会者除了李斯一个客卿，全数为实职大臣。也就是说，三太（太史、太庙、太卜）之类的清要大臣均未与会，大吏之类的实权低职主官（譬如关市等）也未与会。战国末期的秦国，在国（中央）实职大臣有五个系列：其一为政务系列，其二为军事系列，其三为执法监察系列，其四为经济系列，其五为京都系列。就其职位而言，政务系列之主官大臣为丞相、长史；军事系列之主官为上将军、国尉；执法监察系列之主官为廷尉、国正监、司寇；经济系列之主官为大田令、太仓令、邦司空；京都系列之主官大臣为咸阳令、内史郡郡守。目下，秦国大政尚未理顺，丞相职位虚空，上将军职位有“假”（代理）无实，其余若干大臣职位则大多是元老在位。依照职位，小朝会当与会者十二人，连同秦王、李斯，统共十四人。因丞相无人，今日与会者只有十三人。

朝会人数很少，地点却在咸阳宫正殿。

咸阳宫正殿很少启用。寻常小朝会，多在东西两座相对舒适的偏殿举行。新秦王亲政以来迭遇突发事件，政事紧张忙碌而求方便快捷，从来没有在这座正殿举行过任何朝议。许多新进大臣在职多年，还根本没有踏进过这座聚集最高权力的王权庙堂。今日，当大臣们踩着厚厚的红地毡，走上高高的三十六级白玉台阶，穿过殿台四只青烟袅袅的巨大铜鼎，走进穹隆高远器局开阔的咸阳宫正殿时，庄重肃穆之气立即强烈地笼罩了每一个人。九级王阶之上，矗立着一座九尺九寸高的白玉大屏，屏上黑黝黝一只奇特的独角法兽獬豸瞪着凸出的豹眼，高高在上，炯炯注视着每一个大臣。屏前一台青铜王座，横阔过丈，光芒幽幽。阶下两只大鼎，青烟袅袅。鼎前六尺之外，十二张青铜大案在巍巍石柱下摆成了一个阙口朝向王座的三边形。每张大案左角，皆竖着一方刻有大臣爵次名号的铜牌。案心一张尚坊精制羊皮纸，一方石砚，一支蒙恬新笔。案旁，一只木炭火烧得恰好通红又无烟的大燎炉。

“足下以为如何？”郑国低声问了一句。

“简约厚重，庄敬肃穆，天下第一庙堂也！”李斯由衷赞叹。

“秦王驾到——”白发苍苍的给事中快步从屏后走出，站在王台一声长呼。

“见过秦王！”大臣们整齐一拱手，不禁都有些惊讶了。

年轻的秦王今日全副冠冕，头戴一顶没有流苏的天平冠，身披金丝夹织烁烁其光的黑斗篷，内则一身软甲，腰悬一口特制长剑，凛凛之气颇见肃杀。身为秦王，此等装束原不足奇。然在这个素来不看重程式而讲求实效的年轻秦王身上，此等礼仪装束实在是罕见了。

“诸位入座。”嬴政一挥手，自己也坐进了王案。

李斯是没有职掌没有爵位的客卿，位居西南角的最末席次。遥遥看去，秦王似乎展开了一卷竹简看得片刻才又抬起了头，接着便是浑厚清晰而又咬字极重的秦人口音回荡开来。

“诸位，秦国饥荒之危业已度过，郑国渠大见成效，秦国元气正在一步步恢复。当此之时，整肃朝局已成第一要务。”说得几句，嬴政似乎觉得大臣们听得不太清楚，摘下长剑站了起来，走到王阶前，目光炯炯地扫视着正襟危坐的大臣们，“本王亲政三年有余，先逢动荡余波之乱局，再遭跨年大旱之饥馑，内外大政，均未整饬。目下秦国大局稳定，本王整饬国政，自今日伊始。”

“君上明断！”十二名大臣异口同声。

“谋事在人，成事亦在人。诸位既无异议，今日先定枢纽人事如何？”

“臣无异议！”十二名大臣又是异口同声。

“好！本王先行申明：要职遴选，须当以功业为根基。然则，秦国未曾大举，臣下大功一时无从确立，而繁剧国事又得有人担责。唯其如此，本王之意，初定要职人选，俱以假职代署，一俟功业立定，而后正位定爵。其间，若假职者连续三番大错，证实才不当其位，立即离职。此法，诸位以为如何？”

“臣无异议！”十二名大臣异口同声。

“如此，本王宣示大位人选。”

嬴政话未落点，赵高从王案上捧起那卷竹简恭敬地递了过来。秦王接过竹简，又递给肃立一边的给事中。这个白发苍苍的执掌王城事务的内侍总管深深一躬，接过竹简清晰缓慢地念诵起来——

秦王政特书：欲立庙堂，先谋栋梁。业经各方举荐，元老咨议，今立大政如左：其一，原长史王绾，擢升假丞相，署理丞相府总领国政。其二，原前将军王翦，擢升假上将军，专司整军经武；原咸阳令蒙恬，擢升假上将军，襄助王翦整军经武；原假上将军桓龁，专司关外大营；但有军争大计，三假上将军会商议决。其三，原客卿李斯，擢升假长史，署理秦王书房并襄助秦王政务。其四，原内史郡守毕元，擢升假廷尉，总司执法各署。其五，原咸阳都尉嬴腾，擢升假内史郡郡守，兼领咸阳令咸阳将军。其六，原大田令郑国大功烁烁，职掌拓展，得总领经济十署，议决一切经济大计。秦王政十三年冬

“诸位若有异议，当下便说。”嬴政目光扫过，高声一问。

“臣等无异议！”殿中整齐一声。

嬴政微微一笑：“老国尉有话说？”

蒙武离座站起，一拱手：“老臣无异议，只是有话说。”

立即，大臣们的目光一齐聚向这个须发灰白的老国尉，几乎是人人不明所以。方才王书，在座大臣除老国尉蒙武、老廷尉嬴豎、老太仓令嬴寰原职未动，其余几乎人人擢升。更不说长公子蒙恬擢升假上将军，父亲蒙武能有甚话可说？

“老国尉但说无妨。”嬴政分外平静。

“老臣才具平庸，年事渐高，今日请辞，以让后生。”蒙武一副坦然神色。

“老国尉体魄强健，毫无老相，宁终日闲居乎？”

“老臣虽非军政之才，然驰骋疆场自信尚可。老臣一请，入军为将！”

“既然如此，老国尉资望甚重，便做假上将军，与桓老将军共掌关外大营。”

“君上差矣！”老蒙武陡然红脸，“老夫不做假上将军，只求一军之将沙场建功！老夫少小入军，总是奉命纠缠军政，终未领军征战，身为

将门之后，军旅老卒，老夫愧煞！”

“好！老国尉壮心可嘉！但有接任人选，许老国尉入军为将。”

“老夫举荐一人！”老蒙武昂昂一声。

“噢？老国尉有人？”

老蒙武一说，不独秦王惊讶，这些新锐大臣们也无不惊讶。谁都知道，国尉之才历来难选。其根本原因，在于国尉的实际执掌牵涉实在太多，一面不通便是梗阻多多。粮草征集、兵员征发、大本营修建、兵器甲胄之制造维修、关隘要塞之工程布防、郡县守军之调度协调，还有与关市配合收缴外邦商旅关税、与司寇配合抓捕盗贼等等等等。一言以蔽之，举凡大军征战之外的一切军务防务，通归国尉署管辖，涉军涉政又涉民，头绪之多令寻常将军望而生畏。当年赵国之名将赵奢，封马服君后不任大将军而任国尉，便在于赵奢有过田部令阅历，军政兼通。唯其如此，历来朝野对国尉府有个别号，叫做“带甲丞相”。此等人物，大军将领要认，各官署也要认，否则摩擦多多。所以，国尉之选，既要军旅资望，又要政才资望，单纯将领或单纯政务官都不能胜任。蒙武其所以任国尉多年，在于少年入军，秉性大有乃父蒙骜的精细缜密，又因与庄襄王及吕不韦之特异交谊，多有周旋秦国政务之阅历。放眼秦国朝野，如蒙武这般军政兼通者还当真难觅。今日蒙武声言有人，却是何人？

“老臣所举之人，已在函谷关外。”

“山东入秦之士？”

“正是！”

“与蒙氏世交？”

“非也。”

“然，老国尉如何判定其人有国尉之才？”

“此人三世国尉之后，连姓氏都一个‘尉’字，只一个天生国尉！”

嬴政不禁大笑，一挥手道：“此等人物，诸位谁有耳闻？”

李斯霍然起身：“臣知此人！只是……”

“散朝。”嬴政一挥手，“新老长史留宫，尽速交接。”

五　李斯的积微政略大大出乎新锐君臣预料

年轻的秦王在那道合抱粗的石柱前整整站了一日，偌大东偏殿静如幽谷。

石柱上新刻了一篇文字。这也是王城大大小小不知多少石柱木柱中，唯一被刻字的一道大柱。字是李斯所写，笔势秀骨峻拔，将笔画最繁的秦篆架构得法度森严汪洋嵯峨，令人不得不惊叹世间文字竟有如此灵慧阳刚之美境！然则，年轻的秦王所瞩目者，却不是文字之美。他对字写得如何向无感觉，只知道李斯的字人人赞许，好在何处，他实在不知所以。他之所以久久钉在石柱之下，是对这篇文字涌流出的别样精神感慨万端。

> 积微，月不胜日，时不胜月，岁不胜时。凡人好敖慢小事，大事至，然后兴之务之。如是，则常不胜夫敦比于小事者矣！何也？小事之至也数，其悬日也博，其为积也大。大事之至也希，其悬日也浅，其为积也小。故善日者王，善时者霸，补漏者危，大荒者亡！故，王者敬日，霸者敬时，仅存之国危而后戚之。亡国至亡而后知亡，至死而后知死，亡国之祸败，不可胜悔也。霸者之善著也，可以时托也。王者之功名，不可胜日志也。财物货宝以大为重，政教功名者反是，能积微者速成。诗曰："德輶如毛，民鲜能克举之。"此之谓也。

嬴政读过《荀子》的若干流传篇章，却从来没有读过如此一篇。

那夜书房小宴，当李斯第一次铿锵念完这段话，并将这段话作为他入主中枢后第一次提出的为政方略之根基时，嬴政愣怔良久，一句话也没说。那场小宴，是在王绾与李斯历经三日忙碌顺利交接后的当晚举行的，是年轻的秦王为新老两位中枢大臣特意排下的开局宴。主旨只有一个：期盼新丞相王绾与新长史李斯在冬日预为铺排，来春大展手脚。酒过数巡，诸般事务禀报叮嘱完毕，嬴政笑问一句："庙堂大柱俱为新锐，两卿各主大局，来年新政方略，敢请两位教我。”王绾历来老成持重，那夜赳赳勃发，置爵慨然道：“君上亲政，虚数五年，纠缠国中琐细政事太多，以致大秦迟迟不能东出，国人暮气多生。而今荒旱饥馑已过，庙堂内政亦整肃理顺，来年当大出关东，做他几件令天下变色的大事，震慑山东六国，长我秦人志气！”嬴政奋然拍案：“好！五年憋闷，日日国中琐事纠缠，嬴政早欲大展手脚！两位但说，从何处入手！”王绾红着酒脸昂昂道：“唯其心志立定，或大军出动，或邦交斡旋，事务谋划好说！”嬴政大笑一阵，突然发现李斯一直没说话，眉宇间似乎还隐隐有忧虑之相，不禁揶揄：“先生新入中枢，莫非怕嬴政不好相与乎！”

“臣所忧者，王有急功之心也。”李斯坦然地看着嬴政。

“先生何意？欲做大事便是急功？”议政论事，嬴政从来率直不计君臣。

“臣所忧者，王之见识有差也。”李斯很平静。

“怪亦哉！何差之有？”嬴政一旦认真，那双特有细眼分外凌厉。

“长史，你不明不白究竟要说甚？”王绾显然有些不悦。

“臣启君上。”李斯没有理会王绾，一拱手径直说了下去，“强国富民一天下，世间最大功业也。欲成此千秋功业，寻常人皆以为，办好大事是根基所在。其实不然，大功业之根基，在于认真妥当地做好每件小事。臣所谓君上见识有差，在于君上已经有不耐琐细之心，或者，君上对几年之间的邦国政务评判有差。此等见识弥漫开去，大秦功业之隐忧也。臣之所忧，唯在此处，岂有他哉！”

“大业以小事为本？未尝闻也！”王绾第一次拍案了。

“新说……先生说下去。”嬴政似乎捕捉到了一丝亮光。

“臣请念诵一文。”

嬴政点了点头，思绪还缠绕在李斯方才的新说中。

李斯咳嗽一声，竭力用略带楚音的雅言念诵了那篇短文。

嬴政默然良久。

“此文何典？”王绾皱起了眉头。

“我师荀子《强国》篇之一章。”

“怪也！大事不成王业，小事速成王业？这说得通么？”王绾兀自嘟哝。

李斯很认真地回答了王绾的困惑：“丞相，此论主旨，非是说大事无关紧要，实是说小事最易为人轻慢疏忽。对于庙堂君臣，大事者何？征伐也，盟约也，灭国也，变法也，靖乱也。凡此大事，少而又少，甚或许多君主一生不能遇到一件。小事者何？法令推行、整饬吏治、批处公文、治灾理民、整军经武、公平赏罚、巡视田农、修葺城防、奖励农工、激发士商、移风易俗、衣食起居等等等等。凡此小事日日在前，疏忽成习，必致荒政而根基虚空。其时大事一旦来临，必是临渴掘井应对匆匆，如何能以强国大邦之气象成功处置？是故，欲王天下，积微速成。不善小政而专欲大政者，至多成就小霸之业，不能一天下也！”

“依你所言，新局为政方略何在？”王绾又皱起了眉头。

嬴政没有说话，却猛然盯住了李斯，显然，这也是他要问的。

“五年之期，专务内政。”

“内政要旨何在？”

“整饬吏治，刷新秦国，仓廪丰饶，坚甲利兵。”

“而后？”

“东出函谷，势不可当，必一天下！”

嬴政肃然站起向李斯深深一躬：“敢请先生大笔，赐我积微篇章。”

次日午后，李斯在一幅绢帛上写成了那篇大论。嬴政立即吩咐赵高宣来尚坊令，遴选一名最好的石工，将这篇文字刻在了日常处置政务的东偏殿斜对王座的石柱上。嬴政特意为这篇大论取了个名目——事也政也，积微速成。柱石刻就，嬴政便钉在柱下不动了。

暮色降临，铜灯亮起，嬴政一如既往地坐到了大案前开始批阅公文。提起那支蒙恬大管，嬴政自觉心头分外平静。这种临案心绪的变化，只有嬴政自己清楚。既往临案，同样认真奋发，但他的内心却是躁动不安的。不安躁动的根本，是对终日陷溺琐细政务而不能鲲鹏展翅的苦苦忍耐，只觉得竟日处置政务小事，对一个胸怀天下大志的君王简直是一种折磨。假如不是他长期磨砺的强毅精神，也许他会当真摔下大笔赶赴战场的。今日不同了。荀子的高远论断，李斯的透彻解析，使嬴政心头的盲点豁然明朗——这日复一日的琐细政务，实际是一步步攀上大业峰巅的阶梯！何谓见识？发乎常人之不能见者，是谓见识。荀子的“积微速成”说，不是寻常的决事见识，而是一种方法之论，一种确立功业路径的法则之论。纵观历史成败，可谓放之四海而皆准也。思谋透彻，见识确立，嬴政突然觉得自己成熟了。嬴政清醒地知道了自己是谁，自己每日在做甚。这种对人生况味的明白体察，使年轻的秦王实实在在地处于前所未有的身心愉悦之中。

提出“五年刷新秦国，而后东出天下”的为政方略后，李斯马不停蹄地走遍了所有官署。年关之前，李斯开出了一卷长长的整饬内政清单，分为农事、工商、执法、关防、新军、仓廪、盐铁、吏治、朝政、王室十大方面一百六十三项具体实务。也就是说，各个大口该当整肃的事务以及该当达到的法度目标，全数详细开列。

会商清单时王绾脸红了：“君上，臣请换位，李斯当任开府丞相！”

“丞相何出此言！”李斯也红脸了。

嬴政笑了：“自知之明，好事。然则目下丞相，还是王绾最宜，无须礼让。”

“君上明断！”李斯长吁一声。

“君上，臣忝居高位，终究不安矣！”王绾面有愧色地摇着头。

年轻的秦王慨然拍案：“重臣高位，既在才具，又在情势，丞相何须不安也！目下之要，需我等君臣合力共济同心谋事，一天下而息兵戈，职爵之分何足道哉！”

“正是！职爵之分，只在做事便捷。”李斯坦然呼应了秦王。

“好！此话撂过。臣定依先生清单铺排，全力督导。”王绾也坦然地笑了。

那日，君臣三人将所有事项都做了备细分工，其中要害事项一一落实到最佳人选。落到嬴政头上的只有一件大事，此事非秦王出面无从着手。嬴政目下所看的公文，恰恰便是这件棘手的事情。

“小高子，羽阳宫之事如何了？”嬴政突然抬起头。

“好好好，好了。”看着秦王罕见的舒畅面容，赵高惶恐得不知所措了。

冰雪消散，启耕大典方过，沉寂多年的羽阳宫热闹起来了。

这是陈仓山地南麓的一片王室苑囿，占地三百余亩，南临滔滔渭水，北靠苍莽高原，与南山群峰遥遥相望，堪称形胜之地。从关防要塞说，这座宫室正在大散关、陈仓关、陇西要道之交会处，一旦有事，这座宫室便是处置三方危机的枢纽之地。羽阳宫是秦武王时期的丞相甘茂选址建造的，目的正在于上述关防思虑。唯其如此，羽阳宫不大，却极为坚固厚重，砖石大屋黑顶白墙直檐陡峭，很是简洁壮美。直到后世宋代，大学问家欧阳修的《研谱》还记载着长安民献来“羽阳千岁万岁”字样瓦当的故事，“其瓦犹今旧瓦，殊不朽腐”。后人之《渑水燕谈录》亦有记载云：“秦武王作羽阳宫……其地北负高原，南临渭水，前附群峰，形势雄壮，真胜地也！”

苍翠的山径，碧绿的池畔，到处游荡着白发皓首的老人。他们或徜徉踏青，或泛舟池陂，或聚相议论，或遥望南山，啧啧赞叹山水形胜之时又透出隐隐不安。池畔十多个老人更是守着茶炉无心品尝，人人两手握着一只早已经变冷的陶盅转悠着，有一搭没一搭地议论着，虽则言语简约，却也你问我答地断续着。

“我说诸位，我等到底为甚而来？”

“为甚？奉王书而来，等候西畤郊祀也。”

“西畤郊祀，便撂下国事了？”

“啊呀，抚慰元老，赏宫踏青，有何不可！”

“非也！老夫之见，秦王要与我等会商大事。”

“会商个鸟！逐客令废除之后，他听谁？”

“依你说，将我等一班王族元老搬弄到此，意欲何为？”

“总归说，没好事！”

“不然不然。我等嬴姓子孙，秦国不靠我等靠谁？”

“对也，不靠我等靠谁？”终于，有了一片呼应。

“做梦！连王后都不立，有了个夫人还不宣姓名，谁能左右？”

“未必也。王后太后，惹事老虎。老夫看，秦王此事没错。”

纷纷嚷嚷之际，一声尖亮的长宣突兀而起：“秦王驾临，列位大人回宫——”也是奇怪，内侍这种特异的声音总能破众而出直贯每个人耳膜。老臣们相互看看，各自嘟哝着只有自己听得懂的牢骚感慨，终于摇开老迈的双腿向那座唯一的殿堂走来。

嬴政此来，长史李斯没有随同。

按照规矩法度，长史几乎是秦王的影子，外出政事尤其如此。这次不然，秦王执意独自前来羽阳宫。理由有两个：一则是李斯须得尽快回北楚，接出妻小来咸阳；二则是王族元老之纠葛，年轻的秦王不想教李斯陷入其中。后一点，嬴政是从先祖孝公的为政之风中学来的。孝公处置王族事务，从来不牵涉商君，为的是要商君全力以赴应对变法大局。无数的历史证实，新锐大臣一旦卷入王族纠葛，往往都要埋下巨大隐患。孝公巡视不在国，商君毅然处置了太子违法导致的民变，刑治公子虔，不得已介入王族纠葛。正是这唯一的一次，使法圣商君在孝公之后惨遭车裂。对于秦国的这段历史，嬴政历来有不同见识。这个不同，是不像寻常秦国臣民那般，以秦惠王之功忌谈杀商鞅之过。嬴政从来不讳言，商君之死于非命，是秦国的最大国耻！一个大国君主面对复辟风暴，不是决然铲除复辟势力，而是借世族之压力杀戮自己心有忌惮的功臣，而后再来铲除复辟势力，实在当不得一个“大”字。嬴政无数次地在内心推演过当时情势，设想假如自己是秦惠王该当如何？结果，他每次的选择都是义无反顾——与商君同心，一力铲除世族复辟势力，而后一人主内政，一人专事大军东出。以商君之强毅公心，以惠王之持重缜密，秦国断不致在秦惠王初期那般吃紧，几乎被苏秦的六国合纵压得透不过气来。

“此次正好不用长史，空闲难得，先生安置好家事便是大功！”

嬴政慨然一句，李斯一时热泪盈眶。

李斯没有再推辞，带着秦王的特颁兵符，连夜赶赴关外大营去了。老桓龁一见兵符哈哈大笑：“秦王也是！老夫提兵关外，楚国敢来滋事？

只怕它巴结先生还来不及也！铁骑之外五十辆牛车，先生看够不够？”李斯红了脸：“不须不须，李斯家徒四壁，三辆牛车足矣！”老桓龁却是不由分说，牛车一辆不少，还坚持亲自率领五千精锐铁骑护送李斯回到上蔡。李斯不赞同也没用，只好浩浩荡荡地回到了汝水东岸的老家。果然不出老桓龁所料，楚国上蔡郡守以“昔年旧交”的名义，率一班吏员迎出十里。当年举荐李斯出任小吏的老亭长更是上心，呼喝着四乡八村的民众聚在村头道口，鼓乐一片声浪阵阵，硬是将李斯的轺车抬着进了李氏小庄园。李斯很清醒，也很实在，既牵挂秦王离开后的中枢政务，又很不喜欢与楚国官员应酬，更不想学苏秦那般锦衣归乡散金乐民的豪举。路途之上，李斯已经对老桓龁说定，大队铁骑十里外歇息等候，他只带一个百人队并牛车十辆进庄，接出妻小当夜便回咸阳。老桓龁笑呵呵答应了。及至官吏庶民纷纷来迎，老桓龁立时改了主意，说是不能给秦国丢脸，不能悄没声地进出楚国。老桓龁一定要李斯风风光光地周旋几日，一应恩仇了却干净！不由分说，老桓龁立即下令五千铁骑在汝水河谷扎营，立即派司马飞骑转回，火速送来三十车秦酒肉菜。老桓龁给李斯只一句话：“鸟！撂开整！该当！不能教楚人说秦人不知乡情！”

接到老桓龁的快马急书时，嬴政正要动身西来。他给老桓龁的回书只一句话：“务求长史平安返秦，余事老将军斟酌。”嬴政车马方到雍城，又得老桓龁快马急报：李斯只周旋了两日，流水酒宴昼夜不停，楚官与乡人全数与宴，赠老亭长五十金，庄园桑田捐入族产；目下长史已经回程，老桓龁亲自护送进入函谷关，三日后定可安然抵达咸阳。嬴政长长地出了一口气，立即给假内史兼领咸阳令的嬴腾一道王书：“长史家室初安咸阳，府邸修葺、官仆选派等一应事务，务求以北楚风习安置妥当，不使其家人有隔涩之感。”

嬴政这次要处置的，是一件新锐大臣们无法插手的棘手事。

在李斯开列的一百多项积微政事中，只有这件事无法由任何官署完成。这就是，从官署中裁汰王族元老。裁汰冗员，本是整肃吏治的一个细目。裁汰王族元老，更是这一细目中的细目。然则，恰恰是这一细目中的细目，构成了整肃吏治的最大难点。商鞅变法之后，天下干族之中，秦国王族可说是最没有特权的王族了。然则，王族领袖国家，毕竟是全部族群的轴心。历史积累，邦国传统，无论法令如何限制，王族终究有着其余臣民无法比拟的诸多根基特权。便以秦国的官吏任职期限说，秦法没有明定退隐年岁，但却有裁汰力不胜任者的种种法度。具体说，但凡秦官，寻常五旬以上年岁者便进入了暮年之期，进入了国正监的裁汰视野；其时若有困顿之相或某种老疾，是一定要被裁汰的。当然，这种正常裁汰不是治罪，自然不能削官为民，而是退隐闲居薪俸照旧。若是精神体力健旺超常，则可照常任事。譬如老将桓龁与军中一班老将，个个老当益壮，谁也不会以其年高为由而生出异议。

因了此种法度传统，秦国官署的力不胜任者很少，病弱者更少。但是，此次五年积微，李斯仍然将裁汰老弱冗员列进了重点细目之内。李斯说："兵在精，不在多，官亦同理。一官无力，百事艰难。大出天下，贵在官吏精干也！"

嬴政与一班新锐大臣无不赞同。

但是，秦国的王族官员有所不同。不同者一，王族子弟但有军功政绩，所任多为要害官署之实职大员，至少是各官署的领班大吏。目下的秦国官署，六成的领事之"丞"（官署副职）都是王族子弟。不同者二，王族官吏年高不退隐者居多。除了明显的伤残大病不能理事者，王族官吏极少有因年高体弱而退隐的先例。其间因由有三：一则，王族子弟都有本来的家族封地与王室苑囿每年拨付的"例谷"进项，尽管是虚封不领民治，但所分赋税还是能在加冠之后人人拥有一座府邸；如此，王族子弟任官之后不须另建官邸，各方都觉得俭省物力。二则，王族官吏熟悉政务通晓各官署人事，办事利落快捷，无论其主官上司还是其属下吏员，都喜欢有个王族子弟做署丞。三则，秦国王族子弟向有传统，守法奉公，不贪不奢不争功。甚至多有王族子弟更换姓名隐匿出身而从军，直到高年，军中依然不知其为王族子弟。唯其如此，朝野对王族任官从来没有作为事端提出过。

因了秦国王族的奋发自律，也因了给官署带来的种种便利，各官署裁汰冗员，极少列入王族官吏。只要不是显然病弱，王族子弟寻常都是老来依然在官在职。依据李斯与国正监的共同查勘，军中王族将士除外，在咸阳并各郡县任职的王族高年官吏百余人。此等高年老吏，除了坚持每日应卯会事，迟暮懵懂者大有人在。而这些高年大吏的职司，恰恰又都是最需要能昼夜连轴转且机敏精干的要害职位。

反复思忖，嬴政登门探视了驷车庶长老嬴贲，会商出一则移势之策：以西畤郊祀为名，将在位的王族元老与年高大吏，全数高车驷马送到西畤左近的羽阳宫，而后由文火化之。西畤，是秦人立国之初在秦川兴建的第一座祭坛城堡，建成于秦襄公八年。西畤落成之时，东来秦人在西畤举行了盛大的祭祀白帝礼。此后六代一百余年，秦人一直奉上天白帝为秦人正神。后来，秦宣公在关中渭南地带兴建密畤，改祭青帝，同时奉上天青帝为秦人正神。及至秦献公东迁都城于栎阳，恰逢栎阳“雨金”祥瑞，建成畦畤又行大祭，再次祭祀白帝正神。其间，虽也有秦灵公祭过华夏始祖神黄帝、炎帝，但从此之后，秦人尊奉的上天正神，始终是白帝青帝并存，直到嬴政在统一天下后经阴阳家论证而正式尊奉水德，奉青帝，色尚黑。这是后话。目下之秦国，西畤是秦人东进的最早祭坛，具有无可争议的发端地位，与早期都城雍城一起成为秦人的立国圣地。在西畤郊祀，老秦部族的任何成员能够被邀参与，都是一种很高的荣耀，断没有拒绝的理由。

王族元老们匆匆赶到大殿，秦王却没有临殿会事。

羽阳宫总管老内侍宣读了一道王书：秦王进入沐浴斋戒，着所有与祭者从即日开始沐浴斋戒三日，而后行西畤郊祀大礼，祈祷白帝护佑秦国。王书读罢，老臣们一片肃然，异口同声地奉书领命。目下朝野无人不知，这个年轻的秦王日夜勤政惜时如命，他能三日沐浴斋戒脱开政事，实在是破天荒也！秦王如此看重郊祀大典，王族臣子夫复何言？

三日之后，曙色未显，队队车马仪仗辚辚开赴十多里之外的西畤。及至太阳高高升起的辰时，郊祀大典圆满成礼。所有与祭者都分得了一份祭肉，无不感慨唏嘘。依照郊祀礼仪，与祭君臣三百余人，各自肃立在原有的祭祀位置虔诚地吃完各自分得的祭肉，祭礼方算圆满告结。这日也是一样，吃完具有神性的祭肉，盛大的车马仪仗轰隆隆开回了羽阳宫。将到宫门，与祭元老们接到王书：歇息两个时辰，午后赴殿，秦王会事。

午后的庭院春阳和煦。秦王说大殿阴冷，不利老人，不妨到庭院晒着太阳说话。元老们分外高兴，纷纷来到庭院各自找一处背风旮旯舒坦地坐了下来。年轻的秦王也在池畔一方大石坐了下来，看看这个问问那个，一时还没说到正事。谁知一到太阳地不打紧，不消片刻，便有几个老人在暖和的阳光下眯起老眼扯起了鼾声。更有许多老臣，急匆匆站起离开，归来片刻又急匆匆离开，额头汗水脸色苍白呼哧呼哧大喘不息。嬴政眼见不对，一边询问究竟何事一边紧急召来太医巡视。三位老太医巡视一圈，回禀说没有大事，瞌睡者是连日斋戒今日奔波，体子发虚的老态；来去匆匆者是吃了祭肉消化不动，内急；服得三两服汤药再调养几日，当无大事。

“王叔，我吃得祭肉最多，如何没事？”嬴政声音大得人人听得清楚。

“王叔能与你比？”做大田丞的元老气喘吁吁摇手，“你虎狼后生也，我等花甲老朽也。那祭肉，都是肥厚正肉，大块冷吃，倒退十年没事。今日，不行也……”

“是也是也，不行了。”周遭一片纷纷呼应。

“三日斋戒，腹内空虚，突遇祭肉来袭，定然内急。”

国尉丞的兵法解说，引来一片无奈的咳嗽喷嚏带出鼻涕的苦笑。

年轻的秦王强忍着笑意站起，拱手巡视着四周高声道：“此乃嬴政思虑不周，致使诸位尊长受累。嬴政之过，定然弥补。太医方才说过，诸位尊长需要调养始能恢复。嬴政以为，羽阳宫乃形胜之地，诸位尊长不妨在此多住几日，一则缅怀先祖功业，二则游览形胜，三则调养元气。诸位尊长，以为如何？”

“君上，只是，只是国事丢弃不得也！”大田丞勉力高声一句。

一元老伸展腰身一个激灵：“噫！老夫如何梦见周公也。”

在元老们一片难堪的笑声中，嬴政正色道：“诸位尊长与闻国事之心可嘉。本王之意，诸位尊长集居羽阳宫，亦可与闻国事。实施法程，由老驷车庶长宣示。”

一辆坐榻两轮车推了出来，一直没露面的老嬴贲点着竹杖说话了：“诸位都是王族子孙，该将秦国功业放在心头。然则，掌家日久，尚知家事传于后生。在座诸位，还有执掌家族事务的么？没有！因由何在？年高无力，老迈低能。家事尚且明白，国事如何糊涂？说到底，公心不足，奉公尚差！今次郊祀，三日斋戒、一顿祭肉、片刻春阳，诸位已老态尽显，谈何昼夜轮值连番奔波？以老夫之意，该当全数退隐，老夫也一样！奈何秦王敬老敬贤，着意留诸位与闻国事参酌谋划，老夫方谋划出一个法程，诸位听听。”

“愿闻老庶长谋划。”元老们一片呼应。

驷车庶长署的府丞展开竹简，备细陈述了元老与闻国事之法。这个法程是三个环节：其一，驷车庶长府会同王室长史署，每旬向羽阳宫送来一车公文副本，供元老们明白国政大要。其二，元老们可据国事情势论争筹划，每有建言，交羽阳宫总管内侍快马禀报咸阳王室。其三，建言良策若被采纳，视同军功，建言者照样晋升爵位。

老嬴贲一点竹杖：“诸位既能建言立功，又可颐养天年，如何？”

元老们异口同声地说了没有异议。之后一阵默然，老臣们似乎有某种预感，又相继提出了几个实实在在的心事。一是咸阳家人可否搬来同住？嬴政笑答，诸位家人尽可一并搬来，羽阳宫不够还可拓展。二是老臣若念咸阳，能否还国小住？嬴政笑答，所有王族老臣在咸阳的府邸都长久保留，谁想还国，随时可回可居。三是日后若无建言之功，爵位禄米是否便没了？嬴政笑答，诸位既往之功不能抹煞，且日后依然谋国，无非虚职而已；元老原本爵位禄俸依旧，若有建言新功业，仍依大秦律法论功晋爵。如此这般一一明定，元老们再也没有话说了。全场默然良久，白发苍苍的一群王子王孙忽然都哽咽了，涕泣念叨最多的一句话便是，只要能为秦国效力，挂冠去职怕个鸟。

了结此事的当晚，年轻的秦王大宴元老。正在酒酣耳热之际，咸阳快马传车飞到，李斯密书急报：关外秦军开始大举攻赵，国尉蒙武已经亲自赶赴函谷关坐镇粮草。嬴政接报没有片刻犹豫，留下驷车庶长老嬴责善后，自己连夜赶回了咸阳。

六　以战示形　秦军偏师两败于李牧

关外秦军对赵国的战事，是嬴政君臣共同谋划的一着大棋。

依照李斯“五年积微，刷新秦国”之政略，秦军似乎不该在专务内政之时大举出兵。然则五年不战，在刀兵连绵的战国之世，在目下秦国，则完全可能形成另一种局面。一则，秦国威慑收敛，山东六国压力大减，立即便会孜孜不倦地多方骚扰秦国，甚或可能重新结成合纵遏制秦国。二则，秦法奖励耕战，秦人昂扬奋发闻战则喜，果真五年不战而听任山东六国恢复元气滋生事端，秦国朝野既有可能怨气大增，也有可能暮气大增，内政是否会生出新的变局实难预料。当沉静的王绾说出这种担心时，嬴政君臣无不默默点头。基于此等天下大势战国传统以及秦国实情，嬴政与四位新锐栋梁反复计议，才有了架构庙堂时的“假上将军者三”的奇特布局。历来军权贵在专一，秦国一次出三个上将军，且个个都是假（代理）上将军，实在是天下唯一了。蒙武得知谋划，不禁大皱眉头：“一国三帅，徒惹山东六国耻笑耳。”嬴政却道：“唯其有效用，我便是我，何在他人一笑哉！”

王翦蒙恬谋划的五年军争方略是：关外有常战，关内大成军。

王翦说，此一方略之实施，图谋主要在四处：其一，给天下以秦国无将之表象，使山东六国松懈对秦军的戒备；其二，以攻势作战使山东六国自顾不暇，不明秦国内事作为，更对秦国行将“一天下”的长策大计无所觉察，以收未来出其不意之效；其三，使国人不忘战事，同心振作；其四，使大数额招募兵员与训练精锐新军，有不用解释的正当理由。蒙恬将这一方略归结为八个字：以战示形，乱敌强国。

“此谓瞒天过海，六国醒来，为时晚矣！”李斯一语点题。

“好！方略实施，由三位上将军谋划。”嬴政奋然拍案。

王翦蒙恬星夜赶赴关外大营，与老桓龁商议三日，一卷详尽的实施之法摆上了嬴政的王案：其一，五年之内秦军实行两军制，分成关外关内两支独立大军；关外大军名为主力，实则偏师；关内大军以蓝田大营为根基扩充整训，实则是未来东出的主力大军。其二，三大将明定职司：老将桓龁统帅关外大军，专司对山东常战；王翦执掌蓝田大营，专司练兵练将；蒙恬通联各方，专司招募兵员与军器衣甲改制。其三，将士分营：举凡四十五岁以上之将军，四十岁以上之校、尉、千夫长、百夫长，三十五岁以上之头目与兵士，一律划归关外大营；其余年轻将军头目与年轻士兵，一律划归蓝田大营做新军骨干。其四，两军五年内达成目标为：关外大军至少一年两战，关内大营扩充整训为一支四十万员额的精锐大军。

嬴政与李斯会商，当即批下八个大字："内外协力，着即实施。"

一月之内，秦军三十余万主力大军两分完毕，关外大军十三万余，蓝田大营十八万余。两军相比，蓝田大营留下的头目兵士多，关外大军划走的将军校尉多。

"鸟！老夫率老师，教它山东六国火烧猴屁子！"

在关外幕府，老桓龁一句粗豪，聚将厅哄然大笑。点卯之后，老桓龁慷慨拍案的正经说辞是："诸位将士，我等的兄弟子侄都撂到蓝田大营了，父子兵、兄弟兵都分开了！我关外大军，清一色能征惯战之锐士！一句结实话：秦国即将大出天下，但我等老兵老将等不到那一天了。我等老兵老将，打仗的日子不多了！这五年之期，便是我等老卒的最后军旅，最后征程！老军打得好，关内大营的后生便能从容成军，五年之后东出函谷泰山压顶，秦国便能一六国，天下从此无战事！老军打得不好，关内后生不能全力练兵，反要来为我等擦屁子收拾摊子，羞也羞死人！说到底，仗仗都要干净利落，不能松屁子拉稀！老夫只一句话：抛下白头，马革裹尸，最后一战！"话音落点，大将们一口声齐吼震得聚将厅砖石缝的土屑刷刷落下。

开春之后，桓龁老军猛扑赵国平阳。

选定赵国作为首战，理由只有一个：赵国为目下山东六国唯一的强兵之国，只要对赵作战有成效，便能震慑天下。两年前大旱方起，为使六国不敢趁天灾合纵攻秦，桓龁王翦曾猛攻平阳，杀赵将扈辄，斩首十万，随后即撤出平阳退守关外大营。后来，赵国新王即位，为防秦军再次东进，从阴山草原调来边军五万防守平阳。此次老桓龁再攻平阳，目标便是这五万精锐赵军，若能一鼓歼之，对赵国朝野无异于当头棒喝。桓龁的部署是：前军大将樊於期率五万主力大军正面攻城，盛年将军麃公、屠雎各率一万铁骑两翼游击，阻截有可能出现的赵国援军。桓龁则自率五万铁骑，千里奔袭邯郸东北的武城，以使赵国虚实不辨精锐边军不敢轻易南下。

及至嬴政赶回咸阳，第一道快马战报已经送来：秦军攻克平阳，击溃五万赵军，斩首两万余。次日战报再来，说樊於期已经率军北上奔袭，从西路深入赵国腹地。嬴政询问了军使，得知东路桓龁一军业已奔袭武城，心中有些不安，留下李斯王绾处置政务，自己连夜赶赴蓝田大营与王翦蒙恬会商关外军情。

“三地开战，两路奔袭，赵国必乱阵脚也！”蒙恬很是兴奋。

王翦却皱起了眉头：“一班老将如此战法，力道太过。平阳距关外大营近便，若能集聚大军一战斩首五万，既可稳妥大胜，又可歼灭赵军一支主力，本是上上战法。如今两路奔袭，声势虽大，然一旦照应不周……”

“可能出事？”嬴政脸色有些不好。

“如今的赵军统帅，是李牧。”王翦一字一顿。

“想起来也！”蒙恬突然拍案。

“甚？”王翦有些惊讶。

“当年君上立太子时，便说赵将李牧将成秦军劲敌！”

“李牧做了大将军。看来，赵王迁未必平庸之辈。”嬴政脸色阴沉。

“我意，立即急书老将军：着两路奔袭大军星夜回师！”蒙恬见事极快。

“老军初战，君命过早干预，也有弊端。”持重的王翦显然还在思忖。

嬴政在幕府大厅转悠着，一时实在难以决断。若以目下山东六国之军力军情，老辣的秦军两路奔袭，似乎也不该有多大危险。唯一顾忌者，是这个李牧与他统帅的赵国边军。可李牧初接赵国军权，一时照应不及亦未可知。当此之时，君王强令回师，定然挫动一班老将慷慨赴战之锐气。毕竟，分兵常战是既定方略，将在外君命有所不受更是战国传统。如此数万兵力的小战刚刚开打，便要以王命干预，将来动辄数十万大军出动的灭国大战又当如何，一个君主岂能照应得过来？再说，桓龁、樊於期、麃公、屠睢等历来都是独当一面的沙场宿将，所率秦军又是能征惯战之老师，纵然李牧边军南下，凭甚说一定打不赢？反复思忖，嬴政转悠过来摇了摇头。

“君上何意，不管了？”蒙恬有些着急。

“李牧边军与我秦军从未交过手，可是？”

“这倒是。李牧久驻阴山，没有南下打过仗。”

“李牧果然出兵，便是与秦军第一战，不妨试试成色。”嬴政从容一笑。

“君上言之有理。既定方略，不宜多变。”王翦立即赞同了。

“桓龁东路该当无虞，樊於期西路令人担心。”蒙恬转了话题。

“何以见得？”嬴政问了一句。

“樊老将军求胜心切，攻克平阳后深入赵国，不在桓龁军令之内。”

“樊於期老将坚刚多谋，该当无事。王翦以为如何？”

“当下，臣不好论断。”

“好！我在蓝田大营住几日，等两路战胜军报。”

旬日之后，关外奔袭的第一道战报终于抵达：桓龁一军攻克武城，斩首赵军万余，夺粮草辎重千余车，业已顺利回师关外大营。嬴政很是高兴，与王翦蒙恬聚酒小宴以示庆贺。在君臣三人各自揣测李牧迟钝不出之因由时，第二道战报飞来了：樊於期大军兼程急进连下两城，回军时被李牧亲率边军飞骑截杀，秦军战死三万余，余部突围散战正在渐渐聚拢，樊於期将军下落不明！君臣三人深为震惊，留下蒙恬镇守蓝田大营，秦王与王翦立即率五千铁骑兼程赶赴关外大营。

汇集各方消息，战败经过终于清楚了。

攻克平阳之后，老军将士嗷嗷求战。樊於期更是意犹未尽，立即与麃公、屠睢会商，主张从西路北上奔袭赵国恒山郡，策应东路桓龁。樊於期的奔袭主张理由有三，都很坚实：其一，桓龁东路奔袭是孤军，不能说没有被赵军伏击的可能，需要策应；其二，若从西路再出奇兵北上，则赵军必然不明虚实而迟疑，不敢轻易对任何一路动手；其三，我军已克平阳，枯守原地徒然窝了兵力，两军齐出事半功倍！樊於期本来就是仅仅次于主帅桓龁的前军大将，此次又是平阳战事的主将，西路奔袭的主张尽管在桓龁预先部署之外，然从大局看却无疑是主动策应主力的积极之举，完全符合秦军传统，老将们二话不说便齐声赞同了。樊於期立即部署：屠睢率两万步军留守平阳，自己与麃公率五万铁骑北上奔袭。

樊於期选定的奔袭路径是：沿汾水河谷秘密北上，于晋阳要塞外突然东折，从远离井陉要塞的南部山道进入恒山郡，攻克赤丽、宜安两城后，若东路无事便立即回师。就长平大战后的秦赵情势说，这条路径确实是赵国的一道软肋。长平大战后，赵国对秦国的防御部署历来集中在三坨：河东一坨，以平阳为根基与秦国做最前沿对峙；中央一坨，以上党山地为纵深壁垒，使秦军不能威慑邯郸；北部一坨，以晋阳、狼孟的长期拉锯争夺战为缓冲地带，以井陉要塞为防守枢纽，不使秦军以晋阳为跳板突破赵国西部北大门。如此三大坨之间，南北千余里东西数百里，疏漏空缺处原本很多。尤其是平阳至晋阳之间的汾水河谷，没有一处重兵布防的要塞。所以如此，形势使然。长平大战后，魏国韩国的实力在整个河东与汾水流域大大衰减，说全部退出也不为过。也就是说，连同上党在内的整个河东与汾水河谷，都在事实上变成了两方四国哪一边也无法牢固控制的拉锯地带，赵国能扼守住如上三要害，已经是万分地不容易了。唯其如此，秦军歼灭河东平阳的赵军主力后，赵国在整个汾水河谷的南大门已经洞开，只要不东进上党，沿汾水谷地北上几乎没有阻力。

樊於期五万铁骑秘密行军，果然未遇一支赵军，直到在晋阳郊野东折，进入赵国恒山郡，一路都出奇地顺当。作为老军老将，此等顺当原是异常。然在目下樊於期麃公一班老将眼里，这却是完全该当的。赵国新王即位两年，第一年便被秦军攻克平阳斩首十万杀大将扈辄，赵国已成惊弓之鸟全然在意料之中，再说赵国精锐也就是那二十万边军，要赶到恒山郡，最快也得半月上下，纵然赵国察觉了又能如何？

攻克赤丽，是顺利的。攻克宜安，也是顺利的。

秦军战心愈加炽热，上下嗷嗷叫，索性南下奇袭邯郸大门武安，打一个大胜仗！樊於期很是清醒，不为众议所动断然下令回师，军令理由只有一句话："深入赵国腹地，策应东路震慑赵人之使命已成，回师！"秦军战心炽烈，军法却更是严明，主将一声令下，立即将战胜财货装车回军。暮色时分经过滋水南岸的肥下之地，谁也想不到的灾难突然降临了。

广阔舒缓的青苍苍山塬上，突然四面冒出森林般的红色骑兵，夕阳之下如漫天燃烧的烈焰轰轰然卷地扑来，雪亮的弯刀裹挟着急风骤雨的箭镞，眨眼之间便狠狠铆进了黑色的铜墙铁壁。秦军将士没有慌乱，却实实在在地措手不及……麃公身中三箭死战不退，被护卫骑士拼命夹裹着杀出重围，绑在一辆轻车上一路拼杀西来。堪堪望见晋阳城，麃公大吼几声，奋然拔出钉在前胸的三支长箭，便失血死了。一个千夫长说，麃公临死的吼叫是，李牧！记住李牧！血仇！

……

幕府聚将厅一片沉寂，如同战场后的血色幽谷。

幕府外黑压压站满了校尉头目，他们是为战场失帅而自请处罚。天下军法通例：主帅战死，将佐与护卫无过；主帅被俘抑或失踪，将佐治罪，护卫斩首。目下主将樊於期活不见人死不见尸，突围将士岂能安宁？老桓龁回师途中突闻战报，先是暴跳如雷，之后大放悲声，若非两个司马死死抱住，那口精铁长剑眼看便插进了肚腹。从战报传来，截至秦王与王翦赶到，整个关外大军三日三夜不吃不喝地漫游在幕府营地，搜寻接应突围逃生者、救治伤残者、埋葬有幸逃回而死在军营者，残兵将佐痛悔请罪，未遇劫难者激昂请战，整个营地既如死寂的幽谷又如焦躁的山火，愤激混乱不知所措。秦王来到，将士闻讯云集而来，却都死死地沉寂着。尽管有待处置的紧急军务太多太多，但有秦王亲临，大将们谁也不好先说如何如何。不是不敢说，而是谁都清楚，这是秦王亲政之后的第一次败绩，敌方是与秦军试手的神秘的李牧，秦军大将则是备受秦王器重的老将樊於期，牵涉多多干系重大，骤然之间谁也不好掂量这次败绩对目下秦国秦军的影响以及对于未来的分量。

“将士都在辕门外？”嬴政终于开口了，似乎刚刚从沉睡中醒来。

须发散乱面色苍白的老桓龁默默地点了点头。

“走！本王要对将士说话。”秦王举步便走。

眼看老桓龁懵懂不知所以，王翦低声急迫地提醒：“号令全军聚集！”

老桓龁如梦方醒，拳头一砸白头赳赳出帐。片刻之间长号大起，军营各方默默忙碌的兵士们轰隆隆聚来，辕门外的大军校场倏忽大片茫茫松林。没有号令，没有司礼，黑压压的甲胄丛林肃然静寂，唯有千人将旗在丛林中猎猎风动。

走出幕府，年轻的秦王没有与任何一个大将说话，也制止了中军司马将要宣示的程式礼仪，径自稳健地踏上了一辆只升高到与幕府顶端堪堪平齐的云车，高亢结实的秦音便激昂地回荡起来：“将士们，我是秦王嬴政！本王知道，大军首战大败，将士们都想知道我这个秦王如何说法，否则人人不安。唯其如此，本王今日畅明说话，归总只有三句。第一句，胜败乃兵家常事！当年没有胡伤的对赵阏与之败，宁有举国协力的长平大捷？本战，大将谋划无差，兵士协力死战，不依无端战败论罪。第二句，秦军有了劲敌，大好！李牧边军能在我军全无觉察之下突袭成功，堪为秦军之师也！秦军要师李牧而后胜李牧，后当天下无敌！第三句，秦国既定方略不变，关外大军还是关外大军，哪里跌倒，哪里爬起来！！”

黑色丛林沉寂着，秦军将士们热泪盈眶地期待着秦王继续说下去。嬴政却戛然而止，大步走下了云车。秦王举步之间，十万大军的老誓吼声骤然爆发了，如滚滚沉雷如隆隆战鼓如茫茫呼啸，士兵将佐们几乎喊哑了嗓子，久久矗在校军场不愿散去。

夜幕降临，幕府聚将厅的君臣会议开始了。

李斯是在接到战报后快马兼程赶来的，心绪沉重得无以复加。在辕门口外，李斯恰恰听到了秦王对三军将士的慷慨之说，心下虽然长吁一声，却一直没有说话。老桓龁是愤激悲怆羞愧折磨得有些懵懂，铁板着脸紧咬着牙不知如何。王翦与左军大将屠睢倒是沉稳如常，矗在赵国板图前一动不动，却也一直没有说话。

“上将军，肥下之地宜于伏击么？”嬴政一阵转悠，终于打破沉默。

“不，不宜。”王翦显然还沉溺在深深思虑之中。

“你说不宜，李牧为何就宜了？”

“臣所谓不宜，是以兵法而言。”王翦已经回过神来，指点着板图道，“君上且看，这是恒山郡，滋水从西北向东南流过，滹池水从西向东流过，两水交汇处的滹池水南岸，便是肥城，肥城之南统称肥下。此地方圆百里，尽皆低缓山塬，多是说平不平说陡不陡的小山丘，除了寻常林木，一无峡谷险地，二无隘口要道。依据兵法，实在不足谓奇险之地。然则，偏偏在这般寻常地带，李牧却能隐藏十余万大军发动突袭，其中奥秘，臣一时难于道明。”

“老将军以为如何？”嬴政平静地坐进了大案。

“咳！肥下实在没甚稀奇，阴沟翻船！”老桓龁的生铁拳头砸得将案咣当大响，“但凡秦军老将老卒，谁都将赵国趟得熟透。邯郸城门有几多铁钉，老兵都数得上来！那肥下山地非但无险，还是个敞口子四面不收口。谁在肥下做伏击战场，直一个疯子！李牧就是疯子！老夫看，他定然是凑巧带兵路过！老夫不服！不信他神！”

“左将军以为如何？”

“臣启君上，”屠睢一拱手，“上将军所言，老军将士无不赞同。”

“关外大营还想攻赵？”

“正是！三万余将士战死，岂能向李牧低头！”屠睢慷慨激昂。

“启禀君上，老臣请战，再攻赵国！”老桓龁立即正式请命。

嬴政看看李斯又看看王翦，叩着大案沉吟不语。李斯自入关外大营，见秦王已经知晓军情，一直没有说话。最要紧的原因是，李斯当初一力赞同内外分兵的方略，也从来不怀疑秦军战力，根本没有想到偏师小战竟会大败，更没有想过如果关外战败又当如何？身为长史，又是国策总谋划者，李斯不能不从全局思忖。日下局部失利，翻搅在李斯心头的是：

是否因这一局部失利而改变全局谋划？具体说，五年刷新秦国的谋划之期是否短了？秦军兵力以及将才，是否不足以分为两支大军？如果继续对赵作战，是继续由关外大军独当还是合兵全力赴战？思虑看似对赵战事，实际却牵涉着“一天下”的长策伟略如何实现的全局。李斯之短，在于对军事不甚通晓。当年在苍山学馆，荀子评点弟子才具，对李斯的评语是：“斯之政才，几比商君也。然兵家之才纵横之能，与苏秦张仪尚不及矣！”也就是说，苏秦张仪尚算知兵，李斯连“尚算知兵”亦不能。法政名士之所谓知兵，非指真正具有名将之能，而是指对军旅兵争有没有一种感觉。这种感觉，可能学而知之，然更多的却是基于一种天赋直觉。若就兵家学问言，以李斯之博学强记，寻常之谈兵论战自不待言。然要真正地肩负万千军士之性命而全局谋划军争，李斯总觉得没有如同透彻的政事洞察一样的军事见识。譬如目下，李斯实在没有看出原先方略有何不妥，然则，在该不该对赵继续作战这个具体事项上便觉头绪颇多，无法一语了断。但无论如何，作为中枢主谋，他不能不说话。

“以臣之见，若对赵战事无胜算，可改向他国，或中止关外用兵。”

“何以如此？”秦王追了一句。

“其一，关外战事，意在示形，并非定然咬紧赵国。”

“也是一理。”

“其二，即或关外停战，亦不影响关内整训新军，于大局无碍。”

“王翦以为如何？”秦王沉吟地叩着大案。

“臣之评判，有所不同。”王翦慨然一句，显然已经深思熟虑，“老军东出，初战失利，并非全然坏事。最要紧处，是扯出了赵国李牧的边军。李牧威震匈奴，已经是天下名将。然其才具、战力究竟如何？秦军极为生疏。若果真李牧此时不出，而在五年之后陡然与秦军相遇，战局难料。肥下之战逼出李牧，臣以为是最大好事。然则，此战仅为李牧边军的独有战法，若李牧仅仅如此一种战法，不足虑也。臣所虑者，李牧用兵之能我军依然没底……”

“且慢！”老桓龁一拍案，“李牧独有战法？是甚！”

“善藏飞骑，善开阔决战。此为李牧边军之独有战法。”

“鸟！这也叫战法？有地谁不会藏兵，你说个明白。”

“中原各国战法，以地藏兵，开阔之地不阻敌。”见老桓龁点点头，王翦指点着板图又道，“可大草原不同，险山恶水极少，大军难以隐藏，只能依靠剽悍骑兵的急剧飞驰追歼敌军。然则，李牧大败匈奴，却不是死追匈奴决战。当然，也是匈奴聚散无定来去如飞，无从追歼。李牧之法是长期麻痹匈奴，而后在匈奴大军南下时以飞骑大军合围痛击。老将军且想，在一望无垠的大草原，能使数十万骑兵隐藏下来而匈奴毫无察觉，这不是善藏飞骑么？开阔山原，四面敞口，最不宜包围战，李牧却恰恰能做到。这不是善开阔决战么？一句话，李牧长期对匈奴作战，业已形成了一套迥然不同于中原的独特战法。”

“狗日的！草原狼！刁！”桓龁算是承认了李牧。

“老将军说得好！李牧边军确实是草原狼，剽悍狡诈。”

“往下说。”嬴政叩着大案目光炯炯。

“王翦之见，为摸清李牧边军实力与战法，对赵战事不能中止。”

“有血气！老夫赞同！”老桓龁拳头砸得咚咚响。

“若再战失利，又当如何？”嬴政追问一句。

“只要不是主力决战，一战数战失利，不足畏也。”

李斯霍然站起：“不能！至多只能再败一次。否则六国合纵必要死灰复燃！”

“长史也，老夫能教他再胜一次么？真是！”老桓龁拍案高声。

“长史所虑，不无道理。”嬴政也站了起来，“天下格局之变化，一大半在秦赵战场之胜负。当年赵奢第一次战胜秦军，赵国始成山东砥柱。如今李牧第二次战胜秦军，山东五国尚不明就里，不敢贸然合纵。然则，若是再给赵军两次战胜秦军的战绩，天下大局必然生变。在秦而言，绝不允许合纵抗秦之六国同盟再次结成！唯其如此，以再败一战为限，对赵战事仍当继续。”

“适可而止。臣无异议。”王翦明朗一句。

“臣等无异议！”桓龁李斯屠睢异口同声。

“赵王迁若不许李牧再次出战，又当如何？”嬴政皱起了眉头。

老桓龁一脸茫然："这，这，君上这是从何说起？"

"君上所虑，是将赵王迁做明君看也。"李斯一笑，"肥下一战胜秦，业已证实李牧边军足以抗衡秦军。若是明君，有可能下令李牧全力对秦备战而避免小战，只在秦军主力大军东出之时决战。"李斯转身对嬴政一拱手，"然据种种消息，赵王迁绝非明断君主，不可能有此定力！我军再攻，赵王迁必定会敦促李牧尽快出战。"

"臣等赞同长史。"桓龁王翦屠睢异口同声。

天色微明，秦军晨操号起。君臣会议方罢，正在狼吞虎咽锅盔干肉战饭之时，一骑快马飞到，送给李斯一支密封铜管。李斯打开一看，过来对秦王低语几句。嬴政目光一闪离案起身："王翦可留下两三日，商定对赵部署后再回。我与长史先回咸阳！"

一语落点，嬴政已经大步出帐。

第四章 风云三才

一　尉缭入秦　夜见嬴政

一辆垂帘辎车飞进了灯火稀疏的大咸阳。

正是午夜时分，辎车进入东门内正阳街，径直向王城而来。堪堪可见两排禁军甲士的身影，辎车突然向北拐进了王城东墙外一片坊区。这片坊区叫做正阳坊，是最靠近王城的一片官邸，居者大多是日夜进出王城的长史署官吏。最靠前的一座六进府邸，是长史李斯的官邸，府门面对王城东墙，南行百步是王城东门，进出王城便捷之极。因了最靠近王城，所居又是中枢吏员，这片坊区自然成为王城禁军的连带护卫区，寻常很少有非官府车马进出此地。这辆辎车一进正阳街，便引来了王城东门尉的目光。辎车不疾不徐，驶到长史府前的车马场停稳。骏马一阵嘶鸣，一领火红的斗篷向府门飘去。随即，朦胧的对答隐隐传入东门尉的耳畔。

“敢问先生，意欲何干？”

“有客夜来，寻访此间主人而已，岂有他哉！”

“长史国事繁剧，夜不见客。”

“家老只告李斯一言，南游故人缭子来也！”

“如此，先生稍候。”

片刻之间，一阵大笑声迎出门来：“果然缭兄，幸何如之！”

“果然斯兄，不亦乐乎！”

“一如初会，一醉方休！缭兄请！”

“好！能如当年，方遂我心也！”

一阵笑声隐去，正阳坊又没在了灯火幽微的沉沉夜色中。

李斯与尉缭的相识，全然是一次不期遇合。

兰陵就学的第四年深秋，李斯第一次离开苍山学馆回上蔡探视妻儿。李斯家境原本尚可，父亲曾经是楚国新军的一个千夫长，在汝水东岸有百余亩水田与一片桑园。母亲与长子辛苦操持，父亲在没有战事时也间或归乡劳作。李斯是次子，自幼聪颖过人，被父母早早送进了上蔡郡一家学馆发蒙。不想，李斯十五岁时，父亲在与秦军的丹水大战中阵亡。那具无头尸身抬回来时，母亲一病不起，没有两年也随父亲去了。安葬了母亲，李斯的哥哥立誓为父报仇，昂昂然从军去了。三年之后的一个秋日，亭长捧着军书来说，李斯的哥哥在水军操练时不慎落水溺亡，官府发下六金以作抚恤。至此，尚未加冠的李斯成了一个十八岁的孤子。幸得李斯少学有成，识文断字，得亭长举荐，在郡守官署做了一个记录官仓出入账目的小吏。两年后，在族长主持下加冠的李斯，已经是一个精明练达的吏员了。倘若长此以往，李斯做到郡署的钱啬夫（掌财货）之类的实权大吏，几乎是指日可待的。

然则，李斯不甘如此。事务之暇刻苦自学，李斯读完了眼前能够搜罗到的所有简策书文，知道了天下大势，也大体明白了楚国是内乱不息的危邦，纵然做得一个实权大吏，也随时可能被无端风浪吞没，如同自己的父亲兄长一样无声无息消失。然最令李斯感触的，却是老鼠境遇带给他的人生命运之感悟。李斯日每进出官仓，常常眼见硕大的肥鼠昂然悠然地在粮囤廊柱间晃荡，大嚼官粮吱吱嬉闹，其饱食游乐之状令人欣羡。而进入茅舍厕下，其鼠则常在人犬之下狼狈窜突，奋力觅食而难得一饱，终日惊恐不安地吱吱逃生。两相比较，李斯深有感喟：“人之贤与不肖，譬如鼠矣，在所自处耳！”从那时起，李斯有了一个最质朴的判断：要改变自己的命运，必须脱离自己的处身之地，离开上蔡，甚至离开楚国。

终于，在加冠后娶妻的那一年，李斯听到了一个消息：大师荀子入楚，得春申君之助，虚领兰陵县令而实开学馆育人。李斯没有片刻犹豫，辞去了小吏，以父兄用血肉性命换来的些许抚恤金以及自己清苦积蓄的六千铁钱，安置好了年轻的妻子，千里迢迢地寻觅到了兰陵苍山，拜在了荀子门下。

用时人话语说，李斯从此开始“乃从荀卿，学帝王之术”。

自入荀子门下，李斯刻苦奋发，四年没有归乡。荀子明察，屡次在弟子们面前嘉奖李斯云：“舍家就学，李斯堪为天下布衣楷模矣！寻常士子少年就学，既无家室之累且有父母照拂，犹多惶惶不安也。李斯孤身就学，既无尊长照拂，又忍人伦之苦，难亦哉！”唯其如此，四年后李斯归乡，荀子破例以兰陵县令的名义给了李斯一道通行官文。李斯凭此官文，在兰陵县署领得一匹快马，以官差之身南下，大体可在立冬前抵达上蔡的汝水家园。

这日行至陈城郊野，李斯不想进商旅云集风华奢靡的陈城，在城外官道边的驿站住了下来。生计拮据，李斯得处处计较。既有官身之名，又有兰陵官文，自然是住进官府驿站合算。驿站有两大实惠：一是食宿马料等一应路途费用，不须自家支付，离站上路之时，还配发抵达下站之前的干肉干粮；二是没有盗贼之扰，住得安生实在。这一点，对李斯很是要紧。毕竟，抚慰妻儿的些许物事一旦丢失，李斯归家的乐趣便会了然无存。驿站也有一样不好：入住者的食宿皆以官爵高低分开，使诸如李斯这般有志布衣者常感难堪。然则，李斯是不能去计较这些的。

进了驿站，李斯被官仆领到了最简陋的县吏庭院。寻常官吏住在驿站，往往有不期而遇的同僚须得应酬。李斯没有这等应酬，也无心与任何人做路遇之谈，吃罢官仆送到小屋的一鱼一饭，自己提来一桶热水擦洗，然后上榻大睡，天亮便要立即上路。走进榻侧隔墙后的小小茅厕里擦洗时，李斯一瞥石礅上窝成一团的粗织汗巾，不禁眉头一皱。依着规矩，驿站房屋无论等次高低，沐浴擦洗的器物都是新客换新物。这方汗巾显然是前客用过的，官仆没有及时更换。李斯若唤来官仆，更换新汗巾也是很快当的。但李斯没有这般心情，况这方汗巾虽窝成一团却也没有过甚的汗腥龌龊，用了也就用了。

李斯拿起那方汗巾一抖，啪啦一声，一宗物事掉在了地上。

“书卷！”李斯听到这种再熟悉不过的竹简落地声，不禁大奇。

打量四周，李斯立即断定：此书必是前客须臾不离其身之物，在擦洗之时放在了石礅上，走时却懵懂忘记了。李斯忘记了擦洗，捡起地上套封竹简，眼前陡然一亮！卷册封套是棕色皮制，两端各有铿亮光滑的古铜帽扣，皮套之皮色已经隐隐发白起绒，显然是年代久远之物。再仔细打量，两端铜帽上各有两个沟槽，还有两个已经完全成为铜线本色的隐隐刻字——缭氏！显然，这是一卷世代相传的卷册。

李斯没有打开封套，回身立即擦洗起来。正当此时，急促的叩门声啪啪大响。李斯喊了一声：“门开着！自己进来。”立即有重腾腾脚步砸进小厅，浑厚嗓音随即响起：“在下鲁莽入室，先生见谅。”李斯隔墙答道：“足下稍待，我便出来。”墙外人又道：“足下衣物尚在榻间，我在廊下等候便了。”李斯隔墙笑道：“也好！赤身见客毕竟不雅。”片刻之后，李斯光身子绕过隔墙穿好袍服，这才走到廊下。庭院寂寂，只有一个长须红衣人的身影在树下静静站着。李斯一拱手笑道：“足下可是方才叩门者？”长须红衣人快步走来一拱手道：“在下大梁缭子，秋来入楚游历，不意丢失一物，一路找来未曾得见。思忖曾在此间住过三日，是故寻来询问一声，不知足下在室可曾得见多余之物？”李斯道：“足下所失何物？”长须红衣人道：“一卷简册，牛皮封套，铜帽刻有两字。”李斯从袖中捧出道：“可是此物？”长须红衣人双手接过稍一打量，惊讶道：“足下没打开此书？”李斯道：“此乃祖传典籍，我非主人，岂能开卷？”长须红衣人当即肃然一躬：“足下见识节操，真名士也！缭敢求同案一饮。”李斯慨然一笑：“路有一饮，不亦乐乎！足下请进，我唤官仆安置酒菜。”长须红衣人大笑：“足下只须痛饮，余事皆在我身！”转身啪啪拍掌，驿丞快步而来。长须红衣人对驿丞一拱手道：“敢求驿丞上佳酒菜两案，与这位先生痛饮。”驿丞恭敬如奉上命：“公子有求何消说得，片刻即来。”一转身风一般去了。李斯颇有迷惑，此人住县吏小屋，却能得驿丞如此恭敬，究竟何许人也？

不消片刻，两案酒菜抬进。除了兰陵酒，菜肴是李斯叫不出名目的两案珍馐。长须红衣人一拱手笑道："兄勿见笑，此间驿丞原是家父故友之后，世交。你我放开痛饮便是！"李斯不善饮酒，对兰陵果酿酒独有癖好，一时分外高兴。及至大饮三五爵，两人俱感快意，话题滔滔蔓延开来。红衣人笑云："足下博学之士，何无开卷之心哉！"李斯笑答："我固有心，只恐开得一卷生意经，岂不扫兴也？"红衣人哈哈大笑："兄有谐趣，大妙也！人云，得物一睹，其心可安。兄有古风，得物而视若无睹，君子也。我便开卷，请兄一观生意经！"说罢拉开封套，展开那卷竹简已经变得黑黄的卷册，双手捧起道："百余年来，此书非缭氏不能观也。然人生遇合，兄于我缭氏有护书之恩，该当一观，至少可印证天下传言非虚。"李斯本当推辞，然见其人情真意切蕴含深意，不觉接过了那卷黑黄的竹简。

"尉缭子？！"一看题头，李斯惊讶得连酒爵也撞翻了。

"人云尉缭子子虚乌有，兄已眼见矣！"红衣人大是感慨。

"尉缭子兵法久闻其名，不见其书，李斯有幸一睹，心感之至！"

"足下，苍山学馆大弟子李斯？"

"正是。得见经典，不敢相瞒。"李斯不问对方如何知晓，慨然认了。

"我乃第四代尉缭，见过先生。"红衣人郑重起身肃然一躬。

"学子之期，李斯不敢当先生称谓。"李斯连忙还以大礼。

"好！你我兄弟交，干！"尉缭子分外爽朗。

"得遇缭兄，小弟先干！"李斯慨然一爵。

那一夜，两人直饮到天亮意犹未尽。尉缭子力邀李斯到他的陈城别居小住。李斯毫不犹豫地去了，一住旬日，几乎忘记了归乡……此后倏忽十年，李斯再也没有见过尉缭子。那日蒙武举荐尉缭子，李斯实在有些意外。本心而言，李斯早该举荐尉缭子，使秦国设法搜寻这个大才。可李斯心中的尉缭子，始终是一个刚硬反秦的六国合纵派，不可能入秦效力。当年两人初交论天下，尉缭子将秦国看做天下大害，认为只有六国合纵最终灭秦才是天下出路。如此之人，何能入秦？纵然在蒙武举荐之后，李斯心下仍在疑惑蒙武的秘密消息。在关外大营，蒙武又快马密报，说尉缭子已经进入函谷关。李斯大是惊喜，当时禀报秦王，君臣立即兼程赶回了咸阳。可是，旬日过去，尉缭子还是没有踪迹，李斯又把持不准了——当年的尉缭子是决然反秦的合纵派，十年之后，尉缭子会以秦国为出路么？

月下竹林旁，李斯与尉缭子对坐畅饮。

兰陵酒依然如故，那是李斯迎接家室时楚国故吏着意送的一车五十年老酒，一开坛便引得尉缭子耸着鼻头连声赞叹。菜是一色秦式：炖肥羊、蒸方肉、藿菜羹、厚锅盔等等满当当一大案。尉缭子直呼秦人本色实在，甚话没说，与李斯先干了三大碗兰陵老酒。撂下大碗，李斯这才笑问一句："缭兄神龙见首不见尾，多年何处去了？"尉缭子慨然一叹："天下虽大，立锥难觅，离群索居而已！"李斯奋然拍案："缭兄大才，何出此言？来秦便是正途！"尉缭子淡淡一笑转了话题："斯兄，还记当年那卷简册否？"李斯大笑道："你我因简册而遇合，刻刻在心耳！"尉缭子道："十年之期，它终究编修成型了。"李斯大是惊喜："如此说来，天下又有一部兵法大作问世！来，贺缭兄大功，干！"两人干罢，李斯又道："缭兄兵书既成，以何命名？"尉缭子笑道："就以世风，算是《尉缭子》便了。这部兵法起于先祖，改于大父，再改于父亲。我，又加进了数十年以来的用兵新论，算是四代人完成了这部兵法。"李斯不禁感慨中来："人言将不过三代。缭氏四世国尉，又成不世兵法，以至人忘其姓氏而以官位为其姓氏，天下绝无仅有也！"尉缭子哈哈大笑："斯兄谐趣也！以官为姓，远古遗风而已，安敢以此为荣哉！"李斯笑得一阵，突然转向方才被尉缭子绕开的话题："缭兄此次入秦，总非无端云游了？"尉缭子没有正面可否，却道："愿闻斯兄对秦国之评判。"

"民众日富，国力日强，一统天下，根基已成！"

"当今秦王如何？"

"当今秦王，不世君主也！怀旷古雄心，秉天纵英明，惕厉奋发，坚刚严毅，胸襟博大。一言以蔽之，当今秦王，必使秦国大出天下！"

"斯兄不觉言过其实？"

"不。只有不及。"李斯庄重肃然。

“我闻秦王，与斯兄之说相去甚远矣！”

“愿闻缭兄之说。”李斯淡淡一笑。

“我闻秦王，蜂准，长目，挚鸟膺，豺声，少恩而虎狼心，居约易出人下，得志亦轻食人！如此君王，斯兄何奉若神明？”

“缭兄何其健忘，此话十年前说过一次也！”

“此说非我说。人云乃相学大师唐举之说。”

“任谁也是邪说！山东流言，假唐举之名而已。”

“阴阳家如此说，总归不是空穴来风。”

“一别十年，缭兄何陷荒诞不经之泥沼？”

“我，可否见见这个秦王？”尉缭子颇显神秘地一笑。

“缭兄也！”李斯慨然一叹，“山东士子入秦，初始常怀机心。缭兄试探李斯，李斯夫复何言！据实说话，李斯当初入秦也曾瞻前顾后机心重重。多年体察下来，李斯方觉机心对秦之谬也！奉告缭兄：秦国非山东，唯坦荡做事，本色做人，辄怀机心者，自毁也！”

“如此说来，老夫更要见见这个秦王了。”

“该！自家评判，最为妥当。”

“使天下归一者，果然嬴政乎？”

“疑虑先搁着。走！夜见秦王。”李斯一拍案霍然起身。

“斯兄笑谈，月已西天，何有四更见王之理。”

李斯大笑：“这便是秦国！月已西天何足论也，只跟我走！”

两人大步出来，李斯问尉缭子是走路还是乘车？尉缭子笑说走路好，王城看得清楚些，免得一个人出来迷路。李斯也不纠缠这些隐隐讽喻，只说声走便大步出门。尉缭子惊讶连声，哎哎哎，你老弟都是长史了，半夜出门也不带护卫甲士？李斯大笑，这是秦国，哪个官员在咸阳行路带护卫了？李斯自豪自信俨然老秦人，引得尉缭子一阵啧啧连声，似感叹又似揶揄。一路走来，李斯指点着王城殿阁庭院的处处灯火，说亮灯处都是官署值夜，沉沉黑灯处都是内宫。尉缭子似惊讶又似感慨地一叹，渐渐地不再说话了。

王城书房的灯火在幽深的林木中分外鲜亮。

秦王嬴政正与丞相王绾会商蓝田大营报来的裁汰老军书。王翦蒙恬的实施方略是：五年之内，秦军四十岁以上之兵士、四十五岁至五十五岁之千夫长以下头目，全数解甲归田；五十五岁以上之将军，全数改任文职官吏，以使秦军确保超强战力。这个方略谋划已早，朝会无人异议。然一旦面临实施，却有一个实实在在的难点：安置老军将士所需的金钱数额多大？秦国府库能否一次承受？秦人素有苦战传统，将士几乎不计较军俸高低。自然，此间前提是秦国以奖励耕战为国策，历来不亏征战沙场的将士。纵然在变法之前，秦国朝野爱惜将士也是天下闻名的。否则，以秦献公时期秦国的穷困，根本不可能屡屡以强兵苦战对强盛魏国保持攻势。如今郑国渠修成，关中眼看日渐大富，再加蜀中盆地之都江堰成就的米粮沃土，秦国拥有两个天府之国，对待解甲将士自然更不能抠掐。

王绾与丞相府大吏们反复计议，初定：兵士无论战功高下，每人以十金归乡；千夫长以下头目无论战功高下，每人三十金归乡；将军改任，每人十金以为抚慰。归乡不计战功，是因为秦军之战功历来单独赏赐，每战一结，从不延误。如此算计，秦军归乡总人数大体在十万余，所需金钱总额在百万余金。若一次支付，府库颇是吃紧。若不能一次支付，王绾则有愧对将士之虑。

“老军归乡，大数可在关外大营？”嬴政听完禀报叩着书案。

“关外大军七成，其余关塞三成。”

“金钱该当不难，一定要一次发放归乡金！”

“军备器械，王翦蒙恬还要百万余金……”

嬴政站了起来，狠狠大展了一下腰身道：“关外大军目下有战，解甲至少在三年之后。丞相且与王、蒙两位先会商出一个办法。总归一点：五年之内老军逐步归乡，每次都要干净了结安置事宜；若有老军在归乡之前战死伤残，抚恤金还得加倍。如此算去，总金则可能达三百万上下，须得预为绸缪。”

“正是。臣立即在会商后拟出实施方略。”

正在此时，赵高轻步走进，在秦王耳畔轻声几句。嬴政目光一亮，霍然站了起来。王绾知道秦王事多，一声告辞立即去了。嬴政整整衣冠，随即大步走出书房，方到廊下，便见两人身影从对面白石桥联袂而来。年轻的秦王快步走下石阶，遥遥一躬道："大宾夜来，嬴政有礼了。"

"对面便是秦王。"李斯低声一句。

尉缭子一直在悠悠然四面打量，根本没有想到秦王会亲自出迎。无论李斯如何自信，他都铁定地认为秦王早已安卧，之所以欣然跟随李斯进入王城，也是想看看秦国王城的深夜光景，也笑笑李斯的难堪。兵家出身的尉缭子坚信，一国王城的夜色足以看出该国的兴衰气象。临淄王城夜夜笙歌，声闻街市。大梁王城入夜则前黑后亮：处置国事的前城殿阁官署灯火全熄，后城则因魏王与嫔妃诸般游乐而夜夜通明。新郑王城则内外灯火幽微，夜来一片死气沉沉。赵楚燕三国也大体如此，蓟城如临淄，郢都如大梁，邯郸如新郑。尉缭子从来没有进过秦国王城，李斯特意领他穿行了整个前城。一路看来，官署间间灯火明亮，时有吏员匆匆进出，正殿前的车马场也是车马纷纭时进时出。尉缭子不禁万般感慨。虽则如此，尉缭子依然将夜见秦王这件事没有放在心上。毕竟，君王四更不眠几乎是不可能的，至少山东六国没有一个君王能够如此勤政。尉缭子只抱着一个心思，看看秦王书房，看看李斯因失言而生出的尴尬，提醒他切莫言过其实。尉缭子相信，一切都将在他妙算之中，绝不会有丝毫差池。

"如何如何，秦王！"尉缭子惊讶了。

"缭兄重听么？秦王大礼迎你。"

此刻，对面那个高大的身影又是一躬："大宾夜来，嬴政有礼了。"

尉缭子颇感手足无措，连忙一拱手："大梁尉缭，见过秦王！"

"自闻先生将来，嬴政日日期盼，先生请！"

嬴政侧身虚手，那份坦诚那份恭敬那份喜悦，任谁也不会当做应酬。尉缭子心下一热，不禁看了看李斯。李斯慨然一拱手："先生请。"尉缭子再不推辞，向秦王一拱手，大步先行了。堪堪将上石阶，早已经等在阶前的赵高恭敬一礼，双手伸出，似搀扶又似引路地领扶着尉缭子上了高高石阶，又走进了灯火通明的大书房。

“小高子，小宴，为先生接风！”嬴政没走进书房便高声吩咐。

“启禀秦王，缭不善两酒，已饮过一回了。”

“臣与先生饮了一坛老兰陵。”李斯补了一句。

“好！那便饮茶消夜。煮茶。先生入座。”

不待尉缭子打量坐席，嬴政便虚扶着尉缭子坐进西首长案，自己坐进了东首偏案，李斯南案陪坐，北面正中的王案虚空起来。如此座次，是战国之世宾朋之交的礼仪，主人对面为大宾尊位。尉缭子很明白，若秦王坐进原本的中央面南王案，今日便是臣民晋见君王。如此座次，今日则是嘉宾来会，双方皆可自在说话。仅此一点，尉缭子心头便是一跳——秦王如此敬士而又通权达变，天下绝无仅有！

一时茶香弥漫，三人执盅各饮得几口品评几句，嬴政一拱手道：“先生兵家名士，政愿闻先生评判天下大势，开我茅塞。”尉缭搁下茶盅悠然道：“若说天下大势，缭只一句：战国之世，正在转折之期。”

“何谓转折？先生教我。”嬴政显出听到最高明见解时的独特专注。

“三晋分立，天下始入战国。”尉缭淡淡一笑侃侃而下，“战国之世，大势已有三转折矣！第一转，魏国率先变法，而成超强大国主宰天下。此后列国纷纷效法魏国，大开变法潮流，天下遂入多事之时大争之世。第二转，秦国变法深彻，一朝崛起，大出山东争雄天下，并带起新一波变法强国潮流。其间合纵连横风起云涌，一时各国皆有机遇，难见真山真水也！第三转，赵国以胡服骑射引领变法，崛起为山东超强，天下遂入秦赵两强并立之势。其间几经碰撞，最终以长平大战为分水岭，赵国与山东诸侯一蹶不振，秦国独大天下矣！此后，秦国历经昭襄王暮政，与孝文王、庄襄王两代低谷，前后几三十余年纷纭小战，天下终无巨大波澜。然则，唯其沉寂日久，天下已临再次转折矣！”

“本次转折，意蕴何在？”

“要言不烦。根本在于人心思定，天下‘一’心渐成！”

“先生此言，凭据何在？”

“其一，天下变法潮流终结。其二，列国争雄之心衰减。”

“天下将一，轴心安在？”

“华夏轴心，非秦莫属。”

秦王拍案大笑：“先生架嬴政于燎炉，安敢当之也！”

尉缭冷冷一笑：“燎炉之烤尚且畏之，安可为天下赴汤蹈火也！”

秦王面色肃然，起身离座深深一躬：“嬴政谨受教。”

便是这倏忽之间的应对，傲岸而淡泊的尉缭子心头震颤了——天赋如秦王嬴政者，亘古未闻也！能在如此快捷的对话中迅速体察言者本心，不计言者仪态，唯敬言者之真意，此等人物，宁非旷世圣王乎？尉缭子为方才的着意讥讽却被秦王视为针砭砥砺而深感意外，竟对面前这个年轻的君主生出一种无可名状的歆慕与敬佩——此人若是布衣之士，宁非同怀刎颈之交矣！

尉缭默然离座，生平第一次庄重地弯下了腰身。

天色蒙蒙见亮，隐隐鸡鸣随着凉爽的晨风飘荡在王城。从林下小径徜徉出宫，尉缭始终默然沉思，与来时判若两人。李斯笑问一句：“缭兄得见虎狼之相，宁无一言乎？”尉缭止步，长吁一声：“天下不一于秦，岂有天理哉！”

二　傲岸两布衣　论战说邦交

大雪纷飞，一辆厚帘篷车飞出王城，穿过长阳街向尚商坊辚辚而来。

尉缭入秦，给秦国庙堂带来了一股新的冲力。从根本上说，尉缭的战国四大转折论第一次明晰地廓清了天下演变大势，将一统华夏的潮流明白无误地揭示出来，使嬴政君臣原本秘密筹划的大业豁然明朗。此前，尽管嬴政君臣大出天下的谋划也是明确的，但其根基点却仍然在天下争霸。也就是说，嬴政君臣此前的方略立足点是实力称霸而一天下，准备硬碰硬地完成一统大业，并未明晰地想到这个“一”是否已经成为潮流所向？至于这个一潮流与秦国一天下的大略有无契合？影响何在？更加没有明确想法与应对之策。尉缭大论将天下转折大势明朗化，秦国庙堂重臣人人有恍然大悟之感。其带来的第一效应，是新锐君臣人人都生出了一种大道在前只待开步的紧迫感。其次效应，是嬴政君臣不约而同地觉察到，原先的实施方略需要某种修正。一番思忖一番会商，嬴政见到尉缭的旬日之后，在东偏殿举行了重臣小朝会，特召尉缭与会。依据秦国传统，这是对山东名士的最高礼遇——许布衣之士于庙堂直陈。除了在咸阳的王绾李斯郑国等，蓝田大营的王翦蒙恬也赶回来与会。这次小朝会，尉缭提出了“将一天下，文武并重”的八字方略。

尉缭的解说，始终萦绕在嬴政心头。

“一天下者，非霸业也，实帝业也。霸业者，强兵鏖战而使天下俯首称臣也。帝业者，文武并重恩威兼施，而使天下浑然归一也。方今六国虽弱，毕竟皆有百余年乃至数百年之根基，皆有强兵称霸之史迹。便是目下，六国虽强弩之末，兵力土地人口犹存，若拼力重结合纵而一体抗秦，天下之势犹难料也！终不能成合纵者，潮流之势也。潮流者何？天下归一之心也！然百足之虫，死而不僵。当此之时，若仅凭重兵鏖战，可能适得其反，甚或激活合纵抗秦。若能文武并战，则事半功倍也！文战，使人心向一，使民不以死战之力维护裂土邦国也。如此，釜底抽薪矣！文战实施之策，以邦交大才率精干吏员长驻山东，一则大宣天下合一潮流，瓦解六国朝野战心；二则结交权臣为我所用，使六国不能相互为援，更不能重结合纵；三则探究六国民情民治，以为日后整肃天下之根基。缭以为，若能有两支邦交锐师出山东，力行文战，则六国不难平定也！”

嬴政记得清楚，那日殿堂没有一个人提出异议。

至此，一个欲待实施的方略清晰地呈现出来：秦国必须有一个长于邦交且专司邦交的班底，能持之以恒地在山东长期斡旋，方可收文战功效。嬴政慨然拍案：“立即下书各官署，留心举荐邦交能才，国府不吝赏赐！”

次日中夜，嬴政正在书房与王绾李斯议事，赵高轻步进来禀报说客卿姚贾求见。蓦然之间，嬴政有些愣怔，姚贾？姚贾何许人也？王绾笑云，姚贾是行人令，以客卿之身领邦交事务多年了。李斯也跟着笑道，我查吏员文档，此人乃大梁监门子，当年被魏国官场冷落排斥，愤而入秦。嬴政恍然醒悟：“想起来也！有人举发……教他进来！”赵高答应一声飞步出去，片刻便闻脚步匆匆之声进来。

“你是姚贾？”瘦削精悍的中年人尚未说话，嬴政突兀一句。

“客卿姚贾，见过秦王！”

“姚贾，你知罪么？”

“臣不知罪。”姚贾倏忽愣怔，昂然抬头。

“国府以重金资你出使，你却挥霍国财结交六国权臣，你做何说？”

“举发之言非虚！姚贾确实以国金结交诸侯。”

“噢？”嬴政大感意外，脸色顿时一沉，“损公营私，公然触法？”

“敢问秦王，特使若不结交六国重臣，安能拆散其盟？其盟不散，秦国威胁何以解之？出使之臣犹如出征之将，若无临机布交之权，犹如大将不能自主部署兵力，谈何邦交长效？姚贾怀抱效秦国之心而涣散六国，若做营私罪举发，秦国邦交无望矣！”

“姚贾！人言你出身卑贱，辄怀野心，欲结六国以谋退路。”

“秦王之辞，与大梁官场流言何其相似乃尔！”姚贾竟大笑起来。

“说！何笑之有？”

“姚贾笑秦王一时懵懂也！”姚贾坦然得如同驳斥大梁游学士子，“天下流言骂秦王豺狼者多矣，果如是乎！姚贾确是大梁城门老卒之子，市井布衣也。然古往今来，卑贱布衣大才兴邦者不知几多，何姚贾尚在区区客卿之位，便遭此中伤？不说太公、管仲、百里奚，也不说吴起、商鞅、苏秦、张仪，秦王之侧，便有关西布衣王绾、楚之布衣李斯。出身卑贱者皆有野心，天下流言者诚可笑也！王若信之，姚贾愿下廷尉府依法受勘，还我布衣清白。如此而已，夫复何言！”

“好辞令！邦交大才也！”嬴政拍案大笑。

“秦王……”愤激的姚贾一时转不过神来，迷惘地盯着嬴政。

“举发者本意，本王心下岂不明白！”嬴政叩着书案，揶揄的声调颇似廷尉府断案老吏一般，“查客卿姚贾者，府邸不过三进，官俸不过十金，虽居官而长着布衣，常出使而故居犹贫。如此大才入秦国不得其位，焉得不是小人中伤乎？”

“君上！”姚贾猛一哽咽，长跪在地失声痛哭。

“嬴政不察，先生屈才也……”嬴政肃然扶起姚贾入座。

“我猜客卿之意，绝非夜半归案来也。”

李斯一句诙谐，君臣都笑了起来。王绾持重，虽居假丞相之位依旧是长史的缜密秉性，在李斯之后补充一句：“我等事罢，该当告辞了。”姚贾却一拱手道：“我非密事，只为举荐一个邦交大才！”如此一说，君臣三人兴趣顿生，异口同声催促快说。

姚贾说，他来向秦王举荐一个齐国名士，此人在稷下学宫修学六年，学问渊博机敏善辩，论战之才大大有名，且走遍天下熟悉列国；只是此人历来桀骜不驯，公然宣示从来不参拜君王。姚贾还没有说完，嬴政笑着插断：“先生只说，此人何名？目下何处？”姚贾说这个人叫顿弱，目下正在咸阳游学，已经在尚商坊名声大噪了。

“好！他不拜王，王拜他！”嬴政朗声大笑。

厚帘篷车辚辚驶进车马场，两个身裹翻毛皮袍者扶轼下车。

“小高子，你只守候，不许生事。”

一声低沉吩咐，两个皮袍人随着飞扬的雪花融进了灯火煌煌的门厅。

渭风古寓的争鸣堂，正是每日最具人气的晚场论战时刻。

这渭风古寓，原本是秦孝公时期开设在栎阳的一家老店，主事者是大梁人侯嬴，背后的东主是名动天下的白氏商社。随着秦国迁都咸阳，渭风古寓也迁入了咸阳。其后魏国衰落，白氏商社也因其女主白雪随商鞅殉情而进入低谷。侯嬴等一班老人不甘白氏商社式微，将魏国故都安邑的经营根基全部迁入了生机勃勃的秦国，数十年认真操持，渭风古寓已成了山东六国在咸阳最为显赫的大酒肆。其间，六国士人入秦游学已经渐渐成为当世时尚。吕不韦建立学宫大收门客修编大书之后，入秦时尚一时蔚为大观。其后吕不韦被治罪，嬴政又下逐客令，入秦风潮一时衰减。然则，郑国渠修成之后，关中大见富庶，风华渐起，秦国又再度对山东敞开了关隘，鼓励各色人口入秦，士人游学秦国再度蓬蓬勃勃酿成新潮。渭风古寓应时而变，仿效当年安邑洞香春老店之法，专一开辟了游学士子的低金寓所坊区，又恢复了争鸣堂，专一供游学士人论战切磋。一时之间，渭风古寓声名大噪，成为咸阳尚商坊夜市最惹眼的去处。

两个翻毛皮袍人进来时，争鸣堂的入夜论战刚刚开始。

台上一人散发长须身材高大，一领毛色闪亮的黑皮裘敞着胸怀，显出里层火红的贴身锦袍，富丽堂皇又颇见倨傲，若非沟壑纵横的古铜色面庞与火焰般的炽热目光流露出一种独有的沧桑，几乎任谁都会认定这是一个商旅公子。

“我者，即墨顿弱，就学于稷下学宫公孙龙子大师，名家之士也！”

台上士子一开口，台下一排排就案士子们立即中止了哄嗡议论，目光一齐聚向三尺余高的宽阔木台。黑裘士子继续道：“顿弱坐台论战旬日，未遇败我之人！故此，本人今日总论名家之精要，而后离秦去楚，再寻荀子大师论战于兰陵苍山。”台下有人高声一句：“顿子若胜荀子大师，成就公孙龙子心愿，便是天下第一辩才！”众人一齐侧目，却没有一人响应喝彩。台上顿弱浑然无觉，傲然一笑开说：“世人皆云，名家之学多鸡零狗碎辩题，谋不涉天下，论不及邦国，学不关民生，于法老墨儒之显学相去甚远矣！果真如此乎？非也！名家之学，探幽发微，辨异驳难，于最寻常物事中发乎常人之不能见，无理而成有理，有理而成无理，其思辨之深远，非天赋灵慧者不能解，虽圣贤大智不能及！如此大学之道，何能与邦国生民无关？非也！名家之学，名家之论，天下大道也，唯常人不能解也！唯平庸者不能解，名家堪为上上之学也，阳春白雪也！”

“顿子既认名家之学关涉天下，吾有一问！”台下有人高声发难。

“但说无妨。”

“何种人有其实而无其名？何种人无其实而有其名？何种人无其名又无其实？”

“问得好！”台下一片鼓噪。

顿弱轻蔑一笑，叩着面前书案一字一顿清晰开口：“有其实而无其名者，商贾是也。有财货积粟之实，而天下皆以其为贱，是故有其实而无其名也。无其实而有其名者，农夫是也。日出而作，日落而息，暴背而耕，凿井而饮，终生有温饱之累！然则，天下皆以农为本，重农尚农，呼农夫为天，此乃无其实而有其名者也！”

“无名无实者何种人？”有人迫不及待追问。

“无其名而又无其实者，当今秦王是也。”顿弱悠然一笑。

“秦法森严，顿子休得胡言！”有人陡然高声指斥。

“此乃秦国，休得累及我等！”台下一片呼应。

“诸位小觑秦国也！”一个身着褪色布袍的瘦削士子霍然站起，“天下论战，涉政方见真章。秦法虽密，不嵌人口。秦政虽严，不杀无辜。何惧之有也？”

“说得好！咸阳有这争鸣堂，便是明证！”呼应者显然秦人口音。

“然则，顿子据何而说秦王无名无实？”布袍士子肃然高声。

“强国富民而有虎狼之议，千里养母而负不孝之名。岂非无名无实哉？”

“我再加一则：铁腕护法而有暴政之声。”布袍士子高声补充。

“好！破六国偏见，还秦王本色！”台下的秦人口音火辣辣一片。

“论战偏题！我另有问！”一蓝袍士子显然不满。

“足下但说。”

“顿子说名家关乎大道，敢问白马非马之类，于天下兴亡何干？”

“正是！名家狡辩，不关实务！”台下立即一片呼应。

“我出一同义之题，足下或可辩出名家真味。”顿弱镇静自若。

“说！”

“六国非国。”顿弱古铜色脸庞掠过一丝诡秘的笑。

台下顿时一片哗然，有人惊呼一声：“此人鬼才！此题大有玄奥！”

“顿弱，此论不能成立！”

“是也是也，论题不能成立！”台下一片喧嚷。

“岂有此理！诸位不解而已，如何便是不能成立？”方才瘦削的布袍士子又霍然站起，一指台上道，“此题意蕴显而易见，足下休做惊人之论！”

“噢？愿闻高见。”顿弱一拱手。

“好！破他论题！”台下士子们异口同声，显然要促成这两人论战。

“国，命形之词也。六，命数之词也。形、数之词不相关，国即国，六即六。确而言之，不能说六国是国，只能说六国非国。是故，六国非国也。”瘦削士子口齿极是利落。

“六国非国，能与天下无关？”顿弱又是诡秘一笑。

“此等命题，徒乱天下而已！”布袍士子冷冷一句。

“何以见得？”顿弱紧追不舍。

“若作谶语，或作童谣，宁非邦交利器哉！”

“如此说来，名家之学堪为纵横家言？”

“惜乎邦交之道，不藉雕虫小技耳！”

“足下之见，邦交大道者何？”

“夫邦交者，鼓雄辩之辞，破坚壁之国，动天下之心也！”

“动天下之心者何？”

“明大势以改向背，说利害以溃敌国，宣大政以安庶民。”

“三方根基安在？”

“大势之根在人心，人心之根在大势。人心动，万物动。”

“人心动于何方？”

“天下人心，纷纭求一，此动向也！”

“人心非心，何可一之？”

“人心不可一，天下之心独可一。”

“何也？”

“天下之心，皆具人形，是故可一。”

“一于何？”

“一于人也。”

“人者何？”

“古今圣王也！”

顿弱一阵大笑：“论战旬日，始见真才！愿闻足下高名上姓。”

“在下大梁贾姚。”布袍士子慨然拱手。

“稷下顿弱！彩——”

“大梁贾姚！彩——”

台下士子们在两人连番对答中屏神静气，一时不能咀嚼其中意味，此刻回过神来大为敬服，不禁一阵哄然喝彩。依照论战传统，这是认可了两人的才具，日后自是流传天下的口碑了。大厅纷纭议论之时，一个身材伟岸的着翻毛皮袍者走过来肃然一拱手："我家主东欲邀两位先生聚酒一饮，敢请屈尊赐教。"顿弱傲然一笑："你家主东何许人也？只会教家老说话么？"翻毛皮袍者谦恭一笑："方才未报家门，先生见谅。我家主东乃北地郡胡商乌氏倮后裔，冬来南下咸阳，得遇中原才俊，心生渴慕求教之心，故有此请。"顿弱目光连连闪烁："胡商多本色，饮酒倒是快事一桩也！只是你家主东人未到此，如何便将我等做才俊待之？"旁边姚贾不禁一笑："顿子不愧名家，掐得好细！"翻毛皮袍者一拱手谦和地笑道："该当该当。我家主人古道热肠，方才论战听得痴迷一般，依着胡风先去备酒了，吩咐在下恭请先生。"顿弱不禁哈哈大笑："未请客先备酒，未尝闻也！"姚贾朗然笑道："胡风本色可人，在下也正欲与兄台一饮，不妨一事罢了。"顿弱慨然道："游秦得遇贾兄，生平快事也！但依你说，走！"说罢拉起姚贾大步便走，对翻毛皮袍者看也不看。

翻毛皮袍者连忙快步抢前道："先生随我来，庭院有车迎候！"

片刻之后，一辆宽大的驷马垂帘篷车驶出了尚商坊。

马蹄沓沓车声辚辚，这辆罕见的大型篷车穿行在石板大道，透过茫茫雪雾街边灯火一片片流云般掠过，马车平稳得觉察不出任何颠簸。顿弱不禁揶揄笑道："一介商贾有如此车马，乌氏商社宁比王侯哉！"姚贾高声附和道："如此驷马高车生平仅见，商旅富贵，布衣汗颜耳！"后座翻毛皮袍者一拱手笑道："先生不知，当年祖上于国有功，此车乃秦王特赐。我家主东，不敢僭越。"顿弱一阵笑声未落，大车已经稳稳停住了。

"先生请。"车辕驭手已经飞身下车，恭敬地将两人扶下。

"顿兄请！"姚贾慨然一拱。

"噫！家老如何不见？"

"那还用问，必是通报主人迎客去了。"姚贾大笑。

"好！今夜胡庐一醉，走！"

道边一片松林，林中灯火隐隐，大雪飞扬中恍若仙境。驭手恭谨地引导着两人踏上一条小径，前方丈余之遥一盏硕大的风灯晃悠着照路。小径两边林木雪雾茫茫一片，甚也看不清楚。走得片刻，前方硕大风灯突然止步，朦胧之中可见一道黑柱矗立在飞扬的雪花之中，恍然一柱石俑。姚贾对顿弱低声道：“看！主人迎客。”

“先生驾临，幸何如之！”黑柱遥遥一躬。

“足下名号何其金贵也！”顿弱一阵揶揄的大笑。

依着初交礼仪，无论宾主都要自报名号见礼。面前主人遥相长躬，足见其心至诚。然则顿弱素来桀骜不驯，又有名家之士的辩事癖好，一见主人只迎客而不报名号，当即嘲讽对方失礼。

“顿兄见谅……”姚贾正要说话，对面黑斗篷摆了摆手。

“咸阳嬴政，见过先生。”黑斗篷又是深深一躬。

“你？你说如何！”顿弱声音高得连自己也吃惊。

“酒肆不便，嬴政故托商旅之名相邀，先生见谅。”

“你？你是秦王嬴政！”

“顿兄，秦王还能有假？”旁边姚贾笑了。

“噫！你知秦王？你是何人？”

“客卿姚贾，不敢相瞒。”同来的瘦削布衣深深一躬。

“搅乱山东之秦国行人令，姚贾？！”

“姚贾不才，顿兄谬奖。”

顿弱纵是豁达名士，面对同时出现的秦王与秦国邦交大吏，一时也有些手足无措。身着黑斗篷的秦王浑然无觉，恭敬地拱手作请亲自领道，将顿弱领进了松林深处的庭院。一路行来，顿弱一句话不说，只左右打量两人，恍若梦中一般。

及至小宴摆开，饮得几爵，顿弱的些许困窘一扫而去，滔滔对答遂不绝而出。秦王求教也直截了当：“欲一天下，邦交要害何在？”顿弱的论断明快简洁，与名家治学之琐细思辨大相径庭：“欲一天下，必从韩魏开始。韩国者，天下咽喉也。魏国者，天下胸腹也，韩魏从秦，天下可图！”秦王遂问：“何以使韩魏从秦？”顿弱对云：“韩魏气息奄奄，以邦交能才携重金出使，文战斡旋，使其将相离国入秦，君臣相违不得聚力，功效堪抵十万大军！”秦王笑问：“重金之说，大约几多？”顿弱慨然：“周旋灭国，宁非十万金而下哉！”秦王笑云：“秦国穷困，十万金只怕难凑也。”顿弱大笑：“秦王惜金，天下何图？秦王不资十万金，只怕顿弱要到楚国鼓噪六国合纵也！合纵若成，楚国王天下，其时秦王纵有百万重金，安有用哉！”

“倨傲坦荡，顿子名不虚传也！”嬴政一阵大笑。

姚贾一直饶有兴致地听着秦王与顿弱问对，既不插话也不首肯，一副若有所思神色。不料顿弱突然直面问道：“足下语词犀利，敢问修习何家之学？”姚贾一拱手道：“在下修习法家之学。入秦之先，尝为魏国廷尉府书吏。”顿弱尚未说话，秦王嬴政先大感意外：“客卿法家之士，如何当初进了行人署？”姚贾道：“我入秦国之时，适逢王绾离开丞相府，文信侯吕不韦留我补进行人署……诸般蹉跎，也就如此了。”嬴政一笑：“先生通晓魏国律法？”姚贾慨然一拱手道：“天下律法姚贾无不通晓，然最为精通者，当数秦法也！”顿弱哈哈大笑道：“魏人精于秦法，异数也！”姚贾道：“商君秦法，法家大成也，天下之师也！数年十数年之后，安知秦法不是天下之法？有识之士安得不以秦法为师焉！”秦王兴致勃勃：“秦法可为天下法，其理何在？”姚贾不假思索地回答：“秦法三胜：一胜于法条周延，凡事皆有法式；二胜于举国一法，庶民与王侯同法，法不屈民而民有公心；三胜于执法有法，司法审案不依官吏之好恶而行，人心服焉。如此三胜，列国之法皆无。是故，秦法可为天下之法也！”顿弱不禁又是大笑：“足下之言，实决秦国邦交根基也，妙！”

“顿子何有此断？”嬴政一时有些迷茫。

“素来邦交，多关盟约立散争城夺地。以邦交而布天下大道者，鲜矣！今秦之邦交，若能以秦法一统天下为使命，大道之名也，潮流之势也，宁非根基哉！”

秦王离案起身，肃然一躬：“嬴政谨受教。”

如此直到天亮时分，顿弱才被姚贾领到驿馆最好的一座庭院。顿弱兴犹未尽，又拉住姚贾饮酒论学。清晨时分，两人站在廊下看着纷纷扬扬的雪花，还是都没有睡意。默然良久，姚贾颇显诡秘地笑道：“顿子素不拜君，可望持之久远乎！”顿弱道：“天下无君可拜，宁怪顿弱目中无君？”姚贾笑道：“今日秦王，宁非当拜之君？”顿弱不禁喟然一叹：“天下之君皆如秦王，中国盛世也！”姚贾也是感慨中来：“唯天下之君不如秦王，中国可一也！”

三　驱年社火中尉缭突然逃秦

岁末之夜，大咸阳变成了一片灯火之海。

这是天下共有的大节，年。在古老的传说里，年是一种凶猛的食人兽，每逢岁末而出，民众必举火鸣金大肆驱赶。岁岁如此，久远成俗。夏商两代，天下只知有岁有祀，不知有年。及至周时，驱年成为习俗，天下方有岁末“年”节之说。其意蕴渐渐变为驱走年兽之后的庆贺，是谓过年。及至春秋战国，驱年已经成为天下度岁的大节，喜庆之气日渐浓厚，恐惧阴影日渐淡化。人们只有从“过年”一说的本意，依稀可见岁末驱害之本来印迹。唯其如此，战国岁末的社火过年通行天下。社火者，村社举火也。驱年起于乡野，是有此说。以至战国，社火遂成乡野城堡共有的喜庆形式，但遇盛大喜事，皆可大举社火以庆贺，然终以岁末社火最为盛行。天下过年之社火，尤以秦国最为有名。究其实，大约是秦国有天下独一份的高奴天然猛火油，其火把声势最大之故。驱年社火时日无定，但遇没有战事没有灾劫的太平年或丰收年，连续三五日也是寻常。但无论时日长短，岁末之夜的社火驱年都是铁定不移的，否则不成其为过年。

今岁社火，尤见热闹。郑国渠成，关中连续三季大收。秦王新政，吏治整肃，朝野一片勃勃生机，堪称民富国强之气象。老秦人大觉舒畅，社火更见气势了。岁末暮色方临，大咸阳的街巷涌流出一队队猎猎风动的火把，铜锣大鼓连天而起，男女老幼举火拥上长街，流出咸阳四门，轰轰然与关中四乡的驱年社火融会在一起，长龙般飘洒舞动在条条官道，呐喊之声如沉沉雷声，火把点点如遍地烁金，壮丽得教人惊叹。

临近王城的正阳坊，却是少见的清静。

李斯本欲携带妻儿去赶咸阳社火。毕竟，今岁是家室入秦的第一个年节，家人还没有见过闻名天下的秦国年社火。正欲出行，偏院老仆匆匆赶来，说先生有请大人。李斯恍然，立即吩咐家老带两个精壮仆人领着家人去看社火，自己转身到了偏院。

尉缭入秦三月，坚持不住驿馆，只要住在李斯府邸。秦国法度：见王名士一律当做客卿待之，若任职未定而暂未分配府邸，入住驿馆享国宾礼遇。顿弱、姚贾，皆如这般安置。尉缭赫赫兵家，虽布衣之士而名动天下，又与李斯早年有交，李斯自感不便以法度为说辞拒之，便禀报了秦王。嬴政听罢豁达地笑了，先生愿居府下，难为也，开先例何妨！如此，尉缭便在李斯府邸的东偏院住了下来。虽居一府，李斯归家常常在三更之后，两人聚谈之机却是不多。

“缭兄，李斯照应不周，多有惭愧。”

“斯兄舍举家之乐来陪老夫，安得不周哉？”尉缭一阵笑声。

“好！岁末不当值，今日与缭兄痛饮！”

“非也！今日老夫一件事两句话，不误斯兄照应家人。”

不管李斯如何瞪眼，尉缭径自捧起案上一方铜匣道：“此乃老夫编定的祖传兵书，呈献秦王。”李斯惊讶道：“呈献祖传兵书，乃至大之举，李斯何能代之？”尉缭朗然一笑道：“秦王观后，老夫再与之论兵可也，斯兄倒是拘泥。”李斯恍然道：“如此说倒是缭兄洒脱。也好，我立即进宫呈进，转回来与缭兄做岁末痛饮。”

李斯匆匆走进王城，那一片难得的明亮静谧实在教他惊讶。

秦法有定：臣民不得贺君，官吏不得私相庆贺。无论是年节还是寿诞，臣民自家欢乐可也，若是厚礼贺君或官吏奔走庆贺上司，是为触法。秦惠王秦昭王都曾惩治过贺寿臣民，而被山东六国视为刻薄寡恩。可秦国的这一法度始终不变，朝野一片清明。大师荀子入秦，将其见闻写进《荀子·强国篇》曰：“观秦风俗，其百姓朴，其声乐不流污，其服不佻，古之民也。官府百吏肃然，莫不恭俭敦敬忠信而不楛（低劣），古之吏也。入其国，观其士大夫出于其门，入于公门，出于公门，归于其家，无有私事也。（官吏）不比周，不朋党，倜然莫不明通而公，古之士大夫也。观其朝廷，其朝闲，听决百事不留，恬然如无治者，古之朝也。故四世有胜，非幸也，数也！”如此纯厚气象，实在是当时天下之绝无仅有。此等清明传统之下，每遇年节或君王寿诞，咸阳王城自然是一片宁静肃然，与寻常时日唯一的不同，是处处灯火通宵达旦。当然，之所以宁静还有另一缘由：王城之内凡能走动而又不当值的王族成员与内侍侍女，都去赶社火了。秦法虽严，王城一年也有两次自由期：一是春日踏青，一是年节社火。

秦王嬴政，从来没有在岁末之夜出过王城。

这便是嬴政，万物纷纭而我独能静。岁末之夜，独立廊下，听着人潮之声，看着弥漫夜空的灯火，嬴政的心绪分外舒坦。身为一国之君，能有何等物事比远观臣民国人的喜庆欢闹更惬意？正在年轻的秦王沉醉在安宁美好的心绪中时，李斯匆匆来了。嬴政有些惊讶：“咸阳驱年社火天下第一，长史不带家人观瞻，如何当值来也？”李斯摇头道：“老妻儿子自家去便了，臣有一宝进王。”嬴政不禁大笑：“年关进宝，长史有祥瑞物事？”李斯颇显神秘地一笑：“臣所进者，非阴阳家祥瑞之宝，乃国宝一宗。”说罢从大袖中捧出一方铜匣，“此乃尉缭兵书，托臣代进。”嬴政双手接过，惊喜的目光中有几分疑惑：“尉缭可随时入宫，何须如此代进？”李斯道：“尉缭说，待王观后再进见论兵。或是名士秉性也，臣亦不甚了了。”嬴政笑道：“尉缭入秦，天下瞩目，魏国不会轻易罢休。长史多多上心，不能教尉缭又做一回郑国。”李斯一拱手道：“君上明断！魏国老病甚深，臣不敢大意。”

李斯一走，嬴政立即急不可待地打开了《尉缭子》。

方翻阅片刻，嬴政便起身离开了书房。及至赵高一头汗水地回到王城当值，嬴政已经不在大书房了。赵高机敏异常，也不问当值侍女，立即找到了东偏殿后的密室，秦王果然在案前心无旁骛地展卷揣摩。赵高一声不响，立即开始给燎炉添加木炭，并同时开始煮茶。片刻之后，两只大燎炉的木炭火红亮红亮，酽茶清香也弥漫开来，春寒愈显阴冷的密室顿时暖和清新起来。一切就绪，赵高悄没声地到庖厨去了。又是片刻之后，赵高又悄没声回来。燎炉上有了一副铁架，铁架上煨着一只陶罐，铁架旁烤着两张厚厚的锅盔。赵高估量得分毫不差，秦王一直没出密室，昼夜埋首书案一口气读完了《尉缭子》。直到合卷，嬴政才狼吞虎咽地咥下了一罐肥羊炖与两张烤得焦黄的锅盔。

“天下第一兵书！唯肥羊锅盔可配也！”

听着秦王酣畅的笑声，赵高也嘿嘿嘿不亦乐乎。

“笑甚！”嬴政故意沉下脸，“立即知会长史，今夜拜会尉缭。”

嗨的一声，赵高不见了人影。

一部《尉缭子》，在年轻的秦王心头燃起了一支光焰熊熊的火把。

自少时开始，嬴政酷好读书习武两件事。论读书，自立为太子，嬴政便是王城典籍库的常客。及至即位秦王虚位九年，嬴政更是广涉天下诸子百家，即或是那些正在流传而尚未定型的刻本，嬴政也如饥似渴地求索到手立马读完。对于天下兵书，嬴政有着寻常士子不能比拟的兴味。春秋战国以来的《孙子》《吴子》《孙膑兵法》，更是他最经常翻阅的典籍。昔年，上将军蒙骜多与年轻的嬴政谈论天下兵书。蒙骜尝云：“孙吴三家，世之经典也，王当多加揣摩。”嬴政感喟一句：“三家精则精矣，将之兵书也！”蒙骜讶然：“兵书自来为将帅撰写，秦王此说，人不能解矣！”嬴政大笑云：“天下大兵，出令在王。天下兵书，宁无为王者撰写乎！”蒙骜默然良久，拍了拍雪白的头颅：“论兵及王，兵家所难也。王求之太过，恐终生不复见矣！”嬴政又是一阵大笑：“果真如此，天下兵家何足论耳！”

这部《尉缭子》令嬴政激奋不能自已者，恰在于它是一部王者兵书。

自来兵书，凡涉用兵大道，不可能不涉及君王。如《孙子·始计篇》《吴子·图国篇》等，然毕竟寥寥数语，不可能对国家用兵法则有深彻论述。《尉缭子》显然不同，全书二十四篇，第一卷前四篇专门论述国家兵道，实际便是君王用兵的根基谋划；其后二十篇具体兵道，也时时可见涉及庙堂运筹之总体论断，堪称史无前例的一部王者兵书。嬴政读书历来认真，边读边录，一遍读过，几张羊皮纸已经写满。《尉缭子》的精辟处已经被他悉数摘出归纳，统以“王谋兵事”四字，所列都是《尉缭子》出新之处：

王谋兵事第一：战事胜负在人事，不在天官阴阳之学。

这是《尉缭子》不同于所有兵书的根本点——王者治军，必以人事为根基，不能以占卜星相等神秘邪说选将治兵或预测胜负。其所列举的事例，是第一代尉缭与魏惠王的答问。嬴政在旁批曰：“笃信鬼神，谋兵大忌也。君王以鬼神事决将运兵而能胜者，未尝闻也！恒当戒之。”嬴政认定，这一点对于君王比对于将领更为重要。将领身处战场，纵然相信某些望气相地等等征候神秘之学，毕竟只关乎一战成败。君王若笃信天象鬼神之说，则关乎根本目标。譬如武王伐纣，天作惊雷闪电，太卜占为不吉，臣下纷纷主张休兵；其时太公姜尚冲进太庙踩碎龟甲，并慷慨大呼：“吊民伐罪，天下大道，何求于朽骨！”武王立即醒悟，决然当即发兵。若非如此，大约“汤武革命”便要少去一个武王了。唯其如此，君王一旦笃信神秘之学，一切务实之道都将无法实施。所以，立足人事乃君王务兵之根基。

王谋兵事第二：兵胜于朝廷。

《尉缭子》反复陈述的邦国兵道是：治军以富国为先，国不富而军不威。“富治者，民不发轫，甲不出暴，而威制天下。故曰，兵胜于朝廷。不暴甲而胜者，主胜也；阵而胜者，将胜也。”显然，这绝不是战阵将军视野之内的兵事，而是邦国成军的根本国策，是以君王为轴心的庙堂之算。也就是说，朝廷谋兵的最高运筹是：国富民强，不战而威慑天下，不得已而求战阵。故此，一国能常胜，首先是朝廷总体政道之胜。

王谋兵事第三：不赖外援，自强而战。

春秋战国多相互攻伐，列国遇危求援而最终往往受制于人，遂成司空见惯之恶习。《尉缭子》以为，这种依赖援兵的恶癖，导致了诸多邦国不思自强的痼疾。是以，尉缭提出了一个寻常兵家根本不会涉及的论断：量国之力而战，不求外援，更不受制于人。嬴政特意抄录了《尉缭子》这段话：“今国之患者，以重金出聘，以爱子出质，以地界出割，而求天下助兵。名为十万，实则数万。且（发兵之先）其君无不嘱其将：‘援兵不齐，毋做头阵先战。’其实，（援兵）终究不力战……（纵然）天下诸国助我战，何能昭吾士气哉！”而求援与否、援兵出动之条件及对援兵的依赖程度，也是庙堂君王之决策，并非战场将领之谋划。嬴政在旁批下了大大十六个字："量力而战，是谓自强，国不自强，天亦无算！"

王谋兵事第四：农战法治为治兵之本。

嬴政读《尉缭子·制谈第三》，连连拍案赞叹："此说直是商君治兵也！大哉大哉！"嬴政所赞叹的，是尉缭子明确拥戴商鞅的农战法治论。嬴政自己是《商君书》与商君秦法的忠实追随者，对尉缭的论说自然大大生出共鸣。《尉缭子》云："吾用天下之用为用，吾制天下之制为制。修我号令，明我刑赏，使天下非农无所得食，非战无所得爵，使民扬臂，争出农战，而天下无敌矣！"尉缭之论，明确两点：一是依法治军，是为形式；一是重农重战，是为治军基础。天下自有甲兵，便有军法，任何国家任何大军皆然。但是，自觉地将军法与邦国变法融为一体推行者，寥寥矣！至少在战国兵家著述中，尉缭子史无前例。嬴政感喟不已，在旁批下两行大字："如此国策，将军不能也，唯庙堂朝廷能行也，宁非君道哉！"

王谋兵事第五：民为兵事之本，战威之源。

自有兵家，鲜有将民众纳入战事谋划视野者。这一点，也是尉缭子开了天下先河。"审法制，明赏罚，便器用，使民有必战之心，此威胜也……夫将之所以战者，民也。民之所以战者，气也。气实（旺盛）则斗，气夺则走。"基于将民众看做战胜之本，尉缭子提出"励士厚民"为国家治军之本，并据以划分出国家强盛的四种状态："王国富民，霸国富士，仅存之国富大夫，亡国富仓府。"嬴政读之奋然，大笔批曰："秦不赖民，安得长平之战摧强赵乎！秦不赖民，安得一天下乎！王国富民，而民能为国战，君王谋兵之大道也！"

"醍醐灌顶，尉缭子也！"嬴政一次又一次拍案赞叹着。

"君上君上，尉缭子逃秦，长史去追了！"赵高风一般飞进密室。

"！"嬴政霍然起身，愣怔着说不出话来。

"君上，尉缭逃！"

"快！驷马王车，追！"蓦然醒悟，嬴政一声大吼。

"嗨！"赵高脆亮一应，身影已经飞出。

李斯实在没有料到，兵家妙算的尉缭竟能出事。

岁末之夜，李斯出王城回到府邸，立即到偏院与尉缭聚饮过年。两人海阔天空，两坛兰陵老酒几乎见底。尉缭说了许许多多在秦国的见闻感慨，反反复复念叨着一句话，尉缭无以报秦，惜哉惜哉！李斯想去，此等感慨只是尉缭报秦之心的另一种说法而已，浑没在意，只与尉缭海说天下，竟是罕见的自己先醉了。蓦然醒来，守在榻边的妻子说他已经酣睡了一个昼夜了。李斯沐浴更衣用膳之后天已暮色，来到偏院看望尉缭酒后情形。尉缭不在，询问老仆，回说先生于一个时辰前被两个故人邀到尚商坊赶社火去了，今夜未必回来。李斯当时心下一动，尉缭秘密入秦，何来故人相邀？走进书房，不意却见案头一支竹板有字，拿起一看，只草草四个字——不得不去。

骤然之间，李斯浑身一个激灵！

几乎没有片刻犹豫，李斯立即派出家老知会国尉蒙武，而后跳上一匹快马飞出了咸阳。尉缭肯定是遇到了前所未有的麻烦。魏国目下这个老王叫做魏增，太子时曾经在秦国做过几年人质，秉性阴鸷长于密谋。魏增即位，魏国在咸阳的“间人”数量大增，许多山东商贾都被“魏商”裹挟进了间人密网。所谓故人相邀，定然是魏国间人受命所为。李斯来不及多想，心下只有一个念头：一定要在函谷关之内截住尉缭！只要不出函谷关，不管魏国秘密间人有多少隐藏在尉缭四周，他们都不敢公然大动干戈。只要李斯能追赶得上，拉住尉缭磨叨一时，蒙武人马也许就能赶到；若形势不容如此，便可先行赶到函谷关知会守军拦截。李斯谋划得没错，可没有想到残雪夜路难行，官道又时有社火人流呼喝涌动，非但难以驰马，更难辨识官道上时断时续的火把人群中有没有尉缭。如此时快时慢，出得咸阳半个时辰，还没有跑出三十里郊亭，李斯不禁大急。

“长史下道！上车！”

身后遥遥一声尖亮的呼喊，李斯蓦然回头，隐隐便见一辆驷马高车从官道下的田野里飓风一般卷来。没错，是赵高声音，是驷马王车！没有片刻犹豫，李斯立即圈马下道。秦国官道宽阔，道边有疏通路面积水的护沟，沟两侧各有一排树木。李斯骑术不佳心情又急，刚刚跃马过沟便从马背颠了下来，重重摔在残雪覆盖的麦田里晕了过去。正在此时，驷马王车哗唧唧卷到，稍一减速，一领黑斗篷飞掠下车两手一抄抱着李斯飞身上了王车。

“小高子！快车直向函谷关！”

李斯被掐着人中刚刚开眼，听得是秦王嬴政声音，立即翻身坐起。嬴政摁住李斯高声道：“长史抓住伞盖，坐好！”李斯摇着手高声道：“我已告知蒙武，君上不须亲临，魏国间人多！”嬴政长剑指着官道火把高声道：“他间人多，我老秦人更多，怕他甚来！”说话间驷马王车全力加速，赵高已经站在了车辕全神贯注地舞弄着八条皮索，四匹天下罕见的雪白骏马大展腰身，宽大坚固的青铜王车恍若掠地飞过，一片片火把悠悠然不断飘向身后。

“间人狡诈，会不会走另路？”李斯突然高声一句。

“蒙武飞骑已经出动，赶赴潼山小道与河西要道，我直驰函谷关！”

鸡鸣开关之前，驷马王车终于裹着一身泥水飞到了函谷关下。王车堪堪停在道边，嬴政立即吩咐赵高宣守关将军来见。将军匆匆赶到，嬴政一阵低声叮嘱，将军又匆匆去了。过得片刻，雄鸡长鸣，关内客栈便有旅人纷纷出门，西来官道也有时断时续的车马人流相继聚来关下，只等关门大开。

“长史，那群人神色蹊跷！”眼力极好的赵高低声一句。

李斯顺着赵高的手势看去，只见西来车马中有一队商旅模样的骑士走马而来，中间一人皮裘裹身面巾裹头，相貌很难分辨。寒风呼啸，路人裹身裹头者多多，原不足为奇。可这队骑士若即若离地围着那个裹身裹头者，目光不断地扫描着四周，确实颇是蹊跷。正在此时，函谷关城头号声响起，城门尉高喊：“城门两道失修，今日只能开一道门洞，诸位旅人排序出关，切勿拥挤！”喊声落点，瓮城赳赳开出两队长矛甲士，由函谷关将军亲自率领，在最北边门洞内列成了一条甬道。出关车马人流只有从甲士甬道中三两人一排或单车穿过。驷马王车恰恰停在甲士甬道后的土坡上，居高临下看得分外清楚。好在王车已经一身泥水脏污不堪，任谁也想不到这辆正在被工匠叮当敲打修葺的大车是秦王王车。

“缭兄！趁我醉酒而去，好无情也！”

李斯突然一声大呼，跳下泥车冲过了甲士甬道，拉住了那个裹头裹身者的马缰。前后游离骑士的目光立即一齐盯住了李斯。裹头裹身者片刻愣怔，冷冷一句飞来：“你是何人？休误人路！”李斯一阵大笑：“缭兄音容，李斯岂能错认哉！你要走也可，只须在这酒肆与我最后痛饮一回！”前后骑士一听李斯报名，显然有些惊愕。瞬息犹豫，不待裹头裹身者说话，一骑士便道：“同路不弃，我等在道边等候先生。”一句话落点，前后十余名骑士一齐圈马出了甲士甬道。李斯哈哈大笑：“同路等候，缭兄何惧也，走！”说罢拉起裹头裹身者便进了路边一家酒肆。

“先生受惊，嬴政来迟也！”

一进酒肆，一个一身泥斑的黑斗篷者便是深深一躬。裹头裹身者一阵木然，缓缓扯下面巾一声长叹：“非尉缭无心报秦也，诚不能也！秦王罪我，我无言矣！”嬴政肃然道：“先生天下名士，骤然离去必有隐情。纵然英雄丈夫，亦有不可对人言处。敢请先生明告因由，若嬴政无以解难，自当放先生东去。”尉缭木然道：“魏王阴狠，我若不归，举族人口有覆巢之危。”李斯切齿骂道：“魏增老匹夫！卑鄙小人！”嬴政似觉尉缭神色有异，目光一闪道：“间人武士可曾伤害先生？”尉缭默然片刻，嘶哑着声音道：“只路途一饭，此后我便头疼欲裂，昏昏欲睡……”李斯不禁大惊：“君上，定是间人下毒所致！”

骤然之间，嬴政脸色铁青一声怒喝：“间贼首级！一个不留！”

守在门廊的赵高嗨的一声飞步而去。片刻之间，只听店外尖厉的牛角号连绵起伏，长矛甲士声声怒喝噗噗连声。函谷关将军大步来报：“禀报君上，全部十六名间人首级已在廊下！”正在此时，随着李斯一声惊呼，尉缭软软地倒在了地上。嬴政顾不及说话，狠狠一跺脚抱起尉缭冲出了酒肆。

最黑暗的黎明，驷马王车又飓风一般卷回了咸阳。

四　春令定准直　秦国大政勃勃生发

冰雪消融，李斯草拟的王书终于摆在了嬴政案头。

这是开春后将要颁布的第一道王书，朝野呼为春令，亦呼为首令。历来战国传统：岁政指向看的便是开春之后的第一道王书。唯其如此，尽管国事千头万绪，开春之时都要审慎选择一方大事开手。《吕氏春秋》云：孟春之月，盛德在木，先定准直，农乃不惑。先定准直，于国事便是开春首令。去岁隆冬大雪时一次议事，嬴政曾问与会大臣："来春首令，将欲何事开之？"丞相王绾答曰："整军财货稍嫌不足，当以关市赋税开之。"郑国答曰："泾水渠成而垦田不足，当以农事开之。"李斯独云："新政全局未就，当从用才开之。"嬴政当即拍案："长史所言甚是。兴国在人，从人事开之！"于是，草拟春令的职事自然而然地落到了李斯头上。年节期间突发尉缭事件，李斯谋划春令的脚步也不期中止了。

追救回来的尉缭，在太医馆整整疗毒一月，剧烈的头疼才渐渐消失，然言语行动终见迟缓，须发也突然全白了。秦王嬴政怒火中烧，回咸阳次日立马派出内史将军嬴腾为特使，星夜赶赴大梁，以最郑重的国书狠狠威胁魏王增：若尉缭部族但有一人遭害，魏国入秦士子但有一人不安，秦国大军立即灭魏，决将魏国王族人人碎尸万段！本次为施惩戒，并确保魏国不再阴毒胁迫入秦臣民，魏国必须立即割让五城，否则关外大军立即猛攻大梁！老魏王眼见虎狼秦王大发威势，秦国关外大军又近在咫尺，吓得喉头咕的一声当场软倒在王案。次日，太子魏假代父王立约，旬日内便交割了河外五城。及至桓龁大军接收五城，嬴腾赶回咸阳复命，堪堪不过半月，可谓战国割地之最利落的一次。之后又有消息传来：老魏王魏增一病不起奄奄一息，已经不能理事了。

自此，秦王怒气稍减，政事方得入常，李斯方得入静。

邦国人事，历来是最大题目，也是最难题目。最大者，牵一发而全身动也。最难者，利害相关人人瞩目也。尽管秦国法政清明，个中利害冲突也不能说全然不须顾忌。李斯来自楚国，又有早年官场之阅历，自然更是审慎在心。秦王首肯人事开年，但没有明定从何方用人开之？之所以没有申明，秦王实际上便是默认了李斯的路径。毕竟，李斯有此主张，不可能心下没有大体谋划。虽则如此，李斯还是没有草率从事。尉缭事大体安宁，他便立即在各大官署间开始奔走，备细查勘了官吏缺额与可能的人选来路，尤其对王绾丞相府的大吏余缺询问最细。如此之后，李斯开始草书，嬴政始终没有过问。

这日，嬴政一进书房坐进书案，立即挑开了赵高已经摆在案头的铜匣的泥封。拿出一看，整整三卷，嬴政不禁有些惊讶。人事王书难则难矣，行文却最是简便，何等人事当得三卷之长？及至一卷卷摊开，嬴政这才长吁一声："李斯胆识兼具而不失缜密，大才也！"

第一卷，是李斯对春令的意图说明，很是简洁："臣遍察秦国官署，裁汰高年老吏之后各式吏员缺额虽大，然终非新政之要害，可在秦国郡县与入秦山东士子中专行招募少壮，考校而后任事；但有三年磨炼，官吏新局可成矣！唯其如此，臣以为秦国人事之要，仍在庙堂大臣之完备。是以，臣所拟春令，以新近之三才为要，王自定夺。"

第三卷是一个附件，备细罗列了各官署的吏员缺额。

第二卷，才是李斯拟定的春令定件，样式很是新鲜，嬴政看得颇有兴致：

秦王春令

大秦王书曰：兴国之本，尽在人才荟萃。大政之要，首在用人任事。尉缭顿弱姚贾三人，各以际遇先后入秦，各负过人之才，本王量才而取，任事如左：尉缭，拜任国尉。（臣斯察：尉缭者，三世兵家之后也，入秦辄疑，继对王推崇有加，将四代所成兵书献国，身遭胁迫而终思报秦，其赤忠之心足见矣！今其疗毒后虽见迟滞，然大智毕竟清醒，臣以为仍当大用，以为山东士人入秦之楷模也！）

顿弱，职任上大夫兼领行人署，执邦交事。（臣斯察：顿弱谙熟列国，辩才无双，堪领邦交以周旋山东。邦交须重臣，故以顿弱为高职。）

姚贾，擢升上卿，兼副行人署同领举国邦交。（臣斯察：姚贾者，大梁监门子也，贫贱布衣而不失其志，敏行锐辞而不失其厚，入秦跌宕而不渎其职，更兼精通秦法，后堪大任矣！）

“小高子，请长史。”嬴政轻轻叩着硕大的青铜书案。

李斯本来在外室等候，见赵高遥遥一拱手，立即进了书房。嬴政开门见山道：“长史春令甚当，去‘臣察’之语，即可定书颁发。另有一事，可并行发书。”李斯一拱手道：“但请君上示下。”嬴政拿起那卷附件道：“吏员补缺，长史查勘得极是时机，所提之法也大体得当，该当立即着手。我意，长史与王绾议出一个章法，做一书两文同时颁发。”李斯大是欣然：“君上明断！臣即赴丞相府会商，两日内定书。”

启耕大典之日，秦王的春令正式颁行朝野。

所有官署都忙碌起来，遴选考校、简拔能才、安置新吏职司、梳理既往政务，朝野一片勃勃生机。秦王不涉具体政务，只将目光盯在新任三才身上。对尉缭与蒙武的国尉署交接，嬴政分外上心，每遇大事必亲临决之。尉缭原本不欲就任国尉，在春令颁发之后正式上书秦王，以“病体虚弱，心绪恍惚，谋不成策，无以为大军做坚实后盾”为由，辞谢国尉高职。嬴政读罢上书立即赶到已经移居驿馆的尉缭庭院，坚请尉缭出任国尉。嬴政的说辞很简单，也很结实：“嬴政固有一天下之志，然天下大势与一统方略不明。先生入秦，明转折大势，一举奠定秦国一统天下之文武伟略，使秦一天下立定可行也！更兼先生之兵书，使政大明君王运兵治军之道。仅此两事，未操实务而定秦国根基，先生功绩何敢忘也！今先生遭间人毒手，虽体弱心迟而大智在焉！秦国若弃先生，天下正道何在？先生若弃秦国，人心转折何在？唯两不相弃，一心共事，阴谋间人不能得逞，一统大业可成也。先生大明之人，宁执迂腐退隐之心而不任事乎！”尉缭满目含泪，喟然一叹道：“得秦王肺腑之言，老夫死而无憾矣！老夫非无报效大业之心，诚恐心力不足误事也。”嬴政又是结结实实一句：“先生只把定舵向，国尉府事务不劳先生。”尉缭心感无以复加，终于点头，搬进了国尉的六进府邸。

之后，嬴政又立即着手为新国尉府物色副手大吏。

多方查勘遴选，嬴政看准了年轻的蒙毅。蒙毅，蒙武之子，蒙恬之弟，文武兼通刚严沉稳，敏于行而讷于言，深具凛然气度。更有两样别人无法比拟的长处：一是蒙毅自幼便对父亲的国尉府事务了如指掌；二是蒙毅与尉缭一样，也算得上国尉世家，在边防要塞府库大营的各式吏员中口碑极佳，颇具门第少年之资望。蒙毅若任国尉丞，还可以同时解决一个难题，这便是成全老国尉蒙武久欲为将之志，可许蒙武入军为偏师大将。嬴政拿定主意，立即造访蒙氏府邸，开首一句："本王欲任仲公子为国尉丞，老国尉应我么？"蒙武愕然默然，及至嬴政将一番话说完，蒙武当即慨然拍案："老夫但能入军为将驰骋疆场，万事好说！"于是，蒙毅立即接手国尉府事务，尉缭尚未正式入主国尉府堂，国尉府的一应事务已经井然有序地运转起来。

国尉府安置妥当，正是灞柳风雪之时，嬴政邀顿弱姚贾进了灞水南岸山林。

顿弱游学秦国有年，却从来没有进入过渭水以南的山林地带，一路行来大是感慨。一条大河从终南山流出，滚滚滔滔涌入渭水，这是秦中九流之一的灞水。灞水与渭水交汇处，林木葱茏覆盖旷野，绵延数十里莽莽苍苍。柳絮漫天飞舞，白莹莹恍如飞雪飘洒绿林，令人心醉不知天上也人间也。马队渐入大森林深处，时有短而直的灰色白色屋顶隐隐显现城堡气象，荒莽中颇显几分神秘。走马片刻，遥见一处林中高地耸立着一座白石筑成的城堡，一圈有小城楼小垛口的白石城墙，粗简厚重而又雄峻异常。高地坡前矗着一道丈余高的石柱，上刻两个斗大红字——灞宫。

"两位以为此地如何？"嬴政扬鞭遥指笑问。

"坚城形胜，邦交密地，好！"顿弱高声赞叹。

"近在咸阳肘腋，隐蔽便捷，好！"姚贾也由衷赞叹一句。

"这灞宫也叫灞城，乃关中二十七离宫之一，穆公所筑。"

嬴政一挥手。赵高利落下马，飞步走到一棵枝杈虬张的古老大树后，推下了一枚合抱圆石。随着一阵幽深的地雷隆隆滚动声，巨大厚重的城堡石门轧轧开启。随之门内哄然众声："恭迎君上！"城堡前却了无人迹。

及至君臣一行下马步入城堡，又闻哄然雷鸣般一声："黑冰台十六尉恭迎君上！"幽深的庭院依旧空无人迹。嬴政哈哈大笑："将士们显身，你等征程要开始了！"笑声落点之间，城堡天井骤然现出两排面具黑衣人，森森然整齐排列两面石廊。

"两位，黑冰台恢复有年，利剑尚未出鞘也。"

"谢过君上！"顿弱姚贾异口同声。

"黑冰台移交行人署，两位以为要旨何在？"

"匕首之能！"顿弱慨然一句。

"威制奸佞！"姚贾立即补充。

嬴政突然转身高声道："诸位将士，黑冰台职司何在？"

"保护特使！死不旋踵！"

"好！黑冰台使命正在此处！"嬴政慷慨高声，"秦国行将大举东出，两位特使正是开路前军。此等邦交，非寻常邦交可比，危机四伏，险难重重，特使时有性命之忧！照实说，若非尉缭子突遭暗算，本王还想不到要黑冰台当此大任。将士们切记：你等出山之根本，在于护卫两位特使不能出事！本王要特使活生生出关，活生生回来！你等将士出使山东，实则勇士身赴战场。本王之军令只有一道：用你等之利剑，用你等之热血，保护特使！"

"赳赳老秦！共赴国难！"古老的誓言哄然回荡在城堡山林。

那一日从灞城回来，顿弱姚贾聚酒对饮通宵达旦。顿弱说："生遇秦王，虽死何憾！"姚贾说："入秦方知布衣之重，宁做烈士不负秦国！"两人唏嘘感喟有之，慷慨激昂有之，奋发议论有之，缜密谋划有之，一夜未眠立即在蒙蒙曙色中开始了事务奔走。到立秋之时，两人已经将行人署整合得井井有条，两路使团人才济济，只等开赴山东的最佳时机了。

五　清一色的少壮将士使秦国大军焕然一新

秦王政十六年立秋时节，一支马队风驰电掣般飞向蓝田大营。

王翦蒙恬受命整军已经四个年头，嬴政还从来没有进过蓝田大营。

今春大朝会时，王绾李斯尉缭提出五年整备之期将到，请各方重臣禀报政情军情以决东出时机。整整三日朝会，各方官署的禀报无不令人感奋有加。关中、蜀中两地在郑国渠都江堰浇灌下农事大盛，秦国仓廪座座皆满。咸阳已经成为天下第一大市，山东商旅流水般涌入。关市税金大增，大内少内两府财货充盈。朝廷与郡县官吏业经三次裁汰，老弱尽去，吏无虚任，国事功效之快捷史无前例。法治清明，举国无盗无积案，道不拾遗夜不闭户，朝野大富大治，国人争相从军求战。唯独两则军情消息令人不快：一是关外大军二次攻赵，又在番吾[1]被李牧边军击败，折损老军五万余；二是败军大将樊於期莫名其妙投奔燕国，谁也说不清因由。尤其是樊於期投燕，嬴政既悲又愤，咬牙切齿大骂贼子叛秦不可理喻，立即下令拘拿樊於期全族下狱。若不是桓龁蒙武等一班老将军力主必有他情，坚请查勘清楚再论罪，只怕暴怒的秦王当时便要杀了樊於期全族。两则不利皆是军方，在秦国实在是罕见。王翦蒙恬心绪不好，一直没有在朝会作军情禀报。朝会最后一日，秦王暴怒有所平息，遂听从众议，改任蒙武为关外大营统帅，桓龁降职为副将；关外老军暂时中止对六国作战，以待蒙武整备，而后在主力大军东出时作策应偏师。诸般事罢，嬴政也没有教王翦蒙恬禀报，只拍案一句，立秋蓝田阅兵。散了朝会。

马队飞上蓝田塬，隐隐可闻遍野杀声。及至马队飞上前方一座山头，遥见陵谷起伏的原野上烟尘大作，一片片黑旗红旗时进时退。王绾不禁大惊："红旗！有赵国兵马！"旁边尉缭朗声笑道："此练兵新法也！分兵契合，黑红两方对抗竞技，比单方操练更有实战成效！"嬴政扬鞭高声道："走！看看战场操演。"一马当先冲下山头。

马队片刻之间轰隆隆卷到战场边缘，要穿过谷口奔向中央云车。正在此际，两支马队从两边树林剽悍飞出，宛如黑色闪电间不容发卡住了谷口。几乎同时，一声高喝迎面飞来："来骑止步！"嬴政君臣骑术各有差异，陡遇拦截骤然勒马，除了后队护卫骑士整齐勒定，君臣前队的马

[1] 番吾，战国地名，今河北灵寿县地带。

匹声声嘶鸣咴咴喷鼻各自乱纷纷打着圈子才停了下来。

“何人敢阻拦秦王阅兵！”护卫将军一声大喝。

“飞骑尉李信参见秦王！”迎面一将在马背遥遥拱手。

“本王正欲战场阅兵，将军何以阻拦？”

“禀报秦王：战场操演，任何人不得擅入！”

“军令大于王命？”嬴政脸色沉了下来。

“将在外，君命有所不受！”

“你叫李信？”嬴政目光骤然一亮。

“正是！飞骑尉李信！”

“好！速报上将军，本王要入谷阅兵。”

“嗨！”李信一应，举剑大喝，“王号！”

谷口马队应声亮出一排牛角号，呜呜之声悠长起伏直贯云空。旁边尉缭低声道：“自来战场只闻金鼓，号声报事不知何人新创？”嬴政一笑：“有蒙恬在，秦军此等新创日后多了去也。”说话之间，又闻一阵高亢急迫的号声从谷中遥遥传来。李信一挥手，谷口马队号声又起，也是短促急迫。号声同时，李信一拱手高声道：“禀报秦王：上将军令李信领道入谷，上将军整军待王！”嬴政大手一挥：“走！”显然便要纵马飞驰。李信又一拱手高声道：“非战时军营不得驰马，王当走马入谷！”嬴政又气又笑：“好好好！走马走马，走！”

嬴政马队进入谷口一路看来，人人都觉惊讶不已。这片远观平平无奇的谷地，实则是一片经过精心整修的战场式军营，沟壑纵横溪流交错，触目不见一座军帐，耳畔却闻隐隐营涛。若非在来路那座山头曾经分明看见烟尘旗帜，谁也不会相信这里是隐藏着千军万马的蓝田新大营。一路时有评点的尉缭，入谷后一句话不说只专注地四面打量，末了一句惊叹道：“如此气象，一将之才不可为！秦军名将，必成群星灿灿之势也！”旁边走马的嬴政不禁一阵大笑：“国尉之言向不虚发，果真如此，宁非天意哉！”

拐过谷内一道山峁，眼前豁然开朗，大军方阵已经集结在谷地中央。王翦蒙恬赳赳大步迎来，将秦王君臣带到了方阵中央的金鼓将台之下。

王翦蒙恬之意，请秦王先登云车阅兵，而后再回幕府禀报整军情势。嬴政欣然点头，吩咐王绾尉缭李斯三人同登云车。王翦带君臣四人刚刚踏进云车底层，车外蒙恬令旗劈下，一阵整齐号子声响起，车中五人悠悠然升起，平稳快速地直上十余丈高的云车顶端。尉缭惊叹："云车不爬梯，虽公输般未成，神乎其技也！"王翦笑道："蒙恬巧思善工，整日在军器营与工匠们揣摩，秦军各式兵器都有新改，尤其是机发连弩威力大增，可说今非昔比也。"秦国君臣都知道王翦素来厚重寡言话不满口，今日能如此说，只怕事实还要超出，不禁人人点头。

片言之间，云车已停。五人踏出车厢，遥见四面山岭苍翠茫茫，片片白云轻盈绕山，时而盘旋于云车周边触手可及，恍然天上。及至目光巡睃，谷地与四面山坡都整肃排列着一座座旌旗猎猎的步骑方阵，宛如黑森森松林弥漫山川，不禁人人肃然。王翦浑然不觉，一拱手道："臣启君上：大军集结，敢请君上一阅各军气象。"嬴政点头。王翦对云车执掌大旗的军令司马一挥手："按序显军！"军令司马嗨的一声，轧轧转动机关，平展展下垂的大旗猛然掠过空中，云车下顿时战鼓如雷。

"铁骑方阵，十万！"王翦高声喝令，也算是对秦王禀报。

谷地中央突然竖起一片雪亮的长剑，万马萧萧齐鸣，铁甲烁烁生光。

"步军方阵，二十万！"

大旗掠过，东面山塬长矛如林，南面山塬剑盾高举。

"连弩方阵，五万！"

西面山坡一阵整齐的号子梆子声，万千长箭如暴风骤雨般掠过山谷飞过山头，直向山后呼啸而去。尉缭惊问："一次发箭几多？射程几许？"王翦道："大型弩机一万张，单兵弩机两万张，一次可连发长箭十五万支！射程两里之遥！"尉缭不禁惊叹："如此神兵利器，天下焉得敌手矣！"

"大型攻城器械营，五万！"

云车下大道上一阵隆隆沉雷碾过，一架架几乎与云车等高的大型云梯、一辆辆尖刀雪亮的塞门刀车、一辆辆装有合抱粗铁柱的撞城车、一具具可发射胳膊粗火油箭的特制大型弩机、一辆辆装有三尺厚铁皮木板可在壕沟上快速铺开的壕沟车桥等等等等，或牛马拉动或士兵推行，连续流过，整整走了半个时辰。

“军器营、辎重营未能操演，敢请君上亲往巡视。”

“明日巡视。今日本王想点将。”

“降车！”

王翦一声令下，云车大厢隆隆下降，倏忽已到将台。君臣出车，王翦对蒙恬低声吩咐几句，蒙恬高声喝令：“聚将鼓！”将台鼓架上的四面大鼓一齐擂动，便见谷地中央与四面山坡旌旗飞动，一支支精悍马队连番飞到将台前。片刻之间，两排顶盔贯甲的大将整肃排列在将台之下。

“秦王点将！全军各将依次自报！”蒙恬高声喝令。

“且慢。”嬴政一扬手，“大战在即，本王想记住各位将军年岁。”

“嗨！各将加报年岁！”蒙恬一声喝令，跳下了将台。

“假上将军王翦！四十九岁！”王翦已经站在了大将队首。

“假上将军蒙恬！二十八岁！”

片刻之间，一声声自报在嬴政君臣耳畔声声爆开——

“前将军杨端和！三十岁！”

“前军主将王贲！二十六岁！”

“右军主将冯劫！二十八岁！”

“左军主将李信！二十九岁！”

“后军主将赵佗！三十岁！”

“弓弩营主将冯去疾！二十八岁！”

“飞骑营主将羌瘣！二十九岁！”

“铁骑营主将辛胜！二十八岁！”

“材官将军章邯！二十九岁！”

“水军营主将杜赫！二十七岁！”

“军器营主将召平！三十岁！”

“辎重营主将马兴！三十一岁！”

“国尉丞蒙毅！二十四岁！”

一声声报号完毕，嬴政咬着腮帮噙着泪光良久无言，数十万大军的山谷肃静得唯闻人马喘息之声。终于，嬴政嘶哑着声音开口了：“诸位将军皆在英华之年。全军将士皆在英华之年。这支新军，是秦国五百余年来，最年轻的一支大军！少壮之期身负国命，虽上天无以褒奖也。嬴政今岁二十有八，与尔等一般少壮英华，感喟之心，夫复何言！秦军之老弱孤幼，均已还乡。朝廷之功臣元老，均已告退。新军将士，尽皆少壮。朝廷官吏，尽皆盛年。秦国大命何在，便在我等少壮肩上！天下一统，终战息乱，需我等血洒疆场！千秋青史，重建华夏文明，需我等惕厉奋发！成则建功立业，败则家破国亡，大秦国何去何从，嬴政愿闻将士之心！”

“赳赳老秦！共赴国难！”

“一统天下！终战息乱！”

山呼海啸般的誓言如滚滚雷声激荡，蓝田塬久久地沸腾着……

立冬时节，第一场大雪覆盖了秦国，覆盖了山东。

万事俱缓的天下窝冬之期，秦国所有官署前所未有地忙碌起来。王城灯火彻夜大明，郡守县令被轮番召进咸阳秘密会商。边塞关城的将军士兵频频调动，黑色长龙无休止地盘旋在茫茫雪原，一时蔚为奇观。这是嬴政君臣谋划的最大的一个冬季行动：向九原郡集结二十万大军，决意狙击匈奴在中原大战开始后的南下劫掠。

嬴政君臣秘密会商，已经决定来年大举东出。

李斯尉缭共同提出了一个补缺方略。尉缭云：“兵事多变，方略谋划务求万全。宁备而不用，勿临危无备。昔年，张仪鼓动楚国灭越而全军南下，不防北边秦军，遂被我司马错率兵奇袭房陵，一举夺取楚国粮仓。今日匈奴已经统一草原诸胡，势力日盛，若在我东出灭国之时大举南下，只恐赵国李牧一支边军难以应对。”李斯云：“秦国以天下为己任，决然不能教匈奴大军践踏中原！若匈奴果真长驱直入，秦国纵然一统天下，亦愧对华夏！”此议一出，嬴政良久无言。

以军中大将本心，对赵国李牧恨之入骨，谁都盼匈奴大军扯住李牧边军不能南下，何曾想过要与赵军共同抵御匈奴？更要紧的是，秦赵燕三国历来是华夏抵御匈奴的“北三军”，传统都是各自为战，匈奴打到哪国便是哪军接战。匈奴久战成精，后来不再袭扰强大的秦国，而专拣赵燕两国开战，遂使赵国最精锐的边军始终被缠在草原不能脱身。燕国则在匈奴连番不断的袭击下几无还手之力，北疆国土日渐缩小，只有不断偷袭赵国以求颜面。如此形成的北边大势：秦军在九原河套地区一直只保持五万铁骑，与防守函谷关的军力相当，数十年没有增兵。而今要大举增兵，则必然牵涉全局——大将、兵种、器械、粮草等等之艰难尚且不论，关键是由此引起的全局变数难以预测。将军们想到的第一个事实是：秦军一支主力北上，赵军压力大减，若李牧趁此南下中原作战，秦军岂非自己给自己搬回一个劲敌？凡此种种思虑，尉缭李斯一说，连同嬴政在内的将军大臣们一时竟没人回应。

嬴政摆摆手散了朝会。之后一连三日三夜，嬴政一直在书房与文武大员连番密会，几乎每日只歇息得一两个时辰。三日之后，朝会重开，嬴政断然拍案：重新部署秦国大军，务求匈奴不敢南犯！嬴政拳头砸着青铜大案，狠狠说了一番话：“春秋齐桓公九合诸侯，所为者何？摒弃内争，保我华夏！今日便是打烂秦国，也不能打烂华夏！否则，我等君臣千古罪人！便是乘匈奴之威窃取天下！如此鸡鸣狗盗之小伎，纵然灭了六国，也扛不起重建华夏文明之重任！总归一句话，不抗匈奴之患，不堪统领天下！”

没有任何争论，没有任何异议，秦国庙堂立即做出了新的部署：

蒙恬（假）上将军兼领九原将军，开赴秦长城一线防守匈奴；

蓝田大营分铁骑五万开赴九原，与原先五万铁骑共为防守主力；

新征五万步卒在蓝田大营训练三月，开赴九原以为弩机兵；

破陇西戎狄部族不出兵之传统，联组骑兵五万开赴九原；

关外老军大营分兵三万开赴九原，专一饲养军马；

陈仓关大散关守军为后援，须在半年之内向九原输送粮草百万斛；

北地郡上郡为九原大军充足输送高奴猛火油，以为火箭之用。

如此调遣之下，秦国在九原大营的兵力空前增加到二十万，连同养马老军与各种工匠辎重兵士及军中劳役，足足三十余万。如此便有了秦国的冬季大忙气象。老秦人公战之心天下第一，王书一颁，朝野上下二话不说风一般动了起来。青壮争相从军，农商争相捐车输送粮草，热气腾腾忙活了整整一冬。

匆匆间年关已过，雪消冰开。启耕大典之后的第三日，嬴政亲率几位重臣，在咸阳东门外的十里郊亭，为两支特使的邦交人马举行了隆重的郊宴饯行礼。顿弱、姚贾两人的邦交班底就绪后已经按捺了整整半年，今日将欲出关，不禁万分感慨。当秦王嬴政捧起一爵与两人痛饮之后，桀骜不驯的顿弱肃然整了整衣冠，挺身长跪在秦王面前激昂高声道："顿弱不才，决为华夏一统报效终生！今日拜王而去，死而无憾！"姚贾也是肃然长跪唏嘘高声："秦王用才不弃我监门之子，姚贾纵血染五步，决然不负使命！"嬴政扶起两人，一阵大笑道："两位声声言死，何其不吉也！但为大秦特使，只能教人死，不能教我死！"大臣们一片哄然大笑，顿弱姚贾也连连点头称是大笑起来。

两队人马，一支东进韩国，一支北上燕国。

一冬反复会商，秦国庙堂的最终决策是：灭国自韩开始。所以如此，既有着自范雎奠定的远交近攻的传统国策，也有着目下关外的特定情势。一路北上燕国，则为樊於期投燕而燕国竟公然接纳之事。东路由熟悉三晋的姚贾出使，是为实兵。北路则由熟悉齐燕的顿弱出马，意在搅起另一方风云以转移山东六国之注意力，堪称邦交疑兵。

随着两队车马辚辚东去，华夏历史掀开了新的铁血一页。

这是公元前 231 年、秦王政十六年春的故事。

是年，秦王嬴政二十九岁。

这时的六国年表是：韩王安八年，魏景湣王十二年，赵王迁五年，楚幽王七年，燕王喜二十四年，齐王建三十四年。

第五章 术治亡韩

一 幽暗庙堂的最后一丝光亮

韩王安大犯愁肠，整日在池畔林下转悠苦思。

不知从何时开始，韩国连一次像样的朝会也无法成行了。国土已经是支离破碎处处飞地：河东留下两三座城池，河内留下三五座城池，都是当年出让上党移祸赵国时在大河北岸保留的根基；西面的宜阳孤城与宜阳铁山，在秦国灭周之后，已经陷入了秦国三川郡的包围之中；大河南岸的都城新郑，土地只剩下方圆数十里，夹在秦国三川郡与魏国大梁的缝隙之中动弹不得，几乎完全是当年周室洛阳孤立中原的翻版；南面的颍川郡被列国连年蚕食，只剩下三五城之地，还是经常拉锯争夺战场；西南的南阳郡是韩国国府直辖，实际上便是王族的根基领地，也被秦国楚国多次拉锯争夺吞吐割地，所余十余城早已远非昔日富庶可比。如此国土从南到北千余里，几乎片片都是难以有效连接的飞地。于是，世族大臣们纷纷离开新郑常驻封地，圈在自己的城堡里享受着难得的自治，俨然一方诸侯。国府若要收缴封地赋税，得审慎选择列国没有战事的时日，与大国小国小心翼翼地通融借道。否则，即或能收缴些许财货，也得在诸多关卡要塞间被剥得干干净净。所幸的是，南阳郡距离新郑很近，每年总有三五成岁收赋税，否则韩国的王室府库早干瘪了。此等情势，韩王要召集一次君臣朝会，当真比登天还难。若不聚朝会而韩王独自决策，各家封地便会以“国事不与闻诸侯”的名义拒绝奉命，理直气壮地不出粮草兵员。纵然韩王，又能如何？

往昔国有大事，韩王特使只要能辗转将王书送达封地，多少总有几个大臣赶来赴会。可近年来世族大臣们对朝会丝毫没了兴致，避之唯恐不及，谁又会奉书即来？纵然王书送达，实力领主们也以各种各样的理由敷衍推托，总归是不入新郑不问国事为上策。这次，韩王安得闻秦使行将入韩，一个月前便派出各路特使邀集朝会。然则一天天过去，庙堂依然门可罗雀。偶有几个久居新郑的王族元老来问问，也是唏嘘一阵就踽踽而去。

“人谋尽，天亡韩国也！”韩安长长一声叹息。

即位八年，韩安如在梦魇，一日也没有安宁过。

韩安的梦魇，既有与虎狼秦国的生死纠缠，又有与庙堂诸侯的寒心周旋。从少年太子时起，韩安便以聪颖多谋为父亲韩桓惠王所倚重，被世族大臣们呼为“智术太子安”。那时，秦国是吕不韦当政。韩安被公推为韩国首谋之士，与一班奇谋老臣组成了轴心班底，专一谋划弱秦救韩之种种奇策。吕不韦灭周时，韩安一班人谋划了肥周退秦之策[1]。后来，韩安一班人又谋划了使天下咋舌的水工疲秦之策。虽结局不尽如人意，然父王、韩安及一班世族老谋者都说，此乃天意，非人谋之过也。那时，韩国君臣的说辞是惊人的一致：“若非韩国孜孜谋秦，只恐天下早遭虎狼涂炭矣！韩为天下谋秦，山东诸侯何轻侮韩国也！”这是韩国君臣，尤其是韩桓惠王与韩安父子最大的愤激，也是韩国特使在山东邦交中反复陈述的委屈。可无论韩国如何愤激如何委屈，山东五大战国始终冷眼待韩，鄙夷韩国。

韩安记得很清楚，父王将死之时拉着他的手说：“天不佑韩，使韩居虎狼之侧矣！列国无谋，使韩孤立山东无援矣！父死，子毋逞强，唯执既往弱秦之策，必可存韩。秦为虎狼之国，可以谋存，不可力抗也！”韩安自然深以为是，即位之后孜孜不倦，夙夜邀聚谋臣冥思奇策。不想，

[1]　关于韩国之政治乌龙与肥周退秦策等故事，见《大秦帝国·阳谋春秋》第十章。

正在酝酿深远大计之时，大局却被一个人搅得面目全非了。

这个搅局者，是韩非。

韩安认定，秦国虎狼是韩非招来的。

当年，韩非从兰陵学馆归国，太子韩安第一个前往拜会。

在韩安的想象中，韩非该当与战国四大公子同样风采，烁烁其华，烈烈其神。不料，走进那座六进砖石庭院，韩安大失所望。韩非全然一副落魄气象：骨架高大精瘦无肉，一领名贵的锦袍皱巴巴空荡荡恍如架在一根竹竿上，黝黑的脸庞棱角分明沟壑纵横直如石刻，散发无冠，长须虬结，风尘仆仆之相几如大禹治水归来。若非那直透来人肺腑的凌厉目光，韩安几乎便要转身而去。暗自失笑一阵，韩安礼仪应酬几句转身去了。韩非目光只一瞥，既没与他说话，更没有送他出门，仿佛对他这个已经报了名号的太子浑没看在眼里。韩非的孤傲冷峻，使韩安很不以为然。后来，韩非的抄刻文章在新郑时有所见，韩安不意看得几篇，心始怦怦大跳起来。

韩安再次踏进了城南那座简朴的松柏庭院。

“非兄大才，安欲拜师以长才学智计，兄莫弃我。”

素闻韩非耿介，韩安也开门见山。谁料韩非只冷冷看着他，一句话不说。韩安颇感难堪，强自笑云：“非兄乃王族公子也，忍看社稷覆灭生民涂炭乎！”冷峻如石雕的韩非第一次突兀开口：“太子果欲存韩，该当大道谋国也！”只此一句，韩安当时便一个激灵。韩非音色浑厚，底气犹足，因患口吃而吟诵，对答抑扬顿挫明晰有力，竟是比常人说话反多了一种神韵。

“非兄奇才，韩安敬服！”

“言貌取人，猎奇而已也。”那具石雕似乎从来不知笑为何物。

韩安面红耳赤，第一次无言以对了。

此后与韩非交往，韩安执礼甚恭，从来不以太子之身骄人。时日渐久，闭门谢客终日笔耕的韩非，对这个谦恭求教的太子不再冷面相对，话也渐渐说得多了一些。几次叙谈，韩安终于清楚了韩非的来路去径：兰陵离学之后，韩非已在天下游历数年，回韩而离群索居，只为要给天下写出一部大书。

“非兄之书，精要何在？”

“谋国之正道，法治之大成。”

“既执谋国之道，敢请非兄先为韩国一谋。”

“韩非为天下设谋，一国之谋小矣！”

“祖国不谋，安谋天下？”

那一次，韩非良久无言，凌厉的目光牢牢钉住了年轻的韩安。此后，韩安可以踏进韩非的书房了，后来又能与韩非做长夜谈了。韩安坦诚地叙说了自己对天下大势的种种想法，也毫无保留地和盘托出了父王谋臣班底的“谋秦救韩”之国策，期望韩非能够成为父王的得力谋士，成为力挽狂澜的功臣。不料，每逢此类话题，韩非便陡然变成冷峻的石雕，只铿锵一句：“术以存国，未尝闻也！”不屑对答了。

韩安不为所动，仍常常登门，涓涓溪流般盘桓渗透着韩非。韩安坚信，韩非纵然不为父王设谋，也必能在将来为自己设谋。但为君王，若无真正的良臣，是难以挽狂澜于既倒的。韩非乃王族公子，不可能叛逆韩国，也不可能始终不为韩国存亡谋划。身具大才而根基不能漂移，此韩非之能为韩国大用也。唯其如此，笃信奇谋的韩安要锲而不舍地使韩非成为同心救韩的肱股之臣。

一次，韩非突兀问：“太子多言术，可知术之几多？”

“谋国术智，安初涉而已，非兄教我。”

“几卷涉术之书，太子一观再言。”韩非从铜柜中捧出了一方铜匣。

回到府邸，韩安立即展卷夜读，连连拍案叫绝。几卷《韩非子》，几乎将天下权术囊括净尽，八奸、六反、七术、五蠹等等等等，诸多名目连号为术士的韩安也是闻所未闻。韩安第一次夜不能寐，五更鸡鸣时兴冲冲踏进了韩非书房，当头便是一躬。

“非兄术计博大精深，堪为术家大师也！”

“术家？未尝闻也！”韩非显然惊愕了，又陡然冷峻得石雕一般。

“术为存国大谋，岂止一家之学，当为天下显学！”

“太子之言，韩非无地自容。”

“非兄何出此言？”

“百年大韩，奉术而存，不亦悲乎！”韩非满脸通红，哽咽了。

“非兄……”

韩非第一次声泪俱下：“术之为术，察奸之法而已，明法手段而已！奉以兴国，何其大谬也！韩非本意，欲请太子一览权术大要，辄能反思韩非何以不奉权谋，进而走上兴韩正道！不意，太子竟奉权谋之道为圭臬，竟奉韩非为术家大师，诚天下第一滑稽事也！韩非毕生心血，集法家诸学而大成，却以术为世所误，悲哉——！”

眼见韩非涕泪纵横，太子韩安无言以对了。

此后，韩安不再提及权谋救韩，而是谦恭求教兴国之道，请韩非实实在在拿出一个能在目下韩国实施的兴韩之策。韩非极是认真，江河直下两日三夜，听得韩安一阵阵心惊肉跳。韩非先整个地回顾了春秋战国以来的大势演变，归总一句：“春秋战国者，多事之时也，大争之世也。大争者何？实力较量也！五百余年不以实力为根基而能兴国者，未尝闻也！”

接着，韩非又整个地回顾了春秋战国的兴亡更替，归总云：“春秋之世，改制者强。五霸之国，无不先改制而后称霸。战国之世，变法者强。七大诸侯，无不因变法而后成为雄踞一方之战国！变法者何？革命旧制也！弃旧图新也！唯其如此，兴盛国家，救韩图存，只有一条路，变法！”

之后，韩非又整个地回顾了韩国历史，最后慷慨激昂地拍着书案说：“韩人立国百年，唯昭侯申不害变法被天下呼为劲韩，强盛不过二三十年矣！昭侯申不害惨死，韩国又回老路，此后每况愈下，不亦悲乎！韩拥最大铁山而不能强兵，韩据天下咽喉而毫无威慑。个中因由何在？在不思强大自己，唯思算计敌国！敌国固须用谋，然必得以强大自身为根基！不强自己而算敌，与虎谋皮也，飞虫扑火也！图存之道，唯变法也，此谓求变图存！不求变法而求存国，南辕北辙也，揠苗助长也！”

心惊肉跳的韩安久久没有说话，只长长一声叹息。

“太子奉术，终究亡韩。”韩非冷冰冰一句。

“非兄之言不无道理。然则，皮之不存，毛将焉附？”

“太子是说，不存韩则无以变法？”

“非兄明断！”

“韩非以为，不变法无以存韩。”

“非兄差矣！”韩安这次理直气壮，“尊师荀子云，白刃加胸则不顾流矢，长矛刺喉则不顾断指，缓急之有先后也！今秦国正图灭周，后必灭韩。韩国若灭，变法安在哉！”

“太子差矣！目下韩国变法，正是最后一个时机。”

“秦国兵临周室，韩国还有时机？”韩安又气又笑。

“一叶障目，不见泰山也！”韩非一拳砸在案上，“四年之内，秦国连丧三王，已经进入战国以来最低谷。此时吕不韦当政，克尽所能，也只有维持秦国不乱而已，断无大举东出之可能。太子试想，只要韩国不儿戏般撺掇周室反秦攻秦，吕不韦便是出兵洛阳灭了周室，也不会触动韩国。非秦国不欲也，时势不能也！”

“非兄是说，秦国目下无力东出？”

“然也！”

“韩国或可无事？”

“太子，韩非乃王族子孙，何尝不想韩国强大也！”韩非痛心疾首，“当此之时，正是韩国最后一个变法机遇！十数年之后秦国走出低谷，韩国悔之晚矣！”

“非兄可否直接向父王上书？韩安一力呼应。”

“邦国兴亡，匹夫有责，何况韩非！”

“一言为定！”

“驷马难追！”

那次慷慨激昂之后，韩非说到做到，连续三次上书韩桓惠王，力陈天下大势与秦韩目下格局，力主韩国捕捉最后机遇，尽速变法强国。韩非上书如巨石入池，立即激起轩然大波，新郑庙堂大大骚动起来。世族大臣无不咒骂韩非，骂韩非是不娶妻不生子的老鳏夫，骂韩非是与当年申不害一般恶毒的奸佞妖孽，骂韩非折腾韩国当遭天谴！其攻讦之恶毒，使素称公允的韩安大觉脸红。无论如何，他是认真读了韩非上书的，尤其是韩非的最后一次上书，至今犹轰轰然回响在韩安耳畔：

强韩书

韩国已弱，不能算人以存，而当强己以存。谚云：长袖善舞，多钱善贾。是故，强国易为谋，弱邦难为计。智计用于秦者，十变而谋不失；用于燕者，一变而谋稀得。何也？非用于秦者必智而用于燕者必愚，固治乱强弱之势不同也。今韩国之弱尚不若燕，安得以智计谋秦而存焉！亘古兴亡，弱邦唯有一途：屏息心神，修明内政。此越王勾践所以成霸也！夫今韩国若能心无旁骛而力行变法，明其法禁，必其赏罚，削其贵胄，尽其地力，使民有死战之志，则韩自强矣！果能如此，敌国攻我则伤必大，虽万乘之国莫敢自顿于坚城之下。此，申不害变法而成劲韩之名也！此，韩国不亡之大法也！今，韩舍不亡之大法，取必亡之小伎，治者之过也！智困于内而政乱于外，则亡国之势不可振。韩非涕血而书：谋人不如强己，谋敌不如变我。韩国若不能审时度势奋然变法，十数年之后，亡国之危虽上天不能救也！

韩安多次想劝说父王认真思谋韩非上书，可一看到父王的阴沉脸色，一想到韩非尖锐刺耳的词句，每每便没有话了。其时，父王正与一班谋臣全神贯注地秘密谋划协助洛阳周室合纵攻秦，要使洛阳成为拖住秦国后腿的绊虎索，使秦国不再“关注”韩国。韩桓惠王君臣很为这一谋划得意，将此举比作当年的冯亭出让上党移祸赵国之妙策，期望一举使韩国久安。因了如此，尽管老世族们对韩非骂骂咧咧，韩桓惠王却大度一笑道：“诸位少安毋躁，韩非上书，士子一时愤激之辞而已，何足道哉！待秦军铩羽而归，再与竖子理论不迟。”在满朝一片骂声笑声中，太子韩安始终没有说话。

如此这般，韩非上书做了入海泥牛，再也没有了消息。

也是奇怪。未过三月，一切都按照韩非的预言来了。

洛阳周室的“大军”在秦军面前鸟兽散，周室宣告正式灭亡。韩国非但丢失了此前割让给周室的八座城池，援军十二万也尽数覆灭！若非吕不韦适可而止，蒙骜秦军攻下新郑当真是指日可待。太子韩安万般感慨，期待父王与朝议悔悟改口，自己能支持韩非变法。可韩安万万没有料到，韩国世族元老们竟将种种惨败归罪于韩非，莫名其妙却又异口同声地处处大骂：“韩非妖巫邪说诅咒韩国，终致大韩之败！”

“韩非乃申不害第二！不杀不中！”

韩安心下不忍，一力来说父王，请求举行朝会认真会商韩非上书。

“韩非，书生也！”

韩桓惠王一副久经沧海的老辣神色：“韩非不见谋秦之功，何其迂阔也！你去问他：若非韩国出让上党而引起秦赵大战，秦国能入低谷么？韩国不鼓动周室反秦，秦国能成为山东公敌么？谋秦弱秦，宁无功效乎！”一番斥责数落，韩桓惠王最后说，“韩非要变法，也好！先叫他交出承袭的祖上封地。能交出封地，算他大义真心！你说，他能么？”

韩安没了话说，只有踽踽去了韩非府邸。

“韩国若能变法，纵然血溅五步，韩非夫复何憾！”

听太子将前后因由一说，韩非大为愤激，当时拉起韩安便要去见韩王，愿当即交出全部三十多里封地。韩安生怕出事，死死劝住了韩非，只自己立即进宫，对父王禀报了韩非决死变法之志，说韩非对交出封地没有丝毫怨言。

不料，父王又是一副老谋深算的神色：“不中！韩非对祖宗封地尚不在心，能指望他将韩国社稷放在心头？”韩安愕然，可仔细掂量，觉得父王之言也不是没有道理，只好请求父王至少要任用韩非做大臣。韩安的说辞是：“韩非为天下大家，身居韩国而白身，天下宁不责韩国轻贤慢士乎！”韩桓惠王思忖良久，方才低声道破玄机：“子不知人也。韩国庙堂幽暗久矣！韩非若强光一缕，刺人眼目，慌人心神，举朝必欲除之而后快。果能用之，除非如昭侯用申不害，使其有生杀大权而能成事。今用而无生杀大权，宁非害此人哉！”父王的话使韩安心惊肉跳，但他还是不能赞同父王，力主任用韩非以存韩国声望。

“子意用为何职？”

“御史，掌察核百官。”

“你去说，只要韩非做这个官，立即下书。”

果如父王所料，韩非冷冰冰地拒绝了。

“不能除旧布新，岂可同流合污！”

就这样，韩非始终没有在韩国做官，却始终都是韩国朝野瞩目的焦点。举凡庙堂会商，大臣们必以骂韩非开始，又以骂韩非终结。骂辞千奇百怪，指向始终不变：韩非与申不害一路妖孽，鼓动妖变，韩国劫难临头！若非韩非好赖有个王族公子之身，太子韩安又与其有交，只怕十个韩非也粉身碎骨了。在此期间，韩桓惠王与太子韩安及一班世族老臣又谋划出一则惊人奇计，这便是后来声名赫赫的疲秦策。这一奇计的实际章法是：派天下第一水工郑国入秦，鼓动秦国大上河渠，损耗秦国民力，使其无军可征而不能东顾。

韩非闻之，白衣素车赶赴太庙，长笑大哭，昏死于祭坛之下。

“非兄，尝闻苏秦疲齐颇见功效，韩国何尝不能疲秦哉！”

韩安闻讯赶来，不由分说将韩非拉出太庙。陪着韩非枯坐一夜，临走时，他实在不能理会韩非的愤激之心，小心翼翼地用苏秦疲齐的史实，来启迪这个在他眼里显得迂阔过甚的法家名士。不想，韩非苍白的刀条脸骷髅般狞厉，打量怪物一般逼视着困惑的韩安，良久默然，终于爆发了。

“东施效颦，滑稽也！荒谬也！可笑也！怪癖也！苏秦疲齐，是鼓噪齐王大起宫室园林，以开腐败之风，以堕齐王心志！韩国疲秦，是使不世水工大兴河渠，安能相比也！割肉饲虎，而自以为能使虎狼饥饿，何其怪癖也！先割上党，号为资赵移祸！再割八城，号为肥周退秦！而今又为秦国大兴水利，分明强秦，竟号为疲秦！亘古以来，何曾有过如此荒谬之谋！国将不国，怪癖尤烈！如此韩国，虽上天不能救也！韩国不亡，天下正道何在！”

“危言耸听！于国何益，于己何益？”韩安沉着脸拂袖去了。

那是韩安与韩非的最后一次夜谈。

从此之后，韩安再也没能走进韩非的书房。

二　韩衣韩车　韩非终于踏上了西去的路途

郑国渠成，一声惊雷炸响当头。

新郑君臣惊慌失措，朝会之日脸色青灰无言以对。韩国庙堂难堪的是，韩桓惠王虽然死了，可新王韩安与朝会大臣人人都是当年疲秦计的一力拥戴者，而今秦国河渠大成，还公然命名曰郑国渠，韩国显然是高高搬起石头狠狠砸了自己的脚，可偏偏没有一说可以开脱，岂非在天下大大丢脸！众皆默然之时，丞相韩熙铁青着脸吼叫了一声："郑国奸佞！叛韩通秦，罪不可恕！"于是愤愤之声大起，一时将郑国骂得狗血淋头。末了举朝一口声赞同：立即拘押郑国全族，并派秘密间人入秦警告郑国：若不逃秦，便当自裁，否则立杀郑氏全族！

韩安没有想到，那是自己的最后一次朝会。

此后不到一个月，秦韩形势发生了惊人变化。新秦王不可思议，将郑国当做富秦功臣并对韩国大动干戈。王翦、李斯接连胁迫韩国，秦国关外大军又跟着猛攻南阳郡。眼看南阳危在旦夕，韩国重臣纷纷逃回封地不出，新郑的老世族重臣只留下了一个封地在就近颍川郡的丞相韩熙。万般无奈，韩安只有服软，与丞相韩熙会商，将郑国族人送到了秦军大营，并承诺日后绝不滋扰郑氏与郑国方才了事。

其间，韩安登门求教，韩非只冷冷一句："事已至此，夫复何言！"

后来李斯风风火火来韩，坚持要亲见韩非。韩安大为不悦，却又不能拒绝赫赫强秦的这个炙手特使，密派老内侍告诫韩非：务必斡旋得秦国不攻韩国，若能建存韩之功，韩王便以韩非为丞相力行变法！老内侍回报说，韩非听罢只长叹一声，一句话也没说。韩安不禁狐疑，派出一个机敏的小内侍化身派给韩非的官仆，进入韩非府邸探听虚实。

李斯与韩非的会面是奇特的。

李斯坦诚热烈，韩非冷若冰霜。李斯滔滔叙说入秦所见，一个多时辰，韩非始终如石雕枯坐一言无对。李斯满怀渴望地邀韩非一起入秦，韩非却淡淡地摇了摇头。夜半之时，李斯快快告辞。韩非却说声且慢，从大柜中捧出一方竹匣郑重递给李斯，又肃然一躬道："此乃韩非毕生心血也，赠与秦王，敢请斯兄代转。"李斯惊愕愣怔地接过竹匣道："非兄！大作已成？"韩非点头道："正本足本，唯此一部。"李斯道："非兄不愿入秦，却将大作正本呈献秦王，愿闻见教。"韩非道："我书非呈献也，赠与也。"李斯道："非兄不识秦王，却将秦王视做友人赠书，诚趣事也。"韩非冷冰冰道："韩非不识秦王其人，宁不识秦王之政乎！秦王为政，韩非引为知音。法行天下，韩非攘一臂之力，此天下大义也，识与不识何足道哉！"李斯不禁肃然一躬道："非兄胸怀见识，斯愧不能及矣！然我终不能解，非兄既引秦王为大道知音，又何敬而远之哉！"

韩非久久没有说话。

李斯只得告辞去了。

小内侍回报说，李斯走后，韩非孤魂般在后园林下游荡了整整一夜，一阵阵长哭一阵阵大笑，又一阵阵疯喊："天不爱韩，何生韩非于韩也！天若爱韩，何使术治当道也！天杀韩非，夫复何言！术亡韩国，夫复何言！"

凄然之下，韩安顾不得韩非冷脸，踏进了那座久违了的空旷庭院。

韩非已经没有气力拒绝韩安了，也没有气力对韩安做蔑视之色了。

相对终日，韩非只坐在草席上靠着书柜闭眼不言，苍白瘦削令人不忍卒睹。韩安一则唏嘘一则责难，非兄糊涂也！毕生大作拱手送与虎狼，岂是王族公子所为哉！韩非只哼了一声，连眼睛也没眨一下。韩安抹着眼泪追问韩非何以错失良机，不向李斯提说秦国罢兵存韩之大计？韩非依旧冷冷一哼，连眼睛也不眨。韩安情急，跺脚嚷嚷起来，非兄也非兄！非我即位不用你变法国策，用不了也！我欲用非兄为相，可宗室重臣勋旧元老家家死硬反对，教我如何是好？世族大臣有封地有钱粮，我能奈何！韩安的步子又碎又急，陀螺一般围着韩非打圈子。死死沉默的韩非终于爆发，甩着散乱的长发一阵吼叫，世族宗室里通外国！韩国耻辱！社稷耻辱！韩安拭泪叹息道，秦国挥金如土，三晋大臣哪个没受重金贿赂？

“蠹虫！一群蠹虫！”

韩非一声怒吼，颓然扑倒在案爬不起来了。

韩安急召太医救治。老太医诊脉之后禀报说，公子淤积过甚，肝火过盛，长久以往必致抑郁而死。韩安一阵唏嘘，抱着昏迷了的韩非大哭起来。其时，新郑的世族大臣已经寥寥无几，在国者也是惶惶不可终日，谁也顾不得咒骂追究韩非了，绕在韩安耳边聒噪的谋臣们也销声匿迹了。清冷孤寂的韩安闲得慌闷得慌，便日日看望韩非，指望韩非终究能在绝路之时为韩一谋。然则，韩非再也不说话了，连那忍无可忍的吼叫都没有了。

“哀莫大于心死也。”

老太医一句嘟哝，韩安浑身一个激灵！

此时，可恶的秦国特使姚贾高车驷马来了。姚贾向韩安郑重递交了秦王国书，敦请韩国许韩非入秦。韩安没有料到，秦王国书竟是前所未有的平和恭敬，说只要韩国许韩非入秦，秦韩恩怨或可从长计议。那一刻，韩安的心怦怦大跳起来，眼前陡然闪现一片灵光，韩国有救了！然则，韩安毕竟是天下术派名家，深知愈在此时愈不能喜形于色，遂淡淡一笑道：“敢问特使，若韩子不能入秦，又将如何？”

“秦王有言：韩不用才便当放才，不放不用，有失天道！”

“秦王何知韩不用才？”

“韩国若能当即用韩子为相，另当别论。否则，暴殄天物！”

“也是秦王之言？”

“然也！”

秦国的胁迫是显然的。韩安的心下也是清楚的。韩安所需要的，正是胁迫之下不得已而为之的特定情势。韩国一不能用才，二不能变法，三又不能落下轻才慢士之恶名。更要紧者是韩国必须生存，而不能灭亡。当此之时，韩王安能有别一种选择么？一夜揣摩，韩安终于认定：韩非是挽救韩国的最后一根稻草，只要韩非力说秦王，必能使韩国安然无恙。如此思谋，韩安是有事实依据的：小小卫国之所以能在大国夹缝中安之若素，全部根基便在于秦国维护这个老诸侯；而秦国之所以维护卫国，根本原因便在于卫国是商鞅的故国，又是吕不韦的故国。韩安与六国君臣一样，虽然也常常百般咒骂秦王，可心下却都清楚秦王嬴政求贤若渴爱才如命，厚待功臣更为天下士人所渴慕。秦王敬仰商鞅，能将卫国置于秦国势力之下而不触动，何以不能因了韩非而维护韩国？对于韩非的分量，韩安还是明白的。韩安确信：只要韩非入秦，在秦王心目中定然是商鞅第二！韩非若能身居秦国枢要，秦王岂能不眷顾韩国？只要秦国眷顾韩国，岂不绝处逢生？如此存亡转机，父王一生求之不得，今日岂能放过？

韩安思谋清楚，一脸愁苦地走进了那座熟悉的庭院。

那间宽大清冷的寝室，弥漫着浓烈的草药气息。韩安一进屋便恭敬地捧起药盅，要亲手给韩非侍药。可那名衣衫破旧的老侍女却拦住了他，说公子一直拒绝用药，无论谁走到榻前都有大险。病人何险？分明你等怠慢公子！韩安一声怒斥，便要上前。吓得老侍女扑地跪倒抱住韩王连连叩头说，公子枕下有短剑，谁要他服药便刺谁！韩安大惊，既然如此，何以满室药味？老侍女说，这是万不得已的法子，我等只有将草药泼洒地上，公子日日吸进药味，或能延缓公子性命。韩安一声长叹，搁下药盅轻步走近榻前，只见韩非双目微闭气息奄奄一副行将气绝之相，心下顿时冰凉。想到韩非若死韩国生路将断，韩安悲从中来，不禁扑地拜倒放声痛哭。

蓦然之间，韩非喉头咕的一声大响。

韩安没有抬头，哭得更是伤痛了。

“谁在哭，秦军灭韩了？”终于，韩非梦呓般说话了。

“韩国将亡！非兄救韩——”一声悲号，韩安昏倒过去。

及至老侍女将韩安救醒过来，韩非那双明澈的眼睛正幽幽扫视着韩安。韩安顾不得许多，又大声号啕起来，似乎立即又要哭死过去。韩非终于不耐，枯瘦的大手拍着榻栏愤愤然叹息道，自先祖韩厥立国，韩人素以节义闻名诸侯，曾几何时，子孙一摊烂泥也！可韩安依旧只是哭，无论韩非如何愤愤然讥刺，依旧只是哭。

“软骨头！有事说！哭个鸟！”韩非粗恶地暴怒了。

韩安心下大喜过望，抽抽搭搭止住哭声，万般悲戚地诉说了姚贾入秦胁迫韩国交出韩非之事，末了重重申明道："非兄若去必是大祸，安何忍非兄入虎狼之口也！"说罢又是放声大哭。韩非久久没有说话，对韩安的哭声浑然无觉。良久，韩非冷冷道："我若入秦，韩国或可存之。"韩安猛然一个激灵，又立即号啕大哭道："非兄不可！万万不可！韩国可以没有韩安，不能没有韩非也！安已决意，迁都南阳与秦军决一死战！"韩非淡淡一笑道："危崖临渊，韩王犹自有术，出息也！"

韩安大是尴尬，止住了哭声，一时找不出说辞了。

"老韩衣冠，王室可有？"韩非突然一问。

"有！"

"老式韩车？"

"有！"

"好。韩非入秦。"

韩安实在没有料到，韩非答应得如此利落。当夜兴冲冲回宫，韩安立即下令少府、典衣、典冠[1]三署合力置备韩非车马衣饰。幸得韩国前代多有节用之君，老式物事多有存储，一日之间便整顿齐备。验看之时，少府低声嘟哝了一句，又不是特使，如此老韩气象不是引火烧身么？韩安猛然醒悟，心下大是忐忑不安，遂连夜去见韩非，说老式衣车太过破旧有损公子气度。韩非只冷冷一句，非老时韩衣韩车，不入秦！韩安只恐韩非借故拒绝，只好连连点头去了。

三日之后，韩安在新郑郊亭隆重地为韩非举行了饯行礼。

卯时，清晨的太阳跃出遥远的地平，照亮了苍茫大平原。一辆奇特的轺车辚辚独行，从新郑西门缓缓地出来了。这是韩国独有而战国之世已经很难见到的生铁轺车：车身灰黑粗糙，毫无青铜轺车的典雅高贵；生铁伞盖粗壮憨朴，恍如一顶丑陋的锅盖扣着小小车厢。韩国有天下最大的宜阳铁山，韩人先祖节用奋发，曾以生铁替代本国稀缺的青铜造车，虽嫌粗朴，却是韩国一时奋发之象征。丑陋的铁片伞盖下挺身站着枯瘦

---

[1] 少府，韩官，掌国君私库。典衣，掌国君服饰。典冠，掌国君冠冕。

高大的韩非，头戴一顶八寸白竹冠，身穿似蓝非蓝似黑非黑的一领粗麻大袍，与一身锦绣的韩王人马几成古今之别。这般服饰，是最以节用闻名诸侯的韩昭侯的独创，也是老韩国奋发岁月的痕迹之一。如今韩非此车此衣而来，煌煌朝阳之下，直是一个作古先人复活了。

秦国特使姚贾已经早早等候在道边，不动声色地打量着奇特的轺车，丝毫看不出好恶之情。郊亭外的韩王安大觉刺眼，眉头皱成了一团，偷偷瞄得姚贾一眼，见这个倨傲的秦使并无特异怒色，这才快步迎了过来。姚贾微微一笑，也跟着迎了过来。

刮木嘎吱刺耳，笨重的生铁轺车终于咣当停稳。韩非下车，对要来殷殷搀扶的姚贾冷冷一瞥，大袖一挥径自走进了石亭。韩安尴尬地对姚贾一笑，作势请姚贾入亭。姚贾一拱手爽朗道："韩子离国，故人饯行，姚贾不宜，韩王自请可也。"韩安做出无奈的一笑，只好一个人走进了清冷的石亭。

韩安举起了铜爵："非兄入秦，鲲鹏之志得偿也。干！"

韩非没有说话，一气猛然饮干。不待侍女动手，也不理会韩王，自己抱起酒坛咕咚咚斟满大爵又咕咚咚饮下。如是者三爵饮干，韩非长长一叹，看得韩安一眼，一拱手大步出亭。韩安面红耳赤，连忙赶上官道。韩非却连回望一眼也没有，嘭地一跺脚，那辆笨重的铁车已经咣当嘎吱地启动了。

三 《韩非子》深深震撼了年轻的秦王

"小高子，酒！"

赵高快步过来："君上自律，夜来不饮酒的。"

"如此奇文，焉得无酒！"嬴政重重拍案。

旬日以来，书案旁堆起了五七只空荡荡的酒坛，大书房始终弥漫着一片浓烈的酒香。嬴政就是这样时而拍案痛饮时而连连惊叹，昼夜不停如饥似渴地读完了厚厚三大本羊皮书。饶是如此，犹不尽兴。在读完羊皮书的当日暮色时分，嬴政漫步走进了那片胡杨林，在金红的落叶中徜徉一夜，时而高声吟诵时而冥思苦想，及至潇潇霜雾笼罩天地，嬴政才回到寝室扑上卧榻鼾声大起，直睡了三日三夜。

深深震撼嬴政者，是李斯带回来的《韩非子》。

嬴政博览群书，可没有一部书能给他如此说不清道不明的奇特感受。

读《商君书》，如同登上雄峻高峰一览群山之小，奔腾在胸中的是劈山开路奔向大道的决战决胜之心。读《吕氏春秋》，从遥远的洪荒之地一路走来，历代兴亡历历如在目前，兴衰典故宗宗如数家珍，不管你赞同也好不赞同也好，都会油然生出声声感喟。读《老子》，是对一种茫无边际的深邃智慧的摸索，可能洞见一片奇异的珍宝，也可能捞起一根无用的稻草；仿佛一尊汪洋中的奇石，有人将它看做万仞高峰，也有人将它看做舒心的靠枕，有人将它看做神兵利器，也有人将它看做清心药石；然则无论你如何揣摩，它的灵魂都笼罩在无边无际的神秘之中，使你生出一种面对智者的庸常与渺小。读《庄子》，一种玄妙一种洒脱一种旷远一种出神入化一种海市蜃楼一种生死浑然，随着心境变幻莫测地萦绕着你，你可以啧啧感叹万里高飞却不知去向的鲲鹏，也可以愤然鄙夷叽叽喳喳而实实在在的蓬间雀，然终归惶惶不知自己究竟为何物。读《墨子》，如同暗夜走近熊熊篝火，使人通身发热，恨不能立即融化为一团烈焰一口利剑，焚烧自己而廓清浊世。《孟子》是一种滔滔雄辩，其衰朽的政见使人窝心，其辞章之讲究使人快意。《论语》是支离破碎而又诚实坦率的一则则告诫，一则则评点，若是你不欲复古，纵然全部精读完毕，你也不知道自己该当如何在这个大争之世立身。《荀子》是公允的法官，疑难者或可在其中找到判词，无事读之则很难领悟其真髓。《公孙龙子》是巧思奇辩，其说谐趣，其智过人，纵然不服亦可大笑清心不亦乐乎……

只有《韩非子》，使人无法确切地诉说自己、反观自己。

嬴政已经大体廓清了《韩非子》概貌，唯其如此，万般感慨。

年轻的秦王认定，《韩非子》无疑将成为传之千古的法家巨作。这部新派法家大书前所未有地博大渊深，初读之下难以揣摩其精华所在，精读之后方能领略其坚不可摧。从根本处着眼，《韩非子》最大的不同，是将法家三治（法治、术治、势治）熔于一炉而重新构筑出一个宏大的法家学阵。对于以商鞅为轴心的法治派，《韩非子》一如《商君书》明晰坚定，除了更为具体，倒看不出有何新创。这一点，很令景仰商鞅的年轻秦王欣慰，认定韩非是继商鞅之后最大的法家正宗。若非如此，很可能这个年轻的秦王是不会读完《韩非子》的。

韩非之出新，在于将术治、势治纳入了法家治道而重新锻铸，使法治之学扩大为前所未有的"三治法家"，事实上成为战国新法家大师。法、术、势三说，此前皆有渊源：法治说以李悝商鞅为最显，术治说以申不害为最显，势治说以慎到为最显。在战国诸子百家的眼中，法、术、势三治说虽有不同，但其根本点是相同的，这便是以承认法治为根基。唯其如此，战国之世将法术势三说视为互联互生的一体，统呼之为法家。然则，这种笼统定名，却不能使法家群体认同。在法家之中，三说之区隔是很清楚的，谁也不会将法、术、势混为一谈。可以说，法家事实上有三个派别，而且是很难相互融合的三个派别。

唯其如此，韩非融三派为一家，使通晓法家的年轻秦王惊叹不已！

《韩非子》搭建的新法家框架是：势治为根，法治为轴，术治为察。

先说势治。势者，人在权力框架中的居位也。位高则重，位卑则轻，是谓势也。自古治道经典，无不将"势"明确看做权位。《尚书·君陈》云："无依势作威。"这个势，便是权位。法家言势，则明确指向国君的权位，也就是国家最高权力。慎到之所以将势治作为法治精要，其基本理念推演是：最高权力是一切治权的出发点，没有权力运行，则不能治理国家；权力又是律法政令的源头，更是行法的依据力量；没有最高权力，任何治道实施都无从谈起，是谓无势不成治。所以，运用最高权力行使法治，被势治派看做最根本的治道。

《慎子》云："尧为匹夫，不能治三人。桀为天子，能乱天下。以此知势位之足恃，而贤者不足慕也……尧为隶属（治陶工匠）而施教，民不听，至于南面而王天下，令则行，禁则止。由是观之，贤智未足以服众，而势位足以屈贤者也。"慎到之势说不可谓不透彻，但因不能透彻论证权力与法治的关系而大显漏洞。一个最大的尴尬是，诸多堪称贤明勤政的国君权力在手，却依旧不能治理好国家。正是为此，李悝、商鞅等重法之士应时而生，将国家治道之根本定位为法治，认为法律一旦确立，便具有最高权力不能撼动的地位，所谓举国一法、唯法是从，皆此意也。韩非之新，在于承认“势”是法治之源头条件，却又清醒地认为，仅仅依靠“势位”不足以明法治国，必须将势与法结合起来，才能使国家大治。

《韩非子·难势》云：“夫势者，非能必使贤者用之而不肖者不用。贤者拥势，则天下治。不肖者拥势，则天下乱……以势乱天下者多矣，以势治天下者寡矣！势之于治乱，本末有位也，专言势之足以治天下者，其智浅矣！”

嬴政很为韩非的评判所折服。

但是，嬴政最为激赏的，还是《韩非子》诘难势说的矛盾故事。

韩非说，专言势治者云：尧舜得势而治，桀纣得势而乱，故势治为本也。果然如此，其论则必成两端：尧舜拥势，虽十桀十纣不能乱；桀纣拥势，虽十尧十舜不能治。如此，究竟是凭人得治，还是凭势得治？凭势得治么，暴君拥势则圣贤不能治。凭人而治么，圣贤无势而天下照乱。诘难之后，《韩非子》说了一个故事：人有卖矛卖盾者，鼓吹其盾之坚“物莫能陷也”，俄而又鼓吹其矛之利“物无不陷也”；有市人过来说：“以子之矛，陷子之盾，何如？”卖者遂尴尬不能应也。《韩非子》结论云：“贤、势之不相容明矣，此矛盾之说也！”

“睿智犀利而谐趣横生，其才罕见矣！”嬴政拍案大笑。

“所言至当！势治过甚，与人治无异也！”嬴政批下了自己的评判。

再说术治。术者，寻常泛说之为技巧也方法也。然则，法家所言之术，却是治吏之道，是谓术治。战国之世，术治说由申不害执牛耳，被天下看做与商鞅法治说并立的法家派别。申不害术治说的理念根基在于：无论是势还是法，都得由人群来制定推行；这个人群，是君王所统领的臣下；若君王驾驭群臣得法，律法政令便能顺利推行，否则天下无治；所以，治道之本在统领臣下之术治。显然，申不害术治说也是偏颇的，漏洞也很明显。一个最大的尴尬是：国家若不变更旧法（根基是不废除实封制），而唯重吏治整肃，便不能根除奸宄丛生腐败迭起的痼疾，国家始终不能真正强盛。齐国如此，韩国更如此。

《韩非子》严词诘难申不害的术治说及其在韩国的实践。

“韩国法令庞杂，故晋国之旧法与新法并行。申不害不擅其法，不一其宪令，故奸邪必多。贵胄之利在旧法，则以旧法行事；官吏之利在新法，则以新法行事；其利若在旧法新法之相悖（冲突），则巧言诡辩以钻法令之空隙。如此，申不害虽十使昭侯用术，而奸佞丛生也！故托万乘之劲韩，七十年而不至于霸王者，用术于上、法不勤修之患也！”

基于申不害给韩国留下的术治传统危害极大，也基于韩非自己对术治的冷静评判，韩非对“术”作了严格定义：“术者，因权而授官、循名而责实、操生杀之柄、课群臣之能者也。”用今人话语说，术治是用人制度与问责制度的运用法则。所以，韩非倡导的术治绝不是简单的权谋之术，尽管它也包括了权谋之术。

嬴政最为赞叹的是，韩非没有因纳术入法而轻法，而是将术与法看做缺一不可的治国大道。有人问，法治术治何者更重？韩非答曰：“此犹衣食之孰重孰轻，不可无一也，皆养生之具也。人不食，十日则死。大寒之隆，不衣亦死……君无术则弊于上，臣无法则乱于下。此不可一无，皆帝王之具也！”

从九岁起，嬴政便是秦国太子。从十三岁起，嬴政便是秦国之王。从二十二岁起，嬴政便成了天下第一强国的亲政君王。其间风雨险恶不可胜数，对君王不可或缺的正当权谋体味尤深，可谓烙印在心刻刻不忘。为此，嬴政对《韩非子》所阐释的术治新说深有同感。读《定法》之时，嬴政连饮三大爵凛冽老酒，慨然拍案道：“如此术治，宁非与法治共生也！韩子大哉！”

最令嬴政感奋不能自已者，还是韩非的《孤愤》篇。

韩非之《孤愤》，不是诉说自己的孤独，不是宣泄一己的愤懑，而是为天下变法之士的命运愤然呼号。嬴政记得，初读《孤愤》时一身冷汗，眼前梦魇般浮现出翻翻滚滚的惨烈场景，车裂商君的刑场尸骨横飞鲜血遍地，浑身插满暗箭的吴起倒在血泊灵堂，浴血城头将长剑插进自己腹中的申不害，刺客刀尖闪亮苏秦颓然倒地，形容枯槁的赵武灵王正疯子一般地撕裂吞咽着掏来的幼鸟，嘴角还淌着一缕鲜红的血……

“昭昭《孤愤》，志士请命书也！”更深人静，嬴政慨然拍案。

《孤愤》没有罗列一个血案，却令人惊悚，令人惕然。根本处，在于《孤愤》以无与伦比的洞察力烛照了变法志士无法避免的悲剧命运，将血腥的未来赤裸裸铺陈开来给芸芸众生浏览，冷森森地宣示了变法家的血泊之路。行法牺牲者的命运，韩非是一层层揭开的：

首先，变法之士的秉性与使命，决定了必然与当道贵胄势成不共戴天。“智术之士，必远见而明察，不明察，不能烛私。能法之士，必强毅而劲直，不劲直，不能矫奸。智术之士明察，听用（一旦任职），则烛重人（当道权臣）之阴情。能法之士劲直，听用，则矫重人之奸行。故智术能法之士用，则贵重之臣必在绳（朝纲）之外矣！如是，智法之士与当道之人，不可两存之仇也！”

其次，当道旧势力拥有既成的种种优势，变法之士则是先天劣势。《孤愤》一一列出了当道者的基本优势，谓之四助五胜。四助是：诸侯之助，群臣之助，君王近臣之助，门客学士之助。之所以有此四助，根由是：“当道者擅枢要，则内外为之用。”有权力结交诸侯，有权力决定群臣利益分配，与君王之近臣内侍利害相关，有权力财力给士人门客以养禄，故有这四种助力。五胜是：一为官爵贵重，二为朋党众多，三为得朝臣多数，四为国人多趋于传统而一国为之讼（辩护）；五为得君王爱信。与当道者相比，变法之士却是五不胜：一官爵低（处势卑贱），二无党附（无党孤特），三朝野居少数（反主意与同好争，一口与一国争），四缺乏故交根基（新旅与习故争），五与君王及其亲信疏远（疏远与近爱信争）。

其三，如此态势之下，变法之士的命运结局必然是走上祭坛做牺牲。“资（根基）必不胜，而势不两存，法术之士焉得不危？其可以罪过诬陷者，以公法诛之！其不可以被以罪过者，以私剑（刺客）穷之！是故，明法而逆主上者，不戮于吏诛，必死于私剑矣！”这是韩非最为冷酷的预言。变法志士只要违背传统势力之利益（逆主上），只有两种结局——

不死于公法（世族贵胄以祖制问罪），必死于私剑（刺客）。

其四，变法之士必为牺牲，然变法之士死不旋踵代有人出。韩非清醒地看到了变法之壮烈，揭示了这种壮烈的根本缘由。变法之士者，生命之大勇大智者也，宁变法而死，也不愿为腐朽将亡之邦殉葬。“与死人同病者，不可生也！与亡国同事者，不可存也！沿袭旧途而存国，不可得也！”

最后，《孤愤》对君王提出了冷峻的警告。变法之难，要在君主，君主不明，国之不亡者鲜矣！变法之士，孤存孤战。基于此，韩非告诫欲图变法之君王，该当如何认识并保护变法之士。其最要紧的有两条：一则，不与左右亲信议论变法之士，更不能凭亲信议论评判变法之士。“修士（人品高尚之士）不以货赂事人，恃其精洁，更不以枉法为治……人主左右求索不得，货赂不至，则毁诬之言起矣！治乱之功制于近习，精洁之行决于毁誉，则修士之吏废。听左右近习之言，则无能之士在廷，而愚污之吏处官矣！”二则，君主与权臣的利害不同，君主一定要明察权臣朋党用私、杜绝贤路、惑主败法之罪行，否则无以变法。“主有大失于上，臣有大罪于下，索国之不亡者，不可得也！”

昭昭《孤愤》，变法家牺牲之祭文也！

烈烈《孤愤》，变法家命运预言书也！

这便是韩非，在那剧烈动荡的大争时世，自囚深居而思通万里烛照天下，将鲜为世人所知的种种权力奥秘与政治黑幕化为皇皇阳谋，陈列于光天化日之下，成为权力场运行的永恒铁则。一部《韩非子》，使古往今来之一切权力学说与政治学说相形见绌，人类文明之绝无仅有也！即或后世西方极为推崇的马基雅维利之《君王论》，也远远不可与其比肩而立。其深刻明彻，其冷峻峭拔，其雄奇森严，其激越犀利，其狰狞诡谲，其神秘灵异，其华彩雄辩，其生动谐趣，无不成为那座文明高峰的天才丰碑，无不成为那个时代的学养旗帜。《韩非子》之命运，如同其《孤愤》所揭示的变法家的命运一样：在一个变法为主流的时代，他是焚毁黑暗的熊熊火把；在迂阔守成的时代，他却被传统学派一代又一代地诅咒着谩骂着，不能以公法灭其学，则必以口诛笔伐追诬其人，追诛其心。然则，不管如何咒骂，《韩非子》都始终是权力场中无以替代的法则，一切当道者都得悄悄地按照其法则运行。后世有学人冯振，曾云：“《韩非子》乃药石中烈者，沉疴痼疾，非此不救；用之不当，立可杀人！虽知医者，凛凛乎其慎之！”这是后话。

那一夜，嬴政不能安眠，老酒一爵爵地饮，浑然不知其味。

五更鸡鸣，嬴政长吁一声：“嗟乎！得见此人与之游，死不恨矣！”

次日清晨，嬴政立即召来李斯与姚贾，事由只一句话：“无论何法，务求韩非入秦。”两人一阵思忖，李斯提出自己出使韩国力邀韩非，姚贾不以为然。姚贾说：“韩非能否入秦，既在韩非，更在韩王。姚贾知韩甚深，对韩非亦有种种查勘。姚贾以为，若以求贤之心邀韩非，韩非必然拒绝；只有以威势压韩王，以韩王压韩非，韩非或可入秦。长史入韩，着力处只能是韩非，对韩王这般谋术成癖之小人国君，只怕力有不逮也！”李斯笑道：“韩王固小人也，足下何以克之？”姚贾答曰：“善术之小人，唯认威慑，岂有他哉！”李斯又笑道：“足下安知李斯无威慑韩王之才？”姚贾道：“尺有所短，寸有所长。我观长史，大才长策之士也，然对卑劣小人却不擅应对。如此而已。”李斯对秦王一拱手道：“姚贾此说，臣无异议，但凭君上决断。”嬴政当即拍案决断：姚贾使韩，务求韩非尽快入秦。

四　天生大道之才　何无天下之心哉

蓦然之间，李斯的心头很不是滋味。

得姚贾快报，秦王本欲亲自到函谷关隆重迎候韩非，可是被王绾劝阻了。王绾的理由很简单：“秦为奉法之国。王迎三舍，为敬才之最高礼仪。今王为韩非一人破法开例，后续难为也！”嬴政虽被遏制了兴头，还是悻悻地改变了铺排，改派李斯带驷马王车赶赴函谷关迎接韩非，自己则在咸阳东门外三舍（一舍为三十里）地为之洗尘。

李斯连夜东去，于次日清晨正好在关外接住了韩非。李斯记得很清楚，车马大队一到眼前，他立即嗅到了一种奇异的冷冰冰的气息。车马辚辚旌旗猎猎，出使吏员个个木然无声，全然没有完成重大使命之后的轻快奋发。姚贾下车快步赶来，眉头大皱一脸沮丧。韩非一身粗麻蓝袍，一辆老式铁车，冷冰冰无动于衷，怪诞粗土犹如鸡立鹤群。姚贾对李斯只悄悄说了一句：“此公难侍候，小心。”再没了话说。李斯并没在意姚贾的嘟哝，遥遥拱手大笑，兴致勃勃地过去请韩非换乘秦王的驷马王车。不料，韩非仿佛不认识他这个同窗学兄，冷冰冰回了一句：“韩车韩衣，韩人本色。”便没了下文。李斯愣怔片刻，依旧朗声笑语，特意说明驷马王车可载四人，可在午时之前赶到咸阳，不误秦王三舍郊迎的洗尘大礼。韩非还是冷冰冰一句：“不敢当也。”又没了话语。素有理事之能的李斯，面对韩非这般陌生如同路人的冷硬同窗，一时手足无措了。李斯素知韩非善为人敌，他要执拗，任是你软硬无辙。思忖片刻，李斯与姚贾低声会商几句，姚贾飞马先回了咸阳。李斯这才放下心来周旋，邀韩非下车在关外酒肆先行聚饮压饥，可韩非只摇摇头说声不饿，便扶着锅盖般的铁伞盖柱子打起了鼾声。

无奈之下，李斯只好下令车马起程。韩式老车不耐颠簸，只能常速走马。若还是当年苍山学馆，李斯治韩非这种牛角尖脾性的法子层出不穷。可如今不行，李斯身为大臣，非但不能计较韩非，还得代秦王尽国家敬贤之道。韩非不上王车，李斯自然也不能上王车。为说话方便，李斯也不坐自己的轺车，索性换骑一马在韩非铁车旁走马相陪。一路走来，李斯滔滔不绝地给韩非指点讲述秦国的种种变化。纵然韩非沉默如铁，李斯也始终没有停止勃勃奋发的叙说。韩非坚执要常行入秦，要晓行夜宿。如此四百多里地下来，走了整整四日有半。其间，姚贾派快马送来一书，说秦王已经取消三舍郊迎，教李斯但依韩非而行。李斯接书，心下稍安，那种不是滋味的滋味却更浓了。

抵达咸阳，李斯声音已经嘶哑，嘴唇已经干裂出血了。

当晚，秦王嬴政本欲为韩非举行盛大的洗尘宴会，见李斯如此疲惫病态，立即下令延缓洗尘大宴。可李斯坚执不赞同，说不能因自己一人而有失秦国敬贤法统，当即奋然起身去接韩非。又是没有料到，韩非在走出驿馆大门踏上老式铁车的时候却骤然昏倒了。老太医诊脉，说此人食水长期不佳，久缺睡眠，又积虑过甚心神火燥，非调养月余不能恢复。于是，大宴临时取消，兴致勃勃聚来的大臣们悻悻散去，纷纷议论这个韩非不可思议。如此几经周折，大咸阳的韩子热渐渐冷却了下去。

在韩非医治期间，秦王嬴政特意召集了一次小朝会。

朝会的主旨是商讨《韩非子》。与会者仅有王绾、尉缭、李斯、郑国、蒙恬、姚贾等知韩大臣六人。蒙恬是被从九原边城紧急召回的。王绾、李斯本不赞同召回蒙恬。秦王却说，蒙恬善为人友，又与韩非有少年之交，或可有用；能使韩非真正融入秦国，无论付出何种代价都值得。王绾李斯没有话说了。朝会开始，嬴政开门见山："韩非大作问世，韩非入秦，都是天下大事。今日先议韩非大作，诸位如何评判其效用，但说无妨。"

"韩非之事，在人不在书。"丞相王绾第一个开口，"韩非大作，新法家经典无疑也！然则臣观韩非，似缺法家名士之胸襟。是以臣以为，韩非其人，当与韩非之书做两论。"

"似缺法家名士之胸襟，此话怎讲？"嬴政皱着眉头问了一句。

王绾道："法家名士之胸襟，天下之心也，华夏情怀也！华夏自来同种，春秋战国诸侯分治，原非真正之异族国家分治，其势必将一统。唯其如此，自来华夏名士，不囿于邦国成见，而以天下为己任，以推进天下尽速融会一统为己任。唯其如此，战国求贤不避邦国，唯才而用也！然，韩非似拘泥邦国成见太过，臣恐其不能脱孤忠之心，以致难以融入秦国。"

"老夫赞同。韩非有伯夷、叔齐之相。"很少说话的尉缭跟了一句。

"能么！"嬴政颇显烦躁地拍着书案道，"伯夷、叔齐孤忠商纣，何其迂腐！韩子磐磐大才，若如此迂阔，岂非自矛自盾？"

"老臣原本韩人，似不必多言，然又不得不言。"老郑国笃笃点着那根永不离手的探水铁尺道，"韩非之书，老臣感佩无以复加。然则，韩非世代王族贵胄，自荀子门下归韩，终韩桓惠王腐朽一世，竟不思离韩，其孤忠一可见也！其间三上强韩书，皆泥牛入海，仍不思离韩，其孤忠二可见也！老臣被韩国谋术做牺牲，不得已入秦又不得已留秦，融合之艰难唯有天知。韩非在韩论及老臣，鄙夷之情有加……韩非之心，不可解也！”

郑国老水工之正直坦荡有口皆碑，偌大的东偏殿一时默然。

“说书不说人！”秦王烦躁拍案，“其人如何，后看事实。”

李斯不得不说话了：“韩非与斯，同馆之学兄弟也。韩非才华盖于当世，臣自愧不如也。若以其文论之，李斯以为：韩非大作不可作治学之文评判高下，而须当做为政之道评判，方可见其得失。”

“两者兼评，有何不可？”嬴政莫名其妙地烦躁。

李斯道：“以治学之作论，《韩非子》探究古今治乱，雄括四海学问，对种种治国之学精研评判，对法家之学总纳百川而集为大成。自今而后，言法必读《韩非子》，势在必然。韩子之大作，将与《商君书》一道，成就法家两座丰碑。”

“以治国之道论，又当如何？”嬴政急切一问。

“臣三读《韩非子》，不如君上揣摩透彻。”李斯心知秦王必昼夜精读《韩非子》，且已经有了难以改变的定见，先谦逊一句而后道，“然则，以治国之道论，《韩非子》有持法不坚之疑，有偏重权谋之向。此点，与《商君书》大为不同也。《商君书》唯法是从，反对法外行权，权外弄术。此所以孝公商君两强无猜而精诚如一也，此所以大秦百余年国中无大乱也！《韩非子》书，以权限法，以术为途，法典政令可能沦为权力之工具。如此，名为法术势相互制约，实则法治威力大大减弱。果真如此，法治堪忧也。”

“李斯之论，诸位以为如何？”嬴政叩着书案看了看蒙恬。

风尘仆仆的蒙恬已经变成了黝黑壮健的军旅壮士，昔年之俊秀风采荡然无存。迎着嬴政的眼神，蒙恬神色肃然地一拱手道：“臣读《韩非子》，只在昨日赶回咸阳之后，要说也只能是即时之感。臣夜读《韩非子》，其八奸、六反、七术，疑诏诡使、挟知而问、倒言反事、修枝剪叶等等等等，权术之运用细密，臣一时竟有毛骨悚然之感……韩非一生未曾领政，更未亲身变法，竟然能对权力政事如此深彻洞察，对诡谲权术如此精熟，种种论断如同巫师之预言，使人戒之惧之！蒙恬以为：君臣同治，唯守之于法，待之以诚。若如韩非兄所言，君臣之间机谋百出，国家岂有安宁之日？君臣岂有相得之情？至少，韩非兄看重权术，于韩国谋术传统浸染过甚，不可取也……”蒙恬说得很艰难，末了一声叹息道，“想昔年兰陵学馆之时，韩非兄何其诚朴天籁之性，不想今日一别未逢，其书竟使人惶惶不知所以也！”蒙恬性慧而端严，向不随意臧否人物。今日，蒙恬如此沉痛地评判韩非大作，可谓前所未见。大臣们不说话，嬴政也罕见地板着脸不说话，气氛一时颇显难堪。

尉缭不意一笑：“姚贾入韩迎韩，宁做哑口？”

“姚贾说话。”嬴政黑着脸拍案一句。

“臣……无话可说。”姚贾脸色更是难看。

“此话何意？”嬴政凌厉的目光突然直视姚贾。

“君上！臣窝囊也！”姚贾猛然扑拜在地失声痛哭。

“有事尽说，大丈夫儿女相好看么？”

“臣姚贾启禀君上。”姚贾猛然挺直身子，一抹泪水一拱手，“臣奉王命出使天下诸侯，无得受韩非之辱也！臣迎韩子，敬若天神，不敢失秦国敬士法度。一路行来，韩非处处冷面刁难，起居住行无不反其道而行之。纵然如此，臣依然恭敬执礼，顺从其心，以致路途耽延多日。更有姚贾不堪其辱者，韩非动辄当众指斥臣为大梁监门子，曾为盗贼，入赵被逐！一次两次还则罢了，偏偏他每遇臣请教起居行路，都是冷冰冰一句，‘韩非不与监门子语也！’臣羞愤难言，又得自行揣摩其心决断行止。稍有不合，韩非便公然高声指斥，‘贱者愚也，竟为国使，秦有眼无珠也！’……臣纵出身卑贱，亦有人之尊严！人之颜面无存，何有国使尊严！韩非如此以贵胄之身辱没姚贾，对姚贾乎！对秦国乎！”

姚贾是少有的邦交能才，利口不让昔年张仪，斡旋列国游刃有余，素为风发之士，今日愤激涕零嘶吼连声，其势大有任杀任剐之心，显然是积郁已久忍无可忍。大臣们谁也想不到一个国使竟能在韩非面前如此境遇，一时人人惊愕无言。

“散散散！”嬴政连连拍案，霍然起身拂袖而去。

谁也没见过年轻的秦王在朝会失态，几位重臣你看我我看你，一时不知所措了。最后还是李斯说话："秦王看重韩非，我等亦为国谋。皆为秦也，无须上心。我意，上将军能否借探病为由，与韩非兄深彻一谈。毕竟，韩非兄融合于秦，国之大幸也！"几位重臣自然深知李斯之意：蒙恬与秦王与韩非皆有少交，两厢无碍，自然是说动韩非的最佳人选。所以，李斯话方落点，几位大臣一口声赞同。不想蒙恬却皱眉摇头道："韩非此来，深谋之相，只怕他铁口不开，你却奈何？"尉缭笑道："他开不开口不打紧，只要你说得进他心，其后形迹必见，何求其开口允诺？"众人连连点头，只有姚贾冷冷一笑道："诸位大人，韩非之怪诞秉性世所罕见，上将军尽心而已，莫存奢望！"蒙恬默然良久，终于点了点头。

三日之后，蒙恬来见李斯，只长吁一声："人心之变，宁如此哉！"

"他没开口？"

"何止没开口，直不认识蒙恬也！"

李斯的心，真正的不是滋味了。

一月之后，为韩非洗尘的国宴终于举行了。

嬴政历来厌恶繁文缛节，为一士而行国宴，可谓前所未有。那日，咸阳在国大臣悉数出席济济一堂，韩非座案与秦王嬴政遥遥相对，是至尊国宾位置。韩非还是那一身老式韩服，粗麻蓝布大袍，一顶白竹高冠，寒素冷峻不苟言笑。秦国官风朴实，大臣常衣原本粗简。然则今日不同，素有敬士国风的秦国大臣们都将最为郑重的功勋冠服穿戴上身，以对大贤入秦显示最高敬意，整个大殿皇皇华彩。如此比照，韩非又是鸡立鹤群，格格不入。虽则如此，嬴政还是浑然无觉，精神焕发地主持了国宴，处处对韩非显示了最大的恭敬。

诸般礼数一过，嬴政起身走到韩非座案前深深一躬道："先生雄文烛照黑暗，必将光耀史册。今幸蒙先生入秦，尚望赐教于嬴政。"韩非目光一阵闪烁，座中一拱手，奇特的吟诵之声在殿中荡开："韩非治学，二十年而成书，正本未布天下，唯赠秦王也。秦国若能依商君秦法为本，三治合一，广行法治于天下三代以上，则中国万幸，华夏万幸，我民万幸，法家万幸也！"

年轻的秦王深深一躬："先生心怀天下，嬴政谨受教。"

"韩子心怀天下！万岁！"

举殿一声欢呼，开始的些许尴尬一扫而去。长平大战之后，秦人的天下情怀日渐凝成风气，评判大才的尺度也自然而然由秦孝公时的唯才是重演变为胸襟才具并重了。胸襟者，天下之心也。战国之世名士辈出，身具大才而其心囚于本国偏见者亦大有人在。楚国屈原是也，赵国廉颇蔺相如是也，齐国鲁仲连田单是也，魏国之毛公薛公是也，王族名士如四大公子者（信陵君、孟尝君、平原君、春申君）是也。唯其如此，身具大才而是否同时具有天下胸襟，便在事实上成为名士是否能够真正摒弃腐朽的本土之邦而选择天下功业的精神根基。当然，依据千百年的尚忠传统，秦人也极其推崇这些忠于本土之邦的英雄名士。然则，百年强盛之后，秦国朝野已经日渐清晰坚定地以天下为己任，自然更为期盼那些具有天下胸襟的大才名士融进秦国。明乎于此，秦国大臣们不计韩非之种种寡合，而骤然为韩非感奋欢呼，便不足为奇了。

"韩子与秦王神交也！干！"尉缭兴奋地举起了大爵。

"足下差矣！韩非不识秦王，唯识秦政。"韩非冷冷一句。

"秦政秦王，原本一体，韩子谐趣也！"

素有邦交急智的姚贾一句笑语补上，大殿的倏忽惊愕冷清又倏忽在一片笑声中和谐起来，略显难堪的尉缭也连连点头。不料，韩非的冷峻吟诵又突兀而起："韩非自有本心，无须姚贾以邦交辞令混淆也！"虽然只一句，整个大殿却骤然静了下来，大臣们的目光一齐聚向了韩非。以天下公认的礼仪，韩非此举大大失礼，不识人敬。名士大家如此计较，不惜给好心圆场者如此难堪，秦国大臣们不由得不惊诧非常。

"先生有话，但说无妨。"年轻秦王在对面一脸笑意遥遥拱手。

"说难。"韩非淡淡两字。

"但怀坦诚，说之何难？"秦王拍案大笑。

"秦王乏察奸之术，任姚贾为邦交重臣，韩非深以为憾也！"

"姚贾何以为奸？先生明示。"

举殿如寂然幽谷，只回响着韩非的冷峻吟诵："姚贾挟重金出使，暗结六国大臣，名为秦国邦交，实则聚结私党。秦国一旦有变，安知其人不会外结重兵，压来咸阳？且姚贾者，大梁监门子也，屡在大梁为盗，后入赵国求官又被驱逐。卑贱者，心野。此等为山东所弃之不肖，秦王竟任为重臣，尝不计嫪毐之乱乎！”

韩非片言如秋风过林，整个大殿顿时萧瑟肃杀。且不说以山东流言公然指斥大臣，是有违秦法；最令大臣们惊愕的是，韩非将出身卑微的布衣之士一律视做卑贱者心野。百余年来，山东入秦名士十之八九为平民布衣。便说目前一班新锐，王绾李斯王翦郑国姚贾顿弱以及数不清的实权大吏，哪个不是出身寒微的布衣之士？如此一言以蔽之，谁个心头不是冷风飕飕？更有甚者，韩非竟以人人不齿的嫪毐之乱比姚贾野心，非但寒众人之心，犹伤秦王颜面。秦国朝野谁人不知，秦王将嫪毐之乱视作国耻，还记载进了国史，韩非此举，岂非存心使秦王难堪？君受辱而臣不容，此乃千古君臣之道。蔺相如正是在秦昭王面前宁死捍卫赵王尊严而名扬天下，如今秦国大臣济济一堂而韩非如此发难，秦国大臣们焉能不一齐黑脸？

“韩子之言，大失风范！”老成持重的王翦第一个挺身拍案。

“少安毋躁。”年轻的秦王突然插断，大笑着离案起身，走到韩非案前又是深深一躬，“先生入秦初谋，即显铮铮本色，嬴政谨受教。”韩非不见秦王发作，一时竟愣怔无话。便在此际，秦王转身高声道，“今日大宴已罢，诸位各安各事，长史代本王礼送先生。”说罢又对韩非一拱手，“嬴政改日拜望先生。”径自转身大步去了。

一场前所未有的敬士国宴，如此这般告结了。

将韩非送到驿馆，李斯心绪如同乱麻。韩非鄙视布衣之言使他倍感窝心，蓦然想到当年兰陵同居一舍时韩非的种种不屑之辞皆源出此等贵胄世俗之心，不禁更是愤愤酸楚。然则，李斯已经是枢要大臣，不得不尽国礼，只好怦怦心跳着笑脸周旋，要与韩非做畅谈长夜饮。不料韩非却淡淡笑道：“斯兄，韩非不得已也，得罪了……韩非入秦，你我同窗之谊尽矣！夫复何言？”说罢转身进了寝室，随手又重重地关了门。李斯分明看见了韩非眼中的莹莹泪光，心头一阵怦怦大跳，思绪一时乱得没了头绪。如此便走，韩非有事如何得了？守在这里，尴尬枯坐一夜，岂非传为笑谈？蓦然想起原本是姚贾安置接待韩非，连忙派驿丞找来姚贾商议。姚贾一见李斯便一阵大笑道："其实也，我早赶到驿馆了。长史只管去忙，一切有姚贾。"见姚贾全然没事反倒开心如此，李斯倒是疑惑着不敢走了。姚贾道："长史但去，姚贾做的便是这号恶水差使，支应得了，保韩子无事。"李斯茫然道："你，你当真不记恨韩子？"姚贾一阵大笑道："韩子暗中辱我一人，姚贾有恨！韩子今日明骂，姚贾只有谢恩之心，何有恨也！"李斯还是一片茫然，却也放心下来，终于踽踽去了。

那一夜，李斯心烦意乱，第一次没有在夜里当值。

不想旬日未过，韩非又大起波澜。

时逢秋种之际，秦王率一班重臣开上了泾水瓠口沿郑国渠东下，一边视察农事一边商讨国事。事前，秦王对李斯申明本意：此行之要，在于教韩非明白秦国殷实富强而韩国必不能存，使韩非弃其孤忠而真心留秦助秦。李斯见秦王依旧对韩非如此执著，便打消了劝谏之心，也没有说及自己近日对韩非的诸多疑虑。毕竟秦王是真心求贤，若能仁至义尽而使韩非成为秦国栋梁，原本也是李斯所愿。

及至上得郑国渠一路东来，秦国君臣抚今追昔无不万般感慨。当年的荒莽山塬，如今已经绿树成荫，两岸杨柳夹着一条滚滚滔滔的大渠逶迤东去，时有一道道支渠在林木夹持中深入茫茫沃野，昔日白尘翻滚的荒凉渭北盐碱地，已经是田畴纵横村庄相连鸡鸣狗吠的人烟稠密地带了。作为当年的河渠总领，李斯在渠成之后一直没有登临郑国渠，今日眼见关中如此巨变，更是万般感慨。奋然之下，李斯便想找郑国说话。这才惊讶地发现，一路行来只有两个人默默不语，一个是郑国，一个是韩非。郑国是两眼热泪无以成言。韩非却是冷眼观望，陷入茫然木然的深思。

三日之后，秦国君臣在郑国渠进入洛水的龙口高地扎营了。

一夜歇息，次日清晨君臣朝会。大臣们原本想法，在郑国渠朝会定然是要计议农事。不想，秦王嬴政只在开首说了几句农事，而后一转："经济诸事有郑国老令总操持，本王放心，朝野放心。今日朝会只议一事：秦国新政之期已大见成效，大举东出势在必然；如此，东出之首要目标何在，便是今日议题。”李斯很是惊讶，这件大事秦王已经与几位用事重臣会商多次，历来不公诸大朝会，今日突兀提出却是何意？然一看秦王目光隐隐向韩非一瞥，李斯顿时恍然，这才静下心来。

“臣李斯以为，秦国东出，以灭韩为第一。”李斯已经明白秦王意图，决意第一个说话，尽速使议题明朗而逼韩非尽早说话，“韩为天下腹心。秦之有韩，若人有腹心之患也。先攻韩国，则秦对六国用兵便有关外根基之地。若越过韩国而先取他国，则难保韩国不作后方之乱。一旦灭韩，其他五国则可相机而动。此乃方略之要。”

“长史所言，老夫亦认同，灭韩第一。”尉缭第一个呼应。

王绾一拱手道：“臣所见略同。”

“先兵灭韩，臣等赞同。”王翦蒙恬异口同声。

“韩国名存实亡，灭韩正是先易后难，上策！”姚贾声音分外响亮。

嬴政向韩非遥遥拱手：“国事涉韩，尚望先生见谅。”

韩非冷冷开言：“韩国，不可灭也。”

“愿闻先生之教。”

“韩国，三不可灭也！”韩非苍白枯瘦的面庞骤然泛起了一片红晕，“其一，秦国灭韩，失信于天下。韩国事秦三十余年，形同秦国郡县。此等附属之国，秦尚不放过，赫然以大军灭之，既不得实利，又徒使天下寒心。从此，山东六国无敢臣服于秦，唯有以死相争。灭韩之结局，譬如白起长平杀降而逼赵国死战也！”

“愿闻其二。”嬴政分外平静。

“二不可灭者，灭韩不易也！”韩非的吟诵颇显激烈，“韩国臣服秦国，所图者保社稷宗室也。今社稷宗室不能存，韩国上下必全力死战也！韩人强悍，素称劲韩，秦国何能一战灭之？如数战不下而五国救援，则合纵之势必成。其时，秦国何以应敌于四面哉！”见嬴政没有说话，韩非也没有停滞，“其三，灭韩将使秦为天下众矢之的也！顿弱、姚贾离间六国君臣，虽已大见成效，然则，安知六国再无良臣名将乎！邦国兴亡，匹夫有责。若有五七个田单再现，以作孤城之战，旷日持久之下，八方反攻，齐指咸阳，秦将何以自处也！”韩非戛然而止，行营大厅一片寂然。

姚贾突然高声道："韩子言行，莫非视自己为韩国特使？"

"韩非入秦，原本便是出使。"韩非冷冷一句。

"韩子之见，秦国兵锋首当何处？"尉缭突兀一问。

"此秦国内事，韩非本不当言。然足下既问，韩非可参酌一谋。"韩非罕见地矜持一笑，已经没有了方才的激烈，"秦国东出，首用兵者只在两国：一为赵国，二为楚国。赵为秦国死敌世仇，灭之震慑天下。楚为广袤之国，灭之得利最大。弱小如韩国者，一道王书便举国而降，何难之有也！"

偌大行营静如幽谷，大臣们面面相觑，嬴政一时显出困惑神色。

突然一阵大笑，姚贾直指韩非："韩子荒诞，宁欺秦国无人哉！"

"岂有此理！"韩非声色俱厉，拍案而起。

"敢问上将军，灭楚大战，几年可定？"姚贾不理睬韩非。

王翦冷冷一笑："楚国辽阔旷远，山川深邃，大军深入，难料长短。"

"韩子欲将秦国数十万大军陷于楚地久战，以存韩国？"尉缭冷笑一句。

姚贾一阵大笑道："兵家疲秦计，韩子用心良苦也！"

蒙恬痛心疾首拍案道："非兄铁心存韩，韩国害你不够么！"

李斯长长一叹道："秦国何负于非兄，非兄终究不为秦谋也！"

韩非昂然木然，冷峻傲岸地矗立在众目睽睽之下，再也不说话了。

"韩子心存故国，嬴政至为感佩！"

秦王突然一阵大笑，起身离案对韩非深深一躬，转身走了。

回到咸阳，事情依然没有完结。

三五日之后的一个深夜，李斯被秦王召进了大书房。秦王推过案头一卷，说这是韩子的正本上书，敢请长史上书以对。李斯不想再就韩非之事多说话，捧着韩非上书告辞去了。回到自家书房打开一读，李斯不禁愕然——《存韩书》！莫非韩非当真愚钝如此，竟没有觉察出行营朝会秦国君臣对他的失望，抑或韩非存韩之心过甚而致心神不清？秦王也是，韩非之论事实上已经被朝议一致评判为荒诞之谋，何以还要李斯上书以对？思忖良久，李斯终究还是公事公办，认真写下了一卷上书，赶在清晨送进了秦王书房。

秦王嬴政，此时的心绪如同乱麻。

韩非入秦，嬴政一心敬慕满腔热望地要大用韩非，期盼韩非能像商君与孝公一般与自己结为知音君臣，同心创建不世功业。然屡经努力，种种苦心都被韩非冷冰冰拒之千里，嬴政的满腔烈焰也在这一点一滴之下渐渐冷却了。心怀故国而不为秦谋，嬴政尚抱敬重之心。毕竟，孤忠如伯夷、叔齐不食周粟，也还是一种德行风范。然则，韩非已经到了不惜为秦国大军设置陷阱的地步，嬴政无法忍受了。心绪一变，嬴政立觉韩非迂腐得可笑——当众被群臣质疑竟不知觉，回到咸阳又立即呈送了《存韩书》。读罢韩非的《存韩书》，嬴政的心真正冰凉了。

那一夜，嬴政在王城的商君指南车下徘徊到五更鸡鸣。月光朦胧，王城一片沉寂，嬴政的心如同层层叠叠的殿台楼阁在月光下混沌一片。仰望着指南车上的高高铜人遥指南天，嬴政一遍一遍地叩问着自己无比尊崇的法圣：商君呵商君，韩非究竟何种人也？其呕心沥血之作唯赠嬴政一人，显然是期望通过嬴政之手而实现他的法家三治，韩非与嬴政宁非神交知音哉！然则，韩非何以不能与嬴政同心谋国，却死死抱住奄奄一息的腐朽韩国？莫非以韩非之天赋大才，竟也不能摆脱故土邦国之俗见，竟也不能以天下为大道么？韩非知秦之政，嬴政何其感佩也！韩非误秦之术，嬴政何其心冷也！若说唯法是从，韩非有意误秦已是违法无疑。然则，嬴政何忍治其罪也。为一人而难以决断，生平未尝有也！今日之难，嬴政何堪？仰望西天残月，嬴政不禁长长一叹："上天！既生其人广博之才，何不生其天下之心也！"

清晨时分，嬴政一如既往地走进了书房，眼前蓦然一亮。

李斯的上书很别致，分明是对秦王的上书，题头却是"答存韩书"。李斯显然是只对韩非之主张陈说已见，其余一切留给秦王自己决断。想到自韩非入秦后大臣们人人都多了几分顾忌的情形，嬴政眉头不禁皱作一团。打开李斯上书，嬴政的心境立即平静下来。

答存韩书

王以韩非之《存韩书》下臣斯，命臣以对。存韩之说，臣斯甚以为不然。

秦之有韩，若人有腹心之患。韩虽臣于秦，然终为大国，终为秦病。此理，臣已多次陈说。今韩非上存韩书，其谋若用，则秦必有函谷关之大患也！存韩之说者，以存韩为重也。其辩说属辞，饰非诈谋，以钓利于秦，此存韩之术也，辩才惑人耳！其所图谋者，陷秦于楚赵泥沼而韩能借力斡旋，以图死灰复燃而已。昔年五国诸侯攻韩，秦发兵以救。而韩国未尝报秦，非但屡为山东攻秦前军，更以种种谋术疲秦弱秦，其心其术可见矣！所以然者，韩尚术治也。自韩昭侯申不害始，好听人之浮说而不权事实，故虽杀戮奸臣，不能使韩强也。今《存韩书》犹以术计存韩，存韩之根，在引秦误入泥沼。此犹水工疲秦之策也。水工疲秦，犹能将计就计者，河渠毕竟农事之大利也。然今之存韩术，误兵疲秦也。若行，则为害之烈后患之大，恐无以补救也。是故，存韩之说万不可取，愿君上幸察臣说，无忽！

"小高子，立召长史。"

此刻李斯恰恰不在王城，而正在蒙恬府中与蒙恬计议如何能说服韩非融入秦国。蒙恬正在匆忙准备北上九原，听李斯说得几句便连连摇头苦笑说，韩非大哥能出此恶计，足见铁心也，莫存奢望，任谁也不行。李斯看着忙碌整装的年轻上将军，一时茫然得无话可说，只是连连叹息。正在此时，赵高飞马来召李斯。蒙恬一听事由，走过来对李斯低声说了几句，李斯大为惊愕，也只好点点头匆匆去了。

"长史拟书，着廷尉府将韩非下狱，依法勘问。"

嬴政只冷冷说了一句，拂袖去了。李斯惊愕当场，半日回不过神来。太突兀了！以李斯所想，韩非纵然不为秦国所用，毕竟有韩使之名，秦王对韩非更是崇敬有加，最后只能是放韩非回韩，如何能下狱治罪？须知秦自孝公之后敬士敬贤蔚然成风，天下才士西行入秦如过江之鲫，但凡怀才不遇或遭受迫害者，首选之地无不是秦国。无论山东六国的庙堂如何咒骂秦国藏污纳垢窝藏罪犯，秦国的敬士口碑都无可阻挡地巍巍然矗立起来。目下秦国正欲东出，文战之要便是争取人心向一，当此之时，将韩非这般赫赫盛名的大师人物下狱治罪，秦王不怕背害贤之名么?

“长史愣甚?举朝惶惶不知所措，韩非能好?”赵高过来低声嘟哝了一句。李斯顿时一个激灵，板着脸森然一句:“你小子不守法度，敢议论国事?”赵高吓得连连打躬:“小人看大人愣怔，只怕大人误了拟书，故此提醒一句，安敢有他?只要大人不报君上，小人再生父母!”说罢又扑地拜倒连连叩头。李斯忍着笑意一挥手:“小子尚算明白，饶你这次也罢。”赵高诺诺连声，爬起来风一般去了。

五　韩非在云阳国狱中静悄悄走了

姚贾带着廷尉府吏员甲士开到驿馆时，韩非正在操琴而歌。

胡杨林金红的落叶铺满了庭院，叮咚的琴声沉滞得教人窒息。韩非语迟，歌声如惯常吟诵散漫自然，平静如说犹见苍凉:“大厦将倾也，一木维艰。大道孤愤也，说治者难。吾道长存也，夫复何言!故国将亡也，心何以堪?知我罪我也，逝者如烟……”姚贾听得不是滋味，一拱手高声道:“大道在前，先生何须作此无谓之叹!”

叮的一声锐响，琴弦断裂。韩非抬头，目光扫过姚贾与吏员甲士，缓缓起身，冷冷一笑，一句话不说向外便走。姚贾猛然醒悟，对廷尉府吏员一挥手，两排甲士便将韩非扶进了停在偏门内的囚车。姚贾径自走进住屋，收拾了韩非的一应随身物事出来交给押解吏员，而后对着囚车深深一躬，匆匆离开了驿馆。

随着押解韩非的囚车驶出咸阳，一道秦王明书也在咸阳四门张挂出来。王书只有寥寥几行:“韩非者，韩国王族公子也，天下名士也，入秦而谋存韩，尚可不计。然韩非又上《存韩书》，欲图秦国大军向楚向赵而陷入泥沼，此恶意也，触法也!是故，本王依法行事，拘拿韩非下狱。为明是非，特下书朝野并知会天下。秦王嬴政十四年秋。”

颁行特书，是李斯的主张。

下狱王书拟成未发之时，李斯晋见秦王。不想，整个长史署的吏员都不知秦王去了何处。李斯焦灼无奈，用羊皮纸写了一短札：“韩非事大，非关一人，王当有特书颁行，以告朝野以明天下。”而后李斯找来赵高道：“此事特急，足下务必立即送与秦王！李斯在王书房立等回音。”赵高一点头道：“君上心烦，小高子知道去处，保不误事。”说罢飞步而去。大约半个时辰，赵高带回一札：“韩非事长史酌处，无须再请。”李斯长吁一声，立刻草成一道秦王特书，与前书同时誊刻同时发出。

王书一发，李斯便到了廷尉府。

目下廷尉府是毕元代署，实际勘审案件者则是廷尉丞等一班老吏。李斯不见毕元，只找来廷尉丞询问：“秦王将韩非下狱，依据秦法，韩非何罪何刑？”廷尉丞沉吟有顷道：“韩非若做韩使待之，则无所谓误谋，秦法亦无律条依据。韩非若以秦国臣工待之，则为误谋之罪。误谋罪可大可小，处罚凭据是误谋之后果大小。”李斯默然良久，拿出秦王回札教廷尉丞看过，郑重吩咐道：“此案特异，不须以常法勘问，更不能妄动刑罚。如何处置，容我禀报秦王定夺。”廷尉丞正色允诺，李斯这才去了。

不料，次日清晨，秦王嬴政已到雍城郊祀去了。旬日之后传车送回王书：本王郊祀之后顺带巡视陈仓关大散关，立冬之日可回咸阳，寻常国事由王绾、李斯酌处。如此一来，李斯便大大不安起来。韩非下狱，秦国朝野一片错愕，外邦在秦士人尤其愤愤不平。虽有特书明告，终究议论纷纷。尚商坊的山东士子们已经在鼓噪，要上书秦王质询：秦王拘拿韩国使臣下狱，开天下邦交恶例，公道何在！此举若果然酝酿成行，秦国岂非大大难堪？当此之时，韩非之事不能立决，分明是将一团火炭捧在自己手里，秦王如何竟不理会？

秋月初上，李斯在后园徘徊不安时，姚贾来了。

“河汉清明，长史何叹之有？”姚贾似笑非笑遥遥拱手。

“云绕秋月，上卿宁不见乎！”

“但有天尺，何云不可拨之？”

“上卿何意？”

“王札在手，无须狐疑。”

“姚贾，你要李斯决断？”

“当断不断，反受其乱。长史宁不闻乎！”

“决亲易，决友难。上卿如我，果能决之哉！”

“姚贾果是长史，何待今日？”

“其理何在？”

“长史但想，我等布衣之士抛离故土入秦，赖以立身者，天下之心也。毕生所求者，一我华夏，止战息乱也。生逢强国英主，便当以大业为重，抛却私谊私友之情，岂可因一人而乱大计哉？韩非者，固长史之少学同窗也。然则，其人恒以王族贵胄居之，蔑视布衣之士不必说起；犹不可取者，韩非褊狭激烈，迂腐拘泥，欲图救腐朽害民之国于久远，为天下庶民乎！为一王族社稷乎！身为名士，韩非一无天下大义，反秉持才具而乱天下大计，宁非天下之害哉？”

“杀贤大罪，青史骂名也！”李斯拍栏一叹。

“毁却一统大计，宁不负千古骂名？”姚贾揶揄一笑。

“不报君上亲决，李斯终究不安也。”

“君上留札而不问，安知不是考校长史之胆气公心哉！”

李斯不禁一激灵！姚贾此话，使秦王多日不过问韩非之事的疑惑突然明朗，否则何以解释素来对人事极为认真的秦王的反常之举？然则，姚贾这一推测若是错解秦王之心，后果便是难以预料。一时之间，李斯有些茫然了。

“长史如此狐疑，不当与谋也，姚贾告辞。”

“且慢。”李斯追了上来，“足下可有适当之法？”

“自古良谋，非明断者不成。长史不断，良策何益？”

“我心已定！你且设法。”

姚贾低声说了一阵。李斯开始有些犹疑，最终还是点头了。

在云阳国狱的天井里，韩非看见了飘落的雪。

初进这座秦国唯一的大狱，韩非很是漠然。对于自己入秦的结局，韩非是很清楚的。存韩之心既不能改，又能期望秦国如何对待自己？在离群索居的刀简耕耘中，韩非透过历史的重重烟雾审视了古今兴亡，也审视了目下的战国大势，尤其缜密地审视了秦国。韩非最终的结论是：天下必一于秦，六国必亡于己。对于秦国，韩非从精读《商君书》开始，深入透彻地剖析了秦国的变法历史，最终惊讶地发现：秦国的变法实际上整整持续了六代君王一百余年，而绝不仅仅是商鞅变法！山东六国远观皮毛，误己甚矣！秦孝公商鞅变法，奠定了根基而使秦国崛起。秦惠王铲除世族复辟势力，而使国家多头的久远封地制在秦国彻底完结，才完成了真正的法治转化。秦昭王遏制外戚势力的膨胀，使邦国权力的运行有了一套完备的法则，同时又将战时法治充分完善，以至秦国在与赵国惊心动魄的大决战中能够凝聚朝野如臂使指，以至秦国后来的三次交接危机都能够成功化解。吕不韦时期欲图以“王道为轴，杂家为辅”在秦更法宽政，毋宁说也是另一种形式的变法。然则，吕不韦不擅势治，导致权力大乱，秦国真正地出现了第一次法治危机。秦王嬴政自亲政开始，立即着手理乱变法：其一整肃内政，先根除乱政叛逆的嫪毐太后党，再根除治道政见不同的吕氏党，一举使势治（权力结构）恢复到秦法常态；其二整肃内廷，在天下开创了不立王后的先例，根除了太后王后外戚党参政的古老传统；其三富国强民整军，使商君秦法中的奖励耕战更加完备也更为变通，一举成就关中天府之国的奇迹……

如此百余年变法，天下何能不一于秦国？

反观山东六国，无不是一变两变而中止。魏国，魏文侯一变之后变法中止而忙于争霸。韩国，韩昭侯申不害一变，其后非但中止，且复辟了旧制。赵国，武灵王一变而止。燕国，燕昭王乐毅一变而止。齐国，齐威王与齐宣王、苏秦两变而止。楚国，吴起一变；之后楚威王变法中途人亡政息，可谓一变半而止。而且，六国变法的共同缺陷是封地制不变，或不大变，所以始终不能凝聚国力。大争之世，以六国之一盘散沙而抗秦国之泰山压顶，焉得不灭哉！求变图存，此战国之大道也。六国不求变而一味图存，焉得不灭哉！

唯其如此，韩非对六国是绝望的。

身为躬行实践的新法家，韩非实现法治大道的期望在秦国。

然则，韩非是王族公子，韩非无法像布衣之士那样洒脱地选择邦国大展抱负。韩非唯一能做的，便是将自己的心血之作赠送给秦王。他相信，只有以秦国的实力、法治根基以及秦王嬴政的才具，才能真正地将《韩非子》的大法家理念实施于天下。可是，韩非自己却只能做个旁观者。不！甚至只能做个反对者，站在自己深感龌龊的韩国社稷根基上对抗法行天下之大道。身为王族子孙，他不能脱离族群社稷的覆灭命运而一己独存，那叫苟且，那叫偷生。既然上天注定地要撕裂自己，韩非也只有坦然面对了。韩非清楚地知道，韩王要自己做的事是与自己的心志学说背道而驰的。韩非也清楚地知道，秦王有求于自己者，天下大义也，行法大道也，是自己做梦都在渴求的法治功业。可是，自己却只能站在最龌龊的一足之地，做自己最不愿意做的事。这便是命——每个人都降生在一定的人群框架里，底层框架贫穷萧疏却极富弹性，可以任你自由伸展；上层框架富丽堂皇却生硬冰冷，注定你终生都得优游在这个金铜框架里而无法体验底层布衣的人生奋发。上天衡平，冷酷如斯！天命预断，冷酷如斯，夫复何言！

韩非的平静麻木，被不期然的一件小事打破了。

一日，狱吏抱来了一个棉套包裹的大陶罐。这是云阳国狱对特异人犯独有的陶罐炖菜，或牛骨肉或羊骨肉，与萝卜藿菜等混炖而成，有肉有菜有汤又肥厚又热乎，对阴冷潮湿的牢房是最好的暖身保养之物。待老狱吏打开陶罐，韩非木然一句："可有秦酒？"老狱吏呵呵一笑："有。先生左手。"韩非目光扫过，冷冷一笑，合上了眼皮打起了瞌睡。老狱吏依旧呵呵笑着，过来敲打了几下石板墙角，掀开了一面石板，搬出两只泥封酒坛道："这酒是当年商君所留。若是别个，老朽不想拿出来，也不想说。先生看看，正宗百年老凤酒！"韩非惊讶地睁开了眼睛："这，这，这间，商君住过之牢房？"老狱吏点着雪白的头颅一边叹息一边殷殷说叨："听老人说，商君喜好整洁，当年在这里照样饮酒，照样写字。老人们便在墙角开了壁柜，专门放置酒具文具，好教脚地干净些个。一代一代，没人动过商君这些物事……得遇先生，商君也会高兴，也会拿出酒来也。"

韩非抚摩着沉甸甸的泥封酒坛，心头潮涌着没了话说。

孤傲非常的韩非，独对商鞅景仰有加。在韩非洞察历史奥秘的犀利目光中，商鞅是古往今来当之无愧的圣人——法圣。商鞅之圣，在其学说，在其功业，更在其光耀千古的人格精神。商鞅行法唯公无私，敢于刑上王族贵胄。商鞅护法唯公无私，决然请刑护法走上祭坛做牺牲。真正当得起“极心无二虑，尽公不顾私”这样的天下口碑。无论复辟者如何咒骂商鞅，这千古口碑都无可阻挡地巍巍然矗立于千古青史。商君若韩非，该当如何？韩非若商君，又当如何？韩非啊韩非，你可以褒贬评判商君之学说，可你能褒贬评判商君之大义节操么？扪心自问，你有这个资格么？商鞅如此节操，能说因为他是布衣之身无可顾忌么？果真如此看商鞅，韩非还有法家的公平精神么？

“商君节操，护法护学也！韩非之行，存韩存朽也！”

“韩非之于商君，泰山抔土之别也，愧亦哉！”

“有大道之学，无天下之心，韩非何颜立于人世哉！”

辗转反侧，自忖自叹，不知几日，韩非终于明白了自己。

治学的韩非，战胜不了血统的韩非。清醒的洞察，战胜不了与生俱来的族群认同。只要韩非继续活着，这种痛苦的撕裂注定要永远继续下去。韩非赞赏自己，韩非厌恶自己。治学之韩非，屈从于血统之韩非，韩非便一文不值。血统之韩非，屈从于理性之韩非，韩非便没有了流淌在血液中渗透在灵魂中的族性傲骨。一个韩非不可能融化另一个韩非，何如同归于尽，使学说留世，使灵魂殉葬，使赞赏与厌恶一起灰飞烟灭……

韩非绝食了。

在国狱令惶惶报上韩非绝食的消息时，姚贾匆匆来到了云阳国狱。姚贾没有见韩非，只教国狱令将李斯的密札交给韩非。大约一个时辰后，国狱令回报说，韩非自裁了。国狱令说，韩非看了密札，罕见地笑了笑，只说了一句话：敢请老令代韩非谢过李斯；说罢，韩非捧起酒坛大饮一阵，那支钩吻草[1]便抹进了嘴角……

---

[1] 《博物志》引《神农经》云：药物有大毒不可入口鼻耳目者，入即杀人，一曰钩吻。

“大冰镇尸，等待上命。”姚贾没有验尸，立即飞马回了咸阳。

秦王回到咸阳，先接韩非绝食快报，又得韩非自裁消息，甚事没问便吩咐李斯下书：以上卿之礼，将韩非尸身送回韩国安葬。李斯心中一方大石落地，立即亲自赶赴云阳国狱为韩非举行入殓大礼。旬日之后，在大雪飞扬的隆冬之时，护送韩非灵柩的特使马队从云阳国狱向函谷关去了。

六　濒临绝境　韩王安终于要孤城一战了

韩安想不到，姚贾这次如此强硬。

两年前，韩王没有召集任何大臣商议，更不敢向秦国追究韩非的死因，便下书将韩非安葬在了洛阳北邙山。这是天下最为堪舆家赞叹的陵墓佳地，韩国王族的公子大多都安葬在那里。其时，洛阳虽然已经成了秦国的三川郡，但对三晋的这方传统墓葬地还是不封锁的。葬礼之时，韩王安亲自执绋，所有韩国王族大臣不管平日如何咒骂韩非，都来送葬了，人马虽不壮盛，也算得多年未见的一次隆重葬礼了。毕竟，韩非是为韩国说话而死的，谁也没有理由反对此等厚葬。韩安原本以为，按照秦王的心愿隆重厚葬韩非，秦国必因感念韩非而体恤韩国，兵锋所指必能绕过韩国。唯存此心，那年冬天韩国君臣很是轻松了一阵，纷纷谋划使秦国继续疏忽韩国的妙策。谁料不到一年，韩国商人从咸阳送来义报：秦国即将大举东出，首战指向极可能是韩国！义报传开，韩国王族世族的元老大臣们又纷纷开骂韩非，认定韩非伤了秦王颜面，秦国才要起兵报复。丞相韩熙尤其愤愤然：“韩非入秦，心无韩国也！否则如何能一死了之！韩非不死，秦国尚有顾忌怜惜之情。韩非一死，秦国无所求韩，不灭韩才怪！”

在一片纷纷攘攘的骂辞中，韩安也认同了韩非招祸的说法。在韩安看来，韩非若要真心存韩，便当忍辱负重地活在秦国，即使折节事秦也要为韩国活着，无论如何不当死。韩非既有死心，分明是弃韩国而去，身为王族公子，担当何在？若是韩非不死，秦军能立攻韩国么？秦军向韩，都是韩非引来之横祸。

如此情势之下，姚贾入韩能是吉兆么？

姚贾的说辞很冰冷，没有丝毫的转圜余地：“韩国负秦谋秦，数十年多有劣迹，今次当了结总账！韩国出路只有一途，真正成为秦国臣民，为一统华夏率先作为。否则，秦国大军一举平韩！”韩安心惊肉跳，哭丧着脸道：“特使何出此言？韩国事秦三十余年，早是秦国臣民也。秦王之心，过之也，过之也……”姚贾冷笑道：“三十年做的好事？资赵抗秦、肥周抗秦、水工疲秦，最后又使韩非兵事疲秦。秦国若认此等臣民，天下宁无公道乎！”旁边的丞相韩熙连忙赔着笑脸道：“韩国臣道不周，秦王震怒也是该当。老夫之意，韩国可自补过失。”姚贾揶揄道：“韩人多谋。丞相且先说个自补法子出来。”韩熙殷殷道：“老夫之见，两法补过：其一，韩王上书秦王，正式向秦国称臣；其二，割地资秦，以作秦国对他国战事之根基。如何？”姚贾冷冰冰道：“韩王主事。韩王说话。”韩安连忙一拱手道：“好说好说，容我等君臣稍作商议如何？”姚贾摇头道：“不行。此乃韩国正殿，正是朝议之地，便在这里说。今日不定，本使立即回秦！”

韩安心下冰凉，顿时跌倒在王案。

暮色时分，姚贾与韩王安及丞相韩熙终于拟好了相关文书。称臣上书，没两个回合便定了。姚贾只着重申明：称臣在诚心，若不谦恭表白忠顺之心，祸在自家。折辩多者，割地之选也。韩熙先提出割让大河北岸的残存韩地，被姚贾断然拒绝；又提出割让颍川十城，也被姚贾拒绝。韩熙额头渗着汗水，看着韩安不说话了。姚贾心下明白，韩国目下最丰腴的一方土地只有南阳郡，而南阳郡恰恰是王室直领，是王族根基；韩熙封地在颍川，既然秦国不受，剩下唯有南阳了；然则春秋战国以来，王族封地历来不会割让，否则与灭国几乎没有多大差异，韩熙如何敢说？姚贾也不看韩国君臣，只在殿廊大步游走，看看红日西沉，只高声一句，姚贾告辞！大汗淋漓的韩安顿时醒悟，连忙出来拉住姚贾，一咬牙刚刚说出南阳郡三个字，已软倒在了案边。

秦王政十四年冬，韩王安的称臣书抵达咸阳。

丞相韩熙做了韩王特使，与姚贾一起西来。在接受韩王称臣的小宴上，秦王政脸色阴沉，丝毫没有受贺喜庆之情。韩熙惊惧非常，深恐这个被山东六国传得暴虐如同豺狼的秦王一言不合杀了自己。韩熙不断暗自念诵着那些颂词，生怕秦王计较哪句话不恭，自己好做万全解说。可是，韩熙毕恭毕敬地捧上的韩国称臣书，秦王嬴政却始终没有打开看一眼，更没有对韩熙举酒酬酢，只冷冰冰撂下一句话走了。

“作践不世大才，韩国何颜立于天下！”

嬴政凌厉的目光令韩熙脊梁骨一阵阵发冷。回到新郑，韩熙禀报了秦王这句狠话。韩王立时一个激灵，脸色白得像风干的雪。

从此之后，韩国君臣开始了黯淡的南阳郡善后事务。撤出南阳，无异于宣告韩国王室王族从此成为漂移无根的浮萍，除了新郑孤城一片便无所依凭了。韩安蓦然想到了当年被韩国君臣百般嘲笑的周天子的洛阳孤城，不禁万般感慨，赶到太庙狠狠哭了整整一夜，这才打起精神与韩熙商讨如何搬迁南阳府库与王族国人。奇怪的是，不管韩国撤离南阳何等缓慢迟滞，秦国都再没有派特使来催促过。有一阵，韩安怀疑秦国根本不在乎韩国这片土地，或许会放过韩国亦未可知。可是，当韩安将自己的揣摩说给韩熙时，韩熙连连摇头：“秦王狠也！愈不问愈上心，王万不可希图侥幸！”

韩安顿时惊出一身冷汗，立即催促司空、少府[1]两署：只尽速搬出南阳府库贵重财货与王族国人，寻常物事与寻常庶民都留给秦国。韩安很怕南阳民众汹涌流来新郑，届时南阳座座空城，新郑又人满为患，如何养活得了？更要紧者，是怕留下十几座空城使秦国震怒。所以，韩安反复叮嘱司空、少府两臣，一定要秘密行事，尽可能地夜间搬迁。然则，结果却大出韩安所料，南阳民众非但没有一片惊恐地追随王室迁来，反而人人欣喜弹冠相庆，仿佛躲过了一场劫难一般。

“老韩人如此负我，民心何刁也！”韩安颇感难堪，很有些愤愤然。

“穷民又弃民，而欲民忠心，韩王滑稽之尤也！”

---

[1] 司空、少府皆战国韩官，司空掌工程，少府掌王室府库。

职司搬迁府库的少府丞禀报说，这是南阳郡一个老库吏的话。老库吏还说，新郑官多吏多无事做，用不上我等老朽了。他也留在了南阳城，预备做秦人了。少府吏员一番禀报之后，韩国君臣个个黑着脸鸦雀无声，韩国庙堂再也吵吵不起来了。

难堪也罢，尴尬也罢，入秋时节，南阳郡的贵重财货与大部存粮以及王族国人终于搬迁完毕。冷清多年的新郑，一时热闹了许多。韩国君臣一番计议，上下一致认定：只要示弱于秦，显示出臣服忠心，秦国必能使韩国社稷留存。原因只有一个，秦国要使天下臣服，须立起善待臣服者的标杆，韩国最先称臣，自成天下标杆，秦国断然不会负了韩国。韩安很为这次绝境之下的谋划欣慰：唯其韩国率先称臣，所以韩国社稷必能长存，洞察时势而存韩于虎狼之侧，寡人可谓明矣！

于是，立冬之日，韩王安正式以臣下之礼上书秦王：请求早日接收南阳，以使秦韩君臣睦邻相处，以为天下效法之楷模。韩王安的上书特意申明"秦韩君臣睦邻相处，以为天下效法之楷模"，其实际含义是提醒秦国君臣：秦国要使天下臣服，便要从善待韩国开始。韩安很为这一措辞得意，用印之时慨然一叹："如此谋秦，神来之笔也！遍视山东，几人识我术哉！"御史[1]当即五体投地赞道："我王谋术存韩，虽越王勾践不能及也！必能留之青史，传之万世！"

不料，秦王回书只有寥寥五个字：来春受南阳。

韩安又是大觉难堪，长吁短叹终日郁闷异常。原本，韩安很为秦王谋划了一番天下胸襟，构想的秦王回复是："韩国称臣，天下大义也，今秦国归还韩国南阳郡，以为天下楷模矣！自此之后，列国当效法韩国而臣服，以期王道大行，四海同心也！"不想这个秦王嬴政如此不识相，说要便要，硬是不给"臣下"颜面，如此虎狼匪夷所思也！然则无论如何，韩安这次是没辙了，自己称臣献地，如今宗主来收，你能说不给了？

[1]　御史，韩官，掌国君文书。

如何灭韩，秦国君臣争论了整整一个冬天。

多次朝会的主旨，不是用兵之法。以秦韩目下实力对比，秦国本不需要为灭韩之战费心。反复商讨灭韩方略，其要旨在于：韩国为秦一天下之首例灭国，牵涉到日后秦国将以何种方式逐一对待，需要在开首注重何等因素等等，实际是总体方略的确定。议论开来，具体事宜一件件牵涉出来越议越多。如何对待韩国王族，如何处置韩国降臣贵胄，如何处置韩国都城宫殿，如何变更韩国律法，要不要立即在所灭之国推行秦法，等等等等。举凡一事，皆涉示范作用，自然一时多有争议。这也是姚贾出使之后，秦国大军没有接踵而至的根本原因。可以说，一年之中，秦国君臣始终都在争论灭韩方略。进入窝冬之期，秦王嬴政下书：三日一朝会，务必在立春之前定下长策大计。于是，东偏殿的二十多只大燎炉竟日不熄，重臣小朝会一次又一次地绵绵不断。几次下来头绪日多，显然将陷入长期争辩而无法定论。

“如此陷于琐细，大计无法论定。”

第六次朝会，秦王嬴政终于拍案道：“六国情势不一，未必一式而灭，未必一式而定。目下先说灭韩方略，其余五国诸事，灭韩之后待情势再议再定。”

大臣们终于一致赞同，虽然歧见还是没有消除。

丞相王绾提出的对策是：效法武王灭商，存韩社稷而收韩国土。王绾老成持重又熟悉历代兴亡，话说得颇是扎实：“华夏三千余年，自有三皇五帝，便是天子诸侯制。自来灭国，必存该国王族之宗庙社稷以为抚慰，使其追随者聊有所托，而反抗之心大减。此武王灭商之道也。韩国业已称臣，当存其社稷，留其都城，其余国土与世族封地皆可纳入秦国郡县。臣以为，此为稳妥之法。”

李斯与尉缭反对王绾主张，一致认为：韩国是天下中枢，是秦国扫灭山东六国的根基枢纽之地，不能留下动乱根基。尉缭说：“武王灭商，不足效法。何也？若非留存殷商根基，何有管蔡武庚之大乱？若非周公鼎力平乱，安得周室天下！况历经春秋而战国，天下时势已经大不同于夏商周三代。不同者何？天下向一也！潮流既成，则成法不必守。若存韩社稷宗庙与都城，韩国何复言灭？假以时日，韩国王族必笼络韩人抗秦自立。其时也，战乱复起，天下裂土旧制复恶性循环不止，秦国一天下之大义何在哉！”

李斯说得很冷静：“秦一天下之要义，在于一治。何谓一治？天下一于秦法也。一于秦法之根本，在于治下无裂土自治，无保留社稷之诸侯，天下一体郡县制。若存韩国宗庙社稷并都城，与保留一方诸侯无异也。如此灭国，何如不灭？秦国称霸天下已经三世，要使六国称臣纳贡而秦国称帝，做夏商周三代天子，易如反掌耳，灭之何益？秦灭六国，其志不在做王道天子，而在根除裂土战乱之源，使天下一法一治。此间根本，不当忘也！”

两位上将军略有不同。蒙恬一力赞同李斯尉缭之方略，补充的理由是：“韩国素有术治癖好，其称臣绝非真心归秦，无非权宜之计也。若存韩社稷都城，一旦山东情势有变，举兵向秦之前锋，必韩国无疑也！”王翦不涉总体方略，只说了秦军目下状况，末了道：“以秦韩兵力之势，灭韩不当出动大军主力，偏师可也。秦军主力，只待灭赵大战！”

大寒那日，嬴政最终拍案道：“秦一天下，其要义已明，长史国尉所言甚当。灭韩大计，不存王族社稷，不存其国都城，韩地根基务必坚实！其余五国，视情势而定。”

秦王的决断，几位重臣皆无异议。王绾其所以赞同，是因为秦王已经申明韩地根基务求坚实，其余五国视情势而定。也就是说，六国很可能一国一个样，天下大计只能灭六国之后最终确定。如此且走且看，不失为目下最为得当的方略。王绾总揽国事，素来谋事最讲稳妥，自然不会再有异议了。如此之后进入兵事谋划，王翦主张不出动秦军主力，举荐内史将军嬴腾率内史郡并咸阳守军对韩作战。秦王首肯，大臣们没有异议。

王翦如此部署，形成的秦军态势是：蒙恬一军驻屯九原御边，王翦主力大军驻屯蓝田大营备战灭赵，内史嬴腾率关中及咸阳守军对韩作战，桓龁蒙武之河外老军继续对赵袭扰以使赵国不能鼓噪山东合纵；其余关塞守军，只保留河西离石要塞、东部函谷关要塞、东南武关要塞、西部陈仓要塞四处，每关两万重甲步军，只防守偷袭之敌，不做任何出击。

韩王安八年秋风方起，内史嬴腾率领五万步骑隆隆开出了函谷关。

九月初，韩王安接到秦军统帅内史嬴腾军使传书：秦军将在中旬于南阳郡受地，韩王并丞相务必亲自交割。韩安大为惊恐，总觉得秦军是要借故拘拿自己，立即下令老内侍备车连夜出逃。恰在廊下登车之际，丞相韩熙匆匆赶来，一番苦苦劝阻才使韩安醒悟过来。韩熙毕竟老到，说："秦军果欲拘拿我王，何待今日矣！王若弃国而逃，秦军纵然不入新郑，韩国亦无异于自灭也！内史嬴腾以特使明白召我君臣，若帐前拘我杀我，岂非自毁信誉于天下？我王与臣果能一死而使秦军失信于天下，何惧之有？"韩安低着头转悠着反复思忖了好大一阵，终于认定如此做法很是划算，至少比逃跑捉回再杀要更有颜面，终于点头了。

约定之日，韩安韩熙带着新郑残存的全部大臣，出动了全部王室仪仗，极为隆重地开进了宛城郊野的秦军大营。临行之时，少府不解大张旗鼓之缘由，劝韩王奉行一贯方略，轻车简从以示弱自保。韩安罕见地昂昂然道："本王威仪隆重，方可使天下知我行止也！秦军要杀，怕他何来！"此话传开，随行护卫将士一片惊讶感奋，大觉韩王如此胆识方算秉承了老韩部族的大义本色，一时人人精神抖擞，仪仗车马之气象与往昔颓废萎靡大不相同。

"韩王鲜衣怒马，何其战胜之相也！"

幕府辕门外内史嬴腾一句揶揄大笑，韩国君臣大是尴尬。韩安一时难堪，红着脸应道："大宾入境，没得穿着，无他无他。"一句话未了，秦军将士哄然大笑。韩国将士羞愧低头，顿时没有了来时那股轩昂气势。王车后的少府丞不禁低声嘟哝道："威仪而来，几句邦交辞令也没个成算，真是。"好在丞相韩熙上前补道："韩国虽臣，毕竟大国。礼数所在，将军幸勿见笑。"内史嬴腾一拱手大笑道："秦人敬重节烈风骨，原无奚落之心，丞相见谅。若是韩王能整顿军马与我真正一战，成就嬴腾灭韩大战之功，嬴腾不胜荣幸！"韩安更是窘迫难耐，只红着脸连连摇手："好说好说，正事罢了再说。"惹得秦军将士又是一阵哄然大笑。内史嬴腾笑得咳嗽不止，只好吩咐中军司马迎韩国君臣进入幕府。

交割事宜并不繁杂。韩安捧上南阳郡二十三城图册，韩熙一一指明府库所在，韩国的割地便告完结。依着韩安事先忖度，嬴腾必然穷究府库贵重财货被搬运一空之事，已经与丞相韩熙谋划好一套说辞。来时一路，韩安都在琢磨说辞有无漏洞，只等内史嬴腾查究询问。不想嬴腾连图册也不打开，只对中军司马吩咐一声照图接城，便下令上酒。韩安心下惴惴，终于不自觉道："韩国所交城池，财货民众大体无缺，将军务必禀报秦王。"内史嬴腾大笑道："有缺无缺管他何来，韩国想搬尽管搬，搬到天边都一样！"韩安脊梁骨一阵发凉，韩熙嘴角抽搐着说不出话来，谁也无心饮酒了。

当夜回到新郑，韩安韩熙一班大臣整整商议到五更方散。

这次，韩国君臣惊人地一致认定：内史嬴腾的种种言行，尽皆明白无误地传达着秦军灭韩之势已经不可变更，秦军长剑已经真正架到了韩国脖颈之上！然则如何应对，却是各有说法。封地尚在的段氏、侠氏、公厘氏几家大臣主张立即放弃新郑，王室移跸颍川郡或其他山河之地凭险据守。王族大臣如丞相韩熙等，大都没有了封地，则主张坚守新郑与秦军做最后一争，同时派出秘密特使兼程赶赴五国求援，或可保全韩国社稷。少府丞与王城将军等低爵臣子，封地极小且大多已经在多次割地中流失，莫衷一是地时而附和走，时而附和留。

韩王安看到了韩国这次是真正地濒临绝境了。痛定思痛，韩安反倒渐渐清楚起来：坚守新郑，固然未必守得住；求援五国，五国也未必出兵；然若果真逃出新郑进入大臣封地，其后果只能更惨；那些老世族早已经将封地整治成了家族部族的私家城堡，失势而进铁定羊入虎口，其时奸党弑君，自己还不是身首异处？

"无须再争，三策救难！"

韩安终于拍案决断，说出了他的三策：其一，立即整军，坚守新郑；其二，立即派出特使，赶赴五国求援；其三，新郑国人悉数成军，府库兵器悉数发放，各家封地立即将历年所欠财货粮草运入新郑以作军用，举国人人抗秦！韩安说罢，几个王族大臣一口声赞同拥戴，几家封地大臣却都不说话，场中一时颇见难堪。

“臣以为，封地粮草可暂时不议。”

说话的是一个年轻人，瘦削白皙得女子一般，底气却很浑厚。尽管韩王安与王族大臣们都目光冰冷，这个年轻人仍有条不紊道：“目下韩国情势，业已是人地皆失。目下山东情势，业已是人人自危。新郑当守，邦国大义也。然则，新郑能否守得长久，能否如田单孤城抗燕六年，却是两难相悖之势。唯新郑可守能守，韩军能力战秦军，五国方可救韩，韩之世族封地方可全力资国；若新郑一战而败北，五国必不来救，粮草财货纵然运入新郑，亦是资秦而已。况且，目下新郑尚有南阳郡搬回之财货粮草支撑，宜全力备战，不宜急于征集封地财货粮草。韩王若能激励国人死战，但能守得半年一年，各国救援必源源而来，粮草何难！”

“噫！你是何人？”韩安大是惊讶。

“臣名张良，新任申徒[1]。”

韩熙连忙道：“老申徒月前亡故，张良乃老臣举荐。”

“好！依张良之说，粮草不论，目下立即备战！”

韩安拍案决断。大臣们没有了眼下利害纠葛，第一次显出同心气象，分外利落地达成了部署：擢升王城将军申犺为新郑将军，立即征集各方军马开出新郑驻防；丞相韩熙总筹粮草军器，并筹划新郑城防事宜；张良草拟求援国书，并督导求援事宜；韩王安亲自督导整军激励将士。如此等等一番部署，韩国君臣立即匆匆忙忙大动了起来。

多年死气沉沉的新郑，第一次喧闹了。

内史将军嬴腾接到斥候军报，得知韩国开始整军备战，顿时精神大振，一阵拍案大笑，下令中军司马将消息通晓全军，并立即草拟上秦王书。不消片时，秦军大营一片呼啸欢腾，快马特使也飞出了军营。

嬴腾原本王族公子，是秦国王族少壮中少见的军政兼通之才，既

[1] 申徒，战国韩官，同魏国之司徒，职掌土地劳役。据《史记·高祖功臣侯者年表》，张良曾任韩末申徒。

是内史郡守又是内史将军，统辖大关中军政，朝野呼其为“大秦第一郡守”。此次率关中守军对韩作战，嬴腾与将士们一样，既感奋然，又感失落。奋然者，首战灭国之重任秦军将士人人眼热而独落其身，为将而能建灭国之功，入军旅而能参战灭国，将士梦寐以求也！失落者，韩国奄奄一息国不成国军不成军，纵然偏师而出，也眼看没硬仗可打；秦人闻战则喜，灭国而无战，将士何其扫兴也！更有一则，秦军新锐主力四十万还从未开出，日后的灭国大战几乎肯定是没有他们这些郡县守军的份了，对韩一战很可能是他们军旅生涯的最后一战，再捞不着打仗，日后便没仗可打了。唯其如此，秦军将士的求战之心异乎寻常地浓烈。

嬴腾与几个将军及中军司马，已经为韩国反复算了几遍大账：论地千疮百孔，论人七零八落，论庙堂钩心斗角，论军力十万上下还是师老兵疲，如此韩国何堪一战？遍数韩国，可入账者只有软硬两则。硬者，定型之物也。有新郑的王室府库囤积与从南阳郡搬走的贵重财货粮草，粗略估算也可支撑新郑城防三五年。软者，不定型之人心传统也。韩人曾经剽悍善战，兵器制作精良，曾以多次血战而有“劲韩”之名。若是韩国民心民气凝聚而一心死战，再加上粮草财货支撑，灭韩便是一场恶战无疑。然则，这只能是韩国上下内外齐心协力时的一种可能。今日之韩国，庙堂龌龊民心涣散，连作为王族根基的南阳郡百姓都不愿追随韩王进入新郑，韩国如何能激励起朝野一心死战？如此反复盘算，嬴腾与一班大将都认定：韩国无大战，没劲！接到韩国备战消息，嬴腾与将士们也是哈哈大笑，鸟！韩王给吓得硬了！终归可打一仗！

偏师大营欢腾整备之时，秦王特使到了。

特使是年轻的国尉丞蒙毅。蒙毅带来了秦王严厉的王书：“对韩之战务求成功，不得轻忽！韩既有心抗秦，恶战亦未可知。内史嬴腾若无胜算，本王可增调蒙武部兵力为援，亦可换王翦锐师东来。究竟如何，与蒙毅论定后告。”

嬴腾这才悚然警悟，力邀蒙毅参与幕府会商。大将们一听秦王王书，立时觉得此战可能真有得大打，一片嗷嗷吼叫：“不能一战灭韩，我等甘当军法！”“内史军也曾是主力锐师，不会辱没秦军！”“不成！一仗没打，凭甚换兵换将！”嬴腾脸色一沉，拍案大喝道：“嚷嚷个鸟！都给我听着：不想换兵换将，便得给我拿出个战胜法子来上报秦王！一个一个说，各营备战情势如何？”大将们立时肃然，各营大将挨个禀报，倒是确实没有轻慢战事之象。最后议定战事方略，大将们大多主张立即猛攻新郑，趁韩军尚未开出新郑一举灭韩！嬴腾已经冷静了许多，对大将们再次申述了秦王务求首战成功的苦心，提出“缓过冬季，明春攻韩”的方略。嬴腾对自己的方略这样解说：“眼下行将入冬，冬季战事历来多有奇变，或风或雪，都可能使战事时断时续或中途生变。与其如此，不如养精蓄锐全力备战，来春一鼓作气下韩！再者，韩国庙堂龌龊军民涣散，目下紧绷战心，战力必强。若假以时日，只能生变。新郑城外大军能否坚持一冬驻屯郊野，亦很难定。如此等等，明春作战对我军有利！”嬴腾末了叮嘱道，“目下须得向将士申明：我军之要，不能轻躁！不求个人军功大小，务求灭韩成功！一切预备，以此为要！”

年轻的蒙毅当即对嬴腾肃然一躬：“将军方略，正是秦王之心也。”

“秦王！也如此想？”嬴腾惊讶了。

“秦王有说，宁可缓战，务求必成。”

蒙毅话音落点，举帐大将吼出一声秦王万岁。此后蒙毅对将士们说，回咸阳复命之后他将返回三川郡亲自督运粮草辎重。大将们对这个年轻的国尉丞由衷地敬佩，又是一声万岁。如此方略一定，蒙毅立即连夜飞车回咸阳去了。

冬天过去，韩国的抗秦气象随着消融的冰雪流逝了。

先是驻屯新郑郊野的八万大军士气回落，吵吵嚷嚷要回新郑窝冬。由于土地民众流失太多，韩国这次紧急征召只能以新郑城内的国人为兵源。国人者，居住于国都之人也。在春秋时期，国人是相对于奴隶层的民众身份称谓。及至战国，奴隶制灭亡，国人称谓大大泛化，一国之民统曰国人。然在山东六国，尤其是韩国这种世族势力强大的国家，但说国人，其实际所指，依然是居住于都城的工匠商贾士人世族。当然，也包括一些在都城居住的富裕农户。此等人家各有生计来源，除了一些有志于功业的子弟从军，大多都早早承接了传统的家族谋生之道或特出技艺，入军旅者极少。加之韩国多年积弱，军争败绩又太多，国人从军更为罕见。此次兵临城下国难在即，新郑国人退无可退，只能骂骂咧咧又不清楚究竟骂谁地应召入军。一股备战救亡的飓风之下，新郑国人在旬日之内竟有五七万人穿戴起甲胄，做了武士。加上韩国仅存的八九万兵马，骤然有了一支十五六万人的大军。韩安君臣精神大振，立即下令申犰率八万余以新军为主的兵马开出新郑，在洧水南岸驻扎，六万余原来的韩军在城内布防。

自来城堡防御战的兵家准则，最佳方略无不是城外驻军御敌。真正退入城圈之内，凭借城墙固守，任何时候都是万不得已之法。韩国毕竟有大国兵争根基，对诸如此类的基本法程还是上下都明白的。申犰大军在洧水南岸驻扎，置新郑于洧水之后，实际是为新郑增加了两道防线：一是大军，二是洧水本身。大军驻扎完成，申犰立即下令构筑壁垒做坚守准备。不到一个月，洧水河谷的各式壁垒已经修筑得颇具气象了。然则，秦军久久不来攻城，韩军便渐渐松懈了。先是有流言说，秦国并不想真正灭韩，是韩王割了南阳郡又反悔想夺回南阳郡，这才要与秦军开战。立冬之后大雪飞扬，新入韩军的国人子弟们不堪窝在冰天雪地苦耗，纷纷请命撤回新郑来春再出。申犰犹豫不决，连续三次上书韩王，偏偏韩王不允，说要防止秦军偷袭，不能撤军。正在其时，新郑的辎重输送莫名其妙地中断了，连续半月没有取暖木炭，没有粮草过河。新军怨声载道怒火流窜，成千上万的兵士天天围着幕府请命，大有哗变逃亡之势。申犰大为恐慌，只好下令撤回。不料，回到城下之时，守军大将却说未奉王命不敢擅自开城。城外新军顿时愤愤然骂声四起，不断有嗖嗖冷箭飞上箭楼。一番折腾直到天黑，城门才隆隆打开，新军兵士才高声怒骂着进入都城。申犰请见韩王，这才知道是丞相韩熙风寒卧病，没有亲自催促粮草输送；辎重营幕府又莫名其妙失火两次人心惶惶，故此一时中断粮草辎重。

求援特使倒是穿梭般往来驰驱，然带回的消息却都令人窝心。

魏国距韩最近，受秦国威胁与韩国大同小异。故此，魏王吭吭哧哧不敢利落说话，只说魏国不会忘记三晋一家，该出兵时一定会出兵。赵国强兵，大将军李牧却被北路秦军缠住不得脱身。赵王迁只说，一旦秦韩开战，只要韩军守得三个月，赵军必来救援。燕国正在孜孜图谋赵国，对韩国存亡根本不在心上。燕王喜幸灾乐祸地回答韩国特使说，劲韩劲韩，没劲道了？当年韩国若是多给燕国铁料，使老夫也成劲燕，能有今日？等着，只要韩军能胜秦国一战，老夫立马南下！齐国一片升平奢靡，齐王建与那个老太后都说，秦齐有约，中原事不关齐国。此后，再不见韩国特使了。楚国倒是跃跃欲试，说可在秦韩交战时从背后偷袭秦军，然却有两个条件：一是韩国至少要守城三月拖住秦军，否则楚军无法偷袭；一是战胜后将南阳郡、颍川郡一起割让给楚国。气得韩安连连大骂："楚人可恶！可恨！秦国虎狼尚且只割我南阳，他竟连我颍川都要！如此盟约，何如灭了韩国！"

职司求援的年轻大臣张良只好劝韩王息怒，他再修书求援。

新军骚动，求援无望，新郑的抗秦呼声一落千丈。

一个大雪纷飞的夜晚，段氏、公厘氏、侠氏三家大臣逃出新郑，躲回自家封地去了。消息传来，韩王安大为震怒，立即下令彻查并追捕三大臣。查勘的事实是：三家重金买通城门守军，携带新郑存储的全部贵重财货出逃，究竟是谁开的城门，始终查不清楚。追捕的结局是：风雪漫天路途难辨，连三队车马的影子也没有看见。消息不胫而走，贵胄逃亡事件接二连三地发生了。追捕追不到，查勘查不清，件件都是没着落。韩安长吁短叹，韩熙卧病不起，韩国庙堂连正常运转也捉襟见肘了。

"天若灭韩，何使韩成大国！天不灭韩，何使新郑一朝溃散！"

无论韩安在太庙如何哭泣悲号，最后一个春天都无可避免地来临了。

韩王安九年春三月，内史嬴腾大军终于对新郑发动了猛攻。

冰雪消融，申犺全力凑集了五万新老兵士再度开进洧水南岸老营地。壁垒尚未修复完毕，秦军三万步军便在响彻原野的号角声中排山倒海地压了过来。连排强弩发出的长箭，密匝匝如暴风骤雨般倾泻扑来。韩军尚在壕沟中慌乱躲避，一辆辆壕沟车已轰隆隆压上头顶，剑盾长矛方阵立即黑森森压来，步伐整肃如阵阵沉雷，三步一喊杀如山呼海啸，其狞厉杀气使韩军还没有跃出壕沟布阵，便全线崩溃了。

踏过韩军营垒，秦国步军没有片刻停留。除了护卫两座韩军根本没有想到去拆除的石桥，秦军无数壕沟车一排排铺进河水相连，一个时辰在洧水又架起了三道宽阔结实的浮桥。各种攻城的大型器械隆隆开过，堪堪展开在新郑城下，步军马队呼啸而来，半日之间便将新郑四门包围起来。一阵凄厉的号角之后，内史嬴腾亲自出马向箭楼守军喊话："城头将军立报韩王：半个时辰之内，韩王若降，可保新郑人人全生！韩王不降，秦军立马攻城！其时玉石俱焚，韩王咎由自取！"

城头死一般沉寂，只有秦军司马高声报时的吼声森森回荡。

就在内史嬴腾的攻城令旗高高举起将要劈下的时刻，一面白旗在城头竖起，新郑南门隆隆洞开。韩王安素车出城，立在伞盖之下捧着一方铜印，无可奈何地走了下来。嬴腾昂昂然接过铜印，高声下令："铁骑城外扎营！步军两万入城！"

三日之后，韩王安及韩国大臣被悉数押送咸阳。只有那个年轻的申徒张良，莫名其妙地逃走了。旬日之后，内史嬴腾接到秦王特书：封存韩国府库宫室，以待后书处置；嬴腾所部暂驻新郑，等待接收官署开到。一月之后，秦国书告天下：韩国并入秦国，建立颍川郡。三月之后，韩王安被秦军押送到毗邻韩原的梁山囚居。十年之后山东六国逐一消失，韩安被秦杀死于上党。这是后话。

公元前 230 年春，秦王政十七年春，韩国正式灭亡。

七　忠直族群而术治亡国　天下异数哉

韩国兴亡，是最为典型的战国悖论之一。

从公元前 403 年周威烈王"命"（正式承认）韩、魏、赵为诸侯，至公元前 230 年韩亡，历时一百七十三年。韩国先后十三位君主，其中后五任称王，王国历时一百零四年。史载，韩氏部族乃周武王后裔，迁入晋国后被封于韩原[1]，遂以封地为姓，始有韩氏。由韩氏部族而诸侯，而

[1] 《史记·韩世家》"正义"引《括地志》云："韩原在同州韩城县西南八里。又在韩城县南十八里，故古韩国也。"《古今地名》云："韩武子食菜于韩原故城也。"今陕西韩城县境内。

战国，漫长几近千年的韩人部族历史，有两个枢纽期最值得关注。这两个枢纽期，既奠定了韩国族性传统，又隐藏了韩国兴亡奥秘，不可不察也。

第一个枢纽期，春秋晋景公之世，韩氏部族奠定根基的韩厥时期。

其时，韩厥尚只是晋国的一个稍有实权而封地不多爵位不高的寻常大臣，与当时握晋国兵权的赵氏（赵盾、赵朔）、重臣魏氏（魏悼子、魏绛）之权势封地尚不可同日而语。韩厥公直，明大义，在朝在野声望甚佳。其时，晋国发生了权臣司寇屠岸贾借晋灵公遇害而嫁祸赵盾、剪灭赵氏的重大事变。在这一重大事变中，韩厥主持公道，先力主赵盾无罪，后又保护了赵氏仅存的后裔，再后又力保赵氏后裔重新得封，成为天下闻名的忠义之臣。这便是流传千古的赵氏孤儿的故事。赵氏复出，屠岸氏灭亡，韩厥擢升晋国六卿之一，并与赵氏结成了坚实的政治同盟。韩氏地位一举奠定，遂成晋国六大部族之一。

韩厥此举的意义，司马迁做了最充分的估价："韩厥……此天下之阴德也！韩氏之功，于晋未睹其大者也（在晋国还没有看到比韩氏更大的功劳）！然（后）与赵魏终为诸侯十余世，宜乎哉！"太史公将韩之崛起归功于韩氏救赵之阴德所致，时论也，姑且不计。然则，太史公认定韩氏功勋是晋国诸族中最大的，却不能不说有着一定的道理。韩厥所为的久远影响，其后日渐清晰：韩氏部族从此成为"战国三晋"（韩赵魏）之盟的发端者，而后三家结盟诛灭异己，渐渐把持了晋国，又终于瓜分了晋国。之前事实是，春秋之世晋国为诸侯最大，大权臣至少六家；及至春秋末期韩赵魏三家势成之时，晋国势力最大的还是智氏部族。韩赵魏三族之所以能同心诛灭智氏，其功盖起于韩氏凝聚三家也。而韩氏能凝聚三家结盟，其源皆在先祖的道义声望，此所谓德昭天下之功也。此后，韩氏节烈劲直遂成为部族传统，忠义之行为朝野推崇，以存赵之恩，以聚盟之功，对魏赵两大国始终保持着源远流长的道义优势。这也是春秋末期乃至战国初期"三晋"相对和谐，并多能一致对外的根基所在，也是天下立起"三晋一家"口碑的由来。

这个枢纽期的长期意义在于，它奠定了韩氏族群与韩国朝野的风习秉性，也赋予了韩国在战国初期以强劲的扩张活力。《史记·货殖列传》记载韩国重地颍川、南阳之民众风习云："颍川、南阳，夏人之居也。政尚忠朴，犹有先王之遗风。颍川敦愿……南阳任侠。故至今谓之夏人。"太史公将韩国民风之源归于夏人遗风，应该说有失偏颇。战国大争之世，一国主体族群之风习，对国人风习有着决定性的影响。若无韩氏族群之传统及其所信奉的行为准则，作为韩国腹地的南阳、颍川两郡不会有如此强悍忠直的民风。

第二个枢纽期，是韩昭侯申不害变法时期。

韩氏立国之后多有征战，最大的战绩是吞灭了春秋小霸之一的郑国，迁都郑城，定名为新郑。此后魏国在李悝变法之后迅速强大，成为战国初期的天下霸主。三晋相邻，魏国多攻赵韩两国，三晋冲突骤然加剧。当此之时，韩国已经穷弱，在位的韩昭侯起用京人[1]申不害发动了变法。申不害是法家术派名士，是术治派的开创者。术治而能归于法家，原因在申不害的术治以承认国法为前提，以力行变法为己任。在韩非将"术治"正式归并为法家三治（势治、法治、术治）之前，术治派只是被天下士人看做法家而已。究其实，术治派与当时真正的法家主流派商鞅学说，还是有尖锐冲突与重大分歧的。分歧之根本，法家主流主张唯法是从，术治派主张以实现术治为变法核心。这种分歧，在秦韩两国的变法实践中鲜明地体现了出来。

《申子》云："申不害教昭侯以驭臣下之术。"

《史记·韩世家》载："申不害相韩，修术行道，国内以治，诸侯不来侵伐。"

术治者何？督察臣下之法也。究其实，是整肃吏治并保持吏治清明的方法手段也。所以名之以"术"，一则在于它是掌握于君主之手的一套秘而不宣的查核方法，二则在于熟练有效地运用权术需要很高的技巧，故此需要传授修习。就其本源而言，术治的理念根基发自吏治的腐败与难以查究，且认定吏治清明是国家富强民众安定的根本。如此理念并无

[1] 京，战国地名，故郑国之地，今荥阳东南地带。

不当。此间要害是，术治派见诸于变法实践之后的扭曲变形。所谓扭曲，是秘而不宣的种种权术一旦当做治理国家的主要手段普遍实施，必然扭曲既定法度，使国家法制名存实亡。所谓变形，是权术一旦普遍化，国家权力的运行法则，规定社会生活的种种法律，会完全淹没在秘密权术之中，整个国家的治理都因权术的风靡而在事实上变形为一种权谋操控。

申不害的悲剧在此，术治悲剧在此，韩国之悲剧亦在此。

申不害主政几近二十年，术治大大膨胀。依靠种种秘密手段察核官吏的权术，迅速扩张为弥漫朝野的恶风。由是日久，君臣尔虞我诈，官场钩心斗角，上下互相窥视，所有各方都在黑暗中摸索，人人自危个个不宁，岂能有心务实正干？权术被奉为圭臬，谋人被奉为才具，阴谋被奉为智慧，自保被奉为明智。所有有利于凝聚人心激励士气奋发有为的可贵品格，都在权术之风中恶化为老实无能而终遭唾弃；所有卑鄙龌龊的手段技巧，都被权术之风推崇为精明能事；所有大义节操赴险救难的大智大勇，都被权术之风矮化为迂阔迂腐。一言以蔽之，权术之风弥漫的结果，使从政者只将全身自保视为最高目标，将一己结局视为最高利益，以国家兴亡为己任而敢于牺牲的高贵品格荡然无存！

这个枢纽期，在韩国历史上具有两个极端的意义：其一，它使韩国吏治整肃一时强盛而获劲韩之名，各大战国不敢侵犯，一改屈辱无以伸展之局；其二，它全面摧毁了韩氏族群赖以立国的道德基础，打开了人性丑恶的闸门，使一个以忠直品性著称于天下的族群，堕入了最为黑暗的内耗深渊，由庙堂而官场而民间，节烈劲直之风不复见矣！两大枢纽期呈现出的历史足迹是：韩国由忠直信义之邦，演变为权术算计之邦，邦国赖以凝聚臣民的道德防线荡然无存。

然则，譬如一个老实人学坏却仍然带有老实人的痕迹一样，韩国由忠直信义之邦变为权术算计之邦，也同样带有族群旧有秉性的底色。这种不能尽脱旧有底色的现实表现是：信奉权术很虔诚，实施权术却又很笨拙。信奉权术之虔诚，连权术赖以存身的强势根基也不再追求。由此，权术弥漫于内政邦交之道，尽显笨拙软弱之特质。由此，这种不谋自身强大而笃信权谋存身的立国之道，屡屡遭遇滑稽破产，成为战国时代独有的政治笑柄。韩国的权谋历史反复证明：无论多么高明的权术，只要脱离实力，只能是风中飘舞的雕虫小技。一只鸡蛋无论以多么炫目的花式碰向石头，结果都只能是鸡蛋的破碎。

韩国的兴亡，犹如一则古老的政治寓言，其指向之深邃值得永远深思。

韩昭侯申不害的短暂强盛之后，韩国急速衰落。其最直接的原因，是韩国再也没有了铮铮阳谋的变法强国精神。战国中后期，韩国沦落为最为滑稽荒诞的术治之邦。韩国庙堂君臣的全副身心，始终都在避祸谋人的算计之中。在此目标之下，韩国接踵推出了一个又一个令人啼笑皆非的奇谋：主动出让上党、派遣水工疲秦、增兵肥周退秦、韩非兵家疲秦，等等，其风炽烈，连韩非这样的大师也迫不得已而卷入，诚匪夷所思也！韩国一次又一次地搬起石头砸自己脚，直到将自己狠狠砸倒。其荒诞，其可笑，千古之下无可置评也。

忠直立国而术治亡国，韩国不亦悲哉！

韩国的权术恶风，也给历史留下了两个奇特的印痕：一个是韩非，将术治堂而皇之地归入法家体系，被后人称为法家之集大成者；一个是张良，历经几代乱世，而终以权谋之道实现了全身自保的术道最高目标。对此两人原本无可厚非，然若将这两个人物与其生根的土壤联系起来，我们会立即嗅到一种特异的气息。

天地大阳而皇皇光明的战国潮流，在韩国生成了第一个黑洞。

韩国之亡，亡于术治也。盖法家三治，势治、术治皆毒瘤也。依赖势治，必导致绝对君权专制，实同人治也。依赖术治，必导致阴谋丛生，实同内耗也。唯正宗法治行于秦国而大成，法治之为治国正道可见也。此千古兴亡之鉴戒，不可不察。秦韩同时变法，韩亡而秦兴，法治、术治之不可同日而语，得以明证也！

第六章 乱政亡赵

一 秦国朝野发力 谋定对赵新方略

灭韩快捷利落，秦国朝野却淡然处之。

多年下来，老秦人对韩魏两国渐渐没了兴致。韩国君臣被押进咸阳的那日，南门外车马行人如常，除了六国商旅百感交集地站在道边遥遥观望，老秦人连看稀奇的劲头都提不起来。灭韩消息一传开，秦人的奔走相告别有一番气象。无论士农工商无分酒肆田畴，但凡相遇聚首，十有八九都是各自会心地笑呵呵一句，拾掇了一个；而后便挥舞着大拳头咬牙切齿，狗日的等着，这回教他永世趴下！其中意蕴谁都明白，前一笑说得是韩国，后一怒说的是赵国。秦国朝野人人都有预感，下一个准定是对老冤家赵国开战。

长平大战后，秦赵之间遂成不共戴天。其后数十年，赵军渐渐复原，对秦军战绩胜多败少。尽管赵军之胜都是防御性小胜，秦人依然怒火难消。尤其近两年之内，秦国又遭两次大败。尽管战败的秦军是桓龁老军而不是秦军主力，老秦人也是大觉蒙羞。大争天下，战场胜败是硬邦邦的强弱分野。秦军第一强乃天下公认，却在赵军马前连遭败绩，老秦人如何不愤愤然？秦人族群之特异，愈挫愈奋，愈败愈战。这种部族秉性，曾经在秦献公时期发挥到极致。其时秦以穷弱之国成军二十余万，死死咬住强大的魏国狠打进攻战，使强大的魏国很是狼狈了一阵。若非那个拼死要收回河西失地的秦献公突然死于战阵之上，秦国就此彻底打光打烂亦未可知。秉性风尚所致，立国传统所在，秦军接连被赵军击败，老秦人焉得不雄心陡起！由此，一股与赵军再次大决的心气浓浓地酝酿生成，进而弥漫了秦国朝野。是秦人都看得清楚：灭韩之战不出主力大军，为的便是以主力大军对赵大决。而今韩国已灭，秦军锐师但出，只能是对赵大战。

正当此时，秦国陡起波澜。

春夏之交，灭韩消息堪堪传开，秦国陇西、北地两郡突发地动[1]！其后，两郡又逢连月大旱，夏秋两料不收，田野荒芜牧场凋敝，牛羊马群死伤无算，大队饥民连绵不断地流入关中。与此同时，秦王嬴政的祖母华阳太后也不期然病逝了。随着突发灾难，秦国情势顿时为之一变。其间真正具有冲击力的，与其说是天地灾难，毋宁说是汹汹流言。随着饥民流入，发自山东的流言铺天盖地传来：秦国欲吞天下，此上天之报应也！秦王暴戾，逼死太后，秦若再兴兵灭国，必遭灭顶之灾！陇西地裂三百丈，秦人地脉已断，秦人将绝矣！秦国已成危邦，将大肆杀戮在秦山东人氏以泄愤！如此等等，不一而足，灾情被夸大得离奇恐怖，各种有关天象的预言、占卜、卦象、童谣纷纷流传，言之凿凿。大咸阳的山东商贾们开始纷纷离秦，朝野人心一时惶惶不安。

“欲以卑劣流言挽回颓势，山东六国异想天开也！”

一则则流言涌到案头，秦王嬴政不禁一阵大笑。

李斯极富理乱之能，此时颇为冷静。先与丞相王绾会商，再邀尉缭计议，而后三人共同上书秦王：请暂缓对赵战事，先行稳妥处置不期之灾，而后再慎谋战事方略。秦王一番思忖，立即召集王绾、李斯、尉缭、郑国等几位在国大臣会商救灾对策。就实而论，其时关中大富，蜀郡大富，秦拥两个天府之国，财货粮草充盈，两郡灾难并不能削弱秦国实力，饥民也不会给秦国腹地带来多大冲击。然则，若无大张旗鼓的应对之策，秦国局势仍然很有可能被流言搅乱。一番会商后，嬴政君臣迅速做出了

[1]　地动，地震的古代说法，史书多有记载。

三则决断：其一，基于秦法治灾不救灾之传统国策，特许陇西、北地两郡征发饥民修筑就近长城，粮草均由郡县府库支出，一俟旱象解除民即回乡；流入关中之饥民，一律进入南山狩猎采药自救，灾后得回乡耕耘放牧。其二，华阳太后高年病逝，依古老风习作喜丧待之，公告太后病情而后隆重发丧，特许国人不禁婚乐诸事。其三，在秦六国商贾、游士与移民去留自便，不加任何干预。朝会一散，秦王王书与丞相府令连番飞抵各郡县，同时在咸阳四门张挂公告。秦国法度森严令行禁止，书、令一到，上下所有官署立即实施。如此未及一月，突发灾情与惶惶人心很快稳定下来，山东商旅与游士移民也大都留了下来。

流火七月，嬴政下书在章台举行避暑朝会，专一会议对赵方略。

李斯总揽会议筹划。虑及对赵战事干系重大，李斯请准秦王，将与会大臣予以扩展。在外大臣除了召回王翦、蒙恬、顿弱、姚贾四人，还特意召回了六员新军大将：前将军杨端和、前军主将王贲、骑兵主将羌瘣、左军主将李信、材官将军章邯、辎重将军马兴。六将之外，再特召国尉丞蒙毅与会。

上述六将军虽然年轻，但都是秦军崭露头角的主力大将，后必是灭国大战的各方统帅。前将军杨端和持重缜密，是总司前方各军的大将。前军主将王贲是上将军王翦的长子，少年从军胆略过人，凭军功自百夫长千夫长而一级级成为谋勇兼备的将才，军中呼为小白起，历来是一无争议的先锋大将。羌瘣乃林胡族人，是入秦胡人中罕见的骑兵战将，熟悉李牧边军的骑兵战法，所部由入秦胡人组成的三万飞骑是这次攻赵的预定主力之一。左军主将李信，曾任桓龁幕府的中军司马[1]，多读兵书而富有胆识谋略，崇尚当年名将司马错之奇袭战法，常有出奇谋划，是秦军极富特质的大将。材官将军章邯，执掌全军大型攻防器械之协同作战，精通各类大型兵器，战场机变猛勇更是全军公认。对赵大战多攻坚，章邯军是秦军攻坚优势之根基，不可或缺。辎重营大将马兴，是赵国马服君赵奢之后裔。长平大战后，赵氏部族因赵括大败而获罪于赵国，马服

---

[1] 中军司马，战国大军统帅部之武官，军中司马之首，职司图籍号令，接近于后世的参谋长。

君之部分族人秘密逃入秦国而改姓马氏。马兴少年入军，颇具先祖军政两才之能，遂被尉缭、蒙武举荐为总司粮草辎重的大将。[1] 综合言之，此六人之中，前四人是对赵战事主力；李信与会，重其战事谋划；马兴与会，则因牵涉全军后援。国尉丞蒙毅与会，则因尉缭多病力有不逮，国尉府事务实施皆在其身。

“此次朝会只一事：议定对赵方略。程式铺排，但凭长史。”

朝会首日，嬴政只一句话明确了宗旨，之后靠着王案一副只听不说的神态。章台宫笼罩在遮天蔽日的山林之中，虽是酷暑却颇见清凉。大臣们人人一身轻软麻布袍，不着汗迹舒适得宜，神色却都分外地肃然凝重。秦王只听不说，预定程式又由李斯主持，这是秦国朝会很少见的情形，大臣将军们不能不体察到一种无形的沉重压力。

“君上之意，欲我等尽其所言也。”李斯对着大臣们一拱手道，“对赵方略之成败，秦一天下之要害也。唯其如此，对赵之战便要先明大势。今次朝会第一事，请上卿顿弱备细申明赵国政情。”

话音落点，大臣将军们的目光一齐聚向了这位名家上卿。在秦国历史上，专职邦交而居上卿、上大夫高位者，唯顿弱、姚贾两人也。东出以来，姚贾在灭韩与对魏邦交中充分展现了斡旋才具及其伐交威力，已经使秦国朝野刮目相看。而顿弱北上赵燕三年，金钱财货支出巨大，两国政局却并无颠覆性变化，不知情者已经淡忘了顿弱，知情大臣们则多少有了一些疑虑。目下要顿弱介绍赵国政情，大臣将军们自然分外关注。

“君上，列位，顿弱北上三年，路途遥远，消息稀少，赵燕似乎依然如故，顿弱伐交似乎无甚成效。如此者，表象也。”顿弱平静从容的笑语几句，语气转为凝重道，“然则就实而论，赵燕两国根基已经大为松动：君王骄奢淫逸，奸佞当道庙堂，才具之士贬黜，大将岌岌可危。今日先说赵国……”顿弱侃侃道来，一气说了整整两个时辰，所说赵国情势大大出乎大臣将军们的意料。

---

[1] 历史学家马非百之资料集《秦始皇帝传》引《广韵》，言赵奢后裔灭赵后入秦，为扶风马氏之初祖。马兴后来职任内史郡守。另有史料记载，马兴后来封侯。依秦国法度，马氏若无大功，不能居此要职高爵。故，马氏当在灭六国之时有显著战功。

在秦国朝野的目光中，赵国这个死敌已经从长平大战后的半昏迷状态复苏过来，已经恢复了强大的实力，否则，如何能数次大败燕军，又两次大败秦军？顿弱却说，赵国近年的战胜之威只是最后的回光返照，事实上赵国在长平大战后走的是一条下坡路，而且下滑极快。顿弱的事实依据主要是两则：其一，赵孝成王之后，赵国醉心于恢复军威，第二次变法随着平原君蔺相如等大臣或病故或失势，人亡政息烟消云散；其二，赵国吏治大为倒退，孝成王时期的人才济济之气象已经大为凋敝，官场腐败，阴谋丛生，能臣名将再也不能占据庙堂主流。而这种种变化，都是从赵悼襄王开始的。而后，顿弱备细叙说了目下赵国的君臣政情，断言赵国已经是病入膏肓。末了，顿弱奋然道："赵国已经是强弩之末，放开手脚打！只要秦国能聚其全力雷霆一击，灭赵何难哉！"

顿弱首日评说赵国，使章台朝会绷紧的气氛轻松活跃起来。当夜，王翦蒙恬与一班大将聚集，做了一次小幕府会商，立即商定了一个新的攻赵方略。次日早间朝会，该当王翦禀报对赵战事准备。王翦霍然起身，指点着立起的高大板图道："我军原定攻赵之方略是：集中全部四十万主力大军，从河内安阳北上，赵军主力若来，我则大决赵军；赵军主力不来，我则与赵军做一城一地之争夺，逐一攻克赵国城池。所以如此，在于防备赵国上下一心，主力大军全力压来之时，我军能立即与赵军大决。也就是说，原本方略为我军力战赵军，彻底摧毁赵军战力，而最终灭赵。对此，我军历经多年精心整训，有力战赵军而获胜之成算！"

"上将军是说，目下有新方略了？"尉缭颇有兴致地问了一句。

"正是。"王翦目光炯炯道，"既然赵国根基不坚，我军便可多头分进而成疑兵之势，以使赵国君臣难以决断应敌方向。其时，赵国庙堂若生意外之变，我军或可不经激战而下赵。毕竟，一国灭六国大战多多，秦军以最少伤亡获胜为上策。"

"如何多头分兵？"尉缭大有兴致，撑着竹杖走到了板图前。

"三路进兵：一军以上郡太原郡为根基，东进井陉关而后南下，威逼邯郸背后的巨鹿要塞，直逼赵军主力；一军出上党，走秦军攻赵老路，直逼邯郸西大门武安；一军以河内为根基，北上正面直攻邯郸，使赵国庙堂恐慌。”

“彩！”顿弱高声一喝，引来满堂笑声。

顿弱高声道：“其时，赵王迁必严令李牧南下救援邯郸！李牧不能来，赵国君臣便要大生嫌隙。老夫再从中斡旋，赵国想不崩塌，也由不得他！”

“上将军虑及政情，因时因势而变战事谋划，老夫赞同！”尉缭很是兴奋。

“将军们以为如何？”嬴政问了一句。

“一战灭赵！雪我军耻！”大将们齐声一吼。

一番议论，将军们又逐一禀报了各军备战情形及军兵求战之心。各方无异议，攻赵方略便明确下来。第三日会商大军后援，议定了军政两方协同方略：由丞相王绾与国尉尉缭总司粮草辎重民力之筹划，由马兴、蒙毅职司运输护送，务求粮草器械及随军徭役源源不断。第四日会商先期伐交，议定：顿弱以秦王特使之身立即赴赵，务求赵国朝局有变；姚贾人马转向魏国，以为下一步铺垫。

章台朝会告结，秦国上下立即高速运转起来。一秋一冬，粮草辎重源源不断地运往关外基地及各军将要经过的沿途粮仓。秦王政十八年（公元前 229 年）开春时节，秦军诸般准备就绪，大军隆隆开出函谷关向赵国进逼。

二　赵迁郭开　战国之世最为荒诞的君臣组合

春草新绿，邯郸王城的林下草地上一片喧哗熙攘。

一个黝黑精悍的锦衣男子散发赤膊，将一个又一个高大肥白金发红衣的胡女连番举起，又远远抛出。一团团红影在草地翻滚，一声声尖叫惊恐万分。男子忘情地大笑着，四周的内侍侍女们交股搂抱拍掌喝彩，几若闹市博戏。正在热闹时分，一个红衣高冠的老人一溜碎步跑来，胶成一团的内侍侍女们连忙散开，恭敬地让出一条甬道。高冠老者气喘吁吁跑到散发赤膊男子身边，一阵急促耳语。赤膊男子惊喜道：“果真有如此奇人？”须发灰白的高冠老人庄重一躬道：“天赐奇人于我王，国之大幸也！”赤膊男子哈哈大笑道：“好！三日之后试试手！”笑声未落，人圈外有急锐声音高喊：“大将军特急军报！”赤膊男子尚在愣怔间，一脏污不堪的甲胄之士已经飞步卷到面前，正欲开口，散发赤膊男子猛然一笑道：“如此脏脸，教哪个女人抹灰了？”内侍侍女们大笑大嚷道：“谁抹他灰，谁就他娘！”甲胄骑士脸色骤然涨红，陡地喝道：“大将军急报！秦国大军正向赵国开进！”

“你，你说甚？”赤膊男子的嬉笑不甘心地残留在嘴角。

“韩国已灭！秦国大军三路进逼，大将军请举朝会举国应敌！”

“老上卿，如何处置了？”赤膊男子向高冠者冷冷一瞥。

“我王勿忧，老臣已妥为处置，我王尽可安之若素。”

“好！老上卿该当褒奖！”赤膊男子也不问如何处置，立即满脸喜色。

“臣唯尽忠，不敢求赏。”高冠老者一脸敦诚忠厚。

赤膊男子回身对脏污不堪的甲士一挥手道：“你回报大将军：本王自有应敌之法，他只防住匈奴，莫操他心。”甲胄信使正要说话，赤膊男子已经哈哈大笑着扑向胡女群中奋勇施展去了。信使将军木然呆立，不知所以。须发灰白的高冠老人走过来殷殷笑道：“将军一路辛劳，老夫安置将军到胡人酒肆如何？将军歇息旬日，必能虎威大振，也不枉回邯郸一趟也。”信使将军脸色陡地一沉，一句话不说转身大步而去。高冠老人凝视着信使背影，一阵轻蔑的冷笑，也匆匆出了王城。

这个黝黑精悍散发赤膊的男子，是目下赵国国王赵迁。

须发灰白的红衣高冠老人，是目下赵国的秉政上卿郭开。

一国君臣如此轻慢于强敌压境，战国之世绝无仅有。

谚云：冰冻三尺，非一日之寒。

赵国君臣荒政，自然也不是一夜间事。

赵武灵王大变法之后，赵国崛起为唯一能与秦国抗衡的山东强国。从此，赵国成为山东六国的抗秦轴心，也成为山东诸侯的安危屏障。其后两代，惠文王赵何在位二十八年，孝成王赵丹在位二十一年，赵国以强国实力与秦国生死周旋了两代近五十年。在此近五十年里，赵国虽时有失误，然总体言之，尚算根基稳固人才济济，朝野同心，一片勃勃生机。唯其如此，赵国在孝成王五年开始的长平大战惨败后，尚能扭转危局，并很快恢复军力，发动六国合纵攻秦，在岌岌可危的崩溃边缘避免了灭亡的命运。其后，秦国进入秦昭襄王晚年与秦孝文王、秦庄襄王三代频繁交接的低谷时期。秦赵俱各乏力，赵国遂与秦国保持了二十余年的平衡对峙。

孝成王赵丹病逝之后，秦赵均势开始倾斜，赵国开始走下坡路了。

赵国转折的枢纽，发生在悼襄王赵偃继位的九年里。

赵偃令赵国陷入乱政，起因与赵武灵王有着惊人的相似。武灵王因钟爱后妻吴娃，废太子（长子）赵章，改立吴娃之子赵何为太子，导致一场惨烈兵变，自己也遭兵变之困而活活饿死。悼襄王赵偃则痴心于一个邯郸倡女，衍生了又一则废立太子进而乱政的荒诞故事。

倡者何？战国民间歌舞人之统称也。此等歌女舞女，并非王城、官署的官养歌女舞女，而是专操歌舞为生涯的自由歌舞者，时人呼为市倡。战国大破大立之世，礼崩乐坏，风习奔放。赵国与诸胡多有渊源，胡服骑射之后胡风尤烈，男女性事开放尤过列国。此等国风之下，邯郸市井衍生出两种倡女，一曰卖身倡，一曰歌舞倡。歌舞倡与卖身倡之实际区别，在于是否以卖身为业，而不在是否卖身。也就是说，卖身倡常操此道谋生，时人呼为业娼。歌舞倡则以卖歌卖舞为业，除非遇到异常人物，寻常极少卖身，此所谓待价而沽也。是故，当世谚云：倡娼不分，倡通娼，业道通同。大约从齐国管仲的绿楼官妓必善歌舞开始，歌舞倡与卖身娼的界限已经预示着必然将被打破了。

长平大战后，赵孝成王一改豪放豁达的政风，戒慎戒惧如履薄冰，政事大多亲自操持。为此，已经早早立为太子的赵偃自觉无所事事，心有郁闷，索性不问国事而多涉市井玩乐，对外则宣称自己养性修学。上有所好，下必甚焉。太子赵偃的秘密喜好，自然会招来各色专一以附庸王室、权臣为生涯的吏士门客。在赵偃的神秘游乐中，渐渐地浮现出两个可意心腹，一曰郭开，一曰韩仓。郭开原是王室家令[1]属下的一名计

[1]　家令，战国赵国王室官员，掌管国王家务；贵族大臣的家务总管为家老。

财小吏，因其精明勤谨，被家令派为太子府做计财执事。韩仓原本是韩国南阳郡一个市井少年，被选入韩国王宫做内侍，当年尚未净身，却逢秦军猛攻南阳，遂趁乱逃亡邯郸，混迹市倡行做了一个乐工。其时，赵王家令正在为太子赵偃物色料理起居的贴身随员，恰在一家歌舞坊发现了俊美伶俐的韩仓，遂买为官仆，教习诸般宫廷礼仪三个月后送入太子府试用。韩仓很是奇特，男身偏有女心，一袭赵国特有的宫廷红衣上身，觉得自己便是一个窈窕少女，袅袅娜娜却又利落仔细，将太子赵偃服侍得无微不至，三个月后便除了仆人之身，做了太子府执事。郭开、韩仓都有一样长处，揣摩赵偃心事喜好总能恰到好处。时日不长，两人先后成为赵偃须臾不能离开的左右心腹。郭开熟悉邯郸市井，韩仓精于贴身侍弄，一内一外挥洒自如，赵偃不亦乐乎。

一日，赵偃得闻郭开密报：邯郸新出一歌伎，号为转胡仙，其美妙无以言传。赵偃心下大动，立即改装，带着郭开韩仓欣然前往。一会之下，赵偃心迷神摇赞赏不止，当即密嘱郭开以巨金秘密买回了这个转胡仙。

转胡者，华夏人与胡人通婚所生也。因其相貌兼具胡人与华夏特色，故曰转胡。这个号曰转胡仙的女子委实奇特：似胡非胡，似中非中，一头瀑布般长发非红非黄又非黑，似红似黄又似黑，鼻梁挺直肌肤雪白，眼窝半深，两汪秋水波光盈盈欲诉欲泣，更兼歌喉婉转舞姿妙曼，出市一年便在邯郸倡行声名大起，被一班风流贵胄奉为仙子。

赵偃对女人很是挑剔，尤其在韩仓侍榻之后，对女子几乎没了兴致。买回转胡仙之本意，也只在稀奇，只在品咂玩弄“转胡”趣味而已，根本没有想到要将其作为嫔妃。故，转胡仙进入王城之时，其公开身份只是白身舞女一个，名义归属王室歌舞坊，没有任何女爵封号。唯其如此，太子府上下也都只将转胡仙看做太子一个喜好玩物而已，谁也不曾上心，更没有人谏阻或禀报赵孝成王。

谁料，这转胡倡对任何名号爵位都浑然不做计较，似乎只专一一个天生尤物，只以侍奉太子为乐事。转胡仙生得姣好丰腴，身段软得百折千回，卧榻间热辣得百无禁忌。赵偃得之初夜，便觉其与出身贵胄的一班夫人嫔妃大异其趣。由是大乐，久而更知其味。从此，对女人很是挑剔的赵偃，竟只与转胡仙胡天胡地不知所以。韩仓每日进出太子寝室，清理诸般污秽痕迹，心头怦怦大动，竟于一夜侍寝时胡天胡地卷入了进去，将自己肉身也做了亦男亦女可进可退的器物交给了赵偃蹂躏。从此，赵偃或两人或三人沉溺卧榻，竟将一班夫人嫔妃看得粪土一般了。

倏忽不到三月，赵偃一改初衷，将转胡仙一举立做了良人。良人，是仅次于太子夫人、美人的第三等高爵嫔妃。依据传统，太子的前三等妻妾只有出身贵胄的女子才能获得。消息传出，大臣们始而一片惊愕，却终究没有人认真理论，赵孝成王也没有认真追究。毕竟国风奔放，一个老太子纳一市倡，给个名号，虽颇有轻贱之嫌，谁又能如何计较?

一年之后，转胡倡生下了一个儿子，取名赵迁。

赵偃爱倡入骨。这个生下来又哭又笑的儿子，赵偃看做是天赋异禀，先后三次上书父王：请改立正妻，以“转胡良人”为太子夫人。其时，赵孝成王体弱多病，神志却很是清醒，心知赵偃已经是年近四十的老太子，身边业已绕成一股势力，自己晚年很难再有时日改变朝局；若因太子无行而重新废立，赵国很可能陷入难以预料的乱局危局。反复思忖，孝成王终以先祖武灵王为鉴戒，决意不在晚年乱政。决断之下，孝成王召来赵偃，一番痛心告诫之后，下令赵偃立定了一则誓约：日后得以原太子夫人所生嫡长子赵嘉为太子，不得立新人之子为太子。赵偃毫不犹豫地答应下来，誓约也毫不犹豫地立了。

于是，这个转胡倡成了名正言顺的太子正妻。

其时整个赵国，只有郭开知道其中龌龊。一日，郭开借理财之名，将韩仓唤进太子府石库密室，严厉追问转胡倡生子究竟是谁的儿子？韩仓满头大汗满脸通红，嘟哝一句太子的儿子自然是太子的了，吭哧着不再说话。郭开大怒，举出两名侍女人证，威胁要立即向赵王举发韩仓。韩仓大为惊恐，长跪在冰冷的石板地上抱住了郭开的大腿嘤嘤抽泣说，只要不向赵王举发，他终生便是郭开的儿子，任凭玩弄差遣。生平不近女色的郭开，狂暴地在冰冷的石板地上贯穿了韩仓女儿般的身体，还要韩仓咬破食指写下了一幅白帛血誓：自认郭开为假父，终生唯郭开之命是从！从此，郭开与韩仓结成了肉身死党，开始了常人难以想象的宫廷生涯。

郭开谋划的第一步，是要韩仓斡旋赵偃，请以郭开为公子迁老师。

这个郭开秉性特异，不近女色，不贪钱财，天生敦厚相貌，善于结交上下同僚，在太子府口碑极好。郭开少学颇有功底，入王城为吏后更是处处揣摩学问，对弄人弄权术更是独有癖好孜孜不倦。征服韩仓之后，郭开尝拥韩仓之身自诩笑云："弄人之乐，弄权之味，老夫独得其髓也！"几次密室赤身相对，郭开对韩仓条分缕析地拆解王室机密与未来对策。韩仓对郭开佩服得五体投地，决意追随郭开体味一番自己从未咂摸过的权力滋味。于是，韩仓再与赵偃独处时，以独有的柔腻向赵偃诉说郭开的种种才干，悄无声息地诱导赵偃将公子迁交给郭开发蒙。赵偃原本便对郭开信任有加，只不知郭开还颇有学问功底，听韩仓几番娓娓话语，心下已经对郭开中意了。一月之后，赵偃与郭开做了一次密谈，听郭开备细叙说了所读典籍以及对赵国庙堂格局的剖析，对郭开大为赞赏，立即下令将公子赵迁交郭开发蒙。赵偃拍案说，公子加冠之前若能熟诵典籍，足下做太子傅也非难事！

谁也没想到，三年方过，公子赵迁竟神奇地通诵《诗》《书》，一时获神童之名。由是，郭开一举晋升中府丞，总掌王室府库内侍，并得兼领公子师。韩仓没有实职，却也成了太子舍人[1]，在邯郸宫廷炙手可热。

未过几年，赵孝成王病逝，赵偃即位做了赵王。

这是公元前 244 年，正是少年嬴政即位秦王的第三年。

赵偃一即位，便要立即下令擢升郭开韩仓等一班心腹为大臣。郭开却及时谏阻，劝赵偃先做几件大事站稳根基。赵偃问，何事为大？郭开答曰，战国之世，战事最大。赵偃问，战事虽大，从何着手？郭开答曰，对秦战事风险太大，莫如对燕，但能大胜，我王方可站稳根基放开手脚。

赵偃听从了郭开对策，停止擢升心腹近臣，下书起用边军大将李牧、兵家之士庞煖对燕国大举进攻。赵国素有两仇，一为秦国，一为燕国。

---

[1] 舍人，战国时权臣大官的近侍人物，俸禄不定，赵国蔺相如、毛遂都曾为舍人。

赵秦之仇在争霸，赵燕之仇在争气。燕国本非赵国对手，却偏偏嫉恨赵国，每每在赵国吃紧的当口在背后袭击，不知多少次使赵国陷入腹背受敌之危局。尤其在战国中期的合纵连横中，燕国非但几次成为秦国的结盟国而对赵产生威胁，且中原战国只要与赵国发生龌龊，第一个便来结好燕国，多使赵国如芒刺在背。唯其如此，赵武灵王之后，赵国的用兵目标基本是铁定的三个方向：一对秦国，二对匈奴，三对燕国。及至孝成王之世，匈奴已经对赵国深为忌惮，很少骚扰赵国。赵国的战事几乎只剩下对秦对燕。对燕作战虽不如对秦作战声威之大，然毕竟也是痛击世仇的争气战，举国上下无不嗷嗷奋然。赵人之欢欣，一则在于对燕复仇，二则在于新赵王所起用的李牧、庞煖深具人望，使赵人顿生长城可倚之坚实感。

此时，李牧[1]已经是天下名将，自不待言。庞煖之名，却鲜为人知。

战国之世名将如云兵家似雨，为后世熟知者或是战功巨大如吴起、白起、乐毅、田单、孙膑等，或是命运曲折，如廉颇、赵括、信陵君等。许多名将兵家则或因为战绩不大，或因为命运缺乏大起大落，而为后世淡忘。这个庞煖，便是后一类杰出之士。若非生逢赵国末世，其人完全可能成为一流名将。庞煖之特异，在于他是一个兼具纵横家、兵家、名将之能的全才人物。庞煖流传后世的纵横家论有《庞煖》[2]两篇，兵书有《庞煖》三篇。赵孝成王末期，庞煖受孝成王密书奔波列国，欲图趁秦国陷入低谷之时发动六国合纵，一举遏制秦国于函谷关内。历经两三年秘密斡旋，合纵盟约几乎达成之际，赵孝成王不幸长逝，合纵攻秦遂告搁浅。此时，新赵王下书庞煖为赵军大将，与李牧两路攻燕，自然深得人心。庞煖一番思忖，断定先行攻燕而后再图合纵较为妥当，当即欣然奉命。

事实是，赵偃之所以命李牧、庞煖并为大将，赵国军制使然。由于赵国多匈奴之患，边军历来自成一体。自李牧大胜匈奴稳定边地之后，

[1]　李牧对匈奴作战而成名故事，见《大秦帝国·阳谋春秋》。

[2]　庞煖书目，见《汉书·艺文志》。

虽为名将，却不是统领赵国全军的上将军（后为大将军）。赵国边军之外的主力大军，此时仍然没有深孚众望的统帅。赵偃此前曾想召回廉颇，为的便是统率边军之外的赵军主力。就名义而论，统率腹地赵军的统帅一般是上将军或大将军，有辖制边军之权。在赵国的历史上，此时还没有过边军大将做大将军统率举国大军的先例。正因为如此，原非雄才大略的赵偃，自然不会想到破除既定格局而擢升李牧为大将军的路子上去。

李牧奉命，大军先出，一战攻克燕国武遂、方城[1]两地。正在李牧大军要乘胜进击的时刻，匈奴骑兵南下阴山草原。李牧军剽悍灵动，一得警报，立即回军云中，暂缓了对燕攻势。

赵国腹地大军远不如李牧边军快捷。庞煖尚在聚集大军之时，燕军已直扑邯郸北部要塞巨鹿而来。原来，在李牧边军攻下燕国两城之后，燕王喜大为惊恐，召集大臣紧急会商对策。已经是白发苍苍的上大夫剧辛奋然应对，提出燕军胜赵，须得避亢捣虚，直攻赵国邯郸！剧辛说，赵国腹地大军统帅是庞煖，自己曾与庞煖共图合纵，深知其用兵弱点，攻取不难，自请率军十万，南下攻赵军必获大胜。燕王喜大是振奋，立即下书如是行。剧辛大军未到巨鹿，庞煖五万兵马已经兼程赶来。两军会战于巨鹿之外河谷山峦，不消半日，燕国兵马一败涂地，战死两万余。庞煖亲率精锐冲击剧辛中军，剧辛眼看大军崩溃，不堪大言之下惨败屈辱，羞愤自裁于乱军之中。

对燕战事两大胜，赵国气象振作，赵偃得到了朝野拥戴。

庞煖趁机上书赵偃，请重新发动六国合纵攻秦。庞煖在上书中慷慨激昂道："目下秦国正在主少国疑之时，合纵攻秦，此其时也！若错失良机，秦国度过危局，六国命运未可知也！夫赵为山东屏障，若不奋然鼓呼，其时天下固无列国，焉得有赵独存哉！"赵偃心下不定，问策于郭开，郭开对曰："合纵之士论天下，天下时时皆危。何也？无天下之乱局危局，则无纵横家功业也！四代先君着力于六国合纵数十年，赵国血流成河失地无算，未尝一见功效，反引来列国猜忌，燕国屡为黄雀在后，

[1] 武遂，燕地，今河北武强西北；方城，今河北固安西南。

岂非铁证哉！我王若图赵国安稳，当适可而止。”赵偃皱着眉头道：“国人之心正在势头之上，庞煖上书不无道理，何辞得以推托？”郭开一脸敦诚地说：“合纵抗秦乃是大道，自然不能推托。我王之策，只不全力而为，为赵国留下退路便是。”赵偃欣然认可，于是下书庞煖：赵国参与合纵，但不做纵约长国，若能达成合纵，出兵数额届时议定。

庞煖得如此下书，心中很是郁闷，本当再次上书力请，却接李牧副将司马尚密书。密书言，目下赵国朝局多有隐患，能为则为，不必力争，公自参详。庞煖心知这一告诫极可能是李牧之意，便不再力争，只立即南下联络合纵了。因赵国与燕国新战成仇，庞煖没有先游说燕国，而是直下楚国，说动春申君黄歇共同斡旋列国。不到一年，在春申君与庞煖的鼎力斡旋下，除齐国偏安东海不愿卷入外，楚、赵、魏、韩、燕五国秘密达成合纵攻秦盟约：以楚王为纵约长，以庞煖为联军统帅，立即聚兵攻秦。

赵偃即位的第四年，也就是公元前 241 年，五国合兵三十万，从魏国故都安邑渡河出少梁山地，南下猛攻秦国故都栎阳地带，联军进至蕞地[1]，被蒙骜统率的秦军一战击退。自来合纵，五国联军只要一次战败，便各自保全实力撤军，从来没有过整军再战之说。这一次也一样，无论庞煖与春申君如何力主再战，联军都呼啦啦散了。秦军为了惩罚魏国借地攻秦，大军一举出关，攻下了魏国河内重镇朝歌。魏国震恐，立即对秦国单独议和撤出合纵联军。秦军掉头南下，楚考烈王大是慌乱，立即接受一班元老的“避秦迁都”对策，将国都迁到了寿春[2]，都城名字仍一如既往地叫做郢都。

战国之世的最后一次合纵，在秦国最低谷的时期悄无声息地瓦解了。

合纵战败，赵偃并没有严厉处治庞煖，一则是赵军伤亡不大，二则是赵偃原本便对此次合纵没抱奢望。于是，庞煖功（胜燕）罪（合纵战败）相抵，不升不黜，依旧做着名义上的赵军大将，始终没有大将军实职。

---

[1]　栎阳、蕞地，均为秦国故都地带，在今陕西临潼一带。

[2]　寿春，楚国后期都城之一，今安徽寿县一带。

从此，庞煖在赵国终无伸展，直到赵悼襄王（赵偃）的最后一年，庞煖又对燕国打了不大不小的一仗，夺得两城之地。同年，赵悼襄王死去，赵国进入最荒诞时期，庞煖便被赵国遗弃了。反之，由于"处置合纵得体，得以保全赵国实力"，郭开、韩仓等一班原太子府的心腹虽未成为显赫大臣，却更得赵偃的信任了。

此时，赵偃得郭开谋划，决意处置自己一直搁置的大事了。

合纵战事一结束，赵偃下了一道特书：册立原太子夫人为王后，并在令书中将新王后定名为准胡后。当此之时，多年过去，转胡倡之事原本已经渐渐被赵国朝野遗忘。王书一下，朝野恍然哗然——呀！赵国原来还没有王后！

册立王后，原本是新王即位的题中应有之意，赵国大臣们却倍感突兀而陷入了尴尬。根本缘由，是大臣们突然想起了这个太子夫人的根基身份——市倡。不赞同么？这个转胡倡已经做了多年太子正妻，且已生有一个儿子。再说，太子即位为王，太子正妻立为王后，原本天经地义，若因其身世再来诘难，你当初做甚去了？更何况，赵偃还有更硬正的说辞：先王尚且不计，许转胡女为太子正妻，尔等大臣凭何反对册立王后？身家根基之说，对于豪放不拘细行的赵人，确实显得有些迂腐，不好据此而开口反对。然则赞同么？无论赵人风习如何开放，一个倡女养则养矣，要做国母毕竟大失颜面，若是国人蒙羞民心离散，赵国还有个好么？于是，邯郸庙堂第一次出现了举朝无人说话的局面，更无任何喜庆之象。正在赵偃束手无策之时，郭开一言解惑。郭开说："无人上书谏阻，足证举国拥戴，我王何惧之有哉？"赵偃恍然大笑道："无人谏阻便是举国拥戴，中府丞何其明察也！好！"

赵偃立即下书：朝野一无异议，欣然拥戴，准胡后册立大典择吉日行之。

于是，当年的转胡倡又做了赵国王后。

当然，事情并没有完结。郭开韩仓等此时的图谋是：力促赵偃废去原先正妻所生的嫡长子赵嘉的承袭资格，册立准胡后所生的公子赵迁为太子。只要赵迁成为太子，郭开韩仓一党的前路便无可限量。将赵迁立为太子，赵偃原本尚心存顾忌。最大的根由，是赵偃自己当年对父王立的誓约已经颁行朝野，一时不好改口。国人层面的原因，在于赵武灵王之后，赵国朝野对废立太子历来视为不祥之兆，几乎是不问青红皂白便一口声反对，确实难以发端。

此时，又是郭开的上书使赵偃下了决断。郭开的说辞是："自古至今，嫡子者，王后正妻之子也。公子嘉之母，已被先王废去太子夫人。若我王无王后，王后无生子，公子嘉为太子，尚可议也。今王后有嫡子聪颖勇武，而不立太子，却以庶人母之子为嫡子立太子，未尝闻也！果如是，国乱失序也。昔年先祖武灵王得吴娃立后[1]，自须以吴娃王后生子为太子，而废故太子赵章。先王之举，何错之有哉！若无武灵王废立之举，何得其后两代先王之赫赫功业？庙堂元老强涉废立，国人懵懂不知所以，何异于诋毁先王哉！"

赵偃接书，拍案大笑道："本王有郭开，岂非天意也！"

赵偃再度下书：废去嫡长子赵嘉承袭资格，改立赵迁为太子。

赵国朝局由是生乱。一班元老重臣搬出先王誓约，坚执不赞同废立两变。其最为慷慨激昂的说辞，是赵武灵王擅行废立而致赵国大乱的前车之鉴。大将李牧、司马尚等久在边地，深知转胡倡之根基，更是一力声援邯郸老臣，与庞煖等腹地大将共同上书疾呼："倡女为后，国之羞也！倡子为君，国之谬也！公子嘉为太子，则赵国安！公子迁为太子，则赵国危！"

当然，不乏另一班所谓新锐用事者鼎力支持废立。这班人物的轴心，便是郭开韩仓。其时，郭开韩仓已经精心谋划数年，昔年的太子府执事们都已经是各方实权大吏；更有被郭开韩仓收买的诸多非元老臣子，以及邯郸守军大将扈辄等为援，在庙堂已经是颇见声势，与元老边将们几乎可以分庭抗礼。在郭开势力撑持下，赵偃在朝会之上振振有词道："赵国元老大臣中，自家废立之事多如牛毛，王室几曾涉足！何本王废立太子，便多有物议，岂有此理？子本我子，知子莫若父，本王宁不知孰贤

---

[1]　赵武灵王立吴娃为王后并其废立故事，见《大秦帝国·金戈铁马》。

孰不肖哉！”

由是纷争三年，终究相持不下。

赵偃烦躁不堪，渐渐显出玩乐本性，复终日与转胡倡胡天胡地，时不时还要拉进乐此不疲的韩仓，很少到书房殿堂处置政务了。未几，赵偃暗疾渐渐显现，腰膝酸软，面色苍白，骤然老态毕现。郭开时时与韩仓密会，深知赵王已经耗空，时日必不久长。一日，郭开借搜求得延年益寿之方为名，请见赵王。赵偃在寝室卧榻见了郭开。郭开流泪涕泣道："臣已访得东海神异方士，可使人起死回生，长生不老。我王若能妥善安置镇国事宜，而后偕王后、韩仓遨游东海，待体态康健之时再归国秉政，岂非人生乐事哉？"

身心疲惫得连笑一笑都没了力气的赵偃，又一次被郭开的忠心感动了。

要得长生不老，得东海求仙；要得东海求仙，得先行安置镇国班底。

郭开给赵偃的路数是清楚的，赵偃是没有理由拒绝的。

赵偃不经朝会议决，断然径自下书：元老大臣尽归封地，不许与闻国事！同时，赵偃又下特书，严厉申饬李牧、庞煖、司马尚等一班大将："尔等职在守边抗敌，毋涉国事过甚！"不待各方提出异议，赵偃正式下书颁行朝野：废黜公子赵嘉承袭身份，册立赵迁为太子；擢升郭开为上卿，摄丞相事兼领太子傅，辅佐储君总领国政。也就是说，尚未加冠的公子赵迁非但立即立为了太子，且在郭开辅佐下总领国政实权。赵偃之所以如此决断，也并非全然听信郭开的访寻长生不老之言。赵偃本意，既然自己病势难以挽回，既然朝野反对废立，索性早日将国事实权交给赵迁郭开，若元老大臣与边将们果真起事，自己或可有时日挑破了赵国脓包，强如自己身后发生惨烈的倒戈政变。

赵王一意孤行，赵国朝野一片哗然。

由此，郭开浮出水面，由一个中府丞骤然成为蹲踞赵国庙堂的庞然大物。

赵人鼎沸了，最为愤愤然的骂声是："大阴老鸟，乱我大赵！"

大阴老鸟者，郭开也。自赵王王书颁行朝野，郭开之名赫赫然传遍庙堂山乡。赵人恍然奔走相告，着力搜求“郭开何许人也”的诸般消息。不到半年，郭开的种种阴暗故事弥漫了赵国，引来赵人切齿痛骂。赵人痛骂郭开，其意再明白不过地一齐裹挟：此等大阴之人拥戴新太子，太子能是甚好货色！大阴者，大伤阴骘（阴德）之谓也。战国之世，最入骨的骂辞便是大阴人。郭开之前，只有秦国的嫪毐获此恶骂。其诅咒所指，是其人连根毁灭阴骘，必得最大恶报。

流传最普遍的故事，是郭开曾以不可想象的阴谋陷害名将廉颇。

长平大战之初的上党对峙中，廉颇被赵孝成王以赵括换将，愤然之下出走魏国。孝成王末年，召回了廉颇，然未及任用，孝成王已病逝了。赵偃即位，初期欲建根基，下令廉颇将兵南攻魏国。大军未发，郭开提醒赵偃说：“廉颇久居魏国，若不死力攻魏，岂非危哉？”赵偃以为大是，立即派名将乐毅之子乐乘替换廉颇。廉颇大怒，率军进攻乐乘。乐乘有心，不战自逃。廉颇此举违法过甚，自知难以立足赵国，又出走到了魏国。五国合纵兵败，庙堂废立事起，赵偃反复思忖，赵国若没有一个资望深重的大将统率腹地大军以稳定朝局，赵国很有可能再次发生惨烈宫变。由是，赵偃下令复召廉颇归赵。

郭开得知消息，深知廉颇恩仇之心极重，若重掌兵权，必记恨自己当年的一言去帅之仇；以廉颇的暴烈秉性，对素无嫌隙的替代大将乐乘尚敢公然攻击，对他郭开岂能放得过去？然此等事关乎个人恩怨，郭开又不能公然劝谏以伤自己敦诚忠厚之名。思谋之下，郭开先向赵偃举荐了一个得元老与赵王共同信任的大臣为特使。而后，郭开又以重金贿赂这个特使，密谋出一个诋毁廉颇的奇特之策。

其时，魏国朝局腐败，一信陵君尚且不用，如何能重用廉颇？老廉颇备受冷落，终日郁闷，闻赵王特使来魏查勘自己，精神大是振作。为赵王特使洗尘之时，老廉颇风卷残云般吞下了一斗米的蒸饭团，又吞下了十余斤烤羊，之后抖擞精神全副甲胄披挂上马，将四十余斤的大铁戟舞动得虎虎生风，与宴者连同特使无不奋然喝彩。

不料，特使回到邯郸，赵偃问起廉颇情形，特使却回报说：“将军虽老，尚善饭，一餐斗米而半羊。然与臣坐，一饭之间三遗矢（屎）

矣！”赵偃不禁苦笑，拍着书案半是揶揄半是叹息道：“战阵之上何能遗矢（屎）而行哉！廉颇老矣！”其时郭开肃立王案之下，立即接了一句：“臣闻将军扈辄壮勇异常，或能解我王之忧。”赵偃目光大亮，立即下令召见扈辄。

扈辄原是镇守武安要塞的将军，生得膀大腰圆黝黑肥壮，行走虎虎生风，站立殿堂如同一道石柱，只一声参见我王，便震得殿堂嗡嗡作响。赵偃一见其势态，心下已是大喜，也不做任何考校，立即下令扈辄做了邯郸将军。自然，召回廉颇的事也泥牛入海了。后来，这个得郭开举荐的扈辄，统帅大军进驻平阳与秦军对抗，一战便被桓龁大军击溃，连头颅也被秦军割了。扈辄外强中干，丧师身死，知情者原本已经开始痛骂郭开了。其时，老廉颇因回赵无望，遂入楚国，又因不适应楚军战事传统，终无战功，以致郁闷死于楚国寿春。廉颇之死的消息传来，赵国朝野一片惊叹哀伤。当年真相也由魏国渐渐传入赵国，郭开弄人之阴谋始得赤裸裸露出形迹。于是，郭开在赵国朝野有了大阴之名。

然则，无论朝野如何骂声，郭开却因与赵偃素有根基，更兼韩仓在卧榻间为郭开一力周旋，竟然始终蜷伏在王城之内安然无恙。及至郭开一朝暴起，迅速浮上水面，由一个再寻常不过的中府丞倏忽擢升为实际上的领政大臣，赵人的咒骂也只能是徒叹奈何而已了。

正在赵国纷纭之际，悼襄王赵偃暗疾不起，骤然在盛年之期病逝了。

赵国有了最为荒谬的一个君王，幽缪王[1]赵迁是也。

赵国有了最善弄权的一个恶臣，大阴人郭开是也。

赵国有了一个鼓荡淫秽恶风的弄臣，乱性者韩仓是也。

最为荒诞的君臣组合，开始了赵国最为荒诞的幽缪之期。

即位之时，这个赵迁只有十八岁，尚未加冠。秦赵同俗，二十一岁行冠礼。因此由头，郭开指使韩仓等一班亲信郑重其事上书道：“奉祖

---

[1] 赵迁之世国亡，依照传统不当有谥号，故后世史家对《史记》之记载有怀疑。《史记集解》载徐广云：“六国年表及《史考》，赵迁皆无谥。”《史记索隐》又云：“徐广云王迁无谥，今（太史公）唯此独称幽缪王者，盖秦灭赵之后，人臣窃追谥之；太史公或别有所见而论之也。”

制，王得加冠之年亲政，加冠之前宜行上卿摄政。如此，王可修学养志，赵国朝野可安。”赵迁深感郭开一党死力维护之恩，自是欣然允准。然则允准之余，赵迁还是约定了一则大事：“国政尽交上卿，可也。然王城女事，得在本王。”郭开久与赵迁相处，素知其秉性心事所在，慨然一诺道：“老臣守约。然王城女事，不得涉及王后名号。否则，老臣无法对朝野说话，只怕我王之位也未必稳当。”赵迁一阵大笑道：“本王只要女肉！要王后做鸟！”于是一声喊好，君臣两人击掌成约。

郭开心思缜密，立即擢升韩仓为赵王家令，总管赵王嫡系家族之事务。郭开对韩仓的叮嘱是：“稳住那个转胡太后，摸透赵王喜好，只要他母子不谋朝政，任他嬉闹不管。若有谋政蛛丝马迹，立即报假父知道！小子若不上心，老夫扒你三层皮，再割了你那鸟根喂蛇，教你生不如死！”韩仓娇声叫着老父，伸出比女人还要柔腻的臂膊抱住了郭开咯咯笑道：“老父叫我做了大官，咂摸了想也不敢想的权势显贵，小女子便是死，也只能死在老父胯下。甚太后，甚赵王，小女子只认老父也！”郭开大乐，又一次蹂躏了那再熟悉不过的男女肉身。之后，郭开便颁行了领政大臣书令，正式将韩仓派进了太后宫掌管事务。

与此同时，郭开以“赵王尚未加冠，诸事须得太后照拂督导”为由，领群臣上书，请太后与赵王移居一宫行督导事。内有韩仓一班内臣进言，外有郭开一党多方呼应，理由又是堂堂正正，转胡太后便欣欣然搬进了赵王寝宫。不到半年，郭开得韩仓频频密报：赵王母子尽皆放浪形骸，心头了无国事。郭开由是大乐，开始在赵国认真梳理起来。

王城之内的新赵王，也开始了天地人三不管的乐境。

赵迁天赋玩心入骨，油滑纨绔，又刁钻多有怪癖，未几便将王城折腾得一片淫靡失形。赵迁最为特异的癖好，是淫虐女子为乐。还是少年王子时，赵迁便偷偷对身边侍女肆意淫虐。其母转胡倡心知肚明，非但不加管教，反将儿子行为视作君王气象，严令侍女内侍不得外泄，以致其父赵偃也不知所以。如今，赵迁做了国王，昔日尚存畏惧的诸多约束一应云散，顿时大生王者权力之快感，在王城大肆伸展起来。但凡王城女子，无分夫人嫔妃侍女歌女，赵迁都要逐一大肆蹂躏一番，而后品评等级，以最经折腾最为受用者，赐最高女爵。如是三月，王城女子的爵号一时乱得离奇失谱。今日遍体鳞伤的洗衣侍女做了高爵夫人，明日奄奄一息的夫人又做了苦役。发放俸金的韩仓手忙脚乱，常常错送俸金，往往正在纠正之时，女爵却又变了回来。于是，韩仓召集一班心腹会商，报请赵迁允准，遂定出一个旷古未有的奇特办法：除了王太后，王城内所有女子的爵位俸金一律改为一年一结，按每个女子在各等爵位所居时日长短，分段累加累减而后发放。未几，邯郸王城出现了奇特景观，所有女子一律平等，都是赵王的女奴；女奴等级之高下，全赖自己的奴性作为。此等规矩之下，王城女子们竞相修习“挨功”，看谁经得起皮肉之苦，看谁经得起种种恶淫蹂躏。如此不到半年，王城已经抬出了十三具女尸，其中出身贵胄的夫人、嫔妃占了一大半。赵迁的淫虐技艺则日益精湛，认定王城女子太过娇嫩，太守规矩，大大有失乐趣，放言要周游列国，寻觅可心的天赋女奴。

郭开得韩仓密报，不禁大惊，忙不迭进宫一番劝谏道：“我王求贤心切，老臣固不当阻拦。然则，方今天下战乱多发，若我王但有不测，非但我王大业从此休矣，我王求乐止境亦未必可成。王当三思。”赵迁眼珠骨碌碌转得一阵，阴声笑道：“上卿之见，本王便闷死在这石头城里？”郭开道：“老臣之见，我王可在国中觅一山水佳境长居，其乐更甚亦未可知也。”赵迁天赋奇才立即迸发，兴奋拍掌道：“好主意！有山有水有林木，野合！野趣！”

“至于我王求贤，老臣可以代劳。”

“求贤？”赵迁噗地一笑，“本王求贤，只怕非上卿之求贤。”

“老臣之求贤，却与我王之求贤无二。”

“求贤两字，还是不说的好。”第一次，赵迁有些脸红了。

“王即邦国。于王有益者，便是于国于民有益，岂非贤哉？”

“好！求贤便求贤，随你说。”面对郭开的坦然正色，赵迁也豁达了。

“老臣遴选贤才，大体不差。”

“上卿通晓此道？”赵迁大为惊喜。

“老臣不通，自有通人。”

“噢？何人？”

“家令韩仓。”

“好！上卿识人也！”赵迁一阵大笑。

“我王既认大事，便当成约。”郭开一如既往地敦诚忠厚。

“好！成约：本王不出赵国，上卿督责求贤！”

回到府邸，郭开以求贤名义名正言顺地召来韩仓，连同一班亲信分为两支人马：一支由郭开自己率领，到柏人整修赵王行宫；一支由韩仓率领，北上匈奴秘密搜买奇异胡女。

柏人，原是邯郸以北百余里的一座春秋晋国的古邑。这座城堡坐落在泜水南岸，东临一片大湖，名为大陆泽。大陆泽东南岸，当年赵武灵王被困死的沙丘行宫正与柏人遥遥相望。武灵王困死沙丘宫之时，柏人尚无赵王行宫。后来，赵惠文王思念其父武灵王与其母吴娃，然又不忍住进沙丘宫祭奠，于是在大湖对岸的古老城堡外修建了一座行宫，借地而名，称为柏人行宫，以为遥祭居所。柏人行宫山清水秀，冬暖夏凉，然在惠文王死后很少启用，渐渐便有些荒芜了。郭开要将赵迁安置在柏人，看中的是这座行宫既隐秘幽静，又来往近便。赵迁胡天胡地大折腾，女子惨叫声昼夜可闻，不隐秘自然不行。赵迁是国王，但有不测或不堪入耳之丑闻传出，郭开也得陪葬。所以，事虽不大，郭开却得亲自督导，务求妥善严密。太远太偏也不行，不利于郭开与赵迁通联。柏人水陆两便，飞骑马队一个时辰便到，财货输送与甲士调遣都很是方便，自然是上选之地。凡此等等，郭开在入宫之前已经思谋定当。至于被郭开始终说成“求贤”的那件事，更是好办。有精通男女嬉戏的韩仓率一班亲信北上匈奴，断无差错。事实迅速证实了郭开的预料，月余之后，韩仓第一道密报飞到：非但女贤有得，且重金买得六名喜好虐女的胡人武士，预为驯养奇特女贤。

如此忙碌两月余，赵迁搬入柏人，奇异的贤才也接踵送到了柏人。

韩仓搜求的西域胡女，个个生得人高马大，金发碧眼肤色雪白热辣奔放，非但扛得折磨者大有人在，其中火爆者还时不时与赵迁厮缠对打。赵迁大觉刺激，雄心陡起，日日以制伏胡女多少为战场胜败。于是，柏人行宫又有了新的虐女法度：赵王若连续打翻三十六个高大肥白的胡女，且能连番野合十女，家令韩仓便扮作战场军使，骑着快马打着红旗四处飞驰报捷，而后便大宴庆功；若有一女经得起连续三日滚打折腾，且能侍奉赵王一夜于野外林下，得赏赐爵号以为褒奖。

如此日复一日，赵迁郭开韩仓各得其所各有其乐，彼此大觉痛快。

正在赵迁郭开韩仓们开心之时，一场权力阻击突然来临。

赵迁即位的第二年初秋，王族大臣们以春平君[1]为首，突然鼓动公议：赵王将到加冠之期，庙堂当行筹划冠礼朝会，郭开当如约还政于赵王！原来，此时在赵国臣民心目中，赵王淡出国事，全然是大阴人郭开所致，坊间关于赵王的依稀传闻，也全系郭开一党恶意散布。如今王族大臣一动议，立即引得朝野一片奋然呼应，矛头直指当道者郭开。加冠还政，是丧失事权的元老大臣们早早预谋好的一个关口，其首要目标是还政赵王，而后目标是施压赵王罢黜郭开。

不料，郭开分外豁达，一接到联具上书，立即便行朝会。郭开在朝会上慷慨宣示：明春为赵王行冠礼，而后赵王亲政，老夫决意隐退。此举大出群臣意料，发动公议时的奋然倒郭之势顿时没了着力处，一时皱着眉头默然一片。毕竟，王者冠礼是一套极为繁复的程式典礼，几个月的预备是无论如何不能少的。郭开应允开春举行冠礼，又答应届时隐退，你还能如何反对？

朝会之后，元老大臣们秘密聚会商议，终于一致认定：郭开是虚与周旋拖延时日，实则根本不打算还政赵王。于是，由王族元老牵头，秘密通联赵军大将，共同约定：开春之后郭开若不还政赵王，立效沙丘宫兵变故事，诛灭郭开一党！李牧、庞煖、司马尚等赵军大将早已不满郭开专权，与王族元老一拍即合，立即开始了向武安、少阳、列人、巨桥四邑[2]秘密进军包围邯郸的诸般调遣。

谁知又是一个不料。开春之后，赵王迁的加冠大礼如期举行。冠礼

---

[1] 《史记·赵世家》认为，春平君为质于秦国的赵国太子，史无明证，仅为一说。

[2] 四邑，赵国邯郸外围的四座要塞，详见《大秦帝国·金戈铁马》中赵武灵王晚期兵变故事。

后的朝会上，老郭开当殿请辞归乡。其殷殷唏嘘之态，令举事大臣们喜出望外，只盼赵王就势准了大阴人所请，其后只要这个大阴人走出邯郸城外，立马将他碎尸万段。

谁知，还是一个不料。郭开请辞之后，赵王亲述口书，举事大臣们的脊梁骨一阵阵发凉。赵迁念诵的是："老上卿乃先王旧臣，顾命而定交接危局，摄政而理赵国乱局，今又还政本王，功勋大德，天地昭昭也！本王何能违背祖制，独弃两世功臣乎！今本王亲政，第一道特书：老上卿晋爵两级，加封地百里，仍居国领政！"末了，赵迁还骨碌碌转着眼珠拍着王案，恶狠狠加了一句，"敢有不服老上卿政令者，本王拿他喂狼！"

元老大臣们瞠目结舌，心下料定大阴人郭开一定是猖狂不可一世。

不料，又是一个不料。郭开匍匐在地，当殿号啕大哭，再度请辞。

赵迁一脸厌恶地嚷嚷起来："说辞我都背完了，如何又来一出？散朝！"

至此，举殿大臣无不愕然失色。

三　不明不白　李牧终究与郭开结成了死仇

赵国朝局当变未变，一场秘密兵变不期然开始酝酿了。

国政依然在郭开手中，而且还更为名正言顺。尤为可怕的是，赵王迁显然已经在郭开的掌握之中了。原本，赵国臣民尚寄厚望于赵王亲政。然新赵王亲政半年，一次朝会不行，只在王城与行宫胡天胡地，其荒淫恶行迅速传开，成为人人皆知而人人瞠目的公开秘密。赵国臣民大失所望，举事大臣们更是痛感被大阴人郭开算计。于是，一班被悼襄王赵偃罢黜的王族大臣们相继出山，以春平君为轴心屡屡密谋，酝酿发动兵变拥立新君。

正在此时，一个突然事变来临——秦军桓龁部大举攻赵！

秦军攻赵的消息传开，朝野一时大哗。毕竟，秦赵之仇不共戴天，抗秦大计立成朝野关注中心再是自然不过。举事大臣们立即谋定：上书举李牧为大将御敌，其后无论胜败，都要诛杀郭开并胁迫赵迁退位。元老们如此谋划，基于一个铁定的事实：上年秦军攻赵平阳，郭开不经朝会便派亲信大将扈辄率军十万救援，结果被秦军全数吞灭；今年秦军又来，郭开定然还是举荐无能亲信统军，最终必将丧师辱国！所以，元老们要抢先力荐李牧抗秦，之后再杀郭开。元老们一致认定：庞煖虽有将才，然腹地赵军终究不如李牧边军精锐，赵国已到生死存亡关头，必须出动边军抗秦；李牧抗秦，诛杀郭开，赵王退位，三者结合，必能一举扭转危局。

不料，元老大臣们的上书还没有送入王城，赵王特书已经颁下：准上卿郭开举荐，以李牧为将率军抗秦！举事大臣们愕然不知所措，对郭开的行事路数竟生出了一种神鬼莫测的隐隐恐惧。春平君闻讯，铁青着脸连呼怪哉怪哉，说不出一句囫囵话来。

郭开终日思谋，对朝局人事看得分外清楚：赵国尚武，又素有兵变之风，要稳妥当国，便得有军中大将支撑，否则终究不得长久。基于此等评判，郭开早早就开始了对军中将士的结交，将扈辄等一班四邑将军悉数纳为亲信。上年扈辄大败身死，郭开才恍然醒悟：四邑将军因拱卫邯郸，名声甚大，泡沫也大，赵军之真正精锐还是李牧边军。郭开也想到过庞煖，然认真思忖，终觉庞煖没有稳定统率过任何一支赵军，在军中缺乏实力根基；不若李牧统领边军二十余年，喝令边军如臂使指，若得李牧一班边军大将为亲信，何愁赵国不在掌控之中？反复揣摩，郭开决意笼络李牧，以为日后把持国政之根基力量。

秦军再度攻赵，郭开视为大好时机。

紧急军报进入王城，正在三更时辰。郭开没有片刻停留，立即飞马赶赴柏人行宫。更深人静之时，执事内侍回说赵王此时不见任何人。郭开却坚执守在寝宫内门之外，严令内侍知会韩仓立即禀报赵王。此时的赵迁，正在长大的卧榻上变着法儿大汗淋漓地犒赏一个可心胡女。被疾步匆匆的韩仓唤出，赵迁光身子裹着一领大袍，偌大阳具还湿漉漉地在空中挺着，浑身弥漫出一股奇异的腥臊，阴沉着脸色不胜其烦。郭开本欲对赵迁透彻申明目下危局，而后再说自己的谋划。不料还没说得两句，赵迁挥着精瘦的大手便是一阵吼叫："你是领政大臣，原本说好两不相干，半夜急吼吼找来疯了！秦军攻来如何，干我鸟事！"吼罢不待郭开说话，腾腾腾砸进了寝宫，厚重的大门也立即轰隆咣当地关闭了。老郭开看着隆隆关闭的石门，举起袍袖驱赶着萦绕鼻端的腥臊，愣怔一阵，二话不说匆匆出宫了。

回到邯郸，晨曦方显。郭开不洗漱不早膳，立即开始紧急操持王书颁行。赵迁虽则亲政，移居柏人行宫，却将最要害的王城书房的一班中枢大吏丢在邯郸，理由只有四个字："累赘！聒噪！"这些中枢大吏，原本便是郭开多年来逐一安插的亲信。郭开行使赵王权力，确实没有来自宫廷中枢的特异阻力。诸多事务郭开之所以禀报赵迁，除了不断试探赵迁，毋宁说正在于激发别有癖好的赵迁的烦躁，进而给自己弄权一次又一次夯实好坚实的根基。此次事情紧急，郭开一反精细打磨的成例，立即聚来包括掌印官员在内的各方心腹开始铺排。不消半个时辰，大吏们便依照郭开口授拟出了赵王特书，而后立即正式誊刻，又用了王印。

不到午时，郭开的赵王特书紧急颁行邯郸各大官署。

匆匆用膳之后，郭开亲率马队星夜兼程地赶赴云中郡边军大营[1]。

云中司马详细盘查了半个时辰，才准许郭开进入幕府，其冷落轻蔑显而易见。饶是如此，郭开没有一丝不快，依然敦厚如故地堆着一脸笑意，等来了李牧的接见。李牧散发布袍，不着甲胄，连再寻常不过的马奶子酒也不上，只冷冰冰嘲讽道："老上卿夤夜前来，莫非要亲自领军抗秦？"郭开急如星火而来，此刻却慢条斯理道："老夫寸心，力荐将军为抗秦统帅，岂有他哉？此战无论胜败，老夫都会举荐将军为赵国大将军。赵国大军，该当由将军这等名将统帅。国政大事，亦须大将军与老夫共谋。"李牧冷笑道："无论胜负皆可为大将军，天下还有赏罚二字么？"郭开却道："老夫信得将军之才，此战必胜秦军无疑！"李牧无论如何铮铮傲骨，对这等笃信边军必胜之辞也不好无端驳斥，遂淡淡一句道："若是赵王下书调兵，上卿只管宣书。"在李牧看来，郭开此等大阴人无论如

[1]　战国时，秦赵两国各有云中郡，都是防御匈奴之北边要塞。

何也不会举荐与他格格不入的将军做抗秦统帅，只能是调走边军精锐，而后再交给自己的亲信去统帅；然则大敌当前，是国家干城，毕竟不能做掣肘之事，王书调兵是无由拒绝的。

郭开宣读完王书，李牧愣怔不知所以了。

“聚将鼓！”良久默然，李牧大手一挥下令。

李牧没有与郭开做任何盘桓，甚至连一场洗尘军宴也没有举行，便星夜发兵兼程南下了。兵贵神速，这是李牧飞骑大军久战匈奴的第一信条。此时，秦军已经攻下赤丽、宜安两城。李牧断定秦军必乘胜东来，大军遂在肥下之地设伏，一战大胜秦军。赵国朝野欢腾之际，郭开以抚军王使之身亲赴大军幕府，宣读了赵王特书：李牧晋爵武安君，封地百五十里，擢升大将军统领赵国一应军马！这次王书与郭开犒赏边军的盛举，教李牧第一次迷惑了。

李牧坚韧厚重，素来不轻易改变谋定之后的主张，其特立独行桀骜不驯的秉性，在赵国有口皆碑。赵孝成王时，李牧始为边将，坚执以自己的打法对匈奴作战，宁可被大臣们攻讦、被赵孝成王罢黜，亦拒绝改变。后来复出，李牧仍然对赵孝成王提出依自己战法对敌，否则宁可不任。便是如此一个李牧，面对郭开再次敦诚热辣地支持边军，不禁对朝野关于郭开的种种恶评生出了疑惑：一个人能在危局时刻撑持边军维护国家，能说他是一个十足的大阴人么？至少，郭开目下这样做决然没有错。是郭开良心未泯，要做一番正事功业了？抑或，既往之说都是秦人恶意散播的流言？

第一次，李牧为郭开举行了洗尘军宴。

席间，大将司马尚与一班将军，对郭开热嘲冷讽不一而足。李牧既不应和，亦不拦阻，只做浑然不见。郭开一阵大笑，开诚布公道：“诸位将军对老夫心存嫌隙，无非种种流言耳！察人察行，明智如武安君与诸将者，宁信秦人之长舌哉？”

李牧与将军们，一时没了话说。

正在此际，春平君的密使来到军营，敦促李牧迅速回军邯郸，以战胜之师废黜赵王、诛灭郭开，而后拥立新君。李牧心有重重疑虑，遂连夜邀约驻扎武安的庞煖前来，与副帅司马尚秘密会商。司马尚以为，赵迁郭开必将大乱赵国，主张依约举兵。李牧思忖良久，肃然正色道：“且不说赵王与郭开究竟如何，尚需查勘而后定。仅以目下大势说，秦军一败之后，必将再次攻赵。此时若举兵整国，一王好废，一奸好杀，然朝野大局必有动荡，其时谁来担纲定局？动荡之际若秦军乘虚而入，救赵国乎！亡赵国乎！”司马尚一时无对，苦笑着低头不语。李牧目光望着庞煖，期待之意显然不过。

一直没有说话的庞煖直截了当道：“煖多年奔波合纵，对天下格局与赵国朝局多有体察。若说大势，目下山东列国俱陷昏乱泥沼，抗秦乏力，几若崩溃之象。赵国向为山东屏障，若再不能振作雄风，非但赵国将亡，山东六国不复在矣！大将军已是国家干城，唯望以天下为重，以赵国大局为重，迅雷不及掩耳整肃朝局，莫蹈信陵君之覆辙也！”身为纵横家的庞煖，举出信陵君之例，话已经说得非常重了。信陵君本是资望深重的魏国王族公子，两次统率合纵联军战胜秦国，一时成为山东六国的中流砥柱。其时魏国昏政，朝野诸多势力拥戴信陵君取代魏安釐王。信陵君却因种种顾忌不敢举事，以致郁闷而死，魏国也更见沉沦了。[1]对信陵君的作为，当时天下有两种评议：一种认为其维护王室稳定忠心可嘉，一种认为其牺牲大义而全一己之名，器局终小。庞煖之论，显然是以后一种评判为根基而发。

“果真举事，元老中何人担纲国政？”司马尚突然一问。

“春平君无疑。”庞煖回答。

“不。此人无行，不当大事。”李牧摇头，戛然而止。

“危局不可求全，大将军自领国政未尝不可。”

“李牧一生领军，领国不敢奢望。”

李牧冷冷一句，气氛顿时尴尬。以才具论，庞煖之才领兵未必过于李牧，领政却显然强过李牧。以庞煖之志以及对信陵君的评判，李牧若竭诚相邀其安定赵国，庞煖必能慨然同心。况且，庞煖已经先举李牧，

[1] 信陵君晚期故事，见《大秦帝国·阳谋春秋》。

未必没有试探之意。李牧却既否决了春平君，又断然拒绝自己领政，更没有回应庞煖的试探。否决春平君，庞煖、司马尚都没有说话。其间缘由，在于坊间传闻这个春平君与转胡太后私通有年，已经陷进了太后与韩仓的污泥沼，实在不能令人心下踏实。拒绝自己领政，庞煖司马尚都能认同，亦觉这正是李牧的坦诚之处。然则不邀庞煖相助，在司马尚看来，这便是李牧拒绝与其余赵军大将合整朝局了。而在熟悉李牧秉性的庞煖看来，李牧一心只在抗秦，无心在抗秦与整肃国政之间寻求新出路，这场大事便无法商议了。而李牧不明白的是，赵国元老密谋举事，名义以春平君为轴心，实际上多有腹地大军的一班大将参与，将军们密谋的轴心人物，恰恰便是庞煖。而作为李牧副将的司马尚，原本来自巨鹿守军，也参与了腹地大将们的密谋。

密谋举事，历来都在反复试探多方酝酿。思谋不对口，自然无果而散。

庞煖、司马尚虽不以为然，却也掂得出李牧所言确是实情，绝非李牧真正相信了郭开而生出的感人说辞。但凡一国兵变，能在兵变之期维持国家元气者少而又少，不能不戒之慎之。而要使兵变成功，第一关键是要强势大臣主持全局。赵国素有兵变传统，此点更是人人明白。赵武灵王晚期，拥立少年王子赵何的势力兵变成功，全赖资望深重文武兼具的王族大臣赵成主事，否则断难成功。目下之赵国，最为缺失的恰恰是举事大臣中没有一个足以定国理乱的强势大臣。庞煖资望不足，与李牧铁心联手或可立足，两人分道，则胜算渺茫。更为要紧者，目下强秦连绵来攻，李牧全力领军尚不能说必有胜算，遑论左右掣肘？其时，李牧陷入兵变纠缠，既不能全力领军抗秦，又不能全力整肃朝政，结局几乎铁定的只有一个：拱手将灭赵战机奉送给秦军。

李牧态度传入元老将军群，举事者们一时彷徨了。

赵国各方尚在走马灯般秘密磋商之时，秦军又一次猛攻赵国。

李牧已经是赵国大将军，领军抗秦无可争议。然则，李牧大军未动，赵国朝野便迅速传遍了赵王书令："得上卿郭开举荐，仍令李牧统军击秦！"郭开郑重其事地到大军幕府颁行赵王书令。李牧心下颇觉不是滋味，却没有心思去揣摩，短暂应酬，便统领大军风驰电掣般开赴战场去了。

这次秦军两路进攻：一路正面出太原北上，攻狼孟[1]山要塞；一路长驱西来攻恒山郡，已经攻下了番吾[2]要塞，正要乘胜南下。李牧已经探查清楚：所来秦军是偏师老军，并非新锐主力大军，其势汹汹却力道过甚，距离后援太远，颇有孤军深入再次试探赵军战力之意味。基于如此评判，李牧做出了部署：以十万兵力在番吾以南二百余里的山地隐秘埋伏，秦军若退，则赵军不追击；秦军若孤军南来，则务必伏击全歼！

李牧对大将们的军令解说是："秦国老军三年三攻赵，一胜一负而不出主力，试探我军战力之意明也！其后无论胜败，秦军都将开出主力大军与赵国大决，其时便是灭国之战！唯其如此，我军不当在此时全力小战，只宜遥遥设伏以待。秦军若来，我则伏击。秦军退兵，我亦不追。此中要害，在保持精锐，以待真正大战！"至于为何将伏击地点选在柏人行宫以北，李牧没有说明。其实际因由是，李牧发兵之前，郭开特意低声叮嘱了一句："王居柏人，大将军务必在心。"郭开之意，自然是要李牧设置战场不要搅扰赵王清静。其时，赵王迁之荒淫恶行已经为朝野所知，李牧心下厌恶至极。然则国难当头，赵王毕竟是凝聚朝野的大旗，全然不顾其颜面也不是大局做派，李牧只好将伏击战场北移，原因却不好启齿。

这一战，赵军又大胜而归，斩首秦军五万余。赵国一片欢腾。

郭开又带着赵王的嘉奖王书，带着隆重的仪仗，带着丰厚的犒赏财货，又一次轰隆隆大张旗鼓地开进了李牧军营。李牧仍然觉得不是滋味，仍然是不能拒绝，又如旧例，聚将于幕府大帐，公开接受赵王犒赏。席间，司马尚一班大将对郭开依旧是冷冰冰不理不睬。李牧念两次胜秦皆有郭开之功，至少郭开没有像元老们预料的那样百般设置陷阱，是以郑重举起酒爵，并下令将士们一齐起立举爵，对郭开做了敬谢一饮。虽然

---

[1]　狼孟，战国赵国西北部要塞，今山西阳曲地带。

[2]　番吾，战国赵国中部要塞，今河北灵寿西南。

没有边军惯有的慷慨激昂，礼仪毕竟是过了。

一爵饮罢，郭开对李牧深深一躬道：“老夫能与武安君同道知音，共领国政，赵国大幸也！老夫大幸也！”又转身对大将们深深一躬道，“自今日后，诸位将军之升迁贬黜，只要得武安君允准，老夫决保王命无差。”司马尚冷冷道：“老上卿之意，赵王印玺在你腰间皮盒之中？”郭开浑不觉其讥刺之意，一副慷慨神色道：“老夫与武安君有约：荣辱与共，同执赵国。赵王安得不听哉！”

此言一出，幕府大将们尽皆惊愕，目光齐刷刷盯住了李牧。李牧大觉不是路数，肃然拱手道：“军中无戏言。老上卿何能如此轻率涉及国事，涉及赵王？”郭开哈哈大笑道：“此时此地，老夫实在不当此话。当后话也，后话也。”以李牧在军中资望，若与郭开执意折辩一句话虚实有无，反倒显得底气不足有失风范。李牧自然不屑此等作为，大袖一挥散了军宴，将郭开撂在大帐径自走了。

军宴结束，留下一班吏员犒军，郭开自己回邯郸去了。

郭开刚走，春平君元老党的秘密特使便赶到了边军幕府，一力催促李牧发兵靖难，杀郭开废赵王救赵国！赵国元老与边军大将们的通联历来是千丝万缕，密谋举事也不仅仅是与李牧一人有约。是以每次密会密商，至少都有司马尚等几员大将与会。两次胜秦，李牧声望大增，元老们发动宫变的欲望又变得浓烈而迫切。春平君与元老们的评判是：两次胜秦，秦必不会立即再攻，如此必有一段间隙时日，若能在此时一举宫变，迅雷不及掩耳般理清赵国庙堂根基，则赵国必将再振雄风！然则，大大出乎元老们意料，李牧明确地表示反对此时起事宫变，而主张稳定朝野，先行抗击秦军。

李牧的理由很充分：秦军对赵军的试探性作战已经完成，各方消息都显示出秦国正在全力准备灭赵大战；今春秦军必定灭韩，之后很可能立即是灭赵大战；此时若在邯郸仓促起事，赵王人选没定准，主政大臣也没定准，何以稳定大局？大局不稳，赵国必亡！以目下赵国格局，郭开要保存赵王与自己权位不失，便得全力支持边军抗秦，至少不会给抗秦大战设置陷阱。末了，李牧拍着帅案慷慨激昂道：“目下之局，不举事尚能全赵，举事则必然亡赵！整肃赵国，只能在战胜秦军主力之后！”

元老党的特使对李牧的论断做了激烈指斥，说秦国大军正陷于对韩泥沼，秦军决不可能一战灭韩；当此之时，正是赵国廓清朝局的最好时机；若不趁此时机尽早动手，待秦军真正灭韩之后攻赵，有郭开一班狐群鼠辈搅扰，赵军不能全力抗击秦军，赵国才是真正的亡国之危！在李牧与特使的激烈争辩中，边军大将们第一次出现了沉默，没有一个人说话。

“不想武安君竟能寄望于郭开，夫复何言！”

特使愤愤然作鄙夷之色，撂下一句使李牧极为难堪的话走了。

第一次，脸色铁青的李牧无言以对。

此间牵涉的一个轴心，是双方对郭开的评判。李牧很明白，郭开绝不是忠直良臣。李牧之所以主张此时不能起事，只是预料郭开不会以牺牲李牧与边军为代价而自灭赵国。毕竟，只有李牧与边军保住了赵国，郭开赵迁才能继续在位当道。李牧相信，郭开不会看不到这一点。李牧认定的方略是：只有再次大败秦军主力，真正换来一段平定岁月，才能整肃赵国内事。然则，不管李牧内心如何清楚，此时都难以辩白了。李牧嗅到了一种气息：只要牵涉到郭开，无论如何辩解，都不可能说服赵国元老与边军大将。

李牧沉默了，元老党的宫变谋划自然也暂时搁置了。然则，种种关于李牧的离奇流言却风靡了邯郸，吹到了各大战国。“李牧拥兵自重。”“李牧与郭开荣辱与共，结成了一党。”“李牧报郭开两次举荐之恩，要助郭开自立为赵王！”“李牧素来不尊王命，这次要独霸赵国了！”等等等等不一而足。面对种种流言，李牧大笑间满眶热泪：“赵人之愚，恒不记当年长平大战之流言哉！”

此时，郭开又一次亲自带着大队犒赏车马来了。

事先，郭开预报赵王书令：李牧抗秦辛劳有功，加封地一百里。李牧闻报大怒，非但没有举行军宴，连郭开见也不见，便将特使车马轰出了边军营地。饶是如此，流言依旧，李牧也日益为朝野公议所疑。郭开却一如既往，隔三岔五总是亲自来犒赏李牧，且每次都是大张旗鼓。李牧不见，郭开便将绣有赵王褒奖词与郭开一党颂词的大旗遍插鹿砦之外，将大量财货牛羊王酒小山般堆积营门。一面面“功盖吴白”、“大赵干城”、“新朝砥柱”之类的红锦大旗竟日飞扬，一座座肉山酒山整日飘香，引得路人侧目议论蜂起，整肃如山的边军营地出现了从来没有过的混乱景象。一个是淫虐丑行已经昭著朝野的君王，一个是掌控荒淫君王的大阴奸佞，两人垂青李牧，剽悍的赵人如何不愤愤然作色？

恰在纷乱之时，赵国北部代郡[1]又突发异常大地动！

代郡二十余县房屋大半坍塌，最宽地裂达一百三十余步。紧接着旱灾大起，瘟疫流行，耕地荒草摇摇，代郡陷入空前大饥馑。天灾骤发，郭开一班执政人物不闻不问，依旧每日算政弄人。赵迁王室更是日日沉溺荒诞恶癖，一令不发，一事不举，听任饥民流窜燕国辽东与茫茫草原。不期然，一首民谣迅速在赵国流传开来：“赵为号，秦为笑。以为不信，视地之生毛！”民谣飞传之外，赵国又生出一则流言：乾坤大裂，上天示警，主赵国文武两奸勾连乱国！这文武两奸，任谁解说都昂昂然指为郭开与李牧。

流言飞到大军幕府，李牧连连冷笑，却一句话也说不出来。

数十年来，李牧率边军常驻云中边地，背后的代郡便是其坚实后援。李牧边军与云中、代郡边民素来融洽无间，护持牧民更是口碑巍然。今边民大灾，李牧安能坐视？此时，虽然李牧主力大军因南下对秦作战，已经移驻上党郡东北部的东垣[2]要塞。然李牧一得消息，顾不得种种流言，立即派出飞骑羽书，下令云中大营全力救治代郡灾民。与此同时，李牧紧急上书赵王，请开邦国府库赈济灾民！可是，李牧的特使根本没有见到赵王，只在王城偏殿好容易找到了郭开。至此，郭开终于真相毕露，对李牧特使冷冷撂下寥寥几句：“武安君要救灾民，立声望么？好。然则，得他自己来说。李牧一日不与老夫同道，休求老夫成他功业！”事态至此，赵国元老们倍感窝火，一口声将灾劫乱象归结为“姑息养奸，

[1] 代郡，赵国郡之一，大体在今日内蒙古南部、山西北部、河北西北部的于延水、治水流域。
[2] 东垣，赵国城邑，今河北石家庄东北地带。

国成大患！”谁在姑息养奸？元老们不明说。如此更引得流言纷纭。一时间，李牧竟成了朝野侧目的乱国者。

李牧愤怒了！

这位赵国的武安君忍无可忍，先公开以军书形式通告朝野，严词斥责郭开一班执政大臣视民如草芥荒政误救，申明若再迟延救灾，边军决不坐视！之后，李牧又立即将自己封地的赋税粮草全数交给代郡府库赈济灾民。李牧如此两举，其一在断然将自己与郭开分割开来；其二则欲带动元老开私家府库赈济灾民，对赵王郭开施加强大压力，以图稳定赵国边民不使外流。

然则，李牧没有料到，赵国局面却因此而更加神秘莫测。

边民倒是不再疑惑李牧，一片赞誉如浪潮般涌起，无不将李牧视为大赵长城。春平君为首的元老们却对李牧真正地冷淡了，疏远了。虽然，每位元老都迫不得已拿出了一些粮草以全颜面，但对李牧这种作为，却大大的不以为然。春平君密使通过司马尚告知李牧说：“君之行，徒解其表也，唯沽尔名也！老夫等欲扶国本，安能与君同道哉！”

赵国的元老势力与李牧，终于分道扬镳了。

其时，李牧正忙于筹划对秦决战，听罢司马尚转述，苦笑一番，疲惫得连折辩的心力也没有了。此时，郭开人马却是另一番作为：在李牧明发军书之后，郭开非但没有一言做公然辩解，反倒派出几拨大吏连番赶赴代郡救灾。虽然，救灾大吏们最终也没有给边地灾民带去急需的财货粮草，反而是蝗虫般将灾区再度吃喝洗劫了一番。然则，郭开毕竟是以王命名义轰隆隆出动救灾。李牧既没有时日出动精悍人马查究真相，又不能在此时举事除奸，原本可以借重的元老势力也形同路人，无论郭开们如何玩弄伎俩，李牧都无力回天了。

李牧不知道的是，恰恰在这个关节点上，郭开与他结下了生死冤仇。

郭开屡经试探，多方查勘，终于认定李牧是一个无法以眼前利害动其心的人物。也就是说，郭开认定李牧再也不可能成为自己手中的棋子。既然如此，李牧只能是郭开的对手。在赵国，郭开不畏惧元老势力，却深深畏惧手握重兵而又无法笼络的李牧。自李牧军书通告朝野，公然指斥郭开，郭开一党便开始谋划对付李牧的种种手段了。郭开们最大的顾忌，是元老势力与李牧的结盟。若赵氏元老死力支撑李牧，李牧在元老势力支撑下突然起事宫变，郭开与赵迁准定一齐陷入灭顶之灾。

恐惧之下，郭开没有慌乱，精心思谋了几则流言，下令心腹们大肆传播。郭开心腹心有疑虑，生怕引火烧身，郭开阴阴道："流言者，试探手也。查彼之应对，决我之方略。若李牧与元老果真不为流言所动，而断然起事，老夫只有最后一条路：挟持赵迁北逃，勾连匈奴以谋再起！"一班心腹心悦诚服，遂全力四出，大肆散布种种流言。

郭开的第二手棋是，通过韩仓操弄淫乱成性的转胡太后着意勾连春平君。韩仓大展其长，多次以赵王密召为名，将春平君接进柏人行宫与盛年妖娆的转胡太后大行淫乱。其间，韩仓不惜重操故伎，也胡天胡地地混插其中，引得春平君大呼快哉快哉。如此卧榻林下之余，侍女内侍们种种关于李牧秘密进出柏人行宫的悄声议论，也不经意地流入了春平君耳中。春平君大疑，遂在狎弄韩仓时多方盘诘，韩仓却始终只笑颜承欢，不置可否。春平君又在林下与转胡太后野合时，多方谈及李牧以为试探，孰料这位太后咯咯长笑道："便是那武夫如何，岂比君之长矛大戟哉！"这位欲图在赵国大局中翻云覆雨的春平君笃信卧榻密语，由是认定：李牧已经是赵迁郭开的秘密支柱，断断不可共举秘事。元老势力与李牧的分道扬镳，其源皆在此也。

不多时日，郭开得军中亲信密报：春平君元老们与李牧完全分道，李牧没有任何起事谋划，边军大将们也隐隐多有裂痕。郭开兴奋难以自抑，仰天一阵大笑："天意也！天意也！老夫独对李牧，大业成矣！"

一个阴云密布大雨滂沱的暗夜，庞煖赶到了大军幕府。

李牧看着浑身透湿的庞煖，惊愕得一时无言。庞煖不做任何客套，慨然一拱手道："武安君，庞煖今来，最后一言，愿君慎谋明断：目下情势，君已孤立于朝，上有无道之君大阴之臣，下有王族元老内军大将，君纵有心抗秦，一军独撑安能久乎！其时，大将军纵然不惜为千古冤魂，大赵国一朝灭亡，宁忍心哉！为今之计，在下与一班将军愿与大将军同心盟誓：抛开春平君，请大将军主事，以雷霆之势一举擒拿赵迁郭开，共推公子嘉为赵王抗秦！挽救赵国，在此一举，愿武安君明断！”李牧尚在愣怔之中，庞煖一挥手，六员水淋淋的大将大踏步进帐，齐齐拱手一句：“我等拥戴武安君主事！武安君明断！”

李牧良久默然，石柱般伫立在幕府大厅。一道闪电划破夜空，大厅骤然雪亮。庞煖与大将们清楚地看见，素称铁石胆魄的李牧脸颊滚下了长长两行泪水。空旷的聚将厅肃然寂然，庞煖与将军们再也不忍说话了。长长的沉默终于打破，李牧对庞煖深深一躬道：“人各有志，不能相强。秦赵大决在即，李牧宁愿死在烈烈战场，不愿死在龌龊莫测之泥潭。”

庞煖与大将们走了，脸色如同阴云密布的夜空。

至此，李牧这位赫赫名将，在赵国朝野几乎完全陷入了孤立。

正在此时，紧急军报接踵传来：秦军主力大举攻赵！

四 王翦李牧大相持

赵王迁七年，秦王政十八年夏末，秦国主力大军压向赵国。

秦军主力以王翦为统帅，分作三路开进：北路，由左军大将李信与铁骑将军羌瘣率八万轻装骑兵，经秦国上郡[1]东渡离石要塞，过大河，以太原郡为后援根基压向赵国背后；南路，由前军大将杨端和率步骑混编大军十万，出河内郡[2]，经安阳北上直逼邯郸；中路，由王翦亲率步骑混编的二十万精锐大军，出函谷关经河东郡进入上党山地，向东北直逼驻扎井陉关的李牧主力。

三路主力之外，秦军还有更北边的一支策应大军，这便是防守匈奴的九原郡蒙恬大军。秦王嬴政给蒙恬军的策应方略是：在防止匈奴南下的同时，分兵牵制赵国边军云中郡大营，以使赵国边军的留守骑兵不能南下驰援李牧。

---

[1] 上郡，战国秦郡，大体今日陕北延安榆林区域。
[2] 河内郡，战国末期秦郡，大体今日黄河北岸之中段区域，东部有安阳重镇。

大军出动之前，秦军在蓝田大营幕府聚将。在穹隆高阔的幕府大厅，王翦用六尺长的竹竿指点着巨大的写放山川[1]，对分兵攻赵的意图解说道："我军三路，尽皆精兵。三路无虚兵，三路皆实兵！反观之，则三路皆虚兵，三路无实兵！如此部署图谋何在？在赵之国情军情也！人言秦赵同源。赵国之尚武善战，不下秦国！赵国之举国皆兵，不下秦国！秦赵大决，是举国大决，无处不战！今我军三路进击，再加九原郡蒙恬大军居高临下策应，堪称四面进兵。如此方略，是要逼得赵国退无可退，唯有决战！唯其如此，秦王特书告诫我全军将士：对赵一战，务戒骄兵，务求全胜！"

"务戒骄兵！务求全胜！"举帐肃然复诵。

"此次大决，不同于长平大战。"明确部署总方略后，王翦肃然正色道，"不同之处在三：其一，庙堂明暗不同。长平大战之时，秦赵庙堂皆明，秦赵两方都是人才济济。此次大战则秦明而赵暗，赵王昏聩荒淫奸佞当国。其二，国力军力不同。长平大战时，秦赵双方国力对等，军力对等。此次大战，秦国富强远超赵国，后援根基雄厚扎实；秦军兵员总数亦超越赵国，攻防器械、甲胄兵器、将士战心等等，亦无一不超赵国。其三，将才不同。长平大战之时，秦军统帅为武安君白起，赵军则为廉颇赵括，秦军将才大大超过赵军将才。此次大战，赵军统帅为大将军李牧，秦军为老夫统兵。诸位但说，王翦与李牧，孰强孰弱？"

"上将军强于李牧！"聚将厅一片奋然高呼。

"不。"王翦淡淡的一丝笑意迅速掠去，沟壑纵横的古铜色脸庞又凝固成石刻一般的棱角，"李牧统率大军北击匈奴，南抗秦军，数十年未尝一败！老夫王翦，虽也是身经百战，然统率数十万大军效命疆场，生平第一次也！素未为将统兵之大战，老夫如何可比赫赫李牧？纵然老夫雄心不让李牧，亦当思忖掂量，慎重此战。老夫之心，诸位是否明白？"

"明白！！"举厅一声整齐大吼。

---

[1] 写放山川，几类后世之仿真沙盘。写放，战国用语，意为临摹放大或缩小。秦灭六国，写放六国宫室于北阪。

“李信将军，你且一说。”

北路大将李信跨步出列，一拱手高声道：“上将军之意，在于提醒我等将士：既不可为李牧声威所震慑，临战畏首畏尾不敢临机决断，更不能以李牧并未胜过秦军主力而轻忽，当战则战，不惧强敌！至于上将军自以为不如李牧，李信以为不然！”

王翦鼻端哼了一声，没有打断这位英风勃发的年轻大将。举厅大将尽皆年轻雄壮，一闻李信之言业已超越上将军所问而上将军居然没有阻止，顿时一片明亮的目光齐刷刷聚来，期盼李信说将下去。

“上将军之与李牧，有两处最大不同。”李信沉稳道，“不同之一，李牧战法多奇计，尤长于设伏截击，胜秦如此，胜匈奴亦如此；上将军为战，多居常心，多守常法，宁可缓战必胜，不求奇战速胜。兵谚云，大战则正，小战则奇。唯其如此，上将军之长，恰恰在于统率大军做大决之战。此，李牧未尝可比也！”

“彩——”大将们一声欢呼几乎要震破了砖石幕府。

“不同之二，李牧一生领兵，几乎只有云中草原之飞骑边军，而从未统领举国步骑轻重之混编大军做攻城略地之决战。唯其如此，李牧之全战才具，未经实战考量也！上将军不然，少入军旅即为秦军精锐重甲之猛士，后为大将则整训秦国新军数十万。步军、骑兵、车兵、弩兵、水军、大型军械等等，上将军无不通晓！诸军混编决战，上将军更是了然于胸！唯其如此，上将军之全战才具在李牧之上也！”

“彩！上将军万岁——”幕府大厅真正地沸腾了。

“我有一补！”一个浑厚激越的声音破空而出。

“王贲何言？”王翦脸色沉了下来。

前军主将王贲是王翦的长子，与李信同为秦军新锐大将之佼佼者。若说李信之长在文武兼备，则王贲之猛勇机变尤过李信。秦国政风清明军法森严风习敦厚，王贲自入军旅，父子反倒极少会面。王翦从来不以私事见这个儿子，王贲也从来不在军事之外求见父亲。王贲的功过稽查，王翦更是依据军法吏书录与蒙恬议决行事。更兼王翦行事慎重，总是稍稍压一压王贲。譬如此次灭赵大战，众将一致公推王贲为北路军主将，王翦最后还是选择了李信，而教王贲做了李信麾下的战将。王贲秉性酷肖乃父，军事之外极少说话，今日却横空而出，王翦便有些不悦。

“末将以为，李牧不通大政！”王贲赳赳高声道，“大将者，国家柱石也，不兼顾军政者历来失算。李牧身为赵国大将军，既不能决然震慑奸佞，又不能妥善应对王族元老与腹地大军诸将，在赵国庙堂形同孤立。如此大将，必不长久！秦军出战，不说决战，只要能相持半年一年，只怕李牧已身陷危局！这是李牧的根基之短。”话音落点，王翦立即摇了摇手，制止了大将们立即便要爆发的喝彩，沉着脸问：“相持，便能使李牧身陷危局，王贲之论，根基何在？”

“其理显然。”王贲从容道，“李牧已经两胜秦军，名将声望业已过于当年之马服君赵奢。赵国朝野上下，对李牧胜秦寄望过甚。但有相持不下之局，昏聩的赵迁、阴谋的郭开，以及处处盯着李牧的王族元老，定会心生疑虑，敦促速战速胜。其时，以李牧之孤立，安能不身陷危局？”

“彩——”大将们不待王翦摇手，一声齐吼。

“算得一说。”王翦怦然心动，脸上却平淡得没有丝毫表示。

“愿闻军令！”大将们齐刷刷拱手请命。

王翦一挥六尺长竿，高声下令道：“三日之后，大军分路进发！三路大军步步为营，各寻战机，扎实推进。进军方略之要旨，不在早日攻下邯郸，而在全部吞灭赵军主力。对赵之战，非邯郸一城之战，而是全歼赵军之战，是摧毁赵人战心的灭国之战！”

“雪我军耻！一战灭赵！”大将们长剑拄地，肃然齐吼。

王翦以特有的持重，做了最后叮嘱：“老夫受命领军，戒慎戒惧。诸将亦得持重进兵，每战必得从灭赵大局决断，而不得从一战得失权衡。我军三路各自为战，通联必有艰难。我新军主力又是初战，诸将才具未经实战辨识。是以，各军大战之先，务必同时禀报秦王与上将军幕府。然则，秦王已经申明：唯求知情，不干战事决断，各军战机，独自决断。唯其如此，今日之后，将各担责，但有轻慢而败北辱军者，军法从事！”

王翦的最后一句话，是指着那口铜锈斑驳的穆公剑说的。

在全部新军大将中，只有王翦是年逾五十的百战老将。虽然，王翦统率全军出战也是首次，但王翦早年在蒙骜大军中做百夫长千夫长时已经是闻名全军的谋勇兼备的后起英才。尤为难能可贵者，王翦始终如一的厚重稳健，每战必从全局谋划的清醒冷静，与秦国新老大将都能协同一心的秉性，以及在训练新军中的种种出色调遣，已经在秦国新军中深具人望。更为要紧的是，王翦是自来秦国大将中绝无仅有的被秦王以师礼尊奉的上将军，在秦国庙堂堪称举足轻重。昔年名将如司马错、白起、蒙骜，对朝局政事之实际影响，可说都超过了王翦；然若说和谐处国协同文武君臣一心，则显然不及王翦。这便是王翦作为秦国上将军的过人之处——既有名将之才具，又有全局之洞察。因了如此，最为重大的灭赵之战，秦王嬴政反倒不如灭韩之战督察得巨细无遗，完全是放开手脚，交给王翦全盘调遣。赐大将穆公剑而授生杀大权，却不亲临幕府，这是秦王嬴政从来没有过的举措。

凡此等等，秦军新锐大将当然是人人明白，对王翦部署自是一力拥戴。

赵王王书颁下的时候，李牧已经在开赴井陉山的路上了。

这次，郭开不再亲自与李牧周旋，派来下王书的是赵王家令韩仓。年近四旬的韩仓第一次踏出王城以王使之身行使权力，得意之情无以言表，驷马王车千人马队旌旗猎猎而来，威势赫赫几若王侯。及至赶到东垣，李牧的幕府已经开拔半日。韩仓大是不悦，下令快马斥候两路兼程飞进，一路追赶李牧，务须知会其等候王命；一路禀报郭开，说李牧已经擅自出兵。韩仓自忖威势赫赫，李牧必在前方等候，赶来迎接亦未可知，于是在派出斥候之后下令大队车马缓缓前行，一路观山观水不亦乐乎。谁知堪堪将及暮色，斥候飞回禀报：大军已经不见踪迹，只有李牧的幕府马队在前方四十里之外的山谷驻扎。

“他，不来迎接王使？”韩仓很是惊讶。

“大将军正在踏勘战场，等候王使！”

“岂有此理！他敢蔑视赵王？就地扎营！”

韩仓决意要给李牧一个难堪，教他知道自己这个炙手可热的赵王家令的分量。于是，特使人马在山谷扎营夜宿，韩仓再派斥候飞骑赶赴前方，下令李牧明晨卯时之前务须赶来领受王命。不料，正在韩仓酒足饭饱后趁着月色带着几名内侍侍女走进密林，要效法赵王野合趣味之时，山风大起暴雨大作，一面山体在滚滚山洪中崩塌，将酣睡中的车马营地轰隆隆卷入铺天盖地的泥石流中。正在另面山坡野合的韩仓侥幸得脱，在暴雨雷电中失魂落魄瑟瑟发抖。天色微明，韩仓被几名内侍侍女抬回营地，望着连一个人影也没有留下的狰狞山谷，韩仓连哼一声也没来得及便昏死过去。及至斥候带着李牧的两名司马赶来，韩仓只能筛糠般瑟瑟发抖，连话也说不出来了。

李牧得报，亲率中军马队赶来了。李牧从来没有见过韩仓，然对这个赵王家令的种种污秽之行早已听得不胜其烦。李牧面若寒霜立马山坡，连韩仓是谁都不屑过问，只对辎重司马冷冷下令："一辆牛车，一个十人队，送他到东垣官署。"一个小内侍哭着禀报说，家令风寒过甚急需救治，否则有性命之危。李牧冷笑道："王使命贵，边军医拙，回邯郸救治方不误事。"说罢一抖马缰，率马队径自飞驰去了。

旬日之后，李牧大军全部集结于井陉山地。

自与庞煖一班大将分道，李牧已经清楚地觉察到自己的孤绝处境。副将司马尚追随李牧多年，劝李牧不要轻易决断此等大事，不妨与庞煖再度会商共决。反复思忖之下，李牧接纳了司马尚劝告，派司马尚秘密会晤庞煖，终于达成盟约：李牧大军专事抗秦，同时支持庞煖等抛开春平君秘密举事；但能诛杀赵迁郭开而拥立公子嘉为赵王，李牧决意拥戴新赵王，拥戴庞煖领政治国。庞煖等之所以欣然与李牧结盟，并接受李牧不卷入举事的方略，在于庞煖完全赞同李牧关于秦军主力攻赵必将发生的评判。其时，若没有李牧大军全力抗秦，纵然宫变成功，赵国已经崩溃甚或灭亡，宫变意义何在？以实际情形论，抗秦大战庞煖不如李牧得力，宫变举事李牧不如庞煖得宜，两人分头执事，不失为最佳之选择。而李牧之所以终于赞同结盟举事，要害在于庞煖提出的抛开春平君而由腹地赵军一班大将举事的方略尚觉踏实。李牧久在军旅，对元老党的举事方略历来冷淡以对，其根由与其说对郭开洞察不明，毋宁说对春平君一班元老的拖泥带水与浮华奢靡素来蔑视，而对其能否成功更抱有深深疑虑。庞煖初来，李牧拒绝，同样是李牧疑虑之心尚未消除。经司马尚劝说而李牧最终接纳，也是李牧得多方斥候探察，知庞煖等确实不再与春平君元老党勾连，遂决意支持庞煖举事。

如此盟约达成，边军一班大将无不倍感亢奋，原先渐渐离散的军心由是陡然振作。及至秦国大军逼近赵国边境的军报传来，李牧大军已经恢复了往昔的上下同心剽悍劲健，全军一片求战之声。

李牧选择的抗秦方略是：居中居险，深沟高垒，迟滞秦军，以待战机。

李牧将兵大战，数十年一无败绩。在战国名将中只有三人达此皇皇高度，一曰吴起，一曰白起，再曰李牧。而这三人之统兵性格，竟然惊人的相似：机警灵动如飘风，深沉匿形如渊海，猛勇爆发如雷霆，生平从无轻敌骄兵之热昏。一言以蔽之，狠而刁，勇而韧，冰炭偏能同器。仔细分说，吴起终生七十六战，尚有十二场平手之战；而白起、李牧，一生大战连绵，战战规模超过吴起，却是次次完胜，根本不存在平手之战。由此观之，白起、李牧尚胜吴起一筹。若非李牧后来惨死，以致未与王翦大军相持到底，而致终生无中原大战之胜绩，李牧当与白起并列战神矣！

秉性才具使然，李牧谋定的抗秦方略，深具长远目光。

所谓居中，依据赵国大势决断赵军战位也。

其时，赵国疆土共有五大郡，自北向南依次是：云中郡（包括后来吞灭的林胡之地）、雁门郡（包括后来吞灭的楼烦之地）、代郡（三十六县）、上党郡（包括后来接纳韩国的上党郡，共计四十一县）、安平郡（与齐、燕接壤）。[1] 其时，郡县制在各国并不完备，尤其是山东六国，不归属于郡的独立县与自治封地寻常可见。譬如目下之赵国，国都邯郸周围百里是王室直领，再加四面边地常因战事拉锯而盈缩，故所谓郡数，

[1]　据杨宽先生《战国史·战国郡表》，其中未录县数者，不可考也。

只能观其大概，而非后世国土疆域那般固定明确。五大郡中，上党郡独当其西，南北纵贯绵延千里，几乎遮挡了赵国整个西部。秦国大军西来，以太行山为主轴的南北向连绵山地横亘在前，正是天险屏障。上党郡东北部的井陉山地带，若从整个太行高地构成的西部屏障看，其位稍稍居北；若从背后的东部本土看，则正当赵国中央要害，几若人之腰眼。若秦军从井陉山突破东进，则一举将赵国拦腰截断，分割为南北两块不能通联，赵国立时便见灭顶之灾。李牧为赵军选定井陉山为抗秦主战场，其意正在牢牢护住中央出入口，北上可联结云中郡边军，南下可联结邯郸腹地各军，从而使赵国本土始终浑然一体，以凝聚举国之力抗击秦军。只要中央通道不失，无论秦军南路北路如何得手，都得一步步激战挤压，赵国便有极大的回旋余地。

所谓居险，依据山川形势决断赵军战法也。

太行山及其上党山地之所以为天险屏障，在于它不仅仅是一道孤零零山脉。太古混沌之时，太行山南北连绵拔地崛起，轰隆隆顺势带起了一道东西横亘百余里的广袤山塬。于是，太行山就成了南北千里、东西百余里甚至数百里的一道苍莽高地。这道绵延千里的险峻山塬，仅有东西出口八个，均而论之，每百余里一个通道而已。所谓出口，是东西横贯的峡谷通道，古人叫做“陉”。这八道出入口，便是赫赫大名的太行八陉。自南向北，这八陉分别是：轵关陉、太行陉、白陉、滏口陉、井陉、飞狐陉、蒲阴陉、军都陉[1]。李牧选定的井陉山，是自南向北第五陉所在的山地。井陉山虽不如何巍巍高峻，然却在万山簇拥中卡着一条峡谷通道，其势自成兵家险地。赵军只要凭险据守，不做大肆进攻，秦军断难突破这道峡谷关塞。而相持日久，不利者只能是远道来攻的秦军。

如此大势一明，所谓深沟高垒迟滞秦军以待战机，不言自明了。

当然，若是秦军从上党八陉全面进击，井陉山未必便是最佳防守战场。然则李牧已经得到明确军报：秦军三路攻赵，西路主力大军进逼方向毫无隐晦地直指井陉山，南路出河内逼邯郸，北路出太原逼云中。司

[1] 关于上党与太行八陉之细说，见《大秦帝国·金戈铁马》。

马尚等一班大将对秦军路数迷惑不解。李牧指点地图解说道："秦军不着意隐秘行进，大张旗鼓而来，其意至明：一不做奇战，二不做小战，此战必得吞灭赵国也！三路大军指向，其心之野更是明白：不在占地攻城，只在追逐我大军所在。南路寻我腹地大军，北路逼我云中边军，中路对我主力大军。设若赵国大军全数被灭，赵国何存哉！"

"秦军虎狼猖狂！赵军擒虎杀狼！"大将们齐声怒吼。

两胜秦军之后，边军将士们士气大涨，在山东战国的啧啧歆慕与国人的潮水般赞颂中大有蔑视秦军的骄躁之势。边军大将们一口声主张：赵军该当效法前战，诱敌深入赵国腹地，设伏痛击秦军！大军仓促开进，李牧未及对大将们备细解说方略。直到大军在井陉山驻扎就绪，邯郸庙堂仍一无书令，李牧这才在井陉山幕府聚集大将会商战事。

会商伊始，司马尚慷慨道："大赵边军以飞骑为主力，善骑射奔袭，若以前策迎击南路北路秦军，设伏以血战截击，我军必能大胜！今我军两胜秦军，锐气正在，却弃长就短，以骑改步，于山地隘口做坚壁防守，岂有胜算哉？愿大将军另谋战场！"司马尚话音落点，立即引来大厅一片奋然呼应。

"战事方略，当以大势而定。"李牧肃然正色道，"我军两胜秦军，根本因由在二：其一，秦非主力大军北上，而是河东老军之试探性作战；其二，先王初位尚谋振作，朝野上下同心，粮草兵员畅通无阻，我军故能驰骋自如。诸位且想，今日之秦军可是昔日之秦军？今日之赵国可是昔日之赵国？不是！今日之秦军，精锐主力三十八万，要的是灭国之战！今日之赵国，庙堂昏淫奸佞当道，抗秦无统筹之令，大军无协力之象，粮草无预谋之囤……仅有的一道王命，也随那个猪狗韩仓的车马没了踪影！时至今日，面对灭顶之灾，赵国庙堂可有一谋一策？没有！没有！！"李牧的吼声在聚将厅嗡嗡激荡，大将们都铁青着脸死死沉默。

"诸位将军，兄弟们，"李牧长吁一声，眼中泪光隐隐，"韩仓回程半月，邯郸一无声息。此等异象，何能不令人毛骨悚然？赵王郭开，其意何在还不分明么？未知王命，我大军开出抗秦，以寻常论之，是擅举大军之死罪。今赵国庙堂，之所以对我军抗秦默然不置可否，实则听任边军自生自灭。或者，正在谋划后法制我……”

“大将军，似，似有轻断。”一将吭哧道，“毕竟，那道王书没看到。”

“没看到不能发第二道？灭国之危，庙堂权臣麻木若此，将军不觉异常？”李牧冷笑摇头，“诸位若心存侥幸，夫复何言！尽可听任去留，李牧绝不相强。诸位若铁心抗秦，李牧不妨将大势说透，而后共谋一战。”

“愿闻大将军之见！”举厅大将拱手一声。

“好！”李牧拍案而起，拄着长剑石雕般伫立在帅案前，对中军司马一挥手。中军司马步出大厅一声喝令：“辕门百步之外，封禁幕府！”片刻之间，幕府大厅外守护的中军甲士锵锵开出辕门，于百步之外连绵圈起长矛林带。中央辕门口的大纛旗平展展下垂，两辆战车交会合拢，辕门内外之进出全部封闭。与此同时，幕府内所有侍从军吏也悉数退出。幕府大厅之内，只有李牧与一班大将及三名高位司马。中军司马则左持令旗右持长剑，肃然在大厅石门口站定。

李牧的炯炯目光扫视着大厅道：“诸位都是边军老将，几乎都曾与元老大臣通联，举事之谋，大体人人明白。赵王之淫靡无道，郭开之大阴弄权，对诸位也不是机密。赵国大势至明：若赵王郭开依旧在位当道，抗秦大战凶多吉少！唯其如此，本君正式知会诸位：为救赵国，李牧司马尚已经与庞煖将军达成盟约：彼举事定国，我抗击秦军！此事两相依赖：若我军能与秦军相持半年一年，则庞煖举事可成；若其事成，赵国得以凝聚民心国力，则我军胜秦有望！若庞煖举事不成，则我军必陷内外交困之危局！若我军未能抗秦半年以上，则庞煖举事难有回旋，其时赵国亦不复在焉！当此之时第一要害，在我边军能否抗秦一战，迟滞秦军于赵国腹地之外！”

“血战抗秦！拼死一战！”大将们一声低吼。

“好！诸位决意抗秦，再说战法。”李牧转身指点着地图道，“以我边军飞骑之长，若赵国政道清明如常，李牧本当亲率十万飞骑，从云中直扑秦国九原、云中两郡，从秦国当头劈下一剑，直插秦国河西！你打你的，我打我的！血性赵人，何惧之有哉！”

短短几句，李牧已经是热泪奔涌心痛难忍，哽咽着骤然打住了。边军大将们也是一片唏嘘涕泪，有人竟禁不住地号啕痛哭起来。是边军大将谁都明白，李牧数十年锤炼打磨出的这支精锐边军，若当真能大举回旋奔袭，其无与伦比的骑射本领必然得以淋漓尽致地挥洒，其威猛战力绝可与秦军锐士一见高下。更有李牧之不世将才，可说兼具赵奢之勇、廉颇之重、赵括之学、乐毅之明以及无人可比之机警灵动，赵军必能打出震惊天下的皇皇战绩！若没有李牧，没有这支边军，人或不痛心如此。唯其有李牧，唯其有精兵，却不能一展所长，竟要逼得不世名将与不世精锐放弃优势所在而强打自己短处，何能不令人痛心哉！

“天意如此，夫复何言！”

李牧挥泪，慨然一叹，良久默然。及至大将们哭声停息，李牧这才平静心绪道：“我等既为赵国子民，国难当头，唯洒热血以尽人事，至于胜败归宿，已经不必萦绕在怀了。”

“愿随武安君血战报国！”大将们吼成了一片。

“以战事论之，我军扼守井陉山，未必不能胜秦！”李牧振作，拄剑指点地图道，“我军虽舍其长，地形之险可补之。秦军虽张其势，地形之险可弱之。要紧处在于，诸位将军务须将我军何以舍其长而守其短之大势之理，明白晓谕各部将士，务使将士不觉憋屈而能顽韧防守！但有士气，必能抗秦！”

“愿闻将令！”举厅大将奋然振作。

“好！诸将听令！”李牧的军令一如既往地简单明确，“旬日之内，各部依照防守地势划分，各自修造坚壁沟垒，多聚滚木礌石弓弩箭镞。工匠营疏通水道，务使井陉水流入各部营垒。军器营务须加紧打造弓弩箭镞，并各色防守器械。辎重营执大将军令，立即赶赴腹地郡县督运粮草。秦军到来之时，不得中军将令，任何一部不得擅自出战。但有违令者，军法从事！”

“谨奉将令！”

战地幕府会商之后，赵军营地立马沸腾起来。

夏末秋初，王翦大军压到了井陉山地带。

王翦主力大军二十万，分作五大营地，在井陉口之外的两条河流的中间地带驻扎。这两条河流不大，一曰桃水，一曰绵蔓水，绵蔓水是桃水的支流。以位置论，绵蔓水最靠近井陉关，桃水则在其西，两水间距大约百里左右。[1] 大军久战，水源与粮草同等重要。王翦行兵布战极是缜密，整训新军之际已派出斥候数百名轮番入赵，对有可能进军的所有通道的水源分布都做了备细踏勘，且一一绘制了地图。出兵之先，王翦又对既定的三条进军通道派出反复巡查的斥候，多方监视各路水源的盈缩变化，随时为大军确定驻扎地提供决断依据。

王翦所防者，赵军堵水断水。战国之世，尽管借水为战者极其罕见，然中原各国，包括变法前的秦国在内，封地间邦国间因农事渔事而争水者却屡见不鲜。燕齐争水、楚魏争水、韩魏争水、东周西周争水等等等等，屡屡演变为邦交大战甚或兵戎相见。争水最常见者，是某国在上游堵断河流，使下游某国或某地无法渔猎浇灌。井陉山几道河流水量颇丰，山间水道却颇是狭窄，若赵国征发民力秘密堵截水道，远道而来的秦军便会大见艰难。王翦初战，对李牧用兵之机变尤为警觉，深恐其绸缪在先堵绝水源而后再派重兵守护。果真如此，秦军的进兵路径便要改变，至少，直逼井陉山这最为有力的一路必然要改道。及至大军行进到距井陉山二百余里的白马山地带，斥候飞报说，水源上下百余里依然未有异常，王翦这才长吁一声："李牧如此荒疏，宁非天意哉！"

依据事先早已踏勘好的地形，王翦将主力大军分为五座营垒驻扎：

第一座前军营垒，驻扎距井陉口三五里之遥的两侧山地，直接对井陉关做攻关大战。王翦定下的攻关方略是：前军聚集全军之重型弓弩与攻城器械，一月一轮换，始终对赵军构成强大压力。首次做前军营垒驻扎的，是材官将军章邯的三万人马，外加王翦调集配属的弓弩营、云梯营与诸般游击配合，总共近五万人马。章邯的材官营，是集中秦军大型器械的攻坚军，首做攻坚前军，自是一无争议。

第二第三两座营垒，距前军五里之遥，分东营西营分别驻扎绵蔓

[1]　井陉山水流情势，见《水经注》卷十。

水两岸。东营为右军大将冯劫部三万，西营为弓弩兼步军大将冯去疾部三万。王翦给这两军的军令是：随时策应前军攻坚，并封锁有可能从外围进入井陉山援救赵国边军的兵马，掩护并保障前军的攻关战事无后顾之忧。

第四座营垒，距两冯营垒十里，驻扎在靠近桃水的一段河谷地带。这是王翦的中军主力八万。这八万人马是步骑混编的精锐大军，营地东西展开做诸般策应，实际便是托住了全部秦军。王翦中军其所以拖后，在于同时承担另一个重大使命：截击有可能救赵的任何山东援军。虽说六国合纵此时已经极难成势，然作为战事方略谋划，缜密的王翦是宁可信其有而不愿信其无。

第五座营垒驻扎在桃水河谷，距王翦中军三五里之遥，是秦军的粮草辎重营。辎重营垒由马兴部的粮草军与召平的军器营构成，护卫铁骑虽只有一万余人，然往来于太原郡与大军之间的工匠民伕却多达二十余万。临时粮仓与临时工棚连绵展开，车声隆隆锤凿叮当，气势分外喧嚣雄阔。

以兵法论，大凡山地攻坚，大军营垒绝不能首尾相接拥作一体。一则，地形不容如此之多的兵力展开。二则，各军必须留有战场所需的机变余地，或进或退均可自如伸展。否则便是窝军，非但不能发挥战力，反而可能相互拥挤掣肘。战国之世，战事水准已达古典战争之顶峰，此间之诸般讲究几乎完全为将士所熟知。尤其有相持三年的秦赵长平山地大战在先，山地战对秦军业已成为经典之战，骑兵步兵车兵弩兵与各种大型器械混编协同作战，以及粮草辎重之输送保障，均已娴熟得浑然一体。大将军令但下，整个秦军便如同一架大型器械，立即有效运转起来。

王翦大军布成，对赵大战擂起了战鼓。

李牧大军虽稍显仓促，然也迅速做好了战前准备。

赵军虽曾在长平山地战遭遇惨败，但毕竟是战国之世的强兵尚武之邦，且三胜秦军全是山地战，故赵军将士绝非山东其余五国那般畏秦怯战。井陉山幕府会商完毕，李牧立即部署了赵军防守战法：全军分为四大营垒，相互策应，做坚壁攻防战。

李牧的四大营垒是：前出井陉关的两翼山岭各驻一营。此两营的军马构成相同：以边军骑士为主力，辅以南下抗秦后归属李牧的腹地赵军之步兵，以为防御屏障。左营由司马尚统率，边军骑士三万，步兵弓弩手两万。右营由大将赵葱统率，边军骑士三万，步兵弓弩手两万。这其中的六万边军骑士，是李牧最为精锐的十万飞骑的主力，此时派为山地防守，形势使然迫不得已也。原因在于，边军骑士善骑善射，山地防御战没有了飞骑驰骋之战场，只能最充分发挥边军骑士善射之长，与步军弓弩营结合为壁垒，将关外两山变成箭雨覆盖的死亡谷。李牧下令军器营，将弓弩长箭大量囤积到两翼山地的石洞，并加紧赶制连发远射的大型弩弓与能够洞穿盾牌云车的大箭。同时，李牧还下令在左右两山各建一座制箭坊，随时赶制并修葺弓箭。各式弓箭之外，李牧又征发当地民力三万人，采伐大树锯作滚木，凿制山石打磨为两种石制兵器——可单人搬动的尖角礌石、可数人合力推动的碾压石礤，于两山囤积尽可能多的巨石圆木。如是不到一月，左右两山构筑成井陉关前两面铁壁，与井陉关形成一个面西张口的铁口袋，只要秦军攻进关前一里之地，便得陷入两山夹击。

正面井陉关，驻扎李牧亲自率领的混编大军八万。这八万大军中，有李牧边军飞骑四万，有腹地步军四万。李牧将八万人马分作十营依次驻扎，每营八千士卒，营地相隔两里，迭次向后延伸，纵深直达关后开阔地带。李牧对守关十营的军令是：每两营为一个防守轮次，前营作战，后营输送军食兵器并相机策应；三日一轮换，务求士气旺盛精力充盈。赵军的防守器械大多集中于守关十营，关城之上处处机关，关下道边布满路障陷坑以及顺手可用的投掷兵器。较之长平大战的廉颇坚壁，井陉关壁垒更见森严。

关后开阔地，驻扎辎重营两万兵马并十多万车马民伕。这是赵军的后援命脉，李牧分外上心。长平大战赵军被围于重山谷地，赵军最为要害的错失，是赵括被白起秦军掐断了粮道。李牧精通战阵，对此惨烈教训自是铭刻心头。目下，郭开赵迁对李牧抗秦不置可否，各郡县根本没有接到向大军输送粮草的命令。也就是说，李牧大军所需要的举国后援，丝毫没有动静，一切都得自己筹划。若不是与庞煖达成了秘密盟约，李牧很可能对这种战外政局有些无所措手足。如今大事两分，李牧心下底定，也不向邯郸庙堂作任何禀报，便派出几路特使赶赴邻近郡县，以大将军令大举征发输送粮草。其时，郭开赵迁也没有明令禁止郡县输送粮草，或者说，郭开赵迁也不敢公然禁运粮草。赵国久经战事，各郡县久有依军令输送粮草的传统，如今一得大将军令立即全力输送，甚或多有民众以县为制组成义工营开赴井陉山。一时间，粮草民力源源不绝聚来。

当此国乱国难同时俱发的非常之期非常之战，李牧将自己的中军幕府与亲自统率的一万最精锐飞骑，扎在了辎重营与守关十营之间。李牧之所以亲自坐镇后方，一则因为粮草是全军命脉，二则因为关后通道可随时策应庞煖并联络南北诸军。李牧很清楚，只要赵国朝局大势不陷入绝境，井陉山战场不用他亲临也能扛住秦军攻势。目下赵国之要害，与其说在井陉山战场，毋宁说在邯郸庙堂，在赵国本土大势。唯其如此，李牧决意，秦军第一场猛攻他要亲自掌控反击，若赵军防守之法经得起秦军锤打，他便要将重心放到策应庞煖举事上了。

包围井陉山的第五日，秦军开始了第一次猛攻。

井陉山之险要，不在井陉关，而在其关下的井陉山通道。后世名士李左车云："井陉之道，车不得方轨，骑不得成列。"其实地形势与秦之函谷关相类，一条长长的峡谷，一座夹在两山的关城。形势狭窄险要，根本不可能展开大军。

王翦亲临前军，在井陉口右侧的高地登上了几乎与井陉山等高的斥候云车。今日率军攻关的是章邯，其大纛司令云车巍巍然矗在谷地大军之中。王翦在斥候云车鸟瞰，关城谷地之情势一目了然。遥望井陉关外两侧山地，左山顶峰隐隐有旗帜飘动，然又与山地林木的隐兵地带相距甚远，显然不会是临阵大将的司令台所在。蓦然之间，王翦确信，那定然是李牧所在无疑！自来统率大军出战，名将极少如寻常将领那般亲临前军冲锋陷阵。李牧两胜秦军，桓龁部将士连李牧人影也没看见，足证李牧也不是轻出前军的寻常猛将。果真如此，今日李牧亲出，其意何在？

与此同时，李牧也看见了那辆孤立于半山之上的高高云车。

李牧曾经以为，白起蒙骜之后秦国将才乏人，纵然扩充大军亦未必如当年战力。尤其在桓龁部老军第一次攻赵战败后，李牧曾多次派精干斥候深入秦国探察，并多方搜集在秦国经商的赵国商贾的义报。其时，李牧的真实谋划是：若秦军果然将才乏人，则是赵国中兴的千载良机；他将决然联结元老势力与庞煖等各方大将，不惜以举事兵变的方式整肃赵国朝局，深彻推行第二次变法，使赵国成为真正堪与秦国一争天下的强国。时日不久，各方消息渐渐汇聚，李牧这才对秦国情势对秦军情势有了清晰的了解。

使李牧深为惊叹的是，秦王嬴政竟能在重起炉灶的新军中全部起用年轻大将！李牧不是迂阔老将，绝不会以对方大将是清一色的年轻人而轻视，相反，李牧真切地觉察到了那股即将扑面而来的飓风。对于王翦为首的秦军十大将，李牧更是多方探察根底，反复揣摩其秉性与可能战法。尤其对王翦蒙恬两人，李牧所知决然不比秦国君臣少许多。之后，李牧终于认定：秦国两位假上将军，蒙恬成为名将尚需时日；王翦虽未统兵大战，但其往昔战绩与作为已经清晰显示，王翦已经是正当盛年的名将了。仅以大将而能为秦王师而言，王翦之军政才具与明锐洞察力足见一斑。唯其如此，李牧预料率军大举灭赵者必王翦无疑。秦军灭韩消息传来，王翦大军竟然未曾出动一兵一卒，李牧不禁一个激灵，几乎是本能地立即感到了即将隆隆逼来的暴风骤雨。以秦国之雄厚国力，以秦军之精良装备，以王翦之稳健战法，李牧隐隐预感到，这是自己最后的一次大战，也是赵军与秦军真正的一次生死大决。

遥望云车，李牧断然下令："王翦亲出，必给秦军以当头痛击！"

"李牧亲出，必给赵军以重挫！"王翦厉声下达了同样的军令。

传令司马尚未回程，秦军战鼓已经雷鸣而起。

章邯军出动三万，其攻关部署是：两翼各列一方五千人的强弩兵，专一对关外两山树林倾泻箭雨，压制两山赵军；中央谷地的攻关大军从后向前分作三阵：后阵为五十架大型远射弩机，每两架大型弩机一排（每架弩机百二十人操作），连续摆成二十五排；弩机前的方阵为三千盾牌短剑的爬城锐士，每三伍（十五人）一列，排成两百列一个长蛇阵；最前方是扫清峡谷通道的大型攻城器械兵，主要是壕沟车与大型云梯。这是秦国新军对赵初战，人人发誓为秦军两败复仇，士气之旺盛无以复加。

太阳爬上了山顶，初秋的山风已经弥漫出丝丝凉意。薄薄的晨雾已经消散，谷中的黑森森军阵与关城两山的红色旌旗，尽清晰可见。异常的是两方都没有丝毫声息，仿佛猛虎雄狮狭路相逢，正在对峙对视中悄无声息地审量着对方。

“起——”

正当卯时，云车上的章邯一声大吼。

骤然之间，口外战鼓雷鸣号角呜呜，秦军三大强弩弓箭阵一齐发动，木梆声密如急雨，漫天长箭呼啸着扑向两面山头与正面关城。当时，秦军弓弩之强，尤其是大型远射连发弩机之强，战国无出其右，后世亦无可比肩。盖大型弓弩与大型长箭为冷兵器时代之远程兵器，由训练有素的特定士兵群操作。其用材与工艺之精良，其士兵群训练之艰难，其制作与修葺之繁复，都导致其造价之高昂远远超过春秋时代的战车。春秋车战之所以每每一战决胜负定霸权，其根本原因在于战车制造之昂贵，战车兵训练之艰难。一个拥有五千辆兵车的大国，一战若折损两三千辆兵车，其全部恢复成军至少需要十余年甚或更长。大型弩机亦然。没有强大雄厚的财力人力，大型弩机的制造是极其艰难的。秦国自孝公商鞅变法之后，统一天下的雄心步步增长，对攻击型兵器尤为重视。及至秦昭王之世，秦国的兵器制作已经远居天下之首。这种优势主要体现在两方面：一则是常战兵器之精良，二则是大型兵器之数量庞大。

此刻，秦军的三面强弩齐射，井陉山赵军虽是身经百战的精锐，犹自惊骇不已。秦军大箭粗如手臂长如长矛，箭镞两尺有余，简直就是一口短剑装在两丈余长的木杆上以大力猛烈掷出。如此粗大矛箭漫天激射，其呼啸之势其穿透之力其威力之强，无可比拟。

强弩齐射的同时，秦军中央的攻关步军立即发动。第一排是壕沟车兵，清除拒马路障，刮去遍地蒺藜，试探出一个个陷坑而后大体填平，再飞速铺上壕沟车，在幽暗的峡谷一路向前。通道但开，大型云梯与攻关步卒隆隆推进，紧随其后的大型弩机也不断推进，连番向城头倾泻箭雨。如此不到半个时辰，黑色秦军已渐渐逼近关下。关下地势稍见开阔，秦军立即汇聚成攻城阵势。

饶是如此，赵军两山与迎面关城依旧毫无动静。

“火箭——”章邯遥遥怒吼一声，云车大纛立时平掠三波。

三大箭阵倏忽停射，突然梆声复起，大片捆扎麻纱浇透猛火油的长矛大箭带着呼啸的焰火直扑两山与关城，恍如漫天火龙在山谷飞舞。片刻之间，两山树林一片关城陷入三面火海，烧得整个山谷都红了起来。

“攻城——”

秦军战鼓再次响起，前阵十架大型云梯一字排开隆隆推向关城，恍如一道与城等高的黑色大墙迎面压上。此等大型云梯后世几乎消失，只留下单兵依次爬城的极为轻便的简单云梯。秦军之大型云梯，实际上是一辆攻城兵车。云车底部装有两排铁轮，其上是一间铁皮包裹厚木板的通地封闭储兵仓，可容二十余名士兵；仓上为两层或三层可折叠伸展的宽大坚固的铁包木梯，仓外装有两具可折叠可伸展的宽大铁包木梯。攻城开始，云梯被储兵仓士兵从里隆隆推进，一旦靠近城墙，仓上大梯立即打开，或钩住城墙或独立张梯；与此同时，储兵仓士兵立即出仓，拆下两边木梯打开奋勇靠上城墙。云梯但近城墙，后阵爬城锐士立即发动，呼啸鼓勇冲来从已经搭好的大梯小梯蜂拥爬上，往往一鼓作气攻占垛口。此刻，井陉关城头一片残火烟雾，十架云梯已经靠近城墙两尺处，后队士兵已经发动冲锋，纷纷爬上了大小三十架云梯。

此时，一阵凄厉号角突然传来，垛口后森森然矗立起一道红墙。

赵军开始了猛烈的反击。箭雨夹杂着滚木礌石，射向攻城士兵砸向大小云梯。更有几辆可怕的行炉在垛口内游走不定，见大型云梯靠近，迎头浇下通红的铁水，巍巍秦军云梯立时在烈火浓烟中轰隆哗啦崩塌。行炉者，可推动行走之熔炉也。设置城头熔炼铁水，在危急时刻推出，从炉口倾泻通红的铁水，任你器械精良也立见焚毁崩塌。[1]

---

[1] 本节所述诸种大型器械之详细介绍，均见《大秦帝国·金戈铁马》。

李牧军的城头战法是：秦军大箭猛烈齐射之时，城头赵军退进事先搭好的长排石板房与各式壁垒存身避箭；秦军火箭射来，缩在石板房的赵军一齐抛掷水袋，同时以长大唧筒（后世亦称水枪）激射水柱扑灭火焰；及至残火浓烟之时秦军攻上，隐伏石板房的士兵立即冲出进行搏杀；潜藏瓮城内的士兵，则通过两道宽大石梯随时救治伤兵、输送策应。

一时之间，关城攻防难见胜负。

两山情势有所不同。赵军退进壁垒壕沟躲避箭雨之时，秦军步卒锐士开始爬山。李牧在高处鸟瞰分外清楚，一声令下号角齐吹，赵军营垒推下滚木礌石直扑爬山步卒。但秦军大箭威力奇大，壁垒士卒但有现身几乎立遭射杀。更有长大箭矛呼啸飞来，或在半山将粗大滚木直接钉在了山体，或穿透石板缝隙直扑壁垒之内。赵军壕沟步卒原本多是边军骑士，初见如此猛烈骇人之箭矛，不禁人人一身冷汗，只有寻找间隙奋力推下滚木礌石，其密度威力便大为减弱。秦军步卒虽有损伤，却依旧奋勇攻山。及至火箭直扑壁垒燃起大火，秦军步卒已经挺盾挥剑随之杀到。此时秦军箭雨停射，赵军在烟火中跃出壁垒奋勇拼杀。一旦实地接战，赵军战力丝毫不逊于秦军，两军杀得难解难分。

此时，赵军有一样长处立见功效，这是随身弓箭。

赵军以飞骑为精锐主力，其步军攻坚器械素来不如秦军。远射的大型强弩更少，只在武安等几处关塞有得些许。故，李牧军无法与秦军比拼箭雨，而只能在秦军强弩齐射之时藏身壁垒。近战不然，两山赵军多是骑射见长的精锐骑士，个人操弓近射，百步之内威力异常。秦军步卒也有随身弓箭，然射技较之赵军，却普遍差了一筹。更兼今日仰攻，又有箭阵掩护，攻山步卒全力冲山杀敌，几乎没有想到摘下长弓箭壶近射。李牧于高处看得清楚，见赵军士卒在缠斗拼杀中难以脱身开弓，立即下令策应后队的神箭手们秘密出动，各自择地隐伏于树林之间，瞄准拼杀秦军择机单个射杀。如此不到半个时辰，奋勇拼杀的秦军莫名其妙地一个个相继倒下，壁垒前形势渐渐便见逆转。

“鸣金撤兵！”王翦断然下令。

午后幕府聚将，章邯愤愤然怒吼赵军冷箭暗算，再战定然攻下两山。

一班年轻大将也一口声主张连续猛攻，不拿下井陉山绝不歇战。冯劫、冯去疾争相要换下章邯部。章邯及其部将则坚执要再攻一阵，并提出一个新战法：派出两个三千人轻兵营，各从两山之后袭击赵军；正面再加大猛火油箭焚烧壁垒，先占两山再攻关城，定然一战成功。一时之间，聚将大厅愤激求战之声吼喝成一片。

"诸位少安毋躁。"

一直没说话的王翦从帅案前站了起来道："若是要不惜代价拿下井陉山，战法多得是。我军坚甲重器，只要连续射烧攻杀旬日，李牧纵然善战，谅他也守不住井陉山。然则，果真如此，则我军因小失大也。"王翦的古铜色脸庞肃杀威严，点着案头一卷竹简，"秦王明令，灭赵不限时日。因由何在？便在力戒我军轻躁复仇之心！兵谚云，骄兵必败。秦赵血战数十年，两军相遇人人眼红，最易生出狂躁之心。人云，两军相遇勇者胜。今日我云，秦赵相遇智者胜！秦军不是赵军，秦军肩负使命在于扫灭六国一统天下，而不是仅求一战之胜。唯其如此，不战而屈人之兵，善之善也。诸位昂昂求战，不惜血战也要攻关，其志可嘉，其策有错！错者何？有违一统天下之大局也。今赵国庙堂昏暗，李牧孑然孤立，其与我军鏖兵，实孤注一掷以求变化也。我军攻势愈烈，李牧在赵国根基愈稳。"

"愿闻上将军谋划！"大将们整齐一声，显然已见冷静。

"我今屯兵关前，不攻不战不可，猛攻连战亦不可。这是要害。"王翦转身，长剑圈点着立板地图，"目下，我主力大军之要务，只在拖住李牧大军，不使其从井陉山脱身。战法是：日日箭雨佯攻，夜夜小股偷袭，绝不使赵军安卧养息。与此同时，我北路李信大军、南路杨端和大军，则可加大攻占之力多拔城池，从南北挤压赵国。其时，赵国但有异常，则我军从中路一举东进，吞灭赵国主力大军！"

"谨奉将令！"大将们完全认可了王翦的方略。

当夜，三路秘密军使飞出了王翦幕府：两路向南北杨端和、李信而去，一路向咸阳而去。次日清晨，秦军喊杀攻势又起。待赵军退入壁垒，一阵猛烈箭雨之后却不见秦军攻杀。入夜，赵军营地一片漆黑，突然有火把甲士从山林杀来，此起彼伏整夜不间断。赵军一阵接一阵短暂激战，到天亮已经是疲惫不堪。

如是三日，李牧已经识破秦军战法，遂对赵军下令：分队轮换守垒，秦军不大攻，赵军不全守；秦军但歇兵，赵军立即同样派出小股勇士偷袭秦军营地，同样使其不能安营歇息。如此针锋相对，竟是谁也不能脱身了。

王翦李牧，进入了长平大战后秦赵大军的第二次大相持。

五　天方艰难　曰丧厥国

秋去冬来，赵国的情势渐渐变得诡异了。

郭开蛰伏不出，对各方动静却是分外清楚。韩仓奄奄一息回来，将诸般情形一说，郭开已经料定李牧要抛开庙堂独自抗秦了。郭开立即做了两步部署：其一，立即从柏人行宫接赵王迁回邯郸；其二，派心腹门客秘密混迹元老大臣与腹地赵军一班大将之间，竭力鼓噪兵变举事。郭开这两步棋的真实图谋是：一则将赵王这面旗紧紧握在手心，万一秦军攻破李牧防线或国中有变，立即挟持赵迁北逃与胡人结盟；二则引诱出举事轴心，设法趁其不备一网打尽。郭开自觉扑灭兵变是当下急务，反复思忖，决意使用韩仓与转胡太后两人为诱饵，铺排自己的密谋路数。

郭开秘密叮嘱韩仓，以太后卧病为由分别召春平君与王族将军赵葱入宫探视。春平君对入宫探视太后，已经深知其味，闻韩仓来召，不问情由便颠颠儿登车入宫，还不忘在车中摁着韩仓混迹一番。及至入宫，韩仓将春平君带入太后寝宫，两人没几句话便滚到了一处。韩仓喝退内侍侍女，也热腾腾混了进来。正在三人不亦乐乎之时，一脸严霜的郭开突然带着一队黑衣剑士[1]开到，声称奉王命查究奸宄不法事，喝令立即拿下春平君与韩仓。春平君瑟瑟颤抖作一团，烂泥般不能起身。韩仓抢先跪地，哀求郭开放过他与春平君，并发誓从此两人唯上卿马首是瞻。

[1]　黑衣剑士，赵国王室的国君护卫剑士，见《战国策·赵四》。

郭开冷冷一笑，此话得春平君自己说，否则，老夫得依法行事。春平君大为惊恐，在韩仓扶抱下半推半就地跪在了地上对郭开发了誓。郭开依旧冷面如铁，伸手从转胡后胯间扯出春平君那领污渍斑斑的锦袍，阴阴笑道："君果欲做老夫同道者，便得探察清楚兵变举事之谋。否则，这领锦袍便是物证，韩仓便是人证，老夫依法灭你三族，天公地道也！"说罢，郭开看也不看春平君，大步去了。

春平君被郭开轻易俘获，赵葱却迟迟不入罗网。

赵葱是年逾四十的王族公子，做巨鹿将军多年。李牧率边军南下抗秦之后，赵国腹地大军有二十万划归李牧统属，赵葱的巨鹿军是其中主力，赵葱本人则是这二十万大军的统领大将。也就是说，这二十万腹地大军，在李牧的抗秦大军中事实上是相对独立的——战事听从李牧调遣，赏罚升黜乃至生杀处置等却得"共决"而行。所以如此，一则在于赵军长期形成的边军与腹地大军分治分领的传统，二则在于战国之世的通行军制。从第一方面说，李牧自己的二十余万边军只南下了最为精锐的十余万主力飞骑，兵力尚不如归属自己的腹地大军；南下作战多为山地隘口之战，脱离一望无际的大草原，边军主力骑兵较之于腹地的步骑混编大军便不显明显优势；是故，目下归属李牧的腹地大军，几乎是与边军战力不相上下的同等主力。从第二方面说，战国之世的上将军大将军虽比后世名称不一的军队最高统帅的权力大了许多，然终究还是有诸多限制的。

从实际方面说，军权历来是君权的根基。是故，最高军权事实上都掌控在国君手中，大军的战时使用权与日常管理权则是分开于臣下的，此所谓军权分治。任何时代的军制，大约都脱离不开这个根基。军权分治，在战国之世的实际情形是：大军的总体所有权属于国家（君主），主要是三方面：其一为征发成军权，其二为军事统帅（上将军、大将军）与大军日常管理高官（大司马、国尉）的任命权，其三为总兵力配置权与对使用权的授予权。上将军、大将军虽是常设统帅，然在没有战事的时期，却是没有大军调遣权的。但有战事，国君决定出兵数量与出战统帅，以兵符的形式授权于出战统帅率领特定数量的大军作战。上将军若被定为出战统帅，则在统率大军作战期间享有相对完整的军权，其最高形式是君主明确赐予的生杀大权（对部属的处置权）与独立作战权（抗命权）。战事完毕，大军则交国尉系统实施日常管理，行使管理权的国尉系统没有大军调遣权。

明白如上军制，便明白了郭开要着力于赵葱的原因。

郭开要独掌赵国，其最大的威胁是两方：一是桀骜不驯的李牧，二是神秘莫测的兵变。俘获春平君的目的，是平息兵变。着力赵葱的目的，则是钳制李牧。春平君有淫秽老根，郭开马到成功。赵葱却是少入军旅的王族公子，与郭开少有往来，郭开难免没有顾忌。然则郭开有一长：但遇事端，只从自己获胜所需要的格局出发谋划方略，而不以既定格局为根基谋划方略。也就是说，做好这件事需要谁，郭开便攻克谁；而不是那种我能使用谁，我便相应施展的小器局。当年着力于李牧，目下着力于赵葱，尽皆如此。郭开为千古大奸而非寻常小人，其谋划之深沉，其心志之顽韧，高出常人许多。明乎此，郭开能掌控赵迁并搅乱赵国，始能见其真面目也。

当年“举荐”李牧，郭开埋下了一条引线：以赵迁王书之名，将归属李牧的二十万腹地大军统交赵葱统率。郭开所拟王书委婉地申明了理由：“胡患秦患，皆为赵国恒久之大患也！赵国不可无抗胡大将，亦不可无抗秦大将。将军赵葱所部统属李牧，若能锤炼战法而成腹地柱石，其后与李牧分抗两患，则赵国无忧矣！”王书颁下，李牧始终不置可否，显然是隐忍不发。赵葱不然，在第一次战胜秦军后书简致谢郭开，虽只限于礼仪，话语却是真诚有加。郭开敏锐地嗅到了一丝气息——赵葱识得时务，解得人意！然则，其时郭开之心重在李牧，不愿因过分笼络赵葱而使李牧不快，只秘密叮嘱韩仓施展功夫。不久，身在大军的赵葱得自家舍人之举荐，有了一个俊美可心的少仆随军侍榻。从此，赵葱所部的诸多消息源源不断地流入了郭开书房。然在与李牧彻底分道之前，郭开始终没有扯动赵葱这条线。

密召赵葱入宫的特使，是军中大将都熟悉的王室老内侍。

老内侍的路数是正大的：先入大将军幕府见李牧，出王书，言赵王有疾思念公子赵葱，请大将军酌处。此时，井陉山赵军与秦军相持已有月余，眼见秋风已起渐见寒凉，诸多后援军务需与庙堂沟通定夺，然王室却泥牛入海没有消息，仿佛抗秦大军不是赵军。李牧心下焦急，但始终没有与王室主动沟通，其间根由，是在等待庞煖举事。如今庞煖没有动静，却来了王室特使，说的又是如此不关痛痒的一件事体，李牧不期然便有些愤愤思绪。然反复思忖，李牧还是压下了怒火，派中军司马将老内侍护送到了关外的山地营垒。老内侍一见赵葱，中军司马便匆匆返回了。也不知老内侍对赵葱说了些甚，左右是两日之后的清晨，赵葱才与老内侍进关来到幕府辞行。赵葱的禀报是：壁垒防务已妥善部署，回邯郸至多三日便回军前。李牧豪爽豁达地笑道："赵王既思公子，公子无须匆忙，不妨以旬日为限也。天凉入秋，战事吃紧，老夫不能脱身。公子可顺代老夫请准赵王，尽早定夺诸般后援大事，也不枉公子战场还都一场。"

"大将军嘱托，赵葱定然全力为之，不敢轻慢！"

昂昂然一句，赵葱兼程赶回了邯郸。

日暮时分，赵葱被迎进了王城。极少出面国事的赵迁，在偏殿单独召见了赵葱。赵葱将战事禀报了整整一个时辰，赵迁听得直打瞌睡，天平冠随着长长的口水在不断的点头中碰上王案。然无论这个赵王如何厌烦，赵葱都没有中止禀报，更没有忘记申述李牧的委托请求。奇怪的是，赵迁也没有发作，竟在半睡半醒中一直挨到了赵葱最后一句话。及至灯火大亮，赵迁陡然精神振作，拍着王案将赵葱着实奖掖了一番，说辞流利得仿佛老吏念诵公文。末了，赵迁霍然起身道："本王国事繁剧，大军后援事统交老上卿处置。李牧所请，王兄但与老上卿会商定夺。"说罢不待赵葱答话大步匆匆而去，厚厚的帷幕后立即一阵女子的奇特笑叫声。

"太后见召，公子这厢请。"老内侍极其恰当地冒了出来。

边将大臣入宫而能获太后召见，在赵国是极高的荣耀，也是不能拒绝的恩荣赏赐。赵葱只好跟着老内侍，走进了火红的胡杨林中的隐秘庭院。转胡太后在茅亭下召见了这位正在盛年的将军。金红的落叶沙沙飞旋在青砖地面，转胡太后身着一领薄如蝉翼的黑纱长裙，半躺半靠在精致考究的竹编大席上，雪白光洁的肉体如同荡漾在清澈泉水中纤毫毕见，一丝若有若无的异香飘来，令人心醉神迷。

“公子将军辛劳，且饮一爵百年赵酒。”太后说出的第一句话，赵葱不能拒绝。赵国酒风之烈天下有名，事事时时都会碰上大饮几爵的场所。太后召见，赐酒一爵实在寻常。令赵葱难堪的是，他如何接饮这爵酒？铜盘酒具以及盛酒的小木桶都摆在太后的靠枕旁，太后半躺半靠，那只雪白秀美的手搭在两只金黄的高爵上。不管赵葱如何风闻太后的种种色行，太后毕竟是太后，对于他这种王族远支公子，依然是难以接近的神秘女主。今日亲见太后，竟是如此一个令人怦然心动的女子，一朵如此璀璨盛开的丰腴之花，赵葱不敢直视了。按照大为简化了的赵国礼仪：太后或国君赐酒，通常由内侍代为斟酒，再捧爵送于被赐臣下；受赐者或躬身或长跪，双手接爵饮之。而眼前的情势是，既没有内侍，也没有侍女，很可能是太后亲自斟酒的最高赏赐。果真如此，赵葱便得脱去泥土脏污的长靿（腰）战靴[1]踏上精致光洁的竹席，长跪趋前双手接爵而饮。要如此近在咫尺地靠近太后，赵葱一时大窘，不禁满脸淌汗。

“人言将军勇武虎狼，也如此拘泥么？”太后盈盈一笑。

“臣遵命！”赵葱只得昂昂一句。

“哟！一身血腥。”太后一手扇着鼻端一边笑，“都脱了，都脱了。”

“敢请太后，容臣随内侍梳洗后再来。”

“不要也。猛士汗腥可人，我只闻不得血腥。”

“太后……”

“来，脱了换上这件。”太后拉出一件轻软的白丝袍丢了过来。

赵葱没有说话，红着脸走到邻近高大的胡杨树后，换上丝袍走了出来。当他光着大脚走上竹席，挺身长跪在太后面前三尺处，扑面弥漫的女体异香立即使他同时嗅到了自己强烈的汗臭脚臭与残留在贴身布衣的尸臭气息，一时自惭形秽满脸通红心跳气喘，低着头不知所措。此时的太后亲昵一笑，闭着眼深深地吸了一口气，摇摇手低声一句：“来，近

---

[1] 据沈长云等人著《赵国史稿》考证，战靴始于赵武灵王胡服骑射，有短靿与长靿两种。

前来，你胳膊没那么长。”太后说着，亲自斟满两爵，弥漫着老赵酒醇厚香气的酒爵已经递了出来。太后斜靠捧爵，两只雪白的手臂颤巍巍不胜其力，赵葱若不及时接住，酒爵跌地可是大为不敬。不及多想，赵葱膝行两步，双手捧住了硕大的铜爵，也触到了那令他心下一激灵的手臂。两爵饮下，赵葱陡觉周身血脉骤然蹿起一片烈火，竟死死盯住了那具纤毫毕见的肉体。太后满脸绯红轻柔一笑："就知道看么？"呢喃低语间伸手一拉，赵葱雄猛硕大的黝黑身躯嗷的一声扑了上去……及至折腾得汪洋狼藉大竹席如泡水中，赵葱才在清凉秋风旋上身体的金红树叶的拍打中觉出了异常——月下大竹席上是三个人！那具钻在自己与太后中间的雪白物事，原来并不是太后神异，却是实实在在的一个人，赵王家令韩仓！

"将军神勇，君臣两通，非人所能也。"笑吟吟的郭开出现了。

"！"

"君臣两通，非人所能"八个字从那颗白头笑口悠然吐出，如重重一锤敲在心头，赵葱顿时一个激灵！仅凭这八个字，弥天大罪加禽兽恶名便是铁定了，举族丧命也是难逃了。赵葱想大吼一声这是预谋陷阱，然则看着郭开身后的一片森森黑衣剑士，看着依然纠缠在自己身上的两具肉身，赵葱任有愤激之心万千辩辞，也是难以出口。郭开坦然走近三具白光光肉身，坦率得只有一句话："公子若从老夫，可长享美味。否则，天下将无公子一族。"赵葱良久默然，硬邦邦蹦出一句话："只凭这两具物事，不行！"太后揽着赵葱咯咯笑道："我的天也，做赵国大将军你不愿意么？"赵葱黑着脸不答。郭开嘿嘿一笑道："只要公子跟从老夫，大将军自是做得。"

终于，赵葱点头了。

三日三夜，赵葱没有离开太后寝宫。末了辞行，赵葱还带走了太后亲赐、韩仓精心挑选的两个男装胡女。出得王城那日，郭开特意在偏殿为赵葱举行了隆重的小宴饯行礼，其铺排气势直如赵王赐宴大臣。赵葱原本便有贵胄公子的浮华秉性，多年沙场征战不得不强自抑制，而今骤然大破人伦君臣之大防而跌入泥沼，竟有一种复归本性的轻松快意，索性与郭开共谋赵国共创基业。是以，赵葱对此等有违君臣法度的铺排再也不觉其荒谬，反是大得其乐。觥筹交错间，两人密商了整整两个时辰。自然，一切都是按照郭开的步调进行的。半月之后，赵葱所部的八千精兵秘密开到柏人行宫外的山谷驻扎。郭开立即派出颇有知兵之能的信都将军赶赴柏人统兵，做应对兵变的秘密筹划。

这位信都将军名为颜聚，齐国临淄人，曾经是齐国东部要塞即墨守军的幕府司马。颜聚对兵书颇熟，在司马将军中算是难得的知兵之才。因有诸般见识，颜聚直接上书齐王陈述振兴之策，请求将兵攻燕以张国势。不想上书泥牛入海，齐王没有任何回复，却莫名其妙地回流到即墨幕府。即墨将军素来忌才，立即对颜聚大为冷落。颜聚自知在齐国伸展无望，逃到了赵国。其时正逢悼襄王赵偃即位对燕用兵，颜聚自荐而入庞煖幕府，做了军令司马。由于谋划之功，颜聚在对燕之战获胜后晋升为庞煖部后军大将。后来，颜聚随庞煖奔走合纵，并率所部作为赵军加入了攻秦联军。不想最后一次合纵仓促败北，庞煖功罪相抵不赏不罚。当时，颜聚被一班元老抨击为“临战有差，致使赵军伤亡惨重”，要将颜聚贬黜为卒。面对元老们汹汹问罪，颜聚密见庞煖，坚请庞煖为其洗刷。庞煖身处困境，对颜聚作为大是不悦，皱着眉头道：“赵国朝局芜杂，老夫一时无力。将军必欲计较赏罚，老夫可指两途：一可出走他国，二可投奔郭开。”庞煖本意原在激发颜聚的大局之心，使其忍耐一时。不想颜聚愤然离去，果然找到了郭开门下。郭开正在笼络军中大将之时，自然正中下怀，遂对悼襄王赵偃一番说辞，为颜聚洗刷了罪名。赵迁即位，郭开立即擢升颜聚做了信都将军，成为与邯郸将军等同的高爵大将。自然，颜聚也成了郭开的忠实同道。

信都[1]者，赵国别都也。赵成侯时，虑及邯郸四战之地，遂在邯郸北部三百余里处修建了一座处置国事的宫殿式城堡，名曰檀台。其后历经扩建，赵武灵王时更名为信宫。长平大战后，赵孝成王将信宫正式作为赵国别都，类似于西周的丰、镐两京，遂有信都之名。以地理形势论，

[1]　信都，在今河北邢台市西南地带。别都，即后世之陪都，第二首都。

邯郸偏南，信都则正处整个赵国的中部要害，其要塞地位甚或超出邯郸。故此，信都将军的重要性丝毫不亚于邯郸将军。颜聚得郭开信任，能为信都将军，自然是目下应对兵变的秘密力量。

正在颜聚筹划就绪之时，郭开得到了庞煖旧部异动的要害消息。

事实上，庞煖的密谋举事一直在艰难筹划。要摆脱元老势力而单独举事，第一要务便是秘密联结军中将士。赵军统属多头，李牧边军正在与秦军主力做生死相持而不能分身，最可靠的办法是以庞煖旧部为轴心，相机联络他部将士。庞煖旧部多为“四邑[1]”将士，优势是驻扎位置极为要害，劣势是各方耳目也极为众多，做到密不透风极难。唯其如此，庞煖极为谨慎周密，把定宁缓毋泄之准则，一步一步倒也没出任何事端。及至入冬，庞煖已经与轴心将士歃血为盟，秘密约定来春会猎大典之时举事。赵国尚武之风浓烈，春秋两季的练兵会猎大典从不间断，即或逢战，也只是规模大小不同而已。会猎前后，各部将士之调遣行军再是寻常不过，根本不会引人疑虑。唯其如此，会猎举事是将士们最没有异议而能够一致认同的日期。庞煖兵家之士，心下总觉这个日期太正，丝毫没有出人意料处。然则只要一提到任何其他日期，总会有各式各样的异议与疑虑。为统人心，庞煖终于认定了会猎举事这个日期，寄望于正中隐奇或可意外成事。

各色密探门客将蛛丝马迹汇聚到上卿府，郭开立即嗅到了一种特异气息。

郭开立断立决，要在开春之前化解兵变灾难。从各方消息揣摩，郭开断定兵变主事的轴心人物是庞煖。为了证实这一评判，郭开特意派韩仓召春平君入宫会商对策。当郭开将重大消息明白说出几宗时，春平君大汗淋漓满脸涨红愤愤然大骂庞煖不止，并咬牙切齿地发誓追随郭开同心平乱安定赵国。郭开由此断定，元老势力大体被排除在兵变之外，心下大安，遂淡淡笑道：“只要足下没有涉足兵变，便是效忠王室，老夫安矣。至于平息兵变，不劳足下费力。然则，大事共谋，不教足下效力，

[1] 四邑，邯郸之外的四座防卫要塞，详见《大秦帝国·金戈铁马》。

老夫也是心下不安。”春平君立即激昂请命，愿率封地家兵袭击庞煖府邸，以早绝兵变隐患。郭开冷冷笑道：“足下好盘算，回封地调兵再聚集赵氏元老，摸浑水之鱼，届时一举吞灭两头，好独占赵国么？”春平君心思被郭开一语道破，大为惊惧，立即指天发誓，声言绝无此心，回府后绝不出门唯上卿之命行事。郭开站起冷森森道：“老夫何许人也，能放出你这头老狐？自今日起，太后卧榻便是你这只老鸟的肉窝。你敢迈下太后卧榻一步，老夫将你喂狼。”春平君已经深知郭开之阴毒，只有一脸沮丧地窝进了太后的胡榻。与此同时，一道赵王王书颁发各大官署：“春平君常驻王城，总领赵氏王族事务，与上卿郭开一道辅国。凡王族元老公子，但有国事族事不决者，皆可上书春平君决之。”王族大臣元老一时大为振作，将这道王书视为赵氏当国的重大消息，争相向王城大殿旁的春平君署上书，其中多数禀报的竟然是庞煖一班将士的种种不轨形迹。

“老父一刀剔开元老，诚圣明哉！”韩仓腻着身子对郭开大唱颂辞。

“老夫不圣明，有你小子威风？”郭开冷冰冰地拍打着韩仓不断晃动的秀美头颅，“给老夫窝住了那老小子。春平君不出王城，便是你小子功劳。否则，老夫生吞了你。”韩仓一边努力地嗯嗯嗯点头，一边听着郭开对他的部署：窝死春平君，盯紧李牧与赵葱，消息不灵唯韩仓是问。韩仓哭丧着脸对郭开禀报说，赵葱与春平君好办，唯李牧幕府森严壁垒，塞不进一个人去，只有向老父讨教。郭开思忖一阵道：“只要李牧仍与秦军相持，不理睬他也罢，待老夫平息兵变后再一总了账。目下要留心帮衬赵葱，务使李牧不疑。”

韩仓心领神会，立即亲自带着大队车马酒肉赶赴井陉山犒赏大军。韩仓郑重其事地就第一次下书误事向李牧致歉，并与赵葱在幕府聚将厅横眉冷对相互讥讽。李牧浑然不察其意，还将赵葱申斥了几句。至此，李牧又埋身井陉山军务，不再理睬军中各种流言。李牧确信，开春之后庞煖的举事必然成功，其时再来清理郭开韩仓这般秽物易如反掌耳。

安定了诸般势力，郭开立即开始了对庞煖的谋划。

赵王迁七年，一个多雪的冬天。

因秦国大军压境，赵国朝野分外沉闷。眼看年节将至，整个邯郸没有丝毫的社火驱年的热闹气息。此时，邯郸官署巷闾传开了一则令人振奋的消息：庞煖将被赵王封为临武君，即将率腹地大军奔袭秦军侧后断其粮道，与李牧合围秦军！消息传开，邯郸人弹冠相庆，年节气氛顿时喷涌出来，满街都是准备驱年的社火大队在练步。其时，庞煖并未在邯郸府邸，而是在四邑军营轮换驻足。消息传至四邑幕府，庞煖颇为惊讶，一时实在难分真假。不想三日之后，赵王急书飞到了庞煖幕府：擢升庞煖为临武君，立即前往信都接受赵王颁赐的兵符，率腹地大军与秦军大战！缜密的庞煖与旧部将士密商，将军们没有一人提出异议，都以为临武君手握重兵更是肃清朝局的大好时机；至于赶到信都接受兵符，那是因为赵王巡视抗秦军务已经亲自北上；赵王纵然昏聩，然起用名将抗秦毕竟是正道，为大将者岂能疑虑？一番议论会商，庞煖不再迟疑，立即率领一个三百人马队星夜赶赴信都。

谁也没有想到，庞煖从此便没有了消息。

颁行朝野的赵王特书说，临武君主张合纵抗秦，已经北上燕国再下齐楚两国斡旋联军事宜，开春便当有合纵盟约成立。庞煖旧部将信将疑，然毕竟庞煖历来倡导合纵抗秦，入宫对策再次提出也未可知，只有耐心等待临武君亲自回复的消息。如此沉沉两月余，庞煖还是没有任何消息。庞煖旧部大起疑心，秘密前往井陉山请见李牧会商。李牧也是疑惑百出，却终究不好从大相持中断然撤军查究此事，只有抚慰诸将再作忍耐，待来春水落石出再定。

李牧不知道，将军们也不知道，巨大的阴谋已经逼近了他们。

六　杀将乱政　巍然大国自戕自毁

多雪的冬天，顿弱从燕国秘密南下了。

王翦大军将赵国最为精锐的李牧大军牢牢拖在井陉山不能转身。北路李信大军，南路杨端和大军，皆受王翦军令，对赵军引而不发。如此形成的态势是：所有的赵国大军都被钉在三个方向不能动弹，如同被牢牢镶嵌在一个巨大的框架之中。尤其是南北两路，赵军不动尚可无事，赵军但有异动，立即便会引来秦军大举出击，以目下南北赵军之实力无异于立即崩溃。大势观之，谁都看得明白，赵军已经在三面秦军形成的巨大钳制下陷入了困境。但谁都不明白的是，秦军何以久久不动而空自消耗，秦军究竟在等待甚？半年僵持之中，山东四国也渐渐从秦军威慑的恐慌下解脱出来，由蜗居自保而开始探头探脑地派出特使赶赴邯郸探察实情，秘密试探在赵军死战拖住秦军的情势下合纵袭击秦军背后的可能性。对三路秦军而言，则由于大半年没有重大战果，将士们有些愤愤然急躁起来，整日嗷嗷求战。王翦多次严令加以反复申述，也仍然不能平息喷发于军营的汹汹战心。在秦国朝野，则渐渐弥漫出种种不耐议论，指责王翦畏赵不战灭秦军志气。也就是说，大半年相持如同当年的秦赵上党大相持一样，已经引出了种种骚动。

诸般消息聚到咸阳王城，秦王嬴政立即召李斯、尉缭会商。

李斯尉缭不谋而合，一致认为灭赵不能急功，若能在明年下赵已经是匪夷所思，不能求战心切，更不能催战于王翦。秦王爽朗大笑道："我与两卿同谋也！不求战，不催战，静观其变，看他赵国能耗得几多时日。"李斯道："大谋如此，然也不能当真了无动静。臣意，当使顿弱南下赵国，投石激变，或可使赵国自乱阵脚。"尉缭立表赞同。君臣三人遂商定部署：一则派特使北上燕国命顿弱南下激变，二则由李斯秘密赶赴井陉山与王翦共谋战事。

顿弱虽身在燕国，事实上却推动着掌控着赵国的种种变化。郭开总能恰如其分地接到求之不得的消息，李牧庞煖的种种掣肘，赵葱颜聚的飞快擢升等等等等，无一不有着顿弱设立在赵国的"商社"的影子。如今，赵国情势已经恰到火候，正在顿弱要上书禀报秦王自请南下赵国的时刻，秦王特书恰恰到了。顿弱展开竹简便是一阵大笑："君臣两心如此相通，宁非天意哉！"

旬日之后的一个雪夜，顿弱马队飞进了邯郸，飞进了秦国商社的秘密寓所。

次日清晨，上卿府舍人便有了回音：郭开将在胡风酒肆的云庐会见顿弱。

胡风酒肆，是赵武灵王胡服骑射之后林胡大商所开的胡店。在邯郸，乃至在天下列国，胡风酒肆都是赫赫其名。名之大者在三：其一占地最大，举店六百余亩居于邯郸商社云集的中心区，尽占车马通衢之便；其二有最为本色的胡地风情，草原葱绿胡杨金红帐篷点点炊烟袅袅，金发碧眼的胡女赶着雪白的羊群白云般流过，佳客随时可尝野合之乐趣，亦可将牧羊胡女揽进大帐做长夜销魂；其三有最为华贵隐秘的单于穹庐，可供大商巨贾邦交使节游学名士纵情密商酣畅议论。近百年来，这一片胡风酒肆不知搅动了多少天下风云。至少，吕不韦的赵国起事便是以这胡风酒肆为根基的。顿弱携巨金北上，几年来不知多少次在这片云庐与赵国权臣密会，一丝一缕地撬动着赵国的河山根基，成箱成袋地挥洒着秦国的金钱财货。今日眼见赵国这座巍巍大山根基松动，顿弱只要在最要害的穴位猛刺一针，这座大山便会轰隆隆崩塌沉陷了。唯其如此，辎车在漫天飞雪隐隐风灯中驶进苍黄的草原，顿弱的心绪是奇特的。亢奋中交织着一丝悲凉，壮心中渗透着无尽感慨，顿弱不禁高声吟诵起来："烨烨震电，不宁不令。哀今之人，胡憯莫惩！"

被一名金发胡女扶进穹庐后帐时，顿弱的惊诧是难以言表的。

郭开端坐在硕大的虎皮胡榻上，一个长发披散的俊美男子以最为淫秽的举动伏在郭开的大腿上，一个金发碧眼的秀美胡女狗一样趴在长发男子后臀上……在顿弱的记忆中，郭开是天下仅见的正行巨奸，不荒政，不贪财，不近色，唯弄权算人为其独特癖好。相交多年，郭开没有收受过秦国的一个半两钱，更不说金玉珠宝名马名车古董器物。然则，郭开当说则说当做则做，从来没有因为透露了某个消息或做了某件事情向顿弱开价。唯其如此，顿弱常有一丝疑虑闪过心头，郭开所为莫非是赵国的反间之策？然事实的每一次进展，都迅速证实着顿弱的疑虑是多余的。毋庸置疑，郭开实实在在是一个毁灭赵国的乱国大奸。每每印证一次这个评判，顿弱都会闪出一个颇为悲凉的念头：如此正派正行之能才，偏成巨奸毁国之行，宁非天意亡赵哉！

"顿弱兄何其惊诧也。"郭开坦然抚摸着俊美男子的长发，平静地笑着。

“上卿之行非人所为，顿弱难解。”

“名家顿弱，也有难解之题？”

“上卿是说，今日当客奇行，乃有意为之？”

“老夫作为，岂能无意？”

“顿弱不能破解，上卿便另谋他途？”

“足下尚算有明。”

“反之，顿弱若能破解，上卿便成盟约。”

“愚钝之人，不堪合谋。”

“上卿奇行，意在告我：上卿非无人欲，只在所欲非常人也！”

“足下解得老夫心意，可为一谋。”郭开一手冷冰冰地抬起俊美男子下颔，说声下去。俊美男子顺从站起，突然恶狠狠扯着金发女子的长发大步拖到了木屏之后，之后一阵奇异的响声传来，俊美男子又悠然走了出来，笑吟吟站在了郭开身侧。

“此乃老夫男妾，亦为老夫子奴，官居赵王家令，韩仓是也。”

郭开若无其事地介绍着，顿弱陡然生出一身鸡皮疙瘩。韩仓之名之行，顿弱熟得不能再熟，然韩仓其人，顿弱从未见过。依着寻常列国宫廷龌龊之通例，身为赵王家令的韩仓是赵王宠臣，决然不该在同样是臣子的郭开面前成为如此卑贱的肉宠。同为大臣而如此不堪，顿弱对赵国不禁生出一种难言的厌恶与怜悯。

“上卿去李牧，须得何种援手？”顿弱对韩仓看也不看。

“赵国之事，老夫不须援手。”郭开矜持而冰冷。

“果真如此，上卿何须约秦？自立赵王是了。”

“若无秦国，老夫早是赵王矣！”

“上卿知秦不可抗，尚算有明。”

“赵国当亡，秦国当兴，老夫比谁都清楚。”

“既然如此，上卿与秦联手倒赵，正得其宜，何言独力成事？”

“老夫为秦建功，自有老夫所求。”

“上卿但说无妨。”

“赵国社稷尽在老夫。”郭开扶着韩仓的肩膀站了起来，一步一步地走到了顿弱案前，森然怪异竟使叱咤邦交风云的顿弱心头猛然打了个寒噤，“无论赵王，无论太后，都是老夫掌心玩物而已。老夫生逢乱世，不能独掌赵国，却也要以赵国换得个安心名头，以慰老夫生平弄权也。老夫若将赵国奉于胡人匈奴，足可为一方单于，拥地百千里而奴隶牛羊成群。老夫所不明者，奉赵于秦，秦何以待老夫？”

“上卿终显本色，顿弱佩服！”

“老夫有欲，欲于异常。”

“上卿所求者何？”

“秦国所予者何？”

“上卿所求必大，容顿弱旬日后作答如何？”

“若非秦王亲书，足下便走不出邯郸了。”

“上卿胁迫顿弱？”

“老夫若挟赵王入胡，一颗秦国名臣人头之礼数，总该是有的。”

“上卿不怕顿弱先取了你这颗白头？”顿弱哈哈大笑。

“密事算人，只怕足下不是老夫对手。”郭开一如既往的冰冷。

“好！顿弱人头先寄在上卿剑下。告辞。”

“旬日为限！”

顿弱举步间，身后传来韩仓柔亮美妙的声音。顿弱情不自禁回头，一眼扫过这个赵王家令明艳的脸庞妖冶的身段，心下又是一个激灵——天下妖孽奸佞独聚于烈烈赵国，上天之弄人何其滑稽何其残忍哉！

九日之后，一骑快马密使在寒冷的冬夜抵达了邯郸的秦国秘密商社。

秦王嬴政的特急王书是：秦国灭赵，郭开可为赵国假王[1]治赵，唯不得拥有私兵。特书外附有一管密书云：顿弱可将王书派员交付，毋得亲见郭开。顿弱心头突突大跳，如此巨奸若为赵国假王，岂非天下大大隐患？然顿弱深知秦王嬴政之长策伟略过人，更有李斯尉缭与谋，能出此等亘古未闻之大赏必有其中深意，决不会放任郭开荼毒赵国。至于附

[1] 假王，以王之名义代行治权，如后世代理之义。

书，顿弱认定是尉缭所谋，未免多心。素来与郭开会商，都是顿弱亲自出面，今日事端更大，派员前往如何不引起郭开疑虑？一番思忖，顿弱打消了上书求改之意，立即约见郭开。

“知老夫者，秦王也！”郭开抖着王书第一次绽开了苍老的嘴角。

“上卿将为赵王，顿弱先贺。”

“足下贺我，有得是时日。”

“不。邦交事务繁剧，上卿既无须援手，顿弱即行告辞。”

“足下意欲何往？”

“无论何往，皆不误事。上卿若须援手，可找秦人商社传讯。”

“老夫所需援手，只在足下一人。”

“上卿何意？”顿弱心头骤然一动。

“足下做事可也，只是不得离开邯郸王城，以备与老夫随时共谋大计。”

“上卿密行拘押顿弱，不怕鸡飞蛋打乎！”顿弱哈哈大笑。

“人言秦王有虎狼之心，老夫安得不防？”郭开绽开的嘴角突然收紧，阴沉狞厉之相森森逼人，“老夫谋事，鸡飞不了，蛋打不了。倒是足下，斡旋列国邦交，几曾品咂过一国王太后美味哉！足下只要跟从老夫，赵国太后便是足下奴婢一个，成群胡女便是足下一群牛羊。如此天上人生之况味，足下不欲拥乎？”

“非人之行，上卿尽可自家品咂，顿弱无心消受。”

“只要老夫有心，足下之心何足道哉！”

“上卿之意，顿弱要做人质？”

“做得如此人质，也是足下之福。”

郭开冷冰冰一句扬长而去。顿弱遂被两名胡女扶进了一辆密不透风的高车，辚辚出了云庐。动静触手之间，顿弱已经觉到两名胡女四条臂膊的铁石力道，寻机挣脱之意顿消，心绪立即宁静下来——只要郭开不堵死与商社通联之路，何惧之有也。

井陉山变成了茫茫雪原，黑红两片营地都陷入了广袤旷远的沉寂。

立马高冈凝望关外，李牧身心寒彻直是冰雪天地。对于大军战场，李牧具有一种寻常将军无法企及的明锐感。两军相持半年余，秦军的正式攻坚却只有开始的那一次，其后便是无休止的袭击骚扰。仅仅是那一次攻坚，李牧已经敏锐地洞察到秦军战力之强远非今日赵军可比。假若岁月倒转二十余年赵孝成王在世，李牧完全可能如同早年反击匈奴的深远谋划一样，为赵国练出一支与边军具有不同风貌的重甲锐师，专一与秦军一较高下。然则，孝成王之后的赵国已经乱得没有了头绪，君王荒淫奸佞当道阴谋横行，所有的实力圈子都在黑暗中摸索，死亡的气息已经越来越浓厚地弥漫了赵国，扑上了每个人的鼻端。于今谋取雄师，无异于临渴掘井，不亦滑稽乎！李牧所能做的，只有以目下这二十万兵力与秦军对抗相持，能抗多久是多久。假如庞煖尚在，兵变扭转朝局的希望未灭，李牧对抗击秦军还是深具信心的。毕竟，赵国有久战传统，有举国成军的尚武之风，更有虽散处三方然终究尚存战力的四十余万大军。然庞煖这团政事火把一灭，李牧真正地冰寒入骨了。庞煖出事，意味着赵国反对昏政的势力彻底地分崩离析，扭转庙堂格局的希望也彻底地破灭。元老们鸟兽散了，将军们鸟兽散了。愤懑的国人群龙无首，又被种种流言搅得昏天黑地是非难辨，纵然李牧可以登高一呼，谁又能保国人会攘臂而起？再说，纵然国人攘臂而起，不说当不得秦军冲击，先当不得郭开赵王的黑衣王城军，还不是白白教庶民百姓血流成河？

国政无奈，战场同样无奈。

自庞煖失事，李牧夜夜不能成眠。每每眼看着连绵军灯在稀疏的星光中没入朦胧曙色，声声刁斗在凄厉的号角中陷入沉寂，李牧却还在一片片金红的胡杨林中游荡着。桀骜不驯的李牧雄霸军旅一生，第一次尝到了四顾茫然走投无路的无奈。假如王翦的二十万大军能死命攻坚，使他能痛快淋漓地血战一场，李牧的心绪或可获得些许平静。毕竟，将军战死沙场化为累累白骨，也是一种壮烈的归宿。然则，秦军偏偏不战又不退，就如此这般耗着你，要活活窝死二十万赵军！一想到长平大战中白起的“以重制轻，以慢制快，断道分敌，长围久困”而使五十余万赵军一举毁灭，李牧心头便是一个激灵，生平第一次对战场情势生出了一种本能的毛骨悚然感。李牧佩服秦国能坚实支撑四十余万大军远道灭国的后援能力，仅仅是这一点，赵国便无法望其项背。李牧更佩服如此国力之下，秦国竟然不仅涌现出王翦这样的老辣统帅，还能涌现一批诸如蒙恬李信杨端和王贲章邯这样的谋勇兼备的年轻大将。他们不骄不躁扎实进逼，使赵军退无可退战无可战，干净彻底地剥夺了赵军的战事自主权，赵军只能窝在原地等着挨打等着崩溃等着死亡。三十余年战场阅历，剽悍灵动的李牧从来是制敌而不受制于敌的。这一次，李牧却得眼睁睁拥着二十万大军不能挪动半步，眼睁睁陷进说不清是秦国还是赵国抑或同时由两方甚至多方掘成的深深泥沼，直至没顶窒息而又无力挣扎。徒拥大军而只能无可奈何地等死，李牧脊梁骨的寒冷与其说是恐怖，毋宁说是悲凉。

……

“大将军，赵王特书！”

亢奋的禀报夹着急骤的马蹄飞上了高冈，是司马尚亲自来了。

“何事？”李牧依然遥望远方，丝毫没有转身的意思。

“王书在幕府。特使韩仓说，赵王召大将军商议会战秦军！”

“韩仓来了？”

“对！韩仓还说，庞煖策动合纵，联军有望！”

“你信么？”李牧骤然转身，迷惘的目光充满惊诧。

“大将军，我军大困……宁可信其有，不可信其无。”

“你是说，要李牧奉命？”

“大将军若有脱困之策，或可，不奉命。”司马尚说得很艰难。

李牧良久默然。对于司马尚这位合力久战的将军，李牧几乎是当做兄弟般看待的。司马尚对李牧，也是景仰同心的。无论是对元老势力还是对庞煖部属，两人纵然有过些许歧见，最终都丝毫没有心存芥蒂。这支大军的灵魂是李牧，而能走进李牧内心深处的，只有司马尚。李牧不相信郭开韩仓，更不相信赵王迁。那般龌龊君臣果真有抗秦保国之心，岂能大半年将二十万大军丢在井陉山不闻不问？今日若真心要与秦军会战，便当亲赴军前激励将士，如同当年秦昭王亲赴河内为白起大军督运粮草一般。果真如此，郭开赵迁纵然此前有罪，李牧夫复何言！召李牧入宫而商议会战，能是真心会战么？无论李牧如何不精通君臣权谋，至少清楚地知道，赵国的许多要害人物都因为入宫而面目全非或泥牛入海。春平君如此，赵葱如此，庞煖也如此。赵国王城在赵国朝野眼里，早已经是神秘莫测的陷阱，那里盘踞着一条咝咝吐芯的斑斓巨蟒，随时准备吞噬走进王城的每一个猎物。明乎此，李牧还要重蹈覆辙么？可是，李牧明白，司马尚不明白么？司马尚既然明白，何以要宁可信其有，不可信其无？说到底，赵军大困雪原是实情，而不能解困则只有空耗等死。作为大军统帅与副帅，既没有脱困之策，又要放弃闪烁在眼前的一丝希望，对二十万将士如何说法？自己心下何安？

“幕府。”马鞭一抽战靴雪块，李牧转身走了。

幕府聚将，接受王书，无论韩仓如何神采飞扬地宣说赵王之志，李牧始终没有说一句话。韩仓自觉无趣，终究灰溜溜住口。李牧这才站起身来，拄着那口数十年须臾不离其身的长剑，平静地一挥手道：“司马尚执掌军务。”说罢，李牧对着满厅大将肃然深深一躬，一转身大步赳赳出了幕府。

哗啦一声，大将们都拥出了幕府，人人泪光，人人无言。赵葱与其部属大将，也一般地热泪盈眶。李牧没有一句话，再次对将军们深深一躬，翻身上了那匹雄骏的阴山战马，一举马鞭，便要带着生死相随的两百飞骑风驰电掣般去了。

“大将军稍待！”司马尚骤然前出，横在李牧马前。

李牧圈着战马看着司马尚，脸色平静得有些麻木。

“诸位将军！我等随大将军一同入宫，向赵王请战！”

随着司马尚的吼声，大将们哄然一声爆发，愿随大将军请战的呼喊在雪原山谷荡出阵阵回音声浪。韩仓看得大急，厉声喝道：“国有国法！赵王召大将军会商战事，何有拥兵前往之理！你等要反叛么！”“鸟！脏货小人！”边军大将们被激怒了，一声怒吼蜂拥抢来围住了韩仓。赵国素有兵变传统，大将们当真杀了韩仓，谁也无可奈何。赵葱眼见李牧冷笑不语，心下不禁大急，一步抢前挡在韩仓面前高声喝道：“少安毋躁！

都听我说！”边将们稍一愣怔，赵葱部将已经围了过来纷纷拦挡边将们上前。韩仓早已经吓得两腿发软，靠在护卫身上不能动弹。赵葱高声道：“杀死韩仓事小，牵连大将军事大！大将军既已奉命，自家部将却杀了王使，大将军对赵王如何说法？陷大将军于不忠不义，我等有何好处！赵葱之意：听凭大将军决断，大将军不去王城，我等拥戴！大将军去王城，我等也拥戴！”大将们纷纷嚷嚷终于汇成一片吼声：“好！听大将军说法！”

“诸位，”李牧不得不说话了，“我军久困井陉山，粮草将尽，援军无望，退不能退，进无可进。若无举国抗秦之势，则我军必败，败得比长平大战还要窝囊！李牧毕生征战，不曾窝过一兵一卒，而今却要活活窝死二十余万大军，心下何安也！将军百战，终归一死。而今赵王有会战之书，这是赵军的唯一出路，也是赵国的唯一出路！唯其如此，纵然刀山在前，李牧死不旋踵！”

所有的大将都沉默了，唯有旌旗猎猎之声抖动在寒冷的旷野。

“司马尚与大将军同往！”

“不。谁也不要同往。”

李牧对慷慨激昂的司马尚一摆手，圈马转身对将士们高声道：“兄弟们，战死沙场才是将军正道！谁也不要将鲜血洒在龌龊的地方！都给我钉在井陉山，扛住王翦，扛住秦军！纵然血染井陉，也教秦人明白：赵国之亡，不在赵军——”

“赵国之亡，不在赵军！！”

将军们的吼声激荡了整个军营。片刻之间，连绵大营交相激荡起愤怒的吼声。“赵国之亡，不在赵军！”所有人都被这句话震撼激发起来，长期憋闷的火焰突然喷发了。兵士们拥出了帐篷，民伕们拥出了山洞，红色的人群奔跑者汇聚着，一片无边无际的火红包围了幕府包围了李牧。

“我民威烈，天恒亡之，李牧何颜立于人世哉！”

李牧一声喟叹轻夹双腿，阴山战马长嘶一声飞入了茫茫雪原。

赵国的最后一个冬天，李牧离开了井陉山营地，从此永远没有回来。

多年之后，李牧最后的故事渐渐流传开，化成了谁也无法印证的种种传闻。历久沉淀，李牧的结局又进入了一片片竹简刻成的史书。《史记·廉颇蔺相如列传》所附之《李牧传》云："秦多与赵王宠臣郭开金，为反间，言李牧司马尚欲反。赵王乃使赵葱及齐将颜聚代李牧。李牧不受命，赵使人微捕李牧，斩之。废司马尚。"《战国策·秦策》则记载：赵有宠臣韩仓，以曲合于赵王，其交甚亲，其为人嫉贤妒功臣；赵王听信韩仓，召回李牧，命韩仓历数其罪；韩仓说李牧见赵王而捍匕首；李牧辩说自己患有孪曲病（手脚僵硬），恐见赵王行礼不便而接了假手，并愤然对韩仓亮出了假手；然韩仓还是以王命为辞，胁迫李牧自裁了。当代历史学家沈长云等所著《赵国史稿》[1]对如上说法做了辩驳考证，结论云："他所讲述的李牧的故事（司马迁听冯唐所讲述的李牧故事），并不比《战国策·秦策》所载更可信。"

无论李牧之死有多少种说法，李牧确定无疑地被赵国庙堂杀死了。

李牧之死，开始了赵国最后的噩梦。

这是公元前229年冬天的故事。

七　灭赵大战秋风扫落叶般开始

王翦一接到顿弱密书，立即下令全军备战。

对山东五国尤其是赵国的军政态势，王翦是刻刻上心的。除了顿弱、姚贾的伐交商社，王翦还在秦军斥候中反复遴选，编成了一个六百人的精悍的间士营，专一深入各国搜集军政消息。所以如此，在于王翦是战国末期最具政略眼光的统军名将。王翦对秦军大举东出有一个根本评判：秦欲灭六国而一统天下，不战不行，唯战不行；此间分际，在于如何最大限度地不战而屈人之兵，从根基上摧毁六国。也就是说，王翦是战国之世将兵家大道与统兵征战之才水乳交融于一身的大军统帅，也是军政兼明的唯一统帅。大军开出之前，王翦夜入咸阳，与秦王嬴政专门就战法作了一次商讨。

---

[1]　中华书局2000年11月第一版。

“老臣统兵出关，欲变秦军旧日战法。”王翦开门见山。

“何以变之？愿闻见教。”秦王没有惊讶。

“秦军传统战法，以攻城略地歼敌大军为要旨。是故，攻必拔城下地，战必斩首灭军。行之日久，遂成传统。拔城斩首之数额，亦成军功大小之尺度。而今，秦军以灭国为要旨，便不能仅仅以拔城败军、斩首灭敌之法对山东作战。灭国之战，目的在摧毁其国政根基，铲除其王族庙堂，而不仅仅在战场歼敌。是故，战法须变。”

“上将军怕本王以旧战法施压催战，故先申明？”

“秦王之压，老臣可辩。朝野将士施压求战，老臣难当。”

“灭国大战，战法大要何在？”

“大要在三：战胜不求斩首，夺政不求下城，除奸不求灭贵。”

“愿闻其详。”

“其一，战胜不求斩首。我军对敌，务求战胜而败其军、溃其心可也，不能大肆斩首杀戮，以免其举国成军作困兽之斗。当年长平大战，武安君坑杀赵军数十万降卒，反逼得赵国死心血战而我军反败。如此覆辙，不可重蹈也。其二，夺政不求下城。灭国根基，在于夺取都城、去其庙堂、除其施政之能。是故，我军攻占都城之后，不能如既往那般攻占掠夺财货人口。当年乐毅攻齐，下齐七十余城而不能灭齐，在着力过甚也。如此覆辙，不可重蹈也。其三，除奸不求灭贵。而今山东昏昧，各国都有奸佞盘踞庙堂，以致山东列国大都成为一盘散沙。我军入都夺政，仅除奸佞而不诛杀世族贵胄。如此，可免世族追随残余王族逃国抗秦，则国可安也。此为老臣三战之法。”

“嬴政谨受教！”年轻的秦王二话没说，挺身长跪肃然一躬。

那夜会商一了，秦王嬴政下了一道特急王书给各要害大臣并各军大将，将王翦陈述的战法方略全数申明，王书末了道：“上将军之战法，乃秦军灭国之精要，务求实施军前。东出大战，但凭上将军调遣，本王并在国大臣、军中将士，悉数不得施压催战！”

唯其如此，王翦大军在井陉山与李牧大军相持半年未曾激战，李信、杨端和两路大军逼而不进引而不发，挟雄厚军力空耗巨额粮草亦大半年不战，秦国朝野无强烈催战之声浪，当可解也。虽然如此，军中将士对风雪半年不战不退毕竟难以忍耐，眼看年节将近，幕府依然没有大战迹象，秦军将士终于焦躁了。

“再不出战，我等上书秦王求战！”蜂拥而至的将士们不断地吼叫着。

王翦走出幕府，只说了一句话：“发下令箭，老夫准许尔等赴咸阳求战。”

将士们默然了。幕府求战，无非焦躁之心不可耐而已。大将们谁都知道秦王特书，果真赶赴咸阳，求战不成反倒可能耽搁了战场立功。毕竟相持日久，大战随时可能迸发，将士们只是不耐风雪壁垒之清冷而寻求早战。王翦不再如同往日那般说服，而是破例准许将士直赴咸阳请战，将士们反倒一片沮丧没了声气。

“信得过老夫，自回营垒。”又是一句，王翦走了。

在将士们请战的旬日之后，顿弱的密书到了。此前，王翦已经从间士营得到密报：顿弱被郭开羁留邯郸王城形同人质。所以，王翦对顿弱密书所报的李牧去军消息不能立即断定虚实。毕竟，郭开是天下第一大奸，顿弱其人王翦也不甚熟悉，王翦宁可等待消息印证而后断。正在秦军将士们走出冰雪壁垒收拾营地军械嗷嗷备战之时，间士营消息到了，与顿弱所报一致：李牧去军，进了柏人行宫。

“南北军令发出。”王翦拍案而起。

两司马立即带着早已拟好的军令飞出了幕府，向南北两路大军而去。

“聚将鼓！”王翦大手一挥，赳赳大步出了军令坊。

辕门外的隆隆鼓声未过三通，大将们已齐刷刷赶到了幕府聚将厅。

“诸位，李牧去军，我军战机已到！”

王翦激昂的话音落点，大将们却没有惯常的亢奋神情，一阵惊讶之后反倒显出几分落寞，人人板着脸一片默然。王翦悠然一笑，倏忽肃然道：“李牧两胜秦军，诸位寻仇之心甚重，唯以李牧为对手决战而后快。此等战心，老夫尽知也。与天下名将一见高下，为将之雄心猛志也。老夫，也是一样！然则，此为灭国之战，不是寻仇之战！灭国之战，要的是国家功业，不是一将功业！若赵国政事清明，李牧可全力率赵军抗秦，我军自当与李牧放马一战，其时战胜李牧，自是秦军功业荣耀！然目下赵国庙堂昏昧，李牧大军左右掣肘内外交困粮草匮乏后续无援，秦军战胜如此李牧大军，荣耀乎！耻辱乎！反之，李牧死于赵国庙堂，可显忠勇志节，可彰赵国恶政，青史皇皇其名！李牧死于秦军，则秦国徒负恶名，赵人必恨秦国。其时也，赵人追随残余王族死力抗秦，亦未可知！果真如此，秦国一统天下之大业何在！故此，灭国大战，根在大局，不在是否与一将做沙场寻仇之战！”

“不求寻仇！愿奉将令！”

以军中惯例，大将们同声一吼，认可了主将说法。

王翦一眼扫过大厅，长吁一声，长剑打上六尺立板上张挂的羊皮地图道：“只要李牧去军，不管赵军何人为将，我军都立即开战灭赵！战法是：南北两路大军同时猛攻，杨端和南军合围邯郸，李信北军直下代郡进逼信都与柏人行宫。其时，赵国必令井陉山赵军出动，或救邯郸，或保信都，两者必居其一。我西路大军则无论井陉山赵军如何出动，都全力越过井陉山追击赵军，横插赵国中部，将赵国拦腰截为两段！使邯郸、信都、柏人三处庙堂根基不能相连，根除其施政聚兵之出令轴心！”

“明白！”聚将厅一声雷鸣。

“章邯军攻占井陉关，而后扼守井陉关善后！”王翦拿起了第一支令箭。

“嗨！”章邯在满厅大将热辣辣的目光中接过了令箭。

“大军东出井陉关后，冯劫部插入邯郸信都之间，遮绝两都通连！”

“嗨！”

“冯去疾部插入信都柏人之间，遮绝赵国陪都与行宫之通连！”

“嗨！”

“老夫中军，对赵军主力衔尾疾追，会战灭军！”

“嗨！”几员中军大将齐声拱手。

王翦指点地图，做最后部署道：“旬日之后，我南北两军可同时出动，开春之际，我两军可同时深入赵国。届时，我井陉山大军全力开战，务须在半月之内切断赵国中部！为此，各军务必在一月之内清营轻装，届时全力出战！”

“攻占井陉山！一战灭赵国！”

秦军将士的吼声激荡着白雪覆盖的崇山峻岭。

赵军连绵营地却冷冰冰一片，没有任何动静。

秘密诛杀李牧之后，郭开立即开始了自己的铺排。

两道赵王急书连夜飞向邯郸所有官署与赵国郡县。第一道王书称：大将军李牧久处冰雪之地，觐见赵王做礼之时突发挛曲症，四肢僵直无以伸展；本王心急如焚，正亲督太医日夜在柏人行宫医治李牧，朝野臣民少安毋躁。第二道王书称：抗秦事急，本王决以公子赵葱、信都将军颜聚为井陉山赵军大将，先行备战；来春，本王将亲出邯郸，督导三路赵军与秦军决战；朝野臣民务须各司其职各安其所，届时举国同心以胜秦安赵。两道王书传遍朝野，赵人无不云山雾罩不知其所。信王书么？李牧正在盛年其壮如牛，突发怪异至极的挛曲症，实在难以理解；有郭开韩仓在国，李牧十有八九是出事了。不信王书么？王书所言似乎也有几分道理：爬冰卧雪奔波沙场，赵军将士患挛曲症并非一人，谁又能说李牧确实没有挛曲症？再说赵王已经明定开春亲自督战会战秦军，此前纵然有过，毕竟还是满足了朝野期盼的举国抗秦热望，赵王还能如何？如此纷纭之下，赵国朝野懵懂了，人们几乎是本能地长叹一声：“赵国艰难，且看来春如何了！”

在举国疑惑的冬末，赵葱、颜聚接掌了井陉山幕府。

赵王王书随着两位新主将抵达幕府：司马尚被罢免副帅职务，贬为云中将军，即日起程回云中大营筹划对北路秦军战事，理由是“司马尚善领边军为战，当效大将军李牧建功”。当然，司马尚不能带走井陉山的十万边军与任何部将，而只能一人离军北上。王书一宣，司马尚代李牧交出兵符，一句话没说离开了井陉山幕府。

司马尚马队没入了茫茫雪原。

从此，这位忠实辅佐李牧的赵军名将不知所终。

赵葱颜聚的第一道军令是：为协力同心，十万边军与十万腹地赵军立即混编，一律以腹地将军为混编营大将。于是，赵军在井陉关内外的四道壁垒间开始了纷乱庞大的流动，相互混编而重新划分防守壁垒，一时人喊马嘶冲突不断，关内关外乱得不亦乐乎。匆匆月余，眼看残雪消融地气转暖，赵葱颜聚第二道军令传下：放弃关外两山壁垒，大军退回关内整备，准备来春在赵王统率下会战秦军。同时，赵葱颜聚通令南北赵军，春二月同时出动反击秦军。赵军在如此将令之下，事实上放弃了所有的壁垒要塞防守，重新匆忙集结准备做大肆反击。一时，赵军各部从冰冷的雪地壁垒钻了出来，如释重负般在忙乱中一片热气蒸腾。赵葱颜聚更是亢奋万分，只盼着大战反击秦军的时日快快到来。

便在此时，秦军攻势如春日惊雷骤然炸开！

从赵葱颜聚接到第一道战报开始，未及旬日，南路杨端和军大举进逼邯郸外围要塞，北路李信秦军一路直下逼近信都。赵葱连赵王的王书都没有等到，已骤然面临已经逼近到百里之内的李信军的威慑。赵葱颜聚来不及谋划，匆忙下令井陉山赵军向信都柏人方向靠拢，正面抵挡李信军南下。不料，赵葱大军刚刚开始向南回收，井陉山秦军已经潮水般开过了几乎不设防的井陉关，猛烈地咬住了赵葱大军。更有秦军冯劫部两万铁骑飞兵超前，一举插在信都与邯郸之间的隘口，迅速构筑壁垒，截断了井陉山赵军的南下之路。同时，秦军冯去疾部两万铁骑飞兵插入信都与柏人之间的山地隘口，一举截断赵军向东南靠近大陆泽与巨鹿要塞的通道。万般无奈，赵葱颜聚只有下令全军回身死战。

王翦亲率十余万秦军重甲精锐，在残雪未消的山塬间与赵军展开了大战。

这时，赵军统帅赵葱已经完全慌乱，匆忙间想也不想便接受了司马出身的颜聚的谋划对策：两人各率十万大军，据守南北两厢，诱使王翦大军从中央山地进兵，南北夹击合围秦军。不想两人分兵方完，赵军因重行混编成步兵骑兵均有的新军，原先的边军飞骑丧失了剽悍灵动，原先的腹地步军与少量马军也丧失了熟悉的阵战部伍，两相陌生，行动大为迟缓。堪堪离营尚未展开上路，黑森森的王翦大军已展开成巨大的扇形从辽阔的山塬逼了过来。秦军的战法简单实在：两翼铁骑包抄，中央重甲步军在漫天箭雨后强力冲杀。如此不到两个时辰，赵军全线溃退。北路赵葱部突围，被两翼秦军铁骑截杀，赵葱当场战死。南路赵军溃败之际，早有准备而没有深入战场的颜聚立即突围，落荒而去，从此不知去向。

赵国最后一支精锐大军，自此尸横遍野彻底溃散。

早在王翦大军越过井陉山之际，身在柏人行宫的郭开已经明白了赵国大势已去。郭开的谋划只有最后一步的实施了：挟持赵王迁一行回邯郸，以内灭赵国之功向秦王索封；若秦王食言，则郭开立即杀死秦国大臣顿弱与赵迁、太后等王室庙堂人物，使秦国灭赵因未得赵王又失大臣而变得没有任何光彩。郭开相信，秦国正在灭国之初，决不愿战胜世仇赵国而落得如此没有颜面。唯其如此，赵葱颜聚大战未开，郭开已经统领自己掌控的黑衣王城军，严密护持着王室人物及秦国大臣顿弱，连夜南下邯郸了。

此时，杨端和大军已经逼近邯郸，得知赵王从北路进入邯郸，立即急报王翦请示方略。王翦下令杨端和：逐一拔除邯郸外围城邑，使邯郸成为彻底失去外力救援的孤城，下城时日待赵国北部情势而决。南路部署妥当，王翦大军横断赵国中部，击溃赵葱大军之后遂与李信的北路军会合。此时，王翦主力大军驻扎在已经攻占的赵国北都——信都，只下令李信军一步步南下逼近邯郸。王翦给李信的军令是：不求其快，唯求其稳，见战则战，务求击溃沿途所有赵军。王翦对自己统率的主力大军的部署几乎一样：不求下城，唯求败军，三月之内扫清赵国北部的所有赵军。

方略既定，王翦的特使飞骑日夜兼程赶赴咸阳。

未几，秦王嬴政的王书飞到王翦幕府："上将军目下方略，本王深以为是。灭赵不求一鼓而定，唯求明度时势，大定赵国。本王之意，秋冬之际安定赵国。届时，本王将亲临邯郸。此前方略机变，上将军相机定夺可也。"王翦没有片刻耽延，立即将秦王王书复刻两卷，飞送李信、杨端和幕府，嘱其不得骄躁下城。

月余之后，李斯统领的一支三百人官吏车马开进了信都。李斯王翦再聚军前，两人皆振奋欣然。夜来军宴，李斯对王翦备细叙说了在咸阳与秦王的谋划：先行派李斯率三百吏员入赵，意在先行廓清赵国既往政事图籍，接掌要害府库并谋定郡县设置，不使赵国陷入混乱无治之状态。王翦拍案赞赏道："长史此举，大明也！赵为山东屏障，理清赵国之根基，天下几近初定也。信都为赵国北都，典籍政令悉数在焉。长史三百吏员，半年之内必能化赵国于胸腹间也！"两人一时抚掌大笑，说到四更方才散去。

八　秦王嬴政终于昂首阔步地踏进了邯郸

胡杨林一片火红的十月，邯郸陷落了。

邯郸不是被攻破的，而是在秦军的威势之下自己坍塌的。面对杨端和大军与李信大军南北夹击，赵国腹地的赵军没有一个像样的大将领军防守邯郸，更兼井陉山主力大败的消息迅速传开，赵军顿时乱得没了章法。事实上，赵军主力二十余万全部集结在井陉山，其余近三十万大军的分布是：云中大营留守五七万，信都以北各要塞防守兵力十余万，南部边境及邯郸外围驻军十余万。若赵国庙堂清明，在秦军开进之初立即将井陉山之外的全部赵军集结为南北两路大军，交庞煖统领对抗秦军，两军兵力大体对等，秦军灭赵诚为难事。然则赵国政事昏昧，王翦李牧相持的大半年间，赵迁郭开一心只在剪除兵变隐患，对井陉山之外的赵军非但不做集结，而且严令各军坚守自家城邑，不奉王命不受调遣。此间全部原因，在于赵迁郭开深恐大军集结而促成兵变。是故，秦军南北中三路大举猛攻之时，井陉山之外的赵军依然陷于一盘散沙之态势。北部赵军被李信部分割击溃。云中郡留守边军闻讯南下，又被九原蒙恬部截杀击溃。邯郸之南，杨端和军一路北上，未遇大战便逼近邯郸，开始从容攻取邯郸外围诸要塞。九月秋风起时，邯郸外围驻军城邑全部被秦军占领，几乎没有一座城池做坚壁防守。如此，秦军如三把利剑，将赵国斩为四段：王翦主力居北拊背，斩断赵国代郡以北的草原地带与腹地之连接；李信军居中，斩断邯郸与信都两座都城地带之连接；杨端和军居南，斩断中原各国与赵国之连接，同时切断邯郸向南向东的两大通道。

入秋之时，邯郸事实上已经成为孤立无援的岛城。

还在攻取外围城邑之时，秦王嬴政便接到了顿弱密书：郭开请秦王先发王书于天下，明封郭开为赵国假王，如此可保赵国王室一人不缺全体降秦。密书同时附有郭开一支宽简，简单得只有一句话：“邯郸危乱，开不能保王城王室无事，唯秦王可保也。”郭开的威胁之意是显而易见的——秦王不明定郭开假王之位，秦国只能得到一座废墟一片尸体的邯郸。嬴政看得咬牙切齿，良久无策，遂登车夜访尉缭求教。尉缭思忖一番笑道：“奸佞之术，不当君子之道。郭开大奸，天下昭著。王不妨以小人之法治之，或能得天下拥戴亦未可知也。”嬴政笑道：“何谓小人之法？”尉缭道：“先得其国，再除其人。”嬴政哈哈大笑道：“国尉之法，诚小人哉！嬴政做之何妨。”当夜回到王城，嬴政唤来赵高秘密叮嘱了一番。赵高大为亢奋，立即风风火火准备去了。

旬日之后，秦王王书公告天下：“赵国将亡，上卿郭开有不世大功。本王拜郭开假赵王之位，领赵国政事民治，以为天下垂范。”随着秦国特使的车马，秦王王书迅速传遍列国，自然也传到了邯郸。一时山东列国愤愤然咒骂讥讽不绝，无不视秦国秦王与郭开狼狈两奸乱天下。已经失国的赵国臣民得闻秦王王书，死一般的沉寂。只有已经盘踞邯郸王城的郭开大喜过望，立即带着心腹黑衣剑士闯进寝宫，将赵王迁从腥臭污秽的胡榻上与一群雪白溜光的胡女剥离开拖将下来，软囚在事先预备好的一间密室里。事毕，郭开又立即赶到太后寝宫，将正在与春平君及韩仓胡天胡地的转胡太后拖将出来，如例关进密室。关闭密室时，郭开啪啪啪拍着转胡太后的白臀一阵大笑道：“太后肉臀，老夫之利器也！老夫欲将你这母狗与我子韩仓，一并献给秦王。两奴若能陷嬴政于胡榻烂泥，诚不世奇闻也！”转胡太后与韩仓乐得咯咯直笑，郭开已头也不回地去了。最后，郭开又将没有离开邯郸的所有王族全数拘押到王城偏殿，令春平君为监守尉，一人出事唯春平君是问。这位老王族公子非但没有愤然作色，反倒诚惶诚恐诺诺连声，引得罹难王族一片侧目。

入夜，郭开大宴顿弱，笑不可遏道：“老夫功业就矣！顿子何贺哉？”

“脓疮蛇冠，竟为功业，天下奇闻也！”顿弱哈哈大笑。

“一人之力灭一国，天下何人可为？”郭开分外认真。

“鼎肉不饱一夫，孤鼠可坏一仓。害国之道，小伎而已。”

“足下迂阔之徒，老夫何足与其论哉！”

郭开带着从未有过的醺醺酒意纵情狂笑着走了。

惊愕的顿弱被黑衣剑士蒙上双眼，押到了一个谁也无法揣摩的去处。郭开的下一步棋是：秦王必须以顿弱为赵国假相永留赵国，否则，世上便没有了顿弱。

秦王车驾隆隆进入邯郸的那一日，在整肃威猛的秦军长矛甬道中，郭开带着大队黑衣剑士押着赵迁为首的王族降者，在王城南门前整整排开了六列。赵迁抱着铜匣王印，站在秋风中枯瘦如柴瑟瑟发抖，活似一具人干。郭开高声唱名之后，青铜王车上的嬴政凝视着黝黑枯瘦的赵王，紧紧皱着眉头一脸厌恶之色，脚下一跺，连王印也没有接受便驱车进了王城。王城大殿前，李斯郑重宣读了秦王王书：赵王降秦，拘押咸阳以待处置；赵国归并为秦国郡县，南部设立邯郸郡，北部诸郡容后待定；赵国民治政事，由假王郭开统领。

“老臣敢请秦王，以顿弱为赵国假相襄助政事。”郭开精神大振。

“宣顿弱。”秦王嬴政平淡得毫无喜怒。

“宣顿弱领命——”护卫王车的蒙毅响亮一呼。

“老臣禀报秦王，”郭开知道秦王此举是迫使他交出顿弱，连忙趋前一步高声道，“上卿顿弱奔波邦交，风寒症已非一日，已在太医署密室救治旬日，卧榻不能见王！”

“也好。待顿子痊愈，再行封赏。”

嬴政说罢径自走了。蒙毅带着三百精锐的铁鹰剑士护卫着秦王与李斯王翦等一班大臣，在邯郸王城整整巡视了一日，暮色时分才回到赵国大殿前。秋日晚霞中，雄阔的殿阁飞檐摆动着叮咚铁马，依山而上的赵国王城巍巍然如天上宫阙。如今，这座王城没有了肃穆，没有了威慑，群群乌鸦从层层屋脊飞过，萧瑟秋风卷起飞旋的落叶，伴着内侍侍女匆匆游荡的身影与秦军士兵方阵的沉重脚步，宿敌赵国的王城倍显落寞凄凉。嬴政凝望良久，不禁长长一叹：“强赵去矣，大秦独步，不亦悲乎！”

“大秦灭赵，一统天下，老臣恭贺秦王！”

望着郭开灰白的须发厚重的面容与念出颂辞时的一脸真诚，嬴政心头猛然一个激灵——大奸若此，亘古未见也！倏忽之间，秦王一脸肃杀，一挥手大步出了王城。郭开一阵惊愕，连忙拉住李斯低声问：“原定礼仪，秦王今夜当在邯郸王城大宴我等降秦功臣，为何匆匆而去？”李斯殷殷笑道：“秦王国事繁剧，足下即位假王，可代秦王设宴便了。诸位功臣之封赏王书，我与蒙毅将军届时恭送如何？”郭开不无惋惜地叹道：“老夫尚有一绝世宝物敬献秦王，惜哉惜哉！”李斯一时好奇心大起，笑道：“何物堪称绝世之宝，足下可否见告？”郭开心知李斯为秦国庙堂用事大臣，遂殷殷低声道：“此物活宝也！至尊至贵，至卑至贱，提神益寿，乐而忘忧，夜宴酒后消受最佳。王若不受，岂非暴殄天物哉！”李斯惊讶道：“此物究竟何物？足下何其云雾哉？”郭开连连摇头道：“不可道，不可道。绝世之物，非秦王不显其名也！”李斯呵呵笑道：“也好。假王既有此等珍宝，容我报于秦王，秦王或可亲临亦未可知。”郭开大喜过望，殷殷叮嘱李斯道：“长史若能说来秦王夜宴，老夫当另宝相赠，保足下终生乐哉乐哉！”

当夜，嬴政行营驻扎在邯郸郊野。

一顿简朴的战饭之后，嬴政与蒙毅在行营密室密议诸事。及至李斯赶来，蒙毅正要起身出帐。听李斯一说郭开之言，嬴政脸色顿时阵红阵白，拍案切齿道：“郭开老贼竟敢如此龌龊！蒙毅，只在今夜！”李斯心下不禁一阵大跳，愣怔无措地看着蒙毅只不说话。蒙毅机敏过人，一招手道：“长史下书，我护卫，走！”匆匆出帐，蒙毅边走边低声道：“郭开那个老杀才说的宝货，是赵国转胡太后！”李斯倏然警觉，不禁一身冷汗鸡皮——秦王对母后赵姬之淫乱刻骨铭心，对太后淫行乱政更是提起来恨得咬牙切齿，如何自己竟没想到这一层？如此看来，郭开要送给自己的那个宝货，准定也是个腻虫物事。

“老杀才！”李斯恶狠狠骂了一句。

这一夜，邯郸王城大张灯火乐舞。郭开尽力铺排出赵国数十年没有的隆重大典场面，侍女换成了清一色的金发碧眼胡女，正殿侍酒的内侍侍女更是由韩仓亲领。郭开期待着秦王走进这座华贵奢靡的销魂王城，从此乐不思归。谁料，先来颁书的是李斯蒙毅，说秦王令我等先开夜宴以热酒风，秦王片时即到。郭开欣喜过望，立即喝令开宴。赵酒本烈，赵人酒风更烈。与宴者又都是各色降臣，心思不一借酒浇愁，不消片时一片醺醺酒气。李斯蒙毅则拉着郭开一力斗酒。警觉一世的郭开第一次放开大饮，心头期盼届时借着酒意好向秦王献宝。大爵连饮，不到半个时辰，郭开也飘飘忽起来。

城头五更刁斗打起的时候，一场猛烈的大火吞灭了夜宴大殿。

与此同时，太后寝宫与赵王寝宫也燃起了熊熊大火，淫靡的园林宫阙片刻间化为灰烬。惶惶观火而没有一人救火的邯郸国人都说，自家亲眼看见了一片片大火从天而降，那是天火，那是上天震怒的惩罚，那是庙堂淫靡的恶报。

是夜，嬴政登上行营云车，遥望邯郸王城一片火海，伫立到东方发白。

刚刚下了云车用完晨饭，行营外突然传来一阵急骤马蹄声。李斯风风火火进来，禀报说赵高马队非但在王城滥杀无辜，且已经飞出邯郸北上奔太后故里去了。嬴政脸色一沉，立即教行营司马率马队迅速追回赵高，转身冷冰冰道：“赵高如何滥杀无辜，长史但说无妨。”李斯这才备细叙说了夜来邯郸王城的惊人杀戮，嬴政听得脸色铁青。

原来，秦王嬴政入赵之前接受尉缭之说，对赵高下了一道密令：从王城护军中遴选三百名精锐剑士，乔装成赵国王室的黑衣剑士队进入邯郸王城，先杀郭开、韩仓并赵国太后一班淫秽奸佞，再搜寻救出顿弱。当年在平息嫪毐之乱时，嬴政为了结母后与嫪毐私生两子而给秦国带来的羞辱尴尬，密令赵高带着一支王城锐士随同蒙恬马队攻入雍城，搜寻到太后赵姬的两个私生子秘密杀死。那次，赵高做得干净利落，以致朝野天下始终不知太后两了如何突然没了，便流传出秦王嬴政亲自摔死两个兄弟的奇闻。纵然恶名加身，嬴政也没有做任何形式的辩解。因为嬴政清醒地知道，无论如何辩解，这件事都与自己脱不开干系。此后，嬴政对赵高处置密事的干才很是赞赏。这次密杀郭开与赵国转胡太后，嬴政本来也可以派给蒙毅去做。年轻的蒙毅缜密精悍，刚毅木讷，与其兄蒙恬之明锐聪颖多有不同。秦王入赵之前，李斯与王翦商议，特意将蒙毅的国尉丞职事交给了辎重大将马兴兼领，将蒙毅派到秦王身边总领行营事务。如此一来，李斯主行营政事，蒙毅主行营军事，秦王的巡视行营便是一座整肃高效的小行宫。然嬴政觉得教蒙毅做此等密杀事，一则大材小用，二则与蒙毅秉性不合，未必做得利落。当然，最要害的原因，还是嬴政对赵高的信任。这种信任，不是与大臣那般的心志相合而结成的信任，而是做事甚或主要是做那些不能为人道的密事琐事的信任。也就是说，嬴政从来没有将自幼阉身的赵高当做国臣，而只当做一个办事的亲信内侍。

赵高的马队是与蒙毅的行营护军一起开进邯郸王城的。进入王城，赵高的马队脱离了行营护军，悄然开进了湖畔一片胡杨林。在那里，马队换了装束，赵高又做了详细分派。赵高将马队分成了四支，各有一个熟悉赵国王城的间士领道：一支杀郭开韩仓，一支杀太后，一支搜救顿弱，一支随自己各方策应。赵高的部署命令是："王城大殿火起之时，杀郭马队冲入大殿，无论郭开韩仓等如何醉态，一律割下首级交来，否则不算完功！起火之前，搜救顿弱马队先行搜索王城所有密地密室，起火同时救人！杀后马队先行围定太后宫，不许一狗一猫走脱，大殿起火，太后宫同时火攻杀之！"一骑士忐忑道："太后宫何须火攻，一个老女子值么？"赵高声色俱厉道："秦王最恨太后淫行，火杀全宫，一个不留！"

对于杀郭开韩仓，李斯蒙毅是明确的，也是事先知道的。秦王对两人的叮嘱是："宣书之后，但将郭开夜宴促成、天火降下，你等即可撤出王城，余事皆交赵高。"也就是说，李斯蒙毅在王城的使命只有两个：促成夜宴，发动天火烧殿。两人也都同样相信，赵高做事不会走样。为使这场大火变成"天谴淫政"的谶言，蒙毅事先谋划了秘密火箭齐射大殿的方略，秦王李斯欣然赞同。按照预定谋划，五更刁斗打起之时，隐藏在周边树林的机发连弩骤然齐射，包裹布头又渗透猛火油的胳膊粗的火箭骤然升空，又从天扑向大殿，随即便是一片烈焰飞腾的火海。

与此同时，赵高马队四路飞驰，逢人便杀。其时，李斯蒙毅正在王城南门外登上云车瞭望。看得一时，两人均觉有异。蒙毅立即飞步下了云车，带着一支马队飞进了王城。及至李斯赶到太后寝宫前寻见蒙毅，赵高马队已经不知去向了。蒙毅找来一个为赵高领道的间士询问，间士禀报说，赵高说要为秦王太后复仇，领着马队去了太后故里。蒙毅一听大急，说声王城交给长史，飞身上马带着马队追出了王城。李斯这才踏着累累尸体，在残火废墟中巡视了赵国王城。郭开、韩仓、转胡太后，自然都变成了无头尸身。顿弱也在转胡太后寝宫的地下密室中搜寻到了，只是已经被烟火熏呛得奄奄一息。内侍、侍女十之八九被杀，尤其是曾经被赵迁百般淫虐的两百多名金发胡女，无一例外地全部被杀。尤令李斯痛心的是，赵高马队还全部杀死了与宴的赵国王族大臣与子弟，春平君尸身被马队踩成了肉泥……

“赵高赶赴太后故里，臣料又是一场杀戮。”

“阉宦竖子！剁了他狗头！”嬴政恶狠狠骂了一句。

“王已一错，不可再错。”李斯肃然正色。

“一错再错，长史所言何意？”

“臣思此事，也是在赵高滥杀之后，君上姑妄听之。”

“长史有话直说。”嬴政对李斯的小心谨慎有些不快。

“诛杀郭开韩仓转胡太后，原本堂堂正正之举。本当在邯郸大举法场，将一班乱臣贼子并淫秽太后罪孽大白于天下，以法度刑杀之。不合君上拘泥于对大奸郭开一书之信，欲图以天火谶言了结此奸。然则，密事密杀之门一开，素来难以掌控。不如依法刑杀能做到有度除奸。此为一错。”

“再错如何？”

“若再因此事起因而随意处死赵高，将是再错。”

“赵高违令滥杀，不当死？”

“纵死赵高，当依法勘审而后刑杀。君上一言杀之，如同赵政之乱也。”

“岂有此理！杀一赵高便是乱政？”嬴政冷笑。

“何谓乱政？愿君上三思而后断。”李斯说得沉重缓慢，坚实得不可动摇，“春秋之世，晋国屠岸贾欲杀赵盾，韩厥有言，‘妄诛谓之乱。’何谓妄诛？不经律法而一言滥杀也。赵氏立国，妄杀迭起，兵变频出，为山东乱政之首。赵迁即位，郭开当道，诸元老欲举兵变杀赵迁郭开，李牧庞煖从之，而赵迁郭开则同样欲图密杀对方；如此上下皆行滥杀，赵国密杀之风大起，先杀庞煖，再杀李牧，终致败亡。今赵高虽是小小侍臣，却因常随君上而为朝野皆知，若一言妄杀而不经法度，臣恐开乱政杀人之先河也！”

随着李斯的慷慨直言，嬴政的脸色由烦躁冰冷渐渐变为肃然。终于，嬴政深深一躬：“先生之言，开我茅塞，嬴政谨受教。”李斯连忙一躬道：“君上襟怀广大，臣不胜敬服也！”嬴政慨然道：“今日得先生一言，嬴政铭刻在心也！终嬴政之世，决不妄杀一人！”李斯一时热泪盈眶，肃然挺身长跪，一拱手道：“君上有此心志，秦国明，天下定，臣下公，大秦不朽也！”

三日之后的暮色时分，蒙毅赵高两支马队风尘仆仆归来了。

蒙毅铁青着脸色一言不发。赵高却是满脸通红一头汗水，显是一路争辩之后仍压抑不住亢奋的神色。嬴政板着脸，令赵高禀报经过。赵高这才觉察出气氛有异，遂立即收敛小心翼翼地禀报了赶赴太后故里的作为：昔年与太后一族有仇的邻里商贾全数被杀，尤其是一班当年蔑视戏弄少年嬴政的贵胄子弟，都被赵高马队寻觅追逐一一杀了。嬴政尚未听完已是怒火攻心，却硬生生忍住冷冷道：“如此杀人？可是我意？”

“不。小高子私度君上之心。”

“竖子大胆！”嬴政终于爆发，一脚将赵高踹翻在地，“交蒙毅勘审！”

“臣领命！”蒙毅一拱手，押着赵高出了行营。

旬日之后，蒙毅呈上了勘审赵高的书简。蒙毅的勘审是缜密的，非但如实录下了赵高的全部供词，且有两处被滥杀者的全部名录，还有飞马报请廷尉府核准后的廷尉定刑书。综合诸般事实并秦国律法，蒙毅上书拟定刑罚是：赵高当处死，念其不讳罪且一直自认是私度秦王之心，拟赐自裁以全尸。

抚着一匣书卷，嬴政良久默然。思及赵高敏行任事干练利落，嬴政心下大大不忍。自少年追随自己，这个被嬴政呼为小高子的赵高几乎如同自己肚里的虫子，冷热寒凉喜怒哀乐无不知晓。尤其是在嬴政立为太子、秦王而尚未亲政的夹缝岁月里，赵高几乎是嬴政唯一可信的能事者，通连蒙恬，寻觅王翦，争取王绾，探察嫪毐与文信侯吕不韦的种种动态，没有一件不是赵高的功劳。就实说，赵高若不是阉宦之身，以赵高诸般才具与功劳，早早便该是赫赫大臣了。然则，赵高从来没有委屈之心，仿佛天生便是嬴政的一只手臂一支探杖，即便遇到生死关头，嬴政也确信赵高能舍出性命换取秦王安然无恙。今次犯错，赵高立即坦承自己是“私度君上之心”，第一个便将嬴政摘了出去。此举果是赵高过人的聪敏，又何尝不是耿耿维护秦王之心？如此功劳才具之士一罪而杀，未免失之公平。

雄鸡长鸣，嬴政终于从纷繁思绪中摆脱出来，召见了蒙毅。

“赵高所杀者，可有不当杀之人？”嬴政笑着问了一句。

“王城之内，可说没有。太后故里，臣不敢妄言。”

“能否彻查？”

“君上之意，欲赦免赵高？”

嬴政默然良久，一叹道：“一门生于隐宫，小高子可怜也！”

蒙毅不忍秦王伤感，道：“臣思此事，可过可罪，然须有法度之说。”

“何说？”

“若作过失待之，必得以赵高奉命行事，其行虽过，终非大罪。”

“你是说，须对廷尉府言明：赵高之举乃奉本王密令？”

“唯有如此，可赦赵高。”

“原本如此，何难之有！”嬴政顿时恍然。

“然则，天下将因此而谴责秦王。”

“骂则骂矣！虎狼之名，能因一事而去之？”嬴政反倒笑了。

“君上既有此心，夫复何言！”

旬日之后，在快马文书与咸阳廷尉府的来往中，赵高被赦免了。不功不赏，赵高还是掌管王城车马仪仗的中车府令。赵高逢赦，李斯本欲再谏秦王，终究还是没有开口。毕竟，秦王身边也确实需要一个精明能事如赵高的人手。再说，赵高当年驾王车追回自己于函谷关外，那份辛劳功绩，李斯又如何能忘？更有一样，赵高遇赦，丝毫没有骄狂之态，反倒是对李斯蒙毅更敬重了。如此掂得轻重的一个内臣，秦王尚且不惜公开密令赦其罪，大臣们又何须在灭国大战的烽火狼烟中去认真计较。

入冬时节，秦王行营离开邯郸回到了咸阳。

秦国大军依旧驻扎在赵国，由正式擢升为上将军的王翦统帅，立即开始筹划连续攻灭燕国之战事。李斯带着后续抵达的官吏，也开始了稳定赵国民治的新政。其间，秦军间士营探察得一个惊人消息：赵国废太子赵嘉在残余王族护卫下秘密逃往代郡，欲立代国继续抗秦！李斯与秦军诸将异口同声，都主张立即追杀公子嘉逃亡势力。王翦却道：“公子嘉北上代郡，显是要与燕国结盟。代国根基在燕，灭燕则代国失却后援。其时我军从北边包抄后路，灭之易如反掌。此时追杀，若迫使其逃亡匈奴反是大患。”两方对策飞报咸阳，秦王回书曰：“上将军之策甚是稳妥。本王已书令蒙恬：公子嘉不北向匈奴，我则不动；若其北逃匈奴，立即堵截歼灭。”于是，秦军不理会赵嘉的代国，而只一心准备灭燕。

六年之后，公子嘉的代国灭亡，赵国最后一丝火焰也熄灭了。

这是公元前 228 年冬天的故事。

九　烈乱族性亡强国　不亦悲乎

赵国的灭亡，是战国末期最为重大的历史事件。

赵国历史有三说：其一，战国开端说。视赵襄子元年（公元前 475 年）为赵氏部族立国，到秦破邯郸赵王迁被虏（公元前 228 年），历经十二代十二任国君，历时二百四十七年；其二，开端同上，以赵公子嘉之代国灭亡为赵国最后灭亡，历时二百五十三年；其三，三家分晋说，以周王室正式承认魏赵韩三家诸侯为赵国开端（公元前 403 年），则其历时或一百七十五年，或一百八十一年。

从历史实际影响力着眼，第一说当为切实之论。

邯郸陷落赵王被俘，强大的赵国事实上已经灭亡。

赵国灭亡，真正改变了战国末期的天下格局。

从赵武灵王胡服骑射开始，到赵国灭亡的近百年间，赵国始终都是山东六国的巍巍屏障。在与秦国对抗的历史中，赵国独对秦军做长期奋争。纵然在长平大战一举葬送精锐五十余万后，赵国依旧能从汪洋血泊中再度艰难站起并渐渐恢复元气。此后形势大变，山东五国慑于秦军威势，再也不敢以赵国为轴心发动具有真正实力攻击性的合纵抗秦，反倒渐渐疏远了赵国。赵国为了联结抗秦阵线，多次以割地为条件与五国结盟，都是形聚而神散，终致几次小合纵都是不堪秦军一击。当此之时，赵国依旧坚韧顽强地独抗秦军，即或是孝成王之后的赵悼襄王初期，李牧依然能两次大胜秦军。应该说，赵国的器局眼光远超山东五国，是山东战国中唯一与秦国一样具有天下之心的超强大国。假若孝成王之后的两代国君依旧如惠文王、孝成王时期的清明政局，而能使廉颇归赵，李牧庞煖不死，司马尚不走，秦赵对抗结局如何，亦未可知也。

然则，历史不可假设，赵国毕竟去了。

巍巍强赵呼啦啦崩塌，其间隐藏的种种奥秘令后人嗟叹不已。

六国之亡是中国历史上最为重大的时代分水岭。其间原因，历代多有探讨。西汉贾谊《过秦论》将六国灭亡及秦帝国灭亡之因，归结为“攻守之势异也”。唐人杜牧的《阿房宫赋》则云：“灭六国者，六国也，非秦也。族秦者，秦也，非天下也。”北宋苏洵的《六国论》又是另一说法：“六国破灭，非兵不利，战不善，弊在赂秦。赂秦而力亏，破灭之道也！”苏洵儿子苏辙的《六国论》，则将六国之亡归于战略失误，认为六国为争小利互相残杀，致使秦国夺取韩魏占据中原腹心，六国失去抗秦根基而灭亡。清人李桢的《六国论》，又将六国之亡归结为不坚持苏秦兀创的合纵抗秦之道。更有诸多史家学者专论秦帝国灭亡之原因，连带论及六国灭亡，大体皆是此类表层原因。凡此等等，其中最为烁目者，莫过于诗人杜牧首先提出的将六国灭亡根由归结为六国自身、将秦帝国灭亡归结为秦帝国自身的历史方法论。这是内因论。内因是根本。尽管循着如此方法，历代史论家依然没有发掘到根本，也就是，历代史论始终没有找到这个内因的具体元素。然毕竟不失为精辟论断之种种。攻守之势也好，贿赂秦国也好，战略失误也好，不执合纵也好，毕竟都是实实在在的具体原因。

然则，内在根本原因究竟何在？

三晋赵魏韩之亡，是华美壮盛的中原文明以崩溃形式弥散华夏的开始。历史地看，这种崩溃具有使整个华夏文明融合于统一国度而再造再生的意义，具有壮烈的历史美感。然则，从国家兴亡的角度看去，三晋之亡则显然暴露出其政治根基的脆弱。也就是说，三晋政治文明所赖以存在的框架是有极大缺陷的。这种缺陷，其表象是一致的：变法不彻底，国家形式不具有激励社会的强大力量。然则，为什么是这样？为什么三晋乃至山东六国，都不能发生如秦国一般的彻底变法？都有着秦国所没有的政治文明的重大缺陷？

隐藏在这里的答案，才是六国灭亡的真正奥秘所在。

事实上，任何部族民族所建立的国家，其文明框架的构成，其国家行为的特质，都取决于久远的族性传统，以及这种传统所决定的认识能力。而族性传统之形成，则取决于更为久远的生存环境，及其在这种独特环境中所经历的具有转折意义的重大事件。这种经由生存环境与重大事件锤炼的传统一旦形成，便如人之生命基因代代遗传，使其生命形式将永远沿着某种颇似神秘的轴心延续，纵是兴亡沉浮，也不会脱离这一内在的神秘轨迹。

唯其如此，部族的族性传统决定着其所建立的国家的秉性。

赵人之族性传统，勇而气躁，烈而尚乱。

赵人族性根基与秦人同，历史结局却不同。这是又一个历史奥秘。

秦赵族性之要害，是“尚乱”二字。何谓乱？《史记·赵世家》所记载的韩厥说屠岸贾做了最明确界定，韩厥云："妄诛，谓之乱。"在古典政治中，这是对乱之于政治的最精辟解释。也就是说，妄杀便是乱。何谓妄杀？其一不报国君而擅自杀戮政敌，其二不依法度而以私刑复仇。妄杀之风滥觞，在国家庙堂，是无可阻挡的兵变政变之风，动辄以密谋举事杀戮政敌的方式，以求解脱政治困境，或为实现某种政治主张清除阻力。在庶民行为，则是私斗成风，不经律法而快意恩仇的社会风习。此等部族构成的国家，往往是刚烈武勇而乱政丛生，呈现出极不稳定的社会格局，戏剧性变化频繁迭出，落差之大令人感喟。

依其族源，秦赵同根，族性同一。而在春秋之世至战国前期，也恰恰是这两个邦国有着惊人的相似：庙堂多乱政杀戮，庶民则私斗成风。然则，在历史的发展中，秦部族却因经历了亘古未有的一次重大事件而革除了部族痼疾，再衍生出一种新的国风，从而在很长时期内成功地避免了与赵国如出一辙的乱政危局。这个重大事件，便是商鞅变法。历史地看，商鞅变法对于秦国具有真正的再造意义——没有商鞅这种铁腕政治家的战时法治以及推行法治的坚定果敢，便不能强力扭转秦部族的烈乱秉性。事实上，秦国在秦献公之前，其政变兵变之频繁丝毫不亚于赵国，其庶民私斗擅杀风习之浓烈更是远超赵国而成天下之最。唯横空出世的商鞅变法，使秦部族在重刑威慑与激赏奖励之下洗心革面，最终凝聚成使天下瞠目结舌的可怕力量。始皇帝之后，秦部族又陷入乱政滥杀，最后一次暴露出秦部族的烈乱痼疾，这是后话，容在秦帝国灭亡之后探讨。

赵国没有经历如此深彻的强力变法。

赵氏部族的烈乱秉性，没有经由严酷洗礼而发生质变。

是故，赵部族的乱政风习始终伴随着赵国，以致最终直接导致其灭亡。

大略回顾赵部族的乱政历史，可以使我们清晰地看到赵国灭亡的内因。

远古之世，赵秦部族与大禹部族是华夏东方最大的两个部族。赵秦部族能记住名字的最远祖先是大业。这个大业，便是后来被视为决狱之圣的皋陶[1]。第二代族领是伯益。在皋陶、伯益时代，赵秦部族、商周两族与大禹部族结成轴心盟约，四大部族发动并完成了远古治水的伟大事业。治水之后，大禹部族与秦人部族结成了互援轴心同盟。可是，大禹病逝之后，大局骤然发生了变化——启代伯益继承了最高权力，建立了夏王国。已经明确为大禹继任者的伯益被大禹的儿子启密谋处置，不知所终。由此，秦人部族与夏部族有了不可化解的仇恨。终夏之世，秦人部族不参夏政，游离于夏王国主流社会之外而独立耕耘渔猎。夏末之世，商部族发动联络各部族灭夏，秦人部族立即呼应，加入反夏大军并在鸣条之战中与商部族联合灭夏。其后，秦人部族成为商王国的方国诸侯之一。在商王国时代，秦人部族的主力分为两支：其中一支以飞廉、恶来父子为先后首领，拱卫都城朝歌区域；一支居于“西陲”，成为商王国镇守边地的方国。随着周武革命而灭商，赵秦部族的两支力量分开了。镇守西陲的一支因忠于商王国而疏远周王国，远避戎狄聚居的陇西地带独立耕牧，这便是后来的秦部族。仍居中原腹地的一支北上谋生。后来相对臣服周王国，其首领造父成为周穆王的王车驭手[2]，因功封于赵城，演变为周室功臣，始有赵部族。

西周末期，秦赵两部族的命运发生了惊人的颠倒：秦部族应周太子（周平王）之邀，浴血奋战杀败戎狄平定镐京之乱，成为东周的开国诸侯；赵部族却在很长时间内，依然是蜗居晋地的寻常部族。

以上之赵氏历史，可称为先赵时期。

春秋（东周）中期，赵部族在晋国渐渐发展起来。及至赵衰、赵盾两世，由于辅佐晋文公霸业极为得力，赵氏部族崛起为晋国的掌军部族。从赵盾时期开始，赵氏部族成为晋国的权臣大部族之一，无可避免地卷入了晋国的权力主流。从此，赵氏部族开始了外争内乱俱频繁的血雨腥风的部族历史。从赵盾到赵襄子立国，可称为早赵时期。

内乱妄杀频仍，大起大落，是早赵部族最显著的特点。

---

[1]　大业即皋陶，见沈长云等《赵国史稿》之考证。
[2]　据史家考证，王车驭手地位很高，等同于大臣，并非寻常匠技庶人。

早赵时期历经赵盾、赵朔、赵武、赵成（景叔）、赵鞅（简子）、赵毋恤（襄子）六代，大体一百余年。这六代之中，发生的内乱妄杀事件主要有四次：

其一，赵盾时期部族内争，导致赵氏部族分裂，几被政敌灭绝[1]。

其二，赵简子废嫡（太子伯鲁），改立狄女所生庶子赵毋恤（襄子）为继承人。这是赵氏部族第一次废嫡立庶之举，为以后的废嫡立庶之风开了先河。

其三，赵简子妄杀邯郸大夫午，导致自己孤立逃亡，开政治妄杀先例。

其四，赵襄子诱骗其姊夫（代地部族首领）饮宴，密令宰人（膳食官）以铜枓（斟水器具）击杀之。"其姊闻之，泣而呼天，摩笄（发簪）自杀。"[2] 这是典型的内乱妄杀。

显然，早赵部族在处置部族内政方面没有稳定法则，缺乏常态，妄杀事件迭起，导致其部族命运剧烈震荡大起大落。赵氏立国之后，这种内乱之风非但没有有效遏制，反倒是代有发生，十二代中竟有十一次之多：

其一，公元前 425 年，赵襄子方死，其子赵浣（献侯）立。赵襄子之弟赵桓子密谋兵变，驱逐赵浣，自立为赵主。

其二，公元前 424 年，赵桓子死，赵部族将军大臣再度兵变，乱兵杀死赵桓子儿子，复立赵浣，是为赵献侯。

其三，公元前 387 年，赵烈侯死，其弟武公立。武公十三年死，赵部族将军举事政变，废黜武公子，而改立烈侯子赵章，是为赵敬侯。

其四，公元前 386 年，赵武公之子赵朝发动兵变，被攻破，逃亡魏国。

其五，公元前 374 年，赵成侯元年，公子赵胜兵变争位，被攻破。

其六，公元前 350 年，赵成侯死，公子赵緤发动兵变与太子赵语

[1] 赵盾之世的内乱起因于让嫡，终致被屠岸贾势力大肆杀戮，故事纷繁，有兴趣者可阅读史料。
[2] 见《史记·赵世家》。

（赵肃侯）争位；赵緤失败，逃亡韩国。

其七，公元前299年，赵武灵王传位王子赵何（此前废黜原长子太子赵章，改立赵何为太子），退王位自称主父；不忍赵章废黜，复封赵章为安阳君。其后赵章发动兵变，与赵何争位。权臣大将赵成支持赵何，击杀赵章。

其八，赵成再度政变，包围沙丘行宫三月余，活活饿死赵武灵王。

其九，公元前245年，赵国发生罕见的将帅互相攻杀事件：赵悼襄王命乐乘代廉颇为将攻燕，廉颇不服生怒，率军攻击乐乘，乐乘败走，廉颇无以立足而逃亡魏国。这是战国时代极其罕见的大将公然抗命事件，而赵国朝野却视为寻常。几年后赵国复召廉颇，即是明证。

其十，赵悼襄王晚期，废黜原太子赵嘉，改立新后（倡女）之子赵迁为太子，种下最后大乱的根基。

其十一，赵迁即位，内乱迭起，郭开当道，诛杀李牧。

为国十二代而有十一次兵变政变内乱，战国绝无仅有也。

战国大争，每个国家都曾有过内争事件，然则如赵国这般连绵不断且每每发生在强盛之期而致突然跌入低谷者，实在没有第二家。历史呈现的清晰脉络是：赵国之乱政风习代有发作，始终不能抑制，且愈到后期愈加酷烈化密谋化，终于导致赵国轰然崩塌。赵国乱政痼疾，是赵国灭亡的直接内因。其更为深层的内因，则在于部族秉性。如前所述，部族秉性生成于生存环境与其所经历的重大事件。所谓生存环境，一则是自然地理环境，二则是社会人文环境。地理环境决定其与自然抗争的生存方式，社会环境则决定其人际族群的相处方式。对赵国两大根基环境作以大要分析，可以使我们更深地透视这个强大国家的根基。

古人很重视对地域族群性格的概括。《史记・货殖列传》《汉书・地理志》都对战国时代的地域性格做了丰富的记载，做出了精当的概括，这便是将地理环境与民风民俗直接联系起来的种种分析。赵国之地，大体分为邯郸地带、中山地带、太原地带、上党地带、代郡地带、云中胡地等六大区域，其各地地理民风的大体记载是：

邯郸地带：处漳、河之间，一都会也，北通燕、涿，南邻郑、卫，近梁（大梁）、鲁；土广俗杂，大率精急，高气势，轻为奸，好气任侠。

中山地带：山地薄，人众，民俗狷急，仰机利而食；丈夫相聚游戏，悲歌慷慨，起则相随椎剽（白日以木椎杀人剽掠），休则掘冢作巧奸冶（夜来则盗墓为奸巧生计）；女子则鼓鸣瑟（弹着乐器），跕屣（拖着木屣），游媚富贵，入后宫，遍诸侯。

太原上党地带：多晋公族子孙，以诈力相倾，矜夸功名，报仇过直，嫁娶送死者靡。

代郡地带：地边胡（与胡地相邻），数被寇（多被胡人劫掠）。人民矜懻忮（强直狠毒），好气，任侠为奸，不事农商。其民如兕羊，劲悍而不均。自晋时中原已患其剽悍，而赵武灵王益厉（激励）之，其俗有赵风。

云中胡地：本戎狄地，多居赵齐卫楚之民，鄙朴，少礼文，好射猎。

综合言之，赵国腹地山塬交错，除了汾水谷地与邯郸北部小平原，大多被纵横山地分割成小块区域，可耕之地少而多旱（薄），农耕业难以居主导地位；更兼北为胡地，狩猎畜牧遂成与农耕相杂甚或超过农耕的谋生主流。相比于赵国，其他六国均有大片富庶农耕之地：秦有关中蜀中两大天府之国，魏韩有大河平原，齐有滨海半岛平原，楚有江汉平原与吴越平原，燕有大河入海口平原与辽东部分平原。当时天下，只有赵国没有如此大面积的农耕基地。如此地理环境的民众，在农耕时代自然难以像中原列国那样以耕耘为主流生计。为此，所形成的社会人文环境（民风民俗）便有两大特征：

其一，仰机利而食。农耕无利而不愿从事农耕，崇尚智巧与其他生存之道。譬如男子“好射猎、多任侠、轻为奸、常劫掠”等；女子“设形容，奔富贵，入后宫，遍诸侯”等。也就是说，在赵国这样一个没有大片富庶土地的国家，人民的生存方式是不确定的，是动荡的。贫瘠多动荡。这是人类发展的普遍现象，即或在两千多年后的今日，我们依然能在贫瘠国度与地区看到此种现象的重演。

其二，豪侠尚乱，慷慨悲歌。唯其生计多动荡，则生存竞争必激烈。唯其竞争激烈，豪杰任侠必多出，竞争手段必空前残酷。所谓人民强直而狠毒（懻忮），所谓高气势而重义气，所谓报仇过直，皆此之意也。在一切都处于自然节奏的古典社会，若无坚韧彻底的法治精神，则法治实现难度极大。其时，社会正义的实现与维持，必然需要以豪杰任侠之士的私行来补充。唯有如此社会需要，赵国才会出现民多豪侠的普遍风气，其豪侠之士远远多于其他国度。豪侠多生，既抑制了法治难以尽行于山野所可能带来的社会动荡，又激发了整个社会的“尚乱”之风。尚乱者，崇尚私刑杀人也。对于政治而言，私刑杀人就是妄诛妄杀，就是连绵不断的兵变政变。

《吕氏春秋·介立篇》有一则评判云：“韩、荆（楚）、赵，此三国者之将帅贵人皆多骄矣，其士卒众庶皆多壮矣！因相暴，以相杀。脆弱者拜请以避死，其卒递而相食，不辨其义，冀幸以得活……今此相为谋，岂不远哉！（要如此人等同心谋事，显然是太远了啊！）”吕不韦曾久居赵国，如此评判赵国将帅贵人与士卒众庶，当是很接近事实的论断。

唯有如此社会土壤，才有如此政治土壤。

唯有如此政治土壤，才有如此乱政频仍。

中国古典思想史上的两大惊人论断，都是赵国思想家创立的。

慎到，首创了忠臣害国论。荀况，首创人性本恶论。

这是发人深思的历史现象。

慎到者，赵国邯郸人也。其主要活动虽在齐国稷下学宫与楚国、鲁国，然其思想的形成发展不可能脱离赵国土壤。慎到是法家中的势治派姑且不说，其反对忠臣的理论在中国古典思想史上堪称空前绝后。慎到之《知忠》篇云：“乱世之中，亡国之臣，非独无忠臣也！治国之中，显君之臣，非独能尽忠也！治国之人，忠不偏于其君。乱世之人，道不偏于其臣。然而治乱之世，同世有忠道之人，臣之欲忠者不绝世……比干子胥之忠，毁瘁君主于闇墨之中，遂染溺灭名而死。由是观之，忠未足以救乱世，而适足以重非……桀有忠臣而罪盈天下……忠不得过职，而职不得过官……将治乱，在于贤使任职，而不在于忠也。故智盈天下，泽及其国；忠盈天下，害及其国！”

以当代观念意译慎到之《知忠》篇，是说：乱世亡国之臣中，不是没有忠臣。而治国能臣，更不都是尽忠之臣。治国之能才，应当忠于职守，而不是忠于君主。乱世之庸人，则忠于君主，而不忠于职守。人世治乱，想做忠臣者不绝于世。譬如比干、伍子胥那样的赫赫忠臣，最终却只能使君主毁灭于庙堂，自己也衰竭而死。所以，忠臣未必能救乱世，却能使谬误成风。官员当忠于职守，而职守不能越过自己的职位。而忠臣自以为忠于君主而到处插手，反而将朝政搞乱。所以，夏桀不是没有忠臣，其罪恶却弥漫天下。治国在于贤能，而不在于忠。所以，能才彰显天下，国家受益；忠臣彰显天下，国家受害！

慎到反对忠臣之论，其论断之深刻精辟自不待言。我们要说的是，这一理论独生于豪侠尚乱的赵国而成天下唯一，深刻反映了赵人不崇尚忠君的部族秉性。唯其如此，赵国政变迭生，废立君主如家常便饭，当可得到更为深刻的说明。

荀况也是赵人。其《性恶》篇云："人之性恶。其善者，伪也。今人之性，生而好利焉，顺是，故争夺生而辞让亡焉！生而有疾恶焉，顺是，故残贼生而忠信亡焉！生而有耳目之欲，有好声色焉，顺是，故淫乱生而礼义文理亡焉！然则，从人之性，顺人之情，必出于争夺，合于犯分乱理，而归于暴。"

荀子性恶论的提出，是为了论证法治产生的必然性，其伟大自不待言。中国只有在战国之世，才能产生如此深刻冰冷的学说。我们要说的仍然是，此论独生于赵国思想家，生于豪侠尚乱的社会土壤所诞生的思想家，在某种意义上，它深刻反映了赵人之地域性格中不尚善而尚恶的一面。唯其有尚恶之风，故赵国之乱政丛生有了又一注脚。

强大的赵国已经轰然崩塌于历史潮流的激荡之中。

但是，这个英雄辈出的国家曾经爆发的灿烂光焰，将永久地照耀着我们的灵魂。

第七章　迁政亡燕

一　燕虽弱而善附大国　当先为山东剪除羽翼

秦王嬴政离开邯郸之前，在行营聚集大臣将军做了重要会商。

会商事项只有一件：秦军灭赵之后，是南下灭魏还是北上灭燕？之所以有此会商，在于秦王君臣对灭赵之战的艰难有最充分的准备，所需时日长短也没有预先做出强制约定。唯其如此，灭赵之后天下大势会发生何等变化，秦军如何以此等变化为根基决断大军去向，都在未定之数。如今赵国已灭，用时只有堪堪两年，且秦军伤亡极小，其顺利大大超出了秦国君臣将士预料。更为重要的是，灭赵并未引起山东其余四国从麻木中惊醒而拼命合纵抗秦的严峻情势。而这一点，曾经是秦国君臣最为担心的。李斯、尉缭曾联名上书着意提醒秦王：若灭赵之后合纵奋力而起，秦国宁可放慢灭国步伐而做缓图，不宜强出强战。当时，秦王嬴政是认可的。如今，四国非但没有大的动静，甚至连互通声气的邦交使节也大为减少，鼓动合纵更是了无迹象。

这种情势，既出秦国君臣预料，又令秦国君臣振奋。尉缭兼程驰驱，特意从咸阳赶赴邯郸，当夜便邀李斯共见秦王。在秦王行营的洗尘小宴上，尉缭点着竹杖不无兴奋地道："韩赵庶民未生乱，山东四国未合纵。于民，天下归一之心可见也！于国，畏秦自保可见也！有此两大情势，老臣以为：连续灭国可成，一统大业可期可望！"李斯一无异议，力表赞同。秦王嬴政精神大振，连连点头认可。于是，执掌行营事务的长史李斯立即知会王翦、蒙恬与灭赵大军的几位主力大将，才有了这次会商大军去向之朝会。

“我兵锋所向亟待商定，诸位但说无妨。”

秦王嬴政叩着大案开宗明义道：“我军向魏向燕，抑或同时攻灭两国，本王尚无定见，唯待诸位共商而后决。”话音落点，北路军主将李信立即挺身起立拱手慷慨道：“李信以为，我军战力远超列国，可同时分兵三路，一鼓攻灭魏齐燕三国！如此，北中国一举可定！其时，一军南下，楚国必望风而降。两年之内，中国可一也！”李信说罢，火热的目光望着杨端和、王贲等几位主力大将，显然期待着众口一声慷慨呼应。不料，几位大将却都没有说话。王贲更甚，还紧紧皱起了眉头。王翦、蒙恬、李斯、尉缭四位军政大员与顿弱、姚贾若有所思地沉默着。一时，李信有些惶惑。

“将军壮勇可嘉！果能如此，大秦之幸也！”

嬴政拍案赞叹了一句，既是对李信的抚慰赞赏，也不期然流露出某种认可。从心底说，嬴政对这位年轻大将的果敢自信是极其欣赏的。此前的灭赵之战中，李信曾多次直接上书秦王，请求早日南下袭击李牧军背后，以便早日结束灭赵之战。嬴政之所以没有首肯，与其说是对李信方略不认同，毋宁说基于事先对王翦全权调遣灭赵大战之承诺的信守。毕竟，灭赵大战是与最大强国的最后决战，宁失于稳，不失于躁。对面敌手若不是赵国，依着嬴政雷厉风行的秉性，定然会毫不犹豫地准许李信军早日南下。唯其如此，嬴政不以为李信的同灭三国是轻躁冒进，甚至以为，这是秦人秦军该当具有的勇略之气。

“臣有应对。”李斯终于打破了沉默。

“卿策定能鼓荡风云！”嬴政罕见地赞赏一句，诱导之意显而易见。

“臣之见：依目下大势，仍应慎战慎进。”

李斯似乎对秦王的赞赏诱导浑然不觉，径自侃侃道：“所余楚齐魏燕四国，皆昔日大国，除魏地稍缩，三国地广皆在三千里以上。我若兵分三路而齐灭三国，则各路兵力俱各十余万而已。但在一国陷入泥沼，势必全局受累。更为根本者，官署民治无法从容跟进。新设官署若全部沿用所灭国之旧官吏，则必然给残余世族鼓荡民乱留下极大余地。其时纵然灭国，必有动荡之势。我若镇抚不力，反受种种掣肘。此，臣之顾忌所在也！”

“老臣赞同长史所言。”尉缭点着竹杖道，“夫灭国之战，非同于寻常争城略地之战也！其间要害，在于军、政、民三方鼎力协同。一国一国，逐步下之，俱各从容。多头齐战，俱各忙乱。当年，范雎之远交近攻方略，其深意正在于此也！愿君上慎之思之。”

两大主谋同时反秦王之意而论，殿中又是一时沉寂。

“果如长史国尉所言，先向何国？”

这便是嬴政，虽然皱起了眉头，然对长策方略之选择却有着极高的悟性，但觉其言其策深具正道，纵然不合己心，也更愿意在大臣将军们悉数说话后再做最后决断。一句问话，显然是要将会商引入具体对策。

“愿闻两位邦交大臣之见！”李信突兀插进一句。

“将军之意，燕魏两国俱各昏昧，至少可同时灭得两国？”

“果能如此，有何不可！”李信被尉缭说破，依然一副激昂神情。

“燕国疲弱乏力，政情昏昧，定可一鼓而下！”顿弱一句做了评判。

“魏国等同，甚或比燕国更为昏昧，一鼓可灭！”姚贾也立即做了评判。

“两卿之意，至少燕魏可同时灭之？”嬴政目光炯炯地扫视着大帐。

“君上明断！”两人异口同声。

“目下之山东战国，无一国不乱，无一王不昏！”顿弱从地下密室被搜救出来后虽颇显病态，此时却兴奋得满脸涨红，“此，臣感同身受也！韩王安、赵王迁、齐王建、魏王假，是四个浮浪君王。楚王与燕王，则是两个衰朽不堪之老王。故此，放手大打，两三年可定天下！长史国尉之言，实足过虑也！”

“顿弱之言，英雄之志哉！”嬴政不禁拍案赞叹。

“赞同上卿之策，齐灭两国！”杨端和终于赞同了。

“末将依旧以为：我军战力，同时可灭三国！”李信还是慷慨激昂。

“君上，末将有话说！”一个年轻而又响亮的声音使举座为之一振。

“王贲，好！但说无妨。”嬴政欣然拍案。

王贲英挺威猛而不苟言笑，站起来庄重地一拱手道：“王贲以为：目下用兵于灭国大战，不宜过急，亦不宜过缓。过急则欲速不达，过缓则可能坐失良机。所余四国，齐楚最大，当单独灭之。魏燕两国则疲弱已极，可同时灭之。以我大秦目下国力战力，分兵两路当无后顾之忧。王贲愿率兵十万，攻灭魏国，以与灭燕之主力大军南北呼应！”

“两位上将军以为如何？”嬴政的目光终于扫到了王翦蒙恬脸上。

“王贲亡国之言，臣不敢苟同。”王翦黑着脸扎扎实实一句。

“王贲固是上将军之子，然也未免责之过甚了。”嬴政淡淡一笑。

“君上明察：王翦正是将王贲作大秦将军以待，方有此一责难。”王翦沟壑纵横的脸膛毫无笑意，“自古至今，唯兵家之事深不可测。将亡之国，未尝无精悍之兵。勃兴之邦，未尝无败兵之师。若以枯木朽株看山东大国，臣以为迟早将酿成大患。顿弱、姚贾囚于邦交所见，失之于未见根基。李信、杨端和、王贲，则囚于战场之见，失之于未见政情民情。凡此等等，皆非上兵之道，望君上慎之思之！”

“臣赞同上将军之言。”蒙恬沉稳接道，“韩非《亡征》篇云，‘木虽朽，无疾风不折。墙虽隙，无大雨不坏。’且以燕国而言，其势虽弱，然北连匈奴，东接东胡，如今又有赵国残余呼应；四方俱有飞骑轻兵，快捷灵动，若结盟连为一体，秦军全力一战胜负亦未可知，谈何两国齐灭？臣与上将军多经会商，皆以为：灭国大战，切忌轻躁冒进。”

“两上将军之意，先全力灭燕？”嬴政心下一震，重重问了一句。

王翦对道：“臣与蒙恬主张同一，正是先灭燕国。诚如蒙恬所言，灭燕之难，不在其国力强盛，而在其地处北边，连接诸胡与残赵。若不能一鼓破之全力剿之，而使其与代王嘉北逃匈奴，或再度立国，中原将有无穷后患也！唯其如此，灭燕非但得出动全数大军，且得蒙恬军从北边出动，遮绝燕、代与匈奴诸胡之联结。非如此，不能尽灭燕国！”

“君上，灭燕之要，还有一端。”李斯拱手高声。

“噢？长史但说。”

“燕虽弱而善附大国，当先为山东剪除羽翼！”

顿时，嬴政心下一个激灵，合纵连横时期的一则有名论断立即浮现心头。那是苏秦张仪退出战国风云之后，燕国正在惶惶无计的时候，苏代对燕王剖析燕国处境时说出的一个著名评判。苏代说：“凡天下之战国七，而燕处弱焉！独战则不能，有所附则无不重。南附楚，则楚重；西附秦，则秦重；中附韩魏，则韩魏重。且苟所负之国重，此必使王重矣！”也就是说，燕国不能独当一面，然却能做举足轻重的附属盟约国；燕国依附于任何一国，都将使其力量陡增；燕国之重要，在于依附大国，而不在独当一面；唯能大大增加大国分量，燕国必然也就有分量了。苏代的说辞，本意在为燕国在七国纵横中寻求稳定长期的方略，而避免倏忽领头倏忽退缩的痉挛症。事实上，燕国除了燕昭王乐毅时期强盛一时，短暂破齐而独当一面外，此前此后，大体都在强国之间寻求依附而摇摆不定。秦国在合纵连横最激烈的时期，能多次与燕国结成盟约而破除合纵，实际上正是在燕国奉行“附国方略”的情势下做成的。虽然，燕国对附国方略之贯彻并未一以贯之，与最经常结盟的齐、赵、秦也是阴晴无定，与楚、魏、韩更是变化无常。但无论如何，燕国随时都可能倒向任何一个大国寻求支撑，则是不争的事实。目下残赵的公子嘉立了代国，燕国不是趁此良机灭掉代国增强实力，而是立即放弃了对旧赵国的仇恨与代国结成了抗秦盟约，不能不说，这也是另一种形式的附国方略。若燕国再东向附齐，或南下附楚，岂非又将使合纵抗秦死灰复燃？从此看去，燕国是所余四国中最为游移不定的一国。唯其游移不定，便存在着天下被燕国寻求出路的举动再次激出新变化的可能。也就是说，齐楚魏三国基于大国传统，其一旦陷入昏昧，国策惰性很难一时改变；而燕国恰恰相反，素无定见而寻求附国以存续社稷，则完全可能不遗余力地寻求结盟联兵。面对如此一个七八百年老牌大国送上门来，谁敢说其余三大国能断然拒绝？若欣然接纳，山东抗秦岂不是必然出现难以预料的局面？……

“好！本王定策：先行灭燕！”

嬴政拍案决断之后走下了王案，对着王翦、李斯、尉缭、蒙恬逐一地深深一躬，而后肃然道："嬴政学浅性躁，几误大事。自今日始，但言同时灭国者，以误国罪论处。"

"君上明断！"行营大厅哄然一声，几位年轻大将的声音分外响亮。

长策议决，大部署立即确定：秦军主力全数驻屯赵国歇马整顿，来春发兵燕国。大臣将军之职司亦同时明确：王翦统兵灭燕，杨端和军、李信军归并灭燕大军，铁骑将军辛胜为灭燕前军大将；蒙恬北边防守匈奴，并同时切断燕国北上联结匈奴与诸胡之通道；顿弱领一部邦交人马入燕，姚贾领一部邦交人马入魏，继续以文武并重手段销蚀其庙堂根基；马兴改任国尉丞，辅助尉缭总司粮草辎重；蒙毅改任长史丞，辅助李斯随秦王处置国政；李斯暂留赵国，率领秦国官吏整肃旧赵国吏治，安定邯郸郡（赵国）以为灭燕根基。

旬日之后，军政各方安置妥当，秦王嬴政的行营车马五千余人离开了邯郸，经太原、上郡回了咸阳。在已经成为过去的赵国的境内，嬴政多处歇马，每每派出斥候探察民情。各方禀报都说，除了旧世族贵胄有许多逃亡代地，投奔公子嘉的代国外，庶民尚算安定；民众种种议论，骂赵王郭开者多，怨恨秦国者少；代国仓促汇聚了一支军马，驻扎在于延水以东的上谷[1]，其地两料无收，已经面临大饥荒，代地民众出现了大肆逃亡迹象。

嬴政立即歇马驻扎，与蒙毅会商，并飞书知会王翦幕府：务必设法，最大限度地不使代地民众北逃匈奴，而是南下回归有秦军驻扎的旧赵故土。三日之后，王翦飞书回复：代地灾民事已经开始全力处置，王毋忧心。嬴政这才下令行营开拔，车马辚辚回了咸阳。

王翦治军素来注重民情大势，对代地灾情原本早已探明，欲行接纳流民，又恐众将对赵人心存芥蒂，会以灾民扰军为名，不肯全力实施，故未下达军令。一接秦王行营书令，王翦立即会同李斯议决：大张旗鼓地下令建立临时营地，接纳代地庶民；凡流入军营之灾民，一律作军中民伕待之，派发军粮，派定劳役工程。军令颁发的同时，王翦专门在幕

[1]　上谷，今河北怀来之东南地带。

府聚将，邀李斯讲说乐毅当年的化齐善政。一班年轻大将本来对如此接纳赵人多有牢骚，然见秦王书令，又闻李斯着意解说安赵深意，遂欣然叹服，对接纳流民事再无推搪。如此，几乎整整一个冬天，王翦大军都在为安定赵地而与李斯率领的官吏们协同忙碌着。

倏忽开春，河消冰开，王翦大军隆隆北上，渡过易水驻扎下来。

王翦的特使飞向蓟城，向燕王送达了战书——燕国不降即战，一任抉择！

二　束手无策的燕国酿出了一则奇计

探马流星穿梭，商旅纷纷离燕，四十万秦军的营涛声隆隆如在耳畔。

庶民惶惶，庙堂惶惶，燕国朝野慌乱了。

这年，是燕王姬喜即位的第二十八年。距离短暂强盛的燕昭王时期，已经过去五十二年了。这五十二年中，是燕国从高峰滑落低谷的衰变之期。五十二年，燕国历经了四代燕王：燕惠王、燕武成王、燕孝王、燕王喜。四代传承，一代不如一代。燕惠王继承燕昭王之位，以骑劫换乐毅统率燕军灭齐，结果被田单以火牛阵大破燕军。从此，燕国从高峰跌入低谷。燕惠王心胸褊狭，屡屡激化朝局，即位第七年即被丞相公孙操发动兵变杀死。其后，燕武成王继位，十四年中几乎没有任何建树。这个武成王，一生只遇见了两件大事：其一，即位第一年猝遇韩魏楚三国攻燕，勉力撑持没有破国；其二，即位第七年，遇齐国安平君田单伐燕，燕国丢失了中阳之地，但却是没有被齐国攻灭。仅仅如此两事，却被一班逢迎之臣大肆颂扬，死后谥为赫赫然“武成”两字。由此足见，燕国朝野已经将能够自保作为莫大功勋，至于再度振兴开拓，那是连想也不敢想了。其后，燕孝王继位。这位孝王大约是痼疾在身，即位三年便无声无息死了，没有留下任何值得一提的举动。

接着，今王姬喜即位。

即位之初，姬喜倒是雄心勃勃，决意恢复燕昭王时期的武功与荣耀。其时，秦赵长平大战刚刚结束四年，赵国元气尚未恢复。姬喜欲图在强邻赵国的身上谋事，借以重新打出燕国军威。姬喜尚算有心，先选择了一个与自己同样雄心勃勃的大臣做丞相。此人名曰栗腹，一接手丞相府，便为姬喜谋划出一则一鸣惊人的方略：先行试探迷惑赵国，而后突然对赵国开战！燕王喜连连称是，立即责成栗腹依既定方略行事。

于是，栗腹以丞相特使之身入赵。晋见赵孝成王时，栗腹殷勤献上了五百金，说明是大燕国赠给赵王的酒资。赵孝成王欣然接纳，与栗腹当殿订立了息兵止战盟约。之后，栗腹逗留邯郸多日，对赵国情势做了自以为很是翔实的探察。栗腹归来，对燕王喜禀报说："赵国精壮全数死于长平，国中尽余少孤，待其长成精壮，尚得数年之期。目下，完全可以起兵攻赵！"

姬喜大喜过望，立即召昌国君乐闲与一班大臣会商攻赵之策。这个乐闲，是战国名将乐毅的长子。当年乐毅离燕入赵，燕国深恐乐毅危及燕国，故一力盛邀乐毅重新归燕。乐毅清醒至极，回书婉转辞谢，只将大儿子送到了燕国，以示终生不与燕国为敌。乐闲也是兵家之士，对赵国知之甚深。见燕王姬喜询问，乐闲坦诚道："赵为四战之国，其民习兵尚武远过燕国，不可伐。"姬喜皱着眉头道："我方兵力，以五对一伐之，不可么？"乐闲还是扎扎实实一句："不可。"姬喜勃然变色道："昌国君是赵臣，还是燕臣？宁长赵国志气，灭燕国军威乎！"一班大臣见姬喜动怒，立即异口同声拥戴攻赵。乐闲也只能不说话了。于是，燕王姬喜立即下令：兵分两路攻赵，每路十五万大军，各配置一千辆战车；一路由丞相栗腹亲自率领，攻赵国邯郸北部的鄗地；一路由大将卿秦率领，攻赵国代郡；燕王喜自率王室护卫军马五万，居中后进策应。攻赵大军出动，燕国朝野一时亢奋欢腾不止，举国皆以为中兴燕国的时机到了。这时，整个燕国只有两个大臣反对攻赵，一个昌国君乐闲以称病不出反对，一个是大夫将渠激烈明白地反对。将渠秉性刚直，夜见姬喜，慷慨直言道："栗腹以酒资五百金打通赵国关节，方与赵王结盟，约定息兵止战！盟约方立，又秘密探察赵国情势，乘其不备而攻之。如此背约，大不祥也！出兵攻赵必不成功，王当立即止兵！"姬喜很是不悦，板着脸斥责将渠迂阔不足以成事，训斥罢甩袖而去，将直愣愣的将渠撂在厅中发呆。出人意料的是，及至姬喜出兵之日，将渠又大步赳赳冲进送行圈内，扑过来扯住了燕王喜的绶带激昂喊道："王宁前往，往无成功——"姬喜不禁大怒，一脚踢翻了将渠，径自威风凛凛地扬长去了。执拗的将渠在烟尘王车后犹自哭喊着："燕王啊！老臣非以自为，老臣为王为国也——"

发生于燕王喜四年的这场攻赵大战，结局令整个燕国瞠目结舌——赵国大将廉颇率军二十万，大破栗腹军，击杀栗腹。大将乐乘率军十五万，大破卿秦军，俘获卿秦。两路赵军追击燕军五百余里，一举包围了燕都蓟城。燕国唯一的可战大将乐闲，也离开了蓟城，乘乱出走到赵国去了。整个燕国，一时乱得不可收拾了。

面临军破国亡危局，燕王姬喜骤然委顿，昔日夸夸大言昂昂雄心，倏忽间无影无踪。惊恐万状的姬喜只有一个本能的举动：立即派出使节，连夜赶赴赵军幕府求和。赵国上将军廉颇已奉赵孝成王之命，厉声斥责来使，冷冰冰地拒绝罢兵。姬喜无奈，只好连番派出特使哀哀软磨。廉颇这才提出：非将渠大夫出面，不与燕国言和！姬喜没有片刻犹豫，立即拜将渠为丞相，赶赴赵军幕府求和。经这位新丞相将渠的一力周旋，燕国割地三百里，赵国才退兵罢战。不想没过几年，具有自知之明的丞相将渠便死了。

燕王姬喜又渐渐从委顿中活泛了过来。

燕国割地罢兵后，前番战事的种种真相消息也纷纷传入燕国。原来，赵国对燕国的突然袭击根本没有防备，廉颇、乐乘两军原是开赴南赵对付秦军，猛然回头对燕，只是偶然而已。燕王喜由是恍然明白——其时，假若秦军当真攻赵，燕军的背后偷袭战定然大获成功！存了如此想头，燕王姬喜心有不甘，老是觉得赵国不是不能攻破，只是要选准时机而已。如此苦苦等待了八年，在燕王喜的第十二年，燕国君臣一致认定：攻赵的真正时机终于到来了！

姬喜找到了一个老名臣知音，燕昭王时期的老臣剧辛。

燕王姬喜重新起用剧辛，任剧辛职任上卿，总领政事。此时的剧辛，已经失去了英年时期与乐毅变法的睿智清醒，变得刚愎自用而不察天下大势。在燕王喜遍召大臣会商，寻求攻赵知音之时，剧辛一力主张攻赵，欲图在自己手中重新振兴燕国霸业，使自己成为燕国的中兴名臣。由此，剧辛与燕王姬喜一拍即合，确定了燕国再度对赵作战的国策。剧辛判定的所谓真正时机，有两个凭据：其一，赵孝成王方死，其子赵偃即位，赵国必不稳定；其二，廉颇、乐乘自相攻击，乐乘已经逃来燕国，廉颇也逃亡魏国，赵国腹地大军以庞煖为将，赵国军力必然大衰。如此情势之下，剧辛力促燕国秘密筹划再度攻赵，姬喜自是欣然认可。

然则，燕国君臣万万没有想到，这次事情却反着来了。

赵偃（悼襄王）也是初位欲建功业，竟先行下令李牧攻燕。燕军尚未开出，李牧边军已经挥师东进，一举攻下了燕国的武遂、方城两地，方始歇兵。燕王姬喜大为尴尬，一心只要南下猛攻赵国腹地大军。召剧辛会商，老剧辛傲然一句："庞煖易与耳！"燕王姬喜大是感奋，当即下书以剧辛为主将，率军二十万大举攻入赵国腹地。

原来，剧辛当年入燕之前曾游学赵国多年，一度与庞煖同为纵横策士，奔走合纵交往甚多。在剧辛的记忆里，庞煖从来不知兵，也没有提兵战阵的经历。如此庞煖，自然是很容易对付的。不料，庞煖实则是不事张扬的兵家名士，其战阵才能几乎可与李牧抗衡。剧辛大军南下，庞煖立即率赵军二十万迎击。结局是：庞煖赵军一举斩首燕军两万余，并在战场击杀了老剧辛！若非当时秦军已经深入赵国背后，对赵国构成巨大威胁，以及赵国内政出现巨大混乱，只怕庞煖直接攻下燕国都城亦未可知。

自此一战，燕王姬喜性情大变。

燕国原本不是仓廪殷实之邦，唯赖燕昭王时期攻破齐国七十余城，尽行掠夺了齐国的如山财富，才积累了一时丰盛的军资粮秣。数十年过去，燕国内政非但一无更新，反倒是每况愈下。及至姬喜即位，府库存储业已大大减少。姬喜再三图谋攻赵，其意正在效法燕昭王破齐富燕之道。不想，十二年之内燕国两次大战均遭惨败，粮秣辎重几乎消耗一空，兵力更是锐减为二十万上下。名臣名将，也是死的死走的走，国政谋划连个得力臂膀也没有了。国无财货，朝无栋梁，姬喜心灰意冷了。于是，周王室老贵胄的传统秉性发作，姬喜以宽仁厚德为名，甚事不做，奉行无为而治，整日只在燕山行宫狩猎消磨，将天下兴亡当做了事不关己的过眼云烟。

倏忽十一年过去，才有一缕清新刚劲的风吹进了燕国庙堂。

姬喜即位的第二十三年，太子丹从秦国逃回了燕国。

太子姬丹，是燕王姬喜的嫡长子。可是，这个嫡长王子在燕国宫廷尚未度过少年之期，便开始了独有的坎坷磨难。其时，燕国已经衰弱。为结好强国，姬丹踏上了如同很多战国王子一样的人质旅程。战国之世，人质邦交大体有两种方式：其一，强国之间为保障盟约稳定，相互派出重要的王室成员作为人质进驻对方都城；一方负约，则对方有处死人质之权利。譬如秦昭王之世，秦国派于赵国的公子嬴异人，即是此种人质。其二，弱国为结附大国，派出王室成员为人质，进驻大国都城，以示忠于附国盟约。少年姬丹所做的人质，便是这种人质。就人质本身而言，以国君嫡长子为最贵。因为，国君嫡长子，大多都是事实上的太子，也是最大可能的国君继承人。姬丹虽然年少，然却有嫡长子地位，自然是进入大国做人质的第一人选。因了这般缘故，燕王姬喜早早将姬丹立做了太子，使姬丹以太子名义进大国做人质，以示燕国对盟约大国的忠诚。当然，太子名分对姬丹在他国的处境也有些许好处。如此，太子丹的名号，早早便为天下所知了。

太子丹的人质生涯，开始于赵国，终结于秦国。

燕王喜即位之初，强盛期的赵国尚是燕国最大的威胁。为保燕国安宁，太子丹在赵国做了许多年人质。秦赵长平大战后，秦赵俱入低谷。吕不韦当政时，为在秦国低谷期与赵国求取平衡，着意结好燕国，以增加对赵国的制衡。燕王喜对天下第一强国的示好大是欣然，更兼其时燕国正在图谋攻赵，遂立即在与赵国订立休战盟约后，又立即与秦国订立了秘密盟约。于是，燕王喜将太子丹借故从邯郸召回，改派往秦国做了人质。

或是天意使然，太子丹在赵国做人质时，秦国的少年王子嬴政也在赵国尚未归秦。嬴政外祖乃赵国巨商卓氏，其时，嬴政尚叫做赵政。赵国风习豪放，赵政虽非在朝贵胄公子，也一样能出入王城。或是在王城之中，或是在市井游乐之所，总之，两个少年王子相遇了，结识了，还有了少年交谊。以年龄而言，赵政八岁时离赵归秦，与太子丹结交之时，当在八岁之下的孩童之期。而太子丹，则肯定大得三两岁，再小，便不可能做人质了。如此，太子丹必是童稚赵政的小哥哥，其交游来往，也必定是纯真无邪的少年乐趣。此后嬴政归秦，历经风雨坎坷，在十三岁时成为了不亲政的虚位秦王。

倏忽二十余年，天下风云变幻，燕赵秦三国的格局也发生了巨大变化：秦赵血仇未消，相互攻伐不断；燕赵两国两次大战，燕惨败而赵大胜；燕国虽与赵国结下了大仇，却又只得忍气吞声地订立盟约而成盟邦。当此之时，秦燕两国无战且盟约依旧，依着战国邦交常道，秦国要借重燕国牵制赵国，燕国已经完全可以召回人质了。然则，事有奇正，此时的秦国恰恰已经走出了低谷，秦王嬴政已经亲政，一统天下之志已定。于是，两国邦交发生了悄无声息的巨大变化：秦国对燕国的倚重不复存在，而变为秦国力图掌控燕国，以防其在灭国大战中辅助赵国。如此格局之下，秦燕两国纵然盟约依旧，且燕国并未触犯秦国，燕国还是无法召回太子丹。究其实，当然是秦国不愿放回太子丹。根本原因，在秦国要掌控燕国，使燕国援赵有所顾忌。为此，秦王嬴政对这位太子丹很是冷漠，丝毫不作少年好友待之，明确下令软囚太子丹，不使其回归燕国。太子丹痛心疾首，屡次上书秦王请求归燕，都是泥牛入海没有回音。

“乌头白，马生角，子或可归燕也！”

秦王唯一的回答，使太子丹彻底绝望了。

许多年后，天下风传一则秘闻：自秦王禁令出，太子丹仰天长叹，咸阳王城的乌鸦果然白头，马头果然长出了牛角；秦王得报，视为天意，遂不得不放了太子丹。事实却远非如此离奇神妙，而是一则惊心动魄的太子丹逃亡事件。

太子丹明白秦王政不会放他归燕之后，不再图谋于说动秦王，从此开始了逃离秦国的秘密谋划。历经半年多试探，太子丹终于通联了在咸阳的燕国商社，谋划出一个替身之法：由几位燕国大商物色 个与太了丹极其相像的年轻商人，给太子丹做舍人。其人开始进入有秦国吏员兵士护卫的太子丹寓所时，须得以面目有伤为由以黑纱遮面。但有时机，即以此人为替身留于寓所，太子丹乔装离开，由商社马队护送逃出秦国。密谋既定，太子丹立即付诸实施。不久，太子丹寓所便多了一个面容伤残而终日蒙面的太子舍人。一年之后，秦国朝野忙于筹划大举东出灭国，秦王率领群臣赶赴蓝田大营观兵。太子丹一如谋划行事，果然逃离秦国。及至秦国发现太子丹逃亡，已经过去了整整一月。

秦王嬴政大怒，立即飞书常驻燕国的顿弱：威逼燕王送回太子丹，否则发兵攻燕！旬日之后，顿弱回书道："燕国沉沦不堪，纵增一太子丹，与国无补也。灭国大战方略有序，此时既不能对燕用兵，何须威逼恐吓而使其警觉焉！臣意：太子丹既有替身，秦当佯作不知可也。"秦王嬴政一番思忖，觉顿弱之策大是有理，遂下令执掌邦交的行人署对太子丹寓所守护如常，不予理睬，只看燕国如何处置。

久经磨难的太子丹归燕，已经是三十余岁的心志深沉的人物了。

太子丹精明干练，与父王姬喜相处三月余，便重新获得了父王的完全信任。其时燕国仍然没有领政强臣，姬喜又心灰意冷游猎成习，早已经疏于政事了。于是，姬喜索性下了一道密令：太子丹镇国总摄政事，燕国大臣勿泄于外，秦国知晓与否听其自然。

如此，太子丹在燕国开始了独特的施展。

太子丹最恨秦国欺压天下，更恨秦王嬴政刻薄寡恩无情无义。逃回燕国，太子丹原只一门心思报复秦国。然，太子丹归来，眼见邦国贫弱远远超出了自己预料，手中又无权力，一时竟是郁闷无策。一朝领政，太子丹精神陡然振作，只一心思谋如何尽早凝聚有识之士报复秦国，至于国政变革，一时完全无法顾及了。太子丹清楚地知道，秦国的灭国大战行将实施，若不及早谋划动手，只怕燕国连最后的时机也没有了。更有要紧者，秦国上卿顿弱坐镇燕国，多方通联燕臣，蓟城举动很难逃过顿弱势力的探察，要图谋秦国，第一要务便是严守秘密。好在太子丹久为人质，寄人篱下，已锤炼出一种缜密机警的秉性，更有逃出秦国的秘密谋划阅历，几年内将对秦复仇事做得丝毫不露痕迹。

第一个密商者，太子丹瞄住了少年时期的老师鞠武。

白发苍苍的鞠武，已经是燕国的老太傅了。老人诚惶诚恐，接受了秘密来访的太子丹的拜师礼。一番酬酢之后，太子丹涕泪唏嘘地说了对秦复仇的心愿。老鞠武沉默了，半日没有说一句话。太子丹痛心疾首道：“秦王嬴政，天下巨患也。老师不为丹谋，宁不为天下一谋乎？”良久，老鞠武沉重开口道：“如今之秦国地广人众，兵革大盛，远非昔日之秦国可比也。燕国两败于赵国之后，贫弱已极，太子要以昔年积怨抗秦，宁非批其逆鳞哉？”太子丹长吁一声道：“太傅明察，我纵附秦，秦亦不能存燕也！秦不存燕，则燕秦终不两立也。既终须与秦为仇，宁不早日谋划哉！”鞠武思忖良久，点头道：“太子之说也是。既然如此，太子可相机行事。”太子丹见素来固执的老师虽然未被说服，但却已经不再反对自己，只要老师不反对自己；老师的声望便是秘密行事的号召力量。此后，太子丹打出曾与老太傅会商的名义，又对几位世族重臣进行了谨慎试探，竟没有一个人反对，且几家老世族都慷慨立誓，愿意献出封地财货以支撑对秦复仇。太子丹精神大振，遂开始着意搜求奇异能士。

不久，一个神秘人物不期然进入燕国，使太子丹的复仇谋划正式启动了。

这个人，是秦国逃亡将军樊於期。樊於期，原本是桓龁做假上将军时的秦国大将，又是与王族联姻的外戚，在秦国老将中资望深重，是深得秦王信任的主力大将。桓龁部两次攻赵大败，第二次失败，是樊於期违反军令所直接导致。战败之时，眼看着秦军将士尸横遍野，樊於期深恐秦国军法严惩，便从战场逃亡了。及至消息落实，秦国朝野震动，秦王嬴政怒火中烧，当即下令拘押樊於期族人，同时追查樊於期下落并悬赏重金缉拿。在战国秦的历史上，只有过三个叛将：一个是秦昭王时期的郑安平，一个是嬴政即位第八年的长安君成蛟，一个便是樊於期。郑安平是范雎因恩举荐的大梁市井之徒，原本外邦人士，叛便叛了，秦国朝野骂归骂倒没甚风浪。长安君却是嬴政甚为喜爱的异母兄弟，樊於期也几乎是等同王族的资深老将，国人之震动，王室之羞辱便不是寻常之事了，无怪乎秦王嬴政对樊於期恨之入骨。山东六国则大为欣喜，各种传闻纷纷不绝于耳。择其主流，大体是三则：一说逃亡者是秦国上将军桓龁，统帅逃国，秦国不得人如此矣；一说秦王暴虐，立即杀了樊於期九族；一说樊於期逃亡到匈奴去了，秦王正派蒙恬进入草原搜捕。

种种传闻流播之时，樊於期突然在蓟城出现了。

一个秋雨纷纷的深夜，家老进来对正在书房认真阅读一卷兵器密典的太子丹禀报说，燕商乌氏獭求见。这个乌氏獭，是早年秦国大商乌氏倮的同宗，也是襄助太子丹逃出秦国的燕国大商。太子丹二话没说，迎到了廊下。雨幕之中，乌氏獭见太子丹出来，回头一挥手，道边林中走出一个身披蓑衣面蒙黑纱的壮伟身躯。乌氏獭只低声一句："此乃天下危难奇人也！太子不若见，在下立即告辞。"太子丹生性机警之极，立即一拱手道："恩公引荐之人，何言危难？请！"走进书房，此人脱去蓑衣黑纱，一个落难雄杰之相立即鲜明呈现在太子丹眼前：须发灰白虬髯盘结，古铜色脸膛的沟壑写满沧桑，两只眼睛忧郁深沉，不言而令人怦然心动。太子丹不待来人开口，一拱手道："壮士既与我恩公同来，便是丹之大宾，请入座。"来人没有入座，一拱手道："太子不问在下姓名，不惧祸及自身么？"太子丹肃然正色道："人皆惧祸，何来世间一个义字？天下无义，不知其可也！"来人遂深深一躬道："久闻太子高义，流士樊於期有礼。"太子丹一惊一喜，当即也是深深一躬道："将军危难，不疑我心，真雄杰之士也！敢问将军何求？"樊於期慷慨道："燕若容我，我即居燕。燕若难为，敢请资我前往东胡可也！"太子丹道："将军流落，其志必不在逃亡存身，敢问远图如何？"樊於期脸色铁青，只硬邦邦两个字："复仇！"太子丹悚然动容，立即吩咐小宴为将军压惊洗尘。那一夜的小宴，直到天色发白方散。小宴结束，太子丹早已修造好的秘密寓所便住进了一位神秘的客人，除了家老指派的心腹侍女仆人与太子丹本人，任何人不能踏进这座石门庭院一步。

月余之后，太子丹将这个消息告知了太傅鞠武。

太子丹本意，是要与老师商议如何最大限度地利用樊於期为燕国复仇。不想鞠武一听太子丹收留了如此一个人物，立时忧心忡忡，板着脸道："太子容留樊於期，老臣以为不可也！大势而言，以秦王之暴积，怒于燕，已经足为寒心。若再将樊将军留燕而使秦王闻之，何异于示肉于恶虎之爪，其祸不可救，虽有管仲、晏子在世，不能谋也！”太子丹道：“交出樊於期，秦国依然要灭燕，奈何？”鞠武道：“太子若当真安燕，当送樊将军入匈奴，使匈奴杀其灭口。而后，燕国秘密联结山东五国合纵抗秦，再北连匈奴迫秦背后。如此，大事方可图也。”太子丹不禁皱起了眉头道：“太傅之策，旷日弥久，远水不解近渴也。况且，樊於期困顿，天下无敢收留，遭逢危难，独能投奔我来，丹岂能迫于强秦威势而弃之不顾？若将其送往匈奴杀人灭口，丹将何颜立于天下？与其如此，毋宁我死也！”太子丹说得激昂唏嘘，突然顾忌老师尴尬难堪，戛然打住，长吁一声道，“愿老师再谋，有无别样对策？”老鞠武长叹一声道：“逢危欲求安，逢祸欲求福，宁结一人而不顾国家大害，此所谓资怨而助祸，以鸿毛燎于炭火之上而欲求无事矣！”太子丹肃然正色道：“鸿毛之灾，纵不毁于炭火，亦必毁于薪火。燕国之危，终不能因樊於期一人而免之。老师不思祸端根本，而徒谈国家危难，丹夫复何言哉！”老鞠武默然思忖良久，终于开口道：“老夫迂阔，不善秘事。然，老夫交得一人，或可成太子臂膀。”太子丹连忙挺身长跪，一拱手道：“得老师举荐，燕国之幸也！”老鞠武道：“此人名曰田光，智谋深沉，勇略过人，愿能与太子共谋。”太子丹道：“我若突兀见田先生，恐有不便。老师若能事先知会，我因老师而得交先生，老师以为如何？”老鞠武不禁喟然一叹：“太子之于人交，强老夫多矣！诺。”

旬日之后的一个夜晚，一个布衣之士走进了太子丹的秘密庭院。

这个布衣之士便是田光，隐身燕国的一个士侠。

战国之世，游侠品类繁多。寻常所谓侠者，大多指纯剑士出身而有侠行的武士。这种侠，战国之世谓之侠士、任侠、游侠，更有一直白称谓，呼曰刺客。譬如专诸、要离、聂政及下文所及盖聂、鲁句践等等，皆为此等侠士。此等剑士刺客，并非春秋时期所生发出的侠士的高端主流。高端侠士者，居都会，游山野，以排解政事恩怨为己任的学问豪侠之士也。唯其如此，春秋及战国之侠，其高端主流可以称为士侠，或者称为政侠。士侠政侠，在实际上的最大流派，当属以“兼爱、非攻”为旗帜的墨家团体。及至战国中期，七大战国分野渐渐明确，中小诸侯国越来越少，邦国之间依靠政侠排解恩怨的需要也大大减少。如此大势之下，以士人为根基的政侠势力也渐渐弥散分流，或融入学派团体，或融入各国政局，或隐入市井山野终成隐居名士。总归说，战国中期之后，士侠已经是凤毛麟角了。就其个人素质说，士侠必以某种精神与学说为信念根基，而将侠义之行仅仅作为信念实现之手段。是故，此等士侠多为文武兼备之士。以今人语言说，此等士侠无不是既具备思想家气质，同时又精通剑术的大家。他们，几乎从不做寻常的私人复仇攻杀，而唯以解决天下危难的政治目标为其宗旨。士侠的生活常态是名士，而不是寻常人一眼能看出的赳赳武士。田光，正是如此一个士侠。将要出现的荆轲，更是战国末期冠绝天下的一个士侠。

太子丹恭敬地迎接了其貌平平的田光，以对待大宾之礼躬身侧行领道进门。进入正厅，太子丹先自跪行席上，并以大袖抚席以示扫尘，而后请田光入席正座。田光丝毫没有惶恐之情，坦然接受了大宾之礼中主人该当表现的所有谦恭与敬重，却始终没有说一句话。及至仅有的一个侍女与一个老仆退出正厅，太子丹这才离开坐席深深一躬。

“燕秦不两立，先生定然留意也。”

“愿闻太子之志。”田光沉沉一句。

“复燕国之仇，除天下之患，岂有他哉！”

“国力不济，大军驽钝，太子欲效专诸刺僚乎？”

“祸患根基，在于秦王。虎狼不除，世无宁日也！”

“太子有人乎？”

“丹有死士三人，愿先生统领筹划。”

“太子高估我也。”田光凝重沉稳地说道，“自战国之世，大国之王死于刺客者，几无所见，况乎刺秦？士侠一剑，而使大国之王死，此等壮举亘古未闻也。设若二十年之前，田光或可被身蹈刃，死不旋踵而为之。然则，光今虽在盛年，心已老矣！士侠之行，心志第一。田光自忖，不堪如此大任。”

“丹之三人如何？”

“太子三士，皆不可用也。”田光显然对太子丹秘密收养的三个剑士了如指掌，一一伸着手指道，“夏扶，怒而面赤，血勇之人也。宋义，怒而面青，脉勇之人也。武阳，怒而面白，骨勇之人也。三人，皆喜怒大见于形色。此，士侠密行之大忌也。故，不可用。”

“！”太子丹愕然。

“光虽无力亲当大事，然有一知音，或可成此壮举。”

“愿得先生举荐！”太子丹恍然。

“此人，名曰荆轲。”田光简单得没有第二句话。

“愿因先生结交荆卿。”

“敬诺。”

“先生主谋，荆轲主事，如何？”

“我才远不及荆轲，既不主事，何能主谋哉！”

田光对一个人如此推崇，太子丹不禁大为惊讶。本欲请田光多多介绍荆轲其人其事，又恐急迫追问使田光不悦，机警深沉的太子丹不再言及此事，吩咐摆上小宴，只与田光纵酒议论天下。海阔天空之间，田光豪侠本色自然流露，侃侃说起了自己的一则奇遇。

多年之前，田光游历楚国，从云梦泽搭乘一商旅大船直下湘沅之地，欲去屈原投江处凭吊。船行五日，出得云梦泽，进入了湘水主流。两岸青山，峡谷碧浪中一片白帆孤舟，壮美的山水，引得搭船客人都聚到了船头。其时，田光身边站了一个年轻的布衣之士。别人都在看山看水，唯独这个年轻人一直冷冰冰地凝视着水面，时而轻轻一声叹息。田光心下一动，一拱手道：“足下若有急难，愿助一臂之力。”布衣士子默然不答，依旧凝视着水面。田光颇感奇异，随着布衣之士的目光望去，心下不禁突然一动——船头前十数丈处，一团隐隐漩涡不断滚动向前，仿佛为大船领道一般。

田光尚在疑惑之时，江面狂风骤起，迎面巨浪城墙般向船头打来！船头客人们惊惧莫名，一时愣怔，木然钉在船头不知所措。田光看得清楚，几乎在巨浪突发的同时，浪头中涌出一物，在弥天水雾中鼓浪而来。布衣士子大喊一声：“云梦蛟！人各回舱！”众人纷纷尖叫着躲避时，年轻的布衣士子却钉在船头风浪中纹丝不动。田光一步冲前，挥手喊道："足下快回舱！我有长剑！"话音未落，一浪打来，田光几乎跌倒，急忙抓住了船栏。此时，只见那鼓浪长蛟怪吼一声，山鸣谷应间，一口山洞血口张开，整个船头立即被黑暗笼罩。田光血气鼓勇，大吼一声飞身挺剑，直刺扑面而来的怪蛟眼珠。不料，怪蛟喷出一阵腥臭的飓风，田光的长剑竟如一片树叶漂荡在浪花之中。与此同时，田光被一股急浪迎面一击，也树叶般飘上了白帆桅杆。正当怪蛟长吼，驾浪凌空扑向大船之时，弥天水雾中一声响亮长啸，布衣士子飞身而起，大鹏展翅般扑进了茫茫水雾中。挂在高处的田光看得清楚，水雾白浪中剑光如电，蛟吼如雷，不断有一阵阵血雨扑溅船身。须臾之间，江面漂起了一座小山一般的鳞甲尸体。及至风平浪息，一个血红的身影伫立在船头……

"世有斩蛟之士，丹未尝闻也！"[1]

"他，便是荆轲。"

"荆轲？！"

"只是，那次我尚不知其名。"

"那——"

"三年后，我又遇到了他。"

"噢——"

风浪平息，田光飞下桅杆之时，那个血红色的布衣身影已经不见了，只给田光留下了一种无尽的感慨。三年后，田光游历到卫国濮阳，遇到一个叫做盖聂的旧交剑士。其时，盖聂正在卫国做濮阳将军，虽只有五千部属，盖聂却做得有模有样。闻老友到来，盖聂盛情相邀田光，给卫国国君卫元君讲说剑道。当田光与盖聂走进濮阳偏殿时，恰恰遇见一个士子正在对卫元君侃侃而论。令田光大为惊讶的是，此人正是那个斩蛟士！田光立即向盖聂摇手止步，站在偏殿大柱后倾听。田光又一次惊讶了——斩蛟之士讲说的竟然是治国强卫之道，其气度说辞不逊于任何一个天下名士！只听斩蛟之士道："卫国不灭，非以国力而存，实以示

[1] 荆轲斩蛟故事，见《博物志》，虽颇具神话意味，亦见时人眼中荆轲之神。

弱而存也。百余年来，国君三贬其号，从公到侯，从侯到君，日渐成为一县之主。荆轲以为，此为国耻也！荆轲生为卫人，愿为我君联结诸侯，招募壮士，以复卫国公侯之业！”田光清楚地记得，白发苍苍的卫元君只不断长长地叹息着，始终默然不语。斩蛟士见卫元君长吁短叹一言不应，起身一拱手，说声告辞，大步出殿了。

“荆轲，还是策士？！”

“神勇其质，纵横其文。质文并盛，宁非荆轲哉！”

“得与此人交，丹不负此生矣！”

“其时，我也做如是感慨。”

“噢？先生未在濮阳与荆轲结识？”

“两年后，我在赵国又遇荆轲。”

“噫——”太子丹只一声又一声地感叹着。

当游说卫元君的斩蛟士的身影消失在殿外廊柱时，田光久久凝视着那个永远也不会忘记的身影，终于没有追上去。田光知道，不逢其时，终不能真正结识一个奇人。可是，两年后田光游历到赵国，又遇到了这个斩蛟奇士。那时，田光的旧交盖聂已经愤然辞去了卫国的濮阳将军，重新回到了赵国。其时，赵国抗秦正在要紧时刻。盖聂欲图结交天下一流剑士，结成壮勇之师，编入李牧军抗秦。盖聂的办法是：邀鲁国名剑士鲁句践来到故乡榆次[1]，一起打出了“天下第一剑”的大旗，搭建一座较剑高台，论剑较武以结交武士。适逢田光游至榆次，盖聂与鲁句践大喜过望，力邀田光共图抗秦大计。田光委婉谢绝，却也对盖聂的壮勇之行很是赞赏，应诺为武士较剑做坐台评判。不料，这时赵国民气已见萧瑟，数日间竟无一人来应剑。那日，田光正在台后劝盖聂、鲁句践收场，台下却来了一人。得执事禀报，盖鲁两人精神大振，立时冲将出去，赳赳一拱手，亮出了阔长的精铁剑。

“壮士报国，非天下第一剑么？”来人冷冰冰一句。

“无称雄之心，不能报国！”鲁句践激昂慷慨。

---

[1]　榆次，赵国城邑，今山西榆次以北地带。

盖聂目光凌厉地盯住来人，铁板着脸一句话不说。

“私斗聚士，大失士剑之道。”

“足下何人？如此聒噪！”鲁句践恼怒了。

“在下之名不足道。敢问，何为较剑？”

“取我之头，是为较剑！”鲁句践一声大吼。

盖聂怒目相向，猛然一拍头颅。

那人冷笑一声，转身扬长去了。

田光出来，一眼瞥见来者背影，不禁大为惊讶。

“噫！来人如何去了？”

“我怒目如电，慑他畏惧而去！”盖聂神采飞扬。

“我怒声如雷，喝他破胆而逃！”鲁句践志得意满。

田光不禁哈哈大笑，一拱手走了。

……

“五年三遇！先生之与荆轲，岂非天意哉！”

“然，光与荆轲结交，终在蓟城市井也。”

离开赵国，斩蛟士的身影老晃荡在田光心头，他无心游历，回到燕国隐居了下来。三年后的一天，田光提着一只陶罐去市中沽酒。在小石巷的酒铺前，遥见三个布衣大汉醉倒在地，相偎相靠，坐于街中嬉笑无度。行人止步，围观不去。田光走近一看，其中一人竟是那斩蛟士，不禁大为惊讶。田光正在人圈外端详之际，圈中一人将怀中大筑晃悠悠抱起，脸泛红光，叮咚敲打起来。另一人用瓦片敲击着节拍，高兴得哇哇大叫。斩蛟士则大张两腿箕坐于街，两臂挥舞，放声唱道：“日出而作，日落而息，耕田而食，凿井而饮。帝力何有于我哉！天下何有于我哉！”歌声宽厚沉雄，几同苍凉悲壮的呐喊。周围人众不禁一片感慨唏嘘。唱着唱着，斩蛟士笑得一脸醉意，不期然扑在击筑者身上，一阵鼾声大作睡去了。另两人也瘫作烂泥，鼾声一片。指指点点的人群，不禁一阵哄然大笑……田光心下大动，走进人圈，深深一躬道：“敢请三位壮士，到我草庐一饮。我，蓟城酒徒是也。”话音方落，呼呼大睡的斩蛟士猛然睁开双眼。倏忽之间，一道闪亮的目光掠过，田光心头猛然一震。斩蛟士随即大笑道："高渐离，宋如意，走！到先生家痛饮了！"没有任何声息，地上两人一跃而起，跟着斩蛟士走了。

……

"自此，先生与荆轲善也！"太子丹不胜欣羡。

"然则，光与荆轲之交，素不谋事。"

"先生之心，丹明白也。"

太子丹知道，士侠之友道，分寸是重交不轻谋。也就是说，意气相投者尽可结交，但不会轻易共谋大事。毕竟，士侠所谋者，大体都是某国政局，若非种种际遇促成，决然不会轻易与谋，更不会轻易地共同行动。田光之言，是委婉地告知太子丹：即或太子丹经他而与荆轲结识，能否共谋共事，亦未可知。太子丹多年留心士侠，心下明白此等分寸，不再与田光说及荆轲，痛饮之下又是一番天南地北。

不期然，两人说到了天下利刃名器。太子丹以为，短兵以吴越名剑为最。田光没有说话，轻轻摇了摇头。太子丹饶有兴致，讨教田光，何种利刃为短兵之最。田光淡淡一笑道："天下长兵，以干将、莫邪等十大名剑为最。若言短兵，则以赵国徐夫人匕首为最也。"太子丹大是惊讶："一女子，有此等利器？"田光道："徐，其姓也。夫人，其名也。徐夫人，男子也。天下剑器，徐夫人大家也。"太子丹不敢显出疑惑，一笑道："如此短兵，定然是削铁如泥了。"田光目光一闪，面无表情道："削铁如泥，下乘也。"太子丹心头一颤，立即挺身长跪一拱手道："愿先生襄助，得此利器！"

长长一阵沉默，田光终究吐出了一个字："诺。"

……

秦国大举灭赵之时，太子丹的几年密谋筹划已经很扎实了。

恰在此时，秦国兵临易水，燕国朝野惶惶无计。燕王喜顾不得狩猎游乐，多年来第一次大召朝会，会商抗秦存燕之策。不料，大臣无一人应对，整个大殿一片死寂。

"方今国家危亡，丹有一谋，可安燕国。"太子丹说话了。

"愿闻太子妙策！"举殿目光大亮，立即异口同声。

“有谋还等甚？快说快说！”燕王喜更是连连拍案。

“大事之谋，不宜轻泄。”太子丹面无表情。

“啊——”大臣们茫然了。

“子有何谋，竟不能言？”燕王喜不悦了。

“丹有一请：举国财货土地，由丹调遣。否则，此谋无以行之。”

“啊——”大臣们长长地惊叹一声。

“散朝。”燕王喜板着脸，终究一拍案走了。

回到寝宫，在坐榻愣怔半日，燕王喜还是紧急召进了太子丹。

“子有何策，竟要吞下举国土地财货？！”燕王喜劈头一句。

太子丹望了望左右侍女，默然不语。

“说！没有一个人了！”

燕王喜屏退了所有内侍侍女，混浊的目光中充满了对儿子的生疏。

“刺杀嬴政，使秦内乱，无暇顾及天下。”太子丹一字一板。

“甚甚甚……”燕王喜急得咬着舌头连说了不知多少个甚，这才板着脸训斥道，“如此大事，岂能心血来潮？刺秦，你小子倒真敢想！真敢说！你只说，秦王千军万马护卫重重，谁去刺？做梦！还不是要刮老夫土地财货！……”

“此事，已谋划三年有余，一切就绪。”

“甚甚甚甚甚甚……谋划三年余？！”

“土地财货之说，惑众之辞耳。”

“惑众？惑谁？”

“父王不要忘记，秦国顿弱在蓟城，耳目覆盖整个燕国。”

姬喜两眼瞪得铜铃一般，大张着嘴愣怔着说不出话来，良久，才软软倒在坐榻上长长一声喟叹：“燕有我儿，国之福也！”

“父王留意，此谋不可对人言。”

“要你小子说！”燕王喜霍然起身，一挥手高声道，“御书下书：本王老疾多多，国事交太子丹全权领之！国逢危难，不同心者斩！”下书完毕，须发灰白胖大臃肿的姬喜终于瘫倒了。太子丹顾不得抚慰父王，深深一躬，匆匆出了王城，立即驱车赶到了蓟城唯一的一片大水边。

三　风萧萧兮易水寒　壮士一去兮不复还

这是一座幽静神秘的庄园。

蓟城东南，有一片碧蓝的汪洋水，一片火红的胡杨林。水曰燕酩池，林曰昌国苑。燕酩池，是从流经城南的治水引进的活水湖泊，清澈甘甜，历来是燕国王室酿酒坊所在地。所以，叫做了燕酩池。昌国苑，是燕国当年下齐七十余城后，燕昭王赐给乐毅的园林。因乐毅爵号昌国君，所以叫做了昌国苑。乐毅出走于赵，乐闲入燕承袭昌国君爵位，仍居昌国苑。后来，乐闲因与燕王喜政见不合而离开燕国，昌国苑便成了一座几近荒废的王室林苑。在燕经商的六国商人无不垂涎此地，各国商社联具上书燕王：请以燕酩池、昌国苑划作商贾之地，由六国商贾共同筹金，建造一片如同咸阳尚商坊一般的天下大市。商贾们以为，如此好事，燕王定会欣然应允。不料，上书一个月后，燕王王书颁下：燕酩池与昌国苑乃王室苑囿，可赏功臣，可为国用；用于商贾，则见利忘义有失王道，从此勿请。商贾们碰了钉子，愤愤然议论蜂起，莫不指斥燕国蔑视商旅一事无成。然议论历来多有折冲，也有人说，宁失财货之利而不失周室老王族尊严，确实只有燕国这种八百年老诸侯才能如此，迂阔是迂阔，不失为王道风范。于是，商旅们终究众口一词，如此迂阔王室，夫复何言！于是，议论也就渐渐没有了。

然则，近几年来，外邦商贾与蓟城庶民的有心之人却发现，这片水这片林不期然发生了悄无声息的变化。王室的酿酒坊搬走了，弥漫池畔而常常令路人迷醉的醇香酒气没有了，静悄悄的火红的胡杨林，也偶尔可见车马出入了。于是，市井酒肆间人们纷纷揣测，这片佳地究竟赏赐给了哪家功臣？诸般猜测揣摩，终究莫衷一是。毕竟，多年来，燕国已经没有一个大功臣可以当得起如此封赏了。

这片园林水面，成了一片扑朔迷离的云雾。

太子丹的垂帘辎车所去者，正是这片神秘幽静的所在。

几年前，太子丹由太傅鞠武开始，结识了田光，又由田光而结识了荆轲，密谋大计才渐渐步入扎实的筹划。本来，田光是一个轴心人物。

以太子丹内心的摆布：田光，可为大计实施之总筹划，譬如齐国孙膑的军师职位；荆轲，可为大计实施的前军大将，譬如田忌之为上将军临敌决战；有此两人，自己便能做齐威王那样的兴燕明君。

然则，事情乖戾得不可思议，田光却因为太子丹一句话死了。那是当年太子丹初次与田光相见，小宴聚谈之后的清晨薄雾中，太子丹送田光出门，低声叮嘱了一句："你我所言，国之大事，愿先生勿泄也。"太子丹记得很清楚，田光似乎并没在意这句话，只淡淡一个字道："诺。"此后，田光很快造访了荆轲，与荆轲叙谈至三更时分。及至荆轲承诺了面见太子并与之为谋，两人方始痛饮。饮得一阵，田光慨然叹道："士侠为行，不使人疑之。今太子叮嘱我勿泄大事，是太子疑田光也！为行而使人疑之，非士侠也。"事后，太子丹始终不解的是，荆轲竟然一句疏导之话也不说，听任田光钻了牛角。田光最后对荆轲说："足下可立即面见太子，言田光已死，以明不言之心也！"说罢，一口不足一尺的短兵一闪，田光喉头一缕鲜血，倒地身亡了。

太子丹第一次见到荆轲，是荆轲自己找来的。

荆轲请见，平静地叙说了田光之死的经过，丝毫没有悲痛之情，冰冷得如同一尊石雕。太子丹惊愕得无以复加，良久说不出一句话来。他想问荆轲，为何不拦阻田光自刎？以田光讲述的荆轲故事，荆轲的神奇，当足以阻挡任何事情的发生。他也想问，荆轲为何不劝阻疏导田光？毕竟，那句叮嘱只是必须而已，决然不关乎怀疑与否，难道明锐如荆轲者也不能理解么？可是，太子丹机警过人，在这电光石火般掠过心头的种种责难疑虑之中，他突然明白了一个道理：对天下名士之侠，只要得其一诺，便只能无条件信任，而不能有任何疑虑之辞！他们不是自己的部属官吏，他们无所求于自己，他们将自己的承诺看得比生命还重！无所求人而只为人付出，若再被人疑，岂不悲哉……

太子丹惊愕良久，突然放声大哭道："丹所以告诫先生，实恐秦国间人耳目也！今先生以死明不言之心，丹何堪也！"令太子丹不解的是，对他这个名为太子实同国王之人的痛心大哭，荆轲依然无动于衷，一句话也没有，依旧冷冰冰如同一座石雕。太子丹立即警觉，他若再哭下去，这个冷冰冰的石人完全可能径自离开。

太子丹适时中止了痛哭，肃然请荆轲入座，离席深深一躬道："田先生不以丹为不肖，使君得与我见，愿与君一吐所谋，而后奉君之教。"太子丹记得，当时的荆轲连头也没点一下，还是冷冰冰地坐着。太子丹没有丝毫犹豫，先备细叙说了燕国的危亡困境与秦王嬴政的贪鄙之心，而后和盘托出了自己的全部谋划：以勇士携重利出使秦国，在秦王接见时相机处置——上策，效曹沫劫持齐桓公订立休战盟约之法，迫秦王放弃灭国并全部归还列国土地；下策，刺杀秦王以使秦国内乱，列国趁机合纵破秦！

太子丹整整说了一个时辰，荆轲一动没动地听了一个时辰。

太子丹耐心等候了一个时辰，荆轲还是一动不动地坐着。

"前述，皆丹之愿也。可否？愿君教我。"终于，太子丹忍不得了。

"此，国之大事也。在下，不足任使。"荆轲明确地拒绝了。

"田先生舍丹而去，荆卿亦舍我乎！"太子丹痛悲有加，一时大哭。

荆轲还是冷冰冰地坐着，没有一句劝阻说辞。太子丹终于忍不住心头愤激，悲怆地哭喊一声道："大事不成，又累先生丧命，丹何颜立于人世也！"抢过荆轲手中的短兵，便要拉开剑鞘自刎。在这瞬息之间，荆轲的白布大袖突然平展展伸出，疾如闪电灵如猿手掠过太子丹面庞。太子丹尚在愣怔，手中短兵已经无影无踪。

"此乃田光所献徐夫人匕首，太子宁加先生之罪乎！"

便是这短暂一瞬，便是这冷冰冰一问，太子丹对荆轲心悦诚服了。

"先生已去，丹何独生于世哉！"太子丹嘶声一哭，骤然昏厥了。

倏忽醒来，太子丹看见了蹲在面前的荆轲，看见了一双泪光闪烁的眼睛。

"太子之事，荆轲敬诺。"

太子丹未及顿首一谢，荆轲的白色身影已消失了。

及至次日，太子丹寻访到一条小巷深处一座低矮的茅屋庭院，荆轲依然在案前凝神沉思。太子丹说："君之所在不宜秘事，须得有变。"荆轲说："当变则变，尽由太子。荆轲所思者，同道人也。"太子丹再没说话，告辞了。旬日之后，燕王王书颁下：名士荆轲才具过人，拜上卿之职，襄助太子丹同理国事。此后，太子丹出动了王室仪仗，将荆轲隆重地迎进了王城外东侧长街的上卿府邸。所有这一切，荆轲都欣然接受了。在群臣竞相赶来的庆贺大宴上，荆轲也与所有谋求立身的名士一样，与燕国大臣们侃侃谈论着种种治国之道，豪爽的大笑阵阵掠过厅堂。与宴者的种种质询之辞，都在荆轲的雄辩对答中消解了。自此，燕国大臣们完全认可了这位新上卿。

大宴完毕，太子丹以会商国事为名，与荆轲在书房做了密谈。一进书房，荆轲又成了一尊冷冰冰的石雕。太子丹试探说："先生已为燕国上卿，何以处之，但凭先生。"荆轲淡淡一笑，第一次说出了一番长话："太子谋事，铺排缜密，荆轲心知也。所谓上卿，不过后来出使秦国之正当名义而已，不干实事。是以，荆轲坦然受之。然则，荆轲还要将这上卿做得非同常人。至少，来日出使，要使秦王相信：荆轲足堪王使之身。此中之意，亦望太子解得。"太子丹说："卿欲如何，丹受教。"荆轲说："不忠。不能。唯以上信立足。"太子丹会心地大笑一阵，眼角泛着泪花道："先生之才，真上卿也！奈何燕国危难，竟使先生秽行隐身，不亦悲乎！"荆轲慨然道："一国大臣，能献重利于秦者，岂能忠臣义士哉！我忠，我能，秦王焉得信也！"太子丹良久无言，最后说："我欲为卿谋一秘密所在，专为秘事筹划，卿意如何？"荆轲淡淡点头说："秘事多谋，该当如此。"

这片碧蓝的大池，这片火红的胡杨林，便成了一处神秘所在。

从那时开始，太子丹与荆轲默契得如同一个人。太子丹以王室名义，大肆修缮了上卿府邸，又经常赐予荆轲以寻常臣子根本不可能得到的太牢具，也就是太庙祭祀后的三牲祭品以及祭祀器具。太子丹又经常邀精通声色犬马，又与秦国驻燕特使顿弱相通的几位大臣，每每到上卿府饮宴。其间，荆轲纵酒无度，高谈阔论，全然一个仗恃燕王恩宠而挥霍无度的利禄豪士。于是，种种传闻便在蓟城的官场市井流传开来。有人说，太子丹与荆轲游东宫池，荆轲捡起瓦片投掷池中老鼃（蛙），太子立即赐给荆轲以金弹击蛙。有人说，太子丹赏赐给荆轲一匹千里马，荆轲说千里马的马肝最美，太子丹立即派人杀了千里马，取出马肝赏赐给荆轲。还有人说，太子丹邀樊於期与荆轲饮宴，美人鼓琴瑟，荆轲死死盯着鼓琴之手说：“好手也！”于是，太子丹立即下令剁去美人之手，盛在玉盘中赏给荆轲，连荆轲都惊讶得几乎不敢接受了。凡此等等，都活灵活现地流传开来。于是，燕国朝野有了一则民谣：“蛙承金弹，马成马肝，美人妙手，竟盛玉盘。上卿之能乎，燕人之悲乎！”

“赵有郭开，燕有荆轲。天下悲哉！天下幸哉！”

秦国上卿顿弱的大笑喟叹，太子丹是许久之后才知道的。

太子丹佩服荆轲，也暗暗地佩服着自己。

垂帘轻车进入胡杨林时，荆轲正在一幅地图前凝神沉思。

从蓟城到咸阳，荆轲一路看去，思谋着诸般路途细节。目光扫过羊皮地图上的濮阳，荆轲不禁轻轻一声叹息。卫国的濮阳城，是荆轲的出生地。少年时的荆轲，自然而然地以为，濮阳是自己的祖地故乡。然则，在荆轲十岁那年发生的一场变故，使荆轲再也不能将濮阳当做故里了。那年深秋的一个夜晚，老父亲迎来了一个风尘仆仆白发苍苍的寻访者。两位老人竟夜聚酒叙谈，及至鸡鸣刺破了秋霜浓雾，小荆轲起来做例行晨功，才看见老父亲抱着一具嘴角流血的尸体坐在门前石礅上发呆。小荆轲惊讶莫名，却也并没有害怕，只默默地守在父亲身旁。父亲带着小荆轲，以最简单的葬礼，在濮阳郊野安葬了那个老人。当夜秋月明朗，一生节用的父亲，竟然在后园设置了最隆重的三牲头香案，带着小荆轲肃然连番拜祭。小荆轲记得很清楚，父亲念叨的祭文是祭祖上、祭父母、祭功臣、祭义士。祭奠完毕，父亲指着天上的月亮，教小荆轲发誓：今夜之后，要将父亲讲说的故事永远刻在心头。小荆轲发誓罢了，父亲便在明亮的月光下讲说了一个漫长的故事。父亲的话语平板得没有任何起伏，然则，每一个字却都如同钉子一般钉进了荆轲的心头。

荆轲记住了其中每一个人物，每一个细节。

父亲说，多年多年之前，楚国有个将军名叫荆燕，因私放战俘而获罪，举家被罚做官府奴隶。在将军夫妇被卖给一家项氏世族后，主人在山坡竹林公然奸淫了已经是奴隶的将军夫人。其时，一个名叫侯嬴的商旅义侠不期然撞见了这丑陋的一幕，杀了项氏主人，欲救将军夫妇北上魏国。可是，将军夫妇虑及举族被杀，便将自己唯一的儿子交义士带走，将军夫妇当场双双撞死于山石之上。将军的儿子叫荆南，已经被割去了舌头，也是一个小奴隶。荆南随侯嬴进入了魏国安邑，读书习武之年，却被墨家总院秘密相中秘密带走。多年后，荆南又回到了侯嬴身边。后来，商鞅进入秦国变法，因与侯嬴有交，侯嬴遂将一身卓绝剑术的荆南，举荐给商鞅做了卫士。又是多年之后，商鞅蒙难，私妻白雪殉情。荆南奉商鞅嘱托，为其善后，遂与白雪的侍女梅姑一起，带商鞅白雪的儿子进入了墨家总院安身。后来，荆南与梅姑成婚，生下一个儿子叫荆墨。荆南夫妇便离开墨家，定居在了齐国。荆墨秉承父母遗训，不入官，不经商，只以渔猎农耕为本。又是多年之后，荆墨生下一子，叫荆炌。后来，荆炌又生一子，叫荆云。荆云为人豪侠，又兼一身绝技，遂成齐东几百里渔猎庶民排解纠纷疑难的轴心人物，号为鱼鹰游侠。齐湣王暴政之时，荆云率众抗赋，被官府罚为终身刑徒苦役。便在荆云与刑徒们密谋暴动之时，燕国大军攻入齐国，要将全部刑徒押往燕国做苦役。正在此时，一个名叫吕不韦的商贾，为了建立自己的护商马队，重金救出了荆云。后来，荆云成了这个吕不韦的马队首领。再后来，吕不韦以商谋政，决意襄助在赵国做人质的秦国公子嬴异人逃回秦国。便在那次逃回秦国的路上，荆云的马队义士为截击追来的赵军，全部战死了……

“我是荆云的儿子！你不是我父亲！”

小荆轲惊人的机敏，将老父亲大大吓了一跳。

“听我说。”老父亲长吁一声，又平板板地继续说话。

父亲说，荆云的确是你的父亲。你的母亲名叫莫胡，原本是荆云救出的一个女奴，后来一直跟随荆云在马队中长大。再后来，荆云将聪敏的莫胡举荐给吕不韦，做了吕不韦的贴身侍女。此前，莫胡曾经被吕不韦送给华月夫人做女掌事。做华月夫人女掌事期间，莫胡寻找到荆云马队，与荆云在密林篝火旁炽热地野合了。不久，荆云战死，华月夫人也获罪被杀。莫胡在丰京口山洞中，生下了一个儿子。因此山洞有一辆破旧的接轴战车，所以母亲给他取名荆轲。后来，莫胡母子都被吕不韦救回了府中。

“那我如何到得齐国庆氏邑？”

“听我说。”老父亲不再惊讶，继续着他的平板话音。

父亲说，齐国庆氏是公卿部族，当年的荆氏则是庆氏封地的最大庶族。自荆云带领封地各部族聚众抗暴而失去踪迹，荆氏族便与庆氏封主结下了仇怨。后来燕军破齐，封主庆氏的老族人几乎伤亡殆尽。田单复国后，残存的庆氏与残存的荆氏又走到了一起，重新回到故地，两族仇恨也因为六年国破家亡的抗燕久战而泯灭。荆氏族人便以封地“庆邑”为姓，融入了庆氏部族，号为新庆氏。多年之后，荆云的故事流传到齐国，新庆氏族长便派出父亲带领了几个精干族人进入秦国，探察荆云有无血脉之传。在咸阳几经探察，终于清楚了：吕不韦府邸的女家老莫胡生的小荆轲，是荆云的儿子。[1]

一个月黑风高的夜晚，小荆轲失踪了。

……

“如此说，你是我叔父还是伯父？”

父亲没有回答，只说将小荆轲带回齐国后的第三年，一相学之士偶见小荆轲，喟然一叹曰：“此子将惊绝天下，诚雄杰之冠也！”族长闻言，与族老们反复计议，一致赞同给小荆轲找个名师打磨。后来，族长便派父亲带着小荆轲游历天下寻找名师了。父亲听说鬼谷子隐居河内某处大山，便带着小荆轲在卫国濮阳住了下来。多年来，父亲多方寻觅，都没有找到鬼谷子的踪迹。

……

“正在此时，那个老人来了？”

“对。”

“他是鬼谷子？”

---

[1]　唐人司马贞之《史记索隐》云：“轲先齐人，齐有庆氏，则或本姓庆。春秋庆封，其后改姓贺。次下以至卫而改姓荆。荆庆声相近，故虽在国而异其号耳。”此谓一说，或来自传闻。

“不。他是当年吕不韦商社的一个老执事。”

“他在找我？”

“对。一直在找，奉吕不韦之命。”

“他为何要死？”

“吕不韦一门皆死，他做完了最后一件事，心下安宁了。”

“最后一件事？他找见了鬼谷子？”

“不。老执事说鬼谷子已经殁了……”

“那我自己游历天下！”

“不。他要我带你去吴越南墨。”

小荆轲不说话了，毕竟，父亲的决断他还无法评判高下。

次日，父亲带着小荆轲跋涉南下了。历经大半年，他们终于凭着吕不韦老执事留下的密图，找见了墨家最后的一支隐居士侠。父亲将荆轲留在了墨家，便永远地没有消息了……十五年后，荆轲踏出了吴越大山，遍寻列国，竟再也没有父亲的踪迹。从此，荆轲对吞没了吕不韦以及自己亲生父母的秦国，有了一种深深的仇恨。依天下大势，荆轲清醒地知道，只有投奔秦国，才能建功立业。可是，依着墨家的独立抗霸传统，依着自己的仇恨之心，荆轲对秦王对秦国都有着一种很难说清楚的逆反之心。如此，荆轲多年漂泊，始终没有遇到值得认真去做的一件事，直到燕国……

荆轲从来没有想到，以经邦济世为己任的他将成为一个刺客。

从心底说，无论专诸、要离、聂政、豫让等一班刺客如何名动天下，荆轲都不会选择刺客这条路。假如不是田光，不是太子丹，他决然不会有此一诺。当然，更根本的一点在于，假如所刺不是秦王，他决然不会接受这一使命。唯其是刺秦，唯其是除却列国公敌而使天下重回战国大争之世，荆轲终于答应了。荆轲明于天下大势，又对秦王嬴政做了多方揣摩，深深知道，秦王嬴政远非寻常君王。且不说护卫之森严，毕竟，再森严的护卫在荆轲眼里都是无足轻重的。荆轲在意的，是嬴政本人的秉性特质。秦王嬴政，虽不是军旅出身的王子，但却是少年好武且文武两才皆极为出众的通才，其机变明锐见事之快，天下有口皆碑。荆轲相信，无论六国人士如何咒骂嬴政，但没有一个人敢于蔑视秦王嬴政的胆略才具。如此一个已经鼓起飓风而正在席卷天下的君王，要以之作为刺杀对象，荆轲不能不有所忐忑。尽管战国历史上曾经有过曹沫、毛遂、蔺相如等不惜血溅五步而胁迫会盟君王的先例，但在荆轲看来，那不过是一种彼此会心的认真游戏而已；与其说是名士胆略的成功，毋宁说是会盟君王有意退让；毕竟，君王会盟的宗旨是结盟成功，诸多难堪的让步包藏进突然而来的胁迫之中，不亦乐乎！刺杀秦王则不同，那是真实地要取秦王嬴政的性命，要掀翻业已形成势头的天下格局，要中止秦国大军的隆隆战车。这一切，都寄希望于一支短短的匕首，当真是谈何容易！然则，唯其艰难，唯其渺茫，唯其事关天下，荆轲胸中之豪气才源源不断地被激发出来。甚或可以说，假如没有如此艰难渺茫，荆轲根本不会做这个刺客。

荆轲的筹划是极其缜密的。

第一要件，是绝世利器。荆轲将田光献出的徐夫人匕首交给了太子丹，请太子丹秘密物色了最出色的工匠，给徐夫人匕首锋刃淬入剧毒。匕首淬成那日，太子丹请荆轲赶赴密室勘验。三个行将被斩的匈奴人犯被押进密室时，太子丹没有将匕首交给荆轲。太子丹自己执着匕首，站在五步之外，对三名人高马大的匈奴壮汉一掠而过。荆轲清楚地记得，一道碧蓝清冷的光芒闪过，三名壮汉的胳膊立即渗出一道暗红的血印，三名尚在兀自哈哈大笑的壮汉瞬间轰然倒地，一个响亮急促的打嗝声，三张面孔一脸青黑陡然死亡！看着那狰狞无比的面孔，生平第一次，荆轲心头猛然剧烈地跳动了。那一刻，他分明看见了头戴天平冠的秦王嬴政轰然翻倒在地……荆轲接过徐夫人匕首，二话没说便走了。

第二要件，是能够踏上咸阳大殿，并能被秦王亲自召见的大礼。邦国之间，最大的礼物便是土地。太子丹本意，是要将与秦国云中郡相邻的全部畜牧之地八百里，献给秦国为礼物。荆轲说不行，那是燕国事实上已经不能有效控制的地域，作伪之象一目了然；要献地，只能是燕南之地。燕南之地，是燕国易水之北、蓟城之南的最为丰腴的平原丘陵地带，也就是后来的广阳郡。这燕南之地，原本是古老的蓟国土地，古地名叫做督亢。春秋时期，燕国吞灭蓟国之后，燕国中心从辽东地带迁入蓟国，蓟城便做了燕国都城。从此，燕国有了两翼伸展的两大块沃土根基：西南曰燕南，东北曰辽东。辽东虽肥，却失之寒冷，渔猎农耕受制颇多。燕南之地气候温润多雨，土地肥沃宜耕，便成为最为金贵的腹心粮仓。燕国能立足战国之世，十有八九是燕南之地的功劳。

太子丹虽然大为心痛，最终还是赞同了。

荆轲立即下令亚卿署、境吏署、御书署[1]绘制新的燕南地图。对这卷地图，荆轲亲自做了精心筹划，提出了制作样式：粗糙牛皮绘制，贴于三层绢帛之上，两端铜轴，做旧做古；制成之后，装于一尺三寸宽、三尺六寸长的铜匣之中。对于地图绘制之法，荆轲提出了一个独特的要求：地图名称用古称——督亢地图，地图中所有的地名与画法，必须使用最古老的春秋燕国时期的名称与尺寸；总之，要做到不经解说，无人看得明白。此图之外，荆轲提出，再制一幅材质寻常而内容相同的地图，只是尺寸稍小。太子丹对荆轲的种种奇特要求大是疑惑，却也一句话没说，只下令一切依上卿之令行事。如此一来，这幅督亢地图竟整整制作了半年，方才完工。交图之日，荆轲邀来太子丹，在密室中将徐夫人匕首脱鞘，小心翼翼地放置进地图卷起，而后捧起卷成筒状的地图，竖在胸前轻轻摇动一阵，见无异状，这才长吁了一声。

“粗糙牛皮带住了匕首，不使其滑脱，妙！”太子丹一阵大笑。

“刺客之要，细务丝毫不得有差。”

荆轲面无表情地对太子丹讲述了诸般谋划奥秘，桩桩小事件件有心，将素来机警过人的太子丹听得目瞪口呆。最后，荆轲说了专诸刺僚的故事，一声感喟道：“以鱼腹藏鱼肠剑而蒸之，将一道蒸鱼呈现于案而内藏短兵，此千古奇思妙想也！刺秦者，旷古之举也。若无奇谋妙算，岂非儿戏哉？”

太子丹对荆轲佩服得五体投地了。

然则，对荆轲提出的另一件大礼，太子丹迟迟不能决断。

[1] 三署皆燕国官职：亚卿执掌实际政务，境吏掌边境，御书掌文书。

这件大礼，是秦将樊於期的人头。

对于一个富强的燕国，一个久经沙场的大将的意义是不言自明的。可是，对于濒临绝境的燕国，樊於期却几乎是毫无用处的。以老太傅鞠武的说法，反倒是个祸根。虽则如此，太子丹毕竟是个历经坎坷而守信重义的王子，交出一个绝路来投者的人头，对任何一个战国豪侠之士，都是不可忍受的折节屈辱。尤其，对于以养士著称的王子公子，更是难以接受的。战国四大公子名满天下，其最大的感召力便是豪侠义气。孟尝君一无大业，名头却响当当震动天下，其轴心，其根基，便是重士尚义。当此战国之风，要教太子丹这样一个义气王子交出樊於期的人头给秦王，无异于毁了太子丹在天下立足的根基，太子丹的痛苦是必然的。凡此等等，荆轲自然是再清楚不过。然则，荆轲相信，樊於期不是愚昧颟顸之人，他一定会明白全大义而必得牺牲小义这番道理。荆轲本欲亲自造访樊於期，然思忖一番，还是先行告知了太子丹。

“樊将军末路投我，安忍以己之用而伤长者，愿先生另谋之！”

太子丹明确地拒绝了。荆轲也就心安了。

踏进樊於期的秘密寓所时，荆轲是平静的。荆轲说：“秦国与将军有厚恩，而将军叛之。秦王杀将军举族，又出重金、封地，悬赏将军人头。将军孤身漂泊，如之奈何？”樊於期唏嘘流泪说：“老夫每念及此，常痛于骨髓也！所难处，生趣全失，复仇无门，惶惶不知何以自处耳！”荆轲坦然地说：“若有一举，既可解燕国之患，又可复将军之仇，将军以为如何？”樊於期顿时目光大亮，急促膝行而前问道：“此举何举？”荆轲平静地说出了自己谋划，末了道：“此中之要，荆轲须得以秦王所欲之物，而能面见秦王。太子不忍。荆轲相信将军之明察。”樊於期默然良久，站起身来，对荆轲深深一躬道：“幸闻得教也！”说罢，樊於期坦然跪坐，一口长剑当颈抹过，一颗雪白的头颅滚到了荆轲脚下……荆轲一眼瞥见了樊於期脖颈极是整齐的切口，不禁长吁了一声——没有坦然的心境，没有稳定的心神，一个人的自裁断不会有如此的干净利落。

那一刻，荆轲真正佩服了这个身经百战的秦国老将。

樊於期的人头，装进了一方特为打磨的玉匣。

太子丹闻讯赶来，整整痛哭了两个时辰，连声音都嘶哑了。

荆轲特意定制了一颗玉雕人头，使太子丹能以大礼安葬樊於期。

第三要件，是物色同行副使。荆轲清楚地知道，刺秦，实则赴死；无论成与不成，刺客本人几乎都是必死无疑。刺杀未遂，死是必然的。刺杀成功，你能逃得出大咸阳的千军万马么？唯其如此，同行副使与其说是邦交礼仪之必须，毋宁说是士侠赴死之同道。对于如此重大的刺客使命，荆轲所需的同道无须多么高深的剑术功夫。剑术之能，荆轲深信自己一人足以胜任。同道之要，在于心神沉静，而不使秦国朝堂见疑而已。若能心智机警，相机能助一臂之力，自然是上之上矣！反复思忖，荆轲选定了自己与高渐离的好友宋如意。

宋如意是卫国人，自幼生于桑间濮上的乐风弥漫之地，生性豪放不羁，好剑，好乐，好读书，平生不知畏惧为何物。宋如意与高渐离，是荆轲游遍天下结识的两个知音。去冬三人聚酒，当荆轲吐出了这个秘密时，宋如意立即一阵大笑："咸阳宫一展利器，血溅五步，天下缟素，人生极致也！快哉快哉！"高渐离却痛苦地皱起了眉头道："早知今日，渐离当弃筑学剑也！"三人一阵哈哈大笑。火焰般的胡杨林弥漫着淡淡的轻霜薄雾，三人将散之时，宋如意说他要回一趟濮阳，开春之时归来。荆轲知道，宋如意要回去对自己的父母妻儿做最后的安置，甚话没说便送宋如意上路了。

雪消了，冰开了，宋如意将要回来了。

荆轲知道，自己上路的时刻也将到了。

……

"先生，秦军已经逼近易水了！"

太子丹的匆匆脚步与惊恐声音，使荆轲皱起了眉头。平心而论，荆轲对太子丹的定力还是有几分赞赏的，这也是他能对太子丹慨然一诺的因由之一。士侠谋国，主事者没有惊人的定力，往往功败垂成。

"太子何意？"荆轲撂下了手中地图，眉头还是紧紧地皱着。

"再不行事，只怕晚矣！"

"太子要荆轲立即上路？"

“先生！燕国危矣！……”太子丹放声痛哭。

“太子是说，决意要荆轲起程也。”

“先生！丹知你心志未改……然则，没有时日了！”

荆轲长吁一声，冷冰冰板着脸，显然不悦了。

“先生副使，遣秦舞阳可也。”太子丹的催促之意毫无遮掩。

“太子能遣何人？”荆轲终于愤怒了，“秦舞阳无非少年杀人，狂徒竖子而已！纵然去了，亦白送性命！提一匕首而入强秦，若能杀人者皆可，何须荆轲哉！”荆轲怒吼着。太子丹不说话了。猛然，荆轲也不说话了。沉默良久，荆轲长叹一声道：“我之本意，要等一个真正堪当大任者，好同道上路也。今日，太子责我迟之。荆轲决意请辞，后日起程。”

太子丹抹着眼泪深深一躬，嘴角抽搐得好一阵说不出话来。

第三日五更鸡鸣，白茫茫薄雾弥漫了蓟城郊野，三月春风犹见料峭寒意。待特使车马大队开出蓟城南门，荆轲已经完全平静了。看着副使后车威猛雄壮的秦舞阳似一尊石柱矗立在战车紧紧抱着铜匣的模样，荆轲一时觉得颇是滑稽。太子丹心思周密，三更时分送来一简，说为避秦国商社耳目，已经与一班大吏及高渐离等，先行赶到易水河谷去了。上卿出使秦国，堂堂正正送别全然正道。荆轲不明白太子丹为何一定要赶到易水去，而且约定了一处隐秘的河谷做饯行之地。仓促上路，荆轲心绪有些不宁，也不愿意去揣摩此等小事了。一过十里郊亭，荆轲立即下令车马兼程飞驰。

堪堪暮色时分，终于抵达了事先约定的易水河谷。

荆轲在青铜轺车的八尺伞盖下遥遥望去，只见血红的残阳下一片白衣随风舞动，心头不禁怦然一动。及至近前，却见河谷小道边一片白茫茫人群——太子丹与知道这件事的心腹大吏们人人是一身白衣一顶白冠，肃然挺立着等候。遥见车马驶来，所有人都是深深一躬。突然，荆轲眼前浮现出为樊於期送葬的情形，那日，太子丹人等也是这般白衣白冠……

一路麻木骤然惊醒，荆轲心头蓦然涌起一种莫名的悲壮之情。生平第一次，荆轲眼角涌出了一丝泪水。荆轲一跃下车，对着太子丹与所有的送别者深深一躬，一拱手一阵大笑道："诸位活祭荆轲，幸何如之也！"

可是，没有一个人跟着笑，河谷寂静得唯有萧萧风声。终于，一位大吏颤抖的高声划破了死一般的沉静："太子，为先生致酒壮行——"太子丹捧起了一尊硕大的铜爵，肃然一躬，送到了荆轲面前。荆轲大笑道："荆轲生于人世，从来未曾祭祖……今日这酒，敬给祖宗了！"一句话未了，荆轲猛然哽咽，及至一爵百年燕酒哗哗洒地，荆轲的大滴泪水也情不自禁地打到了地上。泪水涌流的片刻之间，荆轲心头一震，举起大袖一抹而过，及至抬起头来，已经又是豪侠大笑的荆轲了。

叮咚一声，高渐离的浑厚筑音奏响了。

高渐离没有说一句话，只对着荆轲扫了一眼。

那是一簇闪亮的火焰！荆轲心头骤然一热，激越的歌声便扑满了河谷。

"风萧萧兮易水寒，壮士一去兮不复还——"

高渐离的激越筑音，犹如战鼓激荡着荆轲。在太子丹与送行者们的悲壮和声中，荆轲不能自已地反复唱着，悲凉凄然处，如同吟唱自己与世间的无尽苦难，太子丹与大吏们都哭成了一片；慷慨激越处，气贯长虹如同勇士临阵搏杀，所有的送别者都怒目圆睁，须发扑上了头顶白冠……

歌声还在回荡的时候，荆轲大步转身登车。

荆轲一跺车底，轺车辚辚去了。

哭声风声萦绕耳畔，荆轲再也没有回头。

四　提一匕首欲改天下　未尝闻也

若非李斯尉缭，秦王嬴政对燕国献地实在没有兴致。

三个月前，顿弱的信使飞马报来消息：燕国迫于秦国大军灭赵威势，太子丹与上卿荆轲力主向秦国献上燕南之地，以求订立罢兵盟约。当时，嬴政只笑着说了一句，太子丹不觉得迟了么？再也没有过问。嬴政很清醒，即便弱小如韩国，灭亡之际也是百般挣扎，况乎燕国这样的八百年老诸侯，割地云云不过缓兵之计而已，不能当真。及至开春，王翦大军挥师北上兵临易水，顿弱又是一函急书禀报：太子丹正式知会于他，申述了燕国决意割地求和的决策，不日将派上卿荆轲为特使赶赴秦国交割土地，恳望秦军中止北进。顿弱在附件里说了自己的评判："燕之献地，诚存国之术也。然则，秦之灭国，原在息兵止战以安天下，非为灭国而灭国也！唯其如此，臣以为：秦军临战，未必尽然挥兵直进，而须以王师吊民伐罪之道，进退有致。今，燕国既愿献出根基之地求和，当缓兵以观其变。若其有诈，我大军讨伐师出有名也！"嬴政看得心头一动，立即召来王绾、李斯、尉缭三人会商。王绾、李斯赞同顿弱之策，认为可缓兵以待。尉缭于赞同之外，另加提醒道："燕国献地，必有后策跟进。我须有备，不能以退兵做缓兵。君上下书王翦，不宜用缓兵二字，只云'随时待命攻燕'即可。"嬴政欣然点头。于是，君臣迅速达成一致。嬴政立即下令蒙毅，依照尉缭之说下书王翦，令易水大军屯驻待命。

旬日之后，顿弱信使又到。

这次送来的，是太子丹亲手交给顿弱的燕南地图。顿弱书简说，上卿荆轲已经在踏勘燕南之地，一俟地图与实地两相核准，立即赴咸阳献地立约。嬴政当即打开了地图，却看得一头雾水不明所以，立即召来了执掌土地图籍的大田令郑国求教。郑国端详一番，指点着地图道："此图，乃春秋老燕国初灭蓟国时之古图。图题'督亢'两字，是当年蓟国对燕南地之称谓。督，中央之意也。督亢者，中央高地之谓也。此地有陂泽大水，水处山陵之间，故能浇灌四岸丘陵之沃土，此谓亢地。此地又居当年蓟国之中央腹心，此谓督。故云，督亢之地。"嬴政不禁笑道："分明是今日燕南之地，却呈来一幅古地图，今日燕国没有地图么？"郑国素来不苟言笑，黑脸皱着眉头道："此番关节，老臣无以揣摩。也许是燕国丢不下西周老诸侯颜面，硬要将所献之地说成本来便不是我的……老臣惭愧，不知所以！"嬴政听得哈哈大笑道："也许啊，老令还当真说中了。老燕国，是死要颜面也！"可是再看地图，连郑国也是一头雾水了。这幅地图的所有地名，都是不知所云的　两个古字，水流、土地、山塬，黑线繁复交错，连郑国这个走遍天下的老水工也不明所以了。郑国只好又皱起眉头，指点着地图连连摇头道："怪亦哉！天下竟有此等稀奇古图？老臣只知，此处大体是陂泽。其余，委实不明也。"嬴政心头猛然一动，吩咐赵高立即召李斯尉缭前来会商。不料，李斯看得啧啧称奇，尉缭看得紧锁眉头，还是看不明白。两个不世能才，一个绝世水工，再加嬴政一个不世君王，竟然一齐瞪起了眼睛。

"天外有天也！老燕国在考校秦国人才？"嬴政呵呵笑了。

"岂有此理！这般鬼画符，根本不是地图！"

老尉缭点着竹杖愤愤一句，话音落点，竟连自己也惊讶了。

诚如尉缭愤然不意之言，岂不意味着这里大有文章？果然大有文章，又当是何等奥秘？一时之间，君臣四人都愣住了。李斯拍着书案兀自喃喃道："燕国濒临绝境，莫不是上下昏头，图籍吏将草图当做了成图？"郑国立即断然摇头道："不会。此图划线很见功力，毫无改笔痕迹，精心绘制无疑，岂能是草图？"尉缭一阵思忖，疑惑不定道："燕人尚义，不尚诈，此举实在蹊跷之极。"嬴政看着三个能才个个皱眉，不禁哈哈大笑道："不说这鬼画符了，左右是他要献地，我不要便了。"李斯摇头道："王言如丝，其出如纶。既已回复燕国，接受献地还是该当也，不能改变。"尉缭笃笃点着竹杖道："更要紧者，此中奥秘尚未解开，不能教他缩回去。"嬴政疑惑道："先生如何认定，此间定有奥秘未解？"尉缭道："兵谚云，奇必隐秘。如此一幅古怪地图，谁都不明所以，若无机密隐藏其中，不合路数也。"嬴政不禁大笑道："他纵有鬼魅小伎，我只正兵大道，他能奈何！知会燕国，教他换图，否则不受献地。"

正在此时，蒙毅匆匆进来，又交来顿弱一函急件。

打开读罢，君臣五人立即沸腾起来。顿弱信使带来的消息是：燕国将交出叛将樊於期人头，由上卿荆轲连同督亢之地的古图原件一起交付秦国。假如说，此时的秦国对于土地之需求，已经在统一天下的大业开始后变得不再急迫，那对于以重金封地悬赏而求索的叛国大将的人头，则是迫切渴望的。秦之战国史，樊於期叛国对秦国秦人带来的耻辱，可以说丝毫不亚于嫪毐之乱带给秦国朝野的耻辱。尤其是秦王嬴政，对于王弟成蛟的叛国降赵与樊於期的叛国逃燕，刻刻不能释怀，视为心头两大恨。嬴政早已下令蒙恬：若樊於期逃往匈奴，立即捕杀！嬴政也同时下令王翦：灭燕之后第一要务，捕获樊於期！嬴政之心，只有在咸阳对樊於期明正典刑，才能一消此恨。顿弱曾经请命秦王，要在蓟城秘杀樊於期。嬴政毫不犹疑地制止了。嬴政发下的誓言是："非刑杀叛将，不足以明法！非藏叛之国杀叛将，不足以正义！樊於期若能逃此两途，天无正道也！"

而今，樊於期由赖以隐身的燕国杀了，嬴政的心情是难以言表的。

"诛杀叛将，燕国之功也！秦国之幸也！"

嬴政奋然拍案感喟，当即决断：接受燕国献礼，休战盟约事届时会商待定。李斯尉缭也毫不犹豫地赞同了。秦国君臣的决策实际上意味着，已经给燕国的生存留下了一线生机。因为，从实际情势而言，秦国君臣当时对于一统天下，还没有非坚持不可的一种固定模式，而是充分顾及到诸侯分立数百年的种种实际情形，对灭国有着不同的方略准备。以战国历史看：大国之间即或强弱一时悬殊，也没有出现过灭国的先例；唯一的灭国之战，是乐毅攻齐而达到破国，终究还是没有灭得了齐国。秦国之强大，及其与山东六国力量对比之悬殊，虽然远远超过当年的燕齐对比，然则以一敌六，谁能一口咬定对每个大国都能彻底灭之？唯其如此，秦国从对最弱小的韩国开始，便没有中断过邦交斡旋，更没有一味地强兵直进。对赵国燕国，更是如此。从根本上说，燕国若真正臣服，并献出腹心根基之地，秦国也不是不能接受的。毕竟，此时的秦国君臣，还不是灭掉韩赵燕魏之后的秦国君臣，坚定的灭国方略还没有最终清晰地形成。如今燕国献地求和，又要交出降将人头，不惜做出对于一个大国而言最有失尊严的臣服之举，秦国君臣的接纳，便是很容易做出的对应之策。

"东出以来，君上首次面见特使，当行大朝礼仪。"李斯郑重建言。

"彰显威仪，布秦大道，以燕国为山东楷模。"尉缭欣然附议。

"一统天下而不欺臣服之邦，正理也。"老成敦厚的郑国也赞同了。

嬴政当即欣然下书：着长史李斯领内史署、咸阳署、司寇署、卫尉署、行人署、属邦署、宗祝署、中车府等官署，于旬日之内拟定一切礼仪程式，并完成全部调遣，以大朝之礼召见燕使。李斯受命，立即开始了忙碌奔波。寻常大朝会，尽管也是李斯这个长史分内之事，然却不须动用如此之多的官署连同筹划。此次之特殊，在于大朝会兼受降受地受叛将人头，实际是最为盛大的国礼。李斯不是单纯的事务大臣，非常清楚这次大朝国礼的根本所在：若能在此次大朝会确定燕国臣服之约，实际便是不战而屈人之兵，以最稳妥平和的方式统一了燕国。唯其如此，种种礼仪程式之内涵，自然要大大讲究了。李斯的统筹调遣之能出类拔萃，三日之内，各方有条不紊地运转起来：内史郡，职司部署关中民众道迎燕国特使；咸阳令，职司都城民众道迎，并铺排城池仪仗；司寇署，限期清查流入秦国的山东盗贼，务期不使燕国特使受到丝毫挑衅威胁；卫尉署，部署王城护卫，并铺排王城兵戈仪仗，务期彰显大国威仪；执掌邦交的行人署、执掌夷狄的属邦署，职司诸般迎送程式与特使之起居衣食；中车府，筹划调集所需种种车辆，尤其是秦王王车之修缮装饰；宗祝署，确定大朝之日期、时辰，并得筹划秦王以樊於期人头祭拜太庙的礼仪程式。凡此等等，李斯都办理得件件缜密，无一差错。

旬日未到，诸般妥当。

在第八日的晚上，李斯在秦王书房的小朝会上做了备细禀报。嬴政对李斯的才具又一次拍案赞叹，没有任何异议便点头了。尉缭却突然一笑道："对时日吉凶，老太卜如何说法？"李斯不禁眉头一耸，道："唯有此事，使人不安。老太卜占卜云：吉凶互见，卦象不明。"嬴政一笑道："大道不占，两卿何须在心也。"尉缭兀自唠叨道："吉凶互见，究竟何意？以此事论之，何谓吉？何谓凶？"李斯道："吉，自然是盟约立，诸事成，一无意外。凶，则有种种，难于一言论定。"尉缭摇着白头良久思忖，突然一点竹杖道："那个特使，名叫甚来？"李斯道："荆轲，燕国上卿。顿弱说，其人几类赵国之郭开。"尉缭颇显神秘的目光一闪，笑道："荆轲荆轲，这个'荆'字，不善也。"李斯心头一动道："老国尉何意？不妨明言。"尉缭缓缓摇着白头道："荆者，草侧伏刃，草开见刀，大刑之象。其人，不祥也。"嬴政不禁一阵大笑道："先生解字说法，荆轲岂非一个刺客了？”尉缭平板板道：“兵家多讲占候占象，老臣一时心动而已。”李斯道：“论事理，燕国不当别有他心。试想，荆轲当真做刺客，其后果如何？”嬴政连连摆手道：“笑谈笑谈！太子丹明锐之人，如何能做如此蠢事？果然杀了嬴政，燕国岂不灭得更快？”尉缭道：“论事理，老臣赞同君上、长史之说。然则，卦象字象，也非全然空穴来风。老臣之意，防人之心不可无，还是谨慎为好。”李斯道：“老国尉之见，大朝部署有疏漏？”尉缭道：“秦国大朝会，武将历来如常带剑。”李斯立即接道：“对！然则，这次大朝会，改为朝臣俱不带剑。意在与山东六国同一，彰显秦国大道文明。”尉缭正要说话，嬴政颇显烦躁地一挥手：“不说不说！天下大道处处顺乎小伎，秦国还能成事么？燕王喜、太子丹若真是失心疯，嬴政听天由命。”

秦王烦躁，李斯尉缭也不再说话了。

“君上，新剑铸成了。”正在此时，赵高轻步进来了。

“国尉老兵家，看看这口剑如何？”嬴政显然在为方才的烦躁致歉。

赵高恭敬地捧过长剑道：“君上那口短剑，刃口残缺太多，这是尚坊新铸之秦王剑。”尉缭放下竹杖，拿起长剑一掂，老眼骤然一亮！这口长剑，青铜包裹牛皮为剑鞘，三分宽的剑格与六寸长的剑柄皆是青铜连铸而成，剑身连鞘阔约四寸、长约四尺、重约十斤，除了剑格两面镶嵌的两条晶莹黑玉，通体简洁干净，威猛肃穆之气非同寻常。尉缭一个好字出口，右手已经搭上剑格，手腕一用力，长剑却纹丝未动。赵高连忙笑道：“这是尚坊铸剑新法，为防剑身在车马颠簸中滑出剑鞘，暗箝稍深了半分。”尉缭再一抖腕，只听锵然一阵金铁之鸣，一道青光闪烁，书房铜灯立即昏暗下来。

“老臣一请。”尉缭捧剑起身，深深一躬。

“好！此剑赐予国尉！”嬴政立即拍案。

“老臣所请：君上当冠剑临朝，会见燕使，以彰大秦文武之功！”

嬴政一阵愣怔，终于大笑道：“好！冠剑冠剑，好在还是三月天。”

“冠剑临朝，此后便做大朝会定规。如何？”李斯委婉地附议尉缭。

“这次先过了。再说。”嬴政连连摇手，“威风是威风了，可那天平大冠、厚丝锦袍、高靿牛皮靴、十斤重一口长剑，还不将人活活闷死？两卿，能否教我少受些活罪也！”眼见秦王少年心性发作，窘迫得满脸通红，李斯尉缭不禁大笑起来。

三月下旬，燕国特使荆轲的车马终于进了函谷关。

一路行来，荆轲万般感慨。整肃的关中村野，民众忙于春耕的勃勃蒸腾之气，道边有序迎送特使的妇幼老孺，整洁宽阔的官道，被密如蛛网的郑国渠的支渠毛渠分隔成无数绿色方格的田畴，都使荆轲对“诛秦暴政”四个字生出了些许尴尬。然则，当看到骊山脚下一群群没有鼻子的赭衣刑徒，在原野蠕动着劳作时，“秦人不觉无鼻之丑”这句话油然浮上心头，荆轲的一腔正气又立即充盈心头。一个以暴政杀戮为根基的国家，纵然强大如湘水怪蛟，荆轲都是蔑视的，都是注定要奋不顾身地投入连天碧浪去搏杀的。及至进入咸阳，荆轲索性闭上了眼睛，塞上了耳朵，不再看那些令他生出尴尬的盛景，不再听那些热烈木讷而又倍显真诚的喧嚣呼喊。一直到轺车驶进幽静开阔的国宾馆舍，一直到住定，一直到秦舞阳送走了那个赫赫大名的迎宾大臣李斯，荆轲才睁开眼睛扒出耳塞，走进池边柳林转悠去了。

当晚，丞相王绾要为燕国特使举行洗尘大宴，荆轲委婉辞谢了。

秦舞阳高声嚷嚷着，显然不高兴荆轲拒绝如此盛大的一场夜宴。可荆轲连认真搭理秦舞阳的心情都没有，只望着火红的落日，在柳林一直伫立到幽暗的暮色降临。晚膳之后，那个李斯又来了。李斯说，咸阳三月正是踏青之时，郊野柳絮飞雪可谓天下盛景，上卿要否踏青一日？荆轲淡淡一笑，摇了摇头。于是，李斯又说，上卿既无踏青之心，后日卯时大朝会，秦王将以隆重国礼，接受燕国国书及大礼。荆轲点了点头，便打了一个长长的哈欠。李斯说，上卿鞍马劳顿，不妨早早歇息。一拱手，李斯悠悠然去了。

次日正午，李斯又来了。这次，李斯只说了一件事：燕国要割地、献人、请和，是否有已经拟定的和约底本事先会商？抑或，要不要在觐见秦王之后拟定？荆轲这才心头蓦然一惊：百密一失，他竟然疏忽了邦交礼仪中最为要紧的盟约底本！毕竟，他的公然使命是为献地立约而来的。虽然如此，荆轲毕竟机警过人，瞬息之间，做出一副沉重神色道："燕为弱邦，只要得秦王一诺：燕为秦臣，余地等同秦国郡县，万事安矣！若燕国先行立定底本，秦国不觉有失颜面乎？"李斯笑道："上卿之言，可否解为只要保得燕国社稷并王室封地，则君臣盟约可成？"荆轲思忖道："不知秦王欲给燕国留地几多？"李斯道："不知燕王欲求地几多？"荆轲佯作不悦道："燕弱秦强，燕国说话算数么？"李斯一拱手道："既然如此，容特使觐见秦王之后，再议不迟。"

李斯走了。荆轲心头浮起了一丝不祥的预感。

三月二十七清晨卯时，咸阳宫钟声大起。

秦国铺排了战国以来的最大型礼仪——九宾之礼，来显示这次秦燕和约对于天下邦交的垂范。九宾之礼，原本是周天子在春季大朝会接见天下诸侯的最高礼仪。《周礼·大行人》云："（天子）春朝诸侯而图天下之事……以亲诸侯。"所谓九宾，是公、侯、伯、子、男、孤、卿、大夫、士，共九等宾客。其中，前四等宾客是诸侯，后五等宾客是有不等量封地的各种大臣朝官。九宾之礼繁复纷杂，仅对不同宾客的作揖的方式，就有三种：天揖、时揖、土揖，非专职臣工长期演练，不足以完满实现。及至战国，历经春秋时期礼崩乐坏，这种繁复礼仪，已经不可能全数如实再现。李斯总操持此次大礼，之所以取九宾大礼之名，实际所图是宣示秦国将一统天下、秦王将成为天下共主（天子）的大势，所以将接见燕王特使之礼仪，赋予了"天子春朝诸侯，而图天下之事"的九宾大礼意涵。就其实际而言，无非是隆重地彰显威仪，显示秦国将王天下的气象而已，绝非如仪再现的周天子九宾之礼[1]。

李斯准时抵达国宾馆舍，郑重接出了荆轲与秦舞阳。

一支三百人马队簇拥着三辆青铜轺车，辚辚驶出馆舍驶过长街时，咸阳民众无不肃然驻足，燕使万岁的喊声此起彼伏不绝于耳。后车的秦舞阳，亢奋得眉飞色舞。八尺伞盖下的荆轲，却又一次闭上了眼睛。轺

[1]《史记正义》刘云："设文物大备，即谓九宾，不得以周礼九宾义为释。"是为切实之论。

车进入王城南门，丞相王绾率领着一班职司邦交的行人署大吏，在白玉铺地的宽阔车马场彬彬有礼地迎接了荆轲。王绾在吕不韦时期原本便是行人，如今虽已须发灰白，却有着当年吕不韦的春阳和煦之风，对荆轲拱手礼略事寒暄，又一伸手做请，笑道："群臣集于正殿，正欲一睹上卿风采，敢请先行。"荆轲这才第一次悠然一笑，一拱手道："丞相请。"王绾笑道："上卿与老夫同爵，老夫恭迎大宾，岂可先行？上卿请。"若依着九宾之礼，每迎每送都要三让三辞而后行。故此，两人略事谦让，原是题中应有之意，并非全然虚礼。荆轲遂不再说话，对着巍巍如天上宫阙的咸阳宫正殿深深一躬，转身对秦舞阳郑重叮嘱一句道："副使捧好大礼，随我觐见秦王。"

荆轲肃然迈步，一脚踏上了丹墀之地。

丹墀者，红漆所涂之殿前石阶也。春秋之前，物力维艰，殿前石阶皆青色石条铺就，未免灰暗沉重，故此涂红以显吉庆也。战国末期，秦国早已富强，咸阳王城的正殿石阶是精心遴选的上等白玉，若涂抹红漆，未免暴殄天物。于是，每有大典大宾，咸阳宫正殿前的白玉石阶便一律以上等红毡铺之，较之红漆尤显富丽堂皇。此风沿袭后世，始有红地毯之国礼也。此乃后话。

荆轲踏上丹墀之阶，虽是目不斜视，却也一眼扫清了殿前整个情势。秦国的王城护军清一色的黑色衣甲青铜斧钺，肃立在丹墀两厢，如同黑森森金灿灿树林，凛凛威势确是天下唯一。荆轲对诸般兵器的熟悉，可谓无出其右，一眼看去，便知这些礼仪兵器全都是货真价实的铜料，上得战场虽显笨拙，单人扑杀却堪称威力无穷。仅是那一口口三十六斤重、九尺九寸长的青铜大斧，任你锋利剑器，也难敌其猛砍横扫之力。蓦然之间，荆轲心头一动！秦王殿前若有两排青铜斧钺，此事休矣……

"我的发簪——"正在此时，身后一声惊恐叫喊。

荆轲猛然回身，不禁大为惊愕。

秦舞阳四寸玉冠下的束发铁簪，正如一支黑色箭镞直飞一根石柱，叮啪一声大响，牢牢吸附在石柱之上！顿时，秦舞阳一头粗厚的长发纷乱披散，一声惊叫烂泥般瘫在了厚厚的红地毡上瑟瑟发抖，紧紧抱在怀中的铜匣也发出一阵突突突的怪异抖动。与此同时，丹墀顶端的带剑将军一声大喝："查验飞铁！特使止步！"两厢整齐的一声吼喝，两排青铜斧钺森森然铿锵交织在丹墀之上，罩在了荆轲与秦舞阳头顶。

电光石火之间，荆轲正要一步过去接过突突响动的铜匣。王绾一步抢前一挥手道："殿前武士，少安毋躁！"转身对荆轲笑道，"此乃试兵石，磁铁柱也。当年，商君为校正剑器筘合是否适当，立得此石。凡带剑经过，而被磁铁吸出剑器者，皆为废剑。不想今日吸出副使铁簪，诚出意外也。上卿见谅，副使见谅。"堪堪说罢，后来的李斯已经上前，一伸手要来扶秦舞阳起身。秦舞阳面色青白，慌乱得连连挥手道："不不不，不要……"王绾李斯与一班吏员不禁笑了起来。荆轲早已经平静下来，笑着看看秦舞阳，对王绾李斯一拱手道："丞相长史，见笑。北蕃蛮夷之人，未尝经历此等大国威仪，故有失态也。"又转身对秦舞阳一笑揶揄道，"自家起身，莫非终归扶不起哉！"秦舞阳眼见无事，一挺身站起，红着脸嘎声道："我我我，我发簪还给不给？"李斯忍住笑一挥手，带剑将军大步过来，递过一支铁簪，目光向李斯一瞥。李斯接过铁簪一看，不禁笑道："副使真壮士也！一支发簪也如匕首般沉重锋利。"秦舞阳原本气恼自己吃吓失态而被荆轲嘲笑，此刻牛劲发作，昂昂然挥着一只空手道："这发簪，原本俺爹猎杀野猪的残刀打磨！俺做发簪，用了整整二十年，送给你这丞相如何？"王绾李斯见此人目有凶光，却又混沌若此，身为副使，竟连眼前两位大臣的身份也没分辨清楚，不禁一齐笑了。王绾一拱手道："铁簪既是副使少年之物，如常也罢。上卿请。"荆轲虽则蔑视太子丹硬塞给他的这个副使，却也觉得这小子歪打正着化解了这场意外危机，心下一轻松，笑着一拱手，又迈上了丹墀石阶。

经过殿口平台的四只大鼎，是高阔各有两丈许的正殿正门。

此刻正门大开，一道三丈六尺宽的厚厚红毡直达大殿深处王台之前，红毡两厢是整肃列座的秦国大臣。遥遥望去，黑红沉沉，深邃肃穆之象，竟使荆轲心头蓦然闪出"此真天子庙堂也"的感叹。瞬息之间，大钟轰鸣九响，宏大祥和的乐声顿时弥漫了高阔雄峻的殿堂。乐声弥漫之中，殿中迭次飞出司仪大臣[1]与传声吏员的一波波声浪：“秦王临朝——秦王临朝——”接着又是一波波声浪奔涌而来：“燕使觐见——燕使觐见——”荆轲回身低声一句叮嘱道：“秦舞阳毋须惊怕，跟定脚步。”听得秦舞阳答应了一声，荆轲在殿口对着沉沉王台深深一躬，举步踏进了这座震慑天下的宫殿。

荆轲行步于中央红毡，目不斜视间，两眼余光已看清了秦国大臣们都没有带剑，连武臣区域的将军们也没有带剑，心下不禁一声长吁。红毡甬道将及一半，荆轲清楚地看见了秦王嬴政正从一道横阔三丈六尺的黑玉屏后大步走出——天平冠，大朝服，冠带整肃，步履从容，壮伟异常，与山东六国流传的佝偻猥琐之相直有天壤之别。然则，真正使荆轲心头猛然一沉的是，秦王嬴政腰间那口异乎寻常的长剑！依荆轲事先的周密探察，秦王嬴政在朝会之上历来不带剑。准确的消息是：自从嬴政亲政开始，从来带剑的秦王便再也没有带剑临朝了。片刻之间，荆轲陡地生出一种说不清楚的奇特预感。

骤然之间，身后又传来熟悉而令人厌恶的袍服瑟瑟抖动声。

两厢大臣们不约而同地将目光瞄向荆轲身后，其嘲笑揶揄之情是显然的。

荆轲蓦然回头，平静地接过秦舞阳怀中的铜匣，大踏步走到了王阶之下。荆轲捧起铜匣深深一躬道：“外臣，燕国上卿荆轲奉命出使，参见秦王！”荆轲抬头之间，九级王阶上的嬴政肃然开口道：“燕国臣服于秦，献地献人，本王深为欣慰。赐特使座。”话音落点，一名远远站立在殿角的行人署大吏快步走来，将荆轲导引入王阶东侧下的一张独立大案前，恭敬地请荆轲就座。

此时，司仪大臣又是一声高宣：“燕国进献叛臣人头——”

话音尚未落点，行人署大吏已经再次走到了荆轲案前。荆轲已经打开了大铜匣，将一个套在其中的小铜匣双手捧起道：“此乃樊於期人头，谨交秦王勘验。”行人署大吏双手捧着铜匣，大步送到了秦王的青铜大案

[1] 司仪，周时官职，《周礼・秋官・司寇第五》云：“司仪掌九仪之宾客摈相之礼。”沿袭后世。

上。荆轲清楚地看见，嬴政掀开铜匣的手微微颤抖着。及至铜匣打开，嬴政向匣中端详有顷，嘴角抽搐着冷冷一笑，拍案喟叹道："樊於期啊樊於期，秦国何负于你，本王何负于你，竟自白头叛秦，宁做秦人千古之羞哉！"嬴政的声音颤抖，整个大殿不禁一片肃然。寂静之中，嬴政一推铜匣道，"诸位大臣，都看看樊於期了……"荆轲锐利的目光分明看见了嬴政眼角的一丝泪光，心头不禁微微一动。

大臣们传看樊於期人头时，举殿一片默然，没有一声恶语咒骂，没有一句喜庆之辞。荆轲听到了隐隐唏嘘之声，还听到了武臣席区一个老将昏厥倒撞的闷哼声。实在说，秦国君臣见到樊於期人头后的情势，是大大出乎荆轲与太子丹预料的。依太子丹与荆轲原来所想，秦王既能以万千重金与数百里封地悬赏，见到樊於期人头，必是弹冠相庆举殿大欢，其种种有可能出现的失态，以及可能利用的时机必然也是存在的。荆轲也做好了准备，此时秦王若有狂喜不知所以之异常举动，便要相机提前行刺。毕竟，要抽出那支匕首是很容易的。然则，秦国君臣目下竭力压抑的悲痛之情，却使荆轲茫然了。山东投奔秦国的名士，个个都说秦王看重功臣，荆轲从来没有相信过。可是，今日身临其境，荆轲却有些不得不信而又竭力不愿相信的别扭了。毕竟，荆轲也曾经是志在经邦济世的名士，对君王的评判还是有大道根基的。一时之间，荆轲有些恍惚了……

"燕国献地——"司仪的高宣声划破了大殿的寂静。

荆轲蓦然一振，神志陡然清醒，立即站了起来一拱手道："燕国督亢之地，前已献上简图于秦王，不知秦王可曾看出其中奥秘？"秦王嬴政道："督亢之图，非但本王，连治图大家亦不明所以，上卿所言之奥秘何在？"荆轲道："督亢，乃是古蓟国腹地，归燕已经六百余年。督亢之机密，不在其土地丰腴，而在其秘密藏匿了古蓟国与后来燕国之大量财货也！"嬴政一阵大笑道："燕国疲弱不堪举兵，焉有财货藏于地下以待亡国哉！"荆轲高声道："秦王只知其一，不知其二！燕国曾破齐七十余城，所掠财货数不胜数。燕昭王为防后世挥霍无度，故多埋于督亢山地。而今燕王唯求存国，臣亦求进身之道，故愿献之秦王，秦王何疑之有也！”秦王嬴政凌厉的目光一扫，带着显然的鄙视淡淡笑道：“人言足下行事，几类郭开之道，果然。也好，你且上前指于本王，燕国财宝藏于何处？”

荆轲说声外臣遵命，捧起细长的铜匣上了王阶。

秦王案形制特异：五尺宽九尺长，恍若一张特大卧榻。当荆轲依照邦交礼仪，被行人署大吏引导到王案前时，只能在王案对面跪坐。嬴政面色淡漠地挺身端坐，距离荆轲少说也在六尺之外，一大步的距离。嬴政冷冷地看着这个颇具气度的卖燕奸佞，好大一阵没有说话。荆轲气静神闲，坐在案前的倏忽之间，已经谋划好了方略。在秦王冷冰冰打量时，荆轲不看秦王，径自打开了细长的铜匣，徐徐展开了粗大的卷轴，始终没说一句话。嬴政扫一眼正在展开的牛皮卷轴，非但丝毫没有显出渴望巨大宝藏的惊喜，反倒是厌恶地皱起了眉头。

“秦王请看，宝藏正在此处。”

嬴政闻声，不期然倾身低头。

在这一瞬间，卷轴中骤然现出一口森森匕首！

陡然之间，荆轲右手顺势一带，匕首已经在手。荆轲身形跃起之间，左手已经闪电般伸出，满满一把搂住了秦王衣袖而不使其挣脱。与此同时，荆轲右手匕首已经揕[1]到了秦王胸前。即或是将军武士，面对这一疾如闪电而又极具伪装的突袭，也断难逃脱。因为，殿中大臣们在荆轲身后看去，完全以为是荆轲起身指点地图；而在对面秦王倾身趋前，低头看来之时，完全可能不及反应已经被刺中，即或想逃，也根本不可能挣脱荆轲的大力揪扯。

然则，奇迹恰恰在最不可能的时候发生了。

嬴政自幼便是危局求生的奇异少年，胆略才具甚或骑射剑术都远非寻常。当年遴选太子，嬴政以少年身手独战已经是千夫长的王翦而不甚

[1]《史记·刺客列传》在此处用了一个“揕”字。揕者，刺也。然则，太史公却没有用“刺”字。太史公治史严谨，有“刺”字而不用“刺”字，必有原因。我的推理是：揕，可能是淬毒匕首杀人的一种独特手法，西汉尚知，后世失传，遂不知其意。史家对此，亦无翔实考证。若有武术史家知之，当公诸社会以彰其意。

明显处于下风，其勇略可见也。当此之时，嬴政第一眼看见森森匕首，倏地浑身一紧，确实不及反应。及至厚厚的衣袖被猛然拽住，匕首闪亮刺来，嬴政本能地一声大吼，全身奋力一挣，身形猛然一滚向后挣出，其力道之猛之烈，竟使尚坊工匠精织精纺的丝锦朝服在奇异的裂帛之声中瞬间断开！袖绝之际，嬴政已从王案前滚出三尺之外，大吼一声爬了起来。嬴政未及站稳身躯，荆轲已经如影随形赶至身前。嬴政急切拔剑，不料竟然一拔不出。此时，森森匕首又一次刺出。仓促之间，嬴政全力一扯带剑铜链，铜链嘣地裂断，连同束腰板带也一起扯开，宽大的袍服顿时散开，腰身手脚处处牵绊。嬴政大急，身形本能地突然一转，宽大的袍服猛然甩成了一个大大的扇形，挡过了森森一刺。与此同时，嬴政就势一甩双臂使袍服脱身，又一步跳开袍服牵绊，再一把扒下沉重的天平冠操起来猛力砸向荆轲，再次挡开一击，慌忙捡起长剑转身疾步便走。

虽手忙脚乱狼狈不堪，嬴政终究躲过了最为致命的第一波突刺。

几个回合的本能躲避，荆轲对嬴政的奇快反应深为惊讶。依着士侠大刺客的传统气度，一击不中，便视为其人天意不当死，刺客当就此收手。然刺秦太过重大，荆轲心下早已做好不以传统规矩行刺的准备。不料连续三刺，竟都被嬴政连爬带滚躲过，最后竟还踉踉跄跄地跑开。一时之间，巨大的羞辱陡然涌上荆轲心头，不由分说已经如飞追来直扑嬴政。此时的嬴政，已经是短打衣衫，脚步大为灵便。眼见荆轲紧追不舍，嬴政心思倏地一闪，纵身跳下王台，在殿中粗大的石柱间飞快游走。

这时，大臣们才完全明白了，眼前的燕国特使确实是刺客！

今日大朝彰显文明，将军大臣们都没有随带兵器，一时纷纷惊呼，殿中大乱。王绾、李斯情急红眼，高声吼叫着扑过去追逐荆轲。大臣们顿时醒悟，立即乱纷纷扑上四面堵截。然则，荆轲何许人也，其轻灵劲健其勇略胆魄，天下无出其右。几个近身追逐者，根本不经荆轲连带追击秦王中的顺手一击。纵然举殿身影四处堵截，绕柱奔走的秦王仍然被荆轲紧紧追逐，危机仍然是近在咫尺迫在眉睫。恰在此时，殿前侍医夏无且正遇荆轲转弯照面，抬手便将手中药囊猛然砸去。这一砸，力道不大，更没有准头。荆轲不躲，根本无事。然荆轲不知黑乎乎飞来何物，闪身一躲，却恰恰正被药囊击中面门。瞬息之间，一股刺鼻的草药味直冲脑际，荆轲猛然鼻痒无比，及至一个喷嚏狠狠打出，嬴政已经绕过了两道石柱。

“王负剑——”

此时，正好赵高闻讯赶来，一声尖亮地呼喊立时响彻殿堂。随着喊声，赵高已经奋力扑向荆轲。赵高之奔走驰驱剽悍灵动天下闻名，一扑过去，便紧紧黏住了荆轲。急切之间，荆轲竟然无法摆脱这个若即若离又时时出手的内侍奇人。若用匕首击出，赵高自然会立地毙命。然则，跑了秦王，杀死一百个内侍又有何用？荆轲何其清楚，只能紧追秦王，不时虚手应对赵高。如此一来，荆轲不能全力追击，嬴政急迫之势顿时稍缓。

此时的嬴政，在赵高奇异尖亮的喊声中浑身一激灵，立即想起此剑暗箝较深，须得用力拔之；而只有赵高，才知道自己少年练剑时因使用成人长剑，往往负剑于背才能拔出长剑的秘密。心念闪动间，嬴政左手将长剑一顺，贴上背后，右手从肩头握住剑格猛力一带，锵然一声金铁之鸣，三尺余长剑一举出鞘。

“小高子！闪开——”

嬴政怒不可遏，挺着长剑胆气顿生，一跃过来，挥动十斤重的秦王剑大力一个横扫。其时，荆轲正被赵高纠缠得不耐，心下一狠，瞬间破了不对这个内侍使用淬毒匕首的心思，突然一沉手便向赵高飞来的脚踝划去。赵高机灵无比，顺势倒地一滚堪堪躲过。恰在荆轲张臂划出之时，嬴政的长剑横空扫过，荆轲的一只胳膊血淋淋啪嗒落地！

荆轲骤然受此重伤，脚下一个踉跄，顿时颓然跌坐在地。胳膊落地的瞬息之间，荆轲身形一虚，心头弥漫过了一片冰凉的悲哀。绝望的同时，荆轲手中匕首已经循声掷出，呼啸着飞向嬴政。举殿只听“叮”的一声异响，六尺开外的铜柱溅起了一片碧蓝的火花，匕首颤巍巍钉在了铜柱之上，刀尖周围立时一片森森然黑晕。

“短兵淬毒！王莫上前——”夏无且尖声喊着。

群臣惊愕四顾，却不见了秦王，立时乱纷纷抢步过来。

“君上——”赵高一声哭喊，扑向石柱下。

“哭个鸟！”

躺在地上的嬴政翻身跃起，一脚踢翻赵高，提着长剑赳赳大步过来，嘶哑着声音一连串吼道：“荆轲！你非郭开卖燕！你乃大伪刺客！你要杀我么？许你再来！公平搏杀！嬴政倒想看看，你这个刺客有多高剑术！起来——”

一身鲜血的荆轲，本来靠着一道石柱闭目待死。闻秦王怒声高喝，荆轲双目骤然一睁，单臂不动，一挺身竟靠着石柱霍然站起。四周群臣不禁大为惊愕，不约而同地轻轻惊呼了一声。不料，荆轲靠着石柱勉力一笑，却又立即顺着石柱软了下去。荆轲一声长吁，伸开两腿箕踞大坐，傲然骂道：“嬴政毋以己能！与子论剑，不足道也！今日所以不成，是我欲活擒于你，逼你立约，以存天下之故也！”

见荆轲喷着血沫怒骂不已，嬴政反倒平静下来，冷冷一笑道：“提一匕首而欲改天下，未尝闻也！嬴政纵死，秦国纵灭，岂能无人一统天下哉！”荆轲喘息一声冷冰冰道：“有人无人，不足论。只不能教你嬴政灭国，一统天下。”嬴政不禁哈哈大笑道：“原来如此也！足下之迂阔褊狭，由此可见矣！刺客尤充雄杰，不亦羞哉！”荆轲淡淡一笑道：“今日天意，竖子何幸之有也？”嬴政盯着荆轲端详了一阵，冷冷道：“足下迂阔，却有猛志，本王送足下全尸而去。”

“谢过秦王……”荆轲艰难地露出了最后的微笑。

嬴政长剑一挺，猛然向荆轲胸前刺来。

“秦法有定，王不能私刑！”

随着李斯一声大喊，尉缭对赵高飞过一个眼神。赵高立即抢步过来，夺过嬴政手中长剑，向荆轲猛然刺去。因秦王有全尸一说，赵高不能斩取头颅，只一口气狠狠连刺了不知几多剑，活活将荆轲戳成了一个浑身血洞的肉筛子。

“左右护君，斩杀刺客，合乎国法！”尉缭高喊了一句。

秦王嬴政没有离开，一直脸色铁青地木然站在死去的荆轲面前。

……

荆轲刺秦震动天下，多少年后，人们仍在纷纭议论乃至争辩不休。其中，曾经与荆轲相识者的评说及其后来之行，颇是引人注目，有两则被太史公载入了史册。

一则，是战国末期著名剑士鲁句践的独特评论。

鲁句践万般感慨地说："嗟乎！惜哉其不讲于刺剑之术也！甚矣！吾不知人也！曩者（往昔）吾叱之，彼乃以我为非人也！"鲁句践的话有三层意思：其一，刺秦失败，是荆轲不认真修习剑术。也就是说，鲁句践认为荆轲的剑术并不是很高，才导致刺秦失败身死。其二，对当年不知荆轲壮志，甚是后悔。其三，同时后悔的是，当年因叱责荆轲，而被荆轲视为"非人"的愚昧者。鲁句践的评判，很可能是当时六国剑士游侠的普遍心声：既高度认可荆轲刺秦之壮举，又叹息其剑术不精而失败。

二则，是荆轲好友乐师高渐离的曲折行踪。

《史记·刺客列传》云：秦国统一天下而秦王称始皇帝后，秦国追捕太子丹与荆轲的昔年追随者。这些人，都纷纷逃亡隐匿了。高渐离更改姓名，在旧赵国的宋子城[1]一家酒铺做了仆役。一日，听得店主家堂上有击筑之声，高渐离彷徨徘徊，久久不愿离去，情不自禁地评论说："筑声有善处，诸多处尚有不善也！"旁边仆役将高渐离的话说给了主人。主人大奇，于是邀集宾朋，召高渐离于厅堂击筑。一击之下，主人客人都是大加称赞，立即赏赐了高渐离许多酒肉。高渐离寻思长久藏匿而不能见人，终无尽头，遂到自己小屋取出木箱中的筑，换上了压在箱底的唯一一套旧时锦衣，重新回到了厅堂。高渐离的举止气度，使举座主客大为惊讶，一齐作礼，尊高渐离为上客。高渐离肃然就座，重新击筑高歌，举座宾客无不感奋唏嘘。故事渐渐流传开来，有人便说："此人，高渐离也！"

高渐离的行踪，被人禀报给了咸阳。始皇帝爱惜高渐离善击筑，念其是天下闻名的大乐师，于是特意赦免了高渐离追随荆轲的死罪，下令

---

[1] 宋子城，赵国城邑，今河北赵县（旧谓赵州）以北地带。

将高渐离解到了咸阳。抵达咸阳，秦始皇下令将高渐离处以矐目之刑，也就是以马尿熏其双目而使失明。矐目之后，高渐离被留在咸阳皇宫做了乐师。每次击筑，始皇帝都大加赞赏。日久，始皇帝听高渐离击筑时，坐得越来越近了。一日，高渐离击筑之时，始皇帝听得入神，高渐离突然举起灌了铅的大筑猛然砸向始皇帝。传闻与史书中，都没说嬴政如何闪避，终归是高渐离没有击中始皇帝。于是，高渐离最终还是被处死了。据说，从此之后，秦皇帝终身不复见山东六国人士了。

如此等等，皆为刺秦余波，皆为后话。

刺秦事件后三日，秦国君臣重新朝会，议决对燕新方略。朝会伊始，李斯对自己的大朝会部署深切痛悔，自请贬黜。秦王嬴政连连摇头，拍案感喟道："先生之策，唯以天下大局为计，何错之有哉？鼠窃狗偷之辈，世间多矣！若一味防范，闭门塞人，何能一天下也？国家长策大略，因一刺客而变，未尝闻也！"秦王这一番话语，使大臣们万般感慨，李斯更是唏嘘流涕不已。议及善后具体事宜，李斯以执事大臣名义，提出对侍医夏无且与赵高论功行赏，诸臣无不赞同。秦王嬴政当即拍案，赏赐夏无且黄金二百镒，晋爵两级。赏赐夏无且完毕，嬴政淡淡一笑道："赵高，不说了，已经是中车府令了。内侍为官，到此足矣！"见秦王于此等重大事件之后犹能节制有度，大臣们一番感慨，也便默认了。

不料，旁边侍立的赵高却猛然扑倒在王案前，重重叩头高声道："君上始呼臣之正名，臣永世铭刻在心——"一时，大臣们无不惊讶，这才想起了方才秦王确实说了"赵高"两字，而在既往，秦王从来将赵高呼为"小高子"的。今秦王不呼小高子，而称其正名赵高，是无意之举，还是以独有方式宣示庙堂：中车府令赵高，从此也是秦国大臣了？再一想，赵高叩拜，秦王也没有说甚，而只是笑了笑，便可能是无意有意间了。只这赵高心思透亮，立即以谢恩之法，使大臣们明白了此中意蕴，也实在是机灵过甚了。

嬴政转了话题，开始了对燕方略的会商。

次日，李斯率领一支精锐飞骑兼程北上，赶赴易水大营去了。

五 易水之西 战云再度密布

幕府聚将完毕，王翦独自走进了河谷柳林。

令王翦思绪难平者，灭国长策终究是明晰地确立了。还在顿弱与咸阳之间快马信使穿梭往来时，王翦便上书秦王，申述了自己的评判。王翦着意提醒秦王：燕国是有八百年根基的西周老诸侯，其傲慢矜持天下闻名，不可能真正臣服于秦国；邦交斡旋可也，不能过于当真，更不能因此而松懈国人战心。上书中，王翦举出了燕国对待赵国的先例："以赵国之强力抗秦，以赵国之屏障山东，燕国尚不记赵恩，屡屡背后发难。如此昏政庙堂，何能臣服于老诸侯眼中之蛮夷秦国也？贫弱而骄矜，昏昧而疯痴，燕人为政之风也！君上深思之。"

然则，秦王虽然并没有下令中止战事，却来了一道"攻燕之战，随时待命"的王书。对王翦的上书，秦王也没有如同既往那般认真回书作答。显然，秦王是有着别样方略的。王翦也明白，秦王的方略，一定是与在国大臣们一起会商的，不会是心血来潮之举。但是，王翦还是怅然若有所失。这种失落，与其说是自己主张未被秦王接纳而生出的郁闷，毋宁说是对未来灭国大战有可能出现的波折而生出的隐忧。身为秦王嬴政之世的秦国上将军，王翦的天下之心，已经超越了前代的司马错与白起。也就是说，王翦筹划秦国征战，已经不再是司马错白起时期的攻城略地之战，而是一统天下的灭国之战了。以战国话语说，此乃长策大略之别也。用今人话语说，这是战争所达成的政治目标的不同。

目标不同，必然决定着战争方式的不同。

从大处说，这种不同主要在于三处：其一，攻城下地而不坏敌国。此前，包括秦国在内的各国间的所有战事，都带有破坏敌国根基的使命。司马错破六国合纵，焚毁天下第一粮仓敖仓；白起攻楚，火烧夷陵；乐毅破齐，尽掠齐国财货……凡此等等，皆为战国兵争之典型也。从战事角度说，这种仗顾忌少，得利明显，在同样条件下好打许多。而王翦麾下的今日秦军则不然，所攻邦国的城池土地人民，实际便是日后与自己同处一个国家的城池土地人民。如此，自然不能无所顾忌地烧杀抢掠。

此等不同，必然须得以改变种种战法，并重新建立军法，来实现这种由掠夺战向灭国战的转变，其中艰难，自不待言。

其二，击溃敌军，而未必全歼敌军。秦为耕战之国，以斩首记功的律法，已经延续一百余年。此等律法之基础，固然在于激励士卒战心，同时，也在强烈地强调一种战法——完全彻底的斩首歼灭战！长平大战，白起大军一举摧毁赵军五十余万，俘获二十余万而坑杀之。其根本，深藏在这种全歼敌军的酷烈战法之中。而今日秦军，却不能如此了。理由只有一个，所有作战国的军兵人口，都将是秦国臣民，都将是未来一统大国的可贵人力，恣意杀戮，只能适得其反，给未来一统大国留下无穷后患。这一变化，对素以斩首歼灭战为根基的秦军，其难度是异常巨大的。

其三，不能避战，必须求战。历来战事，多以种种因素决定能否开战。若对己方不利，则应多方寻求避战。然则，一统天下之战不同，无论敌国是否好打，都必须打。不能摧毁敌国之抵抗力，则敌国必然不会自己降服。唯其如此，不经大战而能灭国，亘古未闻也！兵法所云之“不战而屈人之兵，上之上也”，在相互对抗的局部战事中，这是有可能实现的。譬如以强兵压境，迫使对方不敢大战而割地求和等等。然在灭国之战中，事实上是不可行的。也就是说，要一个国家灭亡而又企图使其放弃最后的抵抗，至少，亘古至今尚无成例。夏商周三代以来，没有不战而能一统天下者，而只有经过真实较量打出来的一统天下。

在秦国君臣之中，可以说，王翦是第一个清醒地看到这种种不同的。

“灭国必战，战而有度。”这是王翦对大将们宣示的八字方略。

自灭赵大战之后，王翦已经是天下公认的名将了。作为战国兵家的最后一个大师，尉缭子曾经备细揣摩了王翦在秦军中的种种举措，深有感喟道：“王翦之将才，与其说在战场制胜，毋宁说在军中变法也！有度而战，谈何容易！”以后来被证明的史实说话：秦一天下，王翦三战，灭赵灭燕灭楚，恰恰是最为关键的三次大战；赵最强，燕最老，楚最大；三次大战，王翦都以其独有的强毅、坚韧、细腻的战法顺利灭国。不战则已，战则没有一次惊心动魄的大反复。这是后话。

面临燕国局势，王翦所忧者，在于秦国庙堂对“灭国必战”尚无清醒决断。王翦很清楚，由于燕国热诚谦恭，献地献人加称臣，使秦王与李斯尉缭等一班用事大臣，不期然生出了另外一种期冀实现的谋划：以燕国不经兵戈而臣服，给天下一个垂范警示——只要各国能如燕国这般臣服，便可保留部分封地，以小邦国的形式存留社稷！当王翦接到待命王书，也知道了秦王将以春朝九宾大礼接受燕国称臣盟约时，闪过心头的第一个想法是：秦王有怀柔天下之意了，如此可行么？此等疑虑，王翦并没有再度上书申明，觉得应该看看再说。毕竟，秦王与王绾、李斯、尉缭等一班庙堂运筹君臣，都不是轻易决策之庸才，如此部署，或可能有意料不到的奇效。再说，驻守北边的蒙恬也没有信使与他会商。这说明，蒙恬是没有异议的。既然如此，等得几个月无妨。无论如何，在秋季最佳的用兵季节到来之前，必然会有定论的。

可是，事情竟迅速发生了惊人的变化！

荆轲赴秦，途经易水，太子丹率心腹白衣白冠送别的秘密情形，王翦的反间营探听得一清二楚。当时，王翦对此事的评判是：燕太子丹臣服秦国而保存社稷，很可能只是与这个上卿荆轲的密谋，未必得到燕王喜与一班元老世族之首肯，故有秘密送别之行，故有壮烈悲歌之声。果真如此，燕国庙堂不久必有内乱，不妨静观以待。不想，荆轲离开易水南下，仅仅旬日之间，咸阳便有快马特使兼程飞来，向王翦知会了一个惊人消息：燕使荆轲，昨日行刺秦王，已经被当场处死！攻燕大军立即做好战事准备，秦王特使不日将到。

惊愕之余，王翦恍然明白了燕太子丹种种密行的根底。

不待秦王特使到达，王翦立即开始了一系列秘密部署：第一则，当即派出反间营精干斥候三十人，乔装商旅，秘密进入蓟城，立即接应顿弱回归易水大营。第二则，立即于幕府聚将，宣示了荆轲刺秦的惊人消息，严令在秦王特使到达之前不得泄露军中。第三则，立即派出王贲率五万铁骑，插入燕国与残赵代国之间的咽喉要地于延水河谷，割断两国会兵通道。第四则，快马特使知会蒙恬部，令其派出精锐飞骑，遮绝燕国北逃匈奴之路径。

王翦大军悄无声息地紧张运行之际，李斯赶到了。

洗尘小宴上，李斯对王翦备细叙说了在咸阳发生的那场惊心动魄的刺杀事件。纵然王翦深沉不动声色，额头也冒出了涔涔细汗。之后，李斯又详尽地叙说了庙堂重新会商的新方略。李斯说，秦王与大臣们一无异议地认定：一统天下必经大战，不战而欲图灭人之国，无异于痴人说梦也！此间，秦王特意提到了上将军王翦对秦军将士宣示的“灭国必战，战必有度”的八字方略。李斯心细，特意带来了从史官处抄录的君臣会商卷宗。王翦看到秦王那段慷慨激昂的说辞时，眼睛不禁湿润了。

史官录写的“王云”是这样一段话：

“燕国诈秦称臣，我欲怀柔待之，实乃嬴政欲做周天子大梦也！燕国献地献人，掩饰行刺之举，足以证实：没有议出之一统天下，只有打出之一统天下！燕国刺秦，好！破去了嬴政天子大梦！也立起了上将军‘灭国必战’之长策伟略！好事，大好事！自今而后，嬴政不做周天子，不图以王道虚德使天下臣服。秦国，要实实在在地一统天下！嬴政，要做实实在在的天下君王！不是打出来的江山，嬴政不坐！”

良久默然，王翦长长地吁了一声。

“上将军宁无对乎？”李斯有些惊讶了。

“秦王明锐如此，夫复何言！唯战而已！”

如果说，此前的王翦对秦王及一班庙堂之臣能否在荆轲刺秦后深彻顿悟尚有疑虑，此刻看完这段“王云”之辞，诸般疑虑已经荡然无存了。王翦深知，这位秦王一旦认清事实本来面目，其天赋悟性远非举一反三者可比，其深彻明晰，往往远远超出臣下之意料。面对如此秦王，王翦当真是没有话说，只有心无旁骛地准备攻燕了。

次日清晨，易水幕府的聚将鼓隆隆响起。王翦升帐，先请李斯对刺秦事件与庙堂新方略做了宣示。秦军大将们怒火中烧，异口同声愤然喊打。之后，王翦指点着燕国地图，下达了对燕战事的总体部署：先期出动的王贲部不动，继续掐断燕代会兵通道；杨端和、李信两大将各率五万轻装步骑，前出易水之西做两翼驻扎，直接威胁燕国下都武阳与最富庶的督亢之地；王翦亲自率领二十余万中军主力，以大将辛胜为副，携带大型攻坚器械，从中央地带西进，选定最合适的时机渡过易水北上。

旬日之后，诸般预备就绪。在王翦主力正要渡过易水之际，从蓟城被秘密接回的顿弱却带来一个出人意料的消息：燕国太子丹正在全力秘密联结残赵势力，又从辽东调回了十万边军，要三方会兵与秦军决战。

“太子丹疯了么？”李斯简直不敢相信。

“春秋战国以来，燕国清醒过几回？”顿弱一阵大笑。

“刺客之后又出大兵，太子丹也算得人物！”王翦倒是赞叹了一句。

“上将军如何应对？”对燕国的挣扎，李斯实在有些匪夷所思。

尽管，在咸阳会商时，李斯与尉缭是一力赞同王翦灭国必战方略的。然则，对燕国在刺秦失败后的情势评判，李斯始终都不赞同秦王对燕国打大仗的想法。原因在于，李斯有一个坚定清晰的判断：荆轲刺秦惨遭失败之后，燕国必然举国震恐慌乱，不是举国降秦，便是北逃匈奴或东逃辽东；纵然秦军想打大仗，也没有大仗可打！唯其如此，对王翦的大举部署，李斯在心底里是有小题大做之非议的，只不过自己毕竟不是大军统帅，不宜直然否定罢了。如今，顿弱带来燕国竟要大举会战的消息，李斯半日都回不过神来——燕国残破若此，还要扑过来与秦军会战，世间当真有这等飞蛾投火之举？

“他要会战，会战便是。”王翦只是淡淡地一笑。

蓟城陷入了紧张慌乱而又亢奋无比的巨大漩涡之中。

荆轲刺秦惨遭毙命，对燕国朝野不啻当头一声惊雷。当那具血肉模糊的尸体被副使秦舞阳运回蓟城时，太子丹惊愕攻心，欲哭无泪，还没哼一声便昏厥了过去。夜来，太子丹突然醒来，扑到荆轲尸身，捶胸顿足大放悲声，一直痛哭到了天亮。后来，太子丹宣召秦舞阳，要询问荆轲身死的详细情由，得到的禀报却是：秦舞阳已经疯傻了。太子丹大怒，驱车赶去燕酩池，立即便要杀了这个使燕国蒙羞的宵小之辈。不想一到燕酩池，太子丹却又一次惊愕愣怔欲哭无泪了。破衣烂衫的秦舞阳，披散着长发，挥舞着一根短小的树枝，嗬嗬有声地吼叫着，刺杀着，追逐着，笑骂着。最后，秦舞阳大张两腿，箕坐于地，连连戳刺着自己的胸口与全身，吼叫得奄奄一息之时，竟猛然跳起来一下子扑进了碧蓝的池水……太子丹终于明白了，秦舞阳的疯癫追逐，分明正是荆轲在咸阳王城的刺杀场面。眼睁睁地看着秦舞阳投水，太子丹这才想起荆轲对秦舞阳的蔑视，禁不住骂一声懦夫狗才，踽踽回去了。

荆轲刺秦，原本是惊世密谋，被包藏得严严实实。如今骤然在燕国朝野哄传开来，市井乡野庙堂，无不惊讶万分聚相议论，纷纷回想当年的种种神秘迹象。一时之间，连面临的亡国危局也似乎没人顾及了。此刻，只有太子丹是清醒的。太子丹连夜赶赴父王在燕山深处的行宫，向父王禀报了荆轲刺秦失败的全部经过，末了沮丧道："荆轲刺秦，必激怒秦王。燕国危亡已迫在眉睫，唯请父王决断国策。"

"没杀成便没杀成，也叫嬴政吃一大吓！"

燕王喜非但丝毫没有责怪太子丹，反倒是一阵哈哈大笑。至于危亡国策，燕王喜一边在厚厚的辽东地毡上转悠着，一边这样说："我大燕自召公立国，危绝者不知几数次也！可谁灭了燕国？没有，一个没有！凡欲灭燕者，终归自灭！何也？天命使然也！德行使然也！赵国不强大么？燕国攻赵多少次，没有胜过赵国一次！可他赵国，纵然战胜，又能奈何？终归还不是自家灭亡！我祖燕昭王破齐七十余城，尚且没有灭齐。他秦国，能灭我大燕？不能！秦军纵然占我督亢，我还有辽东，照样聚兵存国！其后光复故地，依旧还是大燕国！我大燕立国八百余年，是周天子王族唯一的主干余脉，天命攸归，秦国奈何我哉！你但放手去做，当真危局之时，老父自会出面化险为夷也。"

"父王方略，令丹大振心志！"

"子能振作，老父之心也！"燕王喜又一次大笑起来。

"我欲联结代国合纵抗秦，父王以为如何？"

"好！合纵抗秦，原本便是我祖燕文公首创，正当其时也！"

"只是，燕国腹地只有二十万将士，兵力稍嫌单薄。"

"作速调回辽东十万边军，有兵三十余万！代国若能出动十万兵马，我便有四十万大军，与秦军便是势均力敌！会战击秦，一战而灭秦军主力，功绩何其大也！"燕王喜抖动着雪白的头颅，比太子丹还要慷慨激昂几分。

“辽东边军，原是为父王预留后路，儿臣……”

“子知其一，不知其二也！”燕王喜大笑一阵道，“秦开当年平辽东，留下了十五万大军。你调十万过来，还有五七万。纵然战败，我等进入辽东，还可再发高句丽军。后路多有，子只放手抗秦！”

走出王城，太子丹麻木的心又渐渐活泛起来。自他从秦国逃回，老父王的郁闷衰老是显而易见的，将国事交给他时，也分明流露出一种暮年之期的无可奈何。此后每遇太子丹禀报国事，老父王不是靠在卧榻上打盹，便是坐在猎场的山头上看士兵追逐野兽，目光中的那种茫然，每每教太子丹心头一阵震颤。也就是说，自从太子丹逃秦归燕，所接触的老父王，处处都是一个行将就木的奄奄一息的老人。如今，燕国面临危局，老父王却骤然显出一种傲视天下的峥嵘面目，其勃勃傲世之心，竟使做儿子的太子丹有些脸红起来。显然，支撑父王的，是天子血统的贵胄之气，是笃信先祖阴德可以庇护社稷于久远的坦然，是对秦国以蛮夷诸侯坐大的一种其来有自的蔑视。认真想起来，太子丹又觉得老父王有些迂阔，如同那个笃信禅让制的先祖燕王哙。毕竟，太子丹久在秦国为质，知秦之深，甚或过于知燕。然则，太子丹还是为老父王的这种独特的执著所感动。毕竟，这种执著能使老父了无畏惧之心，面对灭国危局而能将命运托付于天命阴德，罕见地坦然应对之。说到底，何草不衰？何木不萎？何人不死？何国不灭？能在将死将灭之时不降不退，而一力鼓噪与强大的秦军会战，奄奄一息的老父王能，血气壮勇的太子丹反倒不能么？……

回到自己官署，太子丹立即忙碌起来。

此时，正逢荆轲好友宋如意回到蓟城求见太子丹，请为荆轲大行国葬。闻得太子丹决意与秦军会战，宋如意精神大振，立即为燕国谋划出一个成事之局：大肆铺排荆轲葬礼，秘密邀集代国、齐国、魏国、楚国并匈奴单于会葬，达成合纵联军，大举会战秦国！太子丹当即拍案决断：派宋如意为特使，赶赴最要紧也是最可能达成盟约的代国；其余四名能事大吏，分别赶赴齐、魏、楚与匈奴，约期一月之后会葬荆轲。与此同时，太子丹以燕王名义下书朝野：上卿荆轲为天下赴义，大燕举国服丧，以彰烈士志节。王书颁行三日，燕国城乡触目皆白，国人愤激流涕大呼复仇之声几乎淹没了蓟城。太子丹趁势而上，立即下令各郡县征发义勇，入军抗秦。这时，宋如意从代国匆匆归来，非但带来了代国将以十万之众结盟会战秦军的好消息，还带来了代王赵嘉的秘密特使。太子丹精神大振，连夜举行大宴，为代王赵嘉的特使洗尘。

这场小宴密商，一直持续到曙光初上。

代王特使，是旧赵国平原君赵胜之孙，名曰赵平。这个赵平，在赵国灭亡之前已经承袭了平原君封号。赵嘉出逃代地，大半原因在于赵平的谋划拥戴。赵嘉做了代王，赵平便做了代国的丞相。赵平气宇轩昂，全无故国破灭后的委顿之相，一如既往的豪气勃勃，谈吐之间气度挥洒，俨然大国名臣。太子丹一见之下，竟是大为歆慕。赵平先大体叙说了代国情势：秦军破赵之后，赵国有封地的贵胄悉数逃亡，渐渐汇聚到代郡；去岁立冬之时，拥立赵嘉为代王，号为代国；目下之代国，有土地三百余里，民众五十余万，官吏军兵与王城君臣合计二十余万。末了，赵平慷慨激昂道："赵国，根基尚在也！代地全部人口近百万，仍算得一个中等诸侯国也！会战抗秦，代王将出精兵十万，连同燕国三十万大军，战胜秦军大有成算！"

"代国以何人为将？"太子丹最担心没有大将统军。

"便是在下！"

"平原君不是代国丞相么？"太子丹惊讶了。

"将相一身者，战国之世何其多也！"

"平原君诚能为将，胜秦有望！"宋如意着意赞叹了一句。

"两国联兵，存燕复赵，全赖平原君也！"太子丹郑重起身，深深一躬道，"丹请平原君为联军统帅，统一调遣会战秦军，君幸勿负燕国之诚也！"

"太子信平，夫复何言哉！"

觥筹交错中，会战大计决断了：代国赵平为联军统帅，燕国宋如意为军师；无论他国出兵与否，两国都将在秋八月会战秦军！其后半月之间，四路特使接踵回燕，果然一无所成。齐国已经沦为偏安避战之海国，笃信齐秦互不攻战盟约，多年疏离中原，根本不想卷进对秦战事。魏国倒是有大臣跃跃欲试，谁知刚刚即位的新魏王魏假畏秦如虎，连燕国特使见也不见，便一口回绝了。楚国的春申君已经死了，楚国也如同齐国一样，抱定了回避秦国之策，以山遥水远鞭长莫及为说辞，回绝了燕国。匈奴单于倒是雄心勃勃，无奈却被蒙恬大军卡住了南下咽喉，根本无法越过阴山；老单于便以相机助战为名，答应拖住蒙恬大军，不使其南下助战王翦的主力大军。

太子丹立即赶赴燕山行宫，对燕王喜禀报了诸般进展。太子丹特意申明，不担心四方拒绝合纵，只担心燕国三十万大军没有统军名将。燕王喜颇为神秘地一笑，极其自信地摇着一颗雪白的头颅道："国运昌盛，非在名将，而在借力也。当年，先祖燕文公首创合纵联军，燕国有名将么？没有！目下，有赵代之平原君足矣！赵人国史虽短，却是好勇斗狠之邦。我军交给赵将统领，无论战胜战败，皆有好处也！""父王此说何意？"太子丹有些困惑了。"子何蠢也！"燕王喜一脸笑容地呵斥一句，接道，"战胜，天下皆知燕军为会战主力，功自在燕！战败，天下皆以赵人为将，屈我燕国大军而骂之，罪不在燕！你说，这不是两样好处么？"太子丹大为惊愕，默然踌躇一阵，终究还是吞回了想说出的话。

事实上，老父王是不可理喻的。

太子丹之所以将大军交给赵人统率，实在是因为人才凋零，自己寻觅不到一个足以率军会战的大将。派宋如意做军师，也同样是无奈之举。毕竟，燕国出动三十万大军，不能在统帅幕府一个人没有。可是，父王却将燕国的无奈，看做一种最好的逃罪夺功的权谋之道，不亦悲乎！争辩么？没用。不争辩么？心头实在不是滋味。毕竟，燕国不能没有这个老父王。虽在两次惨败于赵国之后荒疏国事，然则，老父王对辽东却从来没有放松过。太子丹虽执掌了国事，但实际军权，却还是在父王手里。譬如辽东究竟有多少兵马，太子丹是说不清楚的。其实，荆轲做上卿时，也未必整日谋划刺秦，而曾多次与太子丹秘密会商强燕之策。荆轲说，燕国要中兴，必须效法乐毅变法强军，只要太子丹决意兴燕，老燕王阻力不须顾忌。从荆轲明亮闪烁的目光里，太子丹分明看到了一股骤然闪现的杀气。是的，只要他点头决断，以荆轲之能，使父王销声匿迹是很容易的。但是，太子丹还是断然拒绝了。毕竟，他在离国二十余年后归来，父王还是器重他，甚至依赖他；纵然父王不交出兵权，太子丹也不能生此内乱。荆轲一死，心痛得快要疯狂的太子丹在最初的一闪念竟然是：若将荆轲留在燕国变法强军，或许才是正道！……然则，一切都过去了。唯一既能激励人心，又能承担大任的荆轲，已经死了。此刻，太子丹是真正的孤掌难鸣了，除了与父王一心协力保全燕国，他还能做何等事情？至于燕国能否保全，或许当真要看父王笃信的那个天意仁德了……

"天若亡燕，夫复何言哉！"

曙色初上，太子丹木然坐起，看见了榻前侍女惊恐无比的眼神。正要发作，太子丹骤然愣怔了——侍女身后的六尺铜镜中，一颗须发霜雪的白头正直愣愣睁着双眼！他是谁？是自己？倏地，太子丹心头轰然一声头疼欲裂，陷入了无边无际的黑暗……

八月秋风起，燕代两国的联军隆隆开向燕南之地。

还在燕代密谋联结的时候，李信杨端和一班大将便提出先行攻燕而后再破代军的对策。对此，李斯也是赞同的。王翦却笃定道："燕代调集大军会战，正是我军一战定北之大好时机，安可急哉？我若先行攻燕，燕国自可一战而下。然，代赵军若是不战而逃，显然便是后患，两战三战，何如一战决之也！"李斯忧心忡忡道："果真齐楚魏三国利令智昏而出兵，再加匈奴南下，我军岂不四面陷敌？不如先下燕国，以震慑他国不敢北来。"王翦大笑道："果真燕国能促成六方合纵，老夫求之不得也！战场越少越好，敌军越多越好。此目下秦军之所求，长史何虑之有哉！"李斯不禁有些惶惑道："自来用兵，皆以不多头作战为上，何上将军反求多路敌军同时来攻？"王翦道："长史所言，常道也。目下之势，非常道也。天下大国尽成强弩之末，纵然六方齐出，皆疲惰乌合之众，何惧之有哉！譬如燕国，兵马号称三十万，实则一无统兵大将，二无实战演练，三无坚甲利器，四无丰厚粮草；彼所以延迟至秋来会战，实则欲在战败之后逃入辽东，使我军不能在风雪严寒之季追歼而已。未战而先谋逃路，其心之虚可见也！代国更是惊弓之鸟，十万大军至少有三四成是伤残士卒；将相一身之赵平，贵胄公子未经战阵，却被燕代定为统帅，不足虑也！凡此等等，纵有大军百万开来，老夫只拿四十万破他。谓予不信，长史拭目以待也！”李斯默然了。他不明白，素以稳健著称的王翦，如何突然变得豪气纵横，视天下敌国如草芥，莫非这便是兵家奇正之道？

此后探马纵横，各种消息连绵不绝地飞入秦军幕府。

燕国辽东与高句丽的猎民步骑十万西进了，督亢腹地的二十万大军西进了，代国的十万步骑也开始南下了，赵平宋如意的幕府已经进驻燕南地带，等等。其中最令王翦李斯惊讶的消息是：太子丹一夜白头，犹率一军亲自赴战；这支军马人皆白衣素盔，全数是燕国剑士与王室精锐护军。

“此为哀兵，须得分外留意。”李斯着意提醒王翦。

“以刺客之仇激励战心，太子丹何其蠢也！”王翦轻蔑地笑了。

“上将军，我军固然多胜，亦不能骄兵！”李斯有些急了。

“长史试想，”王翦叩着帅案道，“国家危亡而不计，却以一刺客之死为名目大张仇恨，公仇也？私恨也？以刺客私仇激励将士，太子丹明智么？”

“也是一理。”李斯不无勉强地赞同了王翦。

“传令工匠营，赶制三百面有字大纛旗备用。”王翦转身下达了军令。

“旗面何字？”军令司马高声问。

“长史，如此八字可否？”王翦压低声音颇见神秘地笑了笑。

李斯凑过来侧耳细听，恍然大笑连连点头。

燕代联军集结于燕南涿地，幕府立定，已经是八月将末。

一个月明风清的秋夜，太子丹率领三千精锐星夜赶赴燕南幕府，要与赵平、宋如意会商战事方略。两军仓促汇集，“会战抗秦，存燕保代”

的宗旨是毋庸置疑的。但是仗如何打，兵力如何部署，两方却从未有过认真的会商。太子丹虽不是燕军统帅，却也知道燕代两军的军法、军制与作战风习有很大不同。代军是天下锐师赵军的根基延续，目下虽是强弩之末，然对于燕军而言，代军十万仍然是无可争议的主力。燕国出动的兵力有两支，一支是腹地主力二十万，一支是辽东轻骑十万。开战在即，太子丹才蓦然发觉，自己对燕国的兵事与大军竟然是如此陌生，陌生得连两支大军的统兵大将也一无所知。太子丹只知道，燕国本无强兵传统，唯在乐毅时期变革军法，练成了一支以辽东骑士为主力的轻骑雄师。之后历经燕惠王、武成王、燕王喜三代数十年，那支雄师早已经消耗得没了影子。而十万辽东步骑，实际根基是当年乐毅秦开远征齐国时留下的镇守辽东的猎户民军。燕军主力被齐国的汪洋大海吞没后，燕惠王将这支猎户民军大为扩充，改为王室直领的王师，以为燕国危机之时的退路。就实说，这支辽东军是不为天下所知的“隐师”。父王至今犹能镇静挥洒，根本因由，正在于这支鲜为人知的大军。如今，父王赞同调来“隐师”之中的十万大军与秦军会战，太子丹感喟之余，更多的是茫然。燕国腹地二十万主力大军的大体情势，太子丹尚算略微知情：伤残多，老弱多，兵器劣，甲胄薄，在往昔与赵军的战事中连连大败，士气已经低落得很难经得起激战了。

这样的两支人马与代（赵）合军，太子丹如何不心下忐忑？

更有一层，赵国大将率领赵军作战，历来自有独特战法，即或是在当年的六国合纵联军中也是自成一体，不屑与他军协同。赵军名将廉颇曾一度出走楚国，率领楚军作战，竟一战不能胜，不禁万般感慨说：“老夫离赵，方知率赵军如臂使指之贵也！”对于燕国燕军，赵国大将几乎是无一例外地人人蔑视，名将廉颇、李牧、庞煖等更甚。目下这个赵平虽不是名将，甚或不是经历过战场锤炼的有为将军，而仅仅是承袭了平原君爵号的“知兵”公子而已，其在燕国的谈吐气度，俨然已是百战名将了。太子丹确信，假若赵国不灭，赵军任何一个大将都不会愿意与燕军联兵会战。如今时移势异，燕军兵力远远超过代（赵）军，代王赵嘉才不得已有了如此抉择，不论赵平如何蔑视燕国，三十万兵力毕竟是谁都不敢轻慢的巨大力量。唯其如此，太子丹不怕赵军蔑视燕国的痼疾，坦然将燕国大军交给赵平统领了。太子丹没有父王的逃罪之心，在他看来，这只是两相便利：代（赵）兵力微薄，需要燕国大军；燕国没有大将，需要代国将才统军。毕竟，以目下情势论，即或是代国的寻常将军，也在燕国的主力大将之上了。然则，赵平能迅速整合两军三方于一体么？会战方略赵平心中有数么？

这一切，太子丹一直没有定数。

……

“赵平若不能一战胜秦为太子雪耻，宁为战场死尸！”

晨曦之下，看着太子丹骤然雪白的头颅与身后一片缟素的三千马队，迎出幕府的赵平不禁感慨万端，四手相执，双眼闪烁着泪光，由衷迸发出一句铮铮血誓。太子丹大为心动，泪眼唏嘘地拉着赵平的双手，良久说不出一句话来。及至进入幕府，两人的神色才明朗起来。

“太子且坐，容赵平禀报。”

联军幕府宽阔整肃井然有序，确实有着旧赵雄师的不凡遗风。赵平吩咐中军司马摆下了洗尘军宴，又派军令司马飞马召回了去辽东军营会商军务的军师宋如意。三人共饮了一大碗代赵军的马奶子酒，赵平便走到侧墙大图板下，长剑指点着图板说将起来：“目下，合纵联军面对涞水，分作三大营混编驻扎：西路主力大营，驻涿城以西山地；中路大营，驻方城[1]以南山地；东路大营，驻涞水东北山地。本君所率之中军兵力，五万赵军带十万燕军，共十五万主力大军；其余两营，各为两万余赵军带十万燕军，各有十二三万步骑大军。此，目下我军之大势也！”

“平原君之见，此战如何打法？”太子丹急迫问了一句。

“秦军欲灭燕代，必得越过易水涞水，而后向西灭代，向北灭燕。合纵联军目下驻扎之地，正在面对涞水之三大要害地：涿城、方城、涞

---

[1] 先秦“方城”之名有四，三处在北楚（今河南省南部），一处在燕国。《诗 · 召月》云：“侵镐及方。”朱熹注：“镐、方，皆地名，疑皆朔方也。”据历史地理学家谭其骧考订，这一方城在燕国涿县东南地带。

水东北山[1]。届时，秦军若渡易水涞水攻我，则我联军从西北东三方向秦军发起合围猛攻！以兵家之道，合纵联军必胜无疑！”

“我军四十万，秦军也是四十万，能合围猛攻？”

“太子知其一，不知其二。”赵平颇有气度地笑着，“兵法虽云，十则围之，倍则攻之。然则，也当以形势论。战场无常法。当年，白起以五十万秦军，围困赵军五十万于长平谷地，也是兵力对等。何以成功？形势使然！山川使然！今我合纵联军与秦军兵力等同，然山川形势却对我军大为有利，对秦军大为不利。此，我之所以能以对等兵力合围秦军也！”

“平原君深谙奇正之道！”宋如意拍案赞叹。

“军师之意，也能合围？”太子丹颇感意外。

“如此战法，乃臣与平原君共谋也！”宋如意先行申明一句，霍然起身，走到地图前指点道，“太子且看，涞水从西北向东南而来，两条易水从西向东而来，在涿地之南交汇，三水夹成一个广约百里的大角。秦军兵临南易水，若不能越过涞水，终不足以威胁燕代！秦军果真北上，则我军只在涞水以北之燕南山地卡住咽喉要道，三路大军同时猛攻，秦军背后是易水涞水，退不能退，只能被我军三面夹击！如此形势，岂不是合围猛攻乎！”

“王翦乃当世名将，宁不见此危境？”太子丹依然一脸疑云。

“王翦灭国，不过一战耳！”赵平很有些不以为然。

“灭赵之后，王翦已经骄狂不知所以了。”宋如意补了一句。

“也好。但愿上天护佑，存我燕代！”终于，太子丹首肯了。

幕府散了饮宴，宋如意送太子丹到了燕军幕府，两人又秘密会商到暮色降临。太子丹着意问了燕代两军的诸般情形。宋如意回禀说，辽东精锐配给赵平做了中军主力，老燕军二十万分做两部，做了另外两大营的主力。太子丹皱着眉头问了一句，既然燕军是三大营主力，何以三

---

[1]　秦军灭燕之进军会战路线，史无详载。《史记·秦始皇本纪》云：“秦军破燕易水之西。”《史记·燕召公世家》“集解”徐广注云，秦军出涿郡故安。两说不同，当互有联系，实际可能是战场攻防转化造成。

大营主将都是旧赵大将？宋如意说，以人数论，燕军是主力；以战力论，只怕还得说代赵军是主力；三大营主将是赵平一力所坚持的，不好变。为甚大燕国出兵三十万，没有一个主将？太子丹满头白发下的黑脸很有些不悦。宋如意说赵平认为燕人不会打仗，他实在不好辩驳。岂有此理！燕人不会打仗，当年齐国七十余城是谁家破的？太子丹更是不悦。宋如意不说话了。默然良久，太子丹突兀又问一句，先生宁不为荆轲复仇乎？宋如意一声哽咽，声泪俱下地诉说了自己的处境：赵平原本倒是下了军令，教他做东路军主将；奈何他这般任侠之士从来没有过军旅阅历，初次聚将分配军营驻扎地，他连骑兵营地与步兵营地的区别都不清楚，各营之间的方位、距离与金鼓号令之间的呼应更是不明，惹得赵军大将们一片嘲笑，燕军大将们人人羞愤不语。无奈，他只有回到中军幕府，还是做了案头谋划的军师。

“虽则如此，臣已决意效法太子，以慰荆轲魂灵！”

“先生能自领一军？”

“不！臣已秘密相约燕赵剑士百人，冲锋陷阵死战易水！”

太子丹没有说话，默默点头之际，麻木僵硬的脸庞抽搐了一下。宋如意知道，那不是太子丹的悲伤，而是太子丹绽开的一丝笑容。这个心如死灰的燕国领政太子，已经没有任何事值得他悲悯了。默然良久，宋如意解下酒袋，深深一躬道：“邦国危难，太子自领三千缟素死士而来，臣无以为敬，敢请与太子做诀别之饮！”太子丹还是没有说话，只霍然起身，摘下帐钩上的酒袋，对宋如意相对深深一躬，不待宋如意说话便举头汩汩大饮，双手颤抖，酒水喷洒得脖颈衣甲处处都是。宋如意静静地看着，眼前蓦然浮现出太子丹与荆轲在易水壮别的情形，心头平静得没有一丝波澜。大约只有在这等生离死别的关头，如荆轲宋如意这般士侠才能显现出异乎常人的冷静坦然。太子丹饮完，宋如意再次深深一躬，双手将酒袋一举倒过，一股清亮洁白的马奶子酒准确无误地灌进了腹腔，一口气如长鲸饮川般吸干，一滴酒不洒，干净利落得令人惊讶。太子丹愣怔一阵，陡然伏案放声恸哭：“若得荆轲在国，先生襄助，燕国何得如此危局也！”

宋如意淡淡一笑，深深一躬，头也不回地去了。

九月初三，燕代联军的特使飞马抵达秦军幕府。

赵平的战书激昂备至，秦军大将们听得头皮发麻，想笑不能笑想骂不能骂，只能黑铁柱般矗着不动。原因只有一个，上将军王翦没有一丝表情，板着脸睁着眼仿佛钉在帅案前一般。特使将战书念诵完毕，王翦对身旁矗立的中军司马淡淡一句道："回书，旬日之后会战。"特使高声道："敢问上将军，究竟何时？战场何地？"不料，王翦站起身已经走了。特使正欲趋前追问，大将辛胜猛然跨前一步，拦在了当面道："回去禀报赵平姬丹，甭当真以为这是古人打仗！你打你的，我打我的，想哪里打哪里打！想甚时打甚时打！"特使黑红着脸正要说话，却见秦军大将们人人怒目相视，再不说话，转身腾腾腾出了幕府。

晚饭之后，聚将鼓咚咚咚连响。待秦军大将们陆续赶进幕府大厅，王翦已经拄着长剑站在了那幅两人高的燕南地图前。中军司马一声禀报："三军大将全数到齐！"王翦长剑点上地图，沉稳利落地说了起来："诸位，燕代联军本是弱势，今却急切求战，此中必有机谋！敌军谋划不明，我军灭燕便无必胜成算，而大好战机，也会稍纵即逝。何以如此？今秋不能灭燕，燕国便有喘息之机稳定国势；代赵，亦有借燕之力死灰复燃之可能。为此，我军必得一战而灭燕代军力，安定北方！此中之要，在明白破解燕代军之图谋，而后确定我军战法。"

"赵平机谋，不难明白！"

"李信且说。"王翦历来嘉许部将直言。

"燕代联军合兵四十余万，分作三路守在涞水西、东、南三面。仅此驻扎之势，其图谋一目了然。"李信看着地图，手臂遥遥指点，"以赵平、太子丹谋划，必欲我军渡过易水，再渡过涞水，而后开赴燕南涿地会战；如此，则我方重兵两次涉水之后人马疲惫，燕代必然图谋乘此时机强兵袭击。"

"正是！"大将们异口同声。

"既然如此，我军该当如何？"

大将们见上将军没有下令，却认真问策，目光不禁一齐盯住了李信。

毕竟将军们对燕代联军的图谋，谁也没有这个司马出身多读兵书的李信看得透彻，彼既洞察，必有成算。可是，李信却满脸通红道：“末将只揣摩敌之图谋，至于破敌之策，尚无定见。”王翦一点头道：“无妨。将军已经料敌于先机，诚为难得也！”一转身走向帅台，便要下达军令。却听背后一个粗厚嗓门高声道：“此战不难！诱他南下，就我战场便是！”王翦脚步猛然站定在石阶，没有回身便冷冷道：“王贲，战事无大言，你且说个备细。”说罢走上帅台插好长剑，一张黑脸森森然盯住了自己的儿子。王贲熟知父亲秉性，一步跨出将军行列，走到大板地图前指点道：“上将军、列位将军，请看燕代联军部署：主将赵平亲率最大一支主力，驻扎在联军西北方；这一大营，距离燕代另外两大营足有两舍，六十余里，距离我军也最远。原因何在？此地最靠近代国，正是越过涞水进攻代国的咽喉通道！也就是说，代军名为联燕抗秦，实则以护卫代国为第一要务。或是太子丹、宋如意等燕国将士懵懂不知兵法，或是赵平以统帅名义自行其是，总归是此等部署一直没有变化。”

“敌军情势图谋，李信将军已经说清，你只说如何打法。”

大将们正听得入神，却被王翦冷冷一句插断，不约而同地一愣，倏忽之间，却又释然：这是上将军严于责亲，不想教王贲过分张扬，故而将料敌洞察之功记在了李信头上。李信正要说话，王贲指点着地图又昂昂然说了起来：“此战之要，只在我军一部先行佯攻代国！如此，赵平必率联军南下寻战，以求保全代国！如此，我军可不过易水涞水，而在易水之西坐以会战！”

“好——”满厅大将齐声一吼。

“王贲将军妙算！”李信特意高声赞叹了一句。

“也好。谁愿做佯攻之师？”王翦不加评判，立即进入了部署。

“我部愿为佯攻之师！”又是王贲慨然请命。

这次没有人争。历来军中传统，将士皆愿正面战场杀敌立功，极少有人在没有将令的情势下自请长途佯动奔袭，以斩首记功的秦军更是如此。王贲所出战策，既已经为上将军与大将们一致认可，自请佯攻也在情理之中。当然，更重要的一条是，王贲部剽悍灵动，其时秘密驻地又正在燕代两军之间的隐秘河谷，向代国进军位置最佳，实在是最合适不过。凡此等等，大将们便没有一个人再来争令了。王翦目光巡睃一遍，立即抽出一支令箭道："好！王贲部明晨立即起程，大张旗鼓进逼代国！待燕代联军南下，王贲部立即回师，袭其侧后！其余各部，全力备战，修筑壁垒，等候燕代联军南下会战！"

"嗨！"举帐一声吼应，王翦的调遣部署便告完毕了。

次日清晨，王贲的三万铁骑从易水东岸的河谷地带大张旗鼓地出动了。王贲选定的进军路线是：先向涞水上游进发，若燕代军仍不南下，则渡过涞水猛攻代国，逼联军做出抉择。这次奔袭若是真实的灭国之战，仅行军也得旬日之久。然则，唯其佯动，王贲不计其余，只以赵平知道秦军北上灭代消息为要。为此，王贲部虚张旗帜声势，浩浩荡荡若十余万大军一般。

自此，灭燕大会战拉开了序幕。

秦军攻代的消息传开，燕代联军大营顿时出现了奇妙的格局。

最大的变化，是联军原定的守株待兔战法完全无用了。因为，以代军为事实主力的联军绝不能听任秦军灭代，必须改变战法，而如何改变，仓促之间实难达成共识。听了宋如意密报，太子丹顿时恍然：与燕国相比，赵国后续势力代国才是秦国的劲敌。秦人与赵国血战多年，自然将赵国当做最大祸患，不攻代而先来攻燕，本来就是违背常理。如今秦军大举北上攻代，这才是秦军兵临易水的真实图谋！一明白此中奥秘，太子丹立即飞马联军幕府，要与赵平重新商定战法。此时，赵平接到消息两个时辰不到，刚刚与几名代军大将紧急商议完毕，正要击鼓聚将，恰逢太子丹与宋如意飞马赶到。

"来得正好！太子何意？"迎出幕府的赵平当头一句。

"秦军异动，平原君如何应对？"太子丹反问了一句。

"围魏救赵：他攻代，我攻秦！"

"时势不同，还是直接催兵救代好！"

边走边说进了幕府大厅，两人这才不约而同地问了一句："为何如此？"一语落点，自觉尴尬，两人一时默然。军师宋如意对战事部署素不多言，今日破例作为，下令两名司马将大板地图搬到帅案前立定，而后对太子丹与赵平肃然一躬道：“太子，平原君，敢请两位各陈战法，而后慎断。”赵平大手一挥，一个好字落点，人已经走到地图前说将起来：“秦军以锐师十余万攻代，已经行军一日走出百余里。我军纵然回兵，赶到代地，也已经是疲惫之师。若王翦主力在我回军之时从后掩杀，我军几乎必败无疑！与其如此，不如效法孙膑围魏救赵之战：我军立即南下，猛攻秦军主力！秦军王贲部必然回援，如此依然是两方会战，不过换了战场而已！”说罢，赵平目光炯炯地看着宋如意不说话了。宋如意一句话不说，对太子丹正色一躬。沉思不语的太子丹恍然点头，也大步走到地图前指点道：“目下情势是，秦军已经先行攻代，而代国全部大军都在此地，代城几无防守兵力！唯其如此，我意：平原君可自领精锐代军回援，若王翦部从后追杀，自有我燕国三十万大军截击秦军主力！如此两相兼顾，秦军必左右支绌，联军或可战胜！”赵平冷笑道：“燕军若能截击秦军主力，何待今日联军抗秦哉！”太子丹淡淡道：“此一时，彼一时。燕有新来之辽东飞骑，战力或可胜任。”赵平脸色一沉道：“如此说来，太子一心要分兵？”太子丹颇见难堪，却也正色道：“分兵是战法，不是所图。究竟如何，尚在会商，平原君无须多疑也。”赵平长剑猛然一跺地面道：“赵人不畏血战！只要太子决意分兵，赵平立即开拔！”

“太子、平原君，容在下一言。”

眼见两位主事人物僵持，军师宋如意第一次显出了士侠本色，一拱手慷慨道：“北国之地，仅存残赵弱燕，两国唇齿相依也！唇亡齿寒，天下共知。宋如意不知兵，却明天下大义所在。目下大局：只有两国合纵结盟，同心抗秦，燕代之存才有希冀！”

“代军当得独自一战，不赖燕军之力。”赵平很冷漠。

“平原君何出此言也！”

太子丹外豪侠而心极细，知道这个心结再化不开，与代国结仇便是必然，遂一拱手高声道：“我观代军营地靠西，本以为平原君随时准备分兵回代，故有此一说，绝非我本心要分兵！若我决意分兵，何须赶来幕府会商也！”赵平淡淡一笑道：“既然如此，何不早说？”太子丹脸一红正要说话，宋如意一拱手道："禀报太子，代军驻扎靠西，平原君当初已向众将申明，臣亦尽知。臣以为，平原君并无不妥。"赵平正色道："两国联军合纵抗秦，代军主力靠近代国，燕军主力靠近燕国，各自方便救助，有何不妥？若是秦军先攻燕国，莫非我军也可以此理由逃战不成？"宋如意道："平原君此等部署，原本极是正当。太子误解而已，并无责难之意。平原君切莫计较过甚。方才，太子已经言明，并无分兵之心。平原君当会商当下战事，不涉其余。"

"好！会商战事。"两位主事人物异口同声地应了。

会商很是迅速，三人一致认同了赵平战法：当夜起兵，渡过涞水易水，兼程疾进，以燕国南长城为依托，猛攻易水之西的秦军主力，逼秦军王贲部回师救援；若王贲部坚不回师而攻代，则在开战之后分兵救代，至少可免此时救代而被王翦主力追杀之危。战法商定之后，已经是太阳偏西的未时三刻。赵平立即下令聚将，在幕府大厅下达了兼程进军会战的十余道将令。大将们离开幕府，整个联军营地立即忙碌起来。暮色时分，联军四十万分别从西、中、东三路开进，夜半时分渡过涞水。

次日正午，联军渡过南易水，立即扎营，构筑壁垒。

赵平进入幕府的第一件事，是派出快马特使向王翦幕府下战书，约定来日清晨决战。之所以如此急迫，是赵平要王翦明白知道，燕代联军并没有中秦军攻代以分化联军之计，而是公然前来大举会战！赵平心存一丝期冀：也许秦军王贲部能闻讯回程，可免代国惨遭屠戮。

六　易西战场多生奇变　王翦军大破燕代

王翦的军令云车，矗立在易水西岸一座孤立的山头。

从远处遥遥看去，这座山头只舒卷着一面巨大的黑色纛旗，除此一片苍黄的树林。而从这座孤山峰顶看去，视野却极为开阔。纵然是晨雾秋霜天地朦胧，西面的燕国下都武阳城也遥遥在望，北面的燕国南长城则尽收眼底；待到日光划破霜雾，东面北面的两条易水波光粼粼如在眼前，西北方的涞水也如远在天边的一道银线，闪烁着进入了视野。王翦之所以将战场选在这里，原因只有一点：易水之西的山川地势，最适合打一场聚歼战。打聚歼战的方略，既是王翦的谋划，也是李斯带来的秦王嬴政的意图。李斯转述的秦王说法是：赵残燕弱，俱成惊弓之鸟，若不能一战灭其主力，则其必然远逃，或向辽东，或向北胡，其时后患无穷矣！李斯反复申明了秦王的顾忌：九原、云中的蒙恬军兵力只有十余万，既要北抗匈奴林胡，又要堵截燕代残余逃窜，广宇漠漠，纵然全力应对，亦可能力有不逮；为此，攻灭燕代之战，务求聚歼其主力大军。对于秦王的大局方略，王翦深为赞同，反复揣摩之下，只有这片战场最适合秦军施展。

先得说说这片战场的地理大势。

整个燕南之地，易水流域最为要害。西周与春秋时期，这片地域原是胡人与华夏族群的皮毛盐谷交易区，因其无名，遂被当时的燕国与蓟国径直呼为“易地”。这片易地，北南两条水流，当时都被燕人蓟人称之为“易水”。后来，燕国吞灭了蓟国，将两条易水分别称为北易水、南易水。战国之世，燕南成为燕国最富庶的区域，易水也日见大名。但是，易地仍然是没有定界的一片地域，既没有设置郡县，也没有修筑城池。直至后世的隋代，方在易水之地设置了易县，或称为易州。是故，后人误以为（战国）易水是因为发源于（战国）易县而得名。这是后话。

两条易水[1]的流向是：北易水由西向东，入涞水，再入大河，大体是东西流向而略呈西北东南；南易水则是由北向南，入涞水下游，再入大河，流向为西北至东南的大斜形。故此，时人以为南易水是一条南北走向的水流，便有了易水东西之说。

易水流域之重要，在于两处：其一，北易水北岸，有燕国南部最大的要塞武阳城。这武阳[2]城乃当年燕昭王修筑的南部重镇，东西二十里，南北十七里，坚固异常。因其咽喉地位，武阳也是燕国的下都，即燕国

---

[1] 今日易水为北、中、南三条，皆为大清河上源支流。然《水经注》与历史地理学家谭其骧之《中国历史地图》，皆云战国易水为北南两条。古今差异，当为水流演变之故。

[2] 中国历史上有三个武阳，一为此处的燕国武阳，二为东汉设置于四川的武阳县，三为隋代设置于河北的武阳郡。燕国武阳，在今河北易县之易水上游地带。

的陪都。其二，南易水东岸，有一道燕国南长城，是燕国防备南来之敌的屏障。这道燕南长城，沿南易水流向修筑，蜿蜒直向东南，抵达燕齐边境的“中河”，长达四百余里。战国时期，黄河入海段分作三流入海，西河北上燕国而东折在今天津地带入海，中河、东河均在齐国边境，即今山东半岛入海。燕国南长城的东界，便在燕齐交界地的“中河”终止。至此完全清楚，燕南的三个要害点是：南易水，燕长城，武阳要塞。

“禀报上将军，燕代联军探察清楚！”

听完斥候将军的禀报，司令云车上的王翦深深皱起了眉头。

斥候营报来的敌情是：燕代联军已经连续渡过涞水与北易水，分三部驻扎：以腹地燕军为主的十余万人马，骑兵进驻武阳城外，步军驻屯燕南长城；以代赵军与燕国辽东精锐组成的二十余万主力，前出南易水东岸，正在构筑壁垒。

“辛胜，依此情势，成算如何？”王翦问了自己的副手一句。

“上将军，我军必能聚歼联军！”辛胜没有丝毫犹豫。

“有何凭据？”

“其一，联军部署失当！其二，我军战力远超联军！”

“纵然如此，难矣哉！”

“临战狐疑，为将之大忌。上将军当有必胜之心！”

山风回荡着辛胜的慷慨激昂，舒卷着军令大纛旗的啪啪连响。王翦遥望着东方晨曦中火红色的茫茫联军营地，良久没有说话。在秦军历代大将中，王翦是“雄风”最弱的一个。不管大仗小仗，王翦从来没有慷慨激昂的必胜宣示，更多向将军们说的，恰恰是此战的难处。唯其如此，王翦的幕府聚将每每多有奇特：年轻的大将们嗷嗷一片，灰白须发的王翦却总是黑着脸。若非王翦的论断无数次被战局战场的实际演变所证实，大约王翦这个上将军谁也不会服气。纵然如此，每遇大战，仍然不可避免地重复着部将昂昂而统帅踽踽的场景。譬如目下，攻燕副统帅辛胜，对王翦的担忧便很有些不以为然。

此时的秦军大将，当真是英才荟萃。自王翦蒙恬以下，三十岁上下的年轻统军大将个个出类拔萃：李信、王贲、辛胜、冯劫、冯去疾、杨端和、章邯、羌瘣、屠睢、赵佗。还有专司关隘城防与辎重粮草输送的国尉府大将：蒙毅、召平、马兴、杜赫等一班军政兼通的专才。这些年轻大将，无一不是后来大帝国的柱石人物。尤其是李信、王贲、杨端和、辛胜四人，一致被军中呼为“少壮四柱”，直与白起时期的王龁、蒙骜、王陵、桓龁四大名将相比。

唯其如此，秦军幕府的军情会商，没有一次不是多有争论而洞察战局的。

目下，秦军大将们几乎人人明白联军统帅赵平的真实图谋：联军前出的二十万主力，将要渡过易水拖住秦军主力鏖战，构筑壁垒做防守状，恰恰只是“示形”而已；驻屯长城的几万步军，则是在防备王贲部回师；驻守武阳城外的骑兵，则是随时准备救援代国。也就是说，赵平心有狐疑，对自己的围魏救赵战法吃不准，机变以对的背后，是统帅自信心的缺乏。赵平狐疑的要害，是吃不准王贲部的真实动向——当真灭代与诱敌疑兵，究竟着力何在？为此，赵平摆出了一个看似机变兼顾的阵式：王贲若不攻代而回师助战，则武阳军与长城军可合围击之；王贲若果然攻代，则武阳军可放手北上救援；长城军则可相机策应，兼顾易西会战与救代之战，既保会战，又保救代。至于易西会战，赵平的打算也是显而易见的：王贲部十余万北上，秦军主力只剩二十余万，与燕代联军兵力相当；而联军是本土卫国之战，天时地利人和无不具备，当有极大胜算。对于不谙军事的太子丹与宋如意等，这或可称为一个机变灵活的英明方略。但在日趋老辣的王翦眼里，在一群秦军英才大将的眼里，这却是一个透露着狐疑之心的大有破绽的战法。统帅心有顾忌而不敢投入绝大部分主力于主战场会战，实际便是主战场不明，从方略上已经输了一筹。若再从两军战力说，燕代联军更无法与秦军锐士抗衡，即或占兵力优势，联军也未必战胜，况乎是兵力相当的会战。

所以，秦军大将们没有一个人担心秦军能否聚歼燕代联军。

作为此战副统帅，辛胜的说法是：“易西战场不会逃敌！武阳与燕南长城，则有王贲部从后堵截，也不会逃敌！如此战场，如何不能聚歼！”唯其如此，辛胜与大将们对王翦的沉重与担忧感到不可思议。

“禀报上将军，联军特使来下战书！”司马的高声禀报飞上了云车。

“走！幕府聚将。”王翦大手一挥，立即走进了云车升降厢。

辛胜对军令司马一点头，黑色大纛旗大幅度掠过天空摇摆出特有号令。及至辛胜踏进升降厢跟着王翦出了云车，聚将鼓已经响过了两通。踏进幕府，大将们堪堪聚齐。王翦看也没看联军特使捧过来的战书，提起大笔便批了“来日会战”四个大字。联军特使一出幕府，王翦黑着脸道：“聚歼燕代军尚有变数，各部务须上心！”

“敢问上将军，变数何在？”李信高声问了一句。

“敌分两岸三地，方圆百余里，逃离战场较前便利。”

王翦话音落点，幕府大厅骤然沉默了。应该说，这是被秦军大将们共同忽视了的一个事实——联军分作三处在易水两岸作战，秦军两路纵然铁钳夹击，也难保联军战败后不从山峁沟壑中逃离战场；大将们原本认定的胜仗，与其说是聚歼，毋宁说是击溃。应该说，没有丰厚的实战阅历，很难洞察到这一点。而王翦比帐下年轻大将所多者，正在于数十年征战的实际阅历与异常冷静的秉性。而敏锐的年轻大将们所缺乏者，也正在这种需要时日与实战积累的血的经验。

“上将军所言大是！赵平分三部驻军，我等没有仔细揣摩！”

“三部驻扎，弊在分散军力，利在便于逃战！”

“王贲将军只有三万余骑，难以拦截十余万人马！”

“我军主力在易水西岸决战，战胜后渡河追击必有延缓，不利围歼！”

“斥候新报：联军南来，全数轻装。其图谋，必在利于脱身！”

王翦不点明则已，一旦点明，年轻的大将们立即恍然醒悟，你言我语人人补充，片刻便将有可能发生的战场大局说了个透亮。王翦虽然依旧板着脸，那双藏在帅盔护耳里的耳朵却捕捉着每个人的简短话语，心头也飞快地掠过一个又一个可能的新方略。可是，他没有捕捉到一个可以聚歼联军的方略启示，飞掠心头的新方略也没有一个立定根基。

“此战，只能就实开打。”大厅已经肃静了，王翦终于站了起来。

“愿闻将令！”聚帐肃然一声。

“各部强兵硬战，最大缩短易西会战，尽早渡河围歼逃敌！”

“嗨！”

“也就是说，原定部署不变，各部加大杀敌威力。”

“嗨！”

聚将完毕，王翦将斥候营将军唤进了幕府军令室。一番叮嘱，斥候将军在暮色中飞出了幕府，飞向了西北方的王贲大军。

晨曦初露，霜雾蒙蒙，易水东岸人喊马嘶地喧嚣起来。

联军涉水的时刻，是赵平亲自决断的。抵达燕南长城后，联军幕府得斥候急报：秦军王贲部没有回师迹象，依然大张旗鼓隆隆北进。与此同时，代王赵嘉的快马特使飞到，要赵平务必北上保代，若三日之内不能回军，则代国君臣只有携带民众北逃匈奴。赵平心下大急，来不及与太子丹会商谋划，立即对中军主力下达了军令：次日清晨，涉水求战！此刻，赵平的目的只有一个，逼王贲部回师，至于此等战法之利弊，已经无暇揣摩了。太子丹与宋如意，一随混编骑兵驻扎下都武阳，一随混编步军驻扎燕南长城，号为“节制两军相机出动”。两人一进驻地，各自听完主将的驻扎配置禀报，便各自忙碌着与追随死战的任侠剑士会商参战之法，根本来不及赶赴幕府与赵平会商总体方略。及至接到赵平的中军司马的军令知会，已经是次日拂晓时分了。虽然，两位燕国主军人物不在一处，处置之法却惊人的一致：思忖一阵二话不说，便率领着死战马队各自渡过易水，径直赶赴战场。

无论联军大将们多么匆忙，一场生死存亡的大战终于开始了。

太阳还没有穿破朦胧霜雾，红色衣甲的燕代联军在宽阔的河面展开，涌动着漫上易水西岸的平野谷地，天地间一片混沌金红。当赵平的司令云车矗立起来的时候，他却惊异得说不出话来。整个谷地战场没有秦军，依稀可见的远处三面山坳里，隐隐飘荡着黑色旗帜，却听不见人喊马嘶与鼓号声混杂的营涛之声。

“禀报平原君！秦军营地虚空！河谷未见秦军！”

“飞骑三十里！再探再报！”

探马飞去，赵平脸色阴沉得可怕。王翦分明在战书上批了来日会战，今日战场却一无大军，这分明是一场阴谋之战。并非赵平相信那羊皮纸上的四个大字，而是赵平认定，秦军不可能就地遁去，秦军正在他看不见的地方觊觎着战场！既有阴谋，不是偷袭，便是伏击，舍此又能如何？赵平揣摩不透的是，秦军若想做阴谋之战，只要在联军渡河时做"半渡击之"，则联军必败无疑；如今不做半渡出兵，教联军从容渡河布好阵势，而秦军竟不见踪迹，这算甚个阴谋？你纵有奇兵埋伏，也得诱我进入险峻山谷方可。如今我军距离秦军营地山谷至少有三五里地，且不说我在山外，便是入山，那低矮平缓的两面小山能埋伏得几多人马？赵平一面思忖揣摩，一面摇头苦笑，渐渐地，他的狐疑越来越重了——莫非王翦丢下空营，兼程北上会合王贲部攻代了？若非如此，二十余万大军能凭空遁身了？

"禀报平原君！方圆山地未见秦军！"

当探马斥候流星般再度飞来禀报时，赵平骤然渗出了一身冷汗——他确信，秦军主力一定北上了！片刻之间，赵平来不及细想便大吼下令："穿过山谷！北上代国！"发令完毕，赵平飞步下了云车飞身上了战马，带着护卫幕府的三千精锐马队飞向前军。燕代地理赵平极熟：一旦渡过易水，北上代国最近的路径便是穿越秦军营地所在的山谷，再渡过涞水上游进入代国；若回渡易水再从武阳北上，路程至少远得一日两日，对于追击已经出发一夜或者至少大半夜的秦军，回渡之路等于完全无望截杀。如此大半个时辰之间，燕代联军的二十余万主力已经轰隆隆开进了虚插秦军旗帜的山谷。只有太子丹与宋如意的两支白衣马队堪堪赶到，尚未进入谷口……

突然之间，隆隆战鼓完全淹没了山谷河谷，杀声四面连天。

山口外的太子丹与宋如意，惊愕得完全不知所以了。放眼方才还是空荡荡的河谷，瞬息之间黑色秦军遍野卷来，恍如从地下喷涌出来的狂暴洪水；山谷中的喊杀声更是震耳欲聋，两道原本低矮的山梁竟然森森然狰狞翻起一片片剑矛丛林。更为恐怖的是，易水西岸神奇地矗立起了一道黑森森的壁垒，一面"章"字大旗猎猎劲舞。太子丹一看便清楚，那是秦军的大型弓弩阵。也就是说，秦军章邯部的强弓硬弩已经封锁了易水退路，联军主力若不能突破秦军山谷伏击，只能听任这骇人暴风骤雨般的大箭射杀干净。

“军师！杀进山谷！与平原君会合！”太子丹大吼了一声。

“不行！”但临战场搏杀，士侠宋如意毕竟清醒，一把扯住了太子丹马缰大喊，“人马拥挤，找不见靠不拢！为今之计，只有杀回长城再做计较！”太子丹立即醒悟高声道：“好！马队听军师调遣！杀回长城！”宋如意喊道：“王室马队护卫太子！侠士马队我五十骑前冲，鲁句践五十骑断后！跟我杀——”长剑一举，雪白战马一道闪电般飞了出去。

此时山谷之内，赵平主力大军眼看谷口遥遥在望，突然战鼓如雷杀声四起。赵平虽是统军主将颇具胆识，然毕竟缺乏统率大军实战之阅历，匆忙而又百般狐疑之际陡闻战鼓杀声如惊雷当头炸响，片刻之间不禁有些发蒙。一个军令还没有发出，赵平便被身边久经战阵的一群老司马裹到了马队核心。及至赵平清醒过来连声怒吼，要指挥大军突出山谷，两山秦军已经山呼海啸般压来，整个大军立即陷入了身不由己的混乱搏杀。赵平的中军护卫马队，是当年赵军残存的精锐飞骑，人人都是战场勇士，不待护卫大将发出号令，已经将整个中军幕府的司马们与赵平裹在核心向山口飓风般卷去。混编在联军主力中的六万余代军见“赵”字将旗飞掠向前，立即心领神会，大将们不约而同连声怒吼，代军将士纷纷摆脱身边的燕军自整队形，奋然死战杀向山口。编入联军主力的燕军，正是颇为神秘的辽东猎骑。此时的辽东骑士，从来没有过与代赵军联兵战场的阅历，更没有过与秦军交战的阅历；此刻见代军脱开盟军自顾冲杀而去，辽东燕军大为恼恨，一面高声咒骂，一面奋然聚结各自为战，要与这黑森森的秦军见个高下。

山头云车上，王翦的军令大纛旗连连飞掠，秦军已经扑向了整个战场。

秦军山谷伏击战的大部署是：李信所部堵截出口，杨端和所部截杀入口，冯劫所部与冯去疾所部从两山掩杀攻击。这四支秦军全数是步军，原部所属的骑兵也改作了步军。之所以如此，在于王翦对伏击战的将令：

“四面构筑壁垒，务使燕代军不能脱逃！”坚不可摧的壁垒战，自然是步兵优于骑兵。主战场之外的易水河谷，王翦部署了两支锐师追歼残敌：一是由副帅辛胜亲自率领的两万精锐铁骑，一是章邯所部的弓弩营。如此部署，在实际上就形成了战场分统：统帅王翦主司伏击主战场，副帅辛胜主司河谷战场。与此同时，王翦给王贲部的将令是：飞骑回师，攻取武阳与燕南长城，务期不使两部燕军北逃！在整个大格局中，李信部的谷口堵截与王贲部的回师抄后最为要害，两部但有纰漏，则燕代联军便可能逃亡甚多，要害人物如太子丹赵平宋如意等也可能突围而去。

山谷之中，秦军事先已经有充分准备，两山壁垒构筑得既隐秘又坚固，堆积了满当当的滚木礌石箭镞与备用刀矛。战鼓杀声与凄厉的牛角号一起，两山箭雨黑压压倾泻入谷，滚木礌石从山坡激荡跳跃着扑来，威势着实骇人。燕代联军尚在惊骇懵懂之中，黑色的秦军锐士方阵已挺着几有两丈的长矛从山坡轰隆隆压下，森森之势令人不寒而栗。燕军的辽东轻骑与代赵军的飞骑一样，皆以灵动快速见长，压迫在山谷做拼死决杀，其战力大大弱于结阵成势的重甲步兵。从战鼓响起到秦军压下山坡突入谷地，前后不到半个时辰，燕代联军已经被分割成了各自为战的无数的大块小块，恍如飘荡在黑色丛林的一片片血红色的残云晚霞。饶是如此，燕代两军仍然在拼命嘶吼搏杀。燕军辽东轻骑初战秦军，心有不甘。代军则更是全力拼杀——这支代军若葬身此地，则新建的代国无异于灭亡；代军统帅赵平若战死或被俘，代国也同样等于灭亡。所不同的是，燕军向后杀，要过易水回蓟城再回辽东；代军向前杀，要冲出山口，渡过涞水，回救代国。

两军冲杀方向不同，战场便生出了意料不到的变化。

敌军分流，山谷的秦军冯劫部与冯去疾部，出现了短暂的不知所措。向来埋伏作战，伏击方都是全力冲杀一个方向，逼迫敌军逃向己方的堵截壁垒。而今局面突变，代军向前扑，燕军向后卷；两山掩杀的秦军若仍然一个方向压下谷底，则必然有可能走脱一方。急切之间，冯劫冯去疾各在一面山坡不及会商，冲杀秦军一时犹豫，不免短暂散乱各自喊杀着扑向不同方向。

“左山前杀！右山后杀！”

王翦司令云车上的大纛旗两个翻飞横掠，发出了明白的攻杀将令。专一接受统帅云车旗号的两军军令司马连声高呼，左山的冯劫与右山的冯去疾立即清醒，各自大吼一声，立即向前向后掩杀下去。

片刻间隙，赵平的死战飞骑已经飓风般卷到了谷口。

堵截谷口的李信部三万余人马，专一配备了一千架大型连弩、五百架大型抛石机。李信将大型连弩阵，设置在了山口外的两座小山包前。这两座小山，恰恰在山口外两三里处，与伏击山谷遥遥相对，形成一片四面出口的谷地。大型连弩射程可达一二里左右，向这片谷地回射锁敌，有极大的杀伤力。五百架抛石机，李信则部署在谷口地带，对逃敌做迎头一击。其余三万精锐步卒，李信则将两万步卒部署在两侧山坡的树林中，一闻谷内战鼓号角，两万步卒便开下山坡分作两大方阵做两道防线截杀；所余一万步卒，则由李信亲自率领，守在两面山坡，防止残敌冲上山坡突围。如此部署，从地理形势与大型兵器的利用，到秦军战力的发挥，都可说是万无一失。

然则，代军飓风般卷到面前时，由于身后没有了强兵追杀，这支死战飞骑顿时显出了旧时赵军的剽悍战力。面对刚刚冲下山坡尚未结成整肃阵势的秦军步卒，代军骑士不待任何将令，齐刷刷摘下长弓搭上羽箭一齐劲射，箭雨飞出的同时，战马弯刀几乎是如影随形呼啸扑来。以威力论，马上弓箭远不如秦军大型连弩，甚至不如秦军步卒的脚踏上箭弩。但是，今日秦军连弩集中在山口外，两山掩杀的步卒一律摘下单兵弩机而只操长矛。也就是说，面前为堵截残敌而只做专一冲杀的秦军步卒，目下没有弓箭在身。当此之时，这些精于骑射的强悍骑士的密集箭雨威力大显，秦军步卒纷纷倒地的同时，飓风般的红色马队已经潮水般冲过了堤坝。山口高坡的李信大急，大吼一声，五百架抛石机顿时发动，斗大的石块密匝匝向山口代军砸来。与此同时，李信的大旗急促摆动，远处两山前的一千架大型连弩也接踵发动，万千长矛大箭激荡着骇人的尖厉呼啸声压向逃出山口的散乱飞骑。及至山谷中的秦军步兵黑压压杀出，代军的战马骑士的尸体已经层层叠叠地铺满了谷地。

“赵平逃脱！随我追杀！！”李信暴声如雷，飞身上马。

“上将军将令——”

军令司马飞骑赶到，对李信转述了王翦的将令：停止追杀代军，立即回军东渡易水，合击燕太子丹残部。李信虽则心有不甘，还是气咻咻一挥大手，喝令全军立即出山杀向易水谷地。

此时的易水西岸，乱得没有了头绪。

燕军辽东轻骑拼死向后，一路杀到山口，已经折损了大半人马。截杀燕军退路的秦军有两部，一部是辛胜的两万铁骑，一部是章邯的大型连弩营。依照正常战法，突围的燕军一旦冲出后山口，第一阵截杀的是辛胜铁骑；截杀之后残余的燕军，全部由部署在易水岸边的章邯连弩营堵截射杀，或逼迫其全部投降。连弩营施展的前提是，秦军铁骑退出射程之内，不与燕军残敌做追杀纠缠，否则，连弩无法漫天激射。山谷战场一开，太子丹与宋如意部立即回身杀向易水渡口。后山山头的辛胜遥见一片白衣白旗，心知便是太子丹所部的王室飞骑。辛胜没有片刻犹豫，下令其余铁骑截杀突围的辽东轻骑，自己翻身上马率领五千铁骑来追杀太子丹。辛胜很清楚，此战走了谁也不能走了这个太子丹，刺杀秦王的太子丹若逃出秦军重围，就是秦军无法容忍的最大耻辱。太子丹的结局只能有一个：被秦军俘获，交秦王处置。即或太子丹被章邯射杀，也不是秦军的荣耀。此时，易水西岸尚无混战局面，辛胜部飞兵追杀太子丹，章邯在高高云车上看得分外清楚。章邯立即对连弩营下令：连弩只对突出谷口的红衣燕军，不对白衣人马。如此一来，辛胜的五千铁骑与太子丹宋如意的三千余飞骑，在易水西岸展开了风驰电掣的追逐拼杀。太子丹虽非战场之士，然在燕国却深得人心。这支护卫飞骑军，全部是太子丹昔日与荆轲一起精心遴选的骑士，人人半侠半兵，立誓护卫太子。此刻面临强兵追杀，这支飞骑非但没有慌乱，反而抛掉了所有的旗帜甲胄，迅速变作人人布衣散发的轻装骑士，在战场左冲右突寻觅涉水时机。不可忽视的是，宋如意的百名任侠骑士更是人人出色，间或以小股马队游离出去与秦军铁骑做近战搏杀，对辛胜部的追杀造成很大干扰。

但是，若没有易水东岸的意外变化，太子丹仍然不能逃此一劫。

东岸情势变化，由秦军王贲部的武阳之战而起。王贲北上，声势大而脚下慢，未过涞水便在一道隐秘的山谷秘密驻扎下来，每日只派出乔装斥候深入代地，散布秦军北上的种种消息，使得代国一片风声。燕代联军渡过易水的前夜，王贲部隐秘地向回程进发。依据父亲的将令，王贲南下有两战：一战攻克燕国下都武阳，为秦军彻底扫灭燕代之根基；一战攻克易水东岸的燕南长城，堵截燕军回逃之路。依秦军战力与目下燕军状况，王贲部两战必是秋风扫落叶之势，不会耽延。王贲以秦军铁骑的脚力战力，做了环环相扣的部署：清晨进逼武阳城下，在主战场伏击发动之时，始攻武阳；午时前后，飞兵南下燕长城攻克老弱燕军，以燕长城为壁垒截杀残余燕军。如此部署，留给攻克武阳的时段最多只能是两个时辰。不料，夜来行军陡遇一场大雨，王贲部进发到武阳城下时天虽放晴，时辰却已经将近正午。此时的主战场已经开打整整一个早晨，武阳守军的情势已经发生了意外的变化——赵平的代军飞骑突破重围后逃进武阳，与燕军联结死守。一波猛攻不能奏效，王贲急火攻心，立即分开兵力两面兼顾：留下万余人马继续攻城，不使赵平残部脱逃；自率万余铁骑飞驰燕南长城，要截杀太子丹后路。

可是，王贲部赶到易水东岸的燕南长城时，大部燕军已经逃走，留下的只有伤兵与老弱，太子丹的白衣马队更是没有了踪迹。王贲尚在火爆怒吼，章邯的中军司马已经飞马过来禀报了。章邯司马说，太子丹被辛胜飞骑追杀时，东岸长城没有受到攻杀的燕军立即派出仅有的数千骑兵涉水增援：燕军骑兵刚刚涉水上岸，恰逢太子丹部与尾随追杀的辛胜部一起卷到；燕军骑士堪堪放过太子丹马队，与辛胜的秦军铁骑纠缠厮杀到了一起；西岸章邯见白衣马队涉水，易水中再没有黑色秦军，立即下令连弩转向猛烈射杀；白衣马队丢下了一大半尸体，最终还是上了东岸逃脱了；救援太子丹的燕军马队，全部死在了辛胜铁骑的长剑下。

“姬丹！且教你白头多长几日！”

王贲恶狠狠骂得一句，立即率领万余铁骑赶赴武阳——太子丹脱逃，不能教赵平也逃了。王贲马队西去不到半个时辰，西岸主战场的辛胜部也越过易水杀向了武阳。可是，王贲赶回武阳时，情势又发生了变化：

武阳城攻破了，赵平残部却杀出城逃跑了。

“破城逃敌，你作何说！”王贲黑着脸问本部副将。

“骑对骑，赵军不弱！”副将硬邦邦回了一句。

及至辛胜赶到，查勘罢战场只说了一句话：“撂下武阳！回易西营地！”

暮色时分，幕府聚将。王翦二话没说，下令中军司马禀报汇集之战果。司马禀报说，三处战场共斩首燕辽东军六万八千余、代军四万三千余，俘获两军十四万余，攻克燕国下都武阳与燕南长城；逃脱燕太子丹、军师宋如意，逃脱代军主将赵平；燕代两军，总计逃脱十余万人马。

“甚个鸟仗！处处有错！”李信先愤愤然骂了一句。

“怪也！两头跑！谁知道逮哪头！”冯劫冯去疾异口同声。

“走脱太子丹！我领罪！”辛胜红着脸嚷嚷。

“谁也不怪！全在我贻误战机！”王贲脸色铁青。

“打了败仗么？”王翦沉声一句，大将们都不说话了。王翦站了起来，拄着长剑走到大板地图前道，“灭国之战，绝非寻常攻城略地。邦国不同，战况便不同。希图战战全歼一战灭国，无异于白日大梦！运筹谋划，自要以全歼为上。然战场生变，依然拘泥于谋划计较战果，便是赵括！便是纸上谈兵！此战，虽未全歼燕代两军，也走脱了太子丹与赵平，仍然是破燕之战！因由何在？根本之点，燕代两军主力丧失殆尽，燕代两国从此不足以举兵大战！只要我军继续追杀，燕代两国何以抗之，何以存之！”

“愿闻将令！追杀燕代！”满厅一声吼喝。

“追杀之战，谋定而后动。”王翦冷冷一句，散了聚将会商。

当晚，王翦向秦王拟就了战事上书。

案前一提笔，王翦便想到了李斯。李斯若在，此等事要容易许多，也许王翦说几句话，李斯便代劳草就了。李斯既是极好的谈伴，一动手写字更教人看得入神。可惜，李斯在易水之战前就被秦王紧急召回咸阳了。留下的顿弱虽说也是大才，然顿弱当年在赵国已经被郭开折磨得一身病，能挺在军营已经不容易了，如何还能作经常夜谈？这篇上书很长，直到刁斗打响五更，主书司马才将王翦写好的书文誊刻完毕，装进铜管上了封泥。王翦在上书中备细禀报了此战经过，末了提出了自己的灭燕安燕方略：时近冬令，大军北进艰难，当开进燕国下都武阳歇兵过冬，来春北上灭燕灭代；冬季之内，李斯最好能率领安燕官吏入燕，妥为谋划燕国民治；燕国古老，风习特异，若李斯不能北上，则请秦王下书蒙恬入燕，与顿弱共商治燕之策。

半月之后的一个夜晚，咸阳王使姚贾飞车北来。

秦王的回书很简单："将在外，君命有所不受。灭燕灭代之方略，悉听上将军铺排。余事不尽言，姚贾可与上将军会商决之。"很显然，战事之外，秦王尚有需要姚贾与王翦当面会商的秘事。接风小宴上，王翦略事寒暄切入了正题，要姚贾尽说无妨。姚贾素来干练，一爵酒未曾饮完，已将待决之事说了个明白：韩国灭亡之后，由于王室贵胄仍然居留在旧韩之地，而只将韩王安迁徙到了秦国本土；是故，韩国老世族有异动迹象，密谋与魏国、代国联结，在"老三晋"势力支撑下恢复韩国；很可能在明春秘密举兵，拥立新韩王，李斯不能北上，也是全力筹划应对此事；安定燕国，秦王已经下书蒙恬在一个月内赶赴武阳。凡此等等，因为姚贾长期主持对三晋邦交，又熟谙政事，所以将诸般消息来源与决断依据都说得清清楚楚，显然不是空穴来风。

"秦王欲如何应对？"王翦大皱眉头。

"一句话，后发制人！"

"待其举兵，我再平乱？"

"正是！师出有名，对天下好说话。"

"秦王要我大将？几个？"

"上将军何其明锐也！不多要，一个！"

"有人选？"

"王贲！"

"要否兵马？"

"秦王请上将军斟酌。"

良久默然，王翦只说了一句话："容我明日再定。"姚贾熟悉军旅，更知道近日秦军战况不尽如人意，王翦分外慎重当在情理之中。于是，姚贾没有多说，起身告辞了。王翦送走姚贾，立即吩咐军令司马调王贲来幕府。自任上将军以来，这是王翦第一次单独召见儿子。军令司马颇感意外，生怕听错，连问两遍无误，这才去了。

“王贲见过上将军！”昂昂一声，儿子来了。

“坐了说话。”

与父亲一般厚重的王贲，局促得红着脸依旧站着，显然对父亲的单独召见很不适应，只搓着双手低声一句：“仗没打好，我知道。”王翦淡淡一挥手道：“打好没打好，不在这里说。秦王有书令，公事。”一句话落点，王贲立见精神抖擞，“嗨”的一声挺直腰板高声道：“愿闻将令！”王翦道：“韩魏有异动，秦王欲调你南下。老实说，自己如何想？”话语很平静，王翦心头却不平静。王翦始终认定这个儿子醉心兵事而秉性耿介，长于战场而弱于政事，唯其如此，留在自己身边只做个战将，会安稳得多；而一旦南下，则是独当一面，既要处置战事又要处置与民治军情相关的政事，局面便要繁杂得多。

“回禀上将军！这是好事！”

“好在何处？”

“独当一面！少了父子顾忌，我可放手做事！”

“噫！老夫碍你手脚了？”

“不碍。也不放。”

“好！放你。”王翦的黑脸分外阴沉。

“谢过上将军！”

“这是去做中原砥柱。自己揣摩，要多少人马？”

“五万铁骑！”

“五万？”

“若是燕代战场吃紧，三万也可！”

“轻敌！慢事！”王翦生气了，帅案拍得啪啪响。

“禀报上将军，不能以五万铁骑安定三晋，王贲甘当军法！”

王翦不说话了。站在面前的，就私说是儿子，就公说是三军闻名的前军大将。王贲的将兵之才、谋划之才、勇略胆识等无一不在军中有口皆碑。以秦王用人之能，指名只要王贲一人南下，秦王选择了儿子，而儿子恰恰只要五万人马，这是巧合么？以王翦之算，震慑中原至少需要三员大将十万精锐，目下，能仅仅因为王贲是自己的儿子，就一口否定他的胆略么？平心而论，自己果真没有因为王贲是儿子而放大对王贲的疑虑么？王翦毕竟明锐深沉，思忖良久，只板着脸说了一句话："回去再想，明日回话。"径自到后帐去了。

次日清晨，王翦请来姚贾共同召见王贲。王贲没有丝毫改口，还是只要五万，且再次申明三万也可。王翦还没有说话，姚贾已大笑起来："天意天意！秦王谋划，也是良将一名铁骑五万也！"王翦再不说话，立即吩咐军令司马调兵。

三日之后，王贲部与姚贾一起起程南下了。

七 衍水苍苍兮 白头悠悠

漫天皆白，蓟城陷入了深深的沉寂。

太子丹伫立在南门箭楼的垛口，白衣白发与茫茫雪雾浑然一体。他在这里一动不动地凝望了一个时辰，腿脚已经麻木，心却亮得雪原一般。易水兵败，他历经九死一生杀回蓟城，两支马队只剩下了三百余人。宋如意死了，所有的任侠骑士都死了。涉水之时，为了替他挡住急风暴雨般的秦军长箭，任侠骑士们始终绕着他围成了一个紧密的圈子，呼喝挥舞着长剑拨打箭雨。即将踏上岸边时，一支长矛般的连弩大箭呼啸着连续洞穿三人，最后贯穿了正要伸手扶他上马的宋如意。他还没直起腰来，便被几股喷射的血柱击倒了。及至醒来，天色已经黑了，四周只有潇潇秋雨中一片沉重的踩泥声。应该说，没有那场突如其来的暮雨，纵然秦军的连弩箭雨没有吞没他们，秦军的追击马队也会俘获了他们。一路北上，逃出战场的残兵渐渐汇聚，走到蓟城郊野，他吩咐几名王室骑士粗粗点算了一番，大体还有四万余人。那一刻，他分外清醒，想也没想便下令将士全数入城。城门将军眼看遍野血糊糊的伤残兵士怒目相向，连王命也没有请示便开城了。按照燕国法度，战败之师是不许进入都城的，必须驻扎城外等候查处。但是，当他带着四万余伤残将士开到王城外时，父王没有丝毫的责难，反而派出了犒军特使，将逃回将士们的营地安置在了王城外的苑囿之内。当他一个人去见父王时，父王靠在坐榻上，嘴角流着长长的口水正在鼾声如雷。

“禀报父王，儿臣回来了。”

“嗯！”燕王喜猛然一颤，鼾声立止。

“父王，战败了……”

“败了？”燕王喜嘟哝一句，又嘟哝一句，“败了败了。”

“父王，辽东猎骑只有两万逃回……”

“不少。不少。”燕王喜还是面无表情地嘟哝着，一句战况也不问。

“儿臣以为，父王当亲率余部精锐，尽速退向辽东！”

“都走。燕国搬到辽东去。”似乎想好了的，燕王喜没有丝毫难堪。

“不！儿臣要守住蓟城，否则，父王不能安然退走！”

一阵长长的默然，父王终于点了点头道：“你的人都留下。”说罢便被侍女扶着去沐浴了。太子丹找来一个熟识内侍一问，才知道父王正在准备告祭太庙，今夜起便要做三日斋戒。太子丹悲伤莫名，突然觉得自己对父王的关切很是多余。父王老了，父王睡觉流口水了，但父王不糊涂，在保命保权这两件事上尤其不糊涂。战败了，父王无所谓。太子丹一路如何杀出战场，父王也无所谓。然则，只要说到退路，父王立即就清醒了。更有甚者，在他逃回蓟城之前，父王就已经做退出蓟城的准备了，此时告祭太庙，还能有何等大事？尽管悲伤，尽管心下冷漠得结成了冰，太子丹还是没有停止实际事务。因由只有一个，他不能丢下这四万多伤残士兵。太子丹没有兵权，也没有过亲临战场亲自统兵死战之阅历。这次易西之战，不期然成为燕军事实上的统帅，太子丹才第一次知道了燕军将士对自己的死心拥戴。护卫将军说，在渡过易水之后的大雨中，燕军残兵没有作鸟兽散，反而渐渐聚拢，只是因为听到了太子还活着，只是因为看见了那支白衣白甲的马队，连战前对自己很是疏离的辽东猎骑残部，也忠实地护卫着自己没有离开。残存将士们流传的军谚是：“太子在，燕国在，燕人安无荆轲哉！”如此与自己浴血战场的残存将士，自己能丢下不管而去照拂并不需要照拂的父王么？

斋戒告祭太庙之后，老父王终于颁下了东退王书。

也就是在那日晚上，太子丹最后一次见到了父王。父王说，王城府库与不能走的人，都留下，若是坚守，至少可支撑三五年。父王最后说了一句话：“自明日起，你是西燕王。”太子丹说：“不。儿臣还是太子，一国不能两王。”父王说：“也好。不称王，秦军还不会上心。赵嘉做了代王，分明是自找祸端。”太子丹没有再在这些虚应故事上与父王纠缠，转了话题问：“儿臣欲心下有底，辽东兵力究竟多少？”太子丹记得，父王只嘟哝了一句：“十余万，不多。”便扯出了鼾声流出了口水。

没有任何生离死别的哀伤，父王的车马大队在次日清晨走了。

太子丹的第一件事，是清理父王留下来的整个蓟城。三日之后，新蓟城令禀报说，整个蓟城还有两万余“半户”百姓，人口大体在十万之内。所谓半户，是没有成军男丁的人家。也就是说，可以做士兵的男丁人口，不是战死，便是被父王带走了，留下的只有老弱妇幼人口。紧接着，王城掌库禀报说：王城府库的财货粮草大体还有一半，最多的是残破旧兵器，最少的是弓箭与甲胄。太子丹在王城正殿聚齐了百夫长以上的将士，举行了郑重的抗秦朝会，亲自宣示了蓟城的人口财货状况，征询将士愿否死战抗秦？将士们分外激昂，一口声大吼：“誓与太子共生死！”太子丹精神大振，与大殿将士们歃血为誓：决意仿效田单抗燕，做孤城之战，浴血蓟城，死不旋踵！

然则，一个冬天即将过去，蓟城陷进了一种奇异的困境。

原本预料，秦军战胜后必将一鼓作气北上，蓟城血战将立即展开。没有想到的是，半秋一冬，秦军竟然窝在武阳没有北进一步。各路斥候与商旅义报纷纭传来的消息，都在反复证实着一个变化：韩国遗民与魏国秘密联结，图谋发动复韩兵变，开春后秦军将南下安定中原，不可能继续进兵燕代了。太子丹的评判是，这是秦国惯用的流言战，从长平之战开始，从来没有停过；目下的顿弱姚贾，也同当年的范雎一样是离间山东的高手，一定不能上当！然则，无论他多么果决地反复申明，都无法扭转燕人的松懈疲惫。一个冬天消息蔓延，辽东以西的大半个燕国莫名其妙地瘫软了。将士们劫后余生，伤残者纷纷打探家人消息设法随时回乡，健全者则忙于同族同乡之间的联结以谋划后路。留下的两万余辽东猎骑，也有了思乡之心，多次请命要回辽东。蓟城庶民也开始逃亡，出城的理由多得无法分辨真假也无法拦阻。事实上，父王撤出之后，蓟城商旅已经绝迹，城内物资财货的周流全部瘫痪，百姓生计大为艰难；纵是将庶民圈在了城里，也是硬生生教人等死。若是战时，一切都好说。当年田单坚守即墨孤城，眼见燕军在城外挖掘齐人祖坟，田单不是也严令齐人不许出城么？可目下偏偏没有战事，消息还说春天也没有战事。当此之时，你若不能将府库仅存的军粮拿出来救济百姓，又如何能阻拦庶民自谋生路？

“上天也！周人王道大德，宁灭我召公之余脉哉！”

太子丹想大吼一声，却石俑一般重重地倒在了茫茫风雪之中。

……

太子丹醒来时，冰雪已经融化了，庭院的杨柳也已经抽出了新枝。老太医说，他被兵士们抬回来时，已经僵硬得无法灌进任何药汁了；情急之下，一个辽东猎户出身的将军用了辽东巫师的解冻之法，堆起一座松散的雪丘，下令一百名士兵轮换抬着僵硬的他像石桩一样在雪中塞进拔出，如此反复整整一夜，他才松软了红润了有气息了；之后，老太医使用药眠之法，教他昏睡了整整两个月，每日只撬开牙关给他灌进些许药汁肉汤。

“太子复活，若非天意，无由解之也！”

“儿，儿月了？”

“三月，初三。”

“扶，扶我起来。”

被两名侍女结结实实架着站起来时，太子丹只觉整个身子都不是自己的了。老太医跟着，一群侍女轮番架着，一会儿走走一会儿歇歇一会儿吃药一会儿饮水一会儿睡睡一会儿醒醒，如此反复折腾三日，太子丹才渐渐活泛过来。自觉精神好转的那一日，太子丹坚执要看看蓟城情势。

马是不能骑了，只有坐在六名士兵抬着的坐榻上慢慢地走。料峭的春风卷起残雪，整个街市只遇到了几个梦游一般的老人。蓟城萧疏得他都不敢认了。往昔最是繁华热闹的商旅坊，连一个人影也没有，空旷寂凉得像墓场。城头上倒是还有士兵，只是都在靠着垛口晒太阳打盹捉虱子。见太子巡城，士兵们倒是都站了起来围了过来。可是，那一排排麻秆一般的细瘦身影，却教人不忍卒睹。

“还有多少兵力？”

“禀报太子：蓟城兵力三万余……”

太子丹只问了这一句，再也没有开口。回到王城，太子丹宣来了蓟城将军与蓟城令，吩咐即日开始筹划，放弃蓟城，全军退往辽东。两位新任大员没有丝毫异议，立即欣然接受了部署。显然，谁都明白了困守蓟城的可怕结局：纵然秦军不来，守在蓟城也是等死。原因不在别的，只在于父王挖走了燕国根基，秦国大军又遮绝了燕国与中原的通道，农夫没有了，工匠没有了，商旅没有了，蓟城的生机也就断绝了。

可是，撤离筹划尚未就绪，秦军便大举北上了。

秦军北上来得很突然，太子丹接到消息时，王翦大军已经渡过涞水越过督亢，进逼三舍之外了。显然，此时仓促撤离，正有利于秦军铁骑大举掩杀，无疑自投虎口。陡临危境，太子丹很是清醒，断然下令打开府库分发甲胄兵器，全城庶民全部为兵，连夜开出蓟城在治水北岸构筑壁垒迎敌！如此部署，不是太子丹知兵通战，而是基于一个最简单不过的事实：出城为战，便于逃离；困守孤城，则注定要做秦军的俘虏。身处战时的庶民将士，人人明白这个道理，没有任何阻力便动了起来。残存的真正燕军连夜出城，及至着了戎装的庶民陆续开到治水北岸，已经是次日正午时分。兵民一体布防，摆开阵式竟然将近十万之众，铺开在新绿的原野倒也是浩浩荡荡。

当部伍整肃的秦军黑色潮水般扑来时，战场形势是不言自明的。

太子丹的燕军几乎没有做像样的搏杀，便大举退向了北方山野，绕过蓟城东走了。王翦当机立断：前军大将李信率五万铁骑追杀太子丹，主力立即占据蓟城，安定民治。此前，蒙恬已经从九原南下，咸阳派来的安燕官吏也已经抵达军中；蒙恬与顿弱会合，率一班官吏随军北进，开进蓟城后立即开始了整肃燕地。而王翦所关注的，是李信的追杀进展。

太子丹东逃，路径原本是勘定好的：绕过蓟城向北进入燕山，再东渡灌水奔向辽东。一开始尚有数万百姓追随，可随着秦军不杀无辜庶民的消息传开，庶民百姓渐渐溃散了。旬日之后，追随太子丹的人马只有万余。李信部紧追不舍，太子丹部根本没有喘息之机，只有不舍昼夜地向东逃亡。如此两军衔尾，一个月之间奔驰千余里，越过辽水进入了燕国东长城地带的衍水河谷。奔驰月余，太子丹人马个个枯瘦如柴疲惫异常，再也无法与秦军较量脚力了。这日进入一片山谷，骑士们倒在草地上，再也爬不起来了。太子丹欲哭无泪，长叹一声，拔出长剑搭上了脖颈。此时，一个辽东将军哭喊着抱住了太子丹，夺下了长剑，哽咽着说出了一条生路：向前十余里的衍水河谷，有一个秘密营地可以藏匿，秦军不可能找到。这个秘密营地，是当年乐毅在辽东练兵时开辟的一片山岩洞窟，屯有大量粮草干肉，后来也成了燕国辽东军的秘密驻屯地之一。

“既有此地，何不早言？”太子丹很是不解。

“燕王早有严令，辽东营地不得对任何人泄露。”

太子丹不说话了。这便是父王，对他这个儿子放权任事，却在任何时候都不忘记严守兵权机密，纵然离国东去，也没有给他交代一处辽东路上的救命所在。这一时刻，心灰意冷的太子丹突然明白：多年以来，自己对这个昏聩的父王太过仁慈了，假若听从荆轲谋划早日宫变，何有今日燕国之绝境？心念及此，太子丹陡然振作，立即下令马队进入秘密营地，并当即下令那位辽东将军做了燕国亚卿——当年乐毅的最初官职。

“万岁——”

太子丹话音落点，这支气息奄奄的马队突然活跃了。拥立太子即位燕王，原是这支九死一生的死士马队之希望所在。目下太子此举，其心意人人明白，如何能不生出绝处逢生的欢呼。及至进入秘密营地驻扎旬日，太子丹人马已经神奇地变成了一支精悍的劲旅。

这样，太子丹的逃亡马队突然在秦军眼前失踪了。

接到李信的快马军报，王翦又一次皱起了眉头。太子丹能在秦军紧迫之下突然失踪，印证了燕国在辽东之地多有秘密营地的传闻。这种营地有多少？燕王喜的驻地，是否也是这种无法在急切中探察清楚的秘密所在？果真如此，秦军纵然出动主力，燕国之残部立足地能在短期内找到么？而如果短期内不能根除燕国残部，燕代势力会死灰复燃么？思忖良久，王翦找来了蒙恬顿弱，说明情由，会商问计。

“辽东广袤，根除燕国须做长久谋划。”蒙恬一如既往地稳健。

“燕王喜，缓图可也。然，太子丹不能不除！”顿弱明朗至极。

“上卿有谋划？”王翦知道，顿弱久驻燕国斡旋，很可能胸有成算。

“借力打力，逼出太子丹！”

“上卿是说，利用代国？”蒙恬目光大亮。

“然！我军可对代赵施压，逼赵嘉再施压燕王喜交出太子丹！”

“嗯。可行。”王翦略一思忖拍案了。

次日，辛胜部五万精兵大举压向代国。王翦给代王赵嘉的战书是：“太子丹主谋刺秦，秦必欲得太子丹首级而后快。而代王藏匿太子丹，实与秦国不两立也！今我大军北上攻代，代若不交太子丹，则与我举兵一战！”代王赵嘉一接战书，立即派出特使赶赴辛胜军前，申明太子丹并未逃奔代地，秦军不当加罪于代国。辛胜根本不为所动，依然挥师北上，直逼代城之下。代国大臣情急，一口声主张代王急发国书与燕王喜，逼燕国交出太子丹了结这场亡国之患。赵嘉无奈，长叹一声点头了。

旬日之后，远在辽东长城脚下的燕王喜接到了代王使者的特急羽书。

赵嘉羽书云：“战国之世，手持利刃而刺秦王于咸阳者，唯燕也。秦所以尤追燕急者，以太子丹主谋刺秦之故也！燕以刺秦之仇获罪于秦，又累及代国，何以对燕代盟约哉！今，王若诚杀丹以献秦王，秦王必解兵，而燕国社稷幸得血食焉！”燕王喜看完赵嘉羽书，一句话未及说出，跌倒在案边昏了过去。一阵手忙脚乱的救治，燕王喜终于醒来，第一个举动是向辽东大将招了招手。辽东大将轻步趋前，燕王喜低声说得几句，又老泪纵横地昏了过去。

三日之后，两万辽东轻骑包围了衍水河谷的秘密营地。及至骑士们警觉有异，退路已经全部被堵死了。太子丹没有丝毫的慌乱，甚至连马也没骑，便淡淡漠漠地站到了大军阵前。来将宣示的燕王书令是：“太子丹密谋作乱，着即斩立决！”骑士们大为惊愕，哄然一声便要拼杀。“不能！”太子丹一声大喝，阻止了与他一路生死与共的骑士们的抵抗。在骑士们愣怔不知所措之际，太子丹说出了最后一番话：“诸位将士，父王不会疑我作乱，无论我是否真的要作乱。父王之令，是要我必死而已！若以秦军施压教我死，我必不死，且要抗争！父王之心，不亦可恶哉！八百余年之燕国，断送于如此昏聩君王之手，丹愧对先祖，愧对臣民也……诸位记住，今日丹死，不怨秦国，不怨代国，唯怨姬燕王室之昏聩君王——”

长长的吼声中，一道剑光贯穿了腰腹。

太子丹久久摇晃着，始终没有倒下。

多年以后，太子的故事依然流传在燕国故地，流传在辽东的白山黑水之间。不知从何时起，这道古老的衍水叫做了太子河，直到两千多年之后的今日。

这是公元前226年夏天的故事。

四年之后，即公元222年，残燕残赵再度联结，欲图起事复国。秦王得闻消息，决意彻底根除燕赵之患，遂派大将王贲率十万大军北上。王贲部深入辽东，一年内先擒获燕王喜，再回师西来俘获代王赵嘉，干净利落地结束了辽东之患。自此，燕赵两国彻底从战国消失了。

八　迂阔之政　固守王道传统的悲剧

燕国的故事，很有些黑色幽默。

一支天子血统的老贵族，尊严地秉承着遥远的传统，不懈地追求着祖先的仁德；一路走去，纵然一次又一次跌倒在地，纵然一次又一次成为天下笑柄，爬起来依然故我；直至灭顶之灾来临，依然没有丝毫的愧色。

在整个战国之世，燕国是一个极为特殊的个例。

特殊之一，燕国最古老，存在历史最长。从西周初期立诸侯国到战国末期灭亡，燕国传承四十余代君主，历时“八九百岁”（由于西周初期年代无定论，燕国具体年代历史无考，八九百岁说乃太史公论断）。若仅计战国之世，从公元前 403 年的韩赵魏三家立为诸侯算起，截至燕王喜被俘获的公元前 222 年，则燕国历经十一代君主，一百八十一年。与秦国相比较，燕国多了整整一个西周时代。

特殊之二，燕国是周武王分封的姬氏王族诸侯国。春秋之世，老牌诸侯国的君权纷纷被新士族取代，已经成为历史潮流。田氏代齐，韩赵魏三家分晋，中原四大战国已经都是新士族政权了。当此之时，唯有秦、楚、燕三个处于边陲之地的大国没有发生君权革命，君主传承的血统没有中断。而三国之中，燕国是唯一的周天子血统的老牌王族大国。燕国没有“失国”而进入战国之世，且成为七大战国之一，在早期分封的周姬氏王族的五十多个诸侯中绝无仅有。

特殊之三，燕国的历史记载最模糊，最简单。除了立国受封，西周时期的燕国史，几乎只有类似于神话一般的模糊传说，连国君传承也是大段空白。《史记》中，除召公始封有简单记载，接着便是一句：“自召公以下九世至惠侯。”便了结了周厉王之前的燕国史。九代空白，大诸侯国绝无仅有！春秋之世与战国初期的燕国史，则简单得仅仅只有传承代次。可以说，燕昭王之前的燕国历史，线条极为粗糙，足迹极为模糊。中华书局横排简体字本《史记·燕召公世家》的篇幅仅仅只有十一页，几与只有百余年历史的韩国相同；与楚国的三十二页、赵国的三十七页、魏国的二十二页、田齐国的十八页相比，无疑是七大战国中篇幅最小的分国史。这至少说明，到百余年后的西汉太史公时期，燕国的历史典籍已经严重缺失，无法恢复清晰的全貌了。而之所以如此，至少可以得知：燕国是一个传统稳定而冲突变化很少的邦国，没有多少事件进入当时的天下口碑，也没有多少事迹可供当时的士人记载，后世史家几乎无可觅踪。

虽然如此，燕国的足迹终究显示出某种历史逻辑。

燕国历史逻辑的生发点，隐藏在特殊的政治传统之中。

战国时代，是一个多元化的时代。在那个时代，整个华夏族群以邦国为主体形式，在不同的地域进行着各种各样的创造与探索。无论是七大战国，还是被挤在夹缝里的中小诸侯国，每一个国家都在探索着自己的生存竞争方式，构建着自己的国家体制，锤炼着自己的文明形态。此所谓求变图存之潮流也。也正因为如此，各个地域（国家）的社会体制与文明形态，都呈现出各种各样的巨大差别。“文字异形，言语异声，律令异法，衣冠异制，田畴异亩，商市异钱，度量异国”的区域分治状态，是那个时代独具特色的历史风貌。所有这些“异”，可以归结为一点，这就是文明形态的差别。文明形态，无疑是以国家体制与社会基本制度为核心的。因为，只有这些制度的变革与创造，直接决定着国家竞争力的强弱，也直接决定着一个国家的基本行为特点。而作为文明形态的制度创新，则取决于一个国家的统治层如何对待既定的政治传统。或恪守传统，或推翻传统，抑或变革旧传统而形成新传统，结果是大不相同的。

一个国家的历史命运，其奥秘往往隐藏在不为人注意的软地带。

要说清楚燕国的悲剧根源，必须回到燕国的历史传统中去。

如此一个时代已经远去，我们对那个时代的国家传统差异的认识，已经是非常的模糊，非常的吃力了。其最大难点，便是我们很难摆脱后世以至今日的一个既定认识：华夏文明是一体化发展的，其地域特征是达不到文明差异地步的。我们很容易忘记这个既定认识的历史前提：这是秦帝国统一中国之后的历史现实。客观地说，要剖析原生文明时代的兴亡教训，我们就必须意识到，那是一个具有原创品格的多元化的时代，只有认真对待每个国家的独有传统与独有文明，才能理清它的根基。

所以，我们还是要走进去。

因为，那里有我们今天已经无法再现的原生文明的演变轨迹。

立国历史的独特性，决定了燕国后来的政治传统。

据《荀子·儒效》篇，周武王灭商后陆续分封了七十一个诸侯国，其中姬姓王族子弟占了五十三个。后来，周室又陆续分封了许多诸侯，以至西周末期与东周（春秋）早期，达到一千八百多个诸侯国，这姑且不论。在周初分封的姬姓王族中，有两个人受封的诸侯国最重要，也最特殊：一个是周公旦，一个是召公奭；周公受封鲁国，召公受封燕国。所谓最重要，是因为周公、召公都是姬姓王族子弟中的重量级人物。周公是周武王胞弟，乃姬氏嫡系，史有明载。召公身份却有三说：一则，太史公《史记》云，召公与周同姓，姬氏；一则，《史记》集解引谯周云，召公乃周之支族（非嫡系）；一则，东汉王充《论衡》云，召公为周公之兄。三说皆有很大的弹性，都无法据以确定到具体的血统坐标。对三种说法综合分析，这样的可能性最大：召公为姬姓王族近支，本人比周公年长，为周公之族兄。所谓特殊，是这两位人物都是位居三公的辅政重臣：召公居太保，周公居太师。在灭商之后的周初时期，周公召公几乎是事实上代周武王推行政事的最重要的两位大臣。周武王死后，两人地位更显重要，几乎是共同摄政领国。

唯其两公如此重要，燕国、鲁国的始封制产生了特殊的规则。

周初分封制的普遍规则是：受封者本人携带其部族就国，受封者本人是该诸侯国第一代君主，其后代代世袭传承；受封诸侯之首任君主，不再在中央王室担任实际职务。譬如第一个受封于齐国的姜尚，原本是统率周师灭商的统帅，受封后亲自赶赴齐国，做了第一代君主，而且再没有在中央王室担任实际官职。而鲁国燕国的特殊规则是：以元子（长子）代替父亲赴国就封，担任实际上的第一代君主；周公召公则留在中央王室，担任了太师、太保两大官职，虚领其封国。这一特殊性说明：周公召公两人，在周初具有极为重要的政治地位与巨大的社会影响力，是安定周初大局的柱石人物，周中央王室不能离开这两个重臣。周武王死后的事实，也证实了这两个人物的重要性。周召协同，最大功绩有三：其一，平定了对周室具有极大威胁的管蔡之乱；其二，周公制定周礼，召公建造东都洛邑（洛阳）；其三，分治周王室直接统辖的王畿土地，“自陕以西，召公主之；自陕以东，周公主之”。

单说召公，此人有周公尚不具备的三大长处。

其一，极为长寿，近乎于神异。东汉王充的《论衡·气寿篇》记载了姬氏王族一组惊人的长寿数字：周文王九十七岁死，周武王九十三岁死，周公九十九岁死，召公一百八九十岁死。召公寿数，几乎赶上了传说中的两百岁的老子。古人将召公作为长寿的典型，“殀若颜渊，寿若召公”，此之谓也。史料也显示，召公历经文、武、成、康四世，是周初最长寿的绝无仅有的权臣。这里，我们不分析这种说法的可信程度。因为，能够形成某种特定的传说，必然有其根源以及可能的影响。而这种根源与影响，才是我们所要关注的焦点。

其二，召公另有一宗巨大功绩。周成王死时，召公领衔，与毕公一起受命为顾命大臣，安定了周成王之后的局势，成功辅佐了周康王执政。这一功绩，对周初之世有巨大的影响。在周人心目中，召公此举没有导致“国疑”流言，比周公辅佐成王还要完美。这是召公神话中独立的辉煌一笔。

其三，召公推行王道治民，其仁爱之名誉满天下。《史记·燕召公世家》云：“召公之治西方，甚得兆民和。召公巡行乡邑，有棠树，决狱政事其下，自侯伯至庶人各得其所，无失职者。召公卒，而民人思召公之政，怀棠树不敢伐，歌咏之，作《甘棠》之诗。”这段史料呈现的事实是，召公巡视管辖地，处置大小民事政事都不进官府，而在村头田边的棠树下，其公平处置，得到了上至诸侯下至庶民的一致拥戴，从来没有失职过。所以，召公死后民众才保留了召公经常理政的棠树，并作甘棠歌谣传唱。这首《甘棠》歌谣，收在《诗·召南》中，歌云：

蔽芾甘棠　勿剪勿伐　召伯所茇
蔽芾甘棠　勿剪勿败　召伯所憩
蔽芾甘棠　勿剪勿拜　召伯所说

需要注意的是，召公推行王道的巡视之地，不是自己的燕国，而是周王室的“陕西”王畿之地。唯其如此，召公之政的影响力远远超越了燕国而垂范天下。可以说，周公是周室王道礼治的制定者，而召公则是周室王道礼治的实际推行者。从天下口碑看去，召公的实际影响力在当时无疑是大于周公的。

我们的问题是，召公的王道礼治精神，对燕国构成了什么样的影响?

一个可以确定的事实是，无论是鲁国还是燕国，其在初期阶段的治国精神，无疑都忠实而自觉地遵奉着周公、召公这两位巨擘人物的导向。两位巨擘人物在世时，鲁国燕国的治道完全必然随时禀报两公，待其具体指令而执行。两公皆以垂范天下自命，自然会经常地发出遵循王道的政令，不排除也曾经以严厉手段惩罚过不推行王道德政的国君。作为秉承其父爵位的长子，始任国君的忠诚于乃父，更是毋庸置疑的。燕国的特殊性更在于，召公活了将近两百岁，召公在世之时，周室已经历经四代，燕国也完全可能已经到了第四第五甚或第六代；在召公在世的这几代之中，不可能有任何一代敢于或者愿意背离召公这个强势人物的王道礼治法则。即或是召公在世只陪过了燕国四代国君，也是惊人地长了，长到足以确立稳定而不容变更的政治传统了。

这里，恰恰有另外一个极为重要的史料现象：燕国自召公直至第九代国君，都没有明确的传承记载。为什么?唐代司马贞在《史记》索隐中解释，说这是“并国史先失也”。意思是说，国史失载，造成了如此缺环。可是，我们的问题是，燕国史为什么失载?鲁国史为什么就没有失载?客观分析，最大的原因可能有两方面：其一，燕国在召公在世的几代之中，都忠实地遵奉了召公王道，国无大事风平浪静，以至于没有什么大事作为史迹流传。于是，其国史史料，也就不能吸引士子学人在大争之世去抢救发掘了。这一点，燕国不同于鲁国。鲁国多事，也就有了孔子等平民学者的关注。燕国无事，自然会被历史遗忘。其二，史料缺失本身，带有周、召二公的风格特征。周公显然具有比较强的档案意识，譬如，曾经将自己为周武王祈祷祛病的誓言秘封收藏，以为某种证据，后来果然起到了为自己澄清流言的作用。而召公却更注重处置实际政务，不那么重视言论行为的记载保留。至少，召公在民间长期转悠的口碑，就比周公响亮得多。如此这般，两国的史官传统，很可能也会有着重大差异。相沿成习，终于在岁月流逝中体现出史料留存的巨大差别。

立国君主的精神风貌，往往决定着这个国家的政治传统。

历史逻辑在这里的结论是：燕国的政治传统，被异常长寿的召公凝滞了。

燕国的政治传统，就是王道礼治的治国精神以及与其相配套的行为法则。

何谓王道？何谓礼治？这里需要加以简单地说明。

王道，是与霸道相对的一种治国理念。古人相信，王道是黄帝开始倡导的圣王治国之道。王道的基本精神是仁义治天下，以德服人，亦称为德政。在西周之前，王道的实行手段是现代法治理论称之为习惯法的既定的社会传统习俗。西周王天下，周公制定了系统的礼（法）制度，将夏商两代的社会规则系统归纳，又加以适合当时需要的若干创造，形成了当时最具系统性的行为法度——周礼。周礼的治国理念依据，便是王道精神。周礼的展开，便是王道理念的全面实施。所以，西周开始的王道，便是以礼治为实际法则而展开的治国之道。王道与周礼，一源一流，其后又互相生发，在周代达到了无与伦比的精细程度。直到春秋时代（东周），王道治国理念依然有着巨大的影响力。

王道礼治，在治国实践中有三方面的基本特征：

其一，治民奉行德治仁政，原则上反对强迫性实施压服的国家行为。

其二，邦交之道奉行宾服礼让，原则上反对相互用兵征伐。

其三，国君传承上，既实行世袭制，又推崇禅让制。

当然，上述基本特征，都是相对而言，不可绝对化。在人类活动节奏极为缓慢的时代，牧歌式的城邑田园社会是一种大背景，任何人都不可能逾越这个社会条件。统治者与被统治者的依附关系，因为空间距离的稀疏而变得松弛；社会阶层剧烈的利害争夺，因人口的稀少与自然资源的相对丰厚而变得缓和；太多太多的人欲，都因为山高水远而变得淡漠；太多太多的矛盾冲突，都因为鞭长莫及而只能寄希望于德政感召。所以，“邻里相望，鸡犬之声相闻，民老死不相往来”的图画，在那个时代是一种现实，并非老子描绘的虚幻景象。同样，明君贤臣安步当车以巡视民间，树下听讼以安定人心，也都是可能的现实。如此背景之下，产生出这种以德服人的治国理念，意图达到民众的自觉服从，实在是统治层的一种高明的选择。高明之处，在于它的现实性，在于它能有效克服统治者力所不能及的尴尬。当然，那个时代也不止一次地出现过破坏这种治国理念的暴君。但是，暴君没有形成任何治国理念。王道德政，是中国远古社会自觉产生的政治传统。这一点，至少在春秋之前，没有任何人企图改变。

可是，时代已经发生了剧烈的变迁，昔日潮流已经成为过去。

所有的诸侯国，都面临着自己的政治传统面对紧迫而又尖锐的种种问题。

当此之时，让我们先看看燕国在春秋战国之世的基本作为。

春秋时期，燕国见诸史籍的大事大体有四件：

1. 吞灭蓟国（年代无考），以蓟城做了燕国都城，此后一直未变。

2. 燕庄公二十七年，燕国遭遇北方山戎攻击，齐桓公率兵救援。解除燕国危机后，齐桓公提出要燕国共同尊王朝贡，并敦促燕国“复修召公之法”。由此可以推断：当时燕国与周王室有所疏离，对召公德政传统也有所偏离，是可能变化之迹象，却被霸主齐桓公遏制。

3. 燕惠公因多养宠姬而起内乱，逃奔齐国，失政四年；后齐国伐燕，护送惠公回燕，刚刚回国燕惠公即死。

4. 燕釐公三十年，进攻政权已经由姜氏变为田氏的新齐国，占据林营之地。

战国之世，燕国的大事主要有：

1. 燕文公时期任用苏秦，首倡六国合纵，为纵约长国。之后，秦国连横，秦惠王以女嫁燕太子，秦燕结盟，燕国自此反复进出于合纵。

2. 燕易王时期，齐宣王攻燕，占据燕国十城，后得苏秦斡旋，十城复归。

3. 燕王哙禅让子之，致燕长期内乱，燕国大衰。

4. 燕将秦开平定辽东，年代不可考。

5. 燕昭王任用乐毅变法，大举攻齐，下七十余城，历时六年，几灭齐国。

6. 燕惠王废黜乐毅，齐国大举反攻复国，燕国衰弱。

7. 燕武成王七年，遭齐国田单攻燕，燕失中阳之地。

8. 燕王喜之时，屡次对赵发动战事均遭大败，失地失军不可计数。
9. 燕秦结盟，太子丹在秦为人质。
10. 太子丹主谋，策划荆轲刺秦。
11. 秦军攻燕，燕代联军抗秦大败，燕王喜逃亡辽东。
12. 燕王喜杀太子丹献于秦国。
13. 燕王喜三十三年，秦攻辽东，俘获燕王喜，燕国灭亡。

从历史的大足迹可以看出，在整个西周时代，燕国是平定散淡的，是没有大作为的。春秋之世，则曾经有过两次方向不同的变化迹象。第一次，是燕庄公时期偏离召公德政，被奉行“尊王攘夷”的齐桓公遏制，应该说，这次变化是趋于进取的，是力图靠拢潮流的。第二次，则是燕釐公进攻新生的齐国，应该说，这是燕国面对新生地主族群取代老贵族诸侯的潮流，内心所产生的不满与躁动，是逆潮流的一次异动。

战国之世，兴亡选择骤然尖锐化，燕国面对古老的政治传统与不变则亡的尖锐现实的夹击，表现出一种极其独特的国家秉性。其总体状态是摇摆不定的：一方面，在政治权力的矛盾冲突与邦交之道的国家较量中，依然奉行着古老的王道传统，企图以王道大德来平息激烈的利害冲突，处置重大的社会矛盾时暴露出明显的迂腐，形成一种浓烈的迂政之风；另一方面，在变革内部体制与增强国家实力的现实需求面前，则迫不得已地实行有限变法，稍见功效浅尝辄止。这种摇摆不定的状态，造成了极为混乱的自相摧残。王道迂政带来严重的兵变内乱，变法所积累的国家实力轻而易举地被冲击得荡然无存；变法势力因不能与迂政传统融合，随即纷纷离开燕国，短暂的变法迅速地消于无形，一切又都回到了老路上去。于是，国家屡屡陷入震颤瘫痪，国家灾难接踵而来。司马迁的说法是：“燕迫蛮貉，内措齐晋，崎岖强国之间最为弱小，几灭者数矣！”

战国时期，最能表现燕国王道迂政的是四大基本事件：

其一，反复无常的邦交之道。

其二，搅乱天下的禅让事件。

其三，强兵复仇而一朝瓦解的破齐事件。

其四，长期挑衅强邻的对赵消耗战。

先说邦交之迂。

秦国变法后，骤然崛起为最强大国家，使战国格局发生了重大变化。当此之时，山东名士苏秦倡导“六国合纵抗秦”的邦交战略。从历史主义的高度看，这是整个人类文明史上第一次由精英之士个人推动实现的外交大战略。苏秦推行合纵，首先瞄准的最佳发动国是中原三晋中的赵国。原因只有一个，秦国东出，三晋首当其冲，而赵国在三晋之中最硬朗。但是，种种原因，赵国却拒绝了苏秦。需要关注的是，苏秦在首说赵国失败之后选择了燕国。苏秦为何放弃了继续以直接与秦国对抗的魏国、韩国为说服对象，而选择了距离秦国最远的燕国做突破口？从《战国策》所记载的苏秦说燕王篇章中，我们可以看出最根本的原因。这个原因就是：在秦国成为超强大国而对山东构成巨大威胁的大形势下，燕国在山东六国中具有最明显的邦交战略失误。这个失误，恰恰是对秦国威胁完全不自觉。

苏秦点出的事实，具有浓烈的嘲讽意味：“……安乐无事，不见覆军杀将之忧，无过燕国矣！大王知其所以然乎？夫燕之所以不犯寇被兵者，以赵之为蔽于南也！……秦赵相弊，而王以全燕制其后，此燕所以不犯难也……秦之攻燕也，战于千里之外；赵之攻燕，战于百里之内。夫不忧百里之患，而重千里之外，（失）计无过于此者！”苏秦所讽刺的这种“不忧百里之患，而重千里之外”的邦交政策，正是典型的燕国式的政治迂阔症。这种迂政邦交，最大的症状是没有清醒的利益判断，时时事事被一种大而无当的想法所左右，邦交经常地摇摆不定。历史的事实是，虽然燕文公这次被点醒，但其后不久，燕国立即退出合纵而与秦国连横，重新回到“不忧百里之患，而重千里之外”的迂阔老路上去了。再后来的燕国邦交，更是以反复无常而为天下公认，获得了“燕虽弱小，而善附大国”的口碑。也就是说，燕国邦交的常态，是选择依附大国而不断摇摆。春秋时期，这种摇摆主要表现在附齐还是附晋。战国时期，燕国的摇摆则主要表现于对遥远的大国（楚国、秦国）时敌时友，而对两个历史渊源深厚的邻国（齐国、赵国）则刻意为敌。乍看之下，这种邦交貌似后来秦国奉行的极其有效的远交近攻战略，似乎是英明的强国邦交战略。但是，可惜燕国不是强国，更不是要自觉统一天下的强国。燕国的远依附而近为敌，更实际的原因在于迂阔的王道精神，在于老牌王族诸侯的贵胄情结——齐国、赵国是新地主国家，与我姬姓天子后裔不能同日而语！这种对实际利害缺乏权衡而对强大邻国的“身世”念兹在兹的国家嫉妒，导致了燕国邦交的长期迂腐，也导致了几次行将灭亡的灾难。

再说禅让之迂。

燕国任用苏秦首倡合纵之后，地位一度得到较大提高。可是，正在这个时候，燕国发生了一次令人不可思议的政治事件，从而导致了一次最严重的亡国危机。这个事件，是燕王哙禅让事件。燕易王之后，继位者是燕王哙。史上大凡没有谥号而直呼其名的国君，不是亡国之君，便是丧乱之君，总之已经丧失了追谥的宗庙条件。这个姬哙，与后来亡燕的姬喜，是燕国历史上两个没有谥号的君王。姬哙之所以历史有名，是因为在位期间做了这一件令天下瞠目结舌的大事——仿效圣王古制，禅让国君之位。这件事发生在公元前 316 年，其造成的严重内乱持续了五年之久，是燕国“几亡者数矣”中最具荒诞性的一次亡国危机。事件的经过，都在《大秦帝国·国命纵横》中备细叙述了。我们在这里所要关注的，是燕王哙的迂阔与整个荒诞事件如何生成。《史记》《战国策》与《韩非子》都记载了这次事件的四个关键人物的关键言论，很能说明一些问题。

第一个关键人物，当然是姬哙。从他与其他臣子的应对中完全可以看出姬哙最关注的是两件事：一则是如何使自己成为圣王，二则是如何使燕国像齐国一样王天下。应该说，姬哙的动机无可厚非。但是，在变法强国成为潮流的时代，姬哙没有想如何搜求人才变法强国，却一味在圣王之道上打圈子，不能不说，这是燕国的迂政传统起了决定性作用。

第二个关键人物是子之。《韩非子·内储说上》记载了子之一次权术行为：“子之相燕，坐而佯言曰：‘走出门者何，白马也？’，左右皆言不见。有一人走，追之（门外），回报曰：‘有。’子之依此知左右不诚信。”

后来的赵高指鹿为马以测试同党，完全与子之权术相同。这件事可以看出，子之并非是商鞅、乐毅那般具有治国信念的变法人士，而是具有政治野心的权术人物。后来，子之当政而国家大乱的事实也证明了这一点。

第三个关键人物是苏代。苏代是苏秦的弟弟，入燕后与子之结盟，成为促成子之当政的关键人物之一。苏代促成姬哙决策重用子之的言论，《史记》的记载是：苏代出使齐国归来，姬哙问齐王其人如何？苏代回答说，“必不能成就霸业。”姬哙问，“为什么？”苏代回答说，“齐王不信其臣。”苏代的目的很明显，“欲以激燕王以尊子之也。于是燕王大信子之。子之因遗苏代百金，而听其所使。”显然，这是一笔很不干净的政治交易，苏代骗术昭然。《韩非子·外储说右下》记载相对详细，苏代着意以齐桓公放权管仲治国而成就霸业为例，诱姬哙尊崇子之，姬哙果然大为感慨：“今吾任子之，天下未知闻也！于是，明日张朝而听子之。”可见，苏代促成姬哙当权的方式，具有极大的行骗性，说苏代在这件事上做了一回政治骗子，也不为过。而姬哙的对应，则完全是一个政治冤大头在听任一场政治骗术的摆弄，其老迈迂阔，令人忍俊不能。

第四个关键人物是鹿毛寿。此人是推动姬哙最终禅让的最主要谋士，其忽悠术迂阔辽远，绕得姬哙不知东南西北。鹿毛寿对姬哙的两次大忽悠，《战国策》与《史记》记载大体相同。第一次提起禅让，鹿毛寿的忽悠之法可谓对症下药。鹿毛寿先说了一个生动的故事：尧让许由，许由不受。于是，“尧有让天下之名，实不失天下”，尧名实双收，既保住了权力，又得到了大名。无疑，这对追慕圣王的姬哙是极大的诱惑。之后，鹿毛寿再摆出了一个诱人的现实谋划：“今王以国相让子之，子之必不敢受；如是，王与尧同行也！”姬哙素有圣王之梦，又能名实双收，立即认同，将举国政务悉数交给了子之。显然，这次交权还不是子之为王。于是，过了几多时日，鹿毛寿又对姬哙第二次忽悠设谋。鹿毛寿说，当初大禹禅让于伯益，却仍然教太子启做了大臣。名义禅让，实际上是教太子启自己夺位；今燕王口头说将燕国交给了子之，而官吏却都是太子的人，实际是名让予之，而太子实际用事（掌权）。显然，这次是鹿毛寿奉子之之命向姬哙摊牌了，忽悠的嘴脸有些狰狞。大约姬哙已经有了圣王噲，或者已经是无可奈何，于是立即作为，将三百石俸禄以上的官印（任免权）全数交给了子之。之后，姬哙正式禅让。“子之南面行王事，而哙老不听政，顾（反）为臣。”

在治国理念与种种政治理论都已经达到辉煌高峰的战国之世，一个大国竟然出现了如此荒诞的复古禅让事件，其“理论”却是如此的迂阔浅薄，实在令人难以理解。这一幕颇具黑色幽默的禅让活剧，之所以发生在燕国，而没有发生在别的任何国家，其重要的根源，便是燕国的王道传统之下形成的迂政之风。燕国君臣从上到下，每每不切实际，对扎扎实实的实力较量感到恐惧，总是幻想以某种貌似庄严肃穆的圣王德行来平息严酷的利益冲突，而对真正的变法却退避三舍敬而远之。这种虚幻混乱的迂政环境，必然是野心家与政治骗子大行其道的最佳国度。

再说燕国破齐之迂。

燕国最辉煌的功业，是乐毅变法之后的破齐大战。对于燕昭王与乐毅在燕国推行的变法，史无详载。从历史实际进展看，这次变法与秦国的商鞅变法远远不能相提并论，其主要方面只能是休养生息、整顿吏治、训练新军几项。因为，这次变法并没有触及燕国的王道传统，更不能说根除。变法二十八年之后，燕国发动了对齐国的大战。乐毅世称名将，终生只有这一次大战，即六年破齐之战。燕国八百余年，也只有破齐之战大显威风，几乎将整个齐国几百年积累的财富全部掠夺一空。否则，燕国后期的对赵之战便没有财力根基。但是，破齐之战留下了一个巨大的谜团：为什么强大的燕军能秋风扫落叶一般攻下七十余城，却在五年时间里攻不下最后的两座小城而致功败垂成？世间果然有天意么？

历史展现的实际是：在最初的两次大会战击溃齐军主力后，乐毅遣散了五国联军，由燕军独立攻占齐国；一年之内，燕军下齐七十余城，齐湣王被齐国难民杀死，齐国只留下了东海之滨的即墨与东南地带的莒城两座小城池。这两座城池，乐毅大军竟五年没有攻克，最终导致第六年大逆转。战争的具体进程，《大秦帝国·金戈铁马》有详细叙述，不再重复。我们的问题是：五年之中，燕军分明能拿下两城，乐毅为什么要以围困之法等待齐国的最后堡垒自行瓦解？后世历史家的研究答案是：

乐毅为了在齐国推行王道德政，有意缓和了对齐国的最后攻击。

《史记·乐毅列传》集解，有三国学者夏侯玄的一段评判云："……乐生之志，千载一遇……夫兼并者，非乐毅之所屑，强燕而废道，又非乐生之所求……夫讨齐以明燕王之义，此兵不兴于为利矣！围城而害不加于百姓，此仁心著于遐迩矣！举国不谋其功，除暴不以威力，此至德全于天下矣！……乐生方恢大纲，以纵二城；收民明信，以待其獘（毙）……开弥广之路，以待田单之徒；长容善之风，以申齐士之志。使夫忠者遂节，勇者义著，邻国倾慕，四海延颂，思戴燕主，仰望风声，二城必从，则王业隆矣！……败于垂成，时运固然。若乃逼之以威，劫之以兵……虽二城几于可拔，而霸王之事逝其远矣！……乐生岂不知拔二城之速了哉，顾拔城而业乖也！……乐生之不屠二城，未可量也！"

我们得说，夏侯玄分析的实际原因完全切中燕国实际。

但是，夏侯玄的评论却比燕昭王与乐毅更为迂阔。夏侯玄之迂阔，在于将燕国攻齐说成一开始就很明确的彰显王道的义兵，且将其抬高到不是以利害为目标的道义战争而大加颂扬，"举国不谋其功，除暴不以威力，此至德全于天下矣！"甚至，夏侯玄将围城不攻也说成是为了"申齐士之志"的善容之德。

历史的事实是：燕昭王奋发图强的长期动机，一直是为了复仇。乐毅后来对燕惠王的书简已经明说了："先王命之曰，'我有积怨深怒于齐，不量轻弱，而欲以齐为事！"后来的燕惠王也说："将军为燕破齐，报先王之仇，天下莫不震动。"事前事后，丝毫没有一句论及，破齐是为了推行先王之义。唯其如此，乐毅破齐初期并没有推行不切实际的王道德政，而是毫不留情地大破齐军数十万、攻下齐国全部城池、抢掠了齐国全部府库的全部物资财富。应该说，这是强力战争所遵循的必然规律，无可厚非。可是，在战争顺利进展的情势下，燕国的对齐方略忽然发生了重大变化。这个变化，就是以即墨、莒城两座城池的死命抵抗为契机，燕国忽然在齐国采取了与开始大相径庭的王道德政。这种王道德政，能在齐国推行五年之久而没有变化，与其说是乐毅的自觉主张，毋宁说是燕国王族的王道理念旧病复发，燕昭王又有了要做天下圣王的大梦所致。

因为，没有燕昭王的支持甚至决策，作为一个战国时代著名的统帅，很难设想乐毅会自觉自愿地推行一种与实际情势极为遥远的迂腐德政。乐毅在对燕惠王回书中回顾了攻齐之战，说得最多的是攻伐过程与如何在齐国获得了大量财富并如何运回了燕国，对于五年王道化齐，却几乎没有说一句话。假若是乐毅力主燕惠王推行王道，乐毅能不置可否么？同样一个令人深刻怀疑的事实是：在燕惠王罕见致歉的情况下，乐毅为什么坚决不回燕国、终生不回？合理的答案只能是，乐毅对燕国迂政传统的危害的认识至为清醒，明知无力改变而不愿意做无谓的牺牲。

不以战争规则解决战争问题，而以迂阔辽远的王道解决残酷的战场争端，不但加倍显示出自己前期杀人攻城劫掠财富的残酷，而且加倍显示出此时推行王道的虚伪不可信。这既是齐国人必然不可能接受的原因，也是燕国迂政用兵必然失败的原因。相比于秦国的鲜明自觉的兵争战略，这种迂政之兵更显得荒诞不经。

再说燕国的对赵之迂。

整个战国时代，燕国邦交的焦点大多是对赵事端。也就是说，除了燕昭王对齐国复仇时期，燕国的斗争轴心始终是对赵之战。燕国纠缠挑衅赵国之危害，几乎当时所有在燕国的有识之士都剖析过反对过。但是，燕国的对赵挑衅却始终没有改变，这实在也是燕国历史的最大谜团之一。邦交大师苏秦最先提出了燕国对赵之错误，其后，苏代也以“鹬蚌相争，渔人得利”的寓言故事再度强调燕国对赵之错误。应该说，苏氏兄弟时期，燕国君主还是有所克制的，几次燕赵之战都因听从劝谏而避免，燕国地位因此而改善。可是，燕惠王之后，燕国对赵方略又回到了老路。没有任何理论理念支撑，就是死死咬住赵国不放。整个燕王喜时期，燕国政局的全部核心就是挑衅赵国。昌国君乐闲反对过，为此被迫逃离燕国。大夫将渠反对过，被燕王一脚踢翻。燕国只有一个名臣支持了燕国攻赵，这就是晚年的剧辛，结果是剧辛在战场被赵军杀死。若非赵国晚期是昏君赵迁在位，只怕名将李牧早灭了燕国。

历史形成的谜团，其根源往往在于我们已经无法理解当事者的思维方式。

分明是害大于利，燕国还是要对赵国长期作战，为什么？

具体原因固然复杂多样，譬如秦国间离燕赵，暗中支持燕国与赵国为敌，从而达到削弱强大赵国的目的，就是一个重要原因。可是，历史逻辑展现出的根源却只有一条：燕国以天子号老贵族自居，对这个后来崛起的强大邻国抱有强烈的嫉妒与蔑视，必欲使其陷于困境而后快。只能说，这是王道迂政之风在最后的变形而已。

王道政治传统，曾经在秦国也有深厚的根基，但结果却截然不同。

秦穆公之世任用百里奚治国，使秦国一度成为春秋霸主之一。由此，王道治国在秦国成为不能违背的传统。直到秦孝公的“求贤令”，依然遵奉秦穆公，明确表示要“修穆公之政令”。《商君书·更法》记载的秦国关于变法决策的论战，当时的执政大臣甘龙、杜挚反对的立足点很明确，就是维护秦国传统：“圣人不易民而教，知者不变法而治。因民而教者，不劳而功成；据法而治者，吏习而民安。今若变法，不循秦国之故，更礼以教民，臣恐天下议君！”另一反对派大臣杜挚则云：“利不百，不变法。功不十，不易器。法古无过，循礼无邪。君其图之！”两派激烈争论，都没有涉及变法之具体内容，而都紧紧扣着一个中心——如何对待本国的政治传统？成法该不该变？

商鞅的两次反驳很犀利，很深刻。

商鞅反驳甘龙云：“子之所言，世俗之言也！夫常人安于故习，学者溺于所闻。此两者所以居官而守法，非所论于法之外也。三代不同礼而王，五霸不同法而霸。故知者作法，而愚者制焉。贤者更礼，而不肖者拘焉！拘礼之人，不足与言事。制法之人，不足与论变。君无疑矣！”

商鞅反驳杜挚云：“前世不同教，何古之法！帝王不相复，何礼之循！伏羲神农教而不诛，黄帝尧舜诛而不怒，及至文武，各当时而立法，因事而制礼。礼法以时而定，制令各顺其宜，兵甲器备各便其用。臣故曰：治世不一道，便国不必法古！汤武之王也，不修古而兴；殷夏之灭也，不易礼而亡。然则反古者未必可非，循礼者未必多是也。君无疑矣！”

商鞅的求变图存理论，是战国时期变法理论的代表。从某种意义上说，一个国家的变法派能否成功，既取决于其变法内容是否全面深刻，又取决于对该国旧政治传统背叛的深刻程度。唯其商鞅自觉清醒，而能说服秦孝公决然地抛弃旧的政治传统，在秦国实行全面深刻的变法。由此，秦国强大，秦国确立起了新的政治理念，从此持续六世之强而统一华夏。

燕国则不同，乐毅与燕昭王的变法没有任何理论准备，没有对燕国的政治传统进行任何清理，只是就事论事地进行整顿吏治、休养生息、训练新军等等事务新政。显然，这种不涉及传统或者保留了旧传统的表面变革，不可能全面深刻，也不可能稳定持续地强大，一旦风浪涌起，旧根基旧理念便会死灰复燃。

燕国的悲剧，就在这种迂政传统的反复发作之中。

无论是处置实际政务，还是处置君臣关系，燕国君王的言论中都充满了大而无当的王道大言，于实际政见之冲突往往不置一词。王顾左右而言他，诚所谓也！燕惠王尤其典型，对乐毅离燕的德义谴责，根本不涉及罢黜乐毅的冤案与对齐国战略失误的责任承担；对乐闲离燕的德义谴责，如出一辙地既不涉及对赵方略之反思，又不涉及乐闲离赵的是非评判，只是大发一通迂阔之论，绕着谁对不起谁做文章。两千余年后读来，犹觉其絮叨可笑，况于当时大争之世焉！司马迁在《燕召公世家》之话感慨云："召公奭可谓仁矣！甘棠且思之，况其人乎！燕迫蛮貉，内措齐晋，崎岖强国之间最为弱小，几灭者数矣！然社稷血食者八九百岁，于姬姓独后亡，岂非召公之烈邪？"司马迁将燕国长存之原因，一如既往地归结于"天下阴德"说，姑且不论。然则，司马迁对燕国灭亡之原因，却没有涉及。

这，正是我们关注的根本所在。

第八章 失才亡魏

一 一旅震四方 王贲方略初显名将之才

兵士们尚在构筑营垒，王贲接到了秦王的紧急书令。

五万精锐铁骑从燕国兼程南来，一路四日始终没有咸阳王使的路令，王贲很是有些意外。秦军但凡两万人以上出动，是例行重兵，其进军使命、粮草补给、民力征调、驻地日程等都有明白无误的法度照应。往往越是机密用兵，事先确定行兵方略就越是详尽。其间种种具体事宜，几乎随时都会在路途接到相关书令，此所谓路令。王贲此次南下是奉王命回兵，王翦幕府不再对其节制，所需要的只是依照咸阳王命行事。然在蓟城大营，姚贾所持的王书以及姚贾转述的事实，所申明者都是调兵的大略缘由，大军南下的一应具体事宜只字未提。王贲以机密军务之成例行事，上路半日后向姚贾请命行程方略。不料姚贾淡淡一笑道："老夫只管调兵，余皆未奉成命，少将军只能自决了。"因了父亲王翦的原因，军中皆呼王贲为少将军，姚贾自不例外。姚贾如此一说，王贲这才认真起来，在大军歇马冷炊的半个时辰里立即做出了决断：兼程南下，直抵洛阳东南的伊阙要塞。姚贾问其故，王贲只说了一句话："伊阙咽喉，兼顾南北。"

如今堪堪赶到伊阙，幕府还没有搭建起来王命便到，说明秦王对南下大军的行止是十分清楚的。果真如此，一直没有路令便令人有些费解。

然王贲顾不得多想，对中军司马匆匆交代了几句军务，飞身上马去了。不远处驾着王车的特使正在等待王贲登车同行，今见王贲片刻之间径自飞马而去，连忙启动王车追了上来。王贲坐骑是一匹雄骏的阴山胡马，身高八尺通体火红，号为火云驹，耐力速度都极为出色。随行的一司马两护卫，也都是出类拔萃的骑士良马。一进函谷关，王贲的小马队已经将特使王车远远抛在了后面，入夜三更时分便进入了咸阳。

“下马！等候特使。”

从禁止庶民车马的特急密道飞驰到王城南门时，王贲才恍然勒马下令等候特使。虽说王贲也可以直接进入王城，然若有特使同行，一切都会方便许多；不等特使，则自己便要在几道门户前报名待命，纵然先入王城，也不知哪里去见秦王。凡此种种细节，对于第一次被秦王单独召见的王贲，都是实实在在的关口。

“少将军么？赵高奉命等候多时了。”

小马队刚一勒定，一盏风灯随着一个响亮的内侍声音从城门下飘了过来。王贲心下顿时一热，立即飞身下马大步走了过来。王贲对赵高不熟，但却不知多少次地听过这个名字及其相关传闻，对秦王身边这个颇具英雄才具的内侍很是赞赏。今见赵高如此谦和热诚，王贲当先一个拱手礼道：“见过赵令！”赵高极是利落地一拱手道：“不敢当。”不待王贲下文，赵高转身吩咐一个少年内侍带王贲的司马护卫去车马院歇息用饭，又转身一拱手领着王贲向东偏殿而来。

“少将军果然快捷！”

方进殿前甬道，一个高大身影快步迎了过来。王贲一听是秦王声音，大步趋前深深一躬高声道：“末将王贲参见我王！”甲钉长剑与斗篷叮当纠缠之间，王贲不期然一头汗水，显得很是局促。嬴政打量了一眼大笑道：“都几月了还一身冬装？小高子，先领少将军沐浴，换我一身轻软衣裳再说。”王贲满脸涨红满脸汗水，连说不用不用。秦王一摆手道：“任事不急，人先舒畅了再说。”王贲还要说话，已经被赵高不由分说拉着走了。

大约顿饭时光，王贲身着轻软长袍，头上包着一方干爽白布，疾步匆匆地来到了偏殿正厅。秦王与王绾、李斯、姚贾三人，正站在墙下的大地图前指点说话。见王贲脖颈发际还滴着水珠，嬴政一瞪眼道："你个小高子急甚来，少将军头发都不拭干！"紧跟在王贲身后一溜碎步的赵高红着脸，吭哧着不敢说话。王贲已经扬手扯去了包头大布，一躬身高声道："禀报秦王！头包大布太憋闷，敢请摘去说事！"话音未落，秦王四人一齐大笑。嬴政连连挥手道："去了去了，咋畅快咋来。小高子，酒肉快上。"赵高一答应正要转身，不防已经被王贲一伸手拽住。王贲一拱手道："禀报秦王，末将在马上已经啃下了三斤干肉。目下只须凉茶，不敢饮酒！"嬴政一挥手道："好！大桶凉茶。来，少将军坐了说话。"王贲目光本来已经在地图上巡睃，此刻脚步钉在原地盯着地图皱着眉头，良久没有说话。秦王见状，明亮的目光飞快地一掠三位大臣，也站在原地不动了。

"少将军何意？"王绾笑问一句。

"伊阙还是靠北，该在安陵截其退路！"王贲突然一指地图。

"如何？"嬴政一脸笑意地环视着三位大臣。

"少将军，老夫有些不明。"姚贾目光连连闪烁。

"末将揣摩。"王贲一手提着头上扯下来的白布，一手嘭嘭点着高大木板上的地图，"旧韩作乱，北连魏国不足为患，若南下奔楚，或东逃奔齐，则后患无穷。是故，我军驻扎伊阙，只能堵绝韩乱之民进入崤山入楚通道，而不能堵绝其南面入楚大道。该当驻扎安陵，一军镇四方！"

"四方，何谓？"李斯认真问了一句。

"韩魏楚齐！"王贲的声音震得殿堂嗡嗡响。

"我王选人甚当，老臣恭贺！"王绾慨然一拱手。

"大将出新，臣亦恭贺！"李斯姚贾异口同声。

王贲左看右看，一时不知所措。秦王嬴政不禁笑道："来来来，少将军坐了说话。凉茶来了，只管喝着听着。长史，你对少将军说说来龙去脉。"李斯一点头，走到地图前，指点着说起了去岁今春以来的中原变化。

原来，秦国灭韩后，撤回了内史郡郡守嬴腾的灭韩兵马，驻扎陇西以防戎狄趁火打劫。中原之地，秦国只在旧有的洛阳大营保留了蒙武的五万老军，以为函谷关外诸事总策应。大臣方面，姚贾坐镇新郑，一则襄助颍川郡新郡守治韩，一则主理对魏国齐国斡旋。去岁，秦军破赵后北上易水，逼近燕国；燕太子丹刺秦事发，震惊天下，也一举改变了秦国的灭国用兵总方略。在荆轲刺秦后不到两月，姚贾的黑冰台人马刺探到一个惊人的消息：灭韩大战时逃亡的韩国申徒张良潜回新郑，正在秘密联结韩国旧世族，欲图举兵复国，目下，张良已经秘密联结了魏国楚国，两国都许诺全力策应！与此同时，内史郡嬴腾部属也探听到一则异动迹象：被囚禁在韩原梁山的韩王安，近有神秘之客往来，此人正是旧韩申徒张良。

两方事态紧急密报咸阳，秦王嬴政立即召王绾、内史嬴腾、蒙武、李斯、姚贾、尉缭等一班大臣会商。最后，秦国君臣议决的方略对策是：此事方起端倪，不宜公然出兵，只宜以机密事端处置。为此，蒙武大营全力戒备关外，姚贾黑冰台人马秘密缉拿张良，内史郡增加对韩王囚居地的防护，一旦张良被缉拿归案，立即将韩国作乱世族一体问罪，公开斩决，以震慑他国余孽。之所以如此处置，在于秦国君臣有一个共同认可的评判：韩国旧世族复国复辟，其余被灭之国的旧世族也必然同理同心，只要秦国要一统天下，复辟暗潮便必然涌动，如何处置韩国作乱事件，具有垂范天下之效用。唯其如此，处置韩乱不宜仓促轻动，务必有理有据，宁可失其缓，不可失其急。毕竟，韩国没有强兵根基，魏楚也不敢贸然行事，只要秦国冷静处置，未必不能使韩乱胎死腹中。

然则，去岁秦军破燕大半年，韩国乱象却有了明显的恶化。

张良行踪诡秘无定，几次三番逃脱了姚贾黑冰台的追踪。多方探察证实：张良狡兔三窟，藏匿之地一在楚国洧水河谷，一在魏国逢泽山野，一在韩国旧地上党郡的大山；张良居无定所，又得燕赵一班任侠之士相助，事皆密行密议，急切间极难缉拿。与此同时，韩国故地的种种消息流布日广，民众渐渐呈现出躁动之势。入冬之际，被囚的韩王安也破例上书，请求秦王允准其在年节大祭之期回归新郑，祭祀宗庙，以安遗民之心。

鉴于种种迹象，王绾李斯力主：韩乱之事，不宜再佯作不知，秦王当召见韩王安，明白对其警示，若无效用，则当以强力消弭之。秦王嬴政赞同，下书姚贾职司实施。姚贾精勤能事，立即做出了精心部署。第一步，姚贾自为特使，奉秦王下书赶赴梁山，明白正告韩王安：韩国遗民有图乱之心，韩王当借祭祀宗庙之机安定遗民，莫使旧韩人徒然流血！可是，韩王安硬是不做正面回应，一副不解秦王下书所云的模样，对姚贾哼哼哈哈王顾左右而言他，始终没有任何明白说法。姚贾也不盘诘追问，也不拆穿事实，只冷笑着耐心听罢，又高声宣示了一遍秦王下书与警示说辞，告辞去了。第二步，秦国派出特使，以最为郑重的邦交礼仪通告魏楚两国：韩王安将在秦军护送下经过魏楚边境进入新郑，秦军请求借道。魏王假一副笑脸，当即答应借道。楚国正逢楚幽王葬礼，新立楚王芈犹（楚哀王）病恹恹黑着脸，然终究也是答应了。可是，当蒙武率领三万老军步骑浩浩荡荡护送韩王安过境魏楚时，两国君臣竟无一人出面做礼仪性迎送。眼见韩王安一副淡漠模样，姚贾揶揄笑叹一句："魏楚无恩如此，宁不念韩王旧情乎！"韩安尴尬地挤出一丝苦笑，一句话没说。第三步，姚贾亲自率领五十名黑冰台剑士，全程陪伴护卫韩安，察其言观其行。后来的事实是：回到新郑一个月余，除了祭祀，韩安从没有踏出旧时王城一步。即或在太庙前遇到了大群前来观瞻韩王的旧韩子民，姚贾特意下令停车，韩安也没有下车，更没有就秦王下书警示之意对臣民说话。今春回到梁山，韩安也没有就归韩祭祀事向秦王上书禀报，更没有对遗民作乱事向秦王做出任何表示。也就是说，秦国的所有举措，都没有得到任何回应，各方都在装聋作哑。综合种种迹象事态，姚贾禀报王绾并会同李斯商议，而后正式上书秦王，提出了"韩乱难以避免，我得尽早谋划对应之策"的最终评判。

"韩世族复辟，大秦不能退让！"嬴政愤怒了。

秦国君臣的秘密小朝会一连三日，调主力大军南下平乱的决策才终于确立下来。其间争论与顾忌，在于十余万大军南下后会不会导致北方战事乏力，从而不能灭燕国，反而可能诱发赵国死灰复燃？毕竟，赵国死灰复燃之后的威胁要远远大于韩国。反复争议权衡，秦王嬴政最后断然拍案："若十余万大军南下，定然两面误事！五万精锐南下，既不误灭燕，又足以镇抚中原！"第一个赞同这一决断的，是老将军蒙武。蒙武愤愤然道："洛阳大营还有五万老军！莫非诸位以为老军不是秦军锐士，是白吃锅盔么！"第二个嚷嚷支持的是内史郡守嬴腾，慷慨激昂唾沫飞溅："陇西还有我三万飞骑！关中还有我十万戍军精壮！整个内史郡还有百余万老秦人！都不算么？一个韩国软蛋要甚主力大军，老子两万人马连锅端了他！"举殿哄哄然一阵，都赞同了五万主力南下的方略。最终说到选将，大臣们一致认为，调蒙恬南下最适当，理由是蒙恬精细稳妥，处置此类事最为得宜。可是，秦王嬴政始终没有点头。默然良久，嬴政拍案道："九原、云中北大门，没有蒙恬不行。山东举事，毕竟华夏内乱，纵然不能一时消弭，至多重回战国而已。若匈奴大举南下，毁灭的便是整个华夏！目下列国行将覆灭，没有哪一国可以扛得住匈奴洪水！只有秦国，只有秦军，可为天下扛得住！蒙恬纵然没有灭国之功，也不能离开九原幕府半步！"秦王一席话，大臣们全部沉默了。如此华夏器局，如此天地正气，大臣们与其说被秦王说服，毋宁说被秦王感动了。

"我意，王贲可将兵南下。"嬴政似觉过于凝重，笑着补了一句。

"王贲？"蒙武惊讶了。

"王贲不妥。"老尉缭摇了摇头。

"何以不妥？"李斯反问。

"王贲战法，近似白起，宜强兵硬战，不宜平乱镇抚。"

"老臣以为，王贲尚不如李信、辛胜稳妥。"蒙武插了一句。

"何以见得？"嬴政论事，从来要听其中道理。

"辛胜有统兵阅历。李信有战场谋划。王贲，二者俱缺。"

"还有其余理由么？"

见大臣们一齐摇头，嬴政方缓缓道："若非燕国荆轲行刺，若非韩国世族复辟，我尚不能想到既往灭国之战。诸位，乐毅破齐六年不能灭齐，根由何在？白起攻赵三年，一战则彻底击垮赵军主力。若非先祖昭王错断错杀，秦国灭赵何待今日？乐毅与白起之差，差在不以兵家法则却以王道法则决战事。乐毅之行，难说没有博取一己盛名之心。白起之道，却准定是实实在在的利于国家。军中皆呼王贲为小白起，根由何在？不在别者，在王贲战法秉承了兵家本色，没有一战留过后患！至于统兵阅历、战场谋划，哪个将军没有第一次？更有一条，李信、辛胜在军，不窝其才；而王贲在军，其父为帅，有窝其将才之可能。王贲南下，既利才又利国，何乐而不为？”

大臣们终于一无异议地赞同了，尽管未必人人信服，至少没有人驳倒秦王申明的道理。当被定为北上特使的姚贾请示行军法度时，秦王笑道：“不定。一切大军行止都交王贲自己决断。是骡子是马，拉出来遛遛。”如此这般，便有了不发路令的大军南下。

……

“末将无他，唯不负我王厚望！”

听罢李斯一番叙述，王贲黝黑通红的脸膛热汗直流，甩掉白布对着嬴政深深一躬。秦王嬴政伸手扶住笑道：“少将军若无才具，我厚望又能如何？来！放开说说，你对平定韩乱有何谋划？”说罢，嬴政与三位大臣落座，目光殷殷地盯住了站在大板图前的王贲。

“末将一路思忖，韩乱不能孤立处置。”王贲的大手划出一个大弧，整个地笼罩了板图，方才的一脸局促瞬间消失得干干净净，话语利落之极，“韩乱发作，根在魏楚。诸般因由，君上与诸位大人比末将更清楚。我之谋划，只在平定中原之军旅部署。归总说，末将一军足当三面。然则，末将尚有三件事，敢请我王允准。”

“说！”

“其一，请调蒙武老将军所部老军，移驻伊阙，堵截楚韩西南通道。”

“蒙武部本来便在谋划之中，准了。”

“其二，敢请中原邦交与末将军事调遣一体谋划。”

“姚卿以为如何？”嬴政的目光转向了姚贾。

“臣以为可也。”姚贾慨然一拱手，“臣愿全力辅助少将军！”

“好！文武之道。”

“其三，平乱之后当连续灭魏，敢请君上许我独领灭魏之战！”

“！”骤然之间，嬴政与三位大臣惊愕默然了。

在秦国君臣的连续朝会计议中，何时灭魏尚在未定之数：一切都得看韩乱势头大小，以及能否快捷利落地平定；即或平定了，也还得看魏楚齐三国动向，以及北方燕赵有无后患；毕竟，所余三国都是有强兵传统的大国，都是曾经做过中原霸主的富强之邦，若逼得三方合纵抗秦，局势就严峻了。说到底，秦国只有六十余万大军，天下需驻军的地方太多了，而三国联手，现成兵力至少也在百余万之多。凡此种种，作为灭人之国的大战，都不得不慎之又慎，若在最后的三国之战中一步走错，很可能全局都要翻盘。唯其如此，秦国君臣做出王贲只率五万铁骑南下的决策，其核心目标其实只有一个：平定韩乱，震慑魏楚。至于灭魏灭楚，此时尚没有纳入视野，若有连续灭魏之心，五万人马显然是谁也不会赞同的。

“少将军是说，平定韩乱与灭魏之战可一气呵成？”嬴政惊讶未消。

“正是！”

“依据何在？”

“灭国之战，纵有天下大义，亦当师出有名。”王贲显然成算在胸，浑厚的话音快捷流畅嗡嗡震荡，“灭韩之战，秦为清算韩国疲秦并为郑国复仇！灭赵之战，秦为李牧两败秦军复仇！灭燕之战，为荆轲刺秦！今我平定韩乱，必能获得魏国鼓荡韩乱之种种罪证。此时攻魏，师出有名！错失时机，事倍功半。更为根本者，此时先以霹雳之势灭魏，所余楚齐两大广袤之国方可从容图之，兵力不至于捉襟见肘。此，末将之谋划，君上与诸位大人三思。”

“呵呵，少将军论说大局，不输于战场之能也！”

嬴政叩着书案笑赞一句，却没有明确可否。显然，嬴政是要先听听三位大臣的想法。王绾是总揽全局的丞相，自觉理当先说，一拱手道：“老臣以为，灭魏事关重大，不宜仓促议定，至少须待上将军燕代战事之后再说。”王绾素来稳健，除了安定秦国内政，在邦交大争中鲜有大胆出新，秦国君臣对此已经习以为常，故此谁也没有感到意外。王贲似乎也没有觉出多大压力，炯炯目光只看着李斯姚贾两人。一直沉思的李斯尚未开口，姚贾一拱手道："臣以为，少将军谋划可行。其间根本在两处，一则，韩乱能干净利落平定；二则，楚国知难而退。若韩乱平定，楚不出兵，届时魏国孤立中原，未尝不可一鼓而下！"李斯接道："臣反复思忖，少将军谋划可全力图之，至少当有八成胜算。最根本者，楚国幽王新丧，其同母弟芈犹新立，举国政事兵事皆在乱中。芈犹年逾五旬，且声色犬马昏聩平庸，唯赖景氏部族鼎力扶持，若无特异，楚国当无北上中原之心。是故，韩乱平定之后，魏国确实将陷入四面孤立之境，未尝不可图也！"王绾一拍案道："两位所言不当。楚国纵然不出，东面尚有齐国。我只五万铁骑，何能如此弄险！"

"也是一说。"姚贾嘟哝着一笑。

"君上决断！"三人连同王贲，异口同声一句。

"我看四个字：有险，有图。"嬴政站了起来走到大图前，面对王贲指点着地图道，"全部要害，在于震慑楚国。若能使楚国不敢出，则齐国十有八九也不敢出。若楚齐不敢出，则魏国可图。少将军，是否如此？"

"正是！"

"可有对楚谋划？"

"有！"

"噢？"

"搁置韩乱，先行攻楚，一举震慑四方！"

"啊——"

王贲话音落点，嬴政君臣四人竟不约而同地惊叹了一声，又不约而同地相互对视着，目光中交织着疑惑与兴奋。这个动议太出乎原先朝会的决策意图了，等于一举改变了原先朝会的决策根基：不再将韩乱作为孤立事件对待，而是将韩魏楚齐四国作为一个大局来寻求解决之道！嬴政与三位大臣何许人也，几乎立即不约而同地掂量到了其中的差别，除了王贲的兵力能否担当如此重任的疑惑，人人都预感到了此举蕴含的庖丁解牛一般的奥妙。

"好！中原兵事，全权交少将军！"

秦王嬴政的拍案声大得惊人，东偏殿一片笑声。

二　轻兵袭北楚　机变平韩乱

麦收之前，三万轻装骑兵飓风般卷向了淮北。

所谓轻装骑兵，是王贲对南下铁骑的装备做了一次大减负。秦军素有轻兵传统，重型甲胄与大型兵器很少，战场之上轻身杀敌，腰间板带上吊着敌人的头颅，手中挺着长矛奔驰如飞吼喝冲锋，便成为列国传闻中的秦军模样。以至在很长时期里，天下将“轻兵”两字作为秦军的敢死之旅。然自商鞅变法之后，秦国以中原劲旅“魏武卒”为楷模，建立了极其重视器械装备的新军，面貌发生了根本性变化，各种甲胄器械都有森严法度，士兵的防御力度与冲锋强度都有了大大提升，真正有了一支无坚不摧的锐士之旅。此所谓强兵利器也。但如此重装甲兵对长途奔袭战所需要的快速灵动而言，却成为一个很大的弱势。就此，王贲对秦王的上书是：“淮北乃北楚腹心，平川城邑居多。末将决效草原胡骑战法，以精悍轻骑击之不备。敢请君上，许贲轻兵减负机变行事。”秦王嬴政当即下书：“准王贲所请。一应军需，颍川郡全力筹划。”王贲接到下书，立即风风火火地开始了铁骑轻装。

一则，铁甲装改换为皮甲装：外铁皮内牛皮的厚重甲胄，改为单层牛皮甲胄；铁钉密集的牛皮大战靴，改为厚韧的单层野猪皮战靴；战马披装的铁钉皮罩甲，改为轻软的无钉羊皮罩；最重的铜铁鞍辔，一律改为木制鞍辔。如此一来，秦军骑士的甲胄由原先的五六十余斤不等减为十余斤不等，马具由原先的五十余斤减为二十余斤，总共锐减七八十斤不等。二则，随带兵器改变：重型攻防器械与大型机发连弩全部放弃，每个骑士只有一长一短两口精铁剑、一张臂张弩、三十支羽箭。三则，每个骑士配备两匹战马、一袋百斤装的草料。四则，全军没有辎重营，每个骑士携带十斤干锅盔十斤干牛肉一皮囊胡人马奶子。

诸般换装事宜虽则琐细，王贲也只用了十余天。在换装的时日里，王贲侧重对留守的两万重装铁骑做了巡视部署：两万铁骑以赵佗为将，于三万轻骑奔袭之前开赴安陵郊野，构筑坚实壁垒扼守安陵[1]要道，截断楚国与韩国故地之通联。同时，王贲与姚贾会商，最终定下了一个文武齐出的呼应方略：王贲轻兵攻楚，姚贾出使魏齐，随时通联各方情势。

“能否镇抚四方，全在少将军了。”

“三万锐士不能横行天下，王贲枉为大将！”

暮色残阳的旷野里，两人马上一拱手激荡着烟尘各自去了。

时当初夏之夜，王贲的三万轻骑风驰电掣，四更时分便逼近到了汝水西岸的上蔡之地，绕到了楚国旧都陈城之南。这三万轻骑悄无声息地屯扎在河谷，没有炊烟，没有火光，没有人喊马嘶，若不走进这片密林，谁也不会想到这里隐藏着如此一支即将卷起飓风的可怕大军。朦胧月色之下的黑黝黝的树林里，只有一点微弱的亮光从河岸山脚下弥散出来，那是王贲聚将的一个干涸了的大水坑。

“诸位，这里是楚国旧都陈城，距我军只有一百余里！”

一张羊皮地图挂在粗大的树干上，一支火把摇曳在树旁的司马手上。王贲站在树下，长剑圈点着地图对三十余名千夫长以上的将佐做着部署。王贲的声音低沉短促：“我军要在十日之内，连下十城！上蔡、城阳、繁阳、寝城、平舆、巨阳、项城、新郪、苦县、阳夏。也就是说，十个昼夜之内，我军要从汝水西岸打到东岸，大回环北上，抵安陵与铁骑大营会合。此战只破城，不占地、不掠财！当然，补充粮秣除外。城破即撤军，不许恋战！我军之所图，只在展示霹雳雷电之战力，震慑楚国不敢轻举妄动。明白没有？”

“嗨！”

整齐一声低吼，立即肃然无声。这是说，人人明白此战要旨所在。

“黎明之时首攻上蔡，半个时辰后进发！”

“嗨！”

将佐们匆匆散去了。就在王贲聚将的短暂时刻，三万骑士已经完成

[1] 安陵，战国末期中原残存的最小诸侯，史载其只有五十里封地，大约在今河南省漯河市东南地带。

了冷吃战饭、喂马刷马及整修马具兵器等种种事体。秦人曾在几百年里一直是周王室的养马部族，有着久远的养护良马的传统，堪称真正的马背部族。对于战马，秦军兵士视若共赴艰险的患难兄弟，无论是战时还是平时，总是将战马养护看得比自己吃喝更要紧。在这顿饭晨光里，骑士们几乎人人都是嘴里咬着干锅盔干肉，牵着两匹战马大步匆匆走到河边，一边与战马絮叨着，一边检查着马蹄铁与鞍辔等等，若一切完好，立即用卷起的草刷蘸着河水刷洗战马。战马们依偎着自己的主人，一身轻松却又不能纵声嘶鸣，只便蹭着人咴咴喷鼻，亲昵得血肉兄弟一般。眼见营将匆匆归来，兵士们立即牵回战马各自归队，千夫长与都尉们尚在大啃大嚼地吞咽，全数骑士们已经整肃上马了。

及至马队卷出河谷，启明星尚在天边闪烁着亮光。

上蔡的城门刚刚打开，一场暴风雨骤然降临了。王贲的轻骑兵分作四路，同时猛攻四座城门。城头守军睡眼惺忪之间，刚刚放下吊桥，出城进城的人流还在疏疏落落的时候，天边原野突然传来一阵怪异的闷雷声，接着便是疾速飘来的黑云。惊愕懵懂的城头士兵还不明白究竟该不该禀报将军察看，乌黑的云团陡然爆发出惊天动地的呐喊飞压了过来。进出城门的车马人流来不及惊呼，本能地滚爬躲开之际，黑云已经卷过了吊桥冲进了城门……一切都像晨曦中的一个噩梦，整个上蔡都陷入了梦魇之中。没有任何抵抗，乌黑的浓云已弥漫了正在伸着懒腰的城堡。

当上蔡郡守被从官署寝室的卧榻上拖出来时，瞪着老眼一连串喝问："将军何人，纵奉王命来索粮草，也当在老夫卯时梳洗之后公案说话，何能如此无理！一身乌黑，秦军一般，不怕老夫问你个轻慢国色之罪么！"王贲提着马鞭不无揶揄地笑道："郡守看好了，我等原本便是秦军秦将，难道不一身乌黑么？"须发散乱的老郡守揉着老眼万分惊讶道："你等果真秦军，是借道还是借粮？"王贲冷笑道："不借道，不借粮，就要这座上蔡城。""你！秦军已经攻占了上蔡？"老郡守如梦方醒，似乎还不能相信。王贲一阵哈哈大笑道："占没占自家去看，我只对郡守一句话：秦军还要继续攻占楚国城池，立马报给楚王，看是你报得快还是我攻得快！记住了？""记，记住了。"老郡守大汗淋漓，二话不说飞奔出了官署。

正午时分，秦军轻骑在城内饱餐一顿，又闪电般去了。

当上蔡郡守的特急上书飞到郢寿（郢都寿春）时，楚国王城正在纷乱之中。刚刚即位做了两个月楚王的芈犹突然莫名其妙死了，各方权臣贵胄大起争端，为究竟是宫变谋杀还是暴病身亡剑拔弩张地争吵不休，连国丧也无法举行。表面原因，是无法确定死王芈犹的谥号。上蔡急书犹如当头冷水，郢寿顿时冷却下来，毕竟亡国事大，谁也不敢轻慢。分领国事的昭、景、屈、项四大部族权臣与芈氏王族元老立即紧急会商，终于在三日之后纷争出两个对策：一是确认死王谥号为哀王，常礼国葬；二是推出公子负刍继任楚王，应对秦军攻城略地之险。

三日间又有急报接踵而来：城阳、繁阳、寝城连番陷落！

楚国君臣一日数惊，心头突突大跳，朝会上人人脸色铁青却无计可施——以这种日陷一城的狂飙战法，纵然立即调兵，只怕也不知道该到何处对敌。最后，还是新王负刍颇有主见，摇着几卷紧急上书道：“诸位，秦军不会以三万轻骑南下灭楚。此战，必有缘故也。四城陷落情形相同：秦军只攻陷城池，一不大掠府库，二不大肆屠戮，三不驻军占据，攻占之后补充粮草即去。亘古至今，谁见过如此攻城灭国之军？”大臣们这才有所回味，纷纷议论一番，越说越觉蹊跷，最终一致认定只能加紧探察，只要秦军不南下郢寿，不能轻举妄动。

楚国君臣举棋不定的几日之间，秦军已经飓风般掠过汝水，又攻下了汝东三城。楚军斥候快报也纷纷传来，秦军情形终于清楚：统兵大将是王翦长子王贲，其一路攻城北上，目下没有转攻郢寿的谋划。楚国殿堂这才舒缓下来，大臣们竟有些服了这个有谋杀哀王嫌疑的新楚王了。

转眼之间旬日已到，秦军果然连续攻下了汝水两岸的十座城池。

第十一日，新楚王负刍接到了秦军大将王贲的一卷书简，简单得只有寥寥数语：“楚国阴连韩国遗民作乱，殊为可恶！若不改弦更张，本将军将一举攻破郢寿，将尔等君臣赶入大江喂鱼！今已牛刀小试，而后言出必行，楚国君臣自家揣摩。”

“原来如此啦——”

楚国君臣们如释重负，不约而同地欢呼了一阵。之后朝会三日商议善后，楚国君臣越想越是后怕：这王贲仅仅率领三万轻骑，便风卷残云般在整个淮北飞旋十日连下十城，以如此战力，果真进攻郢寿，楚国岂不立即便是亡国危难？恐惧万分的楚国君臣立即议定出了两个防范对策：一则，由项氏大将项燕掌兵，秘密调集楚国兵马聚结于淮南山地，以防秦军随时攻楚；二则，立即与韩国旧世族切断联系，不能给秦军攻楚口实。危难当头，楚国拥有封地财力的世族权臣们也不再相互攻讦，几乎是没有异议地拥戴了这两个对策。

后来的事实证明：正是秦军的这次狂飙破城，给了楚国一个结结实实的亡国警讯，使楚国在山东六国中成为唯一清醒地预先防范秦军的大国；否则，楚国便没有项燕大胜秦军的最后光芒。这一点，王贲没有想到，此时的楚国君臣更没有想到。

王贲一路北上之间，韩魏情势又发生了出人意料的变化。

姚贾出使魏国，即位刚刚三年的新王魏假殷殷相迎于郊亭，将姚贾尊奉得神圣一般。魏假信誓旦旦，魏国与旧韩世族从来没有秘密联结，日后更不会有！无论姚贾以何等方式举出了多少迹象多少凭据，魏假都笑吟吟地摇头。在姚贾离开大梁的前一日夜里，魏国的太子兼丞相特意来见，告诉了姚贾一个秘密消息：韩国旧世族正在上党山地聚结士兵，张良从齐国邀来了许多技击侠士做将。这个太子丞相言下之意很清楚，韩乱根源不在魏国，在齐国。尽管姚贾统辖的黑冰台有着强大的探察能力与诸多的消息通道，但姚贾还是不能忽视这个目下难以确定真假的魏国说法。毕竟，秘密盟约破裂之后出卖对方以求自保的事，在山东六国太多了，谁能说魏国消息不是曾经的真相？片刻思忖，姚贾一面向王贲发出了快马急书知会消息，一面下令黑冰台立即探察上党山地。

之后，姚贾立即星夜赶赴齐国。几日后，姚贾已经完全清楚了所谓齐国通韩的真相：齐人进入韩国，全部是旧韩申徒张良以重金收买的任侠、方士、逃跑的刑徒及一部分穷困的渔猎户男丁；齐国君臣，确实没有以任何方式联结扶助旧韩世族。那个整日坐在母后灵前忧郁祈祷的齐王田建，摇着瑟瑟白头，当着姚贾的面对丞相后胜下令：“秦齐一家！秦国事，便是齐国事，全数追回韩国齐人！”

齐国之行，使姚贾对魏国的疑心陡然加重。姚贾几乎可以肯定，齐国不是韩乱的支撑者，支撑地只能在魏国；旧韩世族要在山水险恶的上党立军立国，没有中原仅存的大国魏国的支撑，几乎是不可想象的。可是，凭据何在？毕竟，姚贾是魏国人。对于自己的故国王室，除非有确实凭据，姚贾还是不愿意将它看得太卑劣太阴损。尚未离开临淄，姚贾已经飞书传令黑冰台都尉：黑冰台探员全部撤向上党、大梁两地，务必查清魏韩联结情形及韩乱部署！

从临淄回到大梁的次日，姚贾接到黑冰台都尉的两则归总密报。第一则，魏国助韩事已经查实：魏国信陵君旧时门客两千余人，伪称齐人，进入上党成为“韩军”主力将佐；当年追随信陵君击杀大将晋鄙的铁锥侠士朱亥，被张良定为三千敢死之旅的主将；魏国王室通过信陵君门客力量，秘密资助张良二十余万金，并许一支“商旅”车队从魏国敖仓秘密运送粮草北上，绕道旧赵官道从壶关进入上党。所有资韩事宜，皆奉魏王假的秘密令牌，由太子丞相施行。

“魏假也魏假，风华大梁必毁于你手矣！”

姚贾长叹一声，拿起了第二件归总密报。这件密报说，韩国旧世族的残存私兵已经陆续秘密开进上党山地聚集，以段氏、侠氏、公厘氏三大部族为主力，加上张良多年搜求的各色门客与散兵游勇，共计六万余人。各方会商，议定夏忙之后举事。张良宣示的复国方略是上中下三策：上策仿效代赵，迎回韩王安在上党立国，恢复韩国国号；中策拥立韩国一王族公子为君，相机南下，在楚韩交界处立国；下策由三大部族公推一人称王，国号必须为韩，立国之地届时相机确定。

“狗彘不食！竖子张良，野心何其大哉！”

姚贾二话没说，连夜飞车南下，赶到了安陵大营。

“韩军谁做大将？”王贲看完两则归总密报，眉头皱得铁紧。

“段成为大将，张良为军师。”

只这一问一答，两人不约而同地走到了钉在立板上的羊皮地图前。王贲虽没有亲身参加过那场惊心动魄的长平大战，但对这方浸透着秦赵两军鲜血的大战场却是了如指掌。不用姚贾带来的黑冰台都尉指点，王贲的长剑啪地打上了地图。

“这里。壶关口，石长城。”

“正是！将军如何这般清楚？”

黑冰台都尉的惊讶认可，使王贲的黑脸罕见地漾出一丝算是笑意的波纹。王贲接着用长剑指点着板图道：“旧韩世族选择壶关口、石长城一线为根基，其因由有三：一则，石长城有当年长平大战之后赵国构筑的秘密洞窟，这些秘密洞窟，都藏满了粮草；二则，此地山高林密水流纵横，更有石长城壁垒，是上佳的隐蔽营地；三则，壶关口东出太行山最近，若举事失败，旧韩残部便于逃亡北上！”

“逃亡路径，将军可有预测？”黑冰台都尉对王贲大感佩服。

“或逃燕代之地藏匿，或逃辽东匈奴以图再起。除此无他。”

“正是！将军敏锐！”黑冰台都尉又一次惊叹了。

“看来，这张良尚算个人物。”姚贾点着头。

“再是人物也活捉了他！”王贲恶狠狠一句。

当夜，三人会商到天亮，应对之策终于确定了下来：王贲五万大军分作两路，秘密开进上党，旬日之内部署就绪；姚贾坐镇新郑，一则照应外围并与蒙武部协力阻截韩乱败兵南逃楚地之路，一则严密监视大梁王室的动向；黑冰台分作两部，剑士探员保护姚贾周旋魏国，文士探员跟随王贲幕府进军上党，职司王贲姚贾之通联协同。末了，姚贾正色道：“以战阵论之，韩乱事小。然以大势论之，韩乱发于中原腹心，关乎能否连续灭魏。长远论之，更关乎三晋平定之后，中原能否有效化入秦法秦政。唯其如此，少将军不可大意。”王贲一时颇见难堪，默然片刻却站起来深深一躬道：“先生教我，王贲一谢。轻兵袭楚之后，先生怕我骄兵，故有此言。先生不知，王贲少时即以武安君白起为楷模：万事可骄，唯不敢以国事兵事为骄。故终生行兵，武安君不败一阵。今贲身负秦王重托，举兵平定中原，安敢有轻慢之心哉！”姚贾又道：“如此，少将军以为袭楚之战与平乱之战，不同处何在？”王贲慨然道：“袭楚在兵，平乱在谋，岂有他哉！”姚贾不禁心潮激荡，起身一躬道：“少将军如此厚重内明，国家得人矣！大梁之事，老夫遂可放手周旋了。”两人大笑一阵，举酒连饮三爵，各自忙碌去了。

在整个秦军之中，王贲部最是快捷利落。天亮后一日整装，暮色初上时分，五万大军便借着夜色悄然北上了，安陵只留下了一座旌旗飘扬鼓号依旧的空营。姚贾最后巡视了示形军营，也率领车马大队连夜北上新郑。

六月初的上党山地，依然凉爽得秋日一般。

王贲五万铁骑的进军部署是：赵佗率两万轻骑从安阳北上，经邯郸西北的武安进入壶关出口山谷，卡住“韩军”退路；包含一万轻骑两万重装铁骑的三万骑兵，由王贲亲自率领，北渡大河从野王北上，经轵关陉进入西部上党山地，再越过长平关进逼石长城，与乱军正面接战。从心底说，无论山东六国将那个密谋作乱的张良传得多么神奇，王贲对这种乌合之众结成的所谓复国义兵，压根嗤之以鼻。然则，要使作乱者无一漏网地全部捕获，王贲却不敢掉以轻心。但凡军旅将士都知道，论战力，门客游侠死士刑徒等结成的乌合之众远不及任何精锐大军之万一，然要说逃亡藏匿之能，这般乌合之众却要远远强于任何精锐大军。古往今来，全军覆没的精锐之师屡见不鲜，却没有过任何一支游侠式的乌合之众被干净彻底了结，此之谓也。

进入长平关以北的山谷，王贲下达了第一道军令：一万轻骑秘密绕道石长城背后的河谷密林驻扎，两万携带大型器械的重装铁骑在光狼城外的山谷密林驻扎，两军一律冷炊，开战前不得举火。王贲的幕府设在了光狼城东北的狼山石窟，这是当年长平大战时白起的秘密统帅幕府。王贲对白起的景仰无以复加，一进上党便定下了幕府所在地，决意要对当年武安君的雄风感同身受一番。及至走进这座奉若圣地的巨大的石窟，王贲却被骤然激怒了。

“韩安卑劣！张良可恶！”

王贲的吼声回荡在石窟，洞外的护卫与司马们飞奔进来，不禁也愕然了。石窟依然是山风习习目光通透，只是与秦军传闻中的当年的武安君幕府景象大相径庭。正面洞壁上刻着八个石槽被染得血红的斗大刻字——痛失天险，韩之国耻！左下是“韩安”两个拳头小字。左手洞壁上则刻着两行同样斗大的红字——韩割上党而弱亡，祸未移而饲虎狼也！韩申徒张良决意复国，宁惧白起之屠夫哉！显然，这些字镌刻不久，用鲜血涂抹的石槽尚未变黑，还闪烁着森森然的血红。

当夜，王贲在火把之下愤然疾书，给秦王上了一道几乎与当下军事没有任何干系的请命书。上书如实禀报狼山石窟情形之后，王贲愤然云：“战国兵争，死伤在双方，胜负在自身。秦赵长平血战，旧赵将士尚未攻讦武安君，旧韩王及世族却竟如此猖獗，对我武安君以屠夫诬之，是可忍孰不可忍！今末将敢请王命：在狼山石窟修建武安君祠，立武安君石像，一里老秦民户移居山下长护长祭，我军平定韩乱之日，请杀韩王安与张良于狼山石窟祭祠！非如此，秦军将士心不得安也。”书成之后，一直守候在旁的司马有些犹疑，吭哧着说言辞是否太过。王贲大为气恼，一脚踹翻司马，又大吼了一声：“快马即发！秦王不从我请，还是秦王么！”

三日之后，年轻的蒙毅亲自驾车赶来了。

蒙毅风风火火，一下车便双手捧出秦王书高声道：“秦王有令，王贲所请全数照准！并在咸阳太庙东园修建武安君祠，永世陪祭大秦诸王！”王贲与将士们都没有料到秦王王书会如此快捷，不禁爆发出一阵从来没有过的狂呼，武安君万岁与秦王万岁的呐喊声如疾风般掠过山野。在狼山石窟查勘完毕后，蒙毅低声告诉王贲，秦王想要将这两方石刻挖下来运回咸阳，问王贲难也不难。王贲想都没想，立即回答不难，并立即下令通晓石工技艺的几个骑士率领三百人连夜开始动工，两日两夜已挖下刻石装上牛车上路。临行之时，蒙毅万分感慨地对王贲说了一个小故事：秦王接王贲上书之时正是三更时分，立召王绾、李斯、尉缭、顿弱四大员议事，蒙毅列座书录。王绾年长，刚刚入睡被人唤醒，进得门来尚在迷糊之中，皱着眉头听完事由，不禁嘟哝道，武安君之事牵涉甚多，又非紧急军情，何至我王夜半动众？秦王没有发作，反而起身对王绾深深一躬说，武安君被先祖错杀，牵涉再多，也是错杀冤杀。嬴政每思用兵便深为痛心，今武安君身死犹被人辱，我心如刀刺，岂能安卧哉！寥寥数语，在座大臣们都流泪了，老丞相王绾几乎无地自容……

“大哉秦王！”

后来王贲每每想起，他对秦王的景仰，以及反对老父亲在统兵灭楚之际对秦王以权术应对的做法，其根源皆在这次狼山请命。从那一日开始，王贲认准了秦王，决意终生追随。直至十余年后不意暴病，王贲对儿子王离说的最后一句话仍然是：“秦王大明！子必誓死追随！”这是后话了。

且说幕府立定，王贲立即在石窟幕府聚将，决意要赶在韩世族复国之际一举割除这个中原毒瘤。正当此时，姚贾从新郑送来一份黑冰台紧急密报：韩世族军密谋，旬日内突袭梁山，抢回韩王安，立秋在上党复国。“司马，念给诸位！”王贲狠狠将密报摔在石案上，黑着脸咬着牙走下将台，长剑咔嚓一声插进了碎石块堆积起来的写放[1]山形上。及至司马念完密报，将军们大吼一声“决平韩乱”，王贲这才冷漠平静地转过身来。

“乱军出山，天意也！”

呼呼摇曳的火把下，王贲的长剑指点着写放山川对将佐们道：“韩人既变，我亦得变！此，战之谋也，兵之谋也。原本，乱军固守上党，我军谋以重兵克之。今乱军出山夺王，我当以多路击之。总归一句：韩乱世族务必全数捕杀俘获！门客游侠逃脱几人姑且不论，要害是不能教韩乱世族逃脱一人！尤其是那个狗头军师，张良！”

“嗨！”

将军们一声吼应之后，王贲连续下达了十一道将令，每一道将令都清楚明白地交代了地形战法与相互呼应之法，堪称秦军自灭国以来最为翔实的战场将令。将军们一无异议，各领将令之后匆匆而去。待三名司马携带着三道军令飞马东去赵佗部，幕府冷清下来，王贲才大踏步走出

[1] 写放，战国时代对原物缩放复制的称谓。秦灭六国后写放六国宫室于北阪，是仿真景物与沙盘作业鼻祖。

了石窟，率领已经列队等候的三千飞骑疾驰而去。

王贲马队的方向，是上党西部的少水隘口。

依据原定方略，王贲军与赵佗军西攻东堵，合击全歼这支乱军。可姚贾的紧急密报却带来一个原先完全没有料到的变化：韩军要先行抢回韩安，而后再行复国大典。就具体的军事部署而言，这个变化意味着韩军将主动奔袭梁山，而不是原地绸缪复国再待机迎立韩王。如此一变，局面较原先复杂了许多，若仍然以原本谋划重兵合围，击溃韩军仍是胜算在握，然却显得漏洞极大，有可能使韩军在动势中大量逃亡，为此，必须有相应变化。若是寻常将领，仓促之间还当真难以谋划出妥善周密的用兵部署。然则，此时的秦军将领恰恰是王贲。战场兵事，王贲素来具有两大特质，一是胆略非凡，二是机敏过人且精细异常，小白起名号尽由此而来。一接姚贾密报，王贲心头立即划过一道闪电：这个消息真实可信！因为，它一下子解开了王贲多日的疑团——国无二君，韩世族复国如何会有三王之说？韩王果真未定，张良以何名号邀集旧韩世族与六万余军力？除非这个张良当真神乎其神，否则大大的不合常理。然，由于此前多方消息都相互印证了三王事实，王贲与姚贾便没有理由不相信。这道突然而及时的密报，一下子将原本不可思议的迷雾廓清了——张良并非神圣，还得循着当世常理确立一王而后举事作乱！此前所谓事实，显然只是韩国世族的示形术，有意迷惑天下耳目迷惑秦军而已。就在司马念诵密报的短短时刻里，王贲心思飞转，转瞬间谋定了应变部署。

王贲的十一道将令是：

其一，飞马急报秦王，不要向梁山增兵，既有守军也不须死战。

其二，五千飞骑秘密赶赴梁山要道埋伏，在韩军抢得韩王后堵截退路。

其三，一万七千铁骑赶赴河东渡口埋伏，在韩军抢得韩王返回时大举截杀。

其四，赵佗部一万飞骑秘密西进壶口，在韩军出动之后攻占其大本营。

其五，赵佗部五千飞骑西进石长城一线，全面搜剿韩军秘密洞窟。

其六，赵佗部五千飞骑埋伏壶关东口，截杀漏网北逃之韩世族。

其七，王贲自率三千飞骑居中接应，并在少水隘口做第二道截杀。

其八，两千熟悉上党山地的轻骑，全面搜剿藏匿山林之散兵游勇。

其九，斥候营两百余人，乔装各色人等刺探军情并搜捕韩乱主谋。

其十，三千铁骑赶赴上党南部入口轵关陉，截杀从新郑北进的旧韩世族。

十一，下令河东郡署，秘密向开出上党的秦军运送干粮干肉并战马草料。

王贲在少水隘口的密林驻扎到第五日，斥候营传来密报：韩军乔装成商旅的粮草车队已经开出，正向少水隘口而来。王贲冷笑道："些许粮草尚要自家料理，竟敢妄称得韩民心，岂非天下笑柄！"这便是真正的战争，军马举动间若无实际力量的支撑则寸步难行。就实而论，其时韩国已经被灭六七年，作为距离秦国最近且与秦国民众融会最密切的韩国庶民，对秦法秦治的清明已经有了深切实在的体味，很少有人再去怀念追思那个昏聩无能的韩国王室了。当此之时，旧韩老世族要举事复辟，要想做到庶民箪食壶浆以迎王师，已经是春秋大梦了。唯其如此，韩军要东来奔袭梁山，第一个难题便是粮草。这支由世族子弟门客游侠刑徒方士散兵游勇各色人等组成的韩军，要想做到秦军赵军那般自带军食长途奔袭，无异于白日做梦。唯一的办法，只能是自己先期输送粮草到特定地点，等候供应一路开来的军兵。若像通常大军那般粮草随行，主谋者又怕招摇过大进军缓慢，失去了奔袭的突然性而使秦军有备。而目下之秦军，非但有当年长平之战后秦国在西上党储存的粮草，而且开出上党也有所在郡县的秘密供给。纵然如此，秦军也是力求秘密快捷，全军冷炊不举烟火，在上党驻扎旬日而能使旧韩军一无觉察。

"放过粮草，任他去。"王贲轻蔑地一挥手。

三日之后，一支五颜六色的庞大马队呼啸着卷出了少水隘口。站在山顶一棵老树下的王贲，眼看着驳杂的马队从自己眼皮底下开出，非但没有丝毫的焦虑，反倒高兴得哈哈大笑起来："好！只要这群兔崽子出窝，老子管保秦王可睡安稳觉了！"

半月之后，战事没有任何悬念地结束了。

除了迎接韩王，韩军没有得到军师张良事先反复宣示的“天意”庇护，反而鬼使神差地每一步都撞到了秦军的刀口上。奔袭梁山之战，三五千秦军的战力分明并不如传闻中的悍勇。韩王被顺利迎接出山，韩军壮士们很是欢呼了一阵，韩王安还当场许诺，复国大典将赐每个将士三坛王酒。不料，东渡大河之后一切都翻了过来。河东渡口突然冒出的黑压压马队，一个回合冲杀便夺走了韩王，砍去了几乎一半的韩军头颅。韩军回头冲杀，梁山来路又冒出大片黑压压马队。大河两岸如此两三番折腾，韩军几乎被杀大半。一路突围冲杀到少水隘口，韩军五万余壮士剩下不到两万。不想，少水隘口又突然杀出一支飓风般的马队，攻杀之快捷猛烈直教这些游侠勇士眼花缭乱，想都来不及想便哄然四散了。侥幸逃出少水隘口的两三千人仓皇东来，要奔壶口出上党北上代国，堪堪将近石长城，不想秦军马队又黑压压从山脊压来。这最后一次截杀，韩国三大世族子弟全部被俘获，韩军主将段成也做了战俘。只有些许早早游离出大队的门客游侠逃出了重重追杀，作鸟兽散了。

虽然如此，王贲还是气得嗷嗷叫，原因是那个军师张良没有下落。王贲不死心，下令清理战俘、战场与被斩首级。可是，张良依然活不见人死不见尸。直到次年攻破大梁灭魏，王贲才从俘获的魏王假口中得知：那个张良在战场上装死，压在死人堆里一个昼夜，次日才趁着山雾逃脱了，而那个战场，恰恰就是王贲亲自截杀的少水隘口。

“张良！老子权当你狗头尚在！”王贲恶狠狠骂了一句。

“有黑冰台天下追杀，那个张良活不了几日。”姚贾安慰道。

姚贾赶来的时候，上党战场堪堪清理了结。除了被杀者，韩王安与旧韩世族全数被捕获，逃脱的游侠残兵也只有三五千之数。对于横跨大河与上党山地的东西千里大战场而言，王贲以五万秦军将六万余最难对付的游侠壮勇几乎一举清除，可谓奇迹也。尽管王贲对张良逃脱耿耿于怀，然在姚贾部署黑冰台追杀之后，也大笑一阵释然了。当夜军宴，姚贾笑问王贲：“杀韩王以祭武安君，要否再度请命秦王一次？”王贲大手一劈道：“不要！秦王此前已下书准许，宁有变哉！”姚贾摇头沉吟道：

“至少，少将军须等得三五日再说。”王贲有些不悦，然最终还是点头了。于是，两人在禀报平乱的归总上书上共同用了印，派出快马特使立报咸阳，军宴便散去了。次日清晨，王贲尚在酣睡之中被人摇醒了。王贲正要发作，睁开眼睛一看，年轻英武的蒙毅笑吟吟站在榻前。

“蒙毅！你如何来也！”王贲惊喜过望，一拳捅得蒙毅一个趔趄。

“啊呀！我若女子，非被你捅死不可！”

“你兄弟纸糊的呀，快说！甚事！”

“我还饿着肚子，不说。”

“快！酒肉上！三份战饭！”

“不不不，两份足够。”

守候在幕府外帐的司马，应声将现成的战饭捧来两份：两张大锅盔，两大块干牛肉，两皮囊马奶子酒，唯一的奢侈是外加了一盅白光光的醋浸鲜辣小蒜。蒙毅一笑，立即坐在案前大嚼大咽，连王贲看也不看。王贲散乱着长发光膀子裹着一领大布袍，也顾不得去梳洗，只怔怔地盯着蒙毅呼噜噜吃喝，看得帐口的司马想笑不敢笑想说不敢说想走又不敢走，只满脸通红。好容易，蒙毅全数清扫了两份战饭抬起头来，王贲还是直愣愣盯着。

“秦王有令。”蒙毅板着脸淡淡一句。

“如何？”王贲黑着脸。

“若捕获韩王段成之流，立杀以祭武安君。”

“娘也——”

见王贲低呼一声瘫坐在地，蒙毅高兴得大笑不止。王贲忽地爬起来抓住蒙毅便打，蒙毅只顾捂着头大笑不止。王贲打得几下松开手喘息一声，两人这才开始正经说事。王贲说，姚贾的提醒，还真是搅扰得他一夜没有睡好，直担心秦王果然生变。蒙毅说，秦王最有担待，发出的王命说出的话，从来没有变过。王贲说，既然如此，秦王为何要再下一次书？蒙毅说，秦王自己不变，可别人担心秦王变，秦王又担心臣下担心自己变，于是有了这第二道下书。王贲说，世上本无事，都是人多心。蒙毅说，对也，秦王也说了，君臣相知千古难，除了孝公商君，只怕我等君臣也得揣摩着对方行事了。王贲不禁一叹，难，烦。蒙毅笑说，不难，不烦，只要各依法度做事，这是秦王说的。

两人说得一时，去姚贾军帐会商。姚贾得知秦王下书，感慨中来连呼惭愧惭愧受教受教。于是，一番筹划部署，三日后在狼山的武安君祠以秦王名义大祭武安君白起，在祭台前杀了韩王安与乱军主将段成。韩乱之事，至此遂宣告平定。及至王贲部回师南下到野王大河渡口，长史李斯又飞车赶到了。

李斯此来，是奉秦王之命会商对魏国战事。李斯先行叙说了咸阳会商情形：秦王咸阳朝会，大臣们都已经赞同了王贲的连续对魏国用兵的方略；然，大臣们也都担心王贲五万兵力不足，提出了三则对策：一是等待灭燕大军南下，二是调九原蒙恬军南下，三是调陇西军东来。秦王始终没有可否之见，只教李斯做特使，与王贲姚贾会商后再定。

“长史揣摩，秦王究竟何意？”姚贾皱着眉头问。

“秦王之意，战场用兵几多，大将最有言权。”李斯说得明白不过。

“少将军之见，五万兵力如何？”姚贾又问。

“大人只给我一个评判，魏国还有多少兵力？”王贲反问一句。

“二十万余。”姚贾职司中原邦交探察，没有丝毫犹豫。

“如此，我部兵马足矣！”王贲笃定拍案。

李斯良久默然，末了道：“就近伊阙有蒙武老将军五万兵马，少将军似可为用。”王贲答曰：“蒙老将军兵马同是秦军，自然要用。我意是说不须再从燕地、九原、陇西三处远途调兵，我有十万锐士，还有姚贾大人邦交周旋为助，一战灭魏有成算！”

“如此，少将军请接王书。”

谁也没有想到李斯随带秦王王书，不禁惊讶。李斯说，秦王明白交代，若王贲在平定韩乱之后灭魏依然胸有成算，当立即宣示王命，进入战事筹划，无须反复请命会商，故此有书命随带。王贲肃然起身一躬，双手接过王书展开，只有寥寥数语：“秦王特命：王贲为将，统领灭魏之战，山东秦军并各郡县，须一体听其调遣！”

王贲读罢，思忖片刻，双手将王书捧给了姚贾，并吩咐司马摆上简单的军宴为李斯洗尘。饮得两爵，王贲起身离座向李斯姚贾分别深深一躬道："灭魏之战关涉甚多，两位前辈教我。"李斯姚贾尽皆大笑。李斯不禁感喟道："少将军胸襟，有乃父之风也！"姚贾笑道："老夫倒是以为，少将军襟怀有如乃父，战场之才，犹过乃父也！"言语一涉老父亲王贲便大显局促，摇着头红着脸只向两人再度一躬求教。李斯道："战场行兵之事，老夫无以置喙。唯问少将军一句，对魏之战欲大张旗鼓乎？欲不动声色乎？"见王贲肃然思忖，李斯又道，"大张旗鼓者，公然开兵直逼国境，若灭韩赵燕三国之战也。不动声色者，不下战书，不公然进兵，似可说，几类商君收复河西之战也。"姚贾拍案道："长史所言，颇具深意。魏国情势，确有这两端选择。"王贲道："大人以为，魏国情势多有诡异？"姚贾道："然也！我军平定韩乱，分明拿到了魏国鼓荡韩乱之凭据，魏国君臣心知肚明，可硬是不声不响佯作无事。依据邦交成例，魏国已经向秦国称臣多年，此事不能没有个说法。然则，他偏没有！如此情形，大为反常，我军当真得审慎行事。"王贲边听边思忖，末了一拱手道："两位大人言之有理，灭魏战事当秘密筹划，不宜大张旗鼓。"李斯姚贾立即拍案赞同。之后，李斯思忖道："灭魏战法，少将军可有谋划？"王贲慨然道："末将一直揣摩灭魏，容当后告。"三人大笑一阵，直饮到暮色方散。

当夜，李斯西去姚贾北上，王贲大军开始了不动声色的秘密部署。

三　坎坎伐檀兮　置之河之干兮

这日，大梁将军突兀接到王命：魏王要夜巡城防，须提前一个时辰闭关。

第一次，素称夜不关城的大梁在暮色时分隆隆关闭了城门。城外宽阔的护城河上的几座大石桥也被铁栅封闭了，如同小城池收起了窄窄护城河上的铁索吊桥。虽然这是古老而不再具有实战效用的城防传统，然作为遵奉王命的闭关程式，这个几乎已经被人遗忘的传统却是必须遵守的。于是，已经没有了那种可以哗啷啷拉上放下的吊桥的大梁，破例用铁栅封闭了四座城门外的宽阔石桥，算作了“收起吊桥”这道程式。否则，大梁将军对讲究颇大的魏王无法复命。于是，也是第一次，夜幕降临时大梁城没有了内外相连的灯火河流，只有城头的军灯闪烁在茫茫平原，恍若夜空稀疏的星星。

曾几何时，大梁城风华富庶独步天下，与齐国临淄、秦国咸阳、赵国邯郸并称天下四大都会。四都之中，若论真正的商贾汇聚百工云集士人流聚物流畅通，还得说以大梁居首。因为，齐国临淄毕竟僻处滨海之遥，士农工商或望而却步或鞭长莫及，诸般气象与大梁相比稍显单薄。赵国邯郸虽为战国中期的后起大都，盛则盛矣，却多以大河之北的胡商、燕商以及天下任侠所向往，楚齐人士与治学之士则较少涉足，蓬勃之中便少了些许郁郁乎文哉的气象。时人所言质胜于文，此之谓也。秦国咸阳大出天下，自不待言，然终因与山东六国恩怨纠结，又因律法甚严，人流物流终归受了诸多限制，于是乎与邯郸类似，少了一些令人心醉的文明风华神韵。唯独大梁，地处苍茫无垠的大平原，濒临大河而居天下腹心，水路宽阔，官道交织，车马舟步样样快捷，衣食住行件件方便，辐辏云集人物汇聚，蓬蓬勃勃而成枢纽之地。战国初期，大梁尚未成为魏国都城，已经是中原地带财货集散的工商重镇了。及至魏惠王时期筹划迁都，历经数十年营建扩展，于秦国夺取河西之地后正式迁都大梁，这座重镇遂以令人炫目的气势迅速崛起为天下第一大都会。当年苏秦对大梁的说法是：“人民之众，车马之多，日夜行不休已，无以异于三军之众！”也就是说，车马人流多得如同大军行进。张仪对大梁的说法是：“地四平，诸侯四通，条达辐辏，无有名山大川之阻……从陈（楚）至梁，马驰人趋，不待倦而至梁。”可见其交通便捷。但是，作为魏国都城的大梁，其特异不仅仅在于繁华便捷，而在于一种独有的神韵：她包容接纳了天下各色人物与列国滚滚财货，能够为任何行业提供最为广阔的天地，能使各色人等最为自由地选择自己的出路，弥漫出一种战国独有的奔放张扬与自由进退精神。也就是说，特立独行地自由挥洒，绝不仅仅是一种士人精神，而是一种弥漫天下更聚结在大梁的人民风貌。时人言临淄云：“家敦而富，志高而扬。”究其实，大梁之谓也！

唯其如此，当魏惠王、魏襄王、魏昭王三代近百年，大梁始终是天下商旅百工的首选之地，是士人游学的神圣殿堂，是天下邦交角力的最大战场。历数战国名士，没有在魏国游学而能成为大家者，几如白乌鸦一般罕见。反过来，人流物流竞相汇聚，又大大地刺激了大梁的工商百业。那时的大梁，商社作坊鳞次栉比，名士学馆比比皆是，酒肆客栈遍地林立，珠宝皮毛盐铁兵器丝绸车马汪洋恣肆，天时地利人和具结交汇，大梁连仔细回味都来不及，便成了天下垂涎的首富大都。

“烁烁其华兮，皇皇大梁。”

“魏王，大梁金城汤池，秦人奈何哉！”

冷清空旷的长街上，魏王假与左丞相尸埕的对话飘荡在辚辚车声中。

午后时分，魏假正在与最心爱的几只猛犬嬉闹，太子右丞相魏炽匆匆前来，禀报了一则秘密消息：秦军王贲部已经平定了韩乱，于三日前班师回到了颍川郡的河谷驻地，有可能筹划攻魏！魏假思忖片刻，立即召来左丞相尸埕及大梁将军、河外将军会商。会商议题有两个：其一，如何就韩乱事对秦国说话？其二，秦军王贲部会不会攻魏？会商一个多时辰，大臣将军们一致认同了魏王假的两则决断：其一，韩乱之事秉承既往说法，咬定魏国从未参与支持韩国旧世族，因此，对秦不须回复，以免自召怀疑；其二，无论王贲是否攻魏，都要未雨绸缪，秘密向大梁调遣军马，并立即增强大梁城防。今夜立即巡视大梁城防，也是魏王当殿决断的。为此，大臣将军们很是赞颂了一阵魏王的深彻洞察。能如此快捷地做出决断，并得到大臣们如此拥戴，魏王假很为自己的用人之道及目下的庙堂权力框架欣然自慰：自魏武侯之后，魏国几曾有过如此同心协力之庙堂？中兴魏国，舍我其谁！

要解得魏假心绪，先得说说魏国目下的庙堂人物。

自迁都大梁，魏国国势不可阻挡地日渐衰落，与大梁都城的蓬勃风华之势形成不可思议的落差。其中奥秘，魏国人不解，天下人更不解，于是生出了种种议论评判。其中最令天下诟病者，是魏国的人才流失。自魏武侯死至目下魏假即位，魏国历经惠王五十一年、襄王二十四年、昭王二十年、安釐王三十五年、景湣王十六年，共五世一百四十余年。

这一百余年中，从魏国走出的名将名相名臣名士举不胜举。尤其是秦国名相名臣，几乎有八九成来自魏国。与此形成反差的是，除了一个信陵君，魏国在百余年中没有出过一个名将一个名相。于是，天下遂有了“魏才人用”之口碑。尽管魏国几代君王都不认这个口碑，可人才依旧在流失，魏国依旧没有当国栋梁。

魏假即位，很为这一口碑懊恼，决意搜求贤才中兴魏国。魏假聪敏好学，冥思苦想地归总出了魏国衰落的两则弊端：其一，用人不当。虽然魏假很不情愿承认这个弊端，但终归是天下公议，魏假还是认了。后来，魏假的这一胸襟很是被大臣们颂扬了一阵子。其二，权臣太重，使魏国庙堂不能有效决策，魏王决断每每受阻。魏假熟悉国史，认定君权受压的最大前车之鉴，是曾祖父魏昭王的少子信陵君权势过重的恶例。山东六国都对这个信陵君赞颂崇敬有加，自认学问有成的魏假却以为：信陵君盗窃兵符、击杀大将、擅自调动大军救援赵国，这是三桩等同于叛乱的大罪，在任何邦国都是不能不严刑处置的；可在魏国，居然能重新接纳信陵君返国并再次当权领政，祖父安釐王当真不可思议，天下人因此而抨击魏国不纳人才，同样不可思议。基于此等深思熟虑，魏假认定了一个不可动摇的根本：无论多大的贤才，都不能对魏王的权位构成胁迫，否则，不是真正的贤才。为此，必得谨慎遴选贤才，必得妥善构架庙堂权力。

庙堂权力，除了国君，第一个位置自然是丞相。

战国官制，各国虽略有不同，然到战国末期，事实上已经是大同小异了。就其趋同之势的根源而言，魏国可说是战国新官制的发端者。在文侯武侯及魏惠王前期，魏国在李悝变法邦国富庶之后，又确立了国君、丞相、上将军三权同领国政的庙堂权力体制，简洁明确，决策及施行效率大增，魏国迅速由富而强。魏文侯之世，李悝为相，乐羊为将，其时之黄金组合也。魏武侯之世，田文为相，吴起为将，大体也是一次黄金组合。魏惠王前期，公叔痤为相，庞涓为将，也算得颇具实力的庙堂架构了。魏国开创的三权制之所以有实效，根本点在于丞相开府制。开府者，丞相建立独立官署（府）而统辖百官处置政务，大体类似于后世的总理内阁制。上将军虽然也是开府，但只限于处置日常军务与战场统辖权，而成军权与调兵权则归君主，所以其开府不能与丞相开府相比。君主的权力，则通过原发性军权（成军权、调兵权、任将权）与用人权、赏罚权等等实现总体控制。从总体上说，虽然君权依然是最大权力，但开府相权与开府将权也具有很大的独立性，比后世的层层叠叠制约要简洁明快得多。这种极具实效的官制很是符合大战连绵的战国，所以迅速为天下所仿效。商鞅的秦国变法，在秦国建立了以魏国官制为底本的新官制，轴心便是丞相开府。其余各国变法所建立的官制，也都大体靠近魏国范式。因此，到战国末期，各国的丞相都是总领国事而居百官之首，成为最重要的庙堂首席大臣。

唯其如此，魏假不能不对丞相权力慎之又慎。

魏假思谋出了一个颇具新意的丞相方略：丞相职两分，设右左两丞相；依魏国尚右传统，右丞相居首，左丞相辅之；如此相权两分，对君权很难构成威慑，可谓两全其美。然魏假还是意犹未尽，又一番思虑，一个新方略又陡然闪现——以太子为右丞相，可谓万全！太子是自己的儿子，是法定的国家储君，兼领丞相既能使大权不旁落，又能使太子锤炼政务之能，岂非天衣无缝哉！思谋一定，魏假大感舒畅，立即下书朝野：魏王天下求贤，期盼相才中兴大魏，臣民人人得举荐，名士人人可自荐。之所以如此，是魏假已经谋定了行事方略：只有在选定左丞相之后，才能宣布太子任右丞相，否则，魏王求贤之名会大打折扣。

王书颁下之初，魏国朝野很是振奋了一阵。臣民们都以为这个魏王是个中兴明君，颂扬之余纷纷举荐人才。大梁原本物华天宝之地，纵然气象大不如前，毕竟还是天下士人荟萃地之一。于是，半年之内臣民三千余件上书，举荐自荐各色人物三百余。开始，魏假还捺着性子以当年魏惠王接见孟子的隆重礼仪为范式，在王城大殿先后十几次召见了二十六个名士，其中不乏法儒墨道各大家的著名弟子。然则，这些名士不是大谈变法强国，便是大谈整肃吏治。除此之外，这些名士们几乎不约而同地明确提出，要魏王“复初魏相权，复先王开府之制，用才毋疑”。魏假顿时心下冰凉，深觉时下士子们不识时务——方今秦国独大泰山压顶，不言保国而侈谈变法强国，还要拥有先王时的相权，这不是明明白白要做权臣么？岂有此理！

于是，魏假不再见任何一个士子，只秘密下书太子掌管的招贤馆：举凡入朝士子，但有资质者一律任为博士，赐其高车骏马并一座三进府邸，不任实职。不想如此一来，半年之间，魏国庙堂便有了一百多个峨冠博带的博士。博士者，当年魏惠王为对付孟子等博学大师与各学派人才而设置的一种官职也。博士的职责规定是："掌通古今，备顾问。"就实说，是没有任何实际职掌的散官。因了魏国殷实，尚能撑得起这等虚荣，于是，占地颇大的博士馆园林也就一直保留了下来。原本的老博士们，已走得一个也没有了。方今多事之时，相邻的韩国已经灭亡，国人振奋于新魏王的振作求贤，期望看到新任贤才们的新政气象。大大出乎国人意料的是，最为时人蔑视的博士馆却突然满当当热闹起来，峨冠博带的博士们高车骏马流水进出，饮酒博戏评点天下，终日无所事事地晃荡在酒肆坊间大街小巷，平添了一片弥漫着醺醺酒意的富庶浮华景象。

见多识广的大梁人愕然了，哗然了，茫然了。

不久，大梁街巷传唱起一首古老的《魏风》歌谣：

坎坎伐檀兮　　置之河之干兮
彼君子兮　　不素餐兮
坎坎伐辐兮　　置之河之侧兮
彼君子兮　　不素食兮
坎坎伐轮兮　　置之河之滨兮
彼君子兮　　不素飧兮

歌谣传入王城，魏假很不高兴。魏假通晓诗书，自然知道这是载进《诗》里的古老的魏人歌谣。这支歌的唱辞原本有三节，可如今传唱开来的却只有三节的头尾两句，一听便是嘲讽他的求贤设博士国策的。若是说白了，也难怪这首歌直教魏假脸红气促。你听——叮叮咣咣伐檀木，伐下来便丢在了河岸，那檀木可是专门做车轮的良材啊，他扔在河岸不用，他不是个白吃饭的蠢货么！叮叮咣咣伐树，说好了要做车辐，可他还是将它们扔在了河边，他这个人啊，不是个白吃饭的傻蛋么！叮叮咣咣伐树，说好了要做车轮，他还是将它们撂在了河畔，他这个人啊，不是个浪费晚餐的白痴么！

“岂有此理！本王白吃饭么！”

尽管魏假愤愤然大嚷一通，可最终还是无可奈何地长叹了一声。防民之口，甚于防川。整个大梁都在唱，整个魏国都在唱，纵然国王又能如何？追查么，人海汪洋，唱的又是老歌，能问人何罪？若兴师动众，激怒了外邦商旅士人一齐离魏，大梁还是大梁么？反复思忖，魏假终于揣摩出了一个方略：立即在诸多博士中选出一个丞相来，教大梁人民看看魏国求贤是真是假，魏假是白吃饭的蠢货还是有为之君！

魏假乔装成一介布衣之士，漫步到了博士苑。在一片池畔的茅亭下，魏假恰遇一个须发灰白的博士在水边认真翻阅着一本厚厚的羊皮大书，端严肃穆之相令人肃然起敬。在大梁城这样一个风华之地，一个闲散博士不去酒肆博戏坊挥洒游乐，而独自枯守清冷，仅是这份节操，仅是这份定力，也决然是个人物。心念及此，魏假轻轻走进了亭下。

“敢问先生，高名上姓？”魏假深深一躬。

“尸埕。”老士没有抬头，左手在石案上写下了两个大字，“寻常人听不来如此两字，有学则一看自知。”显然是老士习惯了这种问答，说话写字都没有抬头。

“噢，先生是尸子后裔？”魏假博学，一看笑了。

“足下何人？知道尸子？”老士惊讶地抬起头来。

“当年，尸佼是商鞅老师，天下皆知，我何不知？”

“不。先祖并非商君之师，足下听信误传也。”老士神情分外认真。

“愿闻真相。”魏假对古板的老人大感兴趣。

老人认真地说了一通先祖与商鞅的真相故事：尸佼毕生执王道之学，也极为推崇儒家孔丘，写下了二十余篇文章做一卷大书流布天下，决意要在某一大国履行其治国之学。那年，尸佼游学到魏国安邑，在洞香春酒肆的论战中结识了年轻的卫鞅。尸佼心高气傲，将自己的一卷羊皮大书送给了卫鞅，要他“师尸子之学，执一国之政，成天下之名”。卫鞅掂了掂羊皮大书笑云：“若足下之书果真实学，三日之后鞅自拜足下为师。”不想，三日之后再度相聚，卫鞅却将尸佼的羊皮书轻蔑地丢在了酒案上，同时拿出了自己的三篇文章，笑道：“足下胆识可嘉，然迂阔过甚也！二十余篇万余言，唯见崇王道尊儒学，未见一句言法言变。如此迂阔之学欲图治国变法，岂非南辕北辙哉？足下果然明睿，当拜我为师也！”说罢扬长而去。尸佼大感难堪，却也禁不住认真读了卫鞅丢下的三篇法家之文。旬日之后，尸佼寻觅到卫鞅的小小居所，当真要拜卫鞅为师。卫鞅大笑道：“前番之言，我只不服先生以王道之学为圭臬，何敢当真做先生之师哉！先生哲人也，‘天地四方为宇，往古来今曰宙’，仅此一言，足传先生千古之名，何求以我为师也！治学多端，治国之学本先生所短，先生何苦以短处立于人世焉！”尸佼大感顿悟，对卫鞅深深三躬，遂酣畅大笑而去，自此终生不复见……

“这？果真如此？”魏假第一次大大地惊愕了。

“先祖足迹，后人岂敢虚言！”老士高声一句满脸通红。

“那，先生所治何学？”

“治国之学。”

“噫！先生说尸佼接纳了商鞅之言，何以后人仍执治国之学？”

“先祖秉性偏执，隐居二十余年不见大成，又复入秦寻觅商鞅。其时恰逢商鞅临刑，先祖慌忙逃离咸阳逃奔巴蜀。临终之时，先祖遗言：商鞅之学不保自身，足见其谬；子孙须修治国之学，以正商鞅，以传后世。是故，老夫修习治国之学也。”

“天下之大，竟有如此反复？”

“老夫之学，惜乎魏王不见。否则，安知尸子不如商鞅也！”

“愿闻先生治国法度。”魏假深深一躬，认真地求教了。

“夫治国者，治人为先。”老士悠然吟诵，显然在念自己的成文篇章，“治人在行，行有四仪：一曰志动不忘仁，二曰智用不忘义，三曰力事不忘忠，四曰口言不忘信。使人慎守四仪以终其身，功业从之也！由此观之，治天下者有四术：一曰忠爱，二曰无私，三曰用贤，四曰度量！……”

“好！”魏假心头一动，不禁拍案赞叹。

“设若老夫入得庙堂，何愁天下大治焉！”老士也感同身受地慨然一叹。

魏假打量了老士一眼，没有说话走了。三日之后，魏假召见了老士，当殿拜老士为左丞相，慌得老士红着脸接连打出了一串响亮的喷嚏，一时涕泪交流不能自已，只连连打躬不止。拜相王书颁行朝野，魏国臣民一片哗然——魏国终究有丞相了，中兴有望了！要知道，魏国在信陵君之后，已经虚空相位多年了，魏国民众能不高兴么？不料，朝野还没高兴得几日，魏假的王书又下来了：太子魏炽兼领右丞相，与左丞相同领国政。魏国朝野再度哗然，大梁城再度哗然。战国之世谁都明白太子是国家储君，太子任相，其实几乎就等于国君亲自任相，能不重叠掣肘么？故此，夏商周以至春秋战国，没有过太子亲任丞相的怪诞庙堂。可是在魏国，偏偏就开了这个先例——魏哀王九年，魏国以太子为丞相！其时，不管魏国王室如何辩解说，太子为相是哀王受了苏代的游说，而苏代则受了楚相昭鱼的请托，是一时权宜之计而非长久国策等等；魏国朝野还是大觉别扭，公议始终认为魏国这段时日没有丞相。说也怪，对这种太子丞相，人民总觉得不对劲，不是真丞相，所以只要是太子任相，总是认定魏国没有丞相。如今又是太子任丞相，不是又回到魏国痼疾去了么，既然如此，求贤何来？于是，那首“坎坎伐檀兮”的老歌，又再次在大梁城的大街小巷哼唱起来。

“人民愚昧，王何计较哉！”

在魏假愤懑无从发泄的时候，尸埕的抚慰如一缕春风掠过心田。

不可思议的是，身为左丞相的尸埕，第一个坦然接受了太子右丞相，理由慷慨一篇：“治国者，忠爱为首也。忠君者，四仪之首也。皇皇君命，焉得狐疑哉！”如此这般，太子丞相的风波很快也就过去了，魏假的魏国庙堂也很是和谐安宁了。每遇议政，任何一个大臣但有不敬言论，左丞相尸埕都要义正词严地驳斥一顿，而后慷慨激昂地大讲一番“力事不忘忠”的四仪忠爱，很是替魏王假维护了王权尊严。不到一年，魏国庙堂的异己声音消失得干干净净，魏国君臣更见琴瑟和谐了。目下秦军觊觎魏国，许多大族世家都惶惶不安地准备要逃离大梁，只有左丞相老尸埕端严肃穆依旧，忠心耿耿地谋划着大梁城防，其周严细密，连那个久在军旅的大梁将军也啧啧感叹。从心底说，魏假越来越觉得不能没有这个老尸埕撑持庙堂，否则，他将陷入无边无际的聒噪，哪里还能整日与他的爱犬们耳鬓厮磨？

……

“禀报魏王，义商密报！”

刚踏上南门箭楼的垛口，大踏步迎来的大梁将军尚未行参见大礼，便急匆匆摇着一支铜管要说话。魏王侧后的尸埕很是不悦，黑着脸道：“礼为国本，将军何能如此无行也！”一身甲胄的大梁将军不禁面红过耳，想争辩两句却终是一拱手道：“末将甲胄不能全礼，尚祈魏王见谅！”魏假这才笑吟吟道：“无妨无妨，且说说义报消息。”大梁将军正色道：“咸阳魏国商社送来急报，咸阳水工多赴军前效力！商社揣测，秦军或图水战攻魏，盼我有备！”

魏假尚在沉吟之际，尸埕的花白胡须一翘先冷冷地道：“力事不忘忠。这商旅义报固然可嘉，然则，何以不报魏王？何以不报庙堂？又何以直报你大梁将军？”大梁将军惊讶地瞪着两眼，呼哧粗喘几声道：“要说根由，大约是魏国商旅还认定老夫称职。”尸埕看了一眼仍旧在沉吟的魏王，又辞色端严道：“自古以来，中原只有治水，几曾有过水战？普天之下，只有楚吴越三国有过水战，秦国白起当年攻楚有过水战，中原之地谁见过水战？商人见利忘义，道听途说，邀功而已。将军不思征发粮草构筑壁垒打造兵器，却将此等消息当真，何能筹划城防哉！大梁将军被搅得云山雾罩，一时竟不知从何说起，急得不断抹着额头汗水连连甩手，只瞅着魏王等待明断。魏假矜持一笑道：“大梁城防，关涉国人民治，向由左丞相统辖，将军但以法度行事，上下同心，大梁自是金城汤池也。”说罢一挥手，径自在城头漫步巡视起来。

夜来碧空如洗繁星低垂，与大梁城内外已经稀疏的灯火相映成趣。魏假第一次星夜巡城，看得兴致勃勃，直到三更才斗才走下了城头。尸埕感佩得无以复加，一路连连赞叹魏王宵衣旰食实乃圣王明君。跟随护卫的大梁将军却完全蒙了，分明觉得哪里不对，可又无法开口；分明目下该说兵务战事，可他找不到将这些事务纳入到一条大道理之下的那个入口；而没有这个宏阔玄妙的入口，你说的任何事都会被搅批得不知方向，往往还没涉及正题，便连那个话题也被淹没了。于是，冥思苦想又一头雾水，大梁将军如同一个梦游人，木然走完了四面城墙，却没有想出一句说辞来引出最想说的要紧兵事。

“上天也！大魏国没了，没了……”

恭敬麻木地送走魏王与老丞相，大梁将军瘫倒在了城头。

四 特异的灭魏方略震动了秦国庙堂

幕府将军案上，竹简羊皮简册堆成了一座小山。

移军汜水河谷，王贲对中军司马下了一道军令：“搜寻魏国典籍，越多越快越好。”这个中军司马是个兵家子弟，见事颇快，接令立即赶赴新郑向姚贾求助。姚贾一听哈哈大笑，连连拍案道：“少将军素以剽悍闻名，今欲智战下魏，国家之幸也！”二话不说，姚贾将基于邦交周旋多年搜求的三晋国史及诸般典籍全数给了王贲，整整装了三车。典籍运回当日，王贲便在幕府辟出了一间书房，教中军司马带了三个书吏先粗粗浏览一遍所有典籍，择出与魏国相关的所有篇章分类列好。而后，王贲埋首幕府，孜孜不倦地开始了寻觅揣摩。不到一个月，王贲有了自己独特的灭魏方略。

说起来，这也是王贲不为人知的潜在秉性所致。

少入军旅，沉静寡言的王贲是全军闻名的猛士。若用弓马娴熟之类的赞语评价王贲，未免失之单薄，不足以包括王贲的沉雄勇略与那种使将士们很是心悦诚服的气度。与其父王翦相比，这种气度是沉稳明快，绝没有丝毫的木感。秦军大将李信最是挥洒不拘，尝笑云于一班年轻将军：“铁木者，老将军也。精铁者，少将军也。”一班少将军们听得哈哈大笑，无须任何一句解说便心领神会了。盖秦人所言之“木”，是一种与暮气有别的沉滞之气。王翦阅历丰厚而稳健多思，凡事多以深远利害思谋，加之每战必先求诸将之见且极少动怒，凡此等等，军中将士常有些许不给劲感。是故，有了将士们一种小小的笑谈遗憾。当然，这也是因为秦军统帅前有战神白起为楷模所致，否则也不会生出如此比对。而对王贲，之所以有“精铁”公论，在于王贲的明晰判断与快捷勇猛，犹如上好精铁，弹指一敲当当回响。历经灭赵灭燕两大战，王贲的战场霹雳之风已经广为军中传颂了。但是，对王贲的另一层潜在秉性，将士们尚未觉察。也许，若非秦王力主王贲独当一面，王贲永远都没有机会爆发出这难能可贵的一面。

这一面，是王贲对将略的向往与追求。

王翦之家与所有的秦军将领不同，在故里频阳东乡始终保留着老宅庄园。灭赵之前，王翦家人始终居住在频阳老宅。那时候，王翦对秦王的理由是：“主力新军正在锤炼，臣不当陷入家室之累。”童年的王贲，是在恬静散淡的频阳老家度过的。父亲长年在军，书房空阔静谧。尚在蒙学的王贲，常常在父亲的书房里折腾，架起木梯上下打量，觅得一本兵书便窝在角落津津有味地读去。常常是母亲仆人满庄园寻喊，王贲才猛然跳起蹿将出来。

一次，父亲终于归家，聚来家人会商，要决断两个儿子的业向。父亲说国法有定，两子必有一人从军，老大已经加冠，可以从军；老二尚在少年，务农守家便了。母亲与家族人等无不点头。少年王贲一听大急，红着脸跳了起来嚷嚷：“我是老二！我不要守家！我要从军！”家人族人无不大笑。父亲板着脸道：“军旅不要少儿，休得搅闹。”王贲更急，红着脸又一阵尖嚷：“大哥长于农事，该守家！父亲决断有差！”父亲问：“如何你从军便不差了？”王贲一句尖嚷：“我熟读兵书！”言方落点，厅中族人笑得前仰后合。

“也好。你背两句兵书，我听。”父亲没有笑。

“凡人论将，常观于勇。勇之于将，乃数分之一耳！……”稚嫩的声音卡住了，王贲情急，抓耳挠腮道，“我，我再想想，想想……”

“你读了《吴子兵法》？”沉稳的父亲惊讶了。

“兵法是吴子好！要说打仗，我尊奉武安君！”

简单的对答之后，父亲久久没有说话。那一夜，忐忑不安的王贲看见父母亲寝室的灯火一直亮到四更。终于，父亲带走了王贲，秦军中便有了一个机警勇猛的少年士卒。那时，父亲正在全力训练新军，王贲被分配到了骑士营，用的名字是“胡贲”。除了掌管大军总籍簿的军法吏，谁也不知道这个“胡贲”是王翦的儿子。秦以耕战为本，王族子弟也没有世袭爵位，得凭自家的真实功劳立身，所以，王族与大臣们的子弟依法从军是很常见的事。为了公平的声誉，也为了军士融洽，许多王族元老与大臣将军，都将子弟化名入军，只有军法吏掌握其真实家世。秦军法度：化名只在入军前三年使用，之后得以真实姓名战场立身。三年之后，年仅十七岁的王贲在新军训练中脱颖而出，成了没有爵位的千夫长。及至主力大军东出之际，堪堪加冠的王贲已经成为全军最年轻的少将军。按照秦军老将的说法，王贲活脱脱是个小白起，天生的将军坯子。

一次大军操演，所有的年轻将军都飞马冲杀在前，唯独王贲，始终伫立在云车司令台下，亲执金鼓，号令进退，没有亲临战场冲杀。幕府聚将，蒙恬问其故。王贲慷慨对答：昔年吴起临战，司马将长剑捧给吴起，吴起掷剑于地高声说，将之使命在执金鼓而号令全军，不在亲临冲杀；末将以为，我军大将当效法吴起为上！

蒙恬没有说话，立即下令中军司马宣读操演统计。结果是，王贲部战果最大，伤亡最小。一班年轻的将军们无不惊讶。由此，蒙恬对王贲大为赞赏，不顾主将王翦的反对，一力上书秦王，将王贲擢升为主力新军的前军大将。灭国大战开始，蒙恬奉命率一军北上抵御匈奴，原本一心只要带王贲做副将。可王贲却响当当地说，除非去九原立即打仗，否则末将不愿北上！蒙恬笑云，跟老将军灭国，好是好，只怕老将军不敢用你也。王贲又是响当当一句，大秦有法度，不怕！虽然如此，最后还是秦王嬴政定夺，王贲才留在了主力大军之中。两次大战，王贲接受的将令都是做非主战的偏师，可每次偏师出战，王贲都完成得有声有色。灭赵大战对抗李牧，王贲是策应；攻入赵国后，王贲又是进军赵国陪都的偏师，没有得到主攻邯郸的将令；灭燕大战，王贲又是佯攻代国；攻下蓟城后，最长于奔袭战的王贲没能追击燕王残部，眼睁睁看着李信接受了令箭飞驰而去……不管将令如何，王贲都极为出色地完成了战场使命，且从来没有丝毫怨言。正因为如此，秦军将士们都很服气王贲，也都明白一个事实：王贲部是秦军毫无争议的第一旅精锐，只是尚未大展威风而已。也正因为如此，当王贲独率一军南下时，依依惜别的将士们更多的是为王贲高兴。

这就是王贲，崇尚谋勇兼备，将智战看做兵家根本。

“攻克大梁，非特异战法不能。”

“少将军有成算了？”

当副将赵佗疑惑地走进幕府最深处的书房时，疲惫的王贲很有些兴奋，吩咐军务司马搬来两坛老秦酒，与赵佗举着酒碗凑到羊皮地图前说将起来。王贲说：“当年魏国富得流油，将黄金都堆到了新都城的王城与城墙上，大梁城无疑是天下最坚固的大都。外城墙高十三丈，墙厚十丈，内夯土而外包石条，几乎是个四方块子墙。王城更甚，全部由砖石砌成厚墙，墙内连夯土也没有。如此这般城墙，任你飞石强弩诸般器械，砸到上边连个大坑也出不来。大梁城内粮草丰厚，魏军守个几年全然饿不着，鸟！魏惠王这老东西，建城真是一绝！”赵佗沉吟说：“除非奇兵智取，赚开城门，否则真不好攻破。”王贲连连摇头：“韩赵燕都没了，魏国上下都绷紧了弦，混进去赚城，人少不济事，人多进不去，即便混进去也可能出事，反倒折我人马，不中不中。”

“教姚大人黑冰台行刺，暗杀了魏王再乘乱攻城中不中？”

“也不中！”见赵佗也学说起了大梁话，王贲大笑一阵脸色又黑了下来，“邦交纵横时各国相互施展机谋，收买暗杀等原不足为奇。今灭六国，秦国就是要堂堂正正打仗，教山东六国最后一次输得心服口服！从韩乱看，暗杀魏王有后患，不能。”

“少将军只说，如何打法？”

“水战。”

“水战？调来巴蜀舟师？”

“不。明白说，河战！”

“河——河，战？”赵佗惊讶得似吟诵又似结巴。

“对！以河为兵，水攻大梁。”

“以河为兵？没听说过！”

“目下听，来得及。”

“有人说过水攻大梁？”

“你看，这是何物。”

王贲大步走到将军案前，从竹简山头拿出三卷哗啦展开。赵佗连忙过来捧起，看得一阵不得要领，急得抹着额头汗水道：“我文墨浅，看不出甚来，少将军明说！”王贲凑过来拿过竹简指点道：“这是三则水战典籍，一则战例，两则预言，你且听听其中奥妙。”于是王贲一口气说开去，整整说了近两个时辰。

先说水战战例。王贲所说的水战战例，不是水师舟船之战，而是以水为兵的决水之战。华夏自有兵戈以来，未曾有过决水之战。华夏自有水事以来，只闻治水以利人，未闻决水以成兵。否则，这则战例也不至于如此被王贲看重。这则战例记载在魏国国史中，说的是魏安釐王十一年，魏国如耳、魏齐先后为相，屡败于秦国；于是，秦昭王欲攻灭魏国，召群臣会商战法。当时，秦国有个将军叫做冯琴，认为秦昭王高估了秦国的强大，又忽视了弱可联众而胜强这个道理。冯琴对秦昭王讲述了一则晋国末期弱联众而胜强的战例，这则战例便是水战。晋国末期，有六家大世族主宰着晋国：知氏、范氏、中行氏、魏氏、赵氏、韩氏。其时知氏最强，企图寻找种种理由吞并五家，但凡一家违背自己意愿，知氏首领知伯便强邀五家共讨共灭，若有不从一并讨之。于是，没有几年，知氏先后灭了范氏与中行氏。这年，知伯又强邀魏韩两族围攻赵氏的轴心城池晋阳。其时，晋阳城池坚不可下，知伯便谋划掘开晋水[1]淹没晋阳。大水灌进晋阳之时，三族首领站在山头观看，知伯得意叹曰：“吾始不知水可以亡人之国也！乃今知之矣！”知伯此言一出，魏桓子、韩康

[1] 晋水，战国水名，《史记正义》引《括地志》并《山海经》云：晋水出晋阳悬瓮山，东南流入汾水。可知，晋水或为汾水上源，或为支流。

子两首领不约而同一个冷战。因为，汾水可以淹没魏氏轴心城安邑，绛水可以淹没韩氏轴心城平阳。魏桓子立即用肘撞了一下韩康子，韩康子也用脚踢了一下魏桓子，两首领遂心领神会。不久，便有了魏韩赵三族联合而攻灭知氏的春秋最大事变。不久，魏韩赵三家进而瓜分了晋国。也就是说，华夏正史记载的最早水战，便是知氏三家水淹晋阳。对这次水战何以决水三次都没有攻破晋阳，王贲的说法是："晋水太小，晋阳居高，水势不足以灭国也！"

两则水战预言，也都是直接相关魏国。

第一则，苏代预言攻魏水战。因为辅助燕国权臣子之夺位，苏代苏厉两兄弟在燕昭王即位之后逃往齐国，一直不敢回燕。后来苏代游历中原经过魏国，被欲图结好燕国的魏国缉拿，后经齐国周旋，苏代获救。苏代有感于燕昭王对自己的仇恨，遂对燕昭王写下了长长一卷上书，剖析燕国该当如何在齐、秦两大国之间谋求最大利益，结论是一句话方略："厚交秦国，讨伐齐国，正利也！"燕昭王很是看重苏代这卷上书，立即迎接苏代回到燕国谋划大计。后来，燕国破齐，一时成为强盛大国。当此之时，秦国邀燕昭王赴咸阳会盟，燕昭王欣然允诺了。苏代得闻消息，一力劝阻燕昭王赴秦，理由是今日燕国已经成就功业，与秦国不再是盟友，而是仇敌了。苏代对秦国作为有一句总括："秦取天下，非行义也，暴也。"苏代断言：只要秦国想攻灭山东六国，都有取胜战法，燕国不能与秦国走得太近而使秦国找到发难口实。燕昭王对苏代所说的秦国威慑不甚明了，苏代便一一陈述了秦国对各国可能采用的灭国手段。说到秦对魏之战，苏代预言了秦军战法：先攻下河东，占据成皋要塞，封锁魏国河内之地；再以轻舟水师决荥阳河口，淹没大梁；再决白马津河口，淹没河外平原。苏代将秦军战法概括为："陆攻则击河内，水攻则灭大梁！"并且断言，只要秦国公然以这种战法告知魏国，魏国定然臣服。这是战国名士第一次预言：秦军攻魏，水淹大梁是最大威胁。

第二则，信陵君预言攻魏水战。魏安釐王时期，齐国、楚国曾联军攻魏，秦国出兵救魏一次。安釐王因此而想与秦国结盟讨伐韩国，收回韩国占据魏国的旧地。信陵君认定这一邦交方略将铸成大错，为此对安釐王有一卷很长的上书。信陵君上书堪称战国末世的一部预言书，其所做出的预言有三则，都是惊人的准确：其一，韩国将亡，魏国岌岌可危；其二，韩亡之后，秦军攻魏必用水战；其三，魏国失去周韩屏障，祸必由此而生。信陵君上书的宗旨是两个：一则劝安釐王认清秦国的虎狼之心，二则力主魏国奉行“存韩安魏而利天下”的邦交战略，而三则预言，则都是在剖析魏国在消失韩国屏障之后的危亡结局。其中秦军对魏国水战之预言，除了用水不一，信陵君与苏代说得一般无二：“秦军兵出之日，河内必危；秦有韩国之地，开决荥泽水以灌大梁，大梁必亡！”昏聩褊狭的安釐王没有接纳信陵君上书，信陵君也终因无从伸展而自毁于酒色死了。

……

“看来，终是有眼亮之人也！”

“对！你赵佗也算一个。”

“我？”

“然也！你眼不亮，能看出别人眼亮么？”

赵佗哈哈大笑。王贲也哈哈大笑。笑得一阵王贲突然打住道：“你没异议，我看就禀报秦王了。”赵佗连连摇手道：“没没没，报报报，你文墨好你写。”于是，王贲立即铺开一张羊皮纸，两人说着王贲一个字一个字写了起来。写得两句，话语却总不顺当，王贲啪地搁下笔道：“认得字写不来字，鸟事！”赵佗大笑，连忙高声唤进军令司马。司马落座，王贲离案起身道：“好好好，我说你写，左右就这件事，来实的，不说虚话。”说罢，王贲转悠着一句一句说将起来。听得赵佗直呼痛快，军令司马憋着笑意不敢出声。不消一个时辰，誊抄用印封泥等一应程式完毕，快马特使便飞出幕府飞向了咸阳。

天上还闪烁着星光，秦王嬴政已走进了书房。

灭国大战开始以来，王城书房的公文骤然增多。除了秦国政务军务民治等等诸般待批文卷，战场军报及各方军情占了很大比重。除此之外，便是各方搜集的山东六国典籍。嬴政只要批阅完当日公文，但有空闲便埋首在六国典籍之中。如此一来，几乎每夜都在三更之后上榻。五更初刻鸡鸣头遍，嬴政准时起身梳洗，之后立即踏进书房。目下的秦王书房有两个长史，李斯居左领事，蒙毅居右辅助。李斯是老吏出身，精于文案理事，主要处置书房内事。蒙毅机敏缜密，则主要落实秦王批下的机密事务，以及紧急约见大臣会商等外事。就事而言，李斯每日的主要事务，是督导一班尚书吏将大量流入的各色上书、文卷与典籍，先分类理成种种待批文卷，而后分别送入秦王书房与王绾的丞相府。为了减轻秦王压力，李斯早已经征得秦王与丞相首肯，将凡是不涉及灭国战事、山东急务、官爵任免、治国方略的诸般文卷，一律交由丞相府处置，而后由丞相府归总禀报处置结果；凡是山东战事，则只接受灭国主将的上书，其余具体战事则统由战区主将处置。如此铺排，实际上将秦国公事整体划成了三大块：秦王领军政总略，丞相府实施日常政事，各方主将执掌灭国战场。就最后一点而言，目下秦军主要是三大战区：王翦的燕代战区、蒙恬的九原战区、王贲的中原战区。由于各方战区主将所需要会商者均非具体军务，而是方略大计，所以事实上不可能由上将军王翦总理，而必须归总到执掌总体航向的秦王书房。为此，无论如何分流政务，秦王嬴政的书房始终都是满当当的。

“君上如此劳作，何止宵衣旰食，直是性命相搏也！”

赵高对李斯的感慨，实在是不由自主。秦王如此步调，最紧张的是赵高。赵高知道，若一件文卷一时不到位，秦王是可以忍耐的，也不会为此责难李斯蒙毅；然若一伸手没有茶，或入茅厕没有净身内侍，则秦王一定会烦躁不堪甚或勃然大怒。一脚将他踢翻，已经是最小的惩罚了。为此，无论自己将内侍侍女训练部署得多么妥贴，无论自己多么疲惫，赵高都孜孜不倦地守在书房，秦王不入寝室，赵高不离开书房半步。纵然秦王进了寝室，他也要和衣卧在寝室外间特设的一张军榻上。赵高确信，只有自己知道秦王衣食住行的任何些小需求，自己知道秦王，比知道自己还清楚。

“赵高，去歇息歇息，这里有我。”

四更末刻踏进书房的李斯，看见了眼圈发黑的赵高脚步有些虚浮，怜悯地笑了。赵高看了看李斯，也勉力笑了一下，没有说话又去冰墙前忙碌了。不消片刻，秦王嬴政精神抖擞地走进了书房，走向了那张硕大的青铜王案，经过蒙恬监督建造的冰火墙拍了拍笑道："好！今日凉爽，坐得安稳。"李斯不禁惊讶一笑："如此宽敞书房，穿堂风何其清凉，君上燥热么？"秦王嬴政笑道："没有面前这道冰火墙，冬夏都坐不安稳，说不清也。"李斯目光一瞥，恰好看见赵高在远远帷幕后对自己偷偷笑了一下，心下不禁一叹："这个赵高，宁非秦王肚内蛔虫哉！"

"长史，有没有王贲上书？"

"有。昨夜方到，臣已列入首阅一案。"

"好！估摸这小子该有动静了。"

李斯已经快步过来，从最靠近王案的一张公文大案上抽出一卷递了过来。嬴政接过竹简展开，没读得两行一阵大笑，摇着竹简道："长史看看，王贲说话实在。"李斯拿起竹简，只见上边写道："禀报君上：末将翻了书，人说攻魏必以水战，呈来几卷君上阅后决之。末将之见，打仗便是打仗，不能有妇人之仁！不行水攻，白白教山东骂作虎狼，大亏！虎狼便虎狼，天下没有虎狼不行，遍地虎狼也不行。没有秦国虎狼，只怕山东战国都是虎狼，天下人还有活路么？水战事大，末将待命！"

"长史以为如何？"

"王贲说得扎实。"

"战不论道。王贲，是个小白起！"秦王将"是"字咬得又重又响。

"臣之见，倒是那一通虎狼论教人耳目一新。"

"对对对！"秦王连连拍案，转身笑道，"小高子！都说你小子跟长史学书有长进，来！立即将这段话大字誊出，挂在右墙。"赵高不知在哪里远远答应了一声，随即轻风一般飘到面前，笑意憋得脸色通红，一躬身接过竹简又风一般去了。

"然则，水淹大梁，究竟如何？"

赵高走了，秦王嬴政的心绪也平静了。只这淡淡一问，李斯便听出了秦王疑虑重重，绝非已经赞同了水攻大梁的方略。李斯转身在文卷大案上抽出三卷打开道："这是王贲呈送的水战典籍，君上要否先看看再议？”嬴政点点头道：“也好，眷抄几份，都看看，明晚会商。”李斯一点头，立即去部署了。

次日晚汤之后，王绾、尉缭准时走进了王城最是凉爽通风的东偏殿，加上李斯、蒙毅，这便是秦国目下决定长策方略的君臣五人秘密小朝会。蒙毅沉静利落，与赵高事先将一应事务准备妥善，便坐在书录案前不说话了。自此，朝会期间的所有细务都交由赵高处置了。秦王嬴政来得稍晚了一些，一进门便道：“王贲上书，诸位都看了，都说说，灭魏之战如何处置？”说话间赵高轻步走进，将一只蒸腾着热气的小鼎摆在了王案，轻轻打开了鼎盖。嬴政入座，拿起挺在鼎口的细长木勺笑道：“谁没晚汤，说话，再上。”见四人都摇了摇头，嬴政又道，“我听着，不妨事。”说罢一勺汤入口，竟丝毫没有声音，目光也始终巡睃着几个大臣。几位用事大臣多见秦王就食议事，久之习以为常，都拧着眉头思忖，一时没有人说话。

及至李斯正要开口，却闻殿外辚辚车声。秦王嬴政对李斯一摆手，立即推开食鼎，起身大步走出。片刻之间，廊下有苍老笑声与杖头笃笃声。几位大臣相顾一笑，不约而同地站了起来。此际，秦王已经扶着须发雪白的郑国走了进来，对大臣们高声道：“老令今日与会，是我请的。”大臣们这才醒悟，素来准时的秦王迟会，原是亲自去请老郑国了。四人分别过来与郑国寒暄见礼，遂分别坐定，郑国座案设在了王案之侧。及至秦王坐定，王案上已经收拾整齐，赵高早已经利落地收走了食鼎。

“王贲上书，政为之震动。”

秦王一叩书案，轻松神色倏忽散去，凝重的语音沉甸甸地回荡着：“大梁，冠绝天下风华富庶，聚结天下泰半财富，非同寻常城池。能否以水战之法下之，我等君臣须细加斟酌。水事多专，老令水家最有言权。谁有疑惑处，尽可征询老令评判。好，诸位但说。”

“以水为兵，亘古未尝闻也！”王绾慨然道，“晋末水战，赵氏并未因此而灭亡，是故并未撼动天下。今日不同，大梁居平原之地，若决河水攻之，焉能不死伤庶民万千？果然如此，秦国纵得中原，其利何在，道义何存？义利两失，何安天下！”显然，王绾反对水攻大梁，且将这一水战方略与秦国一统天下的道义根基联系了起来。

厅中一时沉寂。显然，这个话题太过重大。

“老夫之见，就兵说兵。”老尉缭轻轻点着竹杖，“果然水攻大梁，王贲必有周密铺排，断不会使满城庶民遭人鱼之灾。究其实，若是强兵之战，只怕三十万大军耗得三五年，也未必攻下大梁城。这便是根本。若非如此，王贲何须钻进书房谋战也。老夫倒是另一担心：果真水攻大梁，大河距城近百里，决口岂有那般容易，得多少民力可成？期间若遇大雨大风耽延时日，只怕也得年余时光，如此人力物力不逊于长平大战，秦国经得起么？”

“这倒要听听老令说法了。”嬴政殷殷望着郑国。

“果真水战，决河不难。”老郑国一招手，身后一个书吏推来了一幅装在平板轮车上的立板羊皮图。老郑国用探水铁尺指点着板图，“此乃中原河渠图。诸位且看，大河东去，鸿沟南下经大梁城外，距离之近，形同大梁护城河也。唯其如此，果然引水攻梁，水口不在大河，而在鸿沟。唯有一点，鸿沟水量不足大，须从接近大河的上端开口补水，方能成其势。信陵君说的荥口决水，便是此意。”

“鸿沟既然通河，何以水量不大？”尉缭很是惊讶。

“这便是水事了。”郑国叹息一声道，“鸿沟历经几代修成，通水百余年，水道已经淤塞过甚，早当停水以掘淤塞了。惜乎大战连绵，各国无力顾盼，遂有民谣云，‘鸿沟泥塞，半渠之水，河水滔滔，稻粱难肥。’是故，鸿沟通河，水势却小。”

“如此说来，果真水攻大梁，还可借机重修鸿沟？”嬴政很有些兴奋。

“然也！”郑国铁尺指上地图，“鸿沟灌梁，梁南大半段自成干沟，若能借机征发民力修浚开塞，未尝不是功德之举。”

“战损可补，这便对了！”尉缭兴奋点杖。

“一说而已。”王绾淡淡点头。

“长史之见如何？”秦王看了看一直没说话的李斯。

李斯虽没有说话，听得却极是上心。见秦王征询，李斯翻着案头几卷竹简道："晋末水战，并苏代、信陵君预言，臣都曾得闻，然终未亲见国史典籍之记载。今王贲能多方搜罗出国史所载，足见其良苦用心也。臣闻方才之论，国尉与老令对答，已经足证大梁水战可行，且水损可以清淤弥补。故此，臣亦赞同。然，丞相方才所言，关涉灭国之道义根本，臣不得不言。"见王绾肃然转身，秦王几人也目光炯炯，李斯翻开了王贲的上书副本指点道，"天下没有虎狼不行，遍地虎狼也不行。王贲之说，话虽糙，理不糙。对斯之启迪，不可谓不深。因由何在？在王贲捅明了一则根本大道：行天下之大仁，必有难以回避之不仁。想要天下没有遍地虎狼，必得天下先有虎狼；先有最强虎狼，而后方能没有虎狼，此之谓也！具体说，若不水攻大梁，使昏聩魏国奄奄不灭，天下不能一统，兵戈不能止息，而徒存仁义，长远论之，仁乎？不仁乎？是故，臣以为大梁之战，不宜执迂阔仁义之说而久拖不下！否则，中原之变数将无可预料。"

"大仁不仁。长史之言，商君之论也！"

秦王拍案，王绾摇了摇头也不再说话了。这便是秦国朝会的不成文规矩，当某种主张只剩下一个人坚持的时候，坚持者即或依然不服，也不再做反复论争；战时论事，大臣们都明白"事终有断"这个道理，诸多各有说法的大道理若无休无止地争下去，任何一件事也做不成。

"事关重大，政敢请老令。"秦王离座，肃然对郑国深深一躬。

"国事至大，王何言请也？"郑国尚未站起，便被秦王扶住了。

"大梁水事，政敢请老令亲临谋划。"

郑国目光一闪，不期然打量了李斯一眼。李斯当即对秦王一拱手道："臣愿辅佐老令赶赴河外。"秦王爽朗大笑道："老令与长史相知，事无不成。"又会商大半个时辰，当晚便将诸般事务安置妥当。曙光初上，李斯郑国登上赵高驾驭的王车出咸阳东去了。

五　茫茫大水包围了雄峻的大梁

尸埕带着大梁将军匆匆赶进王城时，魏假正在獒宫里消磨。

三晋之中，韩魏两国王室酷好神异犬种，赵国王室却对猛犬极是憎恶。这是因为，春秋时期的晋国曾发生过一次酷烈的政变，其怪异的开局是权臣赵盾在朝会后走出大殿时，被一只猛犬闪电般当场扑杀。从此，赵氏部族骤然沉入谷底，开始了漫长艰难的复仇复兴之路。也是由此，渐渐演化出了韩赵魏三家的秘密同盟与三家分晋的结局。不管那次政变对于改变晋国与三族命运具有多大的作用以及具有何等的意义，猛犬扑杀赵盾事件，都成为三晋部族一个不可思议的恐怖神话。要知道，豢养猛犬的屠岸贾，其时只是一个实力单薄的中大夫，不管他获得了当时晋国君主的何等暗中支持，若是没有如此一只神异的猛犬，其颠覆晋国朝局的勃勃野心只怕也是痴人说梦。毕竟，赵氏是尚武大族，赵盾的森严护卫与赵盾本人的胆略武勇，寻常剑士刺客几乎没有任何成功的机会。若非这只突然出现而又根本不为赵盾及其卫士注意的猛犬闪电般一扑，突兀地撕开了赵盾的胸腹，又准确地掏出了赵盾热腾腾的心肺一口吞了下去，至少赵国的历史很可能重写。

这一恐怖场景通过种种大同小异的传说，久远地烙在了三晋王室部族的记忆里。随着岁月的流逝，三家对这一事变的恐怖记忆，以截然不同的方式折射了出来。韩魏王室就事论事，生发出对神异猛犬的歆慕搜求，成为天下名犬的渊薮之地。赵国王室却不忘旧仇，一如既往地痛恨猛犬，举凡言狗皆一律冠以“恶”字，除了民间猎户的猎犬，王室从来禁犬。及至战国中期，韩魏两国王室的名犬已经天下闻名。进入战国末期，魏国的猛犬声名已经远远超过了韩国。此前的春秋时期，天下之名犬主要有两种：一种是洛阳周王室的秏犬[1]，长毛蜷曲，威猛异常，是周天子的狩猎神犬；一种是晋灵公时晋国公室的獒犬。何谓獒？后世西晋之张华有《博物志》，其中之《物名考》云：“犬高四尺曰獒。”也就是说，那时将身形高大的猛犬一律唤作“獒”，还并不是犬类特定品种的獒犬。因了“獒”并非确指，晋国公室这种獒在当时还有一个学名，叫做“周狗”，意为遗传于周天子神犬的大狗。及至战国中后期，天下名犬已经有三种：第一是魏獒，也就是魏国王室的獒犬，獒之成为犬类特

[1] 秏犬，见西晋张华《博物志·物名考》。

定品种，魏獒是鼻祖；第二种是韩卢，韩国王室豢养的一种大型黑毛犬；第三种是宋韸，宋国公室养的大型猛犬。这种犬也另有一名，曰骏犬，意谓可同骏马一般为人效劳。

诸般猛犬中，最有声名的自然还是魏獒。

魏獒之闻名天下，得力于魏王假。魏假还是少年太子的时候，对猛犬酷好之极。魏假十二岁时，其父景湣王许魏假可在王城之内任选一官署领事，以试探其心志才具。魏假没有丝毫犹豫，立即请求兼领“虞人”署。这虞人署，是执掌国君狩猎的官署，下辖一处园林专一豢养猎犬。魏假所神往虞人署者，实则神往猎犬园林也。景湣王不知其故，大大赞叹了一番少年太子的修身弓马之志，很以为儿子可望在统辖狩猎中锤炼出战场本领，从而成为中兴大魏的英主。景湣王是老太子继位（其父安釐王在位三十四年），在位十五年便死了。其时，魏假三十岁即位，执掌虞人署已经十八年了。这十八年中，魏假已经将猎犬苑经营得天下闻名，当年一座只有几十只猎犬的园林，已经变成了异常壮观的魏獒宫。魏假对獒的遴选有严厉法度：蹲地仍有四尺身高，方可选进獒宫冠以魏獒之名；否则，一律称为猎犬，而不能叫做獒。历经多年精纯交配繁衍，魏獒遂成一种品性独特的名犬，其凶猛与忠诚同样的无与伦比。唯其如此，魏獒之名天下大震。各国王室的声色犬马子弟与天下贵胄以及大商大贾，但言买犬，无不以到大梁求购得一只魏獒为荣。这个魏假，对獒犬钟爱无以复加，每每卖出一犬，无论公事如何要紧，都要丢开公事亲自与买家洽谈獒事，勘审买家是否具有爱犬之志与养犬之才，否则，买家纵然开出重金，魏假也毫无例外地一口回绝。及至狗生意成交，魏假还要为将走之獒举行狗宴饯行，特准离獒捕杀一名徒手剑士并当场吞噬。交獒之日，魏假也要亲自到场，直将大獒送出獒宫，方抚其头背洒泪惜别。凡此等等，使魏獒与魏假之名在天下声色犬马者口中几乎成为同一个名字，但呼魏王，常是“魏獒”两字。此后不久魏假降秦，出得王城之时，魏假尤作肺腑感喟云：“假做魏王三年，做狗王十八年矣！当年若生商贾之家，假何愁不成天下第一犬商也！”这是后话。

……

“敢请丞相止步，我王尚未出宫。”

虞人丞挡住了左丞相尸埕的匆匆脚步，口气矜持冰冷得教人无论如何想不到他只是一个连官阶都没进的吏身。饶是如此，尸埕也只能在这座形制怪异的石坊前原地站定，还得对这一身狗腥味的肥吏一拱手，才问道：“王在獒宫？有獒事？”小吏漫声道：“敢问丞相，我王何日没有獒事啊？”尸埕很是难堪，一时红着脸没了话说。身后的大梁将军勃然大怒，长剑呛啷出鞘，一步抢前直指小吏骂道：“大魏丞相将军在前，一个小吏竟敢如此猖狂！军情紧急，竖子若不快去禀报，老夫立地捅你个透心！”虞人丞脸色倏地变青，顾不得说话撒脚跑了，一串喊声顺着风势飘了过来：“禀报我王，大梁将军对獒不恭，要杀獒也！”老尸埕双眉紧皱连连摇头：“小人当道，国将不国也，国将不国也！”大梁将军愤愤然道：“你老丞相能挺起脊梁，大梁国人拥戴你护城，何须看这般小人颜色！”老尸埕大是惶恐连连摇头摇手道：“将军慎言慎言，事国以忠，事王以忠，臣下安敢乱忠爱之道！”大梁将军冷冷笑道：“忠忠忠，魏国出的忠臣少么？乐羊、毛公、侯嬴、如姬、信陵君一大串，还有你老丞相也算上，结局如何？还是国将不国！忠忠忠，忠有个鸟用！”尸埕一则气二则怕，想义正词严地驳斥却又无话可说，目下艰难时刻还不能开罪这个唯一可用的将军，无奈连连摇头，索性走到一边去了。于是，两人各自咻咻粗喘，谁也不理会谁了。

“两位何事啊？”

魏王假终于出来了，一身利落的短装胡衣与操持犬事的獒宫小吏一般无二，手里牵着一头黑亮的魏獒，脸上显然有不悦之色。不待两人说话，魏假走到大梁将军面前道：“你敢在獒宫前不敬？可知獒之灵异么？”大梁将军一挺身高声道：“犬为禽兽，任人驱使而已！”魏假冷笑道：“差矣！獒为神犬，识得忠奸，辨得善恶，见奸而捕，见恶而食！”大梁将军看也不看连连示意的尸埕，一拱手正色道：“魏王若信此物灵异，用它防守大梁便是，老臣请辞！”魏假脸色倏地一沉道：“好。只是本王想先看看，你是忠是奸？”尸埕脸色大变，疾步抢过来一躬：“我王不可！秦军压境，大将不可杀！”忠爱不离口的老尸埕素日维护魏王，今日破例变色，魏假倒是愣怔了。片刻默然，魏假冷冷问："秦军有异动？"尸埕拱手道："大梁将军得斥候密报，老水工郑国赶到了河外秦军大营，多有诡异。"

"有何诡异？"

"秦军可能水攻大梁！"大梁将军昂昂高声。

"水攻？水在何处啊？笑谈！"魏假脸色极是难看。

"魏王，老臣军中有信陵君故旧，都说信陵君当年有话……"

"信陵君有话，管得了今日么？"魏假立即打断了话头。

"臣启我王：信陵君预言，秦军攻大梁，必以水战！"老尸埕憋不住了。

"果然如此，獒犬岂不遭殃也！"

默然良久，魏假终于长叹了一声，将手中獒犬交给旁边的虞人丞，瘫坐到獒宫前常备的竹榻上散了架一般。不管多么忌惮信陵君而厉声呵斥两位大臣，对信陵君的用兵才具与洞察之能，魏假还是不得不敬畏几分的。当然，对自己的王位，魏假更是很在意的。诚实方正的尸埕说信陵君有此预言，决然不会有假，而信陵君有此预言，那就一定是一件危险的事情。心头闪过一连串思绪，魏假顿时心事重重，而第一个念头，是对这些獒犬的怜悯。

"魏王，便是护狗，也得有防守水战之法也！"尸埕很是急迫。

"本王早早巡视了城防，你等没部署么！"魏假突然发怒了。

"这？这这这……"尸埕蓦然想起那次巡城，顿时张口结舌。

"老臣有言！"一直铁青着脸的大梁将军开口了。

"说也。"魏假不耐地锁着眉头。

"水战防水。老臣之意，大梁军主力当开赴鸿沟北段驻扎，死守河外！"

"将军是说，只留偏师守城？"尸埕老眼顿时瞪起。

"大梁之危不在城防，在水患！"

"短视。"魏假似乎突然清醒过来，从竹榻上站起颇有气度地摆了摆手，转悠着道，"大梁城墙高厚，粮草财货储存颇丰。当年小小即墨能坚守六年，大梁至少还不坚守十年？十年之间，天下能不有变？齐楚能不救援大魏？然则，守城靠人靠兵，若大军主力出城，老弱偏师能守城么？再说，城外主力大军一旦战败，魏国岂不连根烂也！”

“我王是说，全军守城，至少十年；开出城外，朝夕不保？”

“老丞相何其明也！”

魏假很是为自己的见识惊讶，破例以大大褒奖尸埕的方式大大褒奖了自己一回。可是，大梁将军却板着黑脸一句话不说，仿佛没有听见。尸埕对魏王的破例褒奖似乎并不在意，凑过来低声问：“守城十年，老将军以为如何？”大梁将军冷冷道：“守城不外防，未尝闻也！”魏假立即接道：“岂有此理！即墨当年有外防么？如何守得六年？”大梁将军道：“即墨非不外防，无力外防也。我军能防而不防，岂非将水路拱手相让？”魏假大觉今日才思敏捷，立即气昂昂高声道：“此言大谬也！你防水口，秦军不攻水口么？两军战于水口，河水决口岂不更快！”大梁将军虽秉性刚直，终不愿与国王对着嚷嚷，默然片刻长叹一声道：“老臣只怕水淹大梁之时，我王尚在梦中也！”

“将军一言，出我神兵也！”魏假惊喜地猛然拍掌。

“我王有神兵？”尸埕一头雾水，又惊愕又茫然。

“然也！”

“世间当真有神兵？”尸埕的老眼瞪得更大了。

“神兵者，獒犬也！我出獒犬五百头，日夜轮换巡视鸿沟！”

“但有警讯，大军出城？”老尸埕显然在连番尝试着揣摩君心。

“然也！丞相万岁！”

“老臣惭愧，魏王万岁！”

国王与丞相惊喜万分地唱和着，大梁将军的汗水从额头涔涔渗出，淹得泪水也跟着涌流出来，大手一抹涕泪唏嘘了。魏假正在兴致之时，看得不禁大笑起来。自然，尸埕也跟着大笑起来。大梁将军万分难堪，猛然一拱手腾腾腾径自去了。

汜水河谷，秦军已经开始了周密的部署。

在向咸阳上书之后，王贲立即赶赴新郑，邀了姚贾一起赶赴洛水河谷的蒙武大营共商大计。王贲的主张是：水攻大梁虽有先贤预言，实施也将极有成效，然大梁毕竟是天下第一大都会，关涉方面太多，最终尚需咸阳庙堂决断。即便不行水攻，灭魏之战也是无可回避，作为中原大军主力大将，他必须做好秦王不允准水攻的战事方略。否则，水攻方略一旦被搁置，安定中原便没有成算。若要等到父亲的主力大军南下再行灭魏，对王贲而言，就意味着自己不堪大任，如此未免太没有劲道。是故，王贲力求在秦王王书抵达之前，谋划好第二套灭魏方略，若水攻不能便立即铺排强兵灭魏。

“后生可畏，后生可畏也！”

老蒙武听完王贲来意，油然生出一番感慨。洗尘小宴未了，老少两将军与姚贾便就着酒案说将起来，一气直说到五更鸡鸣。三人会商的方略也是两套，第一套是水战方略：王贲所部只须全力施行水战攻梁，包括征发民力开决水口等；蒙武军则总司外围策应，一则在陆路截断魏国残余的南逃东逃之路，二则总辖巴蜀调来的战船封锁大河航道，使魏国残余不能水路逃遁。第二套是陆战灭魏方略：王贲部以大型攻城器械，强兵全力主攻大梁，蒙武军狙击外围魏军以及有可能援救魏国的齐楚联军。无论施行哪套方略，姚贾的邦交人马都努力分化魏国与齐楚两国的关系，使合纵不能在最后关头死灰复燃。诸般细节一一确定，王贲心下大是舒畅，走到幕府帐口对着朦胧曙光张开两臂一个深深的吐纳，猛然转身笑道：“两位前辈想想，魏王假此刻做甚？”

“除了睡觉，还能做甚。”蒙武一笑。

“不。这只魏獒，在做狗梦。”

姚贾话音落点，蒙武王贲不约而同地大笑起来。蒙武恍然醒悟，饶有兴致地问起自己不甚了了的“魏獒”来由。王贲也是大感兴致，凑过来细听姚贾叙说。于是姚贾从头说起，将魏假的獒犬癖好说了小半个时辰，末了道：“大凡庙堂凋敝，从来都与君王恶癖相关。春秋战国以来，恶癖之君多有：燕王哙酷好上古虚名，行禅让大乱燕国；韩桓惠王酷好权谋，以水工疲秦之滑稽谋划救韩；齐宣王好学术，稷下养士而不用士；

楚宣王好星象，以天意决邦交之道……凡此等等，虽也荒谬，然大体不脱正道偏好。唯独这魏国君王，魏惠王之后代代有癖，且皆是恶癖，奇也哉！”

“代代有恶癖？”王贲惊讶了。

“你且听。”姚贾掰着指头一一道来，“魏惠王酷好珠宝，魏襄王酷好种马，魏哀王酷好工匠，魏昭王酷好武士，安釐王酷好美女，景湣王酷好丹药。凡此六王，皆不如这魏假癖好獒犬之奇特。如此邦国，安得长久哉！”

“丰饶魏国，风华大梁，如此这般去也！”蒙武感慨拍案。

“狗日的！拿了这个魏假，非叫他做狗不成！”王贲愤愤然。

“别。你还真成全了他。”

姚贾淡淡一句诙谐，三人一齐大笑起来。

洛水大营会商完毕，王贲回到汜水河谷，恰逢李斯郑国堪堪赶到。一说朝会决断，王贲大是振奋，立即向这两位水事大家请教起诸般细节。李斯只转述了秦王一个叮嘱：从此之后，天下是秦国的天下，无论战事如何谋划，都得虑及庶民生计。也就是说，既要尽可能地少淹没村庄田畴，还要与颍川郡会商好水战之后修复鸿沟的大事。郑国早已经知道秦王这番叮嘱，然在听完李斯转述后，还是大大感慨了一阵。战国兵争百余年，打仗虑及民生者不能说没有，然确实少而又少；秦王嬴政在一开始灭国时便曾着意叮嘱王翦，灭国战法不能等同于寻常战法，其意便在于此。后来的事实也证明，嬴政统一中国之后实施水利、交通、边塞、城池等诸般建设的实际功绩，中国历史上的任何一个帝王皆无法与之比肩。

就水事而言，郑国说得简洁明白。以大梁为鸿沟南北分段，鸿沟南段不用看，鸿沟北段是水攻要害，北段最要紧处，是引河入沟的沟口。沟口如何开？开在何处？得多少民力？他得亲自踏勘一番才能定下来。次日清晨，王贲率领着一支千人马队护卫着郑国李斯赶赴大河南岸的广武城郊踏勘。此时魏国实力大衰，秦国灭韩后，秦军的实际威慑范围已经遍及大河两岸，魏国军兵在大梁以北几乎销声匿迹。是故，此时魏国北部的荥阳、广武等小城池形成了战国之世的特有景象：只有民户居住，既没有魏军防守，也没有秦军占领，恍然是兵戈消失了的寥落田园。王贲带千人马队也只是谨慎防范意外，并非实际危险所致。所以，遥遥看见广武城，王贲下令马队隐蔽在一片山坳，没有军令不许出山。护卫郑国李斯等踏勘的，实际只有王贲与一班司马。

广武城坐落在大河南岸。这里原本是一片无名山地，因了广武城，这片山地叫做了广武山。广武城依山势修筑成了东西两座小城堡，中间是一道宽二百余步的山涧，时人也称做广武涧。当年开凿鸿沟引河，便是利用了这道天然山涧。先将山涧向北与河岸打通，河水先入涧再入沟，如此，山涧之岩石入口可控制水量。否则，两道土堤筑成的大沟，堤岸无论夯得如何结实，也经不起汹涌大河的浪涛冲击，要修一道引出大河的人工运河实在是不可能的。唯有天成广武涧，鸿沟才得以修通。郑国是鸿沟后期开凿的水工，对鸿沟水路地脉了如指掌。踏勘大半日，郑国心下已经有数，对着身旁王贲低声指点了各处要害，在暮色时分赶回了汜水营地。

当夜，王贲立即派出快马特使请来了蒙武与颍川郡守，会同李斯郑国，五人一一将各方事务会商妥当。次日清晨，王贲幕府聚将发令，一体部署了水攻方略。各方散去，整个河外的秦军营地与郡县官署便悄无声息地忙碌了起来。蒙武回到洛水大营，立即派出一万轻骑交给颍川郡守，分别护卫郡守与郡丞率领的两班吏员赶赴鸿沟南段，秘密督导分别属于魏国南部与旧韩西南部的鸿沟两岸庶民退到山地高处暂住，更南段进入淮水一段，已经是楚国北部，一时无法顾及了。

王贲部五万主力分作了三路：一路是赵佗率领五千人马，督导两万名精壮民力开决沟口；一路是王贲的四万主力秘密进逼大梁外围的四面山丘高地，在决水之前同时策应赵佗两翼；一路是五千轻骑各方策应。三路之中，赵佗军是要害，限定决口时间是五天五夜。这是郑国测算的时日。郑国说不能再短，否则不能保得稳妥无事。赵佗的决水工程分作四个部分：其一，要将原来的进水山口拓宽，使灌田水量变成足够大甚至尽可能大足以淹没大梁城的水量；其二，要将河水进入山口的引沟拓宽，尽可能使河水畅通无阻地进入拓宽了的涧口；其三，要将广武涧进入鸿沟的沟口拓宽，使大大增加的水流能汹涌入沟；其四，要将鸿沟至大梁的沟段清淤开挖，以防水流进入大梁之前无效漫溢。这四处，最难的是最后一处。因为，清淤鸿沟靠近大梁，只能在夜间进行，还不能举火照明。为此，赵佗加意提防，下令清沟工程全部由两千骑士担当。不料，清淤河沟的第一夜便出事了。

“禀报将军，魏獒出动，咬死了一百多清淤士兵！”

在大梁南面的山丘上，一接到斥候急报，王贲带着卫士马队风驰电掣般去了。紧急查问，才知道大梁城夜间放出了数十只魏獒在原野流窜，士兵们低头劳作猝不及防，突兀被咬死咬伤百余人。王贲勃然大怒，断然一句：“清淤不停！我来杀狗！”飞马便去了。到得山丘，王贲立即下令：调三千轻装飞骑，人各携带一支长矛与一具臂张弩，分作十队沿鸿沟北段巡视，专一射杀魏獒！十支马队不举火把，黑色闪电般掠向旷野，及至五更，几乎全部射杀了在旷野流窜的几十只獒犬。

“岂有此理！何方猎户敢射杀我一队神獒！”

当魏假看见几只獒犬带着箭镞狂吠着跑回来时，惊恐愤怒得连连大吼，整个王城都被震动了。匆匆赶来的大梁将军说，秦军已经在鸿沟动手，射杀獒犬不是猎户，是秦军弩机马队，请命立即率军出城防守鸿沟大堤。魏假正在恼怒急恨，当头一句厉声叱责：“秦军动静你总这般清楚，你是秦将还是魏将！”大梁将军涨红着脸高声道：“鸿沟北段百余里，秦军出动数万军民劳作，虽说不举火把，郊野民户人人清楚！老臣有斥候营专司探察，再不知道岂非愚昧猪狗也！”“住口！狗比你强！”魏假最厌恶人骂狗，愤然戟指大梁将军，“你还不如狗！”声音尖厉得几乎如同发怒的内侍。大梁将军秉性刚直，一时不堪羞辱气得浑身发抖，转身大步便走。老尸埕情急，一阵碎步飞跑扯住了大梁将军低声道：“老将军素顾大局，臣子如何能与国君较真？”大梁将军黑着脸没有说话，但总算是被拽了回来。尸埕过来一拱手道：“老臣之见，大梁城防可全权交老将军处置，老臣自请全力征发民力督导粮草，我王坐镇王族便是。”魏假冷冷道：“城防无论交给何人，大军都不能出城。”尸埕抹着额头汗水颤声道："秦军决堤，我不护堤，岂非坐观水淹大梁么？"魏假道："大军出城能保得不被秦军吞了？届时没了大军，大梁纵有财货粮草，还不是砧板鱼肉任人宰割？！"尸埕急得左看右看摊着双手直叹气："君臣不协力，非忠爱之道也！无忠无爱，焉得有国哉！"大梁将军顿时觉得自己又将被这云山雾罩的大道之辩绕进去，立即慨然一拱手道："禀报魏王、丞相，非老臣不知忠道，实是自古打仗没有如此打法！国有大军二十万而不敢出城决战，未尝闻也！二十万大军窝在大梁城内，一不能施展兵力，二不能施展谋略，只能死死等着挨打！普天之下古往今来，有如此守城之法么！"尸埕也忧心忡忡道："老将军说的是战法，从大梁民治说，似乎也当如此。大梁以汇聚四海商旅为根基，自秦军南下以来，外邦商旅几乎逃离十之八九，若再不能使大梁城外水陆官道畅通，只怕连魏国商人也要逃走。其时，大梁内外隔绝，难矣哉！"

"也好！明晚你率三万人马出城，先做试探。"良久，魏假终于开口了。

"魏王，出则出，不能半吞半吐！"

大梁将军话还没有说完，脸色苍白的魏假已拂袖而去了。尸埕长叹一声，想对这位愤怒的老将军说几句抚慰话，可实在不知从何说起，又怕站得久了魏王回头问说了些甚自己不好回答，只有低头踽踽去了。大梁将军想走，却一下子瘫在了地上。

次日三更，魏军三万铁骑隆隆开出西门，越过城外两道宽阔的石桥，卷向人影涌动的鸿沟堤岸。大梁将军的谋划是先给为数不多的堤岸秦军一个猛袭战，而后立即退入荥阳郊野的山地秘密驻扎。如此可收两效，一则迟滞秦军水攻进程，二则至少可在城外保留一支策应人马。为奇袭得手，魏军三万铁骑一律不举火把，要打秦军一个措手不及。不料，三万铁骑堪堪逼近堤岸将要撒开阵形做扇形冲杀时，左右前三方陡然响起尖厉的呼啸，万千长箭在暗夜之中骤雨般当头压来。大梁将军一听箭镞风声，便知道这是秦军特有的大型弓弩阵出动了，不及思虑一声大喝："全军撤回！"魏军尚未展开便蜂拥后撤，人仰马翻一时大乱，死伤不计其数。当此之时，黑暗的旷野中杀声大起，鸿沟堤岸下杀出了一支不辨人数的飞骑，兜头向魏军退路方向截杀过来。魏军根本无法向荥阳方向冲杀，只能在箭雨飞骑的追杀中跌跌撞撞退向大梁。大约十里之后，秦军不再追杀，魏军这才渐渐聚拢起来。

“回，城……”

只说得两个字，胸前中箭的大梁将军昏厥了过去。

尸埕闻讯，连夜赶来清查人马。魏军被当场射杀两千余人，一万六千余人中箭带伤，其余全部是或轻或重的挤伤撞伤跌伤踩伤，军营一片血污一片呻吟，连外伤老医士们都有几个忍不住呕吐了。尸埕深为震惊，清查完毕后，于五更时分紧急请见魏王。不料，王城书房的主书出来说，魏王正在獒宫医治狗伤，魏王令明日午时探视大梁将军，丞相同往。尸埕惊愕万分，愣怔在书房廊下半晌没有一句话，眼看着曙色初上，这才被循迹赶来的家老扶了回去。

“本王早有预料，惜乎老将军不听也！”

正午时分，尸埕在大梁将军府门前与魏王会车。魏假当头一句感喟，尸埕第一次默然了，第一次没有了称颂魏王的兴致。一直到大梁将军榻前，尸埕都没有说话。大梁将军的箭镞深入骨肉，老太医只锯断了箭杆，却起不出箭镞。魏王假与尸埕来到榻前，大梁将军已经没有了血色气若游丝了。尸埕对着这位浑身浴血的老将军，第一次老泪纵横泣不成声。魏假皱着眉头，很是平静地说：“老将军若听本王，何有今日？”大梁将军艰难地翻了翻老眼，挣扎着说出了一句话：“秦军有备，我军太少！……”喉头一哽没了气息。魏假吩咐一声厚礼安葬，板着脸走了，对尸埕一句话也没有。尸埕没了老泪，召来老将军家人抚慰了一阵，又亲自拟定了安葬礼仪并向各相关官署做了部署，使老将军家人不致多方奔波，这才回府去了。

次日清晨，魏假召尸埕会商城防，王使回来禀报说老丞相府邸空空，除了官派仆役，合族百余口都走了。魏假很是惊讶，立即宣来城门尉查询。城门尉禀报说，昨夜二更，丞相马队出城，因有大梁将军府的夜出令箭，末将无权盘诘。说罢，城门尉捧出一支铜管，说这是老丞相吩咐呈送魏王的。魏假令主书打开，一方羊皮纸上只有寥寥几行：“老臣忠爱治道无以行魏，故此去矣！王不爱人而爱犬，将军尽忠而无门，岂非魏国之哀乎？大梁城破之日，乃王受天谴之时，王毋怨天尤人也！”

“老尸埕大胆！”魏假奋力将羊皮纸撕扯得粉碎。

魏假很是不解，这个老尸埕与这个老将军分明不是一种人，如何竟能撺掇到了一起竟至于惺惺相惜，岂不怪哉？更有甚者，大梁将军原本最该对魏假有怨气，因为他是当年信陵君的死力拥戴者，宁可上将军空缺，魏假就是不用他。可是，这个老将军临死都没有怨他恨他，没有说他一句话。相反，老尸埕最不该恨他，因为尸子之学实在不是治国之学，魏假能破例起用尸埕，该当对尸埕是永生的恩泽，然则，老尸埕偏偏怨了他恨了他，非但不辞而逃，还对他说了一番最难听的话。世间事，怪也哉!

两个老臣一死一走，很是自负的魏王假大感刺激。终日郁闷无以排解，魏假索性将国事一应交付给了太子，自己窝在獒宫整日与狗戏耍闭门不出了。魏假事后想起，太子丞相一日曾经禀报，说秘密派出特使去齐国楚国请求合纵抗秦，齐国丞相后胜与齐王建拒绝了魏国，楚国推说兵力单薄也拒绝了魏国，辞色都很是冰冷。后来，太子丞相也没有了举动。魏假还记得，大约窝进獒宫半个月后，一个夜半时分，王城外突然弥漫起无边无际的喧哗，正要下令查问，太子已经大汗淋漓地飞步跑来了。

“父王！水！水！大，大水——”

儿子那惊恐万状的神色，永远地烙在了魏假的心头。

那一夜，魏假在一队獒犬的簇拥下亲自上到城头看了水势。那无边汪洋的大水，成了他永远的噩梦。在高高城头看去，白茫茫大水映着天上一轮明月，粼粼波光在碧蓝的夜空下无边无际；没有了田畴，没有了村庄，幽暗的山影中依稀传来几声狗吠，无边的寂静陡然渗出令人窒息的恐怖。身后城中的喧哗不知何时已经悄然无声，万千庶民拥上了城头，密麻麻挤满了垛口，人人大张着嘴巴却没有一个人说话，所有人都陷入了可怕的梦魇。那一刻，獒犬们也没有了声息。魏假第一次真正地瑟瑟发抖了，没有说一句话，没有发布一则王命，悄悄挤出了人群，挤下了城头……

“信陵君，你好毒的口也！”

三日后，魏假从卧榻上起来，不得不举行残缺凋零的朝会，第一句话便是怨恨的感喟。没有丞相，没有上将军，只有一片王族贵胄与仅有的十多名大臣博士。人人脸色阴沉，没有一个人有说话的意思。魏假无奈，教太子逐个征询，竟然还是没有一个人说话。魏假大怒，一脚踢翻王案，甩着大袖径自去了。三日后，只有一个王族老臣秘密上书，一卷竹简只有两句话：“纵然有粮，城墙终究不支。水困难脱，唯保宗庙足矣！”魏假很清楚，老臣是说出路只有一条，那便是降秦。可魏假还想撑持一段时日，大梁毕竟城高墙厚，粮仓兵器库又都是满当当，纵然无法打仗，民变兵变决然不会生出。或许天意转机，在撑持时日楚国齐国会出兵，甚或秦王死了秦国乱了，魏国岂不大难不死，魏假岂不成了天下英雄？毕竟，秦王虎狼暴虐成性，上天终究会惩罚他，谁能说准这个天谴不在明天？种种思谋之下，魏假下了一道安民王书，谎称齐楚两国将出动水军战船前来救魏，要民众各安其所静待援军。于是，惶惶万状的大梁城民众，终究些许松了口气。左右没法打仗没法出城，只有天天站在自家屋顶守望水势了。

不料，水淹一月之后，固若金汤的大梁竟然出现了种种奇异迹象。所有的井水都溢出了井口，所有的街路房屋大墙都潮湿得水淋淋，所有的粮食都生出了绿芽，所有的肉食都霉绿发臭。直至街中积水渐渐增高，大梁城再也没有了往昔的蓬勃生机。此后，城砖石条一块块脱落，露出了夯土墙体；不到旬日，夯土墙体悄无声息地瘫成了一堆堆泥山，渐渐地，泥山也没有了……水淹大梁两个月后，秦军已经堵上了水口，水势已经渐渐退去。纵然如此，凄惨的景象仍然在继续。厚厚的淤泥填平了所有的洼陷，堵塞了一切进出大梁的通道，两月前还雄峻异常的大梁，已经变成了一片茫茫灰黄的废墟。

这时，即或秦军撤兵，魏国王室也无路可逃了。

三月之后，厚逾数尺的淤泥结成了硬实的地面，秦军进入大梁了。

魏王假袖着来不及递出的降书，被王贲俘获了。看着这个满身狗骚气的羸弱国王，王贲连认真呵斥几句的兴味也没有，认人之后大手一挥便走了。次日，魏假被姚贾押上一辆特制的青铜囚车，向咸阳辚辚去了。

这是公元前225年夏秋之交的故事。

六　缓贤忘士者　天亡之国也

魏国的灭亡很没有波澜，算是山东六国寿终正寝的典型。

一个国家的末期历史如此死一般寂静，以致在所有史料中除了国王魏假，竟然找不到一个文臣武将的影子，在轰轰然的战国之世堪称异数。作为国别史，《史记·魏世家》对魏国最后三年的记载只有寥寥三句："……景缗王卒，子王假立。王假元年，燕太子丹使荆轲刺秦王，秦王觉之。三年，秦灌大梁，虏王假，遂灭魏以为郡县。"三句之中，最长的中间一句说的还是国际形势。魏王假在位三年，实际只发生了三件事：秦灌大梁，虏王假，灭魏以为郡县。每读至此，尝有太史公检索历史废墟而无可奈何之感叹。

其所以如此，是因为魏国实在没有值得一提的人物了。

在山东六国之中，魏国灭亡的原因最没有秘密性，最没有偶然性，最没有戏剧性。也就是说，魏国灭亡的原因最清楚，最简单，最为人所共识。后世史家对魏国灭亡的评论揣测很少，原因也在于魏国灭亡的必然性最确定，只有教训可以借鉴，没有秘密可资研究。《史记·魏世家》之后有四种评论，大约足可说明这种简单明了。

其一，魏国民众的记忆感喟。百余年之后，太史公在文后必有的"太史公曰"中记载云：他到大梁遗迹踏勘搜求资料，在已经变成废墟的大梁遇见了前来凭吊的魏国遗民（墟中人）；遗民感伤地回顾了当年秦军水攻大梁的故事，"说者皆以为，魏以不用信陵君故，国削弱，至于亡。"也就是说，民众认定魏国衰弱灭亡的原因，是没有用信陵君。

其二，太史公自家的评价。太史公先表示了对大梁民众的评价不赞同，后面的话却是反着说。其全话是："……（对墟中人之说）余以为不然。天方令秦平海内，其业未成，魏虽得阿衡之佐，曷益乎？"直译，太史公是说：我不能苟同墟中人评判。天命秦统一天下，在其大业未成之时，魏国便是得到伊尹（其名阿衡）那样的大贤辅佐，又能有什么益处呢？果真将这几句话看做为魏国辩护，未免小瞧太史公了。究其实，太史公显然是在说反话。如同面对一个长期患有不治之症的病人，有人说这种病服了仙药也没用，你能说这个人不承认那个人有病么？也就说，太史公实际是有前提的，魏国失才之病由来已久，此时已经无力回天矣！

其三，东汉三国人评价。《史记·魏世家》索隐引三国学人谯周对魏国灭亡之评说云："以予所闻，所谓天之亡者，有贤而不用也，如用之，何有亡哉！使纣用三仁，周不能王，况秦虎狼乎！"谯周评说是历史主流的评判，他阐明了这样一个简单实在的道理：有贤不用，便是史谚所谓的"天亡之国"。若殷纣王用三个大贤（微子、箕子、比干，孔子称为三仁），纵然是明修王道的周室也不能取代殷商而王天下，何况秦国虎狼之邦，如何能灭亡果真用贤的魏国？应当说，谯周之论是对天命国运观的另一种诠释，因其立足于人为（天亡即人亡），因而更为接近战国时代雄强无伦的国运大争观，与战国时论对魏国灭亡的评说几无二致，应该是更为本质的一种诠释。

其四，后世另一种评价。《史记·魏世家》索隐述赞云："毕公之苗……大名始赏，盈数自正。胤裔繁昌，系载忠正……王假削弱，虏于秦政。"述赞评价的实际意思是：自立国开始，魏国便是个很正道的邦国，只是魏假时期削弱了，灭亡了。这是史论第一次正面肯定魏国。两千余年后，这种罕见的正面肯定在儒家史观浸润下弥漫为正统思潮。清朝乾隆时代产生的系统展示春秋战国兴亡史的《东周列国志》，其叙述到魏国灭亡时，引用并修改了这段述赞，云："史臣赞云：毕公之苗，因国为姓。嗣裔繁昌，世戴忠正。文始建侯，武益强盛。惠王好战，大梁不竞。信陵养士，神气稍振。景湣式微，再传而陨。"此书以"志"为名刊行天下，并非以"演义"为名，显然被官方当做几类正史的史书。这说明，这种观念在清代已经成为长期为官方认可的正统评价。这种评价的核心是：忽视或有意抹煞魏国的最根本缺陷，而以空洞的正面肯定贬损

“暴秦”，与三国之前客观平实的历史评判有着很大的距离。但是，它毕竟是一种观念，而且是长期居于正统地位的评判，我们没有理由忽视它。

一个“繁昌忠正”的国家能削弱而灭亡，这本身就是一个历史悖论。

历史评判的冲突背后，必然隐藏着某种被刻意抹煞的事实。

这个事实最简单，最实在：长期地缓贤忘士，而最终导致亡国。

魏氏部族是周室王族后裔，其历史可谓诡秘多难。

西周灭商之初，三个王族大臣最为栋梁：周公（旦）、召公（奭）、毕公（高）。其中的毕公姬高，便是魏氏部族的祖先。西周初期分封，毕公封于周人本土的毕地，史称毕原。《史记》集解引唐代杜预注云：“毕在长安县西北。”据此可知，毕原大体在当时镐京的东部，可算是拱卫京师的要害诸侯。之后，不清楚发生了何等样事变，总之是“其后绝封，为庶人，或在中国，或成夷狄”。检索西周初年的诸多事件，其最大的可能是，毕公高或深或浅地卷入了殷商遗族与周室王族大臣合谋的“管蔡之乱”，否则，毕公部族不可能以赫赫王族之身陡然沦为庶人，其余部也不可能逃奔夷狄。其后，历经西周、春秋数百年的无史黑洞，毕公高的中原后裔终于在晋国的献公时期出现，其族领名毕万，一个极为寻常的将军而已。

晋献公十六年（公元前661年），晋国攻伐霍、耿、魏三个小诸侯国，毕万被任命为右军主将。此战大胜，晋献公将耿地封给了主将赵夙，将魏地封给了右将军毕万。从这次受封开始，毕万才步入晋国庙堂的大夫阶层。也许是部族坎坷命运艰险，这个毕万很是笃信天命，大事皆要占卜以求吉凶。当年，毕万漂泊无定，欲入晋国寻求根基，先请一个叫做辛廖的巫师占卜。辛廖占卜，得屯卦，解卦云：“吉（卦）。屯固比入，吉孰大焉！其必繁昌。”因为屯卦是阐释天地草创万物萌芽的蓬勃之象，对于寻求生路者而言，确实是一个大大的吉卦。后来的足迹，果然证明了这个屯卦的预兆。这次，毕万也依照惯例，请行占卜，意图在于确定诸般封地事项。晋国的占卜官郭偃主持了这次占卜，解卦象云：“毕万之后必大矣！万，满数也；魏，大名也。以是封赏，天开之矣！天子曰兆民，诸侯曰万民。今命之大，以从满数，其必有众。”于是，毕万正式决断：从大名，部族以封地“魏”为姓氏；从满数，全力经营这方有“万民诸侯”预兆的封地。

至此，晋国士族势力中正式有了魏氏，魏国根基遂告确立。

其后，晋国出现了晋献公末期的储君内争之乱。此时毕万已死，其子魏武子选准了公子重耳为拥戴对象，追随这位公子在外流亡十九年。重耳成为晋国国君（文公）后，下令由魏武子正式承袭魏氏爵位封地，位列晋国主政大夫之一。由此，魏氏开始了稳定蓬勃的壮大。历经魏悼子、魏绛（谥号魏昭子）、魏嬴、魏献子四代，魏氏已经成为晋国六大新兴士族之一（六卿）。这六大部族结成了最大的利益共同体，不断吞灭、瓜分、蚕食着中小部族的土地人口，古老的晋国事实上支离破碎了。又经过魏简子、魏侈两代，六大部族的两个（范氏、中行氏）被瓜分，晋国只有四大部族了。经过魏桓子一代，魏氏部族与韩赵两部族结成秘密同盟，共同攻灭瓜分了最大的知氏部族。至此，魏赵韩三大部族主宰了晋国。

承袭魏桓子族领地位的，是其孙子魏斯。魏斯经过几十年扩张，终于在第四十三年（公元前403年），与赵、韩两族一起，被周王室正式承认为诸侯国。魏斯为侯爵，史称魏文侯。从这一年开始，魏氏正式踏上了邦国之路，成为开端战国的新兴诸侯国。

也就是从这个时候开始，魏国的政治事件成为我们必须关注的对象。

自魏文侯立国至魏假灭亡，魏国历经八代君主一百七十八年。在春秋战国历史上，近两百年的大国只经历了八代君主，算是权力传承之稳定性最强的国家了。这种稳定性，当时只有秦国、齐国可以与之相比，国君代次显然还要稍多。魏国君主平均在位时间是二十二年有余，若除去末期魏假的三年，则七任君主平均在位时间是二十五年有余。应该说，在战国那样的剧烈竞争时代能有如此稳定的传承，是极其罕见的。之所以要将代次传承作为政治稳定的基本标志，原因在于世袭制下的传承频繁国家，都是变乱多发所致。是故，君位传承频繁，其实质原因必定是政治动荡剧烈，君主传承正常，其实质原因也在于这个国家的政治稳定性强。当然，也不能绝对化地说，稳定性是传承少的唯一原因。譬如魏国，其传承代次少，还有一个重要原因，就是出现过两个在位五十年以上的国君：魏文侯在位五十年，魏惠王在位五十一年。其余两个在位时间长的君主是：魏武侯二十六年，魏安釐王三十五年。这四任君主，便占去了一百六十二年。

魏国政治传统的基本架构及其演变，都发生在这四代之间。

这一政治传统，是破解魏国灭亡秘密的内在密码。

魏文侯之世，是魏国风华的开创时代。

战国初期，魏国迅速成为实力最强的新兴大国，对天下诸侯产生了极大的冲击力。尤其对西邻秦国，魏国以强盛的国力军力，夺取了整个河西高原与秦川东部，将秦国压缩得只剩下关中中西部与陇西商於等地。这种令天下瞠目结舌的崛起，根源在于魏文侯开创了后来一再被历史证实其巨大威力的两条强国之路：一是积极变法，二是亲士急贤。

先说变法。魏文侯任用当时的法家士子李悝，第一次在战国时代推行以变更土地制度为轴心的大变法。史料对魏国这次变法语焉不详，然依据后来的变法实践，李悝变法的两个基本方面该当是明确的：其一是围绕旧土地制度的变法，基本点是有限废除隶农制、重新分配土地、鼓励耕作并开拓税源等等。其二是公开颁行种种法令，以法治代替久远的人治礼治。可以做出的总体评判是：后来商鞅变法的基本面，李悝都涉及了，只是其深度广度不能与后来的商鞅变法相比。虽则如此，作为战国变法的第一声惊雷，魏国变法的冲击作用是极其巨大的，其历史意义是亘古不朽的，其效用是实实在在的。

变法的同时，魏文侯大批起用当时出身卑微而具有真才实学的新兴士子，此所谓急贤亲士也。文侯之世，魏国群星璀璨文武济济，仅见诸史籍的才士便有：李悝、乐羊、吴起、西门豹、赵仓唐；儒家名士卜子夏、田子方、段干木等；故旧能臣重用者有翟璜、魏成子等。至少，魏国初期一举拥有了李悝、乐羊、吴起、西门豹如此四个大政治家，实在是天下奇迹。由此，魏国急贤亲士的声名远播，以至秦国想攻伐魏国而被人劝阻。劝谏者的说法是：“魏君贤人是礼，国人称仁，上下和合，未可图也！”

由于魏文侯在位长达五十年，这种政治风气自然积淀成了一种传统。

可是。魏文侯开创的这种生机蓬勃的政治传统，到了第二代魏武侯时期渐渐变形了。所谓变形，一则是不再积极求变，变法在魏国就此中止；二则是急贤亲士的浓郁风气，渐渐淡化为贵族式的表面文章。也就是说，魏文侯开创的两大强国之路都没有得到继续推进，相反，却渐渐走偏了。这条大道是如何渐渐误入歧途的？历史给我们留下了一些可寻路径的蛛丝马迹。

一则史料是，魏击（魏武侯）做储君时暴露出的浓厚的贵族骄人心态。魏文侯十七年，乐羊打下中山国后，魏击奉文侯之命做了留守大臣。一日，魏击游览殷商旧都朝歌，不期遇到了魏文侯待以师礼的田子方。魏击将高车停在了道边，并下车拜见田子方。可是，田子方竟没有还礼。魏击很是不悦，讥刺道："富贵者骄人乎？且贫贱者骄人乎？"田子方冷冷道："贫贱者骄人耳。诸侯而骄人，则失其国。大夫而骄人，则失其家。贫贱者，行不合，言不用，则去之楚、越，若脱躧（鞋）然，奈何其同之哉！"魏击很不高兴，但又不能开罪于这个顶着父亲老师名分的老才士，只有阴沉沉回去了。姑且不说这个儒家子贡的老弟子田子方的牛哄哄脾性究竟有多少底气，因为，战国时期真正的法家大政治家，反倒根本不会做出这种毫无意义的清高，该遵守的礼仪便遵守，犯不着无谓显示什么。我们留意的，是魏击的两句讥刺流露出的贵族心态——田子方虽贵为文侯老师，依然被魏击看做贫贱者，而贫贱者是没有对人骄傲的资格的！如此贵族心态，岂能做到真正的亲士敬贤？于是，后来一切的变味大体便有了心灵的根源。

另一则史料是，魏击承袭国君后不思求变修政的守成心态。魏击即位，吴起已经任河西将军多年。一次，魏武侯与吴起同乘战船从河西高原段的大河南下，船到中流，魏武侯眼看两岸河山壮美，高兴地看着吴起大是感叹："美哉乎山河之固，此魏国之宝也！"也许是吴起早已经觉察到了这位君主的某种气息需要纠正，立即正色回答说："邦国之固，在德不在险……若君不修德，舟中之人尽为敌国也！"结果，魏武侯只淡淡一个"善"字便罢了。吴起对答，后世演化为"固国不以山河之险"

的著名政谚，却没有留下魏武侯任何由此而警醒的凭据。请注意，这是魏国君主第一次将人才之外的物事当做“国宝”。此后，魏惠王更是将珍珠宝玉当做“国宝”，留下一段战国之世著名的国宝对答。魏武侯盛赞山河壮美，原本无可指责。这里的要害是，一个国君在军事要塞之前首先想到的是什么，如何评判山川要塞，至少具有心态指标的意义。魏武侯的感慨若变为：“山河固美，无变法强国亦不能守也！”试想当是何等境界？这件事足以说明，魏武侯已经没有了开创君主的雄阔气度，对人对物对事，已经沦落为以个人好恶为评判标尺了。

第三则史料是，魏武侯错失吴起。

吴起是战国之世的布衣巨匠之一，是中国历史上罕见的政治军事天才之一。与战国时代所有的布衣名士一样，吴起的功业心极其强烈，那则杀妻求将的传说故事，正是战国名士功业心志的最好注脚。后来的事实证明，乐羊、吴起被魏文侯重用，是魏国扩张成功的最根本原因。也就是说，李悝变法激发积聚了强盛国力，乐羊、吴起则将这种国力变成了实际领土的延伸。在整个魏文侯时期，乐羊攻灭中山国，吴起攻取整个河西高原，既是魏国最大的两处战略性胜利，也是当时天下最成功的实力扩张。李悝、乐羊死后，兼具政治家才华的吴起实际上成为魏国的最重要支柱。

可是，魏武侯即位，吴起没有得到应有的重用，既没能成为丞相，也没能成为上将军，只是一个“甚有声名”的地方军政首脑（西河守）。依着战国用人传统，魏文侯时期有老资格名将乐羊为上将军，吴起为西河守尚算正常。然在魏武侯时期，吴起依然是西河守，就很不正常了。《史记·孙子吴起列传》载：秉性刚正的吴起对这种状况很是郁闷，曾公开与新丞相田文（不是后来的孟尝君田文）论功，说治军、治民、征战三方面皆强于田文，如何自己不能做丞相？田文以反诘方式做了回答，很是牵强，其说云：“主少国疑，大臣未附，百姓不信，方是之时，属之于子乎？”应当说，田文对魏国状况的认定，只是使用了当时政治理论对新君即位朝局的一种谚语式描述，实际根本不存在。魏文侯在位五十年，魏击是老太子即位实权早早在握，如何能有少年君主即位才有的那种“主少国疑，大臣未附，百姓不信”的险恶状况？刚直的吴起毕竟聪明，见田文摆出了老脸与自己周旋论道，便知道此人绝不是那种凭功劳说话的人物，所以才有了史料所载的“起默然良久，曰‘属子之矣。’”吴起的服输，实际上显然是讲求实际的政治家的顾全大局。不想，却被太史公解读成了“吴起乃自知弗如田文”。这个田文，既不是后来的孟尝君田文，史料中也没有任何只言片语的功业，史料中的全部踪迹便是与吴起的这几句对答，及“田文既死”四个字。如此一个人物，豪气干云的吴起如何便能“自知弗如田文”？太史公此处之认定，只能看做一种误读，而不能看做事实。

历史烟雾之深，诚为一叹也！

重要大臣将军之间的这种微妙状况，魏武侯不可能没有觉察。之后的处置方式，立即证明魏武侯对吴起早已经心存戒惧了。田文死后，公叔为相。这个公叔丞相欲将吴起从魏国赶走，与亲信商议对策。其亲信说，要吴起走，很容易。亲信的依据是秉性评判：吴起有气节，刚正廉明并看重名誉。潜台词很显然，这等人得从其尊严名誉着手。亲信谋划出了一个连环套式的阴谋：先以固贤为名，请魏武侯将少公主嫁给吴起，言明以此为试探吴起的婚姻占卜——吴起忠于魏国，则受公主；若不受婚嫁，必有去心；魏侯必从，而后由丞相宴请吴起，使丞相夫人的大公主当着吴起的面辱贱丞相；吴起见如此公主，必要辞婚；只要吴起辞婚，便不可能留在魏国了。后来的事实果然如此：吴起辞婚，魏武侯怀疑吴起而疏远，吴起眼看在魏国无望，便离开魏国去了楚国。这是一则深藏悲剧性的喜剧故事，使吴起的最终离魏具有了难言的荒诞性。

吴起离魏，至少证实了几个最重要的事实：其一，魏武侯疑忌吴起由来已久，绝非一日一事；其二，魏武侯已经没有了囊括人才的开阔胸襟，也没有了坦率精诚的凝聚人才的人格魅力；其三，魏武侯时期，魏国的内耗权术之道渐开，庙堂之风的公正坦荡大不如前。从魏国人才流失的历史说，吴起是第一个被魏国挤走的乾坤大才。

魏惠王后期，魏国尊贤风气忽然复起。

魏武侯死时，魏国的庙堂土壤已经滋生出了内争的种子。这便是魏武侯的两个儿子，公子罃与公子缓争位。这个公子罃，便是后来的魏惠王。公子罃得到了一个才能杰出的大夫王错的拥戴效力，占据了魏国河外的上党与故中山国之地，公子缓失势。可是，公子罃还没来得及即位，韩赵两军便进攻魏国了。韩赵遵循晋国老部族相互吞噬的传统，要趁魏国内乱之机灭魏而瓜分之。浊泽一战，公子罃军大败，被韩赵两军死死包围。然则，一夜天明，几乎是在等死的公子罃却看见两支大军竟然没有了。事后得知，是两国对于如何处置魏国意见相左，各自不悦而去。对这场本当灭魏而终未灭魏的诡异事变，战国时评是："君终无适子，其国可破也！"也就是说，魏武侯终究没有堪当大任的儿子，魏国原本是可以破灭的。言外之意很显然：没有灭国，并不是公子罃的才能所致。然，公子罃不如此看，他将魏国大难不死归结于二：一是天意，二是自家大才。是故，公子罃即位之后立即宣布称王，成了战国时代第一个称王的大国（自来称王的楚国除外）。

魏惠王在位五十一年，可以分为三个时期：称霸前期，衰落中期，迁都大梁之后的末期。第一时期是魏国的全盛霸权时期，大约二十余年；其时白圭、公叔痤先后为相，庞涓为上将军，率军多次攻伐诸侯，威势极盛，国力军力毫无疑义地处于战国首屈一指的地位。第二时期，以三次大战连续失败为转折，魏国霸权一举衰落。这三次大战是围魏救赵之战、围魏救韩之战、秦国收复河西之战。第三时期，以魏国畏惧秦国之势迁都大梁始，是魏惠王的最后二十年。

总括魏惠王五十一年国王生涯之概貌，成败皆在于用人。

魏惠王其人是战国君主中典型的能才庸君。请注意，历史不乏那种极具才华而又极其昏庸的君主。秦汉之后，此等君主比比皆是，战国之世亦不少见。魏惠王者，一个典型而已。魏惠王之所以典型，在于他具备了这种君主给国家带来巨大破坏性的全部三个特征：其一，聪敏机变，多大言之谈，有足以显示其高贵的特异怪癖，此所谓志大才疏而多欲多谋也，与真正的智能低下的白痴君主相比（譬如后世的少年晋惠帝），此等"庸君"具有令人目眩的迷惑性，完全可能被许多人误认为"英主"；其二，胸襟狭小，任人唯亲与敬贤不用贤并存，外宽内忌，这一特征的内在缺陷，几乎完全被敬贤的外表形式所遮掩，当时当事很难觉察；其三，在位执政期长得令人窒息，一旦将国家带入沼泽，只有渐渐下陷，无人能有回天之力。

在君主终身制时代，这种“长生果庸主”积小错而致大毁的进程，几乎是人力无法改变的。也就是说，庸主若短命，事或可为，庸主若摇摇不坠，则上天注定了这个邦国必然灭亡。譬如秦国，也曾经有一个利令智昏的躁君秦武王出现，但却只有三年便举鼎脱力而暴死了。后来又有两个庸君，一个秦孝文王，一个秦庄襄王，一个不到一年死了，一个两三年死了。所以，庸君对秦国的危害并不大。在位最长的秦昭襄王也是五十余年，然秦昭襄王却是一代雄主。即或如秦昭王这般雄主，高年暮期也将秦国庙堂带入了一种神秘化的不正常格局，况乎魏惠王这等“长生果庸主”，岂能给国家带来蓬勃气象？这等君主当政，任何错误决策都会被说得振振有词，任何堕落沉沦都会被披上高贵正当的外衣，任何龌龊技术都会堂而皇之地大行其道，任何真知灼见都会被善于揣摩上意的亲信驳斥得一文不值。总归一句，一切在后来看去都是滑稽剧的国家行为，在当时一定都是极为雄辩地无可阻挡地发生着，顺之者昌，逆之者亡。

魏惠王有一个奇特的癖好，酷爱熠熠华彩的珍珠，并认定此等物事是国宝。史载：魏惠王与齐威王狩猎相遇于逢泽之畔，魏惠王提出要与齐威王较量国宝。齐威王问，何谓国宝？魏惠王得意矜持地说，国宝便是珠宝财货，譬如他的十二颗大珍珠，每颗可照亮十二辆战车，这便是价值连城的国宝。齐威王却说，这不是国宝，真正的国宝是人才。于是，齐威王一口气说了他搜求到的七八个能臣及其巨大效用。魏惠王大是难堪。这是见诸史料的一次真实对话，其意义在于最典型不过地反映出了有为战国对人才竞争的炽热以及魏国的迟暮衰落。

也许是受了这次对话的刺激，也许是有感于秦国的压迫。总之，是魏惠王后期，魏国突然弥漫出一片敬贤求贤气象。这里有一个背景须得说明，否则不足以证明魏国失才之荒谬。战国时期，魏国开文明风气之先，有识之士纷纷以到魏国求学游历为荣耀，为必须。安邑、大梁两座都城，曾先后成为天下人才最为集中的风华圣地，鲜有名士大家不游学魏国而能开阔眼界者。为此，魏国若想搜求人才，可谓得天独厚也。可是，终魏惠王前、中期，大才纷纷流失，魏国竟一个也没有留住。

魏惠王前、中期，从魏国流失的乾坤大才有四个：商鞅（卫人，魏国小吏）、孙膑（齐人，先入魏任职）、乐毅（魏人，乐羊之后）、张仪（魏人）。若再加上此前的吴起，此后的范雎、尉缭子，以及不计其数的后来在秦国与各国任官的各种士子，可以说，魏国是当时天下政治家学问家及各种专家的滋生基地。在所有的流失人才中，最为令人感慨者，便是商鞅。所以感慨者，一则是商鞅后来的惊世变法改写了战国格局，二则是商鞅是魏惠王亲手放走的。商鞅的本来志向，是选择魏国实现抱负。魏国历史的遗憾在于，当商鞅被丞相公叔痤三番几次举荐给魏惠王时，魏惠王非但丝毫没有上心，甚至连杀这个人的兴趣都没有，麻木若此，岂非天亡其国哉！

种种流失之后，此时的魏惠王突然大肆尊贤，又是何等一番风貌呢？

《史记·魏世家》载："惠王数被于军旅，卑礼厚币以召贤者。邹衍、淳于髡、孟轲皆至梁。梁惠王曰：'寡人不佞，兵三折于外，太子虏，上将死，国以空虚，以羞先君宗庙社稷，寡人甚丑之。叟（你等老人家）不远千里，辱幸之弊邑之廷，将何以利吾国？'孟轲曰：'君不可以言利若是。夫君欲利，则大夫欲利；大夫欲利，则庶人欲利；上下争利，国则危矣！为人君，仁义而已矣，何以利为！'"

这一场景，实在令人忍俊不能。魏惠王庄重无比，先宣布自己不说油滑的虚话，一定说老实话（寡人不佞），于是，一脸沉痛地将自己骂了一通，最后郑重相求，请几个赫赫大师谋划有利于魏国的对策。如邹衍、淳于髡等，大约觉得魏惠王此举突兀，一定是茫然地坐着，一副若有所思的模样。偏大师孟子自视甚高，肃然开口，将魏惠王教训了一通。滑稽处在于，孟子的教训之辞完全不着边际。分明是一个失败的君主向高人请教利国之道，这个高人却义正词严教导说，君主不能言利，只能恪守仁义！也就是说，孟子认为，作为君主，连"利"这个字都不能提。

在天下大争的时代，君主不言利国，岂为君主？更深层的可笑处在于：魏惠王明知邦国之争在利害，不可能不言利；也明知大名赫赫的儒家大师孟子的治国理念，明知邹衍、淳于髡等阴阳家杂家之士的基本主张；当此背景，却要生生求教一个自己早已经知道此人答案的问题，岂非滑天下之大稽？说穿了，作秀而已。魏惠王亲自面见过多少治国大才，没有一次如此"严正沉重"地谴责过自己，也没有一次如此虔诚地求教过，偏偏在明知谈不拢的另类高人面前"求教"，其虚伪，其可笑，千古之下犹见其神色也。

后来，魏惠王便如此这般地开始尊贤求贤了。经常恭敬迎送往来于大梁的大师们，送他们厚礼，管他们吃喝，与他们认真切磋一番治国之道，而后殷殷执手作别，很令大臣大师们欷歔不已。用邹衍、惠施做过丞相，尊孟子如同老师，似乎完全与魏文侯没有两样。而且，魏惠王还在《孟子》中留下了"孟子见梁惠王"的问答篇章……能说，魏惠王不尊贤么？

历史幽默的黑色处在于，总是不动声色地撕碎那些企图迷惑历史的大伪面具。

魏惠王之世形成的外宽内忌之风，在其后五代愈演愈烈，终至于将魏国人才驱赶得干干净净。这种外宽内忌，表现为几种非常怪诞的特征：其一，大做尊贤敬贤文章，敬贤之名传遍天下；其二，对身负盛名但其政治主张显然不合潮流的大师级人物，尤其敬重有加周旋有道；其三，对已经成为他国栋梁的名臣能才分外敬重，只要可能，便聘为本国的兼职丞相（事实上是辅助邦交的外相，不涉内政）；其四，对尚未成名的潜在人才一律视而不见，从来不会在布衣士子中搜求人才；其五，对无法挤走的本国王族涌现的大才，分外戒惧，宁肯束之高阁。自魏惠王开始直到魏假亡国，魏国对待人才的所有表现，都不出这五种做派。到了最后一个王族大才信陵君酒色自毁而死，魏国人才已经萧疏之极，实际上已经宣告了魏国的灭亡。

对吴起的变相排挤，对商鞅的视而不见，对张仪的公然蔑视，对范雎的嫉妒折磨，对孙膑的残酷迫害，对尉缭子的置若罔闻，对乐毅等名将之后的放任出走……回顾魏国的用人史，几乎是一条僵直的黑线。一个国家在将近两百年的时间里始终重复着一个可怕的错误，其政治土壤之恶劣，其虚伪品性之根深蒂固不言而喻。

实在说话，任何国家任何时代都可能出现对人才的不公正事件，但只要是政治相对清明，这种事件一定是少数，甚或偶然。譬如秦国，秦惠王杀商鞅与秦昭王杀白起，是两桩明显的冤案，但却没有影响秦国的坚实步伐。原因在二,一是偶然，二是功业大成后错杀。其间分际是，战国时期的人才命运或者说国家用人路线，实质上有两个阶段，其方略有着很大差别：第一阶段是搜求贤才而重用，可以说是解决寻求阶段；第二阶段是功业大成后，能在何种程度上继续，可以说是后需求阶段。历史证明的逻辑是：对于任何一个国家，需求阶段的人才方略都是第一位的，起决定作用的。而魏国的根本错失，恰恰始终在需求阶段。在将近两百年里拥有最丰厚人才资源的魏国，出现的名相名将却寥若晨星。与此同时，战国天空成群闪烁的相星将星，却十之七八都出自魏国。不能不说，这也是一种历史的奇迹。

大争之世，何物最为宝贵？人才。

风华魏国，何种资源最丰厚？人才。

魏国政风，最不在乎的是什么？人才。

为什么会是这样？魏国长期人才流失的根源究竟在哪里？凡是熟悉战国史者，无不为魏国这种尊贤外表下大量长期人才流失的怪诞现象所困惑。仔细寻觅蛛丝马迹，有一个事实很值得注意，这就是魏氏先祖笃信天命的传统。魏国正史着意记载了毕万创魏时期的两次占卜卦象，至少意味着一种可能：魏国王族很是迷信卦象预言，对人为奋发有着某种程度的轻慢。这种精神层面的原因，很容易被人忽视。尤其在已经成为历史的兴亡沉浮面前，历史家更容易简单化地只在人为事实链中探察究竟，很容易忽略那种无形而又起决定作用的精神现象。

事实上，无论古今中外，力图预见未来命运的种种预测方式，都极大地影响着决策者们的行为理念，甚至直接决定着当权者的现实抉择。在自然经济的古典社会，这种影响更大。客观地说，力图解释、预见自然与社会的种种神秘文化，都是古典文明的有机构成部分，一味地忽视这种历史现象，只能使我们的历史叙事简单化，最终必然背离历史真相。

在中国春秋战国时代，解释并预测自然与社会的学问已经形成了一个完整庞大的系统。就社会方面而言，阴阳五行学说、天地学说（分为星象、占候、灾异、堪舆四大门类）、占卜学说，构成三大系统。其中每一系统，都有相对严密的理论基础与理论所延伸出的实用说明或操作技能。第一系统，以阴阳五行论为理论基础，衍生出对国家品性的规范：邦国必有五行之一德，此德构成全部国家行为的性格特点。第二系统，以天人合一观为理论基础，衍生出占星、占候、灾异预兆解说、堪舆（风水）等预测技能。第三系统，以阴阳论为基础，衍生出八卦推演的预测技能。凡此等等，可以说，中国古典时期的预言理论之博大庞杂，预测手段之丰富精到，在整个人类文明史上堪称奇葩。

是故，在那样的时代，执政族群不受天命预言之影响，几乎是不可能的。

然则，执政者以何种姿态对待天命预言，又是有极大回旋余地的。

这种回旋，不是今人所谓的简单的迷信不迷信，而是该文化系统本身提供给人的广阔天地。华夏文明之智慧，在于所有的理论与手段都蕴含着极其丰富的变化，而不是简单机械的僵死界定。“运用之妙，存乎一心”，此之谓也！以人对天命之关系说，天人合一论的内涵本身便赋予了人与天之间的互动性，而这种互动性，最终总是落脚于人的奋发有为。且看：天意冥冥，民心可察，故此，民心即天心；天命不再虚妄渺茫，而有了实实在在的参照系；于是，执政者只要顺应民心潮流，便是顺应天命！再看：天命固然难违，但却有最根本的一条——天下唯有德者居之。故此，天命之实际只在人有德无德。天意（或占卜或星象等等）纵然不好，都只是上天在人的出发点的静态设计，若人奋发有为顺应民心广行阴德（不事张扬地做有利于人民的好事，此谓阴德），则上天立即给予关照，修改原来的命运设计方案！

如此天人互动之理论，何曾有过教人拘泥迷信之可能？

就历史事实说话，先秦时代的中国族群有着极其浑厚的精神力量与行为自信，对天命天意等等，相对于后世的种种脆弱心理与冥顽迷信，确实做到了既敬重又不拘泥的相对理想状态。敬重天命，在于使人不敢任意妄为；不拘泥者，在于使人保持奋发创造力。姜尚踏破周武王占卜伐商吉凶的龟甲，春秋诸侯不敬天子而潮水般重新组合，新兴大夫（地主）阶层纷纷取代久享天命的老诸侯，种种潮流，无不使拘泥天命者黯然失色。就基本方面而言，秦国是一个典型。秦人历史上有两则神秘预言，一则是舜帝“秦人将大出天下”的预言，一则是老子关于秦国统一天下的预言。两则预言能见诸《史记》，足证在当时是广为人知的。但是，历史的事实是，秦国执政阶层始终没有坐等天意变成事实，而是历经六代人浴血奋争才成就了皇皇伟业。

魏国如何?

虽然，在毕万之后，我们没有发现更多的关于魏国王族笃信天命的史料，但合理的推测却是有历史逻辑依据的。这个历史的逻辑是：一百余年永远重复着一个致命的错误，这个国家的王族便必然有着精神层面的根源；这个精神根源不可能是厌恶人才的某种生理性疾病，而只能是对另一种冥冥之力产生依赖而衍生出的对人才的淡漠；这个冥冥之力不可能仅仅是先祖魂灵，而只能是更为强大的天命。魏国灭亡一百余年后，太史公尚以天命之论解读魏国灭亡原因，况乎当时之魏国王族乎? 简单的逻辑演化出最残酷的结论：无论天意如何，失才便要亡国。越是竞争激烈的大争之世，这一结局的表现方式便越是酷烈。

春秋战国时代，对人才重要性的认识达到了空前的高度，无论是用才实践还是用人理论，都是中国历史的最高峰。在这样的历史条件下，说魏国对人才的重要性认识不够，显然是牵强的。当时，对人才与国家兴亡这个逻辑说得最清楚透彻的当是墨家。

墨家的人才理论有三个基本点。

第一是“亲士急贤”。《墨子》第一章《亲士》篇，去：“入国（执政）而不存其士，则亡国矣！见贤而不急，则缓其君矣！非贤无急，非士无与虑国。缓贤忘士，而能以其国存者，未曾有也！”墨子在这里说得非常扎实，对待才士，不应是一般的敬重（缓贤），而应该是立即任命重用，此所谓“见贤而急”；见贤不急，则才士便要怠慢国君，离开出走。田子方说的那种“行不合，言不用，则去之若脱鞋然”的自由，在战国时代可谓时尚潮流。当此之时，“急贤”自然是求贤的最有效对策。

第二是“众贤厚国”。《墨子·尚贤上》云：“……国有贤良之士众，则国家之治厚；贤良之士寡，则国家之治薄。故大人之务，在于众贤而已。”也就说，国家要强盛，不能仅仅凭一两个人才，而是要一大批人才。否则，这个国家便会很脆弱（薄）。

第三是“尚贤乃为政之本”理念。《墨子·尚贤中》云：“……尚贤，为政之本也。何以知尚贤为政之本也？……贤者为政，则饥者得食，寒者得衣，乱者得治，此安生生！……尚贤者，天、鬼、百姓之利，而政事之本也！”对墨子的尚贤为本的目标，可以一句话概括：尚贤能使天下安宁，所以是为政之根本。

墨子的人才理论，实在具有千古不朽的意义。

魏国以伪尚贤之道塞天下耳目，诚天亡之国也！

第九章 分治亡楚

一 咸阳大朝会起了争端

秦王嬴政大睡了一日一夜，李斯一直守在王城书房。

魏王假被俘获的捷报传来，秦国朝野一片欢腾。对山东六国，老秦人仇恨最深的是两个国家，一个赵国，一个魏国。秦对赵，是秦昭王时期开始的新仇，历经长平大战，秦赵遂势不两立。秦对魏，则是宿敌旧恨。在秦国变法成功之前，魏国曾在两代半（魏文侯、魏武侯、魏惠王前期）将近百年里一直是压制秦国最强大的力量。可以说，战国初期秦国的所有危机都是来自魏国。是故，从秦惠王到秦昭王前期的宣太后主政，秦国东出最主要的对手一直是魏国。赵国崛起之后，从秦国第一次攻赵（阏与之战）失败开始，秦赵两国结结实实地杀作了一团，秦国对魏国仇恨也就渐渐淡了。随着魏国的不断衰落继而向秦国称臣，老秦人事实上对魏国已经从往昔的仇恨转为蔑视了。虽则如此，魏国的最终结局还是教老秦人想起了许许多多往事，感慨之余自然要大大地欢庆一回。秦王政与大臣们虽不会像民众那般聚饮于酒肆，踏歌于长街，起舞于社火，却也在丞相王绾动议下，于很少启用的王城大殿举行了一次大宴。大宴之上，饮酒未过两爵，秦王嬴政一头倒在酒案鼾声大起了。

“长史……”

嬴政倒头之际，对身旁的李斯招手嘟哝了一句。

李斯会意，在赵高将秦王背走之后，立即去了东偏殿的秦王书房。这座书房很大，事实上，整个六进东偏殿百余间房屋都可以视作秦王书房。其总体格局是：内殿大约一半是秦王书房，外殿三分之一余是长史李斯的官署，李斯区域与秦王区域之间，隔着赵高统领的一班内侍侍女们照料秦王起居事务的一方小区域。寻常时日，作为执掌秦王机要事务与公文进出的李斯，没有特殊使命，终日都守在外署处置流水般进出的密集公文。依照法度，李斯除了早晚送进接出公文这两趟，并不是随时都可以进出秦王内书房的。今日秦王指着书房吩咐一句，显然不是要李斯去守候外署，而是要李斯去王书房。已经熟知秦王为政秉性的李斯明白了，书房一定有需要立即办理的公文。然则，这两日除了战报并没有急切公文，而需要立即实施的诸多事务性上书，他已经全部转到丞相府去了。灭国大战开始以来，经秦王书房亲自处置的事务，几乎全部是有关山东各战场的大方略，几乎所有的秦国内政，都由王绾的丞相府承担起来。没有山东急报急务，秦王还会有何等样公事要急切关照？

“备——忘？”

一到书房王案前，李斯看见了旁边立柱上挂着几条特制的长大竹简，题头便是这“备忘”两个大字。李斯心头一闪，又瞄了一眼书案，果然书案上干净整齐，没有任何摊开的书简。显然，这便是秦王吩咐的事务。于是，李斯在大柱前站定，揣摩起几条长大竹简上面的字句来。长大竹简上的几行字是：

翦军班师　留守几多
贲军中原　复鸿沟
蒙恬还国　北边事
九月大朝　楚齐先后　兵力几多

李斯看得明白，四条竹简所列，都是灭魏之后待议待决的几件大事。秦王一时没有定见，故此先行列出，先教他来看，一定是要他预为筹划相关事项，也包括想要他先思谋对策。李斯绕着大柱转悠了几圈，到了自己的外署，召来几个能事书吏忙碌起来。第一件事，李斯口述，书吏录写，先拟定好秦王醒来后肯定要立即发出的几件王命文稿；第二件事，亲自手书一柬，派员送去大田令府邸，请郑国预拟修复鸿沟之实施方略；第三件事，召来蒙毅会商，先行安置九月大朝会事宜，由蒙毅与丞相府偕同会商诸般事务；第四件事，召来执掌邦交的行人署主官，吩咐立即搜集齐楚两国的相关典籍，并汇集近年来两国所有消息，旬日内归总呈送长史署。

几件事处置完毕，已经是暮色降临。李斯草草用罢晚汤坐在了案前，要将自己对这几件大事的思路理出一个头绪来。李斯有逢事动笔的习惯，尝笑云："一管秃笔，抵得三分天赋也。"属下吏员无不敬佩。今日要思谋几件大事的对策，李斯自然而然地提起了案头的一管蒙氏笔。案旁熏香袅袅，窗前夜风习习，一轮明月高挂，窗外的碧蓝水面波光粼粼，使这座池畔宫殿有着一种难得的宏阔清幽。每每坐在这张临水临窗的大案前提笔疾书，李斯油然生出一种难言的充满惬意的奋发之情，才思也分外流畅。可是，今夜提笔，堪堪写下"翦军班师"四个字，笔下便有了一种滞涩。王翦大军班师，这件事的要害是"留守几多"？也就是说，根据燕赵旧地的目下情势，秦军该留多大的兵力完成后续使命。这个后续使命倒是清楚，一则推行秦法稳定大局，二则妥善解决残燕残赵之逃亡力量。那么，需要多少兵力？大将留谁最合适？一遇到这种以军事为轴心的方略决断，李斯便有些混沌，远不如对邦交国政民治种种大局明澈探底。而这四件大事，宗宗都是军事为轴心，若避开军事只说其他大局，显然是言不及义。王贲军留镇中原，其使命如何？实施方略又如何？蒙恬回咸阳朝会，北边匈奴军事当如何说法？大朝会的轴心议题，肯定是齐楚最后两大国之攻伐，先灭齐还是先灭楚？兵力各需要多少？凡此等等，除了修复鸿沟，李斯确实没有能教自己满意的对策。因为，任何一个在心头闪现出的火苗都是飘摇不定的。这种飘摇不定，只有自己最清楚。

"天赋领国奇才，大哉秦王也！"

李斯搁笔，凝望着粼粼水面的月光，不禁由衷一叹。寻常公议看来，秦国之所以虎虎生气对天下势如破竹，全然是秦国有一班罕见的军政谋划大才。这班军政大才，当然也包括李斯在内，甚至，职任长史执掌中枢的李斯被看做“用事”的轴心人物。然则，这班军政大才如王翦、王绾、蒙恬、尉缭、李斯、顿弱、姚贾等等，心下却都很是清楚，没有秦王嬴政的天才统御，几乎所有的长策大略都难以化作惊雷闪电。当然，天下公议已经不再对秦王嬴政的用人之能质疑了，秦国天空的雄才星群与秦国行将完成的伟业，已经毋庸置疑地使攻讦秦王之辞变成了蓬间雀的尖酸叽喳。但是，天下对秦王的正面评判，依旧大体停留在对寻常明君的评判点上：用人得当，善纳谋臣之策，如此而已。对于寻常君王，这已经是极为难得的评价了。然对于秦王，李斯以为远远不够。秦王的全局洞察之能，秦王的方略决断之能，秦王对充满诡谲气息的军争变局的那种独有的直觉与敏感，是寻常公议所无法知道，也无法评判的。而这种几乎只能用天赋之才去解释的直觉、敏感与种种判断力，恰恰是李斯与枢要股肱们最为叹服的。事实上，秦王不可能没有错失。然则，李斯坚信，若是换了另外任何一个人掌控全局，即或这个人是万古圣王复生，其错失也必然远远多于秦王嬴政。远则不论，单就选定王贲为中原统帅以及确定五万兵力灭魏这一点而言，秦王是基于一种清晰的直觉与敏锐的辨识所决断的，而包括王绾李斯尉缭姚贾在内的所有参与谋划者，却都是心怀忐忑地被秦王说服的。而今的事实已经证明，秦王的选将与攻占方略，无疑是最有效的。再譬如目下四件大事，在李斯看来，件件大事都关涉复杂，都有着至少两三种选择，可每种选择又都觉得不坚实。若是秦王，会是如此感觉么？

依着久远的王道传统，人们更喜欢将圣王明君看成那种“垂拱而治”的人物，更喜欢将“大德之行”看做有为君王的标尺。某种意义上，人们不要求君王有才，而只要求君王柔弱有德。只有战国大争之世，天下方对强势君王有了激切的渴求，方对君王有了直接的才能期盼。虽则如此，人们对君王才力的评判，也依然带有久远的烙印。这个烙印，便是宁肯相信君王集众谋以成事，也不愿相信君王本身具有名士大师的过人才能……

随着一声嘹亮的鸡鸣，漫无边际的飘摇思绪扯断了。

李斯长长地伸了个懒腰，对着清新的淡淡水雾做了几次深深的吐纳，又回到了书案前。方才一番思绪神游，茫然之心大减，李斯一时分外坦然，提笔写下了几行大字："臣不谙军争变局，唯预做事务铺排。诸般军事，皆待君上朝会决之。"写罢，嘱咐值夜吏员有事随时唤醒自己，这才走进了寝室。几个时辰，李斯睡得分外踏实。

暮色时分，嬴政进了东偏殿书房。

李斯正与蒙毅在外署商议大朝会筹划的诸般细务。两人尚未过来见礼，嬴政一挥手笑道："走，里边晚汤说话。"见秦王精神气色显然好了许多，李斯蒙毅相对一笑，跟着秦王进了内书房。堪堪落座，赵高带着两个侍女安置好了晚汤：每案一罐灵芝汤，一片厚足一拃的白面锅盔，一方酱肉。蒙毅笑道："君上晚汤三式，分明战饭也。"嬴政筷子敲打着陶罐大笑道："战饭能有灵芝汤？来，咥！"李斯掀开罐盖一打量，笑道："南山老灵芝，好！君上安睡太少，灵芝安神养心，该做常食常饮。"嬴政兴致勃勃道："这是小高子从太医署学来的。说甚，食医，对，以食为医。这几日加了这灵芝汤，一上榻便呼噜山响，一觉三五个时辰。解乏是解乏，只怕误事，不敢多用也。"李斯蒙毅大笑，连说该多用该多睡，此事赵高办得好。一时晚汤罢了，李斯便将昨日自己对"备忘"竹简的事务落实情形禀报了一遍。说话间秦王已经看了旁边书案上李斯的留书，笑道："长史过谦了。这等大事谁能一口说得个准定？究竟还得众谋。"说罢，吩咐蒙毅立即去接尉缭前来会商。不消顿饭时光，蒙毅已经接了尉缭到来。君臣四人一直商议到四更，几件大事才确定下来：

其一，王翦主力大军班师，留三万铁骑镇守蓟城，燕赵残部待后一体解决；

其二，王贲蒙武军暂留中原镇抚，安定魏韩旧地，辅助疏浚修复鸿沟；

其三，郑国赴中原，统领河沟修复并中原水利事；

其四，蒙恬还国朝会，九原大军原地驻守，御边不能松懈；

其五，齐楚两国事宜，朝会一体议决。

议定一件，李斯立即起草一件王书。在给王翦的王书中，嬴政特意叮嘱李斯加了一句："留军三万是否合宜，上将军权衡增减。"尉缭一笑道："如此，上将军虽未共商，等同共商矣！"君臣笑声中，曙色渐渐现出，及至朝阳初升，一道道快马王书已经飞出了王城。

诸事妥当，李斯一番心思萦绕，又拉着蒙毅去了外署说话。

这次朝会，堪称秦国有史以来最盛大的庆典性大朝。除了连下四国的巨大战功，这一年恰逢秦王三十五岁。秦法有定，历来禁止对国君祝寿。秦惠王秦昭王之世，曾多次惩罚过朝野官民的违法祝寿。故此，秦国从来不以国王寿诞做文章。然则，这并不意味着声望日隆的秦王的生日被秦人忘记了。筹划朝会大典时，赵高曾悄悄提醒李斯道："今岁大朝好哩，正逢君上三十五寿，难得也！"李斯没有接赵高话茬，板着脸道："各司其职，做好自己事。"究其实，李斯如何能忘了如此重大的关节，而且，他还清楚地知道，今岁同时是秦王即位第二十二年、秦王亲政第十三年。若论传统礼仪规矩，三个年份以寿期最重，因为寿诞逢五为大，三十五岁是中年大寿。虽说秦王生日是正月正日，九月庆贺已不是正期，然总比中年大寿毫无觉察地过去要好。秦王如此重大之人生关节，若不有所庆贺，李斯总觉得隐隐若有所失。秦王半生坎坷，天伦亲情几乎没有享受过。秦王血亲祖母夏太后过世已经十五年，正位祖母华阳太后过世已经六年，秦王的生母太后赵姬，过世也已经三年了。这些能够念叨并动议为秦王过过生日的王族长辈亲人，秦王一个也没有了。目下，秦王虽然已经有了几个王子几个公主，可长子扶苏只有十三岁，远远不足以绸缪此等事。身为离秦王最近的中枢长史，李斯再不弥补，几乎便是无法弥补了。

李斯没有着意，在外署只对副手蒙毅淡淡提了一句道："君上辛劳，从未过过生日，也不知今岁几多寿诞了？"蒙毅如梦方醒，一个猛子跳起来道："啊呀！如何连这茬也忘了？君上与家兄同岁，三十五也！"李斯笑道："五为正寿，朝会之际，给咸阳宫正殿前立一方刻石如何？"蒙毅皱着眉头道："刻石祝寿？那，岂不违法？"李斯道："那得看写甚，总不致刻石都是祝寿了。"蒙毅恍然道："也是也是。大人好字，你只写出来，其余有我。”李斯欣然点头，当即就着书案写好了几行大字。

朝会各方事宜部署妥当，只差这点睛之笔了。

八月底，咸阳王城正殿平台的东西两侧，立起了两方丈余高的蓝田玉刻石。东侧大石的镌刻大字是：“济济多士，恒恒大法。”西侧大石的镌刻大字是：“天寿佑秦，万有千岁。”从三十六级白玉阶之下的王城车马场望去，两方朱红大字的刻石巍然耸立在中央大鼎两侧，恍如天街龙纹，气势分外宏大。一日，嬴政看见刻石，凝视良久，问道：“此文可有出处？”旁边蒙毅一拱手道：“禀报君上，此为《诗·周颂》摘句，长史略有改动。‘眉寿’，长史改做了‘天寿’。无非颂我大秦功业，并无他意。”嬴政默然片刻，终于一笑道：“无怪似曾相识。诗书之学，长史足为我师焉！”蒙毅暗自长吁了一声，一挺身奋然道：“秦取天下不用诗书，君上无须通晓！”嬴政笑道：“取天下不用诗书，治天下未必不用诗书了。”蒙毅道：“秦法治天下，不用诗书王道！”嬴政笑道：“你是法治天下，可天下读诗书者大有人在，不知诗书，焉知人心？”蒙毅倒是一时无话了。后来，得蒙毅转述这段对答，李斯不禁大是感喟道：“君上但有此心，天下大安矣！”蒙毅问其故，李斯笑道：“君上能容诗书之士，天下异端有何不能容之？百川既容，大海自成，天下大安哉！”

有了此番点睛之笔，秦国朝野遂荡漾出一种特有的豪迈喜庆。一时间，“天寿佑秦，万有千岁”成为庙堂与市井坊间争相传诵的相逢赞语，更被酒肆商铺制成横竖各式的大字望旗悬挂于长街，大咸阳陡然平添了一种从来没有过的热乎乎的祥和之气。

九月初，咸阳大朝会如期举行了。

大臣将军们感奋不已的是，大朝会以前所未有的贺宴开场。兼领司仪大臣的李斯长声念诵出的词句是：“大秦连下四国，一统大业将成，会首四爵，以为贺功——”秦王很是兴奋，李斯话音落点霍然起身，举起了王案上的大爵高声道：“好！此功当贺！今日此酒，四国酒！两年之后，六国酒！来，我等君臣连干四爵！”见秦王举爵，与会大臣将军们从座案前刷的一声整肃起立，宏阔的大殿哄然荡出一声雷鸣：“四国酒！秦王万岁！”嬴政一阵爽朗大笑道：“好！本王今日万岁一回！来，第一爵！”说罢举爵汩汩大饮，瞬间空爵置案，又举起了第二只大爵。站在殿角高台照应各方的蒙毅遥观王案酒爵，陡然一个愣怔，立即低声吩咐一个站班内侍去唤赵高。

今日会首四酒，原本是李斯蒙毅与丞相王绾商定的贺寿酒。虽说灭国四大功确实该贺，然毕竟不能沾了为秦王贺寿的违法嫌疑；为不着痕迹，以庆贺连下四国大功为名，又不置任何菜肴，以示并非宴会，可谓点到为止而已。李斯蒙毅虑及秦王长期缺乏睡眠，且酒量不是很大，事前曾征询赵高，赵高说可给王案上浓热黄米酒，既不醉人又长精神。李斯蒙毅欣然赞同。可方才秦王举爵，酒爵分明没有热气蒸腾，蒙毅心下一惊：毕竟今日大朝，会商重大事宜，秦王若醉如何了得！连饮四大爵老秦酒，蒙毅自忖也是要七八成酒意的。

“赵高！君上饮的甚酒？”

“黄米酒呵。”赵高碎步跑来，一边回答一边眼角余光瞄着王台。

“如何没有热气？你敢作伪！”蒙毅面色肃杀。

“好长史丞哩！”赵高一脸惶恐，“热酒若热到热气腾出，君上能要么？”

“明白说话！”

“一冒热气，举殿皆知君上另酒，君上也知自己另酒。如此，君上定然不饮。两下不明，才能相安无事。小人如此想，敢请长史丞教我。”

“知道了，去吧。”蒙毅淡淡一挥手，赵高匆匆去了。

在蒙毅与赵高说话间，秦王嬴政与大臣将军们已经热辣辣地连干了四爵，人人面色泛红。李斯一句长宣：“贺功酒罢，大朝伊始——”大臣们一齐落座，殿中便肃静了下来，李斯也坐回了自己的座案。

“诸位，今岁大朝，不同寻常。”秦王叩着王案开宗明义道，“五年来，我大秦雄师连下韩、赵、燕、魏四国，俘获三王。虽然，燕王喜在逃，残赵余部另立代国，然其苟延残喘之势已经不堪一击。故此，燕赵余波战事，可相机一体解决。目下之要，在于全力应对最后两个大国，齐国楚国。此意，长史已经书令预告，诸位今日放开说话。一日说不完，两日三日说。无论如何，要议决一个方略。如何议法，长史说话。”

李斯站了起来，拱手一个环视礼道："诸位大人，奉君上之命，斯与丞相、上将军、上卿、国尉等预为会商，以为齐楚事宜有两个大方略需得议决：其一，对楚对齐，孰先孰后？其二，对楚对齐，各需几多兵力？唯两大方略议定，各方官署方得全力谋划协力之策。今日大朝，先议用兵次序。"说罢，李斯向殿角站立的蒙毅一招手，见蒙毅遥遥一拱手，便再次环视一拱手道，"录写书吏与史官均已就位，诸位可以说了。"

唯其事关重大，殿中一时默然，大臣将军们似乎都没有先发之意。

"老夫之见，还是先听上将军说法。"白发尉缭点着竹杖说话了。

"老国尉啊，我还没缓过心劲，宜先听听列位高见。"

风尘仆仆的王翦笑了笑，显得疲惫而苍老，面色黝黑消瘦，须发花白虬结，连声音都有些沙哑了。既往满堂朝臣相聚，王翦风貌恰恰在于承前启后的中年栋梁，其厚重劲健的勃勃雄风有目共睹。孰料短短四年征战，今日班师归来，王翦再与一大片新锐大臣将军同席，风貌已经浑然融入一班老臣之列了。秦王嬴政看得心头怦然一动，一个眼神，赵高向上将军座案捧过去了一鼎热气蒸腾的黄米酒。座中王翦立即提身抬胸，向王台长跪拱手。嬴政连连摇手，低声呵呵一笑道："不须不须，上将军多礼也。"王翦一拱手正色高声道："老臣胃寒腿寒，得此热米酒正中下怀，岂能不谢过王恩！"话音落点，殿中不期然腾起一片笑声。大将群中的王贲，很有几分难堪。盖秦国庙堂风习本色厚重，说粗朴也不为过，君主与臣下同酒同食实属寻常，朝会间送过老臣一鼎热酒暖身更是平常。纵是年轻大将受得此酒，只怕也不会在大臣议事的当口如此搅扰正题谢恩。王翦功盖秦国，且素有"秦王师"名望，做如此受宠若惊状，在秦国君臣眼里，自然是几分意外的滑稽。

"末将有话！"一员大将霍然站起。

"好！李信但说。"嬴政目光炯炯，拍案高声一句。

"齐楚两国，皆为大国。"李信做过谋划军机的司马，是秦军将领中少数几个好读兵书且勇猛善战者之一，论思绪口齿之清晰，堪称军中第一，王贲等其余大将远不能及。这时，李信已经大步走到王台下的高大板图前，指点着地图侃侃道，"然两大国相比，又有不同：楚国地广人众，齐国地狭人寡；论士气民心，楚人多战而精悍顽勇，齐人多年浮华偏安，人多怯战。伐楚伐齐，孰先孰后，不言自明！”

“你明说，究竟孰先孰后？”将军赵佗不耐绕弯子，黑着脸高声一句。

“凡事先易后难，李信敢请先下齐国！”

李信走回了自己的座案，殿中一时没有人开口。秦王嬴政目光巡睃，见王贲皱着眉头若有所思，叩案笑道：“少将军思谋专注，意下如何啊？”王贲见秦王点名，霍然起身道：“末将之见，李信将军对齐楚两国情势评判大体近于事实。论战事，确实是楚国难，齐国易。然，若说先易后难，末将以为不然。”

“少将军差矣！先易后难，灭国一直如此！”大将冯劫喊了一句。

“不。”王贲寡言，但论及军事却从不谦让，见有人反诘，大步走到板图前指点道，“灭国开首自韩国始，是先易后难。然，不能将开首试探视作一成不变。燕赵魏三国，孰难孰易？赵难，燕次难，魏国最易。可我军如何？偏偏先攻最难的赵国！其后，燕国一战而下，魏国水到城破。若先攻燕、魏，则今日大势未必如此。”

“你倒是明说！先攻哪国？”赵佗又喊了一句。

“先攻难，易者不为患，甚或可能不战而降。”

“那就是先攻楚！说明白不好么？”赵佗又嚷嚷了一句。

殿中荡出一片笑声，随即一片哄哄嗡嗡的议论。秦王嬴政笑道：“好啊，李信一说，王贲又一说，两位上将军宁无一言乎？”蒙恬居下与王翦邻座，见王翦似乎没有说话意思，遂一拱手高声道：“愿先闻老将军高见。”王翦揉了揉眼道：“老夫一罐热米酒下肚，心下些许迷糊，你先说也。”蒙恬笑道：“老将军不愿先说，自是赞同少将军了。”遂一拱手道，“君上，诸位，蒙恬之见与王贲将军大同小异。大同者，目下唯余两国，先攻坚灭楚，战胜之后，齐国确实可能不战而下。小异者，灭楚之战，仍需提防齐国暗中援助楚国。此间根源，在于当年齐国抵御燕军六年苦战，楚国始终是田单军的暗中后援，否则不可能有田单复国。此乃救亡大恩，齐国君臣数十年念念不忘。为此，楚国临难，齐国不可能无动于衷。故此，理当给予防范，若持‘易者不为患’之心，则可能疏忽齐国。”

“上将军所言，恰当先行攻齐！”

话音落点，李信奋然起身又道：“先攻楚，齐国有暗中援手之可能。先攻齐，则楚国必不会再度援齐。其中缘由：田单复国数十年来，齐国多次拒绝楚国合纵抗秦之请，楚国春申君主政，几欲与齐国断绝邦交。归总言之，楚人怨齐久矣！齐国遇攻，楚国必不来援！一举下齐之后，我军没有了东方之患，全力南下江淮，水陆并进，楚国可一鼓而下！”

“言之有理！我等赞同！”大将辛胜、冯劫等纷纷高声。

“末将赞同王贲将军！”赵佗、章邯等也纷纷高声。

秦王嬴政心绪舒畅，饶有兴致地左右看看道：“将军们两说，国尉、长史以为如何？”秦王一点，大将们立即明白了：秦国谋划大计者，目下只有尉缭、李斯没有说话，而这两位重臣多在庙堂又多与秦王沟通会商，故此其对策也常常是秦王的决断。如今见秦王点名教这两位大臣说话，殿中纷嚷的将军们立即安静了下来。

“老臣以为，用兵先后，易断也。”尉缭点了点竹杖，苍老的声音有一种哲人的韵味，“先难后易，抑或先易后难，皆因时势不同而定也。以天下大势论，楚齐两大，皆国力悠长，不可小视。所不同者，近数十年来齐国与列国交往大减，几无战事，军力显然孱弱了许多。而在赵国衰落之后，楚国多次鼓荡合纵，差强取代了赵国领袖山东之位置。其间，楚国又曾几次对岭南吴越叛乱用兵，对秦也几次攻取多有小胜。故此，楚国军力显然强于齐国。若能聚全力一战而下楚国，天下可安也！其时齐国偏安东海，不足虑也。所谓易断者，先伐楚，一战安天下；先伐齐，两战安天下。此中利弊，不难权衡也。”

大殿中一片肃静，李信等大将没有再度坚持己见而盘诘反驳，其余大臣将军们则将目光聚集在了李斯身上。这种状态，相当于大臣将军们事实上认可了尉缭对难易之说的评判，只等李斯是否歧见，而后便是秦王的最后决断了。

“攻楚为先，臣亦赞同。”李斯兼掌朝会议程，一直站在王台左下一方比王台稍低比群臣座案区稍高的司仪台上，空阔孤立，整个大殿都看得很清楚，略带楚语的话音也分外清晰，“楚齐先后，不仅是难易之辨，而且是治情之辨。秦统天下，志在使中国划一而治。而中国之广袤难治，泰半在南疆之地。南疆不治，中国不治。夫南疆者，淮水之南一，江水之南二,五岭之南三，海天之南四。层层南进，万里之遥也。更兼山川险峻，阻隔重重，进军既难，划一而治犹难。故此，先下楚地之好处，非但在先攻坚而弱者自破，更在为有效治民争得先机。如此，最后灭齐之日，楚国大局已经安定，天下划一则大有可为也！李斯不谙军事方略，唯以政治补充。此，李斯赞同先下楚国之意也。”

大殿更安静了，这是一种蕴含着意外与惊讶的默然。谁都知道，李斯是楚国上蔡人，对楚国所知之深自然远过秦国群臣。然，李斯之论却不就楚论楚，而是提出了一个秦国大臣将军们从来没有想过，至少没有自觉想过的大论题：楚国治情对一统天下具有独特的意义，而这种独特意义，要靠军争大略去实现。对于尚武善战而思虑战事多从战场本身出发的秦国文武，这无疑是一个被长期忽视的视角。举殿若有所思之时，大臣们都看到，秦王嬴政已经在轻轻点头了。

“长史之言，未免夸大治楚之难！”一片静默之中，又是李信站起来高声道，“楚国固然广袤，然其风华富庶之地始终在江淮之间。数十年间，楚国都城由郢寿北迁陈城，又由陈城南迁郢寿。楚国之民众、财富、军力，俱只在江北淮南之间。所谓江南，所谓岭南，尽皆荒僻不毛之地；南楚百越部族零散山居，各守城邑，全无聚集大军之力。我军但下江淮之间，号令所指，莫不为治！何有‘划一而治犹难’一说？”

“号令所指，莫不为治。说得好！”老蒙武奋然拍案。

大臣将军们却再没有一个人呼应了。毕竟，李斯没有直接涉及军兵方略，至于楚国治情究竟如何，则不好贸然评判。李信激昂反驳，可能是对楚国知之甚多，而其他人则未必如此了。更有诸多大臣将军认同李斯所言，对老将军蒙武的赞叹自然不会做任何附和。一时肃静，丞相王绾离座道：“老臣以为，齐楚先后之争，业已说得清楚。相关治情评判，宜下楚之后从容计较，此时不宜虚空论争。敢请君上，当断则断。”

“丞相言之有理。”

秦王嬴政一拍王案，目光巡视大殿道，“齐楚先后，不必再论。先齐固然容易，先楚更利大局。本王决断：先下楚国。明日朝会，议决对楚进兵方略。”

晚汤后，秦王嬴政吩咐蒙毅召李信入宫，随即与李斯出了书房。

澄澈秋月之下，轻舟漂荡在水面之上。看着意气风发的李信，秦王嬴政再次褒奖了李信追击燕国残部并除却太子丹的军功。末了，嬴政申明召见之意：就对楚战事，想在朝会议决之前先听听李信的进兵方略。旁边李斯一时颇感疑惑，如此大事，不先行征询王翦蒙恬两位上将军，如何先召李信会议？秦王纵然激赏李信，此举似乎也有失妥当。然则，一想到秦王去岁对王贲的独到选择，李斯终于定下了心思，只在书案埋头录写了。

获此殊荣，李信大为感奋，不假思索慷慨直陈道：“灭楚方略，尽在八字：遮绝江淮，攻取淮北。如此楚国可一战而下！”其快捷自信，显然是久有思索成算在胸。秦王道：“如此方略需兵力几何？”李信道：“二十万！”秦王道：“如何进兵？”李信指点着摊开在大案上的地图道：“下楚之要，在江北淮北两地。末将所言二十万，是决战主力大军。全局方略尚需两支偏师：其一，陆路偏师插入淮南，遮绝楚国王室渡江逃亡岭南之路！其二，水军偏师从巴蜀东下，占据夷陵要塞，遮绝楚国王室逃往荆楚故地之路。与此同时，我主力大军直下淮水楚都，决战楚军必当势如破竹！如此进兵，主力大军二十万足矣。”

“好！将军雄风也！”

秦王嬴政的炯炯目光一直随着李信的指点在地图上移动，听李信说罢，不禁拍案赞叹一句。见李斯蒙毅没有说话，嬴政笑问道：“两位以为如何啊？”蒙毅素有壮勇之心，当即一拱手道：“臣以为，遮绝江淮，攻取淮北，堪称上乘方略！用兵二十万决战，已经牛刀杀鸡！”李斯似有沉吟，思忖道：“臣不擅军事，只觉如此方略，似将楚国做江淮之楚，不是全楚……臣意，尚须征询两上将军为当。”李信微微一笑，口吻颇带嘲讽地指点着地图道：“自来用兵计国力之厚薄，军力之强弱，几曾计土地之广狭？若以全国疆域论之，匈奴占地无垠，莫非当以数百万兵力对其作战了。”李斯淡淡道：“也是。说到底，斯不擅军事，心下无数。”

“好。将军且回，明日朝会再议。”

秦王见李斯终有疑虑，皱着眉头默然一阵，吩咐李信先回去了。嬴政深知，李斯虽非兵家大才，然绝非对兵家方略没有评判力，其心惴惴，必有说不清楚或自觉不当说的道理。军争大略，毕竟不能轻率。轻舟漂荡良久，秦王终于下令靠岸了。

“走，老将军府。”

三更时分，君臣三人匆匆赶到了只亮着门厅两只风灯的上将军府邸。及至门吏惶恐万分地打开大门，家老匆匆迎出，庭院中尚是黑乎乎一片。此次班师归来，秦王嬴政还是第一次登临王翦府邸，偏又是如此匆忙，心下不禁生出几分愧疚，连说不知老将军已经安睡，还是明日再来。几句话之间，整个府邸灯火大亮，王翦也已经冠带整肃地大步迎出。嬴政正欲趋前抚慰，王翦已经深深一躬高声参见了秦王。嬴政深觉歉然，又觉此时离开更是不妥，遂对王翦深深一躬道：“嬴政夜来走动惯了，却忘了老将军鞍马劳顿，委实无礼也。”王翦惶恐地扶住了秦王道：“君上夙夜辛劳，老臣倒头安卧，罪责在臣，安敢当君上自责也！”一番寒暄，君臣进了正厅落座。

“少将军不在府中？”不见王贲，李斯有些迷惑。

“小子！”王翦黑着脸，“另居了，恨不能不是老夫生养也。”

“少将军不沾父荫，非不孝也，老将军怨气好没来由！”

李斯与王翦文武相知，直率一句，君臣们不禁大笑起来，气氛顿见轻松。一时茶来，饮得片刻，秦王直接说了来意，征询王翦对楚国用兵方略。王翦说得很实在：“用兵之道，贵在因时因地。老臣久在燕赵，对楚用兵尚无认真思虑。就实而论，老臣唯明一点：楚非寻常大国，非做举国决战之心，不能轻言灭之。”嬴政颇感意外，思忖道：“楚国长久疲弱，老将军何有举国决战之说？”王翦道：“楚虽疲弱，然年年有战，族族有兵。楚乃分治之国，非但世族封地有财有兵，即或百越部族，也是城邑林立互不统辖，几类殷商诸侯。如此，楚王纵成战俘，楚国亦未必告灭。此等大国，聚兵外战确实难而又难，然抵御灭国之灾，潜力却是极大。”

“噢？”李斯似乎有些惊讶。

“老将军之见，灭楚需兵力几何？”嬴政问到了根底。

“举国之兵，六十万。”

良久，君臣没有一个人说话。王翦说法与李信谋划差别太大，秦王与李斯实在不好贸然可否。默然一阵，还是李斯笑道：“老将军尚无灭楚方略，一口咬定六十万，未免唐突也。”王翦一脸正色道：“对楚之战，非对赵之战。秦赵经年厮杀，地熟人熟，自可预定方略。秦楚之间诸般差异极大，且从未有过大战，不预为踏勘而能有战法方略，老夫未尝闻也！六十万者，大局决断也。无大局之断，何得战场方略焉！”秦王点头道：“老将军说得也是，我等各自想想，来日朝会再议。”说罢离座，对王翦叮嘱了一番饮食起居上心的抚慰之言，告辞去了。

回车途中，秦王一直没有说话。车到王城南门，嬴政恍然醒悟，连催李斯回府歇息。李斯说要去王城值夜。嬴政说夜半无大事，有蒙毅行了，坚执教李斯回府去了。李斯一走，嬴政又催蒙毅走。蒙毅说甚不走，嬴政一挥手径直进了王书房。蒙毅在外署守候一夜，眼睁睁看着秦王的身影隔着空阔的天井在窗棂白布上晃悠了一夜。期间，赵高悄悄摸到外署想问个究竟，瞄见是蒙毅值夜，又连忙悄无声息缩了回去。天亮时分，赵高从王书房出来，交给蒙毅一支秦王手书的竹简，上面只有六个字——朝会中止一日。

这日午后，王贲奉命进了王城，被赵高直接领到了凤台。

凤台，咸阳老秦人呼为凤凰台，是目下咸阳王城中最高的一座台阁。究其源，本是秦穆公建在旧都雍城的一座台阁之名。穆公时，秦国有著名乐师萧史，一管长箫常召来美丽的白鹄与孔雀盘旋起舞。穆公有女，名弄玉，酷爱琴箫，也深深歆慕着萧史。穆公钟爱这个小女儿，遂筑了一座台阁，使弄玉萧史同居其上，终日琴箫唱和，引得孔雀白鹄盘旋不去，成为老秦地一道令人心醉的美景。数十年后，萧史弄玉不知所终，老秦人都说，这双玉人一起乘着凤凰随风成仙去了。秦人以孔雀为凤凰，又感念大争之世沉醉琴箫的难得情怀，遂将此台呼为凤凰台。国府因俗，亦将此台定名为凤台。其后宣太后主政，感念凤凰台那段动人的故事，依照原式加高，在咸阳王城也建造了一座凤凰台。这凤凰台建造在王城最幽静的一片胡杨林的一座小山上，台高十丈，高耸于殿阁楼宇之上，登临台顶，大咸阳内外尽收眼底，遂成为天下有口皆碑的一处胜境。百数千年后，凤凰台尚是秦地风物胜迹之一，非但在诸如《水经注·渭水注》一般的治学著作中有美丽传说的记载，且衍化出《凤凰台上忆吹箫》的著名词牌，留下了后人不知多少感慨万端的凭吊。这是后话。

“王贲将军，凤台眼界如何？”

“高远清心，末将没有想到！”

“末将末将，少将军已经是少上造爵位，大臣了。”

秦王一句笑语，王贲倒是局促了。论目下军中爵位，父亲王翦的大良造爵位之下便是他的少上造爵了。蒙恬任职与父亲同，然因没有灭国战功，故此只是右更爵位，比他还低了一级。王贲高爵，原因在平定韩乱与灭魏之战两大功。在秦国，爵位不仅仅是朝班座次序列，更重要的，在于爵位是不含任何水分的最直接的军功标志。因为，无功不受爵是秦法最不能松动的根基。在秦国，有才而无功，可以领职，但不可以受爵。所以，秦人更看重爵位，对职司高低倒是不那么在乎。而今，王贲以灭国大功一跃升爵三级，在同等年轻的大将中成为首屈一指，荣则荣矣，个中滋味却多少有些杂陈。全部原因，是父子两人同居灭国之功，而别的大将却没有一人获此殊荣。韩赵燕魏四国，灭韩主将是内史嬴腾，但灭韩是试探之战，既没出动当时的主力新军，也没有双方大战，所以秦国朝野将灭韩之战看得并不重。灭赵灭燕灭魏，却都是实实在在的大战。灭魏虽然没有主力决战，但那是运筹使然，并非王贲没有主力决战的方略与将才，更何况魏国是长期压迫秦国的宿敌，其实力远非韩国可比。所以，秦国朝野丝毫没有因为水战下魏而低估了灭魏的战功。然则，终因有父亲如此一个人物，王贲总有一种说不清的隐隐感觉，似乎总觉得朝野将他的战功看做有几分运气或者天意，与他同等军旅阅历的年轻大将们似乎更是如此。所以，王贲始终有一种难言的心绪，言行举止反倒不如此前挥洒了。而今秦王一句笑谈使王贲局促不安，其原因皆在于此。

“君上，贲请北上蓟城，率三万铁骑追歼燕代残部！”

“王贲啊，今日不说燕代，说伐楚，如何？”

见秦王遥望渭水面色沉郁，王贲这才觉察出秦王是为攻楚之事犯难了。思忖片刻，王贲直率道：“君上，先说方略，还是先说兵力？”秦王嬴政蓦然回身，目光闪亮道：“将军有方略？先说方略！”一招手，远远站立的赵高抱着一个长大的圆筒状物事疾步过来，在廊下大柱挂起了一幅羊皮地图。王贲指点着地图道：“楚国战场，难处不在两淮，而在江南、江东、岭南三地；此三地之难，又不在战事之难，而在山川险峻地理偏远之难。故此，灭楚可分两步方略：第一步，先平淮北淮南，歼灭楚国生力军，夺取楚国根基；第二步，再下江东吴越及江南岭南百越之地，如此，南中国可一举平定。”

“第一步如何实施？”

“第一步是实际破楚方略，最是要害。军事所谓灭楚，战场只在淮北淮南。根本原因，在于两淮之地聚集了楚国十之七八的主力大军，只要全歼淮水南北之楚军，楚国便告实际破亡！其后，我军南下平定百越，将没有大军阻力。”

“进兵方略如何？”秦王有些急迫。

“阻断江淮，隔绝荆楚，主力直下淮北决战！”

“主力大军用兵几何？”

“四十万上下。”

“为何？”

“淮北决战之后连下江南岭南，需一气呵成！”

“只说两淮破楚，兵力几何？”

“三十万之内。”

“二十万如何？”

“若两步分开，二十万该当无事！”

秦王嬴政大笑一阵，高声吩咐酒来。赵高快步捧来两坛老秦酒，嬴政王贲各举一坛，仰脖子汩汩一阵猛灌了下去，夕阳之下脸色顿时红成了一团火焰。秦王凝望着枕在西山的落日，兴致勃勃地道：“王贲啊，灭楚之战再度领军如何？”王贲一拱手高声道：“君上，我善奔袭战，追歼燕代残部最佳！”嬴政没有回身，呵呵笑道：“说灭楚说灭楚，你偏纠缠燕代。那你说，灭楚之战谁堪领兵？”王贲道：“杨端和、辛胜、李信，俱能独当一面！”秦王回身道：“谁最佳？”王贲慨然道：“谋勇兼备，李信最佳！”秦王嬴政目光炯炯，只看着王贲不说话。良久，嬴政喟然一叹道：“王贲者，无愧国之良将也！”王贲顿时手足无措，脸红得一句话也说不出来了。

第三日朝会再举，专一议决对楚进兵。

议决灭国战事，一则议进兵总方略，一则议投入总兵力。前者关乎全局铺排，后者关乎大军调遣及各方配合。朝会伊始，李信慷慨激昂地陈述了“遮绝江淮，攻取淮北”的总方略，最后提出二十万大军灭楚。几乎所有的年轻大将都赞同李信谋划，王贲做了些许细节补充，唯独赵佗皱着眉头没有说话。文臣座区，李斯始终没说话，尉缭大体赞同唯觉兵力稍显单薄，王绾则着意申明无论方略如何都会全力谋划后援。其余文武大臣，除了不置可否者，十之七八都赞同李信。也就是说，整个朝会没有一个人对李信方略持异议之说。从始到终，对于军事最要害的两位上将军却一直没有正式陈述。蒙恬说，楚地与草原之战不同，近年揣摩不多，不好置评。王翦只听不说，一副睡态时有鼻涕眼泪，似乎已经苍老不胜疲惫了。

“老将军，该当说说了。”举殿热辣议论，嬴政笑着高声一句。

“啊，该，该老朽说话么？”

王翦揉着惺忪老眼懵懂一句，又破天荒自称老朽，殿中不禁哄然一片笑声。王贲很是不悦地看了看父亲，又狠狠地响亮咳嗽了一声别过脸去。王翦浑然不觉，大袖搌了搌嘴角又清了清嗓子道：“老朽之见，灭楚，还是得六十万兵力。至于战法，老朽以为，当以战场大势相机决断。此时，老朽胸中没有方略……”

也不知王翦说完没说完，大殿中又是哄然一片笑声。这种笑声，与其说是嘲讽，毋宁说是大臣将军们因王翦不可思议地一连串“老朽如何”而生出的惊愕与滑稽，觉得这个老人家实在可乐。秦王嬴政也禁不住呵呵笑了一阵，拍案一叹道："上将军老矣！何怯也。李将军果然壮勇，其言是也！"举殿安静，颇见惊愕。嬴政似觉不妥，遂正色道，"前日本王就教，老将军已经陈述了方才之见。自来军争方略仁智互见，各执一词不足为奇。灭楚战事，容本王与丞相、上将军、长史、国尉等再行会商，之后立即实施。散朝。"

二　父子皆良将　歧见何彷徨

王贲刚在府门前下马，守候在门厅的家老立即迎了上来。

散朝之后，父亲的护卫骑士给王贲传了父亲四个字：夜来回府。王贲当时只点了点头，一句话没说匆匆上马走了。晚汤之后，左右想不出推托事由，王贲只好怏怏过来了。依目下爵位，王贲在咸阳出行当乘六尺伞盖的轺车。然王贲素来不事张扬，更不想在父亲府邸前冠带高车，故此便服骑马，护卫也不带只身来了。近日，王贲自己也觉迷惑，原本一见父亲便局促不堪，很有些怕这个上将军父亲。可自从南下中原独当战局之后，王贲越来越觉得父亲很有些令他不适的做法：对王命太过拘泥，对军政大略太过收敛，多次放弃该当坚持的主张，言行举止诸方面都不如从前洒脱。以前，王贲是极其敬佩父亲的。但南下之后，尤其是父亲班师还都后在大朝会的老态，令王贲既觉难堪又觉困惑，既往对父亲的崇敬流水般没了踪影，只要看见父亲便不自觉地郁闷烦躁。

"少将军，请跟老朽来。"家老恭谨细心一如往昔。

"这是家，我找不见路么？"王贲脸色很不好。

"不不不，上将军在另处等候少将军。"

"你只说地方，我自己去。"

"还是老朽领道。府下格局稍变了些许，只怕少将军不熟也。"

"旧屋重修了？"

"走走走，少将军沿途一看便知，老朽不饶舌了。"

王贲跟着家老曲曲折折一路走来，果然眼生得不认路了。原本，这座上将军府邸占地虽然很大，却是空阔简朴，中轴六进偏院三处后园一片，王贲闭着眼都可以摸到任何一个角落。可今日进来，层层叠叠亭台楼阁水池树林灯火摇曳，恍如山东小诸侯的宫殿一般。若非家老带路，王贲当真不辨方向。蓦然之间，王贲有些恼怒了。父亲与自己一样，常年在外征战，如何有闲暇将府邸整治得如此华贵？定然是这班家老管事挥霍铺排。

“家老办得好事！”王贲的脸色阴沉得可怕。

“老朽不明，敢请少将军明言。”家老惶恐地站住了。

“如此铺排府邸，不是你的功劳？”

“啊呀呀少将军，老朽一言难尽也！”

“秦法连给君王贺寿都不许，你等不怕违法？”

“说得是说得是。”家老连连点头，再不做一句辩解。

王贲也黑着脸不说话了，对这班管家执事说也白说，必须得跟父亲说。如此默然又过了两道木桥，来到池畔一片树林，又登上一座草木摇摇的假山，才在山顶茅亭之下见到了布衣散发的父亲。亭廊下点着一束粗大的艾草，袅袅烟气驱赶着蚊蝇，秋月照着水面，映得山顶一片亮光。山风习习，父亲半靠亭柱坐在一张草席上，疲惫懒散之态确实与军中上将天壤之别。

“父亲……”

“来了。坐下说话。”

“父亲，容我先见母亲与大哥再来。”

“不用了。家人全数回频阳老家了。”

“父亲……”

“惊个甚，坐了说话。家老，任谁不许近山。”

父亲的话语很平淡，家老却如奉军令一般匆匆去了。王贲走进茅亭，从石案上提起陶罐给父亲面前的陶碗续满了凉茶，站在亭柱前不说话了。灭赵大战之后，秦王派李斯将王氏家族百余口迁来咸阳，还大修了一番当时的上将军府。三两年来，虽然王翦王贲父子一直不在咸阳府邸，可这座上将军府依旧是热气蒸腾勃勃生机。因为，王氏家族的根基已经从频阳转到了咸阳。母亲执掌内事，大哥与一班族兄族弟则已经开了铁木作坊，做起了造车与农具生意。王贲在大梁战场时，曾接大哥一信说：父亲不许王氏子弟入仕做官，只能做农做商或者从军打仗。其中几个兄弟都是才能之士，能否劝说父亲允许他们入仕，只我一人做商贾便了。王贲当时专注战局心无旁骛，只给大哥简短复信：父命无差，兄当一心，无由再说父亲。王贲心下清楚，定是几个族兄弟不想做商贾，从军又觉太晚，于是说动大哥生出这般主意。那时，王贲以为父亲没有错，国人都去做官，谁去周流民生？身为庙堂栋梁，王氏理当有大局气度。可如今，一个偌大家族刚刚安稳下来，如何又突兀地搬回老家去了，连他也不知会一声？若没有父亲的严厉命令，王贲相信，谁都会跑来找他劝说父亲的。他近在咫尺却一无所知，足证父亲是有备而为周详谋划的。然则，如此这般究竟为何？王贲实在有些无法理解父亲了，而且，诸多不解一时还不知从何说起。

“灭楚之战，你举李信为将？”父亲淡淡开口了。

“唔。”

“好。不好。”

“唔。”不管父亲说法如何蹊跷，王贲都没有论说国事的兴致。

“好在有胸襟，利于朝局，亦利于自固根基。”父亲似在自说自话。

“身为上将，唯虑国家，没有自固之心。”王贲不能忍受父亲的评判。

“心者何物？岂非言行哉！”

“就事说事，李信足以胜任。”

“错。就事说事，灭楚领军王贲最佳，比李信更可胜任。”

“……”

“不说话了？”

“……”

“秦王知人，必察贲、信之高下。然则，秦王必用李信。”

“朝会尚未议决，秦王亦未决断，父亲何须揣测。”

“揣测？”父亲嘴角轻轻淡淡地抽出一丝冷笑，依旧似在自说自话，“秦王者，大明之君也。明知李信不及王贲扎实，却要一力起用李信，其间根由，不在将才之高下，而在庙堂之衡平。天下六国，王氏父子灭其三，秦国宁无大将哉！秦王纵然无他，群臣宁不侧目？秦人尚武，视军功过于生命，若众口铄金，皆说王氏之功尽秦王偏袒所致，群将无功皆秦王不用所致，秦国宁不危哉？王氏宁不危哉？”

“虑及自家安危，父亲便着意退让？”

“苟利国家，退让何妨，子不见蔺相如么？”

“纵然退让，亦当有格。何至老态奄奄，举家归田？！”

“老态奄奄何妨？老夫要的不是自家气度，是国家气度。”

“大臣尚无气度，国家能有气度？”

“驳挡得好。”父亲一反常态，从来没有过的温和，点头称赞了儿子一句，又饮下一口凉茶，依旧自说自话了，“当此之时，唯有一法衡平朝局，凝聚人心：大胆起用公议大将，做攻灭最大一国之统帅。成，则战功多分，衡平朝局；败，则群臣自此无话，战事大将可唯以将才高下任之……”

“父亲是说，秦王是在冒险用将？！”

“明君圣王，亦有不得不为之时也。”

“父亲！”王贲终于不堪忍耐了，冲着父亲一泻直下，“此等迂阔之说，王贲不能认同！自家退让也罢，老态奄奄也罢，举家归田也罢，王贲都可以忍了不说，但凭父亲处置。然父亲既然察觉秦王起用李信是在冒险，宁肯坐观成败，却不直谏秦王，王贲不能忍！秦王雄才大略，胸襟开阔，王贲是认定了跟准了！纵然心有歧见，纵然与秦王相违，王贲也要坦诚陈述以供决断！这既是臣道，更是义道！如今父亲洞察诸多微妙，却包藏不说，放任国家风险自流，心下岂能安宁！朝野皆知秦王曾以父亲为师，父亲却隐忍不告，宁负‘秦王师’之名，宁负直臣之道哉！王贲明言，父亲当以商君为楷模，极心无二虑，尽公不顾私！不当以范蠡舍弃国家只顾自身的全身之道为楷模！父亲不说，是疑惑秦王顾忌王氏功高，这与山东六国攻讦秦王有何两样！王贲直言，父亲不说，我自己上书秦王，争这个攻楚主将！”

父亲只淡淡笑着，始终没有说话。

“父亲，儿告辞。”

“给我坐下！”父亲突然一声厉喝。

王贲没有坐，也没有走，只黑着脸钉在大柱旁气喘咻咻。

“你小子尽公不顾私，何以举荐李信为将？”

“我……”

“你自以为不如李信？”

“……”

“能使铁将军王贲违心举荐，足证此事不可轻慢。”

“不一样！……”王贲突然憋出一句，又默然了。

父亲叹息一声，突然贴着大柱笔直地站了起来，其剽悍利落之态虎虎生风。瞬息之间，王贲双眼瞪得溜圆，对也！这才是父亲，这才是秦国上将军！父亲没有理睬王贲，大步出亭在山顶转悠了几圈，这才走了回来，拍打着亭栏正色道：“你小子，谅也不至于将老夫看做奸佞。然老夫还是要说，你小子还嫩。自以为心无二虑，自以为忠于国家，自以为任何时日可以说任何话，做梦！学商君？说得容易。商君面对的君主是谁？我父子面对的君王是谁？商君面对的大势是甚？今日大势是甚？一样么？不一样！只说目下秦王：一则，起用李信确有大局筹划之考量，该当赞同，说甚去？二则，战场事奇正万变，冒险多有，战胜者也屡见不鲜；况且，楚军也确实疲弱不堪。此时，老夫若说李信必不成功，只怕连你小子也要反对，况乎群臣？况乎秦王？三则，秦王天纵之才，多年主持灭国大计从无差错，朝野声望如日中天，秦王自己也更见胸有成算，说秦王已经有些许自负也不为过。当此之时，老夫以自家评判，强说秦王改变决断，可能么？更何况，秦王决断也有你等一班新锐将军一力赞同，并非秦王独断，老夫何说？说亦何用？只怕除了君臣离心，再没有任何好处！你小子说，将老夫这个秦王师让给你，你能去纠缠着秦王憨嚷嚷么？”

“……”

“世间多少事，只有流血才能明白。”末了，父亲淡淡补了一句。

王贲瘫坐在亭栏不说话了。良久，王贲提起陶罐猛灌了一通凉茶，向父亲一拱手，匆匆大步离去了。父亲再没有喝阻，也没有说话，只若有若无的一声叹息飘进了耳畔。蓦然之间，王贲有些怜惜父亲，但还是没有回头。

三日之后，王贲奉命入宫，共商对楚大战的最后决断。

这次是小朝会。秦王的庙堂谋划三大臣（丞相王绾、长史李斯、国尉尉缭）加上将军王翦、蒙恬，再加王贲、李信、杨端和、辛胜、章邯等几员主力大将与老将军蒙武，长史丞蒙毅里外行走，算是半个与会者。没有了大朝会的齐楚先后之争议，小朝会简短了许多。先是丞相王绾禀报：由丞相府总领，各方官署已经做好了相关的伐楚筹划，相关郡县的粮草器械民力已经开始预为囤积。接着李斯禀报：几日来已经征询了几位王族元老之伐楚谋划，没有新方略提出，均大体赞同李信将军方略。之后，老尉缭的竹杖遥遥指点着地图，陈述了秦王与几位大臣在大朝会之后谋定的伐楚用兵方略。最后，秦王征询诸人评判，说明如无重大异议，则照尉缭陈述之方略进兵。三大臣之外，王贲李信等一班年轻大将均表赞同，蒙恬申明无异议。只有王翦说了一句题外话："伐楚之战，贵在正，不在奇。主将但有韧性，此战未必不成。"却没有就进兵方略表示可否。因了此前王翦已经明白陈说了自家看法，秦王与大臣将军们也再没有要王翦说话。

此次朝会明确的进兵方略是：

其一，以李信为主将，蒙武为副将，率二十万大军直下楚都寿春；

其二，以王贲部秘密进兵淮南江北，隔断楚军渡江南逃之路；

其三，以巴蜀水军顺江东下，占据夷陵房陵，隔断楚军荆楚逃路；

其四，以李斯、姚贾为后援大臣，全力督导中原郡县粮草民力。

王贲很有些沮丧。没有想到小朝会的几乎一切部署，都被父亲事先说中了：大将果然起用了李信，兵力果然是二十万，文武大臣们果然是无人异议，秦王也果然没有再度征询父亲谋划的意思。唯有两处王贲没有想到，却也暗合了父亲的预料，一是派老将蒙武做伐楚副将，二是派自己做了外围偏师将军。这般分派，王贲确实没有感觉到战事谋划的合理性，却隐隐嗅出一股军功多分的气息。这令王贲很是郁闷。蒙武固然资望深重，所率老军也是昔日秦军精锐；然蒙武毕竟久在国尉署，没有做过领军大将，其将性又偏于柔弱，既不能补李信之缺，又不能纠李信之错，如何能是最佳的幕府格局？再说，不教王贲做伐楚主将也罢，至少该派自己独当一面追歼燕代余部。王贲确信，只有自己的轻装飞骑，才能彻底干净地荡平残赵飞骑与辽东猎骑之患，最终平定北中国。可如今，他王贲却只能担任淮南江北之遮绝偏师。如此使命，秦军任何一个大将都会做得很出色，秦王若想均分功劳，何不将这个偏师之功也让给冯劫或冯去疾等大将，何须一定要派给他？

郁闷归郁闷，王贲还是没有再去见父亲。

那座上将军府没有了母亲，没有了家人，王贲也没心思回去了。与父亲再度探讨朝局，王贲实在没有心绪，何况大军已经开始集结，也该赶赴军中了。可是，就在王贲马队开拔的前夜，大哥匆匆赶来了。大哥说，父亲教他传话：子为国家大将，唯当以战局为重，无虑其余。大哥说，这是父亲的郑重叮嘱，说不清其中奥秘，父亲也不许他过问。王贲说，没甚，教父亲放心，王贲不会荒疏国事。大哥言犹未尽，似乎有话，又吞吐不说。王贲送大哥上路时一再追问，大哥才说，父亲有告老还乡之意，吩咐他不要说给兄弟，可他忍不住，因为他吃不准朝局究竟发生了何等变化，父亲与兄弟有没有危险？王贲听得无可奈何，气哼哼说，甚危险？树叶下来砸破头！他要做田舍翁，大哥陪他做，左右我是不做！大哥不相信，反复追问。王贲又气又笑道，大哥务过农经过商，该知道老地主老商贾毛病：老商贾金钱多了，老地主[1]家业大了，怕遭人妒忌，怕人眼红，怕人闲话！知道么？就这个理！能有甚！大哥惶惑道，不就灭了两国嘛，仗是大家打的，谁眼红甚了？王贲心烦，索性不再辩解，只说自己事多，送大哥走了。

秦王政二十二年（公元前 225 年）深秋，秦国南进大军隆隆启动了。

---

[1]　地主，土地主人或所在地主人，语出《左传·哀公十二年》："侯伯致礼，地主归饩（xì）。"

三　项燕良将老谋　运筹举步维艰

楚王负刍接连发出六道特急王命，大臣还是无法聚齐。

秦军南下的消息传来，负刍的第一个决断是召世族大臣紧急朝会。接受太傅黄辎之谋，负刍大破成规连发六道王命，每道王命都只有最急迫的两句话："秦军南进，大楚濒危！诸臣当速入郢寿[1]朝会，共决抵御之策！"可旬日过去，除了淮北淮南的大臣们风尘仆仆赶回外，江南、江东、荆楚的世族大臣一个也没有赶来，岭南诸将更不用说，只怕王命还在途中亦未可知。迟至第十三日，负刍焦躁不安又无可奈何，只有行半朝之会，与赶回来的大臣们紧急会商对策。

负刍非等大臣而不能决断，时势使然也。其时之楚，是战国之世变法最浅层的国家，地域广袤而世族大臣各领封地，无论兵员征发还是财货粮草筹集，都须得世族大臣认可方得顺畅，否则，纵有王命也是滞涩难行。王族虽是"国土"最大的领主，又有各世族封地依法缴纳"国赋"，实力自然雄踞所有世族之上。然则，王室维持庞大的邦国机构，支付之大也是任何世族不能比拟，要在濒临危亡之时举国抵御强敌，仅凭王族之力无异于杯水车薪。楚拥广袤南中国，土地民众几乎抵得整个北方六大战国，然其始终不能与中原秦、赵、魏、齐四大战国的任何一国抗衡，其根源便在这世族分治。天下进入战国以来，楚国朝局多生事端政变迭出，其根源也在于世族分治。凡此等等治情弊端，后将备细剖析。

"老臣以为，两淮大臣还都，朝会可行。"首座老臣说话了。

"令尹之言，老臣赞同。"武臣首座一位老人也说话了。

"昭、景既同，臣等无异议。"其余十几位大臣异口同声。

"本王好悔也！"负刍铁青着脸拍案长叹了一声。

"枢要大臣差强聚齐，王当以战事为重。"首座老令尹脸色很不好。

---

[1] 郢寿，楚国最后都城寿春（今安徽寿县地带），楚国都城多迁，每都城前皆冠以"郢"字，故云。

“好。说。姑且朝会了。”负刍终于拍案了。

要明白楚国君臣的这番对话，先得明白此时的楚国地理大势。楚国土地广袤，主要结构是四大块：一是西部荆江之地，这是春秋与战国初期的楚国老本土；二是东南吴越之地，这是战国前、中期楚国先后吞灭的两个大诸侯国；三是岭南百越之地，这是松散臣服于楚国的许多部族方国；四是长江以北的淮水流域，分为淮南、淮北两大区域。从历史环境说，楚国的四大区域差别很大。其一，岭南地带太过蛮荒，且百越部族内乱不断各自为战，楚国事实上鞭长莫及。其二，吴越之地号为江东，在战国末期已经大有好转，但毕竟江河纵横水患多发，民众多以渔猎为生，农耕开发尚差，事实上还是相对蛮荒之地。楚国占据吴越，并不能大增其实力，且常有分兵分财的累赘之嫌。其三，西部荆江地带多山，历经老楚族群数百年经营，农耕渔猎之开发相对充分，然毕竟山水险恶，远非富庶风华之地。更有一点，秦国占据巴蜀之后，其地山川之险在秦军顺流东下的战船威慑之下已经荡然无存，荆江房陵地带的大批仓储财货粮草又被秦军几度攻占掠夺焚毁，几成贫困之地。其四，淮水流域河流交错，多为丘陵平原，土地平坦肥沃。经春秋数百年间陈、宋、薛、徐等大诸侯国的开发，淮北淮南与中原之富庶风华已经相差无几。后经战国之世，齐、魏、秦、楚、韩等大国相继在淮北拉锯争夺，不断开发农耕水利，以鸿沟通连黄河与淮水两大流域，整个淮水流域事实上已经成为富庶大中原的组成部分之一了。战国中后期，各国避秦锋芒唯恐不及，楚国却逆其锋芒大举经营淮北淮南，一度甚至迁都北上到淮北的陈城，其最根本的原因，在于整个楚国领土中能够成为国家力量的根基所在者，只有这淮水流域。

唯其如此，楚国世族封地的重心，也随着国土变化而变化。

春秋之世与战国初期，楚国最大的世族如昭、屈、景、项诸大族，其封地大多以荆江地带以及毗邻的云梦泽与湘水流域为重心。灭吴灭越之后，新兴军功部族与老世族中稍弱的项氏部族，封地大多转移到江东地带。岭南百越之地战乱丛生，且纳贡财货只具象征意义。是故，楚国不以岭南做世族实封之地，而只以后起的军功世族作为宗主，建立要塞城堡镇抚其地。战国中期，楚国吞灭淮水流域的几个中小诸侯国之后，楚国王族与四大世族的封地立即转移到了两淮地带。当然，其老封地因王室部分收回转封而略有缩小，但依旧保留着根基。楚国后期的权臣如春申君黄歇，其封地几乎全数在淮北，曾以荀子为名义县令的兰陵县便包括其中。也就是说，此时的淮北淮南事实上已经成为楚国大族封地的集中区域，实力大族的城邑大多都在两淮，只要两淮地带的世族大臣赶回了郢寿，楚国的要害力量也就差强齐全了。

负刍懊悔的是，去岁王贲狂飙般奇袭淮北连下十城，举国震恐，遂仓促议决：除以项燕为大将军调集兵马外，其余世族大臣一律赶回封地征发军辎粮草赶运都城。当时令负刍感奋不已的是，世族大臣们非但一致赞同了他的决断，且人人马不停蹄地连夜离开郢寿赶回了封地。而今想来，大臣们匆匆赶回封地，全然是急于安置自家封地，全然是逃命避祸，否则，那些大族的年轻新锐们如何一个都没赶回，来的都是白发苍苍的老者？究其实，还不都是留着青壮谋划本族生路，岂有他哉！

“会商军事，大将军能到么？”

低声说话的是大司马景柽。数十年来，景氏部族与项氏部族一直是楚国的军事栋梁，景氏居执掌关防军政的大司马，项氏居执掌兵马的大将军。朝会既要议决抵御秦军，最要紧的自然是大将军项燕。故此，景柽一句低声发问，大臣们却是如雷贯耳浑身一震。

“左将军项梁与朝——”

殿外一声长报，负刍君臣更是惊讶，目光齐刷刷聚集殿门。在这片刻之间，一员年轻将军快步走进了门厅，一头汗水一身泥土，斗篷甲胄灰蒙蒙不辨颜色，脸颊似乎还有一道血痕。负刍与大臣们不禁脸色骤变，竟都不约而同地站了起来。将军没有丝毫停顿，匆匆大步走到王台前一拱手，高声道：“左军主将项梁，参见楚王！见过诸位大人！”

“项，项梁，大将军如何了？”负刍慌乱得几乎撞倒了王案。

“大将军正在集结大军，向汝阴要津开进！”

“没，没有开战？”

“秦军抵达洧水，正谋过境安陵[1]，距我军尚远！”

“好，好好好……”负刍脸上笑着，人却瘫在了王座中。

一位老臣向殿角内侍招了招手，内侍给年轻的项梁捧来了一罐凉茶。项梁感激地对老臣一拱手，接过大罐汩汩一阵牛饮，茶水流溅得脖颈胸前一大片，泥土蒙蒙的甲胄斗篷顿时斑斑驳驳，在冠带整洁鲜亮的老臣们面前颇见狼狈。饶是如此，项梁自家浑然不觉，一阵牛饮后撂下空空的大罐，泥土衣袖搌了搌嘴角，又对王台一拱手道：“我王毋忧，大将军遣末将还都禀报：因淮南诸军尚未抵达，不能还都与会，敢请朝会之后立即派定得力大臣，向汝阴、城父两地输送粮草，并着力筹划大军冬衣与兵器箭镞！”

“完了？”缓过神来的负刍又惊讶地瞪大了眼睛。

“大将军之言禀报完毕。”

“大将军没说，仗如何打法了？”

“战事尚在谋划，须依据秦军动向而定……”

“大谬！大谬啦！”老令尹昭恤猛然拍案，苍老声音如风中树叶，“强敌业已逼近国门，战场方略却‘尚在谋划’？项燕素称知兵，如此岂非儿戏！秦军既然尚远，便当还都与朝共商大计。今项燕既不与朝，又无方略，只大张口要粮草，要衣甲，要兵器！我堂堂大楚，几曾有过如此大将军啦！”

大臣们不说话了，连楚王负刍也板着脸不说话了。年轻的项梁颇见难堪，却竭力平静着心绪，没有说一句话。世族大臣们原本期望这个在楚军中颇有声名的年轻悍将会暴跳如雷，或可借机搜求得项氏拥兵自重的些许罪证，孰料这个黝黑精悍的年轻将军竟能隐忍不发，一时倒凉冰冰滞涩了。毕竟，项氏也是世家大族，目下又是军权在握支撑楚国，昭氏为世族之首，昭恤又官居令尹总领政事，发作一通尚算无事，他人则未必能如此轻易地对项氏大将发作了。

“项梁，老夫问你。”大司马景柽说话了。

---

[1]　安陵，战国魏国城邑，在今河南省鄢陵县西北地带，地处洧水北岸。

“敢请指教。”

“大军南进汝阴、城父，可是畏秦避战之策？”

“汝阴、城父，向为郢寿北部两大要害。我大军进驻两地，正是扼秦军咽喉要道，使秦军不能南下攻我都城。大司马之论，末将以为诛心过甚！”

“也算一说。”景柽耸了耸雪白的长眉，“另则，大军粮草与衣甲兵器，此前皆有征发，目下未曾开战，如何便有了亏空？”

“对！此问才是要害啦！”几个老臣一齐拍案了。

“此前征发之粮草辎重，目下全数在仓，并未进入项氏封地！诸位若有疑虑，随时可派特使查勘。”年轻的项梁先了却了大臣们的心病，又奋然道，“秦强我弱，此战关乎楚国存亡！若不能凝聚国力做长久抗秦之谋划，仅将此战看做一战之战，则楚国必步韩赵燕魏之路！而若做长久鏖战预谋，则粮草辎重远远不足！此乃大将军之意，末将言尽于此。”

大臣们真正无话可说了。项梁慷慨激昂，说的是严酷事实，是迫在眉睫的大灾难。这一点，老辣的世族大臣们还是有数的。去岁王贲军的狂飙突袭之后，楚国君臣对秦国虎狼是实实在在地领教了一回，再也没有了轻慢之心。诸般盘诘疑虑者，传统政风使然也，非不欲抗秦保楚也。楚王负刍原本是精明机变的王族公子，盛年夺位，也算得多有历练，对秦楚此战更不会懵懂。一阵难堪的沉默之后，楚国君臣们心照不宣地撇开了项梁，开始议论起如何抗击秦军的具体事宜了。

暮色降临，君臣们终于一致认可了四则对策：其一，立下王命，并以大司马景柽为特使，严厉督导尚在半途的数万淮南军尽速北上归属项燕；其二，以令尹昭恤兼领大军后援诸事，全力督导大族封地的粮草征发与输送；其三，水军舟师由江东进入淮水，预为郢寿南迁退路；其四，以洞庭郡为南迁都城所在，万一此战失利，则南下以云梦、洞庭两大泽为屏障，以水师与秦军周旋。

诸般谋划妥当，楚王负刍又设宴为项梁洗尘。楚国君臣都着意抚慰了这位年轻大将，殷殷叮嘱了诸多向大将军项燕的抚慰褒奖。及至楚王王命拟好，已经时近三更。年轻的项梁心情火急，执意拒绝了楚王赏赐其王城夜居的殊荣，要连夜赶赴汝阴。负刍遂大加褒奖，下令宣达王命的特使随项梁一起星夜上路。于是，项梁马队连夜出郢，风驰电掣向北去了。

项燕巡视完两地军营，心头的乌云更重了。

自去岁奉命为抗秦大将军，倏忽将近一年，最根本的大军集结尚未全部完成，诸多部署运筹更是磕磕绊绊走走停停。截至目下，汝阴要塞的营垒差强完成，原本要求的山石壁垒却变成了土木壁垒；城父要塞的营垒，索性一道土沟，再加一道土墙垛口；兵器坊制箭，原本将令是三个月出箭五十万支，可堪堪一年还不到十万……凡此等等，无论项燕如何怒不可遏地屡屡发作，各部将军与军务司马们都不做任何辩解，挨一顿霹雳斥责之后，又是一如既往地磨蹭着蠕动着。项燕几次拿起令箭要行军法，每每最后的那一刹那，令箭都软塌塌掉进了帅案的箭壶。楚国，这就是楚国，楚王尚且乏力，你项燕又能如何？

便说最要害的大军调集。依照目下军制，楚国军力主要是三方：

其一，散布各个关塞城防的守军。战国之世，齐国七十余城。楚国地广，大约将近两百座城邑，设防城池大约五六十座，合计军兵大约三十万上下。除了几处由国府大司马直辖的要害关城，此等城防守军的辎重粮草衣甲器械等，素来由国府与城池所在封地共担。所在地封主乐此不疲，常常给予城防军将士种种额外补偿。久而久之，邦国城防军大多成为实际上的封主私兵，极难调出本地。

其二，王室国府直属的大军，合计大约四十余万。除去水军舟师几近十万，陆地马步军差强三十余万。这是楚国唯一可随时开出的主力军。依照楚国后期大势，这三十余万大军的经常性驻地是四个大本营：一军驻守淮北重镇陈城郊野，应对中原；一军驻守郢寿北部之汝阴要塞，一军驻守郢寿背后之淮南，前后拱卫都城；一军驻守江东吴中之地，应对频繁多发的吴越之乱。四大驻军，多则八九万，少则三五万，因时因战而流动。

其三，直接隶属于王室与各方官署的军兵，大体在十余万。主要有：

隶属于柱国将军的都城护卫军，隶属于郎尹、郎中两将军的王室护卫军，隶属于司败（掌刑罚）署的捕盗及监狱守军，隶属于关吏的盘查关防的军兵，等等。除非国破之战，此等军兵几乎永远不可能用于战场。

如此三方大军，项燕能够以王命兵符调集者，实际只有第二种，即国府直属大军。自调兵急令发出之后，项燕立即从郢寿赶到了汝阴[1]，建立了幕府。汝阴地处汝水下游之南，是濒临淮水北岸的寿春（郢寿）北上的最重要咽喉，且有汝水一道天然屏障，是狙击秦军南下的要害关塞。项燕是一位清醒实际的将领，对楚国大势有着清醒的评判。若是楚国军力能如臂使指，最佳的防御战略自然是以更北面的陈城为根基，大军既可有效抵御，更可在时机有利时伺机反击秦军。然则，目下的楚国已经是支离破碎，统属之难无以言说。更有一点，楚国南迁郢寿时，几乎将丰饶富庶的陈城搬空，人口流失，商旅锐减，粮草辎重全然没有了根基。若再度以陈城为根基，只怕粮草辎重输送的数百里长线会立即成为秦军最好的施展所在。粮道一旦被遮绝，楚军只怕也会成为第二个长平大战的赵军，项燕也必是第二个赵括无疑。当此之时，项燕只能收缩防线，聚集有可能聚集的最大军力，扼守南部咽喉与秦军一战，舍此奈何？然则，那些不谙军情不知兵法却又闭塞昏聩的老世族大臣们，心下却只恪守着“抗秦必以淮北陈城重镇为根基”的传统方略，对他的苦心运筹种种指责多方质疑，甚或以迟滞大军迟滞粮草相要挟，远离庙堂的项燕真有些百口莫辩了。

迄今为止，除了原驻汝阴的三万步军，抵达汝阴大营的只有陈城八万步骑混编大军。陈城军之所以能如期南下，还在于项燕的四子项梁是陈城军主将。而淮南的八万精锐步军距离汝阴只有三百余里，走了十个月竟还迟迟黏在半道。江东的十余万步骑，也在北上抵达淮水南岸的淮阴要塞后莫名其妙地开始停滞不前了。也就是说，项燕能调的四支军马，目下只到了两支十一万，两支主力大军则做了泥牛入海。

[1] 汝阴，战国楚邑，在今安徽阜阳市，与其相对的汝阳则远在西北的汝水源头。汝阴后世远离汝水下游，当为河流改道所致。

"江东大军如此迟滞，岂有此理！"

愤然之下，项燕派出项梁——国家艰危之时竟然只有自己的儿子可以信任，这也是项燕的莫名悲哀——星夜赶赴淮阴查勘实情，若果真是不得已，他便要亲赴郢寿诉诸楚王了。旬日后，项梁风尘仆仆赶回，诉说了江东军的迟滞原因。而这一切，还都是时任江东军裨将的项燕的三子项伯秘密探察清楚，又秘密告知项梁的：江东军主将景焯接到大司马叔父景柽的密件，说昭氏一族有人密告项氏在江东聚结私兵，图谋与越人部族作乱自立，楚王正在派员秘密查勘；大军或可能再度南下平乱，项燕能否领军亦未可知，江东军当以粮草未齐为由，原地等待王命。

"狗彘不食！！"

项燕愤怒了，飞骑马队连夜赶赴都城请见楚王。晨曦初露，素来稳健谦和的项燕脸色铁青地带着一队精锐剑士直闯王城。慌得楚王负刍王冠也没戴，散发赤脚披着大袍便匆匆出来了。项燕一反常态地强横，声言要立地与昭氏告密者对质，若查无实据，楚王须立即斩首诬告者，否则项氏反出楚国！负刍大惊失色，二话不说下令王城郎尹捉来了昭氏那个告密者，对质不消半个时辰，亲自一剑刺穿了告密者的咽喉。楚王负刍说，此人告密属实，王室派人查勘却是虚妄，果然疑忌项氏，岂能不先解项燕兵权？江东军迟滞不前，本王亦有难言之隐也！天亮之后，楚王负刍立即召来已经还都的几位世族大臣，当殿申明项氏绝无聚结私兵谋乱之举，后若再告，立地治罪。项燕冷面肃杀，当殿森森然宣告："项氏若图谋作乱，秦军南下便是时机！何须抗秦自伤？若有人定逼项氏反楚，项氏未必不反！项氏反楚，第一刀便杀逼我反者！国难当头，王族大族不顾楚国，项氏何计楚国？！"

这番肃杀凛冽的宣言，使楚国庙堂对项氏的种种不实流言销声匿迹了。项燕至此明白了一个道理，在世族林立竞相蚕食的楚国，一味地效忠国家非但于事无补，且有杀身灭族之祸，若得自立报国，便得有适时适度的强横霸道，否则一事无成。然则，回到汝阴幕府几个月，淮南军与江东军还是迟迟不能抵达，理由多得令项燕哭笑不得。无奈之下，项燕只有做最不济的谋划了。其中最要紧的一着，是以特急将令单调出江东军的三子项伯，教项伯持项燕密令返回江东，将项氏封地的八千子弟兵全数带来汝阴，再编入由陈城军精心遴选出的八千壮勇，以项梁项伯为主将副将，编成了一支缓急可用的精锐中坚。

请注意，封地子弟兵，是中原战国所无而楚国独具特色的物事，故此不得不予以交代。盖楚国在上述三方合乎法度的军力之外，还有一种中原战国已经不存在的潜在军力，这便是各世族封主的所谓壮勇子弟兵。究其实，这等子弟兵是各封主以自家财力建立起来的私家军队，多则万余，少则数千，兵器精良，衣甲粮草丰裕，实际战力甚或强于邦国军旅。楚国之所以始终不能真正废止私兵，其根本原因在于两处：一则，楚国源于相对封闭的山地部族立国，其所秉承的传统封地制，也始终相对完整地保留着，私家成军的根基始终存在；再则，楚国山川广袤险峻，部族众多，星散于险山恶水，习俗差异极大，故变乱多生，而一旦变乱蔓延，国府大军往往鞭长莫及，世族私兵则事实上成为保护封地并最终剿灭变乱的主要力量。楚顷襄王时期，曾发生了一场震惊天下的“庄跻暴郢”之乱，若非遍布楚国的世族私兵，楚国很可能便在这场举国动荡中灭亡了。

庄跻，原本是南楚洞庭郡的将军。其时，庄氏部族出了一个名士庄辛，奔走合纵抗秦，一时成为楚国名臣。后来，因楚国老世族排斥而遭顷襄王疑忌，庄辛被迫逃亡赵国。再后来，楚国对秦战争大败，楚国欲联结中原重起合纵，顷襄王才不得不再度召回庄辛。庄辛归来，以“螳螂捕蝉，不知黄雀在后”为比喻说动楚王，遂再度领政奔走合纵。谁知顷襄王受老世族掣肘，又再度罢黜庄辛，并大大削减了庄氏封地。虽然，谁也说不清楚期间究竟生出了何等谋划，更说不清楚庄辛与这件事有没有关联，总归是庄氏部族的将军庄跻，率领着数千兵士与族人起事了。庄跻起事的第一个举动，是率领乔装成庶民的士兵们混入郢都，汹汹然大举攻占官署，劫掠杀戮老世族府邸，并包围了王城。整个郢都骤然陷入一片混乱，楚国朝野大为震惊。此所谓“庄跻暴郢”也。后来，在渐渐聚拢的王师围攻下，庄跻率众被迫退出郢都，却又飓风般杀向江东，再席卷南楚，占据了湘水地带。后来，庄跻部又驰驱千里，南越五岭，占据了滇地，遂称王号，并自立为邦国。立国后大约财货不足，庄跻又率兵北上，再度席卷了湘水江东。楚国庙堂深为震恐，曾数度发兵追击围攻，皆因大军无法在高山峻岭与江河湖海中捕捉剽悍灵动的庄跻军，每次都是劳师无功。当此之时，各世族为了自家封地不受劫掠杀戮，遂纷纷自发地以私家子弟兵围追堵截，前后历时十余年，庄跻暴动及其余波方告平息。

庄跻举兵，对楚国与当时天下造成的震撼极大，以至当时的名士大著几乎都有评说。《荀子·议兵》篇云："……庄跻起，楚分而为三四。"并进而将庄跻用兵与齐国田单、秦国商鞅等同并论，以为"是皆世俗之所谓善用兵者也"。《韩非子·喻老》云："庄跻为盗于境内，而吏不能禁，此政之乱也。"《吕氏春秋·介立》，更将庄跻之乱对楚国的影响，与长平大战对赵国之影响并论。后世《史记·礼书》亦云："庄跻起，楚分而为四参。"《论衡·命义篇》则云："庄跻横行天下，聚党数千，攻夺人物，断斩人身。"凡此等等，皆证明了一个事实：庄跻之乱，使奉行封地自治传统的楚国更加支离破碎了。根本原因在于，庄跻之乱使楚国世族的私家武装走到了前台，分治之势更加难以动摇。

项氏的江东子弟兵，正是在庄跻之乱中崛起的一支劲旅。

项氏部族曾经沧海，其兴衰沉浮之多，常令项燕不胜感慨。

殷商王朝时，有一个小方国项，因其仅为第四等子爵，故云项子国。其国濒临洧水，有地方圆百余里而已。这个项子国，皆以国为姓，有了最早的项氏部族。周灭商，弱小的项子国没有出兵勤王。周初有管蔡武庚之乱，已经失国的项氏部族专事渔猎，也没有卷入。为此，周公平定管蔡之乱后重新分封，着意恢复了项氏封地，以为小邦忠顺之楷模，于是又有了项子国。历经数百年，周平王东迁洛阳，天下遂入纷争不休的春秋之世。其后的项子国，吞灭了周边十几个更小的城邦小诸侯，经周王室认可更名，正式号为项国，其国都项城便成了淮北小有声威的重镇。

正在项国欣欣然蓬勃兴旺之际，中国大势一朝变了。西部戎狄、北方胡族、南部诸蛮、东部诸夷，似乎约好的一般同时向中原汹汹然进犯，烧杀劫掠的战火弥漫了所有诸侯国的缝隙。其时，春秋霸主齐桓公在丞相管仲襄助下，会盟诸侯，一力举起“尊王攘夷”大旗，呼吁诸侯放弃纷争，共同抵御四面蛮夷。中国诸侯遂各自奋勇，纷纷出兵组成联军，合力反击洪水般的蛮夷入侵。然则，在齐国九次会盟诸侯组建联军的年月里，项国却死死固守着自家封地，一如既往地采取了观望对策，罕见地没有出兵攘夷联军。对此，齐桓公耿耿不能释怀，在夷患消除之后与当时的大国鲁国会盟，秘密达成了一个惩罚项国的盟约。于是，在此年春季，鲁僖公以狩猎为名，率军突然兵临项城，吞灭了项国[1]。至此，淮北空留项城之名，项国土地划入鲁国，而项氏国人则被鲁国交给了人口稀少的齐国。齐国丞相管仲颁布的命令是：项氏部族全数放逐东海，罚为刑徒苦役，充作渔猎部族。

为了躲避突如其来的巨大灾难，项氏部族秘密逃亡东南，进入了齐国鞭长莫及的吴国震泽[2]，在茫茫水域开始了艰难的渔猎生涯。遭此一番劫难，项氏部族痛定思痛，多次合族共议未来生路，终究悟出了一个道理：不以武备立身立国，无论观望纷争或是卷入纷争，即或偶有小成，最终都只是强者鱼脯而已。自此，项氏部族大兴尚武之风，或渔或猎或耕，人人皆须习武强身，族中子弟但有才具，必须以修习兵法为第一要务。与此同时，项氏大改族法，举族诸业皆以军制统辖，但有危难，举族为兵。渐渐地，吴中[3]项氏的强悍声名在吴国越国传播开来，项氏子弟也越来越多地进入了吴越两国的军旅。

倏忽百年，天下进入了铁血大争的战国之世。越国灭了吴国，楚国又灭了越国。越国灭吴时，项氏举族为战，成为一支令越王勾践很是头疼的亡命精锐。直至越国宣告灭亡，项氏都没有归顺越国，而是遁入震泽，多方联结旧吴部族，屡屡举兵向越国发难。虽然一直未能恢复吴国，然项氏大名却已远播天下。及至楚国灭越，为镇抚星散抗楚的百越部族，楚威王遂派特使进入震泽，隆重邀项氏出水。楚威王开出的条件是：许

[1] 项国，灭亡在公元前647年，《左传》谓鲁僖公灭之，《公羊传》《穀梁传》谓齐桓公灭之。
[2] 震泽，古代中国东南大湖泊，后世缩小，余水大体为今江苏太湖。
[3] 吴中，春秋战国对吴国江东地带的泛称，或谓吴郡，今苏州之称，并无专指。

项氏以吴中为专领封地，得在泗水下相[1]建立城邑为治所，领镇抚百越之重任。如此优厚之许诺，实则将项氏等同于楚国三大世族了。因为，只有楚国的昭屈景三大世族，才能在专领封地之外，又在楚国都城地带另建一座治所城邑。当时，楚国都城是寿春，下相正在寿春东北百里之外。项氏合族会商，一则基于与越国世仇，二则基于楚国所许吴中封地之丰饶及地位之崇高，终于接受了楚王的招抚，归顺了楚国，肩负起镇抚东南岭南百越的重任。

自此，强悍的项氏进入了楚国军旅，成了楚国四大世族之一。

然则，项氏终究不能与楚国的昭、屈、景三大老世族相比。盖昭、屈、景者，都是古老的楚国王族的分支繁衍，盘根错节根基深厚，非但封地广袤，且在庙堂也始终居于主宰地位。楚国传统，昭氏多掌令尹大权，统辖国事；屈氏则多居莫敖[2]，掌王族军政事务；景氏则多居大司马，掌关防与举国军务。项氏以军旅成名入楚，在庙堂格局中历来无传统高位，而只能以军功实力立族立身。所以然者，是因为统辖全军的大将军也罢，独领一军的城防将军也罢，都是战时得受兵符方能施展作为，与身居枢要有经常发令权的世族大臣很难抗衡。且不说大军兵员将领来源多样，永远不可能一族独成，欲以手握军权而号令天下，在任何一个国家都是非常艰难的，何况楚国这种多方渗透相互纠结的国家。唯其如此，身为大族世族的项氏，始终只能在平定频繁发作的越人之乱中显示其实力，其庙堂影响力却一直不大。若非庄跻之乱，只怕项氏还不会有军旅轴心之地位。

庄跻之乱，朝野震恐，官军乏力。其时，年方弱冠的项燕只是吴郡的一个都尉，随主将率领的两万官军截杀驰驱往来如狂飙的庄跻军。楚国官军战力太差，以致两次均遭败绩。年轻的项燕深感屈辱，连夜赶回震泽与族老们聚商，吁请亲率族中子弟兵为国除患。这个被族人呼为少将军的小小都尉，慷慨激昂之辞震撼了项氏族人。三日后，合族遴选出

[1] 下相，战国城邑，因濒临相水（泗水支流）得名，今安徽宿迁西部地带。《史记》云其为项羽出生地。

[2] 莫敖，楚国官职，掌王族事务，亦称左徒、三闾大夫，屈原与春申君黄歇都曾居此要职。

了八千子弟兵，由族长郑重其事地交给了项燕。举国纷乱之时，项燕一不请王命，二不请官军，独率八千子弟兵轻装上阵，开始了追歼庄跻军的飞行军战事。历经三年，项燕军渡江水、越云梦、过五岭、下湘水、入洞庭，死死咬住庄跻军不放，大小历经四十余战，最终干净地歼灭了这支亘古未见的剽悍飞行军，将庄跻首级呈献给了楚王。由是，年轻的都尉项燕一举成为楚国名将，项氏子弟兵则一举成为威震楚国的精锐之旅。其后，楚人但言楚军战力，不说官军，上口一句便是："不消说得，江东八千子弟兵！"

三十余年过去，项燕已是年近花甲的老将了，领举国之兵抗秦，却依然得依靠江东子弟兵为中坚，项燕不禁很有些怅然。

……

"父亲——"

暮色斜阳之下，遥遥一支马队伴着沙哑的喊声从东南飞来。

不用说，是季子项梁回来了。

项燕有四个儿子，以伯、仲、叔、季的排行说，长子（伯）、次子（仲）厚重务实，始终在下相经营封地事务。三子（叔）项伯、四子（季）项梁皆好军旅，且颇有才具，随了项燕入军，目下都已经是闻名军中的战将了。更重要的是，在族系林立的楚军中，只有这两个儿子，堪称项燕的左膀右臂。

"季梁，郢都情势如何？"项燕大步匆匆迎来。

"父亲！各方大体通达！楚王特使也来了！"

项燕长吁一声，脚下一软，几乎要瘫倒在地了。项梁疾步过来扶住，低声问了一句："父亲，秦军情形如何？"项燕站稳身形，向项梁身后的王使一拱手道："王使远来，鞍马劳顿，请入幕府洗尘。"这才回身道，"斥候新报，秦军在安陵逗留旬日，尚未南下。如此，我军稍有喘息之机。"项梁惊讶，边走边说："不可思议也！秦军如何能在安陵逗留旬日之久？莫非有诈？"项燕道："诈归诈，大军未动总是事实。不想它，立即聚将，宣示王命！"

汝阴幕府的聚将鼓隆隆响了。

四　安陵事件　唐且不辱使命

秦王政很是烦躁，二十万大军如何能卡在一个小小的安陵？

李信紧急禀报说：攻楚大军以淮北战事为轴心，安陵是最好的后援大本营。为此，蒙武老将军亲赴安陵会商借地事宜，遭安陵君拒绝；姚贾大人再度赴安陵会商，亦遭拒绝；李信特请王命，允准大军强行将安陵君迁移到河内郡！李信羽书之后，姚贾又从河外匆匆赶回咸阳，专一禀报安陵之事。姚贾说，秦军将士一片愤愤然呼声，若不尽快确定处置安陵之方略，只怕李信蒙武也难保急于赴战的汹汹将士不在小小安陵生事。安陵果真出事，安定中原的大方略便将流于无形。嬴政立召李斯尉缭会商，君臣四人议决：除非万不得已，仍应对既定方略一以贯之，立即敦请安陵君派特使入秦，一次商定处置之法，否则只有强迁安陵君封地一条路可走。于是，姚贾连夜赶往河外，次日，又偕安陵君特使星夜赶回了咸阳。于是，又立即紧急小朝会，刚刚议定了第二天午后召见安陵君特使，面色苍白的姚贾便昏厥了过去。太医赶来救治，东偏殿一片忙乱。嬴政大为烦躁，一脚踢翻了身边的铜人立灯，大骂安陵君害秦鸡犬不宁，喝令蒙毅立即杀了特使攻占安陵！旁边李斯大惊，骤然红脸高声喊道："君上昏也！宁不记怒发逐客令乎！"这一声喊，嬴政顿时愣怔了，清醒了，否则，很可能当真要再次做出令他自己也后怕的事。

这个安陵君，是当年魏襄王分封的一个族弟。

灭魏之后，中原动荡多生。韩国被灭后，旧韩世族仍能蛊惑人心举兵作乱。有鉴于此，秦王嬴政接纳了丞相王绾提出的方略：效法周公平定管蔡之乱，保留些许有德政之名的小封国，以为旧王族贵胄之出路楷模，从而化解老世族的亡国仇恨，对复辟变乱釜底抽薪。这则方略得朝会议决，最终被秦王书命概括为十六字长策："法王并举，镇抚并行，安定中原，以消复辟。"法乃法治，王乃王道。基于这一长策大略，秦国在中原保留并承认了两个素有王道德政之名的小国，一个是卫国，一个便是这安陵国。卫国，是以周室王族统辖殷商遗民的特异老诸侯。保留卫国，在于卫国能最好地彰显秦国承袭、弘扬华夏文明传统的国策。当然，卫国还出了两个对秦国最具决定性的治国巨匠：商鞅、吕不韦。保留并承认卫国的继续存在，在秦国庙堂是没有任何异议的。安陵国，则是中原三晋唯一一个勉强可以称之为“国”的一片封地，一座城邑而已。保留安陵的意义，在于彰显秦国对并非古老的新世族同样给予尊奉的国策。当然，尊奉的前提是老世族新世族都必须如同卫国、安陵国这样的忠顺臣服，而不是像韩国老世族那般图谋复辟。如此这般，这个小小的安陵国被保留了下来。

那时，秦国君臣当然明白安陵对于南下灭楚的枢纽地作用。

然则，秦国君臣谁也没有料到，一个小小的安陵君竟能拒绝秦王。

安陵[1]国地约五十里，其城邑坐落在洧水东岸。秦国灭韩后，秦军主力的大本营由关中的蓝田大营渐次转移到旧韩南阳郡的宛城郊野。这里河流纵横山峦低缓水草丰茂，是难得的耕、渔、猎、牧四业俱佳之地。更为天下垂涎者，南阳郡是冶铁坊聚集之地，时谚云，“宜阳采石，南阳铸铁”，此之谓也。故此，南阳郡虽是韩国本土，事实上却是秦、楚、韩、魏四大国长期反复争夺的拉锯之地。秦昭王时期，秦国一度攻占南阳，曾将其治所城池宛设置为宛县。其后楚国亦曾攻占南阳，宛县遂成楚国的冶铁重镇。灭韩之后，熟悉韩魏楚地理大势的李斯上书秦王，提出了秦军大本营东出关外以南阳为根基的方略。除了上述优势，李斯着意强调的理由是：“南阳经许[2]地，抵安陵，沿洧水鸿沟之间直下陈城、平舆，此乃南下攻楚之上佳进军路径也。由安陵东出，直抵大梁之魏齐官道，又是攻齐之上佳路径也。唯其如此，南阳为大军根基，安陵为大军枢纽，山东定矣！”没有任何异议，秦国庙堂立即做出了决断：国尉府总司运筹，一年之内，秦军大本营完成东迁南阳。其后，南阳大本营如期建成，蓝田大营又顺利东迁，秦军主力从此在中原立定了根基。此后的王贲军南下灭魏、王翦大军班师南来，都是以南阳大营为立足之地。

南阳成为秦军根基，安陵后援枢纽的建造自然提上了日程。

---

[1] 安陵，今河南省鄢陵县西北地带。
[2] 许，春秋许国，战国置县，今河南省许昌县东部地带。

嬴政的胸襟是博大的。谋划之初，嬴政派姚贾出使，向安陵君提出以河内五百里之地，换取安陵君北迁。也就是说，在大河北岸许以十倍的封地，使安陵君让出安陵。可是，那个木讷淡泊的安陵君却回答说："秦王加惠，使我以小易大，甚善也。然则，本君受地于先王，宁愿终身守定安陵，不敢交易。"姚贾向以精悍机敏著称，连番周旋，这个寡言少语的安陵君竟是无动于衷，始终只咬定"受地先王，不敢交易"一句老话，以致跌宕至今，安陵仓储枢纽也没有建成。以嬴政原本预料，纵然软说不成，李信大军隆隆进逼城下之时，谅这个安陵君也会顺势转向。当真迂阔到底的人物，世间毕竟太罕见了。然则，李信大军开到了，这个安陵君依然故我，嬴政不禁大感难堪。

清晨卯时，嬴政准时走进了东偏殿正厅。

安陵特使被赵高领进来时，嬴政沉着脸肃然端坐在硕大的王案之后，目光冰冷一句话不说。一个五十里地的封君，竟然派出一个"特使"，竟然与他这个行将一统天下的秦王讨价还价，当真不知天高地厚。嬴政一想起来便怒火上冲，勉力定心，偏要看看这个"特使"如何开口对他这个秦王说话。然则嬴政没有想到，这个红衣竹冠的使者进入厅堂之后，仅仅是淡淡一躬行了参见之礼，自报一句名号道："安陵君特使唐且，见过秦王。"之后面色肃然地伫立着不说话了。嬴政雄杰秉性，素来赞赏那些风骨铮铮的人物。当年那个齐国老士茅焦能在他杀死诸多说客之后依然从容进谏，反而被嬴政拜为太傅，其间根本，便是嬴政赞赏茅焦的勇气。今日一样，嬴政见这个唐且镇静自若，炯炯目光中全无惧色，心下本能地有了几分赞许："好！此人颇有名士气象。"

"足下既为特使，何故不言？"嬴政冷冰冰开口了。

"秦王敦请我邦使秦，自当秦王申明事由。"唐且淡淡一句。

"且算一说。本王问你，区区安陵，何敢蔑视秦国？"

"安陵君爱民守土，蔑视秦国无从谈起。"

"唐且，秦以五百里之地易安陵五十里之地，秦国不义么？"

"义之根本，不强所难。秦以大国之威强求易地，谈何义理？"

"安陵君五百里不居，而宁居五十里，岂非迂阔甚矣！"

“安陵君所持，非秦王所言也。”唐且嘴角流露出一丝轻蔑的笑意，“封君受地于先王而守之，虽千里之地不敢易也，岂直五百里哉！”

“足下既为特使，尝闻天子之怒乎？”嬴政面色阴沉了。

“唐且未尝闻也。”

“天子之怒，伏尸百万，流血千里。”偌大厅堂骤然荡出一种肃杀之气。

“大王尝闻布衣之怒乎？”唐且平静从容。

“布衣之怒，丢冠赤脚，以头抢地尔。”嬴政揶揄地笑着。

“大王所言，庸夫之怒也，非士之怒也。”

“士之怒，又能如何？”

“专诸刺僚，彗星袭月；聂政刺韩，白虹贯日；要离刺庆，苍鹰击殿。此三人者，皆布衣之士也！其怀怒未发，吉凶自有天定。今日加上唐且，恰好四人也！”这个相貌平平的中年士子骤然勃发，语势强劲目光犀利，顷刻之间弥漫出一股凛凛之气。

“啪”的一声，嬴政突然拍案冷笑：“足下纵为士之怒，又当如何？”

“若士必怒，伏尸二人，流血五步，天下缟素，今日是也！”随着一声冷峻强音，唐且大步掠向王台，红衣大袖中骤然闪现出一口烁烁短剑，风一般横扫而来……殿角赵高大惊失色，一个飞掠横插在唐且与王案之间，左手已经同时举起了王案上的一只青铜鼎，便要当头砸下……“先生绝非刺客。小高子下去。”嬴政平静地摇了摇手。

唐且愣怔了。以山东士子论秦王，嬴政只是一个有虎狼之心而色厉内荏的暴君而已，真有勇士当前，秦王准定是惶惶逃窜，更何况还有荆轲刺秦在先，秦王岂能不杯弓蛇影？今日他挺剑而起，虽非当真要做刺客，而只是要维护名士尊严与声誉，然毕竟是剑光霍霍逼来，秦王却连身形也没有移动，如此胆识之君王，当真是未尝闻也。一时间，唐且有些手足无措了。

瞬间沉寂，王案后的嬴政肃然挺身长跪，又一拱手，带着笑意又一脸正色道：“先生请坐。区区五十里之地，何至于此也！”见唐且终于带着尚有几分犹疑的神色在对面落座，嬴政长吁一声道："本王明白也！韩、魏灭亡，而安陵以五十里之地存者，徒以有先生也！"

"唐且，但知不辱使命。"

"不辱使命！好！真名士也！"嬴政终于毫无顾忌地激赏这个特使了。

那日，秦王嬴政破例在东偏殿设宴，与唐且痛饮畅谈到日暮时分。唐且坦言，安陵君若能亲识秦王器局，必心悦诚服矣！只要秦国保留安陵君封地不动，秦军不扰安陵君宗庙社稷，唐且愿说服安陵君许秦军借地建造仓储。秦王嬴政大是舒畅，劝唐且回复使命后入秦任官建功。唐且却说，官身不言私事，入秦不入秦容后再议。秦王连连赞赏，遂不谈唐且个人出路，只海阔天空说开去。末了，唐且两眼泪光莹莹，只一爵又一爵地猛灌自己。

五　三日三夜不顿舍　项燕大胜秦军

草木苍黄的时节，秦国大军直下淮北。

李信确定的战法是：铁骑分割淮北，聚歼项燕主力，两战攻克郢寿。淮北平野漠漠山峦低缓，最有利于骑兵驰骋突击，所以如此战法一提出，便得到了将军都尉们的一致赞同。更何况，此前有王贲军狂飙突袭十日连破十城的皇皇战例，足证淮北战场正是秦军铁骑的用武之地。基于如此战法，李信与蒙武谋划一夜，又确定了周密的进军方略：大军分为两路，全部步骑混编；李信军十二万，由安陵直下汝水，一举攻占平舆[1]；蒙武军八万，由安陵沿鸿沟大道南下，一举攻占寝[2]城。这两座城池东西相距百余里，正是将淮北分割为二并压迫汝阴要塞的最佳地带。之后，两军立即会师城父，南攻汝阴要塞，与项燕军决战。歼灭楚军主力后，长驱直入攻克郢都寿春。

---

[1]　平舆，战国末期楚国城邑，地处汝水下游东岸，大约在今河南省平舆县北部地带。

[2]　寝，楚国城邑，地处颍水下游西岸，大约在今河南省沈丘县东南地带。

“如此轻兵疾进，年末定然灭楚！”李信军令之后，老将军蒙武奋然吼了一声。

“轻兵疾进，年末灭楚！”将军都尉们一齐大吼。

一路南下，年末灭楚的吼声响彻秦军上下，也伴随着黑压压的大军洪流淹没了沿途郡县。如此进军声势，是秦军历史上从来没有过的。楚北大为震恐，民众惶惶逃亡淮南，城邑守军纷纷弃城南撤。淮北重镇陈城，竟在秦军越过城池之日变成了一座无军无民的空城。李信大为振奋，扬鞭遥指陈城空荡荡的垛口笑道：“诸位但说，我向秦王上书，进军大势如何说法？”身旁一司马高声道：“望风披靡！”又一司马高声道：“秋风扫叶！”又一司马高声道：“虎入羊群！”李信不禁一阵开怀大笑：“谁云国大难灭，不见今日之淮北也！”中军司马则高声道：“楚军如此跑法，只怕我军追不上！”言犹未落，幕府马队爆出一阵哄然大笑。李信心头怦然一动，是也，楚国若放弃淮北全力南逃，王贲偏师能堵住么？主力追不上，偏师截不住，灭楚大战岂非泡影？

“下令蒙武：铁骑军兼程独进，两日攻占寝城！旬日会师城父！”

眼见军令司马飞骑而去，李信又对中军司马下令道：“步骑两分，章邯率步军拖后跟进，本帅亲率轻装铁骑飞兵直下，两日攻占平舆！旬日会师城父！”中军司马“嗨”的一声，立即飞马直奔后路的章邯军。大约小半个时辰后，八万铁骑将所有重甲器械就地留给步军安置，全部轻装就绪。李信一声令下，八万铁骑在广阔的原野展开，黑色飓风一般卷向了西南的汝水流域。

蒙武老于军旅，远师大战从未接受过如此明白限定时日的紧迫军令，且又是抛开步军而铁骑单独前出，一时有些皱眉。思忖之下，蒙武又觉秦王尚且激赏李信壮勇，自己不能损了主将志气，再说楚军纷纷弃城南逃，不飞兵疾进也确实不足以捕捉楚军主力。于是，蒙武当即传下将令：亲率五万铁骑军兼程南下，三万步军由冯劫率领随后跟进。虽则如此，蒙武毕竟谨慎周密有乃父蒙骜之风，同时又派出飞骑军使，将李信军令及诸般部署报给了长史李斯。

隐隐地，蒙武总觉李信太过急迫了些。至少，秦国庙堂对灭国大战从来没有限定过时日。事实上，灭赵灭燕都比预料之期长了许多，而灭韩灭魏，却又比预料之期短了许多。这次灭楚之战，秦王嬴政更没有提过期限之说。蒙武吼出的年末灭楚，全然是被主将李信的勃勃雄心所激发，大觉痛快而壮军威士气之举。一吼之下，竟成全军口誓，实在是蒙武没有料到的。以蒙武想法，当此之时，主将李信便该倍加冷静。譬如王翦，往往是将士越愤激求战，他越是冷漠。而李信不然，与全军一起火热，又处处急迫下令，未免不太稳妥。老军旅都清楚，数十万大军进入广袤战场，统帅对一城一地之攻取，通常都不会下达紧迫明确的限期将令，只有飞兵掠地的奇袭战，才有大体明确的时限军令。李信如此军令，莫非是将这次灭楚大战当做了奇袭战？……然则，疑虑归疑虑，蒙武身为久欲赴战的副将，宁肯相信自己是人老心暮，也不会将疑虑当做依据去与主将争辩。毕竟，李信是秦军新锐大将中极其出色的一个，徒乱其心，绝非蒙武所愿。

蒙武不清楚的是，李信极需证明自己。

大朝会商，李信谋划的灭楚总方略，无疑已经被秦国庙堂明白确认了。所以，在主力大军南下之前，两路偏师已经到位：王贲军秘密开进了淮南，截断了寿春的江南退路；巴蜀水军则大张旗鼓地顺江东下，进入了夷陵要塞，截断了楚国王室立足荆楚故地的逃路。如此，以李信总方略展开的秦军态势一目了然：西南两面的兜底包抄已经完成，楚国的逃亡之路已经遮绝，只等主力大军在淮北的正面决战一开始，灭楚之期便屈指可待了。然则，李信明白一点，总方略再好，也得取决于具体的战场谋划，只有战场谋划，才是一个将军是否具有统帅才具的最好例证。毕竟，总方略未必总是由军旅将军提出，即或一个将军提出了一场战事的总方略，公议也未必认定你具有真正的统帅才具。其间根由，在于谋划总方略与战场运筹是两种才能。方略之谋是洞察才能，战场运筹是实战才能。无论两者关联多么紧密，也无论两者如何在诸多大家身上交融生辉，其间依旧有着重大的区别。否则，世间便没有了纸上谈兵的赵括，也没有了擅长实战而短于方略的廉颇一类战将了。李信也明白，自己的灭楚总方略被朝会确认之后，对秦王颇具影响力的李斯、尉缭与几个王族元老，始终对自己心存疑虑，其根本原因便在屡屡被战场证实了的两种才能的差别。灭魏之前，大臣们对王贲也是疑虑重重，而灭魏之后，王贲立即成了朝野公认的名将。其根本原因，在于事实已经证实了王贲兼具谋划之能与战场之能，堪称名将。而目下的李信，则是尚未被事实证明的奉命统帅，而不是天下公认的战功名将。

李信需要证明自己：王贲固然将才，李信更是将才！

在秦军新锐大将中，李信与杨端和、辛胜、王贲，并称四大主将。灭赵之战，杨端和首任大军副统帅，没有缺失，也未见光华，可谓好中见平。灭燕之战，辛胜再任大军副统帅，也大体与杨端和一般持平。两次灭国大战，李信虽没有成为副统帅，然却立下了最为人称道的战功——长驱千里追击燕军残部，逼燕王喜献出太子丹首级。秦王闻讯，激赏不已。这一战功之后，李信的才具声望事实上已经超过了曾经做过副统帅的杨端和与辛胜。然则，在接踵而来的灭魏之后，王贲的声望已迅速地淹没了李信，成为公认的新锐将军中最为出类拔萃的名将。对于王贲，李信很有些不服，始终以为这是不期然的运气所致，是诸般遇合促成。

遇合一，其时南下秦军的使命仅仅是平定韩乱，任何一个大将都足以胜任。秦王独点了王贲，很大程度是基于王贲始终不被父亲王翦大用，想给这个少将军一个机会。与其说秦王看准了王贲比其余大将出色，毋宁说是一种检验。遇合二，作为灭燕主战场的大将们，当时确实是谁都不愿脱离主战场而去打那种平乱小仗。遇合三，作为上将军的王翦，派出任何一个将军平定韩乱，大约都得说服一番，而接受王命派出王贲，则既不用说服，亦可显示其一如既往的公正。遇合四，作为老是不得担全军主力重任的王贲，也恰恰在寻觅摆脱父亲麾下而独当一面的机会，所以即或脱离主战场亦欣然力争……凡此等等，皆为遇合也。而若无种种遇合，谁能说王贲比李信更具将才？李信确信，假如当时自己“不幸”被派做了南下军主将，自己也会力争灭魏，也会一举成名。而且，李信比王贲更通晓兵书熟悉典籍，水战灭魏之谋划实施定会更为出色。

四大主将之中，李信是最后以统帅身份出场的一个，也是秦国朝野乃至整个天下最为关注的一个。原因之一，李信第一个做了真正的秦国主力大军的统帅。杨端和、辛胜皆为副统帅自不待言。王贲的平韩灭魏只统领了本部五万人马，在秦国朝野眼中尚不能算真正的大军决战。李信不然，是二十万主力大军的统帅，其广袤战场的纵横驰骋，足以承载任何一个天才统帅的才华挥洒。其二，此战是攻灭楚国。楚国之大，使灭楚成为唯一能与灭赵抗衡的统一华夏的大战，其统帅之功业将千古垂于史册。其三，李信的灭楚统帅，不是在与新锐大将们的较量中争来的，而是在与赫赫盛名的上将军王翦的胆识比照中被秦王认可的。李信取代王翦上将军而为统帅，堪称未曾开战已经先声夺人。

如此者三，李信的荣耀在开战之先已经光华闪烁了。

唯其如此，李信要重重地抹上最后一笔。

飞骑一日一夜，李信铁骑大军激扬着遮天蔽日的烟尘，于次日午后隆隆卷进了平舆地界。秋日夕阳之下，遥遥望见平舆城头飘动的旌旗与蠕动的兵士，秦军骑士们立即遍野欢呼起来："嗅嗬——有人了！开战了——"遍野呼啸夹着战马嘶鸣，在震撼大地的隆隆马蹄的沉雷中如同长风激荡。此时，中央幕府马队堪堪勒定，云车顶端的军令大纛旗刚刚升起，旗面一个前掠尚未完成，云车下第一通战鼓尚未落点，前军冯去疾部的一万铁骑便骤然爆发了惊天动地的吼杀声，狂飙巨浪般卷向了城下。所有这一切，都在广阔的原野极为流畅地爆发着，仿佛上天制作的一架完美无比的器械在自动运行。这便是战国之世的秦军锐士，闻战则喜，对战场充满着强烈的冲动，对搏杀斩首战胜敌国充满强烈的期盼，将严酷的大争视作壮美的人生，以建功立业追求着不朽的生命，若不能强悍生存，毋宁做天地间的牺牲。

及至李信登上云车令台，第一波铁骑已经卷到了城下，后阵大军也已经万箭齐发了。倏忽之间，李信绽出了一丝舒心的微笑——攻克平舆，楚军主力就很难遁形了。

"禀报将军：蒙武军业已占据寝城——"

云车下迭次传来飞骑斥候的高声军报，未等中军司马在身旁再度转述，李信已经不假思索地开始发布军令："蒙武军在寝城整休一日，立即构筑壁垒，以为城父会军之屏障！”中军司马答应一声，快步走下了云车。几乎与中军司马在云车梯口交错，军务司马匆匆到了李信面前，捧出一支泥封带有黑羽毛的铜管道：“禀报将军，蒙武将军密件！”李信一点头，军务司马利落地打开了铜管，抽出一卷羊皮纸递了过来。李信哗啦展开，目光扫过，眉头微微一皱。

“禀报将军：平舆守军不战而降！冯去疾将军请命入城！”

“好！”李信大手一挥连续下令，“冯去疾部入城，留守平舆！其余各部驻扎城外，起炊战饭，整休一夜，明晨直下城父！”军令司马匆匆去了。未及片刻，平舆城内外炊烟大起欢呼声大作。盖秦军有着久远的苦战传统，更兼军法严明崇尚实效，是故行军多为冷食战饭。能够在战场间隙明火起炊，实在是破天荒也，在秦军将士无异于一场社火狂欢。而李信之所以下如此军令，也是基于实战情形：大张旗鼓进兵，大张旗鼓攻城，本无秘密可言，何须教将士们冷食匿形。

下达完军令，李信匆匆下了云车，飞马进入平舆城。李信叮嘱冯去疾，平舆楚军与寝城楚军一样，都是不战而降，显然不是楚军主力。为防万一，冯去疾部留守平舆，一则搜集城内粮草辎重以为根基，一则接应后来步军；一俟步军赶到，立即在城外郊野构筑壁垒，城内城外相呼应，可确保平舆无事。末了，李信重重一句道：“项燕主力未显踪迹，两军决战定然在平舆、寝城之间铺开，不可大意！”冯去疾呵呵一笑道：“李将军放心也，只要你勾出项燕主力，我第一个喊你万岁！”李信笑应一句你等着好了，大步而去。出得城外，只见连绵军营火把大亮，遍野可闻狼吞虎咽的呼噜咂咂声和战马喷鼻声。李信匆匆找到了大将辛胜，叮嘱了明晨进军城父的路径，遂带着幕府马队连夜赶赴蒙武军去了。

蒙武密件说了两件事：一是寝城守军不战而降，城内却没有囤积粮草辎重，似乎原本便没打算抵御，令人可疑；二是蒙武派斥候营乔装楚人散开探察，得知楚军主力似在汝阴河谷地带秘密隐藏，当速定对策。第一桩事，李信与蒙武同感，否则不会有对冯去疾的着意叮嘱。第二桩消息李信不能确信，须得立即探察确实。李信知道，直到三日前南下之际，楚国的淮南军与江东军尚在半道磨蹭，粮草辎重也未见大规模输送迹象。项燕能够聚集的军马，事实上只有从陈城南撤的七八万与汝阴、城父的数万兵马；而今城父尚有守军，则项燕麾下至多只能有十万上下的军力，与李信预料的二十余万人马尚有很大距离。

李信原本的谋划很清醒，估算楚国的可调兵力，满打满算三十万，加上楚国分治藏兵的实际情形，能真正抵达战场者至多二十万上下。为此，李信才信心十足地提出了二十万秦军灭楚的方略。如今，楚国的情形并未超出李信的任何预料，则所谓项燕主力隐藏不显，便成为一个很可疑的事实。接到蒙武密件后，李信一直在思忖揣摩，末了判定：项燕聚兵不成，遂以其十万兵力据守汝阴、城父两地，抵御秦军，以给楚国都城留出尽可能多的南撤时日。因为同时有斥候密报，楚国的舟师已经进入江水，郢寿王室事实上已经在准备南逃。当此之时，项燕军只能固守，绝不会主动寻求与秦军决战。

晨雾弥漫之中，李信马队进入了寝城幕府。

匆匆用罢一顿热乎战饭，两人立即走进军令室秘密计议。蒙武判断，平舆寝城两地以同样方式降秦，说明楚军已经有了统一部署，而能统一驾驭楚军者，目下只有项燕。两地守军不撤，似是诱惑秦军继续在此地作战。两地守军不战而降，似乎又是在保存人力。毕竟，楚军做了秦军战俘，还是有可能再度成为楚军。果真如此，项燕军匿伏汝阴，很可能有蓄谋已久之计，秦军远离本土，当谨慎行事。蒙武将该说的都说了，然每一件都不肯定不明确，犹疑之辞显然多了一些。

“果真如此，项燕神乎其神也！”李信颇见揶揄地笑了。

“总归是谨慎为上。”蒙武皱着眉头重复了一句。

“老将军是说，项燕怕失却与我决战机会？或者，项燕寻求与我决战？”

“大体……然，楚国力弱，项燕似乎又不可能如此……”

“对也！”李信大笑了一阵，“一泻千里倒能寻求决战，岂非滑稽哉！”

“种种迹象，委实可疑……”蒙武终究默然了。

“老将军狐疑也！”李信在立板地图前转悠着，口吻全然是在对帐下将士讲说兵法，“举凡大军战场，惑人耳目之迹象多多。否则，兵家何有‘示形’之说？评判诸般消息之唯一依据，在国力，在大势，而不在就事论事。楚国分治已久，庙堂浮华世族败落。项氏自保尚且艰难，寻求决战岂非痴人说梦！项燕也算宿将，会做螳臂当车之蠢举？据实评判，项燕所谋只有一途：据守汝阴迟滞我军，以给郢寿南逃云梦泽断后！如此而已，岂有他哉！”

“有理……老夫谨受教。”

蒙武终于心悦诚服了。李信的评判有一种坚实的依据，是环环相扣的合理推演。蒙武所疑，却仅仅是一丝基于直觉的闪光，既没有坚实的大势依据，又显然是自相矛盾的。蒙武敦厚坦诚，全然没在意李信的语势，真心地认可了李信。

“当此之时，我军唯有一法。”

“但听将军谋划！”

“城父合军之后，立即南下攻占汝阴，全歼项燕军！”

“好！”

“汝阴打通，立即连攻郢寿，俘获楚王负刍！”

“将军壮勇，老夫佩服！”

“老将军能与李信同心，灭楚何难也！”

“汝阴之战，是全军皆出？或留平舆冯去疾一军断后？”

“平舆、寝城、城父，三处皆留守军，老将军统辖以为后援。”

“将军独攻汝阴？”

“李信率主力大军会战项燕，再进兵楚都！老将军只护住后援便是！”

“……”蒙武张口结舌，想说什么终未说出。

此时，汝阴城外的楚军幕府中，正在部署一个秘密进兵的方略。

远在秦军屯驻安陵的时日，项燕派出了百余名通晓秦人习俗又会说秦语的精干斥候，乔装成秦人进入韩魏旧地刺探军情，对秦军情势了如指掌。李信大军汹汹南来，一路声威远远大过灭赵灭燕之战。面对强大的秦军，项燕的总体方略是：弃淮北之北，保淮北之南。也就是说，项燕将郢寿以北的整个淮北分作了两大区域，平舆以北为北淮北，平舆之南为南淮北，弃北保南。项燕对楚王上书陈述这一总体方略，要害的几句话是："弃淮北之北者，避秦军锋芒也，不弃淮北之北，楚军无以回旋。保淮北之南者，伺机而战也，不保淮北之南，楚国无以立足。"面对亡国危难，楚国庙堂没有了争议。楚王负刍的快马王书立即回复了项燕：抗秦战事悉交大将军运筹，无须先报后决。得楚王下书，项燕立即实施了第一步收缩：北淮各城守军退入淮南，民众去留自便，不得裹挟。

"所以如此，势也。"项燕对将士们如是解说，"秦军强盛，楚军弱散。与秦军正面摆开战场决战，楚军没有此等实力。是故，楚军只能在南撤中寻求战机。若秦军占据沿途城池，则秦军必然分散，或可露出破绽；若秦军置淮北空城于不顾，一味全力南下，则我军只能若即若离，视秦军之情势伺机而战。"

当此之时，楚国朝野震恐，楚军将士也同样紧张不安。面对项燕的从容不迫胸有成算，上下都没有了往昔无休止的纷争，项燕的诸般运筹实施倒是比战前顺当了许多。秦军越过陈城之时，项燕已经下令将平舆、寝城的粮草辎重与民众全数撤空，只留下两支守军不战而降。同时，项燕对城父万余守军的将令却是：必战而后降。如此部署，大违寻常用兵之道。抗秦而降秦，本身便自相矛盾，且有不战而降与必战而后降之分，更是怪异。然，派系林立的楚军将士都毫无异议地执行了。如此大违常理，项燕是要给秦军一个假象，使其以为楚军仓皇撤军不及，全然没有战心。项燕之真实意图，恰恰在于以此三地守军的不同降秦方式，使李信得出既是项燕所期望又是李信所期望的判断：楚军濒临溃散，然毕竟尚有兵力可战，必须夺取几个城池以为根基。也就是说，项燕要有意制造出李信所期望看到的事实，也期望李信得出符合自家预料的评判。若李信果真如此判断了，则对楚军有明显好处：不致过早地形成两军会战，从而楚军能借机聚结兵力，并使楚军将士稍有适应秦军威势的时日，有效消除已经成为天下通病的恐秦之心。

旬日之间，情势已经很清楚。秦军主将李信急于一举灭楚，又极度蔑视楚军，抛下坚甲重阵无以撼动的秦步军，单独以铁骑大军闪电南下，全然长途奔袭战法。在淮北之南，秦军已经占据了平舆、寝城，又攻克了稍有抵抗的城父。其间，秦国后续步军相继抵达，已经开始在三城郊野构筑壁垒。显然，秦军立定根基之后，必然是南下汝阴会战楚军主力[1]。

“当此情势，出战时机正在到来！”

灰白间杂的山羊胡须在干瘦黝黑的下颌第一次翘了起来，项燕指点着高大的图板继续解说着，“目下秦军兵力分布是：占据三城，大体分流秦军八万上下，主将李信所率的主力步骑军大体只有十一万上下。反之，我军业已大有充实，淮南军与江东军已经开到，且一路秘密北进，没有露出形迹。唯其如此，我军可战也！”

“愿闻大将军将令！”楚军大将们久违地冲动了。

“诸将留意，初战之要，唯求小胜。”

战心初起，项燕着意泼了冷水，大将们多少有些意外。然则，听完了这位大将军的部署，大将们心下踏实了。项燕部署的秘密进兵方略是：留五万步军据守汝阴，主力大军则秘密东进，聚结于城父东南的山塬地带；一俟李信大军南下汝阴，楚军主力便全力攻秦留守军。战法清楚明了，又简单易行，大将们同声拥戴。

此时，项燕的战场目标还远非后来那般宏大，只求击溃秦军一部，使楚军能与秦军相持对垒。这便是项燕所强调的初战小胜。所以如此，在于面对天下无坚不摧战无不胜的秦军，项燕力求谨慎谋战，小胜一仗，能争得再次伺机而战的周旋余地，是最为稳妥的方略。还有一处不能对将士们明言，然却是最要紧者——只有初战获胜，楚军才能获得朝野合力支撑；否则，楚国庙堂将因一战败北而大起争端，楚军也将会爆发族系纷争，以致大军难以掌控。也就是说，使秦军知难而退，项燕这时尚不敢想。因为，项燕很清楚秦军实力，也很清楚秦军顽强相持的战事传

[1] 秦军下城父之后，《史记》有“信又攻鄢郢，破之，于是引兵而西……会城父”之说。然据诸多史家考证，以为鄢郢地望不明，且与进军方向多有矛盾，疑为流传错讹，故不取。

统。长平大战，白起秦军与赵军相持三年；灭赵大战，王翦秦军与李牧赵军相持一年；纵使一战失利，志在灭楚的秦军也决不会退兵。楚军则不然，能在秦军势如破竹的灭国大战中有一小胜，已经十分的难能可贵了，若主力楚军没有一场开手胜仗，则楚军必然后继无援，也必然无法坚持下去。是故，项燕首战不求大胜，而宁可选择最为稳妥的小胜之战。目下最稳妥的战胜之法，只能是避开秦军主力，相机奇袭秦军三地守军。

“今夜三更，全军轻装，秘密东进垓下！”

“遵令！”大将们整齐一声，匆匆散去了。

大军开向的垓下[1]，是项燕为楚军选择的秘密汇聚之地。

垓者，层层台阶环绕之地也。王者居九垓之地，此之谓也。就实而论，此地方圆百余里，层层山峦起伏，铺展之态颇似阶梯，当地百姓便将山峦阶梯之下的河谷地带呼之为垓下。垓下有一道沱水流过，人烟稀少草木茂盛，一片片河谷交错分布于曲曲弯弯的山峦之间，十余万大军分开驻屯，外界根本无以觉察。项燕确信，只要楚军秘密进入垓下不被秦军发觉，以兵力对比，此战便有了八成胜算。

“季梁呵，破秦壁垒，谁堪披坚执锐？”

“我部八千子弟兵！”

诸将散去后，项燕独留下项梁。一句问话，项梁回答得如此响亮，项燕一时默然了，只在狭窄的军令室转悠着。看着面色沉重的父亲，项梁低声一句：“父亲有话，尽管说了。”项燕长吁一声，转过身来道：“秦军两壁垒，大体各有万余人马。八千壮勇全力一战，该当可为。为父要说者，楚军有兵二十余万，既须全数参战，打起仗来，却又不能当真以二十万兵力去筹划。为何？楚军种种掣肘多生，更兼对秦久无胜绩，初战必多有畏秦之心。与秦军锐士一战，若无必死之心，只怕小胜亦难。而若无初战小胜，则楚军休矣，项氏休矣！”项梁血脉偾张，一拱手慨然高声道：“父亲！梁与江东子弟兵决以敢死之心冲垒！不使项氏蒙羞！”

---

[1] 垓下，楚国古地名，在今安徽灵璧东南之沱河北岸地带，后来项羽兵败于此。

看着这个英气勃发的儿子将军，项燕不期然泪光朦胧了，回身一抹泪水，背着身子缓缓道："给江东子弟们说明白，此战若死，人皆于江东故里建造烈士石坊，以彰其功，以显其荣……此战，与其说为国一战，毋宁说为江东子弟兵尊严一战……八千子弟为敢死之士，上报军功之日，却只能是全军将士。否则，王族子弟、老世族子弟无功，庙堂世族便会心存顾忌，必不能全力支撑楚军。舍生报国，无以记功，宁不令人寒心也……若不以壮士尊严激励之，我有何说？江东子弟兵尸骨还乡之日，何以面对江东父老……"

听着父亲缓慢沉重而又欲哭无泪的话语，项梁一时痛彻心脾，泪水如泉涌而出。项燕蓦然转身，轻轻拍了拍儿子肩膀。项梁浑身一颤，猛然抱住父亲肩头，强压着哭声哽咽不能止息。骤然之间，项燕闪过一念，今日一别，很可能便是与这个善战多谋的儿子的最后相处，一时不禁老泪纵横了。

"季梁啊，独子们，都回去。"良久，项燕说话了。

"父亲，已经清点安置过了，江东独子一律还乡。"

"好，这样好……"项燕看看儿子，又不说话了。

"父亲，项氏有后，无须忧心。"

"季梁呵，给我记住：战后若得生还，第一要务……"

"父亲！我最年轻！再说，大哥二哥的儿子，也是我与三哥的儿子！"

项燕不说话了，自己要说的儿子都坦荡荡说了。项燕知道项梁的秉性，说的就是想的，想的就是要做的。终于，项燕看着小儿子大踏步走了……当夜三更，楚军主力一队队开出了汝阴要塞，战马衔枚裹蹄，兵士紧身轻装，不张旗号不鸣金鼓，在朦胧月色下融进了草木苍黄的原野，悄无声息地向东北方向流淌而去。

两路大军会师城父，秦军将士们一片欢呼。

一路南下如入无人之境，这是秦军战史上从来没有过的奇迹。会师之日，李信下令全军明火起炊，酒肉一顿。暮色时分，城父郊野与寝城郊野的连绵军营炊烟袅袅，一时军灯煌煌火把遍野，欢声笑语如大河波涛在秋风中弥漫天地。酒饭尚未结束，步军士卒便十有八九醉倒了，整个军营都滚动着雷鸣般的鼾声呼啸。依秦军法度，寻常不得饮酒，但有军炊开酒，每人三碗或一只酒袋为限，以秦人酒风之烈本不当醉。然则，步军将士们千里兼程赶到城父，竟然一仗未打。但凡兵士，对不打仗的空跑最是不耐。步兵士卒们疲惫不堪又哭笑不得，一端起大酒碗便开始高声咒骂楚军嘲笑楚军，百般感叹立功无望，又对骑兵兄弟们眼红得要死。一时间人人烦躁不堪，三碗下肚浑身瘫软，呼喝声中一片片躺倒扯出了漫无边际的鼾雷。寻常时日若这般疲劳，大睡三日三夜能否恢复亦未可知。

然则，战场毕竟是战场。次日清晨鼓号大起，幕府聚将，李信军令下达：步军留守城父寝城构筑壁垒，骑兵军与两万弓弩步军南下攻汝阴。主力大军一开出，留守步军将士更见烦躁，几乎是人人拄着锹耒站在壕沟边黑着脸发愣。在此时的步军将士眼中，楚军早逃遁到茫茫水乡去了，留在这里无仗可打，空筑壁垒只能是白费力气。灭楚之战，只剩下汝阴一战，却只去了两万步军连弩兵，还是轮不到自家上战场。声名赫赫的灭楚之战，竟然白白跑了数不清的路却连楚军影子也没见着，当真岂有此理！士卒们一肚子闷气难消，再加远未睡透浑身半软，壁垒构筑之进展可想而知。

李信大军隆隆西来，午后时分渡过汝水进逼到汝阴郊野。

在步骑各部展开阵形之际，李信迅速登上了司令云车。遥望汝阴城头旌旗刀剑密布，座座箭丘隆起，连排弓弩手引弓待发，各式防守器械矗立在一个个垛口，铁水烧红的大行炉冒着滚滚白烟。中央箭楼前的垛口伫立着一员绿斗篷大将，正在遥遥指点着城外布阵的秦军。李信断定，此人很可能便是项燕最得力的大将项梁。南下以来，第一次看见楚军如此整肃壮盛的军容气势，李信这才隐隐感到了李斯评介的意涵："项氏世为楚将，项燕项梁素称父子骁将，更有江东封地子弟兵死心效力，灭楚之战不可小视也！"然则，这也仅仅是一闪念而已，陡然弥漫在李信心头的是一股壮勇豪气——如此楚军，尚可配我锐士一战也！

“下令各部，半个时辰备战就绪。”李信下达了第一道军令。

云车大纛旗掠过了湛蓝的天空。片刻之间，茫茫黑色军阵迭次响起激扬的牛角号声。军令司马高声禀报道：“各部受令，准时达成！”眼见云车下的黑森森军阵整肃流转从容展开，李信对着汝阴城头不禁轻蔑地笑了。城父聚将之时，李信已经部署好了攻城战法：主力骑兵八万两分——四万骑士改步军攻城，四万铁骑四野截杀逃亡之敌；两万连弩器械兵也是两分——连弩营正面摧毁城头楚军，器械营专司越过护城河的壕沟车与攀城大型云梯，为四万骑改步将士之辅攻军。此次南下，由于眼见楚军望风而逃，李信大军从陈城开始改为狂飙突进，诸多大型器械留给了后续辎重营。此次大军两分，诸多大型攻防器械又留给了城父蕲县两壁垒的步军。是故西来秦军攻城，除弓弩营之外，大型器械只有最基本的两样——壕沟车与大型云梯。唯其如此，李信的战法简单明确：大型连弩摧毁城头守军，壕沟车过护城河，大型云梯爬城搏杀，骑兵截杀突围之敌。李信确信，除却赵军，天下没有任何一国大军堪称秦军敌手。汝阴楚军纵然稍强，至多也是堪堪一战，绝非可与秦军势均力敌的久战对手。故此，李信预期暮色时分结束汝阴之战，之后立即奔袭楚国都城，俘获楚王负刍。

“禀报主将：各部就绪，请命开战！”

“好。发令开战。”李信平淡从容。

军令司马的小令旗当空劈下，云车立柱轧轧转动间大纛旗平展展掠向汝阴。骤然之间山崩地裂，隆隆战鼓如雷阵阵，号声凄厉，连弩大箭急风暴雨般倾泻城头，大海怒涛般的喊杀声中黑压压兵士越过一连串展开的壕沟车飓风般卷向城下，密密麻麻攀附在一架架隆隆靠近城墙的大型云梯上压向城头……与此同时，城头楚军同样爆发，滚木礌石铁汁箭雨当空倾泻，人却隐匿在垛口之后躲避着呼啸扑来的连弩大箭。云梯靠近城头，秦军的连弩大箭停射，城头楚军的喊杀声骤然爆发，密匝匝闪亮的刀矛剑钩白茫茫一片笼罩了城头……

李信没有料到，眼看着暮色降临，汝阴城池竟依然还在楚军手中。及至初月朦胧火把高举，李信的手心出汗了。一个念头闪电般掠过心田——楚军如此死命抵御，莫非另有图谋？同时，又一个念头同样闪电般掠过心田——无论楚军图谋如何，都只有先攻克汝阴，否则很可能大事全休。心念电闪之间，李信大吼一声："猛火油柜！烧毁城门！！"

"禀报主将：猛火油柜没有随军！"

倏忽之间，李信愣怔了，清醒了，一股凉丝丝的气息爬上了脊梁。猛然，李信飞步下了云车，飞身上马直过壕沟车，下马大步走到正在一波猛攻之后喘息整修的将士们面前一声大喝："轻兵列阵！死战攻城！"将士们一时惊讶愣怔，你看我我看你无人应答。盖秦军之所谓轻兵者，战国中期以前之敢死旅也。自秦昭王之后秦军强大无比，装备之精良世无匹敌，轻兵死士之战早已不复存在。当此之时，李信骤然喊出轻兵死战，秦军将士还当真一时懵懂了。然则，轻兵之战毕竟是秦军的古老传统，纵然遗忘了战法，总是知道必须死战攻城。对于骄傲的秦军锐士，强敌当前而拒绝死战是永远不可能发生的事情，而今主将下令死战，岂有怠慢之理？于是，倏忽愣怔之后一片慷慨愤激的吼喝，敢死之旅片刻间组成了……

李信没有料到，三波轻兵猛攻死伤近万人，汝阴还是没有破城。

时已四更，总司连弩器械的将军章邯大步走过来说，不能如此死战了，楚军突然死战大是怪异，当立即另谋对策。李信脸色铁青地思忖片刻，终于挥了挥手说，好，整休战饭，聚将会商。中军司马领命尚未转身，突兀一阵急风骤雨般的马蹄声从后阵传来。急迫马蹄直踩心头，李信陡然浑身一个激灵！

"报——"惶急尖厉的呼喊震惊了幕府将士。

一支马队风一般卷到司令云车前，火把之下但见骑士人人浑身浴血断剑折弓，黑色甲胄变得斑斓怪异，冲进圈内纷纷跌落马下，战马们也一座座小山似的轰然倒地。李信章邯与护卫司马无不惊愕失色，竟没有一个人喝问。在这刹那之间，一个骑士奋然挺身站起惶急嘶喊道："楚军夜袭！连续攻破两城壁垒！我军正，正向西撤！"

如轰雷击顶，李信一个踉跄摇摇欲倒。章邯一个箭步扶住吼道："李将军稳住！扭转战局要紧！"李信突然弹起，刹那间不可思议地冷静下来，厉声喝问道："可知楚军兵力？"浴血骑士道："老将军派我突围禀报，说楚军二十万上下！"倏忽之间，李信心头雪亮，楚军所有图谋都闪电般骤然清楚了。此刻的李信反倒特别冷静，连续发令道："汝阴之战放弃！章邯将军整肃城下我军，骑兵改回，护持弓弩营立即占据大道，掩护我军后撤平舆！四万铁骑我自率领，立即向来路截杀楚军，接应蒙武部！"章邯点头领命，又急迫叮嘱道："弓弩营大箭所剩不多，射出者一时无以收回，将军不能恋战！"李信说声知道，拔出长剑飞身上马一声长呼："铁骑上马！随我杀——"

李信率四万铁骑东来接应蒙武，奔驰未及百余里天便亮了。

秋雾蒙蒙的曙色中，遥闻杀声弥天无边无际。李信铁骑军掠过一道山梁，便见山塬平野间黑压压云团涌动而来，其后灰黄色云团呼啸紧随。李信长剑一举，四万铁骑潮水般汹涌下山，分成两支展开，绕过黑压压云团，猛烈地插入黑黄连接部，向黄色云团压去……半个时辰的猛烈搏杀，李信铁骑军终于遏制住了楚军的追击浪潮而稍得喘息。但是，立马山头的李信遥望楚军旗帜阵形，却分明觉得楚军并没有后退之意，而是在整肃军马，显然要继续冲击秦军铁骑。此刻，李信的幕府马队已经于乱军中找到了蒙武马队。蒙武匆匆赶来，没有丝毫犹疑便劝李信撤军。蒙武遥指茫茫楚军，抹着脸颊伤口的血水汗水道："这才是楚军主力！足足二十万！我军无备，又器械箭镞不全，不能恋战丧师，只有立即撤军！"李信心痛如刀绞，刚刚说得灭楚二字，便被素来持重的蒙武厉声打断："此时何时？我军业已落入项燕圈套！将军宁全颜面，不思国家乎！"李信倏忽愣怔，突然一挥手道："老将军说得对，撤军！步军先行，我率铁骑断后！"

直到蒙武步军匆匆西退百余里，李信铁骑才开始后撤。不料李信军堪堪开动，楚军立即呼啸着压了过来，紧紧咬住秦军不放，饶是秦军战马雄骏，始终也只相隔着两三里地而已。退到汝阴郊野，李信没有料到，情势已经再次起了变化。

原来，李信铁骑军开出后，汝阴城内的楚军全力杀出猛攻城外秦军。章邯顾忌弩箭锐减，尚需留作断后，下令器械营士卒改作步战士卒，与刚刚重新改回的两万余铁骑军结阵抵御，不求击溃楚军，只求自家根基站稳。双方僵持到午后，蒙武西撤大军赶到，正欲合兵一举歼灭出城楚军，楚军却又突然缩回了城内。蒙武严厉阻止了将士们攻城的请命，当即决断：整肃部伍，等候与李信军会合后，再交替断后退兵。与此同时，蒙武派军令司马飞书留守平舆的冯去疾，令其立即开出城外列阵，接应西撤大军并做第二轮次断后。及至李信军赶到汝阴，蒙武章邯等刚刚匆忙统计完伤亡情形，禀报给李信的数字是：一夜之间，秦军总计伤亡五万余，战马锐减三万余；城父蕲县的步军器械弓弩大部丢失，全军仅存章邯部连弩营，然最具杀伤力的大箭仅余五万上下了。

“如此退兵，痛杀我也！”李信第一次流泪了。

“此时不退，粮道被楚军截断，全军覆没！”蒙武第一次强横了。

“好。撤兵！我断后！”

“不能！将军身为统帅，要带全军回秦！断后轮次已经排定！”

乍闻在秦军中久违了的“全军回秦”四个字，李信突觉心头大恸，一声猛烈哽咽昏厥了过去。在秦孝公之后的秦军历史上，危难而突围撤军的时刻是屈指可数的：胡伤攻阏与一次，长平之战后王龁攻赵国一次，郑安平降赵而秦军三万将士不从死战一次，吕不韦时期蒙骜遭信陵君合纵联军伏击一次，再加上李牧败秦的两次，百余年大战不足十次而已。每逢如此困境，激励秦军将士的誓言都是这四个字——全军回秦！而凡当此四字者，必是大败无疑，统帅则必是败军之将。李信本是豪气万丈的少壮将军，怀灭国雄心而来，陡然遭此莫名败绩，心何以堪?

……

终于，李信大军全面退兵了，然灾难并没有结束。

项燕从垓下秘密出兵的当夜，一鼓作气攻克了只有数万步军的城父蕲县两处壁垒，逼得蒙武军仓皇西撤。此战之胜，立地激励了楚军战心。项燕当机立断，立即下令全军追击。此时两军兵力对比，楚军已经大大居于优势了。当然，更重要者在于，李信大军已经是一支丢弃了秦军最具优势的重装备之后的轻装军了。轻装大军固然快捷，然对于装备简单而战心陡长的楚军，其优势几乎不复存在。此时起决定作用者，一定是兵力对比。项燕之大局权衡清楚非常，所以连续下令隐伏各地的楚军，务必一齐开出，对秦军大肆围攻追击。楚军二十万主力，则由项燕亲自居中督导，以项梁八千江东子弟兵为前锋，死死咬住李信大军紧追不舍。无论秦军如何轮次断后，楚军都丝毫不减弱追杀攻势。

百余年之后，太史公之《史记·白起王翦列传》对楚军追击战的记述是："荆人因随之，三日三夜不顿舍，大破李信军……"顿舍者，停顿也，舍弃也。三日三夜不顿舍者，三日三夜不停顿，紧追不舍也。足见楚军反击之盛，亦足见秦军山倒之狼狈。

楚军一鼓作气追杀过陈城，项燕才下令终止，全军又撤回了平舆一线。

六　痛定思痛　嬴政王车连夜飞驰频阳

李信军大败的消息传到咸阳，秦国朝野窒息了。

秦王嬴政一把撕碎了军报一脚踢翻了书案，连连咆哮却听不清骂辞。赵高吓得瑟瑟跪伏，当场尿湿了衣裤。李斯蒙毅也是手足无措，既不知如何能使秦王平静下来，更不知如此发作的秦王还会做出何等可怕的事来。可是，李斯蒙毅没有料到的是，秦王的震怒咆哮越来越微弱，渐渐地没了声息，只靠在大柱上兀自涔涔冷汗。良久，秦王终于接过了赵高惶恐捧来的汗巾，抹了抹额头，嘶哑着声音撂下一句话："两位善后，会同丞相。"猛然转身走了。

三日三夜，秦王嬴政一直没有走进书房，急件密件顿时堆积了十几张大案。李斯无奈，只有教蒙毅守在秦王书房应急，自己索性住进了丞相府，与王绾没日没夜地紧急处置败军事宜。蒙毅守在王书房寸步不离，担心秦王又无以得见；忧心父亲又不能违法探望，以致忧心忡忡，连饭也断了。一夜，赵高突然露面，蒙毅立即喝住了赵高，问秦王情形。赵高苦兮兮皱着眉头，只说是来拿一件物事，而后惶恐低头，一句话也不说了。蒙毅自来不齿赵高，见状一脸厌烦地挥了挥手，赵高立即风一般去了。

第三日暮色时分，李斯匆匆回到了王城书房，对蒙毅叙说了与王绾共商的种种处置，又商议了几件急需处置的王族子弟败军贬黜事，两人这才疲惫地坐下来开始晚汤。蒙毅三日未食，与李斯第一次用饭，心绪显然舒缓了许多。晚汤后蒙毅敦促李斯回去歇息，李斯却连连摇手。于是，两人对坐煮茶，却又相对无语。

“败绩有数了？”良久，蒙毅低声问了一句。

“如此败绩，未尝闻也！”李斯轻轻一叹，“片时连失两壁，一夜连退三城，三日三夜大败逃，一无反击之力……七都尉战死，八万六千三百一十三名士卒抛尸，撤回十余万，人人带伤……粮草器械军辎，全数丢失……淮北之地，悉数被项燕军收回……”

“……”蒙毅一个哽咽，双手捂住了脸膛。

“两主将，交廷尉府暂押了，待决……”

“一战若此，家父何堪！”蒙毅一拳砸案泪水泉涌。

“老将军，终究没乱。否则，此次必全军覆没也！”

“战败当罪。长史，无须为家父辩解。”

李斯起身走到自己公案前，从案头一方铜匣中拿出一支粗大的竹管过来道：“此乃老将军战场急件，你且看看。”蒙毅摇摇手道：“家父负罪，我或连带，不当看。”李斯道：“这宗密件，乃老将军从战场报给长史署的公文，本当早给你看。奈何老夫闪念差错，既未呈送君上，亦未知会于你，悔之晚矣！”蒙毅颇感惊讶，接过飞快地浏览一遍，不禁苦涩笑道：“家父这急报只说了战事方略，又没说自家如何反对，更没申明呈报王书房，大人却如何呈送君上？再说，虽是公文式样，抬头却是给大人的，交不交我看实在无妨。”李斯叹息道：“我固不违法，然却违心也！老将军此举，定然有所期冀。老夫当时揣摩，老将军很可能欲经老夫之手，将此件知会尉缭子，或知会王翦老将军，此两人资望深重，若能指李信之谬，或可直陈秦王。老夫却……惜哉！惜哉！”蒙毅苦笑道：“大人无须自责，假若是我，我也不会交任何人。李信正在气盛之时，君上正在激赏之际，老国尉与王翦老将军远离战场，纵有评判也未必有用。将在外君命有所不受，况正逢君上激赏之李信？”

两人围着红亮的木炭燎炉一时说开去，诸般感慨不胜唏嘘，不知不觉已是三更了。蒙毅道："君上三日不进书房，会否病倒？"李斯默然片刻沉重摇头："难说。"蒙毅道："得设法见到君上，索性我闯宫！"李斯连连摇手道："不可不可。君上非常人，断不会置国事于不顾，也不会容不得一场败仗。"蒙毅急迫道："这次不一样，吼叫得声音都嘶哑了。"李斯嘴角抽出了难得的一丝淡淡微笑："吼归吼，可你听见吼了些甚？"蒙毅恍然道："是也！哇啦哇啦好大一阵子，一句骂辞也没听出。"李斯敲了敲燎炉，颇有些意味深长地望着窗外漆黑的夜空："怒而不知何骂，大体已是省察自己了……不急，君上若能深彻省察，秦国之幸也，天下之幸也。"蒙毅一拱手道："与大人言，谨受教。"正当此时，一阵急迫的辚辚车声清晰传来，两人几乎同时倏地站了起来。蒙毅快捷许多，一个箭步已经掠向了门厅。李斯赶到廊下，车声已经远在王城之外了。两人正在张望，一个少年内侍匆匆跑来作礼道："禀报两位大人，赵令要我知会两位大人，君上赶赴频阳去了！"

"蒙毅，带上那卷书报，快追君上。"李斯没有丝毫犹豫。

"好！"

蒙毅疾步回身取了一卷文书，身影飞出淹没在了暗夜之中。

嬴政将自己关了三日三夜。

松柏森森肃穆静谧的太庙，是嬴政在茫然漫步中撞进来的。当时赵高见秦王出了东偏殿，连忙飞快地对两名小内侍一阵叮嘱，三人便跟着秦王去了。两名小内侍远远在前，赵高若即若离在后，手忙脚乱地示意着远处的各色身影回避开来。茫茫然的嬴政走进了深深的王城苑囿，走过了两处夫人嫔妃们的寝宫，走过了碧蓝的湖畔，走过了火红的胡杨林，走出了雄峻的王城北门，走进了北阪松林塬下的太庙。嬴政大踏步走着，逢弯拐弯遇桥过桥，奇迹般没有一个闪失，没有一个磕绊。身后的赵高瞪着两眼疾步游走左右，既不能进入秦王目光，又须得能够随时扑上去抱住秦王，时不时一身冷汗。被两个小内侍遥遥示意回避的嫔妃侍女们，虽已经纷纷躲在了柱后林下，却都惊喜万分地要目睹难得一见的秦王。

此刻远远看去，秦王目光直愣愣向前，脚下却一步不差地大步走着，穿过了亭廊穿过了树林，俨然一个目盲的神仙在天街游走，女子们惊愕得人人紧紧捂住了嘴巴不敢出声。然则，在嬴政心头的世界里，天地间没有一个人影，飘浮的宫殿没有任何声音，自己被风吹上了天空，身不由己地飘飞着茫然虚浮地游荡着……使嬴政恍然醒来的，是那浓郁而熟悉的松柏香火气息，是烙印在心灵深处的记忆。走进太庙石坊，尚未进入太庙正殿庭院，嬴政便在宽阔的松柏大道停止了脚步。凝视着巍然耸立在北阪山腰的高高殿堂，嬴政停止了喘息，也听见了身后的脚步声。

"太庙令，秦王嬴政，沐浴斋戒三日。"

"君上，非祀非典……老臣奉命！"

看着赵高惶急万分的种种示意，老太庙令终于明白了，连忙去匆匆部署了。片刻之后，嬴政走进了太庙正殿东侧的深邃庭院。厚重的大门隆隆关闭了，从太庙署开来的一队甲士立即铁柱般矗在了庭院四周。自有王权社稷，君王的沐浴斋戒是最为神圣庄敬的礼仪。因为，君王沐浴斋戒之后要与远去的祖先对话，要接受天地神灵的启示。走进沐浴斋戒程式的君王，是天塌地陷也不能搅扰的。然则，嬴政的想法却很简单：找一个清静之地好好想想。方才清醒过来的一瞬间，嬴政恍然醒悟，惶急的匆匆奔走原非梦游，他是被灵魂指引到太庙来的，只有自囚于肃穆静谧的太庙，他才能镇静自己清醒自己。

嬴政拒绝了繁琐的沐浴礼程式，吩咐赵高守在门口不许太庙司礼靠近。走进了浴房，脱去了冠带，躺进了热气蒸腾的硕大热池，靠上了池畔玉枕，嬴政长吁一声闭上了疲惫的双眼，在蒸腾水汽中朦胧睡去了……白发散乱的蒙武嘶吼着挥剑搏杀，漫无边际的灰黄色浪潮呼啸着翻卷着淹没了黑森森的丛林，射完最后一批大箭的连弩营将士们奋然跃起却又如同山洪中的石头一般被卷进了汹涌而下的泥石流，没有一块石头能够幸免，云天苍黄，大地苍黄，草木苍黄，最后的黑色在天边抹去，一切的一切都被混沌的苍黄淹没，突然，一只黑鹰闪动着血红的羽毛闪电般从云端冲出，裹挟着隆隆雷声扑进了漫无边际的苍黄海洋……

"李信——"

一声惊恐的嘶喊，嬴政从热气蒸腾的水雾中霍然跃起。吓得闻声扑将进来的赵高生生跌倒在池沿撞得一脸鲜血，哇地放声大哭："君上！不能如此！君上是天下圣王啊！"嬴政赤裸着水淋淋汗淋淋的身子，转身打量着惊恐万状的赵高，目光中第一次流露出一种罕见的柔和："小高子，给伤口上药去，没事了。"赵高一抹脸上鲜血倏地蹿起，君上杀了小高子，小高子也不走！"嬴政淡淡一笑："不走好，不走呆着。"说着，嬴政跨出了热池，走向另一边的大池。赵高一个箭步抢前，匍匐在地连连叩头："君上不可！冬日热沐浴之后，非经两个时辰不能入冷池啊！"嬴政又是淡淡一笑道："小高子，燥热得紧，要么你拎桶冷水浇过来。"赵高哽咽着一蹿而起："君上只要不下冷池，小高子保君上神清气爽。"说话的同时连番动作，先给赤裸裸的嬴政包上一方大汗巾，接着窗户大开燎炉移开，清新的风夹着浓郁的松柏香气浩浩入屋，立即清凉一片。嬴政堪堪落汗，赵高又飞快抱来一床大被包住了嬴政身子，再用汗巾迅速揩去嬴政额头密麻麻汗珠，又连忙抱来一领貂裘等候在身旁。看着赵高陀螺般飞转，嬴政摇手道，大被正好，貂裘不用了。说罢一裹大被光着脚出了沐浴房，踏着厚厚的红地毡穿过连接甬道，走进了斋戒宫室的起居房。

在这间里外三进的斋戒起居房里，嬴政开始了静静的思索。

嬴政是认真从头想起的。灭赵之后，他对所余四国已经有了轻慢之心，将他们看做枯木朽株，而不是看做强敌，应有的谨慎戒惧不期然地轻淡了。多少年来，山东六国只有赵国有抗衡秦国的实力，基于这一天下公认的事实，秦国君臣在对赵方略的所有方面都是极其认真的。灭赵之后，嬴政亲赴邯郸庆贺了那场最大的胜利。之后，在对燕方略上，秦国君臣第一次出现了虽不甚明显却又分明存在的歧见。其间根本，是身为秦王的他第一次有了轻慢之心。若非那次突如其来的荆轲刺杀事件，他很可能当真信奉王道抚远而使天下臣服的方略了：以燕国为楷模，对臣服之国保留相当大封地以为社稷延续。果真如此，秦国一统天下之伟业何足道也，一次简单的权力更替而已。那次，王翦郑重地上书提醒了，可他没有上心。太子丹使荆轲刺秦之后，他立即下令开始灭燕之战，与其说真正接纳了王翦上书，毋宁说更多带有愤然惩罚燕国的复仇之心。灭魏之后，他的轻慢之心重新泛起了。中原三晋覆灭，赵魏两个曾经的山东霸主不复存在，底定天下之势已成，齐楚两国该当是水到渠成地灭亡了。对于楚国，嬴政尤其蔑视。在秦孝公之后的秦楚百余年对抗中，楚国除了几次微不足道的小胜，几乎从来处于下风。以山东六国的说法："欺侮楚国，莫秦为甚也！"当王翦提出要以六十万大军灭楚的时候，他确实认定这位老将军已经暮气甚重了。李信要以二十万大军灭楚，他之所以当场显出赞赏之意并全力认定实施，在于他心头始终闪动着一个意念：大军压境，楚国或可不战而降。果真如此，六十万大军岂非太过挥霍？虽然，他也提出了两步走想法：先以二十万大军灭楚，再图大军南下平定百越。然则，只有他自己心里清楚，这与其说是同时接纳了两方对策的兼听，毋宁说是否定了抛弃了王翦的主张。因为，他当时所以如是说，确实是基于抚慰这位老将军的念头，内心的话却是：二十万大军能灭楚，自然也能平定百越。

目下想来，他这个秦王与李信，都被楚国脆弱的表征迷惑了。多年来，楚国政变多生而朝局混乱不堪。自支撑楚国的春申君被家臣李园谋杀，楚国权力便落到了卑劣如同赵国郭开的李园之手。这个李园依靠先后进献妹妹李环于春申君、楚考烈王而暴发。李环生了两个儿子后，楚考烈王死了，李园遂蛊惑自己的外甥楚幽王淫乱无度，以致楚幽王即位十年身空而亡。李园拥立另一个外甥（哀王）即位，不到两个月，便被蓄谋已久的王族公子负刍联结老世族杀了哀王和李园，负刍自立为楚王……如是乱象连绵，军力自是不堪一击。更重要的是，此前王贲奔袭楚国游刃有余，十日连下十城，楚国朝野惊骇，大气都不敢出。凡此等等，都是事实。李信据以评判楚国脆弱，嬴政据以认同此论，甚或朝臣们也都认同这种评判。表征论之，没有错。然则，当此之时，何独王翦不如是看？嬴政记得很清楚，王翦言及六十万大军灭楚的理由，没有一句涉及楚国诸般表征，而只说及楚国基本国情，山川广袤而族族藏兵，其中最要紧的论断是："楚非寻常大国，非做举国决战之心，不能轻言灭之。"

如今，数万将士已经用血肉之躯证实了王翦的洞察力。

战败消息传来，震怒的嬴政找不出为自己辩解的理由，甚或在狂乱的爆发中连咒骂的对象也闪现不出。就实说，嬴政没有推诿过错的恶习。嬴政崇尚自己的高祖母宣太后，那种勇于承担战败罪责而自裁的烈烈英风，一直是嬴政所追慕的。接李信败报，各色闪念轰轰然一团在嬴政心头炸开，最明亮的一闪是李信之败绝非偶然，绝非进兵路径之类的细节所致。既非偶然，必然何在？思绪翻飞，见事极为快捷的嬴政却捕捉不住一个切口，在那一刻，嬴政的心智骤然乱了……此刻退一步想，纵然李信不采用奔袭战法而稳扎稳打，又能如何？李信二十万兵力能准保战胜项燕的三十余万楚军么？从战场事实看，确实很难。嬴政也还记得，谋划方略时李信对楚国兵力的预料是至多三十万。对此，他自己也是认可的。然则，战场事实是，仅垓下与汝阴两地的楚军已经三十万有余，且不说郢寿之兵、水军舟师以及世族封地之私兵。如此，足证楚国弹性极大，其潜在兵力远在三十万之上。如此评判，李信也好，嬴政也好，都是在战场大败之后才恍然醒悟的。只有王翦，是远在发兵之先想到的。何独王翦能在事前有如此清醒的洞察？而所谓运筹帷幄，所谓庙堂决策，所需要的恰恰便是这种洞察，这种远见，这种预谋之期的冷静与清醒。大错铸成而痛悔不及的事后聪明者，绝非领袖群伦而能开创千古大业之雄主。嬴政若无这般才具，何以一统天下？唯其如此，嬴政始终在反复地拷问自己：王翦何能如此，嬴政为何不能？

踽踽独行，悠悠沉思，嬴政的思绪飘向了远方。

少年嬴政与王翦相识之时，王翦已经年近三十了。其时，王翦虽然还只是堪堪立起将旗的低爵千夫长，但其稳健清醒与独具一格的冷静处事，已教少年嬴政留下了极其深刻的记忆。后来，正是王翦与蒙恬这一双臂膀，扶持嬴政在最艰难的少年时期站稳了脚跟。十三岁的嬴政即位为秦王，曾经多次说过，将军足为我师也。于是，王翦的“秦王师”之名不胫而走。然则，嬴政与王翦蒙恬的患难情谊也渐渐淡了。当然，与其说是淡了，毋宁说转化成了一种受君臣法度制约的同心共事者的相处。嬴政还记得，自己对王翦深具厚望，做太子时曾经将自己搜罗到的所有兵书都送给了王翦。正是这些兵书，使后来的王翦有了根本性的跃升，由一个有丰厚实战阅历而又深具慧心悟性的低爵将军，变成了一个真正具有运筹大战之才华的名将。虽则如此，王翦的禀赋才华却始终如平静深沉的湖海，始终有一种持重沉稳的风貌，极少掀起张扬的波澜。即或在统帅幕府这样的专断场所，王翦也极少疾言厉色，以至所有的新锐将军们都敢于在王翦幕府气昂昂地叙说自己的战法主张，甚或与王翦多有争辩。与白起、李牧这般以统军刚严著称的名将相比，王翦多少显得有些木讷而不具威势，多少靠近燕国乐毅，又少了乐毅那份贵胄名士的洒脱。与王翦对坐论事，嬴政时常有一种恍若面对老丞相王绾的错觉。因为，王翦论战事，从来不在战法上做备细的叙说辩驳，而只做大局大势之剖析评判，几乎与李斯尉缭等庙堂谋划大臣一般。自然，嬴政并没有因此而认为王翦大而无当。然则，嬴政敏锐地觉察到了王翦的一种心态：战场战法是将军幕府的话题，君王庙堂无须论及。嬴政则自认为尚算知兵，更认为，事前论及战法只能对战场统帅有利。故此，对王翦那种颇有君王只要交兵于将而不须干预战法之意味的方式，嬴政多少有些淡淡的不快。要李信申明灭楚战法，再征询王贲灭楚战法，嬴政之所以在灭楚之前务求战法方略清晰明确者，根源在此也。

战国之世，拥有赫赫战功而如王翦风貌者，绝无仅有。

然则，仔细想来，王翦有一桩几乎可以称之为奇迹的最大的长处：自来打仗没有错失，没有明显的错令缺漏。与此同时，王翦也没有奇绝之战。尝有人言，王翦无奇战。嬴政闻之，总是淡淡一笑。战场以战胜为本，奇与不奇何足道也。然则，嬴政也很清楚，所谓王翦无奇战者，其实说的是王翦才具平平而已。平心而论，此前的嬴政也多少是认同这种评判的。盖战国之世多奇才名将，兵家之谋略，战场之纵横无不大放光华，以至天下口碑对名将之评判几乎近于苛求。一战而没有使天下啧啧赞叹的奇绝运筹，名士聚会便没了争相议论的兴致，此战准定被认为平平，而统兵之将也必然被指为平庸。纵然战胜，时人亦皆归于天意运气之类。此风之下，楷模名将大有人在：大战之奇若白起，等量围困，一战聚歼；救援之奇若孙膑，围魏救赵，开运动战之先河；奔袭之奇若司马错，千里越秦岭，轻兵下巴蜀；固守之奇若田单，六年守孤，火牛阵一举复国；伏击之奇如李牧，平野草原而能匿兵数十万,一举长驱匈奴；狙击之奇如赵奢，狭路相逢勇者胜，血战强敌而开败秦首战……凡此等等，王翦皆无。灭赵灭燕两场大战，都是耐心固守而谨慎求战，成则成矣，战法确实没有多少值得说叨的。老秦人尤喜谈兵论战，辄逢捷报无不争相传颂战胜之奇绝奥秘，而自王翦统兵，秦人相聚议论捷报便只有一句口赞了：“上将军又胜一战！”之后便没了话说。相映成趣者，年轻的王贲一战而声誉鹊起，被老秦人津津乐道地终日挂在口边。究其实，在于王贲战法之奇使老秦人大觉酣畅淋漓：小战如平定韩乱，八路进兵眼花缭乱；奔袭战如飞骑袭楚国，迅捷如闪电，旬日下十城，堪称飞兵之最；大战如灭魏，以水为兵，五万人马灭大国，简直蛇吞象！这些，王翦也没有。嬴政确信，王翦若是王贲，中原之战定然是另一种打法，肯定是胜，也肯定依然没有惊喜的浪花。

然则，战场为何物？战争为何物？

国家大争，为求奇绝而宁可败之，岂不大谬哉！

自兵争问世，战场从来是双方大军为国家而一决胜负的角力场。此间之根本所在，是国家利害之得失，而非一将才华之毁誉。唯其如此，主将能以看似平淡无奇之方略而完胜敌国，宁非大幸哉！相对于邦国大计所需要的胜利，有否奇绝之战，实不足道也。毋宁说，奇绝之战因其求奇求绝，而必然具有不确定的风险；平战而胜，则因不求奇绝而唯求战胜，必然具有确定的胜算。身为最为国家利害计的君王，是选择确定的胜算，还是选择不确定的风险，岂不明矣！冷静缜密而有兼思之胸襟，善于筹划盘根错节而多有意外变化之总体大战，此乃王翦之长也。抛开大国决战的深层根基，而过分看重战场谋划之奇绝华彩，此乃李信之短，嬴政之失也。平心而论，将目下的秦国大将一个个数来，能统率举国之兵而吞灭最大楚国者，非王翦不能也。痛定思痛之后，即或是王贲，嬴政也不能放心了。毕竟，崇尚武安君白起的王贲尚未老辣，多少与李信更为相像一些……

天降王翦与秦，何其大幸也！

嬴政独不见兵家泰山，岂非大谬哉！

李信大军南下之际，王翦上书请辞还乡了。本心而论，嬴政不当允准这位战功赫赫的老将军离开庙堂。然则，嬴政也很清楚，王翦请辞绝非是疑虑他这个秦王猜忌功臣，而是有着表里两层原因的。表征而言，王翦一则要以请辞之举申明绝不贪功之心，从而平息日渐复杂的朝野之议；再则是王贲声名鹊起，王翦要给新锐大将们留出功业余地；三则是王翦年逾花甲，连年战场辛劳有无暗疾亦未可知，该当颐养天年了。然则，真正的原因，是王翦与他这个秦王的灭楚歧见——如此大略被秦王轻慢，老夫何留哉！在这一点上，该说王翦有着战国名士之风——合则留，不合则去。虽然，王翦的方式不是去国，而是还乡。而但凡战国君主，只要还算得一个明君，对名士基于政见大略之分歧而离去是不能强求的。

唯其如此，嬴政抚慰了王翦，却没有坚执挽留这位老将军。王贲很为父亲此举生气，南下之前上书秦王，深为父亲之举抱愧在心。嬴政回复了王贲，书简只有寥寥数语："老将军之心，绝非疑忌本王也，将军何愧之有？灭楚之战有歧见，老将军还乡大可见谅。战后就实论之，老将军自明也。"应该说，那时的嬴政尚算清楚一点：国事之歧见，只有被事实证实之后才能说得清楚，对王贲的"就实"二字，此之谓也。当时的嬴政相信，李信灭楚之后，只要真心敦请，老将军为国家计，定然还会回到庙堂。目下看来，敦请王翦是必须的了，只是，理由已经相反了。

……

王车飞上频阳塬时，蒙毅追来了。

朦胧星月之下，硕大的青铜王车刚刚在宽阔的郑国渠堤岸刹住，蒙毅便飞步到了车侧门前，捧着一个粗大的铜管道："君上，频阳县令上书。"嬴政没有接书，直接道："何事快说。"蒙毅道："频阳县令禀报，王翦老将军夫人新丧……"未及说完，嬴政已经跳下王车急问道："几时报来消息？"蒙毅道："昨日午后。"嬴政道："如何处置了？"蒙毅道："长史无以见君上，守在书房等候，闻君上赶赴频阳，命我追来禀报。"嬴政皱着眉头道："我问你频阳县令如何处置了？"蒙毅道："老将军不举丧礼，不闻乡邻，不报官府。频阳县令不知如何应对，又心有不忍，遂上报请令定夺。”嬴政仰头望着冰冷亮蓝的夜空，良久默然，突兀道：“小高子，掌灯！”赵高答应一声，从车辕驭手位向后一倒身子一挺一缩便进了车厢，车内立即亮起了一盏铜人风灯。嬴政一大步跨进车厢，接过赵高递来的羊皮纸与蒙恬笔便写了起来，片刻写好交给赵高封管，转身对蒙毅道：“你来得正好，立即带这管书命回咸阳见驷车庶长，务必办妥此事。”蒙毅道：“君上身边无人，但有公事……”嬴政一摆手打断道：“先办此事。”说罢跨步上车脚下一跺，王车哗啷一声辚辚飞去了。

晨曦时分，王车飞上了一片林木苍黄的山塬。

朝阳之下，一条大水依山蜿蜒而去，水畔林木中依稀显出一片灰瓦屋顶。林外山坡是大片已经变得苍黄的草地，山坡后飘荡出一片弥漫河谷的炊烟。王车驶过一座白色小石桥，嬴政清晰地看见了桥下清澈的流水，看见了绿波荡漾之下密匝匝铺开的白色石头，不禁惊奇地噫了一声。车前赵高高声道：“君上，这叫白石川，水底全是白卵石。开郑国渠时我来过。”说话间王车已经过了白石川，沿着车马大道，片刻到了那一大片因枝叶稀疏而开阔疏朗的白杨林边。嬴政一眼瞄见拐入树林的道口立着一柱白石，脚下一跺，王车哗啷刹住了。嬴政下车端详，只见道口这柱白石上镌刻着四个斗大的红字——东乡美原[1]，一条林间大道直通山麓，道中一座石坊遥遥在望。嬴政道：“小高子，将车停进林中等候，我走进去。”赵高连忙道：“车停好我追君上，得有个人传话。”嬴政道：“也好，你跟着来。”大踏步走进了林间大道。

嬴政一路看来，生出了许多感慨。

东乡这片依山傍水的塬坡开阔疏朗，然则连同林木草地房舍石坊在内，一切都显得粗简平易，远不及任何一个富商大贾的庄园，朴实得令人想不到这里竟是赫赫秦国上将军的家居之地。秦国自孝公商君变法后耕战立国，臣下的俸金岁入不下山东六国，若再加法定俸金之外的“功必重赏，战必厚恤”的种种岁入，但凡有功者都比山东六国的官员将士

---

[1] 美原，今陕西富平县有美原镇，以王翦请秦王赐“美原千顷”而得名，故事流传至今。

家境丰厚。譬如丞相府的一个主事属官，可在法定俸金之外依法分到一座四进大宅，几乎等同于齐国的中大夫。王翦此时已是开府上将军，大庶长爵位，距晋升侯爵一步之遥，仅其法定俸金，建造三座这样的美原庄园也绰绰有余。然则，王翦家居何以如此简朴？咸阳的上将军府邸，由于兼具开府处置军政要务之职能，占地两百余亩，主轴八进又挑四座偏庄，堪称大咸阳最为宏阔的府邸，比目下林中掩映的这片房屋不知壮美了几多。可王翦偏是特异，从来没有将上将军府邸真正当做过自己的家，家人族人也从来没有在那座府邸连续住过一年以上。灭赵大战开始后，若不是嬴政着意下令，王翦家人还是不会进咸阳。

灭燕大军班师回来，嬴政不意听到一个消息：上将军府邸开始修葺了，很是华美舒适。嬴政高兴得大笑起来，立即下令给职掌王室财货的右府令，全数包揽上将军府修葺钱物，无计多少。李斯笑云："居华府而缓战场之苦，老将军何见之晚也！"嬴政笑道："长史猜度，老将军会否受王室之财？"李斯思忖片刻摇摇头："难说。"嬴政道："何谓难说？"李斯道："论法度，王室右府钱物属国君用度，当算私财。今君上赏赐功臣不以国库财货，而以国君钱财，只怕老将军……还是难说。"嬴政思忖一阵也笑了："是。难说。"后来得右府令禀报，上将军府非但爽快地接纳了财货，王翦老将军还嘟哝了一句，秦王抠掐得好紧也。嬴政闻之，不禁好一阵大笑。李斯也是笑语感慨："啊呀呀，相交多年，今日方知老将军风趣也！"

那时，嬴政也好，李斯也好，都没有想到所以如此的真实原因。而今嬴政明白了，那是未雨而绸缪。也就是说，从修葺上将军府邸着手，王翦便开始不显痕迹地将自己变成了一个图谋享乐的老人，给进退斡旋留下了宽广的余地。然则，何以如此？那时大朝会尚未举行，灭楚之战的歧见尚未生出，莫非王翦有先见之能？

"王氏庶人恭迎君上——"

一声长呼，嬴政恍然抬头，眼前跪倒了一大片老少男女。嬴政正要问话，为首一个布衣壮汉挺身一拱手道："禀报君上，在下乃王氏长子王焰，余皆家人。不知君上到来，有失远迎，君上见谅！"嬴政连连虚手相扶道："起来起来，都起来。长公子，上将军可好？"已经站起来的王炤连忙躬身拱手道："禀报君上，家父清晨出猎，尚未回程。"嬴政打量着布衣常服的人群，心下突然一动："府上葬礼未完，何以无人服丧？"王炤一阵愣怔，又连忙惶恐拱手道："禀报君上，家葬之礼期短，族人居丧已罢。因要田作，故此除服。"嬴政略一思忖道："好，你等回府自做事了。"回身对跟来的赵高一摆手，"走！猎场。"王炤一时颇见手足无措，得家老眼神示意，方追了上来道："禀报君上，我来领道。"嬴政回身笑道："公子只说个大向，不须领道。单车快捷，正好看看美原。"赵高恭敬一拱手道："敢问公子，猎场是否在那座山后？"王炤不自觉一点头，嬴政已经大步去了。

王车堪堪出得树林尚未上道，远处山麓一柱烟尘暴起，遥闻马蹄声隆隆如雷。嬴政惊喜道："老将军行猎！"站在车辕的赵高急迫道："君上快入车！烟尘向后，马队向我而来！"嬴政沉下脸道："上将军故乡有何可防范者？走，迎上去。"赵高再不敢说话，一抖驷马缰索，王车便在林边草地辚辚驰向山塬烟尘。王车方过林际，烟尘已经飞过了眼前山梁，隔着空阔苍黄的草地，双方都进入了对方视野……马队骤然勒缰了。王车悠悠停住了。

"上将军——"嬴政飞身下车，遥遥高喊着向马队跑去。

"君上——"倏忽间对面一骑如飞而来，浑厚的呼喊回荡在山林。

堪堪半箭之地，骑士滚鞍下马飞步迎来，白发黑斗篷随风飘舞，利落劲健全然没有丝毫老态。在这瞬息之间，嬴政看到了一个真实的龙虎勃勃的王翦，心下突然一热，便软软地倒在了草地上。王翦飞步过来，利落地扶起了嬴政，同时解下腰间皮袋双手捧了过来。嬴政抓住了皮袋，也抓住了王翦的双手，眼中不期然溢满了泪水："老将军……无愧嬴政师也！"王翦泪光莹然，深深一躬道："君上风寒驰驱，亲来蓬蒿乡野，老夫何敢当之？"嬴政瞬间平静下来，举起皮袋汩汩几口，猛然一怔又不禁惊喜得两眼放光——这是酒！王翦行猎而能随身携酒，足证壮勇犹在。然嬴政心思极是敏捷，知道此刻表露此等心情无异于表露自己此前的担心，遂指着远处的马队感慨道："美原有如此骑士，老将军族人勇烈也！”王翦一拱手道：“君上，这支马队非王氏族人，全数是赵燕两战之伤残者。”嬴政大为惊讶：“秦军伤残者向有军功赏赐，他们，没人管么？”王翦摇头道：“他们，都是绝户子弟，无家可归，又都是当年老夫幕府的护卫甲士……老夫自作主张，将他们都安置在这里，做了农户，成了家。冬日农闲，老夫常与他们行猎……”

良久默然，嬴政大步走到一箭之外的马队前，对着或衣袖空洞或腿脚空洞或面具在前的骑士们深深一躬，抬头高声道：“伤残士卒皆大秦功臣！自今日起，美原土地便是你等家园！秦军伤残士卒之无家可归者，都归拢来美原！美原方圆百里，便是你们永远的家园！”

“秦王万岁——”伤残骑士们弓箭长剑齐举振奋不能自已了。

“老夫谢过秦王。”王翦深深一躬。

“老将军，我回咸阳立即教长史下书频阳县令，办妥这件大事！”

“君上爱兵，秦国大幸也。”

“老将军，家人不说，你亦不提，老将军当真不欲嬴政入庄乎？”

见秦王一句挑明，王翦略显难堪，思忖越辩解越纠结，遂深深一躬道：“仓促归程，尚未作请，君上见谅。君上请。”嬴政遥遥一招手，赵高驾驭的王车哗唧飞了过来。嬴政对王翦深深一躬，过来扶住了王翦登车。王翦情知无以拒绝，遂也不做执拗推辞，说声谢过秦王，登上了王车坐在了偏位。嬴政也情知再礼让王翦也不会坐进那个显然的王座，遂一步跨上王座一跺脚，王车辚辚飞回了庄园。

“灭楚不以老将军方略，嬴政悔矣！”

在简朴宽敞的正厅坐就，嬴政直截了当地切入了正题。嬴政深知，面对一个沧海人物，实在不须自以为聪明得计地花巧周旋，而只须坦率实诚地捧出真心。见王翦沉吟思忖，嬴政又接着说了下去：“李信败军辱国，根在本王用人失察，灭国辄怀轻慢之心……依寻常之情，秦军本当整休年余，待恢复元气后再战。然则，李信军败后楚国气势大盛，项燕军沿鸿沟一线步步北上，重新占据重镇陈城，大有进逼南阳、颍川之势……更根本者，姚贾从新郑密报：中原三晋之灭国老世族，纷纷开始逃向楚国；燕王喜残部也从海路联结楚国，鼓荡齐国，欲图以楚军遏制秦军，而各国世族一齐举事复国……当此之时，若迟延对楚战事，天下风云突变亦未可知也……老将军虽告病老，一统大业宁功亏一篑乎！”

“楚战，不当迟延。”王翦沟壑纵横的古铜色脸膛异乎寻常地冷峻，话语也很迟缓，“然则，老臣年迈多病，君上当更择良将为是。”

“老将军平心而论，秦军诸将，谁堪当此大任？”

“……”

“杨端和？”

“……”

“辛胜？”

“……”

“燕代残余尚存，否则王贲……”

“此子将才尚可，只是韧毅未到火候。”王翦终于插了一句。

“老将军有此明断，勿复言也！”嬴政奋然拍案又突然打住了。

一阵长长的沉默。嬴政平和地看着王翦，王翦却垂着眼帘入静一般。嬴政深知，王翦自来公直，能对身为自己儿子的王贲有如此清晰冷静的评判，便决不会违心地举荐出一个分明有待锤炼的所谓良将来。而目下大局之严峻，更无须嬴政絮叨，对于王翦这般深具为政大家之洞察力的名将，其大局评判之明澈毋庸置疑。自王翦说出“楚战不当迟延”那句话，嬴政便确信王翦不会因世俗的全身之道而拒绝出山。毕竟，王翦不是武安君白起，嬴政也不是先祖秦昭王。当年秦昭王固执错战，白起拒绝出任统帅，虽不合君臣法度，然却维护了旷世名将从不错战的尊严。目下君臣情势不同，秦王嬴政对首战楚国之错失已然坦诚痛悔，此时请王翦出山，又在大局峻急之时；王翦既然一口赞同楚战不能迟延，足证对楚之战并非错战，不若秦昭王在错过大局战机之后强行开战，只为了维护君王尊严。以王翦之冷静睿智，岂能不明白此间分际也。唯其如此，嬴政要给这位老将军留下回旋余地。

“君上必欲用老臣……”王翦终于睁开了老眼。

“嬴政心意已决，上将军有话但说。”

“灭楚兵力，非六十万不可。”

“听老将军计，六十万！”

“如此，老臣领命，三日后赶赴咸阳。”王翦无一句拖泥带水。

“老将军，旬日之后启程不迟……”嬴政有些哽咽了。

“君上体恤，老臣心感也！然目下大势，不容稍缓。”

“老将军夫人新丧，我心不安……”

“老妻病卧多年，一朝撒手，未尝不是幸事，君上毋为老臣忧也。”

“老将军旷达……然则，本王定给将军一个安稳浑全之家！”

王翦摇着白头，颇见感喟道：“君上之心，老臣知也！然老臣久在军旅，于家所求者美原千顷而已，岂有他哉！”嬴政一阵大笑道：“美原千顷何足道也，老将军之心小哉！”王翦颇见揶揄道：“为大王将者，有功终不得封侯，老夫当及时谋划子孙业也。”嬴政不禁又是一阵大笑道：“上将军忧贫，嬴政惭愧也！”笑谈之间，君臣两人越见和谐，原先的些许疏离感终于烟消云散了。及至洗尘酒宴摆开，已是暮色降临。席间嬴政又问了王翦家人诸般情形，敦请王翦重新搬回咸阳上将军府。王翦不置可否，只笑云，老臣留恋村野，班师回来再说不迟。一时酒宴罢了，嬴政月下登车匆匆赶回咸阳去了。

三日之后，王翦马队离开美原南下了。

三日之间，王翦处置了所有需要自己决断的家事族事。其中最大的一件事，是与频阳县令会晤，妥善部署了东乡即将成为伤残将士汇聚之乡的种种事宜。真正的家事，王翦不过是在家人为他饯行的小宴上叮嘱了一番而已。因王贲在李信败军后受命整顿秦军，一直没有归来省亲，家事一如既往地落在了长子王炤身上。实际上，三日间王翦费时最多的还是预谋军事，发出了四道上将军书令：其一，知会国尉府代为督令秦国各地驻军尽速聚拢，关内大军开入关中蓝田大营，关外大军开往南阳大营；其二，飞书九原蒙恬幕府，征询可否增援五万飞骑；其三，下令王贲立即在灞上大营建立上将军幕府，已经分散各军的原幕府司马必须全数调回；其四，飞书河外姚贾，请将楚军北进动向备细报于灞上幕府。今日南下，王翦已经先派出飞骑向秦王禀报了，他将直接赶赴灞上幕府，无须再入咸阳。

“王书到——上将军驻马听宣——”

马队刚刚飞下郑国渠堤岸进入宽阔的官道，一片军兵车马在前方道中横展开来，隐隐可见红绿身影与绚烂锦丝车帘的宫车。道中三马并立，皆高冠斗篷，两边分明李斯蒙毅两位中枢长史，中间一人白发苍苍却有些眼生。王翦颇为惊讶，一时全然想不起此等铺排形状与何事相关，遂勒住马队前出一拱手道：“长史别来无恙？”李斯在马上遥遥拱手高声笑道：“一别经年，老将军壮勇如昔，可喜可贺！驷车庶长，敢请宣读王书。”中间高冠老人一点头，展开手中一卷高声诵读起来：“秦王政特书：上将军王翦与国功大，多年辛劳无以慰藉，本王经与王族公议，以公主嬴戬赐婚王翦，封号华阳公主。接书之日，王翦当在相逢处与公主合卺成婚——”

宣声落点，一片上将军万岁公主万岁的欢呼声骤然弥漫了林间大道。李斯则扶着老驷车庶长下马，笑吟吟地向王翦走来。王翦却愣怔了，直到三人到了马前，还木然骑在马上不知所以然。李斯当先一拱手笑道：“老将军，合卺喜帐蒙毅已在林中立好！今日喜酒，天下独一无二也，李斯纵然无量，也得海醉一回！”老驷车庶长一拱手道：“公主嬴戬自幼喜好兵事，得与将军婚配，天作之合矣！老夫为将军一贺……”

“老庶长且慢。”遥见蒙毅从道旁树林中兴冲冲跑来，王翦自觉不能再迟延默然，一挥手打断了驷车庶长，又一拱手道，“老庶长为王族执法，长史为国家重臣，敢请容老夫一言。”驷车庶长见王翦神色肃然，遂拱手道：“将军但说无妨。”王翦慨然道：“秦王体恤老夫，王族体恤老夫，老夫心感也！然则，老夫年事已高，老妻虽去，膝下却是儿孙满堂，其乐也融融矣！若以暮年白发徒拥红颜，老夫何堪也！更有甚者，壮士报国，大义所在焉！若是军功赏赐，老夫欣然受之，无计多少。然则，若因赏功而得公主婚嫁，此后秦国功臣多多，秦王何赏也！此番婚嫁，非老夫抗命，实心意难平也！老夫心志，万望两位大人见谅。”

“老夫不能理会。”驷车庶长显然有些不悦。

“老将军也可思虑几日，再回君上。”李斯谨慎地劝阻了一句。

“大战在即，老夫不容分心。”王翦没有任何犹豫。

“既然如此，还是从长计议好。”

李斯折冲一句，驷车庶长回身走了。兴冲冲赶来的蒙毅惊愕万分，对王翦道：“老将军何迂阔如此也！华阳公主[1]并非秦王生女，实秦王族妹，年近三旬未嫁，与老将军婚配皆大欢喜，有何难堪哉！”王翦摇摇手道：“两位大人知我也深。老夫村野心性，战场之外万事皆索然无味，与王室联姻徒使老夫手足无措，两位何独不为老夫一虑？”王翦坦诚直言，局促得额头已经渗出了汗水。李斯不说话了，蒙毅也不说话了。良久，李斯一拱手慨然道：“老将军但赴灞上，此事容我与蒙毅商议，左右得稳妥了结也！”王翦长吁一声，对李斯蒙毅深深一躬，上马飞驰去了。

七　亘古奇观　秦楚两军大相持

灞上幕府一立定，立即开始了紧迫有序的运转。

大军正在云集，王翦的头一件大事是任将。目下，秦军大将除王贲因燕代骚动而受命赶赴蓟城筹划追歼之外，尚有李信、蒙武暂押廷尉府待决，冯劫、冯去疾、章邯三人带伤，原本一班齐整整的新锐大将顿时显得单薄起来。反复思忖，王翦上书秦王：请特许李信、蒙武戴罪入军，灭楚之后一并议决；鉴于蒙武熟悉楚军且曾对李信战法持有异议，可再任灭楚副将；李信职司，待入军之后视其情形酌定。三日之间，秦王立即回书照准。与此同时，王翦派出宽和敦厚的辛胜带了军中最好的伤医赶赴咸阳，抚慰探视冯劫等三人伤势，看其能否在三月之内恢复入军。若三人重伤不能入军，王翦便思谋要重新起用几个镇守关塞的老将。所幸冯劫等三将刀剑伤虽未痊愈，得闻王翦领军再度攻楚，都一齐奋然回到了灞上应职。廷尉府也带着秦王亲笔书命将李信、蒙武送到灞上幕府。王翦立即与蒙武彻夜长谈，交代蒙武立即赶赴关外南阳大营先行整顿军

[1] 华阳公主下嫁王翦事，秦史专家马非百先生之资料集《秦始皇帝传》引《古今图书集成·职方典·西安府古迹考三》《陕西通志》卷七十三《古迹二》并《富平县志》，记载皆同。史家通常认为，华阳公主是秦王嬴政生女。然嬴政二十二岁加冠，此时年三十五岁，以嬴政专一国政之秉性，此时即或有生女，也不可能是十六岁以上，故此作王族公主。

务，立定河外根基，等待关内大军开出后会合南下。同时王翦与蒙武商定，鉴于李信曾任中军司马，通晓幕府运作谋划，暂派李信重任幕府中军司马，全力职司幕府日常军务。如此一番忙碌，任将之事方初告了结。

第二件大事，是会同国尉府等相关官署，一一确定调兵事宜。自灭国大战开始，无论分合，秦军对外出动的总兵力始终是四十万新军。也就是说，当年王翦、蒙恬在蓝田大营练成的四十万大军始终在关外作战。历时六年，因始终未出现兵力匮乏之困境，也就没有再行征发国人入军。目下，灭楚伤亡连同既往伤亡，新军兵员已经锐减十三万余，再减去留镇燕国的三万飞骑，关内关外主力大军统共只有二十四万余，距六十万大军相差尚远。故此，要调集六十万灭楚大军，实际上便是要以这二十余万新军为主力并聚合整个秦国的兵力。大举调兵关涉各方，须得王翦亲自出马筹划并随时决断。王翦亲自与丞相王绾、国尉尉缭、长史李斯会商，由四方各出一名精干大吏组成一个聚兵署，依照四方长官商定的方略实施调兵。王翦幕府派出了李信，长史署派出了蒙毅，丞相府派出了府丞，国尉府也是府丞，由蒙毅总掌调兵实施方略。王翦与三方长官议定的方略是：秦国既定军兵除九原蒙恬部与蓟城王贲部不再出兵外，函谷关、武关、陈仓关、大散关等主要关塞守军，一律调出由副将率领的八成兵员，合计十万上下；北地、陇西、河西三地因防备匈奴、赵国，故常驻兵马如同关塞，目下北方匈奴有蒙恬军，而赵燕魏三国已灭，此次将三地兵马全数南调，合计十二万余；另外的驻兵重地是拱卫大咸阳的内史郡，同样调出八成，步骑合计约八万上下；最后加上蒙恬回书答应增援的五万飞骑，总共合计，堪堪六十万大军。王翦给所有的发令官署都明白限定了时日，无论艰难险阻，一月之内所调军马必须开到指定大营，完成兵将统属之整编。

第三件大事，备细确定兵器打造修葺与粮草辎重方略。秦军的兵器装备经历了四个时期的锤炼，于嬴政王翦时期达最高峰。第一时期是孝公商君创立新军，以当时最为强大的魏军为范，丢弃战车为主的老军制，立起了第一支五万兵马的步骑野战新军。唯其初创，其时之秦军铁兵器与大型攻防器械尚差。第二时期是秦昭王白起的秦军装备大改制。其时，国力强盛财货富庶，白起任上将军后基于秦军攻坚大战增多的战场情势，一则大大扩展了秦军兵力，二则全力打造并多方改进了各种大型攻防器械，使秦军一跃而成为当时最具威力的重装大军。也就是从这时开始，秦军的大型连弩成为威力无匹的天下第一重兵。第三时期是吕不韦的精细化。大商出身的吕不韦通晓作坊制造之经营运筹，且极富战略眼光。其对秦军的最大业绩，是对所有的兵器制造作坊颁布法令，明确规定了各式兵器的制作标准。以后世语言说，此即中国兵器标准化生产之鼻祖也。两千余年后，秦兵马俑坑出土的兵器上刻着三级姓名：一是相邦吕不韦，二是作坊官吏，三是制造工匠，可见其监督之缜密。而其出土实物譬如箭镞，数万枚箭头式样、长度、用料完全一样，可见其精细。吕不韦的兵器装备标准化之后，秦军的兵器器械部件的互换率与组合率大大提高，对于远距离的征战具有特别重大的意义。第四时期是秦王政与王翦。当此之时，秦军面对的战场发生了两大变化。一则是灭国大战所独有的攻克六国都城的高难攻坚战成为必然，不下都城，谈何一统天下？二则是力求一战灭敌主力且不留后患，大军必须确保摧毁敌国根基的威慑力量。对于如此两大变化，经王翦申明，秦国君臣是完全一致认同的。为此，王翦蒙恬在训练新军时制定了明确方略：全军重兵，战不求快捷速决，而务求完胜不留后患。如此方略之下，无论是骑兵步兵，各部都同时拥有重甲胄重兵器，且携带大型器械，凡万人之上皆可独当苦战。除此之外，最大的变化是王翦首创了以大型连弩为主轴的重兵器械营，集中各式大型攻防器械，可单独屯兵任何坚城之下长期对抗。唯其如此，秦军风貌与王翦战法浑然一体：不求奇战而重兵推进，无坚不摧地下敌灭国。而李信之所以失败，其重大原因之一，是其轻兵奔袭式战法不适合秦军现状，丢弃重装使秦军优势大减，携带重装又不能快捷利落地大奔袭，遂自陷矛盾而混乱的境地。而李信面对的敌手，更不是脆弱的流窜军力，轻兵奔袭未免过于侥幸了。

李信兵败后，其随军粮草辎重与大型器械全部丢失，几乎占整个秦军装备的一半还多。若非秦国财力雄厚，断难立即发动更大规模的大军决战。目下王翦所要尽速完成者，便是补充这些大型器械并重新配备其兵力，同时还要谋划粮草辎重之输送方略。为此，王翦特意报请秦王紧急召回了坐镇新郑的姚贾，任姚贾以上卿之职总司灭楚后援。姚贾精明练达，其处置事务之才不下李斯，与王翦会商完毕立即风风火火开始实施诸般谋划。

根基疏浚完毕，已是冬去春来了。

二月二龙抬头这天，王翦的幕府军马要从灞上开拔了。

秦王嬴政率领王绾李斯尉缭等一班重臣，车马辚辚地赶来灞上送行。饯行军宴上，王翦举起大爵先向秦王深深一躬："老臣村野不识风雅，君上见谅也。"嬴政恍然拍案大笑："不纳公主，何伤风雅矣！原是我强度人心，与老将军何涉也！"旁案尉缭笑道："若在山东，老将军拒纳公主便是大忌了。"李斯笑道："是也！公议必说，此人无人欲而必有权欲，宁不小心哉！当年吴起拒纳魏武侯公主，便只有逃国了。"王翦认真道："人欲者，一则色也，一则财也。老夫无女色之欲，却有财货之欲，宁无人欲乎？"说着对王案一躬身又道，"老臣敢请秦王，美原千顷不足行猎，咸阳府池不足行舟，频阳良田亦不足子孙耕耘，万望君上再多多赐臣田泽园池。"嬴政一阵大笑道："国尉长史笑谈尔！老将军行矣，断不致当真忧贫也！"王翦认真地摇摇头："非也。为子孙计，老臣无所可忧，常忧贫也。"君臣不禁一阵哄然大笑。

幕府人马辚辚上路。行至函谷关夜宿扎营，王翦与蒙武会商罢军务，又吩咐重任中军司马的李信为其拟一上书，向秦王再请赏赐足够五辈分耕的田产。李信皱着眉头道："将军之请赏几同乞贷，不觉过甚么？"从南阳赶来迎接的蒙武也笑道："也是，老将军絮叨得多了，不送这上书也罢。"王翦摇摇手道："不。要送。到了战场还要送。"蒙武李信同声道："为何？将军不信秦王？"王翦摇头道："无关信与不信也。老夫握举国之兵远征，朝野议论必有，天下议论必有，非秦王所能左右也。老夫屡屡上书，絮叨田产赏赐，是要秦王知道老夫所惧者何，万不能因些许议论而掣肘大军。另则，老夫也是要天下知道，王翦明白诛心之论，非议可以休矣！"

如是上书送达咸阳，几日后军使归来禀报说：得长史李斯转述，秦王读罢王翦上书，拍案感慨云，老将军非讨田宅也，实醒朝议也！秦王已经下令朝野：敢有擅议灭楚诸将军者，视同乱国治罪！蒙武李信大为惊讶，不禁对这位老将军敬服得五体投地了。

“诸位将军，灭楚之功，在此一役！”

旬日之后幕府人马抵达南阳大营，王翦第一次升帐聚将。各路大军已经汇聚南阳一月有余，兵将统属等诸般军务已经全部就绪，除了粮草辎重大型器械与候补兵器正在源源不断运来囤积，六十万大军已经大体整肃了。大将们禀报完各军情形，王翦从帅案前站起，第一次对大将们正面部署灭楚方略。王翦的剑鞘指点着楚国地图，中气十足的浑厚嗓音在幕府大厅嗡嗡回荡：“楚为天下大国。灭楚根本之点，在于戒绝骄躁心气，以面对赵国强敌那般冷静之心对楚决战。灭楚方略：不出轻兵，不求奇兵，全军正面推进，一城一地下之，直至完全占据楚国都城、全歼楚国主力、俘获楚国王室！楚军若与我一城一地争夺，则我军求之不得。楚军若再度放弃陈地诸城，而南撤平舆地带固守，则我军兵分两部：主力进逼平舆与楚军主力相持，既不立即开战，亦不能使其脱离；另分一军在后，一城一城接手整肃城防，巩固我军后方，一俟陈地诸城稳固，立即南下合军，寻机与楚军决战！明白否？”

“明白！”

“可有异议？”

“没有异议！”大将们整齐一声，无一人有犹豫之相。

“大国决战以总方略为上，但有异议，尽可明说。”王翦特意一句补充。

“蒙武老将军以为如何？”诸将无言，王翦又问一句。

“简单！扎实！可靠！易行！该当如此！”蒙武奋然拥戴。

“李信将军？”

此刻的李信正站在帅案之后的中军司马位置，见王翦询问，跨前一步拱手高声道：“轻兵下大国，李信之失已明！重兵压强敌，上将军之方略堪称大智若愚！李信今日方知灭国之大道，谨受教！”往昔傲然无比的李信面色通红，字字坦诚，显然是真心悔悟了。

“谨受教！”大将们竟跟着李信整齐地喊了一声。

得此一声，王翦顿时心下一热。秦军大将们能如此一致地认同王翦今日部署，足证将士之心对首战之错已经是人人明白了。兵谚云：“上下同欲者胜。”将士同心如臂使指，何城不下何坚不摧？更重要的是，认同拥戴新方略者包含了首战败军的李信蒙武以及参战的所有将军，这是最难能可贵的。心念及此，王翦对厅中大将们一拱手道：“诸位将军认可老夫方略，老夫欣慰之至也！我军首战败北，再战便是灭楚复仇之时！诸将务必激励将士，同心一战！”

“同心一战！灭楚复仇！”举帐一声大吼。

三月初，诸般后援到位，大军亦休整就绪。在一个晴朗无云的日子里，王翦下令大军开出了南阳大营，从安陵直入鸿沟大道，隆隆进逼陈城。王翦早已申明，除了不分兵不奔袭，南下进军依旧走李信军老路，就是要教楚人知道：秦军首攻败北并非进兵之错，更非战力不及楚军，而只是分兵弃装，中了楚军奇袭而已。

陈城的项燕幕府前所未有地忙了。

去岁大败秦军之后，楚国朝野大为振奋，连续攻秦的呼声弥漫了江淮。楚国王室与老世族大臣们亢奋不已，合纵攻秦的种种方略一个超过一个的光彩绚烂。平日万难出手的各色私兵，忽然一夜之间变成了从来都受国府统辖的封地官军，一反常态地纷纷开出争相赶赴淮北，不管项燕幕府军令如何，都一齐打起了项燕大军的旗号竞相抢占一座座失而复得的空城。项燕大是恼怒，立即下令整肃兵马：凡愿入大军抗秦者，一律进驻大军营地，不许擅自强占城池；凡擅自强占城池而拒绝入军者，一律视为私兵，限期旬日退出城池！然则，军令归军令，实施起来却是跌跌撞撞万般滞涩。任何一支军马都有盘根错节的出处与名正言顺的理由及官文将令，奉命将军也只能与之会商。而一旦会商，则谁都既不愿立即撤出，又不能立即入军。拖拖拉拉两三个月，才将这些“官军”相继拽进了大军营地。粗粗一算，吓了项燕一大跳，目下连同原先军马，楚国蜂拥在淮北的大军足足六十余万！既有如此态势，自当因势利导。

项燕立即与诸将会商，决意整肃出一支真正具有抗秦战力的大军，不说六十万，只要精兵四十万，项燕便有再败秦军的雄心。不料谋划虽好，项燕却硬是没有时日与人手做这件最要紧的大事。各大世族的在军大将时不时被族命召回，一则贺功，一则密商扩展对策，项燕幕府不能不放。项燕自己也疲于奔命，一则几次被突然召回郢寿，漫无边际地会商种种合纵攻秦与重振楚国霸权长策，一次朝会至少流去旬日时光；再则各军大小纠纷不断，背后都牵涉大族利害，每一桩都得项燕亲自拍案决断；三则是朝野对项氏势力的壮大议论纷纭，楚王负刍每密召项燕澄清一回，项燕便得放下军务奔波都城一回。如此多方斡旋奔波，数月之间项燕在幕府竟很难连续住过五日，几乎是任何大事都是浅尝辄止，既疲惫又烦躁，身心俱累，只差点便要病倒了。

直到秦国再度聚兵的消息传来，项燕幕府才清静了些许。

楚王与大臣们不再着意谋划合纵攻秦长策了。各色“官军”也不再北进了。庙堂公议之后，下给项燕的王书是：着即谋划御秦方略，整军备战以再胜秦军。也就是这短短的一个多月，项燕才真正地能够处置军务了。看着父亲憔悴疲惫的身影，项梁每每愤愤然：“一窝乱蜂！若非秦军再度攻来，父亲便要累死！”项燕苦笑着摇头叹息：“胜而不堪其劳，战而始能清静。如此为将，只怕不能长久也！”

烦归烦，项燕毕竟良将，只要不受搅扰地铺排军事，终归还是大有收效。项燕首先整肃幕府：以景氏大将景祺、屈氏大将屈定分别为全军副将；以昭氏大将昭蔺为军师，以项梁为前军主将，以项伯为后军主将；全部中军主力则亲自统领。如此任将，既安抚衡平了大族势力，也同时保住了大军战力不至于很大削弱。其次，项燕对老军力与新聚“官军”做了明确统属：原先大军分前中后三军，由项燕父子三人分领；其余新聚“官军”分别由昭、屈、景三将率领，各部兵力大体都在十万上下。诸般铺排之后，各方皆大欢喜，军中纷争总算没有再起。项燕立即幕府聚将，宣示了抗御秦军的方略：

“诸位，本次御秦方略，仍以前次战胜李信之策实施：再度放弃陈地诸城，大军渐次退至平舆、汝阴地带，而后相机出战！所以沿袭前次战法，其根本只在一处：秦强楚弱，此总体格局并未因一战胜负而变，秦依然强军，我依然弱旅。当此之时，楚军欲胜秦军，仍得空其当守，以淮北陈地诱使秦军分散兵力，而后方能寻找战机。非此，无以胜秦！”

“大将军之策，末将不敢苟同！”景祺率先发难。

“我等亦不敢苟同！”屈定昭蓟同声响应。

“老夫愿闻三将军高见。”项燕冷漠地坐进了帅案。

“我等所以不敢苟同者，大将军错估秦楚大势也！”景祺昂昂然拱手高声道，“秦以一国之力而连下四国，再加九原抗御匈奴，北中国足足分秦之兵二十余万！连同攻楚大败之伤亡，以及关塞驻军，再去秦军二十万只少不多！如此，秦军攻楚兵力能有几何？末将算计，至多三十万而已！我军几何？六十余万！以六十万大军对三十万，尚言秦强楚弱，大将军岂非大谬也！”

“谁云秦军三十万？”

“斥候、间人连番军报，大将军视而不见么？”

“此乃王翦骄楚奸谋，将军听之信之？”

“尝闻败军再起，必张其势，必扬其威！败军复出隐匿兵力，未尝闻也！”

“将军所言，弱军之败。若秦军之强，王翦之老，无须虚张声势。”

“我等以为，至少当据守陈地与秦军决战！”

“正是！富庶淮北听任秦军蹂躏，非大楚国策！”屈定昂昂跟上。

“陈地商路堪堪复原，当真弃之不顾，国赋必将锐减也！”昭蓟也立即跟上。

“三将军既有坚执之见，老夫禀报楚王决断罢了。”

这便是楚国，军有私兵而府有族将，战法决断往往牵扯出种种实际利益之取舍，统兵主帅非但难以做到将在外君命有所不受，更难以消除麾下将军们基于族系利害而生出的歧见。楚国徒拥数十万大军而鲜有皇皇大胜者，根源皆在于此。以项燕之楚国末世名将，无论如何清醒，也不得不循着长久累积的传统行事，上报郢寿庙堂权衡决断。

当然，项燕不会自甘退让。在上书楚王禀报方略歧见的同时，项燕又向楚王另外上书一卷，以“旧伤发作，不堪重负”为由请辞归乡。前书以军使上达，后书则派出项梁专程晋见楚王申述。至于结局如何，项燕还当真没有成算。几日之后项梁归来，也同第一次一样带来了楚王的特使。特使宣读的王书云：秦楚大战在即，举凡方略部署皆以大将军项燕为决断，任何部将得奉将令行事；大将军操劳致病，本王并庙堂大臣无不忧心如焚，唯战事在即，尚须大将军带兵大胜秦军，以振兴大楚霸业；今本王遣太医署一圣手入军，专司大将军病体，余事胜秦之后再论。宣罢王书，又一番抚慰，特使留下太医走了。项燕立即召来项梁询问庙堂情形，待项梁叙说罢了，项燕却更是忧心忡忡了。

以项燕对庙堂大局的预料，楚王负刍该当支持他的。

一则，在整个楚国，只有楚王及其王族可以不将项氏实力增长看做威胁。二则，这个即位刚刚三年的楚王负刍，在秦国“重金不成，匕首随之”的邦交渗透中尚算硬朗，一即位便严厉处治了几个与秦国商社过从甚密的大臣。王贲闪电袭击战之后，楚王负刍又一力决断了“预为调兵，抵御秦国”的方略。尽管前者不无借机剪除政敌之嫌，后者亦不无借机削弱世族私兵之嫌，但毕竟不失为真心抗秦的一个君主。三则，楚王负刍与项氏交谊颇有渊源，在负刍还是王族公子时，项燕是公子府的常客之一；负刍兵变夺取王位，项氏也是根基势力之一。凡此等等，若无特异情势，楚王该当支持项燕的抗秦方略与统军将权。然则，项燕深知楚国庙堂势力盘错纠结极深，权力分合无定，若其他世族大臣铁心反对，楚王纵然图谋支持也是无能为力。为此，项燕要给楚王提供向世族大臣施压的力量，否则，各大世族不明里掣肘，只要搪塞王命，粮草辎重立马便告吃紧。这个施压直奔要害：项燕请辞归乡，谁来领军抗秦？以目下楚国诸将军才具，分明找不出项燕这般大胜秦军而在朝野具有极高声望的良将。除非世族大臣们连确保自家封地也不顾及，只能在无以选将的压力之下承认项燕的完整将权，从而秘密知会自家将军不要与项燕对峙。如此釜底抽薪，其实效远远大于以军令压服世族大将。

而今，这一目的大体达到了。

然则，楚王与大臣们的急胜欲望教项燕不是滋味。

项梁说，楚王命他当殿陈述了父亲病情与归乡颐养之请，而后直接指点着名字教世族大臣们说话。大臣们没有一个人开口，举殿默然了足足小半个时辰。最后，还是昭氏老令尹说了一句话，抗秦离不开大将军，夫复何言哉！于是，大臣们纷纷附和，这件事就算过了。之后，大司马景柽开议，言楚军集结已达六十余万，已然超过秦军一倍，堪称史无前例。项燕南撤未必不可，然要害是必须尽早与秦军决战并大胜秦军，否则春夏之交的雨季到来，楚军粮道便要艰难许多。景柽之后，楚王竟率先拍案赞同，说秦军远来疲于奔命，自是力求恢复元气而后战，我军则当以汝阴坚城为根基，早日寻求决战，不可延误战机！此后，所有的大臣都是慷慨激昂，争相诉说了要大将军尽早决战秦军的种种道理。有人云楚军士气高涨，胜秦势在必然。有人云楚国民众仇秦已久，不可坐失民望。有人云秦军粮道绵长，如截断粮道则秦军不堪一击。有人云倍则攻之，若大将军退至平舆汝阴还不求速战，分明便是亡楚于怠惰……不一而足。

“父亲，务求速战速胜，已成庙堂不二之论！”项梁一句了结。

“庙堂，与老夫交易？以全军将权，换老夫速战？”

“此等情势，很难转圜……”

“全我将权，强我速战，老夫这大将军岂不徒有虚名？”

项燕连愤怒的力气都没有了，怆然一笑，摇摇头叹息一声再也不说话了。就实说，项燕对再次胜秦还是有底气的。秦国在短短一个冬天能够集结大军再度南进，必然不会是三十万兵力，也必然不会再度像李信那样轻兵大回旋。可以肯定地说，秦军必然以持重之兵与楚军周旋。以项燕所知之王翦，尤其不会急于与楚军决战。当此之时，楚军若能整肃部伍深沟高垒，依托淮水、江水两道天险坚壁抵御，只要楚国不生内乱，秦军取胜几乎没有可能。唯其如此，项燕的托底方略是：第二步退至淮南，整个地放弃淮北；秦军战无可战，空耗粮草时日；更兼北中国尚未底定，其间难免有战事发作，秦军必有分兵之时；其时趁秦军分兵后撤之际，楚军做闪电一战，几乎是十之八九的胜算之战！从更根本的意义上说，楚王若能洞察大局，以艰危抗秦为时机力行变法，整肃朝局整合国力，楚国崛起于艰难时世的可能性极大。所以如此，地理大势使然也。楚国不若中原五国，正面有淮水江水两道天险，东南吴越有茫茫震泽（后世太湖）为屏障，西南有连天茫茫之云梦泽为屏障，腹心更有烟波浩渺的洞庭泽连同湘水沅水之密布水网，后有丛林苍莽的五岭横亘，若收缩防线以求固守，秦国万难破之也。而今，楚国庙堂不识大局，反求速战速胜，惜哉惜哉！

无论项燕如何愤懑失望，还是无可奈何地聚将发令了。

在已经热起来的三月末，楚军终于撤离了陈地十余城，浩浩荡荡地开向了南方。旬日之间，楚军抵达淮水北岸，项燕下达了布防将令：三十万楚军主力驻守汝阴郊野构筑壁垒，三十万后聚“官军”分两部驻扎，景祺率军十五万驻扎平舆郊野构筑壁垒，屈定率军十五万驻扎寝城郊野构筑壁垒。两三日之间，三部大军在淮水北岸自西北向东南连绵展开，日夜构筑壁垒，气势壮观之极。因了大军距都城郢寿不过百余里，楚王负刍的犒军特使、令尹、大司马及各大世族的军务特使，连绵穿梭不绝于道。南楚民众也纷纷跟从各县令入军劳役，或搬运粮草辎重，或辅助构筑壁垒，终日旌旗招展喧嚣连天。王酒、民气、朝野公议交互刺激，楚军战心日炽。汝阴的项燕主力大军营地稍微平和，也是热辣辣一片。平舆、寝城两大营地，竟终日如社火狂欢一般嗷嗷求战。

四月初，秦军开过颍水，在西岸立定了营地。

大军南来，依照王翦预定的方略井然有序地推进着。进兵之期大军两分：王翦率主力大军四十万，以日行六十里的常速稳健推进；蒙武率后军二十万，逐一占据陈地楚军所弃城池，会同南阳郡守派出的接收官吏料民典库，恢复商旅百工农耕，使民生纳入常轨。蒙武给每座城邑各留五千人马防守，陈城留守军马一万总司策应，所有陈地民治军务，俱交总司后援的姚贾统辖。诸事安定，蒙武方率所余十余万人马后续南进。也就是说，王翦的六十万大军一开始便在陈地留下了将近十万。确保后方坚实通畅，这是秦昭王时期武安君白起屡屡与山东大战为秦军奠定的扎实进兵传统，更是范雎远交近攻战略的“化地”体现。王翦非常清楚，当年的长平大战若无河内郡为坚实的后援基地，秦军根本不可能在上党苦寒山地与赵军对峙三年。而今进兵广袤楚国，若不清理出一片坚实的后方根基，只怕秦军也难以从容不迫地与楚军周旋。唯其如此，王翦宁可少一部战场兵力，也不能少了后方通畅。

此时，由于秦国的山东邦交方略历经长期经营已经大见成效，楚国楚军的各种相关消息早已经源源不断地飞入幕府。王翦对楚国庙堂与楚军幕府的诸般情形，可谓了如指掌。为此，王翦的进兵军令很简单：以坚兵之阵常速南进，直逼楚军汝阴城下扎营对峙。所谓坚兵之阵，是不求兼程疾进的作战行军阵式：重型连弩营前军开道，铁骑军两翼展开行进，中央步军以战阵排列开进，以各关塞调集的一千辆不附步卒的战车为殿后。如此阵式在地形平缓的广阔原野推进，既无山塬峡谷遭受伏击之忧，又可随时立地为战，故不怕楚军于进兵途中突然发动奔袭战。之所以如此阵式进兵，是知己知彼的王翦对楚军世族私兵的有效防御。身为楚军主帅的项燕能收缩南退，足见其清醒，亦足证其不会草率小战。然则，楚军之后聚私兵求战心切，未必不会贸然一战，若因无备而被骚扰之战纠缠，战场情势未必不会瞬息变化。故此，秦军南下进兵，首要预防者便是奇袭战。王翦不知道的是，楚军景祺部与屈定部确实曾经要北上奇袭秦军，只是因为项燕严令制止，且明确讲述了秦军南下阵式之重兵威力，指斥二人若一战败北则动摇楚军，两将方才没有出兵。

秦军的营地扎在了与汝阴要塞遥遥相对的一片山塬河谷地带。

“楚军三城，自西北而东南，状如曲柄，遥相呼应。”

第一次幕府聚将，王翦对诸将解说楚军情势道：“平舆楚军与寝城楚军，皆为楚国老世族封地之私兵汇聚。汝阴项燕军，才是楚军真正主力。三地楚军，横展不过百里，各城相距不过三十余里，骑兵纵马即到，步军兼程互援亦不过一个时辰。为此，楚军三大营，实则当做一营视之。”

“上将军，我军大营似当卡在三地中央的寝城更佳！”杨端和提出一说。

“寝城形在中央，实非轴心。”王翦指点着地图道，“汝阴大营项燕军，才是楚军之根基力量。项燕军败，则其余两军不堪一击，甚或可能作鸟兽散。我军正面对峙项燕军，其根本所在，是不能使楚国这支主力大军再度后撤淮南！若项燕军入淮南，则灭楚倍加艰难！此为灭楚之要，诸将谨记。”

“如此说，我军当尽早与项燕决战！”辛胜奋然高声。

“不能。”王翦摇头道，“前次我军一败，楚国朝野之萎靡不振陡转为心浮气躁，楚军将士更是气盛求战。此等风靡之势，虽项燕不能左右也。当此之时，我军应对之策只在兵法八字：避其锋芒，击其惰归！时日延宕，楚国庙堂必生歧义，楚军士气亦必因种种掣肘内争而低落，其时我军寻机猛攻，必能完胜楚军！”

“上将军方略虽好，只是太急人了些！”

冯劫高声嚷嚷了一句，大将们一片哄笑纷纷点头附和。王翦黑着脸没有说话。大将们这才渐渐平息下来，前次参战的大将不禁都红着脸低下了头。王翦肃然正色道：“谚云：图大则缓。既是政道，也是兵道。灭国之大战，根基在强毅忍耐。以我军实际情形论，关塞守军与原主力大军初合，战法配合、兵械使用、兵将统属等等均未浑然若一。更有前战将士多有带伤南来者，尚未复原；许多久驻北方关塞之将士初来淮水，水土不服必生腹泻。凡此等等，确实需要时日整休恢复。兵未养精而仓促决战，胜算至多一半。秦军六十万举国一战，没有十二分胜算，岂能出战！为此，本帅将令！”

“嗨！”举帐哄然一声雷鸣。

“各营全力构筑壁垒，完成之后整休养士：一则，全部明火起炊，停止冷食战饭，务必人人精壮！二则，各部统合演练协同战法与攻防竞技，弓弩器械营更须使补充士卒娴熟技艺，务使各部将士浑然如一！其间，各营得严密巡查营地壁垒，不奉将令，任何人不得跨出壁垒一步！若有楚军挑战，一律强弓射回，不许出战！但有擅自出战者，本上将军立即奉行军法，斩立决！”

“谨奉上将军令！”举帐大将肃然一声。

秦军六十万轰隆隆落地生根，与楚军六十余万对峙了。

秦军壁垒大营连绵横展三十余里，旌旗蔽日金鼓震天，气势之壮盛无以复加。遥遥相对的楚军更见皇皇壮阔，三大营地均在城外郊野，自西北而东南绵延百余里，黄红两色的无边军帐衣甲如苍黄草原燃起了熊熊烈火，蓝色天宇之下分外夺目。与之遥遥相对的秦军旗帜衣甲主要为黑白两色，沉沉涌动如漫天乌云翻卷，如烁烁雷电光华。如此壮阔气象，可谓亘古奇观。当年之长平大战，秦赵双方兵力也超过了百万，然战场毕竟在重重山地，兵力雄厚却无以大肆展开而能使人一览全貌。秦楚今日相持，两军俱在茫茫平野筑成壁垒阵式大肆铺开，其壮阔气象自然是闻所未闻。以史论之，秦楚对峙是长平大战后最大规模的两军会战，是终结战国时代的最后一次大会战，也是整个中国冷兵器时代乃至整个人类冷兵器时代最后一次总兵力超过百万的大战绝唱。此后两千余年，此等壮观场景不复见矣！

大军对峙奇观被淮水两岸民众奔走相告，消息遂风一般传开。许多游历天下的布衣之士与阴阳家星象家堪舆家络绎赶来，纷纷登上远近山头争相一睹。于是，种种议论不期然生发出来。楚王负刍大为振奋，连呼胜境不可得矣，遂与几名相关重臣秘密赶赴汝阴，又召来项燕，君臣一起登上了一座最高的山头瞭望。

“如此气象，比灭商牧野之战如何？”负刍的矜持中透出无法掩饰的骄傲。

“牧野之战如火如荼，然双方兵力至多十万，小矣！”大司马景柽大是感喟。

“比阪泉之战如何？”

“炎黄大战浩渺难寻，纵然传闻作真，亦远不能与今日比也！”

“人言两军征候预兆国运，大将军以为如何？”

“臣启我王：国运在人，不谋于天。”项燕没有丝毫的欣喜之情。

“秦国多用流言乱人，事先知之何妨，老令尹以为？”

“老臣得闻，近日确有种种流言散布，是否王翦派遣间人所为，尚难以定论。”老令尹昭恤摇着雪白的头颅，“然以老臣之见，楚人乃祝融之苗裔，是为火德。秦人乃伯益之苗裔，是为水德。水能灭火，火亦能克水。目下之势，秦军为西海之水，我军为南原之火，似各擅胜场。然则，楚地居南，楚军居南，而南方为火圣之位也，故此利于我军。如此看去，我军必能以南原天火，尽驱西海之水。”

“妙！”负刍拍掌高声赞叹，“大将军，此等预兆该当广播我军！”

“老臣奉命。”项燕不想纠缠此等玄谈空论，只好领命了事。

“不知大将军如何谋划破秦之策？”大司马景柽终于提起了正事。

“本王也想听听，大将军说说啦！”

“禀报楚王，列位大人，”项燕一拱手正色道，“秦军南来之初，老臣业已下令各军随时迎击秦军。然则一月过去，秦军始终坚壁不战。我军将士多方挑战，秦军只用强弩还击，依然坚壁不出。老臣反复思忖，王翦深沟高垒，必有长远图谋，我军当另谋胜秦之策。”

“另谋？何策啦？”昭景两大臣尚未说话，负刍先不高兴了。

“秦军坚壁，我军为何不强攻破垒？”大司马景柽辞色间颇见责难。

“若能强攻，老臣何乐而不为？”

“如何不能强攻？前次胜秦，不是连破两壁垒啦！”昭恤也急迫不耐了。

“两位大人，”项燕苦笑着，“王翦不是李信，此壁垒非前壁垒了。”

“如此说来，秦军不可破？”楚王负刍有些急色了。

“老臣方略，正欲上书楚王。”

“说！”

“老臣审度，秦军此来显然取破赵之策，要与我军长期对峙，以待我军疲弱时机。”项燕忧心忡忡道，“楚国若以淮北为根基抗秦，国力实难与秦国长期对峙。老臣谋划，楚国当走第二步：兵撤淮南，水陆并举抗击秦军……”

“弃了淮北，郢寿岂不成临敌险境啦！”负刍几乎要跳起来了。

“岂有此理！”大司马景柽脸色顿时阴沉下来。

“畏王翦如虎，大将军似有难言之隐也……”

“不可诛心。”负刍正色制止了昭恤。

老昭恤的讥讽使项燕一腔热血骤然涌上头顶，几要轰然爆发。然则，项燕毕竟久经沧海，终究还是死死压住了自己的怒火。盖战国后期情势特异，秦国收买分化六国权臣的邦交斡旋几为公开的秘密。韩国之段氏，赵国之郭开，齐国之后胜，已经是天下公认的被秦国收买的奸佞权臣。燕国魏国虽无此等大恶大奸，然其大臣将军得秦国重金者却是更多。当此之时，楚国大臣被秦国收买者自不在少数，而昭恤所谓“大将军难言之隐”者，分明便是讥刺项氏有通敌卖国之嫌疑，项燕如何能不怒火中烧？就实而论，项燕曾得多方密报：秦国商社奉上卿姚贾密令，早与昭氏、屈氏、景氏三大族子弟多有秘密来往，更有秦商间人秘密进入令尹府邸会见昭恤。项燕所以隐忍不发，皆因一发必引大族之争，必致楚国大乱，投鼠忌器也。而今，自己隐忍不能举发，真正的通秦卖楚者却反将脏水泼向自己；楚王也仅仅制止而已，对项燕的长策大略则显然反感。面对如此庙堂，除了强忍怒火缄口不言，项燕又能如何？

君臣不欢而散，项燕是真正地坐上炭火燎炉了。

庙堂龌龊，项燕无能为力。秦军之变，项燕更无法预料。

月余之前，秦军大营方落，项燕立即下令各军各营坚壁防守，随时迎击秦军出战。那时，项燕与大将们都认定，秦国六十万大军南来，比李信攻楚兵力多了三倍，当然会对楚军连续猛攻。原先咬定秦军只有二三十万的大将们，则眼见秦军威势赫赫，遂再也不说秦军如何不堪一击了。所以，第一次幕府聚将没有任何争议，项燕很容易地与各军大将取得了共识：楚军暂取守势，只要击退秦军前几次猛攻，则战胜秦军必然有望！楚军大将们也一致认可了项燕战法，即在防守中伺机寻求反击。然则，令项燕与楚军将士们大大出乎意料的是，秦军根本没有出营攻杀，连日只窝在营地忙碌地构筑壁垒。于是，项燕与将军们又断定此乃秦军力求攻守兼备，壁垒构筑完毕之后必将猛烈攻杀，楚军无须求战。不料，旬日之间秦军壁垒构筑完毕，却仍然窝在营垒之中丝毫没有出战迹象。如此两旬过去，项燕与将士们终于明白，秦军以强敌待楚，图谋先取守势，而后等待战机。

楚军将士们不禁大感尊严荣誉，豪迈壮勇之气顿时爆发。

盖战国中期之后，天下大军能与秦军对阵者，唯赵军而已；值得秦军森严一守者，唯赵军而已。至于楚军，已经数十年无一大战无一大胜，且不说如何被秦军轻蔑，楚军自己也是自惭形秽。若非前次大胜秦军，楚军士气是无法与秦军同日而语的。今日，秦军以六十万雄师南来，竟如此惶恐不安地构筑壁垒不出，显然是将楚军看做了最强大的对手。如此荣耀，楚军将士几曾得享，又怎能不心神激荡？于是，不待项燕将令，平舆寝城两军发动了对秦军壁垒的猛烈攻势。然秦军毕竟名不虚传，且不说军士战力，单那壁垒便修筑得森严整肃，其宽厚高峻俨然一座座土城，大型器械密匝匝排列垛口，壁后将士严阵以待，森森然之势确实非同凡响。相比之下，楚军所修壁垒简单了许多，营门前只有一道半人深的壕沟，沟后只有一道五尺高两尺厚的土墙。对于秦军壁垒之强固，楚军开始多不在意，反多方嘲笑秦人粗笨愚蛮，千里迢迢来给楚国修长城了。及至攻杀开始，楚军立即尝到了秦军壁垒的厉害。楚军呼啸而来，尚未攻杀到壁垒前三百步，楚军士卒的臂张弓还远不能射杀敌军之时，秦军壁垒的强弩大箭夹着机发抛石已经急风暴雨般倾泻而来，楚军大队只有潮水般后退，根本无法接近秦军壁垒。如是连番者旬日，屈景两将军的攻杀一无所获，反而死伤了数以千计的兵士。直到此时，楚军将士这才着实明白了重装秦军与森严壁垒的威力。

“若李信军不弃重械，前次能否攻克两壁，未可知也！”

项燕感喟一句，楚军大将们没有人辩驳了。

虽则如此，楚军将士们还是不服。都是秦军，楚军能大败李信秦军，如何不能大败王翦秦军？毕竟没有真正较量，单凭壁垒不破便能说秦军不可战胜了？岂有此理！人同此心，心同此理，往往是不待营将军令，士兵们便聚在旷野对着秦军营垒终日咒骂连续挑战。楚军所以如此，与其说人人真心求战，毋宁说一大半是被秦军安稳如山的气势做派激怒了。自从秦军壁垒修筑完毕，连绵营垒中整日沸腾着种种呼啸声喊杀声笑闹声金鼓声马嘶声，搅得楚军坐卧不宁焦躁不安。种种喧嚣中一道道炊烟滚滚上天，肉香饭香随风飘散，几乎整个淮北都闻得见炖羊烤羊特有的膻气味儿，更有葱蒜秦椒的辛辣之气夹着牛粪马粪的热烘烘臭气，再夹着驱赶蚊虫的艾蒿浓烟，随着夏日的热风一齐弥漫，绿茫茫原野烟雾蒸腾，几如天地变作了蒸笼。多食鱼米口味甜淡的楚军将士不耐骚膻刺鼻，常常被熏呛得咳嗽喷嚏不绝，不由自主地对着黑蒙蒙的秦军营地不断地跳脚叫骂。若有营将烦躁不堪，便会呼喊一声，率领着四散叫骂的士兵们一阵呼啸冲杀，直到被箭雨射回。

这般大军对峙，是战国史上绝无仅有的景象。没有即墨田单军六年对峙燕军的惨烈悲壮，也没有秦赵长平对峙三年余的肃杀凝重，甚或，也没有王翦大军与李牧大军在井陉关内外对峙年余的谨慎搏杀。这场战国末世的最大对峙，更多的带有一种难以言说的怪诞意味。两军实力分明不对称，角色偏又颠倒了过来——秦强而楚弱，弱者如痴如醉地挑战进攻，强者却小心谨慎地坚壁自守。如同一个真正强大的武士，相遇了一个曾经侥幸击倒过另一个武士的病汉，强大武士谨慎地试探着对方虚实，而病汉却疯狂吼喝盲目挥刀。在后世看去，这场最大规模的对峙颇具一种幽默的冷酷与冷酷的幽默：楚军拥有当世良将为统帅，却只能眼睁睁地看着自己的大军昏昏然疯狂，而无力实施清醒的战争方略。

如此日复一日，整个燠热难耐的夏季过去了。

楚军的频繁攻杀也如强弩之末，力道渐渐弱了。及至秋风乍起，楚军的粮草输送莫名其妙地生出了滞涩。原本是车马民力络绎不绝的淮北官道，骤然之间冷清稀疏了。项燕心下一紧，立即派出项梁赶赴郢寿请见楚王。楚王负刍也没有明白说法，只当即召来几位重臣小朝会聚商。世族大臣们直截了当，异口同声地质询项梁：以楚军之强，士气之盛，为何始终没有大举猛攻秦军？项梁反复陈述了秦军壁垒森严的防守战，申明了楚军若一味强攻只能徒然死伤的实际情形。然则，大臣们没有一个人相信。楚王负刍始终皱着眉头反复只问一句话："秦军果真如此之强，如何不攻我军，跑到淮北炖羊肉来了？"大司马景柽立即跟了上来道："秦军不敢攻我，足证其力弱！我军半年不大举破壁，非士卒无战力也，实将之过也！"项梁脸色铁青百口莫辩，只好硬邦邦一句问到底："敢问楚王并诸位大人，粮草辎重究竟要否接济？""要则如何？不要又当如何？"令尹昭恤终于说话了。项梁愤然道："不要接济，末将即行禀报大将军，项氏自回江东，各军自回封地！要接济，大将军再行禀报方略！”项梁撕破脸皮胁迫，举殿反倒没有了话说。大战在即，毕竟不能逼得手握重兵的项氏撒手而去。楚王负刍立逼各大臣说话，一番折冲，最后议决的王命是：各大族封地继续输送粮草，同时，一个月内项燕必须大举破壁胜秦！

“岂有此理！刻，刻，刻舟求剑！！”

项燕听完项梁诉说，一拳砸翻了帅案，愤怒结巴得连楚人最熟悉的故事也几乎忘了。然气呼呼地绕着幕府大厅转悠了不知多少遭之后，项燕还是冷静了下来，吩咐中军司马击鼓聚将部署大举攻秦。项梁大惊阻止，项燕淡淡一笑道：“楚军若无一次正败，老夫的淮南抗秦休想实施。攻。声势做大，不要全力，江东精锐不出动。”项梁见父亲眼中泪光闪烁，二话不说便去部署了。

次日清晨，楚军从平舆、寝城、汝阴三大营垒一齐开出，向秦军营垒发动了最大规模的一次猛攻。六十余万大军横展三十里，苍黄秋色翻卷着火红的烈焰向整个黑色壁垒漫天压来。秦军营垒中鼓声如雷号角大起，暴风骤雨般的大箭飞石顿时在碧蓝的空中连天扑下。与既往防守不同的是，待楚军浪头不避箭雨涌到秦军营垒之前时，垒前壕沟中骤然立起了一道黑森森人墙——秦军的重甲步卒出动了！盖营垒防守战与城池防守战稍有不同。城池防守，上佳战法是郊野驻军，以远防为外围线，尽量避免敌方直接攻城；然若兵力不足，缩回城池亦常有之。毕竟，城池高厚，攀爬攻杀之难远甚营垒。营垒防御战不同处，则在敌军大举攻杀时必须于壁垒之外设防。毕竟，无论箭雨飞石如何密集，大军都有可能汹涌越过壕沟扑到垒墙之下，而垒墙无论如何高厚，究竟不比耗时多年精心修建的城墙，被巨浪人流冲垮踩垮的可能性大大存在。唯其如此，面对楚军第一次正式大举攻杀，秦军第一次出动了重甲步卒。

重甲步卒是真正的秦军精锐。若以秦军自身相比，秦步军锐士之战力尚在秦骑兵战力之上。且不说秦步军之强弩以及种种大型攻防器械，单以步军结阵搏杀之战力而言，其时秦步军已经超越了战国前、中期赫赫威名的魏武卒方阵。其间根源在两处，一则是秦军兵器甲胄更为精良，二则是秦军的尚武传统在军功制激励下士气臻于极盛。如此之秦军重甲步卒在楚军大举攻杀之前悄然隐伏壕沟，此时挺着两丈余长矛突然杀出，如同一道铁壁铜墙骤然立起，楚军的汹涌巨浪立即倒卷了回去……大约半个时辰的浴血搏杀，满山遍野的楚军终究不能破壁而入，项燕下令鸣金收兵了。

"上书楚王，禀报战果。"

项燕拿着中军司马送来的伤亡计数，脸色阴沉得可怕。此战，楚军三大营共计战死三万余，重伤六万余，轻伤不计其数；而各营军士自报杀死杀伤的秦军人数，总计不过三千余。这次的上书特使，项燕没有再派项梁，而是派了昭氏大将昭萄。三日后昭萄方才归来，给项燕带来的王命是：秦军壁垒强固，大将军当另行谋划战法，伺机大破秦军！王书没有再提一个月胜秦的前约，也没有再提粮草辎重。昭萄则说，只要大军抗秦，粮草辎重该当不会出事。果真楚军因粮草不济而退兵，毕竟对谁也没有好处。项燕知道，尽管这是老世族大臣们的无奈决断，然毕竟不再汹汹逼战，他便有了从容谋划的余地，未必不是好事。

于是，项燕不再计较种种龃龉，开始谋划一个极其重大的秘密方略。

八　淮北大追杀　王翦一战灭楚国

浴盆的蒸腾水雾湮没了幕府寝室，王翦的思绪闪烁着清冷的杀气。

倏忽深冬，秦楚大军的相持已经十个月了。秋冬的萧疏在淮水岸边并不如何显著，林木依旧是一片绿色，山塬依旧是一片绿色，若非纷纷扬扬地飘起了雪花，秦军将士们几乎忘记了这是冬天。只有王翦清楚地知道，这是与楚军相持的第三百一十三天，到三月末便是整整一年了。十个月来，大势已经渐渐稳定了下来。楚军一波又一波的挑战攻杀，终于没有了最初的气势锋芒，截至两月前那场全军大举攻杀被击退，楚军可谓一而鼓再而衰三而竭了。入冬以来情势颠倒，秦军将士开始纷纷请战了。无论兵士还是将军，都摩拳擦掌地嚷嚷着一句话："入楚是来打仗的！不是窝冬蹲膘的！"前日降雪，营垒中又是一片嚷嚷："这叫甚雪，轻软得正好擦汗！打仗正好不热不冷！"尽管王翦重申了军令，严禁一兵一卒踏出营垒，可那纷纭喧嚣的奋奋然叫喊之声，却是谁也无法遏制的。

在秦军历史上，不乏苦战对峙。然无论如何对峙，认真打仗总是经常有的。如这次十个月对峙而不出营垒一步，实在也是闻所未闻的第一次。在秦军将士们眼中，这简直是令人咋舌的奢侈。十个月中，除了修筑营垒与应对楚军挑战骚扰，终日大起明火军炊杀牛宰羊肥吃海喝，人人都变成了黑铁塔一般的莽壮大汉。秦人话语，只咥饭不劳作叫做“蹲膘”，说是猪一般只管吃喝长肉，除了绕着猪圈哼哼叫转圈子便无所事事。如今只吃不打仗，不是活生生蹲膘么？尽管天天都有军阵攻杀操演，将士们也是终日汗水淋漓，然只要不是真刀真枪上战场，依然觉得一身力气憋得难受。于是，各种大使蛮力而平日无以消受的游戏处处生发了。跌跤、较射、角力、劈杀、剑术、骑术、举石、击壤、投石等等等等不一而足。甚或吃饭的速度、饭量的大小、脚步的快慢、步幅的长短、爬树的高低、腕力的强弱，也都成了较量的游戏。但是，最普遍的军营游戏还是两种：投石与击壤。所以如此，原因在二。一则，这两种游戏是王翦将令所定：兵士抛石，远距必须至少达到抛石机的六七成之远；抛石击打之准确，必须至少达到击壤高手的八成命中！二则，这两种游戏可参与人数不限，能集群较量而声势最大，最为将士们热衷。分而论之，投石为典型的军中游戏，而击壤则是古老的民间游戏。

所谓投石，便是石头掷远比赛。秦军之投石，除了士兵个人较量，尚以抛石机为尺度衡量，则更见难度。盖战国之抛石机，大体是将十二斤重量的石块，射出三百步距离。秦国器械精良，抛石机之机发距离只远不近。若以此论，商鞅之秦制六尺为步，一尺大体今日八寸上下，则三百步为秦尺一千八百尺，合今日一千四百余尺，公制将近五百米；秦之重量，一斤大体为今日市斤之半（五两余），十二斤大体为今日六斤上下。[1]也就是说，抛石机能将六斤重的石块弹射出四百米左右。如此距离，

---

[1]　据吴承洛先生《中国度量衡史》研究考证：秦制一尺合今日市尺为八寸二分余；秦制一斤合今日市斤之五两一钱多。

已是惊人。而其时有军中猛士者，投石距离竟能直追抛石机，更为惊人。《史记·白起王翦列传》引后世《汉书》云："甘延寿投石拔距，绝于等伦。"又引张晏云："范蠡兵法，飞石重十二斤，为机发行三百步。延寿有力，能以手投之。"也就是说，西汉时尚有如此猛士，战国之世更当大有人在了。以王翦初定之标准，秦军的投石较量，便是要将当时十二斤重的石头掷出至少二百步。若以射箭之"百步穿杨"一说，则如此距离已经超过了寻常的单臂弓射程！显然，这种投石较量，是要大大提高秦军士兵的实战膂力。若能人人投石超过两百步，则战场掷出长矛之距离，当至少在百步上下，等于人人可以将长矛如同射箭一般激发投出。漫天长矛森森然呼啸扑来，其威力可想而知。

相对于投石掷远，击壤则是训练准头之游戏。击壤者，远古游戏也。击壤是伴随着那首古老的《击壤歌》流传于战国的，唱的是："日出而作，日落而息，耕田而食，凿井而饮，帝力何有于我哉！"那是一种最为简单粗朴的击砖比赛：将一排厚厚的大砖立到地上，人站在事先划定的界线上，以一块"击砖"掷向远处矗立的一排大砖，击倒越多胜绩越大，空击则受罚。两千余年后，这种游戏依然流传在秦川村野，秦人呼之为"打官"，其名称之源流演变不可考矣！偶有民俗文化学者惊呼为"土保龄球"或"保龄球鼻祖"者，此乃后话也。显然，秦军士兵之击壤游戏，其实是与投石游戏相配套的准确击打训练。

如是十个月过去，士兵们的投石距离越来越远，达抛石机六七成之远者也越来越多。各营大将赳赳来报昂昂请战，王翦总是淡淡一笑："急甚？投石尚未超距，再练。"不管大将们如何嚷嚷，王翦只此一句回应。若有纠缠不下者，王翦便捧出秦王不许轻战的书命一通严厉地申饬了事。总之军令依旧，不许出战，不能出营。

一想到秦王不许轻战的书命，王翦深感欣慰。老之将至而能与这位英年君主达成如此一种默契，秦国之幸也，人臣之幸也。大军初定时，王翦明令李信三日一军报，无论是快马特使还是军中信鸽，总之是军中部署悉数禀报秦王。蒙武曾大不以为然道："又无战事，军报个甚？灭赵灭燕两大战，老将军几曾如此了？"王翦道："灭楚不同，举国大军在老夫一人之手，自应让秦王如在军中。三日一报，不变。”如是不到一月，秦王有了第一次认真回书：“发举国之兵于将军，本王纵有忧心，亦是胜负之忧，老将军何当如此絮叨？日后无战，不得军报。”自此，王翦军报改为旬日一次，依旧是备细归总大小皆报。如是两月，秦王又是烦躁下书：细务军报聒噪，一月一报足矣！于是，王翦在入冬之后的军报上详细禀报了将士们的汹汹请战之心。这次，秦王立回王书：“灭楚事大，不得轻战，非将令而战者，国法从事！”简明得没有任何理由。自此一书抵达军前，王翦立即吩咐了中军司马李信：军报恢复既往法度，无战不报秦王。

正月大雪，王翦终于依稀嗅到了战机即将到来的气息。

兼领黑冰台的姚贾发来的特急密件云：楚国大将军项燕对楚王负刍失望，派三子项伯秘密进入淮南，图谋与屈氏部族并越人江东族联结，共同拥立王族公子昌平君为新楚王；而后，项燕欲将楚军退入淮南江南，以水陆两军长期抵御秦军。无须反复揣摩，王翦立即以既往斥候营的种种细节消息印证了姚贾密件的真实性，且恍然明白了上次楚军大肆攻杀却不见项氏江东子弟兵身影的根由。王翦只是一时无法权衡，项燕究竟会在何时退兵？预判这个时机，对于秦军太要紧了。因为只要楚军根基移动，便是秦军出击的最好时机。就早不就晚，无论项燕如何谋划何时退兵，预为部署都是必须的。

“立召各营大将！”王翦从浴盆中哗啦站了起来。

“是！幕府聚将！”李信从外间军令室大步走了进来。

“不起聚将鼓，一一传令。”

“明白！”

片时之后，大将们人人一头热汗匆匆赶来，虽则对没有聚将鼓的悄然聚将纷纷不解，还是兴奋得不断相互探询。毕竟，入得幕府十有八九与打仗相关，总比无休止地呼哧吭哧终日投石抛砖强得万倍。待大将们在将墩就座，王翦在帅案后一字一顿道：“楚军将有大变，或退淮南，或退江南。果真楚军移动，便是我军战机。然，楚军何时移动，目下尚不能判定确切时日。为防其时匆忙，老夫预为部署。其后无论何时，只要楚军大营移动，我幕府战鼓号角大起，各将无须军令到达，得霹雳闪电全军出击！明白否？”

“明白！”大将们刷的一声全部起立。

“后军十万，辛胜统率，自西向东杀向平舆楚军。”

“嗨！”

“右军十万，冯去疾统率，自西向东杀向寝城楚军。”

“嗨！”

“前军十万冯劫统率，左军十万杨端和统率，合力攻杀汝阴项燕军！”

“嗨！”

“中军十二万蒙武老将军统率，其时赶赴蕲县郊野，全力堵截楚军渡淮！”

“嗨！”

“连弩器械营并护卫铁骑共五万，章邯率领，强渡淮水猛攻郢寿！”

“嗨！”

“陇西飞骑两万，赵佗统率，护卫幕府并总司策应！”

“嗨！”

“各将须知，只许楚军逃向淮南，绝不能使楚军再逃江南！为此，各部务须在淮北全力追杀，尤其不能使项燕主力逃脱追杀进入江南！”

“明白！！”

“谁？谁在哭！……”蒙武突然一问。

轰然雷鸣之后大厅沉寂，隐隐哽咽抽泣声分外清晰。大将们一片默然，谁都明白那是何人，却又都无法言说无法抚慰。

“李信将军……有话说了。”王翦终于开口了。

“上将军！李信求为敢死之旅，追杀项燕！”

“……”

李信乍出，举帐大为惊愕，目光一齐死死地盯住了这个任谁也不敢认作是昔日前军统帅的失形人物，却说不出一句话来。李信黜任中军司马，原本站在帅案侧后的帷幕旁，在沉沉幕府大厅只影影绰绰一个身影而已。此刻李信大步走到厅中帅案之前慷慨请战，大将们骤闻“李信”

二字，不禁大为惊愕……昔日壮勇勃发豪迈爽朗的李信，倏忽之间变成了一副精瘦黝黑的竿架身子，眼珠发红嘴角流血声音嘶哑胡须虬结，若衣甲再有几片淤血，活生生便是一个战场死尸堆里的逃生者！也许是李信有意无意地回避着昔日同帐将士，也许是中军司马也确实是“深居简出”的职司，左右是终日风风火火的大将们直到此时才恍然想到，这个前军统帅已经很久很久消失于他们的视线了。此时乍现这般景象，大将们不忍卒睹，一时不禁泪眼蒙眬了。

“好。”王翦的声音有些颤抖，轻轻一点头从帅案后站了起来，又走下了六级砖石台阶的将台，走到了李信面前，“老夫已经精心遴选出飞骑锐士八千，欲强力追杀项燕之江东子弟兵。今足下有雪耻之心，老夫特准了。”“上将军啊！……”王翦话音落点，李信顿时扑地拜倒放声痛哭。大将们顿感心下酸热，无不哽咽唏嘘了。

“将军请起。”王翦异乎寻常地平静，扶起了满目垂泪的李信，苍老雄健的声音缓缓荡开在大厅，“世以成败论人。将军一战而败，遂致英名扫地，老夫深为痛心也！然则，败必有因，若将军果能深彻自省，再造之期一步之遥而已。”

“上将军教我……”

“秦一天下，乃千古伟业。所需将才贤才唯恐其少，不嫌其多。秦王不杀将军而准老夫之请，许将军戴罪赴战，非秦王不执秦法也，而是深谋远虑，为国家储备良将贤才也。此，老夫告诫一也：毋以己才为己身，当以己才报国家。如此，则战不轻生。”

“嗯！……”李信奋然点头，目光显然明亮了许多。

“秦国崛起于艰危绝境，百余年浴血拼杀大战频仍。举凡新老秦人，哪家没有三五尊烈士灵位？昭王之前，秦人为独立天下而战，为尊严荣誉而战。昭王之期，昭王之后，秦人为一统天下之伟业而战，为根除兵戈之苦而战。无论何战，都是士兵在流血拼杀，都是庶民在耕耘支撑。是故，将军执战，其实职司国人生命鲜血之闸门。将为三军司命，此之谓也。当年，商君立法定军功：百夫长以上之将，不以个人斩首记功，而以其部属总体之胜负记功。此间思虑之深远，老夫每每深为敬服。盖将军者，若不能以全局胜负为根本决断战事，而一味求战法之奇绝，以个人之好恶决断，则战必失之轻率，不败于此战，终败于彼战。武安君白起何等才具，然终生无一轻战，以至不惜对抗王命杀身殉国，而不愿在失去战机之后轻率攻赵。唯其如此，武安君终生无一败绩。若非武安君一世慎谋大战，秦国安能屡屡摧毁山东主力，安能一举奠定一统天下之大势？”说着说着，王翦已经将目光转向了厅中肃立的所有将军，“诸位皆统兵大将，此，老夫告诫二也：为将者，必以胜负为根本，必以体恤士卒为根本；毋以一己拼杀为快，毋以一己复仇为念。唯其如此，战必胜也。”

“谨记上将军教诲！”大厅中肃然一声雷鸣。

“上将军拓我褊狭，信终生铭感不忘！……”

说完这通平生仅有的长篇大论，王翦的额头已经渗出了涔涔细汗，走向帅案的脚步竟然有些虚浮起来。站在帷帐之后的军仆察觉有异，立即快步过来扶住了王翦。及至走上将台，王翦勉力回首对大将们又叮嘱了一句，各部立即备战，便软软地瘫在了军仆肩头。大将们惊讶莫名，哄然一声围了过来。李信大急，一边示意军仆立即扶王翦进寝室歇息，一边对大将们连连摇手示意不要惊慌。待厅中平息，李信才说了上将军三日三夜没有卧榻，一直在谋划最后决战的情形。大将们人人肃然动容，齐齐地对着幕府寝室深深一躬，大步匆匆地散去了。

二月将末，项燕的诸般秘密谋划大体就绪了。

整整一个冬天，项燕对郢寿王城连上六次特急军报，反复陈述“今冬猝遇大雪冷冬，我军寒衣绵薄肉食不足野炊难起，将士多有冻伤疾病，若不移师淮南整军抗秦，则军必危国必亡”的恶劣处境，力请开春后退军淮南。如此举措，一则是实情使然，楚军欲长期抗秦不能不退；二则是只有进兵淮南，项燕一举扭转庙堂格局的秘密谋划才能实施，否则鞭长莫及，只能听任老世族无休止掣肘而困死淮北。项梁对父亲的秘密谋划始终抱有疑虑，以为这无异于铤而走险。根本原因，在于目下发动兵变对楚国是雪上加霜，几大世族没有了尚能稳得住朝局的楚王负刍，立即分崩离析，其时各个拥兵自保，楚国抗秦何存？然项燕信心十足，认为“以江东为根基，联结越人诸部立王抗秦”是重建楚国的唯一出路。而且，越是危困之时，越是拥兵扭转乾坤的最佳时机，若再次胜秦楚国安定，一切复归老路，再想改变庙堂格局根本没有可能。

也许天意使然，项氏的秘密谋划郢寿庙堂竟一无所知。楚王负刍与世族权臣在项燕的频频施压之下，无可奈何且十分勉强地准许了来春退兵淮南的方略。所谓十分勉强与无可奈何，是郢寿庙堂对退兵方略限定了一个框架：项燕大军退入淮南，得以主力三十万驻扎于郢寿郊野，以郢寿为根基抗秦，楚国都城绝不再度南迁。

“只要退兵淮南，应了他。”

项燕无心再与庙堂辩驳南迁都城是原本的预后方略而不当变更，立即上书欣然接受了郢寿庙堂的退兵方略，且立即开始实施诸般预备：叔子项伯秘密常驻江东，筹划开春后秘密接应昌平君离开郢寿进入军营；季子项梁筹划退兵事宜，并总司江东子弟兵清理淮北项氏财货运往江东，以壮日后根基。项燕则亲自周旋非主力的世族兵的大将们，务必使其退兵淮南而不至路途消散，毕竟楚军精兵不足，这三十余万大军总是能增添一定的战力。更根本的一点是，留住了这三十余万大军，便能在来年大大限制老世族对楚国新王的反叛。如此这般一个冬天的忙碌之后，多雾多雨的春日已经来临了。

“我军兵退淮南，当次第有序！”

项燕指点着羊皮大地图，部署了退兵方略：平舆、寝城两军预设空营旗帜虚张声势，而后于大雾夜晚先行退兵，经汝阴营垒背后的官道直抵蕲城，先期渡过淮水驻扎等候；项燕亲率汝阴主力大军断后，迟延半日退兵。如此部署方略，主帅亲当其后，诸将自然再无异议。末了，项燕下达军令道：“自今夜开始，各营立即整装预备。明夜三更，开始退兵。其时秦军正在酣梦之中，我军轻装疾进，不举火把不起号角，秦军必不知所以然！以春雾持久之势，我主力大军退兵之时，秦军仍可能尚未觉察！”

“妙！秦蛮子一觉醒来，干瞪眼啦！”

“三日一过，有淮南肥鱼大虾啦！”

屈定景祺两句嚷嚷，引得大厅哄然笑成了一片。实在说，世族的封地“官军”在寻常之日比项燕的主力大军惬意多也。今次不然，与秦军相持经年，“官军”将士原本期望的胜仗没得打，伤亡与苦头倒是前所未有地品尝了。相比于常有苦战的主力大军，“官军”之苦更甚矣！一闻退兵淮南，各营“官军”无不欢呼，与郢寿的世族大臣们所想全然颠倒。项燕的退兵方略能迫使庙堂赞同，与其说是项燕威慑之力，毋宁说是源源不断的“官军”抱怨使世族大臣不得不忍痛放弃淮北抗秦。于是，大将们散去之后，各营当夜便忙碌起来了。

夜半时分，昏睡中的王翦突然一跃而起。

事后，替代李信的中军司马逢人便说上将军神了。王翦跳起来一把推开抱着貂裘慌忙跑来的军仆，脚未站稳便是一声大喝：“战鼓号角！全军杀出！”守候在外间军令室的中军司马一个激灵跳起一声应命还未落点，王翦已经风一般卷到寝室外间，边穿甲带剑边下军令，“幕府将士全部上马！云车将台居赵佗部中央进兵！”话音落点，整个幕府已经旋风一般飞转起来。片刻之间幕府大帐已经拆装完毕，三千将士已经全部上马列阵。中军司马说，当他飞步攀上司令云车时，值夜司马刚刚接到斥候营探报说楚军夤夜移师，正要鼓号发令。待战鼓雷鸣号角大起，秦军如山崩地裂般杀出时，中军幕府的云车战车护卫马队也已经隆隆开出了营垒。数十年后，灭楚将军之一的赵佗做了南越王，直到晚年都不能忘记这段佳话。他时常遥望着北方对部下絮叨说，李信赶赴前军时给他的叮嘱是：无论大军战况如何酷烈，两万陇西飞骑都必须死守中军幕府，上将军不醒寸步不能离开！赵佗说，各部大将也都对他如是叮嘱了，左右是全军一心，都将护卫上将军的担子压给了他与他的两万陇西飞骑。他也做好了最艰难的苦战准备：若战况酷烈而上将军仍不能醒，他会将整个幕府结装成一个二十辆战车的连排方阵，以两万铁骑拼死护卫追随大军攻杀。只可惜上将军太神了，比那时我一个后生还利落！你说，他一个花甲老人，一个已经连日劳累得昏睡过去的老人，如何便能一个猛子半夜跳起，出口便吼全军杀出？神！真神！非神不能解说其神！

大雾弥天，杀声盈野。中军幕府人马尚未开出十里，王翦便接到了三道战报。辛胜战报说：平舆楚军自以为设置虚势空营能够骗过秦军，故此退兵散乱全无战备，我军一阵猛烈掩杀，平舆楚军大败溃退，拼命逃向汝阴营垒，我部正在全力追杀！冯去疾战报说：寝城楚军不堪一击，大败溃逃汝阴营垒，我部正在全力追杀！杨端和冯劫战报说：汝阴守军尚有防备，我两军合力攻杀正在激战，不防平舆寝城溃败楚军从背后蜂拥溃逃而来，致使汝阴营垒一时混乱，我两部大军趁机猛力攻杀，业已冲破壁垒进入营地混战！

“传令三城各部：合力攻杀汝阴楚军主力！余部逃散暂不顾及！”

“明白！”军令司马一挥手，三骑如飞而去。

“传令蒙武：楚军东逃将提前，蕲城营垒加快构筑，全力堵截项燕主力！”

“明白！”

“传令章邯：兼程急渡淮水！务必在楚军兵败消息传出之前围困郢寿！”

“明白！”

三道军令接连发出，王翦一声喘息，又对中军司马下了一道意外的将令：“派出斥候飞骑追踪李信部，随时禀报其战情。”所以是意外将令，在于大军战场之进展皆由各将军主动禀报，少有幕府统帅派出斥候追踪其中一支者，即或这支人马是统帅直辖的敢死之旅，也极少此等追踪。然则，统帅既有将令，中军司马也不敢犹豫，立即派出斥候营飞骑追踪去了。看着斥候飞骑去了，王翦又对身旁赵佗叮嘱道：“李信若有险情，可不待老夫将令，你部立即派出五千飞骑驰援。”赵佗肃然领命，当即回身做了部署。

终于，天渐渐亮了，弥漫原野的大雾也渐渐消散了。

及至午时战饭，王翦的两万余幕府人马已经变成了事实上的掠阵后军。从清晨开始，在秦军四十万大军轮番攻杀下，项燕的主力营垒撑持了不到三个轮次便开始松动。半个时辰间，楚军的壁垒破缺从一处迅速弥漫为十余处二十余处，万千秦军连壕沟车也不用便呼啸着跃过壕沟，推倒踏倒了不甚坚固的土木砖石鹿砦，洪水般涌进了汝阴营垒与楚军纠缠厮杀在了一起。不及项燕下令——事实上，此时的军令司马也无法到达任何一个将军马前——楚军便一发不可收拾地溃退了。秦军后续力量如江河连绵，一浪高过一浪地在广袤原野压向东北。短短两个多时辰，王翦的中军幕府便落到了最后。遥望已经是一片血火废墟的汝阴营垒，王翦突然下令：追杀战交蒙武老将军统领，幕府军马兼程疾进直渡淮水，与章邯部合围郢寿！

“上将军，幕府军马做助攻偏师，太奇太险！”赵佗立即反对。

“此时根本，不能叫楚王脱逃！奇险与否，不足道也！”

“上将军始有奇兵！末将遵令！”

赵佗不再争辩，立即挥师直奔东南方向的难水渡口。为将求战，赵佗自然强烈渴盼进入战场拼杀。然以兵家常理，此时大军追杀，淮北显然是主战场，大军统帅显然该当坐镇淮北。上将军王翦素来常战无奇，这道撇开主战场而直奔楚国都城的军令显得分外突兀。赵佗身为护卫幕府的大将，纵然求战心切，也得明白提醒主帅有违常理的风险。及至王翦一说根本，赵佗立即恍然。事实上，以秦军大将的战场才具与士兵战力，此等大追杀已经全然不需要将令部署了，此时的幕府军马坐镇淮北可说已经无用。就全局而论，楚军主力大溃败之后，能否捕获楚国王室立即显出了重要性。

赶赴淮水渡口的路上，主战场军报一道道接踵而来，各路攻杀进展很是迅猛。暮色时分，王翦人马准备渡河时，快马军使送来了蒙武的大追杀最后方略：楚军主力已经被堵截在蕲城郊野，秦军各部封锁了方圆百里的所有要隘出口，只留垓下山塬一处逃路，一俟楚军“突围”逃入垓下谷地，秦军立即围困垓下，迫使楚军粮绝而降。王翦大是舒心，二话没说便在那张羊皮上大笔画了一个好字。蒙武能以拼杀最少的围困之法解决最后的大追杀战，与王翦一再申明的总方略完全吻合——秦军南下广袤之地，能否最大限度地节省兵力，乃成败根本也。

次日清晨，两万余幕府人马全部渡过了淮水。一上岸，王翦便下令赵佗率两万陇西飞骑先行赶赴郢寿合围，幕府三千人马随后赶来。陇西飞骑为秦军骑兵之最，人各两马换乘，最宜飞兵突袭。赵佗一奉将令催军直下，两个时辰已轰隆隆压到了郢寿城下。此时，先于赵佗半日抵达的章邯部已经在城外展开了各式大型器械阵式，城池已经围定，所缺者正是一支策应截杀兵力。赵佗军赶到，章邯大喜过望，立即与赵佗一番会商，重新部署了秦军围城兵力，只待王翦赶到决断是否攻城。

暮色时分，王翦的三千幕府人马开到了郢寿城下。

战饭晚汤之后，对着楚国地图，王翦对章邯赵佗先讲述了楚国地理大势。战国末期之楚国，世称“三楚”：淮北四郡（楚国郡，非后来秦郡），沛郡、陈郡、汝南郡、南郡为西楚；江东三郡，东海郡、吴郡、广陵郡为东楚；淮南五郡，衡山郡、九江郡、江南郡、豫章郡、湘郡为南楚。自楚国将都城从陈城迁到淮南的郢寿，南楚便成了楚国根基。唯其如此，攻克郢寿捕获楚王，是平定南楚的轴心之战；而平定南楚，则又是平定整个楚国的轴心之战。是故，攻郢寿之战虽规模不大，却事关根本。郢寿城北有淮水，南有大泽芍陂，水上退路方便快捷。然正因为如此，郢寿城池远非淮北陈城那般坚固高厚。基于种种实际情势，王翦的攻城方略明白简单：章邯军以连弩大箭破城破门，赵佗军冲杀入城搜捕楚王。末了，王翦神色肃然地叮嘱道：“楚地广袤，水网密布，若楚王逃脱，将比燕王喜更难捕获。为此，赵佗部之重心不在占据王城，而在捕获楚王！章邯部一俟城破，当立即展开步军，截杀城内逃脱残部。老夫幕府再分兵两千，于各个道口游击堵截。如此，可保万无一失。”

“秦商义报说，楚王意欲降秦，要否派一特使入城说降？”章邯问。

“不须。”王翦一笑，“负刍降秦，楚国世族所愿也。”

“奇！为甚来？”赵佗又困惑又兴致勃勃。

“楚国老世族各有根基，皆欲借抗秦为大旗自立。项燕之所以敢于强势拥立昌平君，其说辞正是负刍抗秦不力。负刍若降秦，楚国世族有了台阶，立即便会家家自立，大局反倒乱了。所为楚王意欲降秦者，楚国世族假报也。楚人圈套，老夫岂能自投罗网也。”

“末将谨受教！”

章邯赵佗一齐拱手，显然对王翦的剖析深为敬服。大将出征，如王翦能兼顾国情政情而通盘运筹者，不能说绝无仅有，但也是少而又少。在秦军全部大将中，如王翦兼具洞察全局之能者，大约连蒙恬也不能相比。而此等大才，如章邯赵佗等一班大将也是在战场实际运筹中逐渐体察到的。唯其如此，后来之蒙恬不能洞察政局，不能毅然拥立扶苏，而是无可奈何地自己走进了牢狱，使秦国庙堂最坚实的一根支柱轰然折断。此乃后话了。

次日清晨章邯开始猛攻，一切都没有出乎王翦预料。不消半个时辰，密匝匝排列的抛石机与大型连弩猛烈射出的飞石大箭的雨幕便击垮了郢寿北门的城墙。十二斤石块与长矛般的粗大弩箭如暴风骤雨般漫天击砸，实在是郢寿这般水城所不能承受的。城墙一垮北门一破，赵佗的两万陇西飞骑立即飓风般卷入城内。王翦派出的两千幕府骑士尚未抵达城外各个道口堵截，城内已经传出了军报：赵佗已经占据了王城，楚王负刍与在郢几名世族大臣悉数被俘获！王翦第一次手忙脚乱，一边下令召回幕府骑士准备入城，一边下令章邯军迅速在城外郊野构筑壁垒，以防淮北败军残部逃来郢寿。两个时辰后，王翦登上一辆兼具战车功能的青铜高车在三千马队护卫下隆隆入城了。

这时，太阳尚未落山。

当夜，郢寿城外没有出现淮北楚军残部，这座不大的楚国都城第一次变成了没有王城灯火的夜幕笼罩下的黑城。王翦与章邯赵佗在城内军帐会商，议定：赵佗率两万陇西飞骑，立即将俘获的楚王与楚国世族大臣押送回咸阳；章邯军留镇郢寿，继续驻扎郊野扩展营垒，以为大军集结根基。部署完毕，王翦本欲率幕府马队连夜赶赴淮北，毕竟，攻克楚国都城并俘获楚王之后，淮北战场又迅速凸现为轴心大事了。然则，王翦尚未出发，蒙武军报到了：楚军残部大约二十余万，已经“突围”逃入垓下河谷，秦军各部已经四面合围，上将军可全力处置淮南战事，无须忧心淮北追杀大战。王翦思忖片刻，给蒙武回书一件，叮嘱其务须全歼项燕主力，尤其不能走脱项氏的江东精锐；大战结束之后，立下淮南会兵。然后，王翦放弃了再上淮北，开始在幕府精心谋划进兵吴越岭南的未来战事。

旬日之后，蒙武率主力大军南下了。

王翦接到的战报是：楚军主力全部覆没，李信率八千敢死骑士死死咬住项燕幕府，在垓下一片无名谷地围困项燕三日之久，楚军粮绝，无力为战，项燕自杀，已经验明正身无疑。唯一缺憾是，楚军主力大将项梁逃脱，搜寻垓下三日不见踪迹。

“上书秦王，我军立下吴越岭南，一年平定百越！”

这是秦王政二十四年初夏，公元前223年的故事。

秦王政时年三十七岁，上将军王翦年逾六旬。

九　固楚亡楚皆分治　不亦悲哉

楚国的最后岁月，堪称山东六国中最有型的一个。

即或是军力最为强大的赵国，在护国之战中也未能有一场足以令人称道的胜仗。虽然，灭国之前的李牧军曾两败秦军，然败非秦军主力，且战事规模较小，远不能与楚国抗秦之战同日而语。相比之下，楚国在最后岁月的两次大战实在是有声有色。第一战，楚军以成功的防守反击战大败秦主力大军二十万，追击三日三夜不顿舍，攻破两壁垒，杀七都尉，以最保守估计，秦军战死也当在七八万上下（不包括伤残）。此战规模之大，超过了战国中期六国合纵抗秦的最大胜仗——信陵君救赵之战，更远远超过其余几次胜秦小战，而当之无愧地成为战国百余年整个山东六国对秦作战的最大胜仗。第二战，秦以举国兵力六十万南进，楚军以六十余万应战，对峙年余兵败，堪称虽败犹荣。败而荣者，一则，楚国在奄奄一息之时尚能聚结与秦国对等的兵力，形成战国之世唯一能与长平大战相媲美的平原战场大相持，其壮勇气势可谓战国绝唱；二则，国君力主抗秦而城破不降，统帅殚精竭虑而兵败自杀，从来分治自重的楚国世族没有出现一个大奸卖国者。凡此等等，皆有最后的尊严。

假如排除了种种偶然，楚国能否避免灭亡的命运?

这是一个历史哲学式的问题，也是一个破解历史奥秘的门户问题。

虽然有违“历史不能假定”的规律而颇显臆想色彩，但却能引导我们穿过琐碎偶然漫天飘飞的迷雾，走进历史的深处，审视历史框架的筋骨与支柱。假如楚王负刍更为明锐，假如项燕的“退兵淮南，水陆并举，长期抗秦”的方略能够实施，假如项燕拥立昌平君成功，假如楚国的封邑军战力如同主力大军，假如战场没有大雾，假如楚军粮草充足兵器精良，假如楚军不退兵移营而继续原地相持，假如项燕选择了一条更好的退兵路线而不奔蕲县，甚或，假如秦军统帅不是王翦……楚军能战胜么？楚国能保住么？

不能。

为什么？

首先，已经发生过的客观的历史状态，是我们无法以任何逻辑分析所能取代的。这一状态就是，楚国在最后岁月的种种努力，都已经在亡国危境的胁迫下被激发到了最大限度——种种掣肘减至最小，聚合之力增至最大；而没有努力的部分，则是楚国已经无法做到的部分。正是这种“已经无法做到”的部分，做出了“不能”两个字的回答。

那么，这种已经无法做到的部分究竟是什么？

就国家生命状态而言，这种已经无法做到的部分，无疑是国家聚合力不够。以今日话语说，战时的国家动员能力，楚国尚处于较低水平。尽管以楚国自身的历史比较，此时的国家聚合力已经增至最大。然则，以战国之世所应该达到的最佳国家生命状态而言，也就是横向比较，楚国的聚合力尚远远不足。具体说，与敌手相比，楚国的聚合之力远低于秦国：庙堂决策之效率、战败恢复之速度、征发动员之规模、粮草辎重之通畅、国家府库之厚薄、兵器装备之精良、器用制作之高下、商旅周流之闭合、民气战心之高下……凡此等等，无一不低于秦国。也就是说，楚国的国家聚合能力远远低于战国之世的发达状态。所有这一切，面临存亡之战的楚国已经无法改变了，更无法做到秦国那样的最佳状态了。所以，结局是清楚的：秦国可以在主力大军一次大败之后，几乎不用喘息地立即发动了更大规模的第二次战争，而楚国一旦战败，就再也爬不起来了。

楚国起源于江汉山川，数百年间蓬勃发展为横跨江淮以至在战国末世据有整个南中国的最大战国。而且，这个南中国不是长江之南，甚至也不是淮水之南，而是大体接近黄河之南。如此皇皇广袤之气势，虽秦国相形见绌。然则，就是如此一个拥有广袤土地的最大王国，其国力军力却始终没有达到过能够稳定一个历史时期的强大状态。战国之世，初期以魏国为超强，中期除秦国一直处于上升状态之外，齐国、赵国、燕国都曾经稳定强大过一个历史时期，甚至韩国，也曾经在韩昭侯申不害变法时期迅速崛起，以“劲韩”气势威胁中原。

也就是说，在整个战国时期，唯独楚国乏力不振。战国楚最好的状态，便是虚领了几次合纵抗秦的“纵约长国”。战国楚最差的状态，则是连国君（楚怀王）都被秦国囚禁起来折腾死了。除了最后岁月的回光返照，楚国在战国时期从来没有过一次撼动天下格局的大战，譬如弱燕勃起那样的下齐七十余城的破国之战。

所以如此，根源便在楚国始终无法聚合国力，从而形成改变天下格局的冲击性力量。楚国的力量，只在两种情势下或大或小地有所爆发：一种是对包括吴越在内的南中国诸侯之战，一种是向淮北扩张的蚕食摩擦之战。这就是之所以楚国已经逼近到洛阳、新郑以南，而中原战国却始终没有一国认真与楚国开战的根本所在。也就是说，在北方大战国眼中，楚为大国，完全不许其北上扩张几乎不可能；而要楚国聚力吞灭哪个大国，则楚国也万难有此爆发，故此无须全力以赴对楚大战。当然，另外一个重要原因是秦国威胁中原太甚，山东战国宁可忍受楚国的有限蚕食。若非如此，则很难说楚国能否在战国后期扩张到淮北。

一个广袤大国长期乏力，必然有着久远的历史根源。

我们得大体回顾一番对楚国具有原生意义的历史发端事件。

楚国的历史，贯穿着一条艰难曲折的文明融合道路。

楚，在古文献中又称为“荆”、“荆楚”。考其原意，楚、荆皆为丛木之名。《说文》云：“楚，丛木，一名荆也，从林疋声。”又云：“荆，楚木也，从艸刑声。”李玉洁先生之《楚国史》以为：“疋，人足也。如此论，则楚乃林中之人……古时刑杖多以荆木为之，故荆字从刑。荆、楚，同物异名，后又合而为一。"《左传·昭公十二年》载楚大夫子革云："昔我先王熊绎，筚路蓝缕，以处草莽，跋涉山林，以事天子。"以及其余史料都说明，楚人确实是在荒僻的荆山丛林草莽中拓荒生存，历经艰难而发展起来的一个部族。

依据种种史料评判，至少从殷商末期开始，楚部族与中原王朝已经发生了实质性的融合，楚部族已经成为受封于楚地的殷商小方国。据西汉刘向《别录》载：商末之时，楚人族领鬻熊曾与商纣臣子辛甲一起叛商，逃奔周地，且臣服了周文王。《史记·楚世家》则记载："鬻熊子事文王。"也就是说，鬻熊当时接受的封号是低等子爵，尚很难说是诸侯之一。直到周成王时，楚部族首领熊绎才正式被周王室册封。就其实际而言，则是周王室承认了事实上已经自立发展起来的楚人部族。其册封确认的三件大事是：国之封地，楚；城邑（都），丹阳；姓，芈氏。自此，楚人具备了西周诸侯封国的三大要件，相对正式化地进入了王权文明圈，成为了西周诸侯。但是，由于楚部族封国的爵号仍然是很低的子爵，故很难与中等以上诸侯相提并论。《史记·楚世家》云："楚子熊绎与鲁公伯禽……俱事成王。"

显然，与鲁国君主的公爵相比，楚国君主的子爵是太小了。

楚部族真正的飞跃，是周幽王镐京事变后的熊通称王。

当时，西周失国，平王东迁洛阳而东周伊始。这时，楚部族内部发生了一次兵变，族领蚡冒的弟弟熊通杀死了蚡冒的儿子，夺位自立为楚族君主。熊通极是强悍，全力整合楚地各部族，土地民众有了很大扩展。在熊通即位的第三十五年，楚部族已经成为江汉山川的最大诸侯。于是，趁周王室东迁初定诸事尚在忙乱之机，熊通率军北上，攻伐姬姓王族诸侯的随国[1]。随国派出特使，指斥楚国征伐无罪之国。熊通全然不理睬，一战俘获了随国的少师（太师副手，此时当为随军主将）。随国震恐，与楚议和。熊通只提出了一个条件：随国必须上书周王，敦请周王提高楚族君主地位。熊通的口吻极具挑衅性："我蛮夷也！今诸侯皆为叛相侵，

[1] 随国，周时王族诸侯国，地在淮北上蔡地带。

或相杀。我有敝甲，欲以观中国之政，请王室尊吾号！”也就是说，当今诸侯已经乱了，楚有绰绰有余的甲士，我也想试试中原国政的滋味，王室必须提高我的封号！随国为免亡国，立即代为上书周王，请尊（提高）楚之封号。其时，正是东周第二代王周桓王在位，周室尚有些许实力与尊严，闻此非礼僭越之请，立即断然回绝了熊通的胁迫，不提高楚君封号。随国将消息回报给熊通，熊通倍感屈辱，怏怏班师。谋划两年后，愤怒的熊通一言震惊天下："王不加位，我自尊耳！"

于是，熊通一举自立称王，史称楚武王。

熊通称王，开始了春秋楚国迈向大国的历史。

须得留意的是，楚国撇开东周王室于不顾而自行称王，在春秋初期是震惊天下的大事。历史地看，这一事件对楚国具有极为深远的影响。其一，楚国自行称王，意味着对当时中国礼法的极大破坏，由是开始了中原诸侯长期歧视楚国的历史。其二，周王室断然拒绝提高楚君封号，意味着对楚族自觉融入中原文明的拒绝，意味着无视楚族安定江汉的巨大功勋，激起了楚人部族的强烈逆反之心，由是大大淡化了楚国对中原文明的遵奉，大大减弱了自觉靠拢中原文明的仿效性，从而开始了自行其是的发展。这是一种国家发展心理，虽没有清晰自觉的目标论述，其国家行为却实实在在地表现了出来。

周桓王拒绝提高楚君封号后，《史记》记载的熊通的说法颇具意味："吾先鬻熊，文王之师（将）也，蚤（早）终。成王举我先公，乃以子男田令居楚，蛮夷皆率服，而王不加位，我自尊耳！"熊通说的是这样三层意思。其一，历代楚人对周室有功。从周文王起，楚君便是周之将军，楚人是周之士兵，成王虽以子、男低爵封我楚地，然我族还是平定了江汉诸部，为天下立了大功。其二，楚人以效命天子的中原文明诸侯国自居，视其余部族为蛮夷。其三，周王如此做法，伤楚人太甚！实际上，熊通已经将日后形成为楚国国家心态的根本因素，酣畅淋漓地宣示了出来。

楚人的这种心态，中原诸侯很早就有警觉。

《左传·成公四年》载：鲁成公到晋国朝聘，晋景公自大，不敬成公；鲁成公大感羞辱，回国后谋划结盟楚国而背叛晋国。大臣季文子劝阻，将晋国与楚国比较，说了一段颇具代表性的话："不可。晋虽无道，未可叛也。（晋）国大、臣睦、而迩（近）于我，诸侯听焉，未可以贰（叛）。史佚之《志》曰：'非我族类，其心必异。'楚虽大，非吾族也，其肯字（爱）我乎！"这里的关键词是：楚非吾族；非我族类，其心必异。《左传·襄公八年》又载：郑国遭受攻伐，楚国出兵援救。郑国脱险之后，会商是否臣服楚国，大夫子展说的是："楚虽救我，将安用之？亲我无成，鄙我是欲，不可从也！"也就是说，楚国虽然救了郑国，但其用心不清楚，楚国不会亲佑我，而是要鄙视压制我，所以不能服从。

如此受楚之恩又如此顾忌猜疑，很难用一般理由解释。

当时，与楚国同受中原文明歧视者，是秦国。然则，秦国对这种歧视，却没有楚国那般强烈的逆反之心，而是始终将这等歧视看做强者对弱者的歧视。故此，无论山东士人如何拒绝进入秦国，秦国都满怀渴望地向天下求贤，孜孜不倦地改变着自己，强大着自己。当然，这两种不同的历史道路后面，还隐藏着一个重要因素：中原文明对秦国的歧视与对楚国的歧视有所不同。毕竟，秦为东周勤王靖难而受封的大诸侯，其赫赫功业天下皆知。中原诸侯所歧视者，多少带有一种酸忌心态，故多为咒骂讥刺秦风习野蛮愚昧，少有"非我族类"之类的根本性警戒。是故，秦国的民歌能被孔子收进《诗经》，而有了《秦风》篇章；而楚国作为春秋大国，不可能没有进入孔子视野的诗章，然《诗经》却没有《楚风》篇章。这种取舍，在素来将文献整理看做为天下树立正义标尺的儒家眼里，是非常重大的礼乐史笔，其背后的理念根基不会是任何琐碎缘由，只能是"非我族类"之类的根本鄙夷。

其后时代，由于中原文明对楚国的鄙视，也由于楚国对此等鄙视的逆反之心，两者交相作用，使楚国走上了一条始终固守旧传统而不愿过分靠拢中原文明的道路。见诸于实践，是只求北上争霸，而畏惧以中原变法强国为楷模革新楚国，始终奉行着虽然也有些许变化的传统旧制。

楚国传统体制的根本点，是大族分治。

楚国起于江汉，及至春秋中后期已经吞灭二十一国。至战国中代，楚共计灭国四十余个，是灭国占地最多的战国。须得留意的是，整个西周时期与春秋初期，是楚国形成国家框架传统的原生文明时期。这一时期，楚国的扩展方式与中原诸侯有很大的不同。正是这种不同，形成了楚国远远强于中原各国的分治传统。

西周时期，中原诸侯的封地大小皆由王室册封决定，不能自行扩展。所以在西周时期，中原诸侯不存在自决盈缩的问题。楚国不同，由于地理偏远江汉丛莽，加之又不是周室的原封诸侯，而是自生自灭一般性的承认式小诸侯，故此可以自行吞并相邻部族，从而不断扩大土地民众。及至春秋，中原诸侯开始了相互吞灭。由于中原诸侯无论大小都是经天子册封确认的邦国，政权意识强烈，故这种吞灭只能以刀兵征伐的战争方式进行。即或战胜国有意保留被灭之国的君主族利益，也是以重新赐封的形式确认，被灭君族从此成为战胜国君主的治下臣民，而不是以原有邦国为根基的盟约臣服。故此，不管中原诸侯吞灭多少个小国，被吞灭的君主部族都很难形成治权独立的封邑部族。当然，中原大国赐封功臣的封地拥有何种相对程度的治权，也是君主可以决定的。也就是说，法令变更的阻力相对要小许多。

楚国不然。

如果说中原诸侯扩张只有一种方式，那么楚国的扩张则至少有两种方式。

由于扩张方式的不同，其后形成的权力框架与政治传统也不同。

楚国扩张方式一，是迫使相邻部族臣服的软扩张。与当时楚国相邻的部族，都是未曾“王化”的部族，也就是未受王权承认的自生自灭的部族政权。化外之民，此之谓也。这种或居山地密林，或居大川水畔的渔猎部族，既没有正式的政权形式，也没有浓烈的权力意识，只要生计相对安稳，臣服于某种有威胁的权力还是坚持自治自立，并无非此即彼之强固要求。春秋时期，分布在江汉山川、江南岭南以及吴越地带的这种自在发展的部族尚有多多。某种意义上可以说，在楚吴越三国崛起之前，整个南中国的族群基本上全部处于自治自立自生自灭的状态。其时，在这片由辽阔湖泊江河与雄峻连绵高山交织而成的广袤地带，只有楚吴越三国接受了中原王室的封爵，是具有相对发达政权形式的邦国。具体说，中南地带只有楚国有持续扩张的社会组织条件。东南地带，则只有吴越两国。然则，楚国若要如同中原诸侯那般以武力连续不断地吞灭这些部族，也显然力不能及。于是，基于前述历史原因，便有了种种以盟约称臣方式完成的软扩张。这种软扩张，就其实质而言，不妨看做一种整合，一种兼并，一种文明化入。是故，这种扩张必然带有双方相互妥协的一面。

这种妥协的最基本方面，在楚国而言，是允许臣服部族继续在自己原有的土地上大体以原有方式自治自立地生存，可以拥有自己的封邑武装，且楚国君主不能任意夺其封邑；在臣服部族而言，则接受楚国君主为自己的上层权力，接受其封赏惩罚与行动号令。于是，臣服部族变成了楚国的臣民，臣服部族原有的生存土地发生了名义上的变更，变成了国君赐予的封邑，臣服部族必须向楚国君主纳贡（不是赋税），且不能叛楚自立。楚国前期最大的权臣部族若敖氏（斗氏、成氏为其分支）、蔿氏、伍氏以及楚国中后期的项氏，都属于这种软扩张进来的老世族。基于利益平衡，也基于强化联盟，这种软扩张一旦成立，臣服部族的族领便可以依本族实力的大小，在楚国做大小不等的官吏，以致做到要害权臣者不在少数。

楚国扩张方式二，武力吞并。对于拥有良好生存土地而又拒绝臣服的部族政权，楚国仿效中原诸侯，以武力吞灭之。对于被吞灭部族及其土地，楚国有完全的处置权。于是，必然的情势是：这些部族人群被直接纳入了君主部族直辖的族群，这些土地也变成了君主部族所直辖的土地。也就是说，被武力吞并的部族与土地，变成了由邦国直接治理的土地与人民。由于有软扩张而来的封邑部族相对比，随着时间的推移，楚人便将这种被武力吞并而丧失自治（改由王治）的部族渐渐视作了王族势力，甚或直接看做王族分支。楚国后来的昭、屈、景三大族，以及庄氏部族、黄氏部族，之所以被诸多史家认定为楚国王族分支，原因在此。

这种部族享有王族名义，又有自己部族的姓氏；后来，又有了楚王赐封的部族封邑；于是，他们成为不同于前一种几乎完全自治的部族的新世族。之所以有这种情况发生，在于被武力吞并的部族族系实际上依然存在，且王室得依靠这种族系来统领人民，王室遂不得不将被征服的各大族族领分封在特定地域，依靠他们来形成远远大于完全自治部族势力的王族直领势力。

如上两种情形，形成了楚国分治的根基。

所谓分治，其基本点是三方面：其一，经济上分为王室直辖的土地与世族封邑土地，后者基本上不向邦国缴纳赋税，是为经济分治。其二，世族封邑可以拥有自己的私兵武装。春秋时期的楚国对外战争，史料多有“（城濮之战）若敖氏之六卒”、“（吴楚柏举之战）令尹子常之卒”、“（吴楚离城之战）子强、息桓、子捷、子骈、子盂……五人以其私卒先击吴师”等记载，皆为私卒，是为军事分治。其三，政治权力依据族群实力之大小而分割，国政稳定地长期地由王族与大世族分割执掌，吸纳外邦与社会人才的路径基本被堵死。

分治的轴心，是国家权力的分割。

楚国在几乎整个春秋时期，都处于王室与老自治部族分掌权力的情势下。据李玉洁先生《楚国史》统计，从第一代楚王熊通（楚武王）开始，到六代之后的楚庄王，历时近两百年中，楚国的首席执政大臣令尹（相当于中原的丞相）有十一任，其中八任都是若敖氏族领担任，分别是斗祁、子文、子玉（成得臣）、子上、成大心、成嘉（子孔）、斗般（子扬）、子越（斗椒）；其余三任，一是楚文王弟子元，一是申族人彭仲爽，一是蔿族族领蔿吕臣，也同样都是老世族。在如此权力格局下，楚国的大司马（军权）、司徒（掌役徒）等重要权力也全部被世族分掌。

楚庄王时期，楚国王族与若敖氏部族的权力矛盾日渐尖锐。晋楚城濮之战后，若敖氏因统帅楚军战败而权力动摇，遂发动兵变，先行攻杀了政敌蔿贾，后又举兵攻打楚庄王。楚庄王骤然难以抵御，提出以三代楚王（文王、成王、穆王）的三位王孙为人质，与若敖氏议和。长期经营楚国上层权力的若敖氏族领斗椒公然拒绝了议和，与楚庄王刀兵相见。虽然，楚庄王最终平定了这场大叛乱，并将若敖氏除保留一支为象征外全部分散灭之，然造成国家巨大灾难的根源却丝毫没有改变。若敖氏覆灭之后，楚国直到春秋末期，历九代国王十七任令尹，其中十二任令尹是王族公子，两任是蔿氏部族（孙叔敖、孙叔敖子），一任是若敖氏余脉（子旗），一任是屈氏部族（屈建），一任是沈氏部族（叶公子高）。

楚国由大世族执政转变为公子（王族）执政，虽然减缓了大族争夺权力的残酷程度，但却没有改变世族政治的根基。楚国在春秋时期多次发生老世族兵变，楚庄王的若敖氏之乱、楚灵王的三公子之乱、楚平王的白公胜之乱等等，每次都直接危及到楚王与王族，足见世族分治对楚国的严重伤害。

进入战国之世，中原各大国的变法强国浪潮此起彼伏，几乎都曾经有过至少一次的成功变法。魏文侯李悝变法、齐威王变法、韩昭侯申不害变法、秦孝公商鞅变法、赵武灵王变法、燕昭王乐毅变法。第一次变法之后继续多次小变法，在中原大国也多有酝酿或发生，秦国最典型而已。唯独楚国，只有过一次短暂的半途变法，其后的变法思潮只要一有迹象（如屈原的变法酝酿），则立即被合力扼杀。也就是说，楚国始终没有过一次需要相对持续一个时期（一代或半代君主）的成功变法。因此，楚国的分治状况一直没有根本性变化。

楚国的半次变法，是吴起变法。

这次变法，从吴起入楚到吴起被杀，总共只有短短三年（一说十年）。楚悼王十八年（公元前 384 年）吴起入楚，楚悼王二十一年（公元前 381 年）病逝，吴起于葬礼中被杀，楚国变法宣告终结。以实际情形说，除去初期谋划与后期动乱，即或计入年头年尾之类的虚算，其实际的变法实施至多一年余，真正地浮光掠影。就史料分析时间构成：吴起入楚第一年做宛守（宛郡郡守还是宛城守将，不能确定），第二年做令尹，第三年惨死。如此，所谓吴起变法，则实际上只能发生在第二年及第三年几个月里。再就史料分析吴起实际活动：其一，任宛守期间可能打过一仗（吞并陈蔡）；其二，任令尹之初谋划变法，提出了一套变法方案；其三，为楚国打了三次大胜仗（救赵伐魏、吞并陈蔡、南并蛮越）。除此之外，未见重大活动，事实上也不可能再有重大活动。如此，一个简单的逻辑问题便是：一个三年打了三大仗、还做了一年地方官的人，能有多少时间变法？因此，完全可以判定：吴起的变法方案根本没有来得及全面实施，便被对变法极其警觉的老世族合力谋杀了。

吴起的变法方案究竟有些什么，值得老世族们如此畏惧？

史料并未呈现吴起如商鞅变法那样的变法谋划，而只是分散记载了一些变法作为，大体归类如下。其一，均爵平禄。其时，楚国世族除封邑之外尚把持高爵厚禄，平民子弟虽有战功也不能得到爵位，非世族将军即或大功也不能高爵厚禄。所以，均爵平禄是实际激发将士战心的有力制度。应该说，这是后来商鞅变法的军功爵制的先河。其二，废公族无能之官，养战斗之士。其三，封土殖民：将世族人口迁徙到荒僻地区开发拓荒，"以楚国之不足（民众），益楚国之有余（土地）。"《史记·蔡泽列传》云："……吴起为楚悼王立法，卑减大臣之威重，罢无能，废无用，损不急之官，塞私门之请，一楚国之俗，禁游客之民，精耕战之士，禁朋党以利百姓，定楚国之政，兵震天下，威服诸侯。功已成矣，而卒枝解。"所列种种，除了战事，事实上还都只是尚未实施的方案。即或如此，楚国的老世族们已经深刻警觉了，立即行动了。

吴起变法的夭亡，意味着根深蒂固的贵族分治具有极其强大的惰性。

楚悼王之后的战国时代，古老而强大的若敖氏式的自治老世族，已经从楚国渐渐淡出。代之而起的，是有王族分支名义的昭、屈、景、庄、黄、项等非完全自治的老世族。客观地说，后者的自治权力比前者已经小了许多，譬如私家武装大大缩小，封邑也要向国府缴纳一定的赋税，对领政权力也不再有长期的一族垄断等等。但是，在战国时代，这依旧是最为保守的国家体制。相对于实力大争所要求的国家高度聚合能力，楚国依然是最弱的。

楚国之所以能在最后岁月稍有聚合，其根本原因在两处：一则是幅员辽阔人口众多，二则是实力尚在的老世族在绝境之下不得不合力抗秦。统率楚军的项氏父子，本身便是老世族，则是最好的说明。然则，一战大胜，老世族相互掣肘的恶习复发，聚合出现了巨大的裂缝，灭亡遂不可避免。

包举江淮岭南而成最大之国，虽世族分领松散组合，毕竟成就楚国也。

疲软乏力而始终不振，世族分领之痼疾也。

摇摇欲坠而能最后一搏，世族绝境之聚合也。

战胜而不能持久聚合，世族分治之无可救药也。

兴也分治，亡之分治，不亦悲哉！

第十章 偏安亡齐

一 南海不定 焉有一统华夏哉

王翦战报飞抵咸阳之时，王城谯楼刚刚打响三更。

看罢战报，嬴政与尚在值夜的李斯蒙毅会商片刻，当即决断：留下蒙毅会同丞相王绾处置王书房政务，秦王与李斯赶赴郢寿。鸡鸣时分，王车马队已飞出咸阳兼程东去了。嬴政之所以紧急赶赴郢寿，是因为王翦在战报之外尚有一卷上书：请对吴越岭南之百越部族连续进兵，一举平定南中国。依此方略，则牵涉诸多方面须得一体谋划。秦王固可在咸阳召几位重臣就王翦上书议决回复，然终不若与王翦当面会商更扎实。另一层原因则是，灭楚之战的完胜，证明了王翦当初的大局洞察之深彻，接踵而来的诸多军政大计，嬴政都想听听王翦的评判。加之王翦年事已高，夫人故去，此前似乎已有暗疾迹象，能否经得起再下岭南的劳碌亦未可知。凡此等等，都使嬴政立下决断，无论咸阳有多少政事亟待解决，都得赶赴淮南立定根本。

从关中直出函谷关，经河外进入鸿沟堤岸大道，再下淮北淮南，一路平坦异常。赵高驾驭着王车第一次在如此宽阔的平野大道上长途飞驰，分外振作，将高超的驾车技艺挥洒得淋漓尽致。一辆庞大的六马青铜高车平稳得如同水上行舟，细碎的车铃声在风中连绵不断如编钟齐奏，整齐划一的二十四只马蹄时疾时徐如同鼓点拍打，身后三千铁骑隆隆如春雷滚动，直是一曲别有况味的铁马铜车行进乐章。出得安陵，赵高一回首正想问秦王要否歇息打尖，却见前座秦王已经鼾声如雷，后座李斯直向他摇手。赵高恍然，手中集束马缰稍一收拢，王车立即变为平稳常速。

“嘭！”鼾声立止，秦王嬴政脚下一跺。

“嗨！兼程疾进！”赵高立即明白，减速反倒惊醒了秦王。

虽有鼾声如雷，嬴政心头却始终萦绕着种种有待决断而尚未清晰的线头。天下即将一统，亟待定夺的大事太多太多了。在接到王翦灭楚战报的瞬息之间，嬴政倏忽感到了呼啸而来的“天下”已泰山压顶般降临了。那一刻，一个念头骤然闪现出来：嬴政，你扛得起这座“天下”泰山么？巍巍然矗立近两百年的六座大山，已经轰轰然倒下了五座。打天下固难，然嬴政却强毅奋发一往直前，从来没有过恍惚困惑，只有今日，当楚国这座最广袤的南国之山轰然倒塌时，他却没有那种巨大的战胜喜悦，反倒是心头掠过了一片茫然……秦国的朝局该再度整饬了，这是始终飘荡在嬴政心田的一端思绪。应该立起栋梁了，否则，他这个秦王当真可能被这座“天下”泰山压倒，被这座“天下”泰山吞没。军力该如何重新部署？最后的齐国，重新泛滥的匈奴之患，死而不僵的燕代残部能否一体结束？果真能够一体结束，六国贵族该如何处置？没有了六国王室的天下该如何摆布？老秦国的法令要不要改变？等等等等头绪太多了，且每一个头绪都粗大得足以经天纬地，嬴政也嬴政，你的才具足以胜任么……

“禀报君上，已经过了淮水。”

“好！停车歇息片刻，稍事收拾再见上将军。”

赵高这次没有再看李斯手势，一过连通郢寿官道的淮水大石桥便刹住了王车，径自回首对秦王高声禀报了一句。整整一天都时醒时睡的嬴政蓦然一顿，双手搓了搓脸庞睁开了眼睛，看了看已经举起火把的马队，又看了看也是刚刚从朦胧中醒来的李斯，这才吩咐了行止，扶着车轼便要下车。李斯捶着腿道：“君上小心，我腿都木了。”正在此时，赵高已经一个纵身到了车下，将嬴政背了下车。饶是如此，嬴政脚一落地已颓然软倒在了地上，不禁一边大笑一边连指李斯。赵高说声明白，立即过去也将李斯背下了王车。李斯虽没有倒地，也是一瘸一拐地踉跄了几步才活泛过来。

火把之下，护卫骑士们一边大嚼着锅盔夹干肉，一边喂马刷马收拾马具。嬴政与李斯则走到赵高看好的水边稍事梳洗，而后一边走动着活动手脚，一边举着酒袋啜饮着马奶子酒，一边说道起事来。嬴政说，老将军再下岭南，只怕撑持不住。李斯说，老将军是该歇息颐养了，可平定百越事大，既得缜密梳理，又得威权资望，一时无人可代老将军。嬴政兀自喃喃道，得有个办法，得有个办法，老将军不能有任何闪失，不能有任何闪失。李斯说，君上莫担心，此事终得看老将军气象如何，还是见了老将军再说。嬴政点了点头，望着遍野火把不再说话了。

半个时辰的歇息之后，王车马队整肃起行。大约四更时分，王车马队开到了郢寿北门外十里之遥。嬴政突然一跺车底下令："停车！城外就地扎营。"赵高一心只想秦王进城好安卧歇息，闻令不禁愣怔了。李斯道："深夜入城，君上怕搅扰老将军。去传令了。"赵高这才恍然，连忙跳下车高声传令去了。不料，马队刚刚开始扎营，便有一队骑士从郢寿方向飞来查问。李斯快步上前一看，原来是已经从咸阳返回军中的将军赵佗率兵夜巡，简短问答后连忙将赵佗领到了王车前。嬴政很是高兴，立即便问大军驻扎并王翦饮食起居诸般状况。赵佗禀报说："占据郢寿三日后，上将军幕府便移到了城外大军营地，城内只留了五千步军；老将军从来严守军旅法度，初更上榻五更操演，卯时准定进入幕府处置军务，从来未见异常。"嬴政皱着眉头道："李信不是中军司马么，五更操演此等事还要老将军亲临？"赵佗禀报说："依照军法，寅时操演只练阵法分合，幕府要做的只是号角起令，而后中军司马巡视各营，原本无须统帅过问。然上将军与蒙武老将军却从来都是日日早起，亲自下场与将士一起奔跑操演。李信曾多次劝阻，上将军依然如故。"嬴政听罢好一阵不说话。赵佗一拱手请求告辞，要立即赶回幕府禀报上将军出迎秦王。嬴政一摆手道："将军莫走，一起等候。"赵佗大是困惑，却也没敢再问。李斯笑道："君上不忍此时惊醒老将军，要等到天亮，将军便等了。"

"禀报君上：行营立好！敢请君上歇息。"赵高快步过来禀报。

“本王要候在这里，看着太阳出山。”

“君上……”

“小高子，教将士们打个盹，寅时末刻起行。”

“嗨！”赵高情知不能争辩，转身大步去了。

“来，将军且坐，说说军旅，想哪说哪。”

赵高铺好了一张大草席，又捧来了一坛黄米酒。嬴政与李斯赵佗席地而坐，对着天边一钩残月，听赵佗海阔天空地说起了南下大军的诸般战事。末了，赵佗说上将军正在部署对百越之战，只怕秦军要变一番模样了。嬴政与李斯都对百越大有兴致，赵佗遂说起了百越诸部。赵佗说，越国被灭之后的近百年里，越国王族大支主要分布在两地：最北边的越人聚居区是故越国的瓯水[1]、灵水地带，人呼瓯越，也叫做东瓯，首领瓯越王叫做摇，自称越王勾践后裔；再南的越人聚居处，是闽水[2]两岸与海边岛屿，人呼闽越，首领闽越王无诸，据传也是越王勾践之后裔；其余越人部族则星散于五岭之南，人呼南海百越，以番禺[3]越人势力较大，以讹传讹也叫做南海百粤、南海粤人。这些粤（越）人部族多以渔猎为生，操持农耕者有，但很少，其风习依旧是断发文身部族群居，轻捷剽悍聚合不定，大军应对难处多多。

“将军何以对越人如此熟悉？”李斯饶有兴致。

“末将先祖为会稽越人，经商北上定居赵国，再也没有回去。”

“如此，将军家族是长平大战后入秦？”

“长史明断。”

嬴政高兴道：“好！我军若能多有通晓百越之人，南进会顺畅许多。”赵佗说，还有几个都尉、裨将，也是南楚人或老越人，兵士中也有一些，人人都乐意为南进效力。说话间曙光渐显，嬴政下令起行。车马大队跟着赵佗的小马队，辚辚隆隆地开向了秦主力大军的营地。及至王翦蒙武闻报出迎，太阳刚刚挂上山巅。

---

[1] 瓯水，今浙江南部之瓯江。瓯越居地，大体在今浙南温州地带。

[2] 闽水，今福建之闽江。闽越居地，大体在今福建闽江与沿海岛屿、浙南山地、赣东北山地。

[3] 番禺，战国岭南地名，大体在今广东之广州地带。

“老臣料事不周，使王作旷野之顿，深为惭愧也！”

“老将军数十年驰驱战场，政一夜之野何足道也！”

王翦对秦王深深一躬。秦王对王翦也是深深一躬。这般君臣之礼闻所未闻，此刻却如流水一般自然真切。李斯与蒙武等一班大将肃立两厢，感慨唏嘘不止。尽管王翦步履稳健精神矍铄，但嬴政却分明看出，两年之间王翦是真正地老了。眉毛全白了，眼袋更大了，原本颀长劲健的身躯有些虚胖了，沟壑纵横的古铜色脸膛有了一片片斑痕；从来齐全的甲胄变成了柔韧轻薄的羊皮软甲，那一顶人人熟悉的铜矛帅盔换成了一顶轻得多的将军皮冠，脚下的牛皮铜钉战靴变成了不带铜钉的羊皮软靴。王翦一身唯一没变的，是那一领当年由嬴政亲自下令王室尚坊精工制作的沉甸甸的金丝黑锦斗篷。一眼打量过去，嬴政心头蓦然一阵酸热，眼圈不禁红了……

“摆开军宴！为我王接风洗尘！”

蒙武奋然一声喝令，君臣将佐们立即轻松起来，络绎走进了聚将厅外赶搭的军宴大帐。原来，王翦一接赵佗飞骑快报，立即与蒙武商定，召全军千夫长以上将官，以迎王军宴觐见秦王。中军司马李信领命，立即聚齐了幕府护卫士兵，在幕府大厅外赶搭了一座可容五七百人的连棚大帐。大帐的中央座案区设置在一排固定联结的战车上，略有兵士推动，便可巡游全帐。李信又下令幕府炊兵营，军宴酒菜一律改为楚三式：一鱼、一酒、一饭，使秦王一睹楚地风习。蒙武下令开宴之时，李信与军士们业已忙碌了一个时辰，除了远处军营的将尉们尚未全部聚齐，诸事已经大体就绪。

唯其军宴，一切实在简朴。除了中央战车前一片大将座案，其余将尉们都是十人一张草席围坐，透着初夏阳光的大帐下黑沉沉一片。秦王嬴政一走进大帐口，数百人刷的一声一齐站起，哄然齐呼秦王万岁，当真是雷鸣一般。蒙武下令就位，帐中哄然一声坐下，五七百人整齐得刀切一般。王翦亲自导引着秦王嬴政登上了中央战车落座，蒙武大步跨上战车一拱手高声道：“禀报秦王，军宴楚三式：鲈鱼烩、兰陵酒、白米干饭！要否改换秦军战饭？唯待王命！”

“这，本王倒得问问将士们。”嬴政瞥一眼大案上的鱼酒饭，高声笑问，“诸位说，若没有了锅盔酱肉咥，吃得下南国鱼米么？”

“吃得下。”一片呼应声显然没有力道。

“不好吃。”

“鱼有刺。”

“吃不快。”

“不顶饿。”

种种应答纷纭，嬴政不禁大笑起来：“老秦人敢说楚乡酒饭不好吃，好啊！老秦人有得挑选了！郑国渠未成之前，老秦人敢这样说么？不敢！那时，老秦人但能吃饱穿暖，已经是托天之福了。今日，秦人丰衣足食了，大出天下了，衣食风物有得比照了……倏忽数十年，天地翻覆也！”嬴政火辣辣的声音飘荡着，大帐中却是一片寂然，几乎所有将士的眼中都泛出了泪光。嬴政的笑意也不觉消散了，然话语却更平实清晰了，“话说回来。衣食男女，不同风习；四海山川，不同水土；天下万物，纷纭有别。此，天下之大道也！今我大军南征，淮南距中原已是千里之遥。远则远矣，唯其大道平坦，尚可有麦面牛羊间或输送，锅盔酱肉尚可隔三差五猛咥一顿。然若进兵南海万里驰驱，锅盔酱肉，便只能在梦里得见了……楚国不能归治南海百越，为甚来？没有大军南进！何以没有大军南进？说到底，楚军耐不得苦战！其中之一，肚皮太娇，南海生猛克化不了！”大帐哄然爆发出一阵大笑，淹没了嬴政的话音。

“好！君上决断，酒饭不变！”蒙武高声宣令了。

“赳赳老秦！共赴国难！”举帐雷鸣般吼出了这句秦人老誓。

“楚风秦风四海风！食天下者，大秦猛士也！”嬴政慷慨大笑。

“军宴就绪，秦王开宴——”

大帐中安静了下来。谁都明白，秦王方才的酒饭之辞是临机生发，虽实实在在地打在了将士们的心坎，然毕竟不是正题。无论是成例还是习俗，接下来的秦王的开宴说辞都是最要紧的，否则连千夫长也召来为甚？是故蒙武一宣布秦王开宴，大帐近千人立即肃然。

嬴政在大案前站定，环视着帐中高声道：“灭楚一战底定南天，将士们辛劳备至，功劳殊伟！灭楚完胜，老秦人一统天下之伟业将成，列国人民熄灭刀兵之期盼将成！政为秦王，以老秦人之名，以天下父老之名，谢我大秦三军将士！”

对着战车下黑压压的将尉们，嬴政深深一躬。

“一统天下！秦王万岁——”

雷鸣之声平息，嬴政双手捧起了精致的白陶大碗，高声道：“此次本王行程匆忙，未及携带老秦酒犒赏将士！然则，兰陵酒也是天下名酒，自今日始，同样也是秦酒！本王便以兰陵秦酒，与上将军，与将士们，同饮共贺！”举帐肃然之中，嬴政转身对着王翦深深一躬，“老将军率举国六十万大军南下，平定大国且全我雄师，居功至伟。此酒殷殷如老将军赤心，政敢以为先敬也。”王翦捧起了大陶碗慷慨道：“君上敬老臣，老臣亦当敬之。我王襟怀四海，运筹于庙堂之上，决胜于万里之遥，此大秦之幸也，天下之幸也！臣等将士为国家驰驱，分内所为也！”

王翦举起大碗汩汩饮干，碗底向嬴政一照，干净利落滴酒未落。嬴政大是欣慰，一个好字出口，举碗三几口吞干了一大碗兰陵酒，碗底一照也是滴酒不落。战车下的将尉们便是哄然一声喝彩。盖战国之世，酒为珍物，敬酒之风习本意，乃为敬者献出自家面前的酒呈给对方饮之，是以为敬也；并非后世之敬酒，大多为敬者先饮，实则将敬之本意讹转为罚，亦将酒之珍稀讹转为贱。然则，敬酒古风至今依然在中原地带保留，即敬酒者后饮，甚或不饮。此乃后话。嬴政观王翦饮酒所以大感欣慰者，老人之饮若能一气吞干，其底气犹存也，体魄犹健也。譬如赵国老将廉颇，郭开同党恶意诬其“一饭三遗矢（屎）”，赵王闻之而叹息廉颇老矣，缘故亦在此。

嬴政敬罢王翦，又对着蒙武与战车下座案区的大将们举起一碗道：“大军南征，诸将各司本部建功，本王敬各位将军！”大将们哄然饮干。嬴政高声道：“今日本王特许，诸位将士放量痛饮！”秦王万岁的呐喊声浪顿时爆发，掀得牛皮大帐鼓荡不止。嬴政转身对王翦李斯一拱手道，“长史陪同老将军但饮无妨，我与各席将尉们一干。”转身正要下车，蒙武在战车下道：“君上立定便是，老臣早有预备。”说罢向大将座案区后一挥手，李信立即带着一小队中军甲士过来，哗啷一声分开连接战车的铁索，护卫簇拥着王案战车走向了坐席甬道。如此缓缓行进，嬴政站在战车上逐一向每席将尉敬酒。将尉们大是奋发，欢呼声连绵不断。一碗一碗地痛饮，五十余席过去，嬴政已经面如红锦汗如雨下，却丝毫不见踉跄醉态。紧步车后的赵高看得心惊肉跳又热泪直流。及至嬴政的王案战车稳稳推回中心座案区，举帐雷鸣般一声呐喊："彩——"

正当此时，秦王嬴政一步跳下了战车，对着与甲士们共推战车的李信深深一躬。顷刻之间，举帐寂然了。只见嬴政举起了一碗兰陵酒道："将军虽有一败，然能知耻而后勇，沉心再造，以等量壮士逼杀项燕，真丈夫也！法度在前，本王无以擅自赏功，敢请受嬴政一酒之敬！"愣怔的李信骤感心头大热，踉跄欲倒却又死死站定，又骤然拜倒愤然道："国不弃我，我何弃国……"言犹未了，李信晕厥了过去。

这一场军宴，火辣辣痛饮到日薄西山。

嬴政睁开眼睛，已经是次日午后了。问赵高昨日情形，赵高说除了王翦、蒙武、李斯三人没醉，十有八九都醉了。王翦李斯送君上回行营，临走时王翦还对李斯说了一句，日后君上犒军，最好莫进军营。嬴政听得哈哈大笑，也是也是，要打仗岂不完了，没老将军在，我敢如此痛饮么？笑罢起身梳洗一番，顿时神清气爽，吩咐赵高去找长史来。片刻李斯来到，嬴政吩咐李斯一起去上将军幕府。李斯道："臣已与李信约好，午后带十名书吏进郢寿王城，搜罗法令典籍。君上先与上将军会商兵事，臣随后赶来可否？"嬴政道："各国法令典籍，不是都有专使送往咸阳么？"李斯道："臣已问过，楚国王城典籍库分散多处，尚正在搜集搬运之中。臣欲尽早看到楚国与百越部族立定的种种盟约，故想亲自动手，能在此次带回最好。""长史深谋远虑，无愧庙堂之才也！"嬴政不禁大为感慨，一挥手道，"你只管去，我在上将军幕府等你，一起晚汤！"李斯拱手一应，匆匆去了。

王翦正在打量着司马摆置好的百越地图，蒙武大步进来了。

蒙武说，上将军昨夜交他的平越方略他已经看了，全然赞同，只觉大将摆布似有不妥，上将军还须再行斟酌。王翦笑道："斟酌甚，你以为秦王能睡到明日去么？没准天黑之前你我就得奉召进行营会商，一起说。”正在此时，辕门外传来当值司马一声长呼：“秦王驾到——”蒙武还没笑出声，见王翦已经霍然起身，立即一跃而起跟着迎到了辕门。

君臣礼罢，各自笑谈着昨日醉酒情形，进了幕府正厅。嬴政看见将台上已经摆好了一排挂着地图的木架，便说：“长史有事后到，我等先议。”王翦立即下令当值司马：不许任何人进帐，正厅只留一名军令司马与一名录写掌书。而后，王翦又亲自关闭了幕府厅门，回身请秦王入座正案。嬴政坚执不从，说那是帅案，纵然君主也当不扰将令。王翦无奈，索性也坐到了帅案旁一张平日放置军务文书的偏案前，与秦王与蒙武的座案连成了一个紧凑的小圈子。如此君臣三人落座，一次绝密军事会商便告开始。

军令司马重新摆正了三幅木架地图，指点着图板对秦王嬴政先行禀报了百越三部的大体情形，而后又禀报了两位主帅拟定的南下进兵路线。这个进兵路线是：兵分三路，一路从江东吴地南下，进入会稽山地，平定瓯越诸部；一路从洞庭郡南下，进入闽水山地，平定闽越诸部；一路从湘水南下，攀越五岭[1]进入南海之地，平定番禺的百粤诸部。

“何谓五岭？”嬴政插问了一句。

“禀报君上，”司马指点着地图高声道，“人谓五岭，是横亘于南中国腰部的一片连绵大山。这片大山起自湘水之南，自西北走向东南海边，依次为：台岭、骑田岭、都庞岭、萌诸岭、越岭。”

“如此岂不是说，只要扼守这道五岭山地，便可卡断南北中国？”

“大体如此。”王翦点头应了一句。

“只是，大将摆布尚未有断。”蒙武似乎有些急迫。

“是老将军自己不赞同罢了。”王翦悠然一笑。

“噢？两位老将军歧见？”嬴政有些惊讶。

---

[1] 五岭名称，史料记载不一。《广州记》云：“大庾、始安、临贺、揭阳、桂阳。”《舆地志》云：“一曰台岭，亦名塞上，今名大庾。二曰骑田，三曰都庞，四曰萌诸，五曰越岭。”《南康记》云：“秦略定杨越，谪戍五万，南守五岭。第一塞上岭，即南康大庾岭是。第二骑田岭，今桂阳郡腊岭是。第三都庞岭，今江华郡永明岭是。第四甿渚岭，亦江华郡白芒岭是。第五越城岭，零陵郡南临岭是也。”其余尚有《汉书》《水经注》等不同说法。今从《舆地志》说。

“上将军执意自率大军攀越五岭，老臣不敢苟同！其因有三……”

“三也好五也好，左右是自家要去罢了！”王翦罕见地大笑了一阵。

“岂有此理！老夫不能去么？主帅得坐镇！”

“凭甚非老夫坐镇？你坐镇不行么？大仗没得打……”

“断无此理！主将上阵，副将坐镇，天下可有此等事？”

“好好好，君上决断便了。”

“君上决断，更是上将军坐镇！老枭出营，还叫博戏么？”

蒙武一句博戏比照，嬴政笑得不亦乐乎了。盖博戏为战国流行之智力游戏，几类后世军棋，其中的“枭”为统帅，居宫不出，一方逼杀对方之“枭”即为胜利。是故，这一博戏也叫做杀枭。因宫廷市井酒肆等皆以“杀枭”为赛马之外的最大赌，故列博戏之中。蒙武一时情急脱口而出，自觉精当无比，不禁得意地大笑了起来。蒙武目下是军中最老资格，虽与王翦年岁相仿，然却因军旅世家之故而少年从军，其军旅阅历只怕比王翦还早了些许。加之蒙武秉性宽厚与人争论无分老少，故遇素来不苟言笑的王翦而能赳赳相争。王翦也是唯遇蒙武此等老夫之论，方能偶显轻松。如是两人争得面红耳赤，倍显白头兄弟之谐趣。嬴政一时童心大起，只咯咯咯笑得前仰后合，全然没有了评判心思。

“打住打住，还是君上决断。”终是王翦颇显大度地挥了挥手。

“是也！老夫听君上决断！”蒙武硬邦邦跟上，依然没有松缓迹象。

“老夫之见，还是晚汤后再议。”王翦忍着笑意拍了拍案。

“好好好，最好……”

嬴政依旧笑得泪水直流，靠住了军令司马特意安置的坐靠喘息了一阵，又用汗巾拭了几次脸，这才止住了笑意。王翦蒙武都是对这个秦王知之甚深的老人，见早早已经远离了欢笑的嬴政一时显出少年心性而笑不可遏，自是倍感欣慰。晚汤上案时，王翦特意吩咐军令司马从辕门外的王车唤来了赵高，又亲自在帐口叮嘱赵高侍奉好秦王，其殷殷之心如同一个老人照拂不知寒热的儿孙，连从不与大臣将军多礼的赵高也对王翦深深一躬，两眼泪光地走进了幕府。正在此时，李信差人来报，说在郢寿王城典籍库已经找到了楚越文卷一大间，长史正在一一清理，不能赶来晚汤了。嬴政二话不说，立即派赵高驾着王车给李斯送去了酒饭，还特意叮嘱赵高不许回来，一直等李斯完事再接回来。

晚汤之后，君臣三人重新会商。

嬴政之意，两位老将军如何统兵之事过后再说，先定三路实战主将。王翦蒙武立即赞同。王翦禀报说，南下三将已有初定之选：以任嚣为平定瓯越主将，以屠雎为平定闽越主将，以赵佗为平定南海主将。此三人祖籍皆为老越人，入秦均在两代之上，对越人风习依然通晓，可获事半功倍之效。嬴政问三人将才。王翦说，此三人才具勇略虽不及王杨辛李四大将，然却有一共同长处，处事稳健且有政务之能。南下平定百越，大多为分军独战，战事不大却连绵不断，须得下一城邑安一城邑，同时须得兼顾各部族城邑间利害冲突，故政才极其要紧。嬴政听罢，欣然拍案了。

第二件大事，总兵力分派。王翦之见，南下兵力以步军为主，占八成；铁骑变为轻骑，占两成；总兵力只需三十万，每路大体十万上下。其余三十万大军班师中原，底定大局。嬴政听得心头怦怦直跳，竭力按捺着兴奋，只追问南下三十万大军能否胜任？王翦蒙武先后申述一番，都说以秦军战力三十万绰绰有余，若非山高水远，若是平野地带，只怕根本无须三十万。嬴政这才奋然拍案，三十万大军回归中原，天下定矣！

第三件大事，后援保障。自秦昭王之后，秦人多远征大战，上下深知后援畅通之重要。此次万里迢迢远离中原深入丛林之地，其后援通道无疑是闻所未闻的艰难。而楚国所以不能有效归化治理百越，其根本原因与其说兵力不济，毋宁说后援不济。军谚云：千里不运粮。盖长途千里输送粮草，其输送人马足以耗去自身所运之大部粮草，成本之大，任何邦国无以承担。是故，秦军再度南下，其后援根基必然只能设在故楚江南之地，力所能及地越靠南越好。如此一来，建立仓储营地，建立兵器衣甲作坊，征发相应车马民力等等，实在都是前所未有的巨大运筹。其中还牵涉一个看似不大却又极为要害的难题，就是秦军将士十有八九都是北方人，惯食麦面豆谷与牛羊猪肉。若以江南为后援根基就近征发，则只能以输送鱼米为主。若从河外安陵后援大营将北人食物运至江南大营，而后再越五岭下南海，则消耗将十数倍增长，根本无以承受。然若不如此，秦军将士能否适应，则又很难说。秦王嬴政在将尉军宴上开篇便大说了一番秦军饮食口味，虽是临机而发，实则也是久在心头的大事。大将们连同王翦蒙武在内，都深为秦王的这通激励之辞所振奋，原因也在于此。如此等等纠葛，后援之事便非同寻常地凸现出来。

嬴政听完两位老将军的种种申述，良久默然。

正在此时，李斯一头汗水风尘仆仆地回来了。李斯一边接过赵高递来的汗巾擦拭着汗水，一边大体说了百越文档搜集情形，说他回到咸阳后便可尽快拟出一则既合越人习俗又简单易行的治越法令，君上允准后可以正式王命颁发，南下大军好据以行事。王翦蒙武大为高兴，一口声连连赞叹，说只要这则法令颁行，平定百越便有了八成胜算。嬴政顿感轻松，说了方才所议，问李斯对后援之事有何见教？李斯皱着眉头打量着地图，一时没了话说。

“水路！可否水路设法？”李斯突然回头。

“有水路还说甚？”蒙武走过来指点着地图高声道，“上将军心思缜密，早派水工带着斥候踏勘了水路。这五岭之北，水皆入江；五岭之南，水皆入粤；两大水网各走各路，平行入海，你却如何从湘水进得粤水[1]？”

“这倒也是。”李斯兀自喃喃。

“不。”思忖的嬴政突然目光炯炯道，“这个想头没错！若能开一水路，省却多少牛马人力？此等事，寻常水工不行。郑国！要郑国说话！”

“对也！郑国！”王翦李斯蒙武异口同声。

“小高子！”嬴政一挥手道，“立驾王车回咸阳，接郑国大人来此！”

“君上限时几何？”赵高拱手高声请命。

“两日后回来。”

“嗨！”赵高大步转身走了。

---

[1]　粤水，即后世之珠江，古称粤江。

于是，君臣四人又会商了安定楚国的相关急务，方才散了。

第三日暮色时分，六马王车风驰电掣般归来了。

郑国自做了大田令，执掌秦国整个农事。因在泾水河渠几年中落下了一身疾病，故得秦王特令，与尉缭子一样只虚掌公事，不必日日赶赴官署。近十年下来，郑国的体魄倒渐渐缓了过来，虽已满头霜雪，精神却是矍铄健旺。一见久违了的秦王君臣，郑国的奋发之情油然生出，晚汤后根本无意歇息，立即就在幕府大厅说起了正事。

“老夫高年，虽有心力，不足跋涉山水了！”

“只要老令指点决断，不须跋山涉水。”嬴政接了一句。

“老臣给君上带来一人，足堪水事大任。”

“噢？何人？”

“史禄。”

“是老令弟子么？”嬴政很是惊喜。

“不。史禄史禄，一个御史。”

“噢——御史！”君臣几人一齐恍然又一齐惊讶了。

“没有本名？”蒙武突然插问。

“史禄史禄，官名叫了多年，老夫忘了他本名。”

“臣知此人。”李斯一拱手道，“本名午禄，洞庭郡人氏，南墨士子。”

“着！”郑国慨然拍案，“天下皆知，墨家治学，百工皆通。老臣与长史当年领工泾水，君上下令各郡县工师全数调来做工长，这史禄，便是其中一个！其时，他在陈仓县做田啬夫。因他与老臣几个弟子多言水事，成了老臣属下的得力水工之一。河渠完结，老臣见他文墨出众，又稳健干练，举荐给了丞相。后来，做了一个御史……”

“此人从南墨入秦？”嬴政突然插问。

“对也。在陈仓任小吏两年。”

“既是墨家子弟，何能一直吏身？”

“墨家务实，不足为奇。老夫只说，此人知岭南之水！”

“何以见得？”李斯笑问一句。

“老夫说知便知！有甚何以见得！”

郑国与李斯交谊笃厚言无深浅，一句武断指斥，厅中不禁一阵大笑。笑声落点，嬴政问道："贤士目下何在？"郑国对站在厅口的赵高一扬手，赵高立即快步出厅，片刻间领进了一个人来。君臣几人一打量，不禁相视一笑。为何？此人活生生一个当年的郑国：黝黑干瘦，阔嘴大眼颧骨高耸，草鞋斗笠粗短布衣，手中一支探水铁尺点地如同竹杖。山野间若见此人，任谁也不会想到他是一个王室御史。

"足下从咸阳来？"李斯谨慎地问了一句。

"不。我在江南探水，得老令急约，会于淮南。"

"足下在咸阳没有公事？"

"大人不知。我这御史不同：丞相王绾大人当年派定我一个特异差事，巡监河渠事。后来，秦军每下一国，我随之踏勘一国水事，向丞相府禀报列国河渠情势。"

"那，上次灭魏水战……"蒙武突然一问。

"灭魏水战，恢复鸿沟，都是我跟着老令。"

"嘿嘿，此番信了？莫再敲边鼓了。"郑国颇为得意地对李斯蒙武笑了。

"老令举荐足下担岭南水事，可有成算？"王翦直入正题。

"十之八九。"

"这是地图，足下且大体说来。"

史禄大步走上将台，探水铁尺指点着地图道："君上、诸位大人且看，此乃湘水，此乃离水[1]。湘水北入江，离水南入粤。两大水系之通连，唯在此处。其理何在？盖五岭南北，唯此地两水最近，其余之地，诸水远不相谋。且看此地，两水之间一座大山隔断，其实际路程不到二三十里。通连之法，凿山开渠，引湘入离！但能渠宽丈余，深数尺，便可行千斛之舟……"

"好！"蒙武喜极拍案。

"军营水工说，这片山地南高北低，足下能使低水高流？"

---

[1] 离水，后世谓漓江，今广西漓江。

王翦此问极是扎实。史禄看了看郑国，欲言又止。郑国笃笃点着那支永远替代手杖的盈缩自如的探水铁尺，走到了地图前指点道："凿渠通连湘离两水，难点正在这一上一下。湘水南去过山，这是一上。翻过此山，地势又低，这是一下。一上之难，在水流攀高，否则无以成渠。一下之难，在节制流速，否则无以行舟。史禄若不能攻克如此两难，老夫岂能举荐王前？实在说，史禄之法堪称水中圣手！"郑国从不轻言，今日如此推崇一个后生，嬴政君臣不禁一齐惊讶了。

"老令褒奖，愧不敢当。"史禄连忙一躬。

"真才自真才，无妨。"郑国点着铁尺杖，"你只明说，如何决此两难？"

"君上，列位大人，"史禄一拱手道，"我午氏一族，原本楚国伍氏一支。皆因湘水洞庭水患频仍，我族自来在洞庭大泽与湘水两岸漂泊无定。期间，唯因水患频仍，我族久欲迁徙岭南。终未成者，皆因大山横亘在前，湘水行舟无以南进，徒步跋涉又恐多伤老幼。故此，禄自少时，已对湘南地势多有涉足。后入南墨求学，禄专修治水之学，曾随老师多次踏勘湘水。那时，禄之梦想，为洞庭民众，亦为我族人，拓一南进水道也！奈何楚国分治，国势衰微，此等水事无法提及，我方北上入秦……"

"史禄是说，他对通连两水久有谋划！"

满厅寂然，秦王君臣无不动容，郑国却昂昂一句插断了。郑国之意，一要使秦王君臣明白史禄这段话的本心，二要使史禄尽早切入正题。毕竟，所有的话都可以相机再说，而秦王与如此几位重臣聚会决断的时机却是短暂的。史禄机敏干练，略为停顿，铁尺指点地图，干净利落地转向了本题。

"上下之难，禄有两法决之。其一，决上水之法为：在渠口垒石，为铧嘴之象，头锐而身厚。石铧深入湘水三十里，逆分湘水为两。如此可激六十里水势，使其压入渠口，水积渐进，故能循岩而上。渠道开凿，绕山而上，以缓其坡势，如此水可上也！其二，决下水法为：渠道不走直，以山势多为盘旋，以减其流速，使舟行平稳，建瓴而下！然则，如此两法，便要加长渠道，两水间二十余里，渠道却要百里之长！”

“此法如何啊？”郑国笑吟吟顿着铁尺杖。

“循岩而上，建瓴而下，好！”蒙武率先拍案。

“老夫不通水事，听着也扎实可行。”王翦舒心地笑着。

“老令说成，准成！”李斯更直接。

“公有此策，天下之幸也！”嬴政离案起身，对着史禄深深一躬。

“史禄啊史禄，小子好命也！”骤然之间，郑国老泪纵横了。

“君上，老令……”史禄哽咽了。

“老令何须心酸也，”李斯呵呵笑道，“天下大水多多，来生再治不晚。”

话未落点，厅中一片大笑。嬴政道：“我意，效当年郑国渠之法，以史禄为湘离河渠令，以姚贾辅之，军民皆统于上将军幕府。”王翦思忖道：“此渠关乎重大，不若以一部大军先期凿渠，渠成后再进兵岭南。君上以为如何？”嬴政点头道：“也是。楚地新平，民力征发定然缓慢……史禄，此渠须得人力几多？”史禄道：“若是精壮士卒，十万足矣！”蒙武高声道：“如此正好！瓯越、闽越可先行南下，岭南渠成再南下，甚不耽搁。”

“好！立即筹划，尽早成渠！”嬴政当即拍案。

于是，这件最大的南进后援工程风云雷电一般决断了，上马了。

这便是那时的秦风，勠力同心惕厉奋发当断则断当行则行，没有拖泥带水，没有猜忌掣肘，数不清的大型工程在此后短短十余年间轰轰然接踵推开，遍及中国南北，其雷霆万里之势闻所未闻超迈古今。雷电远去，历史已经成为可比的废墟，人们才惊愕地发现：那时的任何一件大型工程，都足以使帝国之后的任何朝代视为盛世丰碑，西汉之后清末之前所有的标志性工程相加，也不如帝国十余年创建之多！这，当真是中国历史上最为不可思议的一个时代。仅以水利工程论，郑国渠、都江堰、灵渠至今犹存；还有沟通陵水与浙江的通陵水道、沟通汨罗江相关水流的汨罗之流、咸阳至潼关的三百里兴成渠、甘肃灵州的一百五十里秦渠、疏浚沟通黄河与淮河的大鸿沟等等工程，皆已经在岁月沧桑中成为古老的遗迹。凡此等等，任何一件都是亘古不朽的绝世工程。譬如，这道沟通长江水系与珠江水系的绝世工程，唐以后谓之灵渠。其构思之妙，其效用之大，其法度之精，其开凿速度之快，其延续寿命之长，无不令后人瞠目。自《汉书》之后，历代典籍多有论及灵渠者，然终不如几个实际踏勘者的评判实在。范成大之《桂海虞衡录》历数灵渠开凿之法后赞叹云："治水之妙，无如灵渠者！"宋人周去非《岭外代答》云："（灵渠）其余威能罔水行舟，万世之下乃赖之。"乾隆时《兴安县志》云："历代以来，修治（灵渠）不一，类皆循其故道，因时而损益之，终不能独出新意，易其开辟之成规。"此乃后话也。

旬日之后，秦王嬴政北上了。

临行之前，嬴政单独召见了王翦，与这位亦师亦友的老臣整整密谈了一夜。嬴政对王翦坦率直陈了目下亟待决断的几件大事，一一征询了王翦的意见。事实上，战国之世的庙堂轴心是三驾马车：君王、丞相、上将军。王翦因为长期在外统军大战，对庙堂决策的亲身参与便大大减少。无论嬴政与王翦在大事上如何及时沟通，这位上将军总会有疏离中枢之感。王翦以任何朝臣所不能比拟的资望功勋而谨慎备至，很难说没有远离庙堂这一因素。若非李信战败，不得不重推王翦出山，嬴政的本意便是要王翦在灭燕之后重回庙堂。此次南来，嬴政原本也是要王翦重返庙堂的。楚国已灭，大战已罢，王翦的战场功业可谓到顶了，加之夫人过世，又生出老疾，王翦无论如何是不能再度南下了。从庙堂格局出发，则更是如此。在嬴政看来，王翦这个一生都在军营的老将军，其对政局的评判洞察不下于任何一个名士大家。唯其终生执兵，拥有深重资望，王翦回归庙堂更具镇国之威。

然则，嬴政又不得不割舍了将王翦拉回庙堂的谋划。

身临南国，嬴政更深地体察到了平定南海对整个一统天下的深远意义。灭魏之后，嬴政已经清楚地知道，华夏一统之大局已经底定，堪称无可阻挡；而一统之治能否持久，则威慑来自两重，既在内忧，又在外患。内忧而言，秦国一统大战开始之后，已经有过了贵族复辟的韩国之乱；一统完成之后，此等复辟之乱亦必将不少。甚或将更多。外患而言，则情势较前有所不同。在六国存在的岁月里，无论华夏战国的攻伐多么剧烈，然在对待外患这一点上，哪个战国都没手软过。燕国平定东胡，赵国反击林胡匈奴，秦国反击陇西戎狄北方匈奴，齐国平定东夷，楚国平定东夷南夷等等。而今，六国将不复存在，所有的外患都必须秦国以华夏共主之身一肩挑起。此等局面该如何应对？对嬴政而言，这是一个闻所未闻的大课题。

就史实说，截至战国末世，华夏已经分治五百余年。其间，所有的为政治国之学，都是霸主之道。以后人话语说，是霸主思维。也就是说，天下探索揣摩之目标，十有八九都是称霸天下的强国之道，而对于“一天下而治”的天子治道的探索揣摩，则已经是久违了。或者说，夏商周三代的“一治”已经被潮流破坏殆尽，而新的“一治”之道还没有出现在人们的构想里。所以，到嬴政之时，如何做天下共主。事实上已经成为一个颇为生疏的命题。就实而论，其时各大战国朝不保夕，除了秦国君主，大约谁也不会去做这般大梦了。最有资格思谋此道的秦王嬴政，不可能不想，但也不可能想得更深。更多的情形是，时势逼一步，则秦王嬴政想一步。若不是燕太子丹主谋的荆轲刺秦事件突然发作，很可能秦一天下就多了一种盟约称臣的形式；若非韩国世族的复辟之乱，很可能六国王族世族便不会大举迁入关中……

尽管是边走边想边筹划，然就全局洞察未雨绸缪而言，嬴政还是比任何一个大臣都走得更远。灭国大战开始时，嬴政坚执将能够独当一面的蒙恬摆在了九原，其后历经大战而蒙恬未动一次，便是嬴政这种天下思谋的基本决断——秦国既欲一统华夏，自当一肩挑起抵御天下外患之责！匈奴若乘灭国大战之机南下，秦国何颜立于天下？

议定史禄凿渠之后，嬴政说到衡山与云梦大泽走走看看。因为，对于生长北国的嬴政而言，何为南国之广袤，毕竟尚未有过一次亲身目睹。无论嬴政胸襟如何宽广，然在脚下，在眼中，曾经见到过的最广阔的气象就是阴山草原了。嬴政还记得，议论灭楚之时，尽管王翦反复申述了楚国广袤难下，然当时闪现在嬴政心头的，却是后来无法启齿的一个荒诞念头：“南国能有北国草原广袤？果真广袤，楚国老是北上做甚？”嬴政后来想明白了，自己这个念头，其实是少年踏入苍茫草原时在那些牧民悠长的歌声与豪迈的酒风中埋下的种子。今日亲临郢寿，南海虽无法领略了，然总须看看天下最大的湖海云梦泽。那一日，王车抵达了烟波浩渺的云梦泽畔，嬴政登上了云雾缥缈的高山之巅。嬴政举目遥望，水天苍茫无垠，青山隐现层叠，霞光万道波催浪涌正不知天地几重伸展……那一刻，嬴政被深深震撼了。

“此去南海，路程几多？”良久无言，嬴政遥指南天一问。

“老臣不知定数，大约总在万里之外。”王翦笑了。

“南海气象，较云梦泽如何？”

王翦默然了，蒙武默然了，李斯也默然了。

“南海纵然广袤，大约不过如此也。”蒙武嘟哝了一句。

“南海之疆，臣未尝涉足。然，臣以为云梦必不若南海。”李斯说话了。

“何以见得？”

“庄子作《逍遥游》，尝云：南海者，天成水域也；鲲鹏怒而飞南海也，水击三千里，抟扶摇而上者九万里。三千里，南海之一隅也。由是观之，南海之大，不可想见也。”

“长史说得好！老夫也记得庄子几句。”王翦高声赞叹一句，临风吟诵，苍迈激越如同老秦人的村唱，“天下之水，莫于大海，万川归之，不知何时止而不盈；尾闾泄之，不知何时已而不虚；计中国之在海内，不似稊米之在大仓乎！四海之在天地之间也，不似垒空之在大泽乎！”

“这老庄子！说来说去究竟谁大了？”蒙武高声嚷嚷。

“至大者，人心也！庄子神游八荒，足证此理。”嬴政发自肺腑地感喟了，“既往，嬴政唯知阴山草原之广袤，尝笑南国山水之狭隘。今日登临云梦之山，方知水乡更有汪洋无边也！我等当以庄子神游之胸襟待天下，不以目睹为大，而以心广为大！”

“心广为大！”王翦李斯蒙武异口同声。

“南海者，我华夏之南海也！南海不定，焉有一统华夏哉！”

“王有此言，华夏大幸！”王翦李斯蒙武又是异口同声一句。

便是那一刻，嬴政才在内心第一次将南定百越与北定阴山并列了起来。北方阴山是外患，南海百越是内忧，任何一方不稳，全局都要翻盘。也就是那时，嬴政看着白发苍苍的王翦，内心深深叹息了一声。

云梦泽归来，君臣临别共聚。蒙武提出了一件事：请秦王派一位大臣坐镇郢寿，使上将军能够回到咸阳养息，平定南海无大战，由他统率即可。王翦坚执反对自己回朝，但赞同派一大臣南来坐镇，理由是自己能从民治纷扰中摆脱出来而专一处置军事。王翦力荐李斯南来坐镇，说李斯既是楚人，又是政务大才。蒙武也是一力赞同，说但有李斯南来，后援大事断无阻碍。李斯无可无不可地笑着，只不说话。

其时，嬴政尚未与王翦深谈朝局诸事，沉吟着一直没有点头。然见两位老将军已经说开，默然片刻，嬴政明白说道："天下将一，大势已变。天下大局，该当从大处着眼铺排了。平定南海无大战，上将军也该当回咸阳养息。然则，南海百越分治于华夏文明之外已历时数百年，楚国始终未能有效划一。此间兵事、民事、部族事、方国事，纠葛太多太深。若无上将军威权资望与洞察谋略，本王诚恐再有李信之失也！"见蒙武肃然省悟不再说话，嬴政遂拍案道，"我意，上将军仍留郢寿坐镇，总揽军政，彻平南海了事！再调姚贾率一班精干官吏南来，主理郡县民治。余事，待灭齐之后再一体会商决断。如何？"王翦却道："老臣素无政才，不足总揽军政。姚贾政才过人，亦无须老臣凌驾其上。敢请君上，特许老臣统兵南进。只要战事平顺，政事姚贾足矣！"嬴政心知这位老将军只怕权力过大，遂哈哈大笑一阵道："老将军是将命！不当大权，不成事也！"蒙武立即高声道："老臣以为，君上决断甚明！上将军坐镇郢寿，堪称上上之策！领军打仗，老臣足矣！"见王翦瞪着蒙武又要发作，嬴政叩着书案恳切道："上将军自入军旅，数十年鞍马驰驱，未曾得享一日清闲，若再将兵岭南，我心何堪！若论才具，上将军襟怀宽阔谋略深远，正当回归庙堂用事。所以留上将军镇抚南国者，兹事体大也！嬴政素以上将军为我师我友……而今天宽地阔，嬴政深感力绌之时，上将军安忍独领一军而不揽南国全局乎！"

"君上此言，老臣汗颜也！"终于，王翦不再为自己辩驳了。

王翦留在郢寿，嬴政对这片居天下泰半的广袤疆域放心了。

二　一统棋局　最后一手务求平稳收煞

蒙恬、王贲两支马队几乎是脚跟脚地进了咸阳。

两人接到的特急王书一样的简单明白：“底定大局，务必于三日内归国朝会。”于是，蒙恬从九原，王贲从蓟城，都当即安置好军务飞骑上路。其时直道未通，蒙恬马队从九原东南经云中郡再下上郡，而后南进关中，绕行两千余里。王贲马队则从蓟城直下邯郸再下河内，沿河内大道向西进入函谷关再进关中，已在三千里之外。蒙恬路程短，却多经山塬林海河谷，道路险狭。王贲路途长，却是久经车马的战国大道。是故，两支同样剽悍灵动人各两马的轻装飞骑，都在起程第三日的暮色时分飞进了咸阳南门。李斯在南门内城墙下的城门署专程等候，给蒙恬王贲转述的王命一样的八个字：“歇息一夜，卯时朝会。”两人也一样地都问了君上从楚地归来后体魄如何，夜来能否晋见晤谈？李斯也一样地笑答：“君上早知两位有此一问，回话是，各睡各，无相扰。”两人俱各大笑一阵，连忙各自回府，处置自家亏欠的种种伦常人情去了。

次日清晨卯时，重臣朝会在东偏殿准时举行。

此时秦国的重臣朝会，不是寻常之时处置日常政务的囊括所有重要大臣的会议，而是会商安定天下之长策方略的战时朝会。故此，该当参与此等重臣朝会的几位大臣是：丞相王绾、上将军王翦、上将军蒙恬、国尉尉缭、长史李斯、上卿姚贾、上卿顿弱、长史丞蒙毅。除此之外，再加上每次朝会涉及的相关大臣将军，便是朝会的全部与会大臣。因为王翦、蒙恬、姚贾、顿弱多因战事邦交而经常不在国，所以事实上的经常成员只有王绾、尉缭、李斯，再加上后来的蒙毅。然则，这次朝会却是罕见的齐全，除了上将军王翦未能与会，几乎是全数到齐。相关大臣将军则增加了王贲、冯去疾、冯劫。

“诸位，各方情势皆有重大变化，故此，本王召紧急朝会议决。”

大臣将军们就座，嬴政开门见山地申明了事由，又道："各方变化情形，先由长史陈述，而后诸位斟酌如何铺排。"嬴政话音落点，李斯从座案站了起来，走到王台下的一幅张挂在高大木板的羊皮地图前指点着说了起来。李斯陈述的重大变化是六个方面：

其一，陇西将军阮翁仲飞书急报：匈奴一部大举西迁，联结西海[1]西羌诸部族，年来频繁劫掠陇西牧民，目下有联兵攻占陇西而后瓜分陇西之图谋；原本早已归化为半农半牧秦人的老戎狄部族，有几处生发躁动，有图谋叛乱迹象。阮翁仲请增兵三万，一举击退匈奴羌胡并平定陇西。

其二，数十年不举兵事的齐国，突然起兵三十余万进驻西界巨野泽。

其三，代王赵嘉再度联结已经逃亡辽东的燕王喜残部，与匈奴、东胡及林胡残部合纵联兵，欲图吞灭云中、九原两支秦军，彻底占据与燕北地带相连的阴山草原，图谋建立北赵、北燕两国。

其四，秦国主力大军两分，驻扎楚地的三十万铁骑已经在杨端和、辛胜两大将统率下开始班师北上，一月之内将回归河外的南阳大营。

其五，已经平定的五大战国，皆有种种骚动，各国世族大量逃入齐国。

其六，王翦蒙武统率的三十万大军已经开始了平越之战。瓯越、闽越两路兵马已经南进；南海一路已经开始了全力开凿湘离大渠，大体在半年一年后也将越过五岭南下；淮南后援大营已经开始筹划，河内河外几郡将征发数十万民力南下。

"看看，都热得流汗。蒙毅，上冰茶。"

时值六月酷暑，大殿虽有一道蒙恬创制的冰墙，依然不见清凉。大臣将军们一边不时用汗巾揠拭着额头汗水，一边专注地听着李斯的陈述，举殿一片肃静。李斯一说完，嬴政也抹了抹额头细汗，立即吩咐蒙毅上冰茶。这冰茶乃秦惠王首创，是将南山粗茶煮成茶水，装入若干大瓮储藏于王室冰窖，专一地在酷暑时节取出饮用。蒙毅对殿口赵高一招手，

[1] 西海，战国秦汉又名仙海，魏晋始称青海，今青海省青海湖。

片刻间一辆青铜柜车推进，取出一个个如同酒坛一般的陶罐摆上了一张张座案。大臣将军们一捧陶罐触手冰凉，当下精神一振，及至拔开陶罐木塞咕咚咚入口下肚，舒畅得人人情不自禁地拍案连呼快哉快哉！夏时之冰为古代极其珍稀之物，即或重臣权贵府邸，也难得有大型储冰地窖。寻常时期，只有大臣死在酷暑时节，难以在葬礼之期保持尸体不腐臭，王室才依据其爵位高低赏赐定量冰块围护尸身。也就是说，以冰成茶水而饮，是寻常绝难做到的奢侈，即或王室成员也不是人人都能做到酷暑饮冰的。唯其如此，此时一罐冰茶之昂贵远甚于一坛老酒，如何不教大臣将军们倍感振作大呼快哉。

"诸位，五国虽灭，天下仍在板荡之时也！"嬴政汩汩饮下了一罐冰茶，站了起来，走到了王台下，站到了羊皮地图前，"外部有变，我也有变。外部之变，匈奴觊觎，燕赵躁动，齐国备战，四方不宁。我方之变，一则兵力运筹超出预期，三十万铁骑顺当班师；二则南进诸事平顺，不会掣肘北方。当此之时，能否尽速平定陇西、燕赵，并同时攻灭齐国，一举底定天下？这，便是今日朝会之轴心。"

"以我方目下兵力计，臣以为可三面开战！"蒙恬第一个说话了。今日朝会以兵事为主，王翦又不在朝，同为上将军的蒙恬自然不能先听后说，"北上铁骑三十万，陇西兵马两万，蓟城兵马三万；九原云中两年来新成军五万，连同原部守军共十万余；内史郡尚有万余都城守军不计，我军可战兵力已在四十六万余。以臣谋划：陇西可派出铁骑三万，反击西羌匈奴；燕赵兵力可增至十五万，一举平定燕赵残部；九原云中，留守五万人马，配以大型连弩千具，足以防御阴山匈奴；所余二十余万，攻灭齐国当足以胜任！"

"诸位以为如何？"嬴政笑问一句。

"臣赞同！"几位大臣将军异口同声。

"王贲之见？"

"臣赞同上将军三面开战方略。"王贲站了起来，"然，臣对兵力铺排稍有不同处：平定燕赵残部，十万铁骑足矣！陇西兵力，当有增加。匈奴西羌合流，若不一战灭其威风，则后患无穷，该当重兵痛击！"

“如此补正，臣亦赞同！”蒙恬立即点头。

“王贲筹划燕赵追杀战已有年余，有成算了？”

“禀报君上！臣决以十万之师，一战平定燕赵残部！”

“好！将军猛士壮心，必能斩夙敌残根！”嬴政高声赞叹。

“老臣一言，君上姑妄听之。”

“老国尉有话，尽管说。”嬴政顿时肃然，回到了王案正襟危坐。

“老臣之意，三面开战，方略该有所不同。”尉缭子苍老的声音回荡着，“西部北部，非外患，即顽敌，故须霹雳痛击。齐国一面，则当大兵压境，徐徐缓图，若操持得当，齐国或可不战而下。此等方略，老臣定为八字：西北峻急，东齐缓压。”

“国尉方略，臣亦赞同！”李斯高声道，“齐国君弱臣荒，数十年不修兵备，如今五国已灭，齐国方有边地驻军之举，未必上下同心。若能以顿弱上卿入齐周旋，再加二十余万大兵压境，齐国很可能不战而降。”

“老国尉方略，尚有另外一利。”蒙恬欣然道，“我军二十余万压于齐国边境而暂不开战，既威慑齐国以待其生变，又可策应西北以防不测。若果真西北兵力不济，可随时发兵增援；若西北顺利早日完胜，则可合兵压齐，其时无论齐国战与不战，我都可一举底定大局！”

“将军悟性之高，老夫佩服也！”尉缭子不禁赞叹了一句。

“老臣无异议。”老丞相王绾表态了。

“臣等无异议！”举殿异口同声。

“好！诸位既无异议，本王归总铺排。”嬴政再次离座起身，走到了王台下的羊皮地图前，“大兵压齐，由上将军蒙恬总率二十三万大军，月后开兵东进；追杀燕赵残部，由将军王贲率十万兵马开战，务求斩草除根！陇西反击，由一员大将率八万铁骑，与翁仲将军合兵，务求一战痛击匈奴西羌，安定西部！云中九原之防御北部匈奴，由蒙恬一体处置。”

“陇西一路，何人统兵？”老尉缭突然问了一句。

“陇西主将，容我思谋几日。”嬴政似有所属又颇见踌躇。

“老臣直言，陇西将兵，莫如李信。”

尉缭声音不大，却使所有的大臣将军深感惊讶，偌大厅堂一片寂然。

须知秦国法度严明，李信败军之罪尚未论处，已经是大大的法外特例了，若再任一路统兵主将，任谁也不敢做如此想。当此之时，老尉缭竟能认定李信，实在突兀之极。然则，嬴政似乎并没有如何惊诧，反倒是淡淡一笑道：“老国尉，何以如此啊？”尉缭笃笃笃点着竹杖道：“李氏一族，根在陇西。李信为秦军四大主将时，陇西李氏引为荣耀。李信统兵灭楚，陇西李氏几乎举族男丁入军；李信战败，陇西李氏则深感蒙羞，尝思雪耻。今陇西遭匈奴西羌劫掠，李氏一族岂能不同心奋战？若得李信为将，岂非猛虎添翼！就事而论，李信为将，两大利：其一，能于人民散居之地立定轴心大聚人心；其二，能于羌匈飞骑之前，大展李信铁骑奔袭战之长……”

“老国尉如此说，不怕坏我秦法？”嬴政面无表情。

“起用李信，老臣不以为坏法。”尉缭扶着竹杖颤巍巍站了起来，“秦军新起，大将多为新锐。灭国之战，更是五百年未曾经历之存亡大战。我军摸索而战，付出代价事属必然，偶有闪失更是在所难免。法以强国，法以爱民，此商君之言也。若败战必杀将，则将能几人存哉！将之不存，国何以强？民何以安？夫天下有战以来，若武安君白起之终生不败者，是为战神，万中无一也。常战之将，胜多败少足矣！春秋之世，秦军东出大败，穆公不杀孟、西、白三将而最终称霸。今日秦国要一统天下，岂能无如此襟怀也！”

“老国尉此论，诸位以为如何？”嬴政叩着书案沉吟着。

“国尉之论，臣等赞同！”举殿异口同声。

“好！”嬴政一阵大笑，“陇西主将所以未定，本王也是犯难。陇西郡守说过几次，陇西将军阮翁仲勇猛绝伦，只是运筹稍差。若是小战，本王信得翁仲。然则，此次匈奴西羌联兵大进，陇西一旦有失，关中立见危机。故此，我也想到了李信……”嬴政没有再说下去，起身走下了王台，走到了尉缭面前，肃然地深深一躬，“老国尉公心至大，开嬴政茅塞，谨受教。”

“秦王有此海纳胸襟，天下定矣！”老尉缭顿着竹杖哽咽了。

“不说了。”嬴政转身下令，“蒙毅立刻拟定王书，调李信兼程还都！

噢，要对上将军备细申明朝会情形。”蒙毅答应一声，立即转身去了。

在各方官署都在紧张运转的时候，李斯病倒了。

在天下将一的前夜，秦国的所有官吏都倍感压力之巨大。与战事军事相关的官吏，人人忙得脚不沾地。兵力调遣、民力征发、新兵训练、粮草输送、兵器制造等等等等，数不清的大事急事都得风风火火紧急办理。所以，武事各署经常是空空如也，官吏们几乎很难在官署停留得片刻。与之相反，文官各署则是人如流水车如穿梭，经常的满员议事昼夜不息。比较而言，兵事虽忙，然对秦人秦官都是轻车熟路，成例多多经验多多，无非不亦乐乎地跑断腿说破嘴而已。政事不然，十有八九都是闻所未闻的新情势新事端，无法可依无章可循，却又必须得立下决断，此等忙碌便平添了几分焦虑一片乱象。自朝会结束，李斯一直在王城连续守了一个月没有归家，日日只睡得至多两个时辰，人变得精瘦，眼亮得精光。自西周以来，官署法度便是五日一归家，歇息一日复归官署。直到战国之世，此等传统也没有大的改变。末世的山东六国甚至比春秋时期更松，政事萧疏法度松弛，常常是小官吏蜗居在家不出，大臣则索性回了封地。只有秦国，自这位秦王嬴政亲政，铆足了劲地昼夜运转，无一处不热气蒸腾，无一处不紧张忙碌……三日前，李斯终于昏倒在了书案，太医说是中暑又中风，非静养服药不能恢复。若非这次晕厥，大约秦王也不会强令李斯归家养息。

盛年之期，养息者何，便是补觉。

午后时分，李斯正在庭院树下酣睡得呼噜声震天，却被摇醒了。长子李由虽尚未加冠，却老成持重得大人一般，低声凑近父亲耳边说，秦王来了。李斯一激灵坐起，忙问到了何处？李由低声说，已经在正厅等候了半个时辰。又说，不能教秦王再等了，他已看了三次日头。李斯顾不得再听儿子诉说自己的评判，大步走到盛满清水的石槽前洗了洗脸整了整发，再戴上了那顶居家常冠，大步匆匆地向前庭去了。

“斯兄，病情如何了？”嬴政笑着迎了过来。

“臣，参见君上。”李斯很有些惶恐，毕竟秦王太忙了。

“居家无定礼。来来来，斯兄坐了说话。”

“臣已大睡三日，好多也，没病！”

“两眼还是赤红……小高子，先拿一匣冰来！”

赵高捧来了一方玉匣。嬴政坚执亲自扶着李斯躺好在草席上，又亲自用两方白布裹好冰块，一方敷在了李斯双眼上，一方敷在了李斯额头上。李斯再没有说话，泪水却从白布下流满了脸颊。嬴政笑道，你只躺好消火，听我说话便是。及至两方冰块融化，李斯霍然坐起，嬴政已经将大要说完了。嬴政说，各方战事已经没有大磕绊了，目下最要紧的是要拿出一个盘整天下的大方略来。头疼医头，脚疼医脚，是不行了。同时，朝局也得有所更新，他在离开楚地之前征询了上将军，上将军也是一般想法。此等重任，只怕要有劳斯兄了。

“君上，臣立即与廷尉府会商……”

“不。不是会商，是领事。”

“君上，廷尉是高爵重臣，臣只是长史……”

“本王，今日拜定大秦廷尉。”嬴政当头深深一躬。

“君上——”李斯挺身长跪，复扑地重重一叩。

“斯兄呵，”嬴政扶住了李斯，坐在了对面，“你我相识近二十年了，自当年那次轻舟就教，嬴政便认定斯兄乃天下大才。此后每当关节，斯兄均是风骨卓然独有主见。《谏逐客书》、治郑国渠、襄助嬴政运筹庙堂而长策迭出，功不在上将军之下也！然则，斯兄庙堂用事，功高爵低却一无怨尤，嬴政一一在心焉！方今天下将定，文治立见吃重，正是斯兄大任之时也！秦为法治之国。在秦国，丞相、上将军之外，廷尉便是首座重臣。秦国要真正地一天下而治，是成是败，便在能否以法度立起华夏文明！……唯其如此，大秦立法，舍李斯其谁也！”

“君上壮心若此，李斯夫复何言！”

君臣两人草席促膝，侃侃而谈，不觉已是暮色时分。嬴政第一次在李斯家中用了晚汤，并破例地召见了李斯的长子李由，对这个弱冠少年很是褒奖了一番。晚汤后，君臣两人又商议了长史署与廷尉府的交接事宜。嬴政说，李斯走后教蒙毅接任长史，目下长史署以事务居多，不若原先以划策为主，蒙毅精悍干练正当其职。李斯倒是没有就人事与诸般交接说任何话，只是在秦王嬴政将走之时，肃然一躬道："臣有一言，愿君上听之。"嬴政也是肃然相向："斯兄但说无妨。"

"灭齐之战，一统棋局最后一手。不求其快，务求平稳收煞。"

良久无言，嬴政深深一躬："谨受教。"

初月挂上树梢，王车辚辚去了。李斯的最后提醒，嬴政一路想了许多。李斯能够在如此关键时刻提出如此警示，嬴政深感李斯把准了自己的秉性脉搏。嬴政不怕局势纷纭不怕艰难险阻不怕开拓新路，唯一所惧者，是自己内心时常泛起的莫名其妙的躁动。这种躁动，或可说是一种功业焦虑。也就是说，功业之心日日相催，但有不堪烦扰而骤然爆发，便有不可收拾的恶果。当年那道逐客令几乎断送秦国，便是自己骤然暴怒之下的乱政之行。前次错用李信，几致二十万大军覆灭，则是另一则轻躁之错。认真自省，逐客令失之忧心太重，错用李信则失之骄躁轻率，归根结底都是心气躁动所致。目下情势纷纭头绪繁多，正在底定大局的最紧要的十字道口，所要踏出的这一步是最最不能出错的一步，踏正则一统天下，踏错则难保不功亏一篑。当此之时，李斯提出务求平稳收煞，可说正当其时地向嬴政的燥热之心敷了一方冰布，其效用远远大于任何具体的方略对策。

这一点，只有嬴政自己最清楚。

三　匪鸡则鸣　苍蝇之声

商旅车队抵达临淄时，经多见广的顿弱惊讶了。

临淄城外的绿茫茫原野上，帐篷点点炊烟飘浮，恍若阴山草原搬到了东海之滨。一片片帐篷营地间的条条小道上，连绵不断地出现了一辆辆车一坨坨人，汇聚到天下闻名的临淄官道上，汪洋蠕动着涌向了遥遥在望的雄峻城郭。这条素来通畅无阻的宽阔的林荫大道，蓦然变成了人牛马的河流，人皆举步维艰，只有随波逐流。商旅车马则根本无法上道，只好纷纷在道下田野寻机穿插，或寻觅营地，或抢夺入城时机，于是乎烟尘漫天人声喧嚷，炎炎烈日下红霾笼罩天地。

虽然，顿弱已经清楚地知道这是五国贵族的大逃亡，然一朝亲眼目睹，仍不免心头怦怦乱跳。目下，秦国整顿新地尚且乏力，秦国派往各灭亡国的官吏尚难以有效整饬民治，秦军主力又分布在各个战场，少量镇抚守军对无数隘口关津根本无法控制。各灭亡之国的老世族们便趁此时机，大举逃向最后的齐国。这些老世族多有封地与支脉，封地民众也依着千百年传统追随其封主逃亡，动辄数百数千，大族人马更是数以万计，再加上粮草财货谋生家什，其声势之大可想而知。顿弱最熟悉燕齐两国，听过无数燕齐人士有关当年燕军破齐时齐国民众大逃亡的种种故事，然与今日情形相比，当年的齐民众大逃亡直是河伯之遇海神了。

“甚嚣，且尘上矣！”

站在城外一座山头遥望的顿弱，油然想起了这句春秋老话。

顿弱的车队马队一直在城外驻扎了三日，才得以在夜半时分获准入城。令顿弱惊讶的是，这等时刻齐国竟然还能冷静地盘剥搜刮逃亡者，甚或连商旅也一齐裹挟着盘剥搜刮。顿弱的这支秦商人马入城，被暗示着强收了一百金。齐国以“防间”为由，对所有请入城者均实施官吏勘问与财货搜查，统谓之勘查防间。这种勘查煞有介事地分为三步。其一，凡请入城而接受勘查者，每人须得先交十金为“请”。后世话语，便是申请金。其二，确定能否进入临淄的依据是财富多寡。财货总值在五千金以上者方可入临淄，否则一律派往指定郡县；为此，便要全部搜检财货，包括清点车马。其三，若获准入城，则入城者得将财货之半数缴纳于临淄官库。其四，凡获准入城者，一主人只能带十个依附人口，无论家人仆人都包括在内，若欲增加依附人口，则一口缴纳一百金。凡此等等折腾搜刮，进城速度便慢得不能再慢，能入临淄者一日至多百余人而已，且只能是拥有充裕财货的老世族嫡系。追随封主逃亡而来的附庸庶民与世族支脉，则只能在城外郊野露宿等候。

进城后，顿弱看到了齐国丞相后胜专门颁下的《临淄防间令》，不禁大感滑稽，很是大笑了一阵。后胜之令云：“齐自管仲富国，临淄向为天下康乐大都。非财货殷实，无以安居也；非勤勉之士，不得乐业也。

故，凡入齐国，得以财货之多寡为衡平。举凡财力不足以在临淄立足者，得一律迁入郡县拓荒。”

商社总事禀报说，齐国如此处置流民，业已使齐国大生乱象。庶民与世族支脉惶惶不安，纷纷要重回故地。已经入城的逃亡世族领主则唯恐失去根基，更是愤怒之极，终日哄哄然聚集到临淄王城前呼天抢地。齐王建与丞相后胜，则全然不予理睬，只派临淄守在外虚与周旋。逃亡世族忍无可忍，对齐国的愤怨越积越深，很可能在酝酿更大图谋。种种折冲往来反复，整个临淄整个齐国，已经乱哄哄热腾腾不亦乐乎没了章法。

顿弱进入临淄城，住进了秦国商社。

邦交人马以商旅之身进入他国，这在秦国历史上是第一次。自秦惠王东出以来，秦国邦交有四个分支：一是执掌使节往来的行人署，二是执掌边地归化部族与相邻部族方国的属邦署，三是执掌秘密刺探的黑冰台，四是以商旅名义驻扎各国都城的商社。商社之为邦交，只是由实际是官身的相关头领实施，并不妨碍商社的统合民间商旅之功能，实际是官民兼具。如此，邦交四分支便有“官三民一”之说。在秦王嬴政之前，这四支人马通常分作两个系列分领：行人署与属邦署，归属丞相府政务；黑冰台与各国商社，则分别归属该时期主掌纵横大计的重臣掌管，若张仪范雎等名相，则四者一统。自秦王嬴政筹划一统天下开始，任顿弱、姚贾为上卿专一执掌邦交，四分支则统由两人执掌。灭燕前后，顿弱执邦交之牛耳。后因顿弱在赵国被郭开折磨濒死，养息数年，姚贾便成了主领山东邦交的大臣。此次姚贾奉命坐镇楚国民治，顿弱又病愈复出，故邦交四分支又归属了顿弱执掌。

战国列强铁血大争，无所不用其极。此间，每个国家都将“用间”作为邦交周旋的一个重要方面。甚或可以说，战国之世的邦交活动与间谍战完全一体化。所以，战国邦交之实质，是一种间战邦交。所谓远交近攻，这个“交”字，其实际含义是间战邦交，其本质依然是战，是服务于战争的破交战。合纵连横之所以惊心动魄，之所以波谲云诡，其实质正在于间战邦交的全方位性。

至少，这种间战邦交的实际内容有四个方面：其一，使节以说服对方国君权臣为轴心的上层斡旋，此为“说客”邦交，是官方邦交的正面体现；其二，以重金、流言为主要手段，分化敌方阵营；其三，以名士大臣与技能异士进入一国，说动该国实施某种自我削弱的政策，此谓“间臣”也，典型如韩国派出赫赫水家大师郑国实施疲秦计；其四，以高明剑士为刺客实施秘密暗杀，剪除最危险最直接而又无法分化的敌对人物，典型如荆轲刺秦。凡此等等屡见不鲜，绝非秦国独有。虽然，我们已经无法确切地知道春秋战国时期各国专司“间战”的机构名称了，然从史料所载的事实足以看出，那时的“间战”之激烈，与所有方面一样，都达到了中国古典历史的最高峰。然则，战国间战与后世之阴谋政治决然不同。其根本之点在于：春秋战国之间战不对内政，而只对外交；而后世之阴谋政治，则将秘密力量使用于刺探监控臣下与政敌。也就是说，春秋战国之间战，只作为国家手段对外使用，而不是国家内部的干政力量；而后世王朝之阴谋政治恰恰相反，将秘密力量作为对内的政治手段使用。

《孙子兵法·用间篇》云：“非圣智莫能用间，非仁义莫能使间，非微妙不能得间之实。微哉！微哉！……能以上智为间者，必成大功。”可见，春秋战国之世，间战之利用，只在于战争与邦交两方面，目标极为纯正，因而被视为“圣智上智”者的高端战场，实在不带有后世的阴谋底色。以秦国而论，将秘密间战作为邦交方略，也是其来有自，并非自秦王嬴政开始。张仪以间战邦交分化六国合纵而成名于天下，范雎以间战邦交在长平大战使赵国换将而大获成功，堪称秦国间战邦交的经典战例。秦王嬴政时期，尉缭子与李斯先后明确提出，以间战邦交作为削弱分化六国之有效手段的总体性方略。尉缭子云：“……愿大王毋爱财物，赂其豪臣，以乱其谋，不过亡三十万金，则诸侯可尽！”李斯提出的间战方略则更有了具体步骤：“诸侯名士可下以财者，厚遗结之；不肯者，利剑刺之；离其君臣，良将随其后。”这里，李斯将间战邦交与兵争浑然一体，呈现出步步进逼摧毁敌国的三个环节：重金收买——利剑刺杀——大军随后。也就是说，以间战邦交弱化敌国，以精锐大军摧毁敌国，这是一个有机的整体战略。

此次顿弱人马以商旅之身进入临淄，是秦国间战邦交的又一谋划。

秦王嬴政与李斯顿弱会商，君臣三人一致认为，齐国君臣孱弱已久，若外施压而内分化，很可能促使齐国不战而降，避免最后一场大流血。目下列国老世族大举流入齐国，秦国若明派使节入齐，很容易激发列国老世族群起鼓荡齐王抗秦之风潮。而隐匿身份进入齐国，既不妨碍秘密周旋，亦有利于暗中探察流亡势力的真实图谋。若公开使节之身，反倒行动不便，尤其不利于秘密分化齐王建与丞相后胜一班君臣。末了，秦王嬴政还着意申明了此次方略："齐国徐徐图之，不求其快捷，务求其平顺。与其快而生乱，使天下世族再度流窜星散而后患无穷，莫如从容着手，内化外压逼降齐国，则非但齐国可下，天下贵族之患一举可定矣！"顿弱揶揄道："老臣明白，本次使命与其说是分化齐国，毋宁说是要探清天下老世族之图谋，对复辟之患未雨绸缪。无论如何，总归是鼠穴不见天日也！"一语落点，君臣三人都大笑了起来。

临行那日，秦王在十里郊亭特为顿弱饯行。三爵饮罢，顿弱辞行登车。嬴政殷殷执其手，几乎是一字一顿地说："目下之齐国，尽聚亡命之徒，群小沆瀣，阴谋横行，上卿务以安全为计！"顿弱慨然拱手道："秦王毋忧也！郭开天下第一阴毒，尚不能奈何老臣，流亡鼠辈何足道哉！"

暮色时分，一辆青铜高车驶进了与王城遥遥相对的林荫大道。

数十年前，这里还是名震天下的稷下学宫，如今却已经是灯火煌煌的贵商坊了。齐王建即位四十余年，稷下学宫早已经因为士子流失而清冷。后来，在丞相后胜的富国谋划下，这里被改成了聚集列国大商的贵商坊。齐王建原本要学秦国，要叫做尚商坊。后胜却说，"尚商"两字尊崇全部商贾，与旧学宫只接纳富商大贾有别，当做"贵商坊"。齐王建素无定见，哼哼哈哈着接纳了。在兵戈激荡的数十年里，唯独齐国远离战火，山东大商流水般进入了齐国，使临淄呈现出前所未有的富庶风华，贵商坊便成了齐国的流金淌财之地。近几年秦楚大交兵，楚国大商更是纷纷将根基转移到了齐国。一时间，楚国商旅的豪阔酒肆成了整个齐国最显赫的游乐聚会所在，也成了汇聚关下流亡世族的渊薮之地。

青铜高车辚辚驶来，停在了灯火最盛的楚天酒肆前。

车上走下了一个须发雪白而又备显沧桑的老人，袍服冠带无不华贵，却又隐隐遍布无法清洗干净的风尘遗迹；手中一支铜杖，杖头赫然显出空荡荡一个脱落了珠宝的镶嵌孔洞；车马精良，却又处处可见轮厢磨损与马具修补；甚至，那个驾车的驭手还穿着泥污未去的脏衣，头上还缠着一圈渗出血痕的白布。凡此等等，道口肃立的酒仆立即看出了来路：又是一个逃亡老贵胄到了。

“大人请随我来。”酒仆快步上前，扶住了老人下车。

“聚酒苑。”老人只淡淡两字。

“大人，聚酒苑尽为贵人聚会，酒价颇高……”酒仆小心翼翼地打住了。

“老夫财货尚在。”老人冰冷淡漠地一句，径自大步去了。

“大人见谅。”酒仆连忙快步赶上扶住了老人，“非常之期，诸多贵胄都成了一夜穷士，总事叮嘱不得不如此。大人，这边。”老人骤然火起，冷冰冰愤愤然地顿着铜杖高声嚷嚷起来：“这是天下大邦么？见利忘义！刮我财货！到头来只能自取其辱！”大厅内纷纭穿梭的客人的目光立即聚集了过来，几个客人立即呼应，一片斥责声风风火火地弥漫开来。一个显然是领班执事的风韵女子立即轻盈地飘了过来，一边亲自扶住了老人，一边笑吟吟道：“大人息怒，有金没金一样是贵客啦！来来来，小女侍奉大人进去，聚酒苑啦。”老人狠狠顿了顿铜杖，一副不屑再与人计较的神态，被女执事扶着走进了另一道豪阔的大门。

一进大门，煌煌铜灯之下无数半人高的隔间沉沉一片，哄嗡声浪弥漫一片，老人不禁大皱眉头。女执事边走边殷勤笑道：“大人，楚天酒肆原是一等一的清雅所在，目下已讲不得规矩法度了……聚酒苑原是稷下学宫的争鸣堂，分了三进，大去了。小女侍奉大人到一个幽静去处如何？”老人站定，冷冷甩开女执事道：“老夫与一个老友有约，执事自家忙去了。”女执事一副看惯愤懑流亡者的豁达模样，嫣然一笑，飘然去了。

老人在厚厚的红毡上漫步走着，打量着甬道两边醺醺痛饮的落魄流亡者们，嘴角抽出一丝不易觉察的冷笑。所有的客人都在大饮大嚼，所有的酒案都是鼎盘狼藉，人们哭笑各异地吃着喝着愤然咒骂着，全然不在乎对谁说话有没有人听，华贵糜烂的气息完全淹没了这片小小的天地。

第二进更为豪阔，隔间有大有小，青铜座案金玉酒具熠熠生光，应酒侍女穿梭般飘然来去。老人愤愤然兀自嘟哝着，走到一个大隔间道口，见一个烂醉的客人被两个酒仆抬出去了，老人便黑着脸走进去坐进了那张空案，大声嚷嚷一句："好酒好肉！快上啦！两位份！"相邻几张座案的客人只向老人瞟了一眼，又自顾自地痛饮了。及至送来酒肉，老人黑着脸立即自顾自开吃开喝，谁也不看。

"痛饮半日，敢问足下高名上姓？"邻座一个中年人高声大气。

"韩人张良……敢问足下？"答话者显然地沉郁许多。

"老夫楚国项氏，打败了！"

"敢问可是？……"

"老夫知道你想问谁？不是。项氏将军都死光了！老夫只姓项而已！"

"敢问这位兄弟？……"

"我叫项羽！"少年的声音虽低，却如沉雷一般浑厚。

"羽？羽？好！项氏该当再飞起来。"

"足下豪雄之士，敢问有何良策？"

"我？豪雄之士？"脸色苍白的年轻人笑了。

"韩国复辟壮举传遍天下，老夫知道张良这个名字！"

"老哥哥慎言。秦国耳目……"

"鸟！天下复辟之势如荡荡江河，虎狼秦能猖獗几时！且不说还有一个齐国，便没了这个齐国，天下世族也要咬住虎狼，复我家国！老夫憋闷死也！临淄不敢说话，天下何处还能说话？秦国耳目敢到临淄，天下世族生吞了他！敢到此地，一人一口淹死他！老夫第一个撕扯了他下酒！"

"住了住了，老哥哥醉也。"

"你且看谁个没醉？来，干！"

中年人举爵一饮而尽了。年轻人摇了摇头道："我从来不饮酒。"中年人黑着脸说声没劲道，径自大饮起来。旁边的少年项羽不断给中年人斟酒，自家也间或大饮一爵，沉稳做派俨然猛士。看得张良不禁暗暗称奇。突然，有人伏案大哭：“我的封邑！我的田畴牛马！我要回去啊！……”又有人连连拍案大叫着：“我族三百口战死！老夫要复仇！”片刻之间，整个大厅都呼喝吼叫起来，都哭泣怒骂起来，一片绝望的宣泄。只有年轻的张良低着头不声不响。突然，张良从座中站起，走到厅中无人理会的琴台前肃然跪坐，一拨琴弦，叮咚轰鸣之声大起，如秋风掠过林梢，纷乱喧嚣的大厅顿时沉寂了。张良眼中含泪，悲怆的长歌飘荡起来：

山河变色兮　社稷沦丧
骨肉离散兮　念我家邦
干城安在兮　国破家亡
悠悠上天兮　何时驱虎狼
……

随着琴声歌声，流亡者们眼中涌流着泪水和琴而歌，无论身边是谁都相扶相依，如亲人般相拥相泣。琴声止息，歌声止息，一片哭泣声淹没了大厅。突然，两名青年大步走到了琴台前，一人高声道：“诸位，哭没用，骂没用，唱也没用！若有血气，跟我两人共图大事！”一时间举座惊讶。一人高声道：“话是没错！敢问两位壮士大名？”

“我乃张耳！”方才说话的威猛年轻人拱手高声报名。

“我乃陈余！”另一个年轻人清瘦劲健。

“敢问两位，何谓大事？”

“我等皆魏国信陵君门生！”张耳慷慨高声道，“我等谋划是：各国流亡世族各组成一支劲旅，面见齐王，请与齐军一起抗秦！败秦之后，各国世族兵立可复国！诸位若是赞同，我等立即登录人力财货！都说，哪位愿随我等组成联军血战秦国？！”

“没有齐国根基，此事万难！”一人高声质疑。

“我等成军，齐王定然支持！”陈余冷静自信。

“难也。”站在旁边的张良摇了摇头。

张耳看也不看张良，从怀中扯出了一方白布高声道：“愿成军者血书姓名！”说罢一口咬破中指，鲜血淋漓地大书了“张耳”二字。陈余也立即咬破中指，血书了姓名。厅中人皆惊愕，一时相互观望却没有人上前。苍白清瘦的张良突然一步上前，咬指出血，一声大喊：“恢复三晋！”写下了血淋淋的“张良”二字。厅中一阵骚动，便听一人大喊：“魏豹算一个！”一个虬髯壮士大步前来，也咬指血书了姓名。于是座中人争相而起，纷纷高喊着我族一个复国复仇，上来血书姓名。只有那个项氏中年人神色冷漠，拉起了那个叫做项羽的少年冷笑着走了。年轻的张良一眼瞥见，连忙几步追上，一拱手恭敬道：“足下与秦仇深似海，宁如此木然哉！”中年人轻蔑一笑道：“寄望于齐国齐王，痴人说梦。”张良道：“无论如何，总是先张起势来好。”中年人冷冷道：“势顶个鸟用！两个说嘴门客，一群老派公子，乌合之众能成事？兄弟要做自家去做，老夫没兴致。”说罢，拉着少年大步去了。

张良愣怔一阵回到琴台前，见那个邻座老人正在愤愤然咬破指头血书，写罢又一个名字一个人地辨认着，说自家是商人，可不想将财货交给一班没根底的人去折腾。张良忙问老人是哪国商贾？老人冷冷道：“老夫乃大燕林胡商贾，襄平氏，知道么？”旁边张耳听得一怔，显然是从来没听说过襄平氏名号，心念一动高声道：“敢问老伯，襄平氏能出几多财货助军？”老人从大袖中拿出了一方黑亮亮的玉佩，啪地打在琴台道：“半年之内，持此玉佩到老燕商社，老夫自给你定数。”说罢一顿铜杖，径自大步去了。张良与身旁陈余低语了几句。陈余连连点头，立即唤过一个壮实后生耳语了几句，后生便匆匆出门去了。

四更时分，顿弱回到了秦国商社。

青铜高车没有绕道，没有着意加速，从容地直然驶进了老燕商社。顿弱在商社换过一套服饰，又登上了一辆四面垂帘的辎车，出偏门径自去了。回到秦国商社，顿弱的第一件事便是静坐案前默想，一个一个地写下了那些血淋淋的名字，特意在那个“项氏”旁边画下了一道粗重的墨杠。而后，顿弱唤来了商社总执事与随同前来的黑冰台都尉，指着羊皮纸道：“这些人物，都给老夫一个个盯住，随时禀报动向。”两人拱手领命，立即拿出随身竹板炭笔，画下了一些任谁也无法明白的线条记号。

“大人，近日一事颇为蹊跷。”商社总事一副困惑神色。

“老总事不明，必非小事了。”

“齐人近日纷纷传唱一支老歌，辞意不知何在？”

“老歌？能唱得出来么？”

“在下着意记下了，能唱。”商社总事便唱了起来：

鸡既鸣矣　夜既盈矣
匪鸡则鸣　苍蝇之声
东方明矣　月则盈矣
匪东方之明　月出之光
虫飞薨薨　甘与子同梦
海有大尸矣　苍蝇尚之以琼英

“倒是不错也！”顿弱大笑一阵，眼前蓦然浮现出张良的古琴悲歌。

“敢问大人……”

“此歌以入《诗》之古齐歌为本，略有更改。老夫以市井俗语唱出，你自明白也。”说罢，顿弱饶有兴致地说唱起来，“公鸡叫了啊，月亮也满了。哪里是公鸡叫啊，分明是苍蝇嗡嗡。东方亮了，月亮满了。哪里是东方亮了啊，分明还是月亮光光。虫子飞得轰轰，它和你都做着一样的大梦。海边有一具庞大的尸体啊，苍蝇却将它当做美玉香花。”

“啊——”商社总事与黑冰台都尉惊愕了。

“再推一把，教这支歌唱遍临淄，唱遍齐国！”

“遵命！”两人一拱手去了。

一声嘹亮的鸡鸣响彻庭院。顿弱长长地打了个哈欠，起身便要上榻。不料一阵脚步匆匆，商社老总事又进来禀报说，丞相府家老送来密函，丞相后胜要立即会见大人。顿弱皱着眉头道，他要老夫现时去么？老总事道，倒没明说，只是急促罢了。顿弱思忖片刻道，定在三日之后，吊他些许。

午后醒来，顿弱沐浴一番，又悠然品尝了齐菜中赫赫大名的即墨米酒炖鸡，这才走进密室书房，思谋起会见后胜的种种方略。在天下大奸之中，这个后胜几类赵国的郭开，无甚显赫根基，却在齐国做了二十余年丞相无人撼动，也算得天下一奇。顿弱久为间战邦交，揣摩敌手的侧重点不是正邪之分，而是对方的谋私之道与权术之才。就实说，间战邦交所进行的分化，不是求贤，而是求奸。也就是说，只有敌国的奸佞权臣，才是收买分化的对象，而对于那些真正忠诚于国的方正能才，间战者从来都是敬而远之。李斯提出而秦王认定的“贿赂不从，利剑随之”的间战方略，也是只对那些有缝隙的奸佞权臣而言的。顿弱乃名家名士，曾对黑冰台将士们说过一番话，将李斯方略解析得很是透彻：“唯品性不端之奸佞，方有爱财、怕死两大弱点。故，一则贿赂，一则威慑，二者必有其一生效。方正大才者，则一不爱财，二不怕死，故两者均无效力。唯其如此，秦国之财货、利剑不涉方正之才，只对奸佞权臣。方正之才而与秦国对抗者，间战唯以流言反间对之，扰乱其国庙堂，使方正之才失其位而已。”

顿弱的这一解说，既是秦国间战邦交的人性说明，又是秦国间战邦交一以贯之的实际运用方针。在整个战国之世，秦国没有谋杀过一个列国正臣，没有过一次燕国太子丹荆轲那样的刺客事件，便是明证。长平大战的赵国换将、灭赵大战的李牧之死，都与秦国间战邦交所发生的效用有重要关联，然却属于战国时期所有国家都在采用的反间计，与直接的刺客事件尚有根本区别。后世成书的《战国策·秦策四》，对顿弱的记述有“北游于燕、赵，而杀李牧”之说，颇有似是而非之嫌。应该说，这个“杀”，不是实杀，不是刺客之杀，而是反间计实施之最终效果。这是后话了。

身为间战邦交大臣，顿弱已经习惯了与种种奸人来往。夜半蓦然醒来之时，顿弱心头尝颇有嘲讽：“我固名家名士，然终为不明不白之周旋，名实不符焉！白马非马矣！”然则，顿弱又觉坦然，且不说一统天下之正道当为，即便是体察人性之善恶混杂，顿弱也自信比寻常名士要深了许多。便如目下这个后胜，无论天下公议如何不齿，你不得不说，这是一个极其罕见的权谋人物。

眼下，后胜陷入了从未有过的困境，日日心神不宁。

若不能借助秦国势力，显然难以度过目下的危机了。反复揣摩，后胜终于做出了这个决断，并将这一决断归结成八个字的方略——内握齐王，外借强势。齐国正在天下流亡汇聚的特异之期，一切都不能以寻常路径行事，只有把住这最要紧的两头，才能有效消除乌合之众对自己的威胁。后胜很为自己的决断感慨了一阵，从秦国商社回来的路上，耳听辚辚车声，油然想起了那段与目下境况极为相似的发端生涯。

五十多年前，是燕军破齐后的动荡岁月。那时，齐国民众发生了亘古罕见的避战大逃亡。齐国人无分贵贱，都变成了丧失蜂巢遍野飘飞的蜂群。最后，齐国七十余城皆破，只有即墨、莒城成为齐国流民的聚结栖身之地。那时候，齐国人几乎已经绝望了。愤怒的流亡难民在莒城郊野大爆发，乱刃剐杀了死也不肯认下失国之罪的国王。国王仅有的一个少年王子，也在连天战火中失踪了。没有了国君，也没有了储君，残存聚结的齐国军民成了没有旗帜的乌合之众。

那时，后胜是太史敫府的一个少年官仆。所谓官仆，是官府派给官员的公务仆役，如同府邸与俸禄一样，接受官仆是官员的法定待遇之一。这种官仆，有官身（官府登录在籍），又都是料理与公事相关的杂务，故不同于官员家族的私仆。其中精明能事者，许多便成为官员事实上的门客学生。后胜在一个史官府邸为官仆，以料理书房为主，间或侍奉太史敫起居，原本也算得悠游自在了。然则，整个齐国成了风中飘荡的树叶，少年后胜自然也分外地紧张忙碌起来，奔波各种生计活路成了最紧要的大事。太史敫的部族家族根基，原本皆在临淄。太史敫移居莒城府邸，只是因为修史清静而得王室特许别居；故此，在几个仆役之外，只带了第二个妻子与这个妻子生下的一个小女儿。春秋战国之时，对于官吏或其家人族人，呼名皆冠以官号。太史敫者，太史为官职，敫为本名也。为此，后胜与几个仆役一样，都称呼太史敫的这个小女儿为“史君”。也就是说，少女的本名叫做君。那时的后胜，无论如何也想不到这个“史君”日后会成为赫赫君王后。然则，对这个柔和美丽而又极具主见的少女，后胜从来都是当做天仙一般侍奉的。这个史君善解人意，体恤老父高年，家人族人又不知所终，日日与仆役们一起奔波生计，很快在事实上变成了一个主管家事的女家老。举凡每日到公井或河边拉水，到官库分粮，给熟识者送信，查询家人族人下落，以及与莒城将军府联络等等奔波，史君都带着后胜一道忙活。直到有一日发生了一件后来改变了所有相关者命运的事件，后胜追随少女主人的格局才被打破了。

一日暮色，他们赶着牛车拉水回来灌园，在庭院发现了一个脏污不堪的少年蜷卧在花木丛中呼呼大睡。后胜急了，抡起牛鞭要赶走这个不堪入目的物事。史君却一摇手说，流落者可怜也，叫他醒来吃喝些许再走。于是，后胜拉起了这个脏狗一般的少年，先教他就着牛车上的灌园水洗了一身泥尘脏污，自己便去给他拿食物。及至后胜匆匆回来，却大大地惊愕了。那个略事梳洗的少年虽充满着惊慌迷惘，然那苍白英挺的面庞与那虽然脏污斑斑褴褛不堪却显然是上佳丝锦的袍服，都暗含着隐隐不同寻常的奥秘。后胜记得，少女史君静静地打量着少年，不期然念了一句诗：“君子于役，苟无饥渴？”那个目光闪烁的少年也突然念了一句：“怀哉怀哉！曷月予还归哉！”声音颤抖得像风中的树叶。后胜知道，两人念诵的那是《诗 · 王风》中的摘句，不禁惊讶得心头怦怦大跳……

后来的事，天下皆知。这个流亡少年，是齐国唯一的王子田法章。田法章被确认为王子时，正是田单在即墨将要反攻燕军的前夜。那时，莒城令貂勃正在全力搜寻齐国储君，田法章一被确认，莒城立即立起了王室旗号。这个田法章一立为齐王，第一件事便是娶少女史君为妻。于是，少女史君成了君王后。太史敫笃信礼法，认为这件婚事不合明媒大礼，与苟合无异，是一件很丢脸的事，于是终生不再见这个女儿。

天下不知道的是，君王后离开莒城时，特意向父亲要走了一个人。这个人，便是太史敫书房的小仆人后胜。自此，后胜跟着君王后走进了临淄王城，开始了步幅越来越大的仕途生涯。田法章（齐襄王）在位的十九年，田单与貂勃一直是齐国两大栋梁，而领政丞相则几乎一直是田单。在这十九年中，后胜在君王后的举荐下，一步一步地升迁着。齐襄王死时，后胜已经是爵同中大夫的职掌邦交的“诸侯主客[1]”了。后来，齐王建继位，后胜更是如鱼得水，游刃有余地踏上了权臣之路。

后胜掌权的秘密，在于君王后与齐王建的特异的母子关系。

田建，是君王后与田法章所生下的唯一一个王子。君王后有学问，有主见，礼仪法度事事不越矩，在齐国大获贤名。以至于后世成书的《史记·田敬仲完世家》，也有“君王后贤”的四字史评。太史公的这一评判，依据是这个君王后对冷落蔑视自己的父亲太史敫始终保持着应有的孝道，但完全抛开了君王后的政道作为，显然失之偏颇。就政道作为而言，这个君王后对末期齐国影响至大。也就是说，齐国末期的命运与这个君王后有着最直接的关联。第一关联，是君王后的特异干政。君王后爱子心切，孜孜不倦地关切着儿子，呵护着儿子，督导着儿子。久而久之，田建长到了加冠之年，又做了齐王，对做了太后的母亲还是依恋至深而言听计从。君王后对政事的干预，全然不是寻常的摄政方式，而是呵护教导的方式。

后胜记得很清楚，田建即位的第六年，正是秦赵长平大战的最后一年。其时，赵国正在最艰难的缺粮时候，多次派出特急使节向齐楚两大国求救，言明两国不须出兵，只要向赵国增援军粮，赵军便可为天下死战秦军。那时，齐国职掌邦交的领衔大臣是上大夫周子，后胜执掌的诸侯主客官署隶属周子管辖。在是否救赵的决断上，周子主张必须救赵。在朝会上，周子说出了那番传之千古的邦交佳话：“赵之于齐楚，屏障也。犹齿之有唇也，唇亡则齿寒。今日亡赵，明日必患及齐楚！不务此等大义，而徒然爱之粟米，为国计者，过矣！”由于周子的慷慨激昂，也由于赵国使臣的痛楚请求，齐王建在朝会之上已经答应了。其时，实际执掌邦交的后胜大大不以为然，却又无法对抗国君与上司两座大山，故一直没有说话。朝会之后的当夜，后胜紧急请见君王后，痛切地陈述

[1] 诸侯主客，齐国邦交官，相同于后世之鸿胪卿。《史记·滑稽列传》载，淳于髡曾任齐国诸侯主客。

了一番安齐之道，竟使大局一夜之间翻转了过来。后胜的说辞是：“齐自立国，远离中原战事则安，深陷中原战事则危。齐湣王争霸中原，徒称东帝，终究破国，前车之鉴也！今齐国于六年战乱劫难之后，堪堪复国二十五年，府库方有余粟而已，国不足称强，民不足富庶。若不审慎权衡，徒为大义空言而与强秦为敌，齐国何安？当年一燕国攻齐，五国尚且发兵追随。今日若强秦攻齐，五国焉得不追随？其时，齐国何救哉！”君王后听罢，一句话没说立即赶到了齐王寝宫。次日清晨，齐王建立即收回了成命。

第二关联，是君王后力保了后胜为齐国丞相。

齐王建即位之初，重新起用了一度被父王冷落而离开齐国的田单为丞相。然则，只有后胜清楚，田单这个丞相迟早是要失位的。原因只有一个，齐王田建只听君王后，而田单却只会走正臣之道，与君王后无甚瓜葛。而后胜的所有见识，都是与君王后不谋而合的。当然，更确切地说，是善于揣摩的后胜在全力迎合着君王后。唯其如此，齐王建即位的第十年，后胜便做了职掌土地民政的司徒，距离丞相只有一步之遥了。齐王建即位的第十六年，朝局终于大变了。这一年，君王后死了。死前，以泪洗面终日守护在榻前的大孝子田建，请母亲示下大计。同样以泪洗面的君王后，对这个柔顺得猫一般的乖乖孝顺儿子殷殷叮嘱了两件事：第一件，欲安齐国，必得远离中原泥潭，与秦国相安无事；但与秦国相安，吾国可绵延海滨大国之位矣！第二件，深谙安齐之道者唯有后胜，但以后胜为丞相，吾儿可长保社稷矣！

从那年开始，后胜做了齐国的开府领政丞相。

倏忽二十七年，后胜成了齐国有史以来权力最大的丞相。孱弱的田建多愁善感，母亲葬礼之后的头三年之中，几乎是不舍昼夜地守护在王城灵室，蓬头垢面终日饮泣，所有的国政都交给了后胜。在田建眼中，后胜是母亲的少时义仆，又是母亲临终之前托付的安邦重臣，如同父亲一般值得尊奉与信任，国事完全用不着自己过问。后胜，也确实将忠臣义仆的角色做到了淋漓尽致的地步。每日暮色，后胜都要推着一手车待决的公文进入王城灵室，恭敬无比地在距离灵室百步之遥止步肃立，而后开始放声痛哭着大扑大拜地爬进灵室，再捶胸顿足呼天抢地地祭奠一番。田建之悲情无以复加，每一个环节都虔诚无比地以孝子之身相陪，往往是折腾得一半个时辰便昏昏睡去了。后胜此时，总是老泪纵横地拉扯起田建，请齐王批决重大国事；田建则无一例外地昏昏然摆手，连话也累得说不出了。如是三年，不到四十岁的田建走出灵室时已经是须发如雪骨瘦如柴了。后胜立即大动土木，在王城为齐王重新修建了一座颐养宫，除了苑囿台阁华美壮丽。举凡养生享乐之所需更是应有尽有，著名方士、丹药仙药、少男少女、名马名犬、弄臣博戏、歌舞乐手等蔚为大观。若仅仅如是，尚不足以显示后胜之缜密。后胜最大的体恤，是特意寻觅了一个相貌酷似君王后的丰韵少妇做了齐王田建的贴身侍女。于是，田建对母亲的依恋与渴慕潮水般淹没了这个侍女。短短几年之间，一个新的君王后立起来了，齐国有了三个王子一个公主；田建也神奇地返老还童了，一头白发变黑了，可以尽情嬉戏在颐养宫的种种美事之中了。

后胜长长地松了一口气，他终于成功了。

后胜很清楚，他的根基是君王后，是田建。田建若死，他完全可能被朝野积怨所淹没。田建不死，他则永远都是齐国事实上的君主。是故，田建的神奇复原，使后胜大大地感到了轻松。然则，深埋在心底的一丝恐惧，却并没有消失。战国之世，齐人秉性在天下口碑是“宽缓阔达，贪粗好勇，多智好议论”。齐国民众容纳之深广，爆发之激烈，往往使天下瞠目。当年，齐国朝野容忍了荒诞暴虐的齐湣王整整四十年，一朝爆发，竟活活地千刀万剐了这个老国王，天下惊骇无以言表。后胜在齐国执政二十余年，焉能没有种种积怨？唯其如此，后胜将棋路看得很宽，也将根基看得很准。所谓宽者，两道同步也：一务国内权力，二务齐秦盟约。所谓根者，双头蛇也：一则齐王建，二则秦王政。两道两根不失，后胜何惧哉！

可是，人算不如天算。后胜万万没有料到，秦国竟能在短短七八年间秋风扫落叶般灭了五大战国。五国没有了，周旋天下的余地小了许多，后胜不能不脊梁骨发凉。后胜更没有料到，天下世族流民潮水般涌入齐国涌入临淄，一下子将他这个隐性的齐国主宰推到了波涛汹涌的风口浪尖。虽然，齐国府库爆满了，后胜的府库爆满了，然则，后胜心头的恐慌也更深重了。对自己的归宿，后胜再也没有了自信。后胜隐隐地看到了一个可怕的结局：齐国不亡于流民激发的内乱，必亡于秦军压顶的外患。唯其如此，后胜若将自己始终与齐国绑在一起，将必然与齐国一起覆灭，后胜必须谋求新的出路……

“丞相别来无恙乎！”

顿弱走进林间茅亭时，对着星星月亮出神的后胜一时竟没回过神来。及至两盏冰茶下喉，后胜才从一阵凉爽中清醒过来。顿弱一如既往地亲和明朗，当先便向后胜拱手贺喜。后胜不解道：“老夫喜从何来？”顿弱道：“齐国财源汹涌，丞相府库荡荡，岂非大喜哉！”后胜连连拍案：“此等兵灾之财莫说老夫不收，便是收了，能是大喜么！”顿弱歉然一笑：“也是。丞相素来清廉自正，顿弱倒是疏忽了。若丞相府库乏力，尽管说话。”后胜一脸正色道：“老夫要会上卿，非财货乏力，实国事吃紧，莫非上卿不明白？”顿弱一脸困惑地笑着：“齐国平安康乐，丞相权倾朝野，国事有吃紧处？”后胜压低声音道：“朝野抗秦呼声甚高，齐国三十万大军进驻巨野泽，上卿没看在眼里？秦王没放在心上？”顿弱一副恍然顿悟神色，大笑道：“原来如此。丞相以为，三十万大军价值几何哉！”后胜显然不悦道：“大军国政，岂能以金论价？”顿弱笑道：“数十年来，丞相与丞相门下宾客，得我商社之金，只怕远超三十万矣！谚云：市道邦交，唯利是图。邦国之利，大臣之利，事主之利，宾客之利。夫唯利者，何物不可以论价乎！”后胜思忖片刻，不屑争辩地淡淡一笑：“上卿此来，欲图老夫何事？”顿弱揶揄道：“丞相是说，秦国要丞相做甚事，丞相便会开甚价？”后胜坦然道：“足下既云市道邦交，老夫只好如是。”顿弱轻蔑地笑了：“以目下齐国大局，只怕丞相甚也不能做。只要保得自家平安，便是万幸了。”“岂有此理！”后胜猛然拍案，“老夫摄政领国，实则齐王！何时甚也不能做了？”顿弱悠然道：“丞相权力固大，然目下非常之期，齐人积怨已久，流亡世族火上浇油，便是君王后再生，只怕也难。”后胜厉声道：“列国流亡世族侵扰齐人过甚！齐人怨恨，也只能怨恨流民，何怨老夫！齐人不怨老夫，流亡者纵然浇油。齐人无火徒叹奈何！”“匪鸡则鸣，苍蝇之声。”顿弱悠然念诵了一句，打量着后胜道，“这首齐风，在下都会唱了，丞相当真未闻乎？”后胜愣怔片刻，长长地叹息了一声，默然良久，方一脸痛切道：“齐国自襄王以来，便与秦国敦厚相处，从不涉足中原争战。今王即位，老夫当政，敬秦国如上邦，事秦国以臣道。老夫与足下，亦过从甚密，交谊至厚。今大局纷扰，老夫欲定最后生计，足下却闪避周旋，不给明白说法。秦王宁负齐国哉！足下宁负老夫哉！”

“丞相之言差矣！”顿弱觉得火候已到，拍案慨然道，“在下与丞相之交，非关交谊，非关情义，唯关邦国利害耳！就事而论，齐国欲图自安，不涉天下是非。此固秦国所愿，然绝非秦国所能左右也。齐国自为自保，非为秦国之利，实为自家之利也。是故，秦王对齐国，无所谓负与不负；在下对丞相，无所谓负与不负。唯其如此，丞相开价便是，无须涉及其余。”

“上卿如是说，夫复何言？”后胜颇见伤感了。

“丞相明说了好。各人办事，心下有数。”

“好。老夫说。”后胜离案起身，转悠了几步，又思忖了片刻，一副被逼到了悬崖的孤绝无奈神色，转身痛切道，“齐国后路，要害只在三处：其一，齐国社稷得存，王族不得迁徙他地；其二，齐王至少分封侯爵，封地至少八百里；其三，老夫得为北海侯，封地六百里，建邦自立。如是者三，若秦王不予一诺，老夫只能到巨野大军去了。”

“丞相好手段也！”顿弱大笑道，“老孔丘有句话，己所不欲，勿施于人。丞相自家若是秦王，会不会有此一诺？秦国强势一统天下，水到渠成也！列国委顿灭亡，自食其果也！秦国所以与丞相会商者，唯图齐人秦人少流血也，而非惧怕齐王、丞相与那三十万大军也！今丞相所开之价，将一个诸侯国变成了三个诸侯国，岂非滑天下之大稽也！”

“老夫愿闻上卿还价。”后胜面无喜怒。

顿弱没有说话，摘下了腰间板带的皮盒打开，拿出了一方折叠精细的羊皮纸，双手捧给了后胜。后胜在风灯下展开了羊皮纸，首先入眼的便是左下角那方已经很熟悉的朱红色秦王大印，再一抬眼是几行同样熟悉的秦国文字："秦一天下，以战止战，故不畏战。齐国君臣若能以人民涂炭计，不战而降秦国，则大秦必以王道待之而存其社稷。秦王政二十五年夏。"

"秦王眼中，固无老夫。"后胜看罢，冷冷一句。

"非也。"顿弱指点着摊开的羊皮纸，"若丞相求一方诸侯，固然说梦。然若求与齐王一起受封，则秦王已经言明也。丞相且看，秦王书命云'齐国君臣'，而没有单指齐王；这个'臣'，舍丞相其谁也！"

"虽然如此，老夫在秦王笔下终不足道哉！"

"丞相必要秦王明说'后胜'两字？"

"老夫终究不是无名鼠辈也！"

"丞相以为，点名有利？"

"明白一诺，终胜泛泛。"

"顿弱却以为，不点名对丞相大利。"

"足下托词，未免拙劣。"

"丞相关心则乱也。"顿弱侃侃道，"不点丞相之名，顿弱所请也。丞相试想，齐之民风粗犷，不乏抗秦死战之勇士，更兼列国世族大聚齐国，复辟暗火不熄，若此等人众以秦王书命为据，认定齐国降秦乃丞相一力所为，丞相还能安稳么？北海封邑还能长久么？"

"老夫封邑北海，秦王记得？"

"丞相且看。"顿弱又从另只皮盒中拿出了一方羊皮纸。后胜接过，只见上面几行大字是："定齐之日，功臣持此书命，居北海之地，襄助齐国民治。秦王政二十五年夏。"顿弱悠然笑道："丞相看好，封邑之外，尚有襄助民治之权力。就是说，丞相还是齐地丞相。"后胜老眼炯炯生光，盯住了顿弱道："此书何时交老夫执之？"顿弱大笑道："论市道，齐国底定之后。若丞相不放心，此刻便是交接之时也！"后胜思忖片刻道："还是市道交好，老夫也有个转圜余地。此刻携带此物，老夫倒是碍手碍脚了。"顿弱大笑一阵，连连赞叹丞相洞察烛照。后胜也是万般感慨，与顿弱一一说起了诸般国政事宜。直到五更鸡鸣，顿弱才回到了秦国商社。

次日清晨大雾弥漫，一骑快马飞出了秦国商社，飞出了纷乱的临淄。

四　飞骑大纵横　北中国一举廓清

王贲一接到秦王书，立即下令轻装飞骑军进发辽东。

两月之间，王贲在蓟城已经完成了对十万兵马的重新编配，组成了一支以轻装骑兵为主力的飞骑军。大军编成之后没有立即进发辽东，是因为王贲在等待约定的秦王书。从咸阳北上之时，王贲对秦王提出了一则应变之策：基于齐国实力尚在，他的蓟城军可等候一段时日再进辽东。若灭齐大战不可免，他则率军开赴燕齐边境，侧击临淄以为蒙恬军策应；若灭齐大战可免，或可缓，他则可在接到秦王书命后立即起兵。秦王嬴政当即接纳了王贲方略，感喟赞叹道：“将兵有此大局之虑，王贲成矣！”今次王贲接到的秦王书，是嬴政依据顿弱所报之齐国朝野情势，判断齐国很可能不战而降。为此，嬴政与李斯尉缭议决：蒙恬军驻扎巨野泽对齐施压即可，王贲可以放手开始燕代之战。

这支远征军的结构很是奇特，堪称王贲的一次大胆尝试。

基于辽东地势与长途奔袭战之需，王贲的重新编配很大地改变了强势秦军的重装传统，或者可以说，很大地恢复到了早期秦军的传统。大改编分为两个基本方面：一则是解决主战骑兵的轻装战力，一则是解决远征军最为困难的后援难题。为此，王贲重新划分了军力构成，将十万军力分作了两大营，第一大营为主战骑兵，第二大营为战运兼具的辎重营，两营将士都是五万。这等主战营与辎重营等同划分军力之法，实在是亘古未见。

第一大营主战，由王贲亲自统率。这支军马只有五万骑士，人各两马，共计十万匹战马。五万骑士的着装，全部换作了皮制甲胄；弓箭全部换作单兵臂张弩或传统臂张弓。其间取舍由骑士自己决断，善弩者则弩，善弓者则弓。大型连弩与大型攻防器械一律放弃，每人只配备两长两短四口精铁剑、一百支羽箭，常规携带三日熟食。凡此等等，皆最充分地体现了轻锐两字。

第二大营为后援辎重军，由娴熟兵政的马兴统率。这支军马也是五万人，步骑混编，步军一半，铁骑一半；运力则配备一万辆牛车、五万名精壮民伕及一千余名各式工匠。

王贲很清楚，远征奔袭战之难，既在于将士战力，更在于后援得力。诸多奔袭战之所以铩羽而归甚或全军覆没，往往不是主战将士战力不济，而是粮道被截断。当年孙武率吴军长途奇袭楚国的柏举[1]之战之所以能够成功，根本点是副将伍子胥依据孙武谋划，成功解决了粮草辎重通过大别山与桐柏山之间的武阳、直辕、冥厄三个隘口大峡谷[2]的难题。今燕王喜残部远在千余里之外的襄平[3]，甚或可能继续东逃高句丽。如此漫漫长途，若无坚实可靠之后援，任何打法都没有效用。而只要后援不断，秦军五万精锐骑士足克燕代残军。

在秦军灭楚之战的两年里，驻防北燕的王贲与副将马兴备细商议，缜密地踏勘了蓟城通往辽东的所有路径，每隔三百余里选定一个山林秘密营地，一路总共选定了六处。历经两年余，这六处营地都已经修建成了坚固隐秘的仓廪。每个营地以三千精兵守护，再编配三千辆牛车、八千余民伕、百余名工匠。如此部署，形成的后援流程便是：每个营地都是兼具囤粮、运粮、补充修葺兵器的综合基地，各营分段运输，接力传递直至战场大军。军谚云：千里不运粮。说的是长途运粮则所运粮食完全可能被人马牛消耗一空。王贲马兴的分段接力之法，则可保军粮辎重不因路途遥远而消耗殆尽。若没有成功解决这个难题，王贲便不会在庙堂朝会上力主十万兵力平定燕代了。

王贲选定的进兵路径，是沿着辽东海滨地带兼程疾进，直抵辽水西岸的河谷地带扎营。而后，再行探察燕国王室军情，寻机决战。也就是说，这千里行军要尽可能地减少时日，以免燕王残部觉察。只要迅雷不及掩耳地逼近到襄平，则要从容不迫地寻求战机，务求全歼这股流亡最远且最难捕捉的燕国残余势力，不给北中国留下后患。唯其如此，王贲在进兵之日，先行派出了四支千骑斥候兵，专一在大军行进的前后左右四个方向的百里之地清道。就实而论，是捕获有可能出现的燕军流探，

[1] 柏举，春秋地名，今湖北汉川北地带。
[2] 武阳、直辕、冥厄三个隘口大峡谷，均在今河南信阳地带。
[3] 襄平，战国城邑名，秦统一后为辽东郡治所，大体在今辽宁省辽阳市地带。

并确保沿途山民猎户商旅等不向燕军报讯。因为，这支飞骑大军无论如何轻装如何偃旗息鼓，仅十万匹战马展开飞驰，其隆隆沉雷之声势也大得惊人。若无事先缜密处置，仅猎户商旅的猎奇之谈也足以成为燕军的消息来源，更不说燕赵两大残部间经常往来的斥候密使等等。

四千斥候飞骑撒开一日之后的暮色时分，王贲率领主力飞骑军从蓟城东北的郊野营地出发，一夜之间便抵达海滨山塬。冷炊战饭之后，正是次日清晨，十万匹战马展开在广阔的海滨原野，乌云般向东风驰电掣去了。

抵达辽水西岸河谷之时，正是第三日暮色时分。

襄平很是平静，燕王喜却很是懊恼。

逃入辽东五年，燕王喜自认功业甚佳。最大的功绩，是重新收服了原本已经松散得如同百越对楚国一般的辽东流散部族，重新立定了燕国社稷，自己还是燕王。开始两年，秦军南下，辽东几无外部威慑，加之与代王赵嘉密使来往频繁，相互鼓气要收复失地而恢复大赵大燕等等诸般举措，残存的大臣将士尚有鼓勇效力之心。然在秦国大军连灭魏楚两大国之后，襄平的士气莫名其妙地渐渐消散了，及至秦国大军压向齐国边境，大臣将士们已沮丧得无以复加了。太子丹的旧日部属更甚，已经有几个都尉与许多士卒重新逃回故乡去了。追随前来的大臣们也闭门不出，燕王喜想朝会一次议议事说说话，也没人奉召了。思忖无计，燕王喜只好在开春又打出了“合纵代国，收复失地”的旗号，大张旗鼓地派出特使联络代王赵嘉，欲图借此振作已经奄奄一息的士气。不想，三五番特使来往，天下都风声一片了，消息说连秦王都警觉了，可襄平依旧死气沉沉。燕王喜当真是心下没辙了。当年在蓟城做燕王，姬喜可以常住燕山行宫，将国事撂给太子丹而自己尽情游乐，声色犬马无所不及。襄平不然，一座荒僻城邑，更兼多方汇聚的流亡族群人心浮动，老姬喜想狩猎游乐，也不敢轻易出城。久困这座简陋狭小的庭院“王宫”里，老姬喜郁闷得慌。想说话没人，就几个嫔妃十几个内侍，看着都烦；想折腾那几个丰腴的胡女嫔妃，老姬喜又没了精神；想谋划谋划后路大计，又没人奉召前来朝会。

那一日，老姬喜不堪冷清，带着一个老内侍与一队王室剑士乔装成林胡商旅，出了“王宫”巡视庶民生计去了。不料，走不到短短三条小街，老姬喜便沮丧得坐在地上不走了。老姬喜想到了襄平贫苦，可还是没想到竟有如此贫苦。虽是盛夏，可城内空旷得如同秋风扫过林木，落叶尽去，一片枯干萧疏。街市冷清，店铺几乎全部关闭。行人寥寥衣衫褴褛脚步匆匆，仿佛对一切都失去了兴致，纵然是他这一队尚算豪华的商旅招摇过市，也没有几个人回头看一眼。老姬喜终不甘心，硬着头皮走上了城头，要看看守军将士的军容。可还没走上城头，老姬喜便心头一片冰凉了。上城的石梯口与通往藏兵瓮城的上下甬道，连一个岗哨士兵也没有，他这一队商旅如入无人之境便登上了城头。城头更令人寒心，除了几杆海蓝色的“燕”字大旗插在垛口懒懒地舒卷着，士兵们一个没有，城头空旷得能过马队。老姬喜心有疑惑，好容易在箭楼藏兵室找到了一群士兵，却都在扯着鼾声呼呼大睡。喊起来一个士兵询问，衣甲破旧面色苍白的士兵极是烦躁，闭着眼连连嚷嚷一番：“都快饿死了！谁有钱买你物事！走走走！老子要睡觉，不睡觉撑不到明日饭时。一天一顿饭，知道么！”说罢也还是没睁眼，倒头又蜷卧在青砖地面上呼呼大睡了。

老姬喜愤怒了，回宫连下三道王命，终于行了朝会。

朝会只来了六人，三位姬姓王族元老，三位城防将军。传送王命的御书回来禀报说，其余大臣将军不是不来，而是都带着族人们狩猎去了。王室流亡到襄平后，老姬喜对庙堂权力进行了重新整饬，大权悉数由王族元老执掌。老姬喜确信，只有血统高贵的周天子王族的后裔，才能在艰难之期恪守正道。目下这三位元老，一个是领政相国姬饶，一个是执掌土地财货的上卿姬棱，一个是执掌王城事务的姬棕。只要此三人到了，再加三个将军，紧要国事大体就说得清楚了。

于是，老姬喜无心多问，立即开始了朝会。老姬喜说，朝会只决两件事：其一，追究军粮为何不足，城防守军何以如此乏力；其二，冬季到来之前，要否退往高句丽。老姬喜话音落点，三位白发元老一如既往地默然着。三位城防将军却精神大振，立即一口声嚷嚷起来，说今日前来朝会，为的便是这件事，若再不能使将士们一日三餐，终究要作鸟兽散！老姬喜黑着脸要元老相国姬饶说话。姬饶大摇白头，连番罗列了燕国财富的二十余次大流失，掰着指头列出了襄平五年的种种支付，末了涕泪唏嘘说，东燕至多只能撑持半年，若要将士们一日三餐，只怕支撑三个月都难。老姬喜大是震惊，厉声追问执掌王室财货的元老大臣姬椟，原本藏匿在辽东几处秘密洞窟的丰厚财货何处去了？姬椟一则惶恐一则愤然，黑着脸提醒老姬喜说，那年将太子丹头颅献给了秦王，燕王又下令厚葬太子丹，仅殉葬财货就用去了秘藏的一半；后来又斡旋林胡东胡，赏赐两胡头领又用去许多；再后来是建造襄平王宫，向胡人买马成军、打造兵器等等；更有一宗，太子丹余部逃散，裹挟财货不可计数。凡此等等，王室秘藏财货早于一年前便所剩无几了。

一番折冲，根底大白，所有人都不说话了。

“卿等以为，该当如何？”终于，老姬喜开口了。

“臣启我王，”相国姬饶苍老的声音渗透着忧伤，“襄平荒僻贫苦，高句丽有过之而无不及。老臣以为，复国之路只有一途：北投匈奴，燕代胡三方合纵，相机南下收复失地。舍此，不困死襄平，便困死高句丽。”

“东燕实力尽失，匈奴会收留我等？”姬椋很是沮丧。

“匈奴已经强盛，今非昔比了。”姬椟思忖道，“匈奴与燕国，并无深仇大恨。若我王能将王宫百余名嫔妃侍女，分给尔等一半，再凑得一些金玉丝绸，大约不会有碍。”

“或者，只能如此也。”相国姬饶点头了。

“惜哉！如花似玉的女人也！”姬喜无限惆怅地叹息了一声。

“左右我王用不上了，闲着也是闲着。”姬椋嘟哝了一句。

“不能！我王不能如此！”为首的襄平将军霍然站起愤愤高声道，“果然嫔妃侍女无用，何不配给军营将士！几年来连番逃亡，大臣贵胄家室俱在，唯燕军将士有家不能归，妻小多年不得相见，兵士们干渴得都快疯了！我王若能赐给军中将士两百个女人，末将不要军粮，也敢保三军拼死护卫王室！当真将女人献给匈奴蹂躏，我等不服！”

小殿堂奇异地静了下来，将军们愤愤然地喘息着，元老们想笑不能笑想说不能说，无所适从地沉默着。只有老姬喜大为尴尬，第一次红了脸，不知该如何应对这个亘古未闻的大难题。正在此时，一阵急匆匆脚步砸进庭院，人们的目光不约而同一齐转向殿门，逃避着这令人难堪的话题。

“禀报我王，紧急军情！”进来的是亚卿姬垣。

“如，如何？”老姬喜倏地站了起来。

“一支黑色马队向襄平而来，没有旗号！”

“没有旗号，是何兵马？高句丽兵？林胡反叛？”

“从气势看，似乎是秦军！”

“！”小小殿堂，骤然凝固了。

“走为上策！不能犹疑！”姬饶恍然高声一句。

“且慢！”老姬喜毕竟久经沧桑，罕见地镇静下来，向方才愤然高声的襄平将军一挥手，慷慨奋然道，“大燕社稷八百余年，不能徒然断送在我等君臣手里！秦国虎狼欺我太甚，杀我太子，占我都城，今日竟要赶尽杀绝，本王与燕国将士拼死一战！本王意决：王室嫔妃侍女悉数赏赐将士！将军作速整军，女人今夜送入军营！”

“燕王万岁——”三位将军忘情地大喊了一声，赳赳大步去了。

三位元老与不知就里的亚卿大为惊愕，没有一个人说话。老姬喜却骤然精神大振，连番下令：“王室护军立即备战！财货悉数装入马车！诸位作速回府整肃族人，明晨齐聚王城！莫将女人扔下，匈奴人喜欢中国女人！”

“我王是说，杀退秦军投奔匈奴？”相国姬饶恍然顿悟。

“然也！”

“老臣一言，致我王失却嫔妃，老臣深为惭愧。”姬椋深深一躬。

“卿等毋忧也！”老姬喜颇见神秘地一笑，很为自家在危急时刻的妙算谋划而得意非常。熟知这位老燕王的三位元老，也不约而同地笑了。多经逃亡的元老们都清楚，老燕王使的是移祸之计。大群艳丽的女人随王室车驾行进，极可能首先成为秦军追逐的猎物，岂不将燕王行营也裹挟了进去？而送入食色饥渴的军营，则是危境之时的绝妙处置。一则，可大大减小燕王行营与世族部伍被秦军追击的可能；二则，将士们爱惜女人，宁可战死也要护着女人，只要有幸逃出秦军追击，女人至少能存活大半，若结好匈奴仍能出手；三则，激励将士战心，一举化解军粮之困。当然，女人们也可能被久旷而饥渴难耐的将士们蹂躏得死去活来，保不定未遇秦军就得折损许多，然危亡在即，也只能如此了。如此看去，这一着棋简直就是挽狂澜于既倒的乾坤妙手，元老们如何不佩服老燕王？

朝会匆忙了结，已经是午后时分了。王城一片忙乱之时，老燕王只做了一件事，便是聚集起王城全部嫔妃侍女百余人安抚训示。老姬喜红着脸慷慨激昂地说，尔等国色，尽皆燕国之宝，当以精锐大军专司保护。为此，将由中军主力护卫尔等，此乃本王之苦心也，尔等务须珍重！女人们无分贵贱，哭喊成了一团。同样是多有逃亡阅历，女人们已经本能地觉察到老燕王要抛弃她们了。于是，柔弱者哭泣不止，刚强者呼喊不已，整个庭院乱得没了头绪。此时太阳将要落山，襄平将军已经带领着一个千人队开到“王城”外只要接人。老姬喜二话不说，立即下令王室护军将女人们“护送”出宫……当夜，整个襄平内外乱成了一片。城内的王室贵胄彻夜收拾财货，城外军营中更是人声鼎沸彻夜不休，比任何战场声势都有过之而无不及……

次日清晨，残燕王室军马全部集结在了襄平城下。早已经散漫无度的五万余步骑竟然全数到齐了，将军士兵人皆奋奋然满面红光，往昔多见的一片青白菜色竟神奇地消失了。老姬喜大是惊喜，连呼三声天佑大燕，立即下令开拔，沿辽水北进建立北燕。

老姬喜苍老的呼喊刚刚落点，军马尚未启动，四面山塬弥漫出隐隐沉雷之声。大臣将士们尚在诧异，不可思议的事情发生了——遥遥相对的绵长山脊陡然立起了一黑森森的城墙，城墙倏忽变作一片片乌云四面压来，没有喊声，没有旗帜，只有一片青光闪闪的树林与连绵滚动的沉雷……那一刻，老燕王与所有的大臣将士一样，都陷入了可怕的梦魇，竟然没有一个人哪怕稍微地呼喊惊叫一声……

不消叙述那没有任何波澜的战场了。事实是，五万余燕军几乎还没有移动，便被秦军飞骑的巨大扇形包围了。与此同时，一支飞骑直插城下，切断了归城退路。所有这一切，老燕王始终都只是直愣愣地看着，仿佛在看一场宏大的飞骑演练。直到王贲高声喝问燕王是战是降，老姬喜还惊愕地大张着嘴巴不能出声。第一个开口的是相国姬饶，也只是嘶哑颤抖地喊了一声："燕王，不能战，降秦了！"就是那一声喊，老姬喜还没有下令，燕军将士们便东张西望了。王贲又是一阵高喊，燕军兄弟们若是愿降，立即抛下兵器，带上女人，开到山麓扎营！我军粮草午后抵达，管兄弟们吃饱！几句喊话如同军令，燕军将士们竟不可思议地高呼了一声万岁，立即将刀矛剑器呼啦啦掷到了地上，在一支秦军飞骑的导引下开到山麓去了。于是，王贲又一阵高喝，王室护军若是要战，我出同等人马厮杀！若是愿降，抛下兵器，退出一箭之地！也是没等老姬喜下令，数千王室骑士便掷下了刀剑退出了一箭之地。直到那一刻，老姬喜才软倒在了王车上。

"你？是王翦？"

"你是燕王喜？"

王贲不屑于答话，见老姬喜点头，立即唤来一名都尉吩咐了一阵。当日，燕王喜与一班王族大臣便被五千飞骑押送着，兼程赶赴蓟城了。王贲进入襄平，立即召来了职司后援而颇通兵政的马兴，两人一番会商议决：鉴于辽东战事了结之快超出筹划，后续文官一时无法赶来，先留下马兴率一万步骑镇抚辽东；通往辽东的后援路径与兵力依旧不动，以利解决辽东之饥荒；王贲则率主力飞骑，立即回师灭代。当夜，两人将禀报咸阳的上书拟定，立即分兵筹划。三日后，王贲的五万飞骑又风驰电掣般西来了。

秋风乍起，赵嘉的心绪一片萧疏。

代国立起六年了，国事一无振作，赵嘉的代王生涯更是日见难堪。六年前，当赵国刚刚灭亡时，拥戴赵嘉逃亡立国的老世族们雄心勃勃，无不以为赵人尚武善战，没有了赵迁那个昏聩荒淫的君主，赵国必能再度中兴，甚或能更加强盛。此等雄心，赵嘉更为执着。赵嘉深信，自己本来就是天命赵王，若非父王被那个胡倡女迷了心窍而改立了孽种赵迁，拥有天下第一流大军与赫赫李牧、庞煖那般统帅的赵国如何能灭亡？唯其如此，赵嘉君臣逃入代地立国，上将军赵平上书："请以代为国号，向天下昭示更新赵国之气象！收复失地之后，再改回赵国，向天下昭示我等君臣中兴赵国之功业！"此见立即得到了赵嘉与群臣的一致首肯。从源头上说，代国原本是春秋时期一个诸侯古国，在赵国先祖赵襄子时被赵氏吞并，自此成为赵氏部族的领地，战国之世便是赵国的代郡了。在代地立代国，土地城池是赵国本土，王族世族及军民人众更是赵国老民，论事实，谁也不会将代国不认作赵国。而在秦国与赵国势不两立的时刻，则代国这一名号，又或多或少可减少秦国的敌意。赵嘉君臣对这一妙用虽绝口不提，然在心底却是人人认可的。

初立代国的头两年，无论军力民力如何单薄，代国君臣的复国雄心还是勃勃跳动的。然自从与燕国结盟，燕代合军四十余万而惨败于秦军之后，代国气象每况愈下了。赵人素来蔑视燕军，然这次却无法指斥燕军。燕国在几乎所有方面都认同了赵军的轴心地位，太子丹承认了赵平为统帅，兵力部署也好，战场冲杀也好，燕军都以赵军马首是瞻，如此这般到头来还是大败而归，赵人还骂得出口么？因了无法找到合理解说，而又不能就此承认赵国气数已尽，代国君臣将士的人心莫名其妙地涣散了，士气莫名其妙地低落了，雄心莫名其妙地委顿了。

赵嘉深知其害，终于找到了一个解脱困境的出口——向太子丹发难。公开的说法是：太子丹急于复仇，摆脱赵军而擅自两分，致使赵军遭受惨败。当赵嘉在朝会上大肆讲说这番道理时，作为燕代统帅的赵平颇感难堪，然最终还是保持了沉默。一则是太子丹在战场确实没有完全按照赵平部署行事，二则是赵平自家也必须有一番说辞。否则，在多见名将的赵军眼里，他将永远蒙羞而不能抬头。虽则如此，在赵嘉得寸进尺地向燕王喜致信，要将太子丹置于死地的时刻，赵平还是说话了。赵平的理由只有一个："没有太子丹，燕国必将溃散！没有燕国，代国将失去羽翼！而代国一旦孤立，则秦军必不能容我！"然无论如何陈说，赵嘉也没有接纳赵平之见。赵嘉一意孤行了。太子丹的头颅被献给秦国了。赵平毕竟败军之将，从此很少说话了。

虽然摆脱了一时难堪，虽然找回了些许尊严，可代国还是没有起色。毋宁说，自太子丹死后，当年燕赵两国朝野弥散出的那种对秦国的火辣辣复仇之心，也莫名其妙地瓦解了。更使赵嘉寝食难安的是，秦国将赵燕旧地治理得井井有条，废除了燕赵法令中残余的春秋旧制，一步一步地推行着全新的秦国律法。农耕、百工、商市均已大体恢复，饥民也大大减少。驻防邯郸与蓟城的秦军，除了严密监控老世族外，不杀戮庶民，更不无端扰民。种种治情之下，原本追随王室残部逃来代地的民众，已经开始悄悄地回流故乡了。赵嘉几次欲图出兵，要卡断民众回流之道，甚或想杀一儆百杜绝此等回流。然与大臣将军们会商几次，最终却是不能决断。原因只有一个，当此根基脆弱之时，若再截断民众逃生之道，结局只能有两个：不被乱民吞噬，则必然招来秦军攻伐。然则，若听任如此回流下去，只怕不消三两年，赵国老世族们便要亲自下田耕作了。

“我白头矣！天命安在哉！”

六年前，赵嘉尚是正当盛年血气方刚的雄武公子。那时，赵嘉目睹国破家亡，壮怀悲切，慷慨激烈，废寝忘食地谋划着复国大业。纵然艰难小城，纵然风餐露宿，纵然宫室破败简陋，纵然一无享乐，赵嘉都是勃勃风发而不知疲惫为何物。倏忽六年，堪堪四十岁的赵嘉不可思议地老了，须发几乎全白了，身架干瘦如枯竹，心力疲惫得动辄便靠在随意一处睡着了。事情一件一件地败了，子民一点一滴地没了，士气一丝一缕地淡了，根基一日一日地松了……每念及此，赵嘉都伤感得仰天长叹。他，一个末世之王，终于明白了无可奈何为何物，终于明白了穷途末路为何物，终于明白了自己的归宿——除了义无反顾地追随历代先王于地下，他没有任何选择……

“禀报君上，王族大臣请行朝会。”

“上将军？朝会？何事还须朝会？”

赵平禀报说：“一班王族元老已经密谋多日，欲图东进辽东与燕国结盟或合为一体。请行朝会，大约是元老大臣们已经就此达成了一致，只要赵王决断了。”此刻的赵嘉，已经对任何突如其来的变故都没有了愤怒与悲伤，只淡淡道：“上将军也赞同么？”大见苍老的赵平明朗地说：“臣不赞同，代郡乃赵国旧地，尚有地利根基，若抛弃代地而奔辽东，则不啻乞儿奔人篱下，非但失了立足根基，也必然将与燕王残部反目。”赵嘉看了看君臣两人一身粗麻布孝服，竟不无揶揄地笑了：“此身重孝我等君臣已穿了六年，泪且流干矣。上将军以为，若不奔残燕，代国出路何在？”赵平默然片刻一拱手道：“臣乃赵氏子孙，誓死不离赵国本土。臣乃败战将军，无能辖制他人，只能决断自己。”

“好！”赵嘉陡然振作，“这方是雄烈赵氏之子孙！”

“君上决意抗秦？！”

“赵氏发于军旅，至少当烈烈而终，当死在战场之上。”

“臣！誓死追随君上！”

“那便整军备战，迟早必有一战。”

“臣遵王命！”

当夜，赵嘉还没来得及向赵平重新颁发兵符，斥候将军的紧急军报飞到了案头：秦军王贲部已经攻克襄平，燕王喜被俘，秦军正在回师西来！赵嘉端详着军报，非但没有了恐慌，心头似乎还生出了些许轻松。此等心绪，连赵嘉自己也惊讶了。赵嘉平静地登上了王车，赶到了上将军赵平的六进小庭院，亲自将兵符与军报一起交到了赵平手里。赵嘉只说了一句话：“来日战阵，本王自领黑衣剑士为前锋。”赵平没有说话，对着赵嘉深深一躬，大踏步去了。

秦军西来消息如巨石投池，代城天地翻覆了。

当初拥立赵嘉的元老大臣们因朝会动议被冷落，怒而发难，一齐带着私兵闯入了仍然叫做王城的一片高大庭院，立逼赵嘉下令举国北走阴山投奔匈奴。一片火把之下，赵嘉肃然挺立在廊下石阶，断然回绝了元老们的威逼。赵嘉硬邦邦的几句话是：“百余年来，赵国南抗强秦，北击强胡，素以雄武强势之道立于天下！秦人纵为虎狼，终与赵人同为华夏子孙！今赵人纵然弱势，何能自叛华夏，宁为胡人鹰犬哉！”这硬邦邦的几句话，元老们的私兵竟然全都肃静了下来，对这位素来陌生的代王投去了颇有几分敬意的目光。这一奇特景象骤然激发了赵国元老们的乱政传统，一时对私兵对赵嘉乱纷纷喝骂不休。为首元老一声喝令，一群世族子弟呼喝着扑来，立地便要裹挟着赵嘉北逃。赵嘉的数十名黑衣卫士怒吼一声，一齐拔剑扑上，双方在大庭院杀作了一团。

正在此时，赵平率领一支马队赶到，杀死了汹汹然攻杀代王卫士的世族弟子，当场缉拿了所有的作乱元老。依照赵国传统，举凡参与宫变者皆为死罪，主谋、主凶及骨干要员更是举族皆灭。然则，赵嘉却在当场破例下令："此次宫变，事属非常。主谋、主凶、要员，立即斩决！其余参与举事者及其家人族人，只要愿意死战抗秦，概不追究！"赵嘉话音落点，作乱的私兵们纷纷呐喊着"死战抗秦，不逃匈奴"，齐刷刷走到了上将军赵平的麾下。

"整肃代城！成军抗秦——"

赵嘉一声喝令，奄奄一息的代城一夜之间血流成河了。数十名元老大臣全数被杀，数百名元老子弟全数被杀，无数不知朝局政事为何物而只知唯夫君马首是瞻的妻妾们纷纷自杀，无数婴儿童稚少年妇孺在混乱中不是被"除根"而杀，便是流离失所不知所终……一片腥风血雨的三日三夜之中，代城突兀地立起了一支狰狞变形的决死之军，一支在绝境中被仇恨燃烧出最后一簇光焰的赵军。从赵嘉下令烧毁赵氏宗庙开始，代城的所有房屋都在熊熊大火中变成了一片焦土；所有没在混乱中死去的男女老幼，都拿起了长矛刀剑列队成军；所有的粮食财货牛羊猪鸡酒食衣物，都被搜罗出来，在城门内堆放成一座座小山，任人肥吃海喝尽情享用。只是没有人留意，三日三夜之间，赵嘉陡然变成了一个须发雪白满面血红的怪异老人。

第四日清晨，赵平接到了最后一道王命：清理全部成军人数，每个姓名都刻在城门外的城墙砖石上。两个时辰后，赵平禀报赵嘉：全部代军九万一千三百四十三人，每个人都将自己的姓名写上了南门外城墙。当赵嘉带着黑衣马队出城，要行最后的校军礼时，东西不足三里的代城城墙，已经全部变成了血染的砖石。所有的名字都是用鲜血写上去的，秋日的阳光下反射着晶晶闪烁的绛红色光芒，刺人眼目，摄人心魄。已经麻木的赵嘉，再次被最后一支赵军的这一出人意料之举深深震撼了。赵嘉没有继续校军礼，而是在血红的城墙下搭起了一方祭坛，对天，对地，对祖先，声泪俱下地禀报了赵人最后的壮举。最后，赵嘉大步走到了城门下的一方青石条前，抽出弯刀砍断了左手四根指头，板刷一般在青石条上写下了粗大鲜红的五个大字——华夏赵王嘉！那一刻，九万余人众静如山岳峡谷，没有哭泣，没有呐喊，一任秋风舒卷着猎猎旗帜……

“禀报代王，秦军开到了。”赵平的声音划破了寂静。

“上马列阵。赵军最后一战。”从未上过战场的赵嘉异乎寻常地平静。

遍野乌云在隆隆沉雷中压来了。

秦军开到代城郊野的时候，正当午后。出乎赵嘉意料的是，秦军没有立即攻杀，而是在代城南门外五里之地扎下了营垒。王贲派军使飞马抵达城下，用弩箭对赵军大阵射来了一封战书。战书云：“王贲拜告代王：赵秦同源。我秦军将士，素敬赵军。当此之时，更敬赵人死战之志。是故，秦军决意与赵代军对等一战。鉴于赵军有两万余妇孺老少，秦军以六万骑出战，不以强弩，不以援兵，不以偏师侧伏，全然对等搏杀。此战秦军若败，王贲决上书秦王，不再攻伐代赵之地；赵军若败，则赵人得从天下归一之大势，永不反秦。代王若以为可，王贲请约期而战。”

“明日清晨，生死一战。”

赵嘉没有丝毫犹豫，在城下立即批回了战书。若依古风尚在的战国军旅传统，远来之军约期而战，以逸待劳的守地之军当后延几日，以利对方恢复，方算得真正公平。然则，赵嘉已经无暇如此气度了。赵代军迟战一日，仅有的存粮便耗得许多，陡长的士气杀心又陡然流失亦未可知。然则，从另一面说，赵军并未以以逸待劳之势立即对远道而来的秦军发动袭击，在战场法则已经将奇袭当做正当手段的战国之世，赵军此举堪称曾经傲视天下的大家风范。唯其如此，赵嘉毫无愧色，赵军毫无愧色。

“诺！”王贲再次回书，只有一个字。

次日清晨，秋阳刚刚爬上山头，凄厉的号角立即淹没了代城谷地。

这是两方奇特的军阵。赵代的九万余大军分为三大阵：中间大阵为火红的三万余骑兵，这是五年前燕代联军惨败后保留的最后一支真正的赵军飞骑，背负弓箭手持弯刀，显是今日代军之主力；骑兵大阵的中央最前方，是一方数百人的黑色方队，这是赵嘉亲自率领的黑衣军；右手大阵为同样火红的四万余步卒，一色的弯刀长矛，没有一张盾牌；左手一阵则全部是五颜六色的老弱妇幼，各式兵器混杂，队形大见松散。对面秦军，则是整肃异常的三个黑色骑兵方阵，清一色背负弓箭手持长剑的轻装骑士，除了衣甲颜色与兵器，轻装程度与赵军骑兵几乎没有差别。

"代王！敢请遣散老弱妇幼，我军可再少两万！"王贲遥遥高喊。

"也好。边阵后退入城。"赵嘉终于点头。

"不退！死战秦军——"老弱妇幼军爆发出一阵乱纷纷的呐喊。

王贲正欲喊话。赵平正欲下令。赵军骑步两大阵中曾经与秦军杀红过眼的老兵们不耐了，乱纷纷一阵怒吼咒骂，不待将令便挥舞着刀矛开始涌动冲杀，原本已经被仇恨绝望折磨得几近疯狂的将士们顷刻间失去耐性，乱纷纷呐喊变为铺天盖地的呼啸呐喊，三大阵毫无队次呼应地潮水般扑向秦军。

在这短短瞬间，王贲厉声喝令："左翼骑阵截开老弱妇幼！越快越好！中右两阵搭住赵军，且战且退！三里之后展开决战！起——"整肃的秦军骑兵大阵，立即飓风般发动了起来。左翼两万骑士大回旋拉开，在河谷原野展开成一个巨大的钳形，风驰电掣般掠过疯狂的赵军主力，锋锐无匹地楔进赵军主力与老弱妇幼边阵的接合部，另一支则包抄外部并导引出路；一阵强力砍杀，顿饭工夫已将两万余老弱妇幼从赵军的红色巨流的边缘硬生生切割开来，轰隆隆逼向代城城下。不可思议的是，赵军主力没有纠缠干预秦军，秦军左翼骑兵也没有在切开老弱妇幼之后脱身。眼看着疯狂冲杀的赵军主力追着秦军大杀大砍，秦军左翼没有从背后掩杀赵军，而只远远圈定赵军老弱妇幼，任其哭喊叫骂，只是决然不许冲出巨大的黑色弧线。

此刻，王贲的主力飞骑大是艰难。骑兵的特质，在于凌厉的攻杀。骑兵对骑兵，要做到且战且退，先便陷入了劣势被动。就实而论，历来骑兵对骑兵作战中的有意撤退（不是战败的无序逃跑），不能一味撒开马蹄飞驰，否则掩杀者完全可能冲垮撤退方的阵形梯次而导致真正的崩溃。目下之秦军面对具有丰厚骑战传统且决意死战的赵军，这种被冲垮崩溃的可能性危险性更大。这便是王贲下令搭住赵军且战且退的原因所在。而要搭住赵军且战且退，其作战优势必然大打折扣，一时大有伤亡几乎难以避免。事实上，在左翼骑兵切断赵军边阵的顿饭辰光，秦军主力已经死伤了数千人马。

所幸赵军只有三万余骑兵，秦军主力除却左翼还有四万骑兵，依靠着整肃队形间的相互接应，总算没有被冲透大阵陷于真正崩溃。及至退出三里之外，王贲身边的一排牛角号急促凄厉地响彻河谷。随着凄厉的号角，秦军阵形发生了巨大的变化：与赵军接触的后军（原本的前军）一声呐喊，闪电般全速飞驰两翼；前军（原本的后军）则在这片刻之间立即反身，展开成真正的冲杀队形呼啸着正面掩杀过来；及至两军杀作一团，飞撤两翼的原秦军前军主力则已经在外围从容整顿好了队形，又一个梯次呼啸着杀向了赵军。真正的大拼杀展开之后，秦军的应对又流水般发生了变化：原本由王贲亲自率领的前军主力接战赵军骑兵，原本与赵军骑兵搏杀的秦军后军，则脱身杀向了堪堪赶来的赵军步卒。

代城河谷不甚宽阔，黑红两方大军堪堪十万，大肆展开搏杀，双方都没有大回旋的余地，只能全力拼杀，直到一方完全倒下。其惨，其烈，堪称战国绝响。王贲素有小白起名号，说的便是每临战场倍加勇猛冷静。此刻，王贲已经不需要下达任何军令，只带着三百精锐的中军飞骑专一寻找赵嘉的黑衣马队。秦赵两方，皆相互知底。王贲知道，赵国君主的黑衣卫士历来都是剑士精华，人数不多却锋锐难当。然则，此等剑士有一个极大缺陷，便是很少战场拼杀，缺乏大军战场之群体搏杀经验。赵嘉本人，则生于赵国末世，适逢其父悼襄王非正道君主，赵嘉既没有过赵国王子的军旅阅历，更没有亲自上过战场。今日赵嘉亲自率领黑衣卫士做前军冲杀，除了死战之志，战力并不如何强大。王贲之所以要亲自应对赵嘉，并非看重其战力，而是明确的统帅心思：代王是赵人的最后一面旗帜，决然不能走脱！

“左前方，跟我来！”

终于，王贲在纷乱呼啸的万马军中发现了那支皂衣孝服的马队，看见了白发飘飘的赵嘉。王贲低吼一声，这支没有任何旗帜的马队飓风般卷了过去。

赵嘉马队自真正的大搏杀开始，不知如何竟与赵平的中军主力骑兵脱离了开来，莫名其妙地卷入了步卒边缘。黑衣卫士们忙于全力应对这从未经历过的成群结队的混乱拼杀，只要与秦军杀在一起便是，谁也无暇去权衡战场大局。一个多时辰的连番搏杀之后，黑衣卫士已经死伤过半，又因缺乏相互呼应，马队驰骋渐渐散乱起来。所幸靠近步军，这支红色海洋中唯一的一坨黑色分外显眼，一些老卒认出了是代王马队，立即蜂拥过来护卫。赵嘉马队与赶来的步卒呼应着，又再度奋力冲杀起来。正当此时，王贲马队呼啸扑来，两个回旋便搅散了已经乏力的红色步卒，将赵嘉马队围困在一个看似松散却又无法突围的大圈子里。

王贲一个手势，马队中一支冷箭飞出，准确无误地钉在了赵嘉战马的左前腿上。战马陡然嘶鸣人立，飘飘白发的赵嘉还没来得及呼喊一声便被掀翻在地。一骑火红的战马闪电般飞来，王贲就势一掠，已经将赵嘉掳到了马背之上。黑衣卫士们怒吼一声扑杀过来。秦军骑士早有应对，瞬间弓箭齐发，接着回旋冲杀，不到两个回合的反复，黑衣卫士悉数身首异处了……

暮色时分，这场空前惨烈的大搏杀终于结束了。

秦军将士们没有欢呼，静静地肃立在尸横遍野的战场，直到血红的太阳没进了苍茫群山。三日后，王贲给秦王的上书是：代王嘉被俘获，赵代军主力七万余人悉数战死；代城两万余老弱妇幼，在秦军守护下仍自杀过半，剩余人口已迁入邯郸；代城已经成为废墟，不能驻军；此战，秦军将士战死三万余，存活者人人带伤，已退入蓟城整军待命。

旬日之后，新任长史蒙毅赶到了蓟城。

蒙毅对全体将士宣读了秦王书命，褒扬了秦军将士对最后一支赵军的猛勇搏杀，赏赐了三车王酒，特许灭代将士痛饮三日。当夜，王贲设军宴为蒙毅洗尘，聚饮对谈间说及灭代之战，王贲心绪别有滋味，不禁一声沉甸甸的长叹。蒙毅笑道："战场惨烈，古今皆同，将军当有武安君白起之豪气，何叹之有哉！"王贲摇头道："对代之战，非大战也，却亡我三万余将士，贲身为大将，何能泰然处之？"蒙毅沉吟了片刻，轻轻叩案道："将军言及于此，不妨坦然相告：对代军战法，朝臣原是多有议论，独秦王大为嘉许，将军无须上心也。"王贲道："朝臣之议，无非责我为滥施仁义之宋襄公，何足道哉！"蒙毅笑道："秦王之嘉许，将军不欲闻乎？"王贲道："王若嘉许，当有王书。今无王书，王贲何能当真哉！"蒙毅哈哈大笑："果然果然，秦王何料之准也！"说罢一招手，帐口肃立的一名书吏捧过来一支铜管，蒙毅挑开泥封抽出一卷羊皮纸展开，念诵道："秦王特书：王贲对代之战，一举廓清北中国，其功大焉！贲之战场处置，至为得当，大彰秦军战场正道，大显华夏一统大道，各军各将殊堪效法！秦王政二十五年秋。"蒙毅读罢，双手捧到了王贲面前道，"如此王书，将军心下当安也。"王贲不禁连连拍案："大哉秦王！大哉秦王也！力行战场正道，何愁天下不一！"蒙毅笑道："然则，山东说秦，依旧虎狼口碑，不亦悲乎？"王贲慨然拍案："蓬间雀喳喳骂词，何碍鲲鹏怒而飞哉！"

两人一阵大笑，一阵痛饮，又说起了后续事宜。

蒙毅转述了秦王之意：赵国之赵王迁业已被俘，囚禁于梁山；赵嘉抗秦虽失之酷烈，然终究有华夏大义，亦有赵人民心，不用押赴咸阳与亡国之君一道处置，可暂行拘押邯郸疗伤养息，若其心智恢复，日后可领代郡之地。王贲若无异议，可立即实施，秦王书命随后即到。王贲立刻申明，秦王如此处置大合代赵情势，他将妥善安置赵嘉拘押事宜。

言及军事，蒙毅向王贲知会了西北两边的战事进展：陇西对羌胡之战很是顺利，李信与翁仲率大军连续出击，已经聚歼羌胡主力大部，来春将继续追剿羌胡余部；北边九原战事尚未发作，然匈奴诸部已经汇聚阴山南麓，随时可能大肆南下。末了，蒙毅道："秦王之意，将军须得有备：来春若九原军情告急，蒙恬将立即北上；灭齐战事，秦王还是想要将军南下领军。"王贲笑道："灭国大战，尊兄向未出手。草原之战，王贲也从未尝试过。长史能否转告君上，蒙恬上将军依旧灭齐，王贲可就近开赴九原，与匈奴放手大杀一回！”蒙毅一边大笑一边摇头道：“兄弟之见，还是各安其所者好也！自错用李信灭楚，秦王立定了戒除侥幸之心。家兄灭国，将军草原，各弃所长，两两试手，秦王还睡得着觉么？”

两人一阵大笑间，天色已经亮了。

五 松耶柏耶 住建共者客耶

一个冬天，齐国朝野乱得没了头绪。

秦国大军驻扎巨野泽畔不进不退不战不和，诱发了齐国多方势力的激荡摩擦。齐王田建虽无定见，然大体倾向于丞相后胜的“和秦”动议，是谁都知道的事实。唯田建之彷徨，使各方都看到了尚存争取齐王实施自家主张之希望，情势便愈发地盘根错节交互纠缠。高高在上而动摇不定的齐王之下，三股主流势力激烈地明争暗斗着。丞相后胜与历来奉行“和秦安齐”方略的田氏世族力量，一直在斡旋与蒙恬大军订立合约，以图最大限度地保存齐国社稷。诸多将军则与田氏王族中以孟尝君后裔田炸为轴心的抗秦派结合，主张防患于未然，立即进入举国抗秦，并在孟尝君旧日封地薛城聚结了一支五千人的门客义旅，声言效法赵人抗秦到底。流亡临淄的亡国世族群最是汹汹躁动，非但已经结成了六千人的抗秦义师，且不间断地汇聚王城广场请命，坚执请求齐王发回流民财货以助五国义师。如此三方力量之外，齐国民众也大起波澜。临淄以西不足百里的狄县[1]，有没落世族子弟田儋、田横兄弟聚结民众自成万人义军，声言效法田单抗燕誓与齐国共存亡。若是寻常时期，此等纷纷擅自成军的状况，决然不能为国府所容。然则当此国难纷乱之时，成军各方皆大义凛然，全然不惧与官府抗争，各地官府自是不敢妄动。各方火急禀报临淄，丞相后胜又禀报齐王田建，君臣却都怕秦军未到便激发内乱而先自灭亡，只好派出密使多方斡旋，力图使各方相信王室，不要乱了大局。对聚集临淄的逃亡世族，齐王田建与领政的后胜一方则是投鼠

[1] 狄县，战国齐县，今山东省高青县东南地带。

忌器。最大的担心，是怕这些流亡者变成亡命之徒，铤而走险地行刺权臣或作乱临淄，其时临淄城内的数千军兵未必应对得了汹汹流民。于是也只能多方斡旋，一面答应斟酌发还流民财货，一面拖延时日设法驱逐这些恨秦又恨齐的祸根。如此一来，任何一方都仍旧在气昂昂行事，王室急书也好，丞相号令也好，都没了效用，国事法度全然失序，朝局乱成了一锅粥。

此年，齐国又逢冬旱，整个冬日未曾下得一场大雪，终日艳阳高照尘土飞扬，时有红霾黄霾笼罩临淄，动辄旬日不散。齐国本是天下方士渊薮，神秘诡异之学素有传统。遭逢如此天变，各式流言一时大起，纷纷预言齐国久享一隅之偏安康乐，而今必遭天谴，将有巨大劫难！流言弥漫，各地盗贼蜂拥而生，劫掠世族庄园封地事日日不断。朝野世族惶惶不安，一面纷纷聚结私兵靖乱，一面纷纷上书齐王坚请廓清乱民。后胜手忙脚乱，田建六神无主。左右思忖，君臣两人终是一筹莫展。

“天欲亡齐，孰能奈何！”

田建两手一摊，将国事全数交给了后胜，再也不见大臣了。

开春之时，顿弱的齐国探报已经堆满了秦王书房的整整一张大案。

二月初，嬴政与李斯尉缭通盘浏览了顿弱的所有上书，君臣一致评判：下齐火候已到，只要处置得当，齐国完全可能不战而降。从大局着眼，蒙氏祖居齐国，蒙氏一族至今在齐国尚有声望根基，蒙恬是决齐安齐的最佳人选。然则，便在秦王书命已经拟就之时，九原传来紧急军报：匈奴单于大肆集结二十余万兵力于阴山南麓，欲图春季大举南下，北边危机刻不容缓！君臣连夜密商，嬴政最终拍案：“大秦宁可失之于一统脚步稍缓，也不能失之于匈奴破我华夏！蒙恬立即率军二十万北上！下齐之战，交王贲将军统领！”李斯尉缭没有丝毫异议，小朝会立定决策：蒙毅立即赶赴蓟城宣示王命，秦王亲自赶赴巨野泽部署蒙恬军北上。

嬴政赶到巨野泽幕府时，蒙恬正拿着斥候军报端详九原地图。

蒙恬对朝会的决断丝毫没有感到意外，反倒是因为终可与匈奴大战一场而大为振作。嬴政凝视着这位少时挚友笑道：“身为上将军而无灭国之战，不亦悲哉！”蒙恬大笑道：“五国已下，齐国一根软肋而已，何如大草原数十万大军搏杀，臣不亦乐乎！”君臣两人大笑了一阵，军事便告了结。教蒙恬出乎意料的是，秦王带来了自己的长子扶苏，要蒙恬带着扶苏一起北上磨炼。当一身士兵戎装的一个英武少年赳赳大步走到面前行礼时，蒙恬两眼湿润了。

在秦国的大臣将军中，蒙恬是唯一能与秦王说及家事的君臣友交。蒙恬知道，秦王不立王后，虽然有数十名王妃，已经生下了二十余个王子，但却从来没有将任何一个王子交王室官署，依传统法度获得应有的立身待遇。也就是说，所有的王子都没有在太子傅官署就学，更没有涉及任何国事磨炼。虽然，目下的秦国没有太子傅这一实际就职大臣，然作为职司王族子弟就学的太子傅官署，还是照旧存在的。同样，秦王的所有王妃，也都没有交由王室官署登录名籍并确定爵位。而在任何一个邦国，国君的妻妾都是有法定爵位俸禄的，此前的秦国也不例外。蒙恬知道，秦王之所以如此，为的是彻底根除秦国曾经有过的宫廷内乱。然则，蒙恬还是隐隐觉得秦王如此做法有些过犹不及，几次欲图与秦王坦诚说说，都因军国大事接踵而来终未一谈。今日陡然得见秦王长公子，蒙恬不禁大觉欣慰，心头一热，话语不禁哽咽了。

“长公子大有气象，大秦社稷安矣！”

“邦国之安在大道，何在一王子也！”

嬴政一阵大笑，颇有感喟道：“蒙恬啊，这些王子一直在王室私学发蒙，书读了不少，武也练得些许。然则，至今没有任何历练。扶苏已经将及加冠之年了，还没真正打过一仗……其余王子，更是少不知事。不教他等多多磨炼，日后何以立足也！”

“君上洞察至明！扶苏入军，臣以为当有监军名号。”

“不可。未经历练，何能监军？”

“若无职司，无以历练。”

“不。”嬴政还是摇头，“先历练两年，看是否成器再说。”

蒙恬再不说话了。毕竟，秦王的做法是有道理的。国君的嫡长子监军，在六国固然是公认的传统。然在秦国，在秦王嬴政着力防范宫闱乱权的情势下，扶苏既未加冠，更未明确立为太子，才具亦未有任何展现，监军实在是徒有虚名。蒙恬所以如此主张，自然不是不明扶苏实际情形，而全然是从促使秦王早日明确储君处说话。在秦国大臣中，大约也只有蒙恬知道这位扶苏王子——秉性宽厚，少年持重，文武皆通。若与蒙恬所熟识的当年的少年嬴政相比，雄武勇略胆识志向确实与少年嬴政不可同日而语，然就胸襟开阔平实对人而言，扶苏却另有一番气象。蒙恬确信，这位王子只要经历了真正的磨炼，其与乃父之承接搭配，堪比秦惠王之与秦孝公。唯其如此，蒙恬一闻秦王将扶苏交他麾下磨炼，立即便想到了给这位王子一个展示才具的权力职司。如今秦王既坚执地要看看再说，蒙恬自然不好以种种预想为理由申辩了。

“好。那先做幕府司马。”

“不。做士卒。还得隐名埋姓。”

默然良久，蒙恬向秦王深深一躬，无言地领受了嬴政的嘱托。嬴政也再没说话，招手重新唤过扶苏，用力在儿子肩头拍了一掌，转身对蒙恬一拱手，大步出帐去了。扶苏望着父亲伟岸的背影，眼中不期然涌出了两眶泪水。蒙恬低声道：“公子可曾想好名字？”扶苏抹着泪水道：“父王取了，伯秦。”“伯秦！好！既表排行又藏姓氏，好名字！”蒙恬一拍掌道，“公子毋忧。你只说，开始想做甚差事？”扶苏一拱手道：“伯秦既入军旅，自当从骑士做起。自今日后，不敢劳上将军照拂。”蒙恬板着脸道：“照拂你甚？本上将军奉命督导长公子历练，莫非连你行踪也不能知晓？你只随我走，到九原军营我自会教你做骑士！之后，你我旬日一会面，只不让军士们知道便是。”扶苏原本打算蒙恬立即指定部属，他立即便去入伍，今见蒙恬神色肃然，无奈一点头，算是答应了。

“伯秦！”背身整理帅案的蒙恬猛然叫了一声。

“啊，啊，在。”扶苏好容易醒悟过来。

“记住，从今后你便是伯秦，要记住这个名字。”

“伯秦明白！”

旬日之后，王贲率八万大军抵达燕齐边境。

扎营当夜，王贲带着一个百人马队飞驰到了巨野泽秦军幕府。蒙恬向王贲备细交接了对齐战事与种种军务，留下三万步军，次日清晨率领二十万步骑混编大军隆隆北上了。王贲接手对齐战事，立即下达了第一道军令：所留三万步军原地驻守巨野泽畔，营垒旗帜军灶不减，虚张声势如原先人马。部署完毕，王贲立即赶回了燕南幕府。次日清晨，王贲下令所部大军向南开进，在没有任何齐军阻拦的情势下，公然渡过了济水。暮色时分，大军在济水南岸的山塬地带构筑营垒，驻扎了下来。次日清晨，王贲登上山头瞭望，东面的临淄城虽目力不及，但东方天际直冲霞光边缘的一大片灰黄色雾霾，却使王贲确定无疑地知道，临淄城距离他不过五七十里之地，轻装飞骑一鼓作气便可冲到城下。

当夜，王贲接到了顿弱密书。

顿弱知会的情势是：齐国朝野大乱，唯缺促降逼降之有效一击。顿弱给王贲的谋划是：齐军自驻防巨野泽东岸，因朝野陷于混乱，一直没有向济水方向分兵；若王贲能对巨野泽之齐军实施一场突袭战，而后大军进逼临淄城下，百事可定。王贲思忖一番，觉得顿弱谋划与此前蒙恬交代的下一步方略不谋而合，审时度势，齐国也确实需要一战。大国灭亡，真正的不战而降是古今从来没有过的，有的只是大战小战的区别而已。所谓不战而降，寻常只能是庙堂权力与都城军民，真正地举国不战而降，事实上永远都没有可能。

决断一定，王贲做出部署：自己带幕府马队立即南下巨野泽筹划；裨将赵成率三万轻装飞骑随后隐秘南下，三日内抵达巨野泽大营。赵成是赵高的族弟，也是秦军一员年轻猛将，王贲很是信赖。赵成领命点兵的时刻，王贲的幕府马队已经飞出了军营。

次日，王贲带着三名司马与一支百人马队，出营绕道三十里，登上了巨野泽东岸北侧的一座山头，将齐军大营的地形察看了整整三个时辰，终于定下了决断。三日后，赵成三万飞骑抵达。王贲下令赵成：兵马开入巨野泽东岸北侧的山林匿形驻扎，军士冷炊不得举火，赵成立即入营候令。

当夜聚将，王贲在烟气缭绕的猛火油灯下指点着地图，对将军们详尽部署道："齐军三十万，分作两大营，驻扎在巨野泽东岸的这片谷地。诸位且看，这片谷地有三个出口：面对巨野泽一面敞开，是西面出口；大营背后的东北方出口，连接临淄大道；大营东南方出口，连接薛邑大道。我军此战，不求斩首杀敌，只求溃敌乱敌以震慑齐国，促其早降！唯其如此，夜间突袭齐军，便是最佳战法！杀入谷地后，只要齐军不死战，我军便只虚张声势，佯作追杀即可，实则任其溃逃。如此战法，诸位可有疑义？"

"我等奉命！"大将们整齐一吼。

王贲立即下达了将令：三万步军由将军阎乐率领，从巨野泽东岸之南口突入齐营，入营后一万人冲杀，两万人立即摆开弓弩大阵齐射，掩护骑步冲杀；三万飞骑由裨将赵成率领，从巨野泽东岸北口突入，做冲杀齐军之主力；王贲自率三千飞骑，于西口策应各方。末了，王贲道："明日全军预备，多备火把！初更出兵，三更前隐秘进入巨野泽东岸南北两方。四更末刻，听中军号角开战！"

此夜一战，秦军大获成功。所有的秦军将士都没有料到，三十万齐军会如此恐慌溃逃，六万秦军横冲直撞如入无人之境。齐军一旦发现背后两个出口并无秦军封堵，几乎是潮水般涌向了两个山口，与其说秦军杀伤多，毋宁说齐军人马交互纠缠自相践踏而死伤者多。王贲原本预料的战果是，趁着齐军黎明酣睡，猛烈攻杀一阵，搅乱齐军营地便算成功。不料，一突入谷地竟是摧枯拉朽，及至天色大亮，三十万齐军竟全数逃出了巨野泽东岸大营，粮草辎重兵器衣甲旗帜战马尸体，厚厚一层铺满了整个谷地。王贲从伤兵战俘口中得知：此前，齐军主将田垸被紧急召回临淄了，许多将军也被部族秘密召回去了，中军幕府只有一班司马。秦军杀来声势震天，齐军无人号令，又不知虚实，便如此鸟兽散了……王贲来不及感喟，立即下达军令：全军休整一日，次日兵分两路，进逼临淄西南两方，在城外郊野三里处大张声势驻扎。

临淄大都，真正地炸开锅了。

最大的激荡，来自进入临淄城的各国流亡世族。一闻齐军战败，世族群大为恐慌。已经结成的"义师"原本散居在郊野尚未进城的世族营地里，此时得各世族族领秘密指令，纷纷乔装成齐国民众蜂拥入城。已经等候在城内的族领们早已经秘密联络，谋划好了对策。城外“义师”一经在城内聚结，流亡世族立即潮水般涌向了临淄府库，要抢回被齐国剥夺的财货，然后赶紧逃离这个如今已经是最危险的城池。城内的齐军虽则不多，然临淄官员将军对看护府库却很是上心。一闻流亡世族兵乱，守军立即汹汹开到府库四面各方要道堵截。于是乱兵混战立即爆发，临淄街巷喊杀震天，几无一处平安所在。

丞相府得到消息，正忙着与几个从战场逃回来的心腹将军商议如何劝降齐王的后胜顿时大急，临淄府库若是失守，自家多年心血便全部付诸流水。后胜二话不说，立即飞马王城紧急调出三千王室护军赶赴府库。也是府库财货利害太甚，齐军将士个个拼死效力。一个多时辰的混战后，流亡世族毕竟不敌两方齐军，终于丢下满街尸体哄然散了。此时天色将亮，后胜又连忙匆匆赶回了丞相府，顾不得稍事收拾歇息便衣冠不整地驱车进了王城。后胜不知道，也是来不及知道，此时的临淄城才开始了真正的大乱。

被杀散的流亡世族气恨攻心恼羞成怒，哄然散开在市井坊区以及没有士兵守护的官署，明火执仗地大肆劫掠商铺民居以及所有看到的有用之物。商家民户大感恐慌，纷纷逃出庭院呐喊着狂奔躲逃。有几处齐军将士聚居的坊区多有兵器，民众便聚拢起来与流亡世族乱纷纷拼杀。此时，王城护军已经撤回。在巨野泽大败的消息传来后，临淄城内的守军已经是惊弓之鸟，纷纷思谋着如何回家与族人相聚逃亡。更兼方才一场府库护卫战多有死伤，兵士们早已经没有了战心，任官员将军呼喊，都是装聋作哑。及至天亮，临淄城内烟火处处，哭声喊声杀声骂声连天而起，已经完全陷入无法控制的混乱之中。不久，城门也被汹涌人流撞开，万千人流蜂拥出城夺路四逃……

还在夜间时分，城外王贲便得到了顿弱急报，立即在城外展开了一道横宽数里的扇形军阵。天亮人流出城，秦军游骑纷纷向人群呐喊：“秦军不杀齐人！只拿流亡世族！举发流亡世族者可任意离去！”临淄齐人对流亡世族已是恨之入骨，立即纷纷向秦军指认。混迹人群中的流亡世族一被指认，便被赶到了秦军的马队圈子里。不到一个时辰，城下已经聚集了三四千人，老弱妇幼者居多，精壮者少见。

后胜匆匆进了王城，连跑带走气喘吁吁赶到寝宫。守护在宫门的老内侍说，齐王在太后灵前祷告一夜，方才上榻，丞相不能入内。后胜顿时大怒，拔出长剑将老内侍刺倒，径自大踏步进了寝宫。一溜侍女大是惊恐，乱纷纷尖叫着逃走。后胜提着带血的长剑走进齐王寝室，对侍寝侍女高声怒喝："唤起齐王！死睡数十年，该醒来了！"

"你？丞相？你你你，欲图如何？"睡眼惺忪的田建脸都吓白了。

"臣启齐王：大军战败散尽，临淄血火连天，秦军已经到了城下！"

"你你你，你要本王如何？"

"除了降秦，别无他途！"

"丞相……降，降，好，降了，降了……"

话尚未完，田建已软软地瘫倒在了地上。后胜鄙夷地看了田建一眼，向外一挥手，几名心腹将军便走了进来。后胜说声护好齐王，老夫出城，大步匆匆去了。

……

午后，一面巨大的白旗悬垂在了临淄西门箭楼。一队内侍侍女簇拥着一辆青铜王车缓缓出了城门，之后又一辆高车坐着丞相后胜，车后是两排大臣与将军。齐王田建怀中抱着王印玉匣，一头白发，脸色苍白麻木得好似一座石俑。整个齐国君臣的队列中，只有后胜显出一丝难堪而又惶恐的笑意。在秦国上卿顿弱的宣呼声中，齐王建向秦军统帅王贲献出了传承田氏王室一百三十八年的玉印。齐王建自己，则走进了旁边的一辆没有任何装饰的宽大木车。木车带着两名内侍两名侍女隆隆远去时，王贲下令秦国大军开进了临淄城。

多年之后，齐人中渐渐传开了一则故事——

齐王建降秦后，秦王担心齐人与齐王秘密联结，效法韩国复辟，于是将齐王囚禁在了一座小城邑——共。有人说，这个共是殷商王朝的一个古老方国，在陇西边陲之地，后来被周文王所灭。秦人接手周人地盘之后，共城便成了老秦在陇西的根基之一，最是偏远隐秘。也有人说，这个共不是那个共，是河内的共城[1]，是西周共伯和的那座封邑。无论是哪座共城，总归齐人都说，共城生满了苍苍松柏，齐王在松柏林中被活活饿死了。也有人说，不是秦人饿死了齐王，而是齐王自家绝食死的。

得齐王身死消息，齐人流传出一支哀伤的挽歌："松耶！柏耶！住建共者，客耶！"这是齐人极其复杂的一种心绪，是怨声，又是指斥，其辞直白说便是："松林啊，柏林啊，埋葬了建！使建囚共城，实际埋葬建的，是那些外来客！"歌儿流传开来，又有了多种解说。有人说，这是指斥齐王建听信外邦间人蛊惑之言，结好秦国，误了齐国。又有人说，这是齐人怨恨自己的国王不早早与诸侯合纵抗秦，以致亡国。还有人说，这个客，是指斥齐王听信后胜而接纳流亡世族，导致了齐国最后的大乱。总归是种种纷纭，至于后世，依然还是纷纭无定。

这一年，是公元前 221 年，秦王政二十六年，嬴政时年三十九岁。

齐国灭亡了，六国全部灭亡了。天下洪流隆隆转过了一座雄峻的高原，骤然涌向开阔的平野，荡开了浩浩之势，开始了一次亘古未闻的伟大转折。

六 战国之世而能偏安忘战 异数也

齐国的灭亡，是战国历史的又一极端个案。

自秦王政十七年（公元前 230 年），秦国开始统一中国的战争，历时堪堪十年。自灭韩之战开始，每灭一国，都是一场惊心动魄的大战。更值得关注的是，每一国的战争都不是一次完结的，抗秦的余波始终激荡连绵。我们不妨以破国大战的顺序，简要地回顾一番。韩国战场规模最小，然非但有战，更有灭国四年之后的一场复辟之战。赵国之战最惨烈，先有李牧军与王翦军相持激战年余；李牧军破后又有全境大战；国破之后又再度建立流亡政权代国，坚持抗秦六年，直到在最后的激战中举国

[1] 齐王建被囚之共城，史有两说。陇西之共城，在今甘肃泾川县城北五里处；河内之共，在今河南辉县。合理推测两说来源，当是传闻所致。马非百先生之史料汇集《秦始皇帝传》自注认为，齐王建囚居之所当在泾川。

玉碎，代城化为废墟。燕国则是先刺秦，再有易水联军大战，又再度建立流亡政权，直到五年后山穷水尽。魏国则据守天下第一坚城大梁，拒不降秦，直到被黄河大水战淹没。楚国老大长期疲软不堪，却在邦国危亡的最后时刻创造了战国最后的大战奇迹，首战大败秦军二十万，非但一时成反攻之势，且成为战国以来山东六国对秦军作战的最大胜仗之一。再次大战，更以举国之兵六十万与六十万秦军展开大规模对峙，直到最后战败国灭，残部仍在各自为战。六国之中，唯独赫赫大邦的齐国没有一场真正的战争，便轰然瓦解了。

齐国的问题出在了哪里？

论尚武传统，齐国武风之盛不输秦赵，豪侠之风更是冠绝天下。论军力，齐军规模长期保持在至少四十万之上，堪称战国中后期秦赵楚齐四大军事强国之一。论兵士个人技能，更是名噪天下，号称技击之士。论攻战史，齐国有两战大胜而摧毁魏国第一霸权的皇皇战绩。论苦战史，齐国六年抗燕而再次复国，曾使天下瞠目。论财力，齐国据天下鱼盐之利，商旅之发达与魏国比肩而立，直到亡国之时，国库依然充盈国人依然富庶。论政情吏治，战国的田氏齐国本来就是一个新兴国家，曾经有齐威王、齐宣王两次变法，吏治之清明在很长时间里可入战国前三之列。论文明论人才，齐国学风盛极一时，稷下学宫聚集名士之多无疑为天下之最，曾经长期是天下文华的最高王冠。论民风民俗，齐人“宽缓阔达，贪粗好勇，多智，好议论”，是那种有胸襟有容纳，粗豪而智慧的国民，而绝不是文胜于质的孱弱族群。

如此一个大国强国，最后的表现却是如此的不可思议。

唯其如此，便有了种种评判，种种答案。

在种种评判答案中，有三种说法比较具有代表性：一种是齐人追忆历史的评判；一种是阴阳家从神秘之学出发的评判；一种是西汉之世政治家的评判。其后的种种说法，则往往失之于将六国灭亡笼统论之，很少具体深入地涉及齐国。先看第一种，齐人的追忆评判。在《史记·田敬仲完世家》中，以三种资料方式记载了这种追忆与评判：其一，民众关于齐王之死的怨声；其二，司马迁采录齐国遗民所回顾的当时的临淄民情；其三，司马迁对齐人评判的分析。齐人的怨声，是齐人在齐王建死后的一首挽歌，只有短短两句，意味却很深长："松耶！柏耶！住建共者，客耶！"今日白话，这挽歌便是："松树啊，柏树啊，埋葬了建。实际囚居埋葬建的，是外邦之客啊！"按照战国末世情形，所谓客，大体有三种情形：一种是包括邦交使节、外籍流动士子、齐国外聘官员在内的外来宾客，一种是外邦间人（间谍），一种是亡国后流亡到齐国的列国世族。齐人挽歌中的"客"究竟指哪一种，或者全部都是，很不好说。因为从实际情形说，三种"客"对齐国的影响都是存在的。因此，不妨将齐人的挽歌看做一种笼统的怨声，无须寻求确指。但是，有一点是明白无误的，当时的齐人将齐国灭亡的原因主要归结于外部破坏，对齐王的指斥与其说是检讨内因，毋宁说是同情哀怜，不是挽歌的基本倾向。司马迁本人在评论中则明确地认为，齐人挽歌中的"客"是"奸臣宾客"。司马迁的行文意向也很明白，是赞同齐人这种评判的。

《史记》记载的齐国遗民回忆说："五国灭亡，秦兵卒入临淄，民莫敢格者。王建遂降，迁于共。"烙印在齐人心头的事实逻辑是：因为齐民完全没有了抵抗意志，所以齐王降秦了。这里的关键词是：民莫敢格者。国破城破，素来勇武的齐国民众却不敢与敌军搏杀，说明了什么？至少，可以说明两个问题：其一，齐国民众早已经对这个国家绝望了，无动于衷了；其二，齐人长期安乐，斗志弥散，雄武民气已经消失殆尽了。在百余年之后的司马迁时期，齐国遗民尚能清晰地记得当时的疲软，足见当时国民孱弱烙印之深。这一事实的评价意义在于，齐人从对事实的回顾中，已经将亡国的真实原因指向了齐国自己。

第二种说法，是包括司马迁自己在内的以阴阳神秘之学为基点的评判。《史记·田敬仲完世家》后的"太史公曰"，对《周易》占卜田氏国运深有感慨，云："易之为术，幽明远矣！非通人达才，孰能注意焉！……田乞及（田）常比犯二君，专齐国之政，非必事势之渐然也，盖若遵厌兆祥云。"这里的"厌"（读音为压），是倾覆之意；"祥"，寻常广义为预兆之意，在占卜中则专指凶兆。司马迁最后这句话是说，因为田氏连犯（杀）姜齐两君而专政齐国，太过操切苛刻，不是渐进之道，所以卦象终有倾覆之兆。鉴于此，司马迁才有“易之为术，幽明远矣”的惊叹。司马迁作为历史家，历来重视对阴阳学说及其活动的记载，各种曾经有过重大影响的预言、占卜、星象、相术、堪舆等，其活动与人物均有书录。事实上，阴阳神秘之学是古代文明极为重要的一部分，舍此不能尽历史原貌。

依据《史记》，关于田氏齐国的占卜主要有两次。

第一次是周王室的太史对田齐鼻祖陈完的占卜，周太史解卦象云：“是为观国之光，利用宾于王。此其代陈有国乎？不在此，而在异国乎！非此其身也，在其子孙。若在异国，必姜姓。姜姓，四岳之后。物莫能两大，陈衰，此其昌乎！”这段解说的白话是：“这是一则看国运的卦象，利于以宾客之身称王。然则，这是取代陈国么？不是。是在另外的国家。而且，也不是应在陈完之身，而应在其子孙身上。若在他国，其主必是姜姓。这个姜姓，是四岳（尧帝时的四位大臣）之后。然则，事物不能两方同时发达，陈国衰落之后，此人才能在他国兴盛。”应该说，这次占卜惊人地准确，几乎完全勾画出了田氏代姜的大体足迹。因为，这次占卜一直“占至（田氏）十世之后”。

第二次占卜，发生在陈完因陈国内乱而逃奔齐国之后。当时，齐国有个叫做懿仲的官员想将女儿嫁给陈完，请占卜吉凶。这次的卦象解说很简单，婚姻吉兆，结论是：“八世之后，莫之与京。”莫通削，又是暮的本字；而八世之后，恰恰是齐湣王之后。齐湣王破国，齐襄王大衰，齐王建遂告灭亡。这则卦象，同样是惊人地准确。

阴阳神秘之学的评价意义在于，他们认为，国家的命运如同个人的命运一样，完全由不可知的天意与当事人的作为正义性交互作用所决定；齐国的命运，既是天定的，也是人为的。就问题本身而言，这种评判是当时意识形态中极为重要的基本方面，不能不视为一种答案。总体看，先秦的所有神秘之学预测吉凶，都有一个极其重要的前提观念：当事人行为的善与恶（正义性），对冥冥天意有着重大影响。也就是说，当事者的正义行为，可以改变本来不怎么好的命运；而当事者的恶行，也可以使原本的天意庇护变为暗淡甚或灾难。这是后世善恶报应说的认识论根基，也是前述的交互作用。

另外一个前提观念是：正道之行，不问吉凶。这一观念的典型是西周姜尚踩碎龟甲。《论衡·卜筮篇》云："周武王伐纣，卜筮之，占曰：'大凶。'太公推蓍蹈龟，而曰：'枯骨死草，何知吉凶！'"这一事例，在《史记·齐太公世家》中的记载是："武王将伐纣，卜，龟兆不吉，风雨暴至。群公尽惧，唯太公强之劝武王，武王于是遂行。"如此理念，战国之世已经渐成主流。典型如秦国，司马迁记载了秦灭六国期间与秦始皇时期的多次灾异与神秘预言，唯独没有一次秦国主动占卜征伐大事的记载。先秦时代的神秘之学对人的正义善行非常看重，所以其种种预测，往往在实际上带有几分基于现实的洞察，也往往有着惊人的准确性。太史公所以将韩氏的崛起根源追溯到韩厥救孤，认为因了这一"积天下之阴德也"的大善之行，才有了韩氏后来的立国之命。其认识的立足点，正在于善恶与天命交互作用这一观念。所谓天人交相胜，此之谓也。而自魏晋之后，占卜星象等阴阳之学渐渐趋于完全窥探天意的玄妙莫测的方法化，强调人的善恶正邪对命运的影响则日渐淡薄，故此越来越失去了质朴的本相，可信度也越来越低。这是后话。

第三种说法，是西汉盐铁会议文件《盐铁论》记载的讨论意见。

《盐铁论·论儒篇》云："齐威宣之时，显贤进士，国家富强，威行敌国。及湣王，奋二世之余烈，南举楚淮，北并巨宋，苞十二国，西摧三晋，却强秦，五国宾从；邹鲁之君，泗上诸侯，皆入臣。（后）矜功不休，百姓不堪；诸士谏不从，各分散，慎到、捷子亡去，田骈如薛，而孙卿（荀子）适楚；内无良臣，故诸侯合谋而伐之。王建听流说，信反间，用后胜之计，不与诸侯从亲，以亡国，为秦所禽，不亦宜乎！"

这段评判，先回顾了齐宣王、齐湣王两代中的一代半兴盛气象，又回顾了齐湣王后期的恶政，指出了百姓不堪与人才流失两大基本面。对齐王田建的作为，则将其失政归结为三方面：听流说，信反间，用后胜之计。而"不与诸侯从亲"，则是信用前述三方的结果。显然，这种观念与齐国民众的说法，与司马迁评判，并没有重大差别。应当说，这些原因都是事实，但也都是最直接的现象原因，而没有触及根本。

那么，根本在哪里？实质的原因究竟是什么？

对齐国历史作一简要回顾，我们可以发现，战国时期的齐国有一个所有国家都没有的现象：末期四十余年没有发生过战争，此前十四年也可以说基本没有战争。也就是说，一百三十八年的历史中，齐国的后三分之一多的岁月，是在和平康乐中度过的，五十余年没打过仗。孤立抽象地说，和平康乐自然是好事，也是人类在各个历史时期都会生发的基本理想之一，无疑应当肯定。然则，在战国这样一个风云激荡的大争时代，一个大国五十余年无战，无异于梦幻式的奇迹。作为一种历史现象，史家无疑是注意到了这一基本事实。司马迁在回顾齐国历史时说："始，君王后贤，事秦谨，与诸侯信。齐亦东边海上，秦日夜攻三晋燕楚，五国各自救于秦，以故，（齐）王（田）建立四十余年不受兵……客皆为反间，劝王去从朝秦，不修攻占之备。"

且略去太史公的诸如"君王后贤"这样的偏颇评价，只就事实说话，首先理出齐襄王时期的轨迹。燕国破齐的第二年，齐襄王被莒城臣民拥立即位，此后五年直到田单反攻复国，是齐国最后一次被动性的举国战争。此后十四年，齐襄王复国称王，权力完整化。这十四年中，齐国只打了三仗：第一仗田单主政初期的对狄族之战，有鲁仲连参与，规模很小；第二仗是公元前 270 年（秦昭王三十七年，齐襄王十四年）秦国穰侯攻齐，齐军大败，丢失刚（今山东宁阳东北地带）、寿（今山东东平西南地带）两地；第三仗是公元前 265 年（秦昭王四十二年，齐襄王十九年），秦军攻赵，齐国应赵国请求而出兵救赵，迫使秦国退兵。很显然，这三仗，第一仗是安定边境，第二仗是完全被动的挨打，第三仗则是基本主动的维护邦交盟约（出兵救赵并非全然情愿）。

救赵之战结束，齐襄王便死了。

显然，齐国从国破六年的噩梦中挣脱出来之后，国策发生了重大变化。

此前的齐国，是左右战国大局的超强大国之一。在齐湣王与秦昭王分称东西二帝之时，齐国的强盛达到了顶点。可是，在燕军破齐的六年之后，齐国跌入了谷底。府库财货几被燕军劫掠一空，人口大量流失，军力大为削减。凡此等等，都使齐国不得不重新谋划国策。应该说，这是齐国国策大变的客观原因。在田单、貂勃领政的齐襄王时期，齐国的邦交国策可以概括为：养息国力，整修战备，亲和诸侯，相机出动。然则，田单迅速失势，齐国失去了最后一个具有天下视野的大军事家与大政治家。

从此，齐国开始了迷茫混沌的转向。

齐国转向，根源不在孱弱的田建，而在齐襄王与那位君王后。这双人物，是战国时期极为特异的一对夫妇。齐襄王田法章精明之极，善弄权术而又没有主见。战乱流亡之时，以王子之身甘为灌园仆人；及至看中主家太史敫女儿，立即悄悄对其说明了自家真实身份，从而与该女私通；后察觉大势有变，又立即对莒城将军貂勃说明了身份，于是被拥立为齐王。复国后畏惧田单尾大不掉，便听信九个奸佞人物攻讦之言，屡次给田单以颜色；后得貂勃正色警告，生怕王位有失，又立即杀了九个奸佞，加封田单食邑；及至田单与鲁仲连联手平定了狄患，终于疏远了田单貂勃，仅仅将田单变成了一个奔走邦交的臣子。田法章的作为，显然是一个权术治国的君主，其正面的治国主张与邦交之道，在实际上深受自己妻子君王后的影响。

君王后是个极有主见的聪明女人，当年一闻灌园仆人田法章（后来的齐襄王）真实身份，立即便与田法章私通了。其父太史敫深以为耻，终生不复见，君王后也绝不计较而敬父如常，由此大获贤名。以致连百余年后的太史公也不见大节，屡次发出“君王后贤”的赞语。《战国策》载：因君王后极力主张恭谨事秦，很得秦昭王赏识，曾派出特使特意赠送给君王后一副完整连接的玉连环，特意申明：“齐人多聪明之士，不知能否解开这副玉连环？”君王后拿给群臣求解，群臣无一能解。君王后便拿起锤子将玉连环砸断，对昭王特使说：“谨以此法解矣！”这是君王后强悍个性的唯一闪光，秦国不可能不察。田建即位的第十六年，君王后病危，叮嘱驯顺的儿子说：“群臣之中，有个人可以大用。”及至田建拿出炭笔竹板要记下来，君王后又说：“老妇已忘矣！”

一个如此聪敏顽强的女人，能在将死之时忘记最重要的遗言，可能么？很值得怀疑。最大的可能是两种情形：其一，平日已经将可用之人唠叨得够多了，说不说已经无关紧要了；其二，陡然觉得有意不说最好，教田建自家去揣摩，以免万一所说之人出事而误了自家一世贤名。后来，田建用了后胜为丞相。从田建的唯母是从的秉性说，田建不可能违背母亲素常主张。是故，第一种可能性最大。

田建是个聪明而孱弱，且有着极为浓厚的恋母情结的君王。在其即位的前十六年里，一切军国大事都是君王后定夺的。君王后的主意很明确，也很坚定：恭谨事秦，疏远诸侯。也就是说，对秦国要像对宗主国一样的尊奉，绝不参与秦国与其余五国的纠葛，将自家与抗秦五国区分开来，以求永远地远离刀兵战火。这一主张在君王后亲自主持下实际奉行十六年，在君王后死时，早已经成为植根齐国朝野的国策。孱弱而无定见的田建，加上着意而行的大奸后胜，齐国在事实上已经没有了扭转这种国策的健康力量。

当然，偌大齐国，并非完全没有清醒的声音。

《战国策·齐策六》载：君王后死后的第七年，田建要去朝见刚刚即位五年的秦王政，祝贺秦军蒙骜部大胜韩魏而设置了东郡。临行之时，齐国守卫临淄雍门的司马当道劝阻，问了一个最简单的问题："（国家）所以立王者，为社稷耶？为王而立王耶？"田建只能回答："为社稷。"司马又问了一个最简单的问题："（既）为社稷立王，王何以去社稷而入秦？"田建无言以对，取消了赴秦之行。消息传开，即墨大夫便认为齐王还是可以改变的，于是立即风尘仆仆赶到临淄，对田建慷慨激昂地诉说了齐国重新崛起的大战略。这段话是："齐地方数千里，带甲数十万。夫三晋大夫皆不便（亲）秦，在阿、鄄之间者有百数（世族大户）；王收而与之十万之众，使收三晋故地，则临晋关（蒲津关）可以入矣！焉、郢两地不欲为秦，而在城南（齐楚交界之地）下者百数（大族），王收而与之十万之师，使收楚故地，即武关可以入矣！如此，则齐威可立，秦国可亡！夫舍南面之称制（王），乃西面而事秦，为大王不取也！"可是，这次田建却听风过耳，根本没有理睬。

就当时大局而言，即或田建接纳了，即墨大夫雄心勃勃的大战略也几乎无法实现。然则，那是另外一个问题。我们要说的是，这种主张邦国振作的精神与主张，在齐国这样的风华大国并没有泯灭。全部的关键在于，当政庙堂笃信“事秦安齐”之国策，对一切抗争振兴的声音皆视而不见，终于导致亡国悲剧，不亦悲哉！

事实上，从抗燕之战结束，齐国便开始滑入了军备松弛的偏安之道。

田单复国后，齐襄王的十四年只有两次尚算得主动的谋战（挨打的一战全然大败，不当算作谋战）。如此战事频率，尚不若衰弱的燕国与韩国的末期战事，在战国之世，实在可以看做无战之期。果真如此，则齐国末世两代君主的五十八年一直没有战争。不管期间有多少客观原因，抑或有多少可以理解的主观原因，这都是一个不可思议的异数！

之所以是异数，之所以不可思议，在于两个基本方面。其一，春秋战国两大时代，对于整军兵备重要性的认识非常透彻。也就是说，在社会认识的整体水平上，对战争的警惕，对军备的重视，都达到了古典时期的最高峰。而齐国绝非愚昧偏远部族，却竟然完全忘记了背离了这一基本认识，实在不可思议。其二，从实践方面说，田氏代齐起于战国之世，崛起于大战连绵的铁血竞争时代，且有过极其辉煌的政治经济文化军事全面兴盛的高峰。如此齐国，面对如此社会实践，竟然面对天下残酷的大争现实于不顾，而奉行了一条埋头偏安的鸵鸟国策，更是不可思议。然则，无论多么不可思议，它毕竟是一种曾经的现实，是我们无法否认的历史。

后世辑录的《武经七书》中，最古老的一部兵书是《司马法》，其开篇的《仁本第一》有云：“国虽大，好战必亡。天下虽安，忘战必危。”这两句话之所以成为传之千古的格言，在于它揭示了一个冷酷的事实：好战者必亡，忘战者必危；国家生存之道，寓于对战争的常备不懈之中。纵观中国历史，举凡耽于幻想的偏安忘战政权，无一不导致迅速灭亡。夏商周三代以至春秋战国，大国将生存希望寄托于虚幻的盟约之上，置身于天下风云之外而偏安一隅，甚至连国破家亡之时最起码的抗争都放弃者，齐国为第一例也。

秦灭六国形势图

代
前222年灭燕
蓟
燕
前226年破燕都蓟城
前221年灭齐
赵
邯郸
临淄
齐
前228年克邯郸，
前222年灭赵
秦
咸阳
前225年灭魏
魏
大梁
郑
韩
前230年灭韩
楚
前223年灭楚
寿春

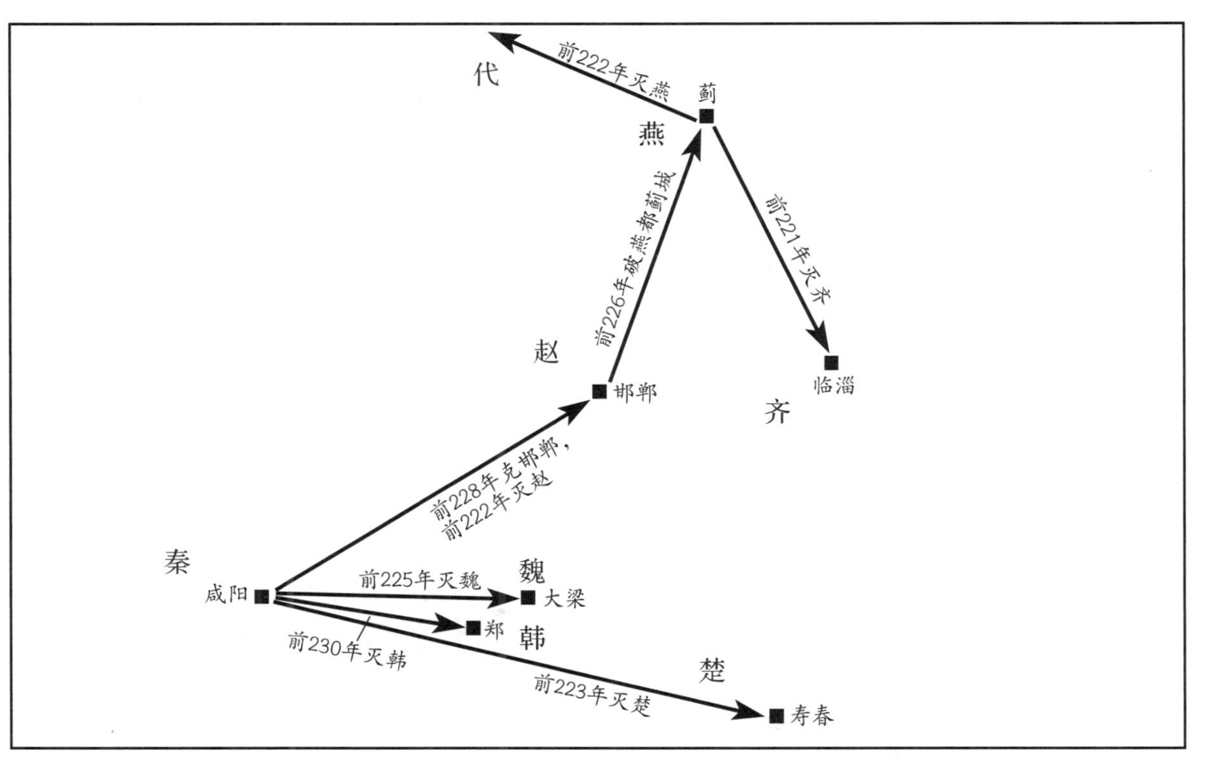

第十一章 文明雷电

一 欲将何等天下交付后人 我等君臣可功可罪

接到王贲顿弱两方快报，嬴政堪堪浏览一遍，软倒在了案头。

蓦然开眼，春阳洒满榻前，嬴政惊讶坐起咳嗽一声。赵高一股风进来，高兴得嘴角眉梢荡着笑。嬴政睡眼惺忪问："你小子咻咻笑甚？"赵高眉飞色舞地连连比划着："啊呀！君上不知，了不得也！咸阳社火都闹翻天了！三日三夜没停鼓点！酒肆家家精光，国人还在嗷嗷叫！醉了醉了，整个咸阳整个秦国都醉了！满城鼓声如雷，君上也睡得呼噜震天！大吉大吉！难得难得！"见素来只做事不说话的赵高竹筒倒豆子脆生生一大篇，嬴政笑了："你小子是说，我睡了三日三夜？"赵高说："三日三夜好！三三得九，至高至大，大吉大吉！"嬴政不禁皱眉道："谁教你这阿谀之辞，睡觉也有个三三得九了？"赵高惶恐笑道："君上不知，这几日谁见了谁都是满口祥瑞吉辞，小高子说溜嘴了，该打该打。"一边说一边收拾卧榻一边给嬴政着衣，利落得没有耽搁一样，话音落点又立即扶着嬴政走进了寝室旁的浴房。嬴政看着热气蒸腾的水汽，说太热了。赵高笑呵呵道："君上也，热水好，这是小高子自家动手烧的水，保君上浴后一身大汗身轻如仙。"嬴政一挥手笑道："小子聒噪！"丢开大袍一步跨入硕大的浴桶，没进了蒸腾弥漫的水雾。

及至嬴政裹着宽大轻软的丝锦大袍出来，赵高已经备好了饭食。

虽然，拭干的身子依旧渗着细密的汗水，嬴政却是红光满面倍感轻松。一见大案上的老三式，嬴政胃口大开，将铜盘中肥嫩的拆骨羊肉塞进已经豁开大口子的白面锅盔，大咬一口，再抓起一把光溜溜的小蒜撂进口中，大吞大咽酣畅无比。片刻之间，三张大锅盔一大盘拆骨肉风卷残云般没了踪影，又打开陶罐呼噜噜喝了一大罐鲜辣香的羊骨汤，嬴政这才大汗淋漓地擦手擦汗，离座起身。旁边的赵高啧啧连声，君上真猛士！四斤羊肉五斤锅盔一大盆羊骨汤，大约老廉颇也不过如此了。嬴政不禁哈哈大笑："王贲一顿咥一只烤羊，那才叫猛士也！"蓦然打住，似有回味地指着陶罐道，"方才羊骨汤，如何有淡淡药味？"赵高惶恐道："禀报君上，是小高子见君上多日乏力，请老太医开了几味强身健体之药，单煎怕君上难喝，搁在了羊骨汤里。"嬴政释然笑道："也是，六国灭了，得连轴转了，没神气不行！只要真管用，药当饭吃也好。"赵高奋然道："君上莫担心，小高子再想法子，定要教君上健旺如龙虎，打好天下，治好天下！"嬴政笑得一阵，恍然道："几日大睡，定然公事如山了，去书房。"赵高道："丞相廷尉国尉等一班大臣都来过，都是恭贺，没说甚大事。"嬴政猛然板着脸道："国事你小子少多嘴！立即备车，书房外等候。"赵高再不敢说话，一阵风般去了。

嬴政在书房没留得顿饭时刻，登车直奔廷尉府而来。

李斯入主廷尉府，已经堪堪两年了。

当初秦王任李斯为廷尉，李斯肩头便压上了一座沉甸甸的大山。从走进廷尉府正厅的那一日起，李斯油然生发出一种鲜明的预感：这里，将是自己人生功业的真正开始。因为，李斯清楚地知道，新的天下需要什么，秦王期冀自己做什么，自己又该当做什么。在商鞅变法之后的秦国，廷尉这一职位是极其显赫的。这不仅仅是说廷尉的职爵班次座居丞相、上将军之下的所有大臣之首。更重要的，廷尉府是秦法的实际运转轴心，是秦法的威权凝聚之所。唯其如此，在朝，在野，乃至在整个天下，廷尉府都是秦国之所以为秦国的标志，犹如战场标有姓氏的统帅大旗。没有秦法，秦国不成其为秦国。没有廷尉府，秦法不成其为秦法。

若将秦国廷尉府的实际职能与延展职能综合起来，至少具有四个基本方面的职能权力：其一，执法行法，也就是具体地执法审案，以及随时推行新的法令；其二，法教，辖三级法官，为朝野臣民宣法，并随时回答种种律法疑难；其三，筹划修法立制，法令需要修订，抑或在扩张的新领土要推行新法，都须得廷尉府事先筹划；其四，领衔执法六署（廷尉府、司寇府、宪盗署、国正监、御史署、刑徒署），会商行法涉法之国策方略。

秦国凡事皆有法式，政事与国计民生之谋划，无不与律法有涉。举凡商市税金、关卡盘查、农田赋税、河渠浇灌、工程徭役、奖惩查处、军功查核等等等等，凡有疑难纠纷不能解者，最高的仲裁便是廷尉府会同六署会商，再报国君决断。事实上，秦国执法事务繁剧，秦王极少能亲自决断涉法事务，除非事涉根本又有争议，其余法事无不由廷尉府主持决断。实际上就是说，在秦国，只要廷尉府不停止运转，任何官署瘫痪都不足以影响邦国政事与庶民生计的常态。如此廷尉府，与山东六国的执法署不可同日而语。李斯纵然是法家名士，不入秦国，也是无法想象的。此前，虽然李斯已经职任长史多年，长期参与了庙堂谋划，被秦国朝野视为“用事”要员；然则，就功业与地位而言，那时的李斯还没有真正步入重臣之列。毕竟，长史虽能与闻中枢机密，然爵位却相对低下，在文官爵次中仅是略高于六百石的中爵。更大的不同是，对于国家大政而言，长史永远都是谋划之功，而不是重臣的治事之功。此间分际，犹如知兵名家入军，做军师还是做大将军，二者是截然不同的。

六国已灭，李斯已经清晰地看到了泱泱华夏面临的重大抉择。

首先，依秦王嬴政的强毅秉性与超凡胆略，以及万事力求创新的为政之风，绝不会在一统天下之后走老路，满足于做一个诸侯朝贡的周天子。其次，天下潮流与天下民心，也不容中国再复辟三代旧制，再重演周而复始的诸侯分治刀兵四起的“无主”局面。再则，多年来与秦王及一班决事大臣会商大事，涉及未来天下，至少有一个共识是明确的：秦国必得结束数百年战乱，还华夏一个富庶昌盛和平康宁。若得如此，退回老路显然是逆潮流行事，显然是与秦国中枢君臣长期达成的共识相违背的。

既然如此，新路何在？重新架构天下文明的宏图何在？立即就凸显出一个无法回避也不容回避的巨大难题。解决这个难题，以无与伦比的才具勾勒出华夏新文明的框架，将是无可争议的万世功业，更是修法立制之廷尉府的职能权力所在。当然，这时的廷尉府，也已经不仅仅是战国之秦的廷尉府，而是一统天下的新大秦的廷尉府，是天下立制的轴心所在……每每想到此处，李斯便奋激不能自已。身为法家士子，他比商君幸运，比韩非幸运，更比申不害、慎到等无数法家名士幸运。犹如为将统兵，王翦王贲父子比武安君白起幸运，比司马错幸运，更比蒙骜一班老将幸运。王翦王贲父子力下五国，使天下结束战乱，大秦得治天下。而他李斯，则将创制一套新的华夏文明，如浩浩江河传之不朽。

此等功业，可遇而不可求也，夫复何言！

两年来，李斯近乎疯狂地劳作着，宵衣旰食乃至废寝忘食，全然沉浸在如山一般的卷宗如海一般的事务中。李斯极善统筹，且见事极快，于千头万绪中举纲张目正当其长。一接手廷尉府，李斯立即整肃了原班人马，将廷尉府事务分作两大摊：以廷尉府丞率原班官吏，全力行使日常执法权力；再从已灭五国的旧官吏中遴选出四十余名能事法吏，加上顿弱从齐国斡旋来的六名法吏，编成了一个近五十人的修法署，专门整理六国律法，对比秦法与六国法令之不同，最终得会商提出在天下推行新法之种种补正。

之后，李斯立即脱身廷尉府事务，与丞相府行人署会商，从山东列国开始搜罗游学士子，尤其着意搜求当年齐国稷下学宫流散的诸家博学名士。同时，李斯又与咸阳令会商并报秦王允准，将当年吕不韦建成的文信学宫从商旅手中收回，改建成了一座博士学宫，暂由廷尉府辖制。短短半年之内，山东士子三百余人流入了这座博士学宫。李斯亲自主持，逐一查勘了每人的学问流派，一举设置了七十三名博士，其余皆为学士。每个博士皆以六百石中爵大夫待之，人人一座六进庭院大宅，手笔之大远超当年稷下学宫。开始筹划之时，先到的名士们人人摇头，都说如此气象之学宫根本不可能立于秦国，这个秦王当年驱散了吕不韦文信学宫，能是大兴文明的君主？至于人人六百石，更是痴人说梦。李斯朗声大笑道："先生等毕竟不知秦王何许人也！秦王若非超迈古今之君，李斯何敢如此铺排哉！"

及至王书颁行，博士学宫立署开张，博士们人人高车骏马日日进出六进大宅，这些饱学之士始而人人惊愕，继而唏嘘感奋，顿时对秦王生发出了山东流言之外的一番认同一番赞叹。年余之期，博士宫呈现出一片蓬勃奋发气象，人人孜孜伏案，日日论战会商，活生生回到了当年稷下学宫的勤奋勃发。李斯给博士们的职事是：通览近三千年之所有典籍，锤炼新天下之可行典章；凡有疑难，一体会商，信则存信，疑则存疑，务必求其精要以供君前决断。

诸事摆布妥当，李斯又给自己遴选出六名精干书吏，两名书吏专司联结廷尉府所属各方事务，四名书吏襄助自己的书房劳作。李斯立下的法度，旬日一出户，以一日一夜之时，巡视各方事务并决断积压待决文卷，其余时日，任何官吏不见。从此，李斯一头埋进了书房，开始了毕生最为奋发的书案筹划生涯，没日没夜地写着画着转悠着思忖着……

"廷尉大人，别来无恙！"

"君上？……"

大步踏进李斯书房的嬴政，笑吟吟刚诙谐一句，陡然停住了脚步。闻声抬头的李斯显然还沉浸在迷惘的思绪里，目光深邃飘移，看秦王如影影绰绰一团云雾，一时竟忘记了站起身来。片刻之间，嬴政也似乎忘记了李斯，内心的震撼在扫过书房的惊讶目光中毫无保留地显现出来。这是一间宽阔如同大厅的书房，书架图板交错林立，各种规格不一的长大竹简挂满了书架、石柱与一切可见的空间。各种书案连绵回旋，堆满了展开的卷宗与羊皮书，即或是连绵书案之间的曲曲折折的甬道，也间或参差不齐地码放着一座座卷宗小山。厚厚的红毡地面之上，铺开着种种图表简册，有的尚未干透，墨迹还隐隐泛着水光。中央则是六张连排大案，案案文卷如山，身旁地面也是同样的文卷如山，李斯的身影埋没其中，若无声响根本就不见踪迹……然则，最让嬴政怦然心动的，还是那无数竹简图板上扑面而来的满当当的大字。李斯写字，原本便有一种令人无法言说却又能真切感知的神韵，苍劲如铁勒银钩，秀美如山川画卷，工肃如法度森严，每每令不善书字的嬴政惊叹不已。如今，这些大字层层叠叠比肩而立，在墙在柱在地如沟壑纵横如平野苍茫，遥遥看去直如万仞山川之长风鼓荡林海，离离蔚蔚浩浩荡荡气象万千地弥漫出一种无法描摹的意境，使这大而狭小的书房变得广阔而又深远，恍如群山巍峨海潮激荡……

“大哉！嬴政今日始知华夏文字之美也！”

“臣见过君上！”李斯这才完全清醒，从书山字海中小心翼翼地绕将过来。

“廷尉辛劳如此，我心何堪矣！”嬴政深深一躬。

“臣不敢当。”李斯连忙扶住了秦王，“君上勤政不息，臣焉敢不竭尽全力。”

“倏忽两年，先生老矣……”嬴政打量着李斯，有些哽咽了。

“老则老矣，臣精神也！”

此时的李斯，灰白的须发杂乱无章地散披在肩头，匆忙戴上的玉冠还歪在头顶，一身麻布绵袍空荡荡皱巴巴地挂在精瘦的身架上，一双皮靴趿拉得几乎露出了踝骨；眼窝发青，脸上隐隐可见难以擦拭干净的斑斑墨迹。整个人邋遢得活似一个穷途末路又放荡不羁的市井布衣，若非在廷尉府这间书房，若非苍白的脸上泛着烁烁红光，若非那双炯炯有神的眼睛荡漾出明亮智慧的光芒，只怕谁也认不出这是素来整洁利落且讲究颇多的李斯了。饶是如此，嬴政一丝也笑不出来，目光中第一次流露出真诚的钦敬与感动，骤然之间对李斯有了前所未有的一种认知。

“先生，郊野踏青一番，松松神！”

“不能。”从来没有拒绝过秦王任何安排的李斯，第一次几乎想也没想便说出了两个字，瞬息之间似乎又觉不妥，歉然一笑道，“臣正欲请见君上，许多事得立即着手了。”

“好！这就说！”嬴政立即将方才的话忘干净了。

“这里太……”

“这里最好，先生只说。小高子！给先生弄一案吃喝来，要热！”

站在门厅廊下的赵高遥遥答应一声，腾腾腾飞步去了。李斯揉了揉潮湿的眼睛，二话不说，一拱手领着秦王穿过了两条甬道，来到了一方仅容两人站立的丈余高的帷幕前。哗啦一声，李斯拉开了帷幕，赫然显出一方高大的板墙，熟悉的苍劲大字扑面而来——

定国图治十大事略

一　典章诸事：君号　国运　朝仪　礼法　服饰　文书制式等

二　国制诸事：天下治式　官制更新　律法一统等

三　文教诸事：同文字　定雅言　废诗书　立法教等

四　通国诸事：连接驰道　开辟直道　同一车轨等

五　统器诸事：同一度量衡三器　各立校正之具等

六　水利诸事：掘六国堤防　通天下河渠　行农田水法等

七　定边诸事：南百越　西羌胡　北匈奴　通连六国长城等

八　息兵诸事：收天下兵器　去天下私兵　除天下之盗等

九　安邦诸事：根除复辟　六国之王　六国王族　六国世族等

十　社稷诸事：堕六国王城　除六国宗庙　安圣贤后裔等

良久默然，嬴政一拍掌高声道："举纲张目，大开茅塞也！"李斯笑道："君上，此乃庙堂历年共识，臣归总整理而已。臣已草成上书一卷，供君上决断。"嬴政接过李斯捧起的沉甸甸一大卷简册，颇具意味地笑了："十大方面，大事千数百余，件件破天之荒，先生不觉难亦哉？"李斯淡淡一笑道："君上，此中尚未包括目下该当立即着手的几件大事。"嬴政道："当务之急，也是开手之事，说。"正在此时，门厅传来赵高独特的声音："禀报君上，饭食业已备好，敢问食案安在何处？"嬴政一挥手笑道："好！廷尉先咥饱再说。如此书房，显是不能吃饭了。"李斯一拱手道："君上若不责臣村气，臣在廊下咥了。"嬴政大笑："如此村气好啊！风和日丽，正当廊下与先生痛饮一番。小高子，廊下列案。"

片刻间，两大食案在宽绰的廊下安好。赵高已经将嬴政着意带来的一车王酒悉数搬在了阶下码放整齐，案上两坛业已开口，两大铜爵也已经斟满，整个庭院立即弥漫出一片浓郁的酒香。君臣两人落座，嬴政笑道："来时我已咥饱了。先生劳累空腹，先咥饱再饮酒，不拘礼仪，来，大锅盔！"李斯接过了嬴政夹在自己盘中的热腾腾厚锅盔，眼中泪光闪烁，一句话也没说便开始狼吞虎咽。嬴政不忍直面端详，将目光转到庭院去了，直到李斯叮当放下玉筷，嬴政这才转过身来。两人对饮了三大爵，李斯便说起了开手三件大事：封赏功臣将士、抚慰老秦民众、安定天下人心。嬴政连连拍案，欣然认可。

末了，李斯又说起了博士学宫，说时势已到火候，当将博士学宫改为国府之下的独立官署，不再由廷尉府下辖。嬴政问，博士中可有真才实学之士？李斯说："君上若求商君那般治世大才，学宫尚无入眼之人。然若就目下所需看，这般饱学之士却是历来秦国所缺，文明创制不可或缺，其中，不乏当年稷下学宫几位名士。"李斯一口气念出了一大串名字：周青臣、淳于越、叔孙通、鲍白令之、伏胜、羊子、黄疵、正先、桂贞、沈遂、李克、侯生、卢生、高堂生、东园公、绮里季、夏黄公、角里先生[1]。李斯还在数着念，嬴政摇摇手笑道："有用便好。我只怕此等饱学儒生成事不足，败事有余。"李斯说："至少目下是有用的，博士们也很为秦王一天下感佩不止。"嬴政摇摇手道："廷尉只说，博士学宫以何人掌事？甚个名头？"李斯道："周青臣理事治学俱佳，可为掌事，名头，似可称作仆射。"嬴政大笑拍案道："好！仆也，射也，皆领事之名也，便是仆射了。"

长史蒙毅大忙起来了。

秦王从廷尉府回到王城，立即将李斯的《定国图治十大事略》上书交给了他。秦王的决断很明确：立即誊刻分送各大官署，限各署大臣一月之内思谋诸事应对，四月末行大朝会议决。此前，蒙毅得做另一件大事：会同国正监之考功署，统录并确定文武百官、将士臣民、六国人士于一统天下之功绩，拟定封赏王书，筹划朝会大行封赏。这件事非同小可，既是激励秦国朝野的喜庆盛事，又是抚慰天下人士的安定民心长策。更要紧的是，这是一桩繁剧而缜密的事务，牵涉面之多几乎涉及所有臣

[1] 所列博士，皆为史料汇集之秦博士姓名，其中最后四人是西汉初期的商山四皓。

民，尤其也包括了山东六国臣民，要在一月之内备细列出谈何容易！然则，年轻的蒙毅没有丝毫的畏难之心，立即全副身心地扑了上去开始连轴转了。这便是那时的秦国，上下同心同欲，任事不避险难，劳作不畏艰辛，奋发惕厉而着意创新，质朴求实以能事为荣，孜孜不倦以公事为本，民风官风之清新之纯厚，对当时天下有着极大的魅力。秦统一六国而能使"民莫不虚心仰上"，与其说天下人对秦王膜拜，毋宁说天下人对秦所开创的国风民性的心悦诚服。

倏忽一月，蒙毅终于从考功署的密室中走了出来，长长地出了一口气。

整整一车简册拉进了王城，在秦王书房摆成了又一座文卷大山。正沉浸在列国郡县地图下的嬴政看得又气又笑："你这个蒙毅，教我一卷一卷翻么？"积起一脸夜色的蒙毅连忙道："不不不，这是备王查阅细目，封赏事大，难保无人喊冤。"嬴政一挥手道："纵有喊冤，过后再改也来得及，只不能慢！你只说，我听。"蒙毅立即拿起山顶一卷道："这是归总大目，我先将分类禀报君上定夺。"一口气，蒙毅说了整整一个时辰。

依据秦国法度，蒙毅的功绩辑录有四大类若干细目：

其一，军功。分为将军之功、军尉之功、士兵之功三目。

秦国军功考定之法，远比后世朝代详明合理，说具有科学性亦不为过。其间根本，是士兵斩首之功、将尉战胜之功的区别。寻常只知秦军以斩首记功，也就是山东六国所说的"首功"。然则，这只是秦国军功的一大类。因为此类军功最能激励民众从军杀敌，为变法之要，且震撼天下，是故常被后人误解为秦国唯一的军功。实则，秦国军功制的目的在于激励将士杀敌，是以对种种战场之特殊情形，皆做了详细区分，既不至功劳被埋没，亦不致将尉士兵混同冒功。士兵军功之特异在于：陷队之士（敢死队）优待军功，十八人斩首五级，即人各赐爵一级；若战死，则允许家人承袭爵位。而大小将官的军功，则不以斩首记，而以胜败记。若将尉也以斩首记功，一则容易冒功，二则容易使将官忙于斩首而忽视号令职能。这种胜败之功，又以职务高低分为两个等次：什长（统十卒类似班长）以上，千夫长以下（统称军尉），皆以每战总体杀敌人数是否超过定数记功；千夫长之上的将军，则以攻占城池、杀敌人数、最终胜负等三方综合论功，尤以最终胜负为根本。《商君书·境内》篇提到了两种定数：百夫之旅，每战斩首三十三级以上者，百夫长等同士兵之斩首一级；将军统兵野战，每战斩首八千以上，并最终获胜者，该将军等同士兵之斩首一级。这种军功制，山东六国谓之“本赏”，意为以战胜为根本论军功。孤立地看，尚难以知其在当时的意义。而若与山东六国军功制对比，则立见高下。当时的山东六国，只有斩首之赏，而没有胜负本赏；也就是说，只要斩首，虽战败也有赏赐，没有斩首，虽胜亦不赏赐。显然，这是极不合理的。荀子在《议兵》篇评论秦国军功制说：“秦人……非斗无由也，功赏相长也！故四世有胜，非幸也，数也！”

三大类中，士兵之功、军尉之功，皆由上将军府会同考功署确定封赏等次，后报秦王以王书形式下达即可，不列入朝会封赏之列。所以，蒙毅所要完成的最大一宗是将军军功。若以万人两将军计之，则秦军六十万便有一百二十名将军，再加上国尉府与关塞系列的其余将军级的武职官员，至少当在两百余人。要将如此之多的将军军功准确无误地在一个月内辑录确定下来，诚为不易也。

其二，政功。分为建言之功、统事之功、民治之功三目。

所谓政功，即与军功相对的文官功绩。商鞅在秦国变法之彻底，体现在方方面面。以赏功制而言，以“奖励耕战”为轴心，臣民于国有功皆赏，文治之功更不能忽视。作为国家体制的基本一面，秦国政府官员也有爵位系列，与军功爵位是分中有合的两个系列：高端重合，常态两分。文官是十一级爵位，从低到高分别是：有秩吏、后子、君子、大夫、显大夫、客卿、上卿、公、关内侯、列侯、君，其最高三级，与军功爵重合。当然，从实际情形说，战国变法百余年前后定会有所变化，不能一概而论。就功绩论，谋划之功主要是计从属官吏的襄助功绩，各种言官的建言功绩；统事之功，则多涉大臣，是计各署主官的为政功绩；民治之功，则多涉郡守县令及地方官吏之政绩。其间重合，自不待言。

政功殿前封赏不包括吏员。也就是说，吏的功绩不由秦王在朝会封赏，而由丞相府、国正监会同确定封赏等次，再报秦王以王书名义颁行。

依秦国法度，君子（含君子在内）以下的三级为吏，俸禄大体在一百石上下至三百石上下。蒙毅所要做的，是辑录确定全部官员功绩。政功弹性极大，繁细多变远远甚于军功，录功实在是很难的一件事。

其三，民功。分为耕耘之功、商旅之功、百工之功三目。

自商鞅变法之后，秦国民爵之实施已经深有根基，庶民对爵位的追求与尊崇也已经浓烈异常，蔚为风尚。以至后世学人指斥云：“秦……时不知德，唯爵是闻。故闾阎以公乘侮其乡人，郎中以上爵傲其父兄。”[1]秦国民功封赏大体有三种情形。其一，农人耕耘有成，多纳粟谷超过定数，即可记功，交纳功绩累计到定量，即可拜爵一级。此等定数究竟几多，史无可考了。然《史记·秦始皇本纪》所列的一则救灾拜爵记载，却大致可见端倪：“始皇四年，天下疫，百姓纳粟千石，拜爵一级。”其二，商旅、百工或以作为，或以金钱，或以财货，或以义举，但凡助国，俱可记功。功绩累积到定数，即可拜爵。秦王曾专门给商人寡妇清记功拜爵，还立了一座怀清台便是例证。其三，民众在特殊时期或服从法令或勇赴国难，亦可群体记功赐爵。譬如秦昭王时期发河内之民后援长平大战，便人人赐爵一级。史料多有记载的（马上将要开始）的天下移民迁徙，也多次各赐民爵一级。凡此等等，皆为民爵。

民爵之特异，在于国家不承担俸禄，而只彰其声誉荣耀与尊严。是故，民爵无论大小，皆以王命特书正式拜之，其声势礼仪往往比官员晋爵还来得隆重。为此，蒙毅得据郡县年报详加辑录，务使翔实准确。

其四，列国人士功。分为善秦之功、义举之功两目。

秦自崛起东出，于邦交纵横与战场较量两方面皆极富策略。其中之重要方面，是对曾经襄助过秦国的外邦人士记功拜爵，后来遂成定制。所谓善秦之功，有三种情形。一则，山东人士促使本邦与秦国结好的功绩。如秦昭王时期周室两分，西周大臣周佼全力推动了西周与秦国结盟，被秦国封为梗阳侯；后来东周大臣周启又推动东周与秦结盟，被封为平原侯。二则，偏远部族的统领与秦国或结好或臣服的功绩。如秦惠王曾

[1] 见《晋书·庾峻传》。

因巴国（川东之地）臣服，封巴氏头领为不更爵。三则，山东名将名臣之后裔投奔秦国效力，彰显秦国善政，亦可记功封爵。嬴政即位之后，外邦有识之士基于天下将一的潮流，助秦投秦者更多，是故蒙毅本次辑录的此类功绩分量很大。

所谓义举，则主要指外邦民众对秦友善之功，或曾捐助财货，或曾在秦军重大战事中辛劳向导，或曾助秦军解困，或曾引领族人投奔秦国等等等等。此等功绩，寻常都有即时赏赐。目下蒙毅所辑录者，则是有累积大功而需要重大赏赐者。

"外功大增，好！"听到此处，嬴政大笑着插了一句，"秦功秦爵惠及天下，华夏我民孱弱一扫，尽成虎狼也！"蒙毅不禁也笑了起来："君上所言极是，奖勤罚懒，谁想软也软不下去。"两人一阵笑声，蒙毅又说了起来。

上述两类功绩，不包括在秦国重金贿赂之下出卖本邦的奸佞之臣。譬如对赵国郭开、齐国后胜这般害国害民权奸，秦国除了重金财货贿赂，也都曾许诺过重大的封号与治权利益。然就其实际而言，这只是一种策略权变。就事实而言，战胜之后，秦国无一例外地除掉了这些万民侧目的权奸。故此，此类人既无须记功，更不能与前述正当功绩相提并论。

"臣禀报完毕。这一案是录功册籍，共计六十余卷。"

"好！辑录缜密得当，蒙毅终练成也！"嬴政很是满意地赞叹了一句。

"谢君上褒奖！这是臣与国正监拟出的封爵排序，须朝会之前定夺。"

嬴政掂着蒙毅再次捧来的沉甸甸一卷，又看了看这位年轻大臣熬夜过甚的青色脸膛，点了点头道："朝会之前，你且歇息两日。我这里有长史丞。"蒙毅一拱手道："君上书房灯火彻夜，我比君上还小得几岁，撑得住。臣得筹划朝会，臣告辞！"说罢一阵风般去了。

四月末，秦国第一次大朝会隆重举行了。

依着古老的传统，一统天下之后的第一次大朝会是开国首朝，最是要大肆铺排的。事实上，以太史令领衔的太庙、太祝、太卜与博士学宫组成的大朝礼仪专署，也是将这次大朝以“新朝开辟，天子即位”两大庆典筹划的。蒙毅备细询问之后，立即禀报给了秦王决断。嬴政听罢淡淡笑道：“甚个新朝开辟，甚个天子即位，等廷尉府一体筹划好再说不迟。长策未出，事事说旧话，件件走老路，铺排个甚？”于是，诸般盛大礼仪一律终止，还是老秦本色行事，隆重归隆重喜庆归喜庆，豪阔奢靡一概没有。当然，也还有更实际的两个原因：一则天下初定余波震荡，王翦蒙恬王贲冯劫冯去疾李信蒙武姚贾顿弱等诸多大将功臣不能赶回咸阳与会，真正的盛大庆典便少了应有的宏大硬正之气。二则诸般大略尚立定纲目，除了李斯，任事重臣们还多陷在繁杂的战事善后与新地民治事务中，心思尚未转向对新治的思谋；嬴政自己，也还全力埋在各种军国大略的筹划中；此时虚空铺排，未免有失草率。故此，秦王嬴政宁愿常态从事。

尽管如此，大朝会还是弥漫出一片肃穆庄重的庆典气息，大臣们济济一堂，峨冠博带分外整肃。初夏的清晨尚算凉爽，冠带整齐的大臣们却显得有些闷热，额头无不渗出涔涔细汗。只有嬴政，还是素常朝会的一顶黑玉柱冠，一领轻软的绣金丝袍，分外的轻松清爽。

“诸位，今日大朝只有两事。”司礼大臣宣布了朝会开始之后，嬴政拍案道，“一则封赏功臣，二则宣示新天下图治方略。真正大典，尚待来日。”

“宣示封赏王书——”司礼大臣一声长呼。

蒙毅大步走到王台中央的高阶之上，展开竹简，朗朗之声回荡在殿堂——

大秦王封赏书

大秦王特书：秦定天下，赖群臣将士之辛劳，赖天下臣民之拥戴。今辑录群臣历年功绩，首封大功绩者如左：

将军王翦　　爵封武成侯，食邑频阳十三县，子孙得袭爵位

将军王贲　　爵封通武侯，食邑九千户

将军蒙恬　　爵封九原侯，食邑八千户

将军李信	爵封陇西侯，食邑三千户
将军蒙武	爵封淮南侯，食邑两千户
将军冯劫	爵封关内侯，食邑千户
将军冯去疾	爵封关内侯，食邑千户
将军嬴腾	爵封关内侯，食邑千户
将军杨端和	爵封大庶长，俸禄万石
将军辛胜	爵封大庶长，俸禄万石
将军章邯	爵封大庶长，俸禄万石

此为军功之封。政功之封如左：

丞相王绾	爵封彻侯，食邑万二千户
廷尉李斯	爵封通侯，食邑六千户
大田令郑国	爵封关内侯，食邑五千户
国尉尉缭	爵封关内侯，食邑五千户
上卿顿弱	爵封关内侯，食邑四千户
上卿姚贾	爵封关内侯，食邑四千户
长史蒙毅	爵封大庶长，俸禄万石
中车府令赵高	爵封大庶长，俸禄八千石

列国善秦之功大者，封赏如左：

将军马兴	爵封武安侯，食邑六千户
将军召平	爵封东陵侯，食邑五千户
将军令狐范	爵封五马侯，食邑三千户
将军杜赫	爵封南阳侯，食邑三千户
将军戚鳃	爵封高武侯，食邑两千户
将军冯毋择	爵封武信侯，食邑千户
将军王陵[1]	爵封襄侯，食邑千户
大夫崔意如	爵封东莱侯，食邑千户
大夫沈悰	爵封竹邑侯，食邑千户

[1] 这个王陵，不是秦昭王时期的老将王陵，而是后来降于刘邦而在西汉初封为安国侯的王陵。

大夫崔仲牟　　爵封汶阳侯，食邑千户

大夫姜叔茂　　爵封巴陵侯，食邑千户

大夫赵亥　　爵封伦侯[1]，俸禄八千石

大夫韩成　　爵封伦侯，俸禄八千石

孔子后裔孔鲋　　爵封文通君，俸禄八千石

其余群臣将士与列国人士之有功者，着丞相府会同国正监明定封赏，得以王书颁行爵封。大秦王政二十六年夏。

沉沉大殿肃然无声，大臣们都在屏息倾听着。一举大封二十八侯君五大庶长，这在秦国历史上实在是前所未闻的壮举，孰能不悚然动容？秦国法行百余年，极其看重封爵，六代秦王之中，每代所封侯爵大体都只在两三位上下。[2]秦昭王时期侯爵最多，也没有超过十位。故而，王翦在率军灭楚之前有感喟云："为大王将，有功终不得封侯。"虽然是王翦基于朝局需要而有意如此说之，也确实可见秦国封侯之难。尤其是对此前称作"外邦功臣"的封赏，既远远超出了老秦臣子们的预料，也远远超出了外邦功臣们与新近进入咸阳的博士们的期冀。老秦臣子们的惊讶，更多的是为封赏规模如此之大而震撼。外邦功臣与博士们，则为第一次亲身体察这个强盛一统的新大秦的博大胸襟而激奋，听着那些熟悉的名字一个个掠过耳边，情不自禁地生发出万般感喟，一时之间唏嘘之声不绝于耳……及至蒙毅宣读完毕，举殿大臣还沉浸在种种思绪中不知所以。

"封赏王书宣示完毕，诸臣可有异议？"司礼大臣高声问了一句。

"秦王万岁！"

"功臣万岁！"

大臣们如梦方醒，纷纷攘攘地高喊了起来。虽然不甚齐整，却也未

[1] 伦侯爵位，未见秦国爵位之正式名称。伦者，类也。推测其实，当类似大庶长，因对列国人士之封赏重在荣耀，须得相对抬高，故而冠以侯爵。

[2] 秦国前期有"君"之封号，依据爵位法度，君实则是最高侯爵彻侯的另一名称，因比照山东封君而沿用。类似于后世部长级中也有"主任"名号。

见异议。司礼大臣便高声宣呼："朝会无异议，秦王部署图治方略——"

"臣有异议！"

一个声音突兀响起。大臣们尚在愣怔之中，博士群中霍然站起一人高声道："臣，博士仆射周青臣有言。今秦一天下，秦王便是天下共主，当今天子。历来天子开国封赏，一有对历代圣王后裔之封地赏赐，二有对此前敌国之社稷封地，三有对新朝功臣的诸侯之封，凡此三者，古谓诸侯之封，向为封赏至大也！今天子不做诸侯三封，臣冒昧敢问秦王：考功遗忘乎？留待后封乎？抑或新朝不封诸侯乎？"

"是也是也，我也觉少了最大一封！"

"臣叔孙通有对。"又一名博士离座起身高声道，"一统天下，万事功业，秦王当下书天下大酺，以为盛典之庆，以安天下民心！"

博士们纷纷点头呼应。司礼大臣目光望着王案不知所措。

"诸位，少安毋躁。"

嬴政从王案前站起身来，走到了王台中央的台口站定，话音缓和，神情凝重："天下大酺之议，准行。秦一天下，也该教人民高兴一回。功臣封赏事，目下所能为者，唯功绩查核大要无差，有宽有严各予封赏而已。至于博士仆射所言之诸侯三封，关涉新天下治式方略之如何实施，容一体决之。其余凡有不尽如人意处，尽可向国正监考功署进言，以待后决。"几句话落点，博士们已经解透王意，认定秦王分封诸侯要待后决之，于是纷纷点头，再没有人说话了。

"今日，本王侧重要说者，一统图治之精要也！"

嬴政的声音高昂地回荡起来，"月前齐国已定，天下已告一统，华夏已告更新！然则，一统天下该如何治理，此亘古未有之难题也。何以谓之难题？盖三皇五帝，以至夏商周三代，从未有过三百余年之动荡，更未有过两百余年之大争。动荡也，大争也，所为者何？天下怨怼三代之旧制也，力图争出一条新路也！礼崩乐坏，瓦釜雷鸣，高岸为谷，深谷为陵，此之谓也！否则，动荡杀伐五百余年，天下血流漂杵，生民涂炭流离，岂非失心疯狂哉！唯其如此，今日之一统天下，非往昔三代之一统天下也。往昔三代，名为一统，实则天子虚领诸侯，诸侯封国自治。

此间种种弊端，五百余年业已尽显光天化日之下！唯其如此，今日之一统天下，究竟要走老路，抑或要走新路？此，我等君臣之难题也！老路弊端，显而易见；新路利害，闻所未闻。是故，抉择之难，亘古未见。就其根本言之，欲将何等一个天下交付后人，我等君臣，可功也，可罪也！若能趟出一条新路，免去连绵刀兵震荡，免去华夏裂土之患。此，我等君臣之功也！若不思革故鼎新，不思变法图治，依然走'法先王'老路，则天下仍将分治裂土动荡不休。此，我等君臣之罪也！功也罪也，何去何从？诸位戒慎戒惧，思之虑之，今日无须轻言。月后大朝，会商议决。"

嬴政戛然而止，举殿鸦雀无声。

二　椰林河谷荡起了思乡的秦风

五月初三，蒙武急报抵达咸阳：上将军病危岭南，请急派太医救治。

一接急报，嬴政急得一拳砸案，立即吩咐蒙毅赶赴太医署遴选出两名最好的老医家，以王室车马兼程全速送往岭南。说罢没有片刻停留，嬴政又匆匆赶到了廷尉府。李斯一听大急，一咬牙道："臣先撇下手头事，立即赶赴岭南。"嬴政一摆手道："目下最不能动窝的便是廷尉，我去岭南，接回老将军。我来是会议几件可立即着手之事，我走期间可先行筹划，不能耽延时日。"李斯欲待再说，见秦王一副不容置辩神色，遂大步转身拿来一卷道："君上所说，可是这几件事？"嬴政哗啦展开竹简，几行大字清晰扑面——

大朝会前廷尉府先行十事如左：

勘定典章

更定民号

收天下兵器

一法同度量衡

一法同车轨

一法同书文
一法同钱币
一法定户籍
一法定赋税
登录天下世族豪富，以备迁徙咸阳

“好！廷尉比我想得周全！”

“这些事，都是大体不生异议之事，臣原本正欲禀报君上着手。今君上南下，臣便会同相关各署，一月之内先立定各事法度。君上回咸阳后，立行决断，正可在五月大朝会一体颁行。如此可齐头并进，不误时日。”

“得先生运筹，大秦图新图治有望也！”

嬴政深深一躬，转身大步去了。回到王城，嬴政又向蒙毅交代了一件须得立即与丞相府会同预谋的大事：尽速拟定新官制，以供五月大朝会颁行。末了，嬴政特意叮嘱一句：“若老丞相尚无定见，可与廷尉会商，务求新官制与新治式两相配套。”诸事完毕，已经是暮色降临了。嬴政立即下令赵高备车南下。蒙毅见秦王声音都嘶哑了，心下不忍，力劝秦王明日清晨起行，以免夜路颠簸难眠。嬴政摇了摇手道：“老将军能舍命赶到岭南，我等后生走夜路怕甚？不早早赶去，我只怕老将军万一有差……”蒙毅分明看见了秦王眼中的隐隐泪光，一句话不说便去调集护卫马队了。

背负夕阳，嬴政的驷马王车一出咸阳便全速疾驰起来。跟随护卫的五百人马队是秦军最精锐骑士，人各两匹阴山胡马换乘，风驰电掣跟定王车，烟尘激荡马蹄如雷，声势大得惊人。蒙毅原本要亲率三千铁骑护卫秦王南下，可嬴政断然拒绝了，理由只有一句话：“王城可一月没有君王，不能一月没有主事长史。”而且，嬴政坚执只带五百人马队，理由也只是一句话：“岭南多山，人众不便。”

关中出函谷关直达淮南，都是平坦宽阔的战国老官道，更兼赵高驾车出神入化，车一上路，嬴政便靠着量身特制的坐榻呼呼大睡了。以这辆王车的长宽尺度，赵高曾经要在车厢中做一张可容秦王伸展安睡的卧榻。可嬴政却笑着摇头，说你小子只赶车不坐车，知道个甚？车行再稳也有颠簸，头枕车厢，车轴车轮咯噔声在耳边轰轰，睡个鸟！车上睡觉，只有坐着睡舒坦。于是，精明能事的赵高请来了王室尚坊的最好车工，依着秦王身架，打造出了这副前可伸脚后可大靠两边可扶手的坐榻。嬴政大为满意，每登王车便要将坐榻夸赞几句，说这是赵高榻，如同蒙恬笔一样都是稀罕物事。每遇此时，赵高便高兴得红着脸一句话不说嘿嘿只笑，恨不能秦王天天有事坐车。

然则，这次嬴政却总是半睡半醒，眼前老晃动着王翦的身影。

蒙武的信使禀报说，上将军原本坐镇郢寿，总司各方。可在灵渠开通后，蒙武任嚣赵佗等，分别在平定百越中都遇到了障碍，最大的难点是诸多部族首领提出，只有秦王将他们封为自治诸侯邦国，才肯臣服秦国。蒙武等不知如何应对，坚执要各部族先行取缔私兵并将民众划入郡县官府治理，而后再议封赏。两相僵持，平定百越很难进展了，除非大举用兵强力剿灭。上将军得报大急，遂将坐镇诸事悉数交付给姚贾，亲率三千幕府人马乘坐数十条大船，从灵渠下了岭南。到岭南之后，王翦恩威并施多方周旋，快捷利落地打了几仗，铲除了几个气焰甚嚣尘上的愚顽部族首领，终于使南海情势大为扭转，各部族私兵全部编入了郡县官府，剩余大事便是安抚封赏各部族首领了。之后，王翦又立即率赵佗部进入桂林之地，后又进入象地[1]。及至象地大体平定，上将军却意外地病了，连吐带泻不思饮食，且常常昏迷不醒，不到半月瘦得皮包骨了。军中医士遍出奇方，只勉力保得上将军奄奄一息，根本症状始终没有起色。蒙武得赵佗急报，决意立即上书秦王，并已经亲自赶赴象地去了。

“倘若上天佑我大秦，毋使上将军去也！”

嬴政心底发出一声深深的祷告，泪水不期然涌出了眼眶。

车马昼夜兼程，一日一夜余抵达淮南进入郢寿。嬴政与匆匆来迎的姚贾会面，连洗尘代议事，前后仅仅两个时辰，便换乘大船进入云梦泽直下湘水，两日后换乘小舟从灵渠进入了岭南。虽是初次进入南海地面，

---

[1] 象地，秦统一后设为象郡，今广西凭祥地带。

嬴政却顾不得巡视，也没有进入最近的番禺任嚣部犒军，径直带着一支百人马队，兼程越过桂林赶赴象地去了。

旬日之后的清晨时分，挥汗如雨的嬴政终于踏进了临尘[1]城。

这是一座与中原风貌完全不同的边远小城堡。低矮的砖石房屋歪歪扭扭地排列着，两条狭窄的小街也弯弯曲曲。灼热的阳光下匆匆行走的市人，无不草鞋短衣赤膊黝黑，头上戴着一顶硕大的竹编。向导说，那叫斗笠。小街两侧，有几家横开至多两三间的小店面，堆着种种奇形怪状的竹器，还有中原之地从来没有见过的一种绿黄色弯曲物事。向导说，那叫野蕉，是一种可食的果品。一间间破旧的门板与幌旗上，都画着蛇鱼龟象等色彩绚烂而颇显神秘的图像，更多的则实在难以辨认。唯有一间稍大的酒肆门口，猎猎飞动着一面黑底白字的新幌旗，大书四字——秦风酒肆。向导说，那是秦军开的饭铺，专一供偶有闲暇的秦军将士们思乡聚酒……举凡一切所见，嬴政都大为好奇，若是寻常时日，必定早早下马孜孜探秘了。然则，此刻的嬴政却没有仔细体察这异域风习的心思，匆匆走马而过，连向导的介绍说辞也听得囫囵不清。

一迈进秦军幕府的石门，嬴政的泪水止不住地涌流出来。

不仅仅是远远飘荡的浓烈草药气息，不仅仅是匆匆进出的将士吏员们的哀伤神色。最是叩击嬴政心灵的，是幕府的惊人粗简渗透出的艰难严酷气息，是将士们的风貌变化所弥散出的那种远征边地的甘苦备尝。幕府是山石搭建的，粗糙的石块石片墙没有一根木头。所谓幕府大帐，是四面石墙之上用大小竹竿支撑起来的一顶牛皮大帐篷。向导说，岭南之民渔猎为生，不知烧制砖瓦，也不许采伐树木。几乎所有的将士都变得精瘦黝黑，眼眶大得吓人，颧骨高得惊人，嘴巴大得瘆[2]人，几乎完全没有了老秦人的那种敦实壮硕，没有了那极富特色的细眯眼厚嘴唇的浑圆面庞。所有的将士们都没有了皮甲铁甲，没有了那神气十足的铁胄武冠，没有了那威武骄人的战靴。人人都是上身包裹一领黑布，偏开一

[1]　临尘，象郡治所，今广西崇左地带，西距中越边境之友谊关（古睦南关）不足百里。

[2]　瘆，秦人古语，流传至今，骇恐之意。原意为寒病症状，发冷而颤抖。

袴，怪异不可言状；下身则着一条长短仅及踝骨的窄细布裤，赤脚行走，脚板黑硬如铁。向导说，那上衣叫做布衫[1]，下衣叫做短裤，都是秦军将士喊出来的名字。嬴政乍然看去，眼前将士再也没有了秦军锐士震慑心神的威猛剽悍，全然苦做生计的贫瘠流民一般，心下大为酸热……

静了静心神，嬴政大步跨进了幕府大帐。

在枯瘦如柴昏睡不醒的王翦榻前，嬴政整整站立守候了一个时辰没说话。

幕府大帐的一切，都在嬴政眼前进行着。也是刚刚抵达的两名老太医反复地诊脉，备细地查核了王翦服用过的所有药物，又向中军司马等吏员备细询问了上将军的起居行止与诸般饮食细节。最后，老太医吩咐军务司马，取来了一条王翦曾经在发病之前食用过的那种肥鱼。老太医问："此鱼何名？"军务司马说："听音，当地民众叫做侯夷鱼[2]。"旁边中军司马说："还有一个叫法，海规。"老太医问："何人治厨？"军务司马说："那日上将军未在幕府用饭，不是军厨。"中军司马说："那日跟随上将军与一个大部族首领会盟，这鱼是那日酒宴上的主菜。上将军高兴，吃了整整一条三斤多重的大鱼，回来后一病不起。在下本欲缉拿那位族领，可上将军申斥了在下，不许追查。"问话的太医是楚地吴越人，颇通水产，思忖片刻立即剖开了鱼的肚腹，取出脏腑端详片刻，与另位老太医低声参详一阵，当即转身对嬴政一拱手道："禀报君上，上将军或可有救。"

"好！是此鱼作祟？"蒙武猛然跳将起来。

"侯夷鱼，或曰海规。"吴越太医道，"吴越人唤做河豚，只不过南海河豚比吴越河豚肥大许多，老臣一时不敢断定。此鱼肝有大毒，人食时若未取肝，则毒入人体气血之中，始成病因。老臣方才剖鱼取肝，方认定此鱼即是河豚。"

---

[1]　布衫为秦时创制。《中华古今注》云："始皇以布开袴，名曰衫。用布者，尊女工，尚不忘本也。"合理推断，当为秦军下岭南之后，因时改制中原之衣所致，后人冠以始皇之名而已。战国之世，黄河流域尚有大象，岭南气候当更为燠热。

[2]　侯夷鱼，亦作鲈鲐鱼。据《梦溪笔谈·药议》，侯夷鱼即河豚。其解毒之法见《神农本草》。

“老太医是说，此毒可解？”嬴政也转过了身来。

“此毒解之不难。只是，老将军虚耗过甚……”

“先解毒！”嬴政断然挥手。

“芦根、橄榄，立即煮汤，连服三大碗。”

“橄榄芦根多的是！我去！”赵佗答应一声，噌地蹿了出去。

不消片刻，赵佗亲自抱了一大包芦根橄榄回来。老太医立即选择，亲自煮汤，大约小半个时辰，一切就绪了。此时，王翦依然昏睡之中，各种勺碗都无法喂药。老太医颇是为难，额头一时渗出了涔涔大汗。赵佗也是手足无措，只转悠着焦急搓手。蒙武端详着王翦全无血色的僵硬的细薄嘴唇，突兀一摆手道：“我来试试。”众人尚在惊愕之中，蒙武已经接过温热的药碗小呷了一口，伏身王翦须发散乱的面庞，嘴唇凑上了王翦嘴唇，全无一丝难堪。蒙武两腮微微一鼓，舌尖用力一顶王翦牙关，王翦之口张开了一道缝隙，药汁竟然顺当地徐徐进入了。蒙武大是振作，第二口含得多了许多。赵佗与司马们都抹着泪水，纷纷要替蒙武。蒙武摇摇手低声一句：“我熟了，莫争。”如此一口一口地喂着，幕府中的将士们都情不自禁地哭成了一片……只有秦王嬴政笔直地伫立着，牙关紧咬着，一句话也说不出来，内心却轰轰然作响——何谓浴血同心，何谓血肉一体，秦人将士之谓也！

“老哥哥！你终是醒了！”

掌灯时分，随着蒙武一声哭喊，王翦睁开了疲惫的眼睛。当秦王的身影朦胧又熟悉地显现在眼前时，王翦眼眶中骤然溢出了两汪老泪，在沟壑纵横的枯瘦脸膛上毫无节制地奔流着，却一句话也说不出来。俯身榻前的嬴政强忍不能，大滴灼热的泪水啪嗒滴在了王翦脸膛。

“……”王翦艰难地嚅动着口唇。

“老将军，甚话不说了……”

“……”王翦艰难地伸出了三根干瘦的手指。

“好！三日之后！”嬴政抹着泪水笑了。

南国初夏似流火，临尘城外的山林间却是难得的清风徐徐。

嬴政王翦的君臣密谈之地，赵佗选定在了这片无名山林。搭一座茅亭，铺几张芦席，设两案山野果品，燃一堆艾蒿驱除蚊蝇，君臣两人都觉比狭小闷热的幕府清爽了许多。王翦的病情有了起色，嬴政却丝毫未感轻松。老太医禀报，说上将军体毒虽去，然中毒期间大耗元气，遂诱发出多种操劳累积的暗疾，预后难以确保。原本，嬴政要立即亲自护送王翦北归。太医却说不可，以上将军目下虚弱，只怕舟车颠簸便会立见大险。嬴政无奈，只有等候与王翦会谈之后视情形而定了。王翦神志完全清醒了，体魄已远非往昔，目下尚且不能正常行走。这段短短的山路，是六名军士用竹竿军榻抬上来的。眼看伟岸壮勇的上将军在倏忽两年间变成了摇曳不定的风中烛，嬴政心头便隐隐作痛。

“君上万里驰驱，亲赴南海，老臣感愧无以言说……”

“老将军，灭楚之后命你坐镇南国，政之大错也！”

“君上何出此言？”王翦苍白的面容显出了一丝淡淡的笑意，“壮士报国，职责所在，老臣何能外之？战国百余年，老秦人流了多少血，天下人流了多少血，老臣能为兵戈止息克尽暮年之期，人生之大幸也！君上若是后悔，倒是轻看老臣了。”

“老将军有此壮心，政无言以对了。”

“君上，老臣身临南海年余，深感南海融入中国之艰难也！”

“老将军有话但说，若实在无力，仿效楚国盟约之法未尝不可。”嬴政当当叩着酒案，心头别有一番滋味，“一路南来，眼见我军将士变形失色，嬴政不忍卒睹也！上将军素来持重衡平，今日只说如何处置？若我军不堪其力，嬴政当即下令班师北返……”

“不。君上且听老臣之言。”王翦摇摇手勉力一笑，喝下了一碗司马特为预备的白色汁液，轻轻搌拭了嘴角余沫，顿时稍见精神，沉稳地道，“整个岭南之地，足足当得两个老秦国，其地之大，其物之博，实为我华夏一大瑰宝也！便说老臣方才饮的白汁，南海叫做椰子，皮坚肉厚，内藏汁水如草原马奶子，甘之如饴，饮之下火消食，腹中却无饥饿之感。将士们都说，这椰子活生生是南海奶牛！还有案上这黄甘蔗，还有这带壳的荔枝，还有这红鲜鲜的无名果，还有这橄榄果；还有诸多北人闻所未闻的大鱼、大虾、巨鲸等海物，更有苍苍林海无边无际，珍稀之木几无穷尽也！”王翦缓了一口气，又道，“君上见我军将士形容大变，威武尽失，其心不忍，老臣感佩之至。然则，老臣坦言，实则君上不知情也。北人但入南海之地，只要不得热瘟之类怪病，瘦则瘦矣，人却别有一番硬朗。老臣若非误中鱼毒，此前自觉身轻体健，比在中原之地还大见精神。将士们虽则黑了瘦了，然体魄劲健未尝稍减，打起仗来，轻捷勇猛犹过中原之时！容颜服饰之变，多为水土气候之故，非不堪折磨也。就实说，我军将士远征，除了思乡之情日见迫切，老臣无以为计外，其余艰难不能说没有，然以秦人苦战之风，不足道也！”

“噢？老将军之言，我倒是未尝想到。”

“君上关切老臣，悲心看事，万物皆悲矣。”一句话，君臣两人都笑了。王翦又说了南海之地的诸多好处，末了道，“番禺之南，尚有一座最大海岛，人呼为海南岛，其大足抵当年一个吴国。若连此岛在内，南海数郡之地远大于阴山草原。君上当知，当年先祖惠王独具慧眼，接纳司马错方略一举并了巴蜀，秦始有一方天府之国，一座天赐粮仓。今君上已是天下君王，华夏共主，当为华夏谋万世之利也。任艰任险，得治好南海。为华夏子孙万世计，纵隔千山万水，也不能丢弃南海！此，老臣之愿也。”

“政谨受教。”案前芦席的嬴政挺身长跪，肃然拱手。

谷风习习，嬴政心头的厚厚阴云变得淡薄了，心绪轻松了许多，吩咐赵高唤来远远守候在山口的赵佗，在亭下砍开了三个大椰子。嬴政亲自给王翦斟满了一碗椰汁，又吩咐赵高也品尝一个，然后自己捧起一个开口的椰子仰着脖子灌了起来，不防椰汁喷溅而出，顿时洒得满脖子都是。赵高惊呼一声，连忙跑来收拾。嬴政一把推开赵高，饶有兴致地仰天倒灌着，硬是喝完了一个椰子，末了着意品咂，一脸迷惘道：“甚味？淡淡，甜甜，没味？没味。”引得王翦赵高赵佗都呵呵笑了。嬴政素来好奇之心甚重，索性将案上的山果都一一品尝一遍，末了举着剥开皮的一截儿甘蕉煞有介事道：“还是这物事好，要再硬得些许，再扁得些许，便是果肉锅盔了。”一句话落点，君臣四人一阵大笑。

松泛之间，王翦又喝下了一碗椰汁，靠着亭柱闭目聚敛精神。片刻开眼，气色舒缓了许多。赵佗向赵高目光示意，两人悄悄退到亭外去了。嬴政踌躇道："老将军病体未见痊愈，这里风又大，不妨来日再议了。"王翦摇摇手道："今日老臣精神甚好，得将话说完。日后，只怕难有如此机会了……"嬴政当即插言道："老将军何出此言，过几日元气稍有回复，我亲自护送老将军北归养息！"王翦勉力一笑："君上，还是先说国事，老臣余事不足道也。"嬴政素知王翦秉性稳健谦和，今日挺着病痛坚执密谈，必有未尽之言，于是收敛心神，心无旁骛地转入了正题。

"敢问老将军，大治南海，要害何在？"

"君上问得好。老臣最想说的，正是这件事也！"

"老将军……"

"君上，楚国领南海数百年，始终未能使南海有效融入中国。其治理南海之范式，与周天子遥领诸侯无甚差异。甚至，比诸侯制还要松散。大多部族，其实只有徒具形式的朝贡而已。如此延续数百年，南海之地，已经是部族诸侯林立了。若再延续百年，南海诸族必将陷入野蛮纷争，沦为胡人匈奴一般的部族争斗。其时，南海必将成为华夏最为重大持久之内患，不说一治，只怕要想恢复天子诸侯制，也是难上加难也！"

"此间因由何在？"

"楚领南海数百年间，南海之民有两大类：一为南下之越人，是为百越；二为南海原有诸族，向无定名。越人多聚闽中东海之滨，进入番禺、桂林、象地者不多，且与原住部族水火不容，争斗甚烈。南海原住诸族，无文字，无成法，木石渔猎，刀耕火种，尊崇巫师，几如远古蛮荒之族。楚国沿袭大族分治之古老传统，非但不在南海之地设官立治，且为制衡所需，在大部族之间设置纷争，埋下了诸多隐患。凡此等等，皆是沦入野蛮杀戮之根源。总归说，不行文明，南海终将为患于华夏！"

"我行文明，该从何处着力？"

"根本一，不能奉行诸侯制。若行诸侯制，华夏无南海矣！"

"根本二？"

"大举迁徙中原人口入南海，生发文明，融合群族，凝聚根基！"

“迁中原人口入南海？”嬴政大觉突兀，显然惊讶了。

须知此时六国方定，整个华夏大地人口锐减，楚国故地以外的北方人口更是紧缺。王绾李斯等已经在筹划，要将三晋北河之民三万家迁入榆中助耕，以为九原反击匈奴之后援；还要将天下豪富大族十万户，迁入关中之地。尽管后一种并非人口原因，但此时人口稀少这一点是毫无疑问的。当此之时，王翦要将中原人口迁徙南海，且还要大举迁徙，嬴政如何能不深感吃重？

“君上毋忧，且听老臣之言。”王翦从容道，“老臣所言之迁徙，并非民户举族举家南下之迁徙。那种迁徙，牛羊车马财货滚滚滔滔，何能翻越这万水千山？老臣所言之迁徙，是以成军人口南下。至多，对女子适当放宽。也就是说，以增兵之名南下，朝野诸般阻力将大为减少。”

“为何女子放宽年岁？”

“原由，女子越多越好。能做到未婚将士人配一女，则最佳。”

“老将军是说，要数十万将士在南海成家，老死异乡？！”

眼看嬴政霍然站起不胜惊诧，王翦并无意外之感，望着遥遥青山缓缓地继续说着：“君上，楚国拥南海广袤之地，国力却远不如秦赵齐三大国，根本原因何在？便在名领南海，而实无南海。倘若楚国有效治理南海，如同秦国之有效治理巴蜀，其国力之雄厚，其人口之众多，不可量也，中原列国安能抗衡？其时一天下者，安知非楚国焉！为华夏长远计，若要真正地富庶强盛且后劲悠长，便得披荆斩棘于南海宝地，不使其剥离出华夏母体。而若要南海不剥离出去，便得在南海推行有效法治。而行法之要，必须得以大军驻扎为根本。山重水复之海疆，大军若要长期驻扎，又得以安身立命为根本。从古至今，男子有女便是家，没有女子，万事无根也……”

不知何时，王翦的话音停息了。

嬴政凝望着硕大的太阳缓缓挂上了远山的林梢，思绪纷乱得难以有个头绪。一阵湿漉漉的海风吹来，嬴政恍然转身，正要喊赵佗送老将军回去，却见亭下已经空荡荡没了王翦，山口只有赵高的身影了。嬴政一时彷徨茫然，径自沿着亭外山道走了下去。走到半山，鸟瞰山下，环绕小城的那条清亮的大水如一条银带展开在无边无际的绿色之中，临尘小城偎着青山枕着河谷，在隐隐起伏的战马嘶鸣中，弥漫出一种颇见神秘的南国意蕴。眼看夕阳将落，河谷军营炊烟袅袅，嬴政的脚步不期然停住了，心头竟怦然大动起来。他惊讶地发现，除了林木更绿水气更大，这片河谷与关中西部太白山前的渭水河谷几乎一模一样……

蓦然，军营河谷传来一阵歌声，分明是那熟悉的秦风——

兼葭苍苍　白露为霜
所谓伊人　在水一方
溯洄从之　道阻且长
溯游从之　宛在水中央
……

和声越来越多，渐渐地，整个河谷都响彻了秦人那特有的苍凉激越的亢声，混着嘶吼混着呐喊，一曲美不胜收的思恋之歌，在这道南天河谷变成了连绵惊雷，在嬴政耳边轰轰然震荡。刹那之间，嬴政颓然跌坐在了山坡上……

旬日之后，太医禀报说王翦元气有所恢复，舟车北归大体无碍了。

嬴政很高兴，当夜立即来到幕府，决意要强迫这位老将军随他一起北归。嬴政黑着脸对赵高下令，这辆车只乘坐上将军与一名使女，行车若有闪失，赵高灭族之罪！赵高从来没见过秦王为驾车之事如此森森肃杀，吓得诺诺连声，转身飞步便去查勘那辆临时由牛车改制的座车了。嬴政匆匆来到幕府，眼前已经没有了王翦及一班幕府司马，空荡荡的石墙帐篷中只孤零零站着赵佗一人。

“赵佗，老将军何在？”

双眼红肿的赵佗没有说话，只恭敬地捧起了一支粗大的竹管。嬴政接过竹管匆忙拧开管盖抽出一张卷成筒状的羊皮纸展开，王翦那熟悉的硬笔字便一个个钉进了心头：

老臣王翦参见君上：老臣不辞而别，大不敬也。方今南海正当吃重之际，大局尚在动荡之中。老臣统兵，若抛离将士北归养息，我心何忍，将士何堪？老臣只需坐镇两年，南海大局必当廓清。其时，若老臣所言之戍军人口能如期南下，则南海永固于华夏矣！老臣病体，君上幸勿为念。生于战乱，死于一统，老臣得其所哉！封侯拜将，子孙满堂，老臣了无牵挂。暮年之期，老臣唯思报国而已矣！我王身负天下安危治乱，且天下初定国事繁剧，恳望我王万勿以老臣一己为念耽延南海。我王北上之日，老臣之大幸也，将士之大幸也，华夏之大幸也！老臣王翦顿首再拜

“赵佗将军，请代本王拜谢全军将士……”

嬴政深深一躬，不待唏嘘拭泪的赵佗说话，转身大步去了。

次日清晨，太阳尚未跃出海面，嬴政马队已经衔枚裹蹄出了小城。马队在城外飞上了一座山头，嬴政回望那片云气蒸腾的苍茫河谷，不禁泪眼朦胧了。蓦然之间，河谷军营齐齐爆发出一声声呐喊：“秦王万岁！秦王平安——”嬴政默默下马，对着苍茫河谷中的连绵军营深深一躬，心中一字一顿道：“将士们，秦国不会忘记你们，天下不会忘记你们，嬴政更不会忘记你们……”

三　典则朝仪焕然出新　始皇帝大典即位

李斯得蒙毅消息，立即驱车进了王城。

秦王回来得很突然，前后不足二十天，王翦也未如所料同车归来，这使李斯蒙毅大感意外。然见秦王风尘仆仆神色沉郁，两人颇觉不安，又都一时默然。午膳之后，嬴政终于缓和过来，先将王翦留书交给两人，而后又将南海诸事通前至后说了一遍。李斯蒙毅深为感奋，异口同声主张先决南海诸事。君臣会商两个时辰，增大后援、明定治式、增派官吏、特许南海将士已婚者之家室南下随军等诸般大事一一议决。最后，唯有一事棘手：如何向南海大军派赴数万女子？女子从何处来，征发何等样

女子，此等女子如何赏赐，要否婚配法令等等，无一不是新事无一不是难题。

掌灯时分，李斯依据王翦对秦王的留书，提出了一个总体方略。向南海迁徙人口，统以军制行之，男女皆在成军人口中遴选，也就是说，除却将士家眷，老弱幼一律不在遴选之列。举凡南下女子，俱得在三十五岁以下十六岁以上，少女得未定婚约，成年妇人得是寡居女子。女子人数，以五万为限，由老秦本土之内史郡及中原三郡（河东郡、三川郡、颍川郡）选派，一年内成行。

“好！再加一则。”嬴政拍案，又对旁边录写的长史丞一挥手，“适龄寡妇南下，特许携带其年幼子女。”李斯笑道：“君上明断也！一则，军中必有壮年而不能生育之将士，可解其无后之忧；二则，年幼子女成人，亦可增大文明血脉。”

“臣有两补，未知可否？”素来寡言的蒙毅颇见踌躇。

“说！此事亘古未见，要的便是人人说话。”

“其一，是否可特许南海将士与当地部族通婚，以利族群融合？”

“好！蒙毅之见，长远之图也，臣赞同。”李斯立即附议了。

“此策远图，甚好。”嬴政点头，“只是，依南海情势，不宜仓促行之。我看，大体放在三五年之后。一则，其时南海大势已定；二则，将士居家初见端倪，可免诸多错嫁错娶；三则，南海诸族对我军将士敌意已去，通婚更为顺畅。如何？”

“君上明断！”李斯蒙毅异口同声。

“蒙毅其二如何？”嬴政笑问。

“二么……”蒙毅显然有些顾忌，还有些难堪，红着脸道，“六国王城正在拆迁，其中宫女甚多。臣以为，君上可否允准，选其中色衰者……总归是，可补女子不足之难……只是，事涉王室，臣冒昧难言。”

“廷尉以为如何？”嬴政板着脸。

“这这这，臣不好说。”李斯期期艾艾大觉难堪。

“有何不好说也！”突然之间，嬴政拍案大笑一阵，站起来指指点点，“多好的主意，有甚脸红？有甚不好说？六国侍女成千上万，若留在六国王城，无非沦为六国老世族利诱作乱之士的本钱！这是顿弱密书的说法，本王接纳了，才将六国侍女与王城一并迁入咸阳北阪！万千女子终生不见人事，阴气怨气冲天，本王睡得过几个？这下好！蒙毅之策，解我心头郁结也！”嬴政一阵大笑，铿锵爽朗直如豪客。不待惊喜万分的李斯蒙毅说话，嬴政又转身大手一挥高声下令，“小高子！立即下书给事中[1]，全数登录北阪之六国侍女嫔妃，半月之内，全数交长史蒙毅处置。但有延迟隐匿，军法论罪！”

“嗨！”赵高答应一声，匆匆去了。

“臣以为，此事得先行知会上将军，否则纷争起来……”

“知会老将军该当。”嬴政打断了李斯话头，“纷争却是不会。以老将军世态洞察之明，绝会妥善处置。蒙毅，只在对老将军书中提及一句，六国宫女嫔妃，是安定南海之利器，赏赐功勋之重宝，望妥为思谋。”

“我王胸襟，臣感佩之至……”蒙毅长跪拱手，有些哽咽了。

议定了南海大事，嬴政心下轻松了许多。

李斯蒙毅一走，嬴政这才觉得连日舟车战马兼程赶路，身上到处瘙痒难忍。热水沐浴一番稍有好转，走进书房正欲处置连日积压文书，然一身红斑瘙痒依旧隐隐难消，嬴政一时瞀乱得又是一身津津汗水。赵高捧来一罐冰茶，嬴政汩汩吞了，似有好转，片刻又复发作。嬴政莫名其妙地大怒，一把将胳膊红斑抓得鲜血斑斑，呲呲喘息着似觉有所和缓。赵高大急，扑拜在地哽咽道：“君上不可自伤！小高子一法可试，只是望君上恕罪！”嬴政又气又笑道：“与人医病，恕个鸟罪！你小子昏了蒙了？”赵高又是连连叩头：“君上，方士入宫，历来大罪！小高子忧心君上暗疾，不得已秘密访察得一个高人啊！”嬴政骤然冷静下来，盯着赵高不说话了。

自嬴政六岁起，赵高便是外祖给自己特意遴选的少年仆人。嬴政八岁返回秦国，赵高跟随入秦。为长随嬴政，少年赵高自请去势，以王室法度做了太监之身，忠心耿耿地追随嬴政整整三十一年了。可以说，赵

[1] 给事中，秦王室官职，掌宫内事务，多由宦官担任。吕不韦时期，嫪毐任此职。

高熟悉嬴政的身体，远远超过了专精国事而心无旁骛的嬴政自己。赵高说自己有暗疾，嬴政是不需要任何辩驳的，尽管此时的嬴政并未觉察出如何暗疾如何症状。嬴政要想的是，赵高秘密延揽方士入宫，这件事当如何处置？秦国自商君变法，便严禁巫术方士丹药流布。自秦惠王晚年疯疾而张仪密请齐国方士之后，此禁令虽不如往昔森严，然依旧是秦法明令。至少，晚年卧榻不起的秦昭王便一直没有用过方士。嬴政的祖父孝文王一生疾病缠身，以至于自家学成了半个医家，也没有用过方士。嬴政的父亲庄襄王，中年暗疾，吕不韦曾秘密延揽方士，然却未见效力，后来也秘密遣散了。如今赵高秘密访察得一个方士来给自己治病，究竟该不该接纳？以赵高之才具与忠诚，既有如此举措，嬴政宁可相信自己确实患有寻常医家束手无策的暗疾。赵高几乎是自己的影子，要说患难与共，赵高是当之无愧的第一人。更有一点，赵高勤奋聪颖，对秦国法令典籍之精熟，除李斯之外无出其右。甚或，赵高之书法，也被知情者认定与李斯相当。如此一个人物，当年若不去势，而在秦国或从军或入仕，一定是一等一的大将能臣。而赵高，却自请去势，选择了终生做自己的奴仆，整整三十一年，任嬴政如何发作，都一无怨尤地侍奉着自己。那个大庶长爵位，对于不领职事的赵高其实并无实际意义，赵高只为嬴政活着。如此一个赵高，嬴政能认定他引进方士是奸佞乱法么……

“君上，又流血了，不能抓啊！……”

眼见嬴政又狠狠抓挠红斑，赵高以头抢地痛哭失声了。

“好，你去唤那方士来。只，这一次。”嬴政瘙痒难熬，牙缝咝咝喘息。

“哎！”赵高如奉大赦，风一般去了。

片刻之间，一个白发红袍竹冠草履的矍铄老人，沉静地站在了王案之前。嬴政一言不发，只袒露着上身的片片红斑与方才抓挠得血淋淋的一只胳膊。老人瞄了一眼旁边大汗淋漓的赵高，微微一笑，拿出了腰间皮盒中的一粒朱红药丸。赵高会意，立即接过药丸捧到案前低声道，敢请君上先行服下。嬴政微微眯着眼睛，二话不说接过药丸丢入口中，咕咚一口冰水吞了下去。案前老人近前两步，双手距嬴政肌肤寸余缓缓拂过，一层淡淡的粉尘状物事落于片片红斑之上。盏茶工夫，便见红斑血痕消失，肌肤颜色渐渐复归常态，嬴政紧皱的眉头已经舒展开来。老人又退后几步站定，舒展双臂遥遥抚向嬴政。如此又是盏茶工夫，嬴政猛然咳嗽了一声，咯出了一口血痰，长长地喘息了一声。老人徐徐收掌，向嬴政深深一躬，又向赵高一拱手，径自转身去了。

“回来。”嬴政叩了叩书案。

老人回身，却并没有走过来。

“先生高名上姓？”

“老夫徐福，山野之民。”

“先生医术立见功效。但有闲暇，当讨教于先生。”

“秦王视老夫疗法为医术，至为明锐，老夫谢过。”

一句话说罢，老人走了。嬴政边穿衣服边吩咐赵高，好生待承这位人物，待忙完这段时日再理论此事，目下切勿声张。赵高双腿已经软得瑟瑟发抖，脸上却是舒坦无比的笑意，一边抹着额头汗水一边诺诺连声，一溜碎步去了。

夜风清凉，嬴政神清气爽，展开了一卷又一卷文书。

南下期间，李斯将涉及廷尉府的预行之事已经拟定了详细的实施方略，并已经会同蒙毅拟好了颁行天下的文书。嬴政一一看过，件件都批了一个大字：“可。”刁斗打响四更的时刻，嬴政开始读博士学宫的整整一案上书。这些上书，是李斯辖制博士学宫期间预拟的新朝种种典章。嬴政南下期间，这些待定典章已经分送各大臣官署预览，各署附在上书之后的建言补正者不多，大多都是一句话：“典章诸事，听王决断。”嬴政一一看罢，深为这些饱学博士的学问才具所折服，件件有出典，事事有流变，确实彰显了他在朝会上着力申明的图新之意。全部典章，除了若嫌繁冗，实在是无可挑剔。反复思忖，嬴政还是纠正了两处涉及自己的典章。

其一是君主名号。博士学宫拟定的名号是“泰皇”，论定出典如此说：“古有天皇，有地皇，有泰皇，泰皇最贵。臣等昧死上尊号，王为泰皇。”嬴政也曾听李斯讲述过这一动议，知道泰皇有两说，一则云泰皇即三皇（天皇、地皇、人皇）之中的人皇，一则云泰皇即太昊，是三皇之前的称谓。然嬴政总觉这一名号虚无缥缈，尚不如战国尊崇的帝号实在，当年秦齐分称西帝、东帝，就是将帝号看得高于王号。然则，若单取帝号，似乎又不足以彰显远承圣贤大道之尊崇，崇古尊典的博士们也一定不以为然。思忖之下，嬴政心头大亮——皇帝！对，便是皇帝，有虚有实有古有今！于是，嬴政提笔，断然在旁边用朱笔写下了两行大字："去泰，著皇，采上古帝位号，号曰'皇帝'。他如议。"

其二，废除了谥法。谥者，行之迹也。后人以一个简约的名号，对死者一生行迹作一总括性评价，此所谓谥法。此种法度，据说是周公所定，其本意大约在告诫君王贵族要以后世评价预警自身。博士们上书：以谥法定制，秦王为泰皇，当追尊其父庄襄王为太上皇。后来的汉高祖刘邦即位之时，完全采取了这一谥法，追尊其父为太上皇。然则，嬴政却以为这种谥法很是无谓。后人话语，很无聊。一则，诱使君王沽名钓誉，容易虚应故事；二则，诱使言官史官以某种褊狭标准评价前人，事实上远离当时情境，徒然引起种种纷争。于是，嬴政提起朱笔，慨然批下了几行文字："太古有号无谥，中古有号，死而以行为谥。如此，则子议父，臣议君也，甚无谓，今弗取焉！自今以来，除谥法。本王为始皇帝。后世以计数，二世三世至于万世，传之无穷！"

曙色初上时分，蒙毅准时踏进了秦王书房。

嬴政从书案前站起，疲惫地指了指两大案朱笔批过的文书道："都好了，一一拟好诏书，朝会之前颁行。"便摇摇晃晃地被轻步赶来的赵高扶走了。蒙毅一一查对文书，发现秦王大半夜批阅的文书竟多达百余件，一时感慨不已，转身立即吩咐书吏抄录整理再誊刻。而后，蒙毅静下心来开始草拟第一道皇帝诏书了。

五月末，咸阳举行了最盛大朝会——皇帝即位大典。

朝会之前，先期颁行了《大秦始皇帝第一诏书：大秦典则[1]》，以期在皇帝即位大典第一次遵典实施。这道诏书颁行咸阳各大官署与天下郡

---

[1]　典则，意同典章，出自《尚书·五子之歌》："有典有则。"典章一词，后世隋代始有。

县，明定了天下臣民关注的诸多事宜，一时朝野争相传诵蔚为大观。这道皇帝诏书所确定的典制，一直在中国延续了两千余年：

大秦始皇帝第一诏书：大秦典则

大秦始皇帝诏曰：自朕即位，采六国礼仪之善，济济依古，粲粲更新，以成典则。自国，自朕，以至诸般文明事，皆以其实施之。为使天下通行，典则之要明诏颁行：

其一　国号：秦

其二　国运：推究五行，秦为水德之运；水性阴平，奉法以合

其三　国历：以颛顼历为国之历法

其四　国朔：奉十月为正朔岁首，朝贺之期

其五　国色：合水德，尚黑，衣服旄旌节旗皆尚黑

其六　国纪：以六为纪，法冠六寸，舆六尺，六尺为步，乘六马

其七　国水：奉河为国水，更名德水，是为水德之始

其八　君号：皇帝。朕为始皇帝，以下称二世三世以至万世

其九　皇帝诸事正名：皇帝自称朕，皇帝命曰制，皇帝令曰诏，皇帝印曰玺，车马衣服器械百物曰车舆，所在曰行在，所居曰禁中，所至曰幸，所进曰御，皇帝冠曰通天冠高九寸，臣民称皇帝曰陛下，史官纪事曰上

其十　诸侯名号：皇帝所封列侯，统称教

十一　上书正名：臣下上书，改书为奏

十二　人民正名：人民之名繁多，统更名曰黔首

十三　书文正名：凡书之文，其名曰字

十四　书具正名：凡书文之具，其名曰笔

天下治式等诸般大事，待大朝议决之后，朕后诏颁行

典则所涉其余细则实施，统以廷尉府书令发于朝野

大秦始皇帝元年夏

于是，这次大典朝会自然而然地变成了亘古未闻的一次盛典。除王

蒴蒙恬等边陲诸将未曾归国，几乎所有的文武大臣与郡县主官都如期赶到了咸阳。依着博士们制定的大典新朝仪，皇帝即位大典从卯时开始，整整进行到艳阳高照的午时。博士叔孙通，是参与制定这次朝仪的重要人物。若干年后，此人根据记忆与私家典藏，为西汉开国皇帝刘邦恢复了秦始皇的即位朝仪，由此跻身大臣之列。

据叔孙通所复制的朝仪，始皇帝的即位大典大体是这样进行的。

天亮时分（平明），大臣们一律着朝服在大殿外车马场列班等候。而后，由谒者（掌宾客官员）以爵位高低，分班次将大臣们分别领上大殿平台，再分列等候。殿门平台直到大殿两厢，整肃分列着皇室甲士并特定旗帜。大臣引导完毕，胪传（上下呼传礼仪官）之呼声从大殿内迭次传出：“趋——趋——趋——”如天音呼唤，庄严肃穆。随着迭次呼声，一队队殿下郎中（皇室侍卫官）整肃开出，从大殿门口分列两厢直达殿内陛（帝座红毡高阶）下，在广厦之下形成一条宽阔的甬道。此时，悠扬肃穆的钟鼓雅乐声起，谒者导引着大臣们始从郎中夹道中走进殿门，直达陛下。武臣以通武侯王贲为首，依爵次列于陛下西方；文臣以彻侯王绾为首，依爵次列于陛下东方，两两相向肃立。所有大臣列就，谒者仆射（总掌赞礼官）面向大殿屏后一躬，高呼：“皇帝御驾起——”几名胪传遂接连高呼，呼声迭次向后荡出。传呼声落点，皇帝坐在特制的车辆（辇）中，由六名内侍推车，六名侍女高举着车盖一般的伞盖徐徐而出，恍若天神。帝辇一动，殿中的皇室卫士一齐高举旗帜，郎中们一齐长呼：“警——”皇帝辇徐徐推至帝座前，头戴通天冠，身着特定御服，腰系长剑的皇帝被内侍扶持下辇，稳健地步登帝座，肃然面南。皇帝坐定，谒者仆射高宣：“皇帝即位，百官奉贺——”于是，天子雅乐大起，谒者导引着两列大臣分三班向皇帝朝贺：首班最高侯爵，次班大庶长至左庶长，再次五大夫至官大夫；每班朝贺皆扑拜于地，高呼：“皇帝万岁——”谓之山呼。分班次朝贺完毕，大臣们依爵次鱼贯进入事先写好名号且各自固定的座案就座。百官坐定，谒者仆射又高呼：“法酒上寿——”雅乐再度大起，谒者依次导引爵位最高的九位功臣，分别向皇帝贺寿，颂祷皇帝万岁万岁；每贺，其余百官必须高声同诵万岁。此谓之觞九行，或谓之九觞。整个朝仪过程，有执法御史不断巡视，举凡仪态不合法度之官员，立即被导引出大殿。故此，没有一个人敢轻慢喧哗，肃穆得太庙祭祀一般。九觞之后，谒者仆射高呼：“罢酒——”于是，酒具撤去。

谒者仆射再度高呼：“皇帝下诏——”这才轮到皇帝开口了。

“太过繁冗。明日重新大朝，再议国事。”

轮到皇帝开口，皇帝烦躁了，拍案两句话，不坐帝辇径自走了。

皇帝挥汗如雨地走了，举殿大臣哄然笑了起来，一边纷纷攘攘地擦拭着额头汗水，一边揶揄嘲笑着煞有介事的博士们。“热死人也！大热天硬教人穿这大袍子！”“这叫甚庆典，折腾得人路都不会走了！”“鸟个典！摆着酒不教人喝！活馋人！”“那叫法酒！你不是九侯，能喝么？”“九侯如何，也才一人一爵！”“谁弄的这朝仪？气死人也！”“不折腾我等老胳膊老腿，人博士凭甚立功？”“博士博士，狗屎不如！”

不知谁高声贬损了一句，殿中一阵哄然大笑，大臣们纷纷抹着汗水去了。渐渐地，大殿中只有博士仆射周青臣与叔孙通等一班博士了。周青臣很是难堪，大步走向还在归置大殿的谒者、御史与郎中们，黑着脸高声道：“群臣对皇帝大不敬，御史亲见，为何不缉拿问罪！”领班御史丞转过身来哈哈大笑道：“朝仪已罢，说几句闲话也问罪？亏了你老博士饱读诗书也！”其余郎中谒者也纷纷笑嚷：“受教受教，皇帝没盖偌大国狱，拿人关到博士府去，你管饭也！”旁边叔孙通颇是机变，过来一拱手低声道：“禀报仆射，丞相拜谒学宫，尚等我等议事。”周青臣心头惊喜，佯作气哼哼一甩大袖，就势走了。

四　吕氏众封建说再起　帝国朝野争鸣天下治式

整整一个午后，博士学宫都弥漫着一种亢奋气息。

丞相王绾亲自拜谒学宫，本来就是一件非同小可的盛事。然最令学宫感奋的，还是丞相亲邀博士们会商一件根本大事：新朝图治，当在天下推行何种治式？老丞相说得很明白，典则也好，朝仪也好，皆无涉根本，无须纠缠。国家根本在治式，透彻论定治式，才是博士学宫真正功劳。年余以来，博士们已经察觉出，新朝的大势越来越微妙了。博士们原以为天经地义的诸侯制，在新朝却被莫名其妙地搁置了。秦王首朝封赏，竟然没有诸侯一说。然则，秦王也没有说不行诸侯制，放下的话是，容后一体决之。这就是说，事情尚在未定之中，各方还都没有形成政见方略。同时，法权在握的廷尉府传出的消息是：李斯与一班亲信吏员日夜揣摩天下郡县，似有谋划郡县制之象。此时的秦王，依旧没有明白定策。从南海归来后，秦王除了确定典则与皇帝大典朝仪，对最为重大的治式事宜，始终未置可否。如此微妙情势之下，又逢皇帝刚刚即位之日，位高权重的老丞相亲自拜谒学宫且明白会商大事，此间究竟蕴藏着何等奥秘？

在从王城回来的路上，周青臣着意邀叔孙通同车。车行幽静处，周青臣突兀问：“足下以为，丞相府廷尉府，孰轻孰重？”叔孙通以问作答：“江水河水，孰大孰小？”周青臣一笑：“江亦大，河亦大，奈何？”叔孙通答：“两大皆能入海，唯能决之者，长短也。”周青臣恍然：“如此说，谋之长远，其势明矣！”车行辚辚，两人不约而同地大笑了一阵，又异口同声说了一句：“正道悠长，《吕氏春秋》也！”

柳林中摆开了恭贺皇帝即位的盛宴，酒是丞相府赏赐的。

王绾已经白发苍苍了。自从对六国大战开始，十年之间，王绾全副身心地运筹着秦国政事，从未在四更之前走进过寝室。战国通例，官员奉事五日歇息一日，此所谓“五日得一休沐”也。秦国勤政，六日歇息一日。可王绾自从做了丞相，却从来没有歇息过一日，纵是火热的年节，都守在政事厅不敢离开也不能离开。王绾只有一个心思，丞相府须得一肩挑起千头万绪的政事，好教秦王李斯等全力谋划战胜之道。然则，不知从何时起，王绾有了一种感觉——对这个秦王，他越来越陌生了。灭楚之后，这种陌生感突兀地鲜明起来。就实说，王绾与秦王从来没有过重大歧见，诸般政事之默契一如既往，然则，这种陌生感却挥之不去。思绪飘向远方，不经意间，王绾似乎也想明白了：秦王事事图创新，自己却似乎事事都循着常规与传统。陌生之感，由此生焉。十几年来，自己似乎没有出过一次令人耳目一新的谋划。与李斯尉缭两位大谋臣相比，自己确实少了些独具慧眼的长策大略。在预谋政事上，王绾也似乎总跟不上秦王大跨度的步幅，至少是很感吃力。凡此等等，都是实情，但王绾依然相信，这不是陌生之感的源头。以秦王秉性，若仅仅是如此这般，早早已经明说了。

灭楚之后，秦王将李斯擢升为廷尉，且显然将廷尉府变成了统筹新治的轴心，这教王绾很不是滋味。李斯的功绩才具，王绾是认同的。就廷尉府的职责权力而言，秦王也没有逾越法度。然则，新朝图治这般重大而涉及全局的谋划，廷尉府难道比总揽国事的丞相府更合适么？显然不是。此间之要，人事也。人事之要，政见心界也。

王绾与秦王之间，有着一道双方都明白的心界鸿沟。这道鸿沟，与其说是实际政见不合，毋宁说是所奉信念不同。王绾信奉《吕氏春秋》，秦王则信奉《商君书》。这两部治国经典的差异，生发了王绾与秦王之间难以弥合的心界鸿沟。两部经典的差异有多大，这道心界鸿沟便有多深。当年，王绾是奉吕不韦之命，到太子嬴政身边做太子府丞的。很长时间里，王绾都是吕不韦与少年太子少年秦王之间的有效桥梁。秦王亲政后，《吕氏春秋》事件发作，王绾没有跟吕不韦走，而是选择了辅佐秦王。但是，王绾却不因人废言，对《吕氏春秋》所阐发的治世大道，王绾始终是信奉的。即或在秦王面前，王绾也从来没有隐瞒过。对此，秦王当然是清楚的。可是，秦王从来没有因为王绾信奉《吕氏春秋》而减弱对王绾的倚重。否则，王绾何以能做十余年的丞相？直至封赏功臣，直至秦王变成了皇帝，王绾的丞相之职也未见动摇迹象。

久历风霜的王绾看得明白，秦王对自己，一如当年对吕不韦：只要你不将治学信念化作不同政见，不将政见化作事端，永远都不会有事。也就是说，只要王绾目下安于现状，不将自己心头突突蹿跳的信念搬出来变为政见，天下首任丞相是无可动摇的。

难处在于，王绾摁不住这头在心头蹿跳的巨鹿。

灭楚之后，王绾有了一种越来越清晰的感觉：天下到了歧路亡羊之时，必得有人出来说话！目下，能够担当这个说话者职责的，大约只有自己了。博士们分量不足，奏对又往往陷于虚浮。元老大臣们失之浅陋，无以论证大道。即或是目下领事的一班重臣，其学问见识也没有一个人足以抗衡李斯，不足以发端大事。只有王绾，根基是老秦名士，少年入仕而历经四王，资格威望足以匹敌任何元老勋贵，论治学见识，王绾是吕不韦时期颇具名望的才士。最要紧的是，只有王绾清楚地明白新朝图治的实际要害何在，不至于不着边际地虚空论政，反倒引起群臣讥讽。王绾隐隐地觉得，这是上天的冥冥之意，这是无数圣贤典籍的殷殷之心。天道在前，圣贤在前，丞相权力彻侯爵位何足道哉！

“诸位，皇帝即位，图治天下，何事最为根本？”

“治式——”

酒宴刚一开始，王绾一句问话便将来意揭示明白。博士们不约而同地昂扬应答，显然也明白告诉了王绾，他们是有准备的。王绾一时大为欣慰，一改很少痛饮的谨慎之道，与博士们先连饮了三大爵，以表对皇帝即位的庆贺。置爵于案，王绾慨然道：“老夫今日拜谒学宫，一则，感念众博士为国谋治，刷新典则、创制朝仪有功！二则，共商新朝图治之根本。诸位皆饱学之士，尚望不吝赐教。”

“鲍白令之敢问丞相，天下大道几何？治式几何？”

“天下大道者二，王道，霸道。天下治式者二，诸侯制，郡县制。”

“淳于越敢问丞相，人云廷尉府谋划郡县制，丞相何以置评？”

“图治之道，人皆可谋可对。廷尉府谋郡县制，无可非议也。”

“伏胜敢问丞相持何等主张？诸侯制乎，郡县制乎？”

“诸位以为，老夫该当何等主张？”

王绾揶揄反问，柳林中荡起了一片笑声。诘难论战原本是战国之风，博士们已经在几个回合的简单问答中大体清楚了老丞相的图谋，正欲直逼要害，却被王绾轻轻荡开，不禁对这位老丞相的机变诙谐显出了几分由衷的佩服，一时笑出声来。

“在下叔孙通有对。”一个中年士子站了起来。

“先生但说。”

“谋国图治，当有所本。秦国图治之本，在《吕氏春秋》！”

“何以见得？”王绾淡淡一笑，掩饰着心头的惊喜。

“天下治式两道，诸侯制源远流长，郡县制初行战国。”叔孙通从容地侃侃而谈，“战国大争之世，七国不奉诸侯制而奉郡县制，大战之需也，特异之时也！今秦一天下，熄战乱，不当仍以战时之治行太平盛世。是故，新朝当行诸侯制，回归天下大道……”

“彩！”片言只语将郡县制之偏离正道揭开，博士们一阵亢奋。

“然则，”声浪平息，叔孙通突然一个转折道，“若以三代王道为诸侯制根本，始皇帝必难接纳。何也？战国变法迭起，弃置王道已成时势。当此之时，若以三代王道论证诸侯制，必有复辟旧制之嫌。为此，必得以《吕氏春秋》为本，方得有效也。”

“彩——”博士们更见奋然了。

“《吕氏春秋》，有诸侯制之说？”王绾饶有兴致。

“有！众封建论也！”

“鲍白博士学问最博，背诵给丞相。”周青臣指点着高声应答的红衣博士。

“丞相且听。”鲍白令之高声念诵道，“《吕氏春秋·慎势篇》云：天下之地，方千里以为国，所以极治任也。国非不能大也，其大不若小，其（地）多不若少。众封建，非以私贤也，所以便势，所以全威，所以博义。义博、威全、势便，利则无敌。无敌者，安。故，观于上世，其封建众者，其福长，其名彰……王者之封建也，弥近弥大，弥远弥小。故，海上有十里之诸侯……多建封，所以便其势也。”略微一顿，鲍白令之慨然道，“吕氏之论，封建诸侯为圣王正道。封建愈多，天下愈安，此谓众封建也！”

“鲍白之论，我等赞同！”博士们不约而同的一片拥戴、附和声。

“敢问老丞相，博士宫可否上书请行诸侯制？”周青臣小心翼翼。

“有何不可？老夫也是此等政见。”王绾叩着大案坦然高声道，“你等上书皇帝，老夫也要上书皇帝。其时，皇帝必发下朝议会商。但行朝会议决，公议大起，治式必决。”

“丞相发端，我等自当追随！”叔孙通一声呼应。

“我等追随！”博士们异口同声。

王绾离座起身，对着博士们深深一躬，转身对周青臣一点头，径自去了。博士们心气勃发，纷纷请命草拟上书。周青臣与叔孙通等几个资深博士略事会商，当即公示了一个方略：人人都做上书之文，夜来公议公决，选最雄辩者为博士宫联具上书，面呈皇帝。博士们哄然喝一声彩，纷纷散去各自忙碌了。

次日清晨再度朝会，大出群臣意料，只一个时辰便散了。

皇帝大典后，嬴政很感疲惫烦躁，昨日回到东偏殿书房冷水沐浴一番，靠在卧榻便迷糊了。不想午间小憩竟做了沉沉大睡，直到日薄西山才蓦然醒来，气得将赵高狠狠骂了几句。夜来精神倍增，嬴政将李斯、王贲召进王城，再加原本在书房值事的蒙毅，要事先会商一番明日朝会如何动议治式。三人走进书房，嬴政远远一招手道："来来来，脱了厚袍子坐！小高子，冰茶！"不料，三人都没有应答，而是按着爵次顺序，王贲在前李斯居中蒙毅在后，一起躬身大礼，毕恭毕敬地齐呼了一声："臣等参见皇帝陛下！"嬴政恍然起身，大笑道："免了免了，书房折腾个甚！大朝摆摆架势罢了，事事如此折腾还做不做事了？日后书房议政老样子，谁喊皇帝陛下，叫他出去晾着！"一串笑语申斥，三位大臣呵呵笑了起来，气象顿时和睦如初。

三人就座，各去朝服冠带，长发散披，通身一领麻布长衫，再饮下一碗冰茶，顿时大觉凉爽。嬴政一说事体，李斯不禁一声感喟："惜哉！尉缭子也。若他能动，此事容易多了。"王贲蒙毅也是一声叹息。嬴政低声道："先生风瘫，太医无以救治。我已请一东海神医看过，也依然未见起色。还有老将军，但有他在朝……天意也，夫复何言！"一说到王翦，嬴政眼中泛起了泪光。李斯蒙毅也双眼潮湿了。

"君上，还是议事了。"王贲岔开了话题。

嬴政说了事体，期冀明日朝会能一次议决郡县制，以便早日推行；预料群臣中可能有主张诸侯制者，故得预为绸缪。李斯禀报说，郡县制之实施方略经多次补正，已经确定了，只待议决推行。蒙毅说，重臣之中明白主张郡县制者，只有素常小朝会的王翦、李斯、王贲、蒙恬、尉缭几人，而能在大朝会动议者，大约只有李斯了。嬴政点头，李斯也没有说话。一直默然的王贲却突然说，廷尉动议不宜。嬴政问为何？王贲说，郡县制诸侯制之争，大多将军不甚了了，大多文臣则无甚定见。若有重臣主张诸侯制，很可能群臣便跟着走了。那时，才该廷尉杀出。嬴政大笑道，说得好！朝会也是战场，精锐要用在最难之时。蒙毅问如此谁来动议？王贲断然道，我来，我与尉缭前辈联具如何？嬴政李斯蒙毅三人异口同声说了声好。如此商定之后，王贲李斯驱车去了尉缭子府邸先行知会。嬴政吩咐蒙毅立即为两人草拟上书。三更时分，王贲李斯返回皇帝书房。与尉缭子情谊笃厚的李斯禀报说，卧在病榻的尉缭子欣然允诺了。嬴政心头顿时踏实了许多。于是，王贲拿了蒙毅起草的上书底本，立即回府准备去了。小朝会便在深夜中散了。

谁也没有料到，朝会局势会发生如此突兀的变化。

朝会伊始，嬴政刚刚申明了主旨，丞相王绾便第一个出班奏对。依照新朝仪，王绾站在自己的座案前捧着上书高声念诵："臣，丞相王绾，昧死有奏皇帝陛下，主张新朝奉行诸侯制。臣呈上奏章——"于是，众目睽睽之下，殿前御史接过了新朝的第一道奏章，双手捧到了始皇帝案头。大殿群臣始而惊讶——历来只处置政务而不提政见的老丞相竟能发端大政！继而恍然——新朝遵奉何等治道，非老丞相发端莫属！于是，一时纷纷议论。

正当此时，博士仆射周青臣霍然站起，高举上书高声念诵："臣，博士仆射周青臣，昧死有奏皇帝陛下，呈上博士七十人联具之《请行封建书》——"殿东一大片博士整齐站起，齐声高诵："臣等昧死启奏皇帝陛下，请行封建，以固大秦！"如此声势，又一齐口称昧死，秦国庙堂见所未见，一时群臣彷徨，有诸多元老便要站起来呼应。

实际说，秦之典则礼仪虽细，然也不可能事事定则。譬如这大臣口称"昧死以奏"，便不是礼仪典则所定。然若依着"尊上抑下"的典则精神，臣下自己要在言事时，或加上彰显忠心之词，或加上勇于任事之词，典则礼仪自是不能禁止。也就是说，臣下自甘卑下奉迎，有利于巩固皇权，法度礼仪不会禁止。后来，诸多臣下起而仿效，奏章之首多称"昧死以奏"以为表白，遂使后世学人多以为臣称"昧死"乃秦时订立制度使然。此间误会，何其深也！延续唐宋之后，诸多儒臣奴性大肆泛滥，以至有人整日念叨“臣罪当诛兮，皇帝圣明！”显然，这是事实存在的一种自虐，绝非制度所立。此乃后话。

目下的王绾与众博士口称昧死，可谓既表惶恐，又表忠心，亦表无所畏惧。就其本意，无疑与“斗胆直言”之类的表白相近，也许本无他意。然在质朴厚重的秦国朝会上，大臣言事，历来极少这种自我表白，有事说事罢了。如今老丞相慷慨发端，一大片博士慷慨相随，人人昂昂高呼昧死以奏，大臣们如何不怦然心动？

“臣，通武侯王贲有奏。”

一声浑厚而沉稳的宣示，大殿中立刻肃静下来。谁都知道，王翦王贲父子连灭五国，在新朝具有无与伦比的分量。更有一点，父子两人都是寡言之人，朝会极少开口，开口则绝不中途退缩。当此之时，王贲挺身而出，定然大事无疑。举殿肃然之间，只见王贲前出两步，捧着一卷竹简高声道：“臣与关内侯尉缭联具奏对，请行郡县之治，今呈上奏章。”殿前御史接过竹简，王贲坐回了班次。见如此两位重臣与丞相大相径庭，主张郡县制，群臣这才稍见清醒，不再急于附议，一时方安静了下来。

“老臣有奏……”王绾再度慷慨奏对。

“朕有决断。”皇帝开口了，打断了王绾。嬴政第一次使用这个拗口的字，显得有些生硬，也渗出几分冷冰冰的气息，“丞相、博士宫、通武侯、关内侯，各有奏章，且主张已明，当下议决，未免仓促。朕之决断：发下今日三则奏章，各官署集本部官吏议之，或酿成共识，或两分亦可。旬日之后，朝会一体决之。散朝。”说罢，皇帝径自走了，朝会也就散了。

旬日之间，咸阳各官署及治情已经稳定的郡县官署，都开始了哄哄然的议政。

议政决事，既是秦国之传统，又是秦国之法度，并非散漫议论。春秋战国之世，尚大体延续着古老的三代议事传统，列国都不同程度地实施着一种大事须交群臣公议的决策法则。战国动荡多战，决事力求快速高效，公议制不可避免地有所淡化，然却没有从制度意义上消失，在事实上也经常见诸各国。就秦国而言，大事交付公议多见于史料记载：秦穆公合大夫而谋政，秦孝公廷议变法，秦惠王议伐巴蜀，秦昭王议杀白起，秦王政议逐客、议破四国合纵、议禅继、议帝号等。也就是说，虽然战时决事需要快捷，寻常军国大事皆由君主与相关重臣立决立断，但关涉根本的长策大略，还是很看重公议决断的。

议政作为一种制度，其实施流程表现为：某臣动议（显而易见的实际大事，不需动议也可由君主发动公议）——君主发其上书于各官署下令议之——各署得将议决对策正式呈报君主——君主集重臣或全体大臣最终议决。若群臣所议一致，君主也见识无二，则君主可不行朝会而决断；若群臣对策不一，则君主必得行朝会决断，而不能独断。此，议事制度之根本也。譬如目下诸侯制与郡县制之争，既是国家根本长策之争，又是最具权力的两方重臣之争，牵涉既广，利害且深，皇帝自不能当场独断，发下群臣公议，是所有人都能接受的稳妥方式。此等议事制度，是华夏族群在艰难生存中群策群力之遗风，弥足珍贵。然则，这一议事制很快就消失了。这是中国历史上一件并不如何瞩目，然却影响深远的大事。不久之后，我们将目睹这一事件的来龙去脉。

嬴政深感朝会之出乎意料，散朝后立即召进李斯王贲会商。

李斯说，博士宫联具请行封建，意料之中不足为奇。战国末世改制，若没有诸侯制声音，反倒是怪事了。而老丞相王绾不事先知会，而突兀力主诸侯制，才是真正的棘手。王贲说，老丞相历来与闻决策，该当明白君上图治趋向，今突兀转向诸侯制，完全可能引发大局动荡生变。王贲深表赞同，补充说，此等动荡与其说迟滞郡县制推行，毋宁说为天下复辟者反对郡县制立下了一个新的根基，后患多多。蒙毅则以为，王绾突兀发难，很可能是受了博士们煽惑，未必是自家真心主张；其中根源，必是王绾自觉新政轴心不在丞相府所致。

“不。三处须得澄清。”一直凝神倾听的嬴政轻轻叩着书案，“其一，王绾之举，绝非突兀。其二，王绾主张，绝非复辟。其三，王绾之心，绝非自觉权力失落。不明乎此，不能妥善处置纷争。”

“君上三说，依据何在，敢请明示。”王贲一如既往地直率。

“先说一。”嬴政顺手从文卷如山的旁案拖过一只早已打开的长大铜匣，拿出一卷竹简展开在案头，“这是《吕氏春秋》，两位可能不熟，廷尉该当明白。《吕氏春秋》明白主张封建制，而且是众封建，诸侯封得越多越好。王绾素来信奉吕学，未尝着意隐瞒。当此之时，王绾必感事关重大，而又无法说服我等君臣，故联手博士，形成朝议对峙，逼交公议而决。显然，老丞相是有备而来。三位皆曰突兀，因由在于忽视了王绾的治学根基，似觉老丞相没有理由如此主张。可是如此？”

“君上明察！”三人异口同声，李斯犹有愧色。

“再说二。”嬴政指点着案头书卷，“王绾主张封建诸侯，基于治国学说，基于安秦之另一思路！而非基于复辟远古旧制，更非基于复辟六国旧制。此与当年文信侯根基同一。而六国王族、世族鼓荡封建诸侯，则是明白复辟。即或博士宫七十博士主张封建诸侯，一大半也是基于治学信奉之不同，也非世族复辟之论。”

“君上明察！”

“再说三。”嬴政又从旁案拖过一只木匣，拿出一卷道，“灭楚之前，老丞相曾经上书请辞，理由便是‘治事无长策，步履迟滞’。十余年来，老丞相勉力支撑，未尝一事掣肘，纵无大刀阔斧，亦绝非纠缠权力进退之辈。”

“臣之指斥，草率过甚！”蒙毅当即肃然长跪，拱手如对王绾致歉。

“凡此者三，决我方略。”嬴政对蒙毅淡淡点头一笑，继续道，“一则，唯其王绾有吕学根基，有备而发，两制之争当认真论争，绝不草率从事。二则，唯其老丞相博士等，非六国王族世族之复辟，两制之争，当以政见歧异待之；纵有后患，届时再论。三则，唯其老丞相非关私欲，两制之争不涉国政权力。”

“臣等赞同！”

“君上方略至当。”李斯一拱手，心悦诚服而愧色犹在，“王绾之于吕学，臣疏忽若此，深为惭愧也！今据君上处置两争之三则方略，臣以为根本在第二则，即以政见歧异待之。既为政见之争，必涉吕学与诸家之道。此，臣之所长也。臣自请主力，与老丞相等一争是非曲直。”

“廷尉主力，正当其时！”王贲拍掌大笑。

“听说《吕氏春秋》乃廷尉当年总纂，正当其人！”蒙毅和了一句。

“好！廷尉主战。”嬴政一拍案，“然，此事至大，不能廷尉孤军独战。”

“陛下毋忧，我等当妥为谋划。”不期用了新称谓，李斯自己也笑了。

“臣等与廷尉协力！”王贲蒙毅立即跟上。

“好！两制之争乃华夏根本，务求全胜！”

“赳赳老秦，共赴国难！”

李斯王贲蒙毅不期然异口同声冒出一句久违了的老秦誓言，一时君臣四人的眼睛都潮湿了。片刻默然，嬴政高喊小高子上酒。赵高捧来四爵老秦酒，君臣四人汩汩痛饮而下，顿时人人一身大汗，同声大笑一阵，匆匆散去各自忙碌了。

在嬴政君臣筹划之时，各署议治的消息也纷纷激荡开来。蒙毅总司中枢，络绎不绝的消息都是“本署多以封建诸侯为是，以郡县制为非”。蒙毅非但备细阅读了每一份呈报进皇城的议治书，还亲自赶赴丞相府、上将军府、大田令府、司空府、司寇府、内史府、博士宫七大最主要官邸分别听了议治论争，终于对种种纷争大体清楚了。

蒙毅对皇帝的禀报是：归总说，群臣议论多以封建诸侯制为是。其间情形又分四类。其一，丞相府与博士宫之议，一致以吕学为根基，认定封建诸侯为安秦大道。其二，大田令等实际治事官署，则多从经济民生出发，以为郡县制易于凝聚国力民力，易于农耕河渠之通畅，多以郡县制为是。其三，郎中、御史、太庙令、太史令以及诸多皇族大臣，则多从传统出发，认定封建制利于族群血统之稳定延续，故以封建诸侯为是。其四，上将军府与国尉府最为特异，由于王翦蒙恬皆不在咸阳，国尉府又一直由尉缭虚领而无实际长官，故吏员之议颇为别致：大多以郡县制为战时权宜之计，安定天下则当奉行封建诸侯制。

“南北上书到了么？”嬴政淡淡一笑。

“南海上书、九原上书，刚刚到达。”

“如何说法？”

“王翦老将军力陈封建弊端，力主郡县制。蒙恬将军亦同。”

“扶苏回来没有？”

“皇长子明日将抵咸阳。君上，如此做……”

“不怕。事关长远，教皇子们听听有好处。”

“那，最好明令皇子们只听不说，持公允之身。”

“不！可以说话。面对如此利害，一个毫无评判的皇子何以立足天下？”

“君上，皇子们尚未加冠……”蒙毅欲言又止。

“准时大朝，放开一争！”嬴政断然拍板，没有理睬言犹未尽的蒙毅。

始皇帝元年五月末，事涉华夏根本的一场创制大论战正式拉开了帷幕。

除了王翦蒙恬与据守陇西的李信，顿弱姚贾等所有的在外大臣与已经有稳定官署的大郡郡守、大县县令，都被召回了咸阳。更有不同者，大殿内皇帝阶下专设了皇子区域，二十余名皇子全部与朝。咸阳所有官署的所有官员，除了有秩吏之下的吏员，举凡官员一律与会。素常宽阔敞亮的正殿，黑沉沉一片六百余人，第一次显得有些狭小起来。卯时钟鼓大起，帝辇在迭次长呼中徐徐推出。高冠带剑的皇帝稳步登上帝座，大朝会宣告开始了。

“诸位，朕即皇帝位，今日首议大政。”

所有的殿门与所有的窗户全部大开，沉沉大殿在盛夏的清晨颇为凉爽。皇帝一身冠带，平静威严地继续宣示着主旨，“天下一统，我朝新开。或行封建诸侯，或行郡县一治，事关千秋大计。日前，首议三奏业已发下，各署公议也大体清晰。归总论之，主张依然两分。今日大朝，最终议决，朕将亲为决断。朝会议政，不避歧见，诸位但言无妨。”

“臣，博士鲍白令之敢问，陛下对新治大计定见如何？”

“大朝议政，不当揣摩上意。”皇帝冷冰冰一句回绝了试探。

“臣，博士仆射有奏。”西边文职大臣区后的博士区，昂然站起了掌持博士学宫的周青臣，慷慨激昂道，“皇帝陛下扫灭六国，威加海内，德兼三皇，功过五帝，为千古第一大皇帝也！然则，平海内易，安海内难。天下九州，情势风习各异，难为一统之治。大秦欲安，必得以《吕氏春秋》为大道，众封建。封诸多皇子各为诸侯，辅以良臣，因时因地而推治，如此天下可定也！”

“臣，博士淳于越附议！今皇帝君临天下，四海归一，当继三代之绝世，兴湮灭之封国，使诸位皇子、开国功臣，皆有封国之土，皆有勤王之力！如此封藩建卫，土皆有主，民皆有君，皇帝陛下亦省却治民之劳，郁郁乎文哉！泱泱乎大哉！”这位素有稷下名士声望的淳于越跟了上来，文臣坐席区诸多要员顿时振作瞩目。

“臣，博士叔孙通转呈山东游士奏章！”

一言落点，举殿惊讶。朝会者，君臣之议，是为朝议。游学士子为庶民，故为野议民议。野议民议无固定程式，也并不包括在君主“下议”的议事制度之内。然则，华夏族群自远古以来，即有浓厚的野议之风，也有许多相应的上达形式，明如谤木制、谏鼓制、请命制等，暗如童谣、民歌、公议、请见、上书等，甚或包括了特定的流言。战国之世，重视野议之风犹在，齐威王整肃吏治的举措之一，便是以谤木制搜集民众建言及对官吏的举发。当时天下对齐人风习的评判，其中有一句“多智，好议论”。这个“好议论”，说的便是野议之风的普及强大。庶民野议但以上书方式呈现，往往是最为重大的民议，甚或可被视为某种天意。当此重大朝会，陡然出现野议奏章，此间意蕴难以逆料，大殿群臣立即静如幽谷。

“既有野议奏章，当殿宣读可也。”皇帝说话了。

“臣遵诏。”叔孙通展开一卷，高声念诵起来，“臣等山东游士二百一十三人，启奏皇帝陛下：大乱初定，天下思治，流民思归。我等布衣游学之士，痛感天下失治之苦。为此，恳望皇帝陛下封建诸侯，我等愿各为良辅，使四方有治，使黔首有归。如此，则天下大幸也！”念诵完毕，叔孙通高声补充道，“民心即天心。士为天下根本，得士之心者得天下！臣赞同天下士子之议！”

“臣等赞同游士奏章！”博士席一片呼应。

“群小私心罢了，谈何天心天意天下士子？”文臣区突兀一句冷笑揶揄。

“何人之言，诛心乎！论政乎！”叔孙通高声顶了回来。

“老夫顿弱！答之足下。”顿弱虽见苍老，精神依旧矍铄，离开侯爵座案站到了空阔处，破例地没有面对皇帝，却面对着沉沉座案区高声道，“诸位连同老夫在内，十有八九都曾是布衣之士游学列国。此战国之风也，入仕之道也，原本好事！然则，战国士风雄强坦荡，无论政见如何，所论皆发自本心！是故合则留，不合则去。今日，二百一十三名士子论政上书，竟能异口同声赞同封建诸侯，而独无一人异议，岂非咄咄怪事乎？其间因由，不言自明。今六国皆灭，一班狗苟蝇营之士失却奔走依托，又自觉才具不堪为皇帝大用，于是乎，唯求天下诸侯多多，好谋一立身之地。人求立身生计，原本无可指责。不合此等人物，偏以玩弄天下大计为快，以民议天心为名，实谋一己之出路，诚非私哉！诸位且说，老夫之论，诛心耶？论政耶？”顿弱原本战国末期名家名士，桀骜不驯，当年以见秦王不拜而名闻天下。此时一片言论不做奏对，却做了论战之辞，一时大见老来风采，举殿听得入神沉寂，忘记了喝彩。

“不，不是诛心，却也不是论政！”叔孙通红脸嚷嚷，引来一片笑声。

“此等野议，臣等以为不说也罢！”文臣席有几人高声非议。

“是也是也，自请为诸侯辅臣，有私无公！”

一片嚷嚷中，周青臣淳于越叔孙通都愣怔了，博士席也一时默然了。

“老臣王绾有奏。”

须发雪白的王绾终于不能坐视了。这班博士不着边际不谙事理，王绾大为皱眉，自觉如此下去，只怕这个重大长策便要被这些虚空宏论付诸流水。王绾决计亲自阐发，于是离座出班，直接面对着帝座，苍老的声音在大殿中回荡起来，无一言不是实实在在。

“陛下明察：方今诸侯初破，天下初定，复辟暗流依旧涌动。大势论之，赵魏韩之地一旦有事，尚可就近靖乱。然则，燕齐楚三地偏远难治，若有不测之乱，咸阳鞭长莫及。此际之险，与周灭商之初相类也。大秦欲安天下，当效法封建分治，分封皇帝诸子为封国诸侯，镇守偏远边陲，以安定天下。此，久远之计也，非一时之谋也。”

“老丞相差矣！”姚贾站了起来。

“上卿何见之有？”王绾淡淡地回了一句。

“皇帝陛下，诸位大臣，”姚贾在空阔处时而面对帝座，时而面对群臣，雄辩之风不下顿弱，“历经战国，天下大势已成两种治式：封建诸侯为一道，郡县统治为一道。今丞相既论治道，却是天下两分：赵魏韩之地一道，燕齐楚之地一道。持论根基，又唯在地理之远近，平乱之难易。如此姚贾敢问丞相：天下统一而一朝两治，政出多门而纷纭不定，图乱乎？图治乎？再则，天下治道若以地理远近、平乱难易而决断，易治者严，难治者宽，岂非纵容远政不法生乱？如此治道，公平何在！正道何在！”姚贾气势凌厉，所攻也确实皆在要害，群臣立感决战气息，大殿中一时肃然无声。

“上卿少安毋躁。”

王绾淡淡一笑，突然振作精神侃侃而谈，“老夫所言，因时因地而施治也，天下正道也，非自老夫始也。在秦，自我惠文王之世取巴蜀，以王族大臣直领巴蜀近百年，与封建诸侯何其相类也！昭王之世，有穰侯治陶地。当今皇帝之初，有王弟成蛟治太原。此其实也。以治道之论，则文信侯之《吕氏春秋》有切实之论，非但主张众封建，更主张以地理远近定封国大小：王者封建，地愈近而封国愈大，地愈远而封国愈小，故海上之地有十里诸侯也。凡此等等，皆因远近不同而施治也，何由生乱乎！以目下情势，皇帝领赵魏韩三地，是为帝畿；燕齐楚三地，则封建诸侯，势同三代天子一治，何有天下两治也！”王绾有理有据有史有论，殿中形势又是一变，大臣们都流露出敬佩的神色，博士们更是奋然快慰。

“丞相论史，不足为证！”

年轻的蒙毅第一次挺身站立在殿堂论政了：“蒙毅职任长史，多闻国史典籍。丞相所言之史实，不合比作封建诸侯。自孝公以下之历代秦王，虽时有王族子弟或重臣领于一方，然皆以国府郡县官吏施治，王族子弟与重臣之效用俱在镇抚，以利推行法治。此等领治，赋税皆上缴国府，领治之地更无私兵私官，实乃郡县一治之特例，与封建诸侯大相径庭也！”

“吕氏之学，亦不合大道也！”

李斯站了起来。思忖情势，李斯觉得自己该说话了。李斯也没有面对帝座，面对面地与王绾对立着道：“文信侯众封建之论，不合大道者二。其一，不合五百年来天下潮流。自春秋以至战国，礼崩乐坏，瓦釜雷鸣，高岸为谷，深谷为陵；国变，君变，官变，民变，法变，最终酿得潮流大变。其间诸子百家风起云涌，竞相探索治国之道，而终归酿成变法大潮。变法者何？变国家也，变治道也，变生计也，变民众也。一言以蔽之，变天下文明之蕴涵也！千变万变，轴心在于治式之变。封建诸侯裂土分治，导致天下大战连绵动荡不休。人心思治，人心思一，思的便是天下一统，思的便是一法施治，思的便是抛却封建。文信侯之时，天下归一之心尚在端倪，尚未聚成大潮，故文信侯未能洞察大势也！今日之天下，若果真行封建诸侯，无异于抛离天下民心，无异于再植裂土分治之根，弃华夏五百余年之探索而重归老路焉！老丞相厚学明察，拘泥于一家之学而不审时势，何异于刻舟求剑哉！”

“老夫愿闻其二。”王绾丝毫不为所动，只冷冷一笑。

“其二，丞相所言，今日新朝情势几同于周之灭商，在下不以为然。”

“丞相所言大是！”博士坐席一片反对李斯之声。

“是与不是，且看史实。”李斯从容言道，“其一，三代之时，天下未曾激荡生发，不知郡县制也，唯知封建制也。其时行封建，与其说遵奉王道，毋宁说别无选择也！是故，不足为亘古不变之依据。其二，周行诸侯制，前后所封王族与功臣千八百余国，可谓众封建矣！然则，周武王尸骨未寒，周室便祸乱大生，发难者恰是王族之管、蔡诸侯！如此封建，谈何拱卫天子？谈何拱卫王室？至于周幽王镐京之乱，王族大诸侯晋国鲁国齐国皆不敢救，若非我老秦人弃置恩怨，千里勤王浴血奋战，何有洛阳周室之延续哉！更不说诸侯相互如仇雠，相互攻伐而不能禁止，以邻为壑而践踏民生……凡此等等，封建诸侯岂非天下祸根哉！”李斯一番话痛切肃杀，所言又无不是诸侯制要害，群臣神色又是一变。

“人非圣贤，事无万全。廷尉如此苛责圣王大道，夫复何言！”

王绾不屑地冷漠一笑，坐回了文臣首座，板着脸一句话不说了。

“臣，博士鲍白令之，敢请诸皇子之见！”博士席突兀一声。

“臣等敢请诸皇子奏对！”博士们一片呼应。

大臣们似觉唐突，又似乎对博士们此等颇具离间意味的动议大有怀疑，举殿无一人附议。皇子们则惴惴不安地望着帝座，纷纷低下了头去。

“愿说者便说，无须顾忌。”皇帝说话了。

“儿臣扶苏有奏。”英挺的皇长子一站起来，群臣眼睛立即亮了。只见扶苏向帝座一躬，肃然正色道，“儿臣以为，大秦一统华夏，皆由将士鲜血而来，理当推行郡县，由国家统一治民，使民无私政之苦。扶苏纵为皇子，若求封国而行私政，大秦国法安在？”

“好！”文武两大区，皆有人高声拍案赞叹。

“胡亥有奏！”一声清亮稚嫩的童音陡然荡开。

群臣大为惊讶，后排座案的臣子们纷纷站起向前打量。皇帝不禁呵呵笑了：“你小子也敢有奏？好！有胆色，说。”皇帝话音落点，一个童稚话音在大殿中清亮地飞旋起来：“胡亥身为皇子，不求一己之利，唯愿天下大治！胡亥不做封国诸侯，只做大秦良臣！”

“彩——”举殿无分政见，爆发出一阵哄然笑声。

“皇子童稚轻言，不足以论长策！”鲍白令之昂昂然喊了一声，大臣们颇觉滑稽，又是一阵哄笑。正在此时，东区武臣席中王贲站了起来：“臣等有奏。”一句话落点，大殿立即肃静下来。谁都知道，如此重大的议政，拥有最高爵位的几位武臣至今还没有人说话。

“臣通武侯王贲，得武成侯王翦、九原侯蒙恬、陇西侯李信之托，代奏皇帝陛下：华夏边地之治，若阴山，若陇西，若辽东，若南海，尤须郡县一治。若行封建，华夏必失万里屏障也。周室之亡，亡在诸侯。诸侯之患，动乱之源也。大秦不行封建，动乱将大为减少。纵然六国旧世族图谋复辟，亦不至裹挟民众。其时复辟世族孤立天下，我大秦六十万铁军何惧之有？此，臣等之奏对也，皇帝陛下明察。”

王贲的话语一如既往地平实，没有一句激昂之辞，却使已经渐渐闷热起来的大殿如秋风扫过，顿见一片肃杀气息，大臣们顿时平静了，没有人想说话了。只有博士们惊愕地相互顾盼着，似乎不明白这个黝黑粗壮的蛮实将军何以竟能有如此威慑力。

“各方大要清楚，老臣敢请陛下决断。”王绾以为不需要再争了。

“敢请陛下决断！”举殿一声。

“好。”皇帝拍案，“旬日之内，朕以诏书说话。散朝。”

五　力行郡县制　始皇帝诏书震动天下

嬴政破例没有回东偏殿书房，径直到了皇子学馆。

皇子学馆设在王城西苑，原本隶属太子傅管辖，总司皇族子弟文武启蒙之学。太子傅是一个似无实权却又极为要害的职司，其官署与职司所在分为四处，堪称最为特异。其一，身为大臣的太子傅的个人住宅，在皇城之外的官邸区；其二，太子傅的公事官署，设在皇城内的官署区，与皇帝处置日常政务的东偏殿相邻；其三，对太子的教习督导职能，由专设在太子府的官署行使；其四，对太子之外的皇族子弟的教习，由专设在皇城西苑的皇家学馆行使。嬴政自亲政之后一直没有立太子，没有设置太子傅，也没有裁汰一名太子傅官署的属员。是故，太子傅官署职司只剩下了教习全体皇族子弟这一项，由原先的太子傅丞领事，官署吏员全部移到了这座皇家学馆。嬴政从没来过西苑，若非赵高领道，还当真在这林木葱茏山环水绕之中猜不出学馆究竟藏在何处。

“参见父皇——”

嬴政一进庭院，眼见二十余名冠带整齐的皇子齐刷刷长跪拱手响亮呼喊，不禁惊讶地笑了：“小子们有备也，知道我来？”旁边赵高惶恐道：“小高子教小内侍知会了一声，怕皇子们不在。陛下来一次难也。”嬴政一挥手大笑：“好好好，都在这大树下坐了，说说话。”皇子们欢声雀跃而散，纷纷在最大的一片荫凉下的青砖地面上坐了下来。独有一个童稚皇子气喘吁吁抱来了一个木墩放在树荫下，锐声一喊："父皇入座！"嬴政怦然心动，哈哈大笑间透出满心欢畅，一俯身抹着小皇子通红脸庞上的汗水高声笑问："你小子是胡亥？"小皇子一挺胸脯赳赳锐声："然也！我是大秦皇子胡亥！"嬴政道："木墩是你的常座么？"小皇子赳赳锐声："非也！此乃胡亥战马！"嬴政道："你要战马做甚啊？"小皇子赳赳锐声："杀敌报国！安我大秦！"嬴政不禁再度欢畅地大笑起来，双手一卡将胡亥提起放到了木墩上："好！你的战马你骑！父皇做步卒，长矛护着你！"一时间，宽阔幽静的庭院响彻了皇子们欢快的笑声。赵高过来低声道："扶苏皇长子到九原侯府邸去了，其余皇子都在。"

"小子们静了，父皇要说话。"

嬴政从来没有过此刻这般欣然轻松，见熙熙攘攘的皇子们安静下来，站在大树下笑着高声道："小子们今日都去了朝会，都好！给嬴氏长脸！扶苏好，胡亥更好！小小孩童，如此识得大体，难得！胡亥，小子说说，谁是你的老师啊？"

"禀报父皇：内师同教，外师乃太史令胡毋敬！"

"都派定外师了？"

"派定了！"

"各人说，外师都是何人？"

于是，皇子们依着年岁从大到小一个个报来。嬴政听出了眉目，除了嬴政已经知道的蒙恬为扶苏外师，总归个个皇子的外师都是文职高爵重臣，只有少子胡亥的外师是个爵位最低实权最小的太史令。而文臣外师之中，唯独没有李斯。

"好。都有了外师便好。"嬴政笑道，"没有太子傅，父皇当初接纳了太子傅丞的建言，给你等人人派了一个大臣做外师。于今看来，颇见效用也。嬴氏王族，自来有一条法度：唯才是继！父皇没有明立太子，便是要你等各自奋发，由朝野公议评判考校。当年，父皇便是这样做了太子的。如何，父皇可算公平？"

"父皇大公——"一片响亮的呼喊。

"然则，"嬴政脸色倏忽一沉，"争要明争，要争才具，争见识，争节操。谁要权谋折腾，私相暗斗，自相残杀，父皇决执国法严惩不贷！记住没有？”

“记住了！”

“好！”嬴政又恢复了笑容道，“少皇子胡亥，朝会见识为皇子表率，才具尚有潜力。为示奖掖，父皇为其定一外师。”

“谢过父皇！胡亥这便去拜师！”

“你小子等着，定好了大庶长知会你。”

嬴政第一次称呼了赵高的爵位，赵高亢奋得心头突突直跳，一片暖意洋溢不去，回来的路上红着脸一句话不说，小心恭顺如同儿子侍奉父亲一般。赵高没有料到，更大的一个意外也即将来临。在轺车行将驶出西苑时，皇帝吩咐停车。赵高停下单马轻车，扶皇帝下车，照例肃立在车旁——他是否跟从皇帝，得看皇帝如何行止。不料皇帝一下车便道：“走，随我一起走走。”赵高心头一热，立即跟着皇帝的步子小心走了起来。皇帝又气又笑道：“你小子走到旁边来，老跟在身后做狗么？”赵高连忙走到皇帝身旁稍稍侧后处，涨红着脸道：“小高子，本，本来就是陛下一,一只狗，小高子愿意一辈子……”“住口！”皇帝低声一喝，顺势坐在道边一处茅亭下，见赵高吓得大汗淋漓，又淡淡笑道，“赵高，你跟随我近三十年了，功劳多多，却无甚自家乐趣，且正道才具也都埋没了……起来！听我说话。”看着热泪纵横地从地上爬起来的赵高，嬴政正色低声道，“这次，我想派给你一件正经差事，却没有任何官身名头。少子胡亥，颇有我少年之相……然毕竟童稚未消，尚待查勘。我意，五年之内，你做胡亥老师。只教胡亥两样根本：一则精熟秦法，一则精熟书法。这两件事，都需要工夫，只有你腾挪得开。五年之后，若胡亥有成，我便可另派大臣为外师，使其通晓政事。你意如何？”“君上啊……”赵高泪流满面扑拜在地，一句话也说不出来。嬴政扶起了赵高，又拂去了赵高身上的尘土：“这是秘事。胡亥的名义外师，是李斯。记下了？”

“记，记下了……”赵高心头大为酸热，身下突然热乎乎一片。

“走，回去还得拟诏。”

“君上……”赵高软在了地上，腿边一大摊热烘烘水渍。

“你小子尿了？好出息也！”嬴政大笑一阵，大步走到轺车前拿来一件长衫放到了亭柱下，“换了，我在车旁等着。”

哇的一声，赵高哭了……

是夜，皇帝书房的灯火一直亮到东方发白。

当李斯与一班图籍吏员登车驶出皇城时，谁都没有力气说话了。一连串飞去的轺车上，飘荡着连绵不绝的鼾声，引得清晨值事的城门郎中笑出了声。及至抵达廷尉府庭院，扯着鼾声流着涎水的李斯却在刮木摺下的咯噔一声中蓦然醒了过来，怀中紧紧抱着一只大铜匣下车，目光直愣愣瞪着前方走向了书房。驭车吏似觉不对，连忙飞步抢前打开了一道又一道大门小门，眼睁睁看着梦游的李斯大步匆匆进了书房。刚刚坐进书案提笔在手，李斯呼噜一声瘫倒了。驭车吏这才喊来官仆，一起将李斯抬到了寝室。三日后李斯醒来，皇帝的诏书已经颁行了。当府丞将诏书恭敬地送进书房，为主官铿锵诵读时，李斯的泪水打湿了衣襟……

始皇帝力行郡县制诏书

始皇帝诏曰：朕曾下议国之治式，封建说与郡县说对峙难下。朕会同相关大臣复议，亦再度查勘天下大势，议决推行郡县制。自今之后，天下力行郡县，封建诸侯不复存焉！所以行郡县者，朕执三势：

其一，治势也。战国之世，七国皆数千里也，若行分封，皆可做数十成百邦国。然则七国无一封建诸侯，无一不行郡县。何也？分治则弱，一治则强。分治则亡，一治则兴。晋为春秋大国，封建世族而瓜分为三。姜齐春秋大国，封建世族而有田氏代齐。楚为五千里大国，封地分治而国力难聚，终为我所灭。凡此等等，皆为图治之势也。人云，不行封建，无以防田常六卿之乱。朕云，不行封建，何来田常六卿？故郡县制者，天下图治时势也。

其二，民势也。封建之众，其国必小。国小而欲争强，必重黔首赋税。其时国府法令难行，必致生灵涂炭。黔首起而群盗生，其国必起动荡，终将酿成天下乱源。郡县一治，则国必大。国大则缓急可济，赋税徭役可因时因地而行，民得安也。故，行封建以治则民乱，行郡县以治则民安。何去何从，至明焉！

其三，国势也。三代中国皆行封建，天下分治久矣！诸侯多不以天下为念，唯以私治为念，图谋与国府疏离。如此者三代，中国诸侯法令异制，以致田畴异亩、文字异形、言语异声、钱币异质、车行异轨、度量衡异法，华夏业已裂土裂民矣！唯其诸事皆异，天下共苦，战斗不休。今天下初定，再行封建，又复立国，何异于再树兵也！若逆势行之，则华夏必裂土万千，国力弥散，终将为夷狄匈奴所吞灭也！楚领南海而行封建，致今日南海百粤几不知华夏为何物也。故，上将军王翦有言："若行封建诸侯，则中国无南海也。"诚哉斯言！若不能凝聚华夏诸族，使我中国文明立足万世，秦一天下何由哉！

为此三势，朕今决断议政之争：自今废除封建，分天下为三十六郡；律法一体，官制一体；治权集于国府，决于皇帝，上下统一政令，举国如臂使指。如此治权不出多门，私欲不至成灾，天下至大之德也！始皇帝元年夏。

府丞禀报说，皇帝诏书已经颁行天下，咸阳四门也都依着传统张挂了。咸阳城万人空巷，都挤到城门看皇帝诏书去了。李斯油然生出感奋之心，当即下令备车赶赴咸阳南门。郡县制倾注着李斯心血，而今一朝成形，李斯实在是感慨万端了。

及至将到南门，人海汪洋攒动，轺车根本无法行走。李斯只好下车，走进了一家老秦人的酒肆，想听听人们如何说法。不想酒肆空空荡荡，只有两个侍者在忙着向前柜搬运酒坛。李斯笑道："如此冷清，还是酒肆么？"一个侍者头也没抬高声道："先生知道甚，你且等着，不消半个时辰，我家的酒便不够卖了。"正在此时，一个老人风风火火大步走进，连连嚷道："快快快，快拿布笔，写下来！"一个侍者问："店东写甚？"老人兴冲冲道："写下三十六郡，挂在墙上！一会儿人多了，都要争着说，难免有人记不住！快去拿！"一个侍者快步拿来了笔墨与一方白布，老人提起大笔正要写，又道："不行不行，我记得不全，快去请个先生来！"旁边李斯笑道："我给你写，挣碗酒喝如何？"老人大喜过望道："啊呀呀，莫说一碗酒，一坛酒送先生！老夫说，先生写！请！"李斯一笑，大步走到案前，提起笔便一个个写了下去。老人高声念得两个，自家便忘记了。李斯完全不待他说，笔下流淌出一排排大字。老人不禁跟着高声念诵起来。写在白布上的三十六郡[1]是——

内史郡　陇西郡　北地郡　汉中郡　巴　郡　蜀　郡
上　郡　云中郡　九原郡　河东郡　三川郡　南阳郡
颍川郡　南　郡　太原郡　上党郡　巨鹿郡　邯郸郡
雁门郡　代　郡　上谷郡　渔阳郡　辽西郡　辽东郡
右北平郡　砀　郡　泗水郡　薛　郡　琅邪郡　齐　郡
九江郡　会稽郡　长沙郡　南海郡　桂林郡　象　郡

"彩——"

李斯写字期间，人群已经渐渐聚拢在店堂围观。见李斯落笔，人群爆发出一阵哄然喝彩声。李斯搁下大笔，向众人一拱手高声道："目下三十六郡为初分，天下大安之际，或将增设新郡，父老们拭目以待！"话音落点，一阵万岁声大作，李斯便被种种询问淹没了。

正在李斯欲在酒肆痛饮之时，府丞匆匆赶来说，皇帝紧急召见。

六　李斯受命筹划　帝国创制集权架构

王绾的辞官书送进王城时，嬴政堪堪用罢午膳。

大半年来，嬴政每用罢午膳便觉神思困倦，时有不知不觉歪倒案边睡去。无奈之下，嬴政索性下令赵高在书房公案旁设置了一张便榻，再

---

[1]　秦初设三十六郡之名，有《汉书》之班固说，有《史记集解》之裴骃说。另有《晋书》四十郡、《旧唐书》四十九郡、王国维四十八郡说。后三说所列新郡，当为秦后期增设郡。

张一道帷帐，每日午膳后卧榻小憩一阵。不想如此一来大见效用，片刻迷糊醒来，分外的神清气爽。于是，日每午间小睡，也就成了嬴政不成文的规矩。今日正要撩开帷帐，逢蒙毅匆匆送来了王绾的辞官书。嬴政站在帷帐外浏览一遍，朦胧之意竟没了踪迹。心事一生，顿觉闷热难当，嬴政独自出了东偏殿，漫步到殿后的林荫大道去了。

王绾的辞官书不长，理由也只有几句：年高力衰，领事无力，见识迟暮，无以与皇帝同步。就事论事，王绾所言都是实情。论年岁，王绾已经年近七旬，经年在丞相府没日没夜连轴转，精神体魄已大不如前了。论政见，王绾力主封建制，且公然以《吕氏春秋》为根基，也确实与嬴政的决事轴心难以同心协力。唯其如此，王绾确实该让出领政丞相的位置了。还在灭齐之前，嬴政已经思谋好了王绾的归宿：晋爵一级，加食邑千户，以彻侯之身兼领博士学宫，整饬天下典籍以为治国鉴戒。甚或，嬴政一直在思谋，想给王绾在未来的新官制中谋一个类似太师一般的尊荣职位。也就是说，一定要让王绾以功臣元老之身平安离开权力轴心。之所以如此，并非嬴政偏袒，恰恰在于王绾与嬴政有人所共知的根基疏离——王绾是吕不韦的门人，也是吕学的忠实信奉者；嬴政，却是法家商鞅的忠实信奉者，是吕不韦真正的政敌。二十多年来，有信念的王绾能放弃治道歧见，忠实地以嬴政轴心的法家决策领政治事，诚不易也。臣职若此，身为君主的嬴政能以治道之争而另眼看待王绾么？更有一层，嬴政对当年逼文信侯吕不韦自裁，始终有一种负疚之心，而今对吕不韦的这位最大的门人，实在不想做出任何冷面绝情之举。在此之前，若王绾上书辞官，嬴政一定是要教王绾尽享尊荣而淡出的。然则，如今有了这一场公然爆发的诸侯制郡县制之争，且天下皆知，王绾恰恰要在此时辞官，嬴政便颇见难堪了。所谓难堪，是嬴政无论如何处置，都会不上不下不妥贴。王绾终将被天下看做因政见不合而遭贬黜，嬴政也终将被天下看做对吕学一门余恨难消而最终报复。从权谋看去，嬴政若要摆脱这种难堪境地，最好的办法便是拖，一直拖到有一个合适的时机。然则，天下初定，大政如山，若不尽快解决此事，实际便等于将真正的施政丞相府的职能效用大大地打了折扣。而如果没有一个强势的丞相府，则嬴政这个皇帝势必处于手忙脚乱之境地，诸多需要他总体筹划的大事便无法推进。如此两难，取舍何在……

“君上，丞相府呈来《郡守县令拟任书》。”

蒙毅的匆匆禀报，使嬴政的思绪蓦然折回，转身之际问了一句：“国正监附议没有？”蒙毅道：“丞相府上书刚到，国正监便跟了来，言丞相府拟定派任官员中有二十余人是博士，不宜派任郡守县令。”

“二十余博士？”

“正是。臣已数过，二十三人。”

“你意如何？”

“臣亦赞同国正监之说，郡守重臣，博士不宜派任。”

“丞相可有亲笔附言？”

“有。两句话：郡县未必尽法家之士，博士未必尽王道之人。”

“派任博士中，你能记得几个？”

“周青臣、叔孙通、淳于越、鲍白令之、侯生、卢生……”

“周青臣？博士仆射也做郡守？”

“正是。臣没有记错。”

“老丞相也！”嬴政一声叹息，断然一挥手，“即宣李斯进宫。”

蒙毅匆匆去了。嬴政回到书房，立即吩咐专掌图籍的书房内侍张挂起了李斯主持绘制的天下郡县图，拿着丞相府拟定的郡守县令名册，站在了地图前，看一个往地图上写一个。行将写完三十六郡，李斯匆匆来了。嬴政没有说话，只顾写着最后几个郡守。李斯也没有说话，只凝神端详着图板上的一个个名字。

“廷尉以为如何？”嬴政搁下了大笔。

“恕臣直言：如此派任，天下大乱也。”

“此乃朕亲自遴选，廷尉不以为然？”

“臣据实评判，无论是否陛下亲选。”

“廷尉评判，依据何在？”

“臣启陛下，”李斯全然依着新的典则礼仪说话，平静如水中显出另一番凝重，“非博士无才也，非博士不忠也。根本处在于：目下大势，不容书生为政。天下初定，陛下若欲重整华夏文明，必将雷电施治，大刀阔斧地整饬天下积弊。当此之时，战国遗风犹存，列国王族世族及依附遗民，必然图谋复辟；天下郡县推行秦法，亦必有种种磕绊；腹地郡县，有复辟作乱之忧；边陲郡县，有夷狄匈奴之患。如此大局之下，任何郡县都将面对治情动荡起伏之势。说危机四伏，亦不为过。一班博士，尤其儒家博士，素无法行如山之秉持，辄遇乱象，每每以王道仁政彷徨忖度，而不知奉法立决。如此二十余郡相互生发相互激荡，天下如何不大乱也！”

“廷尉之见，当如何应对？”

“全面更新官制，集权求治。”

“集权求治？”嬴政目光骤然一亮，“愿闻其详！”

“陛下明察，”李斯显然是成算在胸，没有丝毫踌躇不定，“战国官制，行于战争连绵之时，故有两大弊端：其一，为求快捷而归并职司，官制粗简过甚，诸多权力模糊不清；其二，官府职司以支撑战争为根基，官吏构成以将军军吏为主，军事压倒政事。而今天下归一，文明施治将成主流，战国官制必得翻新，方能应时而治。官制翻新之要：以郡县一治为根基，以求治天下为宗旨，以施政治民为侧重，以治权集于中央[1]为轴心。如此，则可与郡县制一体配套，自上而下有效施治。臣之谋划，是谓集权求治也！”

“好！”嬴政奋然拍掌，“廷尉大论，至精至要！可当即着手筹划。”

“陛下，此事关涉全局，非廷尉职权所在。”

“廷尉且坐。”嬴政转身吩咐，“小高子，冰茶。”片刻之间，一个侍女捧来了一个厚布套裹的陶壶，低声禀报说大庶长给少皇子教习书法去了，每日一个时辰。说着斟满了两碗冰茶，飘然去了。嬴政说声知道了，一如既往地坐在了李斯对面，全无新定典则的皇帝程式。李斯也浑不在意，只顾汩汩饮下一碗冰茶，拭了额头汗水，才抬头感喟一声：“咸阳如此燠热，陛下不去章台避暑，难为也！”嬴政笑道：“大事接踵，避个甚

[1] 中央，先秦概念，四方之中。《韩非子 · 扬权》：“事在四方，要在中央。”

暑，忙完了这一阵子，一起看看新天下，比窝着避暑好多也！”李斯心下感喟，一时默然了。

嬴政倏然敛去了笑容，肃然挺身长跪，一拱手道：“大战拜将，大政拜相。今日，嬴政拜相了。敢请先生，为天下领政！”说罢深深一躬，头顶玉冠几乎撞地。李斯大惊，连忙扶住了皇帝，额头汗水涔涔而下，眼中热泪潸潸涌出，伏地三叩首，抬头挺身长跪，肃然一拱手道：“陛下但觉臣能，臣何惜赴汤蹈火以报陛下！以报国家！”

“国府官制，是该整饬重建了。”嬴政递过一方汗巾，看着擦拭汗水泪水的李斯，叩着书案道，“官制不重建，无以治天下。老丞相业已上书辞官，你看，这是辞官书。”李斯一目十行地浏览完辞官书，抬头道：“敢问陛下，欲如何使老丞相淡出？”嬴政道：“此事廷尉无须过问。你只即刻会同相关各署筹划新官制，同时准备，旬日之内接掌丞相府。”李斯不再说话，只深深一躬。嬴政又道：“官制筹划在廷尉府职司之外，是故，我教蒙毅拟定一卷特命诏书，今夜送到你府。明晨，廷尉便可会同各署开始筹划了。”

“臣遵陛下命！”

次日午后，皇帝车驾驾临丞相府前。

一切礼仪都是按着新的典则进行的。王绾虽颇感意外，但还是平静地迎接了皇帝。嬴政没有与任何重臣同来，只有驾车的赵高跟随着。君臣两人在正厅坐定之后，皇帝吩咐赵高守在了廊下，也教王绾屏退了厅中吏员侍从，只君臣两人遥遥对案。一头霜雪的王绾大见憔悴，沟壑纵横的脸膛隐隐现出紫黑的老人斑，枯瘦的身架挑着一领空荡荡的官袍，令人不忍卒睹。嬴政还没有说话，双眼便潮湿了。

王绾却是坦然，不待皇帝开口，一拱手道：“老臣之辞官书，业已于昨日呈上陛下。老臣年高力衰，治道之见又与陛下疏隔，在职在政皆多不便，是以请辞，万望陛下见谅。”嬴政思忖片刻，决意坦诚相见，遂道：“老丞相领政十七年，此前又辅佐嬴政十余年。三十余年来，老丞相全力操劳，无一事不以国家为上，无一事不以秦法而决，此间劳绩功绩，不下于王氏蒙氏战场剪灭六国，嬴政何能忘哉！然则，丞相辞官，正当天下初定之期，正当郡县制封建制大争之后，委实非同寻常也。当此之时，你我君臣于治道之歧见，业已彰显天下，且牵涉出《吕氏春秋》旧事。政若不欲丞相辞官，必迟滞国事；政若放丞相辞官，则必落褊狭报复之名。老丞相若为嬴政，不亦难乎！”

“步步走来，其势难免。老臣于陛下有愧，于国家无悔。”

“力主封建，再行辞官，老丞相皆无私念，于嬴政何愧之有哉！”

“老臣恳望陛下，但以国事为重，毋以老臣为念。”

“以国事为重，嬴政只能使老丞相淡出朝局了……”

“老臣，谢过陛下。”

“敢问老丞相，可否领博士学宫，以正天下典籍？”

“重操文信侯之业，老臣愧不敢当也。”

“如此，老丞相……”

“臣本老秦布衣，园林桑麻，此生足矣！”

默然片刻，嬴政离座起身，对着王绾深深一躬：“为图天下大治，嬴政宁负褊狭报复之名，送老丞相辞官，不得已也……”王绾颤巍巍起身，正要说话，嬴政一挥手高声道，“大庶长赵高，录朕诏书。”赵高大步走进，坐进旁边书案提起了大笔。嬴政站定，肃然道：“始皇帝诏命：致仕丞相王绾，以彻侯之身归乡，咸阳府邸仍予保留；食邑加封千户，着内史郡每年依法奉之。”

“陛下！……”

王绾老泪纵横，欲待拜下谢恩，被嬴政一把扶住了。这时，嬴政才郑重地问到了一件大事：“老丞相去官，何人当为丞相？”“丞相之职，非李斯莫属。”王绾没有丝毫犹豫，显然是早有成算。嬴政这才长长地出了一口气，心头泛起了一阵淡淡的暖意。他想知道，也必须知道，王绾举荐二十余名博士就任郡守县令，究竟是蓄意为封建制张目而侵蚀郡县制，抑或是全然基于安抚人心？而这一答案，只能隐伏在王绾举荐丞相人选之中。所幸的是，王绾终归有大道之心，这使嬴政心头在处置王绾辞官事件上的阴霾大大地淡薄了。嬴政不想更多地勾起王绾的既往话题，于是再没有多说，留下了两车王酒，便回皇城去了。

旬日之后，李斯顺利地接掌了丞相府。

为确保郡县制快速实施，始皇帝召回了将军中最具政才的冯去疾、冯劫两人。在李斯筹划官制期间，以推行郡县制为轴心的丞相府政事，都由二冯联袂处置。李斯则一力会同相关各署，谋划新朝官制并拟定各署首任主官人选。此时新政初开，举国官署热气蒸腾生机勃发，李斯与一班大员同心协力反复会商论争，历时一月又一旬，新官制方略摆上了皇帝案头。嬴政身着一领吸汗的麻布大衫，大开书房门窗通着风，散披长发，铜网香炉燃着驱蚊的艾蒿，悉心揣摩了一夜，提起粗大的朱笔批下了十七个大字："郡县统治，官制提纲，集权中央，施治四方。可。"

始皇帝诏书颁行朝野，广袤的帝国再一次轰动了震惊了。

短短两三月之内，这个皇帝新朝接连推出三大创制，件件都是震古烁今的创新之举，天下臣民目不暇接，一次又一次地震惊着议论着。无论都市城邑，无论亭里村畴，无论边陲山野，无论商旅百工，举凡有人聚汇处，人们无不兴奋万分地惊叹着争论着。惊叹着新朝新皇帝超迈古今的胆魄，宏阔无比的新政，争论着如此背离传统根基究竟能否长远立足？

此时，帝国尚未爆发"禁议"事件，战国议政之风犹存，言论之自由奔放依旧。连番大事激荡不绝，天下公议自然风起云涌。如今新官制颁行，可谓最切近士人利害的大政。士人历来是天下公议之主导阶层，辄遇关乎人仕生计的大政颁行，种种议论自然更是激切。然则，公议风行天下，毕竟还是有主流的。无论是士人，还是百业庶民，细细品味新官制之后，还是对新朝的气度与胸襟不得不由衷地敬服。即或是六国世族，除了狠狠骂几句背弃王道必遭天谴之类的大话，也实在无法找到一处可资攻讦的实际弊端。至少，新官制以及其后颁行的任官诏书中，多少皇皇大位，却没有一个皇族子弟！仅此一点，庶民们已经对老世族的任何攻讦都足以嗤之以鼻了。

且品味一番帝国这一绝世创制的全貌。

帝国新官制的总体风貌，完全体现了李斯对始皇帝阐述的总纲：以郡县一治为根基，以集权求治为宗旨，以施政治民为侧重，以治权集于中央为轴心。在此明白无误的总纲之下，帝国新官制从上到下建立了一个完整的施政体系。这一施政体系分为四级系统，层层辖制，从皇帝宫殿直到村畴乡野，一体纳入治道。

其一，中央决策系统：皇帝系统。

在帝国开创的官制中，所谓皇帝最高权力，不是仅仅由皇帝一个人来实施，而是由围绕皇帝建立起来的一个政务系统来完成。帝国新官制中的皇帝系统包括：皇帝本人，郎中令（九卿之一，总领宫殿、谏官、谒者各署，掌一应宫殿并皇帝护卫事，几类后世之元首办公厅），尚书丞（直接为皇帝执掌图书典籍及秘记奏章事，几类后世之秘书处），奉常（九卿之一，总领太庙、太祝、太史、太宰、太卜等署，总掌意识形态事），卫尉（九卿之一，设卫令、公车司马等署，总掌皇城屯兵），太仆（九卿之一，以原中车府令为基础扩大，设两丞，总掌皇室车马交通事），宗正（九卿之一，以原驷车庶长署扩大而设，总掌皇族事务），将作少府（掌皇室工程，设左右前后中五校令，管辖工徒），大内（掌皇室府库并地方朝贡），太子太傅（以原太子傅扩大而设，掌太子并皇族子弟教习）。也就是说，皇帝总领九大机构，行使国家最高决策权力。在这九大机构中，主要的辅助决策机构是郎中令、尚书丞、奉常、宗正、太子太傅五大机构，其余四大机构为皇室事务机构。

其二，中央政务系统：以丞相为轴心的三公九卿系统。

三公是：丞相、太尉、御史大夫。三公称谓，来自周室官制，为太师、太傅、太保，为远古官制中地位最为尊崇的三人。春秋战国之世，三公之实不在，三公之说犹存，多为对地位尊崇的权臣的一种敬意说法。帝国官制明确以丞相、太尉、御史大夫为三公，是确立这三个机构的政务轴心地位，与周代三公的“协理阴阳”之类的虚事有本质的不同。帝国三公，各为一个系统——

丞相综合系统：开府总领国政，设左右丞相，亦称相国，多有下属事务官署。

太尉兵政系统：开府总领涉军政务，以老秦国尉府扩大而设。

御史大夫监察系统：开府，监察百官并天下郡县，以原御史署及原国正监扩大而设。

三公之下为九卿。九卿者，分别执掌九大领域之施政系统也。之所以将九卿置于三公之下，其实际作用在于明确层级权力：九卿在三公（主要在丞相）领导之下施政，以保不政出多门。九卿之中，五卿隶属皇帝系统，四卿隶属三公系统。三公之四卿为：廷尉（执法机构，设左监、右监、狱正三署，侧重受命于御史大夫府），治粟内史（以原大田令府扩大而设，掌经济民生诸事，隶属丞相系统），典客（以原行人署、属邦署合并扩大，掌邦交并边陲部族事务，隶属丞相府），少府（以原关市、邦司空等署合并扩大而设，掌国家赋税，设六丞，隶属丞相府）。

九卿之外，帝国尚有若干散官机构，或归皇帝系统，或归三公系统。中央主要散官机构是：客卿（才士之虚职，可与闻国事，多为试用，皇帝系统任命，任事归丞相系统），博士学宫（以博士仆射为主官，设博士七十余人，掌典教礼仪博通古今，备咨询国政，皇帝系统任命，任事亦主要隶属皇帝系统），中尉（掌京师治安，设两丞，辖斥候、司马、千人三署，隶属太尉系统），内史（掌京师政务，列中央官吏，隶属丞相系统）。

其三，郡县施政系统：郡守县令为轴心的地方系统。

郡官主要是：郡守（一郡主官，总掌政事，后世称太守），郡丞（辅助郡守掌事，郡守之副），郡尉（一郡武官，掌守军并治安事），监御史（中央之御史大夫派进各郡的监察郡政之官员，后世改称刺史），郡法官（掌律法典籍并律法答问，备官员民众咨询），郡卒史（掌郡文书事，辖书吏十人），主簿（掌一郡财政赋税，或兼领文书事），断狱都尉（掌一郡司法，受中央廷尉府与郡守双重管辖），牧师令（边疆郡设置，掌畜牧，属吏六人），长史（边疆郡设置，爵同郡丞，掌兵马）。

县官主要是：县令（一县主官，总掌政事）、县丞、县尉、县法官、狱椽等，职司与郡同名官一致。除此之外，县府有若干办事吏：道啬夫（掌官道修筑及维护），仓啬夫（掌禾仓，并按民户收粮），田啬夫（掌督导耕耘），苑啬夫（掌监护山林水面），厩啬夫（掌督导牛马牲畜之繁殖养育）。

其四，乡官系统：最基层的三级民治——乡、亭、里。

这个最基层的治民系统，当从最下说起。据《汉书·百官公卿表》记载，秦时一县，土地大体在方百里上下，人口众多的县地面稍小，人口稀少者则地广。但总体说来，都比后世的县要大得多。为此，县以下分三级治理：

最下施治单元为里，大体相当于后世的村。里设里正一人，统掌行法施政。里正之下，设里宰一人（掌均平分肉），里监门一人（护卫里正），伍老（掌五家行法连坐事，多少以里辖民户数目而定）。

十里为一亭，设亭长一人，统管全亭施政到民；亭有吏员四人：亭父（掌亭所开闭扫除杂务，亦称亭卒），求盗（掌亭内治安，亦为亭卒之一，若后世捕快），田典（掌督察民户耕耘），牛长（掌每年四次督察耕牛，并赛牛赏功事）。不久之后，列位看官将遇到掀起天下大波澜的一个著名亭长——刘邦。

十亭组成一乡。乡官，以三老为最尊。所谓三老，本指上寿（百二十岁）、中寿（百岁）、下寿（八十岁）三种老人。作为帝国施治的乡三老，大体是八十岁上下的三位老人，执掌民风民俗教化，以利法令推行，是以列位乡官之首。乡政的真正施治官吏，是有秩（总掌乡政）、啬夫（掌听讼、赋税）、游徼（掌捕盗）。

如上四大系统，非但在战国末世堪称宏大奇迹，即或在今日看去，也渗透着浓郁的系统管理思维。帝国对施政系统的四层级分割——国、郡、县、乡，两千余年后仍被看做国家治理的黄金分割法则，以至在整个人类世界都成为国家治理的通行划分。那时候，已经开始衰落的西方的古希腊还是城邦制，不知大国系统为何物；罗马帝国还在萌发阶段，更不知千里万里的大国为何物；世界其他地区的族群，也没有涌现任何一个具有如此规模的国家，当然更谈不上有宏大的国家治理思维。也就是说，秦帝国在人类历史上第一次开创了宏大的国家行政系统，而且一次到位，具有后人无法触动其根基的科学性。如此宏大的文明视野，如此深远的历史洞察，不能不令人叹为观止。后人尚且如此，已经习惯了施治松散的战国人民，如何不感到惊心动魄的新潮扑面而来？

然则，老百姓更看重效用。在士人世族对新官制的一片惊叹之中，天下黔首却更多地关注着皇帝对新朝官员名籍的发布。毕竟，只有具体的主政官员，对老百姓才有着直接的利害。果然，新官制诏书颁行旬日之后，皇帝的第一道拜官诏书跟着颁行了。皇帝诏书拜定的中央高官是：

三公：	左丞相　李斯	右丞相　冯去疾
	太　尉	王贲
	御史大夫	冯劫
九卿：	廷　尉	姚贾
	治粟内史	郑国
	典　客	顿弱
	郎中令	蒙毅
	奉　常	胡毋敬
	少　府	章邯
	太　仆	马兴
	宗　正	嬴腾
	卫　尉	杨端和
武职：	大将军	王翦
	大将军	蒙恬
	陇西将军	李信
	九原将军	辛胜
	南海将军	赵佗
	闽越将军	任嚣
	少　傅	孔鲋（文散官）
	博士仆射	周青臣（文散官）

拜官诏书颁行之日，天下激起了更大的议论风潮。

虽说郡守县令的任职还没有发布，然仅仅是中央国府的重臣，已经使天下臣民瞠目结舌了。议论蜂起，民众最不可思议的竟都是有关皇帝的事。一则，如此多的皇皇要职，竟没有一个皇族子弟，奇也哉！当然，那个宗正嬴腾是不作数的，那是执掌皇族事务的官员，自然得是皇族了。二则，皇帝即位大典时没有册封皇后，这次大拜官还没有册封皇后，奇也哉！天子不立后，不明正妻之位，奇也哉！三则，皇帝大典没立太子，这次大拜官也没立太子。分明皇帝有二十余个皇子，不立太子，奇也哉！纷纷称奇之余，有人便盛赞皇帝大公天下，实在是亘古未闻的圣明天子。中有好事者，仿效官府考功之法，将多年来皇帝所做的大事一一按照年月日排列，结果是大为惊愕——皇帝的大事件件相连，闲暇空隙比老百姓还少！于是，市井之徒惊叹："皇帝连放屁的空都没有！"议论流播，边远郡县的民众想起既往官府对秦国秦王的讥讽咒骂，更是感慨万千，说皇帝忙得连自家的事都顾不得想了，这样的皇帝想叫他学学桀纣只怕都难，骂人家未免太刻薄了。

议论激荡之中，咸阳传出了博士淳于越最为响亮的非议之辞："嗟乎！今皇帝有海内，而子弟为匹夫，岂能长治久安哉！"此话传之咸阳，传之天下，六国老世族们无不纷纷称快，一时争相传诵。黔首庶民则相反，轻蔑地不予理睬，反倒是万岁声弥漫了天下城乡。各郡县纷纷上书奏报："民多以为大圣作治，建定法度，显著纲纪，大矣哉！""天下咸伏，男乐其畴，女修其业，事各有序，莫不安所！"

百余年后，西汉贾谊的《过秦论》坦率地记述了帝国初期的蓬勃局面，其云："秦并海内，兼诸侯，南面称帝，以养四海。天下之士，斐然向风。若是者何也？曰：近古无王者久矣！周室卑微，五霸既没，令不行于天下，是以诸侯力政，兵革不休。今秦南面而王，是上有天子也。既元元之民冀得安其性命，莫不虚心而仰上。"西汉名士严安亦云："元元黎民得免于战国，逢明天子，人人自以为更生。"亘古以来，民众人人自以为重活了一回，这样的盛世能有几次？

官制诏书与拜官诏书颁行后的一个月里，中央最要害的三公九卿共十二官府便全部整合完毕了。各自开府的三公官署最先就绪。丞相府以原王绾的丞相府邸为根基，房屋扩大了许多，吏员增加了将近百人。太尉府以原国尉府为根基，房屋未增一间，只增加了许多熟悉军政的文吏。

御史大夫是新创大府，一时没有合适的足供开府的大官邸。王贲飞书与老父亲会商，王翦立即从南海向皇帝上书，自请将原来的上将军府邸划作御史大夫府。嬴政立即允准，并下令郎中令蒙毅为王翦新起一座家居府邸。

与此同时，李斯、冯去疾的丞相府与冯劫的御史大夫府，已经将解决三十六郡郡守与一千余县令的应对方略拟定好了。其时郡县初设，新郡老郡新县老县相交错，官吏更是良莠不齐。除了秦国老郡，新郡多为假郡守（代理），诸多边陲新郡还没有郡守，县令缺额更是达到六成。这些郡县的政事，都由秦军驻守将军兼政署理，亟待纳入正轨。

左相李斯通盘筹划，拟定了一个“因地任官”的总体方略，分为三种情形分别解决：其一，东南边地五郡之郡守县令，由大将军王翦统筹决之，后报丞相府并皇帝认可；其二，西北边地五郡之郡守县令，由上将军蒙恬并陇西将军李信统筹决之；其三,一统之前由秦王确认的老十郡郡守不变，其辖下所缺县令，由郡守举荐，奏报皇帝确认；其四，其余十六郡之郡守县令，由丞相府拟定人选，奏报皇帝确认。方略拟定之后，李斯特意亲笔附言：“天下初定，官吏珍稀。欲决施政之难，臣敢请两策：一则甄别六国旧吏，择其能事而无大瑕疵者放手用之；二则下诏各郡县招募游学之士，入郡县为吏，后报御史大夫府核定。”

嬴政当即批下：“可。”并又增加了一则用人之路，“诸功臣子弟，择其能者，亦可先假郡守县令，待其政绩彰显，朕行拜官。”

皇帝开此一路，李斯却有些为难了。毕竟，郡守县令都是独当一面的治民重臣，依据不得世袭的秦法，功臣子弟若本人没有功绩，则依然布衣之身，是做不得如此显要职官的。如今皇帝特许以“假”职（代理）试用功臣子弟，不失为救急之法。然则，功臣子弟如何遴选，牵涉太多。于是，李斯决意听其自然，将皇帝制批立即送达各署，并下令可相互举荐功臣子弟。李斯抱定的主意是：有人举荐便报皇帝，无人举荐便待后再说。不料皇帝制批一颁，咸阳又是议论大起。这次是老秦大臣们万般感慨，如此一条可行之路，竟还是没有皇族子弟，皇帝于心何忍也！如此感喟之下，功臣们竟是无一人举荐相互熟悉的子弟了。

秋风初起之时，中央直选的十六郡守将要赴任了。其中只有一个功臣子弟，便是李斯的长子李由，职假三川郡守。李由之任，是在缺任一郡而又一时遴选无门的情势下，冯劫全力举荐的，皇帝亲自准许了。这教李斯很感难堪，立即举荐王翦的长孙王离取代。皇帝征询王贲之意，王贲坚执说王离才具不堪大任，正要送其入军历练。皇帝最后决断，取了李由，并不许李斯变更。李斯才不再说话了。

临行之日，嬴政亲率三公到十里郊亭，为郡守们举行了饯行大礼。最隆重的仪式是，皇帝特赐了每个郡守一尊尚坊特铸的青铜郡鼎，鼎身镌刻着郡名与首任郡守姓名。当十六名郡守捧起刻有自家姓名的郡鼎时，人人热泪纵横，奋然不能自已，直觉自己的生命血肉已经融进了将要踏上的那一方陌生的土地……

郡守饯行礼归来，皇城东偏殿的灯光又亮到晨曦初上。

始皇帝的目光，转向了一个极少为人重视的领域。

七 方块字者 华夏文明旗帜也

程邈没有料到，他的出狱比入狱更加的不可思议。

十年前，程邈是下邽县[1]的县丞。其时，秦国刚刚开始筹划灭韩之战。灭韩没有动用蓝田大营即将练成的主力新军，而以内史郡的几万守军出战，统兵将军是内史郡郡守嬴腾。既为郡守，内史腾自然通晓关中各县治情，于是选定了关中东部官吏最整肃的下邽县，以为后援大营所在地。那时，程邈由县署被派入后援大营，职任粮秣司马，专一执掌粮草进出。程邈知道，自己之所以被选中入军，除了军政才干尚可，是因了他有一样难得的长处，字认得多写得快，且对各国文字与各种书体都能辨认出来。可刚刚入军一月，程邈便被下狱了。

程邈的罪名，特异得连廷尉府的勘审官也瞪大了老眼——错书地名！

---

[1] 下邽县，战国秦所设，今陕西关中之渭南市地带。

廷尉府勘审官问程邈，错书了何字？程邈一笔一画，工整地写下了两个字：宜阳。勘审官端详片刻皱起了眉头，这有何错？程邈又提起笔，以独特的书体快速地写下了两个字。勘审官大是惊讶，这是甚写法？甚字？程邈说，这是隶书，还是宜阳两字，是在下的公文写法。勘审官似乎明白了，板着脸道，你没写错，可粮秣送错了地方？程邈点头道，正是，粮草送到南阳去了，多走了三百余里路，致宜阳驻军断粮旬日饿毙三人。勘审官在秦法中反复查找，也找不出相关治罪条文。左思右想，勘审官拜谒了专一执掌律法答问的国府法官。领事的法官仆射聚集了全部十名法官，会商半日，最后的答复是：程邈之罪，法无条文，案无先例，得廷尉府酌情处罚。勘审官无奈，只得报给了老廷尉。老廷尉苦思三日，拟出了一则判罚书令：下邽县丞程邈，不当以非官定书体书写公文，以致大军断粮旬日，饿毙士卒三人，处下狱待决。

宣刑之日，程邈不服，当庭质询老廷尉：何谓官定书体？秦国有文字以来，国府几曾明定过书体写法？遍查官署公文，天下八书皆有，何独以在下之隶书定罪？老廷尉素称铁面执法，思忖半日，遂将判罚书中的“非官定书体”磨去，改成了“非公认书体”。程邈还是不服，气昂昂辩称：秦政求实效，有用便得公认，既往隶书皆得官府认同，我书便何以不是公认？老廷尉左右思忖，最后索性直白判定：程邈写字，致人错认，故罪。程邈还是不服，我没写错，是他要认错，我何罪哉！老廷尉拍案道，饿毙士卒由你而起，此乃事实！认错者有罪，写字者岂能无罪？先下狱，老夫后报秦王决断！程邈又气又笑又无可奈何，终于被押进了云阳国狱。临上囚车，程邈还是高喊了一句：“书文无法！律条无载！程邈无罪！”

秦法素称缜密，以山东六国的揶揄说法，是凡事皆有法式。可程邈案竟成了无法可依的奇案，一时便在朝野传开了。得此缘由，程邈在云阳国狱备受狱吏关照，破例地可以得到一支大笔一坨大墨，也破例地可以在墙上写字。如此光阴如白驹过隙，待牢房四面石墙写得擦洗了数十百次之后，程邈已经忘记了一切，只知道写字，也只会写字了。

程邈没料到自己竟能出狱，且还是皇帝特诏开释，奉常大人亲车来接。

如同云里雾里，当程邈看见满头霜雪的奉常胡毋敬时，惊讶得连话都说不出来了。一路之上，身居九卿高位的胡毋敬，对程邈礼敬有加，说皇帝已经知道了他的事，特意下诏开释的，皇帝说程邈是才具之士，要他为国家做一件大事。程邈已经无心官权之事了，一路没说一句话，木然如同泥雕。胡毋敬也不勉强，只兀自说着该说的话。到了咸阳，胡毋敬将程邈安置在驿馆最好的庭院，又特意叮嘱了驿馆令几句，这才离开了。程邈甚也没想，只在那从来没有见过的华贵浴桶里狠狠泡了一个多时辰，爬上凉爽的竹席榻呼呼大睡了。

当程邈醒过来的时候，驿馆令正惶恐不安地守在榻前。驿馆令说，他已经睡了五日五夜没吃没喝没如厕，皇帝都派出太医来守护了。程邈哈哈大笑，太医？老夫？海外奇谈也！笑声尚未落点，外厅走进了一位须发雪白的老人，手中那只精美的医箱显露着久远的磨拭痕迹，任谁也不会否认他是医者。程邈局促地笑着，接受了老人的诸般检视。老人说，足下心气沉静，幸无大事，只调养歇息大半年自当恢复。于是，驿馆令派一精干官仆日夜侍奉，程邈过上了想也不敢想的大人日子。然则，真正使程邈清醒过来的是，一月之后的一个黄昏，皇帝的六马高车驶到了驿馆门前。驿馆令疾步匆匆赶来，进门便高喊了一声，皇帝高车来接大人！那一刻，程邈终于从震撼中清醒了过来，一句话没说出口，号啕大哭起来。

程邈知道，自己的那点长处终于要派上大用场了。

这是一次最为特异的小朝会，五人身份差异极大。

嬴政在东偏殿廊下亲自迎接了程邈，亲自将程邈领进了书房，亲自介绍了先到的三位：丞相李斯，奉常胡毋敬，中车府令赵高。君臣落座，人各饮了一大碗冰茶，小朝会便告开始了。皇帝未曾开宗明义，先离案起身，对着程邈深深一躬道："先生错案，政知之晚矣！敢请先生见谅。"程邈大是惶恐，连忙扑拜在地道："皇帝陛下整饬文字，万世文明之功业也！程邈一介小吏，能为华夏文明效力，诚三生大幸也，何敢以一己错案而有私怨！"皇帝扶起了程邈，转身对旁案录写的尚书高声道："朕之特诏：任程邈为御史之职，专一监察文字改制事，隶属御史大夫府。”程邈一时老泪纵横，拜谢之际已经哽咽不能成声了。

皇帝重新就座，叩着书案开宗明义道：“改制文字，书同文，原本丞相首倡。今日小朝，专议此事。唯丞相领国，政事繁剧，文字改制事由丞相总揽决断，以奉常胡毋敬、中车府令赵高、御史程邈三人副之。尤以程邈为专职专事，领文字改制之日常事务。”四人一齐拱手领命之后，皇帝便向李斯一点头，将会商事交给了李斯主持。

“三位都是天下书家，书文异制之害，当有切肤之痛。”

思谋已久的李斯，一开口直奔要害，侃侃而言道，“方今天下，华夏文字至少有七种形制，官民写法至少有八种。是谓‘言语异声，文字异制，书体异形’。言语异声者，世间最难一致之事也。即或有官定雅言，亦难一统天下万千百种地方言语。故此，言语一统暂不为论。当此之时，文字若再不能一制，则华夏文明将无以融合沟通！文字若同，言语异声便不足以构成根本障碍。毕竟，书文交流有同一法度，华夏文明便有同一血脉交融。唯其如此，文字改制，势在必然！”

“丞相之论大是！”胡毋敬程邈异口同声，赵高红着脸连连点头。

“文字改制，三大轴心。”李斯开始了具体部署，“其一，核定七国文字总量，一一确定每个字是否进入新制文字。此间尺度，需慎重考量。其二，确定一国文字为基准，统一改制其余六国文字。此间尺度，即是否以秦国文字为本，须考量诸多方面。陛下之意，无论以何国文字为准，必得使天下人心服。”

“正是此理。”嬴政道，“秦人蛮夷，文明个样子出来教天下人看！”

一言落点，在座四人都不约而同地笑了。改制文字而不求以秦文字为根本，皇帝的胸襟无疑使这四位大书家感佩不已。说起来，李斯是楚人，程邈是韩人，赵高是赵人，胡毋敬是齐人，没有一个是老秦人。然则，谁也没有对皇帝的说法有丝毫的不认同。根本原因，是在多少年的风雨中，他们都完完全全地将自己的血肉性命乃至整个家族部族的命运融进了秦国，没有一个人不以为自己是这个质朴硬朗的西部大国的子民。而今天下一统，皇帝的这句秦人话语倒是分外有亲切感了。

“其三，确定一种清晰无误之书体，使任何字，都能看清间架笔画。”李斯精神分外振作，继续着改制部署，“也就是说，人可以不认识这个字，然一定能看清这个字！程邈当年获罪，正是字有连笔而大形相近，以致被辎重营将军错认宜阳为南阳。此点，虽说于公文尤为重要，然于书文传播、商旅账务、民众生计等，亦同样重要！”

“如此三事，件件至大，须得有个分工领事。”资望最深的胡毋敬说话了。

“我意，三件大事实为两面，前两件一面，后一件一面。”李斯笑道，“奉常胡大人执掌举国文事，可领前两事；中车府令赵高、御史程邈可领书同文一事。诸般实施，一体由程邈执掌。凡事不能决者，到丞相府会商方略，而后报陛下定夺。”

“其实，最大书家是丞相！”赵高猛然插了一句，额头渗出了涔涔汗水。

“中车府令之书，亦工稳严谨也。”胡毋敬倒是破例赞赏了赵高一句。

“小高子多大才具，得他做完事，由你等说了算。”嬴政突然喊出已经很少出口的对赵高的昵贱之称，又揶揄地看了赵高一眼，似乎刻意在提醒着什么。第一次以朝臣之身在这座自家最熟悉不过的书房参与朝会，赵高亢奋得手心额头不时冒出汗水。可目下皇帝一句昵贱之称竟如一剂神奇之药，赵高心下顿时舒坦，汗水没了，脸也不红了，只盼皇帝再骂自家几句。李斯胡毋敬两人，则不约而同地笑出声来。程邈有些不知所措，也跟着笑了。

小朝会之后，胡毋敬的奉常府立即忙碌了起来。

两件事各有繁难。全面勘定七国文字，相互参补而最后确定华夏总字数，这件事难处在数量大活路细，稍不留神便有脱漏。胡毋敬原是太史令，几乎熟悉所有的才具文吏，当即从下辖各府遴选出一百三十余人，组成了一个堪称庞大的勘字署，开始了夜以继日的劳作。确定文字基准，难处则在于梳理文字历史脉络，参以现行七种文字各自的数量多寡、表意丰薄、形制繁简、书写是否清晰等等方面，最终方能确定。可以说，这件事实际是一次浩繁的文字考据工程，比勘字更见治学功底。反复思忖，胡毋敬从博士宫遴选出了六位儒家博士，自家亲自主持，立了个名目叫文字春秋署，博士们一口声喝彩。毕竟，战国之诸子百家，论治学还得说儒家功力最厚。孔子作过《春秋》，编过《诗经》，给《周易》补写过爻辞，件件都做得缜密仔细无可挑剔，成为天下公认的经典。自孔子之后，儒家治学蔚为风气，及至子思、孟子师徒更是发扬光大。若非儒家始终坚持复辟周道，定然另外一番气象了。

一个月后，六位博士一致认为：华夏文字的正统传承，乃是秦国文字，而不是山东六国文字。胡毋敬大是惊喜，却丝毫未显于形色，反倒是黑着脸道："文字基准要服天下之口，诸位且说其理何在？"这六位博士是李克、伏胜、东园公、绮里季、夏黄公、角里先生，后四人后来成为西汉初的"商山四皓"。六人皆不善言谈论战而学问扎实，在博士中别具一格，治学正当其任。六博士人各阐发论据，整整说了两日。六博士论证被全数整理出来后，胡毋敬参以自家见解，写成了长长一卷《华夏文字流变考》，这才来到丞相府。

李斯浏览一遍，不禁拍案感喟："华夏正字居然在秦，天意也！"

就史实说，华夏文字历经数千年，至春秋战国经五百余年多头散发，其流变传承已经鲜为人知了。就其本源说，华夏文字产生的根基有两个：一为象形，一为表意。象形与表意的先后，是后世之东汉许慎《说文解字·序》所描述的大过程："古者，庖牺氏之王天下也。仰则观象于天，俯则观法于地，视鸟兽之文（纹）与地之宜，近取诸身，远取诸物，于是始作易，八卦以垂宪象。及神农氏结绳为治而统其事，庶业其繁，饰伪萌生。黄帝之史仓颉，见鸟兽蹄迒之迹，知分类可相别异也，初造书契……仓颉之初作书，盖依类象形，故谓之文。其后形声相依，即谓之字。"宋代学者孙星衍，则对这一大过程概括为："仓颉之始作，先有文（象形），而后有字（表意）。"

滤去漫漶神秘的传说色彩，这一历史大过程的真实面目是：

最初，人们基于种种需求，开始有了最简单的直线刻划符号。后来，开始画出某物之形，而使对方能够辨识。这是最初始的象形，实际是简单图画。远古之世，人们画的物事日渐增多，画法便有了一定的约定俗成的规则。随着规则的渐渐普及，对物事的画法也越来越简练，大体具有抽象特质的象形字便出现了，只不过依然带有画的底色。后来，人们在直面交流之外，间接交流的需求日益强烈，许多事情也需要记录下来，于是有了使象形之画进一步具有表意功能的需求。许慎说这种需求的产生，基于克服“庶业其繁，饰伪萌生”的作假行为，应该也是一种独到评判。到了黄帝时代，象形与表意两种功能都经历了漫长的锤炼。黄帝便下令将这些象形表意之字（画）整理出来，公布出来，以作天下人群写划的共同标准。承担这一使命的，据说是史官仓颉。于是，有了仓颉造字的传说。究其实，没有必要怀疑仓颉造字的历史传说。毕竟，无论文字是如何长期自然形成，每个阶段的质变提升，都必然有统事者的创造劳作。如同目下秦国的文字改制，以及后世任何一次文明改制一样，没有才具出色者的具体劳作，阶段飞升是不可能完成的。

自有了最初的一批文字，华夏文字便以书写刻划材料的不同，而在各个时期呈现出不同的风貌。原因很简单，在不同材料上书写刻划文字，需要不同的工具，书写刻划出来的字形也不尽相同。于是，黄帝之后的文字，有了陶文、甲骨文、金文、史籀文（石鼓文）四大阶段。

陶文者，刻划于陶器之文字也。这应当是字画成为文字的最早形式。大禹立国，始有夏代，其时的文字大多刻划在陶器上。当然，或可能也在甲骨上镌刻文字，或可能也在青铜器上镌刻文字。因为，有禹铸九鼎而镌刻九州之图并物产贡赋的说法。然则，这两种有可能的书写形式，都不是夏文字的主流形式。是故，夏代文字之真实面目，到战国末世已经无从确指了。

甲骨文，是殷商初中期的文字，因大多刻于龟甲之上，后世称为甲骨文。甲骨文是真正成熟起来的第一个文字系统，其书写方式已经摆脱了画的特质，而具有横平竖直的文字书写特质。然，甲骨文仍有明显的不足。其一，文字量很少，不足以应对后来的天下需求。后人发现的甲骨文，大约有三千多个应用字，能辨识者千余字。即或加上有可能未曾应用的文字，大约总量也不会超过五六千字。其二，书写形式没有统一标准，师徒传承各自不同，很容易造成混淆。其三，因刻划材料的稀缺，刻划技法的专门性，甲骨文主要为王室纪事、占卜之用，很难在普通官署与民众中普及，文字的作用大受限制。

金文，是殷商中后期与周代的文字，因大多刻铸于青铜器之上，世称金文。西周时期，金文已经大大超越了甲骨文，成为基本成熟的文字系统。其一，金文的文字数量已经大大增加，基本可以叙述一件事情的进行过程了。诸多贵族每逢大事，便铸造特定形式的青铜器，将这件大事的来由刻铸在该青铜器之上。后世发现的《毛公鼎》，其文字量长达四百九十七字，足见一斑。其二，因青铜器不易损毁，又是可以人工制造之物，每铸可能多件，文字传播便优于甲骨文许多。其三，书写形式已经相对简单，比形制古奥的甲骨文易于学习，且已经有了初期的书法风格。其四，在金文蓬勃发展的周代，由于文字已经为相对多的人掌握，其余书写材料也大量出现于普通官署以及国人（非奴隶平民）之中。皮张、丝帛、竹片、木板、石板、石块等等，都可能成为刻划文字的物事。只不过王室贵族的官方书写形式的主流一直是青铜器，是故称为金文罢了。

史籀文，大体是西周中后期与东周前期（春秋早期）的文字。周宣王时，叫做籀的太史奉命整理出大约九千字的官方制式文字，是以世称史籀文。史籀文的实际意义在于：这是西周时期规模最大的一次文字整理，在华夏历史上第一次以官方形式公布标准文字。应该说，周室太史令的九千余字便是当时的正统文字。因后世唐代发掘出十个鼓形的石块，每个石鼓上都刻着一首《诗经》风格的四言诗，记述秦国国君的狩猎状况，文字形制便是早已失传的春秋早期的史籀文，故而唐之后将史籀文也称为石鼓文。

西周末期，秦人救周于镐京之乱，被封为大诸侯国，合法继承了周人故地。久居边陲而半农半牧的秦人，忠实地秉承了周文明的基本框架，文字则原封不动地照搬了史籀文。后世王国维云：“《史籀》一书，殆出宗周文盛之后，春秋战国之间，秦人作之以教学童。……秦人作字书，乃独取其文字，用其体例，是《史籀篇》独行于秦之一证。”[1] 也就是说，

[1]　见王国维《观堂集林》卷五《史籀篇疏正序》。

春秋时期的秦国，将史籀文奉为标准教材，童稚发蒙学字，学的便是这种华夏正统文字。学童如此，官府公文民间纪事自然也是以史籀文为国家文字。直到战国之世，秦国始终使用的是西周王室整理颁行的史籀文。

然则，自春秋开始，山东诸侯的文字却是另外一番变化。由于天子威权松弛，由于诸侯自治不断扩大，由于整个天下日渐活跃，由于文字书写材料不断丰富，由于蓬勃的商旅使社会生活日渐丰富，由于战争的日渐增多，由于人们对文字形式的交流需求日益迫切等等等等，原因不一而足。总归是，在中央王室已经无力统筹的情形下，各国的文字都自行其是地发展起来了。发展的基本趋势是两方面：一则各自增加文字量，造出了许多符合实际需求且符合华夏文字特质的新字，使文字表意功能惊人地丰富起来；二则书写形式多样化，书写材料多样化。国与国之间的文字，原本已经有了差异。在不同材料上以不同工具书写不同国家的不同文字，其间生发的种种流变，远远超出了任何一国的控制。春秋早期，各大诸侯国的文字尚大体遵循着周王室颁行的史籀文规则。然经过五百余年的激荡生发，七大战国的文字已经有了很大的差异，以至与“言语异声”一样，“文字异形”也成为一种最为普遍的分治表征。

基于上述流变，到了始皇帝推行文字改制之时，与秦国奉行的正统文字相比，山东六国文字的最大特异在于两处：一是中原文明长期兴盛，名士学人灿若群星，以至文字量之增加程度远远大于秦国文字；二是书写形式大为简约，体现出极大的书法艺术性与族群地域的个性特质，许多字的写法，几乎已经脱离了象形文字的基本形制。就文字表意的丰富性、文字形制的简约优美性而言，秦国的文字显然是凝滞了一些。

“若以秦文字为准，表意缺憾能否弥补？”

嬴政备细看完了《华夏文字流变考》，又听完了胡毋敬与六博士的禀报，第一句话便不遮不掩直奔要害，“若天下士人文不能表意，秦字岂非遗祸天下哉！”

“陛下毋忧，断无此理。”胡毋敬慷慨道，“六国新造文字而秦国文字所无者，勘字署业已一一列出，全部补入秦文字。经勘字署反复计数勘合，七国文字情形是：魏国常用字两千一百余个，总共有字两万六千一百余个；赵国常用字一千三百余个，总共有字两万一千三百余个；韩国常用字两千一百六十余个，总共有字两万三千九百余个；燕国常用字一千八百多个，总共有字一万八千余个；楚国常用字一千九百余个，总共有字两万一千余个；齐国常用字两千一百余个，总共有字两万一千余个。”

“秦国如何？”

“经勘字署详查：自商君变法之后，秦字亦渐渐增多，常用字增至一千三百五十个上下，总共有字一万一千六百六十二个。”

“秦无他有之新字，大体几多？”

“合六国新字，总计一万三千八百六十余个。”

“两方互补，华夏文字总计近三万！”博士夏黄公慨然补充。

“书文表意，足堪天地四海之宏论也！”博士李克奋然呼应。

“好！以新补秦，而成天下一统文字，不失为既承文明大统，又保文明创新之最佳应对！”皇帝拍案决断，显然很是高兴，“然则，秦字形制繁复，六国文字简约。繁简失衡，必不能流传久远。此间要害，是要创制出一种新书体，不致多生歧义。否则，依然无法通用。”

“陛下明断！”胡毋敬与博士们异口同声。

文字基准一定，程邈顿时吃重了。

所谓文字改制，要害是书同文。何谓书同文？就是要给所有的字一个统一明确的写法，以利辨认。程邈在狱中十年，潜心于写字，消磨之余也从自身坎坷中悟透了其中奥秘。大凡天下文字，难写不打紧，关键是要好认；好认的关键，则是要有统一的公认的写法。只要写法有公认法度，再难认的字，也会有确定不移的所指。届时，除非你不认识那个字，便只有写错的字，而没有认错的字。譬如那个“南阳”与“宜阳”，假如有官定写法，何至于将军错认？自春秋战国以来，天下书写形式各以方便为要，已经生成了八种写法：一曰大篆，这是秦国的史籀文的正统写法；二曰小篆，这是秦国官府在战国时期对史籀文的实用写法，相对简约；三曰刻符，这是刀刻竹简的书法；四曰虫书，也便是鸟书，是诸多好古文士书写传信喜欢用的一种书法，字头多为虫鸟状，是名；五曰摹印，是各国用于官印的一种刻划书法；六曰署书，这是各国官府相对通行的一种公文书法，相对规整，并得配以特殊印记；七曰殳书，殳者，兵器也，殳书是刻在兵器上的文字书法，笔画相对简约；八曰隶书，是胥吏（官府办理文书之吏员）为书写快捷而创出的一种书法，因有“佐隶（吏）之书”的效用，被天下称为隶书。

反复思谋，程邈确定了一个书同文方略，呈给了李斯。

程邈的方略是：小篆为本，隶书为辅；其余各书，民人自便。程邈对李斯的说明是：“小篆为公文，为书文，为契约文，效用在便于确认。隶书为辅，效用在快捷便事。至于民人士子人各互书，则听任自便。”

今世看去，因小篆距离今人已经非常遥远，故云小篆利于确认，寻常人很难理解。然若只以后世之文字比照揣摩，便即豁然：以宋体为根基的印刷体书法，写起来很费力，然因其标准规正，读起来却很轻松；若书报皆以自由体手写，无疑大大地不利于阅读。是故，小篆如同后世之印刷体，它以牺牲书法艺术的丰富变化为代价，成就了文明传播的最强大载体。此，秦篆之历史效用也。

“好！老夫认同！”李斯欣然拍案了。

三日之后，程邈的方略呈到了皇帝案头。由于始皇帝对书法不甚了了，李斯亲自带着程邈觐见了皇帝，分别做了一番备细说明。皇帝听得兴致勃勃，问程邈何以实施？程邈禀报说：“小篆乃官制文字，非功力深厚者不能成其章法。臣拟请丞相、奉常、中车府令三人大笔，各作一篇颁行天下，以为规范，如同度量衡之法定器量。可否，陛下定夺。”始皇帝立即欣然拍案：“好！届时多刻一幅，朕挂在书房好好揣摩，也学他一手书法！”李斯与程邈不禁大笑起来。程邈又禀报说，隶书创制，他要特请一人襄助，敢请陛下允准。始皇帝笑云：“延揽书家本是御史职责所在，要朕说话么？”程邈说：“此人才具赫赫，只秉性乖张，对秦政多有非议，故此先行禀报。”始皇帝一阵大笑：“骂几句秦政有何要紧，只要他愿为天下做事，朕亲自见他听他骂，又有何妨！”

红日升上了涿鹿山峰峦，王次仲师徒开始了一如既往的晨书。

山崖下，一个壮实的少年一边费力地搅和着石坑里的红色物事，一边高喊着："老师，朱墨好了——"喊声回荡山谷，山崖旁的小道上走来了一个须发雪白的老人，布衣竹杖步履轻健。老人大步走到石坑前，竹杖在大石啪嗒一磕，手中的竹杖陡然一变，杖头鬃毛劲直飘飞，几类长大的马尾散开空中。看了看石坑中亮汪汪的汁液，老人嘉许地一点头："小子有长进，墨色正了。"又抬头看了看颇为光洁的玉白石崖，"小子石工本事尚可，没白费工夫，这石崖打磨得好。"少年高声笑道："老师要奇文留天下，能没有一方好山么！"一边说一边搬来一只陶盆，利落地用大木勺将石坑中的物事舀满了一盆，快步端到了山崖旁边的木架下，又摇晃敲打了一阵丈余高的木架，转身一拱手道："老师，梯架稳当无误！"老人一点头，杖头伸入石坑，那劲直飘飞的一大片散乱鬃毛立即团成了一个油亮鼓荡的红包。趁势一提一甩，石坑中一片涟漪荡开，老人也大步走到了山崖下。少年兴冲冲道："老师，今日写甚？"老人道："小子想学甚？""八分书！"少年毫不犹豫地回答。老人悠然一笑："也好，今日八分书，留给天下一篇檄文。"

少年顶起了陶盆。老人走上了梯架。长大沉重的竹杖大笔伸出，平稳得没有一丝晃动。老人大笔在玉白石崖上横空一划，一道平直舒展的朱红色立即在石崖展开。崖下少年一声高喊："燕头雉尾！简略径直，八分即止！好！"架上老人也不说话，又奋力划得一笔，长大的竹杖笔头便伸到少年头顶的陶盆中吸墨。老人抬笔，少年便飞步取墨，顶来陶盆在木架下等候。如此大笔纵横间歇，堪堪两个时辰，老人才下了木架。

"秦为无道，虎狼残苛，毁弃书道，摧我文明，天道昭彰，安得久长！"少年高声念诵了一遍，跳脚拍掌欢呼起来，"老师万岁！大文万岁——"

"万岁？只怕老夫也是第二个程邈。"老人摇头淡淡一笑。

"老师！这篇石崖文定会传遍天下，得取个名字也！"少年兀自兴致勃勃。

"小子且说，何以能传遍天下？"

"字好，八分隶书！文好，言天下之不敢言！"

“说得不错，取何名头啊？”

“王次仲讨秦檄！”

“秦何负天下，得次仲檄文讨之也！”突然，一阵大笑在山谷回荡开来。

“你是何人！”少年一个箭步，横身山崖旁边的道口。

“你是……程？程邈！”老人回身，直愣愣盯着山道上的来人。

“次仲兄！程邈来也——”

一个老人丢开了竹杖大笔。一个老人丢开了背上包袱。两老人几乎同时惊喜地叫喊着双双扑来，紧紧地抱在了一起……两人顾不得品评石崖书文，也全然忘记了手边笔墨与行头物事，你拉着我我拉着你便抹着老泪兴冲冲去了。及至少年背着包袱抱着大笔赶回到山崖后的林间茅屋，两位老人已经坐在大树下大碗开饮了。这一饮，从正午到暮色，从暮色到月色，从月色到曙色，又从曙色到月色，几无休止了。日夜唏嘘感慨，到第三日暮色时分，大树下的两位老人躺倒了，茅屋前的少年也呼呼大睡了……

程邈与王次仲的结识相交，有着常人难以体会的特异坎坷。

王次仲者，燕国上谷郡人也，祖上曾是燕国王族支脉。燕易王之后，燕国权臣子之当政，逼燕王哙禅让，以致燕国陷入大乱。在那场动乱中，次仲祖上追随了子之一党。后来，燕太子姬平（燕昭王）借助齐国力量平乱，即位后整肃王族，次仲祖上被贬黜为平民，流徙到上谷耕牧自生了。三代之后，次仲一族进入商旅，全部的王族标记便只有一个自行确定的姓氏了。王次仲生于燕国末世，对燕国没有丝毫的留恋，少年未冠便随着族人的商旅车马进入了中原，在文华笃厚的大梁求学了。修学十年中，次仲为减轻家人之累，常到有熟识吏员的官署帮办文书，以求得到些许衣食资助。次仲天分颇高，文书制作得极其出色，举凡誊刻抄写，都比寻常文吏快捷许多。其时，魏国法度松弛，官署公文不限书体，通行一种快捷的隶书。勤奋聪慧的王次仲，很快便成了大梁颇具名望的少年才具之士。正当此时，次仲父亲积劳辞世，次仲不得不归家执掌商旅车马以谋举家生计。次仲经商的第三年，第一次进入了秦国，结识了程邈。

在秦川东部的下邽县城，六辆满载货物的牛车正要进城，王次仲却被莫名其妙地带进了县署。一个黑脸县丞拍下一方竹板说：“足下这照身帖字迹不法，依秦制不能通行。”王次仲久受山东士风浸染，素来鄙视秦人无文，闻言冷笑道：“秦法有字式，未尝闻也！”黑脸县丞道：“秦法固无字式，然足下照身帖之字秦人不识，岂非白白误事？为足下计，换帖再来。”王次仲道：“只怕是你自家不识罢了，休以官法塞我之口。”黑脸县丞立即变了脸色，便你这般隶书，也敢蔑视于我？当下拉过笔墨皮纸，提笔刷刷写了几行推了过来，冷笑道：“自家看看，本官隶书如何？”王次仲一看之下，当即深深一躬道：“大人隶书卓然一家，在下敢请师从学书。”黑脸县丞揶揄笑道：“山东商旅求秦吏学书，亏足下想得出也。”王次仲再度深深一躬：“在下原本士子，并非商旅，若得大人收为门人，在下愿弃商学书。”黑脸县丞一阵轻蔑大笑：“我秦人不收草包弟子，你若能写得三两个字来，或可再说。”王次仲也不说话，走到公案前，提笔便在县丞写字的皮纸空余处刷刷写下了两行隶书。黑脸县丞脸色倏地一变，当即霍然起身深深一躬：“先生书体劲健灵动，简约清晰，在下程邈愿师从先生，弃官学书！”

一时之间，两人不约而同地大笑起来。

“程兄钟子期，次仲俞伯牙也！”

“因书而知音，奇哉快哉！”

一场痛饮之后，两个年轻的书痴结成了意趣相投的挚友。

十年之后，在两人相约弃官弃商一同游历写遍天下山崖巨石的时候，程邈突然下狱了。得闻凶信，王次仲没有丝毫犹豫便处置了全部商旅事务，携带着多年积累的千余金赶到了下邽，要罄尽全部家财营救程邈。然秦国律法之严远过山东，王次仲连番奔波于下邽咸阳，不说营救无门，连与程邈见得一面也未能如愿。最后，王次仲只从一个熟识的下邽县吏手中得到了一方白帛，那是程邈留给他的遗言：世无邈矣，兄自珍重，天下石崖书尽之日，邈在云端也！捧着那方白帛，王次仲痛不欲生，驱车赶赴云阳国狱之外，烧尽了他与程邈多年写下的三车竹帛，将笔砚墨也全部投入了大火，毅然决然地走进了滔滔渭水……若非忠实的商社老执事死命相救，王次仲早已经葬身渭水了。老执事说，公子纵不为自家性命想，亦当为程邈先生想；先生被暴秦所害，公子安得不为先生张目，而徒然轻生哉！

大病一场，王次仲终究站起来了。老执事死了，家道凋零了。王次仲将老执事的孙子收作了学生，在一个月黑风高的夜晚离开了沉睡的妻子和儿子，从此遁出了尘俗，走进了广袤嵯峨的山川湖海，将对秦国暴政的仇恨写上了万千石崖……

……

“大梦重生，不意程兄竟做了秦国高官，天意何其弄人哉！”

“尘俗之身何足道哉！不能割舍者，你我心志也！”

“人生已分道，既往心志，过眼烟云耳。”

“兄言差矣！心志恒在，人生岂能两分？”

一番痛饮畅叙，一番沉沉大睡。醒来之后，两位患难重逢的老人却生分了。程邈真诚地笑着，王次仲却冷冷地板着脸。程邈反复地诉说着自己的下狱不是暴政陷害，而是确实因写字引发出断粮饿死人，毕竟应该有所承担，一命偿一命，况乎饿死三命？磨叨竟日，王次仲郁闷稍减，长吁一声道：“程兄自家业已不恨秦政，夫复何言哉！只说，找老夫何事？”程邈惊讶笑道：“次仲明知故问，除了你我未了夙愿，能有何事？”王次仲硬邦邦道：“秦国文字繁杂紊乱，粗野无文，老夫不屑为他耗去白头！”程邈大笑一阵，遂将新朝文字改制的事从头说起，宗旨、方略、文字勘定、书写范式、皇帝与丞相的特殊重视等等，最后直说到始皇帝对王次仲的骂秦说法，末了道：“次仲扪心自问，亘古以来天下可有如此君王？可有如此宏阔深远之文字改制？你我生于世间，所求者何，不过以书为命耳！今有如此良机，你我可成夙愿，可建功业，上可对天，下可对地，何为一己之心病自外于天下文明哉！”

“然则，老夫有个分际？”

“说！你要如何？”

“只做事，不做官，事罢则去。”

程邈大笑一阵道：“兄弟也，我还没说！这件事做完，我还想做官么？跟你一起，重游四海！你若不放心，我当即辞官，你我一起白身做事！”

“好！程兄此心，解我千愁也！”王次仲大喜过望，立即高喊徒弟收拾行装，转身又笑道，“你老兄还是别忙辞官，官身好做事。人求人者，心志而已了。”

心意一决，两人与壮实的少年徒弟背着简单的行囊立即出山。程邈的随从车马一直在山口扎营等候，两人一到立即开拔，连夜向南进发了。王次仲感慨于车马随从雄壮整肃。程邈笑答，这是皇帝特意叮嘱太仆署派的，为的是你，不是我这个御史能有的。王次仲默然了。次日宿营造饭，王次仲立即拉着程邈开始谋划书体新法。王次仲说，隶书八分求的是实效，快捷方便为本，必须有个根基：改大篆小篆的象形结构，以横平竖直的书写笔画为结构；否则，文字还是不脱画形。程邈大为赞同，又提出一条：书体的要害是转折笔，要改大篆小篆的圆转为方折，运笔会加快许多。两人一口声相互赞同，舒畅得大笑了好一阵，依稀又回到了当年互相求师的乐境。

李斯将政事交给了右相冯去疾，一心沉浸在了文字的海洋里。

总司改制运作的程邈奏请皇帝允准，将一应参与文字改制的官吏都搬进了博士学宫。李斯等创制小篆者一座庭院，程邈等隶书创制者一座庭院，勘字署吏员一座庭院，所有的博士都是后盾，可随时参与会商。程邈一摊进展扎实，与王次仲两人一商定方略，主要的事便是日日写字日日议字，可说是日有进展。李斯胡毋敬赵高这一摊，却卡住了十余日没有进境。最要害的难处是三处：

其一，字制之难。战国之世，小篆业已生发为一种流行书体。唯其流行，形制便因国因地因人而异，没有统一形制。要统一形制，必得先定法度，并得先写出若干字样范式。而法度范式之难，如何能没有争议？

其二，字数之难。也就是说，是将勘定的天下三万余文字全部写成小篆，还是只写一部分，抑或只写常用字？全部写，数量太大，延误改制期限。部分写，则存在如何分割，写哪些字？凡此等等，亦有争议。

其三，文体之难。也就是说，写成何等样东西？是一个个单字排着写？还是编成某种文体，既利于识字，又利于知识传播？写单字快捷，然却过于简单，对童稚发蒙显得很是枯燥无味。而编订文体，则难免用字重复，起不到增大识字数量的效用。这一难，最费心思。

旬日之间连番会商，又广采博士们种种谋划，李斯胡毋敬赵高三人又反复议论揣摩。最后议决之日，李斯出面，对应上述三难，确定了三条法度。一则，小篆形制，以秦篆（秦国书写的小篆）为本。原因是秦篆形繁，写难识易，不易混淆。为防文字形制过简而不易区别，这次改制须明确数目字写法：凡数目字，文（笔画）单者，取茂密字替代，一二三四五六七八九十，分别写作壹贰叁肆伍陆柒捌玖拾，以利各种书契之明白无误。二则，本次改制，小篆书体只写常用字；其余文字，由勘字署吏员在小篆范式确定之后一一写出；如此既不迟延改制，又使所有文字皆有范式。三则，小篆常用字确定为三千，由李斯、胡毋敬、赵高各写一千字。此千字不能写单字，必须成文，且必须尽量减少重复用字，以利于初学识字之趣味盎然。为最大限度避免重复用字，三人书写范式文字的用字领域给予区分，各有命题：李斯《仓颉篇》、赵高《爰历篇》、胡毋敬《博学篇》。

诸事确定，李斯三人各自离群索居，开始了文体构思。

程邈两头照应，给李斯三人每人各配了一名勘字署吏员、一名博士、一名缮写能吏。勘字署吏员专门职司三方通联，以确定用字不相重复；博士专司会商文体，以出风采；缮写能吏专司誊刻抄写副本。

这一夜月明星稀，庭院沉寂。李斯郑重沐浴了一番，整装束发，来到了庭院大池旁设置好的香案之前。李斯拈起香炷深深一躬，拜倒在地，庄重地祷告："仓颉书圣在上，大秦丞相李斯奉天子之命，一统天下文字。今欲以小篆为天下范书，祈求书圣佑护，赐我神思，赐我才具，佑我千字文华彩成章。倘有正字不周之处，伏唯书圣见谅。"

河汉璀璨的夜空，滚过了一阵隐隐沉雷。李斯祷告完毕，站起身来仰望星空，却没有一丝云迹。李斯心下一热，大袖一甩，毅然走进了书房。李斯在长案前落座，铺展开一方制作精美的羊皮纸，肃然提起了大笔。万籁俱寂之时，李斯原本并无成文的心田突然泛起了滚滚滔滔的波澜，诗情勃发，一个又一个秀丽遒劲的秦篆工稳地从笔端流淌出来……

仓　颉　篇

仓颉作书　文明始成　甲骨之刻　古奥粗简　史籀大篆
形繁难辨　及秦壹治　新书勘定　皇帝立国　爱育黔首
臣服四海　遐迩王土　化被草木　人皆更生　车涂同轨
田畴为亩　度量衡齐　郡县乡亭　华夏九州　兵戈止息
封建不再　万民康宁……

李斯专注地写着，烛泪不断地流着，烛花不断地爆响着。雄鸡一声长鸣，刁斗噹噹打响，李斯才搁下大笔，颓然软倒在地。

霜降时节，文字改制宣告大成了。

庆功大宴上，始皇帝饶有兴致地亲自吟诵了李斯的《仓颉篇》千字文章，大加赞赏。又教赵高胡毋敬分别吟诵了自家写的千字文章。当赵高那奇特的嗓音念诵出"天地日月，周而复始，寒来暑往，乾坤阴阳，春夏秋冬，雨雪风霜，耕耘生计，爰历参商"之时，始皇帝大大地惊叹了，当场下诏将赵高的食邑增加了两百户。

君臣一番酬酢之后，程邈命书吏们抬来了连续九方可折叠的大板，一一靠着大殿石柱展开，每板都是拳头大的隶书新字，整肃排列如森森方阵，煞是壮观。嬴政皇帝亲自走到大板前浏览片刻，高声赞叹道："隶书新体，简约清晰，独具神韵，必将有大用！好！程邈、王次仲二位，为天下文明建一大功也！"程邈尚在担心王次仲执拗褊狭，不想这位老友早已经是老泪纵横泣不成声了。皇帝一声感喟叹息，高声下诏道："自今而后，无论王次仲在朝在野，皆为大秦书监！足迹所至，官民俱奉！"王次仲百感交集，扑拜谢恩之后一句话也说不出来了。皇帝饶有兴致，举着酒爵走到了王次仲案前，求教隶书奥妙："敢问先生，朕不明隶书简化之根本何在？尚请明示。"

一涉书法，王次仲大见精神，立即答道："隶书之变，在于将古篆之象形变为笔画。取最简之笔，以直方为形，非但书写快，且易为人识。"

"能否取一字例说之？"

王次仲从旁案拿过一支毛笔一张皮纸，工整地写成了一字："陛下且看，此乃大篆的安字，其形为廊下女子与男子相拥。"待皇帝点头，王次仲又写下一字，比方才显然快了一些，"陛下，此乃丞相三人的小篆，安字，取屋下女子之形。虽简去男子，然意形仍在：屋柱着地，屋内女子长裙拖曳，犹是象形之体。"

"改得好。"皇帝点头，"屋下有女，自安也。"

"陛下请看隶书的安字。"王次仲提起笔来，几乎瞬间写成了一字，"隶书之安，仅取屋顶以为意，女子之形，简为跪坐。这一横，是长案，案下交叉者为双脚。意存而形简，是为隶书也。"

"嘻——当真神妙也！"

皇帝确实是惊讶了。对于不善书法的嬴政而言，对文字的要求历来是会写能认便可，从来没有想到过一个字的改形会有如此大的学问。然则，天纵禀赋的嬴政，有着常人无法望其项背的悟性与洞察力。在这片刻之间，嬴政蓦然大悟了文字的神奇，悟到了文字对于文明无可估量的深远效用。皇帝大步走到了九张高大的隶书大板前，叩着大板高声道："方块字者，华夏文明之旗帜也！但有方块字在，华夏文明恒在！"

"皇帝明察——"

"皇帝万岁——"

"方块字万岁——"

随着庆功大宴的欢呼声，始皇帝的《书同文诏》颁行天下了。

第十二章　盘整华夏

一　岁末大宴群臣　始皇帝布政震动朝野

大雪飘飞的正月正日，嬴政度过了四十岁生日。

帝国奉十月为正朔。一年开始之月为正，一月开始之日为朔。帝国更新历法之后，十月便是正月，十月初一便是正月正日。嬴政生日的正月正日，却是古老的年节开端，正月初一。自古以来，无论何代何国奉何月为正朔，譬如“夏正以正月，殷正以十二月，周正以十一月”等，其本意并不在否定天地运行十二月之时序，而在彰显国运。这便是司马迁所云的“推本天元，顺承厥意”。也就是说，推出与本朝国运相符的天地元气行运所在，以此月此日为开端以使天意佑护。唯其如此，自然时序的正月正日，可谓永恒于国别正朔之外的天地正朔。于是，以正朔而言，皇帝每年便有了两次寿诞之期。

寿诞贺生，嬴政历来淡漠。一则忙得连轴转，没心思。一则是秦法禁止下对上贺寿，尤其禁止臣民为君王贺寿。自从十三岁即位秦王，对于生日，嬴政的唯一记忆是八岁之前每到正月正日，外公与母亲都会给他一件特异的礼物，那支一直伴随他到加冠之年的上品短剑，便是六岁那年的正月正日外公卓原送给他的生日喜礼。后来回秦，父亲庄襄王早死，母亲赵姬忙于周旋吕不韦与缪毐情事漩涡，少年嬴政的生日，再也没有任何标志了。嬴政所能记得的，只有赵高在每年岁末的夜半子时首刻，总要准时给他扑地大拜，噙着眼泪低呼一声君上万岁。每逢此时，嬴政都是哈哈大笑，本王生当天地正朔，大年节普天欢庆，强于私寿万倍，哭个鸟来！今岁更忙，年初灭齐之后，一事接一事无一日喘息，及至彤云四起大雪弥天，嬴政方才恍然大悟，冬天到了，一年快完了。

一个大雪飘飞的深夜，李斯冯去疾驱车进了皇城。

外殿值事的蒙毅很是惊讶，连忙禀报了内殿书房正在伏案批阅公文的皇帝。嬴政以为两位丞相必有要务，立即亲自迎了出来。书房叙谈，两位丞相的议题竟只有一个：要给皇帝操持四十岁寿诞庆典。嬴政大感意外，连连摇头摇手道，法度在前，不能不能。冯去疾禀报了一则出人意料的消息：今岁恰逢新朝爰历，改奉正朔；各郡县已有急书询问，言山东臣民多畏秦法严厉，乡三老纷纷询问各县官署，不知可否欢度年节？李斯的见识是：新朝改正朔，易服色，然不能弃天地正朔于不顾。年节风习久远，辄遇正月，天下臣民莫不欢庆，秦若回避年节，伤民过甚。然则，皇帝若颁行明诏，特准黔首欢度年节，反倒弄巧成拙。李斯与冯去疾商定的办法是：皇帝只须事先明诏郡县，当在岁末之夜大宴群臣以示庆贺，即做了天下过年之表率。既不违天地正朔，又使天下民心舒畅，更可一贺陛下四十整寿。

“一举三得！臣等以为当行！”冯去疾快人快语。

“臣民忌惮年节，倒是没有料到也。”

“畏法敬治，此非坏事。”李斯兴致勃勃。

“两丞相是说，默认天地正朔，两正朔并行不悖？”

“陛下明察！”

“也好，岁末大宴群臣。”嬴政拍案，“只是，与寿诞无关。”

岁末之夜，始皇帝在咸阳宫大宴群臣。这是变法之后的秦国第一次年节大宴，显得分外地隆重喜庆。奉常胡毋敬总司礼仪，事先宣于各官署的宗旨是“新朝开元，皇帝即位首岁，始逢天地正朔，是为大宴以贺”，一句也没涉及皇帝寿诞。然则，群臣心照不宣，都知道今夜年节是皇帝四十岁整寿，虽没有一宗贺礼，然开宴之时的万岁声却是连绵不绝分外响亮。胡毋敬原定的大宴程式是：开宴雅乐之后，博士仆射周青臣率七十名博士进献颂辞，褒扬皇帝赫赫功德，而后再由三公九卿及领署大臣各诵贺岁诗章，再后由皇帝颁赐岁赏。事实上，连同李斯在内，所有的大臣都备好了贺岁诗章，且主旨都很明确：以贺岁为名，以颂扬皇帝功业为实，真正给皇帝过一次隆重的寿诞大典。但是，胡毋敬与群臣都没有料到，雅乐之后，胡毋敬正欲高宣颂辞程式，皇帝却断然地摇了摇手。之后，皇帝举着大爵离开了帝座，走下了铺着厚厚红毡的白玉阶，过了丹墀，站到了群臣坐席前的中央地段。

“我等君臣，遥贺边陲将士功业壮盛！”

“我等君臣，遥贺郡县值事吏辛劳奉公！”

“我等君臣，遥贺天下黔首生计康宁！”

“我等君臣，共度新朝岁首！”

皇帝高高举起了酒爵，高声宣示着贺词，一贺一饮。四爵酒饮罢，朝臣们已经是心头酸热双眼蒙眬了。不知是谁高喊了一声：“我等臣民，恭贺陛下寿过南山——”突然之间，寿过南山的声浪哄哄然淹没了宏大的殿堂，震荡了整个皇城。声浪终于平息，胡毋敬又欲高宣进献颂辞，皇帝摆了摆手，笑吟吟说话了：“寿过南山，朕倒是真想！然则，能么？江河不舍昼夜，岁月不留白头，逝者如斯，虽圣贤不能常驻世间！唯其如此，我等君臣要将该做的大事尽速做完，以功业之寿，垂于万世千秋！”

皇帝的激昂话语回荡在耳畔，举殿静如幽谷。群臣都不说话了，连此等庆典场合最有可能也最为正当的万岁呼应声也没有了。因为，那一刻，在煌煌烛光之下，大臣们看见了皇帝脸庞分明的泪光，看见了四十岁君王两鬓的斑斑白发，看见了素来伟岸的皇帝身躯已经有些肩背佝偻了……

“臣等，敢请陛下部署来年大政。”李斯第一个打破了幽谷之静。

“臣等敢请陛下！”举殿一呼，势如山岳突起。

“好！我等君臣过他一个开事年！”皇帝奋然一句，滔滔如江河直下，“克定六国，一统天下，远非天下至大功业也！若论一统，夏商周三代也是一统，并非我秦独能耳。至大功业何在？在文明立治，在盘整天下，在使我华夏族群再造重生，以焕发勃勃生机！此，秦之特异也。难不难？难！能不能做到？能！为甚来？当年商君变法之时，秦国积贫积弱，几被六国瓜分。然则，先祖孝公与商君同心变法，深彻盘整秦国二十余年，老秦人如同再造，由一个备受欺侮的西部穷弱之邦，一举崛起为虎狼大国！今我秦国，受命于天，一统华夏，便要效法孝公商君，改制华夏文明，盘整华夏河山，如同再造秦国一般再造华夏！人或云，华夏王道数千年，文明昌盛，无须折腾。果真如此么？朕说，非也！有此必要么？朕说，有！今日殿中群臣，汇聚天下之士，老秦人反倒不多，诸位但平心想去：华夏文明数千年，何以泱泱数千万之众，却饱受四夷侵凌，春秋之世几乎悉数沦为左衽？及至战国，何以匈奴诸胡之患非但不能根除，反倒使其声势日重，压迫秦赵燕边地日日告急？何以闽粤南海诸族，称臣于华夏千余年，又做楚之属国数百年，非但没有融入华夏，反成东夷南夷之患，屡屡侵害楚齐蹂躏中原？是秦赵燕三国无力么？是魏韩楚齐四国无力么？非也！根由何在？在内争！在分治！在不能凝聚华夏之力而消弭外患！人云华夏王道，垂拱而抚万邦，滑稽笑谈哉！朕今日要说：华夏积弊久矣！诸侯耽于陈腐王道，流于一隅自安，全无天下承担，全无华夏之念！中国大地畛域阻隔，关卡林立，道各设限，币各为制，河渠川防以邻为壑，辄于外患竞相移祸……凡此等等，天下何堪？长此以往，华夏安在！唯其如此，我等君臣须得明白：华夏之积弊，非深彻盘整无以重生！如何深彻盘整？文明再造也，河山重整也，天下太平也！”

那一夜，帝国群臣再次长长地陷入了幽谷般的寂静。

大臣们人人噙着泪光，深深沉浸在被震撼之后的感动之中。李斯红了脸，第一个将贺寿诗章揉成了一团，丢进了燎炉。素来饱学多识议论纵横的博士们也脸红了，纷纷将揉成一团的颂辞诗章丢进了燎炉。一时之间，大殿廊柱下的二十余座燎炉红光四起火焰飞动，依旧是没有一个人说话。大臣们羞愧者，并非那些颂辞诗章为皇帝贺寿，而是那些颂辞诗章所赞颂者，无一不将“四海一统”作为至高无上的功业，而皇帝却以为至大功业并非一统疆域，而在深彻盘整华夏，在文明再造，在河山重整，在天下太平。此等超迈古今的目光，此等博弈历史的襟怀，使大臣们心悦诚服又汗颜不止……

都城的年节社火仍在狂放地闹腾，帝国的所有官署却已经开始悄悄地运转了。

弥天大雪没能阻止三公府的快马轺车。旬日之内，李斯王贲冯劫如流星般掠过了所有的军政官署，部署督导来年大事。三公如此，原本已纷纷放弃沐浴省亲的吏员们更见奋发，大咸阳的所有官署都昼夜进出着匆匆车马，公文书令随着漫天大雪源源不断地流向各郡各县，庞大的帝国机器以前所未有的效能启动了。

二　决通川防　疏浚漕渠　天下男女乐其畴矣

一班将军出身的大臣也忙得连轴转了。

皇帝年节大宴之后，从咸阳荡开的盘整华夏的长策伟略潮水般席卷了新帝国的广袤领土，南北东西无不激荡弥漫着亢奋新奇的改制之风。皇帝又召三公小朝会，议决将盘整华夏的诸般改制与工程，分作六大项，并同时确认了领事大臣与臂膀人选；左丞相李斯总揽全局，郎中令蒙毅总揽后援各方，总归是力求效用卓著。

散朝之后，王贲特意邀了马兴一起来到治粟内史府。

王贲与马兴所领事项都与郑国相关，一个总领道路整合，一个总领沟洫整合。皇帝给两人派定的臂膀大臣，却都是郑国。皇帝的说法是："老令既是水家大师，也是工程大师，治水开路都是军师。"王贲当场慨然申明："老令是孙膑，王贲马兴是田忌！"路上将此话一说，马兴连连拍掌，大赞王贲应对得当，王贲很是得意了一阵。就实说，两位侯爵大将都没如何看重此等疏渠筑路事，都以为率领几万大军与几十万民力开道通水还不是戏耍一般。郑国闭着眼睛都能说清天下河渠，几条大路更不在话下，只要在地图上一圈，哪到哪，两人便可以风风火火动手了。

可到治粟内史府一说，郑国却良久默然。王贲大急道："你老令倒是说话也，你指哪我打哪，何难之有哉！"郑国摇头笑道："老夫何疑两将军也，老夫所虑者，此事至大，两将军，甚或皇帝陛下，都太过操切了。”马兴大惑不解：“不就疏浚河渠开通道路么，究竟何难？”郑国道：“稳妥做去不难，太过操切便难。”王贲依旧云山雾罩，索性道：“老令便说，此事该当如何着手？”郑国摇头笑道：“此事你说我说，都无用，得向皇帝陛下说。”王贲道：“这有何难，我等即刻去皇城，老令些许准备便是。”

听王贲马兴一说，嬴政立即召见了郑国。

尽管皇帝也与王贲马兴一样，不知道郑国所说之难究竟在何处，也不明自己如何操切了。但嬴政相信，只要郑国这样的工程大师有异议，那就一定得听他说。嬴政吩咐蒙毅，在书房立起了一张特意标明河渠与道路的《天下郡县渠路图》，一则便利郑国说明，二则也向这位执拗的老令暗示他并非操切，对天下河渠道路还是有所揣摩的。这便是嬴政，对臣下之言既要听，也不想无选择地囫囵吞之。

“人言河渠难。殊不知，开路更难。”郑国这第一句话，便教嬴政惊讶。毕生治水的郑国，竟推崇分明简单得多的开路工程，实在不可思议。郑国却全没在意皇帝与王贲马兴的惊讶，只顾侃侃地说着，“路为何物？民生之气口也，邦国之血脉也。山川阻隔穷乡僻壤，得一路而有生计。是故，自来有愚公移山而求一路之说。天下百业，城邑乡野，得道路联结而通连周流。是故，自来有借道通商借道灭国之事。今秦一天下，河渠道路自该整治，此陛下之明也。然则，老臣敢问陛下之志：天下渠路，欲一体谋划乎？欲零打碎敲乎？”

“何谓一体谋划？何谓零打碎敲？”嬴政有些不悦。

“一体谋划者，以天下道路河渠结网通连为宗旨，缜密勘察，先统出图样，而后再行施工也。零打碎敲者，目下之法也：陛下派两员大将，老臣指划一番，通连几条旧道，疏通几条旧渠而已。”

“老令明察！”嬴政立即醒悟到其中差别，对郑国非议自己全不在意，“政不明者，如何方能渠路一体谋划？敢请老令拆解。”

“河渠道路之关联，自三代以来，经两大转折。”郑国的探水铁尺指上了地图，“三代井田制之时，渠路合一，路随渠走，这便是阡陌之制。

春秋中期之前，天下只有先镐京、后洛阳，京畿一条王道不涉河渠而直通河外。谚云周道如矢，此之谓也。而其余道路，皆与田畴沟洫同一，只在封闭的田畴内相通，而不通外界。既占耕田，又不实用。商君变法所以要开阡陌，便是要破除渠路合一之封闭，为民众生计另开新路。自此以后，也因商旅大起战事多发，专门道路之需求日渐迫切，天下道路方才脱开河渠，真正成为以通行车马人众为宗旨的路。各国皆脱开原有河渠，纷纷修筑大道。就施工而言，道路修筑与河渠水事也分成了两家：道路属邦司空管辖，河渠属大田令管辖。施工两分，治业之术也自成两家。由此，渠路真正两分了。然则，由于列国分治所限，战国道路河渠虽已多开，然却有很大缺陷。"

"缺陷何在？"嬴政有些急。

"一则渠路冲突甚多，二则各自断裂。总归是，不成通连之网。"

"老令是说，要支干搭配，渠路互通，使天下渠路结成四通八达之网？"

"陛下天赋洞察，老臣感佩！"

"好！正要如此大成互通！"

"然则，如此互通成网，至少须得十年之期。"

"十年？"嬴政一皱眉立即转而笑道，"长了些，可也没办法。"

王贲突然插话道："老令勘查成图，大约得几许时日？"

"若说勘察地理，老夫可说成算在胸，唯须查勘几处难点而已。"郑国思忖着不慌不忙道，"成图之难，在于互通成网之总构想。老夫愚钝，快，也得一年之期。"

"成图之后，快慢是否在施工？"王贲顾不得郑国的揶揄，直戳戳一问。

"是。然也得依着筑路开渠之法，不能修成废路废渠。"

"自当如此。"王贲一笑，转身一拱手高声道，"臣启陛下，老令图样但成，臣必全力以赴，不使耽搁！"

"臣亦如此！"马兴立即跟上了自己的老主将。

"莫急莫急，当心吃老令骂。"皇帝摇手制止了两位急吼吼的大将。

“陛下之意，老臣倒是迂腐了？”郑国呵呵笑了，“该快者也得快，老臣也不会总给千里马勒缰。一年之内，两位尽有一件大事可做。”

“愿闻将令！”王贲马兴赳赳齐声。

郑国不禁大笑起来：“好！老夫也法令一回：决通川防，疏通淤塞漕渠，此两事无涉通连，大可先期开工也。”

君臣四人一阵大笑平息，皇帝道：“老令勘察之事，王贲选出一千精锐骑士护卫，朕再配一辆驷马快车、两名太医，务使勘察顺畅。”

“是！臣再派出将军王陵，统领行军护卫事！”王贲极是利落。

“陛下，工程勘察而已，铺排太大了……”

“老令差矣！”皇帝摇了摇手，“天下初定，六国老世族已经有蠢动迹象。顿弱报说，六国都城各有抗拒迁徙之预谋，一些老世族已经图谋远遁。当此之时，若有人欲图坏我大事，安知不会对老令心怀叵测？如此处置非有意铺排，不得已也。”

“如此，老臣……”郑国想说，可终于没有开口。

三日之后，郑国带着三十名工师，乘着皇帝特赐的四马青铜车，在王陵所率一千精锐飞骑护卫下隆隆东去了。王贲与马兴立即齐头并进：王贲领决通川防，马兴领旧漕渠疏浚。由于两事均不涉水路勘察等新渠路开通，故两人商议后以战事筹划，采取了统筹之法：以郡县为本，凡受益之郡县，以郡丞亲率民力施工；王贲马兴各向每郡派出两名水工，各率一千军士，督导查验两方工程，均以一年为限，务须完工。水事涉及民生，各郡县不敢也不想怠慢，民众则更是无不踊跃赴工。短短两个月内，南北江河之间的原野上便轰轰然开始了川防河渠大工程。

先说王贲的决通川防。

川防者，江河之堤防也。大禹治水后，江河之道清晰，几无人工堤防。夏商周三代，但有治水都是疏通入流入海，筑堤拦水之事极少。自春秋开始，因王权衰落诸侯分治，逐渐兴起了在各自境内的江河修筑堤防。这种堤防在当时主要起两种作用：对于可灌农田之水流，是上游筑堤拦截以断下游他国用水，如“东周欲种稻，西周不放水”的两周争斗；在水量丰沛的大河大江，则是筑堤拦水以逼向他国为害，或淹没他国农田，或吞噬他国民居。两种川防之中，尤以后者为甚，尤以大河流域为最甚。

由于秦国关中水系相对自成一体，又几乎独据渭水全程，故无川防战之事。然自函谷关外开始，与大河相关的周、韩、魏、赵、燕、齐，都曾经壅防百川，各以自利，同时为害他国。后世《汉书·沟洫志》曾描述了赵魏齐三国的一段大河堤防战。大河东岸，赵魏两国地势高，齐国地势低下。为防赵魏两国河段的洪水淹没本国农田，齐国在距离河岸二十五里处修筑了一道大堤，从此只要河水大涨，东溢遇到齐国大堤，便西卷回来，反而淹没了地势高的赵魏农田。赵魏两国不满为甚，会商共同筑起了一道大堤，也是筑在距离河岸二十五里处，只不过方位不是正对面罢了。如此，河水但涨，便在两边堤防间汪洋游荡，汛期一过，积起了厚厚的淤泥，渐渐隆起成为美田。三国民众纷纷进入堤防耕田，无洪水之时除了争夺耕田，倒也平安无害。民众为了牢固占据耕田，盖起了房子，聚成了村落。忽然遇到大洪水时，则冲毁堤防一齐淹没，死人无算。于是，三国便在原堤防处后退，再度建起更高的堤防以自救，以致堤防渐渐逼近了城郭，一旦堤防再度被冲毁，大水冲进城里，民众只能住在水中排水自救了，淹死者不计其数。也就是说，处下者不愿让地给洪水以出路，处高者不愿下游筑堤而洪水倒卷，各以堤防为战，致百姓长期遭殃。

战国另一堵截洪水的恶例，是魏国丞相白圭。白圭乃战国初期名相，然由于商旅出身，大约利害之心甚重，于是在大河修筑了堤防，将洪水逼向了他国。孟子曾当面指斥了白圭的做法，义正词严云："子过矣！禹之治水，水之道也，以四海为壑。今子以邻国为壑，水逆行，谓之洚水。洚水者，洪水也！"

凡此等等不合理川防之害，郑国已经于王贲大军开掘鸿沟以灭魏国时，提出了长远的应对方略，其上书痛切云："秦一天下之势已成，其时务必戒绝以水害人之法。战国各以川防阻隔水道，水利皆无，水害百生，有违天道，莫此为甚！洪水不能分之，河溢不能泄之，尽堵尽截，天下万民终将为鱼鳖哉！"当时，秦王嬴政慨然拍案决断："秦国但一天下，定然决通战国川防，使人为水害在我华夏绝迹！”

此等工程大得人心，无论曾经敌对的民众有过多少仇怨，民众群体的宽厚都在此刻淋漓尽致地呈现出来。各郡县民力无不欣然认同官府，哪怕是得堤防暂时益处而尚在耕耘堤防内之淤田民户，也都拭着泪水抛离家园，搬到了新居，拿起了锹耒，开掘那熟悉的堤防了。王贲看得万般感慨，一时对开掘河水淹灌大梁有了一种深深的悔意。

再说马兴的疏浚漕渠。

自春秋之世治水始兴，人工开凿之水道有两种，一曰漕，二曰渠。漕者，可以行舟之水道也。当时主要用作输送粮秣，即后世所谓的运河。渠者，行水之沟也，人工开凿也。战国之世，山东六国修筑的漕渠甚多。除秦国水利工程外，最大者是沟通河、淮两大水的鸿沟。鸿沟是行舟兼行水的最大的战国运河，各有支渠通入宋、陈、蔡、薛、曹等中小诸侯国，又通过支渠与济水、汝水、泗水三河沟通，故效用很大。然因战乱多发，鸿沟又分属魏、韩、周、楚、陈、宋等大国小国，故很少统一维护疏通，战国末世损毁淤塞更是严重了。王贲军水淹大梁之期，鸿沟曾一度断流，损毁更大。后来，秦军虽修复了鸿沟干渠，然诸多支渠却无法顾及，以致其效用大为降低。

战国之世，另外的漕渠主要有：楚国沟通汉水与云梦泽的漕渠，沟通震泽（太湖）与江水的漕渠，沟通江南五湖间的几条漕渠（史无确指）；齐国有沟通菑水与济水的漕渠；魏国有西门豹治邺时开凿的灌溉邺地的引河十二条水渠，有史起开凿的引漳水入河内之地而大富魏国的漕渠。[1]民众曾为史起引漳而歌之，云：“邺有贤令兮为史公，决漳水兮灌邺旁，终古舄卤兮生稻粱。”当然，秦国的著名渠道更多：李冰渠（都江堰）、郑国渠、兴成渠及灭六国后新开的灵渠等等。战国末世二十余年，六国濒临亡国，完全没有人力财力心力整饬农田水利，凡山东六国之漕渠，其主干水道几乎无一例外地淤塞了损毁了。

---

[1] 引漳水入邺之渠有三说，一云西门豹，一云史起，一云两人共同（西门豹先而史起后）。此取《吕氏春秋》与《汉书·沟洫志》之同一说。

马兴的漕渠工地主要集中在两大区域：江淮之间与大河两岸。

江淮之间，是疏通当年楚吴越三国旧漕渠。大河两岸，是疏通当年周、韩、魏、赵、齐五国旧漕渠。而通连这两大区域的，则是引河入淮的鸿沟水道。马兴事先已经将郑国的河渠图揣摩透彻，此番施工，亲自率八千士兵督导二十余万民力再度大力疏浚鸿沟。王贲灭魏后修复鸿沟时，由于楚国尚在，实际上只修通到楚国的陈城地界而已。实际上，鸿沟的最大淤塞恰恰在于进入淮水的楚国南段。马兴这次疏通，非但清淤加深渠道，而且将原渠道拓宽了三尺余，损毁段则全部加固重修。马兴已经听郑国说过，鸿沟将是天下唯一的一条大渠大道合为一体的南北干道干渠，正当中国腹心，决使其巍巍然用之千古。其余漕渠，马兴一律交给了各郡县，自己只派水工司马定期查验。如此堪堪将近一年，天下的旧漕渠已经眼看着全部翻新了。

在后来的渠路一体大工程中，马兴还开通了另外几条新漕渠：会稽郡的通陵渠、长沙郡的汨罗渠、陇西郡的秦渠、陈郡的琵琶沟等。四年之后，天下漕渠路工程全部告竣，皇帝东巡到碣石之际，专门刻石铭记了盘整华夏之盛事，其中对水事记曰："……皇帝奋威，德并诸侯，初一太平。堕坏城郭，决通川防，夷去险阻。地势既定，黎庶无繇，天下咸抚。男乐其畴，女修其业，事各有序。惠被诸产，久并来田，莫不安所。群臣诵烈，请刻此石，垂著仪矩。"

在帝国遗留的所有石刻中，碣石门辞是以记载川防漕渠工程为主的。它所描述的工程实施效果确实是令人惊喜的：川防险阻没有了，漕渠水道疏通了，耕地稳定了，庶民没有增加徭役，天下都很安定；男子喜欢自己耕耘的土地，女子专注自己的家业，各种事情都很有秩序；水利整修惠及各个产业，许多原来因水害而分开的村落族群又合并到一起了，家家户户莫不安居乐业。山东农耕在战国末世已经很是凋敝，应当说，自帝国决通川防疏浚漕渠工程之后，天下农耕之再度兴盛眼见是要来了。始皇帝时期，政绩通报极少后世不实恶风，这种记载评判应该是基本接近事实的。因为，它不是秘密奏章的秘密颂扬，而是通报给上天的，是刻在山石上的，是谁都能看见的。战国雄风尚存，始皇帝君臣实在没有那种刻意粉饰而自招天下唾骂的伪善政风。一个时代的基本风貌，改也难。

三　堑山堙谷　穷燕极粤　帝国大道震古烁今

倏忽岁末，又是大雪飘飞了。

这次没有人再思谋贺寿，大臣吏员们的心思，都牢牢黏在与自己相关的那些工程事项的进展上，为纷至沓来的捷报欢呼着，为来年更大的图谋振奋着，总归是所有的官署都将年节沐浴省亲假忘记了。眼看岁末之夜将到，一座座官署依旧是车马进出昼夜不断门庭若市。嬴政皇帝思忖一番，觉得还是该与李斯说说，教各官署放官员们归家省亲。刚吩咐赵高备车，蒙毅匆匆赶来，禀报说郑国大人呈来紧急奏章，请求最快觐见皇帝。嬴政看了看漫天飞雪一挥手道，知会老令等着，朕与丞相一起去他府上饮酒。话音落点，赵高驾驭的垂帘篷车已经轻快地驶到了廊下，皇帝一步登上篷车辚辚去了。

丞相府前灯火煌煌，车马吏员进出不息，一看便是昼夜忙碌的架势。嬴政吩咐将车马停在旁门稍微僻静处，吩咐随车卫尉进府知会李斯。片刻之后李斯匆匆出门，听皇帝一说事由，立即力主皇帝下车在丞相府召见郑国，说丞相府与郑国的治粟内史府还有诸多大事需要会商，也要皇帝定夺。嬴政笑道，丞相府的事永没尽头，改日再说；老令可是事不要命不开口的人，走，丞相也该与老友会会了。李斯苦笑着摇摇头，只好登上了篷车。车方上道，嬴政正要回头与李斯说话，蓦然却见李斯软软靠着车厢的厚毡扯起了粗重的鼾声。嬴政咽下了口边话语，轻轻一跺脚，篷车立即变成了最平稳的中快速。到得郑国庭院，嬴政正要吩咐赵高将李斯背到卧榻去，不料李斯却在车轮倏忽一停中突然睁开了眼睛。

“丞相瞌睡如此灵便，羡煞我也！”皇帝一阵哈哈大笑。

“惭愧惭愧。”李斯一边说一边下车来扶皇帝。

“不须不须，我比你精神好。”嬴政一步下车笑道，“丞相铁人，都撑不住了。朕看，还是官署休事好，教臣子们好好歇息半个月，不能硬撑也。”

“臣遵命。”一想到自己方才的酣睡，李斯觉得任何话都不用说了，转身对跟随前来的书吏叮嘱了几句，书吏立即匆匆赶回丞相府了。

郑国迎到廊下，嬴政李斯正迎面踏上石阶。君臣三人谈笑风生地进了正厅，围着燎炉饮得一大碗热腾腾黄米酒，不待嬴政询问，郑国一拱手明明白白一句：“陛下，老臣勘察完毕，请开春之后大开道路工程。”“好！”嬴政拍案笑道，“老令说能开工，定然是水到渠成也。”郑国道：“盘整华夏，万马奔腾，老臣何能不感奋哉！老臣已经勘定了天下路渠之构架大网，陛下定夺之后，可立即大举筹划。”嬴政道：“朕拉丞相来，料到老令必是这件大事。老令便说，我君臣三人先斟酌一番。”郑国已然有备，一拍掌，三名书吏从大屏后隆隆推出了一幅两丈余高的大板图，往中央一矗，当真威势赫赫。嬴政李斯大为振奋，不约而同地霍然起身走到了图前。

“《四海大道图》！好名称！”

“啊呀！这番气象可比当年郑国渠大多了也！”

在皇帝与丞相的惊讶赞叹中，郑国走了过来，探水铁尺啪地弹开打上板图道：“陛下、丞相且看，老臣将天下官道盘整，分作四种情形：其一曰郡县官道，其二曰内史郡通外官道，其三曰天下驰道，其四曰天下直道。四种道路之交叉接合，老臣与百余名属下已经反复查勘无误。直道最难，老臣曾特意赶赴九原与蒙恬上将军会商旬日，方才确定。凡此四种情形，容老臣一一申明……”眼见郑国喉管喘声甚重，皇帝一挥手道：“教一工师来说，老令只须补正便了。”郑国素无虚应故事，一转身指定了旁边一个推图进来的中年官员：“这是老臣大弟子，职任府丞，熟悉全程勘察。”中年府丞执一木杆，指点着大图从天下官道说起，整整说了两个时辰。其间，嬴政李斯郑国三人均感站得疲累，于是重新坐回到案前，遥遥看着图板听着解说。郑国时不时补插几句要点，答皇帝丞相几句疑问，及至全部将天下道路解说明白，雄鸡的长鸣已经在茫茫飞雪中回荡了。

郑国勘定的天下大道有四百余条，由低至高，分作四大层级分别整合。

第一大层级：郡县官道三百九十余条。

此时所谓的郡县官道，实际是山东六国的既定官道。就实而言，这些官道大体上尚能通行。然由于道路没有定制，车轨没有定制，六国灭亡前的十余年里，又几乎没有一国整修过道路。所以，到秦统一后的头几年内，山东郡县的道路状况已经很是混乱了。若非更大的改制事端一个接着一个，天下早已经怨声载道了。唯其如此，郑国给郡县官道确定的盘整方略是十六个字：路政统合，路通车通，断路连接，车路合一。路政统合，以达路通车通，是以车同轨为轴心，在改车的同时也改路，拆毁种种战时路障，取缔种种战时关卡，务求车行天下而无人为路障。断路连接，是修补各国战时阻敌而毁却的路面。此等情形在战国末世极为严重，诸多道路事实上在战事过后已经成为壕沟壁垒，一路不通者十之八九。

凡此等等改制建制，一律由国府统一督导，由各郡县自行修复疏通，并依法建立路政法度。以如此方略整合之后，郡县官道方能纳入天下大道之网。仅是开始这一大坨，皇帝便听得皱起了眉头："琐细繁难，朕看只有丞相府揽得了这摊子也！""好！臣交冯去疾领事。"李斯欣然领命了。

第二大层级：内史郡通外官道十二条。

内史郡，是老秦国故土的轴心部分，关中为根本。从郡县划分而言，老秦故土从北到南划作了九原郡、上郡、北地郡、陇西郡、内史郡、汉中郡、巴郡、蜀郡，共计八郡。然从道路修筑而言，内史郡因是帝都京畿之所在，所以也是所有大道的出发点与归宿点。是故，内史郡官道是打通关中与老秦本土各郡，也同时兼通天下的主要大道，但不包括驰道、直道两大最高等级，共计十二条：

其一，泾水道：以咸阳为起点，北越泾水，经义渠，抵达北地郡全境。

其二，汧水道：以咸阳为起点，西过陈仓，进入陇西郡南部。

其三，渭水道：从咸阳出发，沿渭水峡谷之北岸西进，直抵陇西临洮。

其四，子午道：从咸阳正南入子午谷，沿南山（秦岭）峡谷南进，抵达汉中郡，全程千余里。（后世三国时，蜀国大将魏延主张北出子午谷袭击长安，即此道。）

其五，傥水道：从关中中部的骆峪山口起，沿南山穿行，抵达汉中郡西部的傥水。

其六，褒斜道：从关中西部郿县的斜水河谷口起，南下接续褒水河谷，以河谷故道为根基拓宽，抵达汉中郡治所，全长五百余里。褒斜道为周人开拓的古道，历经秦惠王伐巴蜀拓宽，仍不能适应帝国图治之需求，故再度拓宽，其中一大半由栈道构成。

其七，陈仓道：以关中西部陈仓关为起点，南下大散岭，沿故道水（嘉陵江上游）河谷越南山（秦岭），再入褒水河谷，抵达汉中。陈仓道也是关中通蜀道路的北段，其路途有迂回，稍远，但坡道稍缓，易于车马行走。（二十余年后刘邦"明修栈道，暗度陈仓"，即此陈仓道也。）

其八，金牛蜀道：咸阳进入蜀郡之官道。此道北段乃陈仓道、褒斜道，自汉中郡开始入蜀段，称金牛道，其名称源于秦惠王时张仪金牛赚蜀五丁开路的传说。蜀道也是故道，郑国一体纳入整合拓宽。

其九，巴山道：关中入巴郡山道。因此道南经大巴山与米仓山，故后世称为米仓道。此道原本已经商旅踩踏成行人山道，此次也要整修为栈路结合的山道。

其十，白水道：陇西入蜀之道。因陇西之牛马兽皮与蜀中之米盐多有交换，商旅之路日见迫切，故郑国勘定此道：从陇西郡上邽（天水）南下，沿白水河谷越南山（秦岭），直入蜀中。

十一，蒲津道：关中北部通往河东地区的大道。以秦国旧都栎阳为起点，经下邽，过洛水，越过少梁山地，再过大河之蒲津桥，抵达河东蒲坂。这是一条战火连绵的古道，是老秦国与老魏国长期拉锯的战场。如今一统，成为除函谷关大道外，关中通向山东的又一条大道。

十二，武关道：关中经武关通向东南的主道。春秋战国时期，武关是秦国的东南门户，是与楚国抗争的要塞。如今一统图治，武关古道的起点是老秦国大军后援根基所在的蓝田塬。经关中任何道路入蓝田塬，大道经蓝田谷，经武关出东南山地，抵达南阳郡与故楚荆襄地区，成为关中通东南的最大出口。

凡此十二条大道，均为关中通联天下的出口大道。就实际说，十二条大道没有一条是新拓道路，而是全部在旧道根基上拓宽加固整修，并建立严格的路政法度。此间拓宽、整修、建制之难，虽较整合山东旧道容易，然就其山川艰险而言，却另有一番艰难。因这十二条大道都在老秦本土之内，嬴政皇帝与李斯丞相没觉得如何吃力。皇帝只问了郑国一句："十二大道有无改道？"郑国说："有小改，无大改。"皇帝笃定笑道："那便不怕，统交李信揽了。"李斯立即赞同道："陇西侯正欲整合临洮长城，左右一肩挑了，正当其人！"

第三大层级：天下驰道，以四大驰道为交织干线。

驰者，车马疾行也。驰道者，车马疾行之道也。今日话语，驰道是帝国时代的高速公路。这种驰道，经郑国审慎踏勘，只确定了四条干线：第一条，咸阳至函谷关的出关驰道，东西方向；第二条，函谷关连通燕齐（东穷燕齐）之驰道，可称秦燕齐驰道；第三条，函谷关连通吴越（南极吴楚）之驰道，亦称秦吴越驰道；第四条，函谷关连通南海诸郡（南极海粤）之驰道，可称秦楚粤驰道，五岭之南亦称扬粤（越）新道[1]。

咸阳至函谷关的出关驰道的路径是：沿渭水南岸的故道拓宽东去，经栎阳、下邽，进入桃林高地，过函谷，出函谷关，与关外两驰道分别接口。这是早已形成的关中东出的中枢干道，除却区段修补，基本不存在工程问题，只是要重新统一整合路政。

秦燕齐驰道的具体路径是：连接周、韩、魏三国的河外故道，北出安阳，经邯郸，向北抵达蓟城，由蓟城东南折，进入齐地，直达临淄，最后抵达最东部的濒海要塞即墨。这条驰道，虽多有当年各国的骨干官道做根基，但如今这些官道都如同前述郡县道一样，断断续续千疮百孔，

[1] 扬粤新道，《史记》《水经注》等云扬越新道，《汉书·西南夷两粤朝鲜列传》云扬粤新道，所指路线同一。颜师古注云："本扬州之分，故云扬粤。"虑及"扬粤"名称易为今人理解，故从《汉书》用法。

即或个别区段路面尚好，亦不合新驰道之坚固宏阔规制。因此，除了不须重新勘察路线，驰道工程几乎是全部重修。

秦吴越驰道的路径是：北以函谷关驰道为接点，南抵郢寿驰道为转折点，东南经丹徒、吴中，过震泽南岸，进入会稽郡，再南下进入闽越之地。

秦楚粤驰道的路径是：北以函谷关驰道为起点，经洛阳、新郑、安陵南下，经故楚陈城、汝阴，抵达故楚都城郢寿（寿春），再南下穿越衡山郡、长沙郡，翻越五岭抵达南海郡，再抵达桂林郡。此道自五岭以南，时人称为扬粤新道。帝国末期中原大乱，南海尉赵佗封闭了扬粤新道，才免使南海三郡在楚汉相争的大动荡中得以自得。这是后话。

这条大道的壮观景象，明末诗人邝露有《赤雅》笔记云："自桂城（桂林）北至全湘七百里，皆长松夹道，秦人置郡时所植。少有摧毁，历代必补益之。龙拏凤跱，四时风云月露，任景任怪。予行十日抵兴安，至今梦魂时时见之！"帝国消逝近两千年后，旅人一过驰道尚魂牵梦萦，足见其壮美绝非虚言也。关山重重兼战乱未及，使扬粤新道得以保留后世，堪称历史奇迹。秦末之项羽集团，是以大焚烧、大劫掠、大坑杀、大破坏著称于中国历史的狂暴邪恶的复辟势力。其铁蹄所及，帝国壮美工程无不化为废墟，其破坏力与匪盗暴行，远远甚于陈胜势力与刘邦势力。更有甚者，项羽集团大开焚毁、掘墓、劫掠等大破坏恶风，成为中国暴乱势力毁灭文明之鼻祖。恶魔之行，莫此为甚！若非赵佗关闭扬粤新道，项羽势力果真南下，岂有帝国大道之壮美遗存哉！

驰道之壮美，更在其筑路规制与行车路政。

后世西汉文帝时，有个儒家名士贾山上书，专门总结秦政得失以供汉文帝借鉴。此人文章远不如贾谊《过秦论》那般深远宏阔，然却具有另一样长处：纪事翔实，对已经逝去的帝国工程多有具体描述。其中，对帝国驰道的描述是："（秦）为驰道于天下，东穷燕齐，南极吴楚，江湖之上，濒海之观毕至！道广五十步，三丈而树，厚筑其外，隐以金锥，树以青松。为驰道之丽至于此，使其后世曾不得邪径而托足焉！"略去贾山的种种基于特定出发点而生出的偏颇评判，帝国驰道的筑路规制大体可见，经后世史家考证，亦为实际情形。

驰道宽五十步：即三百秦尺（六尺为步），合今六十九点三米。

三丈而树：即道路中央三丈为高速中道（驰道），两边栽植青松隔离。

厚筑其外，隐以金锥：路基夯实，上以黄土、砂石、石灰夯筑厚厚路面；路肩培土中隐藏一定密度的铁条（贾山称为金锥），效用类似后世之钢筋混凝土，既抬升路面，又兼顾平整便于排水。

整体规制：驰道最外两侧各有一道壕沟，一则排水，二则与田畴隔离。两道壕沟内侧是间距确定的连绵青松，形成驰道两边的林木隔离带。外侧青松与“中道三丈”青松之间，为臣民车马行走。中央三丈，为皇帝车马及紧急国务车马的高速驰道。如此遥观总体形制：四道青松分割成三条大道，中央皇室国务高速道，两侧臣民高速道。如此连绵千里，青松蔽日烟尘不起，翻山越谷直达海天，其壮丽气象实在给人以震撼！若将稍后的西方罗马大道与秦帝国大道相比，其宏阔规模、总体长度、天下通连等所有方面，均远远不能同日而语。前边那位邝露，之所以在近两千年之后过秦驰道残存段落，仍然有“任景任怪”（任你感叹风景，任你怪哉不可思议）之叹，实在也是难免了。

西汉之时，历经楚汉动乱大破坏，帝国驰道之效能完整者，大约只有关中出关驰道了。《三辅黄图》记载，西汉完全承袭了帝国路政：“汉令：诸侯有制得行驰道中者，行旁道，无得行中央三丈也。不如令，没入其车马，盖沿秦制。”如此宏大的交通网，更配以如此严密的路政管理法度，秦帝国于两千余年之前能如此文明发达，当真令人不可思议。

第四大层级：关中至九原直道。

在帝国大道中，只有这一条直道是郑国单独列出的。直道者，堑山堙谷而直通目的之大道也。这是一条逢山开路，遇谷填埋，不迂不绕，从关中径直北上九原的一条大道。所以叫做直道，言大道本身径直，有着久远的理念根基。秦人秉承周文明，而周人曾经有过一条已经湮灭的直道。《诗·小雅·大东》歌云：“周道如砥，其直如矢。”唱的便是这条古老的王道——路面像磨刀石一样光洁，路线像射出去的箭一样笔直，何其令人神往也！帝国北上直道所要做到的，则是实实在在修一条平直的有实际用处的大道。

郑国查勘天下大道，所以北上九原，是受了嬴政皇帝的秘密嘱托。皇帝派给了郑国一辆王车，也带给了郑国一卷密书，书云："北边匈奴，终将为华夏大患也，不能根除，朕寝不安枕矣！根除匈奴之患，根基在诸多后援；后援之难，道路险狭遥远。老令可借踏勘燕赵之际，入九原与蒙恬会商，若能勘定一条最具效用之大道，则反击匈奴事半功倍矣！"郑国会见了蒙恬，两人一致认同皇帝见识。历经月余踏勘会商，终于确定了修建后援大道的两大方略：筑路以秦赵故道为根基，利用有效路段，取直增补，拓宽加固；路政由九原大军专一管制，专行粮草辎重车马与大军驰援。

战国时期，关中曾经有一条北去上郡、云中、九原的通道。当年苏秦说燕文侯曾提到这条故道，云："秦之攻燕也，逾云中、九原，过代郡、上谷，弥地数千里。"赵武灵王胡服骑射之后，曾率军经云中、九原南下袭击秦国未遂，走的便是这条故道。就实际情形说，关中至九原边地，不是路不通，而是路难走：一则绕山绕水多迂回，全程数千里太过遥远；二则山道崎岖坎坷，诸多路段甚或时断时续，车马行走很是艰险，无法保障源源不断的粮草辎重输送。既往，九原秦军都是未雨绸缪，事先分段输送，囤积粮草辎重，否则无以应对突然之需。秦灭六国激战十年，蒙恬军始终不能脱身南下，根本原因在九原形势之险：历年所囤粮草辎重堪堪一场大战，若一战失利，则无以立即再度出击，而只能后退据守。蒙恬大军始终不能放手一战，非无战力也，根本在于无法解决二次反击的后继粮草。若不具有失败之后立即展开第二次反击的能力，则为大局计，秦军宁可与匈奴长期对峙。这便是在战国大动荡中锤炼出来的秦国战略：军力固然壮盛，依然看重强敌，若无失败之后再度大举反攻的战力与后援，则宁可维持对峙。此等战略，长平大战是也，灭楚大战是也，对匈奴大战仍是也。唯其如此，秦多大战，而大战几无败绩。

"直道全长，千八百里。老臣谋划，三五年后开始施工。"

"何以如此？"皇帝显然有些着急。

“直道工程浩大，非百万民力无以成其事，须通盘筹划。”

“老令所言在理。”李斯赞同道，“届时天下道路盘整完毕，民力可保。”

“好。教胡人再做几年梦。”思忖良久，皇帝终于忍下了一口气。

后来，直道终于轰轰然开工了。然则，终究还是没有全部完成。据当代秦史专家王学理先生之《咸阳帝都记》研究考证：秦直道的起点是林光宫（陕西淳化县北），咸阳至林光宫，则有一条三百里驰道直通。这段驰道之所以不算作直道，一在于路政法度不同，二在于筑路坚固程度不一，三在于管辖体制不同。出林光宫北上，经今日旬邑、黄陵、富县、甘泉、志丹、安塞、靖边、横山、榆林、内蒙古之伊金霍洛旗、东胜，最终抵达九原（今包头地带），共计十三个县市，全长一千五百余里。其选线大部沿子午岭主脊东侧、横山西侧，北出秦长城，越鄂尔多斯东部草原而抵达九原。

秦直道之最壮观者，在于途经山地的大道几乎都在山脊行走，史家称为“沿脊线”。其遗址路基的宽度尚在三十至五十五米之间，其弯度半径不少于四十米，足见宏大规制。司马迁曾步行直道，亲自踏勘，在《蒙恬列传》后边留下来的感叹是：“吾适北边，自直道归，行观蒙恬所为。秦筑长城亭障，堑山堙谷，通直道，固轻百姓力矣！”

究其实，这条无与伦比的高速军用大道，在西汉之世才发挥了真正的作用。汉文帝能发八万余骑兵快速抵御匈奴，汉武帝能“勒兵十八万骑，旌旗径千余里，威震匈奴”，若无秦直道之力，岂能为哉！太史公不思国家民族受惠，不思反击匈奴的巨大效用，大而无当地浩叹一声，将直道归罪于蒙恬的“阿意兴功”，云山雾罩地迂阔了一回，不足道也。

及至两千年后的明清时期，人们面对如此壮阔的山脊大道遗迹，已经无法想象了。于是，纷纷疑其非人力所为。陕甘地方志多有呼直道遗址为“圣人道”、“圣人条”者，且自作聪明解说云：“圣人道……秦以天子为圣，故名。”[1] 令人哭笑不能也。

---

[1] 见《古今图书集成·职方典·庆阳府·古迹考》，转引自马非百资料集《秦始皇帝传》。

四　铸销天下兵器　翁仲正当金人之像哉

开春之际，陇西李信突传急报：诸羌联结西匈奴大举复仇！

诸将一闻战报，纷纷丢下工程前来请战，连王贲冯去疾冯劫三位三公重臣都风风火火赶来了。嬴政又气又笑道：“回去回去，都回去！李信是依法急报，又没说打不过要增兵，凑个甚热闹？都给朕记住：目下盘整华夏第一！仗有得打，然不是今日。陇西除了李信，还有个大将阮翁仲，不须你等操心！”一番斥责，一班大将们反倒是嘿嘿嘿抓耳挠腮地笑了。也是，李信那小子自灭楚吃了一败，恨不得所有的仗都自己打了，他能说要增兵？然则，这次羌狄加匈奴，可是二十余万人马，李信统共不过八万步骑，就算有翁仲辅助，撑得住么？一番犹疑思忖，有人嚷嚷说打仗不能靠一两个大将，靠的是兵力战法，还是该当增兵。

“朕亲自西巡督战。你等回去，各做各事。”皇帝板着脸又说了一句。

“不能！陛下不能涉险！”所有大将异口同声地喊了起来。

“鸟个涉险！”皇帝骤然口出粗话。大将们惊愕未定，又是一片哧哧笑声。皇帝兀自板着脸道，“陇西是老秦老根，匈奴羌胡从此下口，我正求之不得。引它全部压到陇西，我更求之不得。急甚来？谁若想去，只有一条，必得给朕打一次败仗回来！”一席话落点，大将们没有一个人再说话了。皇帝显然是深谋远虑，要以诱兵之计吸引匈奴大举南来，而后在陇西大举歼灭。果真如此，九原大患岂非大大减轻？而诱敌佯败，李信做不来么？看来，这次确实不能争了。一番思忖，大将们呵呵笑着匆匆散了。

旬日之后，皇帝车马隆隆开向了陇西。

这是嬴政第一次以皇帝之身出巡，虽在老秦本土，声势也还是比以往精悍的快车马队大了许多。郎中令蒙毅亲率一万精锐铁骑护卫，中车府令赵高亲驾六马王车，皇帝书房的政事官吏大部随行。最大的不同，是行营中第一次有了十名内侍十名侍女。嬴政的本意，此番陇西之战无论如何打法，陇西兵力都稍显单薄，以出巡之名随带一万铁骑，既不使匈奴警觉，又足为陇西军力增补。一接到军报，嬴政蓦然生出一个从来没有过的想法：匈奴既然屡屡想从陇西打开缺口，能否将计就计诱其主力南来，在陇西大举会战灭之？毕竟，在陇西决战匈奴，种种优势大于九原多矣。最根本一点，陇西山川纵横交织，起伏不定的山地环绕着盆地一般的大小草原，实施大军伏击围歼，比广袤的阴山大草原不知有利多少倍。果真要实施这一方略，必将牵涉全局兵力摆布。究竟能否实施，则要视匈奴羌狄之种种实际情形及其可能发生的变化而定，当然，首要之点是要与李信备细会商。一路西来，嬴政的这一谋划越来越清晰了。行至上邽宿营，嬴政终于思虑成熟，当夜拟就一卷诏书，要李信不要急于与匈奴开战，陇西之战容一体决之。

不料，诏书正要在清晨发出，临洮军报飞到了。

李信的军报说：匈奴羌狄大举来犯，在枹罕河谷草原大肆劫掠，似有长久盘踞枹罕之图谋。他深恐陇西诸部族因此动荡，因此派出三万飞骑诱敌东来，在临洮狄道峡谷设伏痛击，一战斩敌首五万余，匈奴残部狼狈逃去，羌、狄两大部族业已归降。由于李信正在枹罕草原处置羌狄部归降事务，不能亲迎皇帝，临洮将军阮翁仲正在狄道，业已东来迎接皇帝了。

“罢了罢了。”嬴政摇着军报皱眉苦笑。

“陛下，陇西侯有何不妥么？”蒙毅大是疑惑。

“不说了。打仗都是快手，能说不好么？”嬴政释然笑了。

“陛下，翁仲将军要来迎接，行营是否等候两日？”蒙毅转了话题。

“等甚？又不是不认路。”

车马再度隆隆上路了，沿渭水河谷西进两日之后，抵达秦长城脚下。一看见山脊上的那一道蜿蜒巨龙，嬴政立即下令人马就地驻扎，自己只带着蒙毅与一个百人队徒步登长城去了。这片山地是渭水源头，人呼首阳山。这道长城，是秦惠王时期平定戎狄叛乱后开始修建，秦昭王时期大举增修，从临洮到首阳山绵延数百里，成为防守西匈奴越过狄道峡谷的有力屏障。嬴政徒步登上了垛口，迎着山风遥望起伏无垠的苍翠山峦，遥望沿山脊而去的老秦长城，思绪一时飘得很远很远。蒙恬曾经上书，提出连接北边的秦赵燕三国老长城，以为长期防备匈奴的有效根基。依此方略，扩大连接又将如何？将临洮秦长城推进北上，直至九原秦长城，再连接秦赵燕三国长城，最终直达辽东，又将如何？果真如此，这道长城将绵延万余里，成为亘古未闻的万里要塞！那时，整个华夏将能对流窜如草原烈火的种种边患做到常备不懈，长久为患华夏的匈奴诸胡只能与我互通商旅，而不能任意兴兵，长久以往，华夏匈奴成为和睦邻邦甚或融为一体，亦未可知也！嬴政想得很专注，若是长城大计得以实施，再配以直道后援，无疑将真正成为根除边患的屏障，效用远远大于年年屯集重兵……

"陛下退后——"

嬴政从蒙毅的惊恐长呼中蓦然醒悟时，已经不觉走进了长城之外的山岩林木，正站在通往首阳山巅的崎岖小道上。随着蒙毅的惊呼，谷风浩荡的密林巨石中骤然一阵奇特的吼啸，山鸣谷应间沉雷夹着飓风迎面扑来。蒙毅与甲士们尚未聚拢，密林山岩上已扑出两只斑斓猛虎，一声吼啸从正面跃起扑来！嬴政一个激灵一身冷汗，一大步绕到一棵大树后拔出了长剑……千钧一发之际，山谷间暴起一声雷吼直与虎啸争鸣，吼声未落，一个巨大的身形掠过甲士，骤然扑在皇帝大树之前。嬴政一眼瞄过，此人高约两丈余，黑衣黑甲铜套护腕，颌下硬须如蓬刺四张，当真宛若天神。

"陛下退后！"巨人一声大喝的同时，两只斑斓猛虎从岩石上一齐凌空扑下，长啸中张牙举爪势不可挡。此时蒙毅与众甲士也已经赶到，在嬴政身前依山势高低错落排开，一齐挽弓待发。倏忽之间，巨人大吼一声，两臂齐伸如苍鹰展翅，两只巨掌叉开五指如硕大的异形铁钳，同时迎住了两只猛虎的脖颈，骤然之间竟将两只猛虎凌空提起。两只大虎飘飘凌空无可着力，大张的虎口发出一阵怪异的喘啸。巨人两臂齐伸，大喝一声去也，便见两只猛虎像两只断线纸鸢，飞入了深深峡谷之中。

"彩——"满山将士欢声雷动。

"临洮将军阮翁仲，参见陛下！"巨人大步回身，声如洪钟震荡。

"好！果然翁仲将军也！"嬴政一阵大笑，"朕闻先祖武王有孟贲乌获，不想我临洮竟有天神壮士，天赐于朕，可喜可贺也！"

“天神壮士！翁仲万岁——”将士们又是一片欢腾。

“翁仲谢过陛下奖掖！”阮翁仲慨然一句，又道，“末将奉陇西侯将令，恭迎皇帝陛下巡视临洮！”

“好！今夜与将军痛饮，明日进发临洮。”

当夜，嬴政皇帝在行营大帐设小宴与翁仲聚谈夜饮，只有蒙毅陪同。嬴政兴致勃勃，听这位恍若天神的将军猛士禀报了狄道大捷的经过，又饶有兴致地问起了这位猛士的家世。翁仲不善言辞，红着脸结结巴巴说不利落，可在皇帝的笑语诱导下，竟渐渐地没了局促，口齿也神奇地利落起来，引得皇帝不时舒畅地大笑不止。

一出生，翁仲便是一个不可思议的神异孩童。翁仲还记得父母的说法，自己生下时长不过一尺八九寸，可上秤一称，竟有二十斤之重，如同一块石头！三天后，翁仲开始疯长，一岁时竟长到五六尺高，四肢不软，硬朗如常，乡邻无不啧啧称奇。十岁时，翁仲长到了一丈二尺余，心智清明，体魄强健，毫无病态，乡邻们更是惊呼不止了。最奇特的是，翁仲食量惊人，每顿可吞下三十多张大锅盔，二十余斤牛羊肉。翁仲父亲亦农亦牧，农闲时还兼做胡马生意，原本临洮富户，可在翁仲长到十五岁时，硬是教翁仲吃得穷困潦倒了。其时正逢秦军在陇西征发，父亲立即将翁仲送到了县府。那日，黑衣县令惊愕万分地走出公案，仰头打量着矗立在大厅的这个近两丈高的少年巨人。已经是破衣烂衫的父亲，惶恐地站在少年巨人身旁，一个十足的小矮人而已。

“吃得多，不怕。真有力气么？”县令的目光活似在打量一头怪物。

“此子，拉动两头公牛尚可……”

“当官府谎言，大秦有国法！”

“大人，这是实情……”

翁仲憋不住开口了：“老父错也，在下能与三头牛较力。”

县令的嘴巴半天没有合拢，突然大喊：“来人！三头公牛！”

那一日，县府前的车马场人头攒动呼喊连天。三头公牛被套在一辆押送囚犯的铁笼车辕中，咻咻喘气长角晃动，一看就是草原牛羊群中最为凶猛狠恶的种牛。少年翁仲赤膊站定，两手挽着连接铁车后尾的粗铁链，脚前六尺处是一道又粗又长的白灰线。这是翁仲自家的方法，他若被三牛拉过六尺白线，愿以谎言服罪。当县令亲自举旗，劈下令旗大喊开始后，驾车的三名士兵站在车上扬鞭狂抽，一面大鼓也骤然擂动了。三头公牛哞哞怒吼连声，发疯般向前猛冲。少年翁仲大吼一声，两手挽定铁链，两臂小山般鼓起，纹丝不动地钉在原地，双脚眼看着陷进地中三尺余深！人群奋激地狂呼着，三士兵的赶牛鞭都打折了，少年翁仲还是纹丝不动。僵持片刻，少年翁仲雷鸣般大吼一声，铁车猛然连连倒退，几乎将要翻倒。三头公牛长吼一阵，片片白沫大喷而出，山一般颓然倒地，眼瞪腿蹬瘫卧不起了……那一刻，全场人众都没了声音。县令终于清醒过来，立即下令收翁仲做了县卒，职司临洮县捕盗事。翁仲衣食有了着落，却因此没能进入秦军主力。

半年后，在缉拿一起马群失窃案罪犯时，翁仲失手扭断了两盗的腿脚胳膊，两盗不治而死。依据秦法，翁仲被县令判为杖笞六十。行刑之时，翁仲丝毫没有反抗，趴到砖地上自己拉开了衣裤。县卒们打得一头汗水，翁仲却鼾声如雷，在雨点般的大杖下睡着了。县令哈哈大笑，走下公案猛然踹了翁仲一脚："你小子好瞌睡！起来说话，可是伏法？"翁仲爬起来揉着二双铜铃大眼，高声道："大丈夫报效国家，要这般挨打么？"县令仿佛没听见，自顾笑道："好！翁仲尚知守法，本县禀明郡守，擢升县尉！"少年翁仲满面通红，大声嚷嚷道："县令大人，难道大丈夫是靠打烂尻门子升官么？不能正经八百地建功立业么？"在县令与众人的哄堂大笑中，翁仲依旧高声嚷嚷着："笑甚笑！我翁仲大丈夫也，总有一天要为国立功！"

翁仲二十岁那年，陇西军马因李信灭楚战败而大部东调了。

羌狄眼见有机可乘，遂联结西匈奴，再次大肆劫掠临洮。临洮守大为惊慌，连夜修书飞报咸阳请求援兵。然天还没亮，翁仲飞步赶到了临洮守幕府，将截回的军报砸到了公案上。临洮守既惊又怒，连呼翁仲通羌叛逆。翁仲愤愤然吼道："万余兵马还要援兵，大草包一个！翁仲身为保民县吏，岂能容得！"眼见这黑铁塔矗在案前，还气昂昂以为县吏比临洮守还大几级一般，分明说不清，打又打不过，临洮守又气又笑又哭笑不得道："好好好，算你保民县吏厉害。你只说，万余兵马如何对付数万羌匈飞骑？否则，莫给老夫添乱！"翁仲高声吼道："草包让开！翁仲但领三千兵马，决保临洮安然无恙！"临洮守思绪飞转，连忙拍案高声道："一言为定，老夫给你三千军马！快去点兵准备，老夫还有急事！"翁仲雷鸣般一阵大笑，捡起临洮守抛来的令箭大步砸出了厅堂。临洮守连忙唤进司马，叮嘱重新飞报咸阳，而后又连忙赶赴军营去应对翁仲了。

一切都在奇特地变化着。二次飞书的司马赶夜路太急，又骤遇雷电暴雨，人马一齐被突如其来的泥石流淹没。临洮守得信之日，羌匈飞骑六万余已经杀入了陇西草原。翁仲二话不说，率领三千秦军骑士奔向了最西边的枹罕。临洮守万般无奈，只好亲自率领余下的八千余步骑随后赶去策应，只图死战而已了。不料，翁仲大是奇特，徒步飞驰竟丝毫不输秦军快马。赶到枹罕草原河谷的一道山口之日，正与遍野蜂拥的羌匈飞骑撞个满怀。将士们尚在急促地会商战法，翁仲连声大吼："全军矛子！都给我堆起！留下一百人下马，专给我送矛！你等只管捉活人！"

陇西山地草原的秦军，配置及战法与九原大草原不同，最大特异处是人人兼具骑步两战之长；兵器不同则在于人手一支三丈长矛，但遇山地隘口便下马森森然列阵阻击。如今，骑士们见这位几与三丈长矛等高的壮士声如雷吼，没有片刻犹豫立即照办。三千支长矛堪堪在山口堆集好之时，羌匈飞骑漫山遍野呼啸压来了。翁仲揽起十几支长矛挟在腋下，大吼一声飞步迎上，一支支长矛尖厉地呼啸着扑向羌匈人马，其劲急声势竟比秦军的强弩大箭还更具威力。瞬息之间，羌匈骑兵纷纷人仰马翻。翁仲一边飞步游走，一边接过流水般送来的长矛，一支支间不容发接连飞出。潮水般的羌匈飞骑如遇铜墙铁壁，骤然倒卷了回去，亦有一群群死命冲来，大吼着要杀死这个怪物。不料，如此一来更得翁仲所愿，两手各握三支长矛，向下连刺带打，战马也好骑士也好，遇之无不纷纷倒地。羌匈飞骑的战刀弓箭偶中翁仲之身，也如水击山岩飞溅而去。激战片时，翁仲杀得性起，雷吼一声劈手撕扯开一匹战马，两手各提半片血肉横飞的马尸排山倒海般打来，恍如一尊血红的天神踏步在一群侏儒之间……羌匈骑士们一时大骇，遥遥望见山岳般的血红巨人，人马一齐瘫软在地，海浪退潮般倒在了草原上，一片天神饶命的呼救声……

那一战后，得陇西秦军将士一致拥戴，临洮守上书咸阳报翁仲奇伟军功，一力举荐翁仲做临洮将军。秦王嬴政那时便知道了翁仲，并不止一次地半信半疑人间竟能有如此奇伟之士，却始终因为牵绊中原灭国大战，而未能宣召这位临洮守护神。

……

三日之后，皇帝行营抵达临洮。蒙毅询问翁仲："皇帝行营驻扎临洮城内好，还是城外好？"翁仲慷慨答道："草原之地自来都是城外好，打仗利落，跑起来也快！"蒙毅将翁仲答话禀报皇帝，皇帝一阵大笑，立即下令在临洮城外的洮水河谷扎营了。一轮圆月堪堪挂上湛蓝的夜空，李信马队飞驰归来了。李信禀报给皇帝的喜讯是：西匈奴、西羌与戎狄诸部已经族首共同议决，全部臣服大秦，不复与北匈奴单于联结。李信已经带回了臣服盟约，只要皇帝颁赐几个封号以诏书回复，盟约便告成立，中国西部的胡患便告终结。皇帝很高兴，也很惊讶，西匈奴颇具实力，何以一战便告臣服？李信又禀报一番，皇帝这才明白了其中原委。

六年前，翁仲率三千军马血战草原，使羌匈八万余飞骑不能逾越洮水山口，西匈奴与羌狄各部确实被打怕了。天神翁仲的故事在西部草原传开，西羌戎狄与西匈奴各部一致相约，但有翁仲在，不复再进中原。倏忽几年过去，北匈奴大单于忽然在今年初派秘密特使南来，对西匈奴单于通报了一个秘密消息，说那个凶狠的翁仲已经死于瘟病了，临洮正告空虚。西匈奴单于野心复起，遂再次联结羌狄大举进犯。及至李信设谋，翁仲率军在狄道伏击，匈奴将士见天神般的翁仲复出，立即便大乱溃退了。秦军所以能大举追击数百里，一大半是因为匈奴羌狄大感恐惧之故。

"如此说，你等原本并未准备大打？"皇帝饶有兴致。

"正是。"一脸沟壑纵横的李信已经历练成稳健明锐的大将了，"臣得陛下西巡消息，本意欲等陛下巡视陇西后统筹决之。臣之设想，陛下或欲放缓陇西战事，以吸引匈奴大举压来陇西一战灭之。不意正当此时，羌匈飞骑已到，臣只想以翁仲部稍作狙击。一仗不打，毕竟也是诱敌痕迹太重。臣不曾料到的是，羌匈飞骑畏惧翁仲能到如此程度。臣久历沙场，深知一军胜负不能托于一将之身。不想，臣又迂阔了一回……”

“天意也！将军无须自责了。”皇帝舒畅地大笑起来。

“陇西底定大局，翁仲当居首功！”李信也笑了。

“匈奴见翁仲如见天神，望风而逃，亘古奇闻也！”蒙毅更多的是困惑惊讶。

“说奇不奇。”李信笑道，“胡人多信天神巫术，真以翁仲为天神亦未可知。”

“天赐奇伟之士，我大秦真正长城也！”嬴政皇帝慨然一叹，对蒙毅吩咐道，“飞书咸阳，下诏少府章邯：举凡缴集天下兵器，一律铸为若干金人，具以翁仲将军之像，镌刻翁仲之名，永镇咸阳！”

“陛下明察！”李信蒙毅异口同声。

陇西会战虽未成局，然西部大局一举安定，毕竟是有秦以来前所未有。嬴政皇帝大为舒畅，大举犒赏了陇西将士，擢升翁仲为食邑六千户的大庶长爵，加李信食邑千户。皇帝征询李信翁仲，是否要将一万铁骑留在陇西。李信翁仲同声谢绝不受，慨然立誓确保西部康宁。皇帝心下大定，旬日之后返回了咸阳。

少府章邯奉命收缴铸销天下兵器，实在有些棘手。

章邯之难，不在兵器收缴，而在如何铸销？章邯虽不能确知天下兵器几多，然却也明白，定然是数以百万计的天大数目。如此巨大数量的铜铁兵器，要熔铸成何等物件，才能全部消受净尽？自半年前受命，章邯与经济官署几经会商，先后酝酿出了三则出路，一次一次均遭否决。第一次谋划的出路是：大量铸造犁铧以助牛耕，部分无偿分发边远郡县乡野，部分用于官市出售。然交丞相府会同九卿议决，诘难立即浮现出来。依据秦法不救灾的传统，无偿分发容易诱发民众惰性，不宜；而官市出售，官府得利，则有违息兵安民大义，也不宜。王贲的太尉府还提出了一个新的疑难：若大量犁铧流入民间，事实上超过了耕田所需，不法世族若再从民众手中收买，进而秘密打造兵器，岂非自种祸根？此议一出，朝议哗然，自然而然地否决了第一种看似最为正当良善的出路。

第二次谋划的出路是：仿铸九鼎，永镇咸阳。一交丞相府会同九卿议决，胡毋敬的奉常府立即大出诘难。吕不韦灭周时，九鼎业已神秘失踪，如此庞然大物能神秘失踪，必是天意无疑，天意使九鼎消遁于人间，今日何能违天而使其重现？更有一条，秦一天下开万世先河，改正朔定国运，一切自成崭新法统。九鼎纵然神圣，终为三代天子权力之信物，大秦皇帝超迈古今，何能仿效三代天子信物而独无创新乎！战国末世，敬天法地顺乎自然的理念依然根基深厚。此论一出，于情于理于传统，皆是赳赳雄辩，连原本无可无不可的皇帝也没了话说。自然而然地，熔铸九鼎也行不通了。

第三次谋划的出路是：铸造六条十余丈长的巨鲸，安置在兰池宫的兰池水景中，与那条石鲸相辉映。这次一交议决，章邯更遭非议。一种非议是：以铜溺水，暴殄天物，荒诞之尤！一种非议是：铜铁入水必锈蚀，与白玉巨鲸完全不能同日而语。于是，这第三种方略还没有呈报到皇帝案头，便被否决了。

在此期间，天下兵器已经越来越多地聚集到咸阳来了。章邯长期执掌秦军大型器械兵，对种种涉及工程的事务很是精到。如今一见各种兵器源源不绝而来，章邯顾不得铸销方略尚无头绪，只有先行处置这如山一般堆积的兵器存放事务了。章邯立即派出少府丞与王贲的太尉府会商，提出以上缴的上好兵器先行置换秦军的旧兵器。然太尉府一经查勘，却发现可置换者数量很小。一则是秦军兵器库接近报废的旧兵器很少，二则是山东六国兵器形制与秦军兵器不合，主要缺陷是部件不能通用，除了一次性使用的刀剑长矛，其余诸如弓箭、弩机、云梯、云车、战车、塞门刀车等攻防器械，基本上无法置换。于是，章邯目下的事务变得简单明白了许多：分类拆卸，分类处置，铜铁熔铸事待后再决。

月余之后，万余名士兵工匠将兵器分类拆卸完毕了。司马报来的数字是：铜料兵器六十六万余件，铁料兵器八十九万余件，铜铁部件一百三十六万余；云梯云车战车弓箭等木料部件，二百三十六万余；马具车辆之皮料部件，一百四十五万余。章邯立即下令：木料皮料，全部运进少府国库；铜铁兵器与部件，一律分类码放，等待熔铸。虽然，铸造何物还没有定论，然章邯也不打算自家再思谋了。章邯拿定主意，一边下令调集中原各郡县冶炼工匠入咸阳，一边上书奏报皇帝决断熔铸器物。一个多月里，工匠纷纷到达咸阳，在渭水南岸扎成了连绵十余里的冶炼大营，冶炼橐籥炉六万余座，若每炉工师仆役统以八人计，则一次聚集工匠民力约五十万，实为亘古未闻之大冶炼也。不料，此时皇帝却出巡陇西了。

“冶炼开炉——”

皇帝诏书飞回咸阳之时，章邯跳起来大吼了一声。

那夜明月高悬，渭水南岸红光弥天，十万余只橐籥炉的冶炼之火映得咸阳城阙一片通红闪烁。橐籥者，鼓风冶炼炉也。一只巨大的鼓风牛皮橐高高矗立，一支粗大的竹管伸进近两丈高的炉膛下，四名赤膊壮汉用力压下牛皮橐上的大板，一股强风鼓进炉膛，烈火熊熊而起，熔炉铁兵部件渐渐化成了铁水，夜空中铁花飞溅分外绚烂壮观。这种鼓风炼铁之法，在春秋战国时期已经大为普及。老子为了说明天地气运之道，找到的最好比喻物是橐籥，其云：“天地之间，其犹橐籥乎？虚而不屈，动而愈出。”

第二年秋风来临之时，兵器铜铁终于化成了十二尊巨大的金人，分两排矗立在咸阳宫前的广场上。每尊金人高五丈六尺，重三十四万斤，金光灿灿地鸟瞰着车马行人，其赫赫威势远远超过了三代之九鼎。直到西汉之世，这十二尊金人依然威势赫赫地矗立在长乐宫门前，匈奴人长安见之，无不视若天神跪拜。到东汉末年，又一个等同项羽的大破坏者董卓，熔铸了十尊金人铸了小钱。所余两尊，至魏晋南北朝大乱之世，又为苻坚所毁。巍巍帝国金人，终不复见矣！

五 信人奋士 烁烁其华

离开九原大军，离开蒙恬，扶苏很有些不舍。

扶苏没有料到，父皇会以如此形式召他回去。父皇的诏书是颁给蒙恬的，事情却是关涉扶苏的。父皇诏书说：陇西大定之后，北胡一时收敛，我亦须时日积蓄后援，九原近年当无大战，故此，着扶苏先回咸阳。上将军若有急需，可在大将中遴选一人北上。蒙恬接到诏书，当夜便为扶苏举行了饯行礼。军宴之上，蒙恬多有感慨，举着大爵高声道："自公子入九原，老臣心下负重六年矣！今日还国，冠剑任事，公子正当其所，国家之幸也！"扶苏分明看见了蒙恬眼角的泪光，不禁怦然心动了。六年来，扶苏从一个十六岁少年成长为一个行将加冠的英武青年，其间之种种坎坷历练，除了扶苏自己，只有蒙恬最清楚。对于这位与父皇同年的上将军，扶苏的敬佩是发自内心的。蒙恬的才具胸襟，蒙恬的明锐洞察，蒙恬的睿智诙谐，蒙恬的明朗豪迈，无一不在长长的相处中一丝一缕地镌刻在扶苏身上。在九原住得时日愈久，扶苏愈发深刻地体会了父皇当年将他交付给蒙恬的苦心。平心而论，在一个少年的成长之期，能以蒙恬这般人物为师，能在雄风浩荡的九原大军中历练，是扶苏的幸运。一朝分别，扶苏确实有些百感交集，说不清其中滋味了。

扶苏的还国感叹，更多的来自父亲。

颁行诏书的特使是蒙毅。扶苏从这位年仅三十出头便已经两鬓斑白的中枢重臣身上，依稀看到了父亲的迅速衰老，更从蒙毅时而流露的感喟中，真切品味到了父亲的巨大辛劳。倏忽十余年之间，秦国扩展为整个天下。国家骤然大了，国事骤然多了，父亲从一国秦王也变成了天下共主，变成了皇帝陛下。这种变化的实际内涵，已经远远超出了寻常臣民的视野，留在他们心目中的，只是皇帝无比神圣的权力与光环。只有扶苏清楚地知道，对于父亲这样的君王而言，国家的大扩与权力的猛增，只意味着对父亲生命的更大掠夺，只意味着嬴氏皇族之间更加萧疏。扶苏与父亲相处不多，然却以生命血肉的传承凝结，直觉地体察着父亲的灵魂。父亲的心头没有皇族，没有家室，只有国家，只有天下。父亲做秦王，秦王没有王后；父亲做皇帝，皇帝没有皇后。包括扶苏在内，所有的皇子也便只有生母，没有国母。父亲已经迈过了四十整寿的门槛，可还是没有立太子。嬴氏皇族子弟数千逾万不乏英才，却没有一个人做国家重臣，更没有一个人承袭祖先爵位。也就是说，贵为皇帝的父亲，一不立后，二不立嫡，三不用皇族拱卫，真正地孤家寡人一个。

仅仅从这些最基本处而言，纵然是力行禅让尊奉德政的三皇五帝，又有哪一个人能够做到？自古至今，只有皇帝父亲做到了，义无反顾且一无彷徨，以至最通晓上古王道的儒家博士们都为皇帝感到恐慌了。那个淳于越曾在博士宫论政中说过几句结实话：“今陛下有海内，而子弟为匹夫。卒有田常六卿之患，国无辅拂，何以相救哉！”尽管此话已经传遍天下，父亲却是不闻不问。扶苏知道，这也是父亲独特的治国方略：无论任何言论，只要不写进奏章不说在庙堂，父亲便永远地没听说过，永远地不据以论事。如此这般的皇帝父亲，大公至明又躬操政事，起居无度又永无歇息，岂能不迅速地衰老？当蒙毅不期然说到父亲身边多了一个东海神医时，扶苏的心猛地一揪——若无疑难大疾，父亲会撇开太医而延揽东海神医？要知道，东海神医，不过齐国方士的另一个名称罢了。自扁鹊入秦后，先祖孝公与商君补正了秦法，严禁方士巫医进入秦国。父亲历来奉商君之法如神圣，若无枯竭之感，如何能如此秘密破法？蒙毅很可能以为扶苏不知东海神医为何物，一时不留意说了。但在扶苏听来却如寒霜破夏，明朗的心骤然缩紧了……

风尘仆仆地赶回咸阳，扶苏立即晋见了父皇。

“好！小子长大成人了！”

嬴政皇帝很是高兴。看着儿子一身边军皮甲胄一领金丝黑斗篷大步走来，英挺雄武稳健端方，嬴政心头骤然一热，这个儿子太像当年的自己了！嬴政皇帝第一次赞赏地拍了拍儿子的双肩，第一次放下了几乎永无休止的案头事务，第一次下令在书房设置了小宴，疲惫松弛地靠着坐榻与儿子攀谈起来。父亲问着，扶苏说着，说了九原大军几年来的种种防范与反击，叙说了自己的军旅历练，叙说了一路南来的种种见闻。皇帝父亲饶有兴致，问儿子以为天下治情如何？扶苏说，父皇的盘整华夏大略业已初见成效，道路畅通，商旅来往大见稠密；川防尽去，大河舟船密集了许多；田渠通畅，农耕田畴大见好转，一路都是生机勃勃。皇帝父亲呵呵笑了，见事贵见缺，说说有甚缺憾？扶苏坦然道：“目下治情，儿臣以为两处须得留意。”“你且说！”皇帝父亲立即目光炯炯了。

扶苏说："一是涉及民生的诸般实事尚有杂乱，如天下钱币改制、民众迁徙互补、人口登录、田税徭役等须得尽快一体盘整。"

"说得好！"皇帝父亲欣然拍案，"这次召你回来，正是民生改制。"

"儿臣领命！"

"好。说第二件。"

"中原百姓多有失田，须及早谋划应对之策。"

"失田？从何说起？"皇帝显然很是惊讶。

"父皇，失田事不违法度，故很少为人瞩目。"扶苏思绪飞动，说得很是平稳，"自商君变法以来，民田得以自由买卖。依据秦法，买卖田地不违法度。是故，近年来山东世族与富商大贾借饥荒、迁徙、漕渠工程等种种机会，大肆购买黔首耕田。民之田产，遂不断流入权贵富豪。黔首尽失田产之后，则沦为世族佣耕之家，几与当年奴隶[1]无异。就盘整华夏而言，失田之祸在于导致民穷民变，不合大局。然就治国政道而言，买卖田地却合于法度。有此乖谬，民户失田很难处置，却又不能不处置。"

"怪也！"皇帝大皱眉头，"土地买卖百余年，何以从未有人提及如此弊端？"

"父皇明察：战国之世，各国迫于刀兵连绵，多行战时统管；各国世族则拥有治权封地，与自家田产无异，无需强购民田；其余富商大贾，纵能买卖民田，数量毕竟不大，不足以引起震荡。秦国则基于尚农抑商奖励耕战，富商大贾很少，土地买卖更不成其为事端。是以，战国之买卖土地，并未弥漫成各国祸患。如今不同，天下兵戈止息，封地一律废止，郡县世族与富商大贾欲发其家，欲张其财，只有通过土地买卖一途。"

"依你所见，买卖民田已成天下流风了？"

"儿臣经三晋故地，暗访了诸多郡县。至少，中原买卖土地已有蔓延之势。"

---

[1]　奴隶一词，战国秦汉语词，语出《后汉书·西羌传》："以爰剑尝为奴隶。"并非当代西方语汇。

“岂有此理！”皇帝一拳砸到铜案上。

那日，皇帝与长子一直叙谈到五更鸡鸣方散。

旬日之后，扶苏在太庙举行了加冠大礼。皇帝亲临太庙，奉常胡毋敬做了皇长子加冠的司礼大臣。姚贾给扶苏戴了布冠（文冠），王贲给扶苏戴了皮冠（武冠），李斯最终给扶苏戴上了玉冠（成人冠）。三冠礼成之后，嬴政皇帝走下帝座，亲自给扶苏佩上了一口尚坊特制的玉具剑。之后，蒙毅宣诵了简单明了的皇帝诏书：“自即日起，皇长子扶苏冠剑与政，会同丞相府行民生改制诸事。”当英挺厚重的扶苏冠剑斗篷步出大殿，站在廊下向与礼大宾们拱手致谢时，整个太庙庭院响彻了万岁欢呼声，青苍苍松林也弥漫出种种不安的议论声。

帝国朝野很少有人见过扶苏，然对这位皇长子却从不陌生。

这种熟悉的感觉，来自不断流传的有关“公子伯秦”的颇具几分神秘的传闻。种种传闻都归结为一个铁定的口碑：伯秦刚毅武勇，信人奋士，必将成为天下栋梁！传闻中的公子伯秦，布衣入军起于卒伍，曾率十骑士乔装商旅，千里深入狼居胥山，一举探清了匈奴单于庭的兵力隐秘。一年之后，伯秦擢升为千夫长，屡次不避艰险，率部护持阴山牧民脱离了匈奴飞骑的追杀。人言，伯秦之奇不仅仅在作战勇猛多智，更在结人胆识非凡。伯秦曾多次深入草原与胡人周旋，竟神奇地使匈奴人的十三个才士心甘情愿地归顺了秦军，有的做了幕府司马，有几个还做了九原郡的县令。有人说，伯秦刚毅武勇，折服了匈奴才士。有人说，伯秦酒风豪爽，喝倒了一大片匈奴酒徒，胡人甘愿臣服。更多的说法则是，伯秦风骨高远笃行信义，一诺千金，融化了胡人之心。

有一个故事说：伯秦曾与一胡人部族头领相约，以海盐丝绸交换胡马。约定之期已过三日，胡人依旧未到。部下皆主张返回，伯秦却力主等候，说这个族领不是失约之人。月余之后，伯秦人马与一百辆牛车已经断了粮草，可伯秦还是原地不动。及至胡人头领带着伤痕累累的数百男女赶来，伯秦人马已经奄奄一息了。这个因骤然遭遇内乱兵变而延误约定的胡人族领大为感奋，当即便要率领残余族人跟伯秦南下投奔秦军。伯秦却拒绝了。伯秦对胡人头领说，你族危难未平，投奔秦国是为不信；

此时秦纳你族，实则乘人之危，是为不义。伯秦不才，愿无偿助你本次财货，并率我部之力助你平叛。三年之后你族康宁兴旺，其时若愿归秦，则伯秦当以大宾之礼迎之，永世以同怀视之！胡部族人闻言，无不涕泣感动拜谢伯秦。三日休整之后，伯秦率部与胡人部族并肩杀回，一举平定了该部叛乱。头领重新得位之后，伯秦所部却悄然离开了。三年之后，这个头领果然带着举族万余男女并十余万头牛羊马匹，轰隆隆开到了九原，投奔了大秦。

"我归大秦，非畏秦力，实服公子伯秦之信人大义也！"

胡人头领的这句话，使伯秦的公子身份大白于天下。从此，人们破解了一个长期隐藏在心头的秘密：神秘的伯秦故事，说的竟然是皇帝长公子扶苏！与此同时，胡人头领的这句话，也轰轰然震撼了老秦人长久信奉的一条铁则：胡人豺狼之心，非战无以服之。老秦人从伯秦的故事中，依稀看到了全然不同于强兵尚武的另外一种力量，既新奇又不安。

帝国重臣们对这位扶苏公子也是一样，既熟悉，又陌生，既赞叹不已，又忐忑犹疑。古往今来，储君为国家后继之根本。今日扶苏公子加冠带剑，显然距离正式立为太子只有一步之遥了。如此泱泱华夏，如此英才储君，帝国元老们的欣慰是不言自明的。然则，胡人头领的那句话却也如同符咒一般萦绕在元老重臣们的心头，总是对这位公子有着一种不明不白的隐忧。毕竟，在战国铁血大争百余年之后，强力兴亡已经成为一种深深植根于天下的信念，信义之类的作为与精神，太容易使人等同于迂腐的仁政，等同于空泛的王道了。当此之时，谁能无条件地断然肯定，扶苏的这种信义之行便没有迂阔的王道根基？而若果然如此，从来都是奉法尚武的帝国治道，岂不是一场隐隐可见的治国信念纷争？而这一切的一切，都得等这位业已加冠带剑的扶苏公子的施政作为来说明了。

三日之后，扶苏正式拜会了左丞相李斯。

李斯很是看重与扶苏的相处。皇帝派扶苏随蒙恬历练了六年军旅，目下又派定扶苏随他历练国务，应该说，对于重臣元老，这是很难得的殊荣。李斯入秦已经近三十年了，在做丞相之前，李斯始终是奋发精进专于功业，从来没有就朝局人事用过心思。然则，取代王绾做了首相之后，李斯不自觉地生发出些许微妙的心思。但遇大事，李斯都开始自觉不自觉地要从朝局人事想想了。布衣出身的李斯，对自己的人生从来是清醒的。封侯拜相，显然已经是位极人臣了，功业巅峰了。往前走，大体当以如何保全功业，如何保全已经蓬勃繁衍起来的巨大家族为根本了。少年青年的拮据滞涩，使李斯对“厕中鼠”的贫贱屈辱有着极深的烙印。这种烙印，随着境遇的不断攀升，已经化作了潜藏在灵魂深处的一丝隐隐的恐惧，一种永远不愿提及的记忆。未达巅峰之时，奋然攀登的李斯顾不得去想，顾不得回首顾盼，只是无所畏惧地奋争着。一旦达于巅峰，蓦然回首，李斯对远远逝去的往昔突然有了一种恍若隔世之感……此间种种滋味，在更深人静之时，李斯不知已经品咂过多少次了。唯其如此，李斯对扶苏与他的共事生出了一种从来没有过的心思：扶苏眼见将成太子，未来也必是二世皇帝无疑，对扶苏不能纯粹以公事论，而必得以储君论，要尽可能多地体察这位未来的皇帝与始皇帝之间不同的政风，至少，要做到自己在扶苏心中的分量不下于蒙恬。

“长公子冠剑视事，老臣深感欣慰也！”

“扶苏受命师从丞相，历练才具，不敢言视事二字。”

李斯在正厅会见了扶苏，大宾常礼，豁达亲切。扶苏则谦恭厚重又绝不显半分伪善，深深一躬，毫无倨傲浮华之气。两人说开政事，坦率相向，很是相得。李斯一一说了诸般民生改制的原定方略，申明民生改制以币制、田亩、度量衡、户籍登录、赋税徭役五件大事为根本。末了，李斯笑道：“老臣之见，民生改制事统交公子总揽，若有疑难，老臣参与斟酌即是。”扶苏一拱手道：“总揽民生改制，扶苏力所不能。扶苏所欲者，师从丞相修习国事处置也，丞相幸勿推辞为是。”李斯一摆手道：“不然。公子纵然师从老臣，老臣亦当因材施教。公子少学有成，又在边地历练军政多年，见识胆识多有口碑，完全具备领事才具。若公子果真以修习吏员居之，历练进境必缓。老臣之意，公子至少自领两事，重担在肩，修习则事半功倍也。”扶苏一拱手道：“丞相如此说，扶苏领命，敢请派事。”李斯殷殷关切道：“币制、田亩两事，一涉天下财货，一涉农耕盛衰，于民生最为根本，于改制最为要害。老臣之见，公子领此两事，或可一举把握天下脉搏。公子以为如何？”扶苏欣然道：“丞相信得扶苏，扶苏自当全力而为！只是，扶苏初涉民治，敢请丞相派一干员襄助。”李斯爽朗大笑道：“公子臂膀，老臣业已物色定也！”说罢啪啪拍掌，大屏后便走出了一个人来。

“御史张苍，见过公子。”

当一个长大肥白衣袂飘飘的人物走到面前时，看惯了黝黑精瘦士兵的扶苏不期然笑了。待来人站在厅中一礼，扶苏点了点头没说话，却皱起眉头看了看李斯。李斯笑道：“张苍者，原本老丞相王绾之干员也，在老相府掌秦国上计[1]。老丞相去任之时，举荐张苍入了御史大夫府，总监天下上计。若论理财之能，经济之通，只怕天下无出其右耳！”眼见此人肥白如瓠，大白脸膛耀人眼目，全无精悍气象，扶苏心下终有狐疑，遂一拱手不无揶揄地笑道：“先生雍容富态，不知大腹装满何物耶？”

“在下腹中无他，唯天下账册而已。”

“翻翻账册，天下钱币几何？”

“天下钱币，二十一枚而已。”

“二十一枚？笑谈！”

“七国钱币各金、铁、布三式，正是二十一枚。”

“好。天下田畴几多？”

“水旱两等，百步一亩。”

“先生急智过人。然，所言终觉大而无当也。”

“公子差矣！”张苍正色道，“今天下初定，民户未录，民田未核，钱币未理，公子所问纵神仙不能作答。公子若果真求才，不当以相貌存疑于人。张苍若任事无能，公子自可以法度贬黜之，何须此等乖谬考校哉！”

“扶苏谨受教也。”扶苏离案起身，深深一躬。

“原是在下愤懑偏颇，不敢当公子如此大礼。”张苍也是深深一躬。

---

[1]　上计，先秦及秦时考核官员政绩的制度，多以经济事项为主，兼具后世之审计功能。

李斯不禁一阵大笑："张苍啊，你愤懑何来？老夫举荐你迟了么？"

"不不不。"张苍满脸通红嚷嚷道，"在下生得白，又生得肥。人便说在下肥白如瓠，必是沉沦奢靡之徒！得此口碑，纵然在下满腹才具也只能做个理财小吏。就这，还怕在下贪渎，又要教在下改做御史！敢问丞相，在下能不愤懑么！"

"愤懑愤懑！要我也愤懑！"扶苏高声跟着嚷嚷。

哄然一声，三人一齐大笑起来。

这个张苍，二十余年后成为西汉首任计相（总司天下财政），辅助萧何领政，堪称中国古代最著名的会计大师。后来，张苍一直做到御史大夫、丞相。张苍对曾经亲为效力的帝国很是敬重，是力主汉承秦制的主要人物之一。甚至连正朔、服色等，张苍都主张秉承秦制。汉武帝之前，西汉对秦法秦制全载式继承，张苍居功至伟也。这是后话。

扶苏领张苍回府，立即关在书房密商起来。先议币制，张苍连说不难，只在确定钱币种类与数量后开工铸造便是，而种类与数量，则丞相府早已大体有数，唯需查勘补正而已。再议田亩改制查勘，张苍连连摇头，说此事牵涉甚深，不好快捷利落。扶苏问难在何处，牵涉如何之深？张苍说，田亩改制容易，只需确定度量之法，进而一体推行于天下而已。田事之难，难在查核民户田数。

"民田如何难以查清？"扶苏很是惊讶。

"公子不知此间奥秘也。"张苍皱眉道，"天下初定，秦法尚未划一推行，山东郡县之土地买卖已经风行数年了。当此之时，天下民众不知大秦新政将如何推行田法，故失田之民不敢言自家无田，买田富豪则更是隐匿不报。其间因由在于两处：其一，秦法有定：无田之民为无业疲民，将被罚为各种苦役刑徒，是故失田之民不敢报；其二，买田富豪多报田产，则必然增加田赋，是故亦必然隐瞒。有此两因，天下黑幕成矣！"

"先生是说，买卖双方联手，对官维持原状？"扶苏骤然一惊。

"公子！……清楚民田流失？"张苍更见惊讶。

"略知一二。"扶苏肃然拱手，"先生可有良策？"

“难。”

“先生但说，难在何处？”

“难在纵有良策，亦难行之。”

“先生以为，扶苏不堪大事？”

“非也。”张苍思忖着字斟句酌道，“目下，山东民人业已生出了一个新词，名曰兼并。何谓兼并？富豪大族吞噬民田，如同春秋战国之大国吞并小国也。由此可见，土地兼并若放任自流，必将成为天下最大祸端。然则，若欲深彻根除兼并，目下又确实不是时机。”

“何以见得？”

“公子明察：若欲根除兼并，必得全力推行新田法，确保民户耕田不使流失。果真如此，又于‘民得买卖’之秦法相违。既要民得买卖，又要不使失田，此间如何衡平，需要时日揣摩探索，不能仓促如打仗。事有行法之难，此其一也。其二，天下初定，创制大事接踵而来，内忧外患俱待处置，当此之时，大动田产干戈，只怕各方都难以认同……”

扶苏默然了。张苍显然比他更清楚土地兼并之实情，否则不会如此忧心忡忡。张苍所说的两大难处，也确实切中要害。根除兼并之患，实在是一件需要从根本处着手的根本大事。不说别的，仅仅“民得买卖”这一条秦法，你便不能逾越。且不说它是商君之法，帝国君臣谁能许你轻易废除；更根本者，是交换市易已经成为民生经济之铁则，潮流使然，若取缔土地买卖，岂非又回到了夏商周三代的王土井田制去了？仅是这根除兼并本身之难，已经在当下很难有所作为了；更不说内忧外患诸般大事，父皇与元老重臣们始终瞪大眼睛盯着六国复辟，盯着匈奴外患，能许你大肆折腾一件并不如何急迫的事端？然则，这件事若搁置不提，扶苏也是无论如何不能容忍的。大祸已经显出端倪，不觉察则已，既已觉察，如何能无声无息？听任民田流失，分明是听任农人变为奴隶，流失的又岂止是民众耕田，流失的分明是民心根基，是帝国河山！如此大事，身为皇长子的自己能畏难不言么？不，那不是扶苏！

“先生所言，皆在道理。然则，还是要有所为。”扶苏终于说话了。

“公子但有决断，张苍万死不辞！”

“第一步，先令天下黔首自实田。可否？”

“好方略！”张苍惊喜拍掌道，“试探虚实深浅，定然举朝赞同！”

“第二步，深入郡县暗查，清楚兼并真相。”

“这一步也可行！”

“第三步，会同廷尉府密商根除兼并之新田法，相机推行。”

“只要不牵动大局，暗中绸缪，在下以为皆可！”

“好！”扶苏拍案，“说做便做，先拟黔首自实田奏章。”

暮色降临之时，奏章已经拟好了。匆匆用罢晚汤，扶苏驱车先去了丞相府。李斯一听要民户自报田产，一时大觉新奇，未尝多想便是一番赞叹，说扶苏可以立即上奏皇帝实施。扶苏对丞相深表谢意，说这是丞相举荐张苍的功效，扶苏纳言而已。片时说完，扶苏立即告辞丞相府，驱车又进了皇城。嬴政皇帝第一次听儿子禀报政事处置，饶有兴致地看了奏章，对扶苏的主张很表赞赏。嬴政皇帝说，令天下黔首自报田亩，也算是前所未有的创举，理政能出新，便是兴盛气象，好！明日颁行这道诏书。

扶苏也没有再就查田事做更多陈述，转而就钱币改制申明了方略：币分两等，以金币为上币，以“溢”为名；钱奉秦半两为国钱，形制不变。嬴政皇帝看了看扶苏特意写在竹简上的“溢”字，笑问：“何以不用金之镒，却要用这个水之溢？”扶苏答道：“币制之议，丞相原本已有预定方略，用的便是这个水之溢。”扶苏提起案头大笔，又写下了一个“镒”字说，“据儿臣副手张苍所说，这个水之溢是奉常胡毋敬特意进言丞相定名的，弃金改水，意在合秦之水德国运。”[1]嬴政皇帝大笑道：“啊呀呀，竟然有此一端，我忘了。”扶苏笑道：“战国金币重量，多从周室，一斤黄金为一金；秦之金币，重量略微加大，一溢二十两。”嬴政皇帝笑道：“好好好，你尽可放手做事，只多多与丞相会商便了。”

---

[1] 秦之金币名称有两说，《战国策》云“镒”，《汉书·食货志》云“溢”。历史的分析，两者皆对：战国之秦尚未确认（不是没有）国运水德，完全可能继承周室名称，并与山东六国同一，用“镒”为金币名称；而统一帝国之秦，国运定为水德，改“溢”为金币名称，事亦正常。汉承秦制，直到西汉初期，刘邦赐张良之金百溢，用的仍是“溢”字，可见其实。

扶苏回到府邸，已经是三更时分了。

张苍还等候在书房。扶苏说了拜会丞相与晋见父皇的情由，张苍很是高兴了一阵。张苍说："只要各郡县数字一上来，水深水浅便告清楚，其时相机行事不难。"扶苏坐在案前良久默然，突兀叹息一声道："父皇体魄更见艰难矣！"一句话教张苍瞠目结舌，大觉莫测深浅，只有大瞪眼看着扶苏不说话。然张苍毕竟明锐过人，思忖片刻小心翼翼道："公子是说，此事，不宜迟延？"扶苏长吁了一声，缓慢沉重地道："此事之大，非父皇威权，不足以掀开黑幕。"张苍老老实实一句道："公子所言，臣以为是。"扶苏奋然拍案道："大政创制，各方都在轰轰然前推，可谁都没看到这口隐藏在茅草中的陷阱！你我分明看到了，却连大喊一声都不能，人何以堪！"张苍霍然起身，一拱手道："公子有此心志，张苍一策可谋。"扶苏急迫道："先生但说！"张苍道："此事若得根本解决，正道是御史大夫府、治粟内史府、廷尉府联手。这三家，一府职司纠察百官，一府职司天下农耕，一府职司行法弊案。公子目下所为，改制之非常情形也，预谋可也，不宜久行。臣愿先期与三府通联，为公子大举伸张疏通行道。只要三府联手，查勘确实，此事有望成功！"

"若得如此，先生不世之功也！"扶苏对张苍深深一躬。

"赳赳老秦，共赴国难！"张苍慨然一句老秦誓言。

一月之后，治粟内史府的密室举行了一次秘密会商。

当张苍以田亩改制为名义，将种种兼并迹象透露给三位重臣的时候，张苍没有料到，兼并民田之弊端并没有令三位重臣如何惊讶。几经周旋，张苍更清楚了这是人人都知道而人人又都不愿在此时揭开的一个公开的秘密。其间原因只有一个：六国初平，天下板荡未息，世族复辟暗潮汹涌，此时触及田产兼并牵涉面太大。说到底，是投鼠忌器。虽则如此，三位重臣得知公子扶苏殷殷之心，还是慨然表示了赞同先期查勘。在廷尉姚贾的动议下，这次会商放在了治粟内史府，理由只有一个：治粟内史府执掌耕田，最为名正言顺。

虽是初次会商，且多少带有未奉皇命的秘密意味，然三位重臣却都是坦率直言的。大将出身的冯劫最是粗豪，大手一挥昂昂高声道："鸟个合法！吃人不吐骨头！老夫只一句话，查出哪个狗官私吞民田，皇帝陛下不拿他，老夫也活剥了他！查！怕甚来！牵涉愈广，祸患愈大，没准那些复辟老世族，就是凭吞并民田撑持着！”姚贾面无喜怒，话却是忧心忡忡：“近年来，田产弊案日见增多，诸多冤狱皆牵涉土地买卖，甚或有公然夺田之事。然则，此等弊案一经报官，立即变得若明若暗迷离不测。若无坚韧心志，要揭开这道黑幕，难亦哉！”郑国一直不说话，直到扶苏目光炯炯地盯住他殷殷期待，才叹息了一声开口道：“田产之事，自古第一难题也！三代不许易田，民如死水。战国变法开买卖土地之先河，随即风靡天下，自此民有活力也。然则，既有买卖之法，兼并之祸便在所难免。根除兼并，为渊驱鱼也，岂不难哉！老夫执掌天下田土，安能不知兼并为害之烈？所以不言者，非其时也。”

“所谓兼并，巧取豪夺者多，公平买卖者少。”姚贾插了一句。

“郑老哥哥，你只说兼并最厉害是哪里？”冯劫急了。

“颍川郡、泗水郡、陈郡。天下兼并，莫此为甚。”

“都是老楚国之地？狗日的！”冯劫狠狠骂了一句。

“敢问老令，如何查勘最为有效？”扶苏恭敬地对郑国拱手一礼。

“欲得真相，唯有暗查。”郑国雪白的眉毛猛然耸动了。

“暗查有证据之难。”姚贾板着黑脸。

“敢问廷尉，何等证据最有力？”扶苏思忖着。

“买卖田产之书契。”姚贾毫不犹豫。

“白说！谁会把书契交给你！”冯劫愤愤然。

“三位大人，切莫为难。”扶苏淡淡一笑，“今日会商，原非要立马解决此等大事，知会绸缪而已。目下大事多多，确实不宜大举彻查兼并事。扶苏之见，三位大人各安其事，只给我一个南下名头即可。”

“如何如何，公子要自家暗查？险！不行！”冯劫拍案高声。

“确实不宜。”姚贾郑国异口同声。

“三位大人，”扶苏起身肃然道，“国有隐忧，舍我其谁？千里胡人之地，扶苏尚来去自如，中国纵有险难，扶苏何惧之有哉！扶苏所需者，南下之名也，敢请三位大人设法。”说罢，扶苏对三位重臣逐次深深一躬。

三位老臣默然了，泪光萦绕在每个人的眼眶。国有如此储君，大臣夫复何言？冯劫立马拍案，说他可奏明皇帝，请公子南下考功郡县。姚贾立即摇头，说不行不行，此事名头太大，又与公子目下所领政事无关，刺眼刺耳。冯劫急道："你廷尉府有更好名头？说便是了。"姚贾思忖摇头道："老夫那里更不行，与公子目下情形八竿子打不着，只怕还得老令这里着手，最是相关。"郑国思忖片刻道："也好，此事落在老夫身上。"冯劫急道："老哥哥有甚办法，说说看！"郑国摇着雪白的头颅道："办法还得想想，一下不好说。"冯劫顿时怏怏不乐，引得几个人都笑了。

三日之后，郑国进了皇城，向皇帝禀报说：公子扶苏所提之令天下黔首自实田，是古往今来从来没有过的料田新法，老臣欲观其效，想到三晋北楚几个郡县就近转转看看，敢请陛下允准。嬴政皇帝一则感喟老臣谋国精诚，二则为这位老臣的奔波劳累担心，一时沉吟着决断不下。郑国颤巍巍一拱手道："农耕为国家根本，长公子领事整田，陛下大明也。然则，长公子从未涉足田事，老臣委实放心不下。"嬴政皇帝恍然笑道："对也！如何将这茬忘了？教扶苏跟老令一起去，也好教他长长见识，对也对也，该教他看看郡县民情了。"郑国踌躇不敢领命，只说长公子从边地回来不久，未免太过辛劳。嬴政皇帝大笑一阵道："老令白发如雪，尚且奔波国事，他一个后生说甚辛劳？去！老令要出事，朕拿他是问。"

六　韩楚故地的惊人秘密

五月初，无垠麦田绿黄变幻，随风起伏波浪翻涌。

这是颍川郡西北部的肥美平原。颍川郡有山有水，汝水、颍水、洧水三条大水由西北向东南横贯全郡，颍水居中且水量最大。故此，帝国创立郡县制时，以颍水定名这片肥美的平原为颍川郡。西北的太室山，西南的鲁阳山，在颍川郡原野上如遥遥相望的一对兄弟长久地矗立着。十多年前，这里是韩国的故土，其肥美丰饶足与东北面的魏国大梁平原不相上下。川防决通漕渠整修之后，颍川农耕大见起色，今岁麦田长势显然较往年旺实了许多。麦田一见黄，农夫们撒满了田畴，黄一片收一片，开始了算黄算割。

时当正午，艳阳高照。道边田间的农夫们，正在收割一片熟透了的麦田。一个年轻的后生却是奇异，裸着黝黑的脊梁任凭大汗淋漓，只望着远处青苍苍的太室山咬牙发怔。旁边田垄一个奋力劳作的老人偶尔直起了腰身，看见后生愣怔不动，压低声道："陈胜！掌工家老刚走，你小子便立木，小心受罚！"后生没有回头，恨声恨气砸过来几句话："佣耕还卖命！又不是自家田畴，劳也白劳！"老人低声呵斥一句："你小子闭嘴！不要命了！"说罢向四面遥遥打量一番，见田道无人，方喘着粗气高声道，"天正热，掌工家老不会来，我等树下歇歇了！"老人话未落点，麦浪中立起了一片草笠一片黝黑的脊梁，纷纷捞起挂在腰带上的白布用力抹着汗水，高声嚷嚷着渴死了，疲惫地奔向了田间大树下的井台。

"狗日的！若是自家田亩，今年一准好日子！"

"自家田亩？只怕下辈子也是做梦！"

"对对对，说也白说。"汩汩饮水的年轻农夫们纷纷点头。

"后生们，少说两句不成么？"老人捧着水瓢低声呵斥。

"日后我富贵了，一定不忘你等！"那个叫做陈胜的后生突然喊了一句。

一片哄然笑声中，老人苦笑摇头："做人佣耕，何富贵也？"

"你个小子要富了，我变狗！"有人高喊一声。

井台下又一阵哄笑嚷嚷："中！你小子赶紧富贵，做我爹！"

老人没有笑，叹着气摇摇头："陈胜这后生，疯了，疯了。"

"一群乌鹊，何能知鸿鹄高飞之志哉！"那个陈胜冷冰冰一句。

农人们惊愕了，哭笑不得地纷纷摇头，认定这个口出狂言的后生当真疯了。

老人淡淡道："都喝饱了，后晌还要赶活。那小子，教他自家做梦去。"

农人们苦笑着，有人提起喝空的大木桶开始摇动辘轳绞水，有人端起方才没顾得喝的大陶碗汩汩大饮，又从旁边竹筐里捞出一张面饼大啃。那个备受嘲笑的后生陈胜，则独自坐于一旁，谁也不睬，兀自出神。

正当此时，炎炎阳光下的田道上，走来了两个年轻的黄衫人：一个又高又黑又瘦，一个又矮又白又胖，一个带剑，一个带伞，很难看出操业身份。井台下的农夫们一阵骚动，显然怕是雇主的掌工家老。老人摇摇手道："没事。不是掌工家老，是两个游学士子。"说话间两个黄衫人已经来到树下，白胖者向农人们一拱手笑道："诸位父老，劳苦了。"神态谦恭又笑容满面。农人们纷纷拱手回应："不劳不劳！先生劳苦哩！"老人起身一拱手道："两位先生若不嫌农夫愚鲁，敢请歇息片刻。"黑瘦高挑者笑道："农耕乃国家之本，何敢嫌弃农人父老。我等乃农家士子，正欲求教农事哩。"说罢两人在井台石板上坐了下来，连石板的尘土也没有去掸，显然不是精细讲究的文人士子。农夫们顿时没了拘谨，各就各位又自顾吃喝起来。老人一招手，一个后生两手端来两个大陶碗："这是新井水，先生中不中？"两人一笑，立即一拱手接过了大陶碗，同声笑答："新井水正好，清凉解渴。"说罢各自端起大碗一饮而尽。饮罢井水，黑瘦者打开随身皮囊，拿出一个草包打开笑道："这是新郑酱肉，清晨买的，没馊。"旁边白胖者目光一扫人群笑了："差强一人一块。来，三老做里宰[1]，分给兄弟们。"说罢捧起黑瘦者面前的草包，恭敬地交到了老人手中。老人宽厚歉意地笑了笑，一句话没说接下了。老人说声分肉，后生们便一个个从老人面前走过，人各一块，立即开始了大口撕啃。只有那个孤僻独坐的陈胜没有来领肉，目光依旧愣怔地遥望着远山。

"陈胜，肉！"有后生大喊了一声。

"多谢，不饿。"陈胜冷冰冰一句，没有回头。

"后生苦哩！先生莫怨他不知礼数。"老人歉意地笑了。

黑瘦者一拱手道："这位兄弟有何苦情，老伯能否见告？"

"他呀，想房，想地，想富贵哩！"一人高声应答，众人窃窃哄笑。

"胡说！"老人呵斥一声，后生们悄悄地没了声息。老人转身一拱

[1]　里宰，秦时乡吏，掌分肉。《史记·陈丞相世家》载，陈平曾为里宰，分肉食甚均。

手道，“先生见笑了，方才陈胜两句狂话，后生们笑闹于他，非当真也。就实说，陈胜后生可怜也！耕田没了，庄院没了，父母没了，十五岁便做了孤苦佣耕，八年过去，而今连妻也还没娶哩！”

“如何？他没房子没地？”白胖黄衫者惊讶了。

“他没有，谁又有了？我等都一样，能娶妻者没几个！”一个后生高声嚷嚷。

“大秦律法，每丁百亩耕田。如何能没了？”黑瘦黄衫者大皱眉头。

“一言难尽也！”老人长叹一声，“先生还是莫问的好，说不清。”

“老伯呵，”白胖黄衫者恭敬道，“我等农家士子，揣摩推究的正是农事，相烦说与我等。即或涉及官府，我等士子也当为民请命，上书郡守决之。”

“一言难尽也！”老人还是一声长叹，“说起来，法是好法，官是好官，皇帝也是好皇帝。可法也好，官也好，皇帝也好，管得了白昼，管不了黑夜呵。律法明令，每丁百亩耕田不假，但都叫人撬走了。没地了，只有给地主做佣耕，挣几个血汗钱过日子。就说陈胜后生，原先家道多好，自父母兄妹暴死，好端端二百亩肥田硬是被撬走了……命也！奈何？”

“老伯，何谓撬走？”黑瘦黄衫者目光炯炯。

“不说了不说了。”老人站起身大喊一声干活，径自走进麦田去了。

“不能说！”一个后生低声一句，也匆匆走了。

眼见农人们纷纷走进了麦田，黑白黄衫者沮丧地对望一眼，也站起身来，踽踽离开了井台。将近地头，突闻身旁麦田低声一句：“先生跟我来！”两人回头，只见一个身影正俯身田垄麦浪间快步而去。黑瘦者一点头，两人立即俯身飞步赶去。片刻之间，前行身影停在了一道废弃的干涸沟渠中，两人也跟着跳了下去。

“足下便是那个陈胜兄弟？”黑瘦者一拱手。

黝黑的光膀子后生一点头，低声急促道：“先生果能上书郡守？”

“能！”黑瘦黄衫者肃然点头。

“好！我说，我不怕！”陈胜胸脯急促地起伏着，“撬走民田的，不是官府，不是商贾，是韩国老世族！颍川郡有三个县，都曾经是老韩国丞相张氏的封地。韩国没了，张氏变成了大商，经年在老封地寻机买田，颍川郡一大半土地都成了张氏暗田！农人住的房子种的地，明是自家的，其实都是张氏的！”

“张氏后裔何人？”

“都说是公子张良，长得像妇人，心肠如蛇蝎！”

“为何不敢说？”

“谁敢泄约，有刺客来，迟早没命！”

“买地价公平么？”

“公平个鸟！他说原本便是封地，给你几个钱已经便宜你了！”

“如此买卖，老百姓也信？”

“他们说，秦人江山长不了。流言纷纷，老百姓知道啥，能不信么！”

“买卖耕田可有书契？”

“有！是密契。”

“何等样式？”

陈胜二话不说，转身几大步走到一片荆棘丛生的沟岸前，打量片刻俯身刨去，手臂顿时划出一片血珠。黑瘦黄衫者哗啷抽出短剑道：“兄弟不能带血太多，你指点便可，我来。”陈胜直起腰大手一圈：“挖开这一坨草木，撬开一方石板。”黑瘦者立即挥起短剑，三两下贴地扫断了一大片荆棘草木，而后俯身挖土，动作利落之极。不消片刻，石板显出。白胖黄衫者立即跃上沟岸望风，说声周遭没人。黑瘦者立即将短剑插进石板缝隙，用力一撬，石板翻开，赫然显出了一只锈蚀斑斑的铜匣。陈胜俯身捧起铜匣，突然放声痛哭：“爷娘魂灵在天！儿子再也不要忍了！”黑瘦黄衫者泪光莹然，紧紧地咬着牙关不说话。

“这是我门唯一存物。”陈胜抬头，双手捧着铜匣交到了黑瘦者手中道，“除了先祖灵牌，便是二百亩肥田六次买卖的密契。陈胜徒然一身，无以供奉先祖，只好出此下策秘密埋藏。先生可将密契带走。先祖灵牌，敢请先生指定一个稳妥之地，陈胜但有活泛之时，自会相机取回！”

“兄弟赤心，在下先行谢过。”黑瘦者肃然正色道，“兄弟先祖灵牌，我以密封铜匣存放颍川郡郡守处。我交兄弟一件信物，任时皆可取出。”说罢，黑瘦者从腰间皮袋掏出一方小小的圆形黑玉牌道，“兄弟谨记，此玉牌不得示人，只能交于颍川郡守。”

“陈胜明白！”

片刻之间，三人两道各自消失在茫茫麦浪之中了。

旬日之后，一只快船从泗水南下，船头正站着两位游学黄衫人。

从薛郡的泗水登舟南下，比驰道飞马慢了许多，却也从容了许多。但遇两岸农人耕耘整田，快船靠上岸边，两士子便与农人们攀谈起来。如此走走停停，五七日才出了薛郡进了泗水郡地界。这泗水郡乃鱼米之乡，其时之富饶远超江南岭南与吴越，原是楚国最为丰饶的淮北腹地。泗水郡北接巨野泽，南近淮水南岸的楚国故都郢寿，中有彭城、沛县、蕲县、城父等等富庶城池，堪称楚地第一郡。这一日快船过了胡陵渡口行得片时，遥遥一座大城在望。船头两黄衫人对望一笑，吩咐船工在前方渡口停靠。

不消顿饭时光，快船靠上了一片浓荫下的岸边渡口。黑瘦黄衫人对老船工低声吩咐几句，与白胖黄衫人一起举步登岸，径直走向距渡口不远的一座大石亭后的亭署。这是秦时的亭治所在，也就是乡以下管辖里（村）的基层治所。秦国郡县制对乡、亭两级基层治所都赋予了另一重使命：同时兼作接待来往公事吏员的驿站，并担负传邮公文职事。唯其如此，帝国郡县的乡亭治所大都设在水陆方便的渡口道口。两黄衫人堪堪走近大庭院前的车马场，便有一个持戈老亭卒迎了过来。

“这是泗水亭。两位先生可是公务？”

“我等乃颍川郡吏，路过贵亭，欲会亭长。”白胖黄衫人笑容可掬。

“大人稍待。亭长，有官宾！”

“听见了，来也！”大亭院中遥遥一声，声音洪亮浑厚。

随着话音，大门中走出一人，身材适中面目开朗，头上一顶矮矮的绿中见黄的竹皮冠颇见新奇，颏下一副短须，使轻松的脸膛显得成熟而多智，其步态语调却给人一种类似痞气的练达。他脸上挂着自然的微笑，几乎是一出两扇大石门就遥遥拱手作礼而来，走到两人面前三尺处躬身笑道："大人远道而来，多有劳苦，小吏有礼。"

两黄衫人一拱手算作回敬。白胖者笑问："敢问亭长高姓大名？"

"有劳大人动问。小吏姓刘名邦，字季。叫刘邦、刘季都一样。"

"刘亭长，我等欲在贵亭歇息两日，或有公务相托……"

"好说！不歇息没公务，要我这亭治何干？刘邦绝不误事。"

两黄衫人颇为高兴。这个亭长没有寻常小吏那种猥琐卑俗唯唯诺诺，既似官风又似侠道的干练，使人觉得如同面对一个老友一般。两黄衫人对望一眼，同时点了点头，说了声好。刘邦侧身相让，一拱手说声大人请，陪着两黄衫人走进了亭院。

这是秦时通行的标准亭院：六开间，三进深，左右两分。第一进右三间，住六名传邮骑卒，左三间住一名管邮件的小吏。第二进，右三间是亭长室，左三间是接待过路官吏的宾客室。第三进是后院，庖厨、库房、马厩与几名亭卒等均在后院。一进亭长室，两黄衫人刚刚坐定，刘邦高喊一声："给大人上茶——"话音落点，一名年轻小吏便捧着大盘进来摆上了陶壶陶碗，熟练地斟好了凉茶。黑瘦黄衫者默默饮茶，似乎不善言谈的模样。白胖黄衫者却与亭长颇为相得。

"亭长这官儿做得颇有气象也！"白胖黄衫人颇有赞赏。

"惭愧惭愧！小亭长既管官道传邮，又管十里之民，事不大头绪繁。不提着神气摆布，还真是乱麻一团哩！"刘邦天生地自来熟，话语叮当一连串。

"亭长何时退出军旅？"

"惭愧！在下没赶上为国效力，想吃军粮没混上。"

"噢？亭长大都是退役百夫长做的也。"

"回大人，"刘邦一拱手道，"简言之，一个老友举荐我做了县府外吏，跑腿办些小差。县令见在下尚还使得，适逢泗水亭长三年前病故，就叫在下补了缺。"

"好！"白胖黄衫人一笑，"比老兵亭长做得好。"

"大人夸奖，在下自当铭记！"

“说说正事了。”

“好！公务何事？要否本亭效力？”

“先说小事。我有一宗邮件，要尽快传往咸阳。”

“多大物件？公文还是器物？”

“一只铜匣。不大。”白胖黄衫人比划着，却没有回答是否公文。

“大人放心！我泗水亭传邮从未出过差错，除非写错了地名人名。”

“好！亭长是个干才。”

“只是大人需登录姓名、官职、传邮何物。成例，大人不必介意。”

“那是自然。我乃少府尚书，姓张名苍，传邮册件一函。”

“老二！记：少府尚书，张苍，册件一函——”

呼喊落点，庭院立即传来高声应答，显然是一边复述一边写。

“老二，是何官职？”白胖黄衫人有些惊讶。

刘邦一阵大笑：“我的大人也！亭长老大，传邮吏次之，岂不老二嘛！”

白胖黄衫人扑哧一笑：“奇也！老二？还有老三么？”

“有！一直到老十二。”刘邦呵呵笑着，“亭员十二，分为前老六，后老六。前老六是正吏，后老六是亭卒。邮卒、庖厨、马夫都算，统共老十二。”

“亭长之治不像官署，倒像是江海风尘之门派了。”

“大人有所不知。”刘邦几分诡秘又几分嬉戏地眨着亮闪闪的细长眼睛笑道，“杀猪杀屄子，各有杀法。乡野吏员仆役都是粗人，老二老三一吼叫，又豁亮又明白。我若腆着肚子板着脸，官腔叫传邮吏，叫庖厨，叫马啬夫，不说我烦，粗人听着也不给劲！有的你叫几声他还木着，不知道是叫他。所以呀，索性老大老二老三。嗨！粗是粗，管用！大人可去打听，俺刘邦做亭长几年，没出过一件差错。”

“好好好，管用便好！”白胖黄衫人爽朗地笑了。

“亭长倒是个人物也。”黑瘦黄衫人罕见地说了一句。

叙说得片时，亭长刘邦将两位官宾安置到了最靠近后院的两间大房子，说这里又凉快又幽静，是亭院最好的住处。白胖黄衫人打趣笑道：

“你说最好便最好？安知你不会留着最好的房子给大官住？”刘邦哈哈大笑道：“大人呵，留好房子等大官，那是蠢货！刘邦要那样，还不叫唾沫星子给淹死了？我这泗水亭，统共十三间宾客房，谁来了都尽最好的安顿，不独对大人。说白了，谁来得早谁住得好。要是只剩最后一间，宾客不满意，我便给他加派个亭卒侍奉，宾客还是高兴。所以呀，人都说，刘邦安房间，人人都喜欢！大人你说，目下天气大热，一个宾客没有，我能将最好的凉快房间空着么？”白胖黄衫人听得饶有兴致，对黑瘦黄衫人笑道：“这刘亭长是个好商人也！卖货不惜售，拣好的出手，剩一个不好的，还给你额外好处。有道理有道理，理财经事之道也！”黑瘦黄衫人淡淡一笑道：“夜来小酌一番，亭长意下如何？”刘邦立即爽朗地一拱手：“在下高攀！两位大人只管歇息，一切有我。”

暮色时分，河畔亭院清风习习。

刘邦将酒案设在了庭院正中。两位黄衫人一进庭院，不约而同地说了声好。院中大青砖地面已早早用清水浇泼过几次，三方芦席三张木案，整齐洁净又空阔通风，耳听流水蛙鸣，目望朗星明月，实在是难得的天成村野意趣。案上酒食，是久负盛名的泗水青鱼、粳米饭团、兰陵老酒。两位宾客一来，刘邦就一拱手笑道：“这鱼是我下水捞的，米是自家人送的，酒是我买的，全与官钱无涉。两位大人放心吃喝，秦政奉公守法，在下还是明白的。”白胖黄衫人笑道：“吏员住驿站，自家补钱便可请客。说好的我等补钱，如何要你自家劳作了？”刘邦呵呵笑道：“常在水边走，谨防打湿鞋。亭吏亭卒十几个，我得自家干净才是嘛。”黑瘦黄衫人不禁拍案赞叹道：“好！奉公守法，亭长有大明！”

说话间三人边饮酒边说话，漫无边际说开去了。两位黄衫人问民生，问风习，连养鱼之法也问了。刘邦事无不答，答无不清，独特的痞气语言多见谐趣，院中阵阵笑声不断。只说到养鱼事，言语利落的刘邦显得吭哧起来，红着脸说叨不清，末了索性爽快道：“不瞒两位大人，刘邦农作不精，老父不待见，老骂我痞子一个。我能出来混事，就是吃了农作不精的亏。惭愧惭愧！”白胖黄衫人不禁揶揄道：“如此说来，刘太公倒是慧眼识人了？”黑瘦黄衫人摇手笑道：“无妨无妨。人各有长，足下做亭长，当得一个能才！”刘邦大笑道：“大人见识，显是比我那老子强多也！”话未落点，三人一阵大笑。

片时之后，两位黄衫人不期然说到了民田土地，一口声称赞泗水郡物产丰饶鱼米之乡，说若能在此建造一座数万亩桑园，定然于国家大利。刘邦一听，脸上有了阴影，连忙问两位大人是否为此而来。白胖黄衫人沉吟道：“亭长脾性可人。我等也不相瞒：我等乃少府吏员，特为查勘皇室桑园而来。”“噢？大人不是颍川郡吏？”刘邦的目光骤然闪烁起来。“这是少府令牌。”白胖黄衫人拿出了一面手掌大的铜牌一亮，月光下少府令三字赫然在目。见刘邦连连点头，白胖者收起令牌道，“我等前来查勘泗水郡山川田土，欲在此地遴选数万亩田园，为皇室建造一处桑麻苑囿，以供尚坊制作丝绸。亭长若能襄助，也算一功了。”

“敢问两位大人，皇室何以要在泗水郡占地？”

“人言泗水郡荒田多多，无人耕耘……”

“哪个鸟人胡说！”刘邦猛然一拍大腿，脸色显然阴沉了。

“亭长是说，泗水郡没有荒田？”

“岂止没有荒田……咳！不说也罢，谁占不都一样？”

“公事官话，亭长何须顾忌？”

“这天下事也是奇了！”刘邦愤愤然道，“分明是民田流失，可上有一层流水，谁也看不见那条地河！分明是耕田照常，可人却说土地多有荒芜！分明是民失田产，沦为佣耕与贩夫走卒，可人却说泗水丰饶民众富足！鸟！谁说得清？”

“所谓地河，敢问其详。”

“不能说也！”刘邦摇头，“再说，我说了你信么？”

“唯见真相，如何不信？”

“你便信了，又有何用？那是通海地河，你能填平了？”

“精卫尚能填海，况乎国家？”黑瘦黄衫人目光骤然大亮。

“除非，两位大人有通天之路。否则，只怕刘邦白搭进去了。”

“亭长请看，此乃何物？”黑瘦黄衫人从腰间抽出了一方物事，直抵刘邦案前。刘邦定睛端详，顿时倒吸了一口凉气：幽幽月光之下，一方黄金镶黑玉的令牌烁烁生光，中央黑玉上“帝命”两个白字赫然入目！刘邦死死盯着令牌一动不动，额头汗水骤然涔涔流下。片刻之间，刘邦霍然起身一挥手：“走！我带两大人去见一个人，保你清楚！”白胖黄衫人犹疑笑道：“夜半三更，方便么？”刘邦道：“不远。白日还不定能见到人。走。”黑瘦黄衫人一拱手道：“亭长豪杰之士也！我等信了，走！”刘邦领着两位黄衫人大步出门，一边高声道：“老二！招呼着，有人找我，就说到县府公事去了。”传邮吏大步匆匆过来道：“明白！老大只管去，一切有我！”

星月幽幽，一只小船悄无声息地顺水漂向了沛县城。

小小船舱中，白胖黄衫人低声道：“亭长，是到民户查访么？”坐在舱板上的刘邦颇神秘地嘿嘿一笑：“民户查访须一个一个问，累你流几鼻子泪还费时耗日。我带两位大人去一个地方见一个人，一次查清。”白胖黄衫人一笑：“一次查清？刘亭长未免大言过甚了，既是地河，官府也没此等账册。”刘邦一笑：“世间之大，无奇不有。有人敢做，就有人知道。既有地河，就有神工。两大人但放宽心，保你一个铁证如山。”

船到沛县西门。刘邦吩咐水手靠在岸边，自己一步跨上岸去了。片刻刘邦回来，城门下水栅已经悄悄打开，小船从水门轻盈地划了进去。进城泊好船只，三人弃舟登岸，曲曲折折向一条小巷走来。在一座低矮坚固的石门前，刘邦举手叩门三响，而后便耐心地等候着。片刻间大门轻轻地吱呀一声，一个女人开门惊讶道：“呀！果真刘大哥！快进来。”刘邦侧身一拱手：“两位大人请。”两黄衫人道一声多谢，举步跨进了门槛。

女人关门后快步趋前，一边向亮灯的正屋喊道：“刘大哥来了！”随着女人话音，屋内有男子高声答应，随即一个中等身量的微胖身影快步出门笑道：“刘大哥鼻子好长也，如何便闻到我刚弄到的老酒了？呵，两位是？”刘邦一拱手笑道：“老二，这是少府两位尚书大人，言语投机，高朋新友！”白胖黄衫人忍住笑一拱手道：“张苍。夜来叨扰，敢请见谅。”微胖主人谦和地拱手笑道：“沛县功曹萧何，见过两位大人。”

“走！家里坐，老二有好酒好茶！”

刘邦仿佛是在自己家中一般，热情豪爽地礼让着客人。进入正屋，主人萧何礼让客人坐定，方才开门的女人已经捧着大盘斟来了凉茶。萧何笑道：“此乃震泽春茶煮的，清凉败火，多饮无妨。”女人是一个温润贤淑的少妇，娴雅有度地斟好茶便退了出去。

“两大人先饮茶，我与老二在后屋说几句话。”

刘邦向两位客人一拱手，然后拉着萧何去了后屋。两黄衫人打量着这间小厅，同时微微点头赞许。厅中除了三方几案，便是四个特大的竹制书架，竟然码满了简册。显然，这个丰厚慈和的县吏，定然是个颇有学问的能吏。在这片刻之间，刘邦萧何从后屋走了出来，萧何手中还捧着一个不算小的铁箱。萧何将铁箱放到黄衫人案前，微微一笑道：“尚书大人，这是泗水郡民田暗中买卖之大要，虽算不得明细，却也有八成凭证了。”

“八成凭证？”白胖黄衫人显然是发自内心地惊讶了。

“此等买卖，已经遍及楚地了。”萧何淡淡缓缓的语调中显然蕴藏着一种幽深的郁闷，打开铁箱，拿出了厚厚一大本黑乎乎的劣质羊皮纸大册，从那新旧不一的书脊缝制针线上可以看出，这本大书是反复拆装的。萧何又捧起铁箱反转一扣，一大堆宽大的竹简哗啦倾倒在案上。萧何指点道：“两大人且看，这本账册是田产交易目次，这堆宽简是少许密契。整个泗水郡，民田流失总数大体在百万亩上下，占全部民田的七至八成！”两黄衫人一时惊愕，打量着一大堆闻所未闻的物事默然了。黑瘦黄衫人拿起了一支宽大竹简，面色沉郁地端详着。竹简只有两行字，比寻常买卖田产的书契简约了许多。

> 民周勃卖田百六十亩于项氏　勃户以田主之名为佣耕
> 不告官　不悔约　若有事端杀身灭族

年轻的黑瘦黄衫人紧紧握着竹板的大手微微颤抖着，喉头咝咝喘息着：“这位周勃，两位熟识？”刘邦愤愤道：“岂止熟识？不是萧何兄弟，周勃早饿死街头了！耕田全被强买光也，了无生计，只好给人做丧葬吹鼓手！”说着拿起了一支竹板，“看！还有这个樊哙，地卖光了没法活，只好屠狗卖肉，整日混个肚儿圆都难！一家老小更是半饥半饱！不说了不说了，黑杀人！”

“冒昧一问，足下一介小小县吏，何以能搜罗到如此多秘事？”

见白胖黄衫人似有疑虑，那个沉静的萧何冷冷一笑，眼中突然闪射出奇特的光芒道：“秘事？对你等庙堂大员而言，是秘事。对村夫，对县吏，则是大太阳下人人看得雪亮的明事！萧何不过有心，记下了听到见到的每一笔账而已。你若还想细究，萧何可以给你讲几千几百个血泪故事。”

黑瘦黄衫人离座起身，深深一躬道：“功曹真天下良吏也，后必有报。”

萧何连忙也是一躬：“在下在民知民而已，岂有非分之想哉！”

刘邦一捋短须笑道：“大人，你说皇帝能堵住这道地河么？”

“亭长慎言。”白胖黄衫者脸色顿时一沉。

“大人且莫多心。”萧何道，“我等决不会对他人言及。便是今日之事，若非刘亭长亲来，萧何绝不会和盘托出。大人，对刘亭长，对在下，这都是杀身之祸也。我等一念，无非盼天下太平，使耕者有其田，民得以温饱也！……刘亭长，也是被夺地之家……”

“如何如何，亭长家的地也夺？”白胖黄衫人又是一惊。

“亭长？嘿嘿，在项氏眼中连条狗都不如！”刘邦愤然拍案了。

“刘亭长也是有苦难言也！”萧何一叹，“刘家原有两百余亩好田。亭长父亲刘太公，是十里八乡间闻名的忠厚长者。因了这泗水郡的彭城六县原本是项氏封地，那项燕虽则战死了，可两个公子项梁、项伯都在，数千族人尚在，财力根基尚在。项氏家老带着一班当年的私兵，乔装成商旅专一在旧封地购置田产。谁若不从抑或报官，利剑便在身后。几年前，项氏商旅逼着亭长老父刘太公卖田，用二十个旧楚金币，强买去了刘家二百余亩好田……那时候，亭长还是个浪荡子。家道中落，他才不得不出来谋个小吏做了。否则，饭也没处吃了。”

“我要是皇帝，非灭了项氏！”刘邦面色铁青一拳砸案。

黑瘦黄衫人慨然一叹：“害民老世族者，长久不得也！”

刘邦道：“两位大人，入秋时节，我要领泗水郡几百人去咸阳服徭役。若还须得找我，就到民伕营。要证据，刘邦萧何包了！”

白胖黄衫人一拱手道：“记住了！两位善自珍重，莫被人黑了。”

刘邦哈哈大笑：“黑我？我不黑他算他运气也！”

黑瘦黄衫人一拱手正色道：“亭长，我本欲亲带这等凭证上路，又恐保管不便。我意，公事路径更稳妥。我将这个铁箱用官印封定，敢请亭长派传邮快马专送咸阳廷尉府如何？”

刘邦离座慨然一拍胸脯：“绝保无事！出了事我刘邦第一个被黑！”

萧何笑道：“刘季善结交，有一好友名夏侯婴，是我县车马吏，最是与刘季相爱[1]。若派此人充亭卒飞马，最是可靠。”刘邦大笑道：“都叫你兜底了，借人跑公事，我想落个能事吏都不行了！”四人一阵笑声，黑瘦黄衫人朗声道：“亭长得人，自能成事。好，此事交给你了！”

白胖黄衫人立即动手归置大书竹简。萧何又拿来几块旧布将铁箱内四面塞紧，铁箱合上猛力一摇，一丝声息皆无。白胖黄衫人从随身皮袋中取出一条柔韧的宽带皮条，将铁箱浑然裹定；又拿出一个小皮盒，挖出一大块封泥将箱锁封成一个略显凸起的浑圆。黑瘦黄衫者掀开腰间皮盒，取出一方小铜印，不轻不重地摁在了锁头封泥上。萧何一瞥，目光大亮，在刘邦耳边轻声说了一句。刘邦却是只盯着封泥目光发直。黑瘦黄衫者浑然不觉，解下短剑一摁剑格，剑身骤然弹出，剑根处竟镶有一只长条玉印！黑瘦黄衫人一振剑身，玉印正在掌心之中，向印上一哈热气，向箱盖宽皮带压下。待玉印抬起，赫然一排红字扑入眼帘——天字密事失者灭族！

“嘿！”刘邦一拳砸在了手心。

五更鸡鸣，天色最黑的时分，小船悄无声息地漂出了沛县水门。

---

[1] 相爱，为《史记·夏侯婴列传》之原用语。古人言相爱，谓情谊笃厚，男女皆可用。

七　国殇悲风　嬴政皇帝为南海军定下秘密方略

扶苏张苍一到函谷关前，被扑面而来的悲怆骤然淹没了。

函谷大道两边，摆放着无边无际的祭品香案，飘动着瑟瑟相连的白布长幡。关前垂着一幅与关山等高的挽诗，战车大小的黑字两三里外便触目惊心，上云“国维摧折”，下云“长城安在”。扶苏大惊，立即飞马函谷关将军幕府。将军说，旬日前南海郡飞来快报，武成侯王翦、淮南侯蒙武病逝岭南，灵车将从扬粤新道北上，从函谷关进入老秦。消息传开，秦中军民大为伤恸，三五日间纷纷聚来关前路祭……扶苏尚未听完，两腿一软两眼一黑便跌倒案前。片时醒来，见张苍泪流满面地抱着自己，扶苏霍然站起一拱手道：“敢请先生先回咸阳禀明父皇：扶苏前往扬粤新道，护送武成侯灵车回秦！”张苍稍一犹豫，对旁边的函谷关将军说了声敢请将军护卫长公子，便匆匆上马西去了。扶苏与函谷关将军会商片刻，两人立即分头行事。函谷关将军点兵的时刻，扶苏在幕府换了应有装束，又草草用了些许饭食，率领着五千整肃的甲士隆隆南下了。

两日兼程，扶苏军马抵达衡山郡的云梦泽北岸。等候两日，终于看到了茫茫碧蓝的大泽中白帆白幡交织成白茫茫一片的船队，当“蒹葭苍苍”的悲怆秦风从船队飘来的时候，扶苏与所有的将士都痛哭失声了。灵柩登岸时，船队将士与岸上将士哭成了一片。不期天公伤恸，滂沱大雨山水昏黑，将士们的泪水歌声与大雨惊雷融合成了惊天动地的挽歌。护送灵柩北上的桂林将军赵佗与扶苏素未谋面，两人相见，却在大雨中抱头痛哭了。

当晚会商北上，扶苏说南海将士缺乏，劝赵佗率军返回。赵佗却说，南海将军任嚣受武成侯临终嘱托，将各方大事均已安置妥当，交给他三千将士，教他一定要护送两老将军灵柩安然抵达咸阳，自己不能回去。扶苏不再勉强，便问起了护灵诸般事宜。赵佗说，武成侯遗言，蒹葭苍苍之秦风，几已弥漫成南海将士的军歌，他若北上回秦，必以这支秦风相伴，使他魂灵仍在南海将士之间。赵佗说得泣不成声，扶苏听得泪如雨下，一切都在无言的伤痛中确定了。

次日清晨，扶苏与赵佗率领的八千甲士护灵上路了。

当先一辆三丈余高的云车，云车垂下一副挽诗，高悬一面秦军大纛；挽诗右云“南海长城，楚粤柱石”，左云“六军司命，华夏栋梁”；那面迎风猎猎的黑色大纛旗上，上一行白色大字“武成侯王翦、淮南侯蒙武”，中央四个斗大的白字“魂归故土”；云车之后，赵佗率三千南海步军开路，人手一支两丈余长矛，每支长矛上都挑着一幅细长的白幡，白茫茫如大雪飘飞；南海步军之后，是两辆各以六马驾拉的巨大灵车；灵车之后，是扶苏率领的五千护灵骑士，人各麻衣长剑挺立，黑森森如松林无垠。灵车辚辚行进在宽阔的林荫驰道，蒹葭苍苍的秦风歌声悠长连绵地回荡着。一路北上，道中商旅停车驻马，四野民众闻声而来，肃穆哀伤遍及南国。

灵车一入函谷大道，顿时陷入了无边无际的汪洋路祭。几乎整个关中东部的老秦人都拥出了函谷关，白幡遮掩了苍苍山林，哭声淹没了隆隆车马。王翦蒙武的名字，老秦人是太熟悉了。举凡老秦人，莫不以为王氏蒙氏乃大秦河山的两大柱石，王翦、王贲、蒙武、蒙恬，这父子四人几乎便是老秦人心目中永远伫立的巍巍铜像，忽然之间，如何便能没了？秦人自古尚贤敬功，即或有了孝公商鞅变法，老秦人还是常常念叨起良相百里奚，还是常常唱起那首悼亡的《黄鸟》，时不时想起被穆公殉葬的子车氏三贤。而今，两座大山一齐崩塌，老秦人如何不痛彻心脾。老人孩童男人女人农夫商贾巫师名士，能走路的都来了。人们都要在大秦第一功臣的灵柩回归故土的第一时刻，用热辣辣的情怀拥抱老秦人的英雄烈士。泪眼相望的关中父老们，争相传颂着武成侯与南海秦军的秦风故事。多有子弟进入南海军旅的家族，更是举族扶老携幼而来，一路吟唱着那首思乡情歌，几乎是情不自禁地捶胸顿足了。当灵车军阵缓缓进入函谷关城的那一刻，伫立在关城女墙的三万余秦军将士齐声唱起了秦风，漫山遍野万众呼应，唱到“所谓伊人，在水一方，溯洄从之，道阻且长”时，悲声大起，关山呜咽，所有的老秦人都哭了……

悲伤的扶苏，更多地担心着父亲。

扶苏知道，父皇最是敬重爱惜功臣。举凡能才，父皇无不与之迅速结成笃厚的情谊，且从来不去计较那些常人难以容忍而名士又常常难免的瑕疵与狂傲。山东老世族攻讦父皇，说秦王用人时卑躬屈膝，不用人则残忍如虎狼，这便是当年尉缭子说出的那句话“少恩而虎狼心，居约易出人下，得志亦轻食人”。然则，李斯也好，尉缭子也好，顿弱也好，郑国也好，姚贾也好，王次仲也好，茅焦也好，淳于越、叔孙通、周青臣一般博士也好，无论哪个山东名士，只要亲见了父皇且与父皇相处几日，则无一不对父皇感佩有加，甘为大秦忠诚效力，数十年无一例外。人固可一时一事伪善之，然则数十年面对接踵而来的英雄名士，始终如一地敬重结交，伪善为之，岂非痴人说梦！所以如此，在于父皇从不猜忌用事之能臣，从来没有过某功臣功高震主之狐疑。文臣如王绾李斯，武臣如王翦蒙恬，此四人堪称帝国四柱，然父皇却无一不与之情同挚友。即或有政见分歧，只要不涉及根本性长策大略，父皇从来都是豁达处置，谁对听谁，决不以王权强扭政事。唯其如此，父皇亲政二十余年，秦国仅仅犯过一次大错，那便是逐客令事件。然则即或是逐客令，父皇几乎也是闪电般收住了脚步，立即召回了李斯，并从此以李斯为用事重臣。而自灭六国大战开始以来，父皇在雷电风云变幻莫测的天下大决中，堪称没有一次根本性失误。所以能如此惊人地明断决策，其根本之点，便是父皇敬重能才信任功臣，真正地做到了群策群力。此间的灭楚之战牵涉出的人事格局，堪称典型。灭魏之后，因王贲崛起，父亲生出了大用年轻将领之心，是以赞赏李信的勃勃雄心与二十万伐楚的方略，而搁置了王翦的六十万方略。及至李信兵败，父亲立即大彻大悟，非但全力起用王翦，将举国大军交于王翦，且彻底排除了军功衡平的想法，灭国大战再未交于任何未曾统领过大军的年轻将领。从此而有王翦灭楚，王贲斩除燕赵根基并最后灭齐，而有王翦灭三国，王贲灭两国的王氏巨大军功。耐人寻味者，纵然是父亲少年挚友的蒙恬上将军，也没有灭国之战，而始终扛着风云难测的九原边患。凡此等等，皆在一个根本理念，便是父皇处置根本大事上力求以最可靠统帅决战国家命运，而不以国家命运轻易弄险，辄有挫折，则立即悔悟。这一切，事后看来似乎是那么简单，然身处其中，却绝非易事。便是被诸多名士们尊崇的夏商周三代圣王，其对能才功臣之杀戮也是屡见不鲜。春秋战国之世，各国杀戮功臣遗弃能才，更是连篇累牍地发生着。即便是父皇之前的秦国，也有过车裂商君、弃用张仪范雎、逼杀白起的耻辱事件。独有父皇亲政之后的秦国，除政见根本两端的吕不韦被父皇逼杀（赐死），此后没有一个功臣出事；纵然是父皇称帝，连借机贬黜功臣的事端也没有发生一件。可以说，始皇帝之秦帝国，其人才之雄厚之稳定，足以傲视千古！

忽然之间，栋梁摧折，父皇挺得住么？

灵车在关中整整走了三日三夜，进入咸阳，反倒平静了。白茫茫的挽幛长幡淹没了宽阔的正阳大道，数不清的香案祭品堆满了每家门前。举凡青壮都赶到了十里郊亭，城门内外与大街小巷则聚满了默默饮泣的老人妇孺。扶苏护持着灵车进入太庙外松林时，远远便看见了郎中令蒙毅率领的皇室仪仗，看见了巍巍石坊前颤巍巍走来的父亲。那一刻，扶苏心头猛然一阵绞痛，眼前一黑便从马上栽倒下来。直到夜来苏醒，扶苏眼前仍然死死地定着那个惊心动魄的瞬间——四十岁出头的父亲，竟然在一夜之间变成了两鬓如霜须发灰白的老人！

“长公子，两老将军灵柩无差，已经进了太庙冰室。”

扶苏是在张苍的温声细语中清醒过来的，第一句话便问：“目下何时？”张苍说：“堪堪二更。”扶苏霍然坐起，叫一声备车，便要进皇城探视父亲。张苍连忙拦住，说皇帝有口诏：扶苏自请护灵，殊为可嘉，养息复原后再议国事。正在此时，赵高来了，说皇帝陛下问长公子有无大碍？见赵高双眼红肿，扶苏忙问：“父皇目下如何？”赵高吭哧着说：“陛下刚刚从太庙冰室回来，又进了书房，连晚汤都没进，没人敢劝。”扶苏问：“蒙毅也不劝阻？”赵高说：“陛下已经叫郎中令守灵了，说在王贲蒙恬赶回之前，蒙毅专一守护灵柩。”扶苏一听，当即在张苍耳边低语了几句，转身对赵高一挥手道：“走，我进皇城。”赵高吭哧着不知如何应答，扶苏已经大步出厅登车去了。赵高恍然大悟，二话不说连忙赶了出去。

东偏殿密室，嬴政皇帝正在召见将军赵佗。

赵佗禀报说：两位老将军，病逝得都很意外。蒙武老将军是在巡视闽越的回程中，一夜长卧不起，卯时过后军务司马进帐探视，老将军已经没有了气息。武成侯王翦，则更是出人意料。四月末的那日，暮色降临时，河谷军营又响起了思乡的秦风。赵佗额外补充了几句，说自从五十万戍军人口下岭南，尤其是有了那数万女子南下，将士们大多都有了妻室家园，许多将士还与南海人成婚，军营是大大地稳定了。然每逢早晚，将士们还是遥望北方，一起唱那首思乡情歌，虽没有了原先那般激越凄苦，却也是遥望北方思念悠悠。赵佗听中军司马说，就在那晚，河谷歌声方起，武成侯便默默流泪了。武成侯走出了幕府，中军司马连忙带着几名护卫军士跟去。武成侯罕见地大发雷霆，谁也不许跟随。一个多时辰后，中军司马放心不下，还是带着几名护卫去了河谷。月光下搜寻了许久，卫士们才在一片山坡椰林的茅亭下，发现了已经没了气息的武成侯。赵佗说，那片椰林，那座茅亭，正是当年陛下与武成侯最后会谈的所在。后来，随军的老太医说，自从皇帝那年北归，老将军的怪鱼残毒便时时发作，老太医多次要直接禀报皇帝，都被老将军事先发觉截下了。此后，老将军严令幕府将士吏员，敢有私议或泄露他病况者立斩无赦……

“陛下，这是武成侯除日常起居之外的全部遗物。”

看着案头一方铜匣，嬴政皇帝眼帘一垂，大滴泪水啪嗒打上了衣襟。默然片刻，嬴政皇帝终于开口了，平静中带有几分肃杀：“赵佗，朕问你几事，须得如实作答，不得有丝毫虚假。即或善意，也不得虚言。你可明白？”

“末将明白！绝无虚言！”

“第一宗，任嚣将军体魄如何？有无隐疾？”

“禀报陛下：任嚣将军体魄大不如前，随军太医说是水土不服所致。”

“有无就地治愈可能？”

“有。然得静养，不能操劳。两老将军一去，任将军已经瘦成人干了……”

“第二宗，军中大将，体魄病弱者有几个？”

“除却任嚣将军，皆是年轻将尉，没听说谁有病。随军老太医最明白！”

“第三宗，士卒军兵死伤如何，可曾有过瘟病流行？”

“禀报陛下：我军从淮南一路南下，抵达南海、桂林、象郡，历时半年余；开始水土不服者尚多，拉肚子成风。过五岭之后，日见好转。抵达南海三郡，大多将士水土不服早没了，吃甚都没事！陛下那年去时，也曾亲眼看见，除了黝黑精瘦，加想家，其余没有异常！毕竟，南海三郡也是山美水美吃喝美！”

“好。第四宗，你自觉体魄如何，有无隐疾？”

“禀报陛下：末将愿受太医署勘验！”

“朕要你自家说，自家身子自家最明白。”

“是！末将坚如磐石，从无任何隐疾！随军太医说，末将不知药味！”

“好。第五宗，南海大军，军心稳定否？”

“陛下……这，这是……”

“照实说。”

“陛下！”赵佗一声哽咽扑拜在地，“南海秦军老秦人，何变之有啊！”

“将军请起。”嬴政皇帝颇见艰难地扶起了赵佗，又靠上了坐榻，看着哽咽拭泪的赵佗良久无言。终于，嬴政皇帝轻轻叹息了一声，坐正身子肃然道，“将军心下责朕多疑，朕无须计较也。朕今日要说的是，天下大局尚未安宁，山东之复辟暗流依然汹涌。当此之时，数十万老秦军民长驻南海三郡，实则是老秦人去做南海人也！也是说，老秦人为华夏，挑起了融合南海这副重担。若有变故，朕心何安？非朕不信父老兄弟也，时势使然也。将军本秦人，然多在军旅，未必清楚关中人口大局。朕今实言相告：今日关中，老秦人已经不足三成了。但有风云动荡，岂非大险哉！……”

“啊——”骤然之间，赵佗倒吸了一口凉气。

“为治天下，未雨绸缪。”嬴政皇帝倏忽淡淡一笑，复归肃然，“唯其南海偏远，若有危局，朕无法亲临决断。为国家计，为华夏计，朕今授你危局之方略：中原但有不测风云，南海军切勿北上靖乱，当断然封闭扬粤新道，不使中原乱局波及南天。"

"陛下！南海军乃老秦人根基所在，何以不能北上靖乱？"

"将军谨记：老秦人北上，则华夏从此无南海矣！"嬴政皇帝拍了拍王翦的遗物铜匣，眼中骤然一层泪光，"老将军遗书未开，朕也知道，老将军说的必是此事。"

"陛下！……"

"赵佗啊，是老秦人都该知道，"嬴政皇帝淡淡地笑了，"殷商之后，若非老秦部族数百年困守陇西，华夏岂有西土哉！唯老秦部族与西部戎狄血火周旋数百年，才能在立国之后逐一统合戎狄。老秦人为华夏留住了广袤的西土，也要为华夏留住广袤的南海。朕要你不北上中原靖乱，苦心在此也……"话未说完，皇帝猛然一咳，一坨暗血喷溅胸前，身子一软倒在了坐榻上。

"陛下——"赵佗嘶声大吼，扑到榻前泪水泉涌……

扶苏赵高匆匆走进皇城东偏殿密室时，嬴政皇帝刚刚从昏迷中醒来。

扶苏第一次见到了那个神秘的方士，一个矍铄健旺却又沉静安详的老人，宽袍大袖，散发竹冠，散淡闲适，举止从容，确实叫人想起传闻中的世外高人气象。密室厅堂没有一个太医，父皇显然是刚刚在这个方士的救治下清醒过来。虽然还没换去那领胸前溅血的丝袍，人却是大见精神，脸膛有了血色，目光也明亮了许多，若非嘴角那丝疲惫的笑意，大体已经与寻常时日的父皇相差无几了。刹那之间，扶苏对自己从来没见过却又从来深为厌恶的方士生出了一丝好感，第一次向方士一拱手示谢。老方士淡淡一笑淡淡一点头，一句话也没说径自去了。扶苏知道父皇素来刚严奋烈，最是腻味皇子们的眼泪哭声，一直强忍着泪水紧咬着牙关，侍立在榻侧默然凝视着父皇胸前的血迹，生怕一开口失声痛哭。

"扶苏，黑了，瘦了。"嬴政皇帝打量着英挺的儿子，从未有过如此温和。

"父皇！"扶苏哽咽一声，情不自禁扑拜在地，还是大放悲声了。

“哭甚？起来。”嬴政皇帝微微皱眉，语调却依然罕见地温和。

扶苏站起来时，赵高已经领着一名侍女捧来了两只大铜盘。赵高盘中是一领轻软的干净丝袍，侍女盘中是一罐热气蒸腾香气诱人的羊骨汤。赵高两人未到榻前，嬴政皇帝已经起身下榻了。扶苏连忙过去扶持，被父亲断然地推开了。换过丝袍，喝罢了一罐羊骨汤，嬴政皇帝的额头渗出了一片涔涔汗珠，顿时大见精神。

“扶苏，你来拟诏。”嬴政皇帝轻轻吩咐了一句。

第一次为父皇草拟诏书，又是在如此特异的时刻，扶苏心头一热，当即肃然在书案前就座，提起了一管粗大的蒙恬笔。嬴政皇帝看了一眼双眼通红肿胀的赵佗，清晰缓慢地口述起来：“秦始皇帝特诏：王翦、蒙武辞世之后，南海三郡俱以驻军大将统领军政，郡守官署得受大军节制。今命：将军任嚣为南海尉，将军赵佗副之，统领三郡大军并三郡政事；任嚣体魄若有不支，将军赵佗得立即擢升南海尉。山川阻隔，朕特许南海尉对军政大事相机处置，后报咸阳。”

“录定。”笔走龙蛇，扶苏以隶书之法最快地完整记录下了诏书。

“付赵佗密诏。”密室大厅寂然无声，嬴政皇帝又开始了低沉清晰的口述，“朕已对将军赵佗立定南海应变密策，若逢非常之期，特许赵佗向将士出示此诏，以朕之密策行事。凡我老秦子弟，一律不得抗命。”

扶苏的额头渗出了涔涔汗水，心头一时怦怦大跳。直到此时，他才明白了父亲那骤然变白的须发中蕴藏着何等煎熬。虽然，扶苏不知道父亲部署给赵佗的秘密方略究是何策，然扶苏却确切地明白，那一定不是目下之策，一定不是常态之策，一定是非常时期的非常之策！也就是说，父亲已经在筹划未来，已经在预防可能的不测风云。当大臣国人都被巨大的伤恸淹没时，父亲的目光却超越了茫茫山川的阻隔，超越了岁月风云的变迁，对遥远的南天边陲设定了机密长策。倏忽之间，扶苏再一次地感受了父皇的博大深远，对父皇的崇敬感佩更是无与伦比地深厚了。

“扶苏，你去制诏用印。”

当偌大密室只剩下嬴政皇帝与将军赵佗两人时，赵佗一抹流淌满脸的汗水泪水，猛然长跪在地，挺身拱手慷慨嘶声：“陛下！赵佗若负华夏，纵身死万箭，魂灵亦不得入老秦故土！”嬴政皇帝扶起了赵佗，又拿过一方汗巾递给了赵佗，意味深长地叹息了一声：“将军誓言，朕将铭刻在心也！赳赳老秦，共赴国难。朕信你，也信五十余万老秦儿女。”

“陛下！南海将士愿陛下康宁长寿……”

“赵佗，”嬴政皇帝骤然正色，“这正是朕要对你叮嘱的最后一件事：朕之病况，你之所见，必得是永远的秘密。明白么？”

“赵佗明白！”

扶苏捧来了一只大盘，盘中摊开着两张用过皇帝之玺的精美羊皮纸，旁边是两支尚坊特制的诏书铜管，一粗一细，形制显然不一。嬴政皇帝就着大盘看了一遍，点了点头。扶苏将铜盘放置案头，先将那道写满一纸的明诏卷成细筒，塞进那支较粗的铜管，再摁下外锁，涂好封泥，再用好封泥小印，一道诏书便告完成。那道密诏不同处在于，铜管较细较长，且带有内锁，啪嗒摁下管盖，永远休想打开。这是密诏特管，只能一次性切割开启；之所以管身较长，是供切割尾部不伤及诏书。

一时两诏书就绪，一名老尚书轻步走进，将两支铜管装入一只扁平的精美铜匣，又以封泥封印封就了外锁，遂问：“陛下，可是将军自带诏书？”见皇帝点头，尚书捧过一册厚厚的羊皮纸本，一拱手道：“敢请将军在此用印具名。”赵佗大步走到尚书案前，拿出了自己的将军印，在翻开的册页上的两行大字后分别用印，又分别写下了赵佗两字，亲自奉诏带诏便告完结。

“将军欲何日启程？”

“禀报陛下：赵佗明日立即南下！”

“也好。大丧之期，朕不能为将军饯行了。”

“陛下珍重！”赵佗肃然拜倒，额头重重触地，连续六叩涕泣不能成声，额头渗出了血迹。任扶苏如何流泪相扶，赵佗都没有起身。六叩罢了，赵佗霍然站起风一般地抱着铜匣冲出了密室。风声之中，隐隐传来渐渐远去的哭声……嬴政皇帝凝望着窗外漆黑的夜空，心头猛然一揪，一个踉跄几乎跌倒。

也许是君臣皆有某种预感，也许是举国弥漫的大丧悲怆，这次的咸阳之别，谁也没有既往的出征豪情，心头俱各压着一方沉甸甸无法撼动的巨石。赵佗没有料到的是，自此一别咸阳，再也没有回到故土。十数年后，中原复辟势力大暴乱，赵佗忠实奉行始皇帝预谋方略，紧急关闭扬粤新道，率数十万老秦军民固守南海三郡，非但使南海三郡得以避免一场历史浩劫，且使南海三郡在中原大动荡时期有了井然有序的长足发展，民众风习大大趋于文明。

《汉书·高祖本纪》记载："粤人之俗，好相攻击。前时秦徙中县（中原）之民南方三郡，使与百粤杂处。会天下诛秦，南海尉（赵）佗居南方，长治之，甚有文理。中原人以故不耗减，粤人相攻击之俗益止，俱赖其力。"也就是说，赵佗秦军封闭扬粤新道而固守岭南期间，名义称王自立，实则忠实奉行始皇帝既定密策，非但没有借机脱离华夏文明，而且在与粤人部族杂居中，坚持以商君秦法消弭老秦人私斗恶习为楷模，使南海三郡文明之风大兴。其结果是，固守岭南的中原人口一直没有减少，而能始终维持着强大的镇抚力量，岭南部族的恶斗之风也因此而消弭。

数十年后，西汉天下大定，赵佗部秦军没有继续保持名义上的称王自立，而是真诚地接受了西汉中央政权的辖制。从此，西汉王朝鞭长莫及的南海三郡，自觉地融入了华夏文明的主流。《汉书·西南夷两粤朝鲜传》记载了汉文帝给赵佗的诏书，也记载了赵佗通过特使陆贾呈给汉文帝的上书，两书对比，襟怀立见。

汉文帝的诏书有三层意思：其一，简述了高皇帝刘邦以后的权力更迭，申明了自己即位的种种原因；其二，通报了对挑起汉粤争端的长沙将军的罢黜，通报了对赵佗故乡祖陵的修治；其三，表示了恢复汉粤关系，并两家罢兵的真诚意愿，以"吏曰"（有人提出）的口吻，试探性提出"服岭以南（长沙以南），王自治之"。也就是说，愿意与南粤赵佗结成松散的诸侯自治关系，实际便是恢复到战国时代楚国对岭南的自治状态。汉文帝诏书可以看出一个明显的基本点：不敢指望南海三郡回归华夏主流文明。原因当然也很清楚，其时西汉国力尚在元气衰弱的恢复时期。

而赵佗之回书，却是另外一番况味：其一，陈述了汉粤冲突的原因，申明是长沙王作祟，高皇后偏听所致；其二，申明在闽粤南粤多有小部族称王的情形下，自己称王是“聊以自娱”，并非真正地图谋割地自立。最后，赵佗将其自觉回归华夏文明的心曲坦诚地说了出来：

“……老夫身定百邑之地，东西南北数千万里，带甲百万有余，然北面而臣事汉，何也？不敢背先人之故。老夫处粤四十九年，于今抱孙焉！然夙兴夜寐，寝不安席，食不甘味，目不视靡曼之色，耳不听钟鼓之音者，以不得事汉也！……老夫死骨不腐，改号不敢为帝矣！”

一句“不敢背先人之故”，隐藏了多少历史的风云奥秘。

长处岭南四十九年，抱孙之期尚寝食不安，而原因竟是“不得事汉”，其间隐藏了何等深厚的大精神！

第十三章　铁血板荡

一　阴山草原的黑色风暴

父亲的丧礼尚未完毕，蒙恬马队风驰电掣北上了。

九原将军的秘密特急军报飞抵皇帝案头的同时，正在与二弟蒙毅商议父亲丧葬的蒙恬，也接到了同样内容的秘密特急军报。没有片刻停留，蒙恬立即驱车进了皇城。蒙恬踏上东偏殿石阶时，正在廊下等候的嬴政皇帝老远便笑了："我说不须特召，如何，人来也！"蒙恬尚未除服，一身麻衣匆匆拱手道："敢请陛下准臣除服，立即北上九原！"嬴政皇帝拉住了蒙恬的手笑道："知道知道。莫急莫急。憋了多少年的火气，好容易得个出口，谁能忍得了？走走走，进去说话。"这便是嬴政皇帝，辄遇突发挑战，立即意气风发。蒙恬深知这位少年至交的秉性，不觉笑道："这次一定要教胡人知道，秦川牛角是硬的！"嬴政皇帝不禁大笑道："好！也教他知道，钉子是铁打的！"

一路笑声中，君臣两人走进了皇帝书房的密室，立即在早已张挂好的北边大地图前指点起来。嬴政皇帝道："这个头曼单于胆子大，竟敢以倾巢之兵南下。我正求之不得，一定实做了他！"蒙恬道："这次军报，是臣多年前安进匈奴单于庭的秘密间人发出的。确定无疑。匈奴人必以为秦国没了王翦大将军，南方军力吃紧，中原又有老世族动荡，是故要发狠咬我一口！看来，这头匈奴野狼当真是等不及了。"嬴政皇帝大笑道："他才是野狼嘛，我老秦人名号是甚？是虎狼！咥它骨头渣不留！"蒙恬指点地图道："臣之谋划是：这次大战一举越过河南地，占据北河，占据阴山草原！而后稍作整休，立即第二次大追歼！拿下狼居胥山，进占北海，则华夏北边大安也！"嬴政皇帝笑道："你筹划多年，定然胸有成算，该咋打咋打，我是不管。我只给你粮草管够，教将士们结结实实打狠仗！"蒙恬问："陛下欲以何人总司后援？"嬴政皇帝思忖道："九原直道尚未完工，道路险阻并未根本改观。我意，还是马兴老到可靠，你以为如何？"蒙恬立即点头："陛下明断，臣亦此意。"嬴政皇帝道："你可兼程北上，我送走两老将军之后，也北上九原。北边其余事宜，届时一体决之。"

在嬴政皇帝送蒙恬出宫时，恰与匆匆进宫的蒙毅撞个正着。见蒙毅已经是一身官服，嬴政皇帝惊讶道："正在老将军丧葬之期，你何能擅自除服？"蒙毅慨然拱手道："国难大于私孝，外患在即国务紧急。臣职司中枢，若不能助陛下处置政事，岂非愚孝！先父地下有知，亦当责我不忠于国家也！"蒙恬在旁含泪笑道："陛下，二弟已经除服了，不说了……"嬴政皇帝眼中骤然泛起了一层泪光，对着蒙氏兄弟深深一躬道："两位放心，老将军安葬，嬴政亲为护灵执绋！"

回到府邸，蒙恬略事收拾，立即率五百马队出了咸阳。

蒙恬马队没有直接北上，而是特意绕道频阳美原山庄，前来拜会通武侯王贲。这是皇帝的秘密叮嘱，也是蒙恬的内心期盼。一身麻衣重孝的王贲，正在日夜忙碌地操持着父亲的陵墓修治，倏忽间须发灰白骨瘦如柴，蒙恬几乎不敢认了。蒙恬深知王翦王贲父子的特异关系：形似相拗，实则父子情谊至深。王翦终生眷恋故土，暮年之期也始终念念不忘散淡的田园日月，然却在秦军战败的艰难时刻临危受命，一头霜雪而南下万里，直至身死异乡。王贲少年从军，对父亲从来没有过寻常人子的侍奉之情，在军事上也多与父亲背道而驰，然在内心，王贲对父亲却是极为依恋的。蒙恬清楚地记得，当他从九原兼程赶回咸阳奔丧时，听到的第一个消息便是：王贲赶赴函谷关外拜迎灵柩，哭昏了不知几多次，以至皇帝不得不下令将王翦灵柩也与蒙武灵柩一并移送太庙冰室保护，以等待葬礼，而将王贲送回频阳，以修治陵墓为名义使其养息。皇帝的原本排定的葬前丧礼，则虑及王翦深恋故土，派扶苏直接护送其灵柩回归频阳，并代皇帝专一守灵，直到皇帝亲自主持安葬。今日一见，蒙恬方知王贲根本没有一刻养息，一直在无尽的自责与哀痛中奔波操劳，任谁也不能劝阻。

蒙恬与王氏一门，有着特殊的关联与特殊的情谊。

论国政，蒙恬与王翦同为秦王嬴政的早期骨干，又共同受命整训新军。蒙恬对王翦视若长兄。论军中资历，蒙恬高王贲一辈。然王贲军旅天赋极高，战功显赫，爵位军功皆在蒙恬之上，事实上与蒙恬又是年齿相仿的同辈。举凡军国大政，蒙恬与王贲倒是更为合拍。更为重要的是，王氏蒙氏同为将门，同为秦军砥柱，又同遭父丧；而蒙恬一旦北上九原，显然便无法与会王翦葬礼了，若不能在行前一见王贲，蒙恬永远不会安宁。

与此同时，蒙恬还潜藏着另一个心思。这番心思，也正是嬴政皇帝的忧虑。嬴政皇帝要蒙恬试探，看看能不能借大举反击匈奴之战，将王贲从无尽的哀思中拖将出来。嬴政皇帝忧心的是，以王贲的执拗专一，若沉溺哀思不能自拔，很可能会从此郁郁而终。果真因此而失一天赋大将，皇帝是不敢想象的。为使蒙恬心无顾忌，嬴政皇帝特意叮嘱：若王贲果有君之达观，能够北上，阴山之战仍以君为统帅，王贲为副帅，不夺君多年谋划之功。蒙恬很为皇帝这番叮嘱有些不悦，坦诚地说：“陛下少年得臣，至今几三十余年矣！安能如此料臣？蒙恬若争军功，岂能放弃灭齐一战？只要陛下为国家计，为臣下计，蒙恬夫复何言！”生平第一次，嬴政皇帝被人说得脸红了，大笑一阵道：“好好好，蒙恬兄如此胸襟，我心安矣！”

没有料到的是，蒙恬在灵棚祭奠之后与王贲会谈，王贲已经麻木得无法对话了。蒙恬无论说甚，王贲都只默默点头，喉头哽咽着语不成声。蒙恬无奈，最后高声几句道：“王贲兄，胡人三十余万大举南下！你最善铁骑奔袭之战，又熟悉北边地理，打他一仗如何！”王贲目光骤然一闪，喉头却又猛然一哽，白头瑟瑟地摇着，终于嘶哑着声音艰难地说话了：

"打仗……不，仗打不完。老父最后一程，我，我得亲送他上路……"一句话未了，王贲倒在了灵前，再也不能说话了。

不到两个时辰，马队卷出了频阳县境。

踽踽离开美原山庄的蒙恬，心下感慨万端。王贲没有错，不能在这位天赋大将最为痛心的时刻苛责于他。毕竟，王贲最后的昏厥，一定是在渴望战场与为父做最后送行的剧烈冲突中心神崩溃了。早知如此，何如不说？然则，也不能责备皇帝。在嬴政皇帝看来，蒙氏兄弟能如此达观，天赋战场奇才的王贲何以不能？而将一个酷好兵家的大将引出哀思的泥沼，还能有比大战场更具吸引力的事么？以蒙恬对王贲的熟悉，这位有小白起名号的将军，最大的特质便是冷静过人。唯其如此，王贲心境似乎又不能纯粹归结为被悲伤淹没。谁又能说，王贲不是因深信蒙恬能大胜匈奴，而宁愿自甘回避？否则，王贲能听任匈奴大举南下，而不怕终生秉持大义的老父亲魂灵的呵斥？一切的一切，蒙恬都无法说得清楚了。因为，任何一个发端点都充满了合理的可能性。蒙恬只确切地知道一件事：大举击退匈奴的重任，责无旁贷地压在了他的肩上，无人可以替代了。于是，蒙恬再不做他想，兼程飞驰中思绪一齐凝聚到了大河战场。一日一夜，蒙恬马队便从关中飞越上郡，进入了九原。

欲明此战，得先明此时的秦胡大势。

战国之世，秦、赵、燕三国在主力集中于华夏大争的同时，俱与北方胡族长期抗衡着。一百六七十年间，总体情势有进有退。若以对胡作战论，燕国大将秦开平定东胡相对彻底，连续几次大战，一举使东胡部族退却千余里，其势力一直延伸到今日朝鲜，而有了燕国的乐浪郡。东胡至此溃散，融入了匈奴族群。北部对胡作战的主力，则是赵国。赵武灵王胡服骑射之后，对北胡几次大反击，大破长期盘踞河套以南的林胡、楼烦，修筑长城并设置了云中、雁门、代郡三郡。此后，北方诸胡势力大衰，几乎全部融入了匈奴。至此，北患主流变成了匈奴。所谓胡患，则成了一种泛称。及至战国中期，赵国主力集中对抗秦国，北方对胡之战一直处于守势，除李牧军反击匈奴大胜之外，没有过大战反击。西部对胡作战主力，自然是秦国。秦的西部对胡作战，侧重点先在西部的对夷狄之战，中、后期则越来越偏于防御北方的匈奴。九原驻军的稳定化，是秦对匈奴作战的长期化标志。但是，直到秦一中国，秦对北方匈奴之战主要是奉行防御战略，没有过大战反击。

战国后期，匈奴势力已经大增，远远超过了战国前、中期的诸胡势力。

其时，匈奴军力已经全部夺取了早先被赵国控制的阴山草原，其机动掠夺能力，则已经延伸到了大河以南。也就是说，今日山西陕西的北部，事实上已经变成了与匈奴拉锯争夺的地带。大河从九原郡西部分流，向北分流绕行数百里，又复归主流。这条分流，时人称为北河。大河主流南岸的大片土地，也就是九原郡南部，时人则称为河南地。此时的匈奴军力，已经越过了北河，大掠夺的范围事实上覆盖了整个河南地与东部的云中郡、雁门郡、代郡、上谷郡，甚或包括了更东边的渔阳郡。秦一统华夏之后，上述诸郡虽有郡县官府设置，但始终处于一种战时拉锯状态，并不能实现全境有效的实际控制。灭国大战如火如荼之际，嬴政皇帝始终不动北方的蒙恬大军，其根本之点，正在于以上郡（大体今日陕北地）北地郡（大体今日宁夏）为依托，坚守最后的防线。

所谓九原大军，实际上一直驻扎在九原郡最南部，也就是河南地的南边缘。

虽则如此，秦帝国一统华夏之后，嬴政皇帝与蒙恬反复会商，还是没有急于对匈奴大反击。其战略出发点，是对匈奴作战的特殊性。盖匈奴飞骑流动，势若草原之云，若不能一举聚歼其主力大军，则收效甚微；零打碎敲，抑或击溃战，结果只能是长期拉锯；若主动出击，则很难捕捉其主力。唯其如此，要经大战聚歼其生力军，则必须等待匈奴集中兵力大举南下的最佳战机。久经锤炼的秦国军事传统，给了嬴政皇帝及其大将们超凡的毅力与耐心。嬴政皇帝与北方统帅蒙恬，以及所有的秦军大将都确信：匈奴迅速膨胀，一定会对华夏之地发起大举进攻，只在或迟或早而已。西部对匈奴夷狄之战的大胜，事实上也是等待战机的结果。嬴政皇帝原本之所以准备不打，也是怕北匈奴主力警觉。然则，后来的事实迅速证明，骄狂的匈奴完全没有在意西部数万人的败仗。在当时的头曼单于看来，数万人的试探之战败于一统强秦，再正常不过了，要一举夺取华夏北方，只有主力大军大举南下！

数百年来，胡人也好，匈奴也好，与华夏族群的种种联结一直没有断绝过。远自春秋时期的攻入中原自建一国，直到后来的相互迁徙，民众通婚，商旅往来，华夏族群与北胡族群从来没有陌生过。其间的基本点是：华夏族群从来没有过吞噬北胡族群的意愿，始终相对自觉地秉持着和平往来的法则；而胡人族群则始终图谋稳定地占据华夏北部的农耕富庶之地，占据不成，则反复掠夺，从未满足于商旅往来或民众融洽相处。如此长期往来，胡人匈奴对华夏大势从不陌生，华夏族群对匈奴大势也照样不陌生。头曼单于与他的部族首领将军大臣们很清楚：秦一中国之后，山东六国的复辟动荡很难立即根除；秦国主力大军两分边陲，王翦大军远在南海，蒙恬大军则远在九原，两支大军相距遥遥万里，几乎没有互相呼应的可能；只要一方军情有变，大秦天下便会显露出巨大的纰漏与软肋。头曼单于与部族首领们坚信，上天一定会赐给他们这个时机。

“王氏蒙氏一齐倒，上天之意啊！”头曼单于几乎是跳起来吼喝了一句。

“蒙恬军三十万,一群肥羊啊！”将军们也狂乱地呼喊着。

间人秘密传回的匈奴单于庭大宴上的骄狂呼喊，时时刻刻都激怒着蒙恬。在头曼单于们看来，而今王翦死了，蒙武死了，连带伤及的必然是王贲与蒙恬，如此四位赫赫大将一齐轰然崩塌，无疑是上天之意了。至于李信的几万陇西军，拥有近五十万兵力的匈奴单于能放在眼里么？在头曼单于们看来，李信以二十万精兵大败于奄奄一息的楚国，此人定然不足道也；至于那个翁仲，一个勇士而已，匈奴人个个都是勇士，一个大个子勇士怕他鸟来！

蒙恬尚未抵达，九原大军的幕府已经紧张有序地运转起来了。

九原秦军对匈奴作战历经长期谋划，诸方准备很是充分。更有一点，基于战时情势多变，嬴政皇帝与蒙恬早已对九原边军立下规制：无论主将是否在幕府，但有军情，立即由副将以既定方略实施作战。此时的九原将军，是曾经做过灭燕之战副将的辛胜。一统帝国之后，秦军大将除冯劫、冯去疾、章邯三人入朝从政外（王贲的太尉仍然视同军职），其余大将皆以其不同禀赋两分在南北大军。辛胜秉性沉稳，长于军务料理，又通晓北边地理，故被嬴政皇帝任为九原将军，为蒙恬的副帅。一得秘密急报，辛胜立即展开了种种战前实务：知会各郡县官署，使老幼人口疏散；派出数十名飞骑斥候，出北河做远端探察；整修大型军械，检视壕沟鹿砦与预先谋划好的伏击战场等等。蒙恬归来，立即毫无停顿地融进了这架已经高速运转起来的军事机器之中。

两日之后，一个意外的惊喜使蒙恬精神陡增。

那日暮色，一支马队飞到，不期却是长公子扶苏与少府章邯。扶苏说，他在得知九原军报后向父皇请战，父皇二话没说便允准了。章邯则是父皇亲自点将，派来辅助上将军。蒙恬心下高兴，连说好好好，正当其所！在当晚的洗尘军宴上，蒙恬立即对两人明确了职事：扶苏为飞骑将军，统率五万最精锐骑士为反击前锋军，届时专一大举追击匈奴；章邯仍统掌全军大型器械，务期摧毁匈奴骑兵的第一波大冲击。扶苏曾在九原大军多年，既熟悉军情，又熟悉地理，用不着细加叮嘱。章邯稍有不同，长期为秦军大型器械将军，通于制作又精于战阵，正是九原大军最为急需的一个要紧人物。然则，章邯却因为做了几年少府，对九原大军的大型器械的特异性相对生疏。为此，蒙恬备细做了一番交代。

多年以来，蒙恬非但精细地揣摩了当年李牧战胜匈奴的战法，而且精细地揣摩了白起王翦王贲的种种成功战法，同时结合秦军优势，谋划出了对匈奴作战的基本方略：首战以重制轻，反击以快制快。两个基本点中，首战乃大举歼敌之要害环节，是故最为重要。所谓以重制轻，其实际所指，是以秦军器械精良之优势，在最初的防御战中最大限度地杀伤匈奴军主力。因为，只有在此时，匈奴骑兵的冲杀是最为无所顾忌的；一旦进入追击战，则敌军全力逃亡，聚歼杀伤则会大为减少。秦军防御战的轴心，是五万余架大型机发连弩，外加抛石机、猛火油、滚木礌石、塞门刀车等等配备。为最为充分地利用这些匈奴人无法制造的大型兵器，蒙恬早早勘选了几处特定地点，在这些地点秘密开掘了巨大的山洞与隐蔽极好的壕沟鹿砦，隐藏了数量不等的大型连弩。所谓特定地点，便是匈奴骑兵无论是进还是出，都必须经过的几个山口。所有这些山洞壕沟鹿砦，都是在匈奴部族每年深秋撤离草原后从容发掘的，又经多年反复修葺改进，其坚固隐蔽已经大大超出了当年李牧的藏军谷与藏军洞。蒙恬交给章邯的使命，是立即熟悉所有的大型器械分布点，将其调配到最具杀伤功效的配合境地。

“大将军毋忧！章邯久未战阵，早憋闷死了！”

“扶苏亦同！决教匈奴单于知道，秦军飞骑比他更快！”

两员生力大将龙虎轩昂，蒙恬辛胜不禁舒心地大笑起来。

秋风初起的时节，匈奴人大举南下了。

头曼单于雄心勃勃。这次南下，不是每年必有的寻常大掠，不是抢得些许牛羊人口财货后便回到狼居胥山大草原。这次是攻占，是要一举越过阴山，越过北河，稳定占据河南地，如同当年的中山国一样，在华夏北边立国称王，再图进军中国腹心。唯其如此，匈奴诸部举族出动，人马牛羊汪洋如海，在广袤的蓝天下无边无际地涌动着。因举族举国出动，匈奴人马分作了三大部：第一波是前锋骑兵，由全部五十余万精壮男子构成，各部族首领亲自任本族大将，全部前军则由两位单于庭大将军统率；第二波，是头曼单于庭及其亲自统率的单于部族，有单独的两万飞骑护卫，其余是数十万单于族男女人口并庞大的财货牛马车队；第三波是其余各部族人口与牛羊马群，由各部族不能参战的族领统率，相互照应行进。

这次进军，实际是匈奴大举南迁。因其不仅仅是骑士，头曼单于定下了严厉的进军令：进入阴山之前从容行进，日行六十里一宿；抵达阴山之后，单于庭部族并第三波非战人口，全部在阴山北麓结营驻扎；前军主力歇息三日，全力飞越阴山南麓大草原进逼北河；主力大军抵达北河之日，头曼单于亲率两万护卫飞骑后续进发，一举进占河南地；战胜秦军并单于庭立定之后，全部人口进入阴山南麓草原与北河、河南地，重新划分放牧领地。

如此历经月余，匈奴诸部终于抵达阴山北麓。

当晚，头曼单于在草原月光下大行聚酒，预先庆贺战胜之功。篝火营帐连绵天际，直与天边星月融成了一片。歌声吼声牛羊马嘶声，激荡弥漫了碧蓝穹庐下的青青草原。数十万匈奴骑士们，快乐的匈奴男女们，尽情地疯狂地痛饮着马奶子酒，撕扯着血珠飞溅的半生烤羊，呐喊着歌舞着直到月明星稀。夜半狂欢最高潮时分，头曼单于登上了一辆高高的马车徐徐驰过一片片营地，不断地反复地高喊着一句吉祥的战胜颂词："阴山河南地，尽是我草原——"随着单于马车飞过，"阴山河南地，尽是我草原"的吼声淹没了广袤的阴山，弥漫了辽阔的草原。

三日之后，匈奴主战骑兵分三路南下了。

匈奴三路是：西路军十万，从北河西段南下，侧击秦军左翼；中路军三十万，从正面进逼九原军幕府所在地之主力秦军；东路军十万，则对云中郡发动大掠，以补充后续人口之粮草给养。因匈奴骑士随身携带马奶子干肉，故喜好长驱直入直接作战，而不习惯大军从容进至战地，扎营整休后再战。是故，这日残月尚在中天，匈奴飞骑已飓风般卷过阴山南麓，从无比开阔的阴山草原压向了大河地带。匈奴飞骑抵达河南地秦军营垒之前时，堪堪正是午后斜阳时分。

此时的秦军防地，北距大河尚有三百余里，正在河南地的最南端。蒙恬之所以长期在此驻军，而没有趁匈奴每年北撤之时占据整个河南地，本意正在于给匈奴以秦军无力夺取河南地之假象，实则以河南地的连绵山地作为纵深诱敌聚歼的战场。此地正当要害，正好卡住了匈奴人继续南下的一大片山地的三道山口。要南下，非过此山不能；要拔除秦军，也非此山无以作战。匈奴人多年屡屡深入劫掠，对秦军营地也颇是熟悉。往年不来寻战秦军主力，在于匈奴人并未立定占据河南地之心，大掠一番即行回撤。而秦军则是固守营地，全然一副只要彼不过我防区我便不理之态势。故此，两军从未在河南地的秦军主力所在地发生过大战。今日不同，匈奴军决意占据河南地以经营根本，是故西中两路四十万大军心无旁骛，一过大河便茫茫洪水般压向秦军左翼与正面山地。

崇信搏杀而不大讲究战法的匈奴群很是直接，中路进逼的三十万大军分作三股，每路十万各攻一道山口。随着震天动地的喊杀声，这片东西绵延数十里的山地顿时鼎沸了。蒙恬亲自镇守的中央山口最为宽阔，可以并行十多辆马车，其地势也相对平缓，外表看去并不如何易守难攻。更为奇异的是，山前开阔处并无据险防守最为必要的壕沟鹿砦，骑兵飞马完全可直接抵达山口。当匈奴飞骑漫山遍野展开压来的时候，秦军山地除了猎猎整肃的一片片旗帜长矛与诸多远处无法辨认的器物，整个山地都静悄悄一无声息。便在匈奴骑兵洪水般卷到山前五六百步[1]的时候，秦军山地骤然战鼓雷鸣山崩地裂……

一场亘古未见的酷烈大战骤然爆发了。

秦军旗帜骤然撤去，山口两边各自三层成梯次排列的大型连发弩机万箭齐射，一齐向山口前的中央地带倾泻。连弩两边则是无尽的飞石雨与滚木礌石猛火油箭，呼啸着连天砸向山口两边的飞骑。秦军的弩机连发大箭举世罕有其匹，射远达八百步之外，每支长箭粗如儿臂长约丈余，箭头几若长矛，便是寻常城门也经不得片刻齐射。此时弩机大箭狂飞呼啸，每箭几乎都能洞穿或打倒几名匈奴骑士。更兼两边步军以单兵弩机射出的万千火箭，带着呼啸飞舞的猛火油烈焰飞入匈奴骑兵群，遍地秋草烈火大起，匈奴骑士的皮衣皮甲立即成为最好的助燃之物，一时烈火腾腾鲜血飞溅人仰马翻，整个山地草原顿时陷入了一片火海……

匈奴群大为愤怒，呼啸连天轮番冲杀，没有丝毫的畏惧退缩。秦军更是久经储备，大军并未杀出，只长大箭镞与种种飞石如连天暴雨倾泻着，似乎无穷无尽决无休止。纵然连番冲杀山呼海啸，匈奴骑兵群始终不能越过山地前数百步的射杀地带。堪堪一个多时辰过去，秦军山地岿然不动，匈奴骑兵群眼前却已经是战马骑士尸骨层叠，一时大见障碍，要想再次大举冲杀都很难了。眼见硕大的太阳已经枕上了山尖，两名单于庭大将止住了嗷嗷吼叫的各部族头领，下令立即回撤阴山。

夜半时分，恨声连天的匈奴主力回撤到阴山中部草原，恰与南来的头曼单于会合。未过片时，其余两路也相继撤回。头曼单于立即聚来大将汇集军情，才知三路人马无一例外地铩羽而回，其遭遇也一模一样，

[1]　秦六尺为步，秦尺大约今日八寸余，五六百步大体折合今八百余米到一千余米。

都是被秦军的箭雨风暴阻击在了山口要道，死伤惨重。各部大体禀报归总，战死骑士竟在八万之多，轻伤重伤难以计数。也就是说，五十万大军在第一日几有一半人马丧失了战力，而秦军却连营地都没有出来。

"气煞老夫也！"头曼单于捶胸顿足，一时没有了主意。

大将们纷纷请战，主张明日改变战法，飞骑迂回奔袭秦军后路。单于庭的统兵大将立即反对道："我五十万人马连秦军一个山口也没能撕开，连云中郡大掠都被挡在了山外，秦军显然有备，此战不能再打！"纷纭争论嚷嚷不休，进退两难的头曼单于终于决断：撤回阴山北麓整修旬日，探清秦军情势后再战。正在此时，游骑斥候紧急飞报：秦军骑兵大举反击，正从北河大举向北杀来！头曼单于怒火中烧，大吼下令："蒙恬秦军竟敢与老夫飞骑搏杀，好！正中我下怀！能战者全体上马，老夫两万精锐飞骑前锋冲杀，杀光秦军——"

喝令之间，头曼单于飞身上马，亲率北撤大军飓风般向南杀来。

统帅蒙恬，已有连环部署。九原秦军的强弩防御步军，总数不到十万。匈奴骑兵群一退却，强弩步军立即换乘快马，从事先勘定的秘密路径分头进入阴山地带的预设壁垒。与此同时，二十万埋伏在北河草原山峦河谷的飞骑，分作左中右三路，同时迂回包抄匈奴骑兵的阴山集结地。左（西）路，是从北河出发的扶苏部五万飞骑；中（南）路，是从幕府营地出发的蒙恬部十万主力，右（东）路是从云中郡出发的辛胜部五万飞骑。蒙恬预定的战法是：河南地首战之后匈奴若退，则秦军飞骑立即出动，一鼓作气追杀，不使匈奴主力大军脱身；辛胜军与蒙恬的主力军合击追杀匈奴主力大军，扶苏军则以追杀头曼单于庭精锐飞骑为使命，可临机决断战法。首战防御，一切皆如所料，全军立即依照预定部署奋然北进。匈奴斥候游骑发现的秦军，正是大举越过河南地向阴山草原正面进逼的蒙恬主力。

向南杀来的匈奴大军与向北杀来的帝国大军，骤然碰撞在阴山南部草原。蓝天明月之下，数十万飞骑如无边海浪弥漫草原，呼啸着展开了真正的轻骑搏杀。蒙恬对秦军将士的预先军令，竟然是嬴政皇帝与他的两句话："老秦人是马背部族，飞骑鼻祖！一定要杀出威风，教匈奴人知道钉子是铁打的！”此令粗豪简洁响亮上口，一经传下立即成为秦军飞骑的战地军誓，遍地吼得嗷嗷叫。秦军骑士一路北上，这道军令被无尽的怒吼迅速简化为三句话：“马背部族！飞骑鼻祖！钉子是铁打的！”每次吼一句，轮番吼来，声震草原，大见威风。

两军无边展开，一边是翻毛羊皮白茫茫，一边是深色皮甲黑蒙蒙，毫不费力辨认得清清楚楚，大对夜战路子，更对两边骑士的简洁秉性。秦军骑士多为灭国大战之主力，久经锤炼，对酷烈搏杀如家常便饭，更兼一班老秦将士闻战则喜的老传统，飞扬呼喝全无生死畏惧，立即以万人将军为大区，分作十数个巨大的战团各自楔入了白色海洋。秦军此时的兵力是堪堪十万，而匈奴骑兵群是三十余万，分区楔入包围分割，正是蒙恬预定的战法：敌军多于我军时，以楔入之法实施斩首战！斩首记功乃是秦军老传统，然自灭国大战开始，秦军威势日盛，敌军动辄一击即溃，真正的搏杀斩首大战已经很少了。今日对手尽是骄狂不可一世的飞骑，原本便骄傲无比的秦军，被那马背部族飞骑鼻祖的誓言激发得更是热血沸腾杀气贯顶，分明数量少，却更为勇猛，排山倒海一无惧色地分做条条巨龙，将白茫茫海洋搅成了无数个巨大的漩涡。

秦军骑兵的基本阵形，仍是白起开创的三骑阵。一个百夫长率三十三个三骑锥，便是一个威力巨大的独立搏杀群。而匈奴骑兵则仍然是千百年几乎不变的原始野战之法：部族军为最大群落，之外基本各自搏杀，百夫长千夫长乃至万军大将，一旦陷入混战，立即无法控制全军。因此，饶是匈奴骑兵众多，还是被秦军一块块撕裂，一块块吞噬。更有一点，匈奴骑兵白日尚未真正搏杀便遭重创，南来大军人与马十之六七都有轻伤，不是胳膊腿伤痛无力，便是某处疼痛难忍；虽说奋然搏杀中忘乎所以，吃力处毕竟依然吃力，往往不是战刀砍杀滞涩，便是战马转动不灵，与未经搏杀的帝国生力军相比，几个回合立见下风。

秦军更有一长，这便是兵器。匈奴是胡人弯刀，秦军是阔身长剑，形制各有所长。秦军兵器优势在材质优良，在制造精细。其时，中原冶炼技术比匈奴高出许多，秦军铁剑俱以掺有各种合金成分的精铁锻铸，其硬度弹性均大于胡人弯刀。战场千军万马大搏杀，刀剑互砍远远多于真正杀人的一击。而一旦互砍，比拼的首先是兵器的硬度与弹性，硬度不够容易缺口甚或被砍断，弹性不够则容易折断。秦军兵器制作之精严，堪称天下无双，一口长剑至少可保一战不毁。而且，秦军骑士还以军法规定，每人一长一短两口剑、一张弓，以防万一兵器有失。匈奴毕竟铁料铜料相对稀缺，战刀大多是人手一口，但有闪失便无可替换。凡此等等对比之下，不到一个时辰，匈奴骑兵群便渐渐显出了劣势，而天色也已经渐渐显出了晨曦……正在此时，西北方向杀声大起，一股黑色洪流如怒潮破岸，汹涌直逼匈奴骑兵群中央的头曼单于大旗。匈奴大军立见混乱，一片呼喝声大起，纷纷大叫单于退兵。

这支生力军，正是扶苏的五万精锐飞骑。

白日大战之际，扶苏所部隐藏在北河北岸的河谷地带。一得匈奴人回撤消息，扶苏立即率部在夜色中从西北大迂回向东北疾进。扶苏很熟悉阴山大草原地理，本意是要在中途截杀正在南进的头曼单于。不料赶赴阴山中部草原之时，头曼单于已经与北撤主力会合。扶苏部便隐蔽在了一片山地之后，欲待匈奴人分部北归时专一咬定头曼单于。堪堪等得小半个时辰，却闻杀声大起，匈奴军全部反身杀回了南部草原。扶苏深知秦军战力正在最旺盛时期，必能顶住匈奴冲杀，不必急于从后追杀，故有意后于匈奴军大半个时辰，方才南进。所以如此，在于扶苏要留下堵截追杀头曼单于的必要距离。对于飞云流动的大规模骑兵群，贴得太紧往往容易使其在混乱中脱身。然则，扶苏又不能使头曼单于真正成为匈奴骑兵群的轴心，必须在要害时刻搅乱匈奴人的轴心。及至尾追到南部草原战场，晨曦中眼见匈奴军显出了混乱，扶苏立即决意趁势一击，迫使匈奴人真正溃退。是故一发动冲杀，扶苏部便全力冲向已经能清楚看见大旗的头曼单于的护卫飞骑。

头曼单于正在混战搏杀中思谋是否退兵，突见一支生力军从侧后大举杀来，又见自家人马乱纷纷吼叫已经生出畏惧之心，立即喝令退兵。大草原之上面临同样飞骑的敌手，一旦退兵便得放马飞驰，否则会被敌军紧紧咬住追杀，有可能全军覆灭。而一旦放马逃命，则必然漫山遍野阵形大乱，根本不能整体呼应。此时的匈奴群，正好遭遇了这种骑兵作战最为狼狈的境况，兵败如山倒，遍野大逃亡。秦军飞骑则根本不需要主将军令，立即聚成了一股股黑色洪流，遥遥从两翼展开包抄追杀。扶苏的五万飞骑冲杀在最前端，分成五股大肆展开：左右两翼各一万，圈定单于部不使其遍野流散；中央两路则如巨大的铁钳张开，死死咬定那支大旗马队追杀不放；另有一万骑士，则左右前后策应，随时驰援各方。

此时正逢秋阳升起，漫天朝霞之下，草原苍苍人马茫茫，黑色秦军如风暴席卷阴山，白色匈奴则如被撕碎的云团漫天飘飞身不由己。如此数十万骑兵群的大规模追杀，在整个草原战史上都是空前绝后的。

此时，可以听听历史的声音——

《史记·蒙恬列传》云："是时，蒙恬威震匈奴。"《盐铁论·伐功》云："蒙公为秦击走匈奴，若鸷鸟之追群雀。匈奴势慑，不敢南面而望十余年。"《汉书·匈奴传》云："……头曼不胜秦，北徙十有余年。"《汉书·韩安国传》云："蒙恬为秦侵胡，辟数千里……匈奴不敢饮马于河，置烽燧，然后敢牧马。"

这是公元前 215 年初秋的故事。

深秋时节，嬴政皇帝在遍野欢呼中抵达阴山草原。

此时，三十万秦军已经全部越过了河南地，在北河之外的连绵山地筑成了新的基地大营。一个多月的大追杀，匈奴诸部族残余已经逃得无影无踪了。自北海（今贝加尔湖）以南，数千里没有了胡马踪迹。狼居胥山（今乌兰巴托地带）的匈奴单于庭，也只有仓促逃走所留下的一道道越冬火墙的废墟了。九原云中雁门代郡的牧民们欢天喜地地大举北上，全然不顾深秋衰草，一反时令地在阴山南北处处扎下帐篷，燃起了昼夜不息的篝火，歌舞赛马摔跤等等庆贺狂欢连篇累牍不一而足。农人商旅也欣欣然北上，漫游在传说中的阴山大草原之上，品味一番"天似穹庐，笼罩四野"的神韵，徜徉在牧人狂欢的海洋里。那一日，闻得皇帝陛下要亲临阴山，整个大草原骤然欢腾了起来，万岁呼喊声闻于天，所有商旅马队的酒都卖得一干二净了。

秦军营地更是前所未有的振奋欢腾。

嬴政皇帝带来了百余车御酒，举行了盛大的犒军典礼。史无前例的，每个百人队赏赐了三坛御酒。在历来大军犒赏中，王酒之于士兵大多都是象征性的，能千人队得一坛王酒和水而饮，已经是难能可贵了。即或当年灭赵那样的庆贺，也同样是千人一坛王酒。今日皇帝千里北上，竟能使百人而得三坛御酒，其赏赐规格显然大大高于灭国大战，将士们的惊喜情不自禁地爆发了。入夜犒军大典，三十万将士人手一支火把，在大草原连绵排开，直如漫天星辰。云车上的蒙恬高呼一声分酒，片刻之间，每人面前的大陶碗里居然都有了八九成满的一碗真正的御酒。对于士兵们来说，这是不可想象的巨大荣耀。猎猎火把之下，所有的将士都举着陶碗泪水盈眶了。随着蒙恬的又一声高呼，将士们全体举碗痛饮，而后骤然爆发了一声震荡整个阴山草原的皇帝万岁的呐喊，四野民众随之齐声呐喊，皇帝万岁的声浪铺天盖地地弥漫了整个大草原。

声浪渐渐平息之后，嬴政皇帝的声音在高高云车上回荡起来："将士们，臣民们，朕今犒军，赏格高于灭国大战！因由何在？只在一处：剪灭六国者，平定华夏内争也！驱除匈奴者，平定华夏外患也！生存危亡，外患之危大于内争之危！华夏文明要万世千秋，便得深彻根除外患！否则，华夏族群便有灭顶之灾！华夏族群便永远不得安宁！唯其如此，大秦非但要驱除匈奴于千里之外，还要修一道长城，将外患永远地隔离华夏文明之外！"

"修长城——"整个阴山草原都在震荡。

"皇帝万岁！长城万岁——！"万千军民都在呐喊。

那一夜的景象，长久地烙印在了边地民众的记忆里。多年以后，西汉初立而匈奴再度南下，纷纷南逃的阴山牧民们每每想起秦时的辉煌与荣耀，无一人不是万般感慨："还是人家老秦厉害！杀匈奴如猛虎驱羊，就连犒军酒也是三十万人一声吼！始皇帝一说修长城，啧啧啧！是军是民都嗷嗷叫，老秦了得也！"

次日，嬴政皇帝在幕府备细听取了蒙恬扶苏辛胜章邯四人的军情禀报。扶苏很为没有捕获头曼单于而愧悔，向皇帝自请处罚。嬴政皇帝看了看急于为扶苏辩解的蒙恬三人，破例地摆摆手呵呵笑道："算了算了，功过相抵。真要处罚，只怕我要费牛劲也。"蒙恬三人不禁一齐笑了起来。

归总军情之后，君臣议定了五件大事：第一件，明年再次追杀匈奴，彻底平定阴山以北；第二件，立即筹划修建长城，以为永久屏障；第三件，实设边地郡县，将北河与阴山边地统一设县管辖（后实际设二十四县）；第四件，向北河迁徙数十万戍军人口，一则修长城，二则仿效南海郡秦军长久定居戍边，后来，迁徙北河的数十万戍军人口定居北边，镇抚千里，称为“新秦”之地；第五件，加紧修筑九原直道，以保障粮秣输送。

诸事议定，嬴政皇帝在当夜与蒙恬密谈了许久。

嬴政皇帝先告知蒙恬，两位老将军的葬礼都以国丧大礼举行了，王翦葬于美原山塬，蒙武葬于北阪山塬，都是他亲自护灵下葬的，蒙毅也日夜跟随着忙碌。蒙恬眼含泪光，默默地对皇帝深深一躬，不再就父亲丧事说一句话了。蒙恬清楚地知道，皇帝必然有更为要紧的大事要说。默然一阵，嬴政皇帝对蒙恬说起了一件异事。在蒙恬北上之后，他想看看大丧之际的咸阳民情，一日晚上带着四名卫士出了皇城，走进了咸阳街市，后来又出了咸阳东门，漫步到了兰池宫外。便在宫外那段林荫大道的阴影中，突然蹿出了几名剑术极高的刺客。那夜他没有带剑，若非一步滑倒跌入树后，那飞来两剑定然刺中要害了。四名卫士飞步赶来，那几名刺客却死战不退，若非用了弓箭，四名卫士未必杀得了几名刺客。纵然如此，两名卫士还是战死了。当夜，咸阳令立即在关中大肆搜捕捉拿刺客余党，分明是疑犯多多，一连大索二十日，却一个也没有捕获。

“有此等事？”蒙恬大是惊愕。

“此次之险，过于荆轲行刺……荆轲一支匕首，此次五七口长剑。”

“剑锋淬毒？”

“正是。”

“兰池宫靠近尚商坊，必是山东六国老世族所为！”

“大体不差。”嬴政皇帝点头道，“教人疑虑者是，当年荆轲行刺，秘密预谋何其久也！如何山东老世族业已失国，竟能在短短时日内，筹划得如此缜密之行刺？”

“更有要害处！”蒙恬见事极快，“刺客何以能如此准确地得知陛下行踪？”

嬴政皇帝默然了。望着幕府外隐隐游动的甲士，望着甲士身后蓝幽幽的夜空，嬴政皇帝很长时间没有说话。蒙恬正欲开口，皇帝摆了摆手低声道："还有一件更大的黑幕。"蒙恬蓦然一惊，顿时打住了冲到口边的话语。嬴政皇帝说："扶苏与张苍的南下密查，揭开了一道教人惊心动魄的黑幕。扶苏没来得及禀报，北上了。郑国与张苍深觉此事重大，还是在兰池刺客事件之后全盘秘密奏报了。"皇帝缓缓地说着，脸色从未有过的阴沉可怕。及至说完，素来镇静从容的蒙恬连手心也出汗了。

"此乃国本之危，陛下可有对策？"

"你且先说，何以应对？"

"老世族害国害民，必得放开手脚大力整肃！"

"是也，是也。"嬴政皇帝缓缓点头，缓缓说着，"显而易见，我等君臣，既往还是将山东六国老世族小觑了。朕没有料到，六国老世族能有如此险恶之密谋，能有如此举事之实力。百足之虫，死而不僵也！更有甚者，朕没有料到，老世族竟能搜刮自家老封地民众之田产。其狠其黑，莫此为甚！'富者田连阡陌，贫者无立锥之地'，朕一想起张苍的这句话，每每都是心惊肉跳。蒙恬兄，复辟势力向老秦人宣战了……"

"陛下！再打他一场定国之战！舍此无他途。"

"说得好！立国之后，再打他一场定国之战！"

君臣两人的笑声回荡在穹庐般的幕府，回荡在大草原金色的黎明。

二 惊蛰大朝 嬴政皇帝向复辟暗潮宣战

多雪的冬天，大咸阳分外地寒冷。

宏大的帝国都城，始终笼罩着一层肃杀的宁静。没有任何政令诏书颁发，没有任何礼仪庆典举行，甚或连"立冬之日，天子亲率三公九卿大夫，以迎冬于北郊"的迎冬大礼都没有了，隆冬时节躲避疾疫的闭户省妇令[1]也没有官府宣示了。总归是，举凡都城国人最为熟悉，甚至已

---

[1] 《吕氏春秋・仲冬纪》云："仲冬之月……土事无作，无发盖藏，无起大众，以固而闭……命之曰畅月。是月也，省妇事，毋得淫，虽有贵戚近习，无有不禁。"

经化成了程式习俗一部分的一切寻常动静都没有了，似乎整个皇城整个官府都告消失，帝国回到了远古之世一般。然则，越是静谧越是无事，国人越是不安：秦政勤奋多事，果然如此沉寂，岂非大大地不合常理？人皆同心，疑虑也就如纷纷然雪花一般，在市井巷间间、在酒肆商铺间、在学馆士吏间飘散开来，反复往来，渐渐地也就聚成了几种议论主流。

一种最惊心动魄的说法是：今岁冬月，彗星出于西方，主来年大凶！另一种说法则颇见欣欣然：燕人方士卢生入海为皇帝寻求仙药，今岁归来，献给皇帝的却是一方刻着远古文字的怪石，经高人辨认，远古文字竟是一句不可思议的预言："亡秦者胡也。"高人破解，言胡为匈奴，皇帝正是为此北上，命蒙恬北击匈奴大胜，这个咒已经破了！还有一种说法则大是忧心忡忡：始皇帝那年在阳武博浪沙遇大铁锥刺杀，[1]今岁又在兰池遭逢刺客，分明是山东六国老世族作祟；两次却都没有拿获刺客，当此之时，不定又要来一次逐客令，将山东人氏赶出关中哩！山东商旅聚居的尚商坊，却流传着另外一种更具眉目的说法：入冬以来，皇帝已经秘密举行了三次重臣小朝会，李斯的丞相府更是彻夜灯火，连博士学宫都在日夜忙碌，长公子扶苏也已经从北河赶回了咸阳，凡此等等迹象，来年必有大事无疑！种种消息议论纷纭流播，大咸阳的沉寂中雪藏着一种难言的骚动，惶惶不安的期待充塞在每个人的心头。

终于，冬尽之时一道诏书传遍了朝野：开春惊蛰之日，皇帝将行大朝会。

大咸阳松了一口气，然终是其心惴惴。原因，便在这春季大朝会的日子。开春朝会固然寻常，每年必有的铺排一年国事的程式而已，然诏书明定为惊蛰之日，便有些暗含的意味了。是时，《吕氏春秋》已经在天下广为传播，人们对月令时令与国事大政的种种神秘关联已经大体清楚。而在《吕氏春秋》问世之前，基于天人感应的国事运行程式，还是一种深藏于天子王城与上层官府的颇为神秘的治道学问，寻常庶民是不

[1] 阳武为秦县名，大体在今开封西北。博浪沙为其时驰道路段名，大体在今开封与郑州之间，在今河南原阳县。博浪沙事件在始皇帝二十九年，公元前 218 年，韩国旧贵族张良主谋。

明所以的。《吕氏春秋》以月令时令论国事，向天下昭示了自古秘而不宣的天人治道之秘笈，使天子诸侯的基本国事动作成为大白于天下的可以预知的程式，诚一大进步也。尽管世事沧桑治道变迁，然其根基传统毕竟是不会轻易改变的。依据《吕氏春秋》以及种种在民间积淀日久的天人学问，人们很清楚惊蛰之日的特异含义。

蛰者，冬眠之百虫也。惊蛰者，雷声惊醒冬眠百虫也。自立春开始，惊蛰是第三个节气，大体在每年二月初的三两日，后世民谚云："二月二，龙抬头。"说的正是惊蛰节气。《吕氏春秋·仲春纪》云："仲春之月（二月），日夜分，雷乃发声，始电。蛰虫咸动，开户始出……无作大事，以妨农功。"也就是说，自古以来，二月之内除了传统认定的"安萌芽，养幼少，存诸孤，省囹圄，止狱讼"等等安民政令之外，是忌讳"做大事"的。就其时盛行的天人感应学说而言，若政令违背时令，则有大害："仲春（二月）行秋令，则其国大水，寒气总至，寇戎来征；仲春行冬令，则阳气不胜，麦乃不熟，民多相掠；仲春行夏令，则国乃大旱，暖气早来，虫螟为害。"也正是因了这种种已知的禁忌与程式，人们虽则不安，却还是认定：惊蛰大朝不会有国政大举，更不会有大凶之政。

然则，惊蛰之日当真炸响了一声撼动天地的惊雷，天下失色了。

因是大朝，各官署都在先一日接到郎中令蒙毅书文知会：午时开朝，皇帝将大宴群臣，应朝官吏俱在皇城用膳。这也是秦政俭朴的老传统，但有涉及百人以上的大朝会，事先一律将衣食安置明告，以免种种重叠浪费。官员们一得书文便知行止，纷纷在午时之前不用午膳便驱车进了皇城。各官署接到的预定程式是：大宴之后行朝会，丞相李斯禀报政事，各官署禀报疑难待决之事，皇帝训政。因了没有任何例外，与朝官员们在市井议论中被浸泡得重重阴影的一颗心终于明朗了起来。

谁也没有料到，惊蛰雷声因博士仆射周青臣的一番颂辞而爆发。

举凡大朝，博士学宫七十二博士无分爵位高低，从来都是全数参加。在老秦国臣子眼中，这是秦国自来的敬贤传统，名士不论爵，该当。无论博士们说了多少在帝国老臣们看来大而无当的空话，举朝对博士与闻朝会都一无异议。而博士们则更以为理所当然，博士掌通古今，岂有大政不经博士与闻论辩之理？是故，博士们每次都是气宇轩昂，想说甚说甚，从无任何顾忌。今日大宴一开始，博士们惊讶地发现，皇帝骤然衰老了，须发灰白面色沉郁，一时相互顾盼议论纷纷。

博士仆射周青臣执掌博士宫事务，与皇城及各官署来往最多，也是博士中最为深切了解秦政及帝国君臣辛劳的一个，今日眼见皇帝如此憔悴衰老，心下大是不忍，几次目光示意博士区首座的文通君孔鲋，很是指望这个不久前被皇帝特意请入咸阳统掌天下文学之事的孔子后裔与儒家首领，能够代博士们说得一席话，对皇帝有些许抚慰。可孔鲋却是目不斜视正襟危坐，似乎根本没有看见任何人，也没有听见任何议论。周青臣有些难堪，也有些愤然。他虽是杂家之士，也素来敬重儒家，然却始终不明白以人伦之学为根本的儒家名士，为何在一些处人关节点上如此冷漠？譬如这个孔鲋，自进入博士宫掌事，从来对其余诸子门派视若不见，终日只与一群儒家博士议政论学，还当真有些视天下如同无物的没来由的孤傲。周青臣很清楚一班非儒家博士早有议论，都说儒家若当真统帅天下文学，诸子百家定然休矣！虽则如此，周青臣却从来没有卷进非儒议论之中，更没有与孔鲋儒家群有意疏远，当然更不会以自己的学宫权力刁难儒家。全部根基只在一点：周青臣明白，秦政有法度，对私斗内耗更是深恶痛绝且制裁严厉，自乱法度只会自家身败名裂。然则，今日周青臣却不能忍受这位文通君的冷漠了。周青臣径自站了起来，一拱手高声道："陛下，臣有话说。"

"好。说。"嬴政皇帝淡淡地笑了。

"启奏陛下，"周青臣声音清朗，大殿中每个人都抬起了头，"臣闻冬来朝野多有议论，言秦政之种种弊端，以星象预言秦政之艰危。臣以为，此皆大谬之言也！往昔之时，秦地不过千里，赖陛下明圣，平定海内，驱除匈奴蛮夷，日月所照，莫不宾服；以诸侯为郡县，人人自安乐，无战争之患，传之万世。自上古以来，不及陛下威德也！陛下当有定心，无须为些许纷扰而累及其身也！"

"好！为仆射之言，朕痛饮一爵！"嬴政皇帝大笑起来。

大臣们为周青臣坦诚所动，举殿欢呼了一声："博士仆射万岁！"

“周青臣公然面谀，何其大谬也！”一声指斥，举殿愕然了。博士淳于越霍然离座，直指周青臣道，“青臣以今非古，不敬王道，面谀皇帝，蛊惑天下，此大谬之论也！”淳于越昂昂然指斥之后，又立即转身对皇帝御座遥遥一拱手，“臣闻：殷周之王千余岁，封子弟功臣，自为枝辅。今陛下有海内，而子弟为匹夫。卒有田常、六卿之臣，无辅拂，何以相救哉！事不师古而能长久者，非所闻也！今青臣非但不思助秦政回归王道，却面谀陛下，以重陛下之过，非忠臣也！”

一言落点，举殿哗然。淳于越仅仅指斥周青臣还则罢了，毕竟，博士们的相互攻讦也是帝国君臣所熟悉的景象之一了。然则，此时距郡县制推行已有八年，淳于越却因指斥周青臣而重新牵涉出郡县制与诸侯制之争，且又将自己在博士宫说过不知多少次的“陛下有海内，而子弟为匹夫”再次在大朝会喊将出来，若非偶然，则必有深意，这个儒家博士究竟意欲何为？一时间议论纷纷，大殿中充满了骚动不安。

“少安毋躁。”嬴政皇帝叩了叩大案，偌大正殿立即肃静了下来。

“既有争端，适逢朝会，议之可也。”

嬴政皇帝话音落点，大殿中立即哄嗡起来。身为大臣谁都清楚，皇帝的议之可也，可不是教臣子们如市井议论一般说说了事，而是依法度“下群臣议之”。也就是说，可以再次论争郡县制是否当行。这不是分明在说，郡县制也可能再度改变么？如此重大之迹象，谁能不心惊肉跳？整个大殿立即三五聚头纷纷顾盼议论起来，相互探询究竟该如何说法？

“陛下，周青臣之言面谀过甚，臣等以为当治不忠之罪！”

一群博士首先发难，锋芒直指周青臣。廷尉姚贾挺身而出高声道：“陛下既下群臣议之，则周青臣所言，自当以一端政见待之，何以论罪哉！再说，秦法论行不论心，例无忠臣之功，焉有不忠之罪也！尔等不知法为何物，如何便能虚妄罗织罪名！”一番话义正词严慷慨激昂，熟悉秦法的大臣们无不纷纷点头，博士们顿时没了声息。

淳于越大是难堪，“非忠臣”之说原是自家喊出，却被素来开口在后的这个执法大臣批驳得体无完肤，顿时气咻咻难耐。看看文通君孔鲋还是正襟危坐无动于衷，淳于越一拱手高声道：“臣与二十三博士具名上书，再请终止郡县制，效法夏商周三代，推恩封地以建诸侯。事不师古而能长久者，未尝闻也！”

“臣等附议！事不师古而能长久者，未尝闻也！”

二十余名博士齐声高呼，其势汹汹然，大殿骤然震惊而沉寂了。帝国官员们的最大困惑是，这群博士在八年之后兀自咬定郡县制不放，背后究有何等势力？否则，纵然名士为官，焉能如此目无法度，敢于以如此强横之辞攻讦既定国政？

“淳于越之言，食古不化也！”老顿弱颤巍巍站了起来，苍老的声音依然透着名家名士的犀利气势，“就今日之论，淳于越明是为皇帝叫屈，实则为诸侯制张目！大秦郡县制业已推行八年，华夏一治，民不二法，天下黔首无不康宁。尔等突兀攻讦，究竟意欲何为？山东老世族汹汹复辟，尔等则汹汹主张诸侯制，岂非沆瀣一气哉？”

“此言过甚！”淳于越面色通红，愤然高声道，“山东六国老世族，大多已经迁入咸阳，沦为寻常民户，如何复辟耶？大人诛心之论，大为不当！”

“诛心之论！大为不当！”博士群齐声一喝。

“世族复辟，谁云诛心？”一个冰冷明朗的声音突然插入。

大臣们又是一惊，历来不问政的长公子扶苏站起来了。几乎同时，甬道走来了肥白如瓠的张苍，抱着一只大铜箱放到扶苏案前，昂然肃立着不说话。扶苏拍了拍铜箱高声道：“老世族要复辟，此乃铁证也！列位该当知道，近年土地兼并之风日见其烈。故楚之泗水郡，已有民谚云：富者田连阡陌，贫者无立锥之地。殊为痛心！去岁，曾有十余博士上奏皇帝，请彻查大臣与郡县官吏侵占田产事，以解民倒悬。其间，适逢扶苏受命职司田亩改制，遂会同御史大夫府并治粟内史府秘密查勘。月余之期，扶苏与御史张苍秘密查勘了陈郡泗水郡。这只大箱，便装着两郡田产兼并之黑幕！张苍，打开铜箱，给大人们说说吞田凭据。”

“是。”张苍一点头掀开了箱盖，两手掬出一捧宽大的竹简高声道，“此箱竹简，已然经过御史大夫府与廷尉府合署勘验，登录在案。今日为陈情于朝会，如数借出。此箱竹简非竹简，全数是田产密契！合计买卖六十九宗，全部是低价吞并良田。买主全然一家，彭城项氏。卖田者，全数是当年项氏封地之民户。”张苍哗啦放下一捧竹简，又拿起一支道，“密契极其简约，两行字：‘民某某，自卖田产若干亩于项氏，某某以佣耕之身为名义田主，不告官，不悔约，若有事端，杀身灭族。’据查，项氏后裔以如此密契在泗水郡吞并田产，业已达四十万亩之多。”

“泗水郡是楚国项氏，陈郡是韩国张氏。”扶苏高声接道，“陈郡阳城，有民户陈胜者，遭张氏公子张良刺客威逼，卖尽全数田产二百余亩，父母家人不堪贫困而死，陈胜则为人佣耕，无力成婚立家，实同鳏夫，辄生为盗之心！”扶苏从张苍手中接过一只黑乎乎的皮袋打开，抽出了一支宽大的竹板，“诸位大人请看：这是陈胜卖田密契，末端一幅血画！画的甚？一剑刺一冠！冠为何物？是官，是官府。在陈胜等民户看来，官府不能整肃黑幕，便当杀之！后经我等秘密查勘，至少在陈郡泗水郡，没有一个国府官吏私吞民田。私吞民田者何许人也？六国老世族也！老世族纵然失国，依旧衣食无忧田产丰饶，为何以如此恶黑手段贪得无厌地搜刮民户？真相只有一个：积聚实力，图谋复辟！否则，大秦律法不禁田产买卖，何以却要买了田产，却仍使佣耕户顶着田产主人之名，自家藏身其后。与此同时，却在天下大肆鼓噪，说大秦官吏吞并民人田产。世间黑恶，莫此为甚！诸位博士既曾请查兼并，果真对山东故地如此黑幕一无所知乎！”

扶苏戛然而止，整个大殿静得如深山峡谷。

且不说博士们如芒刺在背，面色阴郁无言以对，不知情的帝国老臣们也额头涔涔冒汗，心头突突乱跳。事实上，土地兼并之风谁都不同程度地知道些许，然大多数官员都认定必然是国府贪官所为，不定身边哪位重臣便是元凶。唯其如此，大多官员对土地兼并讳莫如深，与其说是不知情，毋宁说是投鼠忌器。毕竟帝国新立，内忧外患如山重叠，大事又接踵而来，国府君臣忙得日夜连轴转，死咬住一件尚不明了的事大做文章，也确实有失大局。然今日经扶苏一说，帝国老臣们恍然之余，又不禁心惊肉跳了。果真兼并之后有如此黑幕，岂非这六国贵族要从水底动手将帝国拖下水淹死不成！一个不争的事实是，对于六国贵族复辟，大多数大臣并没有看得如何严重，而以今日情形看，却是大大地懵懂了。

“老臣补正事实。”右丞相冯去疾打破了举殿沉寂，高声道，“老臣职司天下户籍，对六国贵族清楚得很！淳于越说老世族大部迁入咸阳，大谬也！事实如何？自皇帝陛下迁六国贵族诏书颁发，至今业已八年，迁了几多？只有一千余户！六国大贵族哪里去了？跑了！楚国项氏景氏昭氏屈氏、韩国张氏、齐国田氏、魏国魏氏张氏陈氏、赵国赵氏武氏、燕国姬氏李氏等等等等，举凡六国大贵族，都逃跑了，藏匿了！狗日的！老夫要早知道这些鸟族黑恶害民图谋复辟，当初该一个不留！狗日的！”粗豪的冯去疾竟在朝会上破口大骂起来。

“陛下，臣有一议。”文通君孔鲋终于开口了。

“说。”嬴政皇帝淡淡一个字。

“臣以为：一则，朝会当归正道。公子扶苏所言，既有铁证，着廷尉府依法勘审便是，无须反复纠缠。二则，纵然实情，不能因此而疑忌尊奉诸侯制之儒家博士。儒家博士固然主张诸侯制，然与六国贵族复辟毕竟有别。臣等奉行诸侯制，主张以陛下子弟为诸侯。六国贵族复辟，则图谋恢复自家社稷。此间异同，不言自明。敢请陛下明察。”

“言之有理。”嬴政皇帝拍案高声道，“无分大臣博士，只要在朝会说话，俱皆论政，无涉其心。文通君若有正题，尽说无妨。”

“如此，臣昧死一请。”

“说。”

“去冬臣曾上书，请编《王道大政典》，敢请陛下允准。”

“也好。”嬴政皇帝淡淡一笑，“找文通君奏章出来。”

蒙毅做了郎中令，依旧兼领皇帝书房长史，每临大朝必在帝座侧后侍立，一则督导两名尚书记录，一则随时预备皇帝诸般政事所需。见皇帝吩咐，蒙毅立即快步走向帝座大屏之后，片刻捧出了一卷竹简。

“文通君奏请编书。诸位听听，一并议之可也。”

蒙毅展开竹简，站在帝座侧前高声念诵起来：“臣，文通君孔鲋启奏陛下：今大秦一治天下，诚夏商周三代王道复出也。三代天子一治，于今皇帝一治；人主不同，治道同也。故此，臣拟与儒家博士协力编修夏商周三代以来之《王道大政典》，以为大秦治国鉴戒。典籍修成，臣当与儒家博士以典为教，弘扬王道大政于天下，以成皇帝陛下文明宏愿。臣心耿耿，臣心昭昭，陛下明察。”

随着蒙毅的声音回荡，大臣们的心头又一次突突乱跳起来。这个文通君硬是要将三代天子的“一治”与大秦皇帝的“一治”扯成一样，分明荒谬得可笑，却又一副神圣肃穆之相，他与那班儒家博士究竟想做甚？自《吕氏春秋》事件后，秦国朝野对编书的背后蕴含已经大大地敏感起来，几乎是一听说编书便大皱眉头，谁都要本能地先问一句，真是编书么？究竟想做甚？这文通君口气甚大，举殿大臣一时竟没人说话了。

“诸位大臣，”嬴政皇帝平静地开口了，“为修明文治，朕特召孔子九代孙孔鲋入朝，封爵文通君，官拜少傅，领天下文学重任。文通君与诸博士联具上书，请编王道经典。此为天下大事，诸卿但抒己见。”

博士坐席区一则振奋，一则惶惑。振奋者，如此大事终上朝会也。惶惑者，皇帝一番话不痛不痒，揣摩不出可否之意，若乱纷纷议来，这些不知编修经典为何物的粗豪大臣动辄便骂人，能有个主见么？

“老臣敢问，”奉常兼领太史令的胡毋敬率先开口，“文通君编修《王道大政典》，与大秦新政有何裨益？”

孔鲋一拱手答道：“我等上书业已言明：三代一治，秦亦一治；皆为一治，自当引为鉴戒。秦政若能以三代王道一治天下，岂非巍巍乎大哉！”

“此言大而无当。”扶苏高声道，“三代王道乃沉沦治道，百余年无人问津也。大秦新政与三代王道南辕北辙，如何竟能以王道之学做大秦治国鉴戒？子矛子盾，尚请自圆。”

“长公子差矣！”博士淳于越昂昂然道，“治国之道，原非一辙，相互参校，可见真章。以三代王政参于大秦，有何不可？今公子见疑，莫非大秦不行王道于天下，而欲专行苛政于天下乎！不敢使天下流播王道之学，岂非掩耳盗铃哉！”一席话尖刻流利，帝国大臣们都不禁皱起了眉头。

“淳于越之言，陈词滥调也！”廷尉姚贾奋然高声，“一言以蔽之，三代王道乃复古怀旧之道。自春秋以至战国，以至大秦，数百年惶惶若丧家之犬，天下谁人不知？若想用王道两字将三代诸侯制说成万世不移，用苛政两个字迫使大秦改弦更张，痴人说梦也！以实论之，掩耳盗铃者只恐不是别人，而是儒家博士！"

"廷尉之言，何其凶悍也！"博士鲍白令之冷冷笑道，"若不尊圣王，不修大道，不言三代，不涉经典，天下文明何在也！文学良知何存焉！若编修一书而能使天下大乱，我等文学之士岂非神圣哉！大秦新政岂非不堪一击哉！"

"屁话！"御史大夫冯劫终于忍不住了，霍然起身愤愤然骂道，"编一鸟书，是不能使天下大乱！老秦人见的书多了，《商君书》你等博士编得来么？《韩非子》你等编得来么？《尉缭子》你等编得来么？就是《吕氏春秋》，你等编得来么？大秦不怕编书，要看编甚书！编出一部烂书，分明是在大锅里扔一粒老鼠屎！那个韩非子咋说来？对了，侠以武犯禁，儒以文乱法，儒家是五种毒虫之一！要说不堪一击，那是臭烘烘的烂书！"

"大人位居三公，诚有辱斯文也。"博士群中站起了叔孙通，揶揄一句粗豪的冯劫，转而侃侃道，"三代经典，我华夏文明精华，治国大道渊源也。今若以冯劫大人之言，蔑视典籍，摒弃王道，只恐百年之后国人皆愚不可及，天下皆一片蛮荒也！"

"此言大谬也！"蒙毅大踏步走下帝座，站到自己坐席前高声道，"摒弃三代王道，绝非摒弃文明。天下文明，大成于春秋战国五百余年，与三代王道何涉也！不习三代，也绝非使天下蛮荒。孔子有言：'民可使由之，不可使知之。'真正欲使天下蛮荒者，不是别人，正是孔子！正是儒家！儒家欲攻讦新政，便打出王道大旗，以替民众呼吁文明自居。而一旦为政，则诛杀论敌，唯我独尊！蒙毅敢问诸位：孔夫子当年为政鲁国，能允许少正卯如此在庙堂放肆么？今日，儒家博士们却以文明面目教训我等，何其可笑也！"

殿中骤然沉寂，隐隐弥漫出一片肃杀之气。

"陛下，老臣有奏对。"东区首座的李斯站了起来。

“丞相尽说。”嬴政皇帝依旧淡淡一笑。

殿中回荡着李斯庄重清晰的声音：“今日大朝，原本铺排国政，不意竟因博士仆射周青臣首肯秦政，引出博士淳于越非议郡县制，并再请奉行诸侯制。大政稳定八年，而能突兀出此惊人之论，李斯以为，事非寻常也。诗云：风雨如晦，鸡鸣不已。六国贵族黑恶兼并欲图复辟，朝野议论蜂起欲行王道，更兼星象流言、亡秦刻石、刺客迭出、贵族逃匿，凡此等等，足证复辟旧制之暗潮汹汹不息。当朝论政，固不为罪，然定制八年而能汹汹再请，亦必有风雨如晦之大暗潮催动也。飓风起于青萍之末。此等汹汹之势，不能使其蔓延成灾。”

博士们的额头不禁渗出了涔涔汗水。

首相李斯的语势并不如何强烈，然其整体剖析所具有的深彻却骤然直击每个人的魂灵。谁能说自己没有受到汹汹复辟暗潮的鼓舞？谁能说自己没有异常灵敏的贵族消息通道？谁又能说，力主诸侯制与编修那部王道大典，不是在种种令人躁动不安的消息激发下催生的？甚或，谁又能说自己在听到皇帝两次遇刺后不是暗中多饮了几爵？谁又能说自己不是将韩国张良的博浪沙行刺视为英雄壮举？凡此等等，可谓人心莫测，谁又能知道了？偏偏这李斯似乎神目如电，寥寥数语便将大局说了个底朝天，博士们一时一身冷汗，似乎第一次明白了重臣巨匠的分量，人人都从心头冒出了一丝不祥的预感。

“以今日之议，淳于越之言实属刻舟求剑也。”李斯的声音重新响起，“老臣愿在今日大朝会再度重申：五帝不相复，三代不相袭，各有治道也。非其着意相反，时势异也。今日，秦创大业，立制于千秋万世，非儒家博士所能知也。流水已逝，行舟非地也。淳于越言三代诸侯制，文通君请编三代王道大典，尽皆楚商之刻舟求剑，不足效法也。是故，废郡县制、行诸侯制之议当作罢，不复再议也。”

博士们没有人出声，大臣们频频点头。虽然嬴政皇帝没有说话，但谁都清楚地感觉到一种强烈的气息：这一页就此翻过，废除郡县制之议将永远地沉入海底。

“古谚云：庙堂如丝，其出如纶。”

李斯的声音再次冷冰冰钻进博士们的耳膜，“今日御前大朝会议政，尚且如此纷纭混乱，传之天下可想而知。凡此等等根源，皆在妄议国政之风。今天下已定，法令出一，民当效力农工商旅，士当学习法令辟禁。亦即是说，士子该明白自己当行之事，避开自己不当行之事，做奉公守法国人。然则，今日诸生不师今而学古，以非议当世为能事，以惑乱民众为才具。此皆不知国家法度也。古时天下散乱，无法一治天下，方有诸侯林立。议论之人皆崇古害今，大张虚言以乱事实。士子修学皆从私门，国家之学不能立足。今我大秦，业已别黑白而定一尊，然私学之士依然传授非法之学。但有官府政令颁行，则人各以其学非议。入则心非，出则巷议，宣扬自家学派以博取名声，秉持异端之说为特立独行，鼓噪群下，张扬诽谤。此等恶风不禁，则国家威权弥散于上，私人朋党聚结于下。六国贵族于失国之后依然能兴风作浪，赖此流风也。是故，老臣奏请陛下：禁民人私相议政，去庙堂下议之制，使国家事权一统。”

“彩！”帝国老臣们异口同声一喝。

博士们死死沉寂着，没有一个人再试图说话。

“有鉴于此，老臣请力行焚书法令。”

如同一声惊雷，博士们刷地站了起来，惊愕万分地盯着这位枯瘦冷峻的首相。

“好古非今者，尽以史书为据。”李斯对博士们森森然的目光浑然无觉，“为此，老臣奏请：举凡史书，非秦记者皆烧之；除博士宫国家藏书之外，其余任何人私藏诗、书及百家论政典籍者，悉交郡县官署一体烧之。敢有以诗、书攻讦新政者，斩首弃市；敢有以古非今者，灭族；官吏见而不举，连坐同罪；令下三十日内有藏书不交者，黥刑苦役。凡书只要不涉政事，皆可保留。民人欲学法令，以吏为师，以法为教！”

这番话如秋风过林，举殿大见肃杀，连帝国老臣们也惊愕得张大了嘴巴却没有声音。如果说去除议事制度与禁绝民人议政，老臣们还衷心赞同的话，那么焚书之举则多少使帝国老臣们觉得过火了。谁都知道，自商君秦法便有焚烧诗书令，然商君之世及其之后，秦国事实上并没有延续这一法令。也就是说，始皇帝之前五代秦王，只有过那一次焚书令，而且远远没有今日李斯所请的这般铺天盖地。毕竟，秦国以敬贤敬士而崛起，老秦人对书，对读书士子，还是从心底里敬重的。

“可有异议？”嬴政皇帝的问话仿佛从天外飘来。

“灭绝文明，灭绝天理，不可啊……”孔鲋绝望地嘶喊了一声。

突然，嬴政皇帝大笑着站了起来。大臣们这才惊讶地发现，皇帝今日是带剑临朝的。嬴政皇帝扶剑走出了帝座，居高临下大笑道：“好个文明也！好个天理也！此话该教那些兼并民田的六国贵族们说说，也该教那些流着血汗为人佣耕的农人们说说！好词都是儒家博士的？儒家便是文明？儒家便是天理？儒家经典便是文明？王道仁政便是天理？好大的口气！好大的身份！何等文明？何等天理？复辟的文明！乱政的天理！朕今日就是要杀杀这复辟文明的威风，灭灭这王道天理的志气！朕就不信，没有这般文明，没有这般天理，天会塌下来，地会陷下去！大秦郡县制就会被取代！六国贵族也好，这家那家也好，谁想复辟，尽可与大秦较量！朕今特诏：丞相李斯所奏，照准实施。这，是朕对复辟者的一道战书！”

一番嬉笑怒骂，挟雷霆万钧之势震慑人心，博士坐席区一片沉寂，大臣们骤然爆发出一阵哄然呐喊：“皇帝万岁——大秦万岁——”

三日之后，嬴政皇帝的诏书附着帝国丞相府令颁行天下了。

嬴政皇帝的诏书只有两句话：“大朝所议，制曰：可。准以丞相府令颁行郡县。”随附的丞相府令名为《文治整肃令》，全部将李斯的朝会奏对化作了实际政令，其包括方面是：

其一，废除议事制度。所谓禁议论，这是最实际的一条。要申明的是，被禁止的议事不是正常的朝会议事，而是由皇帝“下群臣议事”的有关特定重大事件的商讨决策制度。就其实际而言，这种议事与其说是一种明确的决策程序，毋宁说是战国论政风习所形成的一种传统。但无论如何，这是一种通行的事实，而且为朝野所认可。所以，若不明令禁止，则有可能在大事不交群臣议决时反而遭受非议。是故，李斯主张禁议论，首先便是废止最具有传统根基的“下群臣议事”的习惯程式。这便是李斯所说的“禁之便”（禁了有好处）的实际所指。中央国府取消议事传统程式，流播民间的种种议论没有了强大的传递渠道，帝国决策便很容易保持一致。从当时的情形看，禁议事不能说没有合理性。

其二，禁止民人私议政事，尤其严厉禁止“以古非今”，明定“以古非今者，（灭）族！”这个民，是朝臣之外的所有民众，其本意目标当然首指士人阶层。就事实而言，这是中国历史上第一次以强权镇压民众言论的重大事件，其负面影响极为深远。然则，值得注意的是，这一禁令明确指定了非议秦政的具体所指：以古非今。从尊崇革新维护革新的意义上说，它充满了不惜以强大权力维护新政成果的坚定性，最大限度地张扬了战国时代“法后王”的变革精神。但是，禁止议论政治，也开启了思想专制的先河。从史料角度说，尚未发现帝国时期真正因“以古非今”言论而被灭族的记载。这一事实间接地证明：这一法令的威慑意义大于实际执行的强度。

其三，焚烧史书及民间所藏诗、书，期限为三十天。这一政令的当时含义很清楚：根除攻讦秦政的根基依据。李斯的庙堂对策及其政令，也都同时明确了豁免方面：医药卜筮种树之书不在此列，官府藏书不在此列，法令典籍不在此列，秦国史书不在此列，各种政令典籍与理财资料（图书计籍）等也不在此列。后来的史料证实，这道政令在实施中远远没有政令本身那般彻底。真正的天下典籍，除了藏于洛阳周室的先秦史书损毁最大，可说是基本不存外，其余百家典籍并未损毁多少。主要原因在两处：一则是官府收藏的诸子百家典籍仍在，二则是散布天下的民间藏书不可能被全部收缴。东汉王充的《论衡·书解篇》云：“秦虽无道，不燔诸子，诸子尺书文篇，具在可观。”《通志》卷七十一云：“（先秦典籍之丧失）非秦人亡之也，学者自亡之耳！”刘大櫆之《海峰文钞·焚书辨》云：“六经之亡，非秦亡也。（秦防儒者）道古非今，于是禁天下私藏诗书百家语，博士之所藏俱在，未尝烧也。”李斯奏对中分明说民间百家语在焚烧之列，何有王充等“不燔诸子”之说？只能说明，这道政令在实际执行中是有着很大的弹性的。毕竟，这道政令的本质目标是与复辟暗潮相呼应的“道古非今”的政治思潮，而不是藏书本身。

其四，禁私学。春秋战国学术繁荣以至鼎盛，私学之兴起居功至伟。

帝国政令禁止私学，对中国文明的杀伤力远远大于“焚书”与“禁议事”两项。因为，这是从根本上遏制了文明源头的多样性与丰富性。私学被禁，名士大家的私学弟子若不散去，便得秘密藏匿于深山大泽，或得改换名目以继续传授学问。后世史家发掘这一方面的史料极少，只有一条记载，这便是《汉书·楚元王传》。其云：“楚元王交，字游……好书，多才艺。少时尝与鲁人穆生、白生、申公俱受《诗》于浮丘伯。伯者，荀子门人也。及秦焚书，各别去。”

其五，立官学。所谓“以吏为师，以法为教”，根基在确立官学。立官学，是禁私学的必然补充。但从实际情形看，秦帝国之初正当战国私学传统极其强大之时，官学在事实上也只能是国家设立的博士学宫而已，各郡县尚没有兴办官学之时机与能力。帝国政令的目标很清楚，就是要通过官学来保持国家政令的统一，来凝聚种种社会思潮。值得注意的是，同时期的西方罗马帝国也是以法令为教，以律师为传授教习。两大尚未相通的文明体系，在同一时期采取了本质同一的治理方式，蕴含着何等必须探究的东西，实在值得深思。

请注意，公元前 213 年春，始皇帝嬴政禁止并焚烧民间私藏政治典籍，是中国历史上影响极其深远的“焚书”事件。与其后的“坑儒”事件一起，嬴政皇帝乃至整个秦帝国，因此而被钉在了历史的耻辱柱上。两千余载厚诬之下，已经无以使后人认知全貌了。人们因此而将嬴政皇帝看做暴君，而将秦帝国视作暴秦，甚或不屑于做任何历史真相的追究了。作为一起有着深刻历史背景，且发自必然的政治事件，“焚书”事件在政治上的积极意义，已经被后世儒家夹杂着仇恨心理的单向价值评判淹没了。这种居于统治地位的单向评判，大大掩盖了“焚书”事件反复辟的政治本质。在岁月流逝的长河中，一场反倒退反复辟的政治战役，被褊狭地演绎成了一场恶意毁灭文化的暴行。这种评判，折射着我们民族时常痉挛性发作的对重大历史事件的刻意失察，折射着我们常常因这种刻意失察而导致的种种悲剧。至少，人们已经忘记了，“焚书”事件是帝国新政面对强大的复辟势力被迫做出的反击，是新文明为彻底摆脱旧时代而付出的必然代价。

三　光怪陆离的铁血儒案

博士学宫激起了巨大的波澜。

惊蛰朝会的次日夜里，统领学宫的文通君孔鲋逃亡了。博士仆射周青臣连夜禀报了奉常胡毋敬，两人一起夤夜晋见皇帝。嬴政皇帝淡淡一笑："走了也好，只要儒家不生事，去留自便。"胡毋敬周青臣一时大为惶惑，秦政历来法行如山，高悬廷尉府正堂的便是商君名言："有功于前，不为损刑。有善于前，不为亏法。"皇帝更是从未宽恕过一个罪犯。如何有封君爵位的大臣逃亡了，皇帝竟能淡然处之？嬴政皇帝见两人愣怔，又是淡淡一笑道："孔鲋并无实际职掌，其心又不在国政，走便走了。焚书也好，禁议也好，本意都在威慑而已，还能真杀这些文士了？"两人这才长长地出了一口气，出得皇城便呵呵笑了。奉常胡毋敬总领文事，叮嘱周青臣：不闻不问，听之任之。于是，周青臣回到博士学宫也便没了任何动静，只与几个志在治学的博士埋头整理经典。

周青臣没有料到，孔鲋逃亡之后的三日里，博士连续逃亡四十余名，几乎清一色的儒家博士，七十二博士只剩下了二十余名博士。周青臣大为惊慌，立即再次禀报胡毋敬，两人又再次进了皇城。皇帝这次显然认真了一些，召来丞相李斯共同议决。李斯见嬴政皇帝并无追回逃亡博士之意，思忖片刻，提出了一个方略：在焚书令之后，立即颁行一道广召天下文学之士的诏书，一则可向天下彰显秦政弘扬文明之宗旨，二则可使天下学人聚集国府昌盛官学，三则可消解博士逃亡之种种非议。胡周两人立即赞同，周青臣还特意补充道："广召文学之士，又不究博士擅自逃亡罪行，儒家有可能生出的流言，便会不攻自破！"嬴政皇帝笑道："既云广召，索性也将方士术士一并延揽，免得此等人在民间滋事。"显然，皇帝对方士术士并无反感，带有几分戏谑。胡周两人是立即赞同了。李斯有些犹豫，迟疑着没有说话。嬴政皇帝笑道："方士术士未必没有管用者，然大多荒诞无疑。教他等在民间行骗，不若将他们召进学宫，看看他们究竟有多大神通。若是术不应验，我大秦律法岂是白设？"李斯恍然大悟，立即连连点头。

秦政高效，次日立即颁行了《广召天下文学方术士诏》。

说也奇了，虽然以焚书为轴心的整肃文治令颁行之后，天下士人大为震动，各郡县也不时传出藏书世族纷纷逃匿的消息。然召士诏书一颁行，还是立即大见效应。半年之内士子们络绎不绝地奔赴咸阳，秋风萧瑟的时节，博士宫已经聚集了千余名各色士子。一时之间，咸阳博士宫生机勃勃，帝国文风大盛，似乎已经完全掩盖了因焚书禁议而引起的朝野震荡。但博士仆射周青臣却很清楚，此番招纳士子，博士宫来者不拒一无遴选，是故鱼龙混杂，没有一个举足轻重的名士大家，根本不可能担负兴盛文明之重责。唯一的效用，无非是消解复辟暗潮与儒家名士对帝国新政的攻讦罢了。

然在对士子们一一登录清楚之后，周青臣又一次惊讶了——千余名士子中，竟有六百余名儒家士子，二百余名方士术士，三百余名占候、占气、占星与堪舆之士！其余农家、水家、工家、医家等实用学派却只有数十人，兵家法家道家墨家等，则更是寥寥无几。周青臣大觉蹊跷，反复勘验，仍然如此。至少，数量最大的士子们都自称是儒家弟子，所习经典也大体都是诗、书、六艺，师从传承也都路径清楚，你能说他不是儒家士子？而方士术士则更是怪异，都透着几分神秘，人人宣称自家有特异之能，一见周青臣便纷纷自请为皇帝祛除暗疾，为帝国祈福禳灾。占候、占气、占星、堪舆之士，则人人都说天机不可预泄，再问便是望天不语。周青臣大觉不是路数，当即禀报奉常并上书皇帝，详细禀报了种种情形，末了忧心忡忡道："博士学宫原本文明之地，近日已是怪力乱神充斥也！臣请为博士学宫建立选士法度，不能见人皆纳。"

未过三日，胡毋敬带来了一个显赫的校士大臣，博士学宫顿时大乱了。

这位校士大臣，是御史大夫府的御史丞，也就是冯劫的副手。御史大夫位列三公，总司帝国百官查核考校，职责重大权力显赫。然大秦政风清廉唯法是从，是故这御史大夫府对帝国群臣而言，并无威势赫赫之感。然一入鱼龙混杂的博士宫，御史丞之纠察威力立即大显功效，旬日之内立杀方士术士三十余人，博士宫顿时人人惊骇了。

那日，周青臣奉命召集全部官士聚在了学宫中央的露天论学台前。

这御史丞也是奇特，满头灰白须发，古铜色脸庞始终荡漾着一丝似笑非笑的纹路，人莫测深浅。那日摆好了法案，十名执法重剑甲士两侧一站，御史丞先宣读了勘验士子的御史大夫令。令云：“诸生奉诏为官士，当考校才具，量才录用，虚妄不实者依法处置之。”而后御史丞淡淡宣布，先行勘验方士术士之才具。战国之世谁都清楚，秦法“不兼方”。也就是说，不容纳方士术士，禁止方士术士。然皇帝诏书大召方士术士，似乎是法令改了，方士术士们也才敢纷纷冒将出来。今日一闻勘验之说，方士术士们尽管心下忐忑，也还是惊喜万分地接受了。谁能说，这不是皇帝在选传说中的求仙圣使？

“方士许胜。”御史丞看着简册念了一个名字。

“方外之人许胜，参见大人。”一个老方士神闲气定地离座站起。

“先生何能？”

“老夫遍识天下百草药石，一应暗疾，不问可知。”

“好。先生请看，此乃何物？”御史丞从案旁竹筐中拔出了一丛绿草黄花。

老方士接过这丛花草反复端详，已经是满头汗水无以张口，突然愤愤道：“此草腥臊恶臭，绝非入药之物。”

“座中可有农家之士？”御史丞高声发问。

“在下农家是。”一个端正的布衣后生站了出来。

“敢问足下，此草何物？”

农家布衣之士尚在五步之外，一拱手便答：“回大人，此乃野苦菜，生于麦田杂草之中。大人刚刚从青泥拔出，故有泥腥之臭。”一言落点，坐席中一片哄笑。

“敢问先生，此物可在百草之中？”

“大人戏谑过甚也！”老方士满脸涨红。

“再问先生，老夫有何暗疾？”御史丞浑然不计老方士情急羞恼。

“大人……大体，阳事不举……”老方士艰难地吭哧着。

“阳事不举？好眼力。多久了？”

“大，大体三五年。”

“啊，人言方士专一看阳事，果然不差。”御史丞揶揄一句，突然回头问，“你等且说，老夫幼子多大？”

“刚过满月之喜！”重剑甲士们异口同声。

“就是说，十一个月之前，老夫还举得？”

“大，大人……戏谑过甚……”

“方术不验，才具虚妄。斩，立决。”御史丞那丝似笑非笑的纹路倏地没了。

“大大大大人，这这这……”

老方士上牙打着下牙一句话没说得囫囵，已被两名黑铁塔般的重剑甲士轰然架起拖了出去。片刻之间，场外一声惨嚎。方士术士们人人变色。如此这般的勘验方术士之法，便是后来被博士们大肆攻讦，并被司马迁写入《史记》的一桩所谓暴行：“秦法：不得兼方。不验，辄死。”如此旬日之后，方士术士们再无一人敢说自己如何神乎其神了，人人都是一句话：“在下无能，不敢期冀录用，乞放在下回归山野。”再考校占星、占气、占候、堪舆等阴阳家诸流派士子，也都无一人敢说自家通晓天机了。御史丞见此等寻常神气活现，动辄以仙人或上天代言人自居的术士们大见畏缩，连囫囵话也说不来了，只知诺诺连声，不胜其烦，遂下令道：“法家墨家兵家农家医家等非儒家之士，不须考校，等候任职便是。儒家之士太多，旬日之后，老夫与奉常大人请得几位学问之士再来查验。”说罢宣告散场了。整个博士学宫如逢大赦，顿时瘫倒了一大片。

在博士官士们惶惶不可终日的时候，有两个人物开始了秘密谋划。

这两个人物不大，效用却非同小可。他们直接引发了一场千古铁血大案，堪称飓风起于青萍之末。故此，对这两个人物得从头说起。这两人都是博士，一名卢生，一名侯生。侯生是故韩国人，是博士学宫的儒学博士。卢生是齐国人，也是博士学宫的儒学博士。只是卢生的名头大一些，当年是被皇帝近臣赵高领进博士学宫的，挂着儒家博士名头，终日却神秘地忙碌着谁也不清楚的事情。卢生任博士大约半年之后，侯生奉博士仆射周青臣之命，做了卢生的辅学（副手）。侯生问：“卢生治何学问，如何需要辅学？”周青臣皱着眉头说：“莫问莫问，上命差遣。”直到三年前，卢生知会侯生，说要在天下查勘民情风习，以对皇帝提出对策。侯生以为必是安邦秘密使命，大为奋然，欣欣然追随而去。也就是在那次历时年余的名山大川游历中，侯生知道了卢生的真实身份与真实使命，惊愕得好长时日回不过神来。

那是在游历到故齐国的之罘岛时，侯生实在不堪这种无所事事的闲逛，愤愤然要回咸阳，卢生才对他说出秘密的。卢生说，他是齐国方士，是与另一个老方士徐福一起被秘密召入皇城的长生特使；使命是两项：一则护持皇帝体魄健旺，二则为皇帝求取长生仙药。徐福留在皇城守护皇帝，而他之所以进了博士宫，是要物色求仙人才。侯生毕竟有些正道治学根基，更兼笃信儒家不涉怪力乱神之信条，遂大大地不以为然，指斥卢生是盗名欺世，给儒家头上栽赃。卢生不慌不忙悠悠一笑，大说了一番秘密使命的好处，末了道，只要足下忠实追随老夫做事，至少三两年后，老夫举荐足下做个太史令不是难事。侯生心头怦然大动，顿时红着脸不说话了。毕竟，学而优则仕，是每一个儒家士子的梦想，侯生如何拒绝得了一个赫赫太史令的诱惑。卢生见侯生入辙，破例讲述了他的两则惊人之举。一则，朝野秘密流传的那句“亡秦者胡也”的预言刻石，是他的发示。侯生大为惊讶，连问了一串，何处见到石刻的？如何能证实是上古遗物？为何说是足下的发示？凡此等等，卢生一律都是笑而不答，只一句话了事，你只知道可也，无须多问。第二则，是他对皇帝讲述了“真人密居密行而长生不死”之道，皇帝才修筑了复道、甬道，将所有的宫室车道都遮绝连接起来了。

“子云方士虚妄，足下自忖可能如此改变皇帝？”卢生悠然一笑。

“人臣……不能……”终究，侯生还是没话可说。

卢生又说了一件事。一日，他随皇帝从高高复道前往梁山宫，在山腰看见了山下大道上的丞相仪仗车马气势威赫。皇帝皱着眉头说了句：“丞相骑从如此之盛，暴殄天物也！”没过多久，不料皇帝又见丞相车骑，却少了许多。皇帝大怒，说这分明是身边人泄露了朕话，下令一一拷问那日侍从。最终无人承认，于是皇帝便将那日身旁的人都杀了。卢生说，幸亏那日他不在皇帝身边，而是先期到梁山去为皇帝配药，否则岂能有得今日？

“子云效力皇帝，足下不觉胆寒么？”

“寒……”侯生记得，自己当时确实打了个冷战。

当游历到会稽郡时，卢生吩咐侯生在震泽（今太湖）东岸的一座山庄等候，他自己要去做一件私事。卢生一去月余，回来后风尘仆仆疲惫至极，倒头大睡了好几日才缓过神来。究竟何事？卢生始终没有吐露一个字。然其举止神色却呈现出一种难以按捺的兴奋，以至侯生疑虑了许多时日。后来，回程路过侯生故里，卢生颇为神秘地一次给了侯生百金，说是此次完成使命的皇帝赏赐，教侯生好生安置家人。侯生原本寻常人家，得此重金大为惊喜，对卢生的种种疑虑立即烟消云散，觉得这个神秘兮兮的方士一定是个通天人物，否则，何以能如此不动声色地举手便有百金之赏？也就是从携带重金荣归故里的那一次开始，侯生成了卢生的莫逆至交。

御史丞的勘验杀人事件，在博士宫引起了极大恐慌。六百余新进儒生，更是弥漫着惊恐不安，纷纷流传着国府独独刁难儒家的秘密流言，日夜都在三五成群地议论如何在勘验儒生博士之前逃生。第三日的深夜子时，卢生轻步走进了侯生的四进庭院，径入寝室将沉睡的侯生拉了起来。侯生万分惊讶地看着这个突兀站在榻前的熟悉身影，无论如何不明白卢生从来没有来过这里，如何能不惊动一个仆人而如此准确地摸到自己榻前？然一切都来不及细问，侯生便跟着卢生走了。垂帘辎车一阵曲曲折折，来到了一座极其隐秘的庄院。卢生只淡淡说了一句，此乃老夫密居，神仙也找不到。在一座四面石壁的地下密室里，侯生看到了种种生平未见的稀奇古怪物事。烛光之下，种种石工刀具、各种颜色的怪石、各种颜色的草药、各种式样的鼎炉、叫不上名字的种种丹砂粉末等等等等如山堆积，侯生又一次惊讶得语不成声了。

“今日正事，足下切勿分神。”卢生正色一句，拿来了两罐凉茶。

两人在一张座案前对面坐定，卢生却良久没有说话。侯生不明就里，对此等神秘所在又大觉不适，焦急地催促卢生快说。卢生长吁一声，突兀开口道："足下身为儒家博士，宁不为儒家存亡忧心乎！"侯生惊讶道："儒家有存亡危机？兄台何须危言耸听也！"卢生轻轻冷笑一声道："方士术士尚且惨遭横祸，儒家岂能没有更大灾劫？"侯生道："儒家毕竟正经学派，有教化之能。"卢生冷冷道："正经学派？足下何其童稚也！老夫最清楚，在皇帝眼里，方士尚且有用，儒家连狗屎不如！看看你等儒家博士之局促，看看老夫之舒泰，你说，皇帝看重哪家？"侯生道："既然如此，这，这次皇帝为何也杀方士术士？"卢生道："这便是大险所在。皇帝为了根除六国老世族复辟，要先根除种种呼应。这是打国事仗，叫做剪除羽翼，孤其轴心！先拿这群方士开刀，一石二鸟。既向天下表白自家不信虚妄，又教天下明白，复辟贵族与方士术士一般，都是妖邪虚妄之士！方士之后，便是儒家！足下不信么？"侯生惶惑道："兄台如此明白，何不事先警示同门？兄台既非儒家，何以如此关照儒家？"

"老夫不是真方士，方士不是老夫同门。"

"啊！那那那，兄台何许人也！……"

"好。老夫今日便显了真身。"

"真身？"侯生心头猛然一个激灵，如遇妖邪一般。

"老夫，本名鲁定文，鲁国宫室后裔……"

"啊！周，周，周公之后？"侯生又一次瞠目结舌了。

卢生长长地舒了一口气，又汩汩大饮了一阵凉茶，这才沉重缓慢地说起了自己的家世。卢生说，自己是鲁公嫡传子孙，自鲁顷公二十四年之后[1]，鲁室公族悉数败落流散。自己的父亲不堪屈辱，不到三十岁便死了，临死时给儿子取了个名字，叫做定文。鲁定文是被母亲在艰难中教养成人的。还在童稚时期，母亲便亲自教定文读《鲁颂》。每日鸡鸣时分，鲁定文便要捧着竹简在小小庭院里高声念诵："大哉周公，允文允武。诸侯于鲁，大启尔宇。敬明其德，敬慎威仪。济济多士，克广德心。保彼东方，鲁邦是常。复周公之宇，万民是若！"

---

[1]　鲁国灭亡于鲁顷公二十四年，公元前 256 年，时秦昭王五十一年。楚国灭鲁。

鲁定文十六岁那年，母亲大病了一场，痊愈后一双眼睛莫名其妙地失明了。一天，母亲将儿子唤进了狭小庭院最后一进的家庙，教儿子跪在了列祖列宗的木雕像前。白发苍苍身着赭红补丁衣裙的母亲，靠着红漆剥落的大柱，庄重地开口了："定文，你本何姓？""定文本姓姬，乃周公后裔。"鲁定文没有丝毫犹豫。"而今姓甚？""定文而今姓鲁，明鲁国不灭之志！"鲁定文同样没有丝毫犹豫。母亲又问："鲁定文志向何在？"鲁定文高声回答："光复鲁国社稷，传播周公礼制！"母亲又问："鲁定文，母亲今日为你铭刻终身之誓，你可愿意？"鲁定文昂昂回答："定文谨受母教！"

那天，白发母亲用大朱砂笔在鲁定文的背上盲写了四个大字——复鲁社稷。清晰的感觉告诉鲁定文，失明的母亲绝没有将笔画重叠在一起。而后，母亲颤巍巍地摸索着用缝衣针一下一下地刺扎着红字……少年鲁定文脊背鲜血横流，没有一声哭喊。母亲的泪水不断打在了他的背上……刺完字的第三日深夜，母亲无声无息地死了。鲁定文在母亲的手边发现了一方白绢上的六个血字："儿求学，莫守丧。"料理完母亲丧事，鲁定文背起了母亲早已预备好的青布包袱，走出了破败的庭院。

末了，卢生平静地说："我孤身求学，历尽艰辛，终于入了儒家，做了孟子首徒万章大师的弟子。然则，我心中的誓愿一刻都没有泯灭。于是，多年之后，我又孤身远游，在齐国海边遇到了一位老方士。与方士交，我看到了踏进各国君主最机密处的路径。于是，我修习了方士之学，且学得很是精通……"

"兄台何以走到了皇帝身边？"侯生急不可耐。

"老夫很早便开始揣摩秦王，直到他灭了六国。老夫的评判是：如此一个终日忙碌的急功君王，其体魄必定有种种隐疾。于是，老夫游历到了咸阳，以喜好车马结识了精通车马的赵高。切记，赵高是唯一能对皇帝言及隐疾的人物，别看他是个宦者。老夫有意无意地在赵高面前多次为盛年劳碌者医治隐疾，大有成效。一日夜里，赵高终于来找老夫了，要请老夫秘密住进皇城，以防不时之需。老夫深知秦王虎狼秉性，审慎从事，先举荐了最具大名的方士徐福。后来，徐福与皇帝言及，可为皇帝预谋长生之道，这才将老夫正式引荐到了皇帝面前。”

“兄台如此苦心，与恢复社稷何干？”

“足下以为，老夫指望皇帝恢复鲁国？”卢生冷冷一笑，“大事谋大道。恢复鲁国唯有一法：恢复诸侯制。然则，皇帝分明是诸侯制死敌。于是，也只有一条路可走：先灭秦，再使天下重回春秋战国！其时，纵然鲁国不能恢复，为天下除却这一毁灭周礼王道的文明桀纣，亦是大功一件也！”

“灭秦……”侯生倒吸了一口凉气。

“我不灭秦，秦必灭我。任谁不能置身事外。”

“兄台关照儒生，是要这等人灭秦？”

“欲灭秦者，大有人在。”卢生冷漠而明彻，“儒生确实不能灭秦，然却能为灭秦张目，能以史笔讨伐暴秦，能教天下人知道秦国是暴虐桀纣！关照此等人，便是为天下反秦聚集力量。明白么？”

“啊，明白也！”侯生恍然大悟了。

“大险在即，要当即给儒生们说得明白，教他们尽快逃离咸阳！”

“那，我等走不走？”

“走。后天夜三更，老夫在南门外郊亭等候足下，一起远走！”

“可……这……”侯生脸红了。

“尽管跟老夫走。财货金钱足够足下挥金如土。”

“好！尽遵兄台之命！”侯生顿时兴奋起来。

一切尽如谋划。两日之内，侯生以老博士资望秘密接触了各个儒生群的轴心人物，将种种险情做了最严重的描述，鼓动儒生们立即逃亡。侯生没有完全遵照卢生叮嘱行事，不但密会了儒生，也密会了方士术士与其余各家士子的要害人物。在侯生看来，单单儒生逃亡太过引人注目，万一有事则大祸全在儒家，而学宫一起逃亡，非但声势更大，且容易使官府难以追查真相。战国私学昌盛，即或同一学派，师生传承也大多以区域集结为主，同是儒生，便有了齐儒鲁儒宋儒楚儒等等名目。寻常而言，一方之儒生都会有一个颇具资望的会学执事者，以发动各种学术活动。儒家如此，其余各家也大体相同。天下一统之后，各方士子汇聚咸阳，这种地域之别非但没有消失，反而是更为明显了。其间原因，在于天下方离诸侯纷争之世而初归大海，各方士子们骤然汇入汪洋，不自觉地有着几分畏惧防范之心。

侯生只要找到了这些会学执事者，一切消息都会迅速地不胫而走。侯生忙碌两日之后，眼见博士学宫已经骚动了起来，心下大觉满意，当夜登上一辆垂帘辎车出城了。之后，卢生侯生便从博士学宫销声匿迹了。两日后，待博士仆射周青臣觉察出学宫一片混乱，士子们纷纷收拾行装逃亡时，御史大夫冯劫已经带着一千甲士开进来了。

发现卢生侯生失踪，并立即禀报皇城者，是另一个神秘人物——方士徐福。

那一夜，当徐福第一次未奉召唤而请见皇帝时，赵高大大皱起了眉头，硬是不敢去禀报皇帝。赵高很清楚皇帝对方士的根本想法：有用则用，绝不涉及治病之外的任何事。见赵高板着脸不说话，素来气度娴静的徐福正色道："今日之事，关涉秦政成败。大人若不禀报，宁不计梁山之祸乎！"赵高悚然一惊，二话没说走进了皇帝书房。

"方士与卢生同门，何其无情耶？"嬴政皇帝揶揄地笑了。

"启奏陛下：卢生非方士也，其本名鲁定文，实乃鲁国公室之后裔。"

"如何？"嬴政皇帝惊愕了，脸色顿时肃杀。

徐福详细诉说了卢生的真实身份与诸般经历，自然也包括了那令人闻之惊心的刺字情节。嬴政皇帝问徐福如何知晓？徐福遂说出了一个更为惊人的秘密：卢生当年投奔的老方士，正是徐福的老师。其时，徐福正在之罘岛采药，两年后归来方知有了如此一位同门师弟。老师秘密叮嘱徐福说，这个卢生无祥和之气，似有仇恨在身，教徐福暗中访查其底细并留心其行止。徐福秉性宽和，并未上心。直到三年前徐福接到了老师一宗密件，这才大为惊慌。老师说，三名弟子赴东海仙山采药，发现了之罘岛的一片隐秘山谷里建造了一座颇具气象的宫室，石坊刻着"鲁宫"两个大字，宫中时常有人出没。弟子们于夜间进入探察，竟不意发现了一场百余人的聚会。主持聚会的正是卢生，听到看到的与会人物都是赫赫大名：楚国项梁、韩国张良、魏国张耳陈余、齐国田儋田荣田横、赵国臧涂、燕国李左车等等。这些人商讨的大事，是要在齐国沿海建造一个秘密聚拢六国老世族的营地，伺机拿下老齐国的即墨，以为各国老世族复辟根基。大惊之下，徐福给皇帝留下了一书，说要紧急采撷几味奇药，便离开咸阳去秘密查访卢生底细了。在故鲁之地大半年，徐福终于探清了卢生的全部根基，立即赶赴故齐海滨禀报了老师。老师大为恼怒，深感卢生以方士之名行复辟之实，既是对方士的极大辱没，也将给方士带来毁灭性灾难。老师给徐福的叮嘱是，伺机将真相揭示给皇帝，不能使方士绑在儒家的战车上毁灭……

"何以等到今日禀报？"嬴政皇帝毫无喜怒之色。

"陛下信用卢生甚过于在下，若卢生不逃，福恐皇帝难以置信。"

"那次你一去日久，便是此事？"

"正是。此乃物证。"

徐福打开了捧来的大木匣，一一拿出了诸多凭据：老师当年收纳卢生的门生登录册籍、老师给他的密件、同门方士在之罘岛画下的羊皮鲁宫图，等等。最要紧的凭据，是一卷羊皮绳穿编的《鲁国公族籍》，最末几支竹简赫然有字："顷公之玄孙，定文，游历天下不知所终，人云更名卢生。"徐福说，这是他在鲁国下邑一家败落世家的老人手中重金买来的。老人祖上原本是鲁国史官，秉承祖先遗愿，四海查询鲁国公族后裔，一有消息便记载下来。遇他时，老人将死，他才以安葬重金换取了这卷册籍……

"狗彘不食！"嬴政皇帝突然拍案喝骂了一声，被一种受骗受辱之感深深激怒了，"卢生丧尽天良也！朕用他聚召文学方术之士，原本要大兴太平之风！他要炼求奇药，朕便给他钱！耗费几多，一无所获！朕何其厚待，他竟然如此一个复辟狂徒！诽谤秦政，妖言惑众，与六国老世族沆瀣一气！……来人！宣冯劫！"

对冯劫的命令，皇帝是咬牙切齿迸发出来的："儒家之士愚顽无良，一体拿下勘问！彻查博士与卢生侯生之关联，不得放走一人！"待冯劫大踏步出殿时，嬴政皇帝转身对一直伫立的徐福道："先生举发卢生，大功一件。自今日起，卢生所有职事皆由先生执掌。先生若有所请，拟好上书报来。"徐福深深一躬道："陛下为方术之士根除异类，免除灾劫，老夫铭感不尽也！"说罢告辞去了。

"先生留步。"皇帝的目光冰冷，"先生不以为，大索之罘岛是根本么？"

"禀报陛下。"徐福依旧平静如常，"大索之罘岛确是根本，老朽亦愿带路。然则，目下正当大潮之期，海浪猛恶难当，船队无法越海，是故老朽未曾提及。若陛下以为可，老朽纵然身陷鱼腹，也当带路前往。"

"登临之罘岛，每年何时最佳？"

"冬夏两季，潮水平缓之期。"

"好。先生严守机密了。"皇帝一点头，徐福终于走出了书房。

冯劫风风火火进入博士学宫，非但全部堵截了尚未逃走的儒生方术士，而且快马追回了百余名已经逃出咸阳的士子。冯劫与御史丞并几名老御史，立即分作了几班，对所有博士学宫的官士逐一勘审。徒有虚名的方士术士们早已领教了御史大夫府的利害，纷纷说是儒生们鼓噪逃亡，不干自己事。儒生们更是惊恐万分，纷纷说出了自家如何得知逃亡说辞等等诸般情节，没有一个人奉行儒家对待举发的"为大人隐，为亲友隐"的诸般教诲，竞相攀扯举发，一时人人无一事外。

月余之间，事件经过脉络全部查清。冯劫聚集全体学宫人士，黑着脸宣布了涉案人犯的三条大罪：其一，不思守法，自甘妖言蛊惑；其二，诽谤秦政，通连呼应复辟；其三，官身逃亡，亵渎官士公职，恶意鼓噪动荡，危及大秦新政之根本。涉案人犯四百六十七人，全数下狱待决。[1]宣布一罢，儒生们昏厥了一大片，哭喊连天捶胸顿足，纷纷大叫冤屈。冯劫冷笑一声，对甲士方阵大手一挥径自走了。

暮色时分，博士学宫空荡荡一片。周青臣望着血红的残阳，踩着飘

---

[1] 儒案人数四说：《史记·秦始皇本纪》云四百六十余人，《文选·西征赋》注云四百六十四人，王充《论衡》云四百六十七人，卫宏《尚书序》云七百人。从王充说。

零的落叶，踽踽徘徊在空如幽谷的论学堂湖畔，一时悲从中来，不禁放声大哭……

四　孔门儒家第一次卷入了复辟暗潮

咸阳大起波澜，孔子故里也陷入了前所未有的紧张之中。

自孔子离世，儒家的政治主张一直未能得以伸展。孟子之后，这个学派似乎已经筋疲力尽，奔走仕途矢志复辟的精神大大衰减，渐渐地专务于治学授徒了。不期然，这种无奈的收敛，却使儒家意外地发展为天下最为蓬勃的学派，各郡皆有儒家名士之私学，堪称弟子遍布天下。与此同时，孔氏一门稳定传承繁衍颇盛，至秦一天下，孔门已经传到了第九代。这一传承的嫡系脉络是：孔子、孔鲤（伯鱼）、孔伋（子思）、孔白（子上）、孔求（子家）、孔箕（子京）、孔穿（子高）、子慎、孔鲋（子舆）。九代之中，除第八代子慎做过几年末期魏国的丞相，其余尽皆治学。

秦一天下之后，帝国一力推行新政创制，大肆搜求各方人才。举凡六国旧官吏之清廉能事者，尽皆留用；举凡天下学派名士，各郡县官署都奉命着力搜求，而后直接送入咸阳博士学宫。在此大势之下，嬴政皇帝与帝国重臣们在开始时期的见识是一致的：四海归一，当以兴盛太平文明为主旨，尽可能少地以政见取人。也就是说，搜求人才不再如同战国大争之世那般以治国理念为最重要标准，允许将不同治国理念的学派一起纳入帝国海洋。当然，这里有一个不言自明的标尺：必须拥戴帝国新政。基于此等转变，嬴政皇帝与李斯等一班重臣会商，决意以对待儒家为楷模，向天下彰显帝国新政的纳才之道。

举凡天下皆知，秦儒疏离，秦儒相轻，其来有自也。孔子西行不入秦，后来的儒家名士也较少入秦，即或是游历列国，儒家之士也很少涉足秦国。其间根源虽然很难归结为单一原因，然儒家蔑视秦人秦风，认秦为愚昧夷狄则是不争的事实。应该说，在秦孝公之前，秦人对儒家的这种蔑视是无奈的。而自孝公商鞅变法崛起，秦国自觉地搜求经世人才，对主张复辟与仁政的儒家，是打心眼里蔑视的。战国百余年，山东士子大量流入秦国，儒家之士依然寥寥无几。不能不说，这种其来有自的相互蔑视起了很大的阻碍作用。秦帝国一旦能敬儒而用，则无疑是海纳百川的最好证明。嬴政皇帝曾经笑叹云："朕愿为燕昭王筑黄金台，但愿儒家亦有郭隗之明睿也！"如此这般，这个近百年几为天下遗忘的曾经的显学流派，被嬴政皇帝的诏书隆重而显赫地推上了帝国政坛：孔鲋被皇帝任命为几比旧时诸侯的高爵——文通君，官拜少傅，统领天下文学之士。秦及其之后的两汉，所谓文学之士，是诸般治学流派的泛称；统领文学之士，便是事实上的天下学派领袖。

后来的事实表明，这是极具讽刺意义的一幕。秦帝国在历史上第一个将备受冷落的儒家学派推上了学派领袖的位置，这个学派却并没有投桃报李，而是旧病复发一意孤行，获罪致伤之后更是矢志复仇，以至于千秋万代地对秦政鞭尸叱骂，绝无一丝中庸之心。

此时的这个孔鲋，已经匆匆逃出咸阳，急慌慌回到了故里，立即召来胞弟子襄紧急会商。孔鲋将大朝欲将焚书的事情一说，精明干练的子襄立即有了对策——藏书为上。孔鲋秉承了儒家的书生传统，四体不勤五谷不分，对实际事务最是懵懂，但遇实事操持，都是这位精明能事不大读书的弟弟做主。是故，子襄一应，孔鲋立即瘫在了榻上放心了。后来，孔鲋投靠了陈胜反秦军，莫名其妙死于陈下之地。其时，正是这子襄继承了孔门嫡系，延续了孔门血脉，后来先做了西汉的博士，又做了长沙太守。

子襄吩咐一个女仆照应兄长，立即出来撞响了茅亭钟室里的大铜钟。钟声急促荡开，庄院外读书的弟子们纷纷从松柏林中走出，匆匆奔庄院而来。未几，百余名弟子聚齐到大庭院中。子襄站在正厅前的石阶上神色激昂地高声道："诸位弟子们，秦皇帝要焚烧天下典籍，儒家灾劫即将来临！我等要将全数典籍藏匿起来，书房只摆医农卜筮之书。若孔门儒家有灭族之祸，任何人不得泄露藏书之地！无论谁活下来，都要暗中守护藏书，直到圣王出世征求。若有胆怯背叛儒家者，任何时日，儒家子弟均可鸣鼓而攻之！明白么？"

"明白！"弟子们虽然惊愕万分，还是激昂地呼喊了一声。

“好！分成两班，一班整理书籍，一班做石条夹壁墙。立即动手！”

弟子们口中答应着，事实上却慌乱一团。盖儒家崇尚“文质彬彬，然后君子”，绝不像墨家那般以自立生存为艺业根本。除了赶车，儒家士子对农耕工匠商旅诸般生计事十有八九不通，比孔子时期的立身教习尚且差了一截。今日骤逢实际操持，顿时乱了阵脚，既不知夹壁墙该如何修法，更不知石条该到何处倒腾。不甚读书的子襄这才恍然大悟，骤然明白了哥哥的这班弟子的致命病症。于是子襄二话不说，立即走下石阶开始铺排：一边先点出了二十名弟子去整理简册，一边教弟子们一一自报自家是力气大还是心思巧。片刻报完，子襄高声喝令，力气大的站左，心思巧的站右。而后，子襄召来六名府中工匠，两名石工领着力气大的一队弟子去寻觅石条，四名营造工领着一队心思巧的弟子筹划夹壁墙。匆匆铺排完毕，子襄亲自各处督导，开始了万般忙乱的秘密藏书。

忙碌月余，好容易将典籍藏完，焚书的事却似乎没有了动静。非但没有郡县吏上门搜书，这个赫赫文通君逃亡的事也没人来问。子襄心下大是疑惑，以秦政迅捷功效，竟能有月余时间藏书，原本便不可思议；更兼兄长拜爵文通君，几与那些功臣列侯等同，这个虎狼皇帝能丢在脑后不闻不问？问及兄长，孔鲋却是无论如何说不出个清楚道理。精明的子襄一时没了主张，不知道究竟是逃走好，还是守护在故里好。如此万般疑惑万般紧张，不时有各郡县传来缴书焚书消息，偏偏孔府一无动静。煎熬之间，眼看北风大起冬雪飘飞河水解冻惊蛰再临，还是没有人理睬这方儒家鼻祖之地。一时间，孔鲋反倒有些落寞失悔起来，早知皇帝没有将儒家放在心上，何须跟着那班勾通六国贵族的儒家博士起哄？自先祖孔子以来，孔门九代，哪一代拜过君爵？居君侯之高爵宁不珍惜，以致又陷冷落萧疏之境地，报应矣！

然在孔鲋长吁短叹之时，子襄却蓦然警觉起来，对这位文通君大哥道：“为弟反复思忖，此事绝不会无疾而终。以嬴政虎狼机心，安知不是以孔门儒家为饵，欲钓大鱼？”

“大鱼？甚是大鱼？”孔鲋很有些迷惘。

“大哥可曾与六国世族来往？”

“识得几人，无甚来往。”

“这便好。但愿真正无事也。”

在这忧心忡忡惶惶不安之时，孔府来了两位神秘人物。

当子襄从庄外将这两个人物领进已经没有书的书房时，孔鲋惊愕得嘴都合不拢了。手忙脚乱地揉了几次眼睛，才一拱手勉力笑道：“两位远来，敢请入座。”两人却也奇怪，只淡淡地笑看着孔鲋，良久一句话不说。孔鲋见子襄直直地伫立着不走，这才恍然道：“老夫惭愧，忙乱无智了。这是舍弟子襄。子襄，这位是魏公子陈余，这位是儒门博士卢生……”子襄当即一拱手道：“公子、先生见谅，时势非常，我兄多有迂阔，在下不得不与闻三位会晤。”年轻的陈余朗声笑道：“久闻孔门仲公子才具过人，果名不虚传也！我等与仲公子岂有背人之密，敢请仲公子入座。”如此一说，子襄倒有些失悔言辞激烈，立即一脸笑意地吩咐上酒为两位大宾洗尘。片刻酒食周到，小宴密谈便随着觥筹交错流转开来。

卢生先行叙说了孔鲋离开咸阳后的种种事端，说到自己谋划未果而终致四百余儒生下狱，一时涕泪唏嘘。孔鲋听得心惊肉跳，第一个闪念便是如此相互攀扯，大祸会否降临到孔门？子襄机警，当即问道：“先生既与侯生共谋，又一起逃秦，如何那位先生不曾同行？”卢生愤愤然道：“虎狼无道也！我等逃出函谷关，堪堪进入逢泽，却被三川郡尉捕卒[1]死盯上也！情急之下，老夫只有与侯生分道逃亡。侯生奔了楚地项氏，老夫奔了魏国公子。”子襄又道：“先生既被缉拿，何敢踏入孔府是非之地？”卢生冷冷一笑道：“谁云孔府乃是非之地？天下焚书正烈，咸阳儒案正深，孔府却静谧如同仙境，岂非皇帝对文通君青眼有加耶？”子襄淡淡道：“先生无须讥讽也。飓风将至，草木无声。安知如此静谧不是大祸临头之兆耶？”一直没说话的陈余摇摇手道：“先生与仲公子毋得误会。时势剧变，当须同心也！我等今来，其实正是卢兄动议。卢兄护儒之心，上天可鉴！”于是，陈余当即将卢生身世真相与其后演变叙说了一番，孔氏兄弟竟听得良久回不过神来。

[1] 郡尉，秦郡武官，掌“典兵禁，捕盗贼”；捕卒，捕盗军吏，几如后世捕快。

“卢兄原来真儒也！老夫失察，尚请见谅。”孔鲋深深一躬。

“先生有勾践复国之志，佩服！”子襄也豪爽拱手，衷心认同了这位老儒。

“儒家大难将至，圣人传承务须延续。”卢生分外肃穆。

“先生之论，孔门真有大难将至？”孔鲋为卢生的神色震惊了。

陈余道：“秦灭先王典籍，而孔府为典籍之最，岂能不危矣！”

“先王之典，我已藏之。老夫等他来搜，搜不出，还能有患么？”

“文通君何其迂阔也！孔府无书，自成反证。君竟不觉，诚可笑也！”

“大哥，公子言之有理。孔门得预备脱身。”子襄立即警觉起来。

“走……”孔鲋本无主见，事急则更见迟疑。

“那，弟子们无书可读，教他们各自回家罢了！”孔鲋长叹一声。

卢生连连摇手：“差矣！差矣！儒家之贵，正在儒生弟子也！”

“百人无事可做，徒然招惹风声，老夫何安！”

“文通君短视也！”卢生连连叩案，“而今天下典籍几被烧尽，诸多儒生又遭下狱。天下学派凋零，唯余儒家孔门主干尚在，若干儒家博士尚在，此情此景，岂非上天之意哉！设想天下一旦有变，圣王复出，必兴文明。其时，儒家之士与孔门所藏之典籍，岂非凤毛麟角哉！……其时也，儒家弟子数百，人人满腹诗书，将是一支何等可观之文明力量也！”

“先生言之有理！”子襄奋然道，“那时，儒家将是真正的天下显学！”

“可，逃往何处……”孔鲋又皱起了眉头。

“文通君毋忧，此事有我与卢兄一力承当！”陈余慷慨拍案。

终于，孔鲋拿定了主意，吩咐子襄立即着手筹划。四人的约定是：三日准备，第三日夜离开孔府，向中原的嵩阳河谷迁徙。卢生说，嵩阳是公子陈余祖上的封地，他多年前在嵩阳大山建造了一处秘密洞窟，两百余人衣食起居不是难事。子襄原本有谋划好的逃亡去向，今日一闻陈余卢生所说，立即明白了六国老世族秘密力量的强大，二话没说便答应了。

当夜，子襄正在忙碌派遣各方事务，孔鲋又忧心忡忡地来了。孔鲋对子襄说：“这个陈余小视不得，与另一个贵族公子张耳是刎颈之交，听说与韩国公子张良及楚国公子项梁等都是死命效力复辟的人物。孔门与他等绑在一起，究竟是吉还是凶？他能想到逃出咸阳，也是这陈余潜入咸阳秘密说动的。这班人能事归能事，可扛得住虎狼秦政么？”子襄正在风风火火忙碌，闻言哭笑不得道：“大哥且先歇息，忙完事我立即来会商。”

四更时分，子襄走进了孔鲋寝室。孔鲋在黑暗中立即翻身离榻，将子襄拉进了一间密不透风的石屋，也不点蜡烛，黑对黑地喁喁而语了。子襄说：“目下时势使然，不得不借助六国老世族，虽则冒险，值得赌博一次。”孔鲋连连摇头说：“大政不是博戏，岂能如此轻率？”子襄说：“得看大势的另一面，秦政如此激切，生变的可能性极大。且秦政轻儒，业已开始整治儒家。孔门追随秦政，至多落得个不死，而融进六国复辟势力，则伸展极大。”

“六国贵族要成事，最终离不开儒家名士！”子襄一句评判，接着又道，“大哥且想：六国贵族要复辟，必以恢复诸侯旧制王道仁政为主张！否则，便没有号召天下之大旗。而在复辟、复礼、复古、仁政诸方面，天下何家能有儒家之深彻？六国贵族相助儒家，原本正是看准了这一根本！是故，他等要复辟，必以儒家，必以孔门为同道之盟！孔门有百余名儒生，何愁六国贵族不敬我用我？”

“孔门九代以治学为业，堕入复辟泥潭……”

“大哥差矣！”子襄慷慨打断，“九代治学，孔门甘心么？自先祖孔子以来，孔门儒家哪一代不是为求做官而孜孜不倦？学而优则仕，先祖大训也。祖述尧舜，宪章文武，先祖大志也。复辟先王旧制，原是儒家本心，何言自堕泥潭哉！儒家本是为政之学，离开大政，儒家没有生命！秦皇帝摒弃儒家，不等于天道摒弃儒家。与六国贵族联手，正是儒家反对霸道而自立于天下的基石！”

“子襄，你想得如此明白？”孔鲋盯着弟弟惊讶了。

“大哥不要犹疑了。”

“兄弟不知，我是越来越觉得儒家无用了……”

“大哥何出此言也！”子襄笑道，“便以目下论，儒家也比六国老世族有大用。

他等被四海追捕，朝夕不保，只能秘密活动于暗处。我儒家则是天下正大学派，公然自立于天下，连皇帝也拜我儒家统掌天下文学。儒家敢做敢说者，正是他等想做想说者。他等不助儒家，何以为自家复辟大业正名！大哥说，儒家无用么？”

“有道理也！”孔鲋点头赞叹，“无怪老父亲说襄弟有王佐之才也！”

一番密谈，儒家轴心的孔门终于做出了最后的决断：脱离秦政，逃往嵩阳隐居，与六国老世族复辟势力结盟，等待天下生变。孔鲋心意一决，情绪立即见好。子襄忙于部署逃亡，孔鲋便与陈余卢生不断地饮酒密谈。临走前的深夜密谈中，卢生陈余向这位大秦文通君说出了又一个惊人的秘密：在制作“亡秦者胡也”预言之后，他们将谋划一次更为震惊天下的刻石预言！孔鲋忙问究竟，卢生压低声音道：“文通君且想，始皇帝若死，天下如何？”孔鲋思忖片刻道：“诸侯制复之？”陈余笑道：“太白太白，那不是预言。预言之妙，在似懂非懂之间也。”孔鲋恍然，闷头思忖良久，突然拍案道：“地分！始皇帝死而地分！”

“文通君终开窍也！”陈余卢生同声大笑。

“如此预言常出，也是一策。”孔鲋为自己从未有过的洞察高兴起来。

“说得好！”卢生笑道，“年年出预言，搅得虎狼皇帝心神不安！”

“此兵家乱心之术也！”陈余拍案。

“甚好甚好。”孔鲋第一次矜持了。

“再来一则。”子襄一步进门神秘地笑道，“今年祖龙死。”

“妙！彩！”举座大笑喝彩。

不料，第三日夜里诸事齐备，孔门儒生正在家庙最后拜别先祖时，充作斥候的两名儒生跌跌撞撞跑来禀报说，有大队骑士正朝孔府开来，因由不明。孔府人众顿时恐慌起来。

自焚书令颁行之后，薛郡郡守连番向总掌文事的奉常府上书，禀报本郡孔里的种种异动迹象，请命定夺处置之法。老奉常胡毋敬历来谨慎敬事，每次得报都立即呈报皇城，并于次日卯时进皇城书房领取皇帝批示。对于文通君孔鲋已经逃回故里，然未见举族再逃迹象的消息，嬴政皇帝非但没有震怒，似乎还颇感欣慰地对胡毋敬道：“孔鲋以高爵之臣不告私逃，依法，本该缉拿问罪。念儒家数代专心治学，更不知法治为何物，只要孔鲋逃国不逃乡，终归是大秦臣民，任他去了。”对于孔府修筑石夹壁墙藏书，而未向郡县官署上缴任何典籍的消息，嬴政皇帝也淡淡笑道：“还是那句话，只要孔鲋仍在故里，任他去了。”胡毋敬大觉疑惑，思忖良久，终归恍然，一拱手道：“自此之后，焚书令与孔里之事，老臣不再奏闻陛下，尽知如何处置了。”嬴政皇帝破例一笑，没有说话。

胡毋敬明白者何？盖当初李斯将惊蛰大朝之议，以奏章形式正式呈报后，嬴政皇帝的朱批是：“制曰：可。”当初，帝国群臣正在愤激之时，谁也没有仔细体察其中况味。胡毋敬则总觉焚书令雷声大雨点小，心下多有疑惑然也未曾深思，今日皇帝对孔府藏书如此淡漠，实则默认了孔府藏书之事实。胡毋敬认真追思，方才恍然明白：皇帝一开始便对焚书采取了松弛势态，“制曰”的批示形式，已经蕴含了这种有可能的缓和。

帝国创制时，典章明白规定：命为“制”，令为“诏”。命的本意，是诸侯会盟约定的条文或说辞；令的本意，则是必须执行的法令。由此出发，“制”与“诏”作为皇帝批文的两种形式，其间也有区别：制，相对缓和而有弹性，其实质含义是“可以这样做”；诏，则是明确清楚的命令，其实质含义是“必须这样做”。到嬴政皇帝时期，秦政已经非常成熟，在百余年中所锤炼出的极其丰厚的大政底蕴，对繁剧国事的处置之法，已经达到了炉火纯青之境。天下大事如此之多，君王未必总是以命令方式行事，其间必然有许许多多需要谨慎把握的程度区别。所谓“王言如丝，其出如纶”——君王言论如丝般细小，传之天下则会剧烈扩大——说的便是君王政令的谨慎性。唯其如此，帝国创制之时，特意将皇帝的批示形式分作了两种：“制”为松缓性批示，实施官员有酌情办理之弹性；“诏”为强制性批示，实施官员必须照办。事实上，这是中国古代最高文告形式的独特创新。《史记·秦始皇本纪·正义》云：“制、诏三代无文，秦始有之。”说的正是这种君王文告的创制。嬴政皇帝对李斯的焚书奏章以“制曰”批示——可以这样做，而不是以“诏曰”批示——必须这样做。其间分野，自有一番苦心。

然则，卢生侯生逃亡，进而孔儒案爆发，嬴政皇帝变了。

变之根由，在于由此而引发的两件事：一则，涉案儒生多有举发，言文通君孔鲋主事学宫期间，与六国老世族多有勾连，多次参与六国世族公子宴会论学，曾邀诸多儒生与宴，席间每每大谈诸侯制；二则，薛郡急报，孔府故里多日异常，似有举族逃乡之象。对于儒生举发，嬴政皇帝虽则不悦，却也没有如何看重，只淡淡一句道："其时尚未有惊蛰大朝，此等书生议论，说便说了。"然自薛郡急报之后，嬴政皇帝显然有些愤怒了——这孔鲋还能当真没有了法度？擅自逃国，对朕一句话没有！如今又要擅自逃乡，不做大秦臣民了？纵然如此，嬴政皇帝也还是没有大动干戈，只吩咐御史大夫冯劫派出干员到薛郡督导查勘，并未生出缉拿孔鲋之意。然则未过多日，冯劫派出的御史丞发来快马密报：两名乔装成商旅的人物进入了孔府，其中一人是逃亡的卢生。

"目无法度，莫此为甚！"

嬴政皇帝顿时大怒，手中的铜管大笔砸得铜案当当响，立即下令冯劫率两千马队赶赴薛郡围定孔里，不使孔门一人走脱！冯劫走后，嬴政皇帝兀自愤怒不已，连连大骂："孔儒无法！无道！无义！勾连复辟，大伪君子！枉为天下显学！"吓得远远侍立的赵高大气也不敢出。骂得一阵，嬴政皇帝大喝一声，"小高子！去孔里！"赵高风一般卷出。片刻之后，嬴政皇帝登上了赵高亲自驾驭的六马高车，在一支三百人马队护卫下风驰电掣飞出了咸阳。

次日暮色，皇帝车马抵达薛郡时，孔里已经空荡荡了无人迹。

冯劫禀报了经过：他的马队是午后时分赶到的，其时孔里一片仓促离去的狼藉，已经没有了一个人影。经搜索查证，孔族千余人分多路全数逃亡，去向一时不明，孔府未见可疑之物。嬴政皇帝望着眼前空荡荡的庄院，冷冷笑道："好个孔府儒家，终究与我大秦新政为敌也！彼不仁，朕何义？先开孔府石墙！"

片刻之间火把大起，一千甲士在薛郡营造工师指点下，开始发掘孔府内所有的新墙。不到两个时辰，十几道新墙全部推倒，然却只有数百卷农工医药种树之书，未见一卷诗书典籍。所有的人都大感意外，一时没了声息。嬴政皇帝端详一阵，突然一阵大笑道："好！儒家也学会了疑兵欺诈，足证其护典之说大伪欺世也！”转身下令道，“在孔里扎下行营。朕偏要看个究竟，这个孔鲋还有何等行骗小伎！”

行营堪堪扎定，李斯姚贾胡毋敬三位大臣也风尘仆仆赶到了。

嬴政皇帝当即在孔府正厅小宴，一则为三位大臣洗尘，一则会商如何处置孔儒事件。薛郡郡守与冯劫先后禀报了种种情形。之后，胡毋敬向姚贾一拱手道：“敢问廷尉，孔儒之触法该当几桩罪行？”姚贾道：“依据秦法，孔儒触法之深前所未见。其一，孔鲋身居高爵，不辞官而擅自逃国，死罪也；其二，抗法而拒缴诗书，死罪也；其三，以古非今，鼓噪复辟，妄议大政，灭族之罪也；其四，裹挟举族离乡逃匿，既荒废耕田，又实同民变，灭族罪也；其五，藏匿重犯卢生，不举发报官，连坐其罪，同死罪也。至少，如此五大罪行不可饶恕。”

“老臣敢请陛下三思。”胡毋敬长吁一声道，“自焚书令颁行以来，陛下苦心老臣尽知也！然连番事态迭起，若依旧如前，半松半紧，只恐臣等与郡县官署无所措手足矣！”

“老臣附议奉常之说。”李斯当即接道，“陛下为谨慎计，以‘制曰’颁行焚书令，老臣当时未尝异议也。然，树欲静而风不止。我退一步，则复辟暗潮必进百步矣！老臣之见，孔儒事既不能轻，亦不能缓，当立即依法处置。何也？孔儒乃儒家大旗，其与六国复辟世族沆瀣一气，亦必成复辟势力之道义大旗……”

“灭军以斩旗为先！”大将出身的冯劫立即响亮地插了一句。

“臣亦愿陛下三思。”薛郡郡守也说话了。

“看来，朕是错了！”嬴政皇帝万般感慨地长叹了一声，“朕原本只说，儒家毕竟治学流派而已，只要大秦诚心容纳，儒家必能改弦更张。毕竟，儒家也非全然没有政见。朕之不可思议者，何以这儒家硬是看不到秦政好处？看不到民众安居乐业？当年，孔夫子不是也曾对齐桓公驱逐四夷大加赞叹么？大秦一举击退匈奴，平定南粤，华夏四境大安，儒家能眼睁睁看不见么？朕想给儒家留一片宽阔的回旋之地，给了他文通君高爵，给了他统领天下文治的百家统领地位，想致儒家兴教兴文，汇聚百家而成就我华夏文明之盛大气象……不可思议也！不可思议也！如何这儒家能死死抱住千年之前的井田制、诸侯制不愿撒手？果真复辟，有何好处？疯痴若此，亘古未闻也！”

举座一时寂然。帝国大臣们从来没有见过皇帝如此感慨。

“儒家恶癖，恋尸狂而已！陛下想他做甚！”冯劫高声一句。

“老臣之见，”李斯一拱手道，“儒家所以如此疯痴，根本只在两处。一则，儒家政道从来不以人民处境为根基，‘民可使由之，不可使知之’，‘刑不上大夫，礼不下庶人’，此之谓也。井田制也好，诸侯制也好，仁政也好，都是对世袭贵族大有好处。秦政使黔首人皆有田，使奴隶脱籍而成平民；而贵族，则永远失去了法外特权，永远失去了世袭封地。秦行新政，而贵族无所得，儒家必然视秦政为恶政也！二则，儒家褊狭迂腐，恩怨之心极重，历来记仇，睚眦必报。儒家以仕途为生命之根，秦政却素来轻儒，百余年从来没有用过一个大儒。孔门第八代子慎，在魏国行将灭亡而政道最黑之时，却做了魏国丞相。可见，儒家做官，从来不以该国政道是否合乎民心潮流而抉择，而只以能否给他带来特权而选择。陛下虽用儒家，却没有赋予儒家任何法外特权。故儒家之心，终与秦政疏离。亦即是说，儒家从来没有将秦政看做自家追思的政道。儒家，只牢牢记得秦政轻儒的仇恨！”

“丞相之说，老臣以为切中要害。”胡毋敬由衷地附议了。

“好！”嬴政皇帝断然拍案，“姚贾说话，此事如何处置？”

“依法论罪，目下之要是搜出孔府藏书，使证据俱在。”

“白说！”冯劫大皱眉头，“墙都推倒了，还能何处去查？”

“也是。然，这千万卷简册，他能都背走了？”胡毋敬大感疑惑。

“陛下，列位大人。”薛郡郡守一拱手道，“臣有一想，孔子陵墓占地百余亩，正在孔子旧居之下，其地上地下均有石室，素不引人注意……”[1]

“郡守是说，书藏在墓里！”冯劫大是兴奋。

[1] 《史记·孔子世家》云：“孔子冢大一顷。故所居堂、弟子内，后世因庙，藏孔子衣冠琴车书。”《索隐》云：“孔子所居之堂，其弟子之中，孔子没后，后代因庙，藏夫子平生衣冠琴书于寿堂中。”

姚贾点头道："孔府房屋不多，确实很难藏书。"

"孔子冢如小山，倒真是出人意料之所。"李斯也有些心动了。

"那还说甚？老夫明日开墓！"冯劫高声大气。

"然则，掘孔子墓妥当么？"胡毋敬颇见犹豫。

"有何不当！以老夫子墓藏书便当么？"冯劫脸色顿时阴沉。

"战国以来，业已有人呼孔子为学圣了。尤其齐鲁之士，更是尊孔……"

姚贾正色道："国事以法为重，老奉常无须多虑也。"

"朕意，明日先开孔子故居之墙，再开墓。"嬴政皇帝终于拍案了。

孔里之北泗水滔滔东去，河滨坐落着孔子墓地。

孔子死后渐渐获得了诸多敬意，但直至战国末世，仍然只是一个因复辟理念而几为天下主流遗忘的正常的大学者，并无任何神圣光环。就实而论，孔子墓地得以保留并得到良好维护，并非后世儒家所宣称的诸般天命神圣所致。其真实根源，在于儒家以人伦为本主张礼治，所有的礼仪中又最为看重葬礼，不惜耗时耗财耗人生命以完成葬礼。《史记・孔子世家》记载："孔子葬鲁城北泗上，弟子皆服三年。三年心丧毕，相诀而去，则哭，各复尽哀，或复留。唯子赣庐于冢上，凡六年，然后去。"毋庸置疑，这是非常动人的师生之道。一个学派的人士自愿地耗时耗财耗命，全然可视作一种自由信念，与他人无涉。然则，若从当时实际想去，这种葬礼与大争之世其余学派珍惜时光生命以奋发效力于社会相比，距离很远很远。若孔子达观如庄子，节葬如墨子，看重生命功效如法家兵家与其余诸多实用学派，孔子的墓地完全可能如同许许多多的诸子大师那样无可寻觅了。

这座孔子墓地最显赫的标志，是一片各色树木汇聚的独特小树林。据说，这片树林是孔子死后各国的儒家弟子各持其国之树木前来栽种的，是故树色驳杂。林间一条大道直通墓地，道口两侧是两座古朴的石阙。因了这两座石阙，时人亦称孔墓为阙里。《史记集解》引《皇览》对孔墓的描述是："孔子冢去城一里。冢茔百亩，冢南北广十步，东西十三步，高一丈二尺。冢前以瓴甓（砖瓦）为祠坛，方六尺，与地平。本无祠堂。冢茔中树以百数，皆异种，鲁人世世无能名其树者。”墓茔旁边，是孔子当年的旧居。按时人说法，叫做孔宅旧垣。种种情形可见，孔子的墓地是简朴而清幽的。至于占地百亩，在地广人稀的时代是一件很平常的事情。

清晨，大队肩扛铁耒的士兵在冯劫指令下开始了墓地开掘。[1]

与此同时，另一大队士兵在姚贾胡毋敬指令下开始拆孔子旧垣的石壁墙。大约一个多时辰后，几道拆毁的石墙中发现了百余卷典籍。姚贾胡毋敬大体清点后，立即飞报了皇帝行营。嬴政皇帝立即驱车到了旧垣，亲自察看了起出来的藏书，思忖片刻下令道：“廷尉可会同御史将藏书登录，以为凭据。之后将石墙依旧砌起，书卷照旧藏入。”胡毋敬大是不解。嬴政皇帝却转身对薛郡郡守下令道：“自今日之后，派干员秘密守住孔里，但有可疑人等前来起书，立即缉拿。”郡守领命。胡毋敬这才恍然了。

午后时分，墓口开出了一条宽阔的坡道，士兵们已经在坡道两侧举起了火把。嬴政皇帝大步来到墓口，却被冯劫拦住了：“陛下请带剑进墓！”嬴政皇帝一阵大笑：“朕乃活天子，见一死人，用得着带剑么？进！”冯劫说声老臣先行，从兵士手中接过一支火把，第一个大踏步进了墓道。嬴政与李斯姚贾胡毋敬等也随后走下了坡道。

墓道尽头是一方宽敞的黄土大厅。郡守与几名将军各持一支火把，大厅一览无余。只见中央一方棺椁平卧于三尺石台之上，棺椁之前是一尊孔子坐案观书的泥俑；泥俑左后侧是一张长大的木榻，榻上有粗布帷帐，帐中有棉被草席；泥俑右后侧是一方长案，案上一鼎一爵，案侧一只原色木酒桶；泥俑正前方是一辆轺车，车盖高五七尺，车后一座弓箭架，弓与箭俱全；土厅右角是一张琴台，靠土墙处有一竹制大书架码满了简册，各有写字的白布条贴于简册之上。

“陛下，这方土厅没有藏书之地。”冯劫显然很是失望。

---

[1]　秦始皇掘孔子墓，历史学家马非百先生之资料集《秦始皇帝传》辑录了诸多文献记载：《论衡·实知篇》《太平御览》八六、六九引《异苑》《春秋演孔图》《古今图书集成·职方典·兖州府·纪事一》等。

姚贾走到书架前道："《周易》《诗》《春秋》《尚书》，至少这里有四部书。"

"墓室六艺俱全。陛下，地下孔夫子依然故我。"李斯打量着四周。

"如此土墓室，不像有藏书。"胡毋敬有些困惑。

"要否启开棺椁查看？"冯劫不死心。

嬴政皇帝没有理睬冯劫，也一直没有说话，只在火把下巡视着大厅，神色颇见肃穆。走到书架前，嬴政皇帝指点着那些书卷道："孔夫子增补《周易》韦编三绝，编修《春秋》耗尽心神，集采民诗多少劳碌，夫子该当拥有如此几部典籍。留给他了。"走到食案前，嬴政皇帝颇觉好奇，打开了木酒桶凑上闻闻笑道："好香！果然数百年兰陵美酒也！"说罢，用食案上的细长酒勺舀出一勺一饮而尽，品咂着笑道："真好酒也！来！每人一勺，其余仍留给夫子。"皇帝如此，大臣们顿见轻松，君臣笑声中李斯等大臣每人一饮，纷纷赞叹不绝。

嬴政皇帝继续转悠着。走到榻前，嬴政皇帝撩帐坐于榻上，感慨叹道："夫子节俭，果然不虚也！"走到南墙下，嬴政皇帝取下弓一拉竟大为惊奇："孔夫子能开得如此硬弓？"说罢，嬴政皇帝欣然取下一支箭搭于弓弦，拉满弓一射，一支羽箭嗖地没入了东墙黄土中。大臣将军们一片喝彩赞叹。嬴政皇帝笑道："看来，夫子还真有些许功夫。若去从军，定是大将之才。"走到泥俑前，嬴政皇帝对着泥俑深深一躬道："夫子，嬴政总算见到你老人家了。非嬴政着意扰你清梦也，实是夫子后裔迫我太过也。嬴政今日一别，复你陵墓如昨。夫子啊，嬴政告辞了……"

"陛下快来看也！"冯劫突然吼叫了一声。

嬴政皇帝蓦然回身，见冯劫举着火把连指东墙，于是大步来到了墙下。端详之下，只见黄土墙上依稀几排暗红色的大字——秦始皇，何强梁，开吾户，据吾床，张吾弓，射东墙，唾吾浆，以为粮。

土厅的大臣将军们一时惊愕了，默然了，目光一齐聚到了皇帝脸上。嬴政皇帝未见如何震怒，一脸惊讶道："怪亦哉！子不语怪力乱神，莫非夫子也作伪？世间果真有如此神异之事，能生知后世数百年？"

"岂有此理！夫子一派胡言！"胡毋敬愤愤然。

“直娘贼！老杀才死了还要咒人！鸟个大师！”冯劫连连大骂。

姚贾一直若有所思地打量着墙上字迹，此时上前用手轻摸土墙，又用指甲轻轻抠划字迹，不禁一声惊呼：“陛下，有鬼！”众人一时大惊，纷纷拔剑在手护住了皇帝。嬴政皇帝大笑道：“散开散开！朕看看夫子如何装神弄鬼！”姚贾连连摇手高声道：“不是神鬼！是这字迹有鬼！干红字下是新朱砂，上边暗红色作假！上边干黑，下边鲜红！”众人又是一惊，围上前一看，果然——暗红色表皮下显出了一片鲜红！

“土墓有暗道，孔府搞鬼！孔鲋孔襄！”冯劫大吼。

“儒家欺秦太甚也！”骤然之间，嬴政皇帝面若冰霜。

请注意，孔墓留字是诸多史料留下来的一则谶言，具体文句各典记载不一，唯有最后一句各典相同，都是“前至沙丘当灭亡”。就实而论，孔子素来厌恶怪力乱神，果能有此谶言，岂非徐福卢生等欺世术士之流？是故，这则谶言的最后一句，是最明显不过的后世儒家作伪。各典对嬴政皇帝的入墓作为说法不一，独对最后一句的“沙丘灭亡”四字却惊人地统一，分明后世儒生增加之，如此大伪欺世，岂不发人深思？

五　长公子扶苏与皇帝父亲的政道裂痕

宽阔明亮的皇帝书房里，正在举行一场事关重大的小朝会。

嬴政皇帝回到咸阳的第三日，一俟善后的冯劫胡毋敬归来，立即召集了这次重臣小朝会。李斯、冯去疾、冯劫、蒙毅、姚贾、胡毋敬六人肃然在座。嬴政皇帝常服散发坐于御案之后，虽须发灰白大见瘦削，人却是精神奕奕，毫无疲惫之相。

“种种事端接踵而来，得拿出一则总体对策。”

大臣们连日思谋之下，嬴政皇帝话音一落点，便争相说了起来。冯劫率先开口，愤激之言掷地有声：“老臣身为御史大夫，监察天下不法！以为对六国贵族复辟，对勾连复辟之儒家，当一并强硬对之。杀！不大杀复辟人犯，天下难安！”

“御史大夫之言深合秦法。”姚贾接道，“儒家愚顽无行，屡抗新政法令，种种劣迹朝野皆知。若是其他臣民，任谁也罪责难逃！大秦法不二出，天下例无法外之人。儒家不思大秦善待之恩，竟能沦为复辟鹰犬而自甘，足证其无可救药也！若不依法处置，大秦法统何在！”

“老臣赞同！”素来寡言的右丞相冯去疾愤愤难忍，“六国贵族复辟，利害根基所在也，谁都想得明白。可这儒家卷入复辟不可自拔，老臣百思不得其解！自古至今，几曾有过如此丧尽天良的学派？嘴上天天说民心即天心，可他想过人民生计么！教他当官兴盛文明，他却不做，偏偏地要跟着六国贵族复辟，这还是治学之人么，全然一只读书虎狼！”

“不不不。虎狼是我老秦人，莫高抬了儒家。”嬴政皇帝揶揄一句，举座不禁大笑起来。

“以法而论，儒家确该处置，臣无异议！”蒙毅很硬朗地一句了结。

“老奉常以为如何？”嬴政皇帝看了看一脸忧思的胡毋敬。

“陛下，老臣斗胆了。”胡毋敬发如霜雪的头颅微微颤抖着，“老臣主张处置儒家，然不敢赞同大杀儒家。自古以来，书生意气不应时。此等人看似口如利剑悬河滔滔，然则，却极少真有担待。以老臣揣摩，儒家纵然追随六国贵族，也不过在六国贵族扶持下隐匿不出而已。充其量，做做文事谋划，断无举事作乱之胆魄。恕老臣直言：华夏三千年以来，革命者、叛逆者、暴乱者、弑君者，几乎没有过一个治学书生。此等人，不理睬也罢。战国游士遍天下，说辞泛九州，又将哪一国骂倒了？留下他们，正可彰我大秦兼容海量，老臣以为上策也！”随着胡毋敬话音，举座一时惊愕了。显然，在孔府事件后这个总领文治的老臣仍如此建言，大臣们大出意料。

嬴政皇帝面无表情地沉默着。

“老奉常差矣！”李斯慨然开口，打破了沉默，“天下大事固不成于书生，然却发于书生，壮于书生。若无书生，叛逆也好，革命也好，十有十败！书生乱国，其为害之烈不在操刀主事，而在鼓噪生事，在滋事发事！长堤之一蚁，大厦之一虫，书生之乱言也。书生若怀乱政之心，必为反叛所用。其鼓噪之力，谋划之能，安可小视哉！老奉常治史一生，不见孔子杀少正卯乎！孔子这个老书生如何？很清楚言可生乱，乱可灭国！我等治国大臣，岂能以小仁而乱大政乎！”

“丞相如此责难，老夫夫复何言？”胡毋敬叹息一声不说话了。

殿中又是一阵颇见难堪的沉默。

“这事得一次说清，不能再拖！”冯劫显然很生气。

“说甚？一个字，杀！”冯去疾脸色铁青。

“不是一个字，是四个字：依法刑处。”姚贾冷冷一句。

“嘿嘿，一样。”冯劫笑了。

“此事乃大，朕得多说两句。”

嬴政皇帝在李斯说话时已离开座案，在空阔处转悠着沉思着，此时回身平静地道，“老奉常与丞相之言，与诸位之异，道出了一个大题目：治国为政，仁与不仁，容与不容，界限究竟何在？”嬴政皇帝似乎是边想边说，不甚流畅然却极富力度，“先说仁与不仁。何为仁政？孔夫子一生讲仁，儒家几百年讲仁，然却从未给‘仁’一个实实在在的根基。作为国家大政，对民众仁是仁，抑或对贵族仁是仁？天下郡县一治民众安居乐业是仁，抑或诸侯裂土刀兵连绵是仁？儒家从来不说。大约也不愿意说。说清楚了，也就没那个‘仁’了。法家何以反对儒家之仁？从根本上说，正是反对此等大而无当又宽泛无边的滥仁！春秋战国五百余年，真正确立仁政界标者，不是儒家，而是法家。是商君，是韩子。不是孔子，不是孟子。商君有言，法以爱民，大仁不仁。韩子有言，严家无败虏，而慈母有败子。秦法不行救济，不赦罪犯，看似不仁。然却激发民众奋发，遏制罪行膨胀，一举而达大治，实则大仁！为政之仁，正在此等天下大仁，而不在小仁。何为大仁？说到底，四海安定，天下太平，民众富庶，国家强盛，就是大仁。欲达大仁之境，就要摒弃儒家之滥仁。就要荡涤污秽，清灭蠹虫，除掉害群之马！”

宽阔敞亮的书房静如幽谷，嬴政皇帝的声音持续地回荡着。

“再说容与不容。容者，兼存也，共处也。然则，天下有善恶正邪，人众有利害纠葛，政道有变法复辟，学派有法先王法后王。此等纷纭纠葛之下，任是国家，任是学派，果能一切皆容乎？不能也。孔子讲中庸，何以不容少正卯？墨子讲兼爱，何以不容暴君暴政？法家讲爱民，何以不容疲民，不容游侠儒生？凡此等等，根源皆在一处：大道同则容，大道不同则不容。兼容一切，无异于污泥浊水，无异于毁灭文明。今我大秦开三千年之新政，破三千年之旧制，而这棵大树的根基，却只能扎在脚下这方老土之中。当此之时，这棵大树要壮盛生长，便容不得虫蚁蛇鼠败叶残枝。否则，大秦的根基便会腐烂，大树便会轰然折断。其时也，六国贵族之复辟势力，容得大秦新政么？不会。决然不会！若我等君臣为彰显兼容之量，而听任复辟言行泛滥，误国也，误民也，误华夏文明也。战国之世血流成海，泪洒成河，尸骨成山，不都是在告诫我等：诸侯裂土乃千古罪人么？儒家以治史为癖好。嬴政宁肯被儒家在史书上将嬴政写成暴君，写成虎狼，也绝不会用国家安危去换一个仁政虚名，绝不会用文明存亡去换一个兼容，换一个海纳！”

大臣们都静静地听着，忘记了任何呼应。嬴政皇帝罕见地说如此长话，始终没有暴躁的怒气，始终都是平静而有力。在静如幽谷的大书房，嬴政皇帝转入了最后的决断申明：“至于如何处置儒家罪行，朕意已决：依法论罪，一人不容。何以如此？一则，大秦法行在先，触法理当惩治。二则，儒家既不愿做兴盛文明之大旗，便教他做鼓噪复辟之大旗。朕要严惩儒家以告诫天下：任谁要复辟，先得踏过大秦法治这一关。”

“陛下明断！”六大臣奋然一声。

老奉常胡毋敬起身深深一躬：“陛下一席话，老臣谨受教也！”

“老奉常与朕同心，国家大幸也！”嬴政皇帝笑了。

冯劫高声道：“陛下，要震慑复辟，儒生不能用常刑！”

“噢？当用何刑？”

“坑杀！”

“为何？”

姚贾接道：“坑杀为战场之刑，大秦反复辟也是战场。坑杀寓意：深彻埋葬王道旧制！”

“说得好。”嬴政皇帝淡淡一笑，“再打一场反复辟之战，埋葬王道旧制。”

月亮在浮云中优哉游哉地飘荡着，扶苏心急如焚。

几日前，九原幕府接到了皇帝书房发出的国事快报，第一则便是孔府儒案处置事：经朝会议决，对涉案儒生四百余人将行坑杀！当时，扶苏正在阴山军营筹划第二次反击匈奴之战，一接到蒙恬消息立即飞马赶回了九原幕府。扶苏一看快报大感惊愕，一时愣怔着没了话说。蒙恬也是第一次对皇帝政令没有了即时可否，皱着眉头叩着书案良久沉吟。

如此默然了大约顿饭时刻，扶苏回过神来断然道："不行。我得回咸阳！"蒙恬道："公子回去说甚？"扶苏道："不能杀儒生，更不能坑杀！"蒙恬道："不好。"扶苏道："如何不好？"蒙恬道："陛下不是轻断之人，一旦决断，只怕是泰山难移也。"扶苏道："纵然如此也得一争，父皇终归是明白人。"蒙恬道："公子果然要去，得听老臣一法。"扶苏道："大将军但说。"蒙恬道："老臣对皇帝上书，谏阻坑儒。公子只以探视父皇为由回咸阳，呈递老臣上书，而后相机进言。如此，或可有效。即或无效，亦可保公子无事。"扶苏惊讶道："保我无事？国政进言，我能有甚事？"蒙恬轻轻叹息了一声道："老臣所谓无事者，公子资望也！公子几为储君，朝野瞩目，若与皇帝陛下正面歧见，有损公子根基。老臣出面，则无所顾忌。"扶苏肃然凝思片刻，对蒙恬深深一躬："大将军照应之策，扶苏铭感在心。然则，扶苏不敢纳将军此策。"蒙恬惊讶道："公子此话何意？"扶苏道："此事我只一身承担，不能搅进大将军。将军但想，王翦老将军、蒙武老将军业已辞世，太尉王贲又重病在身，统率举国大军之重任压在了大将军一人之肩！唯大将军一言举足轻重，更不可与父皇公然歧见。扶苏身为父皇生子，父皇纵然不纳我言痛责于我，又有何妨？至于资望，至于根基，我大秦君臣素以公心事国，焉能因一时一事之歧见而有他！"扶苏说得慷慨激昂。蒙恬沉默了。临行之时，蒙恬亲为扶苏饯行，几次欲言又止，最后只叮嘱了一句话："公子莫太意气用事，慎之慎之。"

扶苏没有料到，风风火火赶回咸阳，却未能立即见到父皇。

昨日请见，赵高说父皇一夜未眠，方才刚刚入睡，要否唤醒皇帝，公子定夺。扶苏深知父皇终日劳累，歇息极少，入睡又极是艰难，二话没说走了。昨夜扶苏再次请见，赵高颇见神秘地低声说皇帝堪堪服罢仙药，正在养真人之气，实在不宜扰之。扶苏有些沮丧有些疑惑又有些痛心，还是忍着一句话没说，站在殿外长廊足足等了两个时辰。将近四更时分，正好遇见值事完毕匆匆出来的蒙毅。惊喜的扶苏正要开口询问，蒙毅却连连摇手拉着他便走。到了车马场，蒙毅低声急迫道："陛下为儒案心头滴血！谁敢提说公子回来？听臣一言，作速回九原！"话音落点，不待扶苏说话，蒙毅径自登车去了。一时之间，扶苏大觉事态复杂，额头汗水涔涔而下。

扶苏没有出宫，一直在皇城林间池畔转悠着，力图想得明白一些。显然，两次未见父皇，是赵高不敢禀报父皇所致了。这赵高功劳虽大，也是追随父皇数十年的忠臣死士，然如此煞有介事地哄弄他这个几为储君的皇长子，未免也太过分了。蒙毅匆匆一言，扶苏断定是赵高畏惧父皇发怒而没有禀报，父皇并不知道他回来请见。如此一想，扶苏既为赵高之事有些不快，又为父皇并非有意不见自己颇感欣慰。再想蒙毅所说因儒案事父皇心头滴血，扶苏心头大是酸热，几乎是一闪念便要放弃自己的谏阻进言。然转悠一阵，扶苏终是平静了下来。想自己无事，自然是依着蒙毅之说立回九原。然则，扶苏身为父皇长子，分明对国家大政有主见却知难而退，老秦人之风骨何在？公心事国之忠诚何在？虽说目下的自己既没有被正式立为太子，也没有正式的职爵，依法度而言还是白身一个。然从事实说话，父皇对自己的器重赏识是大臣们有目共睹的。九原带兵杀敌，与闻幕府军事，主持田亩改制，查勘兼并黑幕，凡此等等大事秘事，哪一宗不是照着秦国王室锤炼储君的做法来的？唯其如此，扶苏何能自己见外于国家，见外于父皇，心有主见而隐忍不发？

月亮没了，星星没了，太阳出山了，扶苏还直挺挺地站在殿廊。

匆匆赶来的蒙毅惊讶了，默然盯着扶苏看了片刻，一句话没说大步进殿了。未过片时，赵高匆匆出来高声一宣："陛下宣公子扶苏晋见——"扶苏心头一热，顾不得揣摩计较这种郑重其事的礼仪法度究竟意味着何等结局，大踏步走进了东偏殿。

"儿臣扶苏，见过父皇！"

嬴政皇帝显然是彻夜伏案还未上榻，正在清晨最为疲惫的时刻，须发花白腰身佝偻，眼角还积着隐隐可见的两坨眼屎。看见扶苏进来，嬴政皇帝沟壑纵横的瘦削脸膛没有任何喜怒，甚或连一个点头的示意也没有，转身接过了侍女铜盘中的白布热汗巾，分外认真地擦拭着揉搓着脸膛，一颗白头没入了一片蒸腾而起的热气之中。刹那之间，扶苏泪如泉涌，猛然转过身去死死压住了自己的哭声。嬴政皇帝依旧用热汗巾捂着脸膛，里外三进的宽阔书房良久寂然。窗外柳林的鸟鸣隐隐传来，沉沉书房静得山谷一般。

“说。甚事？”嬴政皇帝终于转过身来，通红的两眼盯着英挺的儿子。

“父皇不能如此操劳……”

“放屁！”嬴政皇帝骤然怒喝一声，胸脯急促地喘息着，猛烈地咳嗽起来。

“父皇——”扶苏大骇，一步扑过来抱住了父亲。

啪的一声，嬴政皇帝狠狠掴了儿子一掌，一口鲜血猛然喷溅而出。扶苏一脸血泪，嘶喊一声来人，奋然抱起父亲疾步走到了榻前，将父亲小心翼翼地平放在榻上。闻声赶来的蒙毅赵高大是失色，赵高看得一眼转身飞步出去了。尚在扶苏蒙毅手足无措之间，赵高带着老方士徐福来了。老方士淡淡地挥挥手叫两人站开，仔细看了看面容苍白失血咝咝喘息不能成声的皇帝，从容地从竹箱拿出了一粒丹药在药鼎压碎，调和成不够常人一大口的药汁，盛在一只赵高捧来的特制的细薄竹勺中。老方士走到榻前伸出一手，大袖拂过皇帝面庞，皇帝立即张开了紧闭的大口。几乎同时，赵高手中的竹勺已经准确轻柔地伸到了皇帝口边，吱的一声，药汁便被皇帝吸了进去……莫名其妙地，扶苏猛然一个激灵，脊梁骨一片凉气。

大约顿饭时辰，嬴政皇帝脸上有了血色眼中有了光彩。老方士一句话不说，径自飘然去了。嬴政皇帝长吁一声，不要任何人扶持便利落地坐了起来，与方才简直是判若两人。皇帝站起来的第一句话是对赵高说的：“先生何时出海？”赵高道：“所需少男少女业已集够，先生说立冬潮平出海。”“替换之人何时进宫？”皇帝又问了一句。赵高道：“先生说下月即到，先生说这位老方士是真正的神术，侍奉陛下比他更为妥当。”嬴政皇帝长吁一声，看了看蒙毅，突然高声道：“孔夫子不语怪力乱神，朕却得靠这般方术之士活着，不亦悲哉！”蓦然长叹之中，泪水盈满了眼眶。

见素来强毅无匹的皇帝如此伤感，蒙毅扶苏赵高三人一时都哭了。蒙毅含泪哽咽道：“陛下莫得自责过甚。无论方士，抑或太医，能治病都算得医家了。秦法禁方士，该改一改了。果有仙药出世，也算人间一幸事了。说到底，大秦不能没有陛下啊！”嬴政皇帝突然一阵大笑，连连摇手道：“不说了不说了，人旦有病，其心也哀。朕，终归尘俗之人也！”

“父皇！儿臣愿为父皇寻觅真正的神医……”

“住口！”嬴政皇帝突兀发作，又是一声怒喝。

蒙毅连连眼神示意。扶苏紧紧咬住牙关不说话了。

“你等去了。朕听听这小子有甚说。”

“父皇！儿臣没甚事，只是回来探视父皇……”

“好了。没人了。说。对，还是先去换了衣裳，我等你。”

见父亲平静下来，却又对自己说没事的话置若罔闻，扶苏便知今日非得说话不可了。父皇对人对事明察秋毫，真正地难眩以伪。父亲对自己莫名地恼怒，竟前所未有地打了自己一个耳光，显然，父亲一定清楚地知道自己要说何事，也一定是对自己的主张分外震怒。甚或，父亲的伤感也是因自己而起的。要教自己在父亲如此疲惫憔悴的病体下，再去说出完全可能再度激怒父亲的歧见，扶苏实在没有这个勇气了。父亲今日突如其来的吐血昏厥，给扶苏的震撼是从来没有过的。第一次，扶苏真切地感到了父亲随时可能倒下的危机，慌乱的心一直都在瑟瑟发抖……然则，这是父皇的命令。扶苏从小便清楚地明白一点，父皇的命令是不能违拗的。况且，父皇是那样令扶苏敬畏的父亲。

当扶苏换了文士服装，又擦拭去脸膛血迹走进书房时，肿胀脸上的掌印却分外地清晰了。尽管扶苏竭力低着头，还是觉察到父亲的目光久久停留在自己的脸上。扶苏没有说话，打定主意只要父亲不逼他他便不说话。父亲若要再打，扶苏宁愿父亲打自己消气，心下反倒会舒坦许多。然则，父亲已经复归了平静，复归平静的父亲的威严是无可抗拒的。

“扶苏，说话。”

“父皇，儿臣没有事了……”

“扶苏，国事不是儿戏。你，记恨父亲了？”

“父皇——”突然，扶苏扑拜在地痛哭失声了。

嬴政皇帝良久无言，一丝泪水悄悄地涌出了眼角，却又迅速地消失在纵横的沟壑之中。嬴政皇帝肃然端坐，听任扶苏悲怆的哭声回荡在沉沉大厅。直到扶苏渐渐止住了哭声，嬴政皇帝才淡淡开口：“扶苏，你我既为父子，又为君臣，国事为重。”

“儿臣遵命……”扶苏终于站了起来，艰难地说着，渐渐地平静下来，“父皇，儿臣星夜赶回，是为儒生一案，直陈儿臣之心曲……父皇听，也可，不听，也可，只不要动怒……父皇明察：方今天下初定，首要大计在安定人心。人心安，天下定。儒家士子，一群文人而已，即或对大秦新政有所指责，无碍大局。大秦新政破天荒，天下心悦诚服，需要时日。只要儒生没有复辟之行，儿臣以为，可不处死罪。当年，周武王灭商之后，伯夷、叔齐宁为孤忠之臣不食周粟，武王不杀不问，正在于几个迂腐之士不足以动摇天下。若杀了伯夷、叔齐，反倒给了殷商贵族以煽惑人心之口实……当今儒生之言行，儿臣以为，大多出于其学派怀旧复古之惰性，意在标榜儒家独步天下之气节而已。此等迂腐学子，认真与其计较，处死数百人，只会使六国贵族更有搅乱人心之口实，亦使民众惶惶不安。此中利害，尚望父皇三思……即或决意治罪儒生，儿臣以为，莫若让这些四体不勤五谷不分的书生去修长城……坑杀之刑，儿臣以为太过了。”

“蒙恬可有说法？”嬴政皇帝冷冷一句。

“大将军不赞同我回咸阳。”扶苏这次答得很利落。

“我是问，蒙恬对儒案有何说法。”

“儿臣匆忙，未曾征询大将军之见。”

“果真如此？”

“父皇……”

“连此等小事都理会不清，日后还能做大事？”

“敢请父皇教诲。”

“我懒得说！”嬴政皇帝突然拍案怒喝了一声，见扶苏吓得脸色苍白长跪在地显然担心自己动怒伤身，心下一热，粗重地喘息一声又渐渐平息下来，“你连从政[1]权谋都不明白，连最简单的君臣之道都弄不清，一颗仁善之心有何用？国家大政，件件事关生死存亡，岂是一个善字一个仁字所能了结？只说目下此事。我下令将儒案以国事急报之法知会在外大臣，其意何在？自然是要大臣们上书，表明自家见识。蒙恬何其明锐，安能不知此意？你既还国，蒙恬能不对你说自家想法？蒙恬既无上书，又无说法，岂不明明白白便是反对？方才你那般说法，更是真相立见：你护着蒙恬，蒙恬护着你；以蒙恬之谋略，定然要你携带他的上书来咸阳，不让你出面异议；以你的秉性，则定然是不要蒙恬出面，深恐蒙恬与我生出君臣嫌隙。你说，可是如此？”

“父皇明察……”

“明察个屁！”嬴政皇帝又暴喝了一声，又渐渐平静下来，靠着坐榻大靠枕缓缓道，“父皇不是说，你与蒙恬合弄权谋。若有此心，父皇何能早早将你送到九原大军？当然，父皇也不怕任何人弄权谋，谁想靠权谋在大秦立足，教他来试试。父皇是说，你身为皇长子，该当补上这一课，懂得一些谋略之道。权谋权谋，当权者谋略也。政道者何物？大道为本，权谋为用。无大道不立，无权谋不成。明君正臣可以不弄阴谋，然不能不通权谋。《韩非子》为何有专论权谋的八奸七反，他是权谋之人么？他是给法家之士锻铸利器！自古至今，多少明君良臣名士英雄，皆因不通权谋而中道夭折；多少法家大师，也因不通权谋或不屑权谋，最终身首异处。韩子痛感于此，才将法家之道归结为三大部分：法、术、势，并穷尽毕生洞察之力，将权谋之奥秘尽数揭开。”

“父皇，儿臣确实不喜权谋……”

嬴政皇帝脸倏地一沉，还是再度平静了下来，以从来没有过的耐心平静缓慢地说了起来：“你给我记住：权谋不全是阴谋。从秉性喜好说，

[1]　从政，秦汉词汇。语出《史记·孔子世家》：“诸侯卿相至，常先谒然后从政。”

父皇也厌恶权谋。然从根本说，那只是厌恶阴谋。父皇更推崇商君。因为,《商君书》是大道当先，以法治大权谋治世，从来不弄阴谋。然则，只有商君那般天赋异禀的大家，才能将法治大权谋驾驭到炉火纯青境地。任何阴谋，都不能在商君面前得逞，除非他自甘受戮。然对于天赋寻常者而言，还是须得借助大家之学，锤炼洞察之力。《韩非子》何用？锤炼洞察之力第一学问也。父皇自忖，不及商君多矣！父皇尚且从来没有轻视过韩子，遑论你个后生也。一部《韩非子》父皇虽不能倒背如流，也读得透熟透熟了。须知，君道艺业不以个人好恶为抉择。田单反间燕国，燕昭王独能洞察而对乐毅坚信不疑。燕昭王死后，田单再度施展反间术，燕惠王却立即落入圈套，罢黜了乐毅，以致燕国从此大衰。因由何在？在燕惠王毫无大局洞察之能！先祖孝公在外患内忧相迫之时腾挪有余，使商君能全力变法。因由何在？在事事洞察大局，事事防患于未然！一个君王，一个领袖，若无洞察大势之明，若无审时度势之能，仅凭仁善，只能丧权失国。燕王哙不明天下之大势，不识燕国之大局，一味地迂腐仁善，学尧舜禹禅让王位于子之。其结局如何？燕国动荡不休，几于灭亡！目下一样，天下大势如何，秦政大局如何，都得审时度势……"

"父皇，儿臣愿读韩子之书。"扶苏见父皇大汗淋漓，连忙插言。

"好。不说了。"嬴政皇帝颓然闭上了眼睛。

扶苏转身轻步走到外间，对守候在门厅的赵高一招手，赵高立即带着两名侍女飞步进来。眼见父亲已经扯起了粗重的鼾声，口水也从微微张开的口中很是不雅地流到了脖颈，扶苏不禁泪如泉涌，不由分说扒开了手足无措的侍女，抱起父皇大步走向了寝室。赵高大是惶急，又不能阻拦，连忙碎步小跑着前边领路，时而瞻前时而顾后一头汗水也顾不得去擦了。

当扶苏来到丞相府时，李斯等正在最忙碌的时刻。

扶苏已经痛苦得有些麻木了。父皇对他第一次说了那么多话，却几乎没有涉及坑杀儒生之事。以父皇那日境况，扶苏是宁可自己死了也不愿再与父皇纠缠下去。可事后一想，又觉此事还是不能就此罢了。扶苏也明白，此事显然是不能再对父皇说了。可扶苏还是想再与丞相李斯说说，毕竟，李斯是在大政方略上最能与父皇说话的重臣。想到父皇说自己没有洞察之能，没有权谋意识，连最简单的君臣之道也弄不清，扶苏决意不明说此事，只说自己受蒙恬之托来探视老丞相。然则一走进丞相府政事堂，扶苏却有些惊讶了——冯去疾、冯劫、姚贾、蒙毅、胡毋敬五人都在，人人案上一堆公文，直是一个仅仅只差父皇的重臣小朝会。刹那之间，扶苏有了新的想法。

“臣等见过长公子！”李斯六人一齐站了起来。

“诸位大人请坐！”扶苏连忙一拱手，“我从九原归来匆忙，受大将军之托前来探视丞相，不想却有扰政事，列位大人见谅。”

“不扰不扰，长公子拿自家当外人了。”豪爽的冯劫第一个笑了。

“也是。长公子与闻，正好免得再劳神通报大将军。”冯去疾也笑了。

“长公子请入座。”李斯慈和地笑着，转身高声吩咐上凉茶。及至侍女将冰镇凉茶捧来，扶苏又汩汩饮了，李斯这才笑道，“老夫之见，廷尉将儒案情形禀报长公子听听，再说。”几人纷纷点头。姚贾拍了拍案上一束竹简，一拱手道：“老臣禀报长公子：儒案人犯已经全部理清，涉案儒生共计四百六十七人，方士术士一百零一人，其余士子一百三十二人，共计七百人。处刑之法：四百六十七名儒生，一体坑杀；其余涉案人等，及涉案儒生之家人族人，俱发北河修筑长城。”说罢，双手捧起案上那卷竹简递了过来。

“不须不须，听听便了。”扶苏笑着推过了竹简。

“长公子，这次可是大煞复辟势力之邪风了！”冯去疾兴奋拍案。

“不来劲！以老夫之想，七百人全坑！”冯劫愤愤然。

“非如此，不足以反击复辟。”姚贾补了一句。

蒙毅始终没说话。李斯只看着扶苏，也没有说话。

“敢问长公子作如何评判？”一头霜雪的胡毋敬不合时宜地开口了。

假若没有胡毋敬这一问，扶苏也许就不说后来引起父皇震怒的这番话了。然胡毋敬一问，扶苏已经想好的种种谋略片刻之间烟消云散了。扶苏只有一个念头：此时不说，便没机会说了。扶苏一拱手道：“我多在军中，国事不明，尚请丞相与列位大人解惑。”李斯笑道：“长公子何惑，老夫等能解得么？”年轻的长公子正色道：“扶苏之惑，何以处置儒生要以战场之法？坑杀儒生，何以能安天下？斩决儒生，抑或罚做苦役，何以便不行？”激昂庄重又颇具几分愤然，几位大臣一时大为惊愕。这便是“信人奋士”的扶苏，永远地热血沸腾，永远地正面说话，永远地不知委婉斡旋为何物，一旦开口，总是肃杀凛然。

“长公子此问，老夫不好一口作答。”见豪爽的二冯尚且愣怔，李斯委婉地开口了，脸上挂着几分苦笑，“儒案之纠葛，在于其背后的六国贵族，在于复辟势力。坑杀儒生而赦免其余，亦在震慑其背后之复辟势力。归总说，不能就儒案说儒案，不能就坑杀说坑杀。若老夫问长公子一句，儒生复辟皆不可杀，则大秦新政何以自安？公子将作何回答？”

“丞相乃法家名士。”扶苏似感方才太过激烈，恳切道，“丞相与列位大人该当知道，儒家之藏书议政，以至于与六国贵族来往，大半出于迂腐之秉性。可以惩罚，可以教他们修长城，甚或可以教他们从军，何须定要夺其性命，且还定要坑杀而罢休？如此做法，丞相，列位大人，不以为小题大做么？”说着说着，扶苏又是一脸愤然。

李斯叹息一声，目光扫过了几位大臣，眼神分明有某种不悦。

“长公子此言，似有不当。”姚贾淡漠平静地开口了，“人言儒家迂腐，老臣不以为然。儒家迂腐，在于吃饭、睡觉、待客、交友等诸端小事也。就政道大事说，儒家从来没有迂腐过。孔夫子杀少正卯，迂腐么？孟夫子毒骂墨子纵横家，迂腐么？孔鲋主张诸侯制，迂腐么？孔门与张耳、陈余、张良等贵族公子勾连复辟，迂腐么？儒家复辟，人多以为是六国贵族鹰犬。老夫却以为，儒家本来就是复辟学派，是想教天下回到夏商周三代去。毋宁说，六国贵族是儒家鹰犬。要说迂腐，只怕是我等了。”

“廷尉大人未免危言耸听也！”扶苏显然对姚贾暗指自己迂腐有些不悦，冷冷笑道，“数百年来，儒家势力越来越小。时至今日，连个学派大家都没有，何能呼风唤雨搅乱天下？廷尉莫非囚于门派之见，欲灭儒家而后快乎！”

“长公子这等说法，好没道理。”冯去疾不高兴了。

“简直胡说！”冯劫脸黑得难看极了。

“言重了言重了，何能如此说话？”李斯瞪了二冯一眼。

扶苏浑然不觉，正色道：“列位大人莫非惧皇帝之威，不敢直陈？”

“公子此言差矣！”李斯笑容收敛，一拱手道，“皇帝陛下之威，在于洞察之明，决断之准，而不在凶暴。三十余年，皇帝没有错杀过一人，没有错断过大事。唯其如此，皇帝的威严使天下战栗。皇帝从不宽恕一个违法之人。此乃皇帝之秉性，亦是法治之当为。今儒生复辟反秦，我等若直陈赦之，皇帝不会答应，法度亦不允许。与其说老夫等畏惧皇帝，毋宁说老夫等与皇帝同心，一样忠于法治。坏法之事，老夫等岂能为哉！”

“如此说来，坑杀儒生无可变更？”

“正是。”

“列位大人，扶苏告辞。”

“长公子且慢。”李斯诚恳地一拱手道，“长公子乃国家栋梁，实为储君。老夫一言相劝，公子明察：大秦以法治立国，公子却以善言乱法，此远离大秦新政之道也。老臣劝公子精研商韩，铸造铁一般之灵魂……”

扶苏没有说话，大袖一拂径自去了。

李斯望着扶苏背影，沉重地叹息一声。几位大臣也人人默然，一种不安的气氛笼罩了原本一片蓬勃生气的政事堂。扶苏毕竟是实际上的储君，持如此歧见，其影响岂止仅仅在一时一事？李斯在一片默然中转悠了好大一阵，最终断然道：“老夫以为，此事非同小可，我等当立即奏明皇帝。”厅中没有一个人说话，但却人人都点头了。

四更时分，扶苏突然接到了一道紧急诏书。

来下诏的是上卿郎中令蒙毅。皇帝的诏书只有寥寥数语：“扶苏不明大势，不察大局，固执一己之见而搅扰国政，殊为迂阔！今授扶苏九原监军之职，当即离国就任，不奉诏不得还国！始皇帝三十五年夏。”

夜不能寐而一直在后园转悠的扶苏，是在庭院堂前遇到蒙毅的，一时大觉突兀又似在意料之中，接过诏书只低声问了一句：“敢问上卿，父皇发病没有？”蒙毅一拱手道：“敢请长公子厅堂说话。”扶苏见蒙毅没有立即要走之意，木然一拱手，将蒙毅礼让进了刚刚重新点燃灯火的正厅。扶苏懵懂入座。蒙毅吩咐所有仆人侍女都退出大厅，又命自己的卫士守在廊下不许任何人靠近，这才坐到了扶苏对面大案前。

“长公子，陛下很是震怒。”蒙毅只说了一句，轻轻地打住了。扶苏依旧木然着，没有泪水，没有叹息，直如一尊木雕。蒙毅默然片刻，一拱手低声道，“长公子，听臣一句话：尽速回九原，不能固执了。”

扶苏艰难地撑着座案站了起来，长叹一声，转身便走。蒙毅一步跨前拦住道：“长公子莫急，听臣将话说完不迟。皇帝并未限定今夜，明日之内北上无事。”扶苏还是没有说话，只木然地伫立着。

“长公子，臣实言相告。”蒙毅从来没有过的沉郁，泪水溢满了眼眶，“此次长公子擅自还国，谏阻坑儒，实在一大憾事也。此前，陛下已命我暗中筹划册立太子大典了。不合长公子不耐一事，擅自还国。还国罢了，不合长公子又一错再错。初次，两度得赵高委婉推托，便当见机离去。然公子却因我一言，将赵高推托误作皇帝不知，坚执请见。见则见了，陛下虽则震怒而骤然发病，毕竟还是前所未有地对公子说了那么长的话。那时公子若走了，或只在府中读书，或只在皇城侍奉陪伴陛下，也没事了。不合公子依旧不忍，又找去丞相府论说。说则说了，又那般激烈。如此折腾者再三，以致，陛下不得不出此一策……”

“上卿明言，扶苏政见错在何处？”

“长公子之错，可说不在政见本身，不在是否反对坑儒。”蒙毅激切而坦诚，“恕臣直言，公子之错，在于决策已定之后搅扰国政。我知道，公子也一定知道，我兄蒙恬也未必赞同坑儒，因他至今没有上书陛下。再实言相告，蒙毅也以为此事值得商榷。还有，老奉常胡毋敬也曾在小朝会反对。然则，我等没有说出来。胡毋敬说了，也是适可而止。因何如此？时也，势也。此时此势，不是迫于朝议，更不是迫于皇帝陛下之威严压力。此时此势，乃天下之大势也，乃新政之大局也！今日儒案，事实上已经不仅仅是行法宽严之事了。复辟反复辟，国家生死存亡之大争也。谁能说，皇帝陛下之决断，就一定是错了？蒙毅与家兄不言，胡毋敬言则适可，根源都出一辙：既拿不准自家是否一定对，也无法判定皇帝陛下一定不对。论天赋，论才具，论坚毅，论洞察，论决断，皇帝陛下皆超迈古今，我等何由执意疑虑？更何况，皇帝陛下确实对儒家做到了仁至义尽。是儒家有负秦政，不是秦政有负儒家。即或你我反对坑儒，你能说儒家没有违法么？不能！当此之时如同战场：军令一旦决断，便得三军用命，不许异议再出。公子试想，今日陛下若是你自己，朝臣反复议决后仍有一个人要再三再四地固执己见，且此人不是寻常大臣，而是万众瞩目的国家储君，你将如何处置？那日，皇帝曾对公子反复讲说洞察大局的谋略之道，用心良苦也，公子何以不察若此哉！”素来寡言的蒙毅，突然打住了。

良久无言，扶苏对蒙毅深深一躬，转身大步走了。

“长公子……”

扶苏没有回头，伟岸的背影在大厅的灯火深处摇曳着渐渐消失了。

蒙毅伫立良久，出门去了。回到皇城，狼藉一片的书房里没有了皇帝。几个侍女正在惶恐万状地归置着诸般物事。一个侍女说，皇帝陛下挥剑打碎了三只玉鼎，中车府令抱住了皇帝的腿，也被皇帝打得流血了。后来，皇帝一个人怒气冲冲出去了，中车府令瘸着腿赶去了。蒙毅一听，二话没说便带着几名尚书向池畔树林寻觅而来。终于，在朦胧清幽的太庙松林前，蒙毅看见了踽踽独行的熟悉身影。骤然之间，蒙毅泪如泉涌，匆匆大步走了过去，却不知从何说起，只默默地跟着皇帝漫无边际地游走着。

“说话。”嬴政皇帝终于开口了。

“禀报陛下：长公子知错悔悟，清晨便要北去了……”

“那头犟驴，能听你说？”皇帝的声音滞涩萧瑟。

“陛下，长公子遇事有主见，未尝不是好事。”

“秦筝弄单弦，好个屁！”

蒙毅偷偷笑了。皇帝骂出口来，无疑便是对儿子不再计较了。大约只有蒙毅赵高几个人知道，皇帝极少粗口，只有对自己的长子扶苏恨铁不成钢时狠狠骂几声，骂完了便没事了。正在此时，蓦然传来皇城谯楼上柔和浑厚的钟声。蒙毅轻声道：“陛下，晨钟，该歇息了。”嬴政皇帝却突然转过身来："蒙毅，跟我去北阪。"蒙毅方一愣怔又突然明白过来，立即答应一声，快步前去备车了。

清晨的北阪，无边无际的六国宫殿在茫茫松林的淡淡薄雾中飘荡着。

此时，咸阳至九原的直道已经将要修成。出咸阳北门直上北阪，掠过六国宫殿区抵达甘泉宫，便进入了直道的起点。咸阳至甘泉宫路段，是内史郡干道之一，宽阔平整林木参天，气象规制皆同关外大道。当扶苏匹马出城一气飞上北阪时，正是这片被划作皇城禁苑的山塬最为清静无人的时刻。扶苏驻马回眸，良久凝望着塬下沉沉皇城，一时悲从中来，情不自禁地失声痛哭了。父皇这次的震怒是前所未有的，断然一道诏书将他赶走，连见他一面也没有心思了。扶苏不惧父皇的任何惩罚，打他骂他，甚或教他去死，扶苏都不会有任何不堪之感。扶苏不能忍受的，是他给父亲带来的震怒伤痛，是他再次激发了父亲的吐血痼疾。

身为长子，扶苏深知父亲秉性。

父亲的灵魂中有一座火山，一旦爆发便是可怕的灾难。扶苏听各种各样的人说起过父亲，随着年岁的增长，扶苏也不断地咀嚼着父亲，渐渐地有了清澈的印迹。在扶苏的记忆中，父亲的几次爆发都曾经几乎毁灭了一切，连同父亲自己的生命。跟随老祖母太后的老侍女说过，父亲少年时期因不能驯服一匹烈马摔得吐血，后来又在立太子的较武中用短剑刺伤过自己的左腿。扶苏从老侍女的口气中听出了究竟，其实完全可以不那样做。但最令扶苏惊悚的，还是父亲做秦王的两次爆发。第一次是痛恨老祖母有失国体，杀死了老祖母与嫪毐的两个私生子，还杀死了据传是七十余为老祖母说话的人士！老祖母晚年自甘接受形同囚居的寂寞，其实正是恐惧父亲的爆发。第二次，是那天下皆知的逐客令。事后想来，逐客令显然是一则极其荒唐而不可思议的决策，但盛怒之下的父亲，不由分说便做了。听蒙恬说过，那次父亲也吐血了。这便是父亲的爆发，摧残自己，也毁灭大政。后来的父亲，再没有了这般不计后果的爆发，但却不能说父亲没有了真正的暴怒。唯一的不同是，锤炼到炉火纯青的父亲，怒火爆发时不再轻断大政，而只有摧残自家了。扶苏不止一次地听人说过，年轻时父亲的体魄原本是极其强健的，直到平定六国，父亲始终都是一团熊熊燃烧的烈火。可就在将近十年之间，父亲骤然衰老了。自从听到方士住进皇城的秘密传闻，扶苏便有了一种不祥的预感。及至这次还国，眼见了父亲因自己而突然喷血昏厥，眼见了老方士施救，眼见了无比强悍的父亲在那种时刻听人摆布而无能为力，扶苏的内心震撼是无以言说的。蒙毅说得对，自己不该在如此时刻如此固执于一宗儒生案；自己若果能如父亲所教，能有些许谋略思虑，事情岂能如今日这般？做不做太子，扶苏还当真没放在心上。扶苏失悔痛心者，迅速衰老的父亲是在最为忧心的时刻被自己这个长子激发得痼疾重发的。长子者何？家族部族之第一梁柱也。而自己，非但没有为父亲分忧解愁，反倒使父亲雪上加霜，如此长子，人何以堪！

“父皇，儿臣去了……”

扶苏面南伫立，对着皇城的书房殿脊肃然长跪，六次重重扑拜叩头，额头已经渗出了斑斑血迹。清晨的霞光中，扶苏终于站了起来，一拱手高声道：“扶苏不孝，妄谈仁善。自今日始，父皇教扶苏死，扶苏亦无怨无悔！”

扶苏艰难地爬上了马背。那匹罕见的阴山胡马萧萧嘶鸣着，四蹄踌躇地打着圈子不肯前行。一时之间，扶苏泪如雨下，抚着战马的长鬃哽咽了，老兄弟，走吧，咸阳不属于扶苏。突然之间，阴山胡马昂首长长地嘶鸣一声，风驰电掣般飞进了漫天霞光之中。

这一去，扶苏再也没有回到大咸阳。

六　铁血坑杀震慑复辟　两则预言惊动朝野

立秋时节，骊山谷前所未有地被选作刑场，人海汪洋不息。

秋月刑杀，这是华夏最古老的传统之一。《吕氏春秋》云：“孟秋之月，以立秋……是月也，修法制，决狱讼，戮有罪，严断刑，天地始肃，不可以盈。”这般天人交相应的政事规矩，在那时几乎是人人皆知的常识，谁也不会惊讶。关中人众所以惊讶骚动而络绎赶来者，对将骊山选作刑场之不可思议也。一统之前，秦国刑场例在咸阳渭水草滩，从来没有过第二个大刑场。这次大刑却定在距咸阳将近百里的骊山，大大地出乎所有人意料了。盖骊山者，关中吉祥之地也。骊者，纯黑也，与秦之尚黑暗合，大得秦国朝野喜好。骊山之名两说：一云其山纯青（黑）色，又形似骊马而名；一云春秋早期之古骊戎部族曾居此地，出过一个大大有名的美女骊姬，因而得名。然则，骊山之被天下视为神异之地，更重要的原因却是：骊山是始皇帝的预选陵寝之地。自嬴政做秦王开始，秦国的三太——太庙、太史、太卜便依例开始了为秦王选定陵墓的筹划，虽因种种急政而断断续续，终究是一直在进行着。大约十多年前，骊山方圆二三十里之地才正式被划作禁苑之地，工匠开始了进入。目下，这皇帝陵园虽远未成型，然其大体的格局气象还是已经具备了。当此之时，要在皇帝陵园区内做刑场，这岂不荒诞么？然种种消息议论之中，也有一种清醒的说法：将大刑场定在骊山，是皇帝陛下亲自决断的，这里是迁入关中的六国贵族聚居之地，皇帝就是要这些贵族看刑场！

消息传开，关中秦人恍然大悟了。

怪不得郡县官府连日飞马下令各乡、亭、里，凡新入山东人士务必在立秋之日赶赴骊山谷观刑，违者依法严惩不贷。而对已经大为减少的老秦民户，官府却只一句话，想去便去，由你。议论风传，老秦人反倒大大生出了好奇新鲜之感，许多人要看官刑，也有许多人要看看从来没有见过的帝王陵园究竟甚样。于是，立秋日一大清早，四乡民众便络绎不绝地奔向了骊山谷，与口音各异的六国贵族们交汇成了驳杂不息的人流，种种议论飞扬不亦乐乎。此时，秦政禁议论很是明确：禁止以古非今的攻讦言论，而不是禁止一切人议论一切国事。以始皇帝君臣之为政锤炼，决然不至于愚蠢到不许民众开口说话的地步。为此，此等场合的消息流布议论生发，依然是前所未有的。

刑场设在一片平坦的谷地，观刑人众从两面山坡一直铺满到谷地四周，却静悄悄地再没了声息。人们发现，今日这个刑场大是怪异，没有刑架木桩，没有赤膊红衣的行刑手。大片马队圈定的谷地内，却有数以千计的士兵在掘坑，一排排土坑相连，湿乎乎的新土散发出清晰的泥土气息，看得人心头怦怦大跳。老秦民户们悄悄相顾，悄悄地说着：皇帝好心，要在杀了这些人犯后就地埋葬哩，一人一座墓还陪葬在皇帝身边，皇帝也胆子正，不害怕哩。但说着说着就不说了。因为，谁都觉察出了一种异样的气息在弥漫——六国贵族们都脸色苍白，紧咬着牙关不说话，有人还是穿着粗麻布衣来的，一脸哀伤绝望，看得老秦人心酸。

午时终于到了，一大片衣衫不整形容枯槁的儒生被押进了山谷。

刑场中央的土台上，两排号角齐鸣。台角的司刑大将长喊一声："主刑大臣到——"御史大夫冯劫、廷尉姚贾便走到了台前。姚贾念诵了一篇决刑书，如同铁硬的石工锤叮叮当当砸在青色的山石上："大秦皇帝诏：查孔门儒生四百六十七名，无视大秦新政之利，不思国家善待之恩，以古非今，攻讦新政，散布妖言，诽谤皇帝，勾连六国旧贵族，图谋复辟三代旧制。屡犯法令，罪不容诛！为禁以文乱法之恶风，为禁复辟阴谋之得逞，将所有触犯法律之儒犯处坑杀之刑！大秦始皇帝三十五年秋。"之后，冯劫一声高喝。

多少年之后，皇帝的陵墓上已经是草木森森了，关中民人还能记得那清晰的一幕：儒生们被推下了深深的土坑，泥土开始飞扬起来，先是种种撕裂人心的惨叫，渐渐便是一声声沉闷的低嚎，渐渐地便没有了声息……一个老秦农人说，那日他梦游一般出山，在山脚听见了一个白发老人与一个年轻人梦境般的对答，起了一身鸡皮疙瘩，顿时瘫在地上了。

"亚父，儒生们再也不能说话了么？"

"儒生们是不能说话了。然，有人替他们说话。"

"亚父，你害怕么？"

"亚父怕不怕都不打紧了。你个后生怕不怕？"

"项羽不怕！"

"为何？"

"项羽不读书，不说话，只杀光秦人，烧尽咸阳！"

"不书不语唯杀人，天意何其神妙哉！"

公元前212年秋，四百六十七名方士儒生被坑杀，这是整个人类文明史上最大的惨案之一。尽管它在当时有着最充分的政治上的合理性，然经过漫漫岁月的种种堆积之后，这一惨案却仅仅以摧残文明的野蛮面目，久远地留在了中国人的记忆之中。嬴政皇帝的历史铜像在焚书的烟雾与坑儒的黄土中，变得光怪陆离恍若恶魔了。

坑儒之后，皇帝的一道诏书立即明颁天下郡县，张挂于所有城池四门。假若说，坑儒消息传开之初，天下大为惶惶不安，更多的是恐惧弥漫；及至皇帝诏书颁行，且明白晓谕其中道理，天下则真正地被震撼了。这道皇帝诏书是：

大秦始皇帝坑儒诏

秦始皇帝特诏：朕定六国，一天下，不封建诸侯而力行郡县制，非为皇族一己之私，实为华夏一体昌盛大出天下也！封建诸侯，固利朕之私利，朕安能不知哉！然则，华夏裂土分治，天下大战不休，我民尸骨成山，朕安能弃天下大利而唯顾皇族一己之利耶？今有儒生者，朕曾封其首学孔鲋为文通君，使其居天下百家之首，厚望其兴盛新政文明；诸多儒生，亦成大秦博士，厚望其资政治道而共谋华夏强盛。朕何负儒家？秦何负儒家？孰料儒家“祖述尧舜，宪章文武”之禀性难移，不思时势之变，不思人民之安居乐业，唯念复古复辟之旧说，在朝鼓噪诸侯制，在野勾连六国贵族，既不奉公，更不守法。孔鲋擅离职守而逃国，裹挟举族而逃乡，君臣人伦之道尽皆沦丧，有何面目立于天地间也！在朝儒生亦不思悔过，党附真儒生假方士之卢生，聚相以古非今攻讦国政，最终竟欲一体逃国。如此儒家，无法，无天，无君，无国，唯奉一家私念为至高，谈何礼义廉耻哉！唯其如此，朕决意不以常刑处置儒犯，对触法儒犯四百六十七人一并坑杀，其族人家人俱发北河以筑长城，并四海缉拿要犯孔鲋与六国复辟贵族。所以如此，在于儒家与六国贵族沆瀣一气大行复辟，实平定六国大战之延续也。故此，朕不以寻常罪犯待儒家，而以战场之敌对儒家，以明新政，以正国法，以镇复辟。朕并正告天下欲图复辟者：朕不私天下，亦不容任何人行私天下之封建诸侯制；尔等若欲复辟，尽可鼓噪骚动，朕必以万钧雷霆扫灭

丑类，使尔等身名俱裂。谓予不信，尔等拭目以待！大秦始皇帝三十五年秋

这道诏书如同一声惊雷，在天下轰隆隆震荡着。

人们从来没有听过一位帝王如此说话，更从来没有见过一位帝王如此公然地宣示坑杀之正当合理。可是，平心而论，皇帝说得不对么？儒家做得好么？一个被皇帝如此器重的学派，不好好为国家效力，却做出了那么多乌七八糟的事情，也确实不是个好东西！说来也是，儒家在士人阶层颇有治学声望，然却在寻常民众中最是没有人望。不说别的，就凭四体不勤五谷不分不爱劳动这一则，已被民众多视为痞子懒汉。再加上那些“刑不上大夫，礼不下庶人”、“民可使由之，不可使知之”之类的话语，谁听谁厌烦。而目下儒家所鼓噪的，又恰恰是民众最苦不堪言的分封制，老百姓谁个能说儒家好？一听皇帝诏书，十有八九都喊杀得好，儒家该杀。人家皇帝都不要自家子孙做诸侯，你个儒家屙屎鸟动弹鼓甚闲劲？还不是想自家弄一块封地滋润滋润？着，碰上了一个铁腕皇帝，封地没捞上还将自家赔给了土地，自作孽，不可活，活该他倒霉！如此言论形形色色不一而足，渐渐弥漫天下，实实在在给儒家与六国贵族以前所未有的巨大震慑。

一时之间，甚嚣尘上的六国贵族大为惊慌了。

在各郡县的严厉追查下，六国大贵族的后裔们暗中兼并旧时封地的黑幕活动，几乎是齐刷刷没了踪迹。当大将杨端和率五千飞骑赶赴旧齐国缉拿藏匿的复辟者时，隐身于滨海小岛的一批六国公子们早作鸟兽散了。杨端和在之罘岛卢生建造的洞窟宫殿里，搜索到了种种物证带回。御史大夫冯劫与廷尉姚贾立即联具发出了缉拿令，开列的名录是：旧楚公子项梁项伯兄弟并项氏族人、旧韩公子张良、旧魏公子张耳陈余、旧齐公子田儋田横等两百余人。

此时，天象出现了一次异常——荧惑守心！

荧惑者，火星也，因其运行复杂多变而常使人迷惑，故名。守，星驻某宿二十日以上叫做守。心，二十八宿中的心宿，属东方七宿。荧惑

守心，是说荧惑星进入了二十八宿之一的心宿，停在那里久久不动了。这荧惑星是天象五大星之一：太白（金星）、岁星（木星）、辰星（水星）、荧惑（火星）、填星（土星）。五星与三垣二十八宿一起，构成了远古占星术的星象基本框架。三垣是紫微垣、太微垣、天市垣，也就是三大星区。二十八宿是天空中相对静止的二十八个星区，因其余诸星常以不同路径进入这些星区，或住或走如旅途歇脚，故称宿，也称舍；这些星区分为东南西北四个属区，古人以其意象属性分别呼东方青龙，西方白虎，南方朱雀，北方玄武。

在五星之中，荧惑是一颗执法之星，是一颗灾难之星，天下悖乱伤残贼害疾疠死丧饥馑兵灾等等天谴之罚，尽在荧惑意涵之中。从总体上说，荧惑不断在天际运行，出现在何方，便代表上天对其下分野实施惩戒，其星象分野所对应的地区便将出现灾难。当然，灾难的程度，要依据荧惑的种种状态来确定。今次荧惑守心，若按远古九州之星象，心宿之分野对应当为豫州；若按战国星象分野，心宿对应该当是韩魏北楚诸国；若按秦一天下之郡县制分野，则当为三川郡、颍川郡、南阳郡、陈郡、河东郡等中原地区。荧惑停留在心宿中不走，心宿分野之地当然不是好事。然则，战国秦汉之星象学又有一说：心宿既是天上的“明堂”，又是荧惑的庙。明堂，是天子宣明政教的殿堂；庙，则是心神之居所，通常为祭祀供奉某个特定对象的场所。也许两者职能矛盾，魏晋之后的星象家，则以房四星为天上明堂，专以心宿为荧惑之庙，不再重叠。心宿既是荧惑之庙，荧惑回归心宿便又可看做复归本位，几类后世所谓的神灵在本庙显身。

如此，荧惑守心这一异常星象，有了两种可能的解释：其一，以荧惑之执法使命与灾难意涵，天下腹心必有动荡劫难；其二，以荧惑复归本庙而显像，则并非立刻降临灾难，而是对天下发出的另一种更为深刻的警讯。战国秦汉之世，天人交相应的理念很是普及，民众对星象之敏感，对国事之关注，远远超过后世民众在儒家教化下的无知与麻木不仁。所以，此星象一出，星象家的种种拆解便不胫而走，加之各方附会，又有了种种弥漫天下的流言。有人说，中原地区将有大灾大劫了。有人说，这是上天执法星对皇帝坑杀儒生的警示，预示着将有灾难降临大秦。也有人反驳说，恰恰相反，这是上天执法星对皇帝坑儒的认可！否则，荧惑如何不在西方七宿出现而独独在中原心宿出现？又是中原儒生最多，中原复辟者最多！更有人忧心忡忡，说坑儒也好复辟也好都是小事，只怕天下将有更大的事端了。

种种议论弥漫山东之时，骤然爆出了两则更为惊人的预言。

第一宗，陨石预言。深秋之时，中原东郡（旧卫国与魏国部分地区）在大白天突然降落了一颗流星，抵达地面时化作了一块形状奇异的巨石。陨石至地，在战国已经不足为奇，人们不会因陨石降落而视为神异。神异处在于，陨石降落之时还干干净净没有一个字，过了一夜，陨石上竟赫然刻出了七个大字——始皇帝死而地分！发现者大惊，立即禀报乡里，层层飞报咸阳。嬴政皇帝得报，心知又是六国贵族阴谋，立即派出冯劫率一班御史赶赴东郡查勘。可查勘讯问多日，周围所居民户竟全都说一无所见，刻字之人竟丝毫没了线索可查。冯劫大怒，依据秦法不举发罪犯则连坐同罪之条，当即将陨石周围的民户成人全数斩首。之后，冯劫又调来大批熔铁工匠，将刻字陨石硬生生炼成了铁水。

嬴政皇帝听冯劫禀报了事体经过，很为六国贵族这等鼠窃狗偷之伎俩厌烦。思忖几日，嬴政皇帝思谋出一则对策：下令博士学宫秘密编一首破解此等伎俩的诗谣，教乐人广泛传唱，与此等卑劣刻石针锋相对。未过旬日，有一首歌谣在天下流传开来："荧惑守心，法星显身。幽幽晦冥，火以济阴。郡县天道，地何以分？唯灾唯劫，尽在世荫。"

消息传开，歌谣传开，山东之地又一次震恐了，惶惑了。

民众普遍的断言是：皇帝这是真的与六国贵族较上劲了，谁不举发六国贵族便杀谁，秦之连坐法来了！及至歌谣传开，纷纷有高人拆解，说这歌谣是真正的天机，你看，火以济阴，秦为水德阴平，荧惑属火，不是水火相济么？水火相济，不是气势更盛么？最后一句更是，灾劫不是老百姓的，全是世袭世荫贵族的！一时间，民众纷纷咒骂六国贵族害民，各郡县纷纷举发贵族逃匿者的线索，天下风声更紧了。从此以后，再也没有了公然留字的人为预言。然则未过多时，却又生出了一则更为神异的神灵预言。

第二宗，江神预言。也是深秋之时，陈郡郡丞赶赴咸阳禀报政事，进入函谷关已经入夜。郡丞事急，未在函谷关歇息连夜赶路。夜过关中华阴县境内的平舒道驿站外，突兀遇见一个黑斗篷黑面纱者拦在空旷的道中。郡丞愕然勒马，黑衣人双手递过来一件物事，只压低着声音说了一句话："为我遗滈池君。"郡丞愣怔着接过物事，黑衣人又突兀阴沉而清晰地说了一句："今年祖龙死。"郡丞不解其意，下马问究是何意。正当此时，黑衣人却倏忽消失得无影无踪。郡丞大为疑惑，飞马赶到咸阳，立即先到了奉常府求见胡毋敬拆解。胡毋敬原本太史令出身，对诸般神秘阴阳之学甚是熟悉，听郡丞说罢，一言不发便领着郡丞进了皇城晋见皇帝。

及至郡丞出示了黑衣人所奉之物，嬴政皇帝不禁惊讶了——这是一方再熟悉不过的玉璧，八年前巡视楚地不小心滑落到了江水中的那方玉璧！胡毋敬说，此事大见神秘，作祟者很下了一番苦功，件件宗宗都符合阴阳五行之说。滈池君是关中水神，秦为水德，水神便是陛下；江神也是水神，以五行国运，也是秦之水德的保护神，自家的神。江神告关中水神以谶言，是保护神对所护国运的垂青照应。祖龙，龙之始也，龙，人君之象也，陛下为始皇帝，宁非祖龙乎？送璧人一身黑衣又倏忽不见，显然是楚地民众传闻中的山鬼之形。这件神异之事的通篇意涵是：江神委托山鬼，以始皇帝沉入江水的玉璧为物证，以水神护佑之情，预告奉行水德之皇帝：今年你要死了！

听完胡毋敬一番解说，嬴政皇帝默然了一阵，突然揶揄冷笑道："山鬼还知道一岁之事？如此说今年将完，朕活不过几个月么？"胡毋敬忧心忡忡道："老臣以为，真假姑且不论，这件事涉及陛下，先当严守机密。"嬴政皇帝一阵大笑道："老奉常好迂阔也！人家说朕要死，要的便是天下人人皆知。你不说，人家不说么？严守机密，掩耳盗铃乎！"胡毋敬依旧有些惶惑："陛下，这神鬼之事，有时也不好说。"嬴政皇帝一挥手笑道："装神弄鬼有甚不好说？这件事一看就明白。老奉常不信，朕便给你一个预言：不出旬日，今年祖龙死这句话便会传遍天下。不定，几个月后又会变成明年祖龙死。此等鼠辈伎俩，也在朕面前摆弄，六国贵族伎穷也！”

胡毋敬大觉奇怪的是，这件事还真教皇帝说准了。他下令严加保密，甚或将那个陈郡郡丞留在咸阳三个月不许返回。然则未过一月，山东各郡县便纷纷报来，说民间有流言多发，有说祖龙今年死，有说祖龙明年死，有说山鬼预言者，有说水神预言者，形形色色不一而足。胡毋敬大为愤怒了。在他这个笃信天道星象的半个阴阳家心目里，星象神鬼等等诸事原本是一种庄重的事，你可以不信，但你不能断然地说它是子虚乌有；见诸政事，种种谶言更须用心揣摩，体察其中奥秘。可如今这六国贵族硬是变得廉耻全无，一而再再而三地用阴阳神秘之学装神弄鬼煽惑民心，当真是罪不可恕也！陨石刻字太过粗鄙，胡毋敬倒是没有相信。然这次江神谶言，胡毋敬却是认真了。至少，那方沉璧复出，你便无法说它是装神弄鬼。可皇帝一眼便看穿了其中龌龊，且后来迅速应验。这令胡毋敬很是沮丧，又很是愤然，感慨之余严厉下令：今后凡有此等流言，传播者一律发北河苦役！

愤怒而沮丧的胡毋敬再次晋见皇帝，请皇帝下诏博士学宫再编歌谣破解祖龙死流言。嬴政皇帝又是一阵大笑：“老奉常啊，算了算了。你笃信阴阳五行之学，制定典章时给朕弄了那么多名堂，国运啊国色啊白帝啊青帝啊，结局如何？反教这些无耻之徒给利用了。你愤然，你生气，朕解得也。可再用这等下流手法去应对，大秦新政不也沦为下三烂了？”说着，皇帝倏地变了脸色道，“不理睬他们！国有国法，政有正道。他敢复辟作乱，朕便敢杀他个干净！朕偏不信邪！嬴政便是死了，也要睁大眼睛看着，谁能将朕的郡县制翻了天去！”

胡毋敬是真正地服了，真正地明白了甚叫正道大道，甚叫不言怪力乱神。

但接踵而来的一件事，却又叫这个老奉常迷惑了——皇帝竟没杀侯生！

那日陈郡急报：在陈郡阳城县山谷缉拿到逃匿的侯生。胡毋敬大是惊喜，立即下令将侯生妥善押解来咸阳。胡毋敬同时禀报了御史大夫冯劫与廷尉姚贾，请两府准备处刑。然则，侯生被押解到咸阳时，胡毋敬却接到蒙毅送达的皇帝诏令：将侯生解到鸿台，皇帝将亲自勘审侯生。

那一日，鸿台上除了皇帝，只有胡毋敬与蒙毅赵高三人。鸿台是灭楚前后建成的，正在南山北麓的半山腰，台高四十丈巍巍插天，上有一座供皇帝起居的观宇亭。人立台上，仰望阵阵飞鸿过天，鸟瞰关中山水茫茫，实在壮观得难以描摹。忙碌的皇帝每遇不堪疲累之时，便登临鸿台试射飞鸿。飞鸿没射得几只，然每次都是心神畅快地离开鸿台。

当侯生被一只巨大的升降木柜送上鸿台时，胡毋敬几乎不敢相信自己的眼睛了。昔日意气飞扬的侯生，已经变成了一个黝黑干瘦蓬头垢面形容枯槁的人干了。最重要的是，侯生双眼半瞎了，直挺挺戳在那里形同木雕。嬴政皇帝端详片刻，走到了侯生面前淡淡道："侯生，还能认出我是谁么？"侯生冷冷道："忘不了。皇帝陛下。"嬴政皇帝一挥手，赵高将侯生扶到了一张大案前坐定，又捧来了一陶壶凉茶。侯生一句话不说，抓起陶壶汩汩饮尽了整整一大壶凉茶。嬴政皇帝问："饿么？"侯生道："当然饿了。"嬴政皇帝一挥手，赵高又捧来了一只大盘。嬴政皇帝道："这里不是皇城，只有干肉米酒，先压压饥再说。"侯生也是一句话不说，一双黑手抓起大块酱牛肉便啃，足足三斤重的两块牛肉片刻间没了踪影，一皮囊米酒也汩汩而下，末了意犹未尽地抹抹嘴："好！老夫死亦心甘也！"嬴政皇帝平静道："侯生，既知当死，朕问你几句话，你若愿实言则说，不愿实言也尽可不说，如何？"侯生慨然一拱手道："人皆有心。今得陛下一茶一食，老夫愿实话实说。"

"卢生何在？"嬴政皇帝开始了问话。

"卢生老贼诳我分道，丢下老夫走了。人云他跳海毙命，未知真假。"

"你何以要进阳城山谷？不怕缉拿？"

"老夫欲寻卢生。老夫疑他未死。老夫要扒下老贼人皮。"

"你目何以受伤？是否全然失明？"

"山野逃亡，安能无伤？老夫不说也罢。"

"大秦新政究有何失，引你等如此作为？"嬴政皇帝转了话题。

"皇帝陛下要老夫诽谤秦政？"

"庭前议政，例无诽谤之罪。先生有话但说。"

“好！皇帝有气度。”侯生霍然起身厉喝一声，“嬴政！大秦必亡！”

押送将军勃然变色，锵然抽出了长剑。嬴政皇帝摆了摆手，面对侯生深深一躬道：“先生果能匡正国策，愿闻教诲。”侯生木然地望着苍苍南山，冰冷而缓慢地说着：“秦政之亡，在嬴政无视天道也。其一，嬴政身为皇帝，暴殄天物，浪费民力，滥造宫室。老夫虽然目盲，然也看得见这秦中八百里，楼台殿阁连天而去。嬴政扪心自问：如此豪阔何朝有之？何代有之？若将它们变成布帛菽粟，当有千万庶民得以温饱。嬴政与圣王之德何堪相比也！”

“其二如何？”

“其二,六国宫女集于一身，丽靡烂漫，骄奢淫逸，钟鼓之乐，流漫无穷。民有鳏夫旷男，宫有怨女悲魂。此等违背天理人伦之事，历代圣王所不齿。嬴政为之，何以不亡？”

“愿闻其三。”

“杀人无算，白骨如山，暴政苛刑，赭衣塞路！塞天下之口，绝文学之路，烧三代典籍，掘先哲之墓！修长城绝我华夏龙脉，筑驰道毁我民居良田。此等无道之国，无道之君，虽十亡，不足以平天下之怨。秦皇不亡，岂有天理也！”侯生突然打住了。

“先生，朕听着，请说。”嬴政皇帝静如一池秋水。

“不够么？没有了！”侯生气咻咻喊了一句。

“嬴政愿闻大政之失，譬如郡县制究有何错？复辟旧制究有何好？”

“人德尚且不立，谈何大政。”

“可否说，先生挑不出秦之大政弊端？”

“老夫不屑言败德之政。”

“啊，明白也。”嬴政皇帝微微一笑，继而突然仰天大笑一阵，转身看着侯生笑道，“先生这班儒生，当真不可思议也！评判一个国家，一个君王，不看大政得失，专攻一己私德，这叫甚眼光？分明如村妇之舌，如市井之议，却偏偏地装扮成圣人之道，诚可笑也！你等儒家，何以不见大秦一统天下，结束数百年战乱，而使天下兵戈止息？何以不见大秦扫灭边患，使华夏族类得以长存？何以不见郡县制替代诸侯制，使华夏族群裂土不再，内争大战从此止息？何以不见天下奴隶得以实田，万民安居乐业？修驰道、掘川防、拓疆域、一文字、一度量衡、私田得以买卖、工商得以昌盛，如此等等，何以不见？……是也，嬴政是拆迁了六国宫殿，是集中了六国宫女。然则，连绵宫殿嬴政住得几何？万千宫女嬴政消受得几个？至于为何要拆迁六国宫殿，六国宫女派甚用场，朕不想说！何以如此，只怕你等迂腐儒家永远不能明白。朕只说一句：此乃防范复辟之需，此乃安定边陲之需，而绝非嬴政卧榻之须！纵然过了些许，何伤于秦之大政大道，何伤于大秦文明功业？方才先生所言，嬴政可以改弦更张，可以反躬自省。然，绝不表明六国贵族与尔等儒家之梦想能够成真。朕可直言相告，就像先生对我一般：只要人民拥护大秦新政，大秦就永远不会灭亡！几百儒生，几个博士，几万贵族，就想颠覆大秦，就想复辟旧制，先生不觉是螳臂当车么？朕还要告诉你，你这个博士，你等那个儒家，其实并没有真实学问。自孔孟以后，儒家关起门自吹自擂，不走天下，不读百家，狭隘又迂腐，论国论政全无半点雄风，朕为之寒心，天下嗤之以鼻，儒家若不再生，必将自取灾亡也！”一席嬉笑怒骂的雄辩戛然而止了。

侯生木然沉默着，终于没有说一句话。

胡毋敬惊讶的是，当押送将军要押走侯生时，已经平静的皇帝开口了：“下诏冯劫，有直谏之功，开释侯生，许其自由。”那一刻，所有人都愣怔了，侯生也愣怔了。良久默然，侯生对着皇帝深深一躬，须发丛生的脸膛滚下了两行泪水。

皇帝淡淡地道：“先生去也，好自为之。”

正当此时，一阵奇特的尖厉呼哨破空而起，迅疾地在山谷中飞升逼近。正在赵高疾步走向观宇亭时，嘭的一声大响，一支响箭倒钉在了显然是专设的一方悬空伸出的巨大木板上。赵高拿起亭下一只铁钳，快步上前钳下长箭边走边拆，走到皇帝面前已经捧起了一个竹管。蒙毅接过竹管利落打开，抽出一方卷筒羊皮纸展开一瞄，立即快步走到皇帝面前低语了一句。嬴政皇帝脸色倏地一变，立即下令：“快！下山！”

苍茫暮色之中，巨大的吊柜轰隆隆沉下了山谷。

第十四章 大帝流火

一 茫茫大雪里嬴政皇帝踽踽独行

接到通武侯王贲垂危的急报，皇帝车马兼程赶到了频阳。

王翦病逝岭南之后，王贲一直深深陷在父丧悲怆中不能自拔。嬴政皇帝很是忧虑，诸多铺排欲使王贲振作，依然没有些许功效。从王翦的丧事开始，嬴政皇帝破例做了诸多刻意安排：亲自执绋送葬，亲自过问陵园修造，亲自召见频阳县令安置对王氏一族的永久性照拂；又破例许王贲离职服丧，破例给频阳美原派进了两名太医，破例下令掌管皇室园林府库的少府章邯全数支付了美原的丧葬用度。种种之外，更有两处最大的破例：其一，开秦法之禁，特许王贲之子王离承袭了大父王翦的武成侯爵位，如此一门三侯，一时震动天下；其二，嬴政皇帝与蒙恬秘密会商，以邀战匈奴之策激发王贲。然种种措施之下，王贲还是没能恢复心神。王贲守丧三年之后，嬴政皇帝换了一种方式：不再刻意照拂，只是随时关注着美原的种种消息，满心期望王贲能够从淡淡的田园守丧中自己摆脱出来。然则，频阳县令与专派太医的每旬一报，却丝毫没教人舒心。每报都是如出一辙：通武侯郁郁寡欢，少食寡言，日每除了去陵园祭拜，回府便是昏昏大睡。无奈之下，嬴政皇帝一次专门召来老方士徐福，问其能否使王贲心疾复原。徐福没有丝毫犹豫，只是摇头。嬴政皇帝不解，问其何故。徐福答曰：“我道有箴言：方家不入军。盖方士之术，根基在术者受者之心志交相感应也。若通武侯者，毕生铁血战场，心志顽如铁石，心关坚如长城。方士之术，焉能入其心魄哉！”嬴政颇为不悦，皱着眉头道：“先生是说，通武侯心死了？”老徐福良久默然，叹息了一声：“陛下如此说，夫复何言也！”自此以后，嬴政皇帝当真是没辙了，只有打算抽暇常去美原走走，亲自与王贲说说话，再看究竟能否有救？可一次尚未成行，王贲便告垂危了。

一进频阳县境，县令与一班吏员正在界亭外肃然守候。皇帝车马没有丝毫停留，风驰电掣般掠过了界亭，烟尘中只传来马队将军的遥遥呼喊：“频阳县令自入美原！”午后时分，皇帝车马下了频阳大道，匆匆转上了美原乡道。不甚宽阔的乡道两侧，肃然伫立的人群与萧疏的杨柳树林融成了茫茫一片。嬴政皇帝立即下令车后马队缓行，自己的那辆驷马青铜车却丝毫没有减速，风一般掠向了遥遥可见的庄园。

“王贲等我——”

驷马高车在巍巍石坊前尚未停稳，嬴政皇帝一纵身下车，一声嘶哑悲怆的呼喊便在山庄激荡开来。骤然之间，守候在石坊的人众一齐放声大哭了。及至赵高飞步赶来，皇帝已经大步匆匆穿过哀哀人群径自进庄了。庄前石桥旁，一群老人簇拥着一个年轻公子肃然长跪在地。公子高声禀报：“王离恭迎陛下！家父弥留……正在庄前茅亭迎候陛下……”嬴政皇帝急迫道：“秋风正凉，病人能在外边么，你等当真糊涂！”王离哽咽道：“家父执拗，定要出户迎候陛下。家父说，陛下今日一定来……”尚未说完，嬴政皇帝已经大步过桥了。

掠过庄门前那片已经在秋风中萧疏的杨柳林，大步走进林中那座古朴的茅亭，嬴政皇帝惊愕止步了——亭下石案上一张军榻，榻上一方厚厚的白布大被覆盖着骨瘦如柴须发如雪的王贲。这位昔年猛将微微闭着双目，一脸木然弥留之相，瘦骨嶙峋的两腮抽搐着，显是紧紧咬着牙关挺着难以言说的巨大病痛。若非当时当事，任谁也认不出这是叱咤风云的秦军统帅之一的王贲。惊愕端详之下，嬴政皇帝心头大是酸热，一时老泪纵横哽咽不能成声了。

“陛下……”王贲骤然睁开了双目。

“王贲……”嬴政皇帝拉起王贲双手，泉涌泪水打在了白色军榻上。

“陛下，老臣不死，是，有几句话说……”

“王贲，你说，我听……”

王贲目光艰难地找到了榻边的王离，示意儿子扶起自己坐正，又示意儿子离开茅亭。王离哽咽着走到亭廊下挥挥手，守候在茅亭的王氏家人都出来远远站着了。王贲的目光骤然明亮，殷殷地看着嬴政皇帝缓慢清晰地开口了：“陛下，老臣所说，四件事。一则，若有战事，陛下毋以王离为将。昔年，家父有言：此子心志无根，率军必败。陛下幸勿以老臣父子为念，错用此子误国误军。”嬴政皇帝垂泪道：“我知道。只教他入军多多历练。”王贲喘息几声，又道：“二则，太尉之职，李信可任。坚毅勇烈，陇西侯河山社稷之才也。”嬴政皇帝点头道：“好。我记住了。”

王贲艰难地叹息了一声，一丝泪水爬出了眼眶：“最后两事。一则，陛下劳碌太过，该早立储君了。长公子纵然有错，其心志胆识，仍当得大秦不二储君。老臣以为，陛下该当对九原大军有所部署了。蒙恬、李信，当为储君两大臂膀……”嬴政皇帝连连点头，哽咽垂泪道：“知道。本来，要等你一起北上九原……”王贲嘶声喘息着，努力地聚集着最后的力量：“最后一则，老臣斗胆直言了：老臣多年体察，丞相李斯，斡旋之心太重，一己之心太过……陛下体魄堪忧，该当妥善处置朝局了……君王暮政，内忧大于外患……老臣之见，二冯一蒙主内政，蒙恬李信主大军，可助长公子稳定朝局，廓清天下……”一语未了，王贲颓然倒在了靠枕上。

嬴政皇帝生平第一次听到一个重臣对李斯如此评判，还没从惊讶中回过神来；王贲又蓦然开眼，惨淡地笑了：“陛下……老臣痴顽，不能自救，愧对大秦，愧对陛下……老臣，去……”一个去字未了，王贲没了声息，一脸沧桑倏忽舒展开来。

“王贲等我——！”一声呼喊，嬴政皇帝扑在军榻大放悲声了。

……

因了皇帝执意亲自操持葬礼，王贲的丧事大大地缩短了。

第一场冬雪降临时，帝国一代名将在盛大的皇家葬礼仪仗护持下，在万千人众的隆重送别中，长眠在了美原墓地，永远地陪伴在了父亲王翦的身旁。嬴政皇帝亲为陵园石坊题写了铭辞——两世名将，一天栋梁。李斯奋然自请书写皇帝铭辞，以为勒石。嬴政皇帝思忖了一阵淡淡道："还是朕亲自写了。朕负王氏多矣。"陵园勒石完毕，嬴政皇帝下了一道诏书，正式宣布了公子王离承袭武成侯爵位，开春之后赴九原大军就裨将之职。诏书颁发的当夜，皇帝在美原行营召见了王离。在皇帝多方询问之下，尚在丧服的年轻王离依然透出一股勃勃之气，件件俱有过人见识。嬴政皇帝大觉欣慰，殷殷叮嘱一番，第一次显出了罕见的笑容。

次日清晨，雪花纷纷扬扬。车驾临行之际，嬴政皇帝走进了王氏陵园。

皇帝将护卫甲士与赵高一班人统统留在了石坊口，只拄着一支王离送进手中的河西义仆杖一个人进了陵园。这"河西义仆"是一种河西稀有木材制作的手杖，坚刚如铁又轻重粗细适度，握在手中极是利落称手。王离说，这是父亲亲手水磨的一支义仆杖，父亲后来一直没有离开过它。王离还说，苏秦当年失意咸阳跋涉河西，便是得力于河西老猎户所送的一支义仆杖。嬴政皇帝对苏秦倒并不如何熟悉，只一听说这是王贲亲手磨制之物，一句话没说便接手了。

雪花如柳絮般飘洒着，三百余亩的陵园朦胧一片。嬴政皇帝走得很慢，思绪与雪花一起漫天飞扬着。王翦王贲父子的相继离去，使嬴政皇帝第一次有了一种泰山巍然却无所依凭的孤独与落寞，甚或，心底隐隐有了一丝忧虑与恐慌。对嬴政皇帝而言，这般隐忧是绝无仅有的。王翦王贲父子是太过特异的两代名将，在帝国兴起的整个过程中绝无他人能够取代。然则，最根本处还在于，王翦王贲父子的特异禀赋——坚毅笃实，不为任何人所撼动的那种超乎寻常的定力。如果说，王翦的坚毅笃实尚具有一种智慧的周旋色彩，王贲的坚毅笃实则是赤裸裸无所掩盖的。王翦的资望功勋，以及与嬴政皇帝早年结盟于艰难时世的经历，决定了王翦以含蓄迂回坚持自己主张的特异方式。虽然同样是无可撼动，王翦的方式相对容易为人所接受。无论对君，无论对臣，甚或对部将，王翦几乎没有与任何人发生过直接的摩擦。令人不可思议者，正是如此一个王翦，却没有一次放弃过自己的主张，且一直坚持到最终的结局证明自己是对的。灭赵坚持缓战，灭燕坚持强战，灭楚坚持重兵大战，平定南海坚持军民一体长期融合等等，莫不如此。事实证明：凡此重大关节，王翦都坚持申述自己的主见，虽然绝无激烈方式，然却从来不会放弃；而只要帝国君臣最终赞同了王翦的方略，王翦都毫无怨言义无反顾地全力实施，直至获得最圆满成功。王贲则不同。在帝国重臣中，王贲是最为不事周旋的一个，与任何人都没有私交私谊，与任何人都是公事公办。凡有大略会商，王贲只有两种方式：要么不说，要么固执坚持，绝不与任何人通融，包括不与皇帝通融。而一旦进入方略实施，王贲的才具便会迸发出惊人的光彩，屡屡创出令人瞠目结舌的奇迹。五万军马水战灭魏，不可思议一也；两万飞骑旬日连下楚国十城，不可思议二也；五万飞骑数千里奔袭，最终灭燕灭代，不可思议三也；二十万大军胁迫齐国不战而降，不可思议四也；十万军十万民，三年大开天下驰道，不可思议五也。凡此等等，王贲都有一个最显著特质：只要主事，拒绝一切乱命，决然是将在外君命有所不受。而每次只要任命王贲，王贲都会有一句话：若不成事，愿担全责。也就是说，王贲从来不寻求中和之道，能做则做，不能做则罢，绝不会依照他人意志敷衍了事。

雪越来越大了，天地陷入了一片混沌。

嬴政皇帝的思绪更远了。是的，在满朝大臣中，他本能地喜欢王贲，与王贲更对脾性。只有王贲，给他这个皇帝以最真实的感觉。在王贲面前，他没有掩饰过自己的喜怒哀乐。王贲在他面前，也从来没有斡旋性的话语，不赞成便说不赞成，赞成便是由衷的赞成。一种奇妙的感觉是，嬴政很为王贲对他这个皇帝的真正赏识而欣慰。嬴政很清楚，自古多少君王得臣下之力，非是臣下真正佩服君王的领事决断才具，而是基于无法改变的君臣权力构架。一个君王能够真正使臣下敬服自己，并且是真实地敬服，而没有丝毫的阿谀成分，是非常非常难得的。在嬴政皇帝的记忆里，王贲主事他最省力。王贲一旦主事，请命书文最少，回咸阳最少，一有公文十有八九是捷报或善后总报。每一件事，王贲都做得经得起任何查勘。大秦御史们不是吃素的，曾在王翦、李斯、蒙恬、李信、蒙武、冯劫等等重臣名将主持的大事中都查出过诸多大小缺失，唯独对王贲，御史们从来没有过一个字。论君臣交谊，嬴政与王翦李斯蒙恬王绾四人最深最久。然则，还是有许多话，嬴政皇帝无法与这四人提起。王贲寡言木讷，不善报事，在重臣之中与嬴政皇帝相处会商也最少。可嬴政皇帝只要一见王贲便大觉亲切，问东问西，总归是能想起的无一不问。王贲也是一样，只要一见皇帝，问甚说甚，话语流畅，几乎是全然另外一个人，连与父亲王翦的争执也从来不隐瞒。唯其如此，王贲能在最后时刻坦然说出任何臣子都不会说的话，嬴政皇帝非但没有丝毫的逆反之感，反倒是痛彻心脾了。

诚然，若不是嬴政皇帝自己也有某种生命将尽的隐隐预感，也许不会对王翦王贲父子的相继离去如此痛心。然则，嬴政皇帝的种种思绪也是由来已久的积压，没有丝毫的作伪。嬴政皇帝尤其痛心的是，在帝国新政最需要王翦王贲这般特异名将的时刻，在皇室朝局最需要这般名将的时刻，在他这个皇帝最需要这般能够扭转乾坤的肃杀名将的时刻，王氏父子却相继撒手去了。嬴政皇帝很清楚，只要王氏父子任何一个人健在于自己身后，大秦皇帝的善后都不须如此焦虑。与王翦王贲的泰山石敢当秉性相比，目下重臣之中，确实没有一个人可及。蒙恬才具不消说得，然却总是带有隐隐的文士温润一面。在嬴政皇帝的记忆里，蒙恬从来没有强固地坚持过一件事。在他当年一时昏乱发作的逐客令事件中，蒙恬分明极不赞成，然却只带回了李斯的《谏逐客书》，并没有对他当面坚持陈说厉害。相反，一直等到他有所悔悟，蒙恬才真实吐露了心曲。反倒是行事比较谨慎的王翦，那次根本不请命，说服蒙恬便派军拦下了离开秦国的山东士子。嬴政皇帝从来没有因此而责难过蒙恬，毕竟，蒙氏一门的特质不在强固，而在柔韧。人无完人，何能苛责臣下人人皆如圣贤哉！蒙氏一门中，唯蒙毅尚具强毅坚刚这一秉性特质。灭赵之后，蒙毅敢依法惩治跟随皇帝数十年的赵高，且始终对赵高冷面不齿。仅此一点，嬴政皇帝便对蒙毅有足够的器重了。

大雪纷纷扬扬之中，嬴政皇帝恍如梦境般看见了未来的一幕——

不知何时，自己落得齐桓公姜小白那般下场，临死之前令不出宫，身后生发了巨大的动荡。此时，王氏父子相继出场：王翦依据皇帝明白时的既定方略力挺危局，一力周旋而不与任何人妥协，甚至不惜兵戎相见，终于艰难妥善地稳定了大局；王贲不然，果决地亲自率兵镇抚咸阳，拒绝一切不合皇帝既定方略的乱命，迅速缉拿了欲图火中取栗之人，一举拥戴扶苏登上了帝位，其坚刚利落，几与皇帝当年果决平定嫪毐叛乱如出一辙……

嬴政皇帝怦然心动了，心头酸热了，老泪纵横了。他毫不怀疑，以王贲的杀伐果敢，决然能做到提兵平乱而无所畏惧。蒙恬如何？以嬴政皇帝清醒的评判，蒙恬会坚持，会抗命，但绝不会无所畏惧地举兵镇国。李信之刚烈或可如此，然李信之军中人望及其拥有的兵力，若不得蒙恬坚挺，显然不足以一柱撑天。自古以来，国之良将，安危所凭也。而危难非常之时刻，大将不能依凭兵符的时刻，既往的资历威望，大将的胆识才具便会起到决定的作用。如此之大将，舍王贲其谁也！若得王贲在世，嬴政何愁身后之事哉！

蓦然，嬴政皇帝想起了李斯，想起了王贲那则令他至今心悸的遗言。

即秦王之位，嬴政便结识了李斯。亲政之后，李斯一卷《谏逐客书》立下了定国之功，秦王嬴政立即重用了李斯。从那以后，近三十年如一日，嬴政对李斯的信任从未有过丝毫衰减。李斯的几个儿子，娶的都是皇室公主。皇帝的几个皇子，娶的正妻都是李斯的女儿。包括嬴政皇帝最钟爱的幼子胡亥，定亲也定的是李斯的幼女。自古以来，君王与丞相的关系亲密到如此程度，只怕也是绝无仅有了。嬴政敬佩李斯的为政大器局大才具，深深地知道，没有如此一个统摄政局的大家，一统天下并构建华夏文明只能是一句空话。灭六国时，李斯用事中枢，日理万机井然有序，纵横邦交多有奇谋，举荐尉缭姚贾慧眼独具，协同王翦蒙恬王绾一班重臣自如有加，堪称大手笔大气象。一统天下之后，李斯更是殚精竭虑，一体筹划出华夏新文明框架，行郡县，布官吏，推新政，去旧法，无一件不做得行云流水。复辟暗潮涌起，李斯又是最清醒也是最坚定的反复辟首相。更重要的是，李斯不是盲目反复辟，而是拿出了一整套剔除复辟根基的大方略，如焚书，如禁议，如以法为教以吏为师，凡此等等，俱皆对复辟暗潮雷霆一击而天下肃然……数十年之中，李斯没有过任何一次官职爵位之议之请。李斯的步步升迁，全然因自家才具功勋而来……王贲究竟有何依据，说李斯斡旋之心太重，一己之心太过，并对李斯生出了如此深不可测的疑虑？莫非，王贲对李斯有私怨？不！王贲绝非此等人也！嬴政皇帝立即否定了自己的一闪念。

论秉性，嬴政皇帝当然也知道李斯有瑕疵，不如王贲冯劫等一班大将那般笃实直言，隐隐约约地有些依时依势而决断自家主张的意味。当年小舟求教李斯，李斯含蓄对之，先问秦王之志，而后点出《吕氏春秋》与商君之法的选择根基所在。灭六国，定天下，建文明，反复辟，李斯始终与他这个皇帝保持着最及时的沟通。秦王但有明确的取舍抉择，李斯便能立即谋划出最为出色的实施方略；或者，即或他这个皇帝还没有来得及朝会议决，而李斯只要明确地知道意向，也会从最为有力的方向给他以最坚实的支持，郡县制便是最明显的例证……纵然如此，又能证明何等斡旋之心与一己之心？臣下与一个英明的皇帝同步，这也算得瑕疵么？王贲啊王贲，你这个家伙实在是多疑了。且慢骂这个老兄弟，再想想。

嬴政皇帝记得，他对李斯的所谓不满，也只有那次在梁山宫半山腰看见了李斯盛大的仪仗车骑，冷冷说了句用得着如此么。结果，话传了出去，李斯立即收敛了仪仗车骑。嬴政皇帝并没有责难李斯，而是对左右随侍的这种口舌之风深为厌恶，查勘不出，便杀了那日在场的所有十几名内侍侍女。嬴政至少清楚一点，看人看大节，纵然自己这个皇帝对臣下有某种小事的不悦，也绝不会波及大事；而左右随侍这种口舌恶风一旦流播开来，则无疑会使君臣朝局陷入无休止的权术猜忌之中，不给以最严厉的制裁行么？当年齐威王连续烹杀十余名口舌内侍，一举震慑了齐国的侦测上意之风，齐威王愿意那么做么，时势所迫也。

而李斯如何？那次之后再也没有了盛大的车骑仪仗，却也从来没有在嬴政皇帝前说及过此事。本来，嬴政皇帝自家还想与丞相说说，可每次见李斯一副浑然无觉的神色，也便没有了说的心思。若说不悦，这算得一次了。然则，这又如何？以嬴政之明，能因如此一件说都没心思说的小事对一个帝国首相生出疑忌之心？以李斯之才，能因此而对他这个皇帝生出嫌隙？笑谈也笑谈也。李斯不说，安知不是不屑于说哉！王贲老兄弟也，你还是心思过甚了一些。你说谁都没错，可说李斯的这两句话，实在有些过了；然则，我还是要记在心里，再想想，再看看，毕竟，你老兄弟也不是乱说话的人。李斯要给你写铭辞，我挡了，免得你老兄弟瞪着两眼不舒坦，我的字不如李斯好，老兄弟只当个念想便是了。

大雪漫天飞舞着，脚下也起了嚓嚓之声……

王贲丧事期间，发生了两起意外事件。嬴政皇帝虽然不悦，却也没有如何放在心上，没有立即赶回咸阳处置。而今仔细想来，这两件事竟是有些不同寻常了。第一件事，泗水郡在两月之前逃亡了三百余服徭役者。郡报说，沛县徭役民力三百余人，由泗水亭长刘邦带领民力赶赴骊山。西行到丰县一片大水旁，逃亡了数十人。亭长刘邦非但没有报官，反倒擅自放走了想逃跑的其余民力，自己与十余个追随者也逃入芒砀山去了。目下，泗水郡正在追捕之中。嬴政皇帝曾听扶苏说起过这个泗水亭长是个能吏，当时曾心下一动，下次巡狩到泗水郡见见这个小吏，果是能才用之何妨？不想他竟无视法度纵容逃亡，看来也不过痞子甘做流民而已。第二件事，骊山刑徒黥布秘密鼓噪数百人起事，杀死了数十名看守士兵，大约两三百人逃亡到汉水大山里去了。冯劫率军赶赴骊山，已经将没有逃走而与起事者有牵连的两百余人全部斩决。冯劫已经查明，这个黥布原本姓英，乃古诸侯英国后裔；因有相士说此人若受黥刑便当称王，英布自家改姓为黥，以求镇之，其实本人并未受过黥刑。

目下想来，这两件事都不是小事。帝国新政历来都是体恤民众疾苦的，无论是种种工程，还是镇压六国贵族复辟，抑或严厉惩处黑恶兼并，哪一件不是于民有利？然则，如今竟有民众逃亡起事了，你这个皇帝该当做何解释？从天下大势说，若仅仅是六国贵族复辟，仅仅是儒家乱法，嬴政皇帝有十足的信心扭转乾坤，因为他坚信天下民众不会乱，坚信民众会追随秦政。若民众乱了，事情就大了，六国贵族与举事民众融合，你纵然有大军镇抚，也难保天下不会大乱。当然，民众逃亡刑徒起事的背后，一定有六国贵族的密谋煽惑甚或秘密操持，毕竟，六国贵族的诸多后裔本身也在刑徒之列，他们安能无动于衷？然则，民众能逃亡，刑徒能起事，帝国新政便没有错失？你这个皇帝便没有错失？看来，得认真查查，看各种工程能否不征发远道民力，骊山陵只叫关中老秦人修算了；长城也一样，就近征发，莫再千里迢迢地征发楚地民众了……

"君王暮政，内忧大于外患。"王贲的话蓦然回荡在耳边。

"王贲啊，你老兄弟没说错，嬴政记下了。"

大雪无声地飘舞着，嬴政皇帝踽踽地走着。不期然，嬴政皇帝走到了王贲墓前。王贲啊，对你说一声，我要回咸阳去了，不能天天来陪你说话了。你说的事，我都记住了。开春之后，我便北上九原，我会留心的，会不着痕迹的。临死之时，你老兄弟还硬挺着等我这个老哥哥，还当我是知己，话说得如此开诚布公，政何能忘记也……王贲，你老兄弟若是心宽得些许，活下来，活在嬴政身后，该有多好啊……王贲，你，你，你老兄弟已经去了，已经悔了愧了，嬴政也就不叨叨你了……你好生安息，我从九原回来，还会来看你的……

茫茫飞雪弥漫苍穹，嬴政皇帝的潸然泪水喃喃话语，都被一天飞絮淹没了。

二　不畏生死艰途的亘古大巡狩

隆冬之时，嬴政皇帝开始了最后一次大巡狩的秘密谋划。

对于嬴政皇帝的巡狩，天下已经很熟悉了。平定天下之后的短短十年里，皇帝已经四次巡狩天下了。若从秦王时期的出行算起，也就是自秦王十三年开始，嬴政的出行与巡狩总共八次，一统之前的秦王出行视政三次，一统之后的皇帝巡狩五次。大要排列如下：

秦王政十三年（公元前 234 年），时年嬴政二十六岁，第一次东出视政到河外三川郡。其时，桓齮大胜赵军于河东郡，歼赵军十万，杀赵将扈辄。嬴政赶赴大河之南，主要是会商部署对三晋进一步施压。就秦之战略而言，秦王这次出行，实际是灭六国大战的前奏。

秦王政十九年（公元前 228 年），时年嬴政三十二岁。其时，王翦大军灭赵。嬴政第二次东出赶赴邯郸，后从太原、上郡归秦。这次出行两件大事：一则处置灭赵善后事宜并重游童年故地，二则会商灭燕大计。

秦王政二十三年（公元前224年），时年嬴政三十六岁。其时，王翦大军灭楚。嬴政第三次东出，经过陈城，赶赴郢都，并巡视江南楚地，会商议决进军闽越岭南大事。

依照传统与帝国典章，嬴政即皇帝位后的出行称之为巡狩。

巡狩者何？《孟子·梁惠王下》云："天子适诸侯曰巡狩。巡狩者，巡所守也。"也就是说，就形式而言，巡狩并非秦典章首创，而是自古就有的天子大政，夏商周三代尤成定制。《尚书·尧典》《史记·五帝本纪》《礼记·王制》《国语·鲁语》等文献，都不同程度地记载了这种巡狩政治的具体方面。大要言之，在以征伐、祭祀为根本大政的古代，巡狩的本意是天子率领护卫大军在疆域内视察防务、会盟诸侯、督导政事、祭祀神明。然从实际方面看，春秋之前的天子巡狩，其实际内容主要在三个方面：一则祭祀天地名山大川，二则会盟诸侯以接受贡献，三则游历形胜之地。就其行止特征而言，一则以舒适平稳，一则以路途短时间短，一则以轻松游览。真正地跋涉艰险，将巡狩当做实际政事而认真处置，且连续长时间长距离地大巡狩，唯嬴政皇帝一人做到了。

第一次大巡狩是灭六国的次年，始皇帝二十七年（公元前220年），时年嬴政四十岁。这次是出巡陇西、北地两郡，一则巡视西部对匈奴战事，二则北部蒙恬军大举反击匈奴事。这次出巡的路线是：咸阳——陈仓——上邽——临洮——北地——返经鸡头山——经回中宫入咸阳。这次路程不长，然全部在山地草原边陲行进，且多有匈奴袭击的可能性危险，其艰难险阻自不待言。

第二次大巡狩，在始皇帝二十八年（公元前219年），时年嬴政四十一岁。

这次大巡狩的路线是：咸阳——河外——峄山——泰山——琅邪——彭城——湘山——衡山——长江——安陆——南郡——入武关归秦。从路程之遥与沿途举措之多看，大体是初春出初冬归，堪堪一年。这次大巡狩的主要使命，是宣示大秦新政之成效，确立帝国威权之天道根基。是故，其最主要举措是四则：其一，峄山刻石以宣教新政文明；其二，泰山祭天封禅，梁父刻石，以当时最为神圣的大典，确立帝国新政的天道根基；其三，登之罘山，刻石宣教以威慑逃亡遁海之复辟者；其四，做琅邪台并刻石，系统全面地宣教新政文明。

以史实论，这个伟大帝国的直接史料在后来的战乱中消失几尽，帝国华夏大地所留下的实际遗迹则成为弥足珍贵的直接史料。譬如峄山刻石文、之罘山第一次刻石文皆未见于《史记》，对于非常注重言论记载的太史公而言，绝不会有意疏漏，完全可能是司马迁时已经湮灭，或被掩盖隐藏，而后世重新得以发现。唯其弥足珍贵，不妨录下三篇刻石文辞[1]，以窥帝国风貌——

峄山刻石文

皇帝立国，维初在昔，嗣世称王。讨伐乱逆，威动四极，武义直方。

戎臣奉诏，经时不久，灭六暴强。二十有六年，上荐高号，孝道显明。

既献泰成，乃降专惠，亲巡远方。登于峄山，群臣从者，咸思悠长。

追念乱世，分土建邦，以开争理。攻战日作，流血于野，自泰古始。

世无万数，陁及五帝，莫能禁止。乃今皇帝，一家天下，兵不复起。

灾害灭除，黔首康定，利泽长久。群臣诵略，刻此乐石，以著经纪。

梁父刻石文

皇帝临位，作制明法，臣下修饬。二十有六年，初并天下，罔不宾服。亲巡远方黎民，登兹泰山，周览东极。从臣思迹，本原事

---

[1] 此三篇刻石，皆以韵断意。《史记·秦始皇本纪》“索隐”云，前两篇为三句一韵，琅邪台文为两句一韵。

业，祇诵功德。治道运行，诸产得宜，皆有法式。大义休明，垂于后世，顺承勿革。皇帝躬圣，既平天下，不懈于治。夙兴夜寐，建设长利，专隆教诲。训经宣达，远近毕理，咸承圣志。贵贱分明，男女礼顺，慎遵职事。昭隔内外，靡不清静，施于后嗣。化及无穷，遵奉遗诏，永承重戒。

琅邪台刻石文

维八年，皇帝作始。端平法度，万物之纪。以明人事，合同父子。

圣智仁义，显白道理。东抚东土，以省卒事。事已大毕，乃临于海。

皇帝之功，勤劳本事。上农除末，黔首是富。普天之下，专心揖志。

器械一量，同书文字。日月所照，舟舆所载。皆终其命，莫不得意。

应时动事，是维皇帝。匡饬异俗，陵水经地。优恤黔首，朝夕不懈。

除疑定法，咸知所辟。方伯分职，诸治经易。举错必当，莫不如画。

皇帝之明，临察四方。尊卑贵贱，不逾次行。奸邪不容，皆务贞良。

细大尽力，莫敢怠荒。远迩辟隐，专务肃庄。端直敦忠，事业有常。

皇帝之德，存定四极。诛乱除害，兴利致富。节事以时，诸产繁殖。

黔首安宁，不用兵戈。六亲相保，终无贼寇。欢欣奉教，尽知法式。

六合之内，皇帝之土。西涉流沙，南尽北户。东有东海，北过大夏。

人迹所至，无不臣者。功盖五帝，泽及牛马。莫不受德，各安其宇。

琅邪台刻石文之后，附记了这篇最长刻石文产生的经过：李斯王贲等十一位随皇帝出巡的大臣在“海上”会商，一致认为古之帝王地狭民少动荡不休，尚能刻石为纪，今皇帝并一海内天下和平，天下相与传颂皇帝功德，更该刻于金石以为表经。于是，产生了这篇专一地全面地叙述灭六国之后帝国新政举措的文辞。

这三篇刻石文极易被看做歌功颂德之辞，而忽视了它对历史真相真实记载的史料价值。就后世史家对秦史的研究而言，至少忽视了琅邪台刻石文中的两处事实：其一是“器械一量”一句。所谓器械，衣甲兵器也；所谓一量，统一规定形制尺寸重量也。这一事实是说，秦在统一文字、统一度量衡等等之外，还有一个统一，这就是统一大军装备的形制尺度与重量。在诸多史家（包括军事史、兵器史等专史）与文化人的知识认定里，都以为兵器衣甲装备的标准化是从宋代开始的；因为，历代兵书中，只有宋代编定的《武经总要》规定了各种兵器的尺寸重量。对秦帝国的兵器装备标准化，既往的通常说法是史料无载，一直到当代考古学者在秦兵马俑中发现了大量尺寸、重量、形制同一的箭镞，方才提出了这一理念。事实上，琅邪台刻石文中的“器械一量”，正是确实无误的史料。而且，刻文中将“器械一量”与“同书文字”并列，可见其重要。《史记·秦始皇本纪》“正义”对此条的解释是：“内成曰器，甲胄兜鍪之属。外成曰械，戈矛弓戟之属。一量者，同度量也。”所指意涵非常明确。只不过因为后世非秦，被人忽视而没有作为公认史料提出罢了。其二是“六亲相保，终无贼寇”。当代人大多激烈抨击秦政中的连坐制，几乎没有哪个史家或学人提出连坐制在当时的实际意义。这一条给我们展示了秦帝国自家的实际解释：连坐制的实际意义在于“六亲相保”，其实际效果则是“终无贼寇”。也就是说，起于战时管制的秦法连坐制，通过相互举发犯罪，而达到共同防止犯罪，进而族人亲人互相保护的目标。对于社会总体效果而言，没有人犯罪了，自然也就没有贼寇这种罪犯了。因为这一实际效果，秦统一中国之后，连坐制非但没有废除，反而是推向了整个华夏。自秦之后，后世断续沿用连坐制而始终不能彻底丢弃，应该说，这种实际效果起了决定性作用，尤其在战时社会。

就是在这次大巡狩滨海之行的后期，卢生徐福等几个方士第一次上书皇帝，万分肃穆地说海中有三座神山：蓬莱、方丈、瀛洲，上有仙人居之，请求携带童男童女出海求仙。从一个方面说，始皇帝亲临大海，眼见其壮阔辽远，对流传久远的海中有仙之传闻不可能完全拒绝相信；更兼其时嬴政皇帝的暗疾已时常发作，遂允准了卢生徐福之请，准许其筹划出海求仙。从另一方面说，其时六国贵族多有逃亡，许多贵族后裔都逃遁到海岛藏匿；嬴政皇帝完全可能以方士求仙为名目，派出精干斥候于护卫求仙的军士之中，以求查勘贵族藏匿之真实情形。

第三次大巡狩，在始皇帝二十九年（公元前218年），时年嬴政四十二岁。

这次大巡狩的路线是：咸阳——三川郡（在阳武博浪沙遇刺）——胶东郡——之罘山——琅邪台——返经恒山——经上党——西渡河入关中。从时间看，是仲春（二月）出发，大约在立冬前后归秦，也是堪堪一年。这次大巡狩与上次紧紧相连，其使命大体也与上次大体相同。始皇帝第二次抵达海滨，登临之罘山，留下了两篇刻石文字，其内容与峄山石刻大同小异。这次大巡狩中发生的最大一件事，是三川郡阳武县博浪沙路段的刺杀皇帝事件。这一事件的真相后来见诸于史册：旧韩公子张良携力士埋伏道侧壕沟，以一百二十斤大铁锥猛掷嬴政皇帝座车，结果误中副车，刺杀未遂。但在当时，罪犯逃匿了，真相一直不明。嬴政皇帝下令在四周大搜查了十日，也没有缉拿到罪犯。

也就是说，这件震惊天下的大谋杀，案件当时并未告破。

这次大谋杀，给帝国君臣敲响了复辟势力已告猖獗的警钟，将帝国君臣从“天下和平”、“靡不清静”的时势评估中解脱了出来。时隔年余，嬴政皇帝微服出行关中，夜行兰池宫外，又遭数名刺客突袭。若非随行四武士力战击杀刺客，嬴政皇帝也许那一次就真的被复辟势力吞没了。博浪沙大谋杀事件，兰池宫逢盗遇刺事件，是帝国新政的一个重大转折点。此后，嬴政皇帝与帝国权力的注意力，发生了一个极为重要的转折性变化——从全力关注构建文明盘整天下，转为关注对复辟暗潮的查勘，终于导致了三年之后（始皇帝三十四年）对复辟势力的公开宣战。从大巡狩而言，博浪沙大谋杀事件，也导致了嬴政皇帝出巡使命的重大改变——从相对简单的新政宣教，转变为巡边、震慑复辟与督导实际政务三方面。这一转变，从马上就要到来的又一次大巡狩中，可以清楚地看出轨迹。

第四次大巡狩，在始皇帝三十二年（公元前 215 年），时年嬴政四十五岁。

这次大巡狩的路线是：咸阳——经旧赵之地——入旧燕之地——辽西郡——碣石——返回再经燕赵旧地——经上郡进入边地——巡视北边——南下归关中。这次大巡狩在史料中记载得最为简单，然实际意涵却最为丰富，主要大事是：碣石宣教新政，督导迟滞工程（坏城郭，决川防），部署求仙事，巡视九原并部署反击匈奴战事。若将史料残留的“点”联结起来，这次大巡狩的实际作为，则立即清楚地表现出内在的轨迹——这次大巡狩，无疑是嬴政皇帝即将实施的内外战略的预备举措。这个内外战略是：对外大举反击匈奴，对内大举镇压复辟。这两个大战略，是紧密相连的一个整体：镇压复辟必须以肃清长期边患为保证，巩固边地又必须以整肃内政为根基。

尽管史料对嬴政皇帝的北巡只有最简单的九个字：“始皇巡北边，从上郡入。”然只要将前后事件通联，这九个字的分量便大大的不同了。就事实说，匈奴长期为患北边，此时的秦军已经退守到九原黄河以南的北地郡与上郡驻扎，连紧靠大河的“河南地”也成了匈奴的不固定领地。要一举占据河南地，并扫灭阴山草原的匈奴主力，将匈奴部族驱赶得远离华夏，便要大举歼灭匈奴的有生主力骑兵；而要真正做到一举大胜，没有通盘的战略筹划是不可能的。此时的九原直道尚未修成，粮秣兵器仍得通过上郡输送，诸方协同尤其要紧。事实上，正是在这次北巡之中，嬴政皇帝与蒙恬、扶苏等协同各方会商部署，最终议决：来年大举反击匈奴，战胜之后立即开始修筑长城。第二年的事实进展，几乎是完全地依照嬴政皇帝的战略筹划完成了。

唯其了解这一轴心目标，立即便可明白：所谓东游碣石，所谓部署求仙，全然是政道示形之法。用今日语言说，是造势以惑人。惑谁？自然是惑匈奴，惑一切有可能窥见其真实战略意图的内外敌对势力。唯其惑人，嬴政皇帝在这次大巡狩的东部之行中，将求仙之事铺排得很大，而且大举铺排了两次：第一次，公然地隆重地派遣卢生出海，访求两位传说中的古仙——羡门古仙、高誓古仙；第二次，嬴政皇帝即将离开东部之前，又大张旗鼓地派遣韩终、侯公、石生三人率船队出海，求仙人不死之药。

之后，嬴政皇帝的车骑仪仗销声匿迹了。

百年之后的司马迁，尚且只能留下九个字。此足以说明，直到后来的西汉时期，人们仅仅知道嬴政皇帝那次去了北地巡边，至于究竟在巡边中做了些什么，却一无所知。不是司马迁不想记述，而是因为没有依据，使其成为了一个永远湮没了的秘密。

一件值得注意的事情是：在嬴政皇帝离开东部之前，此前被派出求仙的卢生入海归来了。卢生求仙无着，却带回了那则载于史册的“亡秦者胡也”的著名谶言。这则谶言的形式载体很是不清楚，只说是“图书”。若依据传统分析，这则预言当是图谶形式，也就是某种皮张上画有一幅意向模糊的图画，旁边一句字迹古奥而含意似明不明的一句谶言。这幅画究为何物，已不得而知了。然这句谶言，却是明白无误地被记载了下来。

这件事至少说明：其一，嬴政皇帝在东部碣石逗留的时间不会很短，估计至少两个月上下，否则以古代船只之航速卢生不可能完成往返。最大的可能是，嬴政皇帝在有意等候。之所以如此，完全是要教天下认定：皇帝东游只是要求仙，别无他事。其二，天下复辟势力也关注着边患，企图借匈奴之力火中取栗，有意制造了这则谶言，借以扰乱嬴政皇帝心神，并激发秦军早日与匈奴大战。因为，在六国贵族看来，匈奴正在强大之时，而秦军正在多年大战后的疲弱之期。与强大的匈奴开战，时日越早，对秦军越是不利。若秦军主力一旦战败，则复辟势力自可趁机大举起事。

以帝国第一代君臣之雄才大略，不可能看不透如此浅薄的伎俩，更不可能如《史记·集解》中东汉经学家郑玄所解释得那般荒唐：“胡，胡亥，秦二世名也。秦见图书，不知此为人名，反备北胡。”距始皇帝仅百年之遥的司马迁，自然清楚这则谶言之实际所指，更不可能不知道秦二世之名，然却相对暧昧了许多，只录谶言，而不直说因果关系，只在记载谶言之后说了事实：“始皇乃使蒙恬发兵……”虽然，司马迁的指向显然也与郑玄相同，然却硬是不明说。这里显然有两个原因：一则是司马迁“信则存信，疑则存疑”的相对严肃的治史态度，自知此等说法荒诞不经，遂不予置评；二则是司马迁基于西汉时期之大势，对秦帝国的历史只能是表面相对公正，而实则腹诽。此等堆积烟云的录史笔法，笃信怪力乱神的解说手法，是后世史家与注释家解读秦帝国历史的两大基本弊端。唯其如此弊端丛生，遂使秦帝国的种种历史真相的澄清变得分外艰难。这是后话。

依据常理解析，嬴政皇帝与随行重臣成算在胸，根本不会为谶言所动。然在表面上，帝国君臣却向外界释放了这则谶言，嬴政皇帝也正好以此谶言为由头北上巡边。这当如何解释？若果然如郑玄所言，看做帝国君臣愚昧不识天机，诚可笑也。显然，这是帝国君臣的将计就计——你要出谶言么，我便正好借此反击胡人，做好这件最该做的大事。

当然，嬴政皇帝在东部的时日，也非全然耗费在求仙事上。毕竟，天下皆知嬴政皇帝勤政，若示形太过，则未免太假，总得有些许政事作为。于是，有了嬴政皇帝对燕齐旧地的迟滞工程的有力督促。这便是坏城郭、决川防。碣石之地，正当旧燕赵齐三国拉锯地带，要塞林立，川防累累，相互攻防，相互淹决，堪称天下川防为害最烈之地。尽管此时中原川防已经顺利疏通，然此地却是迟滞了许多。嬴政皇帝就此彻底解决，正好一举两得。诸般工程雷厉风行地开始之后，随行群臣会商，又在巨大的碣石门上刻下了一篇千古文字，说的主要是帝国新政中的民生工程，刻石文如下：

碣石门刻文

遂兴师旅，诛戮无道，为逆灭息。武殄暴逆，文复无罪，庶心咸服。

惠论功劳，赏及牛马，恩肥土域。皇帝奋威，德并诸侯，初一泰平。

堕坏城郭，决通川防，夷去险阻。地势既定，黎庶无繇，天下咸抚。

男乐其畴，女修其业，事各有序。惠被诸产，久并来田，莫不安所。

群臣诵烈，请刻此石，垂著仪矩。

这篇碣石门刻文中值得注意的新提法，是“德并诸侯”。与此相联，从上次大巡狩的之罘刻石文、东观刻石文开始，帝国宣教中开始强调秦政的德行。而在第一次大巡狩的刻石文中，功业叙述与新政内容叙述为主，正面强调皇帝之德者很是浅淡，琅邪刻石文仅云：“皇帝之德，存定四极。”显然，并没有将皇帝之德扩展到一统之前。这次不同，将平定六国第一次提为“德并诸侯”。这是一个很大的变化。当然，此前的之罘山刻石文已经开始向彰显皇帝之德靠近，但尚不鲜明，其文辞为“奋扬武德”，东观文辞则为“皇帝明德”。然则，都没有从总体上将统一天下、开创文明的大功业归结为“德”的力量。这次的“德并诸侯”四个字，显然是大大地彰显了德功德政。马上将要看到的第五次，也就是最后一次大巡狩的会稽山刻石文，对“德”也同样做了鲜明强调，文辞为：“皇帝休烈，平一宇内，德惠修长……圣德广密，六合之中，被泽无疆。”

这一宣教转折，是帝国君臣在反复辟中的策略转变。

秦奉法治，更兼为政求实，对王道德政历来嗤之以鼻。虽然，秦政理念认为法治才是真正的德政爱民；但是，由于王道德政已经成为先秦治国理论的一大流派，且其主旨与法家格格不入，故而秦政从来不屑提起德功德政，更不言德治。此时为何有此一变？根基在时势之变也。秦一天下之后，六国贵族与儒家门派对秦政的攻讦有一轴心言论，便是“暴政失德”。这一攻讦性评判，既因秦政文告从来不屑言及德政而使民众有所惶惑，又因复辟势力的日渐活跃而大有加剧之势；尤其是焚书坑儒之后，秦不言德，似乎已经成了秦政本身无德的一个表征。对此，政治嗅觉极为敏锐的帝国第一代君臣不可能没有觉察。当此之时，正面涉及秦之德政，自然成为一种时势所必须的策略，一种反击复辟的宣教方略，而非秦政真正与迂腐的王道德政同流合污。

纵观嬴政皇帝的历次大巡狩，其艰难险阻每每令人惊叹不已。

嬴政皇帝之大巡狩，跋山涉水屡抵边陲，却从来没有涉足过富庶繁盛之地。每次出巡，中原的洛阳大梁新郑的风华地带都是必经之路，却没有一条史料记载过嬴政皇帝在此间的逗留。旧齐之临淄，更是天下赫赫大都。嬴政皇帝两赴旧齐滨海，却都没有进入临淄。东临碣石，濒临燕国，嬴政皇帝也没有去燕都蓟城徜徉一番。五次大巡狩，第一次赴陇西北地与上郡，三地俱为蛮荒边陲，俱为连绵大山，路况最差，气候最恶，又兼有匈奴游骑袭击之风险，安有舒适可言哉！第二次大巡狩，几乎整整一年皇帝都在外颠簸。登泰山封禅，而骤逢“风雨暴至”，以至只有在五棵大树下避雨。当代人皆知，雷电风雨之中在大树下避雨是极为危险的，而其时之嬴政皇帝不知此等科学道理，幸未被雷电击中，何其大险也！后过江水，则“逢大风，几不得渡”，连随身玉璧也颠簸沉入江水。再从湘水登衡山，“遇风浪，几败溺”，也就是说，几次险遭沉船而淹死。因有此等大险，所以这次大巡狩“至此山而免”，才踏上了归程。

如此奔波一年，刚刚过了冬天，嬴政皇帝又立即再度出巡。这第三次大巡狩更险，方出函谷关，便在三川郡博浪沙路段突遭大谋杀——旧韩世族公子张良带其结交的力士，以一百二十斤大铁锥猛击行刺！若非误中副车，嬴政皇帝很可能就此归天了。归来途中，嬴政皇帝为一睹当年长平大战之胜迹，硬是舍弃了相对舒适平坦的河内大道，而穿越了崇山峻岭的上党山地，其崎岖艰难无须描述。年余之后，嬴政皇帝微服出巡关中，夜行兰池宫外，又突遭数名刺客截杀。《史记·秦始皇本纪》对遇刺险境只有淡淡两字：“……见窘。”就实而论，随行有四名高手武士力战护卫，尚且陷入窘迫之境，可见其性命之险！

第四次长距离大巡狩，又是直接抵达滨海之碣石门。那时的滨海地带，是人迹罕至的荒莽边陲，与今日之沿海万不能同日而语，其艰难险阻多矣！碣石门事完，嬴政皇帝又奔西北而去，进入匈奴流窜的北边之地巡视，部署完军政大略后，又从河西高原的荒莽上郡返回咸阳。

后世皆知，秦帝国之驰道、直道、郡县官道相交错，交通网络已经是前所未有的便捷。若嬴政皇帝的大巡狩只走大道，应该是极为快捷且相对舒适的。然实际情形却恰恰相反，嬴政皇帝足迹所过，十有八九都是没有大道的险山恶水，其迂回绕远自不待言，其艰险难行更是亘古未见。姑且以大数计之，平均每次大巡狩以万里上下计，则五次大巡狩便是五万里上下。若再加上秦王时期的三次出行，七八万里之数当不为夸大也。在以畜力车马为交通工具的时代，在华夏山川之绝大部分尚未开发的时代，要走完七八万里山水险地谈何容易。

嬴政皇帝五十岁劳碌力竭，岂非古今君王之绝无仅有哉！

三　隆冬时节的嬴政皇帝与李斯丞相

从频阳归来，嬴政皇帝第一个召见了丞相李斯。

皇帝直截了当地对李斯提出了一个主张：停止骊山陵与长城两大工程的远途徭役征发，骊山陵教内史郡老秦人修建，长城各段由附近郡县征发修建，中原与旧楚地不再征发徭役。末了，嬴政皇帝问了一句：“丞相思之，是否可行？”李斯默然思忖良久，终于一拱手道：“陛下，此策虽好，有利于安定民心，然却难以实施。”嬴政皇帝很是惊讶：“为何难以实施？有人阻挠？”“大秦律法严明，安得有人阻挠哉！”李斯摇头叹息了一声，又道，“陛下多年执掌大政，可能忽视了关中人口的变化。据老臣所知民户数，目下之关中人口总共五百万上下；其中，老秦人只占两成左右，堪堪百万人而已，且大多为老弱妇幼；其余七八成多，都是近十年迁入的山东人口，计四百万余。若以关中民力修建骊山陵，老秦人实则无可征发。所能征发者，依然是迁入关中的山东六国贵族与平民人口。然则如此一来，骊山陵工地则有可能成为骚乱动荡之根源。”嬴政皇帝惊讶道：“何以有此一说？”李斯道：“灭六国之后，骊山陵开始大修，集中了十万余六国罪犯，人云刑徒十万也。若再将迁入关中的六国贵族青壮征发于骊山，则骊山将聚集数十万山东精壮人口。若六国贵族趁机生乱，便是肘腋之患。此前，已经有黥布作乱，陛下安得不思乎！”嬴政皇帝默然了，良久，大是困惑地问了一句：“怪亦哉！关中老秦人如何快没有了？”

“陛下龙行虎步，无暇顾及细节矣！”李斯怅然一叹，提起案头大笔在备用的羊皮纸上边写边道，“陛下想想：以秦昭王后期领土计算，老秦人总共千万上下；其中陇西、河西、巴蜀、关外几郡人口，大约占秦人六成，有五百万上下；关中腹地人口，大约占秦人四成，有三百万余。关中腹地这一半人口，加上整个陇西数十万人口，是真正的嬴秦部族，也就是老秦人了。自灭六国大战开始，秦国主力大军连同咸阳及各要塞守军，再加皇室与各种官署护卫军士等，总数将近百万。一百万之中，真正的老秦人至少占去七成上下。如此，以全部秦人总数计，大体是十人一兵；而若以秦国成军人口基数计[1]，则已经是两男一兵了，到顶了。平定六国大战中，秦军将士战死三十余万，后续征发又如数补入，这就是一百三十余万了。平定六国之后，又征发三十余万民力进入南海，其中八成是秦人男女；再加几次征发老秦人赴北河守边，又有几次与山东人口互换迁徙。总体说，关中迁出的老秦人计一百余万，入军带前后伤亡八十余万，总计两百余万……目下之关中老秦人，除了在军男子，八成都散布到边陲去了……”

嬴政皇帝第一次长长地沉默了，脸色阴沉得可怕。

也是第一次，嬴政皇帝没有理睬李斯，一个人径自转悠出去了。及至外厅值事的蒙毅察觉有异而匆匆进入书房，李斯还一个人木然坐着不知所以。蒙毅低声道：“丞相连日劳碌，回去歇息也。陛下若有事，我及时知会便了。”李斯长叹一声道：“蒙毅啊，大秦新政该有所盘整了。皇帝忧心，老夫也是寝食难安也！”蒙毅一时无对，李斯也就一拱手踽踽去了。

寒风料峭，嬴政在那片皇城仅有的胡杨林中转悠着，第一次觉得有一丝凉意爬上了脊梁，渗入了心脾。秦人从马背部族鏖战到诸侯，再鏖

---

[1] 成军人口不是军队数量，而是男子中的适龄男子总数。以传统征发规律，成军人口的三分之一可征为兵员，三分之二当承担国民生计，征发成军人口之一半的时候极少。

战到战国，再鏖战到天下共主，靠的是甚？靠的是打不垮的以嬴秦部族为轴心的老秦人！数百年来，无论如何艰危局面，秦国都能坚挺过来，全部的根基都在于精诚凝聚万众一心的老秦人，在于无可撼动的嬴秦轴心。而今，嬴秦部族一朝消散了？老秦人一朝消散了？竟只有关中腹地的百万老弱妇幼了？果真如此，天下一旦有事，关中一旦有变，秦政之底气何在？嬴政啊嬴政，若非李斯今日算账，你还是懵懂不知所以也。多少年来，你忙于运筹大战场，忙于运筹创制文明，尽情地挥洒着老秦人，老秦人被征发成军，老秦人被派往南海，被派往北河，被派往淮北淮南，被派往辽东，被派往一切应该镇抚的地方……老秦人无怨无悔，总是高呼着那句“赳赳老秦，共赴国难”的老誓言，义无反顾地走出函谷关，义无反顾地踏上陌生的土地，将自己丰腴富庶的故乡留给了昔日的敌人……若是天下安宁秦政无事，骄傲宽厚的老秦人或可在青史留下巍巍然一笔。然则，如今是复辟暗潮汹涌猖獗，种种迹象都预示着六国贵族在密谋举事，要恢复他们失去的山河社稷！若果真面临与复辟势力的生死决战，嬴政啊嬴政，你手中的力量何在？若有三百万老秦人在关中，嬴政何惧天下复辟骚乱？今日如何，你这个皇帝在关中连十万兵力也拉不出来了，何其大险也！以战国强力大争之惯性，六国贵族的复辟大潮必然再次到来，没有再次决战的胜利，大秦新政便不能真正地巩固。今日看来，这已经是大势所趋之必然了。然则，果真决战之日来临，大秦何以安天下？

仔细想来，嬴政深深地懊悔了。悔之者何？大大低估了复辟势力的顽韧抵抗也。身为总领天下的皇帝，你嬴政全部用尽了后备力量，消散了秦政的轴心力量，而只全力以赴地创制文明盘整华夏抵御外患，竟没能给镇压复辟留下最为可靠的一支生力军，如此短视之嬴政，何堪领袖天下哉！若是战场，你便是只看到了当下战胜，而没有看到即将到来的再次决战。你也看了上党的长平大战遗迹，可你做到了武安君白起那般深谋远虑么？没有！你嬴政多么像那个颇有几分迂阔的乐毅，一心只想以“化齐”结束灭国之战，结果如何？非但没有化得了齐国，反倒是六年不下一座孤城，最终导致了齐国的死灰复燃。

战场便是战场，打仗便是打仗。打仗要流血，要死人，要歼灭敌方；而不会是不流血地感化对方。身在战场却心在感化，何其迂腐哉！政治战也一样，你嬴政灭人之国，夺人之地，毁人之社稷，还打算教他们真正地服从你的新政，做你的驯服臣民，当真岂有此理哉！若是秦国被灭，你嬴政能甘心臣服于人？当初若看透此点，看透复辟势力之顽韧，自当留下老秦人根基力量。若当真有三百万老秦人在，只怕六国贵族也未必敢如此猖獗。你嬴政今日才清醒的事，六国贵族只怕早早已看到了。否则，那么多接踵而来的谶言流言刻字，纷纷说秦政必亡嬴政当死，其根基何在？由此看去，若果真有一日复辟势力大举起事，安知不是自己的方略缺失所诱发？嬴政一生历经大风大浪，何惧决战，然则，对此等因自己犯错而诱发的决战，嬴政却感到钻心地痛楚……

思绪潮涌，嬴政皇帝很有些埋怨李斯了。

皇帝想不通一件事：如此重大的隐患，李斯又如此清楚地了解，为何不早日说出来？是他这个皇帝不容人言？清醒地说，自己这个皇帝对言路尚算是广泛接纳的，至少，不足以使李斯这样的首席大臣缄口不言。是李斯没有看到这一隐患的巨大风险？以李斯的敏锐透彻，以及今日说及这一隐患时的忧虑与对老秦人口散布的熟悉，不能说李斯没有想到。是李斯在选择进言的最好时机？不会也。果然在选择时机，岂不是说李斯连防患未然未雨绸缪这样的谋划意识都没有了？那，究竟是何等原因使李斯一直没有提出这个如此重大的失误？嬴政皇帝一时想不明白了。自李斯用事以来，二十余年中李斯始终与自己保持着惊人的一致。即或是反复回想，嬴政皇帝仍然想不出李斯与自己曾经有过何等重大歧见。当然，《谏逐客书》那次不算，那时李斯还没有进入中枢。嬴政皇帝曾经为此深以为欣慰，几乎时常有一种先祖孝公与商君的君臣知己的感喟。若非如此，皇室如何能与李斯家族结成互婚互嫁的多重联姻关系？嬴政皇帝自来秉性刚烈明澈，若非深感投合，绝不会基于巩固权力而去结婚姻之盟。在嬴政皇帝内心，也从来没有将这种君臣私谊带入国政。也就是说，从来没有因为姻亲关系而不加辨识地认可过李斯。之所以每次大事都能契合，实在是李斯与自己太一致了，一致得如同一个人。在整个帝国群臣中，只有李斯做到了这一点，其他任何人都不可能。从当年老臣一个个数来，王绾、王翦、蒙恬、尉缭、顿弱、郑国、姚贾、蒙武、王贲、蒙毅、冯去疾、冯劫、李信等等等等，谁没有与自己这个皇帝有过政见争执？确实，独独李斯没有过……且慢，这，正常么？心头一闪念，嬴政皇帝竟然吓了一跳，耳畔蓦然响起了王贲的临终遗言："丞相李斯，斡旋之心太重，一己之心太过……"莫非，李斯二十余年与自己这个君王的惊人一致是刻意的，是时时事事处处留心的结果？笑谈笑谈，不能如此想！果真如此，权力机谋之神秘岂非不可思议了！且慢，换个角度想想。李斯会不会不是机谋，而仅仅是畏惧自己这个君王变幻莫测而谨慎从事？毕竟，李斯并没有附和过自己的明显错失，也没有附和过某些特定事件。譬如，用李信为大将灭楚是一次明显错失，李斯便没有附和。当然，也没有反对。当年软禁太后，灭赵之后默许赵高杀戮太后家族昔年在邯郸的所有仇怨之家，这两件事李斯都没有附和。李斯与自己一致的，都是被事实证明了的正当决断。既然如此，夫复何言？一时之间，嬴政皇帝又想不明白了……

三日之后，皇帝再次召见了李斯。

窗外大雪纷飞，君臣两人围着木炭火通红的大燎炉对坐着，一边啜着热腾腾的黄米酒，一边低声地说着。嬴政皇帝没有提说上次会谈的一个字，只坦诚地对李斯说了来春准备出巡的谋划，要李斯预为谋划。李斯既随和又谨慎，沉吟片刻方道："老臣本心，陛下体魄大不如前，不宜远道跋涉。陛下威望超迈古今，居大都而号令天下，无不可为也。陛下劳碌过甚，国之大不幸也……"见皇帝默然不语，李斯又道，"当然，若陛下意决，老臣自当尽心谋划，务使平安妥善。"嬴政皇帝道："来春出巡，定然是最后一次了。这次回来，哪也不去了，只怕也去不了了。这次，我想看看东南动静，挖挖那班煽风点火的复辟渣滓。还想看看，能否将散布的老秦人归拢归拢。若有可能，还想看看万里长城，那么长、那么大的一道城垣，自古谁见过也。一起，去看看。"嬴政皇帝断断续续地说着，没有一个字触及李斯前边的劝谏之辞。李斯遂一拱手道："出巡路径不难排定。须陛下预先定夺者，留守咸阳与随同出巡之大臣也。其余诸事，无须陛下操心。”

“冯去疾、冯劫留守。丞相与蒙毅，随朕一起。”

“陛下，要否知会长公子南来，开春随行？”

“扶苏？不要了。那小子迂阔，不提他。”

嬴政皇帝不明白自己如何一出口便拒绝了李斯，且将自己的真实谋划深深地隐藏了起来，竟不期然承袭了赶走扶苏时的愤懑口吻。其实，嬴政皇帝一瞬间的念头是：不能教扶苏再回咸阳陷入纷争了，必须亲自为扶苏蒙恬廓清一切隐藏的危机，全面谋划一套应变方略，而后再决断行止。这一想法，嬴政皇帝不想说。虽然，嬴政皇帝又说了许多出巡事宜，可自己也不明白，为何再也没有将这一最深图谋知会李斯的欲望了。

暮色时分，李斯走出了皇城，消失在纷纷扬扬的大雪中。

李斯的心绪沉重而飘忽，如同那沉甸甸又飘飘然的漫天大雪。秋冬以来，皇帝的言行似乎发生了某种不可捉摸的变化，有了某种难以言说的心事。何种变化？何种心事？李斯似乎隐隐约约地捕捉到了某种影子，可又无法确证任何一件事情。以嬴政皇帝的刚毅明朗，不当有如此久久沉郁的心绪。然则，这又能说明何事？皇帝盛年操劳，屡发暗疾，体魄病痛自然波及心绪，不也寻常么？皇帝主持完王贲葬礼归来，第一件事便想减轻天下徭役，究竟动了何等心思，仅仅是听到了刘邦结伙逃亡与黥布聚众作乱么？果真如此，倒也无可担心。然则，皇帝的沉郁，皇帝那日听到关中老秦人流散情形后的肃杀默然，似乎都蕴藏着某种更深的意味。况且，历来敬重大臣的皇帝，那日径自将他一个人丢在书房走了，这也实在是绝无仅有的事了。然无论皇帝如何扑朔迷离，至少，有一点似乎是明白无误的：皇帝开始思索新政得失了，开始想不着痕迹地改正一些容易激起民众骚动的法令了，提出改变徭役令便是显然的例证。那么，为何有如此动议？是皇帝对整个大秦新政的基本点有所松动，还是具体地就事论事？若是后者，无须担心，李斯也会尽力辅佐皇帝补正缺失。然则若是前者，事情就有了另外的意味了。举朝皆知，对大秦新政从总体上提出纠偏的，只有长公子扶苏一个人，扶苏的主张是稍宽稍缓，尤其反对坑杀儒生。若基于认可这种总体评判而生发出补正之议，将改变徭役征发当做入手，则李斯便需要认真思谋对策了。原因很清楚，李斯既是大秦新政的总体制定者之一，又是总揽实施的实际推行者；帝国君臣与天下臣民对大秦新政的任何总体性评判，最重要的涉及者，第一是皇帝，第二便是首相李斯。而自古以来的鉴戒是，天子是从来不会实际承担缺失责任的，担责者只能是丞相；没有哪个臣子会公然指斥皇帝，更不会追究皇帝的罪责，但言政道缺失，第一个被指责的必然是丞相；丞相固然为群臣之首，但也是臣子，并不具有先天赋有的不被追究的君权神授的神圣光环。也就是说，假若皇帝真正地在某种程度上认可了扶苏的主张，他这个首相便须得立即在总体实施上有所变更，向宽缓方面有所靠拢；否则，秦政“严苛”之名，便注定地要他李斯来承担了。可是，皇帝是这样么？他有意提到扶苏，皇帝如何还是一副愤然的口吻……

“禀报丞相，回到府邸了。”

辎车停住了。李斯静了静神，掀帘跨出了车厢。

冰冷的雪花打在脸上，李斯蓦然觉察到自己的脸颊又红又烫，心头似乎还在突突乱跳，不禁自嘲地笑了。李斯啊李斯，你这是如何了，害怕了么？不。你从来都是无所畏惧的，从来都是信心十足的，从来都是义无反顾的，你怕何来？论出身，你不过是一个上蔡小吏，一个自嘲为曾经周旋于茅厕的厕中鼠而已。是命运，是才具，是意志，将你推上了帝国首相的权力高位而臻于人臣极致。李斯没有辜负这一高位，李斯不是尸位素餐者，李斯尽职了，李斯尽心了。李斯的功勋有口皆碑，皇帝对李斯的倚重有目共睹。自古至今，几曾有过大臣的子女与皇帝的子女交错婚嫁？只有李斯家族做到了……那么，你究竟心跳何来？害怕何来？对了，你似乎觉察到了皇帝意图补正新政的气息，你觉察到了有可能的朝局变化。对了，你李斯怕皇帝补正治道，你这个丞相便要做牺牲，上祭台。是也是也，假若当初你不那么果决地反对扶苏，而只是教冯劫姚贾他们去与扶苏辩驳，今日不是有很大的回旋余地么？可你，立即向皇帝禀报了扶苏的不当言行，使皇帝大为震怒并将扶苏赶去了九原监军。如此一来，扶苏岂不成了你李斯的政敌？扶苏是谁，是最有可能的储君。与储君相左，你李斯明智么？如今，皇帝有可能与储君合拍了，你若再与皇帝政见疏离，与储君政见相左，你这个丞相还能做下去么？而一旦被罢黜查究，安知对秦政不满者不会对你鸣鼓而攻之？其时，所有的功业都抵挡不住那潮水般的汹汹攻讦。商君功高如泰山，尚且因君主易人而遭车裂，你李斯的威望权力功业能大得过商君？若将“苛政”之罪加于李斯之身，又岂是灭族所能了结？李斯啊李斯，谨慎小心也，一步踏错，千古功罪啊……

踩着寸许新雪，走进火红的胡杨林，嬴政皇帝觉得这个早晨分外清爽。

“父皇！”一个清亮的声音从红叶中飘来，流露出浓郁的惊喜。随着喊声，一个少年手持短剑飞跑而来，扑到了嬴政皇帝怀中。“啊，长不大的胡亥也！”嬴政皇帝慈爱地拍打着少年汗水淋漓的额头，抚摸着少年一头乌黑厚实的长发，“大雪天，起这么早做甚？”少子胡亥抬头赳赳高声道：“雪天练剑！胡亥要杀匈奴！”嬴政皇帝不禁一阵大笑：“你小子能杀匈奴？来，砍这根树桩，看看你力道。”胡亥脆生生说声好，退后两步站定，嗨的一声吼喝，双手举剑猛力剁向面前一棵两三尺高的枯树桩。只听嘭的一声闷响，短剑卡在了新雪掩盖下的交错枝杈中。胡亥满脸通红，使足全力猛然拔剑，剑未拔出，双手却滑出了雪水打湿的剑格，噗地向后跌倒，人已滚进了雪窝之中。嬴政皇帝乐得仰天大笑，拉起了一身黑白混杂的小儿子，右手轻松地拔出了短剑笑道：“父皇少时也用过这般短剑，看父皇还会用不会，教你小子看看。”说罢马步站定，沉心屏气，单手缓缓举剑将及头顶，陡然一喝斜劈而下，只听咔嚓一声大响，树桩的三分之一飞进了雪地。与此同时，嬴政皇帝也瘫坐在了雪地上呼呼大喘，一时脸色苍白。

“父皇万岁——”胡亥兴奋地高喊着。

“万岁你个头！”嬴政皇帝喘息着笑骂了一句。

“父皇起来起来。”胡亥跑过来扶起了父亲，比自己劈开了树桩还高兴。

“你小子说说，方才看出窍道没？”

“父皇大人，力气大……”

“蠢！”嬴政皇帝又笑骂一句，“那是力气大小的事么？”

“父皇明示！”胡亥一脸少不更事的憨笑。

“记得了。短剑开物，忌直下，斜劈，寸劲爆发，明白？”

“明白！”胡亥赳赳高声，两眼却分明一团混沌。

“你小子也！看着灵气，实则猪头！比你扶苏大哥差几截子！”

嬴政皇帝很是生气，骂出来却禁不住一脸笑意。不知为何，嬴政皇帝看见这个小儿子便觉得可乐，从来生不出在长子扶苏面前的那般威严肃杀。这个胡亥也是特异，十五六岁的大少年了，永远地一副童稚模样，脆生生的声音，憨乎乎的笑容，白白净净的圆面庞，恍然一个俊俏书生一般。不管父皇如何训斥，这小胡亥永远都是脆生生地答话混蒙蒙的眼神憨乎乎的笑脸，教嬴政皇帝又气又乐。后来，皇帝也就索性只乐不气了。此刻，胡亥便脆生生道：“不！胡亥的法令修习第一！扶苏大哥比不过！”

“噢？那你小子说，以古非今，密谋反秦，该当何罪？”

“儒家谋逆，一律坑杀！”

“问你儒家了么？”

“禀报父皇！老师教的！”

“老师？啊，赵高教的好学生也！”嬴政皇帝大笑起来。

“父皇！儿臣一请！”

“噢？你小子还有一请？说。”

“儿臣要跟父皇游山玩水！不不不！巡视天下，增长见识！”

“啊呀呀，小子狗改不了吃屎，还装正经也！”

嬴政皇帝乐不可支，笑得眼泪都出来了，一时自觉胸中郁闷消散了许多。小胡亥红着脸不知所措。嬴政皇帝抚摸着胡亥厚实乌黑的长发笑道：“小子别噘嘴了，开春之后，父皇带你去游山玩水，啊。”胡亥哭丧着脸道：“父皇，儿臣没记好，没说好，你不要学了嘛。”嬴政皇帝又是一阵大乐，笑道：“你小子也！赵高教你两句话都记不住，自家说本心话也便罢了，还卖了人家老师。”胡亥赳赳高声道：“胡亥没卖老师！老师好心，使胡亥教父皇高兴，说这是头等大事！”“好好好，头等大事。”嬴政皇帝连连点头，“左右教你小子跟着游山玩水便是了。父皇也多笑笑了。”

少年胡亥高兴地走了，说是该到学馆晨课了。

嬴政皇帝兀自嘿嘿笑着，骂了句你个蠢小子读书有甚用，径自徜徉到白雪红叶交相掩映的胡杨林中去了。对于自己的二十多个儿子，十多个女儿，嬴政皇帝亲自教诲的时日极少，可说是大多数没见过几面。可以确知的是，嬴政皇帝叫不全儿女们的名字，记不全儿女们的相貌，更不清楚大多数儿女的学业才具。依据嬴氏王族的法度：由驷车庶长（帝国时期为宗正）在每季的末月，对皇子公主的诸般情形向君主归总禀报。在秦王嬴政之前，这一法度的具体实施的通常形式是，君主亲自听取禀报，而后再亲临考校，对王子公主一一督导，每年至少四次。

自从嬴政亲政，皇族法度发生了一次巨大的变化——废除了皇后制，实际上也自然地废除了嫡庶制。这一变化也必然带来了后宫秩序的变化：最是人际繁杂交错的后宫没有了主事的国母，即或是爵位最高的妻子，也无法具有王后皇后那样的权威。于是，历来自成体系的皇室后宫不再成为最特异的封闭式天地，而一并纳入了皇城辖制体系——事务人事俸禄等以皇城体系各自归署辖制，皇帝的一大群妻子与一大群儿女，则由太子傅官署与宗正府会同管辖（除了皇子公主的学业归太子傅官署，其余有关血统认证爵位确定等一概由宗正府管辖）。

从实际效果说，这一变革完全打破了此前数千年稳定的君王后宫传统，带来了诸多无所适从的混乱，也带来了诸多未曾预料到的开放与方便。最大的混乱是，包括皇帝一大群妻子在内的后宫的所有女子，其言行功过没有了细腻有度的考察，过错也很难做到及时制裁。因为，对皇帝的妻子们与各等级的女官宫女们，由内侍官署的太监们履行督导是很难的，而由分别隶属于郎中令与宗正府的皇城机构与皇族机构的朝官们履行督导，更是不可能的。于是，皇帝的妻子们尽管爵位高低不同，但因为其荣辱不再与所生子女的嫡庶地位相连，而在实际上没有了差别。这种嫡庶之别，是宗法制根基之一，在古代的地位差别几乎是本质性的。由于没有了这一最为重要的差别，其导致的实际后果便是：所有的后宫女子都可以做皇帝的妻子，不同仅仅在于爵位高低；而只要能为皇帝生下一个子女，则立即便是实际上的妻子。于是，女子们的诸般矛盾自然多了起来，谁能与极少见到的皇帝尽可能多地同榻共枕，便成了最为实际的争夺内容。

与这种表面混乱相连，最大的好处是后宫女子相对开放了，活动方便了。后宫管理的官署化，使女子们和皇子公主们接触朝官的机会大大增多，与外界交往的机会自然也大大增多了。自然而然地，后宫不再是全封闭状态了。当然，这里有一个大根源，这便是战国的奔放风习依旧在焉。战国之世，各国风习都很奔放自由。起自马背部族的秦人赵人，更是远远没有后来的拘谨。秦昭王的母亲宣太后，能对着外国使节公然谈论丈夫与自己的性交方式；嬴政的母亲赵姬能与外臣公然私通，且与后来的嫪毐生下了两个儿子。凡此等等，皆从一个侧面证实了那时的大自由风习。

然则，嬴政皇帝并没有因为这种奔放与自由，而成为糜烂的君王。事实恰恰相反，全副心思都在国家政务的嬴政，除了外出巡政，只要在咸阳，几乎总是不分昼夜地在书房忙碌。用当时老百姓的话说，皇帝忙，忙得连放屁的空儿都没有！如此一个皇帝，根本不可能如后世皇帝那般，将每晚需要同榻的女子事先选定，而后再由太监侍寝，站在榻旁记录交配的时刻，以确证子女血统无误。嬴政皇帝天赋异禀，体魄壮伟精力超人，然却对男女性事既缺乏浓烈的兴趣，也缺乏或细腻或狂热的各种癖好——譬如后世诸多皇帝都具有的那种色痴色癖——为此，实在没有刻意将某某女子铭刻在心的要死要活的心情。嬴政皇帝的时间被政务排得满满，性事很匆忙，也很简单；往往是走进后宫便要发泄，要找女人，没有任何特定目标，见谁是谁，完事即刻走人；过去了也就过去了，连交合女子的相貌都记不得了。往往是宗正府报来一个新皇子新公主出生，并同时报来母亲的名字，嬴政皇帝才依稀想起连连发问，啊，是否那个女子？细细的，软软的，眼窝大大的？嬴政皇帝记得，自己在生下第十八个儿子胡亥之后，体魄莫名其妙地大见衰竭，对男女性事没有了任何念想。后来，嬴政皇帝才从一个交合女子的口中得知，后宫人群之所以将胡亥称为少子——最小的儿子，原因在女子们彼此心照不宣，皇帝不行了。可后宫女子们未曾预料到的是，自老方士徐福医护皇帝后，情形又发生了很大的变化，皇帝又骤然雄风大长了。有时，嬴政皇帝还得接连与两三个女子交合方能了事。所以，胡亥的少子名号还在头上，妻子们却又为嬴政皇帝接连生了几个儿子几个女儿……

从古至今，嬴政皇帝在女子事上是最为不可思议的一个，说浑然无觉亦不为过。帝国后宫女子众多，因为没有了皇后制与嫡庶制，所以整个后宫女子都泛化为皇帝的妻子群。如此一来，似乎嬴政皇帝拥有成千上万的女子。六国贵族与后世史家更是加油添醋，将六国宫女连同六国宫殿一起算给了嬴政皇帝，说秦宫女子之多，连渭水也被染成了胭脂河。尽管如此，嬴政皇帝却没有给后世留下任何一则宫廷秽闻。大概是因为嬴政皇帝的性方式不可思议的简单化也。而这种宫廷秽闻，后世任何一个时期的皇宫都是大批量的。

嬴政皇帝只熟悉两个儿子，长子扶苏，排行第十八的少子胡亥。

他还依稀地记得，为自己生下第一个儿子的，是一个齐国商贾的女儿。那是母后赵姬在最后几年操心自己老是不大婚，委托那个茅焦为自己物色的一个女子。因为是第一个，嬴政皇帝还记得那个女子的名姓，齐姬。也因为是第一个，嬴政皇帝也还记得齐姬的美丽聪慧与明朗柔美。齐姬虽是齐国女子，却一直跟随着商旅家族在吴地姑胥山（姑苏山古名）长大，一口吴越软语经常教嬴政大笑不止。不幸的是，齐姬生下第一个儿子后没有几年，便因随他进南山章台宫而受了风寒，一病去了。那时候，第一个儿子还很小，有一日在池畔咿呀念《诗》，被嬴政听见了两句："山有扶苏，隰有荷华。"嬴政感慨中来，便给这个长子取名为扶苏。扶苏者，小树也。山上生满小树，洼地长满荷花。这是《诗·郑风》中的一首歌。儿子慢慢地如同小树般长大了，伟岸的身架，明朗的秉性，极高的天赋，像极了父亲，嬴政很是为此欣慰。嬴政皇帝对扶苏的唯一缺憾，是很早察觉出扶苏秉性中宽厚善良的一面。自然，对于寻常臣民子弟而言，宽厚善良绝非缺憾，然对于有可能成为一个君王的少年，明显的宽厚则多少有些教人不踏实。然无论如何，扶苏无疑是二十多个皇子中最具大器局的一个，也是众皇子中唯一拥有朝野声望的一个。总体说，嬴政皇帝还是满意的。

最熟悉的另一个，胡亥，则大为不同。胡亥的生母是不是胡女，嬴政皇帝已经记不得了。胡亥因何得名，嬴政皇帝也记不得了。嬴政皇帝记得的，是这个儿子从小便有一个令人忍俊不能的毛病——外精明而内混沌，经常昂昂然说几句像模像样的话，两只大眼却是一片迷蒙混沌；读书不知其意，练武不明其道，言不应心却又大言侃侃，总教人觉得他哪根心脉搭错了茬。用老秦人的话说，一个活宝。嬴政每每被这个小儿子逗得大笑一通之后，心头便闪烁出一个念头：我嬴政如何生得出如此一个儿子？我的心脉也搭错了？有一次，嬴政心头终于闪现出一幕：一个明眸皓齿的灵慧女子正在他身下连连喘息，他不知何来兴致，气喘吁吁地问女子姓名与生身故里。女子突然开口，话语粗俗得惊人："你噌噌只管弄哩，说啥哩先！"嬴政当时禁不住一阵哈哈大笑，倒很是大动了一阵……后来的很长时间里，嬴政皇帝只要一想起那个女子的惊人美丽与惊人粗俗，都不禁会突然地大笑一阵。那个当时只顾享乐而没有告诉他姓名的女子，便是胡亥的生母，一个至今也不知道姓名的可人儿，她那迷蒙的目光与胡亥何其相似乃尔……

"出巡带上这小子，也是一乐也！"

嬴政皇帝兀自喃喃一乐，大踏步回书房去了。一个早晨的雪地徜徉，又不期遇上胡亥这个活宝儿子大乐了一番，嬴政的沉郁心绪舒缓了许多。来春要大巡狩，要做的事还很多很多。毕竟，这次巡狩不比往常，一定要从容不迫地赶赴九原幕府，不能急匆匆引发天下恐慌，要压压复辟气焰，要见到扶苏蒙恬，要做好长远部署。这步大棋，不能再耽搁了。从九原归来，这盘新政大棋便大体没有后顾之忧了，自己便可以歇歇了。不然，真得劳死了。那时候，若徐福他们能真的求回仙药，自己这个皇帝就得变个活法了。

四　大巡狩第一屯　嬴政皇帝召见郑国密谈

一个冬天，大巡狩的诸般事务谋划就绪了。

随皇帝出巡的大臣是：丞相李斯、郎中令蒙毅、廷尉姚贾、典客顿弱、治粟内史郑国、奉常胡毋敬等；总领五千铁骑的护卫大将，是卫尉杨端和；总司皇帝车马者，是中车府令赵高；随行皇子一个，是少子胡亥。留守咸阳总司政事者，是右丞相冯去疾、御史大夫冯劫；镇守函谷关并兼领骊山陵刑徒者，是少府章邯。

二月初二，宏大的车骑仪仗隆隆开出了咸阳。[1]老秦人谚云："二月二，龙抬头。"此日最是大阳吉兆，又逢皇帝大巡狩出行，便有万千关中百姓守候在城外道边，要一睹这难得的盛事。太阳即将升起的时分，整个大咸阳沐浴在了漫天霞光之中。最雄伟的正阳门箭楼上，三十六支长号整齐扬起，悠扬沉雄的号声回荡了渭水南北。洞开的城门中，隆隆开出了整肃森严的皇家仪仗。首先是一个千骑方阵，一面将旗之后，骑士全部黑甲阔剑，没有一支长兵器，显然是一支真正的作战之旅，而不是虚设排场的青铜斧钺之类的礼仪排场。千骑方阵之后，是三十六面大书"秦"字的五色旌旗方阵，旗手全部是马上骑士。旌旗方阵后，是一个一百辆战车的方阵，每辆战车肃立着十名重甲步卒，人人背负一架臂张连弩手中一支两丈长矛，若走下战车摆开，便是一个无坚不摧的连弩大阵。战车方阵之后，是双车并驶的二十辆特制的大型座车，内中全数是官仆宫女内侍等一应无法骑乘奔驰的人。大型座车后，是连续九个百人骑士队护卫的九辆皇帝御车。每个百人骑队前一辆青铜御车，每辆御车都是驷马驾拉，九车一式，没有任何差别，其中一辆必是嬴政皇帝的正车无疑。九队九车之后，是一辆宽大精美的两马青铜轺车，八尺车盖下肃然端坐着丞相李斯。丞相轺车之后，是两车并行的大臣座车，坐着十余名大臣。大臣座车方队之后，又是一个三十六骑的旌旗方阵，旌旗方阵之后，是殿后的一个千骑方阵。卫尉杨端和身着黑色斗篷，怀抱令箭，从容策马行进在骑阵的最前方。也就是说，嬴政皇帝的这支巡狩车骑没有一个人步行，是一支真正能够快速启动的皇家巡狩之旅。

---

[1] 始皇帝最后一次大巡狩出发日期，《史记·秦始皇本纪》为三十七年十月出，本年七月丙寅病死沙丘。显然，"十月"为误字或误记。张分田先生之《秦始皇传》（人民出版社 2003 年版）纠错，推定为上年（三十六年）十月，亦不合出行惯例。我以沈起炜先生之《中国历史大事年表》（上海辞书出版社 1983 年版）为本，又参照始皇帝此前"仲春"出巡之例，确定为三十七年二月出巡。

仪仗车骑开出了正阳门，相继在宽阔的大道上展开。关中民众与那些在大咸阳外服徭役的成千上万民众夹道而立，争相观赏这生平难逢的盛大场面，万岁之声此起彼伏声震原野。熟知皇帝大巡狩的老人们说，这还不是皇帝巡狩之旅的全部人马，还另有一支铁骑护送着一百架大型连弩与其余器械早早便先走了，要到人烟稀少之处才与大队会合哩。

皇帝车骑东出函谷关，经河外之地一路南来，一如既往地没有在富庶风华的三川郡逗留，而是按预定路径下陈郡、渡淮水，直抵云梦泽。也就是说，云梦泽是嬴政皇帝大巡狩的第一个最大目标地。然则，一出函谷关嬴政皇帝便觉得有些异常——开春之际正是启耕之时，关中田野尚是一片繁忙，如何这中原之地的田野上人丁寥寥？进入陈郡更甚，非但人少，更令嬴政皇帝百思不得其解的是田野中极少看见精壮男子，除了白发老人与总角孩童，其余几乎全是女子。终于，嬴政皇帝下令扎营，陈郡做第一屯行营。

李斯说，这里是陈郡阳夏县地面，立即下令宣阳夏县令来见。

嬴政皇帝阻止了，说既然不是预定屯卫行营地，自家看看最好。

时当正午，身为总司大巡狩事务的李斯，立即忙着与杨端和等将军大臣查勘临时营地去了。嬴政皇帝在车中换了一身便装，带着同样便装的郑国与胡毋敬两位老臣走进了田野。蒙毅立即换了便装，带了几个原先已是便装的武士远远跟了上去。阳春二月的田野，因空旷寂寥而显得分外清冷，阳光下的春风也夹带着几分料峭寒意。广阔的田畴中耕者寥寥，且大多是女人与儿童。没有耕牛，没有丁壮，春耕时分的喧闹热烈一丝一毫也感觉不到。嬴政皇帝打量一阵，皱着眉头向一片地头的两个人影走了过去。

“敢问大姐，这片地是你家的么？”

正用铁耒松土翻地的女人停下了手中活路，抬头拭汗的同时瞥了来人一眼，黄瘦的脸膛弥漫着一种木然。女人淡淡道：“想买地？给你了。反正没人种。”

“大姐，我等不买地。我等商旅只想问问农事。大姐是佣耕户么？”

“不是。”女人拄着铁耒喘息着，“地真是我家的。皇帝下那么大狠劲，杀了那么多人，老封主跑得连影子都没了，谁还敢黑买黑卖？而今，你想卖地都没人要了。”

“为何啊？没有钱人了。”嬴政向女人递过去一个水袋。

“多谢老伯。”女人接过了水袋，向脚边两只陶碗倒满了，将水袋双手捧给嬴政，又转身对不远处的少年喊了一句什么。少年丢下铁耒飞步跑来，端起陶碗汩地一口，立即惊喜地叫了起来：“娘！黄米酒！”

“老伯好心人哩……”女人疲惫地笑了。

“大姐，我等出门带得多，这个给你留下了。”嬴政将皮袋递给了少年。

“老伯……”女人眼角泛出了泪光。

“大姐，你家男人不在？如何不做牛耕？”

“你这老伯，像从天上刚掉下来。”女人淡淡笑了，显然也想趁机歇息一下，噗嗒一声坐在田埂上，粗黑的手不断拭着额头汗珠，“老伯啊，这几年谁家有男人？男人金贵哩。你咋连这都不知道？说牛耕，牛早卖了，给男人上路用了……”

“男人，服徭役去了？”

“不是皇帝徭役，哪个男人敢春耕不下田？修长城，远哩。”

“娘，莫伤心，还有我……”少年低声一句。

“你？你是没长大，长大了还不是修长城！”女人突然气恨恨黑了脸。

嬴政颇见难堪，一时默然了。

“后生，你父亲高姓大名啊？”胡毋敬慈和地看着少年。

“我父亲，吴广，走三年了。”

“后生，你父亲会回来的，不用很长时日。”

嬴政认真地对少年说了一句，又对女人深深一躬，一转身大步走了。便装胡毋敬与郑国也是对女人深深一躬，匆匆跟随去了。一路上，君臣谁都没有说话。

入夜初更时分，蒙毅到了郑国帐篷，说皇帝召见议事。

阳夏行营扎在距鸿沟不远的一道河谷，晚炊的熊熊篝火还没有熄灭，一大片火光映照得河谷隐隐亮白，天上的星星都看得不清楚了。郑国随着蒙毅走到了行营大帐前，看见篝火旁的土丘上站着一个熟悉的身影仰望着星空，知道那定然是皇帝无疑了。蒙毅没有说话，将郑国领进大帐退出。未过片刻，皇帝进来了。郑国正要施礼参见，被皇帝制止了。皇帝的心绪显然不好，坐在大案前良久没有说话。帐中灯火闪烁着两颗白头，帐外篝火呼呼声清晰可闻。郑国也沉默着，等待皇帝开口。

“今日所见所闻，老令作何想法？”终于，皇帝说话了。

“陛下，臣无精当见解，不敢妄言。”

“老令啊，你怕嬴政听不得逆耳之言了，可是？”嬴政皇帝淡淡地笑了，“我知道，老令素有主见，深藏不露。那年，你分明察知黑恶兼并，却不明白上书，而只暗中辅助扶苏成事；你赞同扶苏作为，却又从不公然申明。你对新政国事有自家见识，却从不与任何大臣谈及。甚或，连你最为交好的李斯，你也缄口不言。凡此等等，嬴政心下都清楚。老令心头始终有一片阴影，韩国疲秦的那片阴影，隐隐总以外臣自居，甘于自保，避身事外。然则，老令的公正秉性，又迫使老令不得安宁，不得不有所伸张……老令啊，这，究竟为了何来？实话实说，嬴政实在难以解得也！”嬴政皇帝以罕见的平和坦诚，对这位一贯对大政保持沉默的大臣说出了自己的困惑。

“陛下……”

郑国动容了，被皇帝的宽容与真诚感动了。但是，老郑国依旧不失谨慎，恭敬地一拱手作礼道：“老臣以韩国间人之身入秦，终生抱愧也！多年来，老臣只涉水事农事，只涉工程筹划，对大政不置一喙。所以如此，一则是老臣不通政道，二则是老臣不善周旋……丞相李斯与老臣交好。然，丞相总揽大局，言必大事。老臣则流于琐碎实务，又不善沟通，不善斟酌，话语太过直白，故自甘闭门，非丞相故也……陛下洞察至明，老臣深为铭感。”

“战国论政之风，老令宁非过来人哉！”嬴政皇帝慨然一叹，“明说，朕素来不喜四平八稳洁身自保之人。对老令，唯一之例也。唯其如此，朕亦望老令以诚相见，明告于我：大秦新政，还有根基么？”

“陛下如此待老臣，老臣斗胆明说了。”

“说！”

“老臣对大秦新政，有十六个字，陛下明察。”

“朕盼老令真言。”

“创新有余，守常不足，大政有成，民生无本。”郑国一字一顿地说。

“老令可否拆解说之？”

“陛下，老臣今日绝不藏话。”郑国心意清明，侃侃而谈，“老臣以为，大秦政道以创新为本，开千古万世之辉煌，此即创新有余也，大政有成也。陛下之心力全副专精于文明创新，而忽视了最为通常的民众生计。所忽视者，乃守常不足也。以国家大政说，是缺少守常安定之策。何为守常之策？说到底，就是轻徭薄赋之政。唯其平常，以陛下之雄略，反被忽视了。常则平，安则定，饱则安，暖则稳。此，固本之国策也。一味创新而不思固本，易为动荡也。大秦新政烈烈轰轰，雷霆万钧。所缺少者，阳春之和风细雨也。秦法之周严，史无前例。秦吏之公廉，史无前例。皇帝之雄明，史无前例。然则，如此雄主新政之下，却终是天下汹汹难安，民众辄有怨声，根由何在？究其根本，求治太急，事功太过也。若能稍宽稍缓，轻徭薄赋，则大秦新政将光焰万丈，万古不磨也！”郑国苍老的嗓音中流露出一种无可名状的遗憾，“老臣补天之心，陛下明察……”

“老令以为，朕当如何补正？”嬴政皇帝默然良久，突兀一问。

“陛下若能以长公子扶苏为政，则天下可安。”

“朕不能自己补过？”

“陛下雄略充盈，不堪守常实务，交后人去做更佳。”

“老令啊，两年前你要说出这番话，该多好。”

“两年前说，陛下，或会杀了老臣……”

“难说。”嬴政皇帝淡淡一笑，“老令今日说得好，朕有数了。”

次日清晨，皇帝在行营大帐举行了御前小朝会，随行六大臣全数与会。皇帝说了昨日田间所见，征询丞相李斯政见。李斯明白表示：可以开始谋划轻徭薄赋之法，然实施不宜太过操切，须一步步松动，以免六国贵族趁机滋事。其余大臣皆表赞同。嬴政皇帝欣然褒扬了李斯的洞察与稳健，当场议决了着手实施之法：以李斯总掌减轻徭役赋税之谋划事，于巡狩途中与咸阳二冯通联会商；巡狩结束之时确立法度，皇帝行营回到咸阳后立即颁行天下渐次实施。皇帝既没有涉及昨夜与郑国的密谈，也没有涉及与宽政紧密相连的扶苏，一切都是以朝会议决的法度决断的。大臣们一时轻松了许多，皇帝的心绪也明显地好转了。

一日一夜歇息整顿，大巡狩的车骑又在次日清晨南下了。

五　祭舜又祭禹　帝国新政的大道宣示

二月末，大巡狩行营渡过淮水，抵达云梦泽北岸。

云梦泽，是本次大巡狩预定方略的第一个大目标。嬴政皇帝与李斯等几位重臣都很清楚，东南云梦大泽与吴越齐滨海地带，是六国贵族逃亡的两大根基之地。嬴政皇帝此次大巡狩，除了深藏内心的北上目标之外，最实际的目标便是震慑逃亡啸聚的复辟势力。这是首发东南的最根本所在。为了掩盖这一实际意图，能够对逃亡贵族藏匿之地收奇袭之效，嬴政皇帝决意对外示形，君臣遂密商出了一个对策。于是，去冬咸阳市井街巷弥散出一则传闻：阴阳占候家说东南有天子气，皇帝很是忧心，决意巡狩东南破其地脉。

战国之世有一个奇特现象：求实之风最烈，阴阳学说最盛，两相矛盾而并行不悖，实在为后世所无。其时，整个阴阳学说流派甚多，其主流形式至少有阴阳五行、天文历法推演、星象（占云、占气、占候为其支脉）、占卜（龟筮、蓍草筮、钱筮为其形式支脉）、堪舆、相人六大流派。所有的阴阳家流派，在战国之世都发展到了理论与实践同样丰富的成熟时期。无论是官府还是民众，无不以阴阳家诸流派提出的种种预兆，以为国事家事的重要参证，一有预言则立即流传开来。然则，参证归参证，又不尽然全信。于是，便有了求实之风为本而又不排斥神秘启示的战国风貌。秦帝国公然以典章形式宣示水德国运，焚书不焚卜筮之书，而将卜筮之书看做与医药种树等同等的实用知识，是最典型例证。因了如此，六国贵族与方士儒生们制造出诸如“亡秦者胡也”“明年祖龙死”“始皇帝死而地分”“楚虽三户，亡秦必楚”等种种预言，以此等神秘启示式的预言而扰乱天下，则也不足为奇了。也因了如此，东南有天子气的预言，便引不起多大动静，传了说了，谁也未必当真。同样，嬴政皇帝相信东南有天子气，且执意要去坏其地脉，也没有人认真计较该不该对不对，只当做知道皇帝去东南的理由了而已。

传闻弥散了一个冬天，天下也大体尽人皆知了。

巡狩君臣的实际分派是：嬴政皇帝与李斯胡毋敬郑国三大臣，做足种种宣教礼行；典客顿弱与卫尉杨端和，则率一千便装斥候秘密查勘贵族逃亡啸聚的藏身之地；郎中令蒙毅两相通联策应，行营护卫的实际执掌也统交蒙毅兼领，以使杨端和全力于查勘突袭。为此，一过淮水，杨端和与顿弱人马全部撤向了云梦泽周边草木连天的岛屿与山谷；巡狩行营则大张旗鼓地进入了云梦泽北岸，在衡山郡治所邾[1]城以西五十里处扎下了大营。

嬴政皇帝在这里要做一件大事正事——祭祀舜帝。

嬴政皇帝何以要祭祀舜帝？既要祭祀舜帝，又何以不去舜帝陵墓所在的九疑山，而要在云梦泽望祀？欲知此间之奥秘，得先清楚舜帝其人其政。远古五帝之中，最后两位的舜和禹，是两个最具特点而又政风迥然不同的圣君。舜，原本是后世所加的谥号，《史记·五帝本纪》引《谥法》云：“仁圣盛明曰舜。”据说舜帝本姓姚，名重华。后世因舜帝生于虞地，故又称虞舜。尽管后世史书也对舜帝造出了诸多逆行，言其囚禁尧帝而自立，又隔绝尧帝儿子丹朱，使尧帝父子不能相见，方得强力自立为帝。然则，在主流正史与天下人心中，舜帝的人品功德堪称五帝之最。其一，舜帝最孝慈，顺适屡屡虐待自己的父母兄弟而不反抗，最终感化了父母兄弟；其二，舜帝爱民，法度平和公正，其事迹多多；其三，舜帝敦厚仁德，堪称王道典范，其事迹多多；其四，舜帝高寿，六十一

[1]　邾，秦县，为衡山郡治所，大体在今湖北黄冈之西北地带。

岁代尧为天下共主，在位三十九年，整整一百岁而逝于苍梧之野；其五，舜帝功劳最大，整肃天下，又举大禹治水，使民走出洪荒。从先秦时期的主流评价说，舜帝是以德孝王道之政名垂后世的，是一个宽严有度的远古圣王。

苍梧之野者，生满了青色梧桐树的山野也。远古之时，地理无名者多矣，苍梧之野泛指湘水南部的五岭地带。舜帝在南巡途中病逝在这方梧桐山野，葬于一片九水回环的山地。因这九条山溪地势水流风貌极其相似，很难分辨，故被称为九疑山。《水经注》记载云："苍梧之野，峰秀数郡之间。罗岩九举，各导一溪，岫壑负阻，异岭同势，游者疑焉，故曰九疑山。"九疑山西北，是秦帝国开凿的灵渠，两地相距仅二百里上下。然九疑山距嬴政皇帝目下所在的云梦泽东北岸，相距却在数千里之遥，更有浩渺云梦泽阻隔，想要万人上下的巡狩行营直抵苍梧之野，不是不可能，而是耗时太久且无实际意义。毕竟，云梦祭舜帝，还有着更为实际的政事目标。

唯其如此，李斯谋划的大典方式是"望祀"。望者，祭祀山川之特定礼仪也。其本意是说，要祭祀名山大川，得遥遥相对而祭拜。是故，望，成为祭祀山川的特定语汇。就其时礼仪而言，祭祀圣王先贤之陵墓，直称为祭祀，很少用这个望字。李斯将"望"与"祀"合成为一个仪典，既含遥祭山川之意，又含祭祀圣王之意，其确指显然是遥祭舜帝。

望祀礼是宏大隆重的。衡山郡守事前接到诏书：郡县官吏可全数参与，准许附近民众往观。郡守将诏书发到各县乡，官民无不欣然欢呼，那日非但官吏无一人缺席，狩猎捕鱼之民户也停了生计纷纷赶来。所谓山高皇帝远，在这山水连天的大泽之地，无论是官是民，要见到皇帝都太难太难了，要见到皇帝亲临隆重典礼，更是做梦也不敢想的。尤其令官员民众感奋者，是皇帝要祭祀舜帝的后续预兆。舜帝是甚？是王道，是宽政，是爱民，是法度公正！大秦皇帝如此隆重地祭祀舜帝，其意蕴何在不清楚么？

在肃穆的望祀祭坛上，嬴政皇帝面对南天，宣读了奉常胡毋敬精心撰写的祭文。祭文颂扬了舜帝的孝慈，颂扬了舜帝的爱民德政，颂扬了由尧帝奠定而被舜帝弘扬光大的王道大政，颂扬了舜帝举禹治水的功绩，颂扬了舜帝任用皋陶执法的中正平和。祭文末了，嬴政皇帝奋然念诵出一段令万众动容的宣示：“大秦新政，上承天道，下顺民心。力行郡县，天下一法，和安敦勉。自今于后，师法舜帝，常治无极——”皇帝的声音还在山谷回荡，万岁声便淹没了群山大泽。

当夜，嬴政皇帝的行营大帐里灯火通明，小朝会深夜方散。

紧急赶回的顿弱禀报说：经秘密仔细查勘，荆楚及云梦泽周边地带虽有六国贵族藏匿，但多为旁系支脉的老弱妇幼；六国贵族的嫡系精壮，大多啸聚吴越山川。顿弱的主张是：莫在云梦泽耽延过多时日，当立即浮江东下，将吴越两地作为搜剿重地。李斯等都表赞同，皇帝也认可了。小朝会议决：李斯蒙毅总司船队筹划，顿弱杨端和部先期赶赴吴越查勘；旬日后，巡狩行营浮江东下。小朝会完毕之后，嬴政皇帝特意留下了顿弱。

“顿弱，朕有大事相询，你要据实回答。”皇帝面色肃杀。

“陛下，老臣素未有虚。”

“重新启动黑冰台，全力搜捕复辟贵族，可行否？”

“陛下……”顿弱惊讶又迟疑，思忖片刻明朗道，“老臣以为，黑冰台胜任搜捕无疑。然则，老臣以为不可行。大秦以法治天下，不宜以此非常手段介入罪案缉拿。毕竟，黑冰台精于暗杀行刺，若介入搜捕，必多有杀戮。天下已入常治之时，此法祸福难料。”

“朕之本心，当然不想坏法。”嬴政皇帝叩着书案皱着眉头，“朕是不想再多杀人了……濮阳陨石刻字一案，杀了周围十里之民。可说到底，正犯只有一个而已。若郡县能将这个正犯捕拿到案，十里之民何须杀也！不想杀人，却必须多杀人，此间煎熬，朕何以堪？若黑冰台重新启动，纵然多杀几个人，然相比较于罪案不能破而牵连广泛，孰轻孰重乎！复辟者啸聚于滨海山川，言行尽皆秘密作为。此等暗流，纵有数十万大军，徒叹奈何？廷尉府与郡县官署，仅日常民治已是人手紧张了，哪里有多余人力做此等须得花大力气的事？朕之巡狩，其所以借机搜剿啸聚贵族，也是下策之下策。屠龙之术，却来杀鸡，朕好受么？朕想重启黑冰台，实属无奈也……老卿且说，除却此等复辟罪案，朕过问过执法决刑么？”嬴政皇帝说得真诚，甚至有些伤感了。

“陛下，还是依法查究最为稳妥……”

“顿弱，朕要的是限期将元凶正法之威慑！否则，朕宁可错杀多杀！”嬴政皇帝脸色铁青，语势凌厉之极，“复辟势力挑战大秦，朕决不让步！”

“陛下，可否容老臣一言。”默然良久，顿弱开口了。

“朕何时不教谁说话了？岂有此理！”皇帝有些烦躁了。

“陛下，老臣执掌大秦邦交多年，黑冰台所部亦是老臣长期亲领。若为一己权力计，陛下欲重启黑冰台，老臣求之不得也。然则，老臣尝读《商君书》，对商君治国之真髓稍有领悟。老臣以为，当此之时，还是效法商君更为稳妥，更合法治精要。”

“老卿读过《商君书》？”嬴政皇帝惊讶了。

“虽无陛下精熟字句，然却窥其神韵。”顿弱突然现出久违了的名士风貌。

“你且说，如何效法商君？”

“陛下，商君行法，以后发制人为根基。无罪言罪行，一律不予理睬；有罪言罪行，一个不予宽恕。甘龙、公子虔等，商君明知其反对变法，然在其没有罪行发作之时，始终没有触动秦国老世族。孝公逝去而世族复辟，车裂商君，然却得秦惠王彻底依法铲除。试想，若商君之世依仗威权，诛杀了老世族；杀固可杀，然则老秦人服气么？秦国能安定么？此间，有一处发人深思：终商君之世，老世族固然暗流强大，然却终不敢公然复辟。此间奥秘，陛下可曾想过？”

“老卿但说。”

“商君行法，以行政为最大根基。商君行政，虑在事先，有错失便改，是先发制人。为此，商君之大政深得民心。大政得人，则民心安。民心安，则世族复辟失却附庸，终将渐渐枯萎。若大政缺失不修，则世族复辟有鼓呼之力，民众亦有追随徒众。当此之时，仅仅依靠强力杀人，扬汤止沸也。而明修大政，釜底抽薪也。而若罪案告破不及时，再以黑冰台之非常手段介入，则更如饮鸩止渴也……”

“顿弱！”嬴政皇帝勃然大怒，突然拍案。

“老臣言尽，甘愿献出白头。”顿弱颤巍巍站了起来。

“顿弱……你，说得对……”皇帝粗重地喘息着。

“陛下……”顿弱惊愕不知所措了。

“人云忠言逆耳，今日方知其意也。”嬴政皇帝离案起身，肃然向顿弱深深一躬，“先生之言，嬴政谨受教。”

“陛下！……”顿弱一声哽咽，连忙扶住了皇帝。

“明修大政，釜底抽薪。强力杀人，扬汤止沸。非常暗杀，饮鸩止渴。”嬴政皇帝喃喃念诵着，不禁感喟万端，“先生之言，何其精当也！人云嬴政精熟商君法治之道，今闻先生之言，终生抱愧也！”

“陛下……老臣在吴越之地，务必缉拿复辟逃犯。”

“好。宽以大政，严以行法，大秦可安也！”

三月中，一支大型船队浮江东下了。

战国之华夏精神，有着很强的海洋水域意识，远非后世那般唯以内陆为能事而在大多数时期封闭海疆。仅就船队远航之能力而言，除了华夏大陆之大江大河大泽畅通无阻，其方士求仙船队已能载数千人远渡日本列岛、澶洲（琉球）、夷洲（台湾）。帝国灭亡后，少数皇族后裔也远渡日本。更为根本的是，战国与帝国时代有浓厚的大海崇拜风习，认为大海是神秘未知的仙境所在，探险精神尤是浓烈。更兼秦帝国的以水德为国运所确立的水崇拜理念，对整个华夏不以内陆族群自居封闭而勇敢地迈进内外水域，起了极大的推动作用。此次皇帝巡狩行营东下大江，百余只巨舟帆影蔽天，与两岸巡行护卫的铁骑号角遥相呼应，当真是声势浩大史无前例。

东下的第一屯驻地是庐江郡的彭蠡泽西岸。嬴政皇帝在这里登临了庐山。

彭蠡泽者，远古得名之大湖也。《书·禹贡》载：“（扬州）彭蠡既潴。”潴者，水流停聚之地也。就是说，这里在很古老的时候已是大湖了。后世因东晋设彭泽县，陶渊明做过彭泽县令，遂改称彭蠡泽为彭泽；更有人误以为彭蠡泽是后来的鄱阳湖。历史的演化是，直到秦汉两世，彭蠡泽与西边的洞庭泽，都是浩渺的云梦大泽的相连水域，都是浩浩长江在远古之时泛滥囤聚的辽阔水仓。正是有了辽阔浩渺的云梦大泽作为吞吐之地，浩浩江水才不至于如同黄河那样，屡屡发生根本性的大洪水泛滥。这片辽阔水域在漫长的岁月里一直持续着渐渐收敛的状态，在战国时期已经是断断续续地分为几个中心水域了。于是，有了形似独立的洞庭泽，又有了形似独立的彭蠡泽。再到后世，云梦泽最大的中心水域也渐渐消失了，只留下了洞庭湖与彭蠡泽收缩后的鄱阳湖。这是后话。

彭蠡泽西岸有一座名山，叫做庐山。庐山旁有大水，名庐江。据《水经注·庐江水》云：庐山之名有民间说与文献说。民间说法是，周武王时期有才士匡俗，屡次逃避征发而隐居此山草庐。后来匡俗成仙，空庐犹存，弟子哭之旦暮，世人感念，遂呼匡俗为庐君，隐居之山亦呼为庐山。郦道元自己坚持的是文献说法，其云："按《山海经》创之大禹，记录远矣！其《海内东经》曰：庐江出三天子都（庐山），入江彭泽西，是曰庐江之名。山水相依，互举殊称，明不因匡俗始。正是好事君子，强引此类，用成章句耳。"究其实，庐江出庐山，究竟何名为先，只怕很难考证清楚了。

庐山虽非五岳，却大大有名。此山古名三天子都，见于《山海经》之记载。然则，三天子都究为何意，已经不可考了。后世学者对其实指又多有争议，对其原本字意更无明确说法，姑且存疑了。对于庐山之壮美，《水经注》云："虽非五岳之数，穹隆嵯峨，实峻极之名山也！"在中国古人眼里，山水是否尊崇，根本原因在于山水所具有的神性及其累积的文明历史足迹，而不在其真实高度，五岳之尊崇正在于此。而此时的庐山，尚无昭昭神性与赫赫登临，故此只有自然山水之壮美。

嬴政皇帝登临庐山，是庐山迎来的第一次伟人登临。

那日清晨，帝国君臣在五百名精锐步卒护卫下，由十多名山民向导登山。对于这次登临，庐山留下了两处遗迹，《水经注》均有记载。郦道元先生文字峻峭瑰丽，描述山水形势无出其右，且看看先生的两则纪实性描述：其一，"庐山上有三石梁，长数十丈，广不盈尺，杳然无底……其山川明净，风泽清旷，气爽节和，土沃民逸。嘉遁之士，继响窟岩。

龙潜风采之贤，往者忘归矣！秦始皇、汉武帝及太史公司马迁，咸登其岩，望九江而眺钟、彭焉！”其二，“庐山之南有上霄石，高壁缅然，与霄汉连接。秦始皇三十六年[1]，叹斯岳远，遂记为上霄焉。上霄之南，大禹刻石，志其丈尺里数，今犹得刻石之号焉……耆旧云：昔禹治洪水至此，刻石记功，或言秦始皇所勒。然岁月已久，莫能合辨之也。”后来又有《太平御览》引《浔阳记》云：“上霄峰在庐山东南。秦皇登之，与霄汉相接，因名之。高处有刻名之字，大如掌背隐起焉，仅百余言。”

这是嬴政皇帝第一次登临不具宣教意义的大山。他登上了上霄峰，刻石颂扬大禹治水之功。他登上了三石梁，遥望东南钟山之地，对那方虎踞龙蟠之地生出了深深的隐忧。应该说，此时的嬴政皇帝，心头已经很清楚自己的下一步了。

庐山停留旬日，皇帝船队直下丹阳[2]了。

丹阳，是江水出庐江郡进入会稽郡的第一座大城邑。丹阳与沿江的金陵邑、朱方邑、云阳邑等，一起构成了旧吴之地的腹心地带，时人呼之为江东是也。嬴政皇帝将江东之地作为东下第一立足点，意图很清楚，要在这里全力查抄六国贵族的秘密啸聚之地。行营一扎定，嬴政皇帝便与李斯顿弱蒙毅会商，部署了查抄方略：行营只留一千精锐骑士护卫，其余四千人马，全数交顿弱杨端和在江东地带突袭缉拿罪犯；皇帝行营于旬日之后缓慢东下，沿途大张旗鼓以震慑复辟势力；一月之后，皇帝船队与顿弱人马在会稽郡会聚；李斯总掌皇帝行营船队；正在盛年而精力最为旺盛的蒙毅，则专门率一支轻舟船队近岸游弋，两相通联策应。如此谋划妥当，各方立即以部署行事。

一场震慑复辟犯罪的风暴，在江东之地骤然发起了。

嬴政皇帝尚未离开丹阳，便有顿弱的秘密急报传来：在江左之乌江水域的芦荡连天地带，有三处楚国贵族的啸聚港汊，水军突袭之下，一举包围缉拿得一千三百余名楚国老世族后裔；初审得知，楚国在江东最

[1]　此处当为始皇帝三十七年，《水经注》误记。

[2]　古丹阳有三，此处之丹阳，秦时为县，大约在今安徽当涂的小丹阳镇地带。

有实力的是项氏部族，其嫡系后裔项梁等已经逃出丹阳，逃往金陵邑等地。嬴政皇帝立即下令：全力查抄金陵、朱方、云阳三邑，务必缉拿项氏嫡系。此后，嬴政皇帝的船队缓缓东下。在巨舟望楼之上，嬴政皇帝连连接到密报，也连连颁下了一道道诏令。

金陵邑连续密报的事实是：金陵邑城郊多有秘密洞窟，非但藏匿了楚国贵族后裔，且啸聚了诸多中原贵族后裔，若得彻底查抄，便得凿山断垅。嬴政皇帝立即与李斯会商，一边下令蒙毅派出便装吏员大肆散布皇帝要破"东南天子气"的传闻，一边下令顿弱杨端和立即凿山断垅，捣毁复辟根基之地。未过旬日，江东哗然传开了消息：皇帝开出了万余刑徒，凿开了金陵北山，掘断了山脊长垅，金陵邑地脉已绝，虎踞龙蟠气象不复在矣！嬴政皇帝得报，又与原本楚人的李斯会商。李斯云，楚人民风好巫术鬼神，当改地名以示天道昭彰，使民心不再为神秘流言所纷扰。嬴政皇帝当即拍案，下诏改金陵邑为秣陵。秣者，牛马牲畜之饲料也。秣陵者，牲畜之地也。以其时实际情形，嬴政君臣改如此意带辱没之名称，显然是愤怒于藏匿复辟贵族。虽则如此，消息传开，民众却是愤愤然了。江东之复辟势力虽表面销声匿迹，实则却更为隐秘，且更能蛊惑民众了。项氏部族一直在江东地带秘密经营至天下大乱，没有民众根基是不可想象的。后来，秣陵改为建业。晋灭吴，为示对吴轻蔑，又改回秣陵。隋之后，秣陵之名终告消失。

朱方邑也是大同小异。三千刑徒凿断了城外一座小山。嬴政皇帝下诏，将地名改为丹徒。丹徒者，身着赭色囚服之囚犯也。尽管其本意是指此地窝藏罪犯，然以丹徒为地名，显然使人产生此地是刑徒之乡的联想。此一地名在近代曾改为镇江，后来又改回丹徒了。在云阳邑，开出刑徒凿断了北岗，将平直的官道挖成了曲曲折折的小道，地名改作了曲阿。这个地名的命运与秣陵相似，三国时吴改为云阳，晋改回曲阿，唐改为丹阳。此为今江苏丹阳，不是嬴政皇帝驻屯的丹阳。

江东缓行月余，缉拿六国逃匿贵族两千余人，很是震慑了当时甚嚣尘上的复辟暗流。自此之后，种种流言预言销声匿迹，逃亡贵族的复辟密谋更为隐秘。若非后来大局突变，很可能天下复辟活动就此渐渐萎缩。

也就是在这次江东之行中，项梁与少年项羽第一次看见了威势赫赫的皇帝，留下了项羽那句见诸史册的名言。

那是在皇帝船队停泊云阳邑登岸，改作车骑南下震泽（今太湖），开往会稽郡的那一路驰道上。时当初夏，浩渺的震泽碧波连天白帆点点。大泽东岸的驰道上，皇帝的巡狩车马隆隆南进，两侧哨骑飞驰，车声辚辚旌旗蔽日，在青山绿水间分外壮阔。吴越民众拥挤在道边的每座小山包上，观看着终生难逢的皇帝仪仗。在一座林木遮掩的山包上，有老少两布衣隐身树侧遥望道中。老人须发灰白，精瘦结实。少年则粗壮异常，虎虎生气充盈于外。

“嬴政灭楚，项氏血流成河也。”老人低声切齿。

“彼可取而代之！”少年一拳砸向树身，大树簌簌落叶。

老人大惊，一掌捂住少年大嘴：“灭族！不许疯言！”

少年扒开老人，低声恨气道：“项羽不报血海深仇，誓不为人！”

“报仇？如何报仇？”

“杀光秦人！烧光咸阳！”

“还是先练好剑术再说。”老人冷冷一笑。

“不！项羽要练万人敌！剑，一人敌罢了。”

“好，有志气！”老人奋然低声，“叔父教你兵书战策，长枪大戟！”

四月初，皇帝行营抵达会稽山。

在当时的南方山脉中，会稽山是最具神圣性的名山。会稽山古名防山，又名茅山、栋山。栋者，镇也。意此山乃扬州之镇也。其山形四方，上多金玉，下多玦石。据《越绝书》云，黄帝曾在这座山中留下了金简玉字的谶书，究竟预言了什么，没有人知道。但是，与会稽山关联最紧密的神性，还是大禹的种种遗迹。首先，会稽山之名便是因禹帝在治水成功之后大会诸侯于此山，计功封国（会计），由此更名为会稽山；会稽者，会计也。其次，大禹在即位的第十年东巡，崩逝于会稽山，也葬在了会稽山。后世《水经注》记载了大禹陵的神秘：“山上有禹冢……有鸟来为之耘，春拔草根，秋啄其秽，是以县官禁民不得妄害此鸟，犯则刑无赦。山东有湮井，去庙七里，深不见底，谓之禹井。”后来，夏帝少康封少子杼到会稽山，专一守护祖先大禹之陵庙；杼的后裔繁衍至东周，便成了当时的越人越国。著名的越王勾践部族，正是大禹之夏部族的后裔。

嬴政皇帝登临会稽山，是要隆重地祭祀大禹。

在五帝之中，禹是最具事功精神的一个。五帝之中，后人唯冠禹帝以“大”字，绝非虚妄之颂，实因其功业超迈前代，奠定华夏文明之根基也。治水以救民，划九州而立制，设井田以安农耕，封国建制以明国家，设天子百官并常备军队以统诸侯……凡此等等，一言以蔽之，华夏族群迈入国家时代，自大禹始也。可以说，在嬴政大帝之前，大禹所开创的诸侯封建制之中国，一直延续了近三千年。唯其如此，嬴政皇帝对禹帝的尊奉是发自内心的，登临会稽山祭祀大禹，也绝非望祀舜帝那般更多地具有宣教意味。

祭祀大禹之后，嬴政皇帝执意登上了会稽城外最高的一座山峰，在这里眺望南海，伫立竟日不去。这座山峰被后人称为秦望山，《水经注》云：“秦望山，在州城之南，为众峰之杰……自平地以取山顶七里，悬蹬孤危，径路险绝。扳萝扪葛，然后能升。山上无甚高木，当由地迥多风所致。”如此高逾七里且路径险绝之高山，此时业已羸弱的嬴政皇帝要执意攀登，全在于心头积压的对南海诸郡的忧虑。

放眼华夏，北方已经安定，长城已经即将竣工，大体可安也。唯独与闽越相连的南海三郡地处偏远，王翦蒙武又不期而逝，任嚣赵佗等一班大将能否镇抚得力，实在堪忧。更有一虑者，天下贵族欲图复辟，纷纷逃亡荒僻山川，江东闽越已成复辟势力啸聚之地，安知他们不会逃向南海三郡？果然如此，南海大局还会安定么？遥望南海，嬴政皇帝耳畔蓦然响起了熟悉的秦风，那暮色之中从椰林河谷飘出的秦风，曾经深深地震撼了嬴政；若非如此，他能否慨然派出包括了几万女子在内的三十万民众下南海，当真是亦未可知也。遥遥凝望，嬴政皇帝不禁低声哼唱起那首“蒹葭苍苍，白露为霜，所谓伊人，在水一方”的秦风，一首歌没有哼完，嬴政皇帝已经是老泪纵横了……那一日暮色，嬴政皇帝是被护卫士兵们轮流抬下山的。

夜里，嬴政皇帝在灯下再度仔细读了李斯写的宣教文，下了刻石诏令。

这篇祭文被后人称为《会稽刻石》，其文辞曰：

会稽山刻石文

皇帝休烈，平一宇内，德惠修长。三十有七年，亲巡天下，周览远方。

遂登会稽，宣省习俗，黔首斋庄。群臣诵功，本原事迹，追首高明。

秦圣临国，始定刑名，显陈旧彰。初平法式，审别职任，以立恒长。

六王专倍，贪戾慠猛，率众自强。暴虐恣行，负力而骄，数动甲兵。

阴通间使，以事合从，行为辟方。内饰诈谋，外来侵边，遂起祸殃。

义威诛之，殄熄暴悖，乱贼灭亡。圣德广密，六合之中，被泽无疆。

皇帝并宇，兼听万事，远近毕清。运理群物，考验事实，各载其名。

贵贱并通，善否陈前，靡有隐情。饰省宣义，有子而嫁，倍死不贞。

防隔内外，禁止淫佚，男女挈诚。夫为寄豭，杀之无罪，男秉义程。

妻为逃嫁，子不得母，咸化廉清。大治濯俗，天下承风，蒙被休经。

皆遵度轨，和安敦勉，莫不顺令。黔首修挈，人乐同则，嘉保太平。

后敬奉法，常治无极，舆舟不倾。从臣诵烈，请刻此石，光垂休铭。

这篇文、字皆出李斯之手的刻石文，实则是与嬴政皇帝祭祀大禹的意涵相连。也就是说，皇帝祭祀大禹，祭文自然要陈述大禹的超迈古今的功业；而面对大禹这样一个华夏文明的奠基者，秦政及秦始皇帝的大功业自然也要向大禹提及。实际上，会稽山刻石文是伟大的嬴政皇帝与伟大的禹帝之间的一场政治对话；同时，也是帝国君臣向天下民众再次正面地宣示新政宗旨。

这篇刻石文最值得注意者，是第一次全面回顾了六国的失政暴虐："六王专倍，贪戾慠猛，率众自强。暴虐恣行，负力而骄，数动甲兵。阴通间使，以事合从，行为辟方。"第一次正面提出了秦灭六国的起因与宗旨："内饰诈谋，外来侵边，遂起祸殃。义威诛之，殄熄暴悖，乱贼灭亡。"这既是对山东民众的昭示，也是对复辟势力的警告——六国乃自取灭亡，非秦无道也！紧接着，相对全面地回顾陈述了秦政的德风化俗一面，列举了天下太平大治的种种善绩。应该说，这篇刻石文与云梦泽望祀舜帝的宣教主旨，与祭祀大禹的主旨，都是相呼应的，其总体意向既是明确的，又隐含着某种微妙的意蕴。明确的一面是：大秦新政的功绩是天下有目共睹的事实，不容抹杀，也不容曲解；微妙的一面是：大秦开始遵奉王道圣君了，开始提出德政了，只要天下安定，秦政是会有所补正的。

六 长风鼓沧海 连弩射巨鱼

五月初，皇帝行营返回江东海滨，从大江口入海北上琅邪了。

整个大巡狩行营分作两支人马进发：两千铁骑由顿弱杨端和率领，除护送行营部分辎重与工匠外，由沿海陆路一路查勘逃匿贵族北上琅邪；行营主体人马，则全部乘船从海路北上。这支船队大小船只二百余艘，有大型楼船十余艘，有各式战船百余艘，大型商旅货船近百艘。其时的大型楼船，除水手之外可乘坐近百人，并可同载三个月口粮器物；战船则有艨艟、大翼、小翼、桥船等等各式名目。商旅货船在战国秦时大见规模，先有乐毅破齐时楚国以大型商船秘密从海路援助即墨田单军，后有王翦军南下后帝国组织了一次可运送五十万石粮秣的大型船队，足见其造船术已臻成熟。此次两百余艘大小船只，在大海中以水战行船之法编队排开，樯桅林立，白帆如云，旌旗号角遥相呼应，实在是前所未见的航海奇观。

嬴政皇帝的心绪大见好转，虽是第一次乘船入海，对海浪颠簸与连天海风有些不适，但还是兴致勃勃地登上了楼船最高的望楼。专司舟船护卫的太医本为滨海楚人，登船后眼见风浪不息，心下有些不安，找来工匠将望楼来风两面用厚木板封死，不来风的两面，则用当时极为珍贵的琉璃片（古玻璃）[1]镶嵌成了透明不透风的大窗，内铺红毡并置坐榻卧榻书案笔具等，好教皇帝可以在歇息状态下观赏大海。不料，嬴政皇帝走进望楼一打量，便皱起了眉头，嫌那些一格一格的琉璃片不通透，吩咐全拆了。

“浩浩长风，好过贼风多也！”

嬴政皇帝一句笑语，舟船太医才轻松下来。一时拆去了望楼四面的全部补充遮挡，恢复到原本的通透敞亮，嬴政皇帝这才重新踏进了望楼。皇帝兴致勃勃地吩咐赵高在望楼摆下了小宴，要与李斯几位大臣聚饮以观沧海。赵高也是初入大海，虽稍见晕乎却依旧是亢奋无比，一听皇帝发令，立即便去铺排。片刻之间，望楼上列开了几张酒案，兰陵酒炖海鱼的香味飘了开来。

“陛下，大海，可真大也！”李斯举爵，一声由衷地感喟。

嬴政皇帝与几位大臣都不约而同地大笑起来，几乎是一口声地高声笑语：“丞相明察，大海真大也！”李斯破例地大笑起来，高声吟诵起来：“东方之日兮，出于浩洋。纳我百川兮，大海荡荡。大秦新政兮，绵绵无疆——”李斯本楚人，楚之诗风语尾多带感叹，一个“兮”字堪为表征。此刻李斯临海而激越感喟，一时大有风采。一言落点，嬴政与几

[1]　据当代史家与科学技术史家研究考证，玻璃在中国周代已经出现，古称琉璃或流离。更重要的是，中国上古时代的玻璃与西方的古玻璃完全不同成分：中国是铅钡玻璃，西方是钠钙玻璃。此历史事实在 20 世纪 30 年代已经为西方科学家对考古实物的化验分析所证实，然证实这一历史成果的科学家，却坚持宣布玻璃为西方起源，中国上古玻璃是仿制西方。其荒诞若此，夫复何言！目下，这一荒诞宣布已经没有科学史家相信了，但许多迷信西方的中国民众却还是相信着，传播着。相关信息可登录中国玻璃网等查询。

位大臣同时拊掌大笑高声喝彩。

“今日入海，我等直如河伯之遇海神也！”

“陛下明察！”几位大臣异口同声地拱手笑语。

此时，赵高轻步走到皇帝身边低语了一句。嬴政皇帝笑道：“说海便是海，教他进来。”一转身道，“徐福派来弟子信使，说有出海事禀报，诸位都听听。这件事，朕总觉得还没用够。”说话间，赵高已经将一个中年方士领上了望楼。嬴政皇帝一摆手道：“徐福大师有何难事？但说便是。”

“我奉师命，禀报陛下。”来人一领红衣一脸海风吹灼的黧黑之色，一拱手高声道，“我等奉师命为皇帝陛下入海求取仙药，至今数年无得，心下抱愧也。自我师亲领船队出海，大有所获，已觅得瀛洲仙山之仙药所在，亦觅得真人踪迹；本欲今夏再度出海，一鼓求取仙药，然则，海魔害我船队甚巨，不得不请命皇帝陛下定夺。”

“海魔？世间真有海妖？”

“非也。”方士认真地摇了摇头，“方士所云海魔者，出没于大海之大鲛鱼[1]也。此鱼长大若战船，獠牙如刀锯，可掀翻巨舟，可吞人如草虾；更有一种白色大鲛鱼，威势如雪山鼓浪，一鱼可翻一片船队，吞人而食如长鲸饮川……”

“且慢。这大鲛鱼比兰池宫的石鲸还大么？”皇帝很有些惊讶。

“大！非但大于巨鲸，其为害猛烈更过巨鲸！”方士显然是惊恐犹在。

“那是说，徐福大师不能出海了？”

“非也。为陛下求取仙药乃神圣功业，我等师徒决不中止！”

“那，朕能如何定夺？”

“禀报陛下：我师已得神仙谶书，业已拆解明白。神仙云：欲除海魔之害，必得大型战船，载以大型连弩神器，入海射杀之！否则，无以除魔，无以求仙。”

一时，皇帝默然了，李斯蒙毅郑国胡毋敬四位大臣也默然了。大型

---

[1] 鲛鱼，即鲨鱼。

连弩威力固猛，然载于战船入海再来射杀大鱼，可是前所未有的奇想，可行么？大将杨端和不在场，唯蒙毅对军事尚算通达，皇帝看了看蒙毅道："连弩上战船，既往有过么？"蒙毅一拱手道："武安君当年攻楚之时，战船从巴蜀直下夷陵，有三艘艨艟大战船装载过大型连弩。后来，似再无此例。"李斯道："少府章邯曾久掌秦军连弩大营，此事可能得他说话。"嬴政皇帝道："既然如此，先行知会杨端和赶赴琅邪预为筹划；再飞书咸阳，急调章邯赶赴琅邪。"胡毋敬皱眉道："方士所报尚未核实，老臣以为如此折腾耗费太大。"嬴政皇帝没有理会胡毋敬，转身对中年方士道："你且赶回琅邪，知会徐福大师：待朕亲临，送他再次出海。"方士慨然道："我师久在大海诸岛寻觅仙踪，接到陛下之命，我师必然赶回琅邪晋见陛下！"说罢告辞去了。

"老奉常，你急甚来？"嬴政皇帝这才转头笑道，"我方才说甚来？这方士求仙船队，朕总觉得没用够。能教他光在海上漂么？诸位说，派他个甚正经用场？如何派法？"

"用场很清楚，搜索诸海岛，缉拿旧齐田氏。"李斯没有丝毫犹豫。

"正是！旧齐田氏等多隐匿海岛不出，要斩断这几条黑根！"蒙毅立即附和。

"要做正事好说。"郑国道，"以老臣工程阅历，连弩上战船没有根本障碍。索性将计就计，以徐福所请为名义，派几艘战船为其护航，一则可查勘海岛逃犯……"

"如何不说了，二则如何？"胡毋敬有些着急。

"老夫口误，没有二了。"郑国淡淡一笑。

"老令所说之二，是防范方士不轨。"嬴政皇帝道，"毕竟，此前还有个卢生，也是方士之名。安知徐福全然无虚？徐福护朕病体多年，老令不好直说罢了。"

"陛下明察。"郑国淡淡一笑。

"老臣倒是赞同老令此说。"胡毋敬道，"老臣掌天下文事，近年来总觉这儒家与方士不对劲。儒家不像学人，方士不像医家，都透着几分神秘诡异，防备着好。"

“老奉常过矣！”嬴政皇帝笑道，“儒家是儒家，方士是方士，毕竟有别。儒家怪异，是心存复辟之念，不走治学正道。方士们所图何来？不做官，不图财，就是个想出海求仙而已。神仙之事，谁都说不准有没有，教他找找也无伤大雅，有何怪异了？”

“陛下如此说，老臣无话。”胡毋敬道，“老臣只是想说，这班方士以诡异之术医人，以缥缈之说诱人。正道医家素来鄙视方士，其间道理，老臣不甚明白。”

“也好，这次求仙若还没有结果，遣散这班方士。”皇帝拍案了。

“陛下明断！”李斯顿时欣然拱手。

一时议定，君臣尽皆欣然，这场望楼临海的小宴直到暮色方散。

巡狩船队鼓帆北上，五七日后抵达琅邪台。

连日热风吹拂海浪激荡舟船颠簸，嬴政皇帝很有些眩晕疲惫，登岸触地脚步虚浮几乎跌倒。赵高连忙过来扶住，与卫士们一起将皇帝用军榻抬进了行营。这一夜，嬴政皇帝第一次没有批阅公文，没有召见大臣议事，昏昏沉沉直睡到次日午后方睁开了眼睛。一直守候在旁的老太医长吁一声，立即吩咐自己的医助给皇帝捧来了煎好的汤药。被赵高扶着坐起来的嬴政皇帝看了看大半碗黑乎乎的汤药，皱着眉头道：“闻着都苦，不用了，等徐福大师来再说。”老太医一拱手正色道：“陛下此病干系不大，皆因舟车劳累风浪颠簸所致，若能静心调息几日自会好转。方士之术，颇见蹊跷，老朽以为陛下当慎用为好。”嬴政皇帝揶揄笑道：“老太医固是医家大道，只不见成效。方士再蹊跷，数年护朕却有实效。事实在前，朕没长眼么？”老太医道：“陛下，方士之术，在医家谓之偏方，治标不治本，陛下之疾，当固本为上……”嬴政皇帝不悦道：“标也好，本也好，左右得人精神不是？老太医且回去歇息，过几日随少府章邯回咸阳去了。朕，目下有方士足矣！”说罢，不待老太医说话大步走进沐浴房去了。

“陛下！发热之际不宜沐浴……”

“赵高，教他走。”沐浴房传来皇帝冰冷的声音。

赵高很生气这个不省事又聒噪的老太医，立即将两人请出了御帐。

片刻之后，嬴政皇帝在两名侍浴侍女扶持下走出了沐浴房，精神气色比昨日好转了许多。皇帝坐到了书案前，奋然一拍青铜大案笑道："嘿！老兄弟，我又回来了。"仿佛与久别老友重逢一般亲昵。目光巡睃，不意看到了旁案没有撤走的那碗汤药，向赵高一招手指点道："拿过来。"赵高困惑惶恐地捧过汤药，嬴政皇帝接过来汩汩两口便喝了下去。见赵高茫然惊愕的神色，皇帝冷冷道："看甚？你以为朕当真不信医家？去给蒙毅说一声，老太医不能走。"赵高哎哎点头，一溜碎步跑出去了。

次夜三更时分，方士徐福被赵高悄无声息地领进来了。

几年不见，富态白皙的老徐福变成了一个黝黑干瘦的老徐福。嬴政皇帝颇感意外。徐福却依旧是安详从容，先给皇帝做了半个时辰的"真人之气"的施治，又给皇帝服下了小半粒红色丹药。施气之时，嬴政皇帝朦胧如升九天云空，直觉自己飘飞到了无垠的大海之上，与一个半人半鱼的狰狞巨物大战不休，皇帝问巨物何方魔怪，那个狰狞巨物竟说它是海神……倏忽醒来一身冷汗，及至服下丹药，皇帝自觉精神大振，这才向徐福说了方才梦境。徐福悠然轻声道："陛下为水运天子。水神乃大秦本神。海神，乃水神之大也。本神不见本主，此神仙之道也。故，见陛下并与陛下战者，非海神也，大鱼蛟龙之水魔也。水魔显于陛下梦境，诚非吉兆也。老夫可为陛下入海祈祷海神，使海神护佑陛下，护佑大秦，除此恶神。"

"先生数年求仙，遇到大鲛鱼为害了？"嬴政皇帝问了回来。

"正是。"徐福又将自己学生报给皇帝的大鲛鱼情形说了一遍，末了道，"陛下尊奉神仙真人之数百童男童女，已经在瀛洲诸岛觅得了三处仙踪，也在之罘岛觅到了仙药；若非大鲛鱼为害，之罘岛仙药已经请得了。"

"好！朕决意求取仙药。"嬴政皇帝断然拍案，"朕给先生派出三艘大战船，装载连弩射杀大鲛鱼，护卫先生尽登滨海三百里内所有海岛。朕已下令水战将军，若先生出事，灭族之罪。先生尽可一力求仙。"

"陛下明断。老夫自当为陛下趟开仙道。"徐福一如既往地从容。

"好。三日之后，朕亲送先生出海。"

徐福走了。嬴政皇帝又开始了公案劳作，直到红日跃上了茫茫大海。

那一日，嬴政皇帝率领群臣在琅邪台前送徐福船队出海了。

这一次，除了没有第一次的童男童女，海边依旧是白帆层叠樯桅如林，每只大船上都堆满了粮食车辆丝绸等贡神物品；方士与货船之外，五艘大船最为特异，两艘专门乘坐百余名各式工匠的大船，三艘装载大型连弩的战船。出海仪式是隆重肃穆的。沐浴斋戒三日的嬴政皇帝祭祀了海神，宣读的祷文是："大哉海神，伏惟告之：大秦立国，水德为运，海神乃本，我为臣民。秦帝嬴政，遣使来拜。海神佑秦，赐我仙药，使嬴政得以长生哉！若得如此，秦帝将常祭海神，常纳贡礼。大秦皇帝三十七年夏日祭告。"祷文宣诵完毕，司礼大臣胡毋敬向大海拱手高宣一声向海神奉送祭品，两排少年方士便将三头活生生的牛羊猪抛向了万顷碧海之中。徐福也宣诵了祭告海神书，念诵的是："大哉海神，散人徐福受皇帝之托，再次入海为皇帝求仙。祈望海神：于约定仙岛会我秦使，赐长生于皇帝，赐国运于大秦，使徐福不负使命。大秦皇帝三十七年夏日祭告。"

在即将登上船桥之时，徐福突然回身对嬴政皇帝低声道："陛下逢海魔入梦，体魄有不吉之兆。恳望陛下派一亲信大臣返回秦地，以祈祷大秦山川之神达意海神，护佑陛下……恳望陛下，莫以老夫此见虚妄而不为。鬼神之事，原本在心也……"万分真诚的徐福殷殷地看着皇帝，第一次显出了一种近于人之本色的踌躇与留恋。嬴政皇帝心头不禁一动，笑道："先生护朕多年，朕岂有不信之理。派蒙毅还祷山川，如何？"

在绵绵悠长的雅乐中，徐福向皇帝深深一躬，登上了船桥。

嬴政皇帝向船队遥遥招手，直到一片白帆消逝在无垠的碧海。嬴政皇帝不知道的是，从此，这支以求仙为使命的特混船队再也没有回来。后来的事实是：徐福们在茫茫大海中并没有找见海神与仙药，却开拓生存于东瀛，创造了华夏文明圈的第一个海上生长点。他们与后来出逃海外的两支嬴秦后裔相会合，使中国文明在海外以顽强的生命力重新再现了。在秦帝国的历史上，这支矢志求仙的方士队伍的出现，始终是一个历史的黑洞，给后人留下了太多的想象空间，以及无法确定答案的众多历史奥秘。没有人确切地知道，这些方士的动机究竟是什么？这些方士的目的又是什么？他们果真是一支献身于海神的神职队伍么？他们与当时的复辟暗潮有无千丝万缕的联系？抑或，他们究竟是不是六国贵族复辟的一支特异的秘密力量？以秦政之求实，以秦风之贬斥虚妄，以嬴政皇帝之明锐洞察，以帝国第一代大臣之英才济济，何以始终对这些方士保持着一种难以揣摩的姿态？如同后世的郑和下西洋一样，其间隐藏的政治秘密究竟是什么？抑或根本就没有什么政治秘密？一切的一切，都在太多的矛盾中变幻着无法确定的答案。若就最终的归宿所蕴涵的漂泊海外奋发求生并顽强地生发传播华夏文明而言，我们不能轻易地以“邪恶”两字概括这支神秘队伍；若以虚妄之说耗费帝国人力财力并贻害嬴政皇帝本人而言，我们又不能轻易地肯定这支队伍。

一切，仍然隐藏在尚待开掘的历史真相之中。

三两日间，嬴政皇帝的热病似乎未见消退，反有加重之势了。

这一夜，嬴政皇帝又不得已停止了案头劳作，被赵高扶上了卧榻。眩晕朦胧的皇帝吩咐赵高去找徐福举荐的那个看护方士。未及片刻，赵高急惶惶飞步赶回，说不见了那个方士，问护卫军士，军士却说方士一直在帐中没有出来……赵高还没有说完，嬴政皇帝已经霍然坐起道：“搜查大帐没有？”赵高吭哧道：“方士居处向为机密之地，我，我没敢……”嬴政皇帝冷冷道：“鸟个机密，立即搜查，掘地三尺！”赵高飞步去了。嬴政皇帝略一思忖，拉过一件丝绵袍裹住发冷的身子跳下了卧榻，下令一个侍女立即去请老太医。

老太医匆匆赶来时，嬴政皇帝正对着面前铜鼎中几颗透着怪异的非紫非红又非黑、似紫似红又似黑的药丸发愣。见老太医进帐，皇帝敲敲铜鼎冷冷道：“此为何物？敢请老太医辨认一番。”老太医走近案前，打开医箱，用拣药的精致竹夹夹起了一粒药丸，凑近鼻子嗅了嗅，脸色一变道：“陛下，老朽得剖开这药丸。”见皇帝点头，老太医从医箱拿出一把三寸医刀，从中一刀剖开了药丸，又拿起半粒凑到鼻头一嗅，面色顿时大变：“老朽敢问，陛下可曾服过此药？”嬴政皇帝淡淡道：“老太医先说，此药有何不对？”老太医急迫道：“此药为大阳大猛之物也！以狮虎熊豹与海狗之肾之鞭，辅以淫羊肾，再辅以若干补阴草药而成。此药入腹，强聚体内元气，每每使人孤注一掷凝聚精神，对元气损耗最烈！医家之道，非垂死之人而有大事未了，决然忌用此药！”

“陛下！方士跑了！帐中有暗道！”赵高一头汗水冲了进来。

“老太医，世上有神仙仙药么？”皇帝对赵高的话浑然未觉。

“陛下，老朽从医五十年，仙药之说未尝闻也。”

“老太医，以朕之象，还撑持得几多时日？”皇帝冷峻得石雕一般。

“陛下节劳静养，正道医治，或可复原。”老太医额头渗出了涔涔汗水。

“知道了，老太医去了。”

“陛下高热不退，老朽立即侍药。”

“先生且先下去，药煎好拿来便是了。”皇帝平静异常。

老太医拱手一作礼，立即轻步匆匆去了。

“赵高，密宣蒙毅……”嬴政皇帝面色苍白，颓然瘫倒在案前。

赵高大惊，连忙过来扶持皇帝。嬴政皇帝骤然睁开眼睛，一掌掴到赵高脸上却没了力气。赵高惊恐不已，连忙对两名侍女挥挥手起身飞步出帐了。皇帝被两名侍女扶起，艰难地挪到了卧榻前一头倒下了。两名侍女连忙放好了皇帝身子，又加了厚厚两床丝绵大被，惶恐得不知所措……未过顿饭时光，蒙毅大步匆匆进帐。皇帝还是没有醒来，大被下的身躯显然在瑟瑟发抖。正在此时，老太医汤药送到，那名医助熟练地为皇帝喂下了整整一大碗冒着热气的汤药，皇帝的抖动才渐渐轻了。未过片刻，皇帝额头渗出了一层细亮的汗珠，蓦然睁开了眼睛。

“都下去……只留蒙毅……赵高，朕不见任何人。”

侍女出去了。太医出去了。赵高也出去了。宏阔的御帐静得如同幽谷。

“蒙毅，我，行将到头了。”皇帝很平静，殷殷目光中饱含着泪水。

“陛下……”蒙毅扑地拜倒，死死忍住了哭声。

“起来……听，听我说。”

“陛下但说，蒙毅死不旋踵！”

“莫胡说。”嬴政皇帝完全清醒了，声音虽低，却异常清晰，“蒙毅，立即返回咸阳。名义，还祷山川，为皇帝祈福。真正要做的事：会同二冯，镇抚咸阳；调回李信十万大军，镇抚内史郡。关中，已经没有老秦人了。一旦有变，李信大军便是支柱。若有可能，下令李信从上邽将陇西老嬴秦数千户，全数迁回关中……我得立即北上，见蒙恬，见扶苏，安定北边，部署身后大事……不，不能再耽搁了……”

“蒙毅之见：陛下当立即回咸阳镇国！我赴九原，召回长公子并家兄！”

“不。”皇帝清醒地摇头，“半道折返，动静太大，朝野不安。以目下情形，我再撑半年当非大事……我回咸阳，大事便得多方会商。反不如你回咸阳，奉诏直接行事，更方便。”

“蒙毅明白！”

“不要急。明日知会丞相，交接完毕再走，不能显出形迹。”

“陛下，不告知丞相么？”

“丞相……我相机告知不迟。记住，你是密使。”

“陛下，皇营事务交于何人？胡毋敬如何？”

“老奉常迟暮……还是交给赵高了。”

“陛下，赵高素无法度之念，不妥……”

“一个老内侍而已，他能如何？再说，对朕忠心，莫过赵高了……”

“陛下……”蒙毅欲言又止。

“蒙毅，大事托付你了，这里没事，要紧处在咸阳……”

“陛下……”蒙毅一声哽咽，泪如泉涌。

“蒙毅啊，我与汝兄少年相知，情如兄弟。你一样，也是我的好兄弟……”

“陛下！蒙毅何忍弃陛下而去……”

“蒙毅，好兄弟，天下要紧，大秦要紧……安秦者，终须蒙氏也……”

蒙毅泪流满面语不成声，扑在榻前深深三叩，依依不舍地走了。次日清晨，赵高捧着一道诏书到了蒙毅大帐，宣示了“着郎中令蒙毅为朕之特使，代朕还祷山川，为朕祈上天护佑”的诏书。蒙毅奉诏，立即与丞相李斯会商交接了诸般事务，又将皇帝行营大帐的事务交接给了赵高，于午后时分带着一支百人马队上路了。

嬴政皇帝没有料到的是：遣回蒙毅，成为他一生最关键时刻最关键的错失。蒙毅身为执掌中枢的郎中令，堪称最危急时刻最关键的中枢大臣。赵高后来要做的第一个要职，便是郎中令。更为重要的是，蒙毅秉性公直刚毅而缜密，几乎是历来宫廷内侍的天敌，自然也是赵高的天敌。若蒙毅不去，嬴政皇帝在最后时刻，至少可以确保自己的各种遗诏得以忠实宣达各方，断不致足不出户而天地翻覆。若蒙毅不去，赵高纵然有野心阴谋，丞相李斯也万万不会呼应，不敢呼应。当后人清楚后来的事实，再看蒙毅的离去，便会明白看出：这是嬴政皇帝至为关键的一个败笔。当然，这也表明了一个毋庸置疑的事实：嬴政皇帝至死也没有怀疑过身边任何一个近侍，也永远不会想到人会发生如此激烈的大扭曲。从这一基本事实说，嬴政皇帝是一个没有防人机心的君王，六国贵族以及后世儒家攻讦嬴政皇帝奸诈暴虐等等，实在不堪事实验证。在中国历史上，防止身边乱象最成功者，大约莫过难眩以伪的曹操了。嬴政皇帝若有曹操之三分权谋机诈，大约历史便得重写了。蒙毅离去，令人常有扼腕之叹——始皇帝一念之差，诚天意哉！

三日后，大巡狩行营西进了。

这次，皇帝行营从陆路进发，沿琅邪台海疆一路北上，绕过荣成山（成山角）向西抵达之罘岛。这次行进的不同处是：每日路程不多，却不做一日停留。丞相李斯对这一变更所做的宣示是：皇帝体恤胡毋敬、郑国两位老臣不耐酷暑，决意减少沿途驻扎时日，徐徐常速返国。几日行进下来，皇帝的热病时轻时重，总之是比在琅邪好了许多。至少，皇帝的身影重新出现在海风徐徐的明净时日，不时还从帝车中下来闲走几步。之罘岛遥遥在望时，杨端和报来了一个令人惊喜的消息——海上连日发现大白鲛鱼，准备以大型连弩射杀之，请皇帝陛下登高观赏！嬴政皇帝很是高兴，立即下令在之罘岛停顿一日，观赏连弩射杀大鲛。

原来，徐福船队出海后两日，便与皇帝行营失却了通联。嬴政君臣在方士弟子出逃之后，业已清楚了徐福一干方士必是有意逃遁。杨端和主张追杀，嬴政皇帝淡淡一笑说，算了，茫茫大海，他筹划了多少年，你能追杀得了？若天意不使他脱逃，还有三艘战船跟着，必能拿它回来。不料，行营抵达荣成山时，三艘战船却漂了回来，率军大将禀报说：出海第六日夜里，船队停泊在一座无名小岛前，全体人马登岛起炊；将士们都饮了方士们的劝酒，方士们说，不饮酒要得寒腿病；可天亮醒来，方士与货船便无影无踪了，他们在海上寻觅了三日三夜也没看见一只船，最后只好漂了回来。大臣将军们愤愤然，有主张追杀方士的，有主张处罚水军的。皇帝破例地挥了挥手道："此事错在朕，不在将士。先放这班方士一马，朕不信日后找不回来。"于是，装载了大型连弩的三艘大战船重归船队，一路驶向了之罘岛，不意竟在航程中发现了大白鲛鱼。

那日清晨，皇帝与大臣们登上之罘山最高峰时，一天明净如洗，霞光万道碧波无垠，海天之间壮丽得无以描述。大约卯时，岛前深海处白帆点点，遥遥有战鼓号角之声隐隐传来。未过片时，碧蓝的大海中不断跃起一道道雪岭般的白墙，鼓着浪头隐隐起伏，不断向之罘岛逼近。俄而远处白帆快速聚拢，从三面向翻飞的雪岭无声地靠近。正在碧浪中再度矗起一道雪岭时，战船鼓声号角大作，三艘大战船的大型连弩一齐发射，长矛般的大箭呼啸着飞向了那道雪白的山岭。嬴政皇帝真切地看见了雪白的山脊冒起了几道血柱，渐渐地，翻飞的白色闪电变成了缓慢漂动的雪白山脊……

"万岁——！大鲛鱼中箭了——！"

整个海面都响彻了秦军将士的欢呼声。

骤然之间，泪水涌满了嬴政皇帝的眼眶。

海天之间这壮阔的一幕，永远地镌刻在了嬴政皇帝的心头。

七　北上九原　突兀改变的大巡狩路线

从之罘岛再度西进前，嬴政皇帝在行营举行了一次大臣会商。

依大巡狩的惯例，离开琅邪台北上便是踏上了归途。一则是旧齐滨海地带是皇帝两次巡狩都来过的，不会再有大型宣教典礼；二则是皇帝大臣皆有不适之感，天气又越来越热，一进三伏酷暑，白日几乎难以行军了。所以，一离开之罘岛李斯便做出了回程部署，将少府章邯做了夏日行军的前导，下令章邯率一千铁骑先两日上路了。因为，若从之罘岛地带归返咸阳，则路径很直接：之罘——即墨或临淄——巨野泽——大梁——洛阳——函谷关——咸阳。这是齐国通向中原的传统官道，此时已经是帝国驰道之一，路况好速度快，又不过黄河，故此需要先行人马预为安置护卫、救治并驻屯地等事项；而章邯军政两通，担此重任再合适不过。就当时的事实说，嬴政皇帝在琅邪、荣城业已两次发病，所有的大臣将军都认为皇帝该踏上归程了；若此时果然能按照预定的大巡狩路线行事，从之罘岛南下回咸阳，自当安然无事。

大臣们没有料到的是，皇帝竟然要北上巡边！

皇帝的理由很简单，又很充分。昨日午后九原传来捷报，蒙恬军第二次反击匈奴获得了很大的胜利，长驱直入匈奴单于庭，头曼单于仅率数万残部远遁而去；如此皇皇胜仗，皇帝须得再度北上巡边犒赏将士，并督导东部长城早日竣工。昨日捷报人人皆知，行营还很是狂欢了一阵。皇帝如此决断，自是无可非议。然则，皇帝大巡狩的行程历来都是事先筹划好的，如此大的巡边举动，事先从未宣示而由皇帝临机动议，本身就透着几分神秘。再说，即或是临机改变，至少皇帝也当与总司巡狩事务的丞相事先会商而后再议决部署；然看今日情形，丞相李斯似乎也是事先一无所知。如此情形之下，大臣们一时忐忑起来了。表面不动声色内心却错愕不已的李斯，久久愣怔着没有说话。郑国胡毋敬顿弱杨端和几位大臣也大觉意外，都是相互观望，一时默然了。

“诸位毋得疑惑。”嬴政皇帝笑道，“自来大战无定期。朕也想不到，九原军能在如此大热天有如此大胜仗。昨日，朕本当与丞相会商，却又埋在公文山里没有拔得出来，在书房里困得睡了过去。一觉醒来，已是四更。于是，今日索性一起说了。否则，又得耽搁一日。”

“老臣以为，陛下决断得当。”李斯立即支持了皇帝。

“老臣以为不然。”素来寡言的郑国说话了，“皇帝陛下在琅邪已经发热，一路未见痊愈迹象。目下正逢酷暑，又将入伏，再度跋山涉水北上巡边，只怕不利于陛下病体。二次大胜匈奴，固然可喜可贺，然不能冒此风险……”

“老令啊，朕好多了。昨日观射大鱼，朕不是自家登山的么？”

“陛下，老臣附议郑国之意。陛下不宜北上。”胡毋敬忧心忡忡。

“顿弱亦赞同老令之意。”

几个大臣，只有卫尉杨端和没有说话了。谁都知道，杨端和最是稳健，是秦军大将中最唯军令君命是从的一个，与王贲李信大有不同。所以，杨端和军旅资望很深，却历来都是副将。目下杨端和虽身为卫尉位居九卿，也是正职，然却直接听命于皇帝，还是不用他独当一面。是故，谁也没指望他会说话。

“陛下，末将也以为，北上不妥。”谁都没有料到，杨端和也说话了。

“卫尉得说个道理出来。”顿弱之激发神色，显然要寡言的杨端和多说话。

“没甚道理。末将只觉得心下不踏实。”杨端和平平淡淡。

“有甚不踏实？诸般大事都很顺。”顿弱又追了一句。

“末将唯陛下之命是从。”杨端和不理会顿弱，一句见底了。

“诸位，此事不须再议。”嬴政皇帝语气淡淡，可谁都听得出蕴藏着一种不容商量的果决，“出行日久，谁没个发热发冷？两位老令不是也疲累不堪，略有不适么？朕也一样，过几日自然会好。还有太医在身边，误不了大事。再说，诸位果真不想看看万里长城？顿弱，长城东段全在旧燕之地啊！”

“万里长城谁不想看？老臣多少年故里心愿也！”

“敢问陛下，对行营人事可有部署？”李斯谨慎地插断了顿弱。

“行营事务，依旧是丞相总掌。唯朕之行辕有一变：蒙毅还祷山川，朕书房事务交赵高暂掌。”皇帝很清醒，话语很慢，“为处置政事快捷，再给赵高一个职事：兼领印玺。余皆不变，依照丞相部署行事。”见大臣们俱各默然，嬴政皇帝特意补了一句，“赵高是临时署理，蒙毅还是郎中令。”

“陛下明断。”大臣们终于表示了赞同，虽然不那么热切踊跃。

行营会商结束了，郁闷的李斯大大地忙碌起来了。

皇帝决意北上，意味着大巡狩路线发生了巨大的变化：从平坦快捷的驰道之行，骤然变成了险阻重重的跋涉之旅。从之罘岛地带抵达九原边地，大的方向是向西渡过四道大河（济水黄河洹水漳水），再穿越旧赵国，经雁门郡北部向西抵达九原。当然，也可以在渡过黄河穿越旧赵后，从太原再次西渡大河，从老秦国的上郡北上九原。无论选择哪条路线，都是确定不移地比立即返回咸阳艰险许多。李斯深恐有思虑不周处，与杨端和确定北上路线时，破例地请来了通晓天下山川险阻的老郑国。在郑国的多方参酌下，三人最后确定了西进再北上的具体路径：之罘岛——临淄——西渡济水——从平原津西渡大河——西渡洹水——西渡漳水——经巨鹿郡——经恒山郡——经代郡——抵达九原。路径议决，郑国看着吏员画出的地图，皱着眉头道：“夏月正在涨水之季，连续横渡四道大水，绝非易事也！斯兄，好自为之了。”郑国一句话，说得李斯心头有些酸热。李斯万般感慨地长叹了一声，拿起地图去皇帝大帐了。李斯没有想到，皇帝只瞄了一眼地图，便点头认可了，似乎不想涉及李斯很想特意申明的途中艰险。见皇帝丝毫没有改变的迹象，李斯也没做申明便告辞了。

次日四更时分，大巡狩行营第一次按照盛夏出行的传统上路了。

盖盛夏酷热，商旅军旅上路，都是赶早行路，正午之前驻屯歇息，避过人马难耐的最酷热的午后时光。皇帝行营纵然人马强壮，若要长途跋涉，也得循着这历经千百年考验的有效传统行事。否则，人纵可忍，牛马也得纷纷倒下了。这也是李斯事先禀报了嬴政皇帝，并得允准后部署的。自巡狩路径发生突然变化后，李斯心绪更多了一份不安。仔细想想，自去冬筹划大巡狩以来，诸多事对他都是扑朔迷离的。这种扑朔迷离，与其说是他某件事知道得迟与早，毋宁说是决事过程中与闻得前与后。曾经的岁月里，李斯也曾不知道过许多许多事情，可一次也没有如此不安。为何？自李斯用事中枢，几乎任何大政决策都是皇帝与他事先商定的，纵然最终的决策与他的谋划有所差别，他也是充实的奋发的；他所不知道的，几乎全部是知道不知道都无关紧要的非大政决断。可这次大巡狩不一样，几件事都是皇帝决断后他才知道的。这里的关键是，比其余大臣早知道几个时辰抑或早知道几日都不重要，重要的是，皇帝为何不与他会商决断了？不是说皇帝决断得不对，也不是说皇帝必须与他会商方能决断，而是说，皇帝为何改变了多少年与他磨合达成的“共谋”默契？

这次大巡狩，皇帝在去冬的动议很是突兀，他当时也明确表示了不赞同。因为，以皇帝目下的体魄，实在不宜艰苦备尝地长途跋涉。以李斯谋划的大略：皇帝在此身心艰难之期，最大的要务便是守定咸阳而节制天下，不能轻易地冒险大巡狩，不能轻易地离开中枢之地。然则，这一大略他能说么？不能。敏锐的心告诉李斯：皇帝显然是谋划已定，以“征询会商”名义教他知道而已，绝非真正地会商共谋。皇帝在隐疾频发日见衰老的时刻，突兀动议大巡狩，一定是有某种自感紧迫的大事，要借着大巡狩作掩护来做成。这件事指向何方？李斯原本并不清楚。然则，在他会同大臣拟就了大巡狩行程方略并得皇帝认可之后，机警的李斯已大体明白了症结所在。

在李斯看来，本次大巡狩的两大使命——缉拿复辟罪犯与宣教大秦新政，没有一件是必须皇帝亲临施为的。李斯与大臣们想不出，还有哪件大事须得威权民望如此隆盛的皇帝拼着性命去做？以李斯认定的公事程式，由他领衔具名的巡狩方略一旦呈上，皇帝必然会在巡狩方略上增添些地点。毕竟，皇帝可以不说大巡狩究竟要做甚，可是，总不能不说到何处去。只要有了所在地，事情便会清楚了。然则，大出李斯预料的是，皇帝偏偏没加任何新地点，三个字：“制曰：可。”全数照准了李斯的大巡狩方略。

惊讶之下，李斯通盘斟酌，蓦然明白了皇帝的心思只可能有一个指向——确定储君！因为，就目下大秦而言，只有这件最要紧的大事始终没有明确，只有这件不能事先确定的大事值得皇帝作为秘密对待。李斯的揣摩预测是：皇帝可能会在巡狩途中的某地——最大的可能是旧齐滨海某地——将长公子扶苏秘密召来，立即颁行诏书确立太子，并携扶苏一起返回咸阳。果真如此，李斯丝毫不觉意外，而且认为该当如此。李斯所困惑者，如此正当大事，为何对他这个丞相秘而不宣？果真皇帝大巡狩的目的在于秘密立储，而他这个丞相却不能与闻，那便只有一个可能——皇帝对他这个丞相有了深刻的疑虑！否则，古往今来，几曾有过君王善后而能离开丞相的先例？而丞相一旦不再与闻“顾命”大事，则其结局只能是废黜杀身！因为，任何一个君王，都不会将一个雄才大略而又被认定可疑的权臣留作后患。心念及此，李斯一身冷汗。然则，李斯终究不能明白确定。面对如此一个既强势又阳谋的皇帝，任何不能确定的事情，都必须有待清楚后再说，先自蠢动只能自找苦果。李斯要等待一个事实及其可能的变化出现，而后再决定自己如何应对。李斯要等待的这个事实是：皇帝在琅邪，或在荣城，或在之罘，必要召见扶苏；届时，若皇帝仍将自己视作顾命大臣，则自己当然要一如既往地效忠。毕竟，扶苏与皇帝曾经有过巨大的政见裂痕，皇帝事先不欲李斯知晓，未必没有扶苏尚待最后查勘之意；若扶苏被立为太子而自己未能与闻顾命，则李斯一定要谋划自家出路了，否则，便是坐待大祸来临。最好的出路在何处？不消说，是早早辞官归去。扶苏毕竟是个信人奋士的宽厚君子，不会对他这个老功臣如何的。

然则，这个事实始终没有出现，李斯再度陷入了迷惘之中。

在李斯明白部署归程之后，皇帝却召集大臣会商行程，突然动议北上九原。至此，症结终于豁然明朗。显然，皇帝有重大事宜要与扶苏蒙恬密商，而下令两人南下，则很难避开他这个丞相；若到九原，则他这个丞相必然要会同百官巡视督导长城工地，皇帝的回旋余地便会很大很大。由此推及蒙毅使命，其返回咸阳也必是秘密处置某种大事去了，祈祷山川之神护佑皇帝，分明一个示形朝野的名义而已。如此格局，李斯已经可以明白地预测：皇帝将帝国善后的大任，已经决意交给蒙氏兄弟了；扶苏为君，蒙氏兄弟领政，他这个丞相是注定地要黯淡下去了。

使李斯大感郁闷者，还有两件事。一则，皇子胡亥随行皇帝巡狩，他却毫不知情。这个皇少子胡亥，与李斯的小女儿已经许婚定亲，只待胡亥加冠之后便可成婚。事实上，李斯并不喜欢这个胡亥。许婚胡亥，不过是嬴氏李氏多重联姻之后的一个延续而已，李斯已经不能认真计较皇子资质如何了。对于如此一个几乎可以用上“不肖”两字的未来女婿，李斯素来没有兴味与闻其事。即或在巡狩途中，李斯也竭力回避着这个每每令他不快的皇子。李斯所计较者，是皇帝。既然皇帝喜欢这个皇子胡亥，许其随同巡狩增长见识自是无可厚非，然则，自己恰恰是这个皇子的未来岳丈，皇帝如何便不能与自己知会一声？皇帝不说，分明是皇帝与他这个丞相已经陌生了。二则，皇帝使赵高参政，李斯大惑不解。从目下大局说，李斯认为自己亲自兼领皇帝书房事务最为稳妥。关键之时，皇帝任用赵高参政，这分明是一个显然的失策。赵高是一个去了阳势的宦者，纵有功劳，纵有才具，李斯也本能地蔑视此等人物。既往，皇帝将赵高仅仅用作车马总管，用当其所，李斯自然不会生出腻烦。可如今，竟教这个宦者做了事实上的皇帝书房长史，并兼掌了皇帝印玺！李斯实在想不通，皇帝为何如此倚重一个“大阴人”？李斯曾长期做秦王长史，对书房政务再精通不过；而大巡狩日常事务，对他这个精于理事而又精力健旺的大臣而言，事实上举手之劳而已，根本不至于忙乱无序，兼领皇帝书房绰绰有余。以皇帝之明，想不到这一点么？不会。皇帝不以他兼领书房，只能说明，皇帝对他真正地有了不可化解的疑虑……

黎明的星光下，李斯半睡半醒地摇晃着，任沉重的车轮碾压着无尽的思绪。

次日正午，皇帝行营抵达临淄地界。

李斯很清楚，皇帝对大都会历来没甚兴趣，除了灭国时期因犒军善后进入过邯郸与郢都，再没专程进入过任何国都，连几次路过的洛阳新郑大梁都没有兴致进去。旧齐国的临淄固然是赫赫大都，皇帝照样没兴致。当然，更重要的是，此时的皇帝正在发病尚未痊愈的特殊时期，更不能贸然入城了。于是，李斯下令在城南郊野的密林中扎下了营地。

赵高匆匆来了，恭敬地请李斯去皇帝大帐。

皇帝脸色很不好，倚在榻上捂着一床丝绵大被似乎还瑟瑟发抖。李斯心头一阵酸热，几乎要冲口而出劝皇帝立即改返咸阳。可是，思绪电闪间，李斯还是死死忍住了。见李斯进来，皇帝吩咐赵高守在帐口，不许任何人进来打扰。皇帝又屏退了大帐中的几个内侍与侍女，招手教李斯坐在了卧榻之侧的凉爽陶墩上，殷殷地看着李斯，良久没有说话。李斯拱手一声陛下，已哽咽不能成声了。嬴政皇帝拉住了李斯的手，叹息一声道："丞相，几何有过，我等君臣竟能相对无言矣！"李斯哽咽道："陛下，老臣已不知从何说起了……"嬴政皇帝淡淡笑道："丞相啊，你的心思，朕知道。这件事，对你说得迟了，嬴政思虑有差。"李斯一时惶恐道："陛下何出此言？老臣未知何事不曾与闻？"嬴政皇帝浑然无觉，只径直缓慢地说着："去冬，王贲临走之时，说到扶苏宽政主张，说他也赞同。加之，又有黥布刘邦徒众逃亡两件事，朕便想先减轻工程徭役。然则，一闻丞相说关中老秦人已空，我心下急了。如此大局漏洞，朕却一直未能察觉，我不能不急也。要大巡狩，是要看看天下大势，看看复辟暗流究竟有多深的根基，看看是否必得再次回迁老秦人……朕之本意，未必一定要北上九原。然则，自琅邪染病，方士逃走，嬴政骤生末路之感，当此之时，朕当何以善后哉！"

"陛下万勿此言！陛下正在盛年啊！"李斯泪如泉涌了。

"不。不行了。"嬴政皇帝平静淡漠地摇摇头，"嬴政不畏死。然，嬴政知道自己。嬴政任用方士，无异于自戕。若没有方士数年在侧，我固病体，元气尚在……大父秦昭王，不是病奄奄撑持了十余年么？奈何嬴政不知天高地厚，不知死生有数，在最要谨慎的时刻，竟然开了秦法之禁，秘密任用了方士。想补正，嬴政都来不及了。"

"陛下！来得及！有太医……"

"上天无私，不会将机会总给一个人。嬴政，焉能例外矣。"

"陛下……"

"丞相，毋伤悲。朕，要说正事。"

"老臣，但凭陛下之命。"李斯顿时平静了下来。

"第一事，若我病体能过得平原津，能渡过大河，便北上九原。"

"老臣理会：若陛下在平原津发病，立即返回咸阳。"

"正是。"

"老臣遵命！"

"第二事，最后的巡狩路程，丞相有何谋划？"

“陛下已然谋定，老臣……”

“丞相啊，你当学学王贲，该坚持者则坚持。歧见不怕，要说在明处。”

“陛下，”第一次，李斯有些脸红了，一拱手明朗道，“最后这段路，老臣以为必得稳妥缜密。老臣三策：其一，飞诏宣扶苏蒙恬回咸阳，陛下则最好不渡大河，不过平原津，直接由此返回咸阳；其二，飞诏李信率十万大军回镇关中，并急迁上郡十万老秦人回居关中，蒙毅可在咸阳着手此事；其三，老臣自请，兼领陛下书房政事，守定印玺！”

“丞相怀疑赵高？”嬴政皇帝的目光骤然一个闪烁。

“老臣不讳言：赵高领印玺不宜。”

“丞相，可否说说依据？”

“老臣无凭据，只是心感不宁。”

“丞相啊，”嬴政皇帝默然片刻，淡淡一笑道，“赵高追随朕三十余年，不知几多次换回朕的性命。不说功劳才具了，仅这三十余年未尝一事负朕，赵高何罪之有也？疑虑赵高最深者，不是丞相，是蒙毅。朕尝对蒙毅言，若以隐宫出身而长疑赵高，我等君臣，胸襟何在焉！我等是人，内侍也是人，何苛求一人至此矣……嬴政一生，无愧于天下，无愧于群臣，所愧者，唯两事耳：其一，愧对嬴秦族人。奋争天下，老秦人流血最多，受苦最多。百余年来，哪里最险，哪里最苦，哪里便是老秦人所在。嬴政不用皇族为大臣，不封老秦人以富庶繁华之地还则罢了，最后，竟使他们离开了本该属于他们的关中之地。自丞相那日警醒于我，每念及此，嬴政都是心头滴血。赳赳老秦，共赴国难……可如今，他们都在哪里啊……”

“陛下，此，老臣之过也！”李斯第一次感到了揪心的苦痛。

“丞相主张回迁老秦人，朕赞同。”

“陛下，还要过大河？”李斯惊讶了。

“丞相，我自觉还能撑持，做完这件事了。”

“那……”李斯欲言又止了，突然觉得不须再问了。

“若赵高出事，那便是上天瞎眼了，嬴政夫复何言哉！”

李斯踽踽离开了行营大帐，一种难言的滋味弥漫在心头。

隐隐约约地，李斯有了一种感觉，他失去了最后一次与皇帝两心交融的机会。他提出了三则对策，那是他多日反复锤炼的结果，等的便是今日这般氛围这般机会。可是，皇帝只赞同了其中一个分支。是的，对国家大政而言，这个分支是一个根基点，不能说皇帝有错。然则，对李斯而言，则意味着皇帝基本上没有采纳他今日最为重要的筹划。皇帝坚持要渡河北上九原，那便是说，皇帝仍然觉得扶苏蒙恬回咸阳或来行营，都有某种不便；这种不便，岂不还是李斯？更令李斯心头发凉的是，皇帝对赵高的信任无以复加，竟然还有着深深的愧意。皇帝最后的那句话，使李斯大为震撼，使李斯第一次骤然看准了皇帝的弱点——雄峻傲岸的帝王秉性之后隐藏着一颗太过仁善的平凡人心！

李斯始终以为，嬴政皇帝是最具帝王天赋的一个君主。所谓帝王天赋，根基所在便是有别于常人之心的天下之心。你可以说这种天下之心是冷酷，是权欲，是视平民如草芥的食人品性；但你仍然必须承认，领袖天下的帝王之心真的是不能有常人之仁；或者说，帝王仁善不能以常人之仁善表现出来。毕竟，帝王必须兼具天下利害，不能有常人的恩怨之心。若如常人仁善，那确定无疑的是，他连一个将军都不能做好，遑论帝王哉！唯其如此，在李斯看来，赵高在皇帝心目里便该是一只猎犬而已，该是一只效力于主人的牲畜而已；主人固可念猎犬牲畜之劳苦，然如何能以猎犬牲畜与闻主人之决策意志？于今皇帝，竟对一个老奴仆有如此抱愧之心，岂非咄咄怪事哉！第一次，李斯对这个巍巍泰山般的皇帝，生出了一丝不那么敬佩的失望。“上天瞎眼，嬴政夫复何言哉！”，这，这像是一个以天下为己任的伟大皇帝说的话么？

李斯第一次迷路了，莫名其妙地在树林中转悠了整整一个晚上。

三日之后，大巡狩行营渡过了济水，抵达平原津。

平原津，是旧赵国平原县的一处古老渡口。平原县者，于赵国平原君而相互得名也。平原县濒临大河，与齐国相邻，是大河下游最重要的临水要塞。战国末世秦赵相争最烈，帝国君臣将士对赵国最是熟悉，对这处兵家要地更是人人皆知。一临大河，秦军将士们便纷纷指点着河东河西说将起来，惊叹夹杂着笑语，人人不亦乐乎。谁也没有料到的是，正在杨端和率领将士们忙碌预备渡河诸事时，李斯传下了丞相令——扎营起炊，渡河事待皇帝定夺！时当午后，热气渐渐下降，正是一鼓渡河的时机。突然中止，杨端和大感不解，立即飞步赶到丞相大营询问。

“此乃赵高所传诏令，老夫不知所以。”李斯皱着眉头。

“皇帝发病了？”

“赵高没说。”

“如此大事，丞相如何老是赵高赵高？得面见皇帝说话！”

见素来沉稳的杨端和责难自己，李斯非但没有不悦，反倒亲切笑道：“卫尉说得好，老夫原本也是如此想，奈何已有诏令，便先停了渡河。你既不解，不妨随老夫一起面见陛下定夺。陛下若是发病，自然是直返咸阳最好。”李斯将每一个关节都不经意地说到了。李斯希望杨端和据理力争，改变皇帝甘冒酷暑的北上跋涉之旅。

两人匆匆来到一片最阴凉的树林下。行辕大帐还正在搭建，一辆辒凉车停在大树下垂着车帘，两百余名带剑武士在车后远远站成了一个扇形，只有赵高与两名侍女站在车前。虽有树荫，林中也是热烘烘一片，无休止的蝉鸣震得人耳膜发麻，谁都是一身大汗，谁都是眉头深锁，整个树林陷入了一片奇特的聒噪幽静麻木烦躁的氛围之中。

“陛下消乏么？”李斯低声问赵高。

赵高急促地一个眼神，手势不大但却很是明确地向返回咸阳的方向一指，惶急之势最明显不过地说：必须马上回咸阳！突然之间，李斯心头一热，正要大步趋前说话，赵高已经对着辒凉车长呼了一声：“禀报陛下，丞相与卫尉到——”一时间，李斯杨端和一齐止步，在辒凉车前几步处站住了。

“丞相，行营立即渡河。朕没事，小睡片刻而已。”

阵阵蝉鸣滚滚热风中，辒凉车中传来夹杂着咳嗽的皇帝声音。赵高的脸色顿时变得难看起来，哭丧着脸对李斯连连摇头，背过身去不说话了。杨端和浑然不觉，一闻皇帝话语奋然振作，一拱手道：“丞相，皇帝已经决断渡河，我去了。”转身出林间，杨端和一路喝令，“停止扎搭！各营立即预备渡河——”

李斯木然一阵，终于转身走出了树林。赵高的暗示与皇帝从辒凉车中发出的渡河决断，已经使李斯清楚了一切。皇帝发病了，而且还病得不轻，否则，赵高不可能那么强烈地暗示他必须回咸阳。皇帝派赵高传令歇息扎营，是皇帝一时忘记了对他的许诺。他与杨端和一起前来，使皇帝想起了对他曾经的许诺：过不得大河便返回咸阳。皇帝又必然料到，杨端和若知皇帝发病，也必然力主回咸阳。无奈之下，皇帝一个简短的诏令出来了，否则，又会是一场君臣争执。可见，皇帝心意没有改变，依然坚执地要渡河北上，而且不惜冒着病中渡河的危险。如此情形之下，李斯能再度坚持么？若坚持返回咸阳，安知皇帝不会怀疑他另有居心？病中之人，多疑敏感倍于常人甚矣，李斯能冒如此大险么？

"卫尉，不能教陛下颠簸，风浪最小时陛下渡河！"

"丞相，杨端和明白！"

李斯对杨端和下了最后一道明确的命令，便回到了自家队前等待渡河了。他知道，已经没有大事需要他亲自奔波了。夕阳暮色，大河滔滔金红，李斯凝望着连天而去的大河，心头一阵酸热，老泪泉涌而出……他终身期许的一代雄君，如何在最后几步硬是与自己走开了岔路？李斯啊李斯，究竟是你错了，还是皇帝错了？抑或谁都没有错，只是冥冥天意？抑或谁都有错，而又谁都必须坚持自己？李斯想不明白了。第一次，李斯的双手揪光了面前的绿草，手指抠进了泥土，放任着自己的饮泣，将无尽的泪水洒进了谁也不会看见的泥坑……若是皇帝与自己同心，李斯自信完全可以撑起皇帝身后的任何危局，纵然没有扶苏这般明君英主，李斯也不会听任自己一手谋划实施的帝国新政走向毁灭！皇帝陛下啊，你为何突然变了心性，从一个大气磅礴的帝王变得如此的褊狭固执而不可理喻？上天啊上天，你是要秦政一代而亡么？果真如此，何须天降英才济济一堂创出了皇皇伟业，却又要教它突然熄灭？上天啊上天，你也不可理喻么……

从平原津渡过大河，皇帝行营缓慢地推进着。

那时候，水势浩大的大河下游不可能有如此长度的大桥，要渡大河便必得舟船之力。若是体魄健旺，渡河之劳自然算不得大事。然嬴政皇帝恰恰正在病势发作之期，又正逢夏日洪峰之时，渡河的诸般艰难可想而知。一过大河，嬴政皇帝的病势便无可阻止地沉重了。七月十三这一日，原本预定要渡过洹水。可是，赵高对李斯传下了皇帝的诏令：歇息旬日，相机北上。从赵高愁苦的脸色中，李斯觉察出了皇帝有可能的松动。陡然振作之下，李斯与杨端和亲自带着一支马队，越过洹水漳水，踏勘了周遭百里地面，最后选定在漳水东岸的沙丘宫扎营驻屯，以使皇帝养息治病。李斯的同时部署是：立即飞马咸阳，接太医令带所有名医赶赴沙丘；并同时派出百名精干吏员，分赴各郡县秘密搜求隐居高人名医，接来救治皇帝。李斯还有一个谋划，只要皇帝稍见好转，他便自请回咸阳处置积压政事，以使皇帝能宣扶苏南来奉诏。

然则，李斯没有料到，情形又一次发生了变化。当李斯与杨端和飞马回到行营时，赵高正在丞相大帐前焦急地转悠着。一见李斯下马，赵高过来一拱手，拉着李斯便走。李斯惊问皇帝如何了？赵高哭兮兮急迫道："说不清说不清，丞相快走！"李斯心下一沉，一身汗水一身泥土大步匆匆地赶到了皇帝辒凉车前。一片大树下，辒凉车的车帘打开着，皇帝躺在车中榻上，一片蝉鸣将闷热寂静的树林衬托得有几分令人不安。

"陛下，老臣李斯参见！"

"丞相，"皇帝在两层丝绵大被下艰难地喘息着，"立即，回咸阳……"

"陛下！陛下说甚？"李斯一时焦急，不敢相信自己耳朵。

"立即，回咸阳。朕，错……"

"陛下！不可啊！"李斯骤然哽咽，扑到车前凑到了皇帝头前低声急促道，"陛下病势正在发作之时，若再经颠簸，大险矣！陛下纵然杀了李斯，李斯也不会奉命！陛下，老臣业已选定沙丘宫为驻屯之地，也已经派出快马特使回咸阳急召太医令，还派人向附近郡县搜求名医！只要陛下不动，天意佑秦，会有转机！"也是第一次，情急的李斯显出了决不动摇的非常意志。

"好……但依丞相……"皇帝的嘴角绽开了一丝艰难的笑意。

"陛下，认可老臣之策了？"一身冷汗的李斯又不敢相信自己了。

"丞相，坦荡，好，好……""陛下！老臣明白了，陛下只管歇息！"

李斯没有丝毫犹豫，一转身连续高声下令："杨端和，立即率一千人马涉过洹水，开赴沙丘宫清理营地，安置陛下行宫！胡毋敬与赵高，率内侍侍女督导护送陛下车马渡河！顿弱与郑国老令，立即督导行营人马有序渡河！老夫亲率一千铁骑善后。各部立即启动！"

秦军将士最是危难见真章，各部将军一声令下，立即齐刷刷行动起来。几乎是片刻之间，庞大的行营便开出了树林，向西边遥遥可见的滔滔洹水开进。堪堪太阳落山，大行营全部人马已渡过不甚宽阔的洹水，向沙丘宫隆隆开进了。及至月上中天，大队人马已经开进了沙丘宫。月光之下，李斯下令胡毋敬与赵高等安置皇帝立即进入行宫歇息救治，自己便与杨端和查勘部署四面护卫去了。直忙到曙色初上，李斯才来到皇帝行宫。然则，皇帝已经在服下汤药之后昏睡了过去。李斯守候一个时辰，太阳已经热辣辣升起了，皇帝还未见清醒。胡毋敬与赵高一齐劝李斯去歇息，饥肠辘辘的李斯这才疲惫万端地走了。

李斯疲累之极，刚刚吞下一盅自己创制的鱼羊双炖，便软倒在案边鼾声大起了。一觉醒来，已经是中夜月色了。李斯突然一个激灵，翻身下榻大步匆匆地出了大帐。一番急匆匆巡视，各方都没有异象，李斯才长吁一声，漫无目的地转悠了起来。月亮很亮。天气很热。李斯走得很慢，梦魇夜游一般恍惚。

李斯终于明白了皇帝疑虑自己的原因，是自己的不担事，是自己的一心与皇帝同步而显现出来的永远地顺应，是自己从来没有坚持过自己而显现出来的那种缺乏担待。否则，自己今日一时情急说出的那种连自己也后怕的话，皇帝何以反而表现出前所未有的欣慰？是的，皇帝的赞赏是显然的。李斯确信，这位帝王绝不会虚伪地去逢迎任何一个人，即或皇帝真的已经面临生命垂危，皇帝依旧是本色荡荡的。是也是也，任何一个君王在善后大事上，大约都会选那种敢作敢当者承当大任，而像他李斯这种雄才大略而又锋芒内敛的重臣，大约谁都会有几分疑虑之心。可是，李斯果真是缺乏担待么？不是！李斯缺乏的是皇帝的信任，是不败的根基。只要皇帝信任自己，委自己以重任，李斯几曾不是雷厉风行任劳任怨？在帝国老臣中，李斯自认为除了王翦王贲父子的那种强韧自己不能比，其余人等的风骨便一定比自己硬么？实在未必。蒙恬如何？蒙恬不也是在逐客令事件中惶惶不可终日么？那时候谁有担待？不是李斯上的《谏逐客书》么？真到危境绝境，李斯何尝不敢强硬一争？说到底，还是皇帝对自己所知不深，倚重不力也……

在李斯惶惑不知所以的时候，皇帝一连三日都昏迷不醒。

这天是七月二十日。李斯真正地不安了。

第一次，李斯不奉诏命，以丞相名义召集了大臣会商。

李斯提出的议决事项，最要紧的只有一件：该不该派大臣作为特使赶赴九原，召长公子扶苏与蒙恬南来晋见皇帝？大臣们忧心忡忡地议论了一个时辰，还是莫衷一是。典客顿弱认为该当，而且应当尽快。顿弱说得很直接："皇帝要北上，目下却无法北上。宣召长公子与蒙恬南下，有甚可议？办就是！"可胡毋敬与郑国两位老臣却老大沉吟，理由一样：若是需要，皇帝纵然病中，这几句话还是说得的；皇帝没说话，轻召皇长子与屯边大将军毕竟不妥。杨端和则只有一句话，听丞相决断。最后，三位老臣也是一口声道，我等各有己见，唯听丞相决断。在李斯几乎要拍板之时，赵高匆匆来了。因为赵高已经临时接掌了蒙毅权力，所以李斯也知会了赵高与闻会商，此时匆匆而来，显然是皇帝处难以脱身而迟到了。待李斯将会商情形大略说了一遍，赵高哭丧着脸提醒了一句："皇帝陛下时昏时醒，不是全然昏迷，还是问问皇帝的好。"赵高这一句话，李斯当即打消了原本念头，断然道："大事不争一两日。自明日起，老夫守在皇帝寝室之外，等待皇帝清醒时禀报，由皇帝定夺。"掠过李斯心头的一闪念是：扶苏南来可以不经皇帝认可，然自己要离开行营回咸阳，不经皇帝认可行么？

李斯决断无可反驳，大臣们都点头了，赵高也点头了。

八 七月流火 大帝陨落

七月二十一日夜里，嬴政皇帝终于完全清醒了。

虽然浑身疲软，皇帝的高热却莫名其妙地消散了。在皇帝挣扎着被两名侍女扶下卧榻，倚在了书案前的大靠枕上时，李斯进来了。李斯禀报了大臣们的会商。皇帝淡淡地笑道："不用了。朕的热寒已经告退了，只要明日不再发作，后日，南下回咸阳……不折腾了。朕不信邪，朕会挺过这一关。病好了，朕再巡边。"皇帝说得如此明确，李斯也就不再提说自己先回咸阳的事了。毕竟，皇帝正在病中，若无非常之需，他当然不该离皇帝而去。如此坐得片刻，看着皇帝服下了一盅汤药，李斯才稍见轻松地告辞了。

"月亮，好亮也！"嬴政皇帝凝望着碧蓝的夜空，轻轻惊叹了一声。

"陛下，这几日天天好月亮。"赵高小心翼翼地注视着皇帝。

"这里，是赵武灵王的沙丘宫？"

"正是。陛下，沙丘宫是避暑养息之地。"

"几曾想到，嬴政步着赵武灵王的后尘来也！"皇帝长叹了一声。

"陛下是中途歇息，与赵武灵王不相干！"

"你急甚？朕不信邪。"嬴政皇帝笑了。

赵高也连忙笑了，一只手在背后摇了摇。立即，一个脆亮的哭音飘了进来："父皇，你好了么？"随着声音，少年胡亥飞一般冲了进来扑倒在皇帝脚下。嬴政皇帝抚摸着胡亥的一头乌黑长发笑了："你小子倒好，照样白胖光鲜。"胡亥的一双大眼睛转动着，惊愕迷茫与泪水一齐弥漫开来："父皇，你手好烫也！"嬴政皇帝淡淡道："胡亥，不许哭。眼泪，是弱者的。""哎，不哭。"胡亥噗地笑了，"父皇多吃药，快快好，那大河多好看也！"嬴政皇帝也笑了："大河，当然好了。她，是华夏文明之母亲。胡亥啊，长城更好，那是大秦新政之万代雄风。父皇好了，带你去看万里长城。""好好好！看万里长城！"胡亥脸上荡漾着灿烂的笑容。嬴政皇帝笑道："到了长城，你就该知道甚叫金戈铁马，甚叫英雄志士了。你，会见到你的大哥扶苏。胡亥啊，长大了要像扶苏大哥一样，父皇就放心了……"胡亥面色涨红高声道："父皇！胡亥一定像大哥！"嬴政皇帝高兴了："好！胡亥有志气，父皇喜欢有志气的后生。"胡亥正要兴冲冲说话，却听赵高轻轻咳嗽了一声，站起来深深一躬道："父皇劳累，早早歇息，胡亥明日再来守候父皇。"说罢不待嬴政皇帝说话，胡亥已转身噔噔噔去了。

“赵高，胡亥如此听你？”皇帝目光骤然一闪。

“禀报陛下！”赵高大骇，扑倒在地哽咽道，“陛下昏睡之时，少皇子天天哭着守候在门外。小高子为其大孝之心所感，遂答应他陛下见好时知会他进见。可小高子生怕皇子少不更事，便与他约定，由小高子决断时辰长短……陛下，小高子何敢教皇子听命啊！”

“起来。没事便没事，哭个鸟！”皇帝笑骂了一句。

“陛下，小高子快吓死了。”赵高哭丧着脸爬了起来。

显然是赵高的自我贱称勾起了皇帝往昔的追忆，嬴政皇帝郁闷的心绪似乎好转了许多，叫着已经多年不叫的赵高的贱称，长吁一声道：“小高子啊，我今日轻松了许多，来，扶我到月亮下走走。”

“哎。”赵高小心翼翼地答应着。

“去找一支竹杖来。你跟着便是。”扶着赵高站起来的皇帝艰难地笑了。

片刻之间，赵高找来了一支竹杖。嬴政皇帝觉得很称手，高兴得嘿嘿笑了，扶着竹杖一步一步挪出廊下，微风徐徐拂面，精神顿时一振，没用赵高搭手自己走向了庭院，走向了月下的湖畔。虽是酷暑七月，下半夜也是清凉宜人。夜空碧蓝，残月高悬，被沙丘宫包进一大片的古老的大陆泽闪烁着粼粼波光，湖畔的胡杨林沙沙摇曳，日间令人烦躁不堪的连绵蝉鸣也停止了，天地间幽静得令人心醉。嬴政皇帝多日热寒昏睡，对清醒之后的夏夜倍感亲切而新鲜，长长地缓慢地做了几个吐纳，一时间觉得自己几乎没有病了。

竹杖笃笃地点着湖畔的砂石，嬴政皇帝的思绪汇入了无垠的夜空。

一场大病醒来，一切竟是恍若隔世。嬴政不明白，自己为何要在不断发病之时坚持北上，先回咸阳，病好了北上不行么？抑或，回咸阳后再宣扶苏蒙恬南下奉诏不行么？目下咸阳朝局，果真有何力量能阻挡他这个皇帝立储善后么？没有。全然是自己疑神疑鬼的虚妄幻象。然则，自己为何在那时就一定认为非北上九原不可呢？分明是偏执得可笑，却一定要如此坚持，嬴政当真不明白自己了。目下仔细想来，只是两个缘由：一则是自己屡次发病，神志已经没有了寻常时日的清醒权衡；一则是自己一朝看到了多年未立储君的可能的巨大危害，精神重压之下心思过重，一切评判都失常了。除此而外，还能如何解释自己？若非多日昏迷若死，清醒之后真正体察到了生命的短促而珍贵，很可能自己还是深陷于偏执不能自拔。嬴政啊嬴政，你雄极一世，几曾有过如此昏乱褊狭？是的，上天给了你近三十年的机会，你都没有立定储君。一朝有了垂危之象，你才警觉到帝国最高权力传承的空白是多大的危局，你才慌了，你才乱了。想起来，你嬴政如同一个可笑的农夫，从地头走到地尾，总想寻觅一颗最茁壮最完美的麦穗；错过了丰茂的中段庄稼，总是将希望寄托在前方；一直快走到尽头了，才发现还是曾经的那株最是茁壮；回身再去，又怕那株茁壮的庄稼已经出事了。于是，你慌不择路了。说到底，你嬴政心太高，心太大，太求完美无缺了。帝国创制，你求新求变求完美。盘整华夏，你求新求变求完美。后宫立制，你求新求变求完美。立储善后，你还是求新求变求完美。自来立储，都是立嫡立长。你却因为这不是储君的真实尺度，不愿接受这一老传统，要创出一条锤炼储君的新法度来。扶苏已经是最具人望的储君人选了，你还嫌不足，还要多方锤炼。扶苏与你这个皇帝在坑儒事件上有了歧见，你便更加觉得扶苏还要锤炼了。你自认评判洞察过人，何以便不能认定这是扶苏有主见的可贵秉性，而偏偏认作不谙帝国法治精髓？假如早十年立储，甚或早三年立储，会有后来这般狼狈么？上天给了你近三十年的机会，你嬴政都一年又一年地在无休止地锤炼中蹉跎过去了，上天还能给你机会么？若上天将机会无穷无尽地只向你抛洒，天地间还有世事变换么？

上天啊，嬴政的路走到头了么……

突然，一种莫名其妙的心境油然生出。嬴政本能地预感到，自己的生命将要完结了。此刻的清醒，或许是上天对他最后的一丝眷顾，教他妥善安排身后了……凝望着天边残月，一丝清冷的泪水爬上了面颊，嬴政的心猛烈地悸动了。想想，见到扶苏是不可能了。然则，一定得给他留下一道诏书。可是，这道诏书该如何写，一定要谨慎再谨慎。咸阳朝局纵然稳定，可没有了自己这个皇帝龙头，很难说便没有突兀事变。任何一个举措，都得防备其中的万一之变。若是公然颁行立扶苏为太子的立储诏书，最大的万一是甚？显然，是诏书不能抵达九原。心念一闪，嬴政皇帝眼前骤然出现了赵高，又突然出现了李斯，这两个人，谁会成为那个万一？最大的可能，还是丞相李斯。因为，在他身后只有李斯有如此巨大的权力。赵高，一个宦者之身的中车府令而已，他能如何？相反，在防备这个万一的诸般因素中，赵高反倒是一个可以制约这个万一的因素。对，将诏书交赵高发出，而后再知会李斯，既不违法度，又可防患于未然。虽然如此，诏书还是不宜明写立储。毕竟，扶苏的宽政主张与大臣们的分歧仍在，若未经皇帝大朝议决而独断立储，将给扶苏日后造成诸多不便。嬴政确信，以扶苏的人望以及自己平素的期许，扶苏若回咸阳主持大丧，朝臣一定会拥立扶苏为国君。那么，这道诏书只要使扶苏能够奉诏回到咸阳即可。想想，对了，这般写法！几行大字电光般闪烁在嬴政心头——以兵属蒙恬，与丧会咸阳而葬，会同大臣元老议立二世皇帝！

如此诏书，展开的过程是：兵权交付大将军蒙恬，扶苏回咸阳主持皇帝国葬，而后再由扶苏主持会同大臣并（皇族）元老议决拥立皇帝！这一切，完全符合秦国历来的立储立君传统，也完全符合秦法以才具品性为立储立君之根本的行法事实。从预后而言，也最大限度地消除了皇帝垂危而独断传承的不利后果。请注意，皇帝独断传承，对于后世皇帝而言再自然不过，没有谁会非议；然在紧接战国之后的秦帝国时期，秦法之奉行蔚然成风，遵奉法治的嬴政皇帝选择最符合法治传统的方法，则是最为合理有效的选择。否则，历史不会留下那道如此不明确且只有一句话的善后半道诏书。

月亮已经没有了，皇帝在晨风中打了一个寒战。

皇帝没有说话，艰难地点着竹杖转身了："赵高……回去……冷。"

"是有些冷。"一脸细汗的赵高小心翼翼地扶持着皇帝。

终于，嬴政皇帝艰难地回到了寝宫。皇帝没有去寝室，沉重缓慢的步子不容置疑地迈向了书房。两名太医匆匆过来，皇帝却挥了挥手。赵高一个眼神示意，两名老太医站在了书房门口守候了。走进书房，嬴政皇帝颓然坐在书案前，闭目片刻，睁开眼睛道："还有人么？都教走了。"

“陛下，没人了。只陛下与小高子两人。”赵高恭敬地回答。

“赵高，你是大秦之忠臣么？”皇帝的声音带着显然的肃杀。

“陛下！小高子随侍陛下三十六年，犹猎犬为陛下所用，焉能不忠！大秦新政，小高子也有些许血汗，焉能不忠！小高子若有二心，天诛地灭！”赵高脸色苍白大汗淋漓，话语却是异常利落。

“好。朕要书写遗诏。”皇帝喘息着，艰难地说着，“诏成之后，你封存于符玺密室。朕一旦去了，即刻飞送九原扶苏……明白么？”

“小高子明白！”

“赵高若得欺天，九族俱灭。”

“陛下！……”

“好……笔，朱砂，白绢……”

赵高利落奔走，片刻间一切就绪。嬴政皇帝肃然正容，勉力端坐案前，心头只闪烁着一个念头：嬴政，一定要挺住，要写完遗诏，不能半途而废。终于。嬴政皇帝颤巍巍提起了大笔，向白绢上艰难地写了下去——

兵属蒙恬，与丧会咸阳而葬……

突然，嬴政皇帝大笔一抖，哇的一声吐出了一口鲜血，颓然伏案。

嬴政皇帝用尽最后一丝气力支撑坐起，又一次颓然倒下。

猛然一哽，嬴政皇帝手中的大笔啪地落到脚边，圆睁着双眼一动不动了。

这一刻，是公元前 210 年七月丙寅日（二十二日）[1] 黎明时分。

嬴政大帝溘然长逝，给广袤的帝国留下了一个巨大无比的权力真空。

[《大秦帝国·铁血文明》终]

---

[1] 嬴政皇帝病逝时日，另有后世《开元占经》引《洪范五行传》一说，云为六月乙丑，即六月二十日。此从《史记》七月丙寅日之说。

巍巍华夏　文明一统